탐욕

NIENASYCENIE
by Stanisław Ignacy Witkiewicz

# 스타니스와프 이그나찌 비트키에비치
## 탐욕

정보라 옮김

wo
rk
ro
om

## 일러두기

이 책은 1985년 폴란드 국립 출판사(Państwowy Instytut Wydawniczy)에서 출간된 스타니스와프 이그나찌 비트키에비치(Stanisław Ignacy Witkiewicz)의 『작품 선집(Dzieła wybrane)』 중 3권 『탐욕(Nienasycenie)』을 한국어로 옮긴 것이다.

본문의 주는 옮긴이가 작성했으며, 원주는 별도로 표기했다.

원문에서 이탤릭체나 띄어쓰기 등으로 강조된 부분은 방점을 찍어 구분했고, 대문자로 표기된 부분은 고딕체로 옮겼다. 본문에서 '정보'나 '주의' 등으로 구분된 내용 역시 고딕체로 처리했다.

고유명사와 지명 등 폴란드어는 최대한 원래의 발음에 가깝게 적었다. 스타니스와프 이그나찌 비트키에비치의 경우 중간 이름(Ignacy)은 "Ig-na-tsy"로 발음되며, 성(Witkiewicz)의 마지막 발음은 "츄"에 가깝다. 그러나 (국립국어원 외래어 표기법에 따라 통용되고 있는 폴란드 출신 작가 인명인) 비톨트 곰브로비치(Witold Gombrowicz)와 마지막 철자가 같기에 통일성을 기해 '비트키에비치'로 표기했다. ─ 옮긴이

# 차례

# 작가에 대하여

스타니스와프 이그나찌 비트키에비치(Stanisław Ignacy Witkiewicz, 1885-1939)는 폴란드의 아방가르드 극작가, 소설가, 화가다. 폴란드 바르샤바에서 태어난 비트키에비치는 아버지와 이름이 같았기에 중간 이름 이그나찌와 성 비트키에비치를 합쳐 '비트카찌'라는 또 다른 이름을 지어 활동했다. 비트카찌는 크라쿠프 예술 학교에 다니면서 새로운 예술 사조들을 접하고, 1911년 첫 중편소설 「붕고의 622가지 몰락, 혹은 악마 같은 여자」를 발표한다. 1914년 제1차 세계대전이 발발하자 당시 폴란드를 지배하고 있던 러시아제국의 기병대에 입대하고, 1917년 전역한다. 1918년 폴란드로 귀환한 비트카찌는 이후 전시회를 열고 "S. I. 비트키에비치 초상화 회사"라 자칭하며 여러 초상화 기법을 실험하는 한편 희곡과 예술 이론, 소설 등을 두루 집필하기 시작한다.

부조리극의 선구 격인 비트카찌의 희곡은 예술이 형이상학적이고 추상적인 고양감과 절대적인 아름다움을 불러일으켜야 한다는 '순수한 형태' 이론을 바탕으로 한다. 비트카찌는 희곡 「실용주의자들」, 「새로운 해방」, 「미스터 프라이스」, 「그들」, 「쇠물닭」, 「갑오징어」, 「광인과 수녀」, 「폭주 기관차」, 「피즈데이카의 딸 야눌카」, 「어머니」, 「벨제부브 소나타」, 「구두 수선공들」, 소설 『가을에 보내는 작별』과 『탐욕』, 예술 이론 「순수한 형태에 대하여」, 「미술의 새로운 형태와 그로 인한 오해들」, 「연극 분야에서 순수한 형태 이론에 대한 서문」, 에세이 「마야: 니코틴, 알코올, 코카인, 페요틀, 모르핀, 에테르」 등을 집필했고, 1939년 9월 18일 자살했다. 1985년 탄생 100주년을 맞이해 유네스코가 '비트카찌의 해'를 선포했다.

# 이 책에 대하여

『탐욕』은 비트키에비치가 쓴 작품 중 가장 긴 장편소설이자 그의 대표작으로 1927년에 완성되었고 1930년에 출간되었다. 공산주의가 세계를 지배하는 가상의 미래에 유럽에서 유일하게 민주주의를 지키고 있다고 설정된 폴란드의 남부 도시에서 폴란드인 남성으로 성장해 가는 게네지프 카펜이 일종의 '깨어남'을 겪은 후 '광기'에 휩싸이는 과정을 담고 있다.

　　양조장 주인인 아버지와 백작이었던 어머니 사이에서 카펜 데 바하즈 남작으로 태어난 게네지프는 열아홉 살로 최근에 학교를 졸업했다. 어쩌다 아내가 있는 척추장애인 음악가 남성 텐기에르와 첫 성 경험을 하게 된 그는 이어 남편과 아들들을 두고서 난잡한 성생활을 이어 가는 티콘데로가 공주의 애인이 되었다가, 동생 릴리안이 데뷔하게 되어 보러 간 공연에서 배우 페르시와 사랑에 빠진다. 한편 아버지가 사망 전 신청해 둔 군사학교에 입학한 그는 국방부 총병참 장교군으로서 폴란드의 민주주의를 지키려 하지만 자신에게 추파를 던진 한 대령을 살해하게 되고, 또 처음 참가한 전투에서 부상을 입고 입원한 다음 병원에서 자신을 간호해 준 엘리자와 결혼하지만 신혼 첫날밤 그녀를 살해하게 된다. 두 번의 살인을 뒤로하고서 다시 마지막 전투에 참여하고, 이제 게네지프는 중국인이 지배하게 된 폴란드에서 중국인과 함께 중국인을 위해 살아간다.

　　이 모든 과정 속에서 등장인물들은 약에 손을 댄다. 알려진바 비트키에비치는 마약류를 실험적이고 적극적으로 사용하면서 작품 활동을 해 왔다. 자신이 어떤 향정신성의약품을 시도하면서 그림을 그리고 글을 썼는지 세세히 기록해 둔 작가의 대표작답게, 『탐욕』의 등장인물들은 곳곳에서 상황에 따라 다종다양한 약들을 취한다. 그러면서 이야기가 약에 취해 버린 듯, 여러 언어들의 복잡다단한 유희가 펼쳐지는 가운데 줄곧 예상치 못한 방향으로 흘러간다. 시대를 비관해 스스로 목숨을 끊었다고 여겨지는 작가의 비극적인 죽음을 결과적으로 닮은 듯한 이 디스토피아 소설은 이러한 종횡무진의 문체와 이야기에 당대의 정치와 예술에 대한 예리한 견해가 절묘하게 직조되며 허무한 결말로 거침없이 나아간다. 오늘날 작가의 미래를 살고 있는 우리의 삶이 이와 별반 다르지 않을 수 있음을 예견해 두거나 미리 증명해 두듯이.

편집자

고(故) 타데우슈 미치인스키*를 추모하며 헌정

* Tadeusz Miciński (1873–1918). 폴란드의 상징주의 시인이자 희곡작가. 폴란드 문학계에서 초현실주의와 표현주의의 선두 주자로 여겨진다.

제1부

깨어남

# 깨어남

게네지프 카펜은 그 어떤 형태의 부자유도 참지 못했다. 아주 어린 시절부터 그는 부자유에 대해서라면 도저히 어쩔 수 없는 혐오감을 내보이곤 했다. (그럼에도 불구하고 무언가 이해할 수 없는 기적으로 18년간 독재자 아버지의 훈련을 견뎌 냈다. 그러나 이것은 말하자면 용수철을 단단히 감는 것과 비슷했다. 언젠가 반드시 풀린다는 걸 그는 알고 있었고 그 덕분에 버텨 냈다.) 겨우 네 살이 될까 말까 했을 때 (이미 그때부터!) 그는 여름에 어머니와 가정교사에게 산책을 나가게 해 달라고 빌었는데, 쇠사슬에 묶인 채 위협적으로 그에게 덤벼들려 하는 잡종 개나 개집 문턱에서 조용히 깽깽거리는 조그맣고 우울한 강아지를 쓰다듬어 주고 싶었기 때문이었다. 묶인 것을 풀어 자유롭게 놓아주기가 절대로 불가능하다면 단지 쓰다듬어 주고 뭔가 먹을 것이라도 주려 했던 것이다.

처음에 그는 이렇게 불운한 그의 친구들을 위해 집에서 먹을 것을 가져가도 된다고 허락받았다. 그러나 곧 이 광기는 심지어 그가 누리는 환경에서도 실행 불가능한 수준까지 넘어가 버렸다. 그는 이 유일한, 진정한 즐거움을 금지당했다. 이런 일들은 대부분 그의 시골집인 베스키디-타트라 근방 지역의 루지미에쥬에서 일어났다. 그러나 언젠가 생활용품을 사러 지역 수도인 K. 시에 갔을 때

15

아버지가 그를 동물원에 데리고 갔다.* 처음 눈에 띈 동물들 중 하나인 망토개코원숭이인가 하는 종류를 철창에서 내보내 달라고 헛되이 부탁을 거듭한 끝에 그는 사육사에게 덤벼들어 조그만 주먹으로 배를 두드려 댔고 그러다가 사육사 바지 허리띠의 버클에 손을 다쳤다. 지프치오**는 그 8월 어느 날 하늘의 푸른색, 차갑고, 불쌍한 동물들의 고통에 그토록 잔인할 정도로 무관심했던 그 색을 영원히 기억했다. 그리고 동물들에게 (그리고 그에게도) 그토록 괴로웠는데도 그렇게나 찬란하던 태양을…. 그러나 그 안의 밑바닥에는 어떤 혐오스러운 쾌감이 있었다…. 그 일은 발작적인 울음과 심각한 정신적 충격으로 끝을 맺었다. 그때 게네지프는 거의 사흘간 잠을 못 잤다. 그는 무시무시한 악몽에 시달렸다. 자신이 회색 원숭이가 되어 철창에 몸을 비비며 자기와 비슷한 다른 원숭이에게 다가가지 못하는 모습을 보았다. 그 다른 원숭이는 뭔가 이상한 걸 가지고 있었다. 그것은 푸른색이 섞인 빨간색이었고 표현할 수 없이 끔찍했다. 정말로 보았는지 그는 기억할 수 없었다. 가슴을 뚫는 듯한 통증이 어떤 금지된, 혐오스러운 환락의 예감과 하나로 합쳐진다…. 그 다른 원숭이도 그 자신이었으나, 동시에 옆에서 자신을 지켜보고

---

* 베스키디와 타트라는 폴란드의 남쪽 끝, 슬로바키아와 인접한 지역의 산맥 이름이며 루지미에쥬(Ludźmierz)는 이 산기슭에 있는 폴란드의 남부 도시다. K. 시는 폴란드의 남부 도시 크라쿠프(Kraków)를 가리킨다.
** Zypcio. 게네지프(Genezyp)의 애칭(지프치오, 지페크, 지프카, 지풀카, 지폰 등).

16

있었다. 대체 어떻게 해서 그렇게 됐는지 그는 절대로 이해하지 못했다. 그런데 그 뒤에는 거대한 코끼리들, 게으르고 커다란 고양이들, 뱀과 슬픈 콘도르들 — 전부 그 자신이 되었고 동시에 전혀 그가 아니었다. (실제로는 몸부림치며 마른 흐느낌을 삼키며 다른 출구로 끌려 나갈 때 지나가면서 이 동물들을 보았을 뿐이었다.) 그는 금지된 괴로움과 고통스러운 수치, 끔찍한 달콤함과 비밀스러운 흥분으로 가득한 어떤 이상한 세계에서 그 사흘을 지냈고, 그동안 너무나 확실하게 자기 침대에 누워 있었다. 이 모든 일이 지나간 뒤 눈을 떴을 때 그는 기운이 하나도 없이 축 늘어져 있었지만 그 대가로 자기 자신과 대체로 모든 종류의 연약함에 대한 정당한 경멸을 얻었다. 뭔가 자기 자신에게 저항하는 어떤 것이 그의 내면에서 생겨났다 — 그것은 자기 안에서 스스로 생겨나는 의식적인 창조력의 싹이었다. 가문의 망신이며 루지미에쮸 토박이인 낭비벽 심한 삼촌이 말했다. "짐승에게 잘해 주는 사람들이 가까운 친인척을 대할 때는 괴물이 되는 경우가 많지. 지프카*는 엄하게 키워야 해 — 그러지 않으면 커서 괴물이 될 거야." 그의 아버지도 이후에는 그를 그렇게 키웠지만, 그래도 그 방식의 결과가 좋으리라고는 믿지 않았다 — 아버지는, 특히 처음부터, 오로지 자신의 만족만을 위해서 그렇게 했다. "소위 '명문가' 출신으로 수녀원에서

* Zypka. 게네지프의 애칭.

자라난 아가씨 둘을 알았지." 아버지는 말하곤 했다. "하나는 화냥…이고 다른 하나는 수녀야. 그리고 두 사람의 아버지는 확실히 같은 사람이었을 거다."

게네지프가 일곱 살이 되었을 때 그런 종류의 징후들은 겉보기에 완전히 수그러들었다. 모든 것이 내면 깊숙이 자취를 감추었다. 당시에 그는 음울해졌고 특히나 다른 아이들과는 달리 놀이에 열중했다. 이제 그는 산책을 혼자 가거나 혹은 사촌인 톨지오*와 함께 갔는데, 사촌은 그를 자기색정적인 변태 행위의 새로운 세계로 안내했다. 그것은 무서운 순간이었다. 가까운 공원에서 신나는 음악이 울려 퍼지는데, 덤불에 숨은 소년들은 더러운 말들을 속삭이며 여러 다른 냄새들을 연구하면서 서로 자극했다. 그런 끝에 뺨이 빨갛게 달아오르고 눈은 말로 표현할 수 없는 욕망에 더럽혀진 채로 거의 정신을 잃고 서로 껴안은 채 그들은 자신의 건강하고 불쌍한 조그만 몸에 알 수 없고 영원히 비밀스러운, 도저히 붙잡을 수 없는 쾌락의 지옥 같은 전율을 불러일으키곤 했다. 그들은 그 쾌락을 더 자주 심화시키려고 해 보았다 — 그러나 할 수 없었다. 그리고 또 시도했다 — 좀 더 자주. 그런 뒤에 눈과 귀가 빨갛게 된 채 창백해져 덤불 밖으로 나와서 거의 고통에 가까운, 뭔가… 이상한 '불안'**에 가득 찬 채 도둑처럼 몰래 사라지곤 했다. 즐겁게 놀고 있는 소녀들을 보면

---

* Toldzio. 남자 이름 비톨트(Witold)의 애칭.
** malaise. 원문 프랑스어.

그들은 이상하게 불쾌한 인상을 받았다. 그것은 슬픔과 공포, 그리고 뭔가 알 수 없는 것에 대한 절망적이고 끔찍한, 그럼에도 불구하고 즐거운 아쉬움이었다. 모든 것에 대한 어떤 비열한 우월감이 그들을 혐오스러운 자부심으로 가득 채웠다. 그들은 다른 소년들을 볼 때 경멸감과 숨은 수치심을 느꼈고 잘생긴 젊은이들이 어른 숙녀들과 희롱하는 모습을 보면 음울하고 모욕적인 질투심 섞인 증오로 가득 찼는데, 그래도 그 안에는 정상적이고 일상적인 삶을 넘어 스스로 훨씬 높이 올라섰다는 신비로운 매혹이 숨어 있었다. 이 모든 일의 원흉은 (물론 나중의 일이지만) 톨지오였다. 그러나 그 이전에 불길한 환락의 이상한 비밀을 처음 간직하고 그것을 황송하게도 가르쳐 주기 시작한 가장 가까운, 가장 진실한 친구는 지프카였다. 하지만 어째서 그 뒤에 지페크*는 그를 그토록 사랑하지 않았던 것일까? 그것은 중간에 끊어지기도 하면서 2년간 계속되었다. 그러나 2년째의 끝에 그들의 우정은 망가지기 시작했다. 어쩌면 바로 그 때문이었는지도 모른다. 그 당시 비밀스러운 환락과 관련해 어떤 새로운 징후들이 나타나기 시작했다…. 지프치오는 공포에 질렸다. 어쩌면 이것은 뭔가 무시무시한 질병일까? 어쩌면 죄에 대한 벌일까?

그 당시에 또한 어머니가 아버지의 뜻을 거슬러 그에게 종교를 가르치기 시작했다. 이것에 대해서만큼은 그

---

* Zypek. 게네지프의 애칭.

래도 여러 죄악 중 하나라고 말할 여지가 없었다. 그럼에
도 불구하고 지프치오는 언제나 톨지오가 하는 일에 열중
하면서 뭔가 어린아이 같고 '신사적이지 못한', 뭔가 악한
일을 저지른다고 느꼈다. 그러나 그 악은 공부를 하지 않
는 것이나 부모님에게 화를 내는 것이나, 혹은 그에게는
어쨌든 안 그래도 완전히 존재하지 않는 것이나 다름없는
어린 여동생을 놀려 주는 것과는 차원이 전혀 다른 일이
었다. 이런 악에 대한 감각을 어디서 얻게 되었고 어째서
그 뒤에 슬픔과 양심의 가책에 시달리게 되었는지 — 그
는 이해할 수 없었다. 그는 확고한 발걸음을 내딛기로 결
정했다. 이미 유죄판결을 받은 죄수와 같은 용기를 내어
그는 아버지에게 가서 전부 고백했다. 무섭게 얻어맞고
바보가 될지 모른다는 전망에 맞는 것보다 더 겁을 먹어
서 그는 마음을 다잡고 역겨운 행위를 멈추었다. 왜냐하
면 마음속으로 자신의 이성을 중요하게 여겼기 때문인데,
그 이성 덕분에 자연의 비밀에 대한 과학 토론에서 그는
동년배들보다 우위에 설 수 있었고 심지어 한 살 더 많은
변태 톨지오보다도 앞섰는데, 톨지오는 게다가 또 백작이
었다 — 그에 비하면 그 자신은 여전히 남작일 뿐이었고,
그것도 "의심스럽다."고 다름 아닌 톨지오에게서 들어 알
게 되었다.

　　건강하게 짐승처럼 지내는 시기가 시작되었다. 싸움
과 경주 등 모든 종류의 스포츠가 그의 영혼에서 어쨌든
그 모든 일에도 불구하고 '자연적 관점에서'(?) 흥미로운

20

현상들에 대한 기억을 지워 버렸다. 아버지는 여기에 대해 충분한 이론을 제시해 주지 않았다. 그러나 갇힌 개들을 풀어 주려는 집착은 두 배로 강해져서 되돌아왔다. 이제 그것은 스포츠와 결합되었다 — 그 또한 고귀한 용기의 시험이었다. 그는 종종 개에게 물리고 옷이 찢어지고 진흙이 묻은 채 집에 돌아왔다. 일주일에 한두 번은 팔에 삼각건을 묶은 채로 돌아다녀야 했는데, 이것은 반대파 '청년 튀르크'* 당원들을 상대로 한 모종의 미친 듯이 중요한 전투를 망쳐 버렸다. 이 사건은 그의 마음속에서 이쪽 방향을 향한 열정을 조금 약화시켰다. 그는 동물 해방의 모험에 점점 덜 나서게 되었지만, 그래도 여전했다. 그리고 이렇게 나서는 건 언제나 어딘가 다른 데서 바로 뭔가 다른 일에 대한 충동이 생겨났을 때였다…. 대체 행동이라는 것이다.

소위 말하는 승화의 시기가 찾아왔다. 그러나 학교가 그것을 잔혹하게 중간에서 끊어 버렸다. 특정한 종류의 성격에는 치명적이며 (그래 봤자 아주 적은 숫자이지만) 강제적이고 거의 기계적인 공부는 세상의 비밀을 통해 학문에 대한 흥미를 불러일으키기보다는 좌절감만 안겨 주었고 소년의 삶에서 가장 좋은 시기를 중단시켰는

---

* '청년 튀르크당'은 19세기 말에서 20세기 초에 터키 민족 부흥을 목표로 일어났던 운동의 이름이다. 1922년 오스만제국이 해체되면서 같이 해체되었다. 『탐욕』은 1927년에 집필되었고 1930년에 출간되었으므로 '청년 튀르크당'은 이미 사라졌고, 주인공은 친구들과 편을 갈라 놀면서 당시 유명했던 당파 이름을 따서 붙인 것이다.

데, 그 시기란 미지의 것에 대한 예감이 아가씨들에 대한 (더 정확히는 '그 유일한 단 한 명'에 대한) 막 깨어나는 감정들과 합쳐져서 평범한 일상의 생활 위로 본인도 의식하지 못하는 형이상학적 기괴함(아직 기벽은 아니다.)의 안개를 만들어 내는 때이다. 지프치오는 잘 알려진 그의 능력에도 불구하고 공부를 힘들어 했다. 강요는 그의 마음에서 모든 종류의 자발적인 열정을 없애 버렸다. 겨울 내내 공부의 부담 아래 정신적으로 축 늘어져 있었고, 시골에서의 짧은 방학도 이제는 똑같이 의무적인 스포츠와 시골의 오락거리로 가득 차 있었다. 이 목적을 위해서 그에게 할당된 동갑내기들 외에 그는 아무도 만나지 않았고 근처 아무 데도 '자주 다니지' 않았다. 가을을 앞두고 비로소 약간 기운을 차리고 나니 또 똑같은 일들이 찾아왔고 그렇게 그는 졸업할 때까지 버텼다.

그는 아버지에게 졸업 시험을 치른 후 곧바로 시골로 가겠다고 맹세했고 그 맹세를 지켰다. 그렇게 해서 그는 졸업 시험 후의 짐승 같은 축하 행사들을 피했고 깨끗하고 무구한 채로, 그러나 삶의 지옥과도 같은 가능성을 예감하면서 저택으로 찾아왔다 ― 루지미에쥬에서 멀지 않은 산기슭 근방에 서 있는, 소위 말하는 부모님의 궁전이다. 여기서부터 비로소 모든 것이 시작되었다.

정보
알려진 바와 같이, 이미 학교에 들어가기 전부터 그는 자신

22

이 남작이며, 거대한 양조장의 소유자인 자신의 아버지는 헝가리 혈통이 섞인 백작 부인인 어머니와는 같은 신분이 아니라는 사실을 깨달았다. 짧은, 그러나 전혀 만족스럽지 못한 속물주의 시기가 찾아왔다. 어머니 쪽으로는 대체로 모든 것이 좋았지만—무슨 영웅들과 몽골 놈들, 브와디스와프 4세*를 위한 야만적인 살육—그러나 아빠의 조상들은 그의 야심을 채워 주지 못했다. 그 때문에 그는 행복한 본능에게 안내를 받아 이미 4학년 때부터 (3학년까지는 학교에 갔다.) 공화주의자가 되어 버렸고 자신의 혈통에 대한 불완전한 열등감을 경멸했다. 그렇게 해서 그는 마음을 달래 여러 가지 깨달음을 받아들였고 긍정적인 가치들로 돌아설 수 있는 일종의 겸손함을 얻었다. 그런 발견을 그는 기뻐했다.

그는 오후의 짧은 잠에서 깨어났다. 그 잠에서만 깨어난 것이 아니라 5년간 지속되었던 다른 잠에서도 깨어났다! 어린애 같은 투쟁의 짐승 같은 시간들과 그의 사이에는 이제 황무지가 가로놓여 있었다. 그렇게 영원히 계속될 수 없다는 사실을 그가 얼마나 아쉬워했는지! 모든 일의 유효성과 유일함과 필연성, 동시에 이 모든 일이 지금 현실의 차원에서 심각한 게 아니라는 감각—그리고 그 결과, 져 버린 싸움들의 패배를 눈앞에 대면했을 때조차 마음 가볍고 편하던 기분. 다시는 없다…! 그러나 일어나야

* Władysław IV Waza (1632–48). 폴란드의 왕.

23

만 했던 일은 더욱더 — 훨씬 더 — 무한히 더 흥미로워 보였다! 다른 세상이다. 그리고 왠지 모르게 어린 시절 변태 행위의 기억이 그 '범죄'에 대한 더없이 무거운 양심의 가책과 함께 튀어나와서, 마치 실제로 그것이 과거의 삶 전체를 결정지어 버리는 것 같았다. 어쩌면 진실로 그랬는지도 모른다. 몇 년이 지나도 그는 똑같은 것을 원했지만 스스로 참았다. 아직 알지 못하는 여자들에 대한 수치심이 그를 막았다. 깊숙이 알지 못하는 여자들이다, 왜냐하면 어쨌든 바로 어제….

정보
기숙사에서 그는 가시철사 같은 규율에 묶여 있었고, 방학 때 — 하 — 같이 지내는 친구들은 그가 갈망하는 부류가 영영 아니었다! 그러나 그는 가끔 자신보다 현실을 더 많이 받아들여야 했던 동료들에게서 이것저것 듣곤 했다. 그렇지만 그게 제일 중요한 일은 아니다.

그러니까 어쨌든 모든 일은 있다. 이 결론은 겉보기에 느껴지는 만큼 그렇게 진부하지는 않았다. 무의식적이고 동물과 같은, 대부분 애니미즘*적인 존재론은 관념적인 존재론의 첫 번쩍임, 최초의 전체적인 실존적 판단 앞에서는 아무것도 아니다. 존재라는 사실 자체는 이제까지 그

---

* 물활론(物活論). 사물에도 정령이 깃들어 있다는 믿음.

24

에게 이상할 것이 전혀 없었다. 이제 그는 이 문제의 험난한 심화 불가능성을 처음으로 깨달았다. 어린애다운 매혹이 지나간 후, 어린애답게 황금빛으로 먼지 속에서도 지나치게 빛나는 알 수 없는 그리움이 지나간 후에 그의 앞에는 뭔가 가장 멋진, 돌아오지 않는 날들의 세계 속에서 가장 오래된 어린 시절이 떠올랐다. 동부 갈리치아*에 있는 외가의 궁전과 마치 하얗게 달아오른 것 같던 구름, 그 아래에 잠복해 있던 돌풍과 벽돌 제조장 근처 진흙 구덩이에서 개굴거리던 개구리들, 그리고 녹슨 우물의 삐걱이는 소리. 그는 또한 함께 노는 것이 허락되지 않았던 어떤 친구의 짧은 시를 기억했다.

> 오 기묘하고 조용한 여름의 오후여
> 그리고 깊은 곳까지 즙으로 가득한 과일이여,
> 쌀쌀한 그늘 속 잊혀 버린 우물,
> 그 후에는 광기에 찬 저녁과 밤들….

바로 이 형편없는 시가 그에게 나타내 줬던 것이다 — 삶의 거대함과 그 순간순간의 불가해성, 그리고 무시무시한 지루함, 그리고 뭔가 알 수 없을 정도로 위대한 것에 대한 그리움을. 그러나 그는 지금에서야 비로소 이것을 정확히

---

* Galicja. 폴란드 남동부에서 우크라이나에 걸친 지역. 이전에는 독립된 왕국이었으며 19세기까지 오스트리아·헝가리제국의 지배를 받았다. 폴란드, 우크라이나, 헝가리, 독일 등의 역사적, 문화적 유산이 융합되어 남아 있으며 지정학적으로도 중요한 지역이다.

이해했다. 처음으로 프타시가 학교 옥외 변소에서 그에게 이 헛소리를 읽어 주었을 때 이 시는 아직 아무것도 표현하지 못했다. 과거는 번개처럼 번쩍이며 나타난 현실의 모습 안에서 마치 다른, 이제까지 알려지지 않았던 세계처럼 눈부시게 드러났다. 그것은 1초도 안 되는 순간 지속되다가 기억과 함께 무의식의 비밀스러운 덤불 속으로 사라져 버렸다. 그는 일어나 창가로 가서 유리에 머리를 댔다.

커다랗고 노란 겨울 태양이 빠르게 저물어 두 개로 갈라진 '커다란 둔덕' 꼭대기에 거의 닿을 것 같았다. 눈부신 빛이 불타는 금빛과 구릿빛의 떨리는 덩어리 속으로 모든 것을 섞어 넣었다. 보랏빛 그림자가 거대하게 쭉 늘어났고 태양 가까이의 숲은 검은 진홍빛이 되었다가 순간순간 색 바래고 눈먼 녹음으로 변했다. 땅은 매일의 일상을 위한, 땅 자체와 인간 세상에 대한 그것의 관계에 관하여 알려진 것을 위한 공간이 아니었다 — 그것은 마치 먼 거리에서 망원경으로 본 행성 같았다. 땅은 톱니처럼 삐죽삐죽하게 깎인 산의 등뼈를 따라 왼쪽으로 이어지고, 멀리 '커다란 둔덕'의 둥근 능선 너머로, 별들 사이의 공간으로부터 점점 다가오는 어째서인지 '슬픈' 밤을 향해 몸을 기울이는 것 같았다. 태양은 이제 눈에 띄게 둥둥 떠서 움직이며 가끔은 금색과 붉은색으로 테를 두른 거무스름한 녹색 동그라미처럼 보였다. 마치 피투성이 칼날에 점점이 붙은 듯, 겁먹고 망설이는 듯한 움직임으로 먼 숲들의 윤곽이 갑자기 와 닿았다. 무지개 다발에 흩어진 마지막 햇빛이 가문비나무의 무거운 무더기를 통과해 마지막으로 빛났을 때 붉은색과 검은색 공단은 남색으로 변했다. 영원무궁을 향하여 시선이 던져지고 눈부신 번쩍임을 따라 이어지다가, 한없이 더 현실적인 세계의 어둡고 단단한 저항에 부딪쳤다. 게네지프는 가슴에 일종의 답답한 통증을 느꼈다. 비밀을 이해하는 기묘한 순간이 지나갔고 진정한 천박함이 그 가면 아래에서 지루함으로 가득한 회색 얼굴을 드러냈다. 오늘 저녁에는 무엇을 해야 할까? 이 질문은 그에게 이전의 질문을 연상시켰고 그는 깊이 생각에 잠겼는데, 너무나 깊이 잠겨서 현재의 순간에 대한 감각을 완전히 잃어버렸다. 그는 바로 이때가 최고로 행복한 시간임을 알지 못했다.

공주는 그의 상상 속에 (거꾸로 서서) 마치 살아 있는 것 같았다. 그러나 그 이미지는 어제의 현실에서 온 반영이 아니었다. 아버지의 친구들 중 누군가의 서재에서, 그 신사들이 주의를 기울이지 않은 틈을 타서 미처 끝까지 닫히지 않은 서랍 속을 들여다봤을 때 보았던 점잖지 못한 판화들이 기억난 것이다. 그는 마치 어떤 부끄러운 줄 모르는 그림에서 보듯, 흘러넘친 짙은 붉은색 머리카락으로 뒤덮인 그녀의 벌거벗은 모습을 보았다. 불길한 웃음을 띠고 원형으로 둘러선 원숭이들이 방탕한 소리를 내며 그녀 곁에서 산책하는 광경은 (그 원숭이들은 각각 조그만 타원형 거울을 들고 있었다.) 삶의 영역들을 그 중요성에 따라 상징한다는 의미에서 집중된 동그라미들이

27

그려진 어떤 그림의 가장 뚜렷한 현신이었다. 그것이야말로 바로 가장 중요한 정가운데의 동그라미가 아니던가? 불균형한 두 개의 관점들과 거기서부터 흘러나오는 고통스러운 분리가 그려졌다. 잔혹하게 이해한다면 이것은 다음과 같았다 — 즉 아버지의 체계적인 이상주의와 금지된 쾌락을 만끽하고 싶은 욕망이 알 수 없는 방법으로 어머니와 연결된 것이다. 게네지프는 이것을 거의 물리적으로 가슴과 아랫배에 느꼈다. 조금 전까지만 해도 그런 것은 없었는데, 이제는 과거 전체가, 학교에 다녔던 것도, 어린 시절도 모두 멀어졌고, 떨어질 수 없는 전체로 합쳐져서 — 새로 생겨난, 감지할 수 없을 정도로 미세한 문제의 해답이 없다는 사실로 인해 부정적으로 유일하게 연결되어 버렸다. 이 질문의 현실적인 해결의 비밀은 그에게 있어 언제나 — 처음 의식했을 때부터 — 뭔가 마음을 불안하게 하는 불길한 것이었다. 건강하지 못한 (도대체 어째서 건강하지 못한데?!) 호기심이 마치 어떤 따뜻하고 혐오스러울 정도로 기분 좋은 연고처럼 그에게 쏟아졌다. 그는 몸을 떨고 갑자기 지금에서야 비로소 방금 꾸었던 꿈을 기억해 냈다. 그는 심연 속에서 누군가 실체 없는 시선의 목소리를 들었다. 그 눈은 치명적인 질문을 담고 그를 빨아들일 듯이 지켜보고 있었는데, 그 질문에 대한 대답을 그는 찾을 수 없었다. 마치 시험공부를 제대로 하지 않은 듯한 기분이었다. 그리고 그 목소리는 빠르게 중얼거리듯 말했다 — "미에두발시크들이 눈에 보이는 곳에서 검은 베아트에게 부바이 피에치트를 먹일 거다".* 강철 같은 팔이 그를 껴안았고 그는 갈비뼈 아래 간지러운 듯한 통증을 느꼈다. 그는 바로 그 불쾌한 느낌과 함께 깨어났으나 그 느낌을 뭐라 정의할 수 없었다. (그리고 이 모든 일을 겪어 내고 그 안에 깊이 파고들어 그에 대해 낱낱이 가려낼 가치가 과연 있나, 결국 나중에… 부르르ー하지만 그 이야기는 나중에.)

그는 거의 기뻐하면서 지금에서야 비로소 기억 속에 남은 음악가 텐기에르(어제저녁에 알게 되었다.)의 모습에서 그 자신이 지금 내면적으로 겪는 것과 똑같은 수수께끼의 이중성을 눈치챘다. 그 수컷의 눈에 손바닥 보듯 환하게 나타난 억눌린 힘은 있을 수 없는 압력을 창조했다. 어제 들었던 (그리고 이해하지 못했던) 그의 말들은 갑자기 전체적으로 명확해졌는데, 마치 아직 분석되지 않은 물질처럼, 단지 그 단어들의 전반적인 어조만이 그러하였다. 관념적 의미 같은 건 말할 필요도 없었다. 관습적인 '학교에서 배우는' 비밀들의 껍질 아래 삶의 이중적인 의미가 둔한 소리를 내며 울렸다. 그 껍질을 찢어 버린 건 다음과 같은 의미 없는 표현들이었다.

"모든 일이 일어나게 하라. 나는 모든 것을 받아들이고, 굴복시키고, 물어뜯고 소화시킬 능력이 있다ー모든 지루함과 가장 지독한 불행까지. 어째서 이렇게 생각

* 의미 없는 말장난. 작가가 1921년에 쓴 4막 희곡 「이름 없는 작품(Bezimienne dzieło)」의 모토이기도 하다.

하냐고? 이건 완전히 진부하니까 만약에 누군가 내게 조언을 한다면 나는 그를 비웃어 버릴 것이다. 그리고 지금은 이것을 가장 깊이 있는 진실, 가장 중요한 소식으로서 나 자신에게 말하고 있다." 어제까지 이 단어들은 다른, 평범한 의미를 가졌을 것이다 — 오늘은 마치 완전히 다른 차원에서 활짝 열리는 새로운 지평선들의 상징인 듯 보였다. 탄생의 비밀과 고유한 '나'를 채택하지 않았을 때 세상의 표현 불가능성만이 암울하게 이어지는 순간들을 유일하게 밝혀 주는 지점이다. 그렇게 모든 것이 꼬여 버렸다. 도대체 무엇 때문에? 만약 끝이 이렇게 되어야만 한다면 — 하지만 그 이야기는 나중에 하자. 어제까지만 해도 그다지 오래되지 않은 젊음 전체가 과도한 표현력으로, 마치 살아 있는, 끊임없이 나타나는 현실처럼 그려졌었다. 그 현실이 끝없이 잘게 쪼개지면서, (현재 겉보기에 일어나는) 시대적인 사건들에도 불구하고 시대의 창조를 불가능하게 했다. 이제 비밀스러운 판결로 인해 어두워지고 멀어져 버린 그 '위대한'(?) 삶의 행로는 어딘가 불변과 완결의 영역 안으로 저물었고 그러면서 과거는 돌이킬 수 없다는 사실을 처음 비극적으로 느낄 때의 세밀하고 붙잡기 힘든 매력을 띠게 되는 것이다. 이전의 삶이 펼쳐졌던 매체 속, 바로 그 안으로 저물어 가는 듯한 변화들, 모든 일을 완벽하게 똑같지만 그러면서도 어제의 자신과는 균형이 맞지 않는 상태로 남겨 두었던 그 변화의 물결 위에, 방금 기억난 꿈이 마치 날카롭고 어둡고 뚜렷한 윤곽

30

을 띤, 그러나 내면적으로 혼란스러운 얽힌 매듭이 되어 현실이라는 무관심하고 물처럼 투명하며 텅 빈 빛나는 화면 위에 나타났다. 순식간에 원근법이 해체되어, 마치 눈이 피곤할 때 갑자기 모든 것이 불균형하게 멀고 작고 손닿을 수 없는 듯 보이지만 어떤 한 가지 물체만이 자연적인 크기를 유지하는데, 그래도 그런 사실이 시야 전체에서 전반적이고 쉽게 확증할 수 있는, 개별 부분들의 객관적인 상호간의 비례를 뭔가 비밀스러운 방법으로 바꾸지는 못하는 것이다. (거리 감각 장애, 가능한 촉각의 인상들을 배경으로 변화하는, 인식되는 거리라는 요인 없이 사물을 현실에 보이는 크기로 보는 것, 두 개의 차원에서 공간 관계의 직접적인 인상. — 이 얘기는 이만 줄이자.)

게네지프는 꿈을 원래의 자연스러운 흐름에 대해 반대되는 순서로 기억해 내기 시작했다. (왜냐하면 꿈이란 어쨌든 그 꿈을 꾸는 순간과 정확히 일치하게 직접적으로 경험되는 일이 절대 없기 때문이다 — 꿈은 오로지 유일하게 기억으로만 존재한다. 꿈의 가장 진부한 내용조차 구체적이라는 기묘한 특성은 여기서 비롯된다. 그 때문에 우리가 과거의 어느 시점인지 정확히 짚을 수 없는 이런 기억들은 졸린 백일몽과 같은 바로 그 특별한 색채를 띠게 된다.) 상상 속 세계의 비밀스러운 심연으로부터 겉보기에 연약하고 희미한 일련의 사건들이 생겨났고, 이런 사건들은 거의 그 누구의 기억에도 속하지 않는 것 같았으나, 그의, 게네지프의 꿈속에서 그것은 어떤 지하 세계의 힘에

31

의해 고유하고 강력해졌으며, 그래서 그 희미함에도 불구하고, 졸업 시험 후의 태평함과 진보랏빛 숲 사이로 꺼져 가는 겨울 태양의 황금 햇살로 가득한 현재 순간의 아직 저지르지 않은 죄악에 대한 가책과 예감으로 가득한 위협적인 그림자를 던지는 것만 같았다. "피" — 그는 속삭였고 동시에 붉은 색채의 환각과 함께 갑작스럽게 가슴이 죄어드는 것을 느꼈다. 그는 저질러진 범죄의 마지막 연결 고리와 그 너머를 바라보았다 — 졸음에 겨운 부존재의 검은 무(無) 속에 묻혀 가는 그 시작의 비밀을. "어째서 피가 — 꿈속에서는 전혀 없었는데?" 그는 자기 자신에게 속삭이듯 물었다. 그 순간 해가 졌다. '커다란 둔덕'의 능선에 있는 숲만이 창백한 오렌지색 하늘에 금빛으로 타오르는 화살들의 뾰족뾰족한 톱날처럼 빛났다. 세상은 푸른 보라색 어스름 속에 불타 버린 재가 되었고 하늘은 아주 잠시 불꽃이 이는 겨울 황혼으로 밝아졌으며, 그 안에서 마치 초록색 불꽃처럼 저물어 가는 금성이 깜빡였다. 꿈은 잡다한 일화와 같은 내용에서 점점 더 확실해졌고, 진실되고 붙잡기 어려우며 표현할 수 없는 그 내용은 기억된 사건들의 구체성 속에 잊혀 버렸으며, 동시에 어떤 부차적인, 손 닿지 않는, 의식의 가장자리에서 점점 사라져 가는 삶에 대해 희미하게 알려 주었다.

꿈: 그는 모르는 도시에서 어떤 거리를 따라 걷고 있었는데, 그 도시는 수도나 또는 지나가면서 보았던 어떤 이탈리아의 작은 마을을 연상시켰다. 어느 순간 그는 자

32

신이 혼자가 아니며 꿈에 반드시 등장하는 사촌 톨지오 외에도 그와 함께 누군지 모를 어떤 키 크고 어깨 넓고 어두운 금발의 턱수염을 기른 사내가 같이 걷고 있음을 깨달았다. 그의 얼굴을 보고 싶었지만 그 얼굴은 그가 쳐다보는 순간 뭔가 괴상한, 그러나 꿈속에서는 아주 자연스럽게 여겨지는 방법으로 언제나 사라졌다. 오로지 턱수염을 보았을 뿐이며 그것이 그 자체로서 낯선 '인물'의 원칙적인 근본이 되어 버렸다. 그들은 1층에 있는 조그만 카페로 들어갔다. 모르는 남자는 반대편 문가에 서서 가벼운 동작으로 게네지프를 부르기 시작했다. 지프치오는 그를 따라 뒤의 방들로 가고 싶은 억누를 수 없는 충동을 느꼈다. 톨지오는 모든 것을 다 안다는 듯 비꼬는 미소를 지으면서 마치 다음에 무슨 일이 일어날지 잘 안다는 듯이 굴었는데, 여기에 대해서는 게네지프 자신도 마치 잘 아는 것 같았지만 정말은 아무것도 알지 못했다. 그는 일어서서 모르는 사람을 따라갔다. 그곳에는 방이 있었는데 천장이 낮고 흔들리는 모습의 짙은 안개가 일렁이고 있었다. 그들 위의 공간은 끝이 없는 것 같았다. 모르는 사람은 지프치오에게 가까이 다가와서 뭔가 불쾌한 진정성을 담아 그를 꽉 껴안기 시작했다. "난 너의 형제다—내 이름은 재규어다." 그는 귓가에 대고 조용히 속삭였는데, 여기에는 지독하게 간지럼 태우는 듯한 느낌이 담겨 있었다. 지프치오(집에서는 그를 그렇게 불렀다.)는 이미 일어나야 했지만 멈추었다. 여기에 그는 억누를 수 없는 혐오

33

감을 느꼈다. 그는 모르는 남자의 목을 잡고 그를 땅으로 내리누르기 시작했으며 동시에 온 힘을 다해 그의 목을 졸랐다. 뭔가(이미 누군가는 아니다.), 어떤 부드럽고 힘 없는 덩어리가 바닥에 쓰러졌고, 그 위로 지프치오가 넘어졌다. 범죄는 저질러졌다. 그때 그는 톨지오가 그 마음 속에 양심의 가책은 전혀 없고 단 하나의 감정, 즉 어려운 상황에서 벗어나려는 욕구만이 뚜렷이 나타난 것을 보았음을 느꼈다. 톨지오에게 뭔가 알아들을 수 없는 말을 한 지프치오는 다시 시체 쪽으로 다가갔다. 얼굴은 이제 확연히 보였지만 그것은 거대하고 괴물같이 모양 없는 멍자국 한 덩어리였고, 목에, 그 저주받을 턱수염 근처에, 조금 전에 움켜쥐었던 손가락이 남긴 붉고 푸른 자국이 확실하게 보였다. '내가 1년 형을 받으면 버티겠지만, 5년 형을 받으면 끝장이다.' 지프치오는 생각하고 집의 다른 쪽을 통해 밖으로 빠져나가고 싶어서 세 번째 방으로 나갔다. 그러나 그 방은 경찰로 가득했고 범죄자가 된 지프치오는 겁에 질린 채 그중 한 명이 자신의 어머니임을 알아보았는데, 어머니는 회색 헬멧에 경찰복 외투 차림이었다. "탄원을 해라." 어머니가 빠르게 말했다. "청장이 네 말을 들어줄 거다." 그리고 어머니는 그에게 커다란 종이를 건네주었다. 종이 한가운데에는 이탤릭체로 문구가 인쇄되어 있었는데, 꿈속에서 그것은 뭔가 무시무시한 협박으로 가득했으나 동시에 오로지 희망을 담고 있었다. 그리고 이제 망각의 어둠 속으로 잠겨 가는 와중에 어렵게 끄집

34

어낸 기억은 그저 말도 안 되는 헛소리의 성격을 띠고 있었다. "미에두발시크들이 눈에 보이는 곳에서 검은 베아트에게 부바이 피에치트를 먹일 거다." 꿈이 끝났다.

어둠이 점점 더 짙어졌고 하늘은 깊은 보랏빛 색채를 띠면서 어제저녁 파티의 안주인이었던 티콘데로가 공주의 이름 모를 향수 냄새를 곧바로 연상시켰다. (나중에야 지프치오는 그 향수가 폰타시니의 유명한 페멜 앙라제임을 알게 되었다.)* 빛나기 시작하는 별들을 바라보면서 그는 불쾌한 공허의 감정을 깨달았다. 이전의 상태, 즉 범죄적인 꿈과, 자신의 내면과 그 너머에서 뭔가 한없는 풍부함이 솟아난다는 느낌은 모두 흔적 없이 사라졌다. 뭔가 그림자처럼 지나가면서 지루함과 불안과 뭔가 음울하고 그 어떤 참을 만한 감정으로도 바꿀 수 없는, 아름다움이라고는 전혀 없는 슬픔을 남겼다. 겉보기에는 아무것도 변하지 않았으나 그래도 지프치오는 뭔가 굉장히 중요한 것, 그의 남은 인생을 전부 결정지을 수도 있는 무엇인가가 일어났다는 사실을 알고 있었다. 그것은 압축할 수 없는 상태로서 이해력을 전부 쏟아야만 유지할 수 있는 상태였고 — 흠잡을 데 없는 차단이었다. (그리고 자기 자신에게 이토록 열중하는 일이 과연 가치가 있는지, 그렇게 해서 나중에…. 아! 하지만 여기에 대해서 지금은 말하지 않겠다.) 알 수 없는 계산기가 모든 것에 어떤 인수를 곱

* Femelle enragée. '분노한 여성'이라는 뜻의 프랑스어. 여기서는 가상의 제조업자가 만든 가상의 향수.

해 규정할 수 없는 분량으로 늘려 버렸다. 어째서 모든 것이 이토록 이상하지? 형체 없는 형이상학의 상태. 그리고 여기서는 이랬다 — 그는 한 번도 하느님을 믿을 수가 없었고 (비록 어머니가 그에게 아주, 아주 오래전에 바로 이점에 대해서 이야기한 것 같은데, 다만 하느님에 대해서가 아니라 이상함에 대해서였다. "…나는 하느님을 믿지만, 우리 천주교의 교리에서 말하는 것과는 다른 하느님이야. 하느님은 모든 사람이고 세상을 재판하는 것이 아니라 자기 내면의 자신만을 판결한다.") 그때 지프치오는 온 세상이 (마치 하느님처럼) 자기 집 식당 찬장에 줄지어 거꾸로 놓여 있는 것과 같은 하늘색의 오목한 도자기 찻잔일 뿐이라는 느낌을 받았다. 그 느낌은 뭔가 해석할 수 없고 축약할 수도 없으며 전달할 수도 없고 최고로 비이성적인 것이었다.* 어렵다. 그리스도는 그에게 있어 그저 마법사일 뿐이었다. 일곱 살이 되었을 때 여기에 대해 자기 유모에게 이야기하면서 그는 노파를 절망에 빠뜨린 적이 있었다. 어머니의 믿음은 그에게 더 강한 확신을 주었고 그는 자신의 가장 비밀스러운 생각 속에서 어머니만큼 자신과 가까운 사람은 평생 다시는 없으리라고 느꼈다. 그럼에도 불구하고 두 사람 사이에는 가장 좋은 순간에조차 뭔가 넘을 수 없는 벽이 있었다. 아버지는 화났을 때는 무시무시하고 평온할 때는 차갑고 딱딱한 사람으로 그에게 바

* 원문에서 형용사가 모두 프랑스어로 표기됨(intraduisible, irréductible, intransmissible et par excellence irrationnel).

36

닥 없는 공포만을 안겨 주었다. 그는 자신이 어머니와 함
께 삶의 어떤 사악하고 강력한 힘에 맞서 싸우고 있지만,
그래도 그 힘의 편에 언제나 어떤 정당함이 도사리고 있
음을 알고 있었다. 그는 이제 어머니에게 가서 악몽이 무
섭고 삶 속에는 끔찍한 복병들이 도사리고 있으며 무방비
하고 경험 없는 그는 온 힘을 다해도 그 공격 속에 조만간
쓰러질 수밖에 없을 거라고 하소연하고 싶었다. 그는 갑작
스러운 야심의 회복으로 이런 연약함을 극복하고 남자다
운 고집으로 자신의 상황을 재빠르게 검토했다. 그는 만
18세가 지났고 — 늙었다, 아주 늙었다 — 스무 살은 어쨌
든 완전한 노년기였다. 그는 비밀을 알아내야만 했고 알아
낼 것이었다 — 한 조각씩, 차례대로, 천천히 — 힘들다. 그
는 아무것도 겁내지 않을 것이며 모든 것을 다 무찌르거
나 아니면 당연히 스러지겠지만 그렇더라도 명예롭게 죽
을 것이었다. 하지만 어째서, 무엇의 이름으로 이 모든 일
을 한단 말인가? 갑작스러운 좌절감이 그를 옥죄었다. 이
문장은 이 세상에서는 의미가 없었지만 모든 것을 해결할
수 있을 듯한, 뭔가 비밀스러운 주문 같은 의미를 띠게 되
었다. 어둠이 빠르게 내려왔고 황혼의 나머지 빛만이 벽
에 걸린 그림들의 액자 유리에 반사되었다. 그리고 갑자기
그 꿈과 에로틱한 미래의 비밀이 모든 것의 비밀이 되었
다 — 세상 전체와 그 자신을 뒤덮었다. 그것은 이미 개인
적으로 삶의 순간순간을 이해할 수 없다는 불가해성이 아
니었다 — 그것은 모든 우주와 하느님과 오목한 푸른 찻잔

의 헤아릴 수 없는 비밀이었다. 그러나 차갑게 이성적으로 논의된 신앙이나 불신의 문제는 아니었다. 모든 것은 살아서 동시에 작동했으나, 그러면서 절대적인 부동(不動) 속에 얼어붙어 기다림 속에서 멈추어 버렸는데, 상상할 수도 없는 어떤 기적, 궁극적인 계시를 기다리고 있었고 그 너머에는 이미 아무것도 없을 것이었다 — 어쩌면 가장 완벽하고 훌륭하고 어떤 방법으로도 표현되지 못할 없음일까. 그런 순간에 그는 그 강요된 신앙을 믿는 것을 일단 멈추었는데, 그 신앙이란 졸업 시험 전에 그가 작위적으로 내면에 불러일으킨 것이었다. 어머니의 요구 때문이었고, 종교는 학교의 필수과목이 아니었다. 그리고 어차피 푸른 찻잔에 상징으로 남은 어머니의 신앙은 지역 보좌신부의 믿음과는 거리가 멀었다. 자기 고유의 종파를 세운다는 것은 어려운 일이었다 — 이미 여기에 대해서도 흥미를 전부 잃어버렸다. 계시는 결정적으로 실망만을 안겨 주었다. 거기서부터 모든 종교적 관습은 정형화된 거짓말이 되어 버렸는데, 그는 이 사실을 깨달은 것이 어머니 덕분이라고 생각했다 — 어머니조차 그에게 신앙을 갖게 해 주지 못했던 것이다 — 그가 진실로 사랑하는 유일한 존재인 어머니조차. 그것은 불협화음이었고, 그 불협화음은 마찬가지로 언젠가 미래에 어떤 조그만, 겉보기에 별로 중요하지 않은 정도로 저울을 기울게 할 것이었다. 어머니의 유명한 여러 가지 덕목들에도 불구하고 지프치오는 어머니 안에 삶의 어두운 면과 관련된 어떤 탐색되지 않은 심연이 숨어 있음을 알고 있었고, 이제 그 자신이 천천히 알아채지 못할 정도로 조금씩 그쪽으로 기어가고 있었다. 그리고 이 때문에 그는 어머니를 약간 경멸했으나 그 사실을 자기 자신에게도 숨겼다. 그는 어머니보다 더 가까운 존재는 살면서 다시 갖지 못하리라는 것을 알고 있었고, 동시에 곧 어머니를 잃으리라는 것도 알고 있었으며, 그래서 경멸하는 것이었다! 아무것도, 빌어먹을, 그냥 아무 일도 일어나지 않았다 — 모든 것이 뭉치고 얽히고 엉망진창이 되어 마치 어떤 악령이 일부러 역겹게 만든 삶의 지옥 같은 샐러드처럼 되어 버렸다. 지금 그에게는 그렇게 보였다 — 그리고 이후에는 또 어떻게 될 것이란 말인가! 그래도 아마 어떤 관점에서 보자면, 오로지 성자들만이 벗어날 수 있는 인생의 이 무의미한 진흙탕을 통해서 나중에 어떤 일들은 확실히 단순해진 것 같았다. 그가 어머니를 경멸할 권리가 과연 있었던가? 서로 모순되는 두 감정, 즉 야만적인 애착과 경멸이 동시에 일어나 이 모든 체계 전체를 믿을 수 없을 정도의 광기로 몰아갔다. 그런데 동시에 모든 것이 제자리를 찾았고 아무것도 바뀌지 않았다. 그를 자기 자신에게서 갈라놓는 이 내면의 댐을 끊고 모든 수문을 제거하고 학교의 교과목들을 인위적으로 구분하는 벽들을 무너뜨리기를! 오, 무엇 때문에 이제까지 잠들어 있었던가! 그런데 그러면서 드는 이상하게 익숙한 생각(그에게는 그렇게 느껴졌다.)은, 이런 방식으로 (즉 그가 겪은 것과 같은 과거를 배경으로) 두 배, 세 배, 네 배 더 강하게 삶을 즐긴다는 것이었다…. 그러나 무엇을? 삶 그 자체는 그에게 아직 거의 존재하지 않았다. 그리고 그런 생각에 대한 부끄러움이 너무나 강해서, 어머니에게는 절대로 말하지 않을 것이었다, 절대로, 정말 절대로. 옆방의 오래된 나무 마룻바닥이 삐걱거렸고 어린아이의 조그만 공포는 점점 커지는 남자다운 대범함과 섞여 황홀한 혼합물이 되었다. 게네지프는 지금에서야 도착한 지 24시간이 벌써 흘러가버렸다는 사실을 깨달았다.


정보

고등학교 졸업 시험은 겨울에 시행되었다. 전쟁의 우려 때문에 학사 일정은 2월에 끝났다. 갑작스럽게 장교들이 필요해졌다. 3월엔 모두들 이례적인 사건이 일어나리라고 예상하고 있었다.

　　중국 공산군 선봉대는 이미 우랄산맥\*에 도달해 있었다. 반혁명적 도축이 들끓는 모스크바에서 바로 한 걸음 떨어져 있는 것이다. 키릴 황제의 선언에 속아 넘어간 농부들은 그들에게 본의 아니게 저질러진 불가피한 악(선을 행한다는 감각으로 행해졌다.)에 대해 무시무시하게 복수하면서, 사실은 수백 배나 더 나쁜 운명을 스스로 마련하고 있다는 사실을 알지 못했다.

* 러시아 중서부에서 카자흐스탄으로 이어지는 산맥. '유럽 러시아'와 시베리아를 가르는 지형적인 기준이기도 하다.

늙은 카펜은 예전과 같은 생활의 바탕을 점차적으로 잃어 가고 있었다. 겉으로는 예전과 같이 엄격해 보이는 데 성공했지만 사실은 예전처럼 엄격해질 수도 없었다. 자신의 훌륭한 루지미에쥬 맥주의 시냇물을, 강물을, 바다를, 운하가 되어 정해진 방향으로 흘러가며 민족화되고 사회화되는 모습을 그는 이미 시각적으로 보고 있었다 — 여러 가지 부차적인 '트릭'을 발전시킬 가능성이 없는 도박이었는데, 그런 '트릭'은 그가 사람의 손과 머릿속의 생각으로 일구었다기보다는 땅에서 혼자 스스로 자라난 것처럼 보일 정도로 원초적인 상태의 양조장을 아버지에게 물려받았을 때부터 그토록 많이 사용했던 것이었다. 그것은 견딜 수 없이 지루했다. 그것은 어떤 '업적'(?)으로 해결해야만 했는데, 그런 업적을 통해 그는 자신의 한계를 벗어나 성장하고 자기 행위의 자유로움을 통해 초월적인 힘의 강제 가능성을 경고할 수 있을 것이었다.

지프치오는 아버지에 대해 생각하면서 등에 불쾌한 소름이 끼쳐 옴을 느꼈다. 이미 12년이나 의식적으로 참아 왔던 (나머지 고통의 기간은 유년기의 암흑 시기 속에 잊혀 버렸다.) 그를 지배하는 그 무시무시한 권력이 드디어 끝날 것인가? 그의 내면에서 모든 자발적인 움직임을 꺾어 버리던 그 힘에 지속적인 방식으로 대항할 수 있을 것인가? 그 방향을 향한 어제의 경험을 겪은 뒤에 그는 내적으로 분열되어 결정을 내릴 수 없었다. 그래서 이렇게 게네지프는 곧 처음으로 아버지에게 맥주에 관련된

41

일은 하지 않을 것이며 공업학교에 진학하지 않을 것이고 9월이 되면, 전쟁이 나지 않는 한, 서양 문학 전공으로 등록해서 다닐 것이며, 그러기 위해서 이미 고등학교 생활의 마지막 몇 달 동안 준비하기 시작했다고 선언했다. 문학은 삶의 고통스러운 다양성을 이상적인 차원에서 대신해 줄 것이었다. 문학의 도움을 받아 모든 것을 삼켜 소화시키면서도 동시에 중독되거나 돼지로 변하지 않을 수 있었다. 자신의 운명을 자각하지 못한 채, 순진한 미래의 최고사령관 보좌관은 이렇게 생각했다. 아버지는 미래를 전혀 믿지 않았음에도 불구하고 여기에 대해서 가벼운 뇌졸중 발작으로 반응했다. 늙은 아버지는 이 고슴도치의 미래에 대해 아직 확실한 관념을 갖지 못했으나—그건 최근의 사건들과 내면의 변화와 관련이 있었다—아들이 자기 말을 듣지 않는다는 사실 자체가 마치 물리적이고 적대적인 사람처럼 되어 아버지를 거의 목 조르다시피 했다. 게네지프는 이슬람교의 수도승과도 같이 침착하고 훌륭하게 이것을 견뎌 냈다. 아버지의 삶에 대해 그는 갑자기 관심을 잃었다. 아버지는 그의 앞길을 막고 가장 본질적인 운명에 반박하려는 어떤 낯선 사람이었다. 이 장면을 겪은 뒤 그는 처음으로 정장을 차려입었고 (발작은 저녁 일곱 시에 일어났고 이미 날이 어두웠으며 루지미에쥬성 주위에는 돌풍이 몰아치고 있었다.) 아홉 시에는 말이 끄는 썰매를 타고 티콘데로가 공주의 무도회에 갔다. 이제 그녀의 얼굴은 그가 영원히 떨쳐내 버린, 지겹게 굴러다니는 맥주 통 가운데에서 반짝였다. "불확실한 사람에 대한 이야기를 간직한 인물만은 되지 말자."라고 게네지프는 가는 도중에 확고하게 속삭였다. 이 일은 그 뒤에도 몇 번이나 본질적인 변화의 공간이 되는 역할을 했던 조그만 초원에서 일어났다. 이렇게 속삭이고 나서 그는 자기 말의 의미를 제대로 깨닫지 못했다. 경험이 너무 없었기 때문이다. 틀림없는 자기방어 본능은 (다이몬*의 목소리) 지성과는 별개로, 그러나 그 영역 안에서 작동했다. 공주의 얼굴―아니, 그보다는 성적인 광기의 긴장감이 최고조에 달한 순간 가면이 벗겨진 그 얼굴은 바로 그가 혼자만 알 수 있는 신호를 통해 실행의 시간과 운명의 종류를 알려 줄 비밀의 계기반이었다. 게다가 그는 이미 거기서 뭔가를, 뭔가 떠오르는 것을 보고 있었다. 그 상징들을 어떻게 해석할지, 어떻게 해야 실수하지 않을지, 그는 글자 그대로 전혀 알지 못했다.

정보

반공산주의 전쟁은 여기 참여한 모든 국가에 이상하게 역설적인 상태를 만들어 냈다. 이제 모든 참여국에서 만성적인 볼셰비키 혁명이 진행되었고 한편 모스크바에서는 현재 전직 대공이며 현재 '차르'인 키릴을 선두로 백색테러가 '미친 듯이' 일어나고 있었다. 폴란드는 겉보기에 몇 안 되는

---

* Daemon. 고대 그리스신화에 등장하는 선한 자연의 정령. 플라톤 등의 철학자는 인간이 행동할 힘이나 동기를 주는 초자연적인 힘도 '다이몬'으로 칭했다.

사람들이 무시무시하게 노력한 끝에 (그중 하나는 현직 내무 장관 디아멘트 코우드리크였다.) (실제로 그들의 유명한 임무가 성공한 이유는 완전히 다른 것이었다.) 중립을 유지할 수 있었고 반(反)볼셰비키 십자군 전쟁에 참여하지 않았다. 그 결과 폴란드에서는 아직 혁명이 일어나지 않았다. 대체 어떤 기적 덕분에 모든 일이 아슬아슬하게 유지될 수 있었는지 당시에는 아무도 이야기할 수가 없었다. 모두들 이 문제에 대해『사회적 평가의 이중 체계』의 저자인 스몰로팔루호프스키 교수 학파의 제자들에게서 최소한 이론상의 해결책을 기대했다. 왜냐하면 스몰로팔루호프스키 교수는, 이후 단계로서 순전히 돼지 같은 다원론으로 가는 첫걸음으로서 이원론을 피하려 의식적으로 노력하지 않는 오늘날의 사회학자는 그저 객관주의에 속은 '착각에 속은 바보'*일 수밖에 없고 당면한 사회적 분열에 대해 상투적인 관념들만을 용암처럼 쏟아 낼 수 있을 뿐이라고 확신했기 때문이다. 학자들이 스스로 폭넓게 망쳐 놓은 그 체계의 실용적인 본질은 노동의 학문적 조직이었는데, 그 자체로는 노인이 좋았던 옛날을 이야기하는 것만큼이나 지루한 사안이다. 그러나 그 덕분에 모든 일이 이렇게 저렇게 유지되었는데, 왜냐하면 본인들 행동의 기계적인 성질 때문에 멍청해져서 대체 무엇을 위해 행동하는지 점점 이해하지 않게 되었고 '정신이 나간 채' 무관심 속에 서로서로 동일시하게 되었기 때

---

* une dupe des illusions. 원문 프랑스어.

문이다. 어떤 일이 진행되더라도 (가장 근본적으로)* 그것
이 무엇인지 아무도 알지 못했다. 주권을 가진 국가성이라
는 관념 그 자체는 (그리고 거기서 결과적으로 생겨난 다른
착각들은) 이미 오래전부터 심지어 가장 단순한 형태로 희
생하거나 개인적인 저열함을 포기하기 위한 충분한 동기가
되지 못했다. 그런데도 모든 일은 어떤 비밀스런 관성에 따
라 흘러갔으며, 겉보기에 '민족해방 연합' 정당을 지배하는
관념론자들은 그 관성의 원천을 헛되이 찾으려 했다. 모든
일이 겉보기로만 일어났다 — 그것이 시대의 본질이었다. 여
자들은 이처럼 빠른 속도로 미국화되어 가는 독특한 원시성
의 바탕 위에서 노동을 통해 멍청해져 가는 남자들에 비해
경악할 정도로 똑똑해졌다. 이전에는 드물었던 '신여성'**들
은 엄청나게 공급된 결과 가격이 하락했다 — 사실이다 — 폭
락했다. 그러나 숫자가 많았기 때문에 그들은 나라 전체의
삶에 지적인 색채를 더해 주었다. 겉보기만의 사람들, 겉보
기만의 일, 겉보기만의 나라 — 여자들의 우월성은 겉보기가
아니었다. 어떤 사람이 있었다. 코쯔모우호비치인데, 그 얘
기는 나중에 하겠다. 한편 중국인들은 무기력하고 체계 없
고 황폐한 러시아를 넘어설 정도로 공산화되어 있었다. "우
리는 지금까지 견뎌 냈어." 아주 약간이라도 유복한 삶을 좋
아하는 여러 다른 사람들이 공포와 분노에 떨면서 되풀이해
말했다. 그러나 마음 밑바닥에서 그들은 솔직하게 드러내지

* au fonds des fonds. 원문 프랑스어.
** précieuse. 원문 프랑스어.

는 않았지만 매우 기뻐했다. 그들은 언제나 이렇게 될 것이라고 말했다. "우리가 그런 말을 하지 않게⋯." 그래서 어쨌다는 것인가?

지금, 깨어난 뒤에, 어제저녁에 지프치오에게는 자기 자신을 넘어서 마치 악의적이고 불안정하고 검은 신기루가 자라나 이전의 꿈꾸는 듯한 삶의 이면에서 쌓여 가며 그의 성적인 혹은 전반적인 신체 부위에 기형적인 모습으로 넘쳐 나오는 것 같았는데, 이것은 바로 상황의 가장 이상한 변화를 배경으로 시작되었으며 유일하게 러시아혁명의 첫 시작하고만 비교할 수 있었다. 그것은 '작동'*이었고, 지금 인류는 진정으로 역사의 이면으로 넘어간 것이다. 로마의 멸망, 프랑스혁명은 지금부터 일어나게 될 일에 비하면 어린아이의 장난처럼 보였다. 지금 — 계속 빠져나가 돌아오지 않는 바로 이 순간 — 화이트헤드** 방식대로 발생하는 동안 끝나 버린 사건을 통해 서로 겹치는 머리와 꼬리로 점근적으로 압착된 이 순간. "현재성이란 상처와 같다. 혹여 현재를 쾌락으로 채우기 위해서라면, 또 어쩌면⋯." 아몬드 과자를 바삭바삭 씹어 먹으며 순진무구한 미소를 띤 채 티콘데로가 공주는 이렇게 말했는데, 그 과자는 본질적으로 그와 같았다 — 같은 맛의 감

---

* déclenchement. 원문 프랑스어.
** Alfred North Whitehead (1861–1947). 영국의 수학자, 철학자. 이 책에서 종종 함께 언급되는 버트런드 러셀과 『수학 원리(Principia mathematica)』를 공저했다.

각, 두 개의 짐승 같은 낯짝에 똑같이 펴져 있는 그 맛의 관념 —(그는 어제 모든 사람들이 그저 옷을 차려입은 가축들이라는 인상을 받았는데, 그것은 사실과 멀지 않았다.)— 그의 내면에 현재성, 동시성과 정체성의 감각이 농축되었으며, 거기서부터 모든 것이 무너지기 시작했다. 아무것도 내면에 담기지 않았다. 하지만 어째서 하필 지금인가? 아 — 이 얼마나 지루한가 —'그 때문에', 그러니까 바로 어떤 선(腺)에서 분비액을 일반적인 경로를 통해 내보내는 대신 기관의 내면 조직 안으로 분비했기 때문이다. '나는 과연 이것이 저 낡은 상자의 눈 덕분이라고 감사해야 하는 걸까?' — 그는 이리나 공주에 대해 생각하면서 자신이 무시무시한 불의를 저지르고 있으며 오래지 않아 그녀를 향한 자신의 사랑을 고백하고 회개해야 할 것이고(그렇다, 회개한다 — 그가 얼마나 이 단어를 싫어하는지!), 그녀에게 말할 것이며 — 바로 그녀에게! —(그는 더럽고 짐승 같고 약간은 신뢰의 냄새가 나지 않는 감각 때문에 동요했는데, 여기에 대해서는 언젠가 다시 얘기해야 할 것이다.)— 바로 다름 아니라 무덤에 반쯤 발을 걸친 중늙은이와 노파에게 거의 말라 가는 마지막 남은 혈기를 불러일으키는 젊음의 잔혹성을 띠고 말이다. 물론 그는 자신의 역겨운 매력을 완전히 이해하지는 못했다. "발렌티노와 닮은 존재"* — 어제 공주가 그를 이렇게 불

---

* 원문은 러시아어를 발음 그대로 폴란드어로 적었다. 루돌프 발렌티노(Rudolph Valentino, 1895-1926)는 무성영화 시기 이탈리아 출신 미남 배우의 대명사였다.

47

렀는데, 그 때문에 그는 공주에게 대단히 화가 났다 — 그는 짧고 너무나 곧아서 거의 들창코처럼 보이는 작고 통통하고 둘로 갈라진 부분에서도 전혀 납작하지 않은 코에 윤곽이 단단하고 육감적으로 튀어나왔으나 그럼에도 전혀 흑인 같지 않은 어두운 핏빛 입술을 갖고 있었고 키가 아주 크지 않았으나 (185센티미터 정도) 몸매가 완벽하게 균형 잡혀 있었고 그 몸에 잠재적으로 그가 지금 현재 알지 못하는 모든 여자들의 고통의 바다를 간직하고 있었다. 그리고 그는 무의식적으로 황소의 혀처럼 건강한 자기 몸의 모든 세포 하나하나를 느끼며 즐겼다. 이 올림픽 체육 선수와 같은 세포들 (여기에 대한 다른 표현은 없었다.) 위에서 영혼은 약간 비뚤어지고 빈혈성이었으며 심지어 조금은 괴물 같았으며 무엇보다도 완전히 발달되지 않았다 — 그 영혼에 대해서는 아무것도 말할 수 없었다 — 어쩌면 누군가 심리학자라면, 그것도 능력 있는 사람이라면 — 혹시 그 베흐메티예프라면? 그러나 다행히도 그런 종류의 사회적인 차이는 점점 적어지고 있었고 심지어 주어진 시간과 장소에서 그 모든 것의 일체화는 우연한 상황들의 우연한 전개에 영향을 주지도 않을 것이었다. 그러므로 다시 말하자면, 어제까지만 해도 이전의 저 학생 생활 속에서, 심지어 그가 보기에는 어찌 됐든 전혀 본의 아니게도 현재 루지미에쥬에 자리 잡은 카펜 데 바하즈 남작 집안의 맥주의 힘을 전적으로 대표하는 그 저녁 파티에서 잠들었는데, 오늘은? 그 자신은 맥주를 좋아

48

하지 않았지만, 자신이 이렇게 인위적인 폴란드의 미국식 '번영'\* 속으로 가라앉으며 부조리할 정도로 그 기계화를 완벽하게 완성시켜 가는 노동자들의 불행한 (그냥 단순히 그렇다.) 삶에 들러붙은 기생충 같다는 감각은 너무 힘들어서 고통스러울 정도였다. 유일한 속죄라면 이 모든 것과 전혀 상관없는 일에 헌신하는 것뿐이었다. 그는 이미 문학이 그 안에 삶 전체를 담고 있다고 생각해서 선택했는데, 여기서 — 쾅! — 아버지가 일격을 가했다. 이제 그는 자신이 이 허약해진 위대한 맥줏집 주인("맥아의 왕"이라고 불렸다.)을 전혀 사랑하지 않았다고 확신했는데, 그것은 물론 어머니에 대한 고통스럽고 거의 부어오를 정도로 지겨운 사랑과 비교했을 때의 이야기였다. 아니 — 고통 속에서 (비록 무의식적인 고통이라 하더라도) 무슨 소용인지 악마도 모를 일에 시달리며 이런 식으로 유사 인간이자 반(半)짐승처럼 살아가지는 않을 것이었다. (아, 이들을 빛나는 유령으로 만들기는 얼마나 쉬울 것인가! 여기에 대해서는 생각 좀 해 봐야 한다 — 그리고 또 이전의 주식거래소에서 흘러 떨어져 여전히 더러운 채 이윤의 악취를 풍기며 빈곤의 구석구석을 헤매 다니던 폴란드의 영혼, 대문자로 강조해야 할 **영혼**[여기에 대해서는 그렇게나 말이 많지만]을 잘라 내는 것도 마찬가지다.) 어떤 지분을 가장 높게 쳐서 받을 수 있는 것은 (그 정도는 작은 타

---

\* prosperity. 원문 영어.

협이다.) 어머니와 그리고 또 누이였다(타협의 가면). '깨어난' 뒤에는 자기 자신과의 갈등은 어떤 대가를 치르더라도 피하는 것이 좋다. 그러나 오늘 이 결정에는 또 다른 무게가 더해졌다 — 잠들었던 과거를 껴안고, 그 안에서 전에 없었던 비난의 메아리가 깨어났으며, 특정한 지속적인 사항들이 흔들렸는데, 그 사항이란 예를 들면 집, 가족, 어머니와 집과는 별개로 15세 된 누이(이 누이를 그는 이제까지 거의 신경 쓰지 않았다.), 아마빛 머리카락의 릴리안이었다. 다른 무엇보다도 학교 공부가 전체적으로 발전했는데, 그것은 마치 학교에서 가르치는 질서 잡힌 유일하게 진정한 학문이 아니라 그저 이래도 좋고 저래도 좋은 헛소리인 것 같았고 아니면 전혀 아무것도 아닌 것도 같았다. 이미 지금 곧, 약간만 참을성을 보이면 삶이 시작되려 하고 있었다 — 파렴치한 짓들과 우연한 상황과 흥미로운 경험과 포르노그래피다. 아, 됐어 — 도대체 빌어먹을, 이 변화의 의미는 무엇이냐 말이다. 아랫배의 불편한 느낌은 모든 것을 알고 있는, 엉망으로 세팅한 터키옥 구슬과도 같은 공주의 눈이 쳐다보는 것과 관련이 있었고 (게네지프의 눈은 갈색이었다 — 훌륭한 대조.) 이 주제에 대해서는 가벼운 모멸감을 느꼈다 — 그가 이런 바보 짓의 일부여야 한단 말인가! 그날 저녁의 기억은 지나간 순간에 비해 이상할 정도로 낮은 수준에 속했고 지금에서야 최소한 겉보기로는 이해가 되는 수수께끼로 모양이 잡히고 있었다. 마치 빠르게 돌린 영화를 볼 때처럼 그의 눈앞에 이미지들이 번득였고, 대화는 의미론 영역의 덤불 사이로 날아가는 대포알의 검은 형태처럼 둥근 덩어리로 바뀌었다. 그는 그 순간에 단어들의 의미를 그토록 다르게 받아들였던 것이다.

# 티콘데로가 공주와 보낸 저녁

거대한 소파 위 푸른 눈의 독수리와 이상하게 부드러운, 마치 자기 부드러움에 익숙하지 않은 것 같은 손. ('만약 그녀가 언젠가 톨지오가 숲속에서 그 잊지 못할 날에 시도했듯이 했더라면….' 뭔가 불분명하게 번득였다. '아, 그러니까 그것은 그쪽으로 흘러가는구나.') 고통스러울 정도로 수줍으면서 뻔뻔한 손, 눈처럼 모든 것을 아는 손이다. 그녀가 살면서 이미 건드리지 않은 것이 — 그리고 그 영역에서 아직도 그녀 앞에 놓여 있는 것이 없기 때문이다.

그는 이미 말했다. "바로 얼마 전 조기 졸업 시험을 통과했습니다. 이제 작은 기차역에서 기차를 기다리듯 미래를 기다립니다. 그 기차는 외국으로 가는 급행일 수도 있고, 조그만 혼란들로 뒤엉킨 어느 조그만 지선에서 꺾어지는, 덜컹거리는 보통의 승객용 열차일 수도 있습니다."

그녀의 눈은 마치 부엉이 눈처럼 돌아갔으나 얼굴은 움직이지 않았다. 그 얼굴에는 '절망적으로 도망쳐 사라지는 인생에 대한 아쉬움'이 약간 들어 있었다 — 이런 제목으로 방금 왈츠를 완성한 이는 연미복을 떨쳐입고 턱수염이 나고 머리카락이 길고 약간 등이 굽고 마치 곱사등이[척추장애인] 같은 체격에 손가락이 길고 다리를 저는 (반쯤 말라붙은 한쪽 다리 때문) 푸트리찌데스 텐기에르, 42세, 천재적이지만 물론 공식적으로 인정받지 못한 작곡가다.

"푸트리시 씨,* 계속 연주해 주세요. 저는 음악 안에 감추어진 저 소년의 영혼을 보고 싶어요. 자기 내면의 부주의함 속에 거의 역겨울 정도로 저렇게 있으니 정말 멋져요." 공주가 너무나 불쾌하게 이렇게 말해서 게네지프는 그 얼굴을 때릴 뻔했다. '아, 진짜로 때렸더라면 — 난 용기가 없어.' 그의 마음속에서 어린애의 조그만 목소리가 투덜거렸다. 쿠션이 크게 부풀어 오른 안락의자가 다른 손님들을 가렸고, 그 손님들은 점점 사라지며 안개 속에 떠다니는 것 같았다. 그리고 그곳에는 오난의 위대한 추종자**이자 벌써 2년째 젊은 외교관 바보들을 위한 학교에서 인생을 낭비하고 있는 사촌 톨지오가 있었다. 티콘데로가 자신도 있었는데, 속은 늙어서 비틀거렸지만 겉보기에는 단단하고 정정한 노인이었고, 딸과 아들을 데려온 이웃 영지의 수많은 숙녀들과 어쩐지 영구히 의심에 차서 자기 존재를 받아들이지 못하는 은행가와 사업가 사이에서 그는 옛날 방식으로 단 하나 진정한 주식거래소의 왕이었고 현재 그런 종류로서 유일무이한 진품이었으며 간을 쉬게 하는 중이었다. 그는 국내의 원천을 이용해야만 했는데, 저기 '진짜' 원천에서는 세상 전체의 볼셰비키 고위 관료들이 굴러다니고 있었다! 왜냐하면 그 어떤

---

* Putryś. 푸트리쩨데스(Putrycydes)의 애칭.
** 오난(Onan)은 구약성경 「창세기」 38장의 인물로, 형이 죽고 형수와 동침하는 중에 형수가 아이를 낳더라도 자기 자식이 아닌 형의 아이로 인정됨을 알고 수음해 땅에 사정했다. 이 때문에 오난의 이름은 자위행위의 동의어로 사용된다.

53

'다수파'* 폴란드인도 전 세계적 '문화적 현실'**에 들어갈 권리가 없었기 때문이다 — 착각 속에서 살 수는 있었지만 어쨌든 자기 나라에서만 가능했다. 그리고 또한 안주인의 먼 친척인 고아 엘리자 바와혼스카도 있었는데, 심지어 어딘가의 공주라고 했다. 그녀는 겉보기에 매우 눈에 띄지 않는 존재였다. 금발 곱슬머리, 중심으로 모인 눈에 혈색은 가을 노을 빛깔이었다. 단지 입술, 입술이…. 게네지프는 삶을 배우기 위한 자기 신체 기관들의 현재 발달 상태에서는 그 기관들을 통해 그녀를 진정하게 관찰조차 하지 못했다. 그럼에도 불구하고 그의 내면 어딘가, 미래가 잠재적으로 소용돌이치는 그 예감의 중심에서 어둡고 어쩌면 흉측한 무언가가 진동했다. "바로 저 사람이 내 아내가 될 것이다." 그가 그토록 겁내는, 거의 증오하는 그 예언의 목소리가 그의 내면에서 말했다. 그리고 그동안 약간은 겁먹고 즐거워하는 여자들 사이에서 젊은 (27세) 소설가 스투르판 아브놀은 가볍게 취한 텐기에르의 사나운 음악을 배경으로 삼다시피 해 소리쳤다.

"…내가 경멸하는, 썩은 심장 속 벌레들처럼 역겨워 하는 이 관객 앞에서 삶에 대한 내 이해를 뽐내야 한다고? 댄스, 스포츠, 라디오와 철도 도서관 때문에 멍청해진 이 끔찍한 군중 앞에서? 내가 이들의 즐거움을 위해서 바로 그런 철도 로맨스를 써야 한다고, 살기 위해서? 그만두

* '볼셰비키'라는 단어는 러시아어로 '다수파'라는 뜻이다.
** cultural reality. 원문 영어.

라고 해(그가 끔찍한 욕설을 간신히 참고 있는 것이 분명하게 느껴졌다. '쌍놈의 자식들'이라는 단어가 허공에 걸려 있었다.), 이 매춘부와 범속한 인간의 종족아!" 그는 분노와 혐오로 거품을 물어 목이 메었다.

정보

공주의 전문 분야는 과소평가받는 예술가들이었는데, 그런 예술가들을 공주는 심지어 몇 번이나 물질적으로 지원했으나 그럼에도 소위 "굶어 뒈지지 않을 정도" 지점에서 절대로 크게 벗어나지 않았다. 그렇게 되면 과소평가가 아니게 될 것이기 때문이다. 반면 그 분야에서 유명한 사람들과 인정받는 사람들은 참을 수 없이 싫어했는데, 이유는 알 수 없으나 명문 혈통이라는 공주의 가장 마음 깊은 자부심에 대한 생생한 모욕으로 취급했기 때문이다. 공주는 예술을 사랑했으나 본인 표현에 따르면 그 "우세"를 참을 수 없어 했다. 이 문장은 예술적 창작이 거의 전부 사라졌다는 점을 고려하면 이상한 것이었다. 어쩌면 우리 나라에서도 비정상적이고 인위적인 사회관계의 이면에 뭔가 연기를 내고 있었을지도 모르지만, 전반적으로 말하자면 신이여 불쌍히 여기소서! 수준이었다.

"아니, 난 저들의 광대가 되지 않겠어." 이미 거품을 문 스투르판이 계속 거품을 내며 말했다. 목이 메었고* 독을 뱉

---

* 원문에서는 러시아어를 발음 그대로 폴란드어로 옮겨 적었다.

어 냈다. "난 소설을 쓸 거야, 예술에, 진정한 예술에 더 이
상 할 일이 아무것도 남아 있지 않을 때 소설을 쓸 거라
고 — 하지만 소설은 형-이-상-학적이야! 이해하겠어? 그 썩
을 '삶에 대한 이해'는 이제 됐어. 그런 건 재능 따위 하나도
없이 범속함을 엿보고 그따위를 좋다고 재창조하는 엿보
기꾼들한테 남겨 주겠어. 그놈들은 대체 왜 그러냐고? 왜냐
하면 아무도 자기 자신을 넘어서는 누군가를 상상해 낼 수
는 없으니까. 저들은 더 고매한 인간상을 창조하고 거기에
맞춰서 비평가 기생충들이 소위 '저 그리스식과 유사한 온
화하고 관대한 미소'라고 하는 도달할 수 없이 높은 수준의
견해, 그러니까 모두 다 돼지들일 뿐이고 나도 그렇고 그러
니 그들을 용서하고 나 자신도 용서한다는 가설에 다가가
지 못하는 거야. 그 그리스도 유사 고전주의 토사물을 다
시 데워서 쓰는 것도 모두 엿이나 먹어. 싫다고! 바로 그게
그 비평가 광대들, 죽어 가는 예술의 몸에 기생하는 회충들
과 선모충들이 객관주의라고 하는 것이고 저들은 감히 그
런 것과 플로베르를 연결 지으려 한다고! 안 돼 — 여기서
그 유사 객관주의적이라는 놈, 그러니까 돼지처럼 미소 지
으며 저속함을 전반적으로 덕지덕지 처바른 저자가 작품들
사이를 직접 개인적으로 헤매 다니고 계신다고 — 하 — 그
걸 창작이라고 부른단 말이지. 그건 열쇠 구멍으로 엿볼 수
있는 사람들을 엿보는 행위일 뿐이야 — 고매한 사람들은,
그런 사람들이 대체 얼마나 있는지 모르겠지만, 아무한테
나 그렇게 쉽게 엿보게 해 주지 않아, 그러면 대체 그들을

어떻게 묘사해야 하지? 그래 — 바로 여기서 작가는 그 전체 일행 중 한 명이 되어 돌아다니면서 그들과 함께 '말 놓고' 술을 마시고 아무한테도 필요 없는 굴욕에 대한 건강하지 못한 집착에 취해서 심지어 자기 자신에게도 걸맞지 않은 자기 주인공들한테 속마음을 털어놓지 — 그리고 그게 객관주의라고 불린단 말이야! 그리고 그게 사회적으로 가치 있는 문학이라고 불린다고 — 여러 불한당에게 단점을 알려 주고, 종이에 인위적으로 긍정적인 인간상의 조각들을 만들어 내지만, 그런 인간 군상은 맹목성에 의존해서 부정적인 결과를 그저 평면적인 낙관주의로 돌려세우는 것조차 해낼 능력이 없어. 그리고 사람들은 그따위 쓰레기를 찬양하지…!" 그는 목이 막혔고 완전한 절망의 자세로 잠시 서 있다가 그런 뒤 다시 마시기 시작했다.

텐기에르는 곡의 마지막 소절을 미친 듯이 두들긴 뒤에 셔츠의 가슴팍이 구겨지고 머리카락은 헝클어졌지만 그래도 착 가라앉은 채 지친 스타인웨이 피아노에서 물러났다. 그의 눈은 '전기불꽃 같은 푸른색'*으로 빛났다. 자기 자신을 억제하지 못하고 그는 비틀거리는 걸음으로 공주에게 다가갔다. 게네지프는 바로 옆에 앉아 있었다 — 그의 내면에서 이미 변화가 시작되고 있었다. 이제 그는 자신에게 누가 앞으로 살아갈 길을 보여 주는지 알고 있었다. '비록 나는 저 사람들하고 상관없는 쪽이 좋

* bleu électrique. 원문 프랑스어.

지만, 누가 알겠어.' 그는 아버지가 그에게 금지했던, 뭔지 대략 상상조차 할 수 없는 공식적인 방탕의 안개처럼 흐릿한 이미지를 배경으로 불분명하게 생각했다. 그의 마음속에서 뭔가 마치 천의 한 조각처럼 뜯어졌다 — 단지 처음 뜯어져 나갈 때만 고통스러웠고 (그것은 그 자신의 마음속에서 어떤 짐승의 발이 저지른 일이었는데 소위 "목구멍"에서 시작해서 점점 내려갔다. 아랫배 쪽으로, 거기….) 그 뒤에는 점점 빠르게, 위험할 정도로 쉽게 흘러갔다. 그가 동정을 잃은 것은 바로 그 순간이었으며 나중에 혼자 상상했던 것처럼 그다음 날이 아니었다.

"이리나 브시에볼로도브나." 텐기에르가 게네지프를 전혀 신경 쓰지 않고 말했다. "저는 오래전의 순종적인 성애의 대체물이 아니라 정복자로서 공주님을 대해야겠습니다. 저를 일단 그 잠긴 침실에 들여보내 주시면 — 일단 — 그 뒤에는 영원히 그대를 정복할 거요, 두고 보시오. 후회하지 않을 거요, 이리나 브시에볼로도브나." 그는 고통스럽게 끙끙거렸다.

"댁에 계신 농군 아낙네한테 돌아가시지요." (게네지프가 나중에 알게 된바, 텐기에르의 아내는 아직도 젊고 아름다운 산악 지방 여인으로 텐기에르는 돈과 촌구석에 소유한 집을 보고 그녀와 결혼했다.* 어쨌든 처음엔 조금이

---

* 산악 지대 사람들(Górale)은 본래 폴란드 남부 타트라 산맥 지역 사람들로, 슬로바키아와 체코 동남부에도 폴란드계 소수 인종으로 살고 있다. 작가는 이 문단 전체에서 텐기에르의 아내를 산속에 사는 미개한 하층민, 무지렁이 정도로 비하하는

나마 그녀가 마음에 들기도 했다.) "선생도 최소한 행복이 뭔지는 아실 테니 그걸로 충분하다고 여기시지요." 공주가 계속해서 속삭이면서 예의 바르게 미소 지었다. "선생의 음악을 위해서도 선생께서 고통을 견디는 쪽이 좋아요. 예술가, 그러니까 자동적으로 모든 가능한 변주와 치환을 갈아내는, 지나치게 지성적으로 치우친 방앗간이 아닌 진정한 예술가는 고통을 견디는 걸 두려워하면 안 되죠."

게네지프는 내면에서 어떤 잔인한 용종(茸腫)을 느꼈다. 용종은 그의 영혼 벽면에 붙은 채 끈적끈적하고 성나 있었고 위쪽으로 기어오르면서 (어쩌면 뇌를 향해?) 이전엔 느껴지지 않았던 모든 곳을 황홀하면서도 무자비하게 간질였다. 아니 ─ 그는 그 무엇을 위해서도 참고 견디지 않을 것이었다. 그 순간 그는 자신이 톨지오의 아버지이며 그의 어머니의 오빠이고 기억도 나지 않는 시절부터 보존된 표본 ─ 게다가 '갈리치아 사람'이다 ─ 인 포라이스키 백작과 마찬가지로 늙은 방탕아라고 느꼈다. 한때는 그렇게 만사에 무관심한 불한당이 되기를 꿈꾸었던 적도 있지만 ─ 지금은 관련 자료를 전혀 갖고 있지 않은데도 불구하고 그런 미래의 모습을 생각하면 역겨움과 불안이 그를 뒤덮었다. 시간은 미친 듯이 빠르게 흘러갔다. 아편에 취한 드 퀸시*처럼 지프치오는 이제 몇 초의 순간에

용어를 계속 사용하고 있다.
* 영국의 문필가였던 토머스 드 퀸시(Thomas De Quincey, 1785–1859)는 아편의 몽환적 쾌락, 남용으로 인한 고통과 공포를 써냈다(『어느 영국인 아편중독자의 고백』).

응축된 몇백 년의 시간을 경험했는데, 그건 마치 미친 듯한 압력으로 압착된 지속 시간이 담긴 알약과 같았다. 모든 것이 이미 돌이킬 수 없이 결정되었다. 그는 어쩌면 무에서 힘을 창조해 그 힘으로 소파 위, 자기 앞에 멋진 몸짓으로 조심스럽게 퍼져 누워 있는 이 여자 괴물을 정복할 수 있겠다고 믿었다. 그는 그녀가 순간적으로 소녀처럼 보이긴 하지만 꽤 늙었음을 알고 있었고 — 38세에서 40세 정도 — 바로 이 신선하지 않은, 모든 것을 아는 아름다운 마녀가 지금 이 순간 그를 정신없을 정도로 흥분시켰다. 한번 들여다보지도 않았건만 그는 이미 아버지가 그때까지 금지했던 삶의 다른 쪽에 넘어와 있었다. 그리고 여기서 나쁜 남자가 되어야만 한다는 냉철한 생각이 들었다.

텐기에르는 공주의 드러난 어깨 위로 몸을 숙이고 그 넓고 보기 흉한 코로 아주 눈에 띄게 냄새를 맡았다. 그는 믿을 수 없을 정도로 혐오스러웠으나 그럼에도 그의 내면에서는 가장 진정한 천재의 가로막힌 힘이 느껴졌다. 지프치오에게는 그 순간 오래전 쇠사슬에 묶여 있던 개처럼 보였다. 그러나 이 개는 놓아주고 싶지 않을 것이었다, 안 된다. 그대로 고통받게 두어야 한다 — 거기에는 역겹고 범죄적이며 거의 구역질이 날 정도의 어떤 비밀스러운 끔찍함이, 냄새 없는 황홀함이 있었다. (이 여자의 존재 자체가 모두에게서 가장 나쁘고 가장 더러운 것을 끄집어냈다. 모두들 쓰레기가 벌레로 들끓듯이 기괴함으로 들끓었다.) 그리고 이 모든 것은 예술적인 저녁 파티

60

의 가면 아래 광대 같은 인물들과 함께 '가장 훌륭한' 사교
계의 오락을 위한 것이었다. 그리고 아직까지도 거의 그
저 무구한 어린아이인 지프치오조차도 굶주린 여자의 몸
을 즐겁게 해 주기 위한, 부패해 가는 심리적인 시체 후보
가 되어 있었다. 깨끗하고 선했던 이전의 작은 소년은 마
치 유리창의 나비처럼 그를 기다리는 끔찍함에서 벗어나
려고 절망적으로 몸부림쳤다. 쾌락! 인간의 품격을 기억하
지 못하는 짐승이 된다는 것 — 그리고 그 품격은 a) 아버
지에 의해 방학 동안 b) 그가 하숙했던 집주인인, 본래 공
주였다고 주장하는 몰락한 귀족 챠티르스카 부인에 의해
c) 학교 선생들에 의해 d) 아빠의 요청으로 교장이 직접
선별한 특별히 고매하고 음울한 동료들에 의해 심긴 것이
었다. 오, 그에게 위에서부터 강요된 그 지루하고 흐릿한
인간성이라는 것 — 그가 얼마나 그것을 증오했는지! 그는
자기 생각에는 남들이 말하는 것보다 전혀 떨어지지 않는
그 자신만의 어떤 고유한 품격을 갖고 있었다. 그러나 그
것을 숨겨야만 했는데, 그렇게 하지 않으면 '저들'이 그것
을 짓밟고 싹부터 잘라 버리려 할 것이었다. 그의 그 품격
은 투쟁의 현신이었다 — 모든 개를 쇠사슬에서 풀어 주
고, 아버지의 일꾼들에게 맥주를 전부 다 나누어 준 뒤 해
산시키고, 모든 죄수와 정신병 환자를 놓아주고 — 그리고
나면 그는 고개를 들고 떳떳이 세상을 다닐 수 있을 것이
었다. 그런데 여기서 갑자기 이 모든 것에 대한 반대가 그
뻔뻔스러운 여자라는 모습으로 나타났고 그렇게 반대하

61

는 것 자체에서 쾌락을 느끼는 것이다. 그러나 어째서 그 여자가 예전에 한때 그 자신이 가졌다가 버렸던 이상들에 대한 반전의 상징이란 말인가? 어쩌면 그는 저쪽에 남아 그녀에게서 '인생에 대해 더 알게' 될 수 있을 것인가? 끔찍하지만 쾌락적이다 — 여기엔 달리 방법이 없었다.

밑바닥부터 동요한 채 압박을 받아 이전부터 인위적으로 계층화된 귀족성(그 단순하고 완전히 묘사할 수 없는)과 이상주의(뭔가 가깝고도 정의할 수 없는 '더 높은 것'에 대한 믿음인데, 이 '더 높은 것'이란 본인의 '자아'에 대한 관념의 설계도에서 중심적인 톱니바퀴를 지칭한다.)는 개인적으로 오랜 세월에 걸쳐 잘 다듬어진 여성적 야만성의 댐에 부딪혔는데, 그 야만성은 마치 군함이나 요새가 대포로 무장하듯 여러 다른 종류의 성적 무기로 무장하고 있었다. 그럼에도 그의 삶에서 무엇이 됐든 모든 시작의 바탕에는 아버지가, 그 회색 콧수염을 폴란드식으로* 기른 뚱뚱한 맥줏집 주인이 있었다. 아버지는 어쨌든 아버지가 공주의 저녁 파티를 지칭하는 이름인 그 "애들 무도회"에 그를 못 가게 할 수도 있었다. 아니 — 아버지는 직접 그를 그 방탕과 쾌락의 소요** 속으로 밀어 넣었고 그가 '충격' 이후 상태가 나아지자마자 직접 그를 설득했다. 어쩌면 그렇게 해서 그가 꿈꾸던 문학에서 멀어지게 하려던 것이었을까? 그러나 아버지는 또다시 권위를 가질 수 있었을까,

---

* à la polonaise. 원문 프랑스어.
** 원문은 '소음, 시끄러운 소리'라는 뜻의 러시아어를 발음대로 폴란드어로 옮겨 적었다.

문명의 행진 속에서 선두에 서는 자기 민족의 입장에 대해 말했을 때(그러나 그 대가는 특정한 조건을 만족시키는 것이었다. 노동을 조직하고 사회주의를 포기하고 종교, 즉 말할 것도 없이 천주교로 돌아가는 것이다.), 어떻게 오늘날 스스로 선택받은 자라고 여길 수 있었을까, 지금 온 세상에서 벌어지는 일을 배경으로, 아버지가, 인생을 극단적으로 즐기며 가짜 장군*인 척하는 노인이? 아버지는 자기 일꾼들의 고역과 불의의 진흙탕 속에서 괴물 버섯처럼 자라나 바로 그 과학적인 조직의 원칙에 따라 최대한도로 일꾼들을 빨아먹으며 20년만 지나면 포드가 말하는 안락한 생활에 도달할 수 있을 거라고 노동자들을 설득했는데, 그런 생활은 저곳에서는 이미 오래전에 끝난 것이었다.** (알고 보니 사람들은 또 꼭 그렇게 어마어마한 짐승들은 아니었고 이상 없이 살기란 그들에게 힘든 일이었다. 그리고 그 허약해진 아메리카 전체는 마치 거대하고 끔찍한 궤양처럼 터졌다. 어쩌면 그들에게는 이후에 당분간 더 나빠졌을 수도 있지만, 그들은 최소한, 비록 짧은 동안만이라도, 자신들이 사람보다 그저 조금만 더 똑똑한 기계들의 손아귀에 잡힌 기계가 아니라는 것을 알고 있었다. 그리고 결

* Wojewoda. 이전에는 군대 체계에서 가장 높은 계급을 뜻했다. 현재는 한국의 도(道) 정도에 해당하는 폴란드의 행정단위(województwo)의 장을 말한다.
** 미국의 자동차 사업가 헨리 포드(Henry Ford, 1863–1947)는 컨베이어 벨트를 이용한 분업 시스템을 도입해서 산업계 전반에 혁명을 일으켰는데, 인간이 기계를 조작하는 것이 아니라 기계의 작업 흐름에 인간이 종속되는 현대적 의미의 인간 소외가 여기서 시작되었다는 비판도 있다.

국은 이렇든 저렇든 모든 일은 똑같이 끝나게 될 텐데 그 끝은 바로 완전한 기계화다 — 아마 기적이 일어날지도 모르겠다.) (지프치오는 그 일꾼들의 모습을 볼 때마다 아랫배에 역겨운 소름과 구토를 느끼지 않을 수 없었다. [하지만 그래도 거기에도 또한 뭔가 에로틱한 부분이 있었을지 누가 알겠는가. 색광이라고? 아니다 — 그저 강도들이 이웃을 도살하는데 머리를 베개 밑에 파묻고 있을 수는 없는 것이다.] 바로 지금 그들은 공업단지에서 궁전까지, 겨울 저녁의 꺼져 가는 하늘색 황혼 속에 둥글게 굽은 가로등의 보라색 불빛 덩어리가 점점이 박힌 길을 맥없이 걸어가고 있었다. 단 한 번도 반박에 굽혀 보지 않은 자들의 헤아릴 수 없는 슬픔 — 개인적이고 집합적인 존재의 슬픔이 그 광경으로부터 [마치 이 세상 것이 아닌 어떤 엽서에서처럼] 그에게로 밀려왔고 그는 다시 젊은 문학자 스투르판 아브놀의 말을 기억하며 생각에 잠겼다.)

　　"…난 광대가 되지 않겠어." 그때 술 취한 아브놀은 고집스럽게 반복했다. "단지 나 자신의 내면적 발전의 비밀스러운 목적을 위해서만 하는 거야. 난 말로 할 수 없는 일들에 중독됐어, 그런 일들은 소설을 쓸 때만 스스로 인식할 수 있어. 그런 것들은 내 뇌에서 퍼져 가면서 불명확성과 게으름과 뻔뻔함의 프로토마인*을 생성해. 난 그 너머에 뭐가 있는지 보아야만 해, 그리고 진정한 창조성

---

* 단백질이 부패할 때 생기는 염기성 유독 물질.

64

에 걸맞지 않은, 절반은 신인 척하지만 사실 반쯤 기계화된 오늘날의 짐승들 무리와 어쩌면 한두 명 정도 현명하지만 사라져 가는 사람들이 그걸 읽으리라는 것도 확인해야만 해, 그런 사람들을 내가 개인적으로 알 일은 없겠지, 그게 나한테, 나한테 무슨 상관이야?! 난 죽어 가는 민족 정서나 퇴락해 가는 사회적 본능, 오래전 시대에나 훌륭했던 짐승의 썩어 가는 시체가 남긴 조각들 속에서 사라져 가는 그 벌레들의 영양 주사 생산자가 될 생각은 없어. 난 그 사람들의 미래를 묘사하고 싶지 않아, 그들에게선 짐승 같은 건강의 공허함만 풍겨 나온다고. 누구라도 그들에 대해 정말로 지적인 걸 이야기해 줄 게 뭐가 있겠어 —칼집에 칼을 꽂거나 보석을 보석함에 넣듯이 자기 운명 속으로 걸어 들어가는 사람들에 대해서 말이지? 도구에 이상적으로 걸맞은 기능은 그 어떤 면에서도 심리적으로 흥미롭지 않아, 그런데 오늘날 대하소설은 불모의 낙서광들이 쓴 허구야. 하지만 가장 흥미로운 건 인간이 존재의 기능에 절대적으로 들어맞지 않을 때야. 그리고 그건 퇴락의 시대에만 일어나지. 거기서부터 비로소 형이상학적 존재의 권리가 그 벌거벗은 흉측함을 전부 드러내는 게 보이는 거야. 사람들은 내가 인간을 의지 없는 게으름뱅이에 행동할 능력이 없는 분석가로 만든다고 불평할지 모르지. 어쩌면 다른 종류의 인간들과 심지어 그들이 열대 지역에서 벌이는 모험이나 스포츠로 나보다 덜 지적인 사람들을 즐겁게 해 줄 수도 있어. 난 아무 바보나 다보고 묘사할 수 있을 만한 건 묘사하지 않을 거야. 난 알려지지 않은 것, 바보들이 표면만을 보고 어렵지 않게 묘사하는 것의 바로 가장 본질적인 기초에 닿아야만 해. 난 여기뿐 아니라 생각하는 존재들이 있는 모든 곳에서 세계역사의 법칙들을 연구하고 싶어. 난 삶 전체를 묘사하려는 야망은 없어, 왜냐하면 그 전체란 물리학 분야에서 마지막 위대한 창조자였던 아인슈타인의 이론 강의가 우리집 식모에게 지루하듯이 그렇게 지루하니까."

텐기에르는 공주의 어깨 냄새 맡기를 멈추고 그 왜소한 체격의 기괴함을 강조하며 온통 긴장했다.

"그래도 넌 광대가 될 거야, 스투르판 아브놀." 그는 자기 자신의 미래에 대한 거대한 전망 속에 살롱 전체를 넘어설 정도로 무시무시하게 커지면서 말했다. (심지어 이리나 브시에볼로도브나 공주조차 여기에 굴복해 갑자기 그를 다르게 보았다 — 마치 벌거벗은, 그리고 [다른] 멋지게 차려입은 아가씨들의 피라미드 위에 지어진 우주적 대도시의 어떤 초특급 혼란 속에서, 코카인과 페요테와 아포트란스포르민을* 전부 사용해 버린 뒤 새로운 마약을 만들어 낸 발명가를 칭찬하듯이. 그녀는 그의 다리[그중 하나는 말라붙었다.] — [그것, 그 다리에 대해서 적들은 그 다리를 잘라 낸다면 그 괴물이 최소한 냄새는 덜 나게 될

---

* 페요테 또는 페요틀은 멕시코 혹은 미국 남서부의 페요테 선인장에서 채취하는 마약성 물질이며, 아포트란스포르민은 '변신에서 떨어져 나오게 하는, 변화나 변용 이후를 가져오는(apo-transform-in)' 약이라는 뜻 정도의 조어인 듯하다.

66

거라고 말했다.] ─ [그도 마찬가지로 벌거벗었다.], 털투
성이에 뒤틀리고 두꺼비처럼 역겨운 발이 달린 다리 옆에
있었다. 그 앞에서 그가 만든 독물의 추종자이자 중독자들
이 마지막 광기의 고통 속에 무릎과 배로 기어 다녔다.)

정보

이 모든 것은 매우 과장되었다. 이미 거의 아무도 예술을 필
요로 하지 않았다. 보기 드문 마니아들만이 소수의 제한된
모임 안에서 듣도 보도 못한 노력을 기울여 그 속물주의를
유지하고 있었다.

사라져 가는 유령의 자비로운 독살자인 그는 승리와 주
위의 공간을 온통 가득 채운 명예에 취한 채 악마처럼 웃
으며 서 있었다. 에테르*의 파동이 영원을 향해 흘러갔으
며 수직의 전자기장도 공간 속으로 퍼져 나가며 (아무래
도 좋다 ─ 몇몇 사라져 가는 이론물리학자들을 제외하면
아무에게도 그다지 상관없었다.) 행성 사이의 죽은 공간
으로 소리의 파동을 실어 날랐는데, 그 소리는 너무 늦게
야 삶을 충분히 즐기게 된 나이 든 신사 ─ 라기보다는 천
박한 하급 귀족의 어둡고 더러운 영혼으로부터 울려 나온
것이었다. 텐기에르는 비틀거리며 거의 완전히 쓰러져 버
린 작가에게 계속 말했다.

* 여기서는 화학물질이 아니라 물리학에서 전자나 전파 등을 전달하는 매개라고
생각했던 가상의 물질을 말한다.

"네가 자신에 대해 완전히 다르게 생각할지 몰라도, 그 어떤 것도 널 그 광대짓에서 보호해 주지 못해. 네가 스스로 상상하는 게 너에 대한 진실일까, 아니면 초월적이고 형이상학적인 법칙에 따라 휘몰아치는 공동체의 결안에 사실상 짜여 있는 인물이 너일까? 예술가들은 언제나 이 세상에서 위대한 사람들의 광대였고, 바로 여기 티콘데로가 대공의 궁전에 있는 분들처럼 그런 위대함의 찌꺼기나마 세상에서 굴러다니는 동안은 언제나 그럴 거야. (공주는 자신의 야망이 성취된 데 완전히 만족해서 얼어붙은 듯 잠잠해졌다. 공주는 '낮은' 계급 출신의 자기 손님들이 사교적인 용기를 내보이는 것을 좋아했다. 그들의 주제넘은 언행을 즐겼고, 그런 것을 수집해서 '조그만 일기장'에 기록했는데, '일기장'이란 공주가 수치심을 모르는 여자의 내면을 모아 놓은 악취미 덩어리를 부르는 이름이었다.) 넌 네가 자신의 내면에 깊이를 더하기 위해 글을 쓴다고 혼자 상상할지 몰라도 사회적으로 넌 그저 사기꾼일 뿐이야, 우리 사회에서 이전의 엘리트 계층이었고 오늘날에는 새로이 일어서는 인간성의 급물살에 떠오른 더러운 거품처럼 기적적으로 표면에 계속 떠 있는 쓰레기들의 영혼이 갈구하는 모든 것에 지겹도록 실컷 취해 즐거워하는 협잡꾼이라고. 난 그저 이런 사실을 깨달을 뿐이고 아마 다른 사람이 되지는 못하겠지만 너는…."

"난 사회를 알고 싶지 않아요. 난 이 늪 속에서 살아야 하지만 또한 거기에서 나 자신을 분리하고 있다고." 아브놀이 갑자기 열정에 차서 다시 소리쳤다. "아마 그건 우리의 이 거짓된 민주주의가 아니라 이상적인 사회를 위해서겠지만. 어쩌면 저기 서유럽이나 아니면 중국에서…."

"그러니까 네가 필연적으로 원한다면 사회적으로가 아니라 본질적으로 — 어떤 경우든 너 자신의 착각을 넘어서 — 미래의 시대와 관련해서 말이지. 최후의 심판을 기다릴 필요는 없어 — 200년 뒤에는 우리 모두 똑같아질 거야 — 아름다운 드레스도 없고 사는 데 꼭 필요한 여러 가지 잡동사니도 없고 개인적인 매력도 없을 거라고."

"더 자세히 말해 주시죠, 푸트리시 씨." 공주가 독살스럽게 끼어들었다. 텐기에르는 심지어 공주를 쳐다보지도 않았다.

"그 개인적인 매력으로 무슨 짓을 저질렀는지 곧 알려질 거야. 그리고 어찌 됐든 그건 예술의 영역에서조차 전혀 나쁘지 않아, 활동가나 정복자나 기타 등등 현실 가치를 변화시킨 사람들의 삶에 대해 말하지 않더라도 말이야. 오, 내가 한쪽 다리가 나뭇가지처럼 말라붙은 곱사등이만 아니었어도…."

"선생께서 스스로 영혼의 힘과 소리를 조합하는 능력을 증명해 보이려고 얼마나 애쓰시는지 모두가 다 알아요. 하지만 바로 그 영혼의 힘과 관련해서 약간 깨끗하지 못한 사안인 거죠. 그 소리 자체의 감정적인 작용이 아니었더라면…."

"당신은 (텐기에르는 작위가 있는 사람들을 절대로

작위대로 부르지 않았다.) 소위 내가 유혹했다는 그 잘난 체하는 바보들에 대해 말하는 건가요? (동성애는 이미 오래전에 허용되었고 그를 통해 영향력을 매우 많이 잃었다.) 나에게 이 실망스러운 인생 전체를 대신해 주는 그 청년들?" 푸트리찌데스는 마치 훌륭한 루슈추트* 태피스트리에 토하는 것처럼 잔혹하게 말했다. "예, 난 숨을 필요가 없죠." 음탕한 힘의 안개가 그의 얼굴을 가렸다―거의 아름다워 보였다. "그건 내 유일한 승리예요, 혐오스러운 장애인인 내가 진짜 욕망의 그림자 한 점도 없이 침을 뱉어 주는 거죠, 어떤 깨끗하고 아름다운….."

"그만해요."

"그리고 그런 청년이 그 뒤에 자기 여자들에게 갈 때쯤 나는 이미 그걸 넘어서서 내 순전한 소리의 조합 세계에 빠져들 수 있는 거요, 거기서 나는 월터 페이터처럼 평온하고, 이 역겨운 성적 음울함과, 다른 순간들이 아닌 바로 이런 순간들의 우연성을 넘어서―나는 본질도 특성도 없는 절대적인 필연성의 왕국에서 자유로운 겁니다! 대체 오후 두 시에서 세 시 사이의 시간보다 더 무시무시한 것이 어디 있겠어요, 그 시간에는 자기 자신에게서 아무것도 숨길 수 없고 형이상학적인 끔찍함이 벌거벗은 채 마치 일상적 환상들이 무너진 폐허의 밑동처럼 꿰뚫고 날아가는데, 그런 환상들로 우리는 신앙 없는 삶의 부조리

* Ruszczut. 다뉴브강 인근의 도시.

70

함을 죽이기 위해 애썼던 거요…. 오 하느님!" 그는 양 손으로 낯짝을 가리고 움직이지 않게 되었다. 충격을 받은 손님들은 고개를 끄덕이며 이렇게 생각했다. '여기 우리 바로 곁에 있는 이 더벅머리의 이마에다 어떻게 해야만 하는 걸까?' 그러나 텐기에르에 대하여 설령 상상에 불과하고 이해심 없는 세상에서 아무런 이득을 가져다주지 않는다 하더라도 그가 그 세상에서 '바로 저렇게' 자유롭게 살아가는데 그들은 이 안락함조차 괴로운, 뒤늦은 유사 파시스트-포드주의 도가니의 섬 속에서 살아간다는 사실을 질투하지 않을 사람은 별로 없었다. 공주는 자신의 노년을 들여다보며 텐기에르의 머리를 쓰다듬었다. 갑자기 그녀 안에서 뭔가 돌아갔다. 그녀는 이런 순간들을 수천 개나 알고 있었고 그 순간들을 정신없이 무서워했다.

게네지프는 본질적으로 아무것도 이해하지 못했으나 배 속은 계속해서 영원을 향해 뒤틀려 갔다. 그는 생전 처음으로 술을 마셨고 그의 머릿속과 몸 전체에서 이상한 일들이 생기기 시작했다. 그런데도 어쨌든 모든 것이 그림을 보는 것 같았다 — '객관적 시선'*이다. 과거와 미래에서 떨어져 나온 순간, 그에게 엉겨 붙은 종양과도 같은 이상의 판결 아래 들어내어져 가볍게 휘어진 그 순간은 뒤쪽부터 영원을 향해 몸을 맡겼다 — 그곳에는 아직도 누군가 개인적인 존재, 어떤 젊은 신이 있었다(그리고 그 순간이란 바

---

* interesselose Anschauung. 원문 독일어.

로 공주였다.)—"무지개는 그의 허리 부근에, 달은 발치에 있었다."— 미치인스키의 「이지스」다.* 악마와도 같은 무책임의 '쾌락'—그는 갑자기 텐기에르의 마지막 말을 이해했다. "자유 속의 필연성"—그 말 속에는 뭔가 아주 깊은 것이 들어 있었다. "나다, 그게 나야." 그는 기쁘게 속삭였다. 그는 마치 현실의 반대편에서, 도레가 그린 스틱스의 그림이라고 해도 좋을 강 건너에서 자기 자신을 보는 것 같았다. 그것은 완성된 아름다움 속에서 완벽했고 그 강에는 물에 빠져 죽은 지상의 욕정이 마치 피투성이 내장처럼 떠 있었다. (그러나 이 모든 것은 아직 지금과 같지 않았다.) 이미 일어난 일이다. 그는 모든 것에 대해 이미 늦었을 때 자신의 무의식을 안타까워했다. 어려서 훈육을 받던 진정으로 무책임했던 시대와 자신의 돌이킬 수 없는 균일성을 미치도록 그리워했다. 그러면서 동시에 마치 거짓과 착각의 마지막 껍질이 그의 아버지에게서 떨어진 것 같았고 (어쩌면 아버지는 지금 뇌출혈로 죽어 가는 것 아닐까?) 아스파라거스나 어린 대나무처럼 외설적인 벌거벗은 새싹이 축축하고 김이 나는 퇴비 무더기에서 솟아 나왔다. 바로 그 자신이 그 먼 곳의 신이었고 이 바보 같은 새싹은 '지금까지와 영원히'로 두 개가 되었다. 그는 이 모든 것을 또 다시 내면에서 느꼈다. 기이함이 그 자신 안에 있었고, 세

---

* 이시스(Isis), 폴란드어로 '이지스(Izis)'는 이집트 신화에서 가정과 결혼과 지혜의 여신이며, 비트키에비치가 이 책의 헌사를 바친 작가 미치인스키의 시 제목이기도 하다. 인용된 부분은 시의 1연 마지막 두 줄이다.

상—살롱, 아가씨들, 늙고 방탕한 여자(그 여자의 미소는 돌이킬 수 없는 여성적 쓰레기짓과 그 "바보 같고 현명한 촌스러운 것들"[생각 속에서 공주는 남자를 다른 이름으로 부르지 않았다.]을 지배한 것에 대한 아쉬움의 광기로 날카롭다.)—이 모든 것이 그의 내면에 있었다. 그는 이 모든 일련의 환상 전체의 현실성을 한순간 완전히 의심했고, 그 순간 혼자였으며 황홀했다. 그는 어떤 아가씨의 눈이 그에게 고정되어 있으며 그 눈이 모든 것을 보고 그를 구원하고 싶어 한다는 사실을 알지 못했다—그것은 엘리자의 눈이었다. 그의 내면의 짐승 같은 변화에 비하면 이것은 으스러진 종아리에 모기가 문 것과 같았다. 그가 지금 이 아줌마한테서 시선을 떼어 피아노 근처의 저쪽 구석을 볼 수만 있었더라도—삶 전체가 달라 보였을 것이다. '하지만 그래도 이건 모욕적이야—어떤 여자 안에 포함된 운명이란—왜냐하면 당연히 더 낮은 존재들이 있으니까.' 5년 전 어느 변태적인 하녀의 키스를 피해 도망치던 때라면 이렇게 생각했겠지만, 그 하녀에 대해서는 어쨌든 완전히 잊어버렸다. 그는 지금 그렇게 생각할 수 없었다. (그런데 지금 이 깨어남의 순간에 대한 저 술 취한 인상들은 대체 뭐란 말인가. 지금에서야 그는 모든 것을 알게 되었는데, 점점 더 높은 수준으로 [혹은 더 낮은 수준으로—그것은 엮임 전체의 성격과 윤리 영역에서 그의 지표에 달려 있다.] 세계의 미스터리 속에서 비밀스러워지는 이런 순간들을 대체 얼마나 자기 앞에 대면할 수 있단 말인가?)

73

한편 공주는 그 모든 것을 아는 시선을 그에게 돌려 쾌락과 고통 속에 바라보면서 그 시선으로 그를 전부 핥았다 — 그는 그녀의 것이었다. '바로 그녀가 나를 그 안으로 데리고 가는구나.' 그는 공포에 질려 생각하고 갑자기 자기 주변에 마치 살아 있는 것처럼 어머니를 느꼈는데, 마치 어머니가 여기 그의 곁에 서서 저 퇴폐적이고 늙어 빠진 우두머리 여자에게서 그를 지켜 주는 것 같았다. 그런데 그 사랑하는 엄마는 이 괴물과 완전히 똑같은 사람이 아니던가 — 현실적으로 그렇지 않다면 잠재적으로 말이다. 어머니도 이런 방탕한 여자가 될 수 있었다 — 그렇다면 어쨌단 말인가? '아무것도 아니지. 난 어머니를 똑같이 사랑했을 거야.' 그는 조금은 강요된 신사적 태도로 계속 생각했다. '그래도 어머니가 그렇지 않아서 다행이야.' 그는 어머니의 질투와 무시무시한 모성의 비밀을 느꼈다 — 어머니가 그에 대해 어떤 권리를 갖고 있다는 것 말이다 — 그러나 그 안에 감사하는 감정은 전혀 없었다. 이모든 겉보기의 관계에도 불구하고 그는 어딘가에서 우연히 떨어져서 (바로 그 가장 무서운 우연이다, 왜냐하면 필연적이니까 — 바로 이것이 비밀이다.) 이 세상에 오게 되었고 아무도 거기에 대해 책임이 없었다 — 심지어 어머니조차도, 아버지는 말할 것도 없고. 그의 존재의 근원, 자기 자신과도 서로와도 화합하지 못하는 (그리고 그 모든 것은 이런 탕아를 창조하기 위해서였다.) 그 많은 몸과 영혼의 복잡하게 얽힌 비극에 대한 이끌림은 순간적으로 이해할

74

수 있는 것이 되었다. '난 바로 이런 사람이 되어야 했던 거야, 영원히 최종적으로 — 바로 이렇거나 아니면 전혀 아니거나.' 그는 존재에 대해서 인과성을 이해할 수 없다는 무력감을 직관적으로 느꼈다. 물리학 전체의 통계성과 두 가지 근원에서 나온 심리적 인과성의 개념의 '기원'에 대한 감각이다. 그것은 논리적 필연성과 가장자리가 물리학과 맞닿을 수 있을 것 같은 생리학이다. 그러나 여기에 대해서 그는 알지 못했다 — 좀 더 나중에야 알게 될 것이었다. 그리고 바로 곁에는 죽음 — 개인 존재의 가장 높은 단계의 처단이다. 단지 이 대가를 치러야만…. 그는 계속 어머니에 대해 생각했다. '어머니가 죽었더라면, 어머니는 나를 보호해 줬겠지. 산 채로는 아무 도움도 안 돼. 대신 어머니는 인간적이고 일상적이고 불완전하고 육체적인 의미에서 죄를 지었어. 어쨌든 어머니도 아버지와 그런 일을 했어야 하니까… 부르르….' 그가 보기에 어린아이의 것이 아닌 이 무서운 진실을 깨닫고 그는 자랑스러워졌다. 그리고 이미 '나이 먹은' 남자로서 그는 저 시선에 몸을 맡기고 당황한 채로 그녀에게 (눈으로만) "좋아요."라고 말했다. 그리고 그는 엄청나게, 역겨울 정도로 '소년답게', 어울리지 않게 부끄러워했다. 한편 공주는 몸을 돌려 다른 사람들을 쳐다보면서 의기양양하게 날카로운 분홍색 혀끝으로 입술을 핥았다. 공주의 모든 발굽은 단단히 단조되었고 음탕한 여자는 이미 정복자는 자신이라는 사실을 알고 있었다. 그리고 그 현명한 몸은 벌써 이 발렌티노를 닮은 잘생긴 소

년의 동정을 거둘 생각으로 부르르 떨었다. 심지어 스투르
판 아브놀조차, 이미 오래전에 그녀의 연인이 아니게 되었
고 그녀를 (더 정확히는 그녀의 성적인 지식을) 완전히 정
복했으나 이제 아래쪽 부분에 급작스러운 동요를 느꼈다.
지금 당장 그녀를 가질 수 있다면, 저 미소를 띤 채로 다른
남자를 원하는 채 절망적으로 차가운 그녀를 가질 수 있
다면 — 오, 그거야말로 황홀할 것이었다! 그러나 그 조그
맣고 갑작스러운 욕구는 빠르게 지나가 버렸다. 반면 텐기
에르는 마치 퇴비 더미에 빠져 얼룩진 것처럼 성적인 좌
절에 빠져 있었다. "우선 힘을 창조해서 저런 쓰레기 하나
없이 살 수 있도록", 그는 어떤 젊고 재능 없는 과다현실
주의자의 시구절을 웅얼거렸는데, 그 시인은 단어를 기형
적인 변태성의 접착제를 사용해 영감이 아니라 의미와 연
결 짓는 사람 중 하나였다. 그의 기억 속에서 바실리 대공
의 은둔 거처가 들끓었는데, 그 시절에 이 '전하'는 아직도
마약류를 알아 가는 중이었지만 그 마지막 단계인 신비
주의까지는 가지 않았다. 종교가 아닌 신비주의다. "종교
는 가장 깊은 진리입니다. 반면에 그와 비슷한 모든 것은
이미 신앙이 아니라 자기 자신의 형이상학적 진공을 정면
으로 마주 대할 능력이 없는 나약한 영혼들의 환각일 뿐
이지요. 그건 전혀 같지 않아요. 그리고 어떤 사람들은 그
것을 알고 의식적으로 정신의 수축과 진실에 대한 의지의
부재와 무의미에 대한 공포를 통해 자기 자신을 독살하는
데, 꼼꼼하게 제한된 관념으로 그 무의미를 가리지 않는

다면 그것은 모든 종류의 궁극적인 진실을 밝힙니다. 그러나 관념의 제한이라는 사치는 아무나 누릴 수 있는 것이 아니지요." 언젠가 텐기에르는 바실리에게 이렇게 말했다. 그래도 청록색 공간 너머로 멀리멀리 '검은 케이크'의 한 없는 땅이 펼쳐져 있었던 것은 황홀했다….* 그것이 경계선 안에 공간이 없는 자아가 완전한 무의 위험하지만 유한한 바다를 날아서 건넌 뒤에 착륙하는 듯 보였던 그 땅의 이름이었고 — 그것은 기적이었다. 마지막으로 그곳에 어렵게 찾아간 건 2년 전이었는데, 셋이서 에테르 1리터를 마신 뒤였다 — 세 번째는 기호논리학자 아파나솔 벤츠 혹은 벵츠였다. 그러나 의식의 가장자리에 있는 이 세계들의 쓸모없음, 실제화된 무와 절대적인, 거의 형이상학적인 외로움과 자체적으로 구축되는 소리들의 고유하고 폐쇄적인 영역을 위해 이용할 수 없다는 불가능성의 땅으로 단지 쾌락만을 위해 떠난다는 것 때문에 텐기에르는 어쨌든 금지된 이 과정에 흥미를 잃었다. 게다가 그의 아내는 다음 날 그에게서 메마른 독물의 역겨운 냄새를 맡고는 잔털 수북한 주둥이로 한껏 바가지를 긁었다. 이렇게 서로 불균형한 두 가지 이유로 인해 텐기에르는 더 고급 상표의 마약에서 최종적으로 손을 떼고 오랜 친구인 알코올 곁에 남았다 — 이것은 창작성에 직접 작용을 미쳐서 심지어 유익하기도 했으며 그에 더해 손으로 만질 수 없는 음

* 검은 케이크(czarny placek)는 카카오 가루를 넣어 굽는 폴란드 케이크의 일종이다.

77

악적 비전을 더 생생하게 해 주는 효과가 있어 기술적으로 엄청나게 편리하기도 했다. 모스크바의 어느 과다구성주의자가 "그 텐기에르는 자기 마음대로 작곡한다."*고 말한 것도 다 이유가 있었다 — 이 조그만 알약에 갇힌 형이상학적 활화산이 박자상이나 곡조상 이해 가능한 상징으로 배치하지 못하는 소리의 시각적 조합이란 없었던 것이다. 그러나 그것 또한 머지않아 되돌릴 수 없는 기적의 영역으로 지나가 버리고 말았다 — 일생 동안의 포화 상태 때문에 욕망과 그 충족 사이의 불균형에 비례해서 자라나던 그 빛나는 재능은 망가져 버렸다. 공주는 그녀와 동시대의 모든 '신여성'**이 그러하듯이 옳았던 것이다.

게네지프는 갑자기 제정신을 잃을 정도로 취해 버렸다. 공주와 뭔가 이야기했고 뭔가 약속했는데 — '르베그의 심리적 측도,'*** 즉 인간 심리의 가장 최종적이고 가장 세세한 뒤틀림을 구분할 수 있는 가능성이 존재할 수 있다고 치더라도 측정 불가능한 일들이 일어나고 있었다. 세계는 자체적으로 충족될 수 없는 궁극의 탐욕 때문에 무너지는 것만 같았다. '영혼의 조각들'이 산산이 찢어졌고, 소년의 뇌와 함께 뒤섞인 불꽃 튀는 알코올의 소용돌이가 그 조각들을 알 수 없는 여러 방향으로 싣고 갔다. 어

---

* 원문은 러시아어를 발음대로 폴란드어로 옮김. 구성주의는 20세기 초 러시아의
시각예술과 건축 사조로 예술을 사회적인 도구로 여겨 이를 타 분야에도 적용하려 했다.
** précieuse. 원문 프랑스어.
*** 앙리 르베그(Henri Lebesgue, 1875-1941)는 프랑스의 수학자이며, '르베그 측도'는
본래 유클리드적 공간의 부분집합에 척도를 할당해 부피를 계산하는 방법을 말한다.

느 순간 지프치오는 일어서서 마치 자동기계처럼 방을 나와 스스로 옷을 입고 궁전에서 뛰쳐나왔다. 이미 때가 되었다. 그는 무시무시하게 토했다. 다음 순간 진눈깨비 섞인 얼음 같은 돌풍이 크루포바 루브니아에 선 그를 감쌌다.* 그러나 그는 그 저녁에 아직 깨어나지 않았다 — 되돌릴 수 없는 순간들의 궁극적인 위협을 아직 이해하지 못했다.

아버지는 새벽에 죽었다. 이틀이나 사흘은 더 살 수 있었다. 끔찍한 일이 생겨 버렸는데 다만 누구에게 끔찍한 것인지 알 수 없었다 — 어떤 숙모들에게 끔찍한 일일 수도 있다. 늙은이는 죽기 전부터도 게네지프에게 있어서는 완전히 존재하지 않게 돼 버렸다.

바람이 울부짖고 찢어지는 소리를 내면서 버릇 나쁜 '마녀 눈보라'의 휘발성 머리카락으로 맥줏집의 궁전을 감쌌다. 늙은 카펜의 짙은 녹색 서재에는 간호사인 젊은 아가씨 엘라뿐이었다. 게네지프는 한 톨의 감흥도 없이 죽어 가는 아버지의 부어오른 앞발에 입을 맞추었다.

"네가 그 여자의 애인이 되어야만 한다는 거 안다, 지프치오." 늙은이가 숨을 가쁘게 쉬며 말했다. "그 여자가 너에게 인생을 가르쳐 줄 거다. 네 눈에서 그걸 알 수

* 크루포바 루브니아(Krupowa równia), 루브니아 크루포바 혹은 크루푸프(Krupów) 평원은 폴란드 남부 도시 자코파네의 관광지로 유명한 공원 이름이다. 본래 소유자였던 크루푸프의 이름을 따서 명명되었다. 다만 이 작품이 집필될 당시인 1927년에는 아직 본격적으로 개발되지 않았다. 작가는 '진눈깨비(krup)'라는 폴란드어 단어와 같은 발음이 들어간 지명을 이용해 약간의 언어유희를 하고 있다.

있어 — 거짓말하지 않아도 된다. 신이 너를 보호하고 돌보아 주시기를, 그 뱀 같은 여자가 진짜로 무슨 생각을 하는지 산 사람 중에선 아무도 짐작도 할 수 없으니 말이다. 15년 전에, 지금은 승하하신 우리 왕의 궁전에서 빛나던 시절에는 나도 그 여자의 위대한 사랑 중 하나였다." (폴란드에는 몇 번이나 왕정이 있었지만 대단히 존재감이 없었다. 무슨 브라강세 집안이었나 뭐 그런 이름이었다. 결국 쓰레기처럼 버려졌다.)

"남작님, 진정하세요." 엘라가 의미심장히 속삭였다.

"조용히 해 주십시오, 아가씨. 죽음의 현신. 육체화된 무(無)가 바로 저 엘라다. 난 내가 죽으리라는 걸 알지만 즐겁게 그 다리 위로 걸어갈 거다, 왜냐하면 다리의 이쪽 편에 있어도 새로운 건 아무것도 만나지 못하리라는 걸 마찬가지로 잘 아니까. 난 인생을 한껏 즐겼어 — 누구나 다 이렇게 말할 수 있는 건 아니야. 확장에 있어서나 의사소통에 있어서나 — 한마디로 창조성이다, 바로 그거야. 그 말라붙은 덤불은 그다지 성공적이지 못했지만 죽은 뒤에 난 한 번 더 흔들어 볼 거다, 자비로우신 하느님의 이름으로 — 다진 고기로 만들어 줄 거다."

게네지프는 굳어졌다. 그는 처음으로 아버지를 그 위협적이고 가깝고 사랑하는 — 사납게, 이를 악물고 사랑하는 늙은이가 아니라 단지 완전히 다른, 낯설고 거의 관련 없는 타인처럼 보았다 — 그것이 가장 중요했다. 그러나 어쨌든 그에게 있어 이 순간에 아버지는 훨씬 더 호감이 갔다. 지금이라면 그는 아버지의 친구가 되거나 아니면 영원히 아버지를 증오하거나, 그것도 아니면 무관심하게 떠나 버릴 수 있었다. 아버지는 그에게 모르는 남자였고 모든 것으로 대체할 수 있는 변수 엑스(X)였다. 지프치오는 측정할 수 없는 거리를 두고 아버지를 지켜보았는데, 그 거리는 다가오는 죽음, 인생에서 처음 겪는 죽음이 만들어 낸 것이었다.

"그러니까 아빠는 저를 용서하신다는 거고 저는 뭐든 마음대로 할 수 있군요." 지프치오가 거의 따뜻한 애정 같은 것을 느끼며 물었다. 아버지가 한때 공주의 애인이었다는 사실을 '아는 것' 때문에 그는 아버지와 더 가까워졌으나, 그것은 어쩐지 불편하고 부끄러운 방식이었다.

"그래." 늙은 카펜이 말했고 약간 애를 써서 짐승처럼 잔인하게 웃음을 터뜨렸으며 그의 녹색 눈은 차가운 이성의 지방질이 주름 잡힌 피부 속에 악마처럼 톡 튀어나온 코 위에서 악의로 번쩍거렸다. 오래전에 잊혀 버린 꿈속에서 나온 괴물 같은 늙은이다. 그 꿈이란 어떤 노간주나무들이 서 있고 그 사이로 이른 저녁 어스름 속에서 극적인 바람이 쉭쉭 소리 내어 불었으며 그 사이에서 얼굴을 알 수 없는 노인이 잔가지를 줍고 있었다 — 턱수염만 보였고 볼 수 있게 허락되었다 — 나머지는 이 세상의 것이 아니었다. 늙은이는 아들을 놓아주면서 자신이 무슨 짓을 하는지 알고 있었으나 그 자신조차 스스로 기대에 어긋나 버렸다. 문학을 공부하겠다는 의욕 자체가 게네지프에게서 즉각 사라졌다. 그는 심리적으로 벌거벗은 상태가 되어 추위와 수면 부족과 지나친 취기와 약간의 성적인 열기에 시달려 덜덜 떨었다. 다방향적 미래가 폭풍처럼 현재 순간의 풍경 위로 덮쳐 왔고 현재는 마치 쌍안경의 반대편 끝에서 본 것처럼 작아져서, 잠재적으로 집어삼켜진, 이미 임박한 사건들에 내포된 위협의 숨은 예감 아래 거의 사라졌다.

"안녕히 계세요 아버지, 저는 자러 가야 해요." 그는 단호하고 무례하게 말하고 방을 나갔다.

"그래도 내 핏줄이구나." 아빠는 만족해하며, 거의 의기양양하게 간호사 엘라에게 속삭이고 죽음 직전의 졸음에 빠져들었다. 빠르게 다가오는 눈보라의 구름에 감싸인 하늘빛 새벽이 루지미에쥬 지역의 타원형 언덕들 위로 솟아오르고 있었다.


정보

이 모든 일의 정치적 배경은 잠시나마 너무 멀리 있었다. 그러나 어두운 언덕에서 뭔가 알 수 없는 것이 마치 빙하처럼 밀고 내려왔다. 작고 빠르고 빙하처럼 시간이 많지 않은 독수리 새끼들이 옆에서 생겨났으나 아무도 거기에는 신경 쓰지 않았다. 전반적이고 인위적이며 유사 파시스트적이고 근본적인* 번영 속에 이전의 개성을 잃은 모든 정당에서 정치

---

* au fond. 원문 프랑스어.

인들은 이제까지 이 나라에서 본 적 없는 폭넓은 관점과 무 턱대고 즐거워하는 바보짓에 가까운 태평함에 휩싸였다. 중 국의 움직이는 만리장성은 더 강해지고 증폭되어 노르스름 하고 악의적인 그림자를 나머지 아시아 전체와 서양에까지 드리우고 있었다. 두 개의 그림자—그러나 빛이 어디서 비 치는지 아무도 알지 못했다. 심지어 영국인들조차 볼셰비키 들의 조그만 정부로 나누어진 상태에서 마침내 자신들이 하 나의 단일한 민족이 아님을 인정했다. 대체로 폴란드 외에 는 민족에 대해 아무도 말하지 않았다. 인류학의 최신 발견 들도 어쨌든 여기에 일치했다.

카펜은 불분명하게 생각했다. '경화성 발작, 무슨 그 뇌 반 구 쪽으로 혈액이 방출되는 것—대체 뭘로 설명할 수 있 을까? 난 완전히 다른 사람이야. 그리고 내가 이런 상태로 계속 살아간다면 공장을 사회화할 수도 있겠어, 즉 그러 니까 공장을 협동조합으로 만들고 지프치오는 일반 노동 자로 일하게 두는 거야. 나 자신도 뭔가 중간 관리자가 될 수 있겠지. 하지만 누가 알겠어, 내가 그것도 해낼지—그 러니까 끝의 것 말고 첫 번째 것 말이지. 잠을 푹 자고 유 언장을 새로 써야겠다. 확실히 이번에 자다가 죽지는 않 을 거야!' (그러나 이 주제와 관련해 그에게는 또 다른 생 각들이 떠올라야 했다. 군대의 최고 병참 장교인 그의 이 상한 친구 코쯔모우호비치는 그의 아내가 아직 처녀였을 때 그녀를 사랑했다. [지금은 나무 밑동처럼 무관심하다.]

게다가 얼마나 사랑했던가.) '난 물러졌어, 젠장, 완전히 물러졌어.' 그는 계속 생각에 잠겼다. '내가 죽어 가고 있어서 잘됐어. 자신의 퇴락을 부끄러워하지 않는 채로 산다는 건 부끄러운 일이야. 하지만 죽어 가는 사람으로서 난 뭔가 '괜찮은 수를 쓸' 수 있겠지.' 그는 지금 덮고 있는 보라색 꽃무늬 담요에 감싸이듯이 자신의 색 바래고 시들고 멀어진 전 생애에 감싸였다. 동시에 그는 그 두 개의 존재성 양쪽에 다 감싸였고 이승을 다시 한번 잠시나마 볼 수 있다는 용기와 믿음 속에 잠이 들었다. 그리고 자신이 내일이나 모레 다시 깨어날지에 대해 완전히 무관심하다는 사실을 생각하며 한껏 즐겼다.

게네지프는 마음속에 악한 힘을 느꼈다. 그래도 어쨌든 그는 최소한 이제까지는 지금 달라졌지만 과거의 심연 속에서 마치 어떤 망가진 기계처럼 자동적으로 작동하고 있는 아버지가 명령한 대로 살아야 했다. 아버지는 그 '다름'에도 불구하고 작동했다 — 그것은 말할 수 없이 이상한 표현이었으나 아직은 모든 것과 같은 수준이었고, 오늘 깨어난 뒤에는 전적으로 모든 것이 다 이상했다. 이름 없는 선명함은 마치 바람에 밀려 쫓기듯 물러가는 구름의 그림자를 쫓아가는 햇빛과도 같이 점점 다른, 먼 정신적인 지형으로 너무나 빨리 퍼져 나갔다. 그리고 여기서 그는 최대한으로 취해서 흥청거리는 상태에서, 바로 방을 나서기 전에, 새벽 두 시에 공주와 밀회를 약속했던 것을 기억했다. 자신이 그토록 심하게 실수했다는 사실에 그는 충격을 받았다. '이론적으로' 어쨌든 그는 모든 것을 알고 있었다 — 즉 순진무구한 중학교 2학년 학생의 성적인 '모든 것'이었지만, 그 이론적인 지식이 이렇게 쉽게, 게다가 이런 차원에서 현실에 섞여 들리라고는 예상하지 못했다. 갑자기 모든 것이 마치 흙에 뒤덮이거나 땅에 묻혀 버린 것 같았다. 과거는 바로 지금 그의 앞에 마치 프라이팬에 담겨 있는 것 같았고, 시간이 사라진 채 식어 있었다. 그리고 마찬가지로 현재의 순간도 마치 적의 배 속에 박힌 칼처럼 지속성 없이 그 덩어리 안에 굳어 있었다. 아주 조그만 냇물이 삶의 폐허 사이 어딘가에서 '졸졸' 흘렀으나 그것은 그저 모든 전체의 믿을 수 없는 부동성을 더 강화할 뿐이었다. 온 세상이 움직임을 멈추고 충격을 받아 크게 튀어나온 눈으로 그를 쳐다보는 것 같았다. "절대로 어떤 것도 자기 자신의 텅 빈 무덤에서는 묻지 않는다." 그 '금지된' 동료가 이렇게 썼었다. 그리고 갑자기 '뭔가' 풀려 나왔고 모든 것이 다시 미친 듯이, 이전의 부동성과 대조를 이루며 속도를 내어 부빙으로 막힌 댐을 무너뜨리는 강처럼 움직이기 시작했다. 이전처럼 멈추었던 시간이 다시 흐르는 것은 참을 수 없는 고통이었다.

"이걸 혼자서 견딜 수는 없어." 게네지프가 목소리를 낮추어 말했다. 다시 텐기에르의 털북숭이 주둥이와 어제 음악에 대해 이야기할 때의 눈이 생각났다. '그는 모든 것을 알아야만 할 테니까 모든 것이 어째서 제대로 그렇지 않은지, 하지만 동시에 이렇게나 참으로 그러한지 나한테 설명해 줄 거야.' 그는 생각하고 곧바로 텐기에르에게 가기로 결정했다. 억제할 수 없는 불안과 움직여야만 한다는 요구가 그를 지배했다. 그는 재빠르게 이른 저녁을 먹고 (참으로 오래전의 어린애 같은 것이었다, 여기에 그런 것이 있었을 때….) 집을 나와서 거의 의식하지 못하는 채 비엘키 파구르* 쪽으로 방향을 잡았는데, 그곳의 숲속에서 텐기에르가 가족과 함께 살고 있었다. 그는 텐기에르를 어제 만나서 거의 알지 못했고 그에게 뭔가 구체적인 공감은 전혀 느끼지 않는데도 불구하고 어쩐 이유인지 새로 알게 된 모든 사람들 중에서 하필 그가 가장 가깝게 느껴졌다. 그는 오직 텐기에르만이 그의 현재 상태를 완전히 이해하고 뭔가 조언해 줄 수 있으리라 믿었다.

* Wielki Pagór. 폴란드어로 '큰 언덕'이라는 뜻.

# 텐기에르의 집 방문

그는 가끔 발이 걸려 넘어지며, 하늘을 바라보며 걸었고, 그 하늘은 날마다 (물론 매일은 아니지만) 별이 빛나는 밤하늘의 신비를 기념하고 있었다. 학교에서 이해하도록 가르치는 종류의 천문학은 그에게 별다른 매력을 선보이지 못했다. 지평선과 방위, 각도와 적위, 복잡한 계산, 춘분점 세차와 변형은 그에게 끔찍하게 지루했다. 다른 과목들의 무더기에 파묻힌 천체물리학과 우주생성론에 대한 짧은 개괄은 유일하게 가벼운 불안감을 불러일으키는 분야였으며, 그 불안은 아주 원초적인 형이상학적 불안에 맞닿아 있었다. 그러나 한때 철학적인 숙고로 이어졌던 고매한 상태에 그토록 가까운 '천문학적 불안'은 오늘날의 시대에 일상의 하루 속에서 아무에게도 쓸모없는 사치 정도로 빠르게 밀려난다. 걸어가면서 이제 게네지프는 평생처음으로 밤하늘을 바라보는 것만 같았다. 이제까지 그에게 하늘은 모든 종류의 지식에도 불구하고 대략 반짝이는 점들로 덮인 이차원적 평면에 불과했다. 이론을 알고 있었어도 감정적으로 그는 이 원시적인 관념을 한 번도 벗어나지 못했다. 이제 공간은 갑자기 세 번째 차원을 얻었고 거리의 차이와 무한한 원근감을 나타내 주었다. 미친듯한 힘으로 솟아오른 생각이 멀리 있는 세상들의 궁극적인 의미를 꿰뚫으려 애쓰며 그 세상들을 한 바퀴 돌았다.

87

습득된 지식은 무기력한 덩어리처럼 기억 속에 누워 있었으나 이제는 표면으로 떠올라서 새로운 형태로 제시된 질문 주위에 그룹을 짓기 시작했는데, 그 질문들은 지적인 수수께끼로서가 아니라 시간과 공간의 무한함과 모든 것이 다르지 않고 바로 그렇다는 겉보기에 단순한 사실 안에 포함된 모든 비밀에 대한 충격의 비명이었다.

트로이스티 슈취트의 세 석회암 탑 위로 마치 거대한 연 같은 오리온자리가 떠올랐고 그 꼬리에는 사납게 빛나는 천랑성이 달려 있었다.* 빨간 베텔게우스와 은빛 띤 흰색 리겔이 야곱의 막대기 양쪽에서 경비를 서고 있었으며 그 둘보다 창백한 벨라트릭스가 공간을 날카롭게 갈라놓았다.** 플레이아데스와 알데바란 사이에서 두 행성이 고요하고 흔들림 없는 빛을 내며 빛났다 — 오렌지색 화성과 납빛 띤 창백한 푸른색 토성이다.*** 트로이스티 슈취트에서부터 수히 자데크**** 남쪽 꼭대기로 이어지는 능선의 어두운 윤곽이 지평선에 수직으로 떨어지는 은하수의 빛나는 가루를 배경으로 태곳적 도마뱀의 등줄기처럼

---

* 트로이스티 슈취트(Troisty Szczyt) 즉 '3중 정점' 혹은 트로이스타 투르니아(Troista Turnia) 즉 '3중 바위'는 타트라 산맥 중 현재 슬로바키아 지역에 속하는 바위 능선 이름.
** 베텔게우스는 오리온자리에서 두 번째로 밝은 별로, 뚜렷한 붉은색으로 빛난다. 리겔은 오리온자리의 베타 별로, 푸른색을 띠며 베텔게우스보다 밝다. 야곱의 막대기(야곱의 사다리)는 오리온자리 중앙에 있는, 사냥꾼 오리온의 허리띠에 해당하는 세 개의 밝은 별을 뜻한다. 벨라트릭스는 오리온자리에서 세 번째로 밝은 별이다.
*** 플레이아데스성단은 황소자리에 위치한 B형 항성들의 산개성단. 알데바란은 황소자리에서 황소의 머리 부분에 해당하는 별.
**** Suchy Zadek. 타트라 산맥에서 슬로바키아 지역에 있는 골짜기 이름.

확연하게 드러났다. 게네지프는 별들을 쳐다보면서 현기증을 느꼈다. 위와 아래는 더 이상 존재하지 않았다—그는 형체 없고 본질도 없는 무시무시한 심연 위에 걸려 있었다. 그는 순간적으로 공간의 무한함을 실제로 경험했다. 이 모든 것이 존재했고 그가 경험하고 있는 바로 이 순간에 지속되고 있었다. 끝없는 공간 전체의 무한한 시간과 그 안에 존재하는 세계들 안에 존재하는 그 무시무시함에 비하면 영원은 아무것도 아닌 것 같았다. 여기서 이것을 대체 어떻게 받아들이면 좋단 말인가? 뭔가 상상할 수 없는 것이 본체론적으로 절대적인 필요성을 가지고 나타난 것이다. 이 비밀 자체가 그에게 또다시 가면을 쓴 자신의 얼굴을 의미했으나, 방식이 달랐다. 세계의 거대함과 형이상학적으로 고독한 그는—(누군가와 합일체를 구성해야만 할까?)—서로 이해의 가능성 없이—(직접 주어진 것의 무시무시함에 비하면 이해란 대체 무엇이란 말인가?)—모든 것에도 불구하고 그 고독의 감각에는 뭔가 고통스러운 쾌락이 있었다. 그리고 바로 이 순간에 그는 자신이 우주의 무한한 뒤얽힘 속에서 작다고 느꼈다—밤하늘의 영역과 비교해서 작은 것이 아니라, 자신의 가장 깊은 감정 안에서 작다는 것이다—어머니와 공주에 대한 감정 안에서.

게네지프는 이제 고개를 푹 숙이고 걸으며 절망에 빠져 발밑에서 눈이 뻑뻑거리는 소리를 들었다. 무익한 순간들은 고통 속에 허우적거리며 과거로 사라졌다. 별들의 그 말 없는 경멸과 다 안다는 듯한 깜빡임이 그는 괴로워졌다. 모든 것이, 심지어 텐기에르와의 대화도 내키지 않았지만 그는 이전 상태대로 무기력한 채 계속 터덜터덜 걸었다. 길은 가문비나무 숲을 지나 위쪽으로 이어졌다. 나뭇가지가 눈으로 덮인 나무들은 마치 끝에 검은 발톱이 달린 괴물처럼 하얀 앞발을 뻗은 채 그의 머리 위에서 뭔가 비밀스러운 주술을 거는 것 같았다. 검은 덤불 사이로 별빛이 잠깐씩 비쳐 보였고, 그 빛은 마치 위험을 미리 알려 주는 신호처럼 날카롭고 불안했다. 숲을 지나 언덕 위에서 텐기에르의 집 노란 불빛이 환하게 반짝였을 때 게네지프는 갑자기 이 순간이 그의 인생에서 분수령이며 이날 저녁에 무엇을 경험하느냐에 따라 앞으로 일어날 모든 연쇄적인 사건들이 달라질 것이고 그것은 심지어 외적으로 가능한 조합과도 분리되어 있음을 확신했다. 그는 그 어떤 것에도 상관하지 않고 현실을 어느 방향으로든 조종할 수 있다는 가능성의 야만적인 힘을 느꼈다―산이 그의 머리 위로 무너지거나 땅이 솟아오르더라도 지금 이 흘러가는 순간을 놓칠 수는 없다. 철제 블록과 굴대를 움직이는 거미줄의 대조―모든 민족들의 존재 혹은 죽음에 대한 판결인, 저녁 구름 조각들의 변덕스러운 체계(워털루전투* 전날의 비처럼). 그러나 모든 것은 우연성에서, 큰 수의 법칙**에서 시작하여 의식적인 방향성을 향하고,

* 1815년 나폴레옹 군대가 영국 연합군에게 패한 전투. 나폴레옹의 운명을 결정지었다.
** 확률과 통계의 기본 개념으로, 큰 모집단에서 뽑은 표본의 평균이 전체 모집단의

그는 그 흐름의 일부가 될 것이며 무질서한 누더기나 톱니바퀴 사이에 섞여 든 조약돌이 되지는 않을 것이었다. "역사가 궁극적으로 무너지는 순간에 사회의 거대한 몸집에서 무기력하게 자라나는 작은 악성 종양처럼 꿈틀거리는 유사 개인주의의 허상." 기호논리학자 아파나솔 벤츠라면 이렇게 얘기했을 것이다.

게네지프는 환하게 불이 밝혀진 오두막 창문을 마치 어떤 적대적이지만 그럼에도 불구하고 소중하고 가까운 존재이며 그래도 어쨌든 정복되어야만 하는 존재인 것처럼 눈대중으로 어림잡아 보고 나서 조그맣고 이상한 등불이 밝혀진 거대한 현관으로 들어섰다. 옷걸이에 걸려 있는 텐기에르의 외투와 털 코트 때문에 그는 어떤 미신적인 전율에 휩싸였다. 어째서인지 그 외투와 코트는 그에게 한없이 강력하며 적대적으로 보였는데, 숫자가 많은 데다 단 하나의 주인에게서 벗어나지 않는 부동성 때문에 더욱 강력해 보였다. 이 옷들의 비밀스러운 부동성은 마치 앞으로 완수될 행위들이 주는 셀 수 없는 가능성을 표현해 주는 것 같았고, 그러면서 동시에 텐기에르 자신은 모든 종류의 힘과 매력을 잃어버린, 흐릿하게 흘러 지나가 버리는 개인성의 한순간으로 보였다.

게네지프는 이제서야 멀리 있는 방에서 들려오는 피아노 소리를 들었다. 보이지 않는 사람이 연주하는 음악

평균과 가까울 가능성이 높다는 법칙. 대수의 법칙 혹은 라플라스 정리라고도 한다.

은 그가 비밀스러운 힘을 갖고 있다는 인상을 더욱더 강화시켰다. 게네지프는 불안과 전율로 소름이 끼쳐 온몸을 떨었고 입구 왼쪽 문 위에 걸려 있는 징을 쳤다. ("오, 모든 것이 완전히 달랐어야만 했는데!" 선한 수호령들이 무력하게 절망에 빠져 흐느꼈으나, 그런 수호령의 존재는 아무도 믿지 않았다.) 피아노 소리가 길게 끄는 금속성의 우레 소리처럼 울려 퍼졌고 한순간이 지난 뒤에 문가에는 마치 기억할 수 없는 먼 옛날부터 알고 있었던 것만 같은 천재 짐승의 괴물 같은 털북숭이 낮짝이 게네지프 앞에 나타났다.

"들어오시오." 텐기에르가 위협적인 명령조의 목소리로 말했다.

지프치오가 안으로 들어서자 숲에서 나는 풀의 쌉쌀한 냄새가 그를 감쌌다. 둘은 계속 안으로 들어갔다. 검고 푹신푹신한 양탄자로 덮인 거대한 방에 다채로운 갓을 씌운 등불이 타오르고 있었다. 오른쪽 구석에는 어떤 거인의 머리를 형상화한 거대한 조각상이 서 있었는데, 그 머리에는 조그맣고 보기 흉한 사람이 들러붙어 있었다.

"제가 방해가 되었나요?" 게네지프가 가까스로 입을 열고 물었다.

"사실 그렇소. 하지만 아닐 수도 있지. 하던 즉흥연주를 중단하게 돼서 잘됐는지도 모르고. 불법적으로 자기 자신을 몰아치는 건 좋지 않아. 솔직히 말하자면 댁의 나이 또래 젊은 사람들을 나는 좋아하지 않소. 어떤 특정한 일들에 대해서 내가 청년들을 위해 책임을 질 수는 없고, 그 일이란… 하지만 그 얘긴 그만하지."

"아, 예, 어제저녁에 그 이야기를 하셨죠. 하지만 저는 모르겠습니다…."

"그만하시오! 난 취했었어. 게다가 어쨌든 (그는 갑자기 태도가 부드러워졌고 심리적인 차원에서 그 무한함이 줄어들었다.) 내 친구가 되어 주시오. 난 그 어떤 책임도 지지 않아." 그는 엄숙하게 반복했다. "말 놓기로 하지." 게네지프는 불쾌해져서 몸을 움츠렸다. 그러나 이 순간이 지난 뒤에는 자기 자신에 대한 잠깐의 혐오감이라는 대가라도 치를 가치가 있는 무언가가 숨어 있다고 느꼈다. "게다가 난 전혀 널 초대한 적이 없는데. 반대로 이렇게 찾아올까 봐 몸을 사렸지. 넌 취해 있었어 — 기억을 못 하는군."

그는 입을 다물고 마치 헤아릴 수 없이 유감스러운 어떤 일을 떠올리는 것처럼 생각에 잠겨 벽에 걸린 동양풍 태피스트리의 혼란스러운 무늬를 들여다보았다. 게네지프는 괴로워졌다.

"그러시다면." 그는 내면의 상처로 떨리는 목소리로 말했다.

"그러시다면 앉아. 커피 줄 테니까." 게네지프는 어쩐지 알 수 없는 힘으로 부풀어 오른 소파에 앉았다.

"나라는 사람을 둘러싼 미칠 듯이 많은 사악한 액체마저 너를 쫓아내지 못했다면 여기까지 온 데에는 분명 뭔가 중요한 목적이 있었겠지." 그는 옆방으로 나갔고 커피 가는 기계 주변에서 부스럭거리는 소리가 들렸다. 잠시 후 둘은 탁자 앞에 앉아 있었고, 탁자 위 찻잔에서는 상당히 섬세한 향이 나는, 그러나 대단히 진하고 달콤한 커피가 김을 내고 있었다.

"그래서?"

멀리 썰매의 '그리운' 종소리만 가끔 울리는 침묵을 배경으로 텐기에르가 물었다.

게네지프는 텐기에르에게 다가앉아 그의 손을 잡았다(상대방은 몸을 떨었다). 어째서 그렇게 했을까? 어째서 거짓말을 했을까? 혹은 그렇게 행동한 건 바로 그였던 걸까? 의심의 여지 없이 아니다 ― 하지만 그럼에도⋯. 오 ― 어떤 사람들은 무시무시하게 복잡하다. 타인의 개성의 그 층위들, 그 숨겨진 서랍들, 열쇠를 잃어버린 상자들 ― 아무도, 심지어 죄인 자신조차 그것을 알지 못한다⋯. 텐기에르가 모든 의심을 한 문장으로 풀어 주리라는 이전의 솔직한 형이상학적 호기심과 희망의 상태를 배경으로 이제 뭔가 현실적으로 혐오스럽고 낯설고 그 무엇과도 비교할 수 없는 어떤 것이 작동하기 시작했다. 그리고 여기에 더해 그것은 너무나 역겹도록 고유했고 마치 이미 오래전부터⋯. 이 모든 일은 톨지오의 잘못이었는데, 톨지오는 어제 그에게 이 이야기를 전부 세부 사항까지 다 전해 주었던 것이다. 이미 그때 게네지프는 건강하지 못한 흥분에 휩싸였다. 하지만 톨지오가 잘못한 건 지금이 아니라 아주 많이 옛날이었다. 그리고 그는, 이 순진한 어린 소년은 갑자기 텐기에르를 속이고 '마지막 순간까지', 그러니까 겁탈의 바로 그 순간까지 그의 피해자를 가장하기로 마음먹었다. 자기 앞에 있는 이 사람의 이상한 힘의 가면을 벗겨야 하고, 그 힘을 소유하고 자기 안에 흡수해 자기 것으로 삼아야만 했다. 그는—그 야심만만한 소년은 생각했다—거의 믿을 수가 없을 지경인데, 그는 뭔가 훔친 것으로 살아가야 했다. 모든 것을 처음 시작부터 스스로 발견하고 싶어 했던 그가, 다른 사람들이 만들어 낸 것들을 학교에서 배우는 걸 부끄러워했던 그가 말이다. "오, 수학 전체를 처음부터 새로 쓸 수 있다면, 그렇다면 나는 수학자가 되었을 텐데." 이 모든 것이 하나의 문장 안에서 번쩍였다. 그는 이것을 경박하게, 거의 즐거운 듯 말했고, 텐기에르에게 이것은 그 자신의 추악함에 대한 음습한 승리의 가능성 중에서 가장 중요한 것이었다. 누가 알겠는가 (그렇다, 누가?), 이 순간들이 그의 음악적 창조성을 위해서는 모든 종류의 진정 쾌락적이고 굴욕적인 정상적 '사랑놀음'의 실패보다 더 본질적이었을지도 모른다는 걸. ('사랑놀음'이라는 단어에서 토할 수도 있다. 폴란드어에는 오로지 인용 부호를 써야만 즉각 사용할 수 있는* 단어가 많은데, 예를 들면 '생기 있는', '담대한', '흥취', '활기', '기민한', '행위들' 등등 '수치스러운' 단어들이다.)

---

* gebrauchsfähig. 원문 독일어.

"저는 선생님이 전혀 무섭지 않아요. 저는 완전히 무관심합니다. 하지만 원하신다면 부끄럽게 생각하지 않으셔도 됩니다. 저는 순진한, 소위 말하는 '동정'이지만, 모든 걸 알고 있고 내면에서 제가 가까이 다가가는 모든 것을 망가뜨릴 수 있는 치명적인 힘을 느껴요." (텐기에르는 갑자기 끔찍한 불꽃으로 타올랐다 — 이전의 성공적인 사례들에 비하면 이 폭발은 거의 진짜에 가까웠다.)

지프치오가 말한 것은 뭐라 표현할 수 없이 바보스러웠다. 그러나 그는 자기처럼 아무것도 모르는 고등학교를 갓 졸업한 소년이 이토록 악마적으로 허풍을 떨며 겉으로 보기에 모든 것을 알고 있는 이 곱사등이를 속일 수 있다는 데 스스로 만족했다. 어쩌면 이건 어제 하늘색 에나멜 구슬 같은 공주의 눈동자를 지나치게 오래 들여다본 결과는 아니었을까? 그 자신도 여기에 대해서는 아직 알지 못했다.

텐기에르는 새로운 친구의 '추악함'('혐오스러움', '끔찍함' — 여기에 맞는 표현도 적절한 접미사 변화형도 없다.)의 계수를 측정하고 싶어서 — 그저 자신과 자기의 음흉한 계획으로 게네지프를 역겹게 하는 게 얼마나 쉬운지 확인하고 싶어서, 그 날고기 냄새가 나는 (정확히는 그저 냄새나는) 짐승 같은 주둥이의 넓적한 입술로 게네지프의 입술에 갑자기 입 맞추었다. 오, 이 얼마나 추악했는지. 도망치자, 아무것도 가장하지 말고, 그를 모르는 채로, 아 — 그 공주도 모를 수만 있다면 — 오, 모든 것을 토해 버리고 아무나 작고 가난하고 수수한 아가씨를 사랑할 수만 있다면. 그리고 갑자기 유일하게 냉정한 생각이, 닳아 버린 이빨을 드러낸 뱀처럼 무해하게 된 객관화된 추악함이, 골절된 다리에 모르핀을 주사한 뒤의 고통처럼 이미 멀어진 채로 '떠올랐다'. '이 비밀들을 알아내기 위해서는 뭔가 견뎌 낼 가치가 있어.' 그의 내면에서 마음도 양심도 지조도 없는 낯선 존재가 생각했다. 이제까지 그는 자기 안에 이 조그만 괴물을 키우면서 일기를 써 왔는데 (그것은 부헤르트 박사가 '정신분열증[조현병] 환자의 일기'라는 제목으로 1997년 출간한 그 일기였고 그로 인해 유명해졌다. 작품의 진짜 작가가 누구인지 의심받았다.) 일기는 바로 그의 (그 조그만 괴물의) 경험을 묘사한 것이었다. 게네지프는 꼼짝하지 않고 첫 번째 입맞춤에 수동적으로 몸을 맡겼다. 텐기에르는 계속 핥아 댔으나 저항을 받지 않자 갑자기 멈췄다 ─ 이런 것은 그의 야심을 자극하지 않았다.

"부탁인데 말입니다⋯. 그러니까, 미안하다, 지프치오. 이 폭발은 또 다른 의미를 가지고 있어. 나에겐 형이 있었는데, 내가 아주 사랑했지. 똑같은 병에 걸렸는데 나는 이겨 냈고 형은 죽었어. (어째서 이렇게 말했을까? 그 안에는 뭔가 거짓말이 들어 있었다.) 선병질성 골수염*이었어. 하지만 난 장애인이야. 하지만 난 언제나 남겨진 모든 시간을 즐기는 화려한 결말을 꿈꾸었어. 하지만 사랑만은

---

* 원문 Osteomyolitis scrofulosa. '골수염(osteomyelitis)'이라는 단어가 잘못 쓰여 있으며 피부샘병(scrofulosis)은 피부에 발생하므로 병명 자체가 말이 되지 않는다.

알지 못했고 아마 영원히 알지 못하겠지. 하지만 넌 그걸 이해하지 못할 거야. 하지만 그게 무슨 뜻인지 알겠어?"

게네지프는 혐오감 때문이 숨이 막혔다. 마치 단 한 번도 씻지 않은, 악취를 풍기며 땀에 젖은, 그 집 전체만 한 크기의 몸뚱어리가 그의 몸 위에서 짓누르는 것 같았다. 그 끔찍한 입맞춤보다도 텐기에르의 말이 그에게는 더 혐오스럽게 느껴졌다. 그러나 어쨌든 그는 텐기에르에게 공감을 느꼈고, 그건 죽어 가는 아버지에게 느꼈던 것보다 훨씬 더 컸다. 그는 텐기에르의 어깨를 꽉 껴안았다.

"처음부터 전부 다 얘기해 주세요. 선생님은 결혼했잖아요. 그때 공주 말로는 사모님이 아름답다고 했어요."

"이건 전혀 결혼이 아니야. 이건 고문이 지속되는 하나의 커다란 범죄야. 난 심지어 아이들도 있어. 내 병은 3대째에는 유전되지 않아. 아돌프 텐기에르는 건강한 사람이고 아버지 대신, 심지어 삼촌을 대신해서도 인생을 한껏 즐길 거야. 니논은 좋은 엄마가 될 거고, 왜냐하면 내 아내도 착하니까. 그리고 바로 그…." 그는 갑자기 격렬하게 흐느끼기 시작했고, 게네지프는 부끄러움과 자비심으로 눈이 얼굴에서 튀어나올 지경이었다. 그 자비심은 짓밟힌 바퀴벌레처럼 혐오스러웠고 그의 내장을 잔혹하게, 말하자면 무자비하게 긁어 댔다.

"울지 마세요…. 앞으로 다 잘될 거예요. 제가 오늘 찾아온 건 선생님이 모든 수수께끼를 풀어 주셨으면 했기 때문이에요. 선생님은 알고 계실 거예요, 왜냐하면 선생님의 음악은 모든 걸 알고 있으니까요. 하지만 전 그걸 머릿속으로 알아야만 하고, 그건 완전히 다른 일이죠. 하지만 선생님이라면 할 수 있을 거예요, 왜냐하면 선생님은 지난번에 이미 그걸 넘어서서, 모든 것이 다른 것이 아니라 그런 것이라고 이야기하셨으니까요. 전 그걸 제대로 표현하는 법을 모르겠어요." (텐기에르의 흐느낌이 천천히 가라앉았다.) "어제저녁에는 아버지의 병 — 하긴 그건 별 상관이 없었을 수도 있지만 — 그리고 오늘 오후에 잠들었다가 깨어난 뒤 저는 완전히 혼란스러워졌어요. 아무것도 이해할 수 없어요, 왜냐하면 이제까지 저에게 세상에서 가장 평범해 보였던 것이 어떤 심연 위에 거꾸로 서 버렸고 계속 그렇게 있어서 그 심연 안으로 아무것도 흘러들어 갈 수 없어요. 거기에는 자기 자신에 대한 순수한 비밀 외에는 아무것도 없어요. 하지만 전 그걸 끌어안을 수 있을 거라고 생각해 본 적이 전혀 없기 때문에, 그래서…."

"깨달음의 순간 혹은, 요즘에 말하듯이 광기의 시작이군." 텐기에르가 눈물을 닦아 내며 말했다. "내가 너에게서 그런 순간들을 느꼈지, 그래 느꼈어." (아 저 "너에게서" — 게네지프는 몸을 뒤틀었다.) "하지만 시간이 지날수록 그런 순간은 줄어들어. 왜냐하면 내가 무슨 일인지 완전히 이해하기 전에 — 확! 그리고 벌써 모든 것이 소리로 변하기 시작하거든 — 소리 자체가 아니라 그 구조로 변하고, 그러면서 결국은 나와 많은 다른 사람들까지 넘어서지. 오직 그 덕분에 내가 미치지 않는 거야. 난 내가 누구인지에 대한 감각을 가지고 있지만, 만약에 아무도 절대로 나를 이해하지 못하게 된다면—죽은 뒤에조차 절대 불가능하다면—그것이 내가 허상에 굴복해 버린 음악적 낙서광이라는 증거가 될까, 누군가 있었고 지금도 있다는 증거 말이야—왜냐하면, 빌어먹을, 난 그런 허상을 믿기에는 너무 많이 알고 있어—그것 또한 음악은 끝났고 나는 배반자로 선택된 유다처럼, 바로 내 안에서 그게 끝까지 완결되도록 하기 위해서 운명에게 선택된 그 저주받은 자라는 증거일지도 몰라."(게네지프는 이제까지 단조롭게 응고되었던 삶이 전혀 지속되지 않고 새로운 선로 위에, 어떤 경사진 평면 위에 떨어졌으며 그가 기대하고 요구했던 그 가속이 지금 시작된다는 무조건적인 감각을 느꼈다. 이미 정신적으로 가깝고 익숙한 상태는 지나가서 과거 속에 남아 점점 속도가 빨라지는 기차 안에서 창문을 통해 고향 마을을 볼 때의 풍경과 같았고, 기차는 그를 아직 탐험되지 않은 먼 땅으로 데리고 갔다.) 텐기에르가 계속 말했다.

"그리고 전체적으로 그렇게 되어야만 해. 난 이 법칙의 초월성을, 그 절대적인 필연성을 받아들인다고—그 법칙." 텐기에르는 반복했다. "어떤 세상이든지 어딘가에 예술이 있다면, 반드시 우리와 같은 발달 형태의 선상을 따라가야 한다고, 반드시 종교와 형이상학과 관련이 있어야 한다고, 그 둘은 예술과 똑같이 생각하는 존재의 필연성이니까. 하지만 그것도 올바른 시대에 있을 때만이야.

그러고 그 뒤에는 예술을 창조해 냈던 바로 그것, 사회의 곤죽 덩어리에 의해 먹혀서 사라져 버려, 왜냐하면 그 덩어리는 완벽한 형태로 결정화되면서 그 안에서 그 과정을 방해하는 모든 것을 방출해야만 하니까. 하지만 어째서 바로 내가 그 저주받은 자여야 하지? 그 어떤 식으로든—그래—자기 개성의 진정한 필연성에 대한 느낌, 다른 것이 아닌 바로 그 느낌—아무나 그걸 느끼는 건 아냐—그건 거대한 사치야. 하, 난 굽히지 않으니까, 다른 사람들에 비해 바로 그 점에서 우월해—심지어 내가 원하더라도, 뭔가 날 놔주지 않아, 뭔가 나보다 높은 힘이야. 야망이겠지, 하지만 세상에 대한 야망은 아니야. 영원에 대한 야망이지….” 그의 눈은 마치 우주의 배꼽까지 뻗으려는 듯 보이는 힘으로 번쩍였고 갑자기 그 겉보기에 약해 보이는 털북숭이 괴물이 게네지프에게는 어떤 특별한 기능이나 상황에서 온 무슨 강력한 신령 (신이 아니다.) 같아 보였다—존재 전체에 그런 사람은 40-50명쯤 있을 수 있는데, 그들은 뭔가 중요한 존재성에 상응한다. 음악이나 다른 예술, 바람, 전반적인 자연, 기후, 패배 등에…. 그러나 동시에 그는 생각했다. ‘그는 오로지 예술가이기 때문에 자기 자신에게 있어 필연성이야. 그는 절대로 나를 이해하지 못할 거고 내가 다르지 않고 바로 이렇다는 사실이 어째서 나에게 한없이 이상한지 설명해 주지 못할 거야.’ 그리고 갑자기 의혹이 그를 뒤흔들었다. ‘그리고 대체 여기서 요점이 뭐지? 근본적으로 아무에게도 필요 없는 음악의 땡땡 소리가 요점인가? 아냐—그건 약간 과장이야! 그건 그렇게 중요하지도 훌륭하지도 않아. 불확정성 안에 있는 겉보기만의 깊이야. 아냐—난 생각 쪽이 더 좋아—하지만 어떤 생각이지? 나 자신의 생각은 아직 싹도 트지 않았어. 뭘 생각해야 하지?! 맙소사!! 평생토록 거짓말밖에 할 수 없는 허상의 길로는 가지 말아야 해. 깨달음—하지만 내 발에 걸리는 것이나 내 위로 떨어지는 것이 실제로 진짜라고 누가 보증할 수 있지?' 그는 오로지 가능성의 극단을 향해 노력하고 자신을 희생하고 무조건 금욕하며, 오늘 그를 돌이킬 수 없이 기다리고 있었으며 사악한 쾌락으로 이토록 악마같이 그를 유혹하는 바로 그것(어떤 이유인지 모르겠지만 그것은 개를 사슬에서 풀어 주는 것과 반대로 여겨졌다.)을 거부해야만 저쪽 세상이 열릴 것이라고 느꼈다. 하, 그것은 그의 힘을 넘어서는 것이었다. 이 순간 그는 평생 알기를 포기했다. 타락 속에서는 살 수 없으며 동시에 가장 높은 진리를 아는 것의 행복에 접근할 수 없는 종류의 성격도 존재한다—둘 중에서 선택해야 한다. 오, 스스로 파괴하면서 가장 본질적으로 창조하고 그런 방법으로 이 땅에서 자신의 완벽함을 쟁취하는 행운아들에게 복이 있으라. 그들의 정신에서 무슨 일이 일어나는지, 그런 것에 대해서는 생각하지 않는 편이 낫지만, 여기서 그들은 완벽하다, 심지어 악행 속에서도. 이날은 진실로 분수령이었다. 하지만 누구의 날일까? 미지의 심연으로 우연히 날아든 꽃가루, 다른 꽃가루

102

들의 경계선 안에서 알레프 사이의 다른 것이 아니라 바로 그런 꽃가루에 신경 쓸 가치가 있을까? (알레프 = 칸토어의 첫 번째 무한 숫자.)* (상수의 존재들 중 [게다가 경계선 안에서] 있을 수 있는 것은 무한한 존재 전체 중에서 알레프뿐이며, 그것도 결단코 연속체는 아니다. 어째서 그런지 여기서는 증명할 방법이 없다.) 이 가루의 존재는 전반적인 법칙 안에서 표현할 방법이 없는데, 그 법칙 안에서는 변수값 대신에 존재의 서열 중에서 상위에 있는 수를 무작위로 골라 상수값으로 대체할 수 있을 것이었다. 후설**이 이걸 뭐라고 했더라? (고등학교 수학 수업에서 선생님이 후설의 말을 되풀이했다. "만약 신이 있다면, 그의 논리와 수학은 우리 것과 다를 수 없을 것이다.") 요점이 되는 것은 이런 일들이며, 저기서 어떤 백치나 혹은 심지어 유사 지성인이나, 또는 심지어 (오 신성모독이여!) 천재가 느끼는 그런 것은 아닐 터이다! 요점은 법칙이며, 이런저런 우연이 아닌 것이다. 게네지프의 낯짝 안에서는 그런 것이 소용돌이치고 있었다. 그는 텐기에르에게 빌듯이 말했다. (이런 순간들, 때맞춘 한마디에 때로 평생이 걸려 있는데도 사람들은 아무것도 모르고 둘 다 밟아서 [때로 이상의 이름으로] 거짓되게 현실에 내던져진 관념들의

---

* 러시아에서 태어나 독일에서 활동한 수학자 게오르크 칸토어(Georg Cantor, 1845-1918)는 무한에 대한 생각을 바탕으로 집합론의 기초를 세웠는데, 히브리어의 첫 문자 알레프로 무한 기수를 표기했다.
** 에드문트 후설(Edmund Husserl, 1859-1938). 독일 철학자로 현상학의 창시자이다.

망 때문에 일그러지고 왜곡된 현실의 늪으로 처넣는다. 현실은 가장 근본적인 즙을 관념의 영향 아래 흘려 버린다. 그러나 그것이 독이 될지 아니면 가장 영양 많은 비타민이 될지는 그 관념들의 종류에 달려 있다.)

　"푸트리찌 선생님."(푸트리찌데스를 줄인 이름으로 텐기에르는 그렇게 불렸다.) "전 제가 내일 어떤 사람이 될지 모릅니다. 모든 것이 혼란에 빠졌고 그것도 지금과 같은 평면상의 어떤 구석에서가 아니라 다른 공간에서 벌어졌어요. 이건 저에게는 지나치게 높은 개념입니다."(그는 쓸쓸하게 반어적으로 이렇게 말했다.) "저는 선생님처럼 예술의 중요성을 믿지 않아요. 선생님의 개념은 실제 그 개념이 뜻하는 것보다 높습니다 — 관념으로서 스스로 자신보다 높아요. 왜냐하면 선생님은 그 관념들의 실제 기초의 가치를 과장하고 계시니까요. 저는 문학을 사랑하는데 그 이유는 문학 안에 저 자신의 삶보다 훨씬 풍성한 삶이 있기 때문이에요. 문학 안에는 현실에서 결단코 찾을 수 없을 정도로 응축된 삶이 들어 있어요. 그 응축의 대가로 비현실을 지불하는 거죠."(텐기에르는 활짝 웃었다. '이 청년은 실제 삶과 환상의 차이가 어떤 건지 아는군 — 하, 하! 이 청년 자체가 아직도 하나의 커다란 환상이야. 난 불평할 수 없지.') "하지만 제가 말씀드리고 싶은 건 이 삶이에요. 이 삶이 유일하고 고유한 종류이기를, 그리고 동시에 그 차별성으로 인해 필연적이기를, 귀감이고 완벽함의 이상이기를, 심지어 지금 그 삶이 악하거나 혹은 악해질 수 있더라도, 그보다 더하더라도 말예요—심지어 실패한 삶이더라도, 완벽함이 존재할 수 있게 하기 위해서. 그건 삶의 정점이에요…. (그는 열띤 눈길로 건조하게 앞을 바라보았다.) 그런데 여기서는 모든 일이 너무나 끔찍하게, 너무나 이상야릇하게 변해요—그래서 난 지금 내가 나 자신인지 아니면 다른 누구인지 이미 모르겠어요. 변화와 안정의 이 모순….”

"네가 지금부터 영원히 기억해 둬야 할 사실은 단지 그 때문에 우리가 우리 자아의 연속성을 의심하게 된다는 거야, 바로 그 자아가 연속적이기 때문에. 그 사실이 아니었더라면 그런 질문은 불가능했을 거다. 자아, 그 개인성의 단일함은 자신의 연속성 안에 직접적으로 주어져 있어—그리고 우리의 의심은 오로지 파편화된 콤플렉스들의 너무 큰 다양성에 원천을 두고 있지. 심지어 자아의 분열로 고통받는 사람들조차 그 조각들의 연속성은 지속되어야만 해—끝없이 짧은 지속성이란 없어….”

"선생님 말씀을 저는 직관적으로 이해합니다. 하지만 그건 이미 훨씬 발전된 생각들이에요. 저는 전반적인 기초가 없어요. 저는 아버지를 사랑하고 무서워했어요. 아버지는 죽어 가고 있는데 지금 저한테는 아무 상관이 없어요. (텐기에르는 그를 주의 깊게 들여다보았으나 그 시선에는 어딘지 거울을 보는 듯한 면이 있었다.) 저는 평생 이렇게 괴로웠던 적이 없는데 게다가 그럴 이유가 전혀 없어요—저는 모든 것을 느끼는 것 같지만 세상 전체의 그 모든 것은 본래 되어야만 하는 상태가 아니에요. 무엇보다도 모든 것이 어떤 껍질에 싸여 있어요 — 천문학마저도요. 그런데 저는 저 자신의 얼굴을 저 자신의 손으로 만지듯이 그렇게 모든 것을 벌거벗은 그대로 만져 보고 싶어요…. 저는 모든 것을 변화시켜서 되어야 할 모습대로 되게 만들고 싶어요. 전 이 모든 것을 소유하고 숨 막히게 억누르고 움켜쥐고 짓누르고 괴롭히고 싶어요…!!!" 그는 광란하며 거의 울 듯이 소리쳤다. 게네지프는 자신이 말하는 것에서 자기 자신을 알아보지 못했다. 말로 명확하게 표현하는 것과 비례해 그때까지 중요하지 않았던 생각들이 유일한 현실이 되었다.


정보

텐기에르는 독살스럽게 웃으며 침묵을 지켰다. 같은 감정을 그는 거의 언제나 느꼈다. 다만 그는 바로 그것(그 형이상학적 탐욕)을 소리로 대체했는데(대체해야만 했고 그렇게 하는 법을 알고 있었다.), 그 소리는 처음에는 그에게 불확정적인 공간적 잠재력의 전체로 드러났으며 그 뒤에는 시간 순서대로 펼쳐진 부채처럼, 마치 산딸기 덩어리가 달린 가지처럼, 아무도 이해할 수 없고 아무도 듣고 싶어 하지도 않는 무시무시한 불협화음의 짐을 지고 나타났던 것이다. 그때까지 그는 예전 의미대로의 주제성을 거부하지 않았으나 이미 어떤 심연 위에서, 그가 잠재적으로 이해할 수 있을 법한, 그러나 거의 어떤 악기로도 구현할 수 없는 음악적 복잡성의 용암, 완전한 혼돈과 순전히 음악적인 (감각적인 게 아니다.) 불합리에 맞닿아 있는 구렁텅이 위에서 흔들리고 있었다. 평범한 감정 자체와 그 표현이란 그에게는 전혀 존재하지 않았다. 예전에는 그런 종류의, 언어로도 표현 가능한 확정된 상태가 바탕을 이루었고 그 위에서 마치 단순하고 수수한 꽃처럼 그의 첫 번째 음악적 발상들이 자라났다. 그렇다─그 발상들은 그의 최근 작품들과 비교하면 단순했지만, 스트라빈스키, 시마노프스키 등 지나간 시대의 다른 거장들에 비하면 단순하지 않았다. 그 단순성 안에서는 이미 표현할 수 있는 것의 한계 위에서 떠오르는 회오리바람이 잠재적으로 형성되고 있었으며, 그는 그 돌풍과 실시간으로 맞서 싸웠고, 그것은 직접적으로 나타나는 소리의 복합체들을 손에 닿을 수 없는 범위까지 때맞춰 구성하는 탁월성으로 이어졌다. 그 때문에 그는 그토록 미움받고 따돌림을 당했다. 국내 현대음악계 전체가 그를 백안시했다. 그는 콘서트에 출입 금지당했고 유명 연주자들은 어렵다는 이유로 그의 작품을 연주하지 말라고 설득되었으며, 외국 볼셰비키들과의 연락은 공식적인 방법으로 억압당했는데, 외국에서라면 그는 살아 있는 동안 인정을 받을 수도 있었을 것이다. 활동의 유일한 방법인 돈이 없는 상태에서 그는 무기력했고, 잠시 저항하다가 심지어 이 문제를 포기하기도 했다. 그는 여기서 말하듯 루지미에쥬에 있는 아내 소유 토지에 지은 커다란 농가에서, 생계를 위해 돈을 벌어야 하지는 않을 정도로만 가진 채 '앉아' 있었다─그것이 음악가로서 그가 가진 단 하나의 위안이었는데, 사람들 말에 따르면 그는 (적들조차 인정하는 거대한 지식에도 불구하고) 강의로 생계를 잇지 못했고, 손가락 길이 때문에 피아니스트로서는 그저 보통이었다. 어쨌든 점점 드물게 보이는 재즈밴드 같은 데서 연주할 수도 있었을 것이다. 그러나 그는 아직 그런 것을 받아들일 수 없었다. 그런 음악은 마치 전염병처럼 피해 달아났으며, 그렇지 않더라도 그런 시끄러운 음악을 연주하기엔 너무 늙었다. 그리고 이 점에서 그는 가장 화를 냈는데, 바로 그런 장르의 작곡에 특별한 부차적 재능을 가지고 있다는 것이었다. 폴더 하나가 온통 그런 쓰레기로 가득했다. 그러나 그것을 돈 버는 목적으로 사용할 용기가 없었다. 그렇지 않아도 재즈밴드는 죽어 가고 있었다—사람들은 이제 오락에서는 거의 손을 뗐다. 요즘에는 옛날 스타일로 춤추는 건 죽지도 않고 살아남은 천치들뿐이었다.

텐기에르의 무시무시한 문제는 '학술적으로' 말하자면 '성생활'이었다. 부유한 농장주의 딸인 현지 처녀를, 오로지 그 여자를 유혹할 목적으로 일부러 원시적으로 만든 음악과 (텐기에르는 또한 보기 드문 바이올리니스트이기도 했지만, 체격 때문에 이 분야에서도 완벽에는 도달하지 못했다.) 자신의 '계곡 출신'(농장주는 브죠주프 출신 오르간 연주자의 아들이었다!)만이 유일하게 이 상황에서 그에게 뒷받침이 되었고, 만약 다른 조건을 갖추었더라면 미처 꽃피우지 못한 유혹의 동력을 펼쳐 낼 수도 있었을 만한 배경이었다. 그러나 그것은 견뎌 내기에는 너무 괴물 같은 어려움

108

이었다. 음악에 유혹되어 약간 화가 난 여자들은 때때로 욕망 때문이 아니라 변태적인 수치심 때문에 그에게 몸을 허락했다. 그리고 뒤이어 그의 외모(메마른 다리, 곱사등에 더해서 흥분하면 버섯 냄새를 뿜어 댔다.)에 이끌린 여자들은 혐오감에 휩싸여 그에게서 도망쳤고 그를 채워지지 않은 욕망의 제물로 남겨 두었다. 공주와 그의 '연애'도 그러했다. 그는 거의 광기의 발작을 일으킬 뻔했다. 오랫동안 비정상이었고 그 시기에 무시무시한 일들을 저질렀다 ─ 어떤 사진들의 조합이라든가, 훔친 스타킹과 하이힐의… 부르르… 그러나 그는 회복했다. 결국 그는 언제나 아내에게 돌아갔고, 그에게서 더할 나위 없이 세련된 예술을 마스터한 아내는 그가 손댈 수 없는, 진정한 '신사의' 사랑이라는 영역에서 불구의 몸 때문에 금지되고 실패한 탐험에서 돌아왔을 때 가장 좋은 약이었다. "이건 아마 그저, 운이 나빴던 거야, 완전히 나빴던 거지." 텐기에르는 이렇게 말하곤 했고 매일매일 괴물같이 끔찍해지는 자신의 음악 세계에 배가된 격정으로 몸을 던졌다. '유작' 더미가 층층이 쌓였는데(발표된 것은 시마노프스키에게 헌정한 젊은 시절의 전주곡들뿐이었다.), 그것은 미래의 피아니스트들에게 바칠 제물로서, 미래의 그때에는 이미 그 어떤 새로운 것도 나타날 수 없고 음악은 그 중심부에서부터 스스로 탐욕과 복잡성으로 인해 텐기에르의 표현에 따르면 "다리 뻗고 뒈져" 버렸을 것이었다 ─ 그토록 저열한 표현이라니 ─ 어쩌겠나, 브죠주프 출신이고 이웃한 무쟈시흘레 출신의 부유한 계집애 마리나의 남편인 그는

109

그렇게 말했다. 그곳에서 그는 얼어붙은 가을의 늪지대를 헤매다가 그녀를 만났다 — 무쟈시흘레(Murzasichle)의 끝부분인 '시흐웨(sichłe)'는 늪지대라는 뜻이다(그는 루지미에쥬의 '유황천'에서 곱사등을 치료하기 위해 찾아왔다). 그녀를 만난 건 늦은 저녁이었는데 (망토를 덮어쓰고 있어 곱사등은 보이지 않았다.) 젊은 시절의 전주곡 중 하나를 바이올린으로 연주해 주며 그 자리에서 유혹했다. 그는 무슨 결혼 피로연에서 돌아오는 길이었는데 아침부터 이미 약간 취해 있었다. 마리나는 엄청나게 음악적이었다. 그녀는 (심지어 나중에도) 곱사등과 말라붙은 다리에 대해서는 잊어버렸고 버섯 냄새에 대해서는 전혀 반응하지 않았다 — 그녀는 더 심한 것도 알고 있었다. 암소, 염소, 양, 양가죽, 양배추와 전반적인 농촌의 악취들. 푸트리찌의 엄청난 음악이 그녀에게 예쁜 남자애들의 사랑을 대신했는데, '골짜기' 곡들은 어떻게 해도 이해할 수 없어서 좀 더, 좀 더 갈구할 정도였다. 무슨 야셰크나 보이테크 같은 동네 남자애들은 감히 이런 기적을 표현할 수도, 이토록 페티시즘적으로 불건강하게 겸허할 수도 없을 것이었다. 그녀는 자부심으로 가득 차서, 거의 양배추와 '감자 부침'*과 맞먹을 정도였다. 게다가 그녀는 '부인'이 되어, 남편의 음악이 인정받는 곳에 다른 국내 예술가들의 농촌 출신 아내들처럼 '드나들었다'. 대체로 나라는 어떤 관점에서 보면 반(反)볼셰비키 운동을 시작하기 전의 상태

---

* moskale 혹은 moskole. 남부 산악 지역 방언으로 감자전을 뜻한다. 감자 전분으로 만든 일종의 팬케이크로, 한국의 감자전보다 약간 두껍지만 모양도 맛도 유사하다.

에서 굳어 버렸다. 정치적인 비열한 행위들도 젤리처럼 응결되었고, 이제 외국 '볼셰비키'의 돈을 끼얹은 그 젤리는 강력해져서 모든 것이 마치 완전히 파시스트-포드 시대 이후처럼, 근본적으로 예전과 같이 지속되었고, 그때 동쪽 국경을 둘러싸고 이전까지 없었던 다툼이 점점 커져 갔다. '노란 위협'(누가 알겠는가, 우리의 이 지루한 지구 상에서 이것이야말로 가장 큰 위험일지)은 경멸당한 신화들의 영역에서 피투성이의, 일상적인, 이 '믿을 수 없는' 현실로 넘어왔다. 그 무엇도 우리 나라가 옛날의, 거의 태곳적, 그러니까 19세기 방식으로, 다섯 번째인지 여섯 번째 (가장 나이 든 사람들도 기억하지 못했다.) 인터내셔널의 홍수 이전에 하던 식으로 민족이라는 사상을 영웅적으로 수호하는 것을 막을 수 없었다. 한편 신디칼리즘 — 노동자 중심이든, 소렐주의든, 미국식-파시스트-지식인 방식이든 — 이란 절대로 그렇게 쉽게 옮겨 올 수 있는 사상이 아닌 것이다.* 그 시절로부터 얼마나 시간이 흘렀는지! 폴란드는 언제나 그렇듯이 '구세주', '보루', '대들보'였다 — 사실 몇 세기 동안이나 폴란드의 역사적 사명은 여기에 의존하지 않았나 말이다. 그 자체로는 아무것도 아니었다 — 남들을 위해 희생하다가 (이 사상에 모두들 너무 지나치게 깊이 취해 있었다.) 비로소 진실로 자기

---

* 신디칼리즘(생디칼리슴[syndicalisme], '노동공산주의')은 노동자들이 총파업이나 사보타주 등 직접행동을 통해 생산, 분배 수단을 소유하고자 하는 조합주의로 개인주의와 유물론에 반대한다. 프랑스의 사회사상가였던 조르주 소렐(Georges Sorel, 1847-1922)이 주창했다.

자신을 위해 존재하기 시작했다. 그럼에도 불구하고 어떤 사람들에게는 상황이 아주 나쁘지 않게 돌아갔고 (어쩌겠는가, 완전한 시체가 누군가를 위해 희생할 수 있으며 그렇게 한들 도대체 유용하겠는가?) 하층계급은 (어떤 볼셰비키 일원이 옛날 스타일로 썼듯이) "사이비 신디칼리즘을 배경으로 한 괴상한 파시즘"의 약물에 취해서 그 어떤 움직임도 조직할 수 없었다. 모든 사상의 완전한 분쇄, 전문화된 자동화와 서구에서 건너온 '볼셰비키' 돈으로 얻은 수상쩍은 번영이 그 이유였다. 사람들은 사건을 기다렸고, 외부로부터의 발견을 기다렸고 ― 단순히 말해 중국인들을 기다렸다. 심지어 민족해방 신디케이트 대표들조차 무의식적으로 그들을 기다렸다 ― 어떤 대가를 치르더라도 책임지지 않으려고 했다 ― 하다못해 평생을 감옥에서 보내더라도 아무것도 책임지지 않으려 했다. 책임진다고? ― 좋아 ― 하지만 누구를 위해? 누구를 위해 책임져야 할지 대상이 없었다 ― 무시무시하다 ― 하지만 그래도…. 이런 관계는 믿을 수 없었으나 어쨌든 한때는 그것이 사실이었다. 단 한 사람, 제 스스로 겁에 질린 숙명의 질문을 둘러싸고 벌어진 어떤 지옥 같은 행위에 책임 비슷한 것이라도 지도록 운명 지워진 사람이 있었다. 그것은 저 소위 말하는 "차단제"* 코쯔모우호비치, 위대한 군대 조직자이며(다음과 같은 원칙을 가지고 있었다.

---

* kwatergen (quatergen). 약물학에서 고정된 활성 성분을 띠어 인위적으로 뇌에 약물이 침투하는 것을 차단하는 약을 말한다. 여기서는 가상의 미래 세계에서 서구를 물들인 공산주의를 막아 낸 인물을 가리킨다.

"힘을 길러야 한다, 그것은 언제나 필요할 것이다, 그리고 목적도 마찬가지로 언제나 찾아내게 될 것이다, 이것이 아니면 다른 목적을."), 구식 학파의 천재적인 전략가 (구식이라는 것은 즉 중국식이 아니라는 뜻이다.) 그리고 어둠이 깔린 개인주의의 지평선에 아직도 남아 있었던 사람들 중에서 가장 용감한 이들 중에서도 가장 예측 불가능한 악마였다. (물론 여기서는 내적인 위험에 대적하는 용기가 주된 가치였으며, 그 평범한, 짐승 같고 물리적인 용기는 아니었다. 하긴 그런 용기도 가장 강력한 사람들에게 모자라기 시작했다.) 소위 뛰어난 인물들의 나머지는 (그와 비슷한, 그러나 그의 참모에 속하는 급 낮은 '초인들' 중 몇몇) 겁먹은 유령들, 뭔가 거세된 사회적 비밀 요원*들이었지 진짜 남성 인간은 아니었다. 모든 종류의 인간적 가치가 전반적으로 사라져 가는 가운데 일반 막사 병참 장교의 웅장한 모습은 거대한 규모로 확대되었다. 가장 평범한 것을 보려는 목적으로 심리적으로 머릿속을 망가뜨리는 행위는 일상다반사였다. 이런 이상한 상태는 단지 폴란드가 반볼셰비키 투쟁에 참여하지 않은 결과일 뿐이었다. 운명에 거슬러 가로막혀 버린 세력들은 발효하면서 독성을 뿜어냈고, 그것을 영리하게 투여하고 나누어 주면서 볼셰비키에 물든 서구의 외교 정치

* Makrot. 아버지와 아들 헨리크 마크로트(Henryk Mackrott Senior / Junior)는 19세기 러시아제국에서 파견되어 폴란드에서 활동한 비밀 요원 부자였다. 1830년 11월 봉기가 일어났을 때 아버지는 사망했고 아들은 체포되어 투옥되었다가 이듬해 군중이 감옥을 부수고 죄수들을 가로등에 매달아 교살했을 때 사망했다.

113

국장들은 우리가 가진 모든 역사적 순간에 대한 인식을 중독시키는 데 성공했다. 단 하나의 "차단제"만 중독되지 않았다—그는 그 어떤 독성도 받아들이지 않았고 어떤 불가해한 목적을 위해서 자신의 힘으로 가장 가까운 주변을 면역시켰으며, 그것은 절대적인 불가해성이었는데 왜냐하면 그 자신도 이해할 수 없었기 때문이었다. 그런 인물이 되는 건 얼마나 황홀한 일일까!—단 한순간이라도 그런 인물이 되었다가 심지어 그 대가로 고문당해 죽더라도, 그런 인물이 된다면. 여기에 대해서는 이쯤 하겠다.

텐기에르는 웃음을 멈추고 마치 희생물을 쳐다보듯 게네지프를 들여다보았다. 천재적인 발상이 양초 불빛이 등잔을 밝히듯 그의 낯짝을 밝혔다. 이 건방진 애송이를 정복하고, 그러면 아빠는 죽어 버리고, 그의 양조장, 돈, 명예, 승리, 패배한 적들, 마리나는 왕비처럼, 모든 여자가 그의 것이 되고, 모든 사람이 그의 앞에 엎드리고—마음껏 욕망을 채운다! "무의식 속에서는 모두가 다 쓰레기야." 그는 자기 기준으로 판단해서 이렇게 말하곤 했다. 이것은 좀 너무 진부한 사실이었지만, 인생의 조합 속에서, 삶에 대한 이론적인 대화에서 텐기에르는 강하지 못했다.

"거기에 대해서는 나중에." 그는 말했다. "모든 것의 위대함은 오직 예술 안에만 있어. 예술은 멧돼지가 접시를 들여다보듯이 그렇게 들여다보이는 삶의 비밀이야, 이해하겠어, 뭔가 만질 수 있는 것이지 어떤 관념들의 체계

114

가 아니라고. 네가 말하는 것을 나는 거의 물질적인 환경으로서 만들어 내. 하지만 난 그걸 오케스트라에서 듣지는 않지 — 그건 끔찍해, 그리고 나한테만 그런 게 아니지. 누군가 음악은 낮은 수준의 예술이라고 했는데, 왜냐하면 망치가 양의 내장이나 금속 줄을 때리거나 말갈기가 똑같은 내장 위를 오가거나, 아니면 침에 흠뻑 젖은 관에 대고 숨을 불어넣거나 하기 때문이라고. 소음 — 소음이란 뭔가 위대한 거야 — 소음은 귀를 막고, 눈을 멀게 하고, 의지를 죽여 버리고 진정한 디오니소스적 광기를 삶을 넘어선 추상적인 규모로 만들어 내지 — 하지만 그것은 존재해, 그저 관념으로서의 빈말이 아니라. 침묵은 무감각이야. 미술, 조각 — 그건 서 있지, 즉 정지되어 있어. 그리고 시나 연극은 인생이라는 짐을 짊어진 여러 가치들의 짜깁기야 — 그건 너한테 절대로 그것을 주지 못해…" 그는 장인인 요힘 무쟈시흘란스키, 월계수에 등을 돌려 버린 괴로움의 월계관 사나이*와 무시무시하게 싸운 뒤에 스스로 허용한 단 하나의 사치인 사랑하는 스타인웨이 피아노에 다가가 — 연주하기 시작했다. (오 세상에, 어떻게 연주했는지!!!) 마치 땅 밑의 인간 내장이 하늘로 폭발하는 것 같았으나, 그것은 지상의 하늘이 아니라 진실로 무한하고 공허한 우주적인 무의 하늘이었고, 그곳으로부터, 형이상학적인 돌풍의 구름들로부터, 납작하고 기어 다니는, 불타

* 원문은 승리를 상징하는 나무 월계수에서 유래된 남자 이름과 산악 지역 방언을 이용한 복잡한 언어유희가 섞인 문장이다.

는 불모의 비밀의 가장 밑바닥까지 무너졌다. 세상의 결속은 삐걱거렸다. 멀리서부터 죽음의 안도감이 반짝였는데, 그것은 눈앞의 무한을 직접적으로 받아들인다는 초(超)신적인 고문의 바퀴에 시달려 망가진 무명의 신들의 부드러운 잠으로 변한 죽음이었다. 무소부재적 악의 사탄과도 같은 인식의 눈이 튀어나와 궁극적인, 거의 무관심한 관념들의 광활한 사막으로 향했고 고통스러울 정도로 견디기 힘든 섬광이 원시적인 삶의 어둠이라는 뚫을 수 없는 갑옷을 꿰뚫으며 아픔 없는 고통 속에, 연속체의 거듭제곱으로 끌어올려진 소위 프랑스식 불안* 속에서 날뛰었다. 게네지프는 갈대밭 속 토끼처럼 숨을 죽였다. 저런 음악은, 저렇게 뻔뻔스럽게, 형이상학적으로 외설적인 음악은 이제까지 들어 본 적이 없었다―그 안에는 어쩐지 공원에서 들었던 노랫소리와 비슷한 것이 있었다. 톨지오와 함께 있을 때 들었던….

그러나 여기서 지금 진짜로 일이 벌어지고 있으니, 그 노래는 어린아이의 환상에 지나지 않았다. 형이상학적 수음―그 외에는 표현할 말이 없었다. 왜냐하면 거기에는 최대한의 고독도 (수음하는 자보다 더 고독한 사람이 누가 있겠는가?) 후안무치함도, 황홀함도, 고통도, 고통과 황홀함의 그 무차별적인 혼합물의 초자연적인 이상함도, 그리고 한없는, 궁극적인 흉악함 안에 마치 엄니처럼

* malaise. 원문 프랑스어.

박힌 도달할 수 없는 아름다움도 있었다. 아 — 그것은 모든 것을 전부 다 뛰어넘었다. 지프치오는 바닥 없는 고독의 무한한 황야에서 조그만 벌레가 되어 이리듐만큼 농밀한 작은 공처럼 몸을 웅크리고 마치 뱀처럼 스스로 자신을 삼키며 삼키지 못하고 완전히 짓밟힌 채 공간적 존재의 무한한 구체 위 지리적인 (이미 천문학적이지는 않았다.) 드넓음 위에 무한히 드러누워 있었다. 힘들이지 않고 그는 자기 안에서 어떤 하늘을 향해 솟아오른 산길을 영원히 넘어 버렸다. 저쪽, 그 정상적인, 졸업 전의 자기와 세계에 대한 인식으로는 이제 다시는 돌아가지 않을 것이다. 고작 30분 전만 해도 그는 전혀 다른 사람이 될 수도 있었다. "책들과 인간들의 우연….".* — 때아니게 마주친 책과 사람 — 뭐 그런 이야기를 니체가 썼다. 이제 지프치오는 마치 산꼭대기에서 심연으로 떨어진 돌처럼 굴러 내려갔다. 물론 여기에 대해서는 진실로 아무것도 알지 못했다. 그러기 위해서는 자기분석의 날카로운 안목과 썩은 누더기 같은 느슨하고 거의 시체가 된 정신을 가진 늙은이여야 했다. (어쨌든 몇몇 사람들에게 자기분석은 그저 자기 핥기 — 고분고분한 고양이가 자기를 핥는 일이되어 버린다.) "그래도 거기엔 뭔가 있어." 그는 차갑게 자기 자신에게, 혹은 내면에서 아직 알지 못하는 누군가에게, 누군가 무서운 사람에게 속삭였다. 그는 재빨리 이런

* Zufall von Bücher und Menschen... 원문 독일어.

'일들'에 등을 돌렸으나 언젠가는 이것들의 낯짝을 똑바로 바라보아야 하리라는 것을 알고 있었다. 텐기에르는 점점 더 무시무시하게, 점점 더 도달할 수 없게 연주했다―그는 이 음악적으로 교양 없는 애송이가 사실은 적당한 청중임을 느끼고 있었다. (그는 언제나 이렇게 말했다. "내 음악을 위해서는 원시인이거나 아니면 슈퍼초울트라 세련된 전문가여야 해―중간은 악마에게나 가라지." 사회 전체가 유감스럽게도 그 "중간"이었다.) 그는 즉흥연주를 하는 게 아니었다―이것은 '신들의 해방'이라는 제목의 교향악 대서사시를 피아노곡으로 개작한 것으로 1년 전쯤 작곡했다. 곡 스케치들을 모아 놓은 폴더에 그는 백배나 더 무시무시한, 거의 연주 불가능한―피아노곡으로서 그에게만 너무 어려운 것이 아닌―전반적으로 연주 불가능한, 풀어낼 수 없는, 음악적으로 발전시킬 수 없는 작품들도 가지고 있었다. "연주불가능것들"이라고 그 자신이 이름 붙였고, 그것은 절대적으로 불가능했다. 그런데도 그런 스케치 중 하나가, 그가 직접 말한 표현에 따르자면 이미 "삐약거렸고", 악보는 적대적인 표시들의 괴상한 패턴으로 천천히 불어났으며, 그 표시들은 그 안에 세상의 심연 속에 홀로 남은 개인적인 짐승의 형이상학적인 포효를 잠재적으로 숨기고 있었다. 텐기에르는 갑자기 연주를 멈추고 유일하게 그에게 충실한 가축의 뚜껑을 쾅 덮었다. 짐승 같고 형이상학적인 밑바닥까지 뒤흔들린, 뭔가 형체 없는 인간 반죽처럼 으깨져 버린 게네지프에게 다가갔다.

의기양양하게, 짐승같이 말했다.

"소음—그 지옥 같고 수학적으로 조직된 소음. 움직이지 않고 고요한 작품들의 우월함에 대해, 상충하는 요소들을 뒤섞은 복합 예술의 충실함에 대해 누구든 말하라고 해, 하지만 그래도 그건 모든 예술 중에서 가장 우월하지. 난 세상의 모든 여자들을 젖게 하고 싶지만, 그러기엔 여자들이 아직 성숙하지 못했어. 하—캘리포니아 어딘가에서 나를 위한 아가씨들이 자라고 있을 거야, 어쩌면 아직도 기저귀를 차고 있을지도 모르지—나의 니논이 몇 년 전에 그랬듯이…." (정신을 차린다.) "음악은 그어떤 종교나 철학보다도 고상한 현상이다."* "하, 하! 그리고 이 말을 한 건 18세기의 그 위대한 아이였지, 베토벤! 하지만 내가 뭘 하는지 베토벤이 들었다면 혐오감에 구역질을 했을 거야. 그 늙은이는 죽어 버렸지만 나는 마지막 중에서도 마지막이야, 그 퐁디야크와 게리펜베르크, 심지어 푸호 데 토레스 이 아블라즈조차** 내 앞에서는 초원의 종달새들이거든. 그런 사람들은 수천 명 있었어. 위대함이란 도착(倒錯) 속에만 있는 거야—하지만 이 세계의 사상적인 한계선들이 있는 곳이기도 하지, 왜냐하면 실제로 세상은 여기서 끝나니까." 그는 마치 자신에게 말하듯 이렇게 말하고 두꺼비를 닮은 괴물 같은 손가락으로 털투성이 낯짝을 톡톡 쳤다. 하지만 그러면서 자신의 새로운

* Musik ist höhere Offenbarung als jede Religion und Philosophie. 원문 독일어.
** 작가가 상상해 낸 음악의 거장들로 추정된다.

119

학생을 주의 깊게 관찰했다. 이미 그에 대해 전부 다 알고 있었다. "오늘 너는 그 여자의 연인이 될 거다, 지프치오." (게네지프는 순진무구한 자에게 전형적으로 보이는 혐오스러운 성적 공포로 온통 몸을 떨었다.) "겁내지 마라, 나도 그걸 거쳐 왔어. 그 늙은 암소한테 동정을 잃는 편이 홍등가를 돌아다녀야 하는 것보단 나으니까…."

"아, 싫어요!" (그의 아버지도 똑같이 생각하지 않았던가!) "싫어요, 싫어요! 난 우선 사랑에 빠지고 싶어요…." 그는 뛰쳐나가려다가 다시 무기력하게 앉았다.

"응?" 텐기에르가 물었다. "내 앞에서 섬세한 척하지 마라. 사랑에 대해서는 말도 꺼내지 마. 그건 흔해 빠진 환상이거나 아니면 내 것과 같은 인생이다. 넌 나처럼 강한 인간이야. 넌 더 강해질 거다, 우리의 이 저열한 세상에서 네 힘을 의지할 지점을 찾기만 한다면 말이다. 하지만 너 같은 성격한테 그건 점점 더 어려워지고 있지. 네 안에는 기계가 너무 모자라 — 이쪽이 이기든 저쪽이 이기든, 우리 파시즘이든 중국 공산주의든, 난 그 서양식 타협을 얘기하는 게 아니다 — 결과는 하나일 거다. 행복한 기계란, 세상은 무한히 넓다는 말처럼 진부하지. 난 중국인들을 기다리고 있어. 여기, 우리의 이 늪에서는 그들의 힘이 부서질 거고, 아마 기적이 일어날 거다. 왜냐하면 그들은 러시아를 마치 알약처럼 삼켜 버릴 테니까. 그리고 그 이상 가지는 않을 거다. 왜냐하면 저기 (그는 게네지프의 왼쪽에 있는 자기 오두막의 석탄을 가리켰다.) 서쪽에서는 벌써 다 타서 없어질 테니까. 공산주의는 앞으로 다가와서 비교적 영구히 남을 그 어떤 것의 시작을 알리는 첫 번째 쓰레기의 색깔이야. 그때가 되면 음악은 이미 이 세상에 없을 거다. 어쩌면 목성의 달이나 안타레스나 알데바란 행성에는 있을지 모르지, 어쩌면 그건 음악이 아닐 거야—어쩌면 그곳에는 전혀 다른 진동에 기반을 둔 전혀 다른 표현의 종류가 있을지도 모르지—하지만 뭔가 있을 거고, 살아 있는 존재들의 밀집 속에 부서져 버린 낯설고 끝없는 삶 속에 뭔가 있는 거다—그 멍청한 구(球)들, 그 위에 우리와 같은 그들의 식민지가 생겨나는 거야, 너와 나, 그 여자, 그리고 모두 다…." 예언자의 영감 속에서 마지막 위협적인 미래의 작은 신은 말을 멈추었고, 이제 그는 부유한 농촌 아낙의 남편, 버섯의 악취를 풍기는 곱사등이, 턱수염쟁이에 과대망상증 환자였다—자기 스스로 이름 붙였듯이 상대적인 과대망상증 환자다. 게네지프는 정신을 차렸으나 상대는 비교할 수 없이 그를 사로잡고 있었다. 그는 미치인스키를 인용해 말했다. "그리고 나를 이끄는 것은 어떤 복수심에 찬 손이다, 나를 이끄는 것은 영원한 고통이다…!"

게네지프는 상상 속에서 영원한 것들의 형상이 스쳐 가는 것을 보았다. 황량한 공간의 둔한 고통—한없이 먼 곳 어딘가에서 졸음에 겨운 아버지 하느님이 서리 속에 헬륨으로 인해 얼어붙은 턱수염을 하고 있고, 조그맣고 따뜻한 소행성에는 십자가가, 그리고 그 십자가에는 그의 아들이 헛되이 매달려 있고 심장은 불타고 찢어져 있었는데, 그것은 세계의 얼어붙은 황야에서 유일하게 진정한 불길이었다. 그리고 거기서부터 무슨 일이 일어났는가? 바로 오늘 (그 관용은 진정 토르케마다*보다도 컸다.) 뭔가 정장을 차려입은, 작위가 있는 신사가 미늘창을 든 경비대와 함께 나타났다! ─ 아니, 예수의 대리인을 지키는 그 미늘창들은 이미 최고였다 ─ 다만 모두들 너무 익숙해져서 그것을 보지 못했다 ─ 지금 바로 여기서 인간 영혼의 현명한 지배자에게 빨간 모자(테일러체제에 흠뻑 취한!)를 주는데, 그것도 펠리페2세나 심지어 크세르크세스 혹은 캄비세스조차 부끄러워하지 않을 예식을 거행하면서 주었던 것이다!** 왜냐하면 '볼셰비즘'이 온통 지배하는데도 불구하고 심지어 서구에서도 (우리 나라에서와 마찬가지로) 그런 일들이 일어났고 또 교황도 이승의 지배자로서 예전의 화려한 모양새를 지속했다 ─ 그는 유일한 유일자였으며 거기에 대해서는 아무도 신경조차 쓰지 않았다. 그러나 어쩌면 바로 그것만 아니었다면, 천주교 교회의 그 끊임없는 타협만 아니었다면, 어쩌면 그 십자가에 달린 희생자는 진정 헛되었을 것이며 지금 "중국의 움직이는 만리

---

* 토마스 데 토르케마다(Tomás de Torquemada, 1420-98)는 스페인 최초의 종교재판관으로, 본래 도미니크수도회의 수도사였다.
** 테일러체제(테일러주의)는 미국 공학자 프레더릭 윈슬로 테일러(Frederick Winslow Taylor, 1856-1915)의 이름을 딴 것으로 노동생산성 증진을 위한 과학적 관리법을 말한다. 펠리페2세는 16세기 스페인의 왕으로, 1581년부터 포르투갈의 왕이기도 했다. 크세르크세스, 캄비세스 1세와 2세는 모두 페르시아의 황제들이다.

장성"이 유럽으로 몰려오고 있지 않았을지도 모른다. 아니면 어쩌면 부처님으로 충분했을까? 에 ─ 아마 아니었을 것이다. 바로 여기에서 자라난 우리 사회의 문제의식이 없었다면 동쪽의 굳어서 뭉쳐 버린 대중이 과연 움직였을까? "내가 이 모든 일들을 대체 어떻게 알지." ─ 게네지프는 혼잣말로 속삭였다. 그리고 게다가 시골 성직자의 비레타,* 휴한지의 영원불멸자들과 녹아 휘어지는 양초들, 그리고 얼어붙은 가을 저녁에 땔나무를 줍는 늙고 심술궂은 아낙네(이미 장로는 아니다.), 무엇보다도 어머니와의 대화. ('어머니에 대해서도 벌써 몇 시간이나 생각하지 않고 있었다니!') 그렇다 ─ 그런 것이 영원한 것들이었다. 이제까지는. 지금부터는 달라질 것이었다 ─ 뭔가 다른 것이 영원의 차원을 얻게 될 것이었다. 한편 텐기에르는 계속 말했다. ('이 고문은 대체 언제쯤 끝날 것인가!')

"그리고 이건 내게 약속해야 한다, 지프치오 ─ 나는 어쨌든 널 사랑한다, 어째서인지는 알 수 없지만….."

"제발 앞으로 다시는 내게 입 맞추지만 마세요." 피해자가 속삭였다. 꽉 움켜쥐는 혐오스러운 앞발.

"…그리고 내게 약속해야 한다, 예술가가 되는 것만은 절대로 결단코 시도조차 해 보지 않겠다고. 알겠니?"

"네. 저는 선생님 음악의 강력함에 엄청나게 충격을 받았어요. 하지만 그건 관습적인 의미에서 상징이고 표현

* 성직자가 쓰는 사각모자.

123

이죠 — 벤츠가 말한 교실의 논리처럼요.* 난 삶을 원해요. 이 소음은 환상이에요."

　　　"그래 — 그 환상을 위해서 나는 이렇게 살아간다." (그 "이렇게" 안에 모든 것이 다 있었다 — 사상에 미쳐 버린 사람의 모든 괴로움과 내면의 환희가.) "하지만 난 세상 모든 비행사와 공학자와 발명가와 성악가와 권력자와 참회자의 모든 영광을 준다 해도 그 환상을 포기하지 않을 거다. 하지만 넌 그걸 절대로 하지 마라. 나도 알아 — 넌 재능이 있고 어쩌면 그 방향으로 네 안에서 어떤 악마가 깨어날지도 모르지. 하지만 너에게 솔직하게 말하자면 나에게서 모든 것이 끝나는 거다. 난 이미 불행해 — 왜냐하면 나 자신의 형상을 이미 통제할 수 없어서 내 안에서 스스로 숨이 막혀 가고 있거든." ("조만간 난 미쳐 버려야만 해, 왜냐하면 세상 안에서가 아니라 나 자신 안에서 숨 막히고 있으니까."— 다시 한번 '악한' 동료의 시 중에서 한 구절이 떠올랐다.) "너는 어쩌면 처음 시작부터 속은 것일 수도 있어, 하지만 일단 이렇게 됐으니까, 네가 어떻게든 강해질수록 그만큼 너에게는 더 위험해질 거다. 본성이 강할수록 소모되는 과정의 속도도 격렬하거든. 내가 버틸 수 있는 건 바로 내가 육체적으로 누더기처럼 약하기 때문이야. 하지만 신경만큼은 철사처럼 강하지. 하지만 그런 신경도 때로는 흔들려. 알겠어?"

* "교실의 논리"란 (하이데거의 설명에 따르면) 수업을 진행하는 선생의 편의가 최우선이 되며 그 어떤 질문도 연구도 자아성찰도 거부하는 종류의 논리를 말한다.

"알겠어요." 게네지프는 사실 아무것도 이해하지 못했지만 대답했다. 그러나 그는 이것이 진실임을 느꼈다. 실제로 그는 바로 그런 위험에는 직면하지 않았다. (텐기에르는 모든 것을 예술적 차원으로 바꾸어 놓았다. 다른 종류의 심리는 그에게 낯설었다 — 그는 무의식적으로 모든 사람을 예술가 아니면 영혼 없는 자동기계라고 간주했다 — 그의 부도덕함도 거기서부터 솟아 나왔다.) 뭔가 다른 위협이 (어딘가 다른 세계에서 위협하는, 누구의 것인지 알 수 없는 손가락이나 혹은 좀 더 위협적인 어떤 것의 모습으로) 불분명한 예감의 어두운 덩어리 속 어딘가 밑바닥에서 깜빡였고 그러다가 미지의 나라를 달려가는 증기기관차 뒤의 불꽃처럼 곧 꺼졌다. "그런 의도는 한 번도 없었어요. 전 그 어떤 것도 더해지지 않은 삶 자체를 원해요." (그렇게나 갈구하는 '문학'은 대체 어디에서 작용할 것이란 말인가.) "난 존재의 조그만 조각 위에 있을 거예요." 그가 말한 이런 겸손함은 솔직하지 못했다. 그는 그저 자동차 앞에 선 말처럼 갑자기 겁을 먹었고 이제는 그 공포 때문에 자기 자신에게 거짓말을 하고 있었다.

"네가 생각하는 것처럼 그렇게 쉽지 않아. 난 너에게 이름 없는 힘을 조종할 지침을 주고 싶어, 네가 그 힘을 마치 칼처럼 휘두를 수 있게. 네가 누구를 죽이는지 그건 상관이 없어. 심지어 너 자신을 죽일지도 모르지. 자신을 잘 죽이는 것은 — 설령 그 후에 계속 살아간다고 해도 — 아마 가장 위대한 예술일 거다. 넌 그걸 배워야 돼."

125

"하지만 현실에서 그건 어떤 모습이죠?" (게네지프는 여기에 대해 결코 알아내지 못했다.)

"일상적인 하루." 텡기에르가 생각에 잠겨 말했다. "내가 그걸 혼자 만들어 내기라도 했단 말인가? 난 외부의, 우주적인 힘의 통제 아래 있어."

"천문학적인 의미에서 말인가요?" (모든 것이 깊숙한 곳에서 이미 참을 수 없는 통속성을 뿜어내고 있었다. 세상을 전부 뒤덮은 물리칠 수 없는 지루함의 감각 때문에 피부가 아플 지경이었다. 그리고 예술가의 창조물과 삶 사이의 괴물 같은 대조를 [설령 현실적인 차원에서 그에게 무슨 일이 일어나는지는 악마나 알까 싶지만] 게네지프는 지금에서야 이해했고, 그 대조는 '무리수의 유리화'처럼 견딜 수 없는 것이 되었다. 그만, 그만했으면 좋겠지만 아직도 — 이제 됐다. 삶은 한 조각씩 받아들여야 하는 것이다, 마치 그 부분 하나하나에 영원이 숨어 있는 것처럼.)

"멍청하구나. '우주적인'이라고 했을 때 난 존재 전체의 위대한 법칙에 대해 생각했던 거다." 저 지루함을 깨닫고 나자 심지어 방금 전의 음악적 황홀감도 게네지프에게는 불쾌하게 신경을 건드리는 소음을 배경으로 한 무가치한 코미디처럼 보였다. "내가 뭔가 거대한 기계가 돌아가는 소리를 들었더라도 아마 똑같았겠지. 그래 — 하지만 거대한 기계야. 여기서는 위대함이 크기를 대신한 거야. 그래서 어떻다는 거지? 저 '선언'의 직접적인 영향 아래 걸어 다닐 때 그가 말하고자 했던 건 그게 아니었어."

"그래요, 난 절대로 예술가가 되고 싶지 않아요." 그
가 단호하게 말했다. "화내지 마세요, 하지만 어떤 소음이
나 그와 비슷한 종류의 다른 뭔가가, 심지어 음악이나 혹
은 대체로 예술처럼 약간 정리되어 있다고 해도, 대체 무
슨 의미가 있겠어요. 제가 뛰어들려 하는 분야인 문학은
그보다 훨씬 더 큰 의미를 가지고 있어요, 왜냐하면 거기
에는 어떤 내용이 있고, 그 내용은 순서 자체와는 관계가
없이 자기 자신에게, 그것이 생겨난 밑바탕에만 의존하기
때문이죠. 따끈따끈하게 차려진 그 내용들을 차가운 눈으
로 파헤친다는 건…." (여기서 그는 자신이 이렇게 말하는
데 놀랐다.)

"형태야 ─ 모르겠니?" 텡기에르는 털투성이 주먹을
꽉 쥐었다. 그는 발밑에서 땅이 무너지는 사람 같은 표정
을 하고 있었다.

"스스로 충족하기 위해서는 자기 자신을 일그러뜨
릴 수밖에 없는 형태죠. 더 나쁜 건 ─ 현실을 일그러뜨려
야 한다는 거예요." (게네지프는 자기 자신에 대해서 점점
더 놀랐다. 깨달음의 바늘들이 그의 뇌를 꿰뚫었다. 그러
나 그는 이미 다가오는 어둠을 느끼고 있었다. 발상의 기
제는 너무 작았고 효율이 너무 적었다. 상대는 그 불꽃을
무자비하게 짓눌렀으나, 약간은 진심이 아닌 것 같았다.)

"형태야." 그는 반복했다. "형태 그 자체, 존재의 비
밀을 직접 표현하는 형태! 그 뒤엔 단지 어둠뿐이야. 이걸

이해하기에는 관념이 모자라. 철학은 이미 끝났어. 비밀리에 원인론이나 파헤치고 있을 뿐이지. 공식적으로 철학은 이제 대학에 학과도 없어. 다만 형태만이 아직도 뭔가 표현하는 거야."(그는 다른 누군가가 아니라 자기 자신을 위해 창조한, 이해의 한계에 접해 있는 미완성 작품을 떠올렸다. '이 애송이가 옳아.' 그는 생각하면서 거의 신음할 뻔했다. '하지만 난 인생을 한껏 즐겨야만 해.')

"그래서 어떻다는 거죠? 그건 그게 그토록 중요하다고 합의하는 것의 문제일 뿐이에요. 사람들은 환상에 빠져 있었어요 — 지금은 그만뒀죠. 예술가들은 대체로 필요없어요. 그 때문에 일반 대중과의 오해가 일어나고, 인정받지 못하고, 그래서 선생님이 그렇게 아무 쓸모 없는 영웅주의를 만들어 내는 거죠."

"미래의 사람이로군." 상대방은 혐오감에 차서 중얼거렸다. "하지만 네 말도 일리가 있다, 지프치오. 넌 무시무시한 냉혈한이야 — 그게 너의 행복이다. 넌 힘을 가졌지만, 그걸 사용할 방법을 제때 찾아내지 못한다면 그 힘에 중독되지 않게 조심해라."

"그런데 오늘 모든 일이 왜 이렇게 색다르고 이상하게 되었는지 설명을 안 해 주셨네요."

"그걸 이해하려고 하지 마라. 있는 그대로 가장 소중한 보물처럼 받아들여 낭비하지 말고 생각도 하지 마, 왜냐하면 넌 아무것도 생각해 내지 못할 테니까 — 오로지 괴상함이 죽은 관념들의 군사가 되어 너를 조각조각 뒤덮을 거다—이미 그렇게 돼 버린 사람을 내가 보여 주지—여기 있다. 그리고 무엇보다도 그걸 어떤 방식으로도 표현해서는 안 돼—심지어 아무한테도 말하지 마라, 안 그러면 예술에 빠져 버릴 테니까, 날 보면 그게 어떤 냄새가 나는지 너도 알겠지. 점점 더 이상한 방식으로 난 이 모든 것을 갖고 싶고, 그걸 조절하기 위해 불가능성을 겹겹이 쌓고 있어. 그렇지만 이 짐승의 탐욕은 채울 수가 없어—그 어떤 것도 충분치가 않아. 그러고 이런 순간을 강화하기 위해서는 보드카나 아니면 뭔가 더 나쁜 것에 익숙해지는 게 좋을 거다. 그런 뒤에는 이미 방법이 없어, 계속 가야만 하고, 제정신을 잃을 때까지 그 안에서 몸부림쳐야만 하지."

"그런데 광기란 뭐죠?"

"고전적인 정의를 원하나? 현실과 내면의 상태가 합치되지 못한 채 일정 수준에 도달하여 주어진 환경에서 안전하다고 받아들여진 기준을 넘어서는 거지."

"그럼 선생님도 역시 광인이군요? 선생님 음악은 위험하고 그 때문에 선생님은 인정받지 못하는 거예요."

"어느 정도는 그렇지. 이 풋내기는 굉장한 냉혈한이군. 넌 살면서 짓밟혀 꺾이진 않겠지만 광기를 조심해라. 오늘 네가 처음으로 느낀 그 괴상함의 가치를, 거기에 대해 생각도 하지 않고 표현하지도 않으면서 그대로 지키는 건 대단히 어려운 과업이야. 그건 젖빛유리 너머로 등불처럼 빛나야만 하지만, 그 가림막을 깨뜨리고 불빛 자체를

129

바라볼 생각은 하지 마라. 그렇게 되면 넌 그 불빛을 눈이 멀 정도로 강화시켜야만 할 텐데, 내가 바로 그런 위험에 처해 있어. 어쩌면 원하는 대로 살 수 있었다면 난 예술가가 되지 않았겠지. 불구의 몸이 아마 그 원인인 것 같다. 오늘날의 창조적인 인간형은 그런 거지. 대체 행위들….”

“하지만 실용적으로….”

“넌 그 실용성에 취해서 정신이 돌았나? 네가 그 여자를 어떻게 범해야 좋을지, 내일 아침에 뭘 먹으면 좋을지 그런 건 말해 주지 않겠다. 너한테 말해 줄 건 이거 하나야─오늘 네가 너의 내면에서 찾아낸 그것을 원초적인 상태로 간직하려고 노력해, 그리고 너 자신의 힘을 통제하는 법을 배워라. 그건 연약함을 극복하는 것보다 어려워, 정말이다.”

‘이 괴물이 생각하는 것처럼 내가 정말로 그렇게 강한 걸까?’ 게네지프는 생각했다. ‘하긴 그 힘을 시험해 보지 않으면 아무도 자기가 얼마나 강한지 모르겠지.’ “우리는 언제나 자신이 생각하는 것보다 강하단다.” 그는 아버지가 한 말을 떠올렸다. “내면의 힘은 순간적인 약함을 이겨 내는 데 달려 있다.” 3학년 때 서예 견본에서 본 문장이 끼어들었다. 이 모든 것이 현재의 순간에는 맞지 않았다. 힘의 문제가 지금 이 순간 그에게 무슨 상관인가? 텐기에르는 만족했다. 그의 사실적 존재의 고통스러운 지루함은 순수한 소리들의 세계에서 미지와의 무시무시한 싸움을 배경으로 하여 대중적으로 “다른 사람들에 대한 지

130

배"라고 불리는 것 한 가지만을 통해서 속임수를 쓸 수
있었다. 그 용어를 개발한 사람은 공주였다. 그는 누구 한
사람에게는 자신의 위험에 대해 말해야만 했고, 다른 모
터들에서 무의식적으로 동력을 뽑아내야 했으며, 예언하
고 조언해야만 했다 — 한마디로 누군가의 운명을 할 수
있는 한 왜곡시켜야만 했다 — 음악을 제외하면 그는 이
런 면에서만 진실로 살아 있었으나, 자신의 경험에 걸맞
은 대상들을 잘 찾아내지 못했다. 그는 게네지프에게 마
치 진드기처럼 달라붙어 빨아먹었다. 금전적인 가능성 외
에도 게네지프는 그에게 있어 거의 상상 속에만 존재하는
관념들을 타인의 자아에 투영함으로써 자기 자신의 중요
성을 강화하기 위한 완벽한 표본이었다.

　　유감스럽게도 집의 안주인이 들어왔는데, 오로지 겉
보기에만 다감한 조그만 금발 여성이었다. 옅은 갈색의
가느다란 눈에 광대뼈가 솟아 있었고 코는 완벽하게 곧았
다. 다만 가느다란 입술 위에 괴물 같은 음란함이 떠돌았
고, 넓은 턱은 여자의 얼굴에 (그러나 전체를 본 뒤에) 뭔
가 사나운, 거의 짐승 같고 원초적인 분위기를 더해 주었
다. 목소리는 낮았고 금속성의 소리를 띠었으며 목구멍
소리는 마치 눈물과 비밀스러운 열정 때문에 갈라지는 것
같았다. 텐기에르는 내키지 않는 듯 게네지프를 소개했다.

　　"남작님은 저희와 저녁을 함께해 주시지요." 텐기에
르 부인이 약간 굽실거리며 말했다.

　　"작위 안 붙여도 돼요, 마리나." 푸트리찌가 날카롭

게 말을 끊었다. "당연히 지프치오는 저녁까지 남아 있을 거야. 그렇지, 지페크?" 그는 반말을 한다는 사실을 역겹게 강조했다. 그렇게 해서 아내를 위압하려는 게 분명했다.

그들은 추운 현관을 지나 집의 다른 부분으로 넘어 갔는데, 그곳은 농촌식으로 꾸며져 있었다. 텐기에르의 두 아이들은 이미 발효 우유를 마시고 있었다. 심리적 압박감 과 냄새 때문에 구역질이 날 것 같은 분위기에서 게네지프 는 숨이 막혔다. 그 방과, 아까 있었던 현실에 대한 대화와 의 부조화는 불쾌할 정도로 분명했다. 그러나 그럼에도 불 구하고 그 점에서도 집주인의 유감스러운 강력함이 드러났 다. '힘이란 때로 얼마나 혐오스러울 수 있는지.' 게네지프 는 텐기에르 부부 양쪽을 하나의 복합체로서 관찰하며 생 각했다. 자신이 전혀 모르는 주제이기는 했지만, 이 두 명의 육체적인 접촉에 대한 생각은 고통스러울 정도로 추악했 다. 옆방의 열린 문으로 커다란 부부 침대가 보였는데, 그것 은 그 혐오스러운 육체들의 결합의 확연한 상징이었다. 이 런 부부의 성관계는 독감에 걸렸을 때 피부에서 느껴지는 강력한 불편함,* 혹은 상대적으로 삼류 손님들만 모여 있 는 어떤 조그만 살롱의 지루함을 계산이 불가능할 정도로 거듭제곱한 것, 혹은 감옥의 절망, 쇠사슬에 묶여 다른 자 유로운 개들의 즐거움을 바라보는 개의 고통스러운 갈망과 비슷한 뭔가 견딜 수 없는 괴로움일 것이었다. 부부 양쪽

* malaise. 원문 프랑스어.

132

다 그런 개가 되었다 ─ 두 명분으로. 그러나 그래도 그 안에는 뭔가 괴물 같은 황홀경이 있어야만 했다. (텐기에르 부인은 약간 게네지프의 마음에 들었으나, 그 방향의 더 뚜렷한 감정들은 저 마녀의 형상이 덮어 버렸다.) 그 개들을 사슬에서 풀어 주는 것 ─ 그것이 그 순간 그의 꿈이었다. 상황은 그가 생각한 것과 같았지만, 텐기에르는 자신의 괴로움을 너무나 천재적이고 정교한 방식으로 자동화하여, 이론적으로는 요독증에 감염되어 부어오른 방광처럼 고통스러운 지루함이 바탕에 깔리지 않은, 행복한 다른 삶에 대해 알고 있었으나, 그럼에도 현실적으로는 다른 존재 방식이란 사차원의 구(球)에 맺힌 프리즘의 반영처럼 상상할 수 없고, 너무나 진부한 것이라서 예를 들면 그래 ─ 자기 차를 운전해서 프랑스의 리비에라를 드라이브하는 것, 랍스터, 샴페인과 비싼 아가씨들처럼 너무나 추상적으로 생각되어, 마치 아파나솔 벤츠의 상징적인 논리와도 같았다. 평생의 오해가 처음에는 순수한 소리의 삼투압 막을 거쳐 나왔고 거기서부터 이어서 후안무치한 통속성이 정당화의 다른 차원으로 승화하여 변환되었다. 그러나 그것이 정확히 어떻게 일어나는지는 아무도 몰랐고 텐기에르 자신도 몰랐다. 변환은 술에 취한 상태에서 코카인에 취한 상태로 넘어가는 것만큼이나 너무 빨라서 ─ '칙, 하고 끝' ─ 언제 어떻게 일어나는지 알 수 없었다. "천재의 비밀이지." 술에 취한 뒤에 이 방법을 발견한 발명자 자신이 때로 이렇게 말하곤 했다.

　　무거운 침묵이 모두를 속에서부터 짓눌렀다. 아이

들조차도, 푸트리찌데스가 다정하게 대해 주려 노력했지만, 모르는 손님 때문에 마치 단백질과 산을 가르듯 낯설어진 분위기와 이전 대화의 괴물 같은 압박을 느꼈다. (방학 동안 지프치오는 아무 데도 나갈 수 없었고 단지 '조깅'하는 지그프리트와 운동하러 갈 수만 있었는데, 그 때문에 그는 가장 가까운 근방조차 알지 못했다. 심지어 집에서 치르는 잔치조차 한 번도 도운 적이 없었다. 그런 것이 늙은 카펜의 고립 정책이었다. 그는 아들이 그런 잔치에 참가할 자격을 얻으면 흥미로운 인상을 받기를 원했던 것이다. 그러므로 이제 그 어떤 서류의 도움도 없이 오로지 사슬에서 풀려났다는 느낌만을 바탕으로 '성년'이 된 지금 가장 조그만 일조차도 그에게 어마어마한 인상을 남겼다. 그는 자신의 자유를 거의 믿지 않았다 — 꿈에서 깨듯이 지금 상태에서 깨어날까 두려워했다.)

저녁을 먹고 나서, 여전히 그를 괴롭히는 각성의 수수께끼에 대한 해답의 열망을 채우지 못한 채 작별하게 되었을 때, 텐기에르는 난데없이 말했다. (그는 밤 아홉 시 반에 자신의 새로운 제물과 이렇게 갑자기 헤어질 수가 없었다. 지루함에 묻혀 썩어 가는 인물이 이 화면에 비친 모습은 그러기엔 너무나 매력적이었다. 게다가 이 아름답고 그를 역겨워 하는 소년에 대해 뭔가 구체적인 승리를 거두어야만 했다 — 영혼뿐 아니라 육체에도 — 그래야만 자신의 남성적인 강력함을 다시 느낄 수 있었다. 현실을 왜곡시키는 변환 모델들의 불명확한 계수의 비밀이 가끔은 여기 숨어 있는 것이 아닐까? 가장 조그만 톱니바퀴 하나만 없어도 기계 전체가 자잘한 조각들로 분해되어 버리는 것이다. 내면의 긴장감은 진정 무시무시할 정도였다. "당신은 통 크게 사시는군요, 텐기에르 씨."*라고 베흐메티예프가 언젠가 말했다. 그러나 아무도 이 조합의 섬세함을 깨닫지 못했다. 그리고 그게 누구에겐들 무슨 상관이겠는가. 어쩌면 100년 뒤에, 그 어떤 자료도 정말로 남아 있지 않게 된 뒤에 어떤 전기에서나 언급될까. 그리고 그의 가장 위대한 창조물로서 공간적 상상력 안에 물결치는 그의 마지막 교향곡은, 창조자의 피투성이 내면에서 세상으로 쏟아져 나오기에는 아직 충분한 약물을 얻지 못한 것이다. 어쨌든 그것의 제목은 그저 교향곡이었다 — 그것은 서로 조화되지 못한 주제들로 이루어진 진정한 바벨탑이었고, 그 구조성은 가끔 그 곡의 미래의 작곡자 자신조차 믿지 못할 정도였다. 어쩌면 이것이 마지막 작품일까? 하지만 그 뒤에는? 뭔가 고통스러운 황야가 그 거대한 발상의 흐릿한 윤곽 너머에서 펼쳐졌다. 게다가 자기 자신의 교향악 작품을 오케스트라의 연주로 들을 수 없다는 불가능성 때문에 텐기에르는 사나운, 거의 광기에 가까운 절망에 빠졌다. 그런 금욕을 통해 그는 자기 내면에 청각적인 상상을 형성했는데, 그 방식이 너무나 무시무시해서 그는 머릿속에서 다른 사람들은 상상도 할 수 없는 소리의 결합과 그 색채와

* 원문은 러시아어를 발음 그대로 폴란드어로 옮겨 썼다.

리듬을 듣곤 했다. 하지만 그것은 그에게 아무것도 아니었다— 아무것도 아니라고, 제길!)

그리고 그는 말했다.

"나랑 같이 가자. 바실리 대공의 은둔지를 방문하도록 하지. 일종의 실험이 될 거다."

"저는 무기가 없는데요." (그 은둔지는 멀리 숲속에 있었고, 숲은 루지미에쥬의 서쪽으로 산기슭에 이르기까지 쭉 뻗어 있었다.)

"내 파라벨룸*으로 충분해. 장인어른께 얻은 거야."

"게다가 저는 새벽 두 시에 저기 가 있어야 해서…."

"아, 그게 문제인가? 바로 그 때문에 가야 하는 거야. 첫 번째에 기운이 너무 넘치게 되면 오히려 네게 해로울 수 있어."

게네지프는 무심하게 동의했다. 이상함은 이제 식어서 제자리에 가라앉았다. 내면의 무기력함이 그를 사로잡았다— 그는 모든 일에 준비가 되어 있었다— 이 순간에는 심지어 공주도 무섭지 않았다. 낮 시간 전체와 미래 위로 이미 짜여진 일들, 돌이킬 수 없는 일들의 지루함이 무겁게 덮였다— 가장 최근의 변화도 그에게는 마찬가지로 보였다. 그는 어쩌면 아버지도 저기 숲 너머에서, 아버지 스스로 생산해 낸 괴물 같은 분량의 맥주 사이에서 죽어가고 있으며, 그 자신은 아버지를 버렸다는 데 아무런 후

* 독일제 자동 권총.

회도 없다고 평온하게 생각했다. 심지어 그는 이제 바로 그가, 억눌린 지프치오가 가장이 되어 모든 것을 거머쥐리라는 조그만 (심리적인) 생각을 건반처럼 누르며 비밀스럽게 기뻐했다. 삶의 '반대편'에 있는 이 어둠의 인물들의 일을 이용하는 문제가 이 화음 속에서 유일한 불협화음이었다. 그러나 그것도 어떻게든 해결될 것이다.

"하지만 앞으로 저한테 절대로 입 맞추지 마세요, 그것만은 기억하세요."

그는 거무스름한 지평선까지 뻗은 루지미에쥬의 황야, 4킬로미터나 펼쳐진 거대한 평원 위로 삐걱거리는 눈을 밟으며 걸어가면서 텐기에르에게 조용히 말했다. 별이 반짝이며 무지갯빛 섬광으로 변했다. 오리온은 이미 멀리 유령 같은 산꼭대기 위에서 서쪽으로 평행하게 흘러갔고, 서쪽에서는 이제 막 지평선 위로 거대한 빨간색 아크투루스*가 떠오르고 있었다. 자수정 색깔 하늘은 이제 막 가라앉은 낫 모양 초승달의 빛으로 장막을 씌운 것처럼 빛났고, 죽은 땅 위로 뭔가 거짓된 그 순간만의 장엄함을 띠고 둥글게 솟아 있었다. '우리는 모두 죄수들이야, 자기 내면과 이 지구 상에 갇힌.' 게네지프는 불분명하게 생각했다. 졸업 전의 시절에 생각했던 졸업 후 미래의 전망에 대한 겉보기만의 만족감은 자기 자신과 모든 것을 피할 수 없이 동일시하면서 그 안으로 뭉쳤다. 그 어느 때에도 존재하지

* Arcturus. 목동자리의 별.

137

않았던 날들과, 기대감과 미래의 사건들로 가득한 저녁들은 미리 결정된 출구 없는 삶과 인격과 이해할 수 없는 젊은 날의 죽음에 대한 예감 속에 사라졌다―어쩌면 그것은 삶을 위한 죽음일지도 모른다. 시간은 다시 시작되었지만 지금은 달랐다―오, 얼마나 다른지!―미래의 도약을 위한 압축이 아니라 그저 지루함에서 생겨날 뿐이었다. 게네지프가 이제까지 알지 못했던, 대상이 없는 공포(유령에 대한 공포가 아니다.)가 전나무의 고른 나뭇등걸과 노간주나무 묘목들의 안개 사이로 불어왔다. 그는 헛되이 자기 안에서 오후의 기세를 찾아보았다. 그것은 죽어 있었다. 그는 심지어 대화하고 싶은 욕구조차 없었다. '이 괴물은 나를 어디로 끌어들이는 거야, 나한테 원하는 게 뭐야!'

텐기에르는 한 시간 내내 무겁게 침묵을 지켰다. 갑자기 멈추어 서더니 허리에 찬 권총집에서 파라벨룸을 끄집어냈다.

"늑대."

그가 짧게 말했다. 게네지프는 어린 관목 숲 덤불을 바라보았고 노르스름한 불빛 하나를 보았다. 곧 그 옆에서 두 번째가 빛났고, 그 뒤에 한꺼번에 세 쌍이 나타났다. '옆에서 다가왔구나.' 게네지프는 순식간에 생각했다. 텐기에르는 대담하지 않았지만 자기가 얼마나 강한지 시험해 보려는 광기의 소유자였다. 여기서 어쨌든 떼를 지어서 다니지는 않는―한 무리에 최대 네 마리였다―늑대들과 자주 마주치기는 했지만 그는 늑대에게 '익숙해질' 수가 없었다. 지금도 불필요하게 신경을 곤두세웠다. 가진 총알을 전부 '잡아서' 장전하고 거울처럼 반들거리는 조그만 불빛들 쪽으로 겨누었다. 눈 덮인 숲 안쪽 깊은 곳에서 총소리가 둔하게 울렸다. 불빛들이 사라졌다. 그는 손가락을 가방 '안'으로 집어넣었다 — 더 이상 남은 총알은 없었다. 게네지프는 그 움직임으로 물론 진실을 눈치챘다. 그는 주머니에서 조그만 칼을 꺼냈다 — 그것이 그가 가진 유일한 무기였다. 그는 진정 위험한 순간에 보통 때처럼 겁을 먹지 않았다 — 이미 그런 순간들을 몇 번 겪어 보았다 — 공포는 때로 며칠이 지난 뒤에 그에게 찾아오곤 했다. 그러나 무시무시한 후회가 그의 심장과 아랫배를 조여 왔고, 그 느낌은 그가 아직도 의미를 전부 이해하지 못하는 그 이상한 내장 기관의 덩어리 쪽까지 퍼졌다. '절대로, 절대로 다시는.' 그는 이전의 '소년다운' 용기를 배경으로 자기 자신에 대해서 무시무시하고 눈물겨운 동정심을 느끼며 생각했다. 그는 다시 한번 그 에나멜을 칠한, 모든 것을 알고 있는 이 "쏟아짐"(텐기에르의 표현인데, 이 표현은 영원토록 무자비하게 그를 그 숙녀와 연결 지었다.) 덩어리를 바라보았는데, 그 덩어리는 지금 이 순간 산딸기의 침실에서 그를 안전하게 기다리고 있었다. 새벽 두 시는 그에게 결단코 닿을 수 없는 영원처럼 느껴졌고, 그는 이 짧은 한 조각의 시간 동안 공주를 마치 가장 사악한 적처럼, 이루어 내지 못한 삶, 바로 지금 여기 저주받은 숲길에서 영원토록 놓쳐 버릴지도 모르는 삶의 상징으로서 증오했다. 미래에 그가 얼마나 무시무시한 시간을 보내며 이 상대적으로 황홀했던 상황을 떠올릴지 알 수만 있다면 — 늑대가 그를 바보같이 먹어 버릴 가능성도 있고, 어쩌면 그 자신이 계속 살고 싶지 않을 수도 있고, 어쩌면 텐기에르에게 돌아가서 파라벨룸을 장전하고 순식간에 스스로 목숨을 끊을 수도 — 아니면 저기 바실리 대공의 저택에서, 혹은 새벽 두 시에…. 누가 알겠는가? 지금 그는 마치 이제 막 시작된, 미칠 듯이 흥미로운 이야기를 누군가 중간에 뚝 끊어 버린 것 같은 느낌이 들었다. 그리고 그는 자신이 아무것도 모르고, 자신이 어떤 사람이 될 것인지뿐만 아니라 지금 현재 어떤 사람인지조차 아무것도 모른다는 사실을 정확하게 깨달았다. 그의 눈앞에 어떤 구멍이, 바닥 없는, 그러나 좁고 불편한 구멍이 입을 벌렸다. 발밑에서 세상이 마치 물로 씻어 낸 듯 사라졌다. 그는 그 심연 위에 몸을 기울인 채 매달려 있었다. 그러나 어디로부터 몸을 기울인 것인가? 그 심연은 공간이 아니었다…. 자신에 대한 그 무지는 동시에 각성 이후의 상태로부터 완전히 달라진 의식의 정점이 되었다. 그는 자신이 아무것도, 그러니까 절대적으로 아무것도 모른다는 사실을 확실하게 알았다. 존재한다는 사실 자체를 이해할 수 없었다. 그렇게 지프치오는 그 구멍 안으로 날아들어 갔고, 계속 날아들어 가다가 여전히 루지미에쥬의 숲길에서 마치 눈 속에 파묻힌 것처럼 갑자기 멈추었다.

'내가 어디 있었던 걸까 — 맙소사 — 어디 있었지?'

뒤얽힌 생각 속에서 모든 것이 소용돌이가 되어 돌

아가다가 마치 혹 불어 낸 것처럼 갑자기 사라졌다. 이 모든 일에 그는 너무나 놀라서 잠시 늑대에 대해 잊어버렸는데, 늑대들은 당장이라도 다른 쪽에서 튀어나올 수도 있었다 — 옆에서나, 뒤에서나. 텐기에르는 말없이 파라벨룸의 총구를 잡고 서 있었다. (그에게 공포는 언제나 가면을 쓴 채 찾아왔다 — 그 무시무시한 털투성이 머리통 깊숙한 곳 어딘가에 가지고 있는 음악을 써내지 못하리라는 절망, 혹은 브죠주프 출신의 오르간 연주자였던 어머니가 남긴 유일한 유물인 빨간 모로코가죽 포트폴리오에서 꺼낸 소곡 작곡을 완성하지 못하리라는 절망이었다. 그 포트폴리오에 대해 그는 마치 어린아이에게 애착을 느끼듯 애착을 느꼈고, 자신의 가장 괴물 같은 창작품만큼이나 자부심을 가졌다 — 텐기에르 같은 괴물이 이렇게 아름답고 건강하고 우락부락하고 짐승 같은 "쓰레기"[그가 늘 말하는 대로]를 '낳은' 것이다. 이상한 일은 그 아이들이나 그들의 예측 가능한 운명은 한 번도 동물적이고 정상적인 공포의 다른 모습으로 나타나지 않았다는 점이다.)

숲이 안쪽에서부터 바스락 소리를 냈고, 나뭇가지에 쌓여 있던 눈이 약하고 둔하게 떨어지는 소리를 내며 부서졌으며, 그렇게 떨어지면서 마르고 작은 나뭇가지를 소리 내어 부러뜨렸다.

"가자."

텐기에르가 먼저 내뱉었다. 아까의 총성에도 불구하고 그의 목소리는 게네지프의 귓가에 마치 총소리처럼 울

141

렸다 — 지금까지 살면서 가장 이상했던, 어쩌면 유일하고 독특한 순간이, 아주 가까이 다가갔음에도 다시는 돌아오지 않을 그 순간이 멈추었다. 그는 기억의 조각들로 그 순간을 재구성하려 헛되이 애썼다 — 그 자신, 숲, 늑대들, 텐기에르, 삶의 후회와 앞으로 사랑(아, 소중한 그대여!)을 알지 못할 것이라는 점 — 이 모든 것은 지금도 있었다. 그러나 방금 흘러가 버린 과거의 아까 그 순간은 마치 직선 위에서 삼차원의 공간으로 튀어나온 하나의 점처럼 상황의 흐름에서 벗어나 있었다.

"오 비밀이여, 한 번 더 내 안으로 들어와 다오, 이 경험 없는 어린 황소의 불쌍한 두뇌 속으로 단 한순간이라도 찾아와 다오, 내가 너의 모습을 기억하고 언젠가 반드시 찾아올 가장 힘든 순간마다 너를 떠올릴 수 있도록. 나를 밝혀 다오, 내가 내 안에 있는 야수성을 피할 수 있도록, 나는 내 바깥에 있는 것들을 두려워하지 않으니까."

양의 뿔처럼 튀어나온 후쭐*을 쓴 원숭이 같은 텐기에르의 뒤에서 고개를 숙이고 걸어가며 지프치오는 중얼거렸다. 그 애원은 들리지 않았다. 숲은 움직이지 않고 둔하게 바스락거렸다 — 침묵 자체가 바스락거렸다.

잠시 후 그들은 이미 비아워제르스카 습지에 도달했고, 그 습지는 바실리 대공의 은둔지를 둘러싸고 있었다. 시간은 열한 시였다.

---

* Hucul. 폴란드 남부 사람들이 쓰는 전통 모자.

## 바실리 대공의 은둔지 방문


통나무를 쌓아서 지은 집의 창문에서는 나프탈렌 등잔의 부드러운 주황색 불빛이 내비쳤다. 풀 냄새가 나는 연기가 드문드문한 전나무와 너도밤나무 사이로 낮게 깔렸다. 그들은 안으로 들어섰다. 수도승 같은 갈색 외투를 걸친 집주인 외에 그곳에는 황갈색 턱수염을 기르고 물고기 같은 눈을 한 중년 남자가 있었다. 아파나솔 벤츠 혹은 벵츠, 유대인이다. 그는 위대한 논리학자이며 엄청난 부자였는데 바실리 대공은 아직 파블로프 부대의 근위대에서 근무하던 시절에 그를 알게 되었다. 바실리 대공은 마침 그 즐겁던 시절을 회상하고 있었는데, 젊은 장교였던 그는 (오 맙소사!) 칼집에서 뽑은 칼을 흔들며 특별한 '파블로프식' 행진 걸음으로 걸어 다녔고 그러면 사병들은 마치 공격할 듯한 자세로 총을 겨누었다. 그는 또한 선발 보병으로서 파벨 1세 시대의 근위병 모자를 가지고 있어서 근위대 전체가 그를 부러워했다. 그때는 바로 짧았던 두 번째 반(反)혁명 시기였다. 그 뒤 벤츠는 재산을 모두 잃고 절망에 빠져 논리학에 일생을 바쳤고 짧은 시간 내에 놀라운 결론에 이르렀다. 바로 그것이 벤츠 외에는 아무도 이해하지 못하는 단 하나의 유일한 공리인데, 그는 완전히 새로운 논리 체계를 건설하고 수학이라는 분야 전체도 그 용어로 정의했으며, 그리하여 모든 수학 공식을 몇 가지 기본적인 기호의 조합으로 이끌어 냈다. 그래도 그는 러셀의 집합 개념을 보존했고 이 주제에 대해 푸앵카레의 명제를 조금 바꿔 씁쓸하게 말하곤 했다. "오로지 계급에 대해, 그리고 계급들 사이의 계급에 대해 이야기하는 건 자기가 계급을 상실한 사람들뿐이다."* 이제 그는 그저 폴란드령 오라바 지역에 있는 슬로바키아계 남자 고등학교 선생일 뿐이었다. 때는 벤츠와 같은 천재를 알아봐 주는 시대가 아니었다. 이유는 알 수 없지만 민족해방 신디케이트에 가까운 사람들 사이에서 그의 사상은 기계적인 파시즘의 균형을 무너뜨리는 것이며 게다가 작위적이라고 알려져 있었다. 그리고 그에게 외국 여행이나 여권 발급은 영구히 거부되었다.

바실리 오스트로그스키 대공은 당연히 이리나 브시에볼로도브나 티콘데로가의 연인이었는데 (그는 최근 폴란드와 프랑스 방식의 타락한 가짜 천주교로 개종했다.) 현재 그녀 남편 소유의 숲에서 숲지기로 일하며 자기 '환생'의 첫 번째 시리즈 마지막 부분을 실천하는 중이었다. 대공과 벤츠는 방문객들을 약간 차갑게 맞이했다. 그 의미는 즉, 이 신사분들은 과거 회상에 너무나 깊이 빠져들어 당장의 쓸모없는 현실로 돌아오는 걸 달갑게 여기지 않는

---

* Ce ne sont que les gens déclassés, qui ne parlent que de classes et de classes des classes. 프랑스어 '클라스(classe)'가 사회적 계급을 뜻하는 동시에 수학의 집합론에서 사용하는 용어임을 이용한 언어유희. 버트런드 러셀(Bertrand Russell, 1872~1970)은 영국의 수학자이자 문필가이며, 쥘 앙리 푸앵카레(Jules Henri Poincaré, 1854~1912)는 프랑스의 수학자이자 물리학자다.

다는 뜻이었다. (그러나 그들은 폴란드에 너무 익숙해져서, 저쪽 자기 나라인 러시아에서 벌써 1년 전부터 '백색 테러'에 가까운 상태가 지속되는데도 귀국하려 하지 않았다. 어쩌면 새로운 체계의 불확실성과 "움직이는 만리장성"에 대한 공포가 그들을 붙잡고 있는지도 몰랐는데, 그 "움직이는 만리장성"은 우리 나라 정치인들에 의하면 반년 이내에 깨부술 수 있는 장애물이었다. 게다가 바실리는 올해 56세의 나이에 예상치 못하게 폴란드 혈통을 가지고 있었음을 발견했다. 뭐가 이상하단 말인가? 오스트로그스키 가문은 어쨌든 오래전에 폴란드의 영주였고 한때는 천주교가 그들의 신앙이었으니 말이다. 정교는 한 번도 믿은 적이 없는데 왜냐하면 종교 자체를 믿지 않았기 때문이다. 이제 그는 갑작스럽게 구원을 찾는 어떤 프랑스 사람들이 쓴 책 덕분에 졸지에 깨달음을 얻게 돼 버렸는데, 그 책은 이리나 브시에볼로도브나가 그의 '은둔지'로 보내 준 것이었다. 그 덕분에 이제야 그는 정식으로 '은둔자'가 되었다—이제까지는 그저 평범한 숲지기일 뿐이었다.)

바로 몇 시간 전에 두 신사는 논의를 끝마친 참이었는데, 여기서 아파나솔은 대공의 변화에 실체가 없음을 확신시킨 참이었다. 또한 왕년의 이 왕정주의자들은 드 퀸시나 말라야 무르티 빙의 선견지명 등등 새로운 신비주의 종교에 대해 회상했는데, 이런 신흥종교들은 러시아에서 세를 넓히기 시작했고 심지어 우리 폴란드에도 약간 파고 들어 와 있었으며 겉보기에 신지학과 비슷했다. 이 황무지에까지 그것에 대한 소문들이 들려왔다. 그들은 이것이 헛소리이며 이런 가짜 사상이 성공한다는 건 슬라브 민족 전체의 지성이 완전히 퇴락했다는 증거라는 데 전적으로 동의했다. 서유럽이라면 이런 것에 대해서는 말조차 꺼낼 수 없었을 것이다. 그곳에서는 완전한 물질적 안위에 기초를 둔 인류의 부활에 대한 믿음과 결부된 전반적인 종교적 관용이 지배하고 있었다. 그러나 불행히도 물질적 안위에는 그 나름의 넘을 수 없는 경계선이라는 것이 존재하는데 그다음에는 어쩔 것인가? 그 "부활"이 대체 어떤 것인지 아무도 알지 못했고 태양이 식어 버릴 때까지 결단코 알아내지 못할 것이었다. 어쩌면 우리는 평온무사, 기술적인 발전을 제외한 모든 창조성의 부재, 그리고 일정한 시간 동안 기계적인 노동을 뽑아낸 뒤에 찾아오는 짐승 같은 행복을 "부활"이라 부르게 될지도 모른다.

구운 멧돼지 고기와 향나무 열매를 넣어 만든 맛 좋은 술로 식사를 마친 뒤 대화는 다시 이전으로 돌아갔다. 아파나솔은 또한 새로운 수학의 창시자로서 — 그보다는 그의 체계 전체가 기하학과 비슷했다 — 공식적인 직장을 제공해 주는 폴란드 학계 전반에서 그를 알아주지 않은 결과 자기 운명에 만족하지 못하고 있었다. 바실리 대공과 아파나솔 벤츠는 텐기에르와 함께 훌륭한 반항자 삼총사를 형성했다. 왜냐하면 신흥 천주교 신앙에도 불구하고 바실리는 오스트로그스키 가문의 문장을 앞세워 우크라이나에 있는 자기 가문의 4만 데샤티나짜리 영지로 돌아가

는 데 전혀 반대하지 않을 것이기 때문이었다.* 그러나 이
토록 발전된 반혁명의 시기에도 농경 체제를 퇴보시키는
것은, 특히 우크라이나에서는 당분간 얘기조차 꺼낼 수 없
었다. 그리고 어쩌면 대공 자신조차 이전의 삶으로는 이미
돌아갈 수 없게 된 것인지도 모른다. 삭아 버리고, 그런 뒤
에는 자기 은둔지 안에서 껍질처럼 굳고 경직되어 버렸고,
성(性)적으로 완전하게 무기력했기에 그곳에는 그를 위한
여자도 전혀 존재하지 않았다. 이 두 신사들을 어떤 운명
의 변형 속에서 만나게 되는지 게네지프가 짐작할 수 있었
다면, 그를 기다리는 비인간적인 고통 앞에서 공포에 질려
또다시 차라리 죽음을 원했을 것이다. 텐기에르가 말했다.

"…저는 딱 한 가지를 이해할 수가 없습니다. 어째
서 선한 사람이 되기 위해서는, 그러니까 꼭 그렇게 돼야
만 한다면, 어째서 어린 시절에조차 믿을 수 없었던 그 비
현실적인 공상을 전적으로 받아들여야만 하는 겁니까…."

바실리 대공. 왜냐하면 그게 없으면 진실로 선한 사람
이 될 수 없기 때문이지요….

텐기에르. "진실로"라는 게 대체 무슨 뜻입니까? 고작
해야 '이론적으로'만 존재하는 차이점을 표현하기 위한 영
혼 없는 덧붙임일 뿐입니다. 저는 이상적으로 착하지만
동시에 스포츠 댄스 시기의 끝 무렵에 시작된 두 번째 실
증주의 시대 방식으로 꽉 막힌 물질주의자인 사람들을 알

* 데샤티나는 미터법 이전에 러시아에서 썼던 넓이 단위로, 1데샤티나는 1.092헥타르이다.

고 있어요. 선함은 어쨌든 저의 이상도 아닙니다. 어떤 문제에 대해 생각하듯이 의식적으로 선함에 대해서 생각해본 적이 없어요. 그런 건 자기 스스로 촌뜨기라고 선포한 사람들한테나 맡겨 놓지요.

바실리 대공. 바로 그런 의식적인 생각은 그저 단순한 촌스러움이 아니라 진정한 선함의 원천이오. 선함은 악함에서 나올 수 없고 오로지 강함에서만 흘러나올 수 있어요. 그리고 아까 말한 그런 사람들에 대해서라면, 오늘날의 물질주의자들조차 무의식 속에서는 그리스도교 시대에 태어나 교육받은 사람들임을 기억하시오. 하긴 예외도 있겠지. 하지만 우리는 예외가 아니라 전반적인 원칙에 대해 말하는 거요. 그들이 자기 데이터에 신앙을 결부시켰다면 어떤 사람이 되었을지 알 수 없어요. 신앙이 없는 선한 행동은 마치 서로 결합되지 못하고 각각 흩어진 것과 같아서 무의미해요ㅡ그리고 그런 행동을 다른 층위와 전체적으로 연결시켜 주는 더 높은 차원의 승인도 없지요. 무언가의 형체 없는 덩어리는 언제나 무언가의 특정한 구조물, 요소들의 체계보다 한 단계 낮아요. 선한 행위는 오로지 자기만족을 위한 것일 뿐 하느님과 존재 전체의 영광을 위한 것도 아니고 영원한 구원을 위한 것도 아니오. 그리고 영원한 구원이 있어야만 그 안에서 비로소 세상 전체가 완벽의 체계가 되는 것이지. 그게 없으면 그저 변덕일 뿐이고 심지어 자연에 어긋나요. 근본적으로 악한 사람들도 그런 식으로 행동할 수 있소. 전체와 연결

148

될 때에만 선한 행동은 집합적 의식의 함수로서 뭔가 조직된 것의 더 높은 의미를 가지게 되는 것이오. (게네지프는 느릿느릿한 증기기관차를 탄 것처럼 전력으로 지루해하고 있었다. 모든 종류의 관념적인 이해에서 그는 전반적으로 점점 더 멀어졌다. 불완전한 것들의 지루함이란! 하 — 반대편에서 가장 높은 생각들을 이상적으로 해석하는 법을 알 수만 있다면! 그런 일은 한 번도 일어난 적 없었다.)

텐기에르. 세상은 악하고 악해야만 하며 게다가 악한 힘에 의해 지배되고 있다고 가정한다면 악한 행동 또한 마찬가지이지요. 왜냐하면 신앙심 있는 사람들 중에서는 아마도 가장 우수한 뇌를 가졌던 라이프니츠가…*

벤츠. 얼마나 진심으로 신을 믿었는지 몰라도 겉멋을 위해서, 그러니까 동료들의 눈이나 궁정에서의 경력을 위해 허세를 부리지는 않았지요.

텐기에르. 잠깐만, 선생. 라이프니츠는 하느님이 완벽하면서 동시에 무한히 선하시다는 명제가 완벽하게 받아들여질 때까지 증명하지 못했어요. 신이 무한히 악독하다는 명제도 똑같이 쉽게 받아들일 수 있는 겁니다. 세상에 있는 악의 분량과 선의 사소함과 지상의 악에 대하여 그리스도 구원의 무기력함이 그런 가정을 가능하게 하지요.

바실리 대공. (내키지 않아 하며) 하느님을 비방하는 가정을 해서는 안 돼요, 오로지 신앙에 주어진 것을 믿어야 해요 — 그뿐이오.

* Gottfried Wilhelm Leibniz (1646–1716). 독일의 수학자, 물리학자, 철학자, 신학자. 신학적 세계관과 자연과학적 세계관을 조정하려 했고, 수학에서는 미적분법을 확립했다.

149

텐기에르. (짜증 나서 고함친다.) 그러면 대공이 우리한테 그 신앙을 내려 주시지요, 우리한테 그걸 강요해 봐요! 대체 어째서 무신앙이 존재하며, 도대체 악은 왜 있습니까? 대공이 무슨 말을 할지 압니다. 하느님의 의도는 사람이 짐작할 수 없으며 사람의 이성보다 훨씬 높은 곳에 있는 비밀이라는 거죠. 그럼 내가 대공한테 말하겠습니다. 나는 그리스도교의 교리와 질병이 — 이건 꼭 덧붙여야 해요 — 나한테서 내면의 동물성을 빼앗아 간 만큼만 선합니다. 하긴 바로 그 병 때문에 일정한 퍼센트의 무도덕성이 내 안에서 생겨나고 있지만 말이오. 난 이 비틀린 뼈 대신 뭔가 다른 걸 즐길 권리가 있단 말이오, 젠장! 그리고 난 동시에 약간 악해요 — 순수한 악 때문이라기보다, 남의 불행을 보고 즐긴다기보다 나 자신의 괴로움 때문이지만 — 그리고 대공이 말하는 그 어떤 높은 이상을 위해서도 나는 달라지지 않을 거요. 더 나은 사람이라면 어쩌면 될지도 모르지만, 그건 즉 더 좋은 사람이 되어 작곡을 훨씬 더 잘할 수 있다는 걸 내가 알면 그렇게 되려고 노력할 거라는 뜻이오. 하지만 뭔가 외적인 힘이 내 내면의 성향을 바꿀 수 있는지, 그것도 나는 알 수 없어요. (바실리는 침묵을 지켰다. '그래, 신앙이란 이성으로는 불어넣을 수 없는 거야. 나자신도 몇 번이나 저 사람처럼 생각했는지 모르지만, 그래도 지금은 그의 비참한 변곡법을 이해하고 나니 그게 아니라는 걸 알겠어. 대체 어째서 난 혈관에 흐르는 피와 함께 내 감정을 불어넣을 수 없지? 그러면 그는 저렇게 두려워하는 지적인 퇴락 없이도 신앙을 가질 수 있을 텐데.')

150

벤츠. 그리고 이 말도 하겠네, 바실리, 난 나 자신에 대해서 얼마나 더 자랑스럽게 느끼게 되든지 간에 절대로 내 확신을 버릴 수는 없을 거야, 어쩌면 내 뇌와 함께 뭔가 무시무시한 존재가 되거나 내가 나 자신도 모르는 사이에 갑자기 바보가 될지도 모르지. 나도 한때 내 논리학이 본체론 때문에 오염되었을 때는 신을 믿기 바로 직전까지 갔던 적도 있었어. 지금은 오로지 기호와 그 기호들을 운영하기 위한 규칙만을 믿어 — 다른 건 모두 우발적일 뿐이고 떠들 가치조차 없어.

바실리 대공. 그래 — 자네는 모든 것보다 더 위에 있는 상위 지점을 찾아냈지. (게네지프와 텐기에르를 향해) 그는 자기가 존재와 그 도덕적 규범을 피해 빠져나왔다고 생각하지. 내용 없는 기호 속으로 도망쳤고 그 안에서 절대적인 확실성을 찾았어, 국내 논리학자들은 그를 전혀 인정하지 않고 외국에선 그저 어떤 광인으로만 생각하는데도….

벤츠. 라이트버그*는 세계 최고의 지성이야. 오, 바실리 대공, 당신의 그 신앙과 함께 대체 얼마나 낮게 떨어져 버린 것인지….

바실리 대공. 불멸의 영혼만이 아니라 아무것도, 심지어 자기 자신 삶의 개별성의 존재조차 믿지 않는 악마의 속삭임을 듣는 열린 귀를 발견했으니 최고의 지성이겠지.

벤츠. 그러니 내가 당신 같은 사람들 덕분에 행복하

* 가상의 학자명.

지 않겠나, 바실리, 우주의 도덕적 암흑에 겁먹고 그 안에서 탈출구를 찾아서, 도덕적으로 세상은 부조리하지 않다는 확신을 얻기 위해서라면 이성이 거부하는 것이라도 상관없이 무엇이든 도피처로 삼으려는 저열한 존재만이 당신들을 믿는다고 말해 주는 인식의 불꽃이 당신들의 그 신앙 밑바닥에 깔려 있다는 걸 알지 못하다니 당신들은 정말 뛰어난 지성인이야. 그리고 당신들도 세상이 도덕적으로 부조리할지 모른다고 의심하고 있어, 그런 의심을 한다는 것 자체가 당신들의 신앙보다는 마음의 어둠에 대해서 더 많은 걸 말해 줄 뿐이지, 그 부조리는 애초에 논리라는 게 가능하기 때문에 도출되는 게 아냐, 그건 증거야. 현실의 단지 한정된 — 절대적인 게 아냐 — 합리성은 이상적인 세계의 의미의 공집합 함수일 뿐이고, 그런 이상적 세계의 의미는 삶이 그 안에 주어진 잡동사니를 지켜 내느냐 마느냐 따위보다 훨씬 숭고하다고.

바실리 대공. 내가 황무지에서 말라 죽어 가고 있을 때 신앙은 모든 것을 잃은 나에게 바로 여기 나의 황무지에서 다시 태어나 이전에 내 삶이었던 것과는 완전히 정반대로 살아갈 수 있게 해 주었어. 그런 신앙의 살아 있는 열매를 대체 어떻게 하느님도 저버리신, 빈 건물과 같은 자네의 기호들과 비교할 수 있나!

벤츠. 자네가 그런 것 없이 행동했더라면 결과도 훨씬 더 좋았을 거야.

바실리 대공. 그럼 자네는 자네의 그 논리학적 형식주

152

의를 완전히 거부하고 한번 해 보게. 마음만 먹으면 할 수 있을 테니.

벤츠. 바로 그 원한다는 것 말이야, 그 안에 거짓이 숨어 있는 거야. 미안하네 바실리, 하지만 믿든지 안 믿든지 간에 — 그보다는 믿기를 원하는 사람이, 바로 그런 사람이 아주 의심스러운 거야.

텐기에르. 두 분 모두 실망스러운 삶의 끝을 정당화하기 위해 각자 허구의 이야기를 만들어 낸 난파선의 조난자들 같군요.

벤츠. 내 생각은 허구가 아니오. 난 내 체계의 필연성을 증명할 수 있어요. 시간이 지나면 진실로 똑똑한 사람들은 내 체계를 반드시 받아들일 거요!

바실리 대공. 몇 가지 가정을 기초로 놓고 보면 — 가정이 없으면 아무것도 없으니까 — 저절로 그렇게 되진 않을 거요. 나도 마찬가지로 내 가정에 기반해서 본다면 내 신앙의 필연성을 증명할 수 있소. 이 모든 것을 아주 궁극적으로 가져간다면 종교와 수학이 차이가 없을 거라 맹세하지. 양쪽 다 하느님을 찬양하는 서로 다른 방식일 뿐이오. 단지 수학은 나머지 없이 종교 안에 놓일 뿐이지.

벤츠. 바로 그게 자네의 타협이야. 무슨 수를 써서든지 모든 것을 화합시키려는 충동 말이야. 미지근한 물이야 — 확인할 수 없는 차이점들을 흐려 놓는다고. 그건 가톨릭 신앙 전체를 손상시키는 거야, 왜냐하면 가톨릭 신앙은 어찌 됐든 인류의 가장 혹독한 부분과 관련 있으니까.

정교는 아직 그런 게 필요 없지.

바실리 대공. 그거 아나, 벤츠, 그건 나한테 유리한 증거야 — 우연이 아니지 — 가톨릭 신앙만이 인류의 가장 좋은 부분을 보존했다는 것 말야. 개신교가 지배한 독일 일부는 거대한 전쟁을 일으켜 인류의 가장 커다란 불행의 원인이 되었지. 정교를 믿는 사람들은 차르가 지배하는 왕국에서 가장 계몽되지 못한 민족으로 남았고, 그 뒤엔 공산주의를 만들어 인류를 멸망시켰고. 서유럽에서 이미 알 수 있듯이, 그로 인해 문화 전체가 퇴보하는 원인이 될 거야.

벤츠. (사납게 소리 내어 웃었다.) 어쩌면 바로 그게 요점이 아니겠나? 인류는 이 문화의 합병증으로 목이 막혀 죽어버릴 지도 몰라. 종교도 그걸 어쩔 수 없어.

바실리 대공. 잠깐. 영국인들은 전 세계 제국주의의 귀감이었고, 이른바 "열등한 인종들"을 착취하는 법을 다른 민족들은 영국인들에게서 배웠지. 지금은 중국인들이 우리에게 그 복수를 하고 있어 — 그리고 여기서 더 깊이 들어간다면, 바로 그 영국인들이 오로지 독일인들만이 개시했던 그 일을 준비해 준 것일지도 모르지. 그들은 가장 욕심 사납고 생각 없고 진실로 교양 없는 돈의 제국을 창조했어. 자기 자신을 본보기로 삼아서 그 저주받을 노동 분업을 통해 우리를 잠자는 매너티 같은 상태까지 몰고 간 옛날의 미국으로 말이야.* 자동기계한테는 종교가 필요

---

* 매너티(Manatee)는 아프리카나 미주 지역 열대지방의 대서양 연안 해역에 살며 넓고 둥근 꼬리를 가졌다. 해우(海牛, 바닷소)라고도 한다.

없지. 그러다가 결국 그들은 뭔가 사이비 공산주의 비슷한 걸로 끝나고 말았지, 왜냐하면 그 어떤 편리한 기계와 자동차와 라디오도 인간의 사상을 대신해 주지는 못하니까. 자기들이 죽여 버려서 종교가 없으니까 — 어떤 종교가 됐든 상관없어 — 그들은 이전의 계급투쟁 전체를 지워 버렸음에도 불구하고 혁명을 할 수밖에 없었던 거야.

벤츠. 그럼 대체 당신의 하느님은 그걸 어째서 허용하지? 우리에게 그건 작위적이라는 걸 당신은 이해 못해 — 그 사이비 포드주의를 말하는 거야 — 하지만 미국에서 그건 자연스러웠지, 왜냐하면 그 사회 자체가 젊었으니까. 만약 우리 나라에서 혁명이 일어난다면 그건 우리가 아니라 중국인들이 우리 대신 일으킬 거야. 우리 자신만으로는 아무것도 할 능력이 없으니까.

텐기에르. "우리"가 누굽니까? 유대인?

벤츠. 텐기에르 씨, 유대인들은 아직 자기들의 특성을 내보이지 않았소. 난 폴란드인으로서 폴란드에 대해서 말하는 거요. 헤헤.

텐기에르. 유대인들이 중국인을 이기고 승리할지도 모르지요, 하하!

벤츠. (바실리에게) 이 괴물 같은 헛소리들을 듣고 있으니 내가 지금 20세기에 살고 있는 건가 싶군요. 증거를 보여 주어도 당신들은 받아들이려 하지 않으니 당신들에겐 아무것도 애써 증명하지 않을 거요. 그리고 말인데 바실리, 자네가 자신이 말하는 걸 전부 믿는다는 건 사기야.

진짜 천주교 신자와 자네의 신앙을 겹쳐서 비교해 볼 수 있다면 자네의 그 신앙이라는 게 뭔지 똑똑히 드러날 거야. 자네의 그 하느님도 예수도 성모도, 자네한테는 진심으로 믿는 자들과 같은 의미를 갖지 않아. 자네는 의식적으로 타협을 허용하고 있어—그 관념들이 서로 앞뒤가 맞지 않는다는 게 증거야. 자네는 진정한 천주교 신자와 자신이 어떻게 다른지, 그러니까 교리 자체가 아니라 이 문제에 대한 자네의 심리적 기제가 어떻게 다른지 깨닫지 못하고 있어.

바실리 대공. 자네가 타협이라고 여기는 건 천주교 신앙 내에서 사상의 발달일 뿐이야. 죽은 교리들의 집합이 아니라 살아 있는 학문이라고.

벤츠. 바로 거기서 자네는 크게 잘못 알고 있어. 절대적 진리와 전반적인 합리성에 대해서라면 모든 종류의 진화론은 헛소리야. 그건 종교 자체가 아니라 종교가 만들어 낸 제도에 대한 옹호일 뿐이야. 제도는 강박적으로 살기를 원하고 종교 자체를 손상시켜서 자기한테 알맞게 변화시키지. 당연히 그런 관용 정신 덕분에 자네와 같은 부류의 추종자들은 일정한 숫자가 이득을 얻고. 하지만 그건 가톨릭교회를 위한 헛된 재료일 뿐이야, 가톨릭교회는 아직도 싸우기를 원하고 여전히 세계를 지배하려는 야심을 갖고 있으니까. 여기서 중요한 건 양이 아니고 질이야. 가톨릭교회가 진실로 살아 있고 삶 안에서 창조적이었다면 이단자들을 화형에 처하고 죽였을 거야….

바실리 대공. 그건 순전히 인간적인 실수였어. 바로 지금이야말로 그 실수를 만회할 때가 오고 있어, 우리가 공산주의 낙원도 파시스트적인 편리함도 우리에게 아무것도 가져다주지 못한다는 걸 보았으니까. 내면의 발달은 우리가 아직도 성취하지 못했어, 모두가 선하고 모두가 행복해지면….

벤츠. 이 황무지에서 자네는 뇌가 굳었어. 그따위 명제에 대해서는 논의할 가치도 없어. 자네가 말하는 "내면의" 발달이란 기본적인 교리의 틀이 무너질 때까지만 지속되다가 그 뒤엔 끝날 거야. 서유럽은 우리에게서 우리 문화가 아니라 문명을 가져갔지, 왜냐하면 슈펭글러*가 현명하게 말한 대로 문명이란 전혀 존재하지 않았으니까, 그리고 거기서 비롯된 우리의 사회문제도 함께 가져갔어. 이제 서유럽은 우리를 향해 쳐들어오고 어쩌면 몇 달 뒤에는 여기, 비좁음과 어리석음과 비겁함이라는 끔찍한 삼위일체의 참호에 둘러싸인 이 어둠의 나라에 와 있을지도 모르지. 여기에 대해선 뭐라고 말하겠나?

바실리 대공. 자네는 자기 냉소주의자야, 벤츠. 그건 폴란드인과 심지어 몇몇 유대인들이 가지고 있는 끔찍한 결점이야. 그건 우리의 자기 학대보다도 더 나빠, 왜냐하면 당신들의 경우에 그건 천박하거든. 그럼 불교의 경우엔 어떤가, 불완전한 그리스도교와 같은 어떤 것을 연상시키

---

* 오스발트 슈펭글러(Oswald Spengler, 1880–1936). 독일의 문화철학자. 1918년 출간한 『서구의 몰락』으로 명성을 얻었다.

는 것을 오로지 유일한 가치로 삼는 단 하나의 종교인 불교 말이야.

벤츠. 바로 그 반대 아닌가? 불교는 자네가 말하는 의미로 '발달'하지 않았어 — 나는 자네 말을 그대로 인용해서 반어적으로 말하는 거야 — 왜냐하면 불교는 처음부터 브라만 계층의 형이상학적 관념에 기반을 둔 깊은 철학이었고 현자들을 위한 종교였으니까. 그런데 자네의 그리스도교는 얼간이들에게서 시작되었고 그 때문에 이제는 더 높은 지성에 도달해야만 하지. 하지만 그렇게 도달하는 과정에서, 사회적으로 존재하기 위해서 그 핵심이 되던 것을 잃었지, 그 단순성과 어리석음을 잃은 것과 마찬가지로 말이야. 그건 로마 황제들의 엄청나게 현명한 조치였고, 어쩌면 동시에 그리스도교를 공식적으로 인정한 것이 귀족들을 개종시키려는 동인이었을지도 모르지 — 바로 그 방식으로 그리스도교의 사회적인 의미를 무력화시키고 이승에서 가능한 것으로 받아들여 익숙해지게끔 해서 그것으로 가톨릭교회를 만들었고, 교회는 초기에 동등한 의미를 가지는 세력으로서 황제의 권력과 조화롭게 존재했지. 그 뒤에야 그 황권의 모습을 받아들여서 후계자들과 함께 세상을 지배하려는 투쟁을 시작했어. 그런데 결정적으로 패배가 확정되었을 때에야, 그 어떤 형이상학도 아닌 단지 물질적 안락이라는 관념에만 기반을 둔 사회적 교리 앞에 책임져야 할까 봐 두려워서 탈출할 길을 찾기 시작했고 거기서부터 당신의 타협이 나오게 된 거야. 교회를 되살리는 방법은 오로지 옛날의, 국가 형성 이전 시기의 형태로 돌아가는 것밖에 없어. 하지만 아무도 그런 용기는 갖지 못했고 앞으로도 갖지 못할 거야, 왜냐하면 그런 용기를 가질 수 있을 만한 사람들은 근본적으로 애초에 교회에 속하지 못할 테니까. 그러니까, 내 형제 바실리(벤츠는 가장 심하게 짜증을 낼 때 대공을 이렇게 불렀다.), 바로 당신의 타협이 아니라 교회의 지도자들이 그런 정도 수준이 되는 추종자들을 "아무려면 어때."의 자세로 유혹하고 있어.

바실리 대공은 침묵했다. 몇 세기에 걸쳐 육체적으로 다듬어진 그의 아름다운 독수리 같은 얼굴은 마치 고무를 씌워 방수 처리한 원단과 같아서 방패처럼 모든 의심을 되받아쳤다. 그 얼굴의 반대편이란. 그 내면의 기초는 어떤 것일까? 과거 지배자의 그 훌륭한 옆얼굴은 피부 아래에 모순이라는 다분히 쓸데없는 늪을 간직하고 있었다. 완전히 활용되지 못한 신체 조직 깊은 곳에 혈통의 뿌리로부터 솟아 나오는 힘 같은 건 그 얼굴에 없었다. 이 사람들은 지도자를 불법적으로 빼앗겼기 때문에 지도층을 갖지 못한 것이 아니었다 — 이미 지도층을 가질 수 없었던 것이다. 그것은 안에 내용물이 아무것도 없이 겉에만 가시를 세운 껍질이었다. 바실리 대공의 하느님은 심지어, 궁극적인 지루함에 어쩔 줄 몰라 하며 프랑스인들의 반(反)형이상학적 공허 속에서 괴물같이 변해 버린 서유럽의 절반쯤 종교적인 낙관주의자들이 현재 설파하는 종류조차 아니었다. 바실리는 바로 방금 그 프랑스식 '부활'에 대해 뭔가 중얼거렸다. 여기에 대해 벤츠가 그에게 말했다.

"어째서 독일에서는 그런 종류의 종교적 재생이 상상도 할 수 없는 일인지 아나? 거기서는 신지학이 마치 완전히 다른 무엇인 것처럼 생겨날 수도 있어, 스스로 만들어 낸 빈틈을 궁극적으로 채워 주지 못하는 철학의 발달과 전파의 부정적인 결과로 만들어진 탐욕의 표현으로서 말이야. 하지만 독일인들이 이런 생각 훈련을 거친 끝에 ─물론 난 헤겔과 셸링에 대해 말하는 게 아냐, 그들은 헛소리야─ 옛날에 입던 의상으로 돌아가서 찾아내서 먼지를 털고, 모두의 인식과 허락 아래 옛날의 이성이 적절한 가면을 쓰고 아버지 하느님의 역할을 연기하는 종교적인 어린아이들 잔치를 벌일 수 있을 거라고는 생각할 수 없어. 그러나 천박하고 반형이상학적인 18세기 프랑스의 이성주의는 이후로 실증주의라는 괴물을 낳았고 실증주의는 바로 오늘날에 또다시 대중적으로 변한 물리학으로 변신해서, 유일한 철학으로서 이른바 종교의 부활이라는 것 전체에 힘을 주기 위한 기반이 될 수 있었지."

바실리 대공. 난 자네가 불쌍해, 벤츠. 자네의 그 모든 기호에도 불구하고 자네는 멍청한 물질주의 바보야. 자네 내면에는 정신에 대한 믿음이 없어. 창의성에 대해 자네가 떠드는 말들은 모두 예외 없이 한 가지만 의미할 뿐이야. 한편으로는 형식화된 논리는 플라톤이 말한 이상이든 후설의 이상이든 이상적인 존재로 흘러가는 것이 아니라 단지 완전한 부존재로 이어져서 자네에게 부정적이지 않은 모든 종류의 생각은 헛소리라고 깔보게 해 줄 뿐이야. 그리고 다른 한편으로 자네는 완전하게 짐승 같은 관점을 가지고 있어, 아무 데서나 볼 수 있는 약아빠진 사기꾼과 협잡꾼의 관점인데, 그런 관점은 편리하게도 자기 자신과 인간성을 믿지 않아. 자네는 인생관을 가질 용기가 없는 거야, 그런 인생관이 자네의 논리 체계에 어긋난다는 걸 알게 될까 봐 두렵기 때문이지. 어쩌면 바로 그 체계도 뭔가 긍정적인 것에 의존해서 바뀌어야 마땅할지도 몰라.

벤츠. 불변의 사고 원칙에 또 그 진화주의를 대입하려 하는군! 요점이 뭔지 당신은 전혀 이해 못 해, 바실리 공. 유형 이론은 모든 종류의 헛소리도 고려하지, 왜냐하면 유형 이론 자체 빼고 모든 것은 다 상대적이니까. 반론이 없다는 건 가장 고매한 거야.

바실리 대공. 순전히 부정적인 요구로군. 쓸데없는 겸손함이야. 그런데 그 유형 이론이란 건 어디서 가져왔나?

벤츠. 패러독스 사이에서의 해방의 불가능성에서 가져왔지. 이건 러셀이야, 왜냐하면 나는….

바실리 대공. 하, 이제 됐어! 이게 유일한 이유야!! 난 더 이상은 이 얘길 못 듣겠네. 자네와 자네 비슷한 사람들도 무시무시한 공허 속에 눈을 뜨는 때가 올 걸세. 어쩌면 자네의 그 이성적인 염소들의 도움으로 오로지 기호들의 범주 안에서 자네들을 만족시키는 체계를 찾아낼지도

161

모르지, 하지만 자네는 그 체계를 정리할 수가 없을 거야. 그건 생명도 거주자도 없는 버려진 빈 건물일 것이고, 자네는 그 안에서 죽을 거야. 불모의 무와 고통 속에서.

벤츠는 침묵을 지켰다. 그의 기호들이 마음대로 잘 되지 않을 때면 그 자신도 비슷한 생각을 하곤 했다. 하나의 공리에서 풀어낸 반박할 수 없는 체계가 이상적인 존재의 완벽함 속에 이미 버티고 있게 된다면 대체 그때는 어떻게 할 것인가? 이미 끝난, 확정적으로 기계화된 생각의 공허함과 지루함. 기구들은 우수하겠지만—불행히도 그 기구의 도움을 받아 창조할 게 아무것도 없을 것이다. (요즘의 산문이 바로 그렇게, 여러 문제들에 맞서기가 겁나서 아무것도 할 말이 없는 사람들이 순전히 문체 연습을 하는 수준으로 내려앉았다. 아브놀이 그렇게 말했다.)그렇다—이것은 먼 미래의 진리다—그러나 지금으로서는 기호가 있을 뿐이고 그 외에는 아무것도 없는 것이다—이것이 가장 숭고한 특징이다. 벤츠는 농담을 해 보려 했다.

"내가 언젠가 천주교 교리를 논리화할 테니 그때가 되면 교리 중에서 뭐가 남는지 직접 보게나, 바실리 공. 아무것도 없을 거야, 기호들 덩어리뿐이겠지." 그는 냉소적으로 웃음을 터뜨렸으나, 마치 화산 입구에서 그 안쪽 깊은 곳으로 돌을 던졌을 때처럼 그 자신의 내면 깊은 곳에서 메아리가 그에게 공허한 소리로 답했다.

"요점은, 자네가 원하는 건 창조성이 아니라 모든 것의 파괴라는 거야. 자네라는 사람 자체가 삶과 생각과 사상의 모든 움직임의 명백한 거부야."

"굳어 버린 진실 쪽이, 초기 오류의 표현인 '이익을 위한 움직임'보다 낫지. 관점의 다양성은 삶이 아니라 오로지 불완전성을 증명할 뿐이야. 관념적 엔트로피의 법칙은…"

"사기야. 자네는 경멸을 담아 그걸 진화주의라고 이름 붙이지만 그 개념은 자네의 분야에서야말로 적용 가능해, 왜냐하면 자네의 개념들도 발달하니까. 자네 말에 따르면 논리 자체가 아리스토텔레스 시대에 생겨나서 러셀까지 쭉 나아간 것 아닌가."

"그러니 그것까지 내 탓을 해야만 하는군. 자네는 논리학에 대해 아무것도 이해하지 못하고 농담도 이해할 줄 몰라. 논리학을 달가워하지 않는 어떤 신사가 확언하기를, 어떤 하나의 기호, 예를 들면 점을 찍어 놓고 행동 규칙으로서 다음과 같이 받아들여야 한다는 거야. '이 기호로는 아무것도 하지 않는다.' 그러면 완벽함을 성취하게 된다는 거지." 벤츠가 어쨌든 무슨 수를 써서라도 화해하고 싶어서 '농담했다'(그런 농담도 있다). 서로 불화한 채로 대화를 끝내는 것은 그에게 영속적인 우울증을 안겨 주었다. 그러나 그는 갑자기 음울해져서 몸을 웅크리고 자기 생각 속에 빠져들었다. 바실리는 모든 사람이 지겨워져서 토할 때까지 종교적 관념의 변화성에 대해 자기 이야기를 계속 펼쳤는데, 그 변화성은 그의 명성에 전혀 해가 되지 않는 것이었다.

163

대체 어떤 통찰력으로 텐기에르는 자신의 학생을 여기로 안내해 데려온 것일까?! 그에게 있어서 이것은 잘 알려진 일이었다—벌써 $x$번이나 이런 절망적이고 (기하학적 의미에서) 비뚤어진 대화(?)를 보조했다. 그러나 게네지프에게는 방금 들은 것보다 더 시기적절한 것은 없었다. 혹은 동시에 아주 시기적절하지 못하다고도 할 수 있다—관점에 따라 다르다. 그러나 어쩌면 첫 번째가 맞을지도 모른다. 각성의 밑바닥에서 어린아이처럼 무의식적으로 우선은 예술, 그리고 다음에는 종교, 학문과 철학에 대해서 흥미를 잃는다는 것은 지금 시대에는 바로 행복일지도 모른다. 모든 것은 이후 어떻게 흘러가느냐에 달려 있었다. 두 신사가 대표하는 그 두 분야의 불일치와 비례해서 그는 분석 불가능한 자신의 절대적인 세계, 획일적이고 짐승 같은 비밀의 세계에 점점 더 깊이 빠져들었다. 저쪽에는 기둥들이 있었고, 그는 그 중간에 걸려 있는 어떤 것, 유일한 진실의 가능성이었다. 신흥 천주교 신앙 + 상징적 논리학, 이를 둘로 나누면—양극단 중 하나가 바로 그가 찾고 있던 붙잡기 힘든 관념이었다. '존재와 관념이 하나가 되고 개인의 삶은 그 예측 불가능성 전체와 함께 그들의 완벽한 함수가 되길.' 그는 무의식적으로 헤겔의 이룰 수 없는 꿈과 같은 생각을 했다. 이전의, 중심에 '가장 섬세한 표현들'이 담긴 동심원들의 체계는 대체 어디서 갈라지는가—그를 문학 쪽으로 밀어내는 저주받을 심리학적 미학인가? 그는 이 대화의 안개 속에서 뭔가 완전히 불필요하고 죽어 버린 것을 향해 흘러갔다. 게네지프는 무서울 정도로 빨리 어른이 되었다. 뭔가 뜯겨 나가서 점점 더 빠른 속도로 바다으로 떨어졌다. 바다에는 마치 잠복한 거미나 용종처럼 공주와 그녀의 궁극적인 욕구 충족의 문제들이 기다리고 있었다. 그것을 위해, 성적으로 시들어 가는 어느 대식가 혹은 그 탐욕스러운 식욕의 마지막 순간들을 '달콤하게' (그렇다.) 만들어 주기 위해서는 그의 변화가 전부 필요했다. 여기, 이 인식의 지점에서 그의 내면에 또다시 사악한 힘이 일어났다. 아니다 — 그보다는 그가 자신의 내면의 변화라는 목적을 위해 계속 그 힘을 이용할 것이다. 지금에서야 그는 깨달았다. 그 순간은 (이미 모든 걸 알고 있는 신사들 세 명과 아무것도 이해하지 못하는 그 혼자만 추운 2월의 밤에 루지미에쥬의 황무지에서 별것 없는 삶에 발을 들여놓으려는 것이다. 바실리 대공의 훌륭한 사모바르* 끓는 소리가 배경에 깔려 있었고 [공주의 선물이다.] 그 뒤 배경에는 전나무 숲의 소리가 들려왔다.) 전혀 움직임이 없었음에도 불구하고 (이제 네 명 모두 침묵을 지키며 앉아 있었다.) 마치 빠른 속도로 달려가는 것 같았고, 게다가 사방의 모든 곳으로 똑같이 빠르게 달려가는 것 같았다.

텐기에르는 낙담하여 그 하늘색 눈으로 우윳빛 전등갓 사이로 비쳐 나오는 등잔의 빨간 불꽃을 들여다보았

---

* 안에 숯을 넣어 뜨거운 물을 지속적으로 공급하는 러시아식 차 끓이는 기구.

다. 어떻게 해도 체현할 수 없는 모든 것들, 수없이 조그 만 조각으로 흩어져 버린 세상의 거대함에 대한 모든 절 망이 그 시선에 담겨 있었다. 마치 무슨 여자의 몸뚱어리 처럼 치명적인 손길로 틀어쥐고 목을 졸라 버린다면. 이 후로 영원한 무를 대가로 치러도 좋으니 평생 한 번이라 도 존재의 전부를 겁탈하여 그 지옥 같은 형이상학적 오 르가슴을 알게 된다면. '가장 끔찍한 코카인 중독자들은 모두 바로 그걸 가지고 있지.' 그는 역겨워 하며 생각했 다. 아니다 — 마약은 예외다 — 그는 그런 '독약'을 써서 손 닿지 않는 것을 입수하기 위해서까지 스스로 타락시 키지 않을 것이었다. 유일한 욕구 충족으로서 죽음과 우 연성 속에 갈가리 흩어진 삶 (이것이 가장 끔찍했다.) 사 이에서 영원토록 똑같은 균형잡기를 하는 것이다, 심지어 그 소위 "절대적인" "예술 작품"조차도 그러했다 — 오, 이 순간 그는 그 단어를 얼마나 증오했는지! 그는 자신의 작 품을 열심히 듣고 있는, 뭔가 표현할 수 없이 불쾌한 음 악 애호가(틀림없이 부유한 유대인일 것이다 — 텐기에르 는 반유대주의자였다.)를 보았는데, 그가 낳은 소리들을 빨아들이고 있었고 (그런 소리를 오케스트라에서는 결코 듣지 못할 것이다.) 그러면서 또 하나의 즐거움을 (텐기에 르 자신은 그토록 많은 것을 잃었다는 점을 배경으로 깔 고) 느끼고 있었다! 그는 잔혹한 세력의 손안에 든 장난감 이었으며, 저기 누군가를 위해 — 누군지는 아무래도 상 관없다, 어찌 됐든 그와 같은 비렁뱅이가 아니라, 전반적

166

인 선 혹은 무슨 계급의 이익을 위한다는 가면을 쓴 어떤 '권력자'의 — 일련의 쾌락을 완벽의 경지로 성취시켜 주기 위해 존재할 뿐이었다. (왜냐하면 만약 세상 전체의 군중이 그의 음악을 라디오를 통해 듣는다 해도 오직 '그 사람' — 현재 당면한 적 — 만이, 그리고 그와 비슷한 사람들 몇 명 혹은 열몇 명만이 텐기에르의 음악을 이해할 것이며, 나머지는 오로지 속물근성 때문에 음악을 듣고 놀라워할 것이다…. 그러나 그런 불한당이 지금 나타난다면 — 아, 그렇다면 적이 아닐 것이다 — 그는 그 앞에서 꼬리를 흔들고 기쁨에 차서 짖을 것이다.) 오 비참하다! 그러나 어쩌겠는가. 노동계급 전체는 이런 미학적 별미를 맛볼 시간이 없고 그런 것을 이해하는 법을 배울 시간도 없다 — 노동계급은 자기들 위에 그들을 대표해 줄 버섯이 자라나도록 해 주기 위해서만 존재한다. 옛날의 '귀족들'에 대해서는 말할 가치조차 없다 — 그들은 너무나 타락해서 평범한 동지들의 짓이겨진 회색 덩어리와 구분할 수도 없을 것이다. 하지만 어쩌면 저기 그들보다는 나을지도…. 푸트리찌데스 텐기에르는 자신의 형체 없는 예술적 창조성과 평생의 불운 때문에 자신의 머릿속에서 모든 것이 어떻게 거꾸로 돌아가는지 느끼지 못했다. 길고 슬픈 생각의 회충들이 멀리, 이 오두막과 루지미에쥬의 숲 너머로 기어갔다. 그런 수많은 '거짓들'은 어딘가 비밀스러운 지점에 우연히 여러 곳에서 모여 응축되었고, 주어진 순간에 역사의 방향을 바꿀 수 있었다. '한편으로 인

167

류가 어떻게 되어야 하는지는 자유다. 미래는 전혀 필연적이지 않은 자질구레한 어떤 생각들의 합계에 달려 있다. 다른 한편으로는 거대한, 자신의 확고부동성에 괴로워하는 완료된 사실—사회화라는 사실. 그리고 모든 곳에서 그렇게 되어야만 하지. 일탈은 작은 규모여야 해—알타이르나 카노푸스 행성에서와 마찬가지로 여기서도 우연적이어야 하고—파시즘이든 공산주의든—아무래도 좋다, 다 똑같다!*—기계 아니면 짐승이다. 큰 수의 법칙이지, 가스 덩어리 안에 있는 분자들은 예를 들어 온도와 압력 같은 정확한 규칙의 수에 따라서 혼돈을 만들어 내지—다른 게 아니라 이런 것만이 진실이지만, 오로지 사상적으로 필연적인 것만은 아냐—독일인들이 "논리적으로"**라고 이름 붙인 그런 건 아니지. 다른 한편으로는 불법적인 사고실험도 있어, 또다시 그 독일인들이 "허가받지 않은 사고실험"***이라고 이름 붙인, 사상과 예술 분야의 창조성에 관해서라면 사회 발전을 되돌릴 수 있다고 믿는 여러 낙관주의자들의 실험. 심령술이나 정신감응을 설명하기 위해 다차원 시간을 설정하거나 다른 종류의 논리를 믿는 것과 똑같다. "어쩌면 어딘가 다른 곳에서는 2 × 2 = 5일지도 모른다."라고 그런 신사들은 말하지. 그러

---

* 원문에는 독일어, 프랑스어, 러시아어를 폴란드어로 발음해 적은 표현이 나열되어 있다(ganz gleich, égal, wsio rawno).
** denknotwendig. 원문 독일어.
*** unerlaubte Gedankenexperimente. 원문 독일어.

나 만약 그들에게 "A는 A가 아니라고 가정하는 것이 낫겠소."라고 말하면 기분 나빠 하지. 어딘가 다른 곳은 심지어 관념의 동일성을 넘어서 나아가지도 못해, 왜냐하면 그건 어떤 다른 세상도 아니고 그저 멍청함일 뿐이니까. 그렇게 되면 관념을 조작하려 하기보다는 짐승처럼 울부짖는 편이 나아 — 그리고 이것이 베르그송의 궁극적인 결론이야.'* 생각은 머릿속에 다 담을 수 없고 규정할 수 없이 넓게 퍼졌다. 텐기에르는 눈을 떴다.

바실리 대공은 자기 일에 대해 너무 많이 떠들었다는 이상한 느낌을 받았다. 천주교 신앙의 부활과 전반적인 신앙의 문제 전체를 그 자신이 실제로 경험하고 있을 때보다 그것에 대해 말하고 있을 때 그에게 더 중요했다는 사실은 치명적이었다. 그렇다 — 그냥 착한 사람이 되는 것, 그보다는 사람이 되는 것, 이것은 커다란, 정말 커다란 만족이다. 그것을 통해 모든 일이 얼마나 단순해지고 부드러워지고 쉬워지고, 기름이 배어들고 윤활유가 발리고 정신적으로 더러워지는지 — 그저 배설물투성이가 되는 것이다. 부르르르…. 하지만 갑자기 이렇게 혹심하게 '쏘이는' 순간이 온다 — 푸스토바르니아의 궁전, 죽은 아내(여기에 대해선 나중에, 하지만 어쨌든 너마저도….), 그 아내를 위해 17년 동안 다른 여자를 거부했다, 그리고 살해당한 아

---

* 앙리루이 베르그송(Henri-Louis Bergson, 1859–1941)은 폴란드 혈통의 프랑스 철학자로, 현실을 이해하는 데 있어 직접적인 경험과 직관이 과학이나 합리주의, 추상화된 이성주의보다 중요하다고 역설했다.

들은 15세 소년으로 이미 파멸한, 보라색 갑옷을 입은 기
병들로 이루어진 반공산주의 당파 '국왕 폐하'를 이끌었고,
그런 뒤에 여기 혹은 다른 사람들과의 이야기들, 이미 꺼
져 가는 아름다움과 힘, 이미 모든 것이 '그게 아니고' 과거
에 대한 끔찍한 안타까움이, 이제까지 훌륭하게 유지해 온
몸 안의, 사람들 앞에 숨겨 온 어딘가 깊은 곳의 가장 아
픈 내장 속으로 훑어 지나간다. 그러나 이 모든 것이 이미
'그게 아니고', '그게 아니다'! 그리고 여기에 대한 유일한
처방은 그 저주받을 선(善)이다 — 그러나 그 밝고 유순하
고 모든 사람에게 모든 것을 (하긴 또 이렇게는 아닐지 모
르지만) 지나치게, 계산 없이 주는 선함이 아니라, 고통에
사로잡혀 낡고 헐어 버린 자루처럼 되어 버린 심장, 무가
치한 것들을 위해서 이미 충분히 뛰어 준 심장에서 끌어낸
선함이다. 불행하고 비참하고 솔직하지 못하고 일상적이
지 않은, 일요일에조차 아무런 즐거움을 얻지 못하는 어떤
바보 양치기가 교차로에 세워 둔 가난하고 조그만 성당처
럼, 축제와도 같이 피어나는 선함이다. 상처 난 자리의 안
쪽을 매일 무엇인가 무자비하게 깨물고 어딘가에서 다른
삶이, 이제 다시는, 이미 다시는 닿을 수 없을 다른 삶이
무너진다. 그는 티콘데로가 공주와 자신의 연애에 '대해서'
이미 그런 변덕스러운 장난을 할 때가 아니라고 확신했다.
그는 이전의 대담성을 잃었다 — 그는 약간 뚱뚱하고 거의
배불뚝이에다 혈색이 좋고 명랑하고, 경박함과 태평함을
두 번째 거짓된 젊음으로 바꾸어 육체의 노화를 덮어 버리

는 노인들과 같은 성격이 아니었다. 물러서야만 했다. 그 뒤에는 은둔지에서의 5년, 그리고 이 혐오스럽고 말라비틀어진 기호 중독자가 내버리기까지 했던 그 거짓이 아니었다면 이 삶이 어떤 모습이었을지는 알 수도 없다. 그토록 많은 사람들이 이 은둔지를 지나갔다! 그는 얼마나 많이 개종시키고, 얼마나 많이 현혹시키고, 얼마나 많이 죽음에서 해방시켰는가! 반박의 여지 없이 그것은 '사회적'인 가치를 지녔고 근위대 공격에 대해서도 충분한 참회가 되었겠지만, 그럼에도 뭔가 '숟가락 밑에서' 혹은 아래쪽에서 그의 기운을 빨아냈다 — 그 자신도 믿지 않는 이 비열하고 유용한 선함 속에서 끝나는 것이 아니라 다른, 더 구체적으로 만질 수 있는 결말을 짓는 삶에 대한 규정할 수 없이 고통스러운 지루함과 그리움. 개종하는 것은 좋았지만, 개종된 자로서 살아가는 것은 좋지 않았다. 외면적 확장이 내면의 공허를 뒤덮었다. 모든 사제가 여기에 대한 대답을 가지고 있다. "하느님은 신앙을 더욱 귀중한 것으로 만들기 위해 의심을 내리신다." 그러나 바실리 대공에게는 이것으로 충분하지 않았다. 그는 무시무시하게 불행했다. 그의 이런 생각을 배경으로 텐기에르는 말하기 시작했고 그것은 — 독자를 포함한 — 모두에게 한없는 고문이었다. (대체로 모든 사람이 말을 할 때는 한 걸음마다 입을 벌리고 있는 삶의 심연을 보지 않기 위해서라도 오로지 자기 자신에게서 숨는다.)

"삶의 의미에 대한 믿음은 오로지 천박한 사람들만

이 공유하는 것이지요. 존재의 불합리성에 대한 인식을
가지고 마치 삶이 이성적인 것처럼 살아야 합니다—그
것이 또 하나의 특성이지요. 그것은 자살과 생각 없는 짐
승 같은 삶 사이에 놓여 있어요. 심오한 것은 전부 다 궁
극적인 절망과 의심에서 나왔어요. 하지만 그 결과는 그
것이 나오게 된 원천과도 같지 않아서, 그 결과를 통해 다
른 사람들에게 뭔가 전혀 다른 것, 즉 그들의 개인적인 가
치에 대해 인식하게 했다는 가치가 있는데, 그런 가치는
이어지는 의심을 불가능하게 해서 또다시 사회화의 기초
를 만들어 냅니다. 그러나 오늘날 의심하는 자들의 시대
는 끝났어요. 생각 없이 행동해야 합니다—물론 기술적
인 의미에서 말하는 건 아니오—무슨 수를 써서라도 최
대한 많이 생산해야 합니다. 우리가 하는 모든 일은, 심지
어 우리들도, 존재의 궁극적 부조리 앞에서 자신을 가리
는 여러 가지 가면의 한 형태일 뿐입니다. 인류는 순한 양
과 같은 속도로 무지의 행복을 향해 달려가고, 이제는 자
신을 방해하며 그 대가로 아무것도 주지 않는 발달이 정
지된 깨달은 자들을 억압하기 시작해요. 그들은 이전에
짐승에게 깨달음을 주고 그에게 조직의 가능성을 주기 위
해서 필요했어요. 이제 그들은 필요가 없어요—죽어도
되고, 게다가 이전의 그 사람들보다 훨씬 더 낮은 등급이
니 말할 것도 없지요. 그렇습니다, 존재라는 사실 자체가
괴물 같다는 건 확실합니다, 우리 안에서 매 순간 죽어 가
고 태어나는 수백만의 존재에서 시작해서 타인이 겪는 해

172

악에 바탕을 두고 있죠—이건 진실이지만, 또한 우리가 이 쓸모없는 시간의 한 조각 속에서 지속될 수 있도록, 그와 똑같은 고통 속으로 태어나는 거요."

"영원성이라는 것보다 더 나쁜 건 없어요. 자살할 수도 있겠지만, 내가 전혀 존재하지 않게 된다고 생각만 해도 겁에 질려 오한이 들지." 벤츠가 말했고, 그런 뒤에 갑자기 히스테릭하게 환호하며 외쳤다. "분명히 말하는데 유일하게 확실한 건 내 사랑하는 기호들과 거기에서 나온 모든 것뿐이오, 수학과 한발 더 나아가 공학과 그리고 모든 것, 모든 것! 나머지는 불확실성의 현현일 뿐이오. 기호는 깨끗하지만 삶은 더럽고 지저분한 가정으로 덮여 있소. 텡기에르가 옳아요."

"바실리 대공의 신흥 가톨릭주의와 같은 돌아 버린 논리로군. 화려한 집구석에 처박혀서 낙담과 실망의 눈물을 흘리며 그래도 모든 일에는 어쨌든 좋은 면이 있고 세상의 진리는 선하고 우리의 불완전성의 결과인 악에 잠시 가려져 있을 뿐이라고 스스로 설득하지. 사실이 아니야! 내 안에서 일하고 있는 세포들이 입는 위해, 그리고 이론적으로 가능한 모든 체계에서 단지 존재의 필연적인 덩어리이며 다른 것들을 위해 바탕이 되어 주는 소위 죽은 물질이라는 것 안에서 나로 인해 사라지는 것들은 차치하더라도. 왜냐하면 존재가 어떤 식으로 무한하더라도, 태고의 닫힌 공간 안에는 더 작은 존재들이 더 큰 존재들보다 많아야만 하니까. 존재의 가분성의 경계에서 무한함이란—바로 이것이 물리학의 원천이고, 물리학은 근삿값에, 경계선의 질서에 의지하는 것이오, 어디서도 손 닿을 수 없는 그 극한 안에서….” 그는 말이 엉키기 시작해서 직관적으로 명확하게 자기 생각을 이야기하는 것을 끝마칠 수 없었다.

“그 형이상학에서 내려오시오, 나는 버텨 낼 수가 없으니까.” 벤츠가 말을 끊었다. “내 앞에서 감히 어떻게 그런 헛소리를 생산할 수가 있소? 내가 거기에 대해 생각하는 걸 금지할 테니 이걸로 끝이오. 이런 광란과 신지학 사이에는 전혀 아무런 차이가 없어요. 내가 선생의 바보 같은 가정을 받아들여 더 분명하게 선생한테 말하겠는데, 무한한 공간에는 살아 있는 피조물 외에는 아무것도 없어요. 모든 거대한 피조물의 범주를 위해서는, 너무나 작아서 더 큰 피조물을 위해 죽은 물질의 바탕이 되어 주는, 원칙적으로 수학적 형태로 근삿값을 받아들일 수 있는 작은 피조물이 있다는 거요. 하지만 존재론적 의미에서 현재의 무한함은 어떻게 될 것 같소? 무한히 작은 살아 있는 존재는 어떤 모습이겠소? 그리고 그것들은 어떤 바탕 위에서 존재하겠소? 분자는 단지 가설이 아니라 실제라는 것에 대해 선생은 뭐라 말할 거요? 그리고 전자와 기타 등등도 우주의 행성 체계와 나란히 존재한다는 것에 대해서는? 자기 나름의 구조를 가진 존재들과는 관계없는 모든 살아 있는 체계의 재료와 모든 거대한 존재의 범주 안에서도 그런 집합들이 영속적이라고 가정할 거요? 말도 안 되지.”

텐기에르는 씁쓸하게 웃었고, 그 씁쓸함은 눈물의 형태로 아래쪽 내장 어딘가 깊은 곳에서 뿜어져 나와서 눈 바로 아래까지 차올라 왔다 — 그 눈 아래에는 신 우유 아래 물이 깔리듯이 그렇게 모욕감이 깔렸다.* 오랫동안 충족되지 못한 지적인 식욕이 무시무시하게 치받쳐 올라왔다. 이 모든 일이 가장 고매한 형태로 모두 너무 늦었다. 그는 전례 없는 질투심을 담아 벤츠를 바라보았고, 벤츠는 마치 절대적인 지식, 부정적이지만 절대적인, 젠장! 그런 지식으로 흠뻑 젖은 해면처럼 그의 눈앞에서 부풀어 올랐다. 그러면서 동시에 그는 바닥 없는 모든 존재의 부조리와 그 부조리를 낳는 비밀의 심연 앞에서는 이 역시 아무것도 아니라는 것을 알고 있었다.

"그래도 어쨌든 내가 옳았소." 그가 고집스럽게 말했다. "어쩌면 나의 관념 체계는 확고하고 적절하게 이것을 표현하기에는 충분히 완벽하지 않을지도 모르지, 하지만 그래도 어쨌든 유일하게 올바른 체계요. 이제 나는 그게 진실로 어떤 건지 깨달았소. 내 체계를 완성한다면 공산주의자들이 가져다가 지금 공식적으로 인정하는 것보다 더 높은 물질주의의 형태로 받아들여야만 할 거요. 지금의 공식적인 생물학적 물질주의는 여러 가지 단계에서 개별적으로 나뉘지고 의식을 부여받은 살아 있는 질료일 뿐이오. 의식을 가졌다는 건 즉 미생물조차도 감정과 일정하

* 폴란드에서는 우유에 레몬즙이나 식초 등을 넣어 시게 만들어 발효시킨 뒤 음식 재료 등으로 사용한다.

게 기초적인 개성을 가지고 있다는 뜻이지. 우리 사람에게 있어서 의식은 지성과 결합되는데 — 그건 사치고 과용이오. 우리에게는 더 높은 단계를 상상하는 쪽이 더 낮은 단계를 상상하는 것보다 쉬워요 — 그리고 그 단계란 조직의 부분들이 서로 더 긴밀한 관계를 맺고 있는지 더 느슨한 관계를 맺고 있는지에 달려 있지 — 왜냐하면 세포들도 마찬가지로 구성되어야 하니까. 그들의 그 구성을 우리는 화학적 조합이라는 형태로 근사치의 방식으로 표현하는 거요." (벤츠는 경멸에 차서 손을 저었다.) "하지만 설령 그렇지 않다고 해도, 여기 이 두 신사분들은 나에게 완벽함의 현신이 되지 못해요. 나는 여러분 안에서 태고의 현자와 예언자가 가졌던 지성의 기세를 보지도 못하고, 여러분 안에서 지적인 모험심을 느끼지도 못합니다. 내가 보는 것은 단지 무자비한 사회적 투쟁 속에서 망신을 당하지 않을까 두려워서 껍질 속에 단단히 숨은 달팽이들일 뿐이오. 기호 외에는 아무것도 없다고 믿으면 얼마나 편한지 나도 잘 알아요 — 그러면 삶의 괴로움들이 내 관점으로 어떻게 다른 방식으로 나타날지도 압니다, 그게 선생 같은 사람의 괴로움일지라도 말이오, 벤츠 선생. 물론 선생이 인정을 받는 쪽이 더 좋겠죠. 하지만 인정받는 사람이 계속 그런 수준을 유지하고 싶으면 어떤 위험을 감수해야 하는지 생각해 보면, 우리 둘 다 변두리에 밀려나 있다는 게 어쩌면 더 좋은 일일지 모른다고 생각합니다. 우리는 어쩌면 삶의 모든 기쁨을 다 누릴 수는 없을지 몰라도 그 대신 더 깊은 것들을 창조하니까요. 난 악독한 사람이 되는 법은 모르지만 유감스러운 진실은 말할 줄 압니다. 그런데 또 말하자면, 바실리 대공, 만약 모두가 대공의 신흥 사이비 가톨릭을 믿는다면 대공은 스스로 모든 매력을 잃겠지요, 왜냐하면 모두 개종하면 대체 누구를 더 개종시킬 수 있겠습니까?" (벤츠와 대공 둘 다 고통스럽게 몸을 웅크렸다.) "내 음악도 마찬가지로 형이상학적 끔찍함과 심지어 존재의 일상적인 끔찍함 앞에서 나 자신을 보호하려는 수단인 것도 압니다. 내가 아는 건 단 한 가지, 음악은 마치 달팽이 껍질이 달팽이와 함께 자라듯이 그렇게 나와 함께 자라났다는 것이오 — 나는 내 음악과 함께 나에게서 자라 나온 무언가의 자연스러운 산물이오. 선생들은 그보다는 물여우를 연상시킵니다. 물여우는 주변에서 눈에 띄는 모든 것을 이용해 껍질을 만들고, 그 껍질의 색은 전반적인 바탕의 색조를 연상시키니까."

"어떤 면에서 우리가 바탕을 연상시킨다는 거요?" 진심으로 아픈 곳을 찔린 바실리 대공이 물었다.

"선생들은 자기 자신에 대해 아무것도 몰라요. 나는 최소한 내 시대에 내가 누구인지는 알고 있습니다. 어쩌면 바로 그 첫 번째도 두 번째도 — 대공의 종교도, 선생의 상징적인 논리학도 어딘가의 무슨 무르티 빙을 위해 오솔길을 닦아 주는 일일지도 모르죠, 무르티 빙을 선생들은 지금 경멸하지만, 며칠 뒤에는 선생들 스스로 자신들에게서 해방되기 위한 단 하나의 마약으로서 그의 신

177

앙을 받아들일지도 몰라요. 그리고 이 모든 것은 어쩌면 아시아에서 일어난 어떤 사회 변화의 결과일지도 모르고. 게다가 이런 가면을 쓰고 있으면 당신들이 삶을 모르는 채로 지나쳐 버리기가 쉽지 않소, 개인적인 심리적 안위의 꼬리를 보존하면서 말이오." 그는 완전히 진지하지 않게, 멀지 않은 미래의 진실에 얼마나 가까워졌는지 자신도 알지 못하는 채 말했다.

게네지프 앞에는 내면의 공간이 점점 더 멀리 열리고 있었다. 그는 여기 바로 이 오두막에서 그의 무책임한 존재의 마지막 격동이 끝나는 것을 느꼈다. 모든 것이 마치 삶의 팔도 없고 다리도 없는 몸통인 것처럼 기어 다녔지만 삶 자체는 그렇지 않았다. 삶이 어떤 것이어야 하든 간에 바로 그의 삶은—내장도 심장도 뇌도 없는 그 누군가의 계통분류 아니던가? 그는 뛰쳐 일어났다. 시간이 흘러가고 있었다. 다른 사람들은 궁극적 진실을, 혹은 또한 거짓을 이해하느라 굳어져 있었다. 그는 세 명 모두를 쳐다보았다—그가 달려들어 잡으려 했던 그것이 그들에게는, 세 명 각자에게 다른 방식으로, 이미 빠져나가고 없었다. 세 명 모두 그것을 느꼈고 이 소년에게 자기 자신이 형상화할 능력이 없었던 지혜를 전부 주기를, 아니면 또는 반대로 자기들이 한때 고통받았듯이 이 의식 없는 불행한 소년이 고통받는 것을 보기를 원했다. 궁극적인 진실은, 그 어떤 것도 마땅히 되어야 하는 모습은 아니라는 것이다…. 어째서?

178

산악 지방 멀리서 일어나는 돌풍의 압력으로 숲이 둔하게 부스럭거리며 소리를 냈다. 끔찍한 그리움이 텐기에르의 배를 쥐어짰다. 그는 아무것도 생각해 낼 수 없었다. 다른 모든 해독약은 이미 다 써 버렸다—아마 다시 자신의 오두막으로 돌아가서, 저 말라 비틀어진 돼지고기 조각 같은 벤츠와 거의 똑같이, 오선지에 기호를 그리는 것뿐. 대체 무슨 빌어먹을 이유로? 그러나 어쨌든 그는 부조리하고 잠재적인 소리들의 혼돈의 밑바닥 저기 어디에 그를 위한 예상치 못했던 선물이 숨어 있음을 느꼈다. 그건 내면적인 것은 아니었다. 그런 것과는 이미 끝냈다—그는 이미 모든 것을 알고 있었다. 그의 삶에 무엇이 남았는가? 몇 가지 저열한 일들을 끝내는 것이다. 그럴 가치가 있는가? 대체 어째서 게네지프를 알고 나서 그 자신의 '나'의 경계를 넘어서는 일의 불가능성이라는 무시무시한 진실이 바로 지금에서야 이토록 전례 없이 명백해졌는지 알 수 없었다. 그는 끔찍하고 대상 없는 고통 속에 굳어졌다. 행동해야 하고, 뭔가를 얻으려 몸을 던지고 (누가 말했던가?) 무언가를 향해 달려가야 했다—그런데 여기엔 아무것도 없다—모든 것이 이름 없는, '비통한', 식어 버린, 형이상학적인 일상성 안에서 굳어졌다. 모두 일어섰다—그들은 일어서면서 자신들의 희망 없는 삶을 목덜미 위로 들어 올렸다. 돌풍이 점점 세지면서 점점 더 강하게 소리를 냈다. 어째서 모두들 '마치 한 사람처럼' 완전하게 똑같은 것을 느꼈을까? (저 꼬맹이가 저기서 단단

179

히 웅크리고 있지만, 그런다고 그에게 무슨 일이 있겠어.)
이제 그들은 개인적인 과거와 신체적인 체격의 차이에도
불구하고 거의 한 사람이 되어 있었다.

텐기에르와 지프치오는 오두막에서 나오자마자 (아파나솔은 밤을 지내기 위해 대공의 집에 남았다.) 마당에서 뭔가 무서운 일이 벌어졌다. "더 이상 이렇게 있을 수는 없어."— 텐기에르가 혼잣말을 하고 자신의 학생에게 이렇게 말하기 시작했다. (그리고 그것은 두 명 모두에게 표현할 수 없이 혐오스러웠다 — 어쩌겠는가.)

"지프치오…." (마치 숨을 헐떡이는 봄의 태풍에 대한 반동 같은 습기의 파도가 숲을 거쳐서 덮쳐 왔다. 나뭇가지에 쌓여 있던 이미 축축해진 눈이 굉음을 내며 사방에서 무너졌다.) "지프치오, 솔직하게 말하겠다. 넌 삶이 얼마나 끔찍한 것인지 아직 몰라. 나는 진부한 의미로, 예를 들어 공무원이었다가 직업을 잃은 사람이나 오르간 연주자의 아들이지만 유작을 남기기 위해 농부의 딸과 결혼해야만 하는 경우에 대해서 말하는 게 아냐." 그는 웃음을 터뜨렸고, 마치 킬리만자로의 분화구처럼 거대한 쓰레기통 앞에 선 배고픈 돼지와도 같은, 모든 것에 대한 괴물 같은 식욕이 가장자리까지 흘러넘쳤다. 뭔가 높은 등급의 저열한 짓을 저지른 뒤에만 (이 유사 동성애적인 유혹이 아니라면 손 닿는 곳에 그가 대체 어떤 가능성을 가지고 있단 말인가?) 유일하게 가능한 순수함과 숭고함에 대한 욕구가 그의 심장 아래 부근을 고통스럽게 쥐어짰다.

피부는 갈망 때문에 마치 열이 오른 것처럼 아파 왔다. 그는 세수하면서 거울에 비친 자기 모습을 보았다 — 마치 어린 염소처럼 양순한 말라 버린 왼쪽 다리, 그리고 정상적으로 촌뜨기 같은 오른쪽 다리, 튀어나온 빗장뼈와 푹 꺼진 '꼭지', 그리고 "그리스도와 같은"(임시변통으로 갖다 붙이기를 좋아하는 어떤 감상적인 사람이 이렇게 말했다.) 흉곽과 옆구리의 원숭이처럼 긴 팔, 그리고 거인증을 앓는 코뿔소처럼 거대한 다른 부분들. 바로 이런 인간이 이 순진한 소년에게 손을 대야 하는 것이다, 그 늙은 창녀 이리나 브시에볼로도브나가 유혹하기 전에 — 두 배의 쾌락이 될 것이다. 하나는 그에게조차 (이 나이에 — 그녀가!) 그와 같은 불구자에게조차 걸맞지 않은 여자이지만 아직도 그녀를 욕망한다는 사실에 대한 복수가 될 것이고 — 심지어 그에게조차, 그렇지만 여전히 욕망했다 — 무서운 단어들이지만 마치 배가 고파 씹어 삼킨 썩은 소시지처럼, 트림을 하면서도, 거의 구역질을 하면서도 소화해야만 했다. 그런데 여기 옆에는 이 아름다운 꼬마가 — 게다가 남작이다 — 열아홉 살짜리가 걷고 있었다! ("하느님! 그때 내 삶은 얼마나 비참했는가!" 익지 않은 풋콩, 숨어서 풍금으로 연주하는 작곡, 신을 신발이 없어서 맨발로 걷기, 열정 없이 하는 사랑의 행위, 거의 수음의 수준까지 떨어졌던 그 행위의 상대는 빨간 머리의 조그만 루쟈 파예르자이크였는데, 그 여자는 그가 브죠주프의 포목점 점원이라서 그를 경멸했다.) 이 모든 것을 그는 이제 두 번째로, 마치 끔찍

182

하게 쓴 약처럼 삼켰다. 그러나 오늘날의 안락한 삶도 아내도 아이들도 말로 표현할 수 없는 혐오와 고통과 안정의 겹으로 층층이 쌓여 진실한, 그 가장 가치 있는 감정의 소스에 잠겨 있었다. "지프치오, 삶은 끔찍한 거야. 저 일상적이고 조그만 끔찍함에 대해서 말하는 게 아니다. 그런 것에 대해서는 언젠가 노르웨이 사람들이 처음으로 문학 속에서 정당화했지 — 그건 일상성의 매력을 거대화시켜서 전체성의 수준으로 끌어올리는 것이고, 혈통적으로 타고난 왕자와 짐승 같은 노동자 사이의 진부한 유사성을 가지고 결론을 내리는 일이야 — 인간과 연체동물 사이의 유사성은 왜 안 되는지 모르겠군 — 그건 진실의 길이 아냐. 현대적으로 변형된 그리스도교적인 평등, 혹은 그것의 허상, 그리고 바실리 대공 방식과 같은 모든 종류의 개인적인 완성, 그건 약한 자들의 거짓말이야. 평등은 언젠가 이루어지겠지 — 이상적인 사회조직이 모든 기능을 재능에 따라서 빈틈없이 나누게 되면 말이야. 하지만 서열은 절대로 사라지지 않을 거다. 나는 나 자신에게 잔혹하고, 게다가 나는 마지막이야 — 그러니까 난 모든 것에 대해 권리가 있어." 그의 목소리에는 뭔가 사나운 구석이 있었다. 그는 오른팔로 지프치오를 껴안고 기대에 찬 눈으로 올려다보았다. 흔들리는 가문비나무와 전나무가 그들 위로 축축한 눈을 뿌렸다. 숲은 축축하고 버섯 냄새가 나는 관능적인, 비밀스러운, 거의 혐오스러운 향을 풍겼다. 게네지프는 감히 텐기에르를 밀어낼 수 없었다. 혐오스럽기는 했지만 그러면서도 여기서 더 어떤 결과가 나올지 궁금하기도 했다. 그는 마지막 순간까지 버티다가 그런 뒤에 갑자기 온 힘을 다해서 걷어찰 생각이었다. 그는 어렸을 때 개들을 사슬에서 풀어 주도록 명령했던 자기 심장의 연약함을 제대로 감안하지 못했다. 끔찍한 일이다. 텐기에르가 계속 말했다. "나는 무슨 미학적인 척하는 저열한 그리스인을 흉내 내려는 건 아니지만, 그들이 그래도 옳지 않았는가 생각해." (지프치오는 아무것도 이해하지 못했다.) "뭔가 폐쇄적이고 균일한 것, 그 안에 외부 요소는 아무것도 섞여 들어갈 수 없는 뭔가를 창조한다는 것. 순수한 사상, 그리고 그 안의 긴장된 역시 순수한 황홀경, 왜냐하면 그 황홀경조차 마찬가지로 균일한 요소로 구성되었을 테니까 ― 그거야말로 훌륭한 고대 그리스식 무사태평함이고, 여자와의 관계에 자신을 끌어들이는 모든 종류의 굴욕이 없는 상태야 ― 넌 그걸 아직 이해 못 해." (여기서 그는 지프치오를 놓아주고 무시무시한 최음제가 든 알약을 음미했는데, 그 약은 한때 공주가 그를 치료할 때 썼던 것이었다. 왜냐하면 그는 그 어떤 직접적인 욕망도 느끼지 않았기 때문이다 ― 중요한 것은 오직 결과였다.) "이것이야말로 두 남자가 ― 두 남녀가 아니고 ― 이 차원 안에서 도달할 수 있는 최고의 정점 아니겠니. 넌 이걸 이해 못 할 거고 어쩌면 바실리 대공의 하느님이 네가 이런 고문을 이해하지 못하도록 보호해 주실지도 모르지, 네가 순수하게 부정적으로 단순히 지루해할 때가 아니라, 다만 참을 수 없는 아픔으로서 지루함을 느낄 때, 네 안에 별개의 존재가 들어와서 너의 그 마지막 세포 하나까지 들어와 너의 가장 소중한 보물을, 네 자아의 유일성 자체를 씹어 삼키고 그걸 물 없는 사막에서 말라비틀어져 가는 살아 있는 고기의 비인간적인 쓰레기로 변화시킬 때 말이야. 아―모르겠다…. 그리고 그때가 되면 모든 것이 아무런 의미도 없고, 더 나쁜 건 이게 범죄라는 걸, 네가 바로 여기에 있어야 할 이유가, 다른 사람으로 다른 곳이 아니라 이 사람으로 이 삶을 살아야 할 이유가 없다는 걸 느끼게 된다는 거야―그리고 그렇기 때문에, 바로 그렇기 때문에―오로지 이 끔찍한 단어들만이 그 유일성으로, 다른 어떤 것이 아닌 바로 그 유일성으로 그 이유가 되는 거야. 그리고 이건 너에게 고통스러울 거다, 마치 산 채로 구워지는 것처럼 고통스러워, 오로지 자기 자신이어야만 하고 다른 모든 사람일 수 없다는 건, 그리고 그때가 되면 너는 너 자신을 벗어나서 거의 무한을 향해 날아오를 거다. 그리고 너 자신 너머에 아무것도 없을지 모른다는 그 공포는―왜냐하면 동시에 알 수 없는 공간에 동시에 두 개의 똑같은 피조물이 있다는 그런 이상한 일이 가능할 수 있을까…. 다른 피조물이 있을지 모른다고 믿지 않더라도, 그래도 어쨌든 바로 그걸 통해서…. 여자와는 절대로…. 오 하느님, 너한테 이건 절대로 말해 주지 않겠다, 내 귀여운 지프치오….” (그는 이 순간 이 예쁜 소년을 미치도록 증오했고 그 때문에 흥분했다.) (이 마지막 어절[“내 귀여

185

운"]에서 게네지프는 둔한 고통과 독약 같은 구역질과 한 없는 수치심에 몸을 한 덩어리로 웅크렸다. 그것은 진실로 천박했다.) "난 못 하겠다." 텐기에르가 가장 끔찍하게 혐오스러운 흥분에 거품을 물고 헐떡거렸다 ― 그리고 이미 밤의 먼 저편, 이 버슬버슬한 눈송이와 돌풍으로 가득한 숲 너머에서 알 수 없는 소리들의 물결이 다가와 악마처럼 뿔이 나고 가시를 세운 위협적인 탑과 같은 구조물을 이루며 겹겹이 쌓였다. 푸트리쩨데스 텐기에르에게 영감이 찾아왔다. 그는 늑대도, 사탄이 찾아온다 해도 두렵지 않았다. 그의 영혼은 세상 위로 떠올라 형이상학적 태풍 속으로 날아갔다. 그러나 혀는 계속해서 믿을 수 없는, 가면을 쓴 저열한 말들을 지껄이고 있었다. "왜냐하면 나는 그런 순간들로부터 도망치니까. 난 할 수 없어 ― 알겠니 ― 난 못 한다고. 하지만 동시에 난 미치도록 그것들을 갈망하지, 왜냐하면 오로지 괴물 같은 끔찍함의 경계에만 진실한 깊이가 있으니까. 그리고 이건 그 어떤 도착(倒錯)도 아냐 ― 모든 사람들이 알고 있지만, 단지 사회를 위해서는 그런 게 눈에 띄지 않는 게 더 좋은 거야. 옛날에는 달랐지. 모든 잔혹성과 인신 제물과 종교적이고 관능적인 난교 파티 ― 그때는 몇몇 사람들이 이 모든 것을 아름답고도 강력하게 겪어 냈지. 오늘날은 이렇다. 어떤 세상에 인정받지 못한 음악가가 눈 덮인 숲속에서…." (게네지프는 몸을 더욱 웅크렸으나 텐기에르가 하는 말을 들어야만 했고, 그가 하는 말은 깨끗하지 못한 숨결이 되어 그에게

186

뿜어져 나오며 그에게 자기 자신의 복잡성을 깨닫게 해 주었다. 바로 거기에 역겨움의 정점이 있었다. 텐기에르는 계속 지껄였다.) "난 그럴 땐 나 자신이 두렵다. 내가 삶을 견딜 수 없는 것으로 만들어 버릴 만한 끔찍한 일을 저지를까 두려워! 너에게만 비밀로 말하는 건데, 난 가끔 가족 전체를 도끼로 쪼개서 죽여 버리고 싶어." ('이건 광기야.' 지프치오는 겁에 질려 생각했다. '그는 나를 여기서…….') 텐기에르는 좀 더 진정하고 말했다. "하지만 신경증 환자들은 거의 절대로 미쳐 버리는 일이 없지. 그걸 내가 하지 않으리라는 건 알지만, 그 대신 그에 상응하는 어떤 게 있어야만 해. 베흐메티예프가 나를 검사했지 — 나쁜 건 하나도 찾지 못했어. 그리고 갑자기 이 돌풍 속으로, 알겠나." 그는 다시 그 목소리로 말하기 시작했다. "평온이 찾아와서 모든 것이 모든 움직임의 부조리에 대한 경외감에 차서 굳어져 버리고 나는 내 안에 있는, 마치 내 오두막의 벽처럼 평범한 두 덩어리의 기이함 사이에 서서 바로 조금 전까지도 놀라움과 공포로 울부짖을 수도 있었다는 걸 이해할 수가 없게 되지. 그리고 만약에 내가 거부하는 에테르나 코카인이나 해시시 같은 환각이 아니라 바로 그거야말로 진실이라는 걸 내가 알았더라면, 너에게 맹세할 수도 있어, 그런 한순간을 위해서 나는 수십 년이 아니라 수천 년의 고통도 견딜 수 있고 단 1초라도 그렇게 해방되기 위해서 기도할 거야, 잔혹한 우연의 이 끔찍한 세계가 아니라 그곳에서 죽을 수라도 있다면. 하지만 확실히

187

나는 모르겠다." '오, 그게 진실이었다면,' 게네지프의 내면에서 상당히 낯선 '성숙한' 인간이 말했는데, 그는 일주일 전에 고등학교 졸업 시험 결과가 발표되던 때에 그에게 처음 나타났고, 이 새로운 사람이 그에게 붙여 준 이름처럼 그 원초적인, '불쌍한 꼬마'는 이 진실에 대해 알고 있었을 것이 확실했다. 어떤 진실? 그거야 그, ㅂㅂㅂ… 비트겐슈타인이 말했듯이, "말할 수 없는 것에 대해서는 침묵해야 한다".* 벌써 2천 년 전부터 아무 성과 없이 두꺼운 책을 쓰게 했던 이 모든 주제와 마침내 대학에서 영원히 금지된 모든 것. 게네지프는 아직도 마약이 무엇인지 알지 못했다. (그리고 결단코 알아내지 못했다.) 텐기에르는 알고 있었으며 그것을 거짓의 불꽃처럼 두려워했는데, 그 두 개의 가깝게 닮은 (공주라면 후지타**의 정물화 두 점처럼, 이라고 말했을 것이다.) 첫눈에 알아볼 수 없을 정도의 '세부적인' 차이점만 있는 세계가 얼마나 얇은 칸막이로 나뉘어 있는지 또한 알고 있었기 때문이었다. '구분할 수 없는 것들의 동일성'*** — 아마도 언제나 나쁜 결과가 아니었다면 지속되는 동안에, 어떤 종류의 저열함에 도취되어 형이상학적인 영감을 얻은 순간에 누가 그것들을 서로 구분하겠는가.

* Wovon man nicht sprechen kann, darüber muss man schweigen. 원문 독일어.
** 후지타 쓰구하루(藤田嗣治, Léonard Tsuguharu Foujita, 1886–1968). 일본 도쿄에서 태어나 프랑스 파리에서 활동한 화가.
*** Identité des indiscernables. 원문 프랑스어.

"그러니까 선생님은 아무것도 확실하게 알지 못하는군요—그건 끔찍합니다. 그러면 선생님도 나와 똑같은 어둠 속에 있는 거군요." 게네지프가 잔인하게, 그리고 완전히 솔직하지 못하게 말하며 주머니 속에서 바실리 대공에게 빌린 권총을 꽉 쥐었다. 유일하게 확실한 것은 이 죽어 버린 차가운 금속 물건이었다. "이런 일에는 단계가 있을 수 없어요. 빛이나 어둠 둘 중 하나입니다. 반쯤 덮인 그림자들은 모두 어둠과 같아요. 난 모든 것에 완전히 밝아지거나 아니면 당장 '얼굴에 한 방 쏘고' 그걸로 끝내겠어요." 게네지프가 히스테릭하게 외치고 광대 같은 몸짓으로 주머니에서 권총을 꺼냈다. 텐기에르가 아니었다면 정말로 그 순간에 자신을 총으로 쏘았을지도 모른다.

"이리 내놔, 저열한 개자식아!" 텐기에르가 날아다니는 눈의 안개 속에서 포효했다. 그는 소년의 손을 비틀어 이른바 "죽음을 불러오는 도구"를 그 손에서 빼냈다. 게네지프는 부자연스럽게 웃었다—그런 농담은 이 상황에 어울리지 않았다. "그래서 너를 그들에게 데려간 거다." 텐기에르가 계속해서 평온하게 말했다. "바로 여기에 인식의 정점이 두 개가 있다. 어쩌면 가장 고매한 종류는 아니겠지만 예로 들기엔 충분하지. 진실은 부드러운 깃털 이불이 깔린 편안한 침대로 뛰어 올라가기 위한 편리한 받침대인데, 그 깃털 이불은 이미 예전에 의미를 잃어버린 개념들이야. 태어나던 순간엔 뭔가 위대한 것이었지만 지금은 훈련된 기니피그일 뿐이야. 진실은 완벽하든 아니

189

든—아무래도 상관없어—그리고 신앙은 오래전부터 필요해서 존재했던 거다." 텐기에르가 내키지 않게 설명했다. 가장 감성적인 가면극을 하고 있었지만, 더 높은 수준의 변증법이 아니면 이 전례 없이 특별한 꼬마를 유혹할 수 없다는 사실을 그는 명확하게 알고 있었다. 물론 그가 혐오하는, 스포츠 경기로 기계화되어 짐승처럼 변해 버린 청년들에 비할 때 상대적으로 예외적인 소년이다. "오늘날 진실과 신앙은 삶, 정치, 사회 등등 부분적인 해결책을 위해서 적절한 수준과 용량으로 인위적으로 제작되었어. 귀속될 만한 고유의 국가가 없고, 침투해서 보편화되어 공공의 것이 되었고 모두에게 퍼져 나갔고 쓸모없는 것이 되었지. 그 과정은 세상 무엇으로도 되돌릴 수 없어."

"그러면 저 두 신사들은요? 그 둘의 생각을 하나로 합친다면…." 게네지프는 신성모독적인 압력에서 억지로 빠져나오며 말하기 시작했다. 자기 자신이 신성하다고 여기는 건 아니었지만, 어떤 일들에 관해서는 상황이 상황이니만큼… 그래, 저 어린아이 같은 방울들…. 아, 어째서 조금 전에 자신의 '불쌍한 이마빡'에 한 방 쏘아 줄 용기가 없었을까—그는 혼자서 생각했다. 이미 그의 내면에서 낯선 사람은 뒈져 버린 어린아이를 동정하고 있었다. 그는 짧은 양털 외투를 입은 뒤틀린 살과 뼈의 그 다면적으로 커다란 털북숭이 덩어리가 자기 옆에서 녹아 가는 눈 속을 헤치고 나아가는 것을 자기 손바닥처럼 훤히 보았다. 여기서 그를 상대하는 것은 거의 '대표적인 인간', 유

190

일무이한 종류였다 — 그런데도 그는 거기에 대해서 가장 손쉬운, 심지어 속물적이기까지 한 만족감을 느끼지 않았다. 동시에 그 커다란 것, 이미 음악적이고 예술적일 뿐만이 아닌 그 덩어리가 파고들어 오는 것을 느끼며 그는 육체를 가진 인간으로서, 그를 심지어 약간 닮기까지 한 그 촌부의 남편으로서, 몸속의 불쾌한 내용물을, 그것도 거의 아직 어린아이인 그의 앞에서 배설하듯이 쏟아 내는 심리적 파렴치한으로서 텐기에르를 무시무시하게 경멸했다.

"그건 마치 예를 들어 녹인 쇳물과 기름을 하나의 용액에 섞으려는 것과 같아. 그건 양극단이야. 그 안이 아니고 그 사이에 그 버려진 텅 빈 나라 전체가, 그 시들어 버린 골짜기가 있고, 내가 거기서 살고 있는 거야. 한 명은 종교의 역사를 읽은 뒤에 다른 모든 신격과 비슷하게 혼자서 하느님을 만들어 내지. 그런 관용 속에서 이미 그의 신앙이 얼마나 공허한지 알 수 있어. 그의 성모는 아스타르테이고 팔라스 아테나이고 키벨레이고 또 뭔지 알 수 없는 그런 신들이고,* 그의 하느님이란 그에 대해 말하는 것만 보면, 단지 느낌만이 아니라, 완전하게 브라만의 세계와는 차이가 있고, 그의 성인들은 거의 중국의 신들과 같아서 모든 종류의 행동과 사물을 수호해 주지. 오늘날

* 아스타르테는 바빌로니아의 신화 속 이슈타르 여신의 그리스식 이름으로 다산과 성(性)과 전쟁의 여신이다. 팔라스 아테나는 고대 그리스에서 지혜, 용기, 지략과 예술, 재능의 여신이며 영웅들의 수호 여신이기도 하다. 키벨레는 현재 터키의 아나톨리아 지역에 있었던 프리지아 왕국의 최고 여신이며 후에 그리스신화 등에 흡수되었다. 주로 대지와 풍요의 여신이다.

어떤 관념의 진실한 가치를 가짜로부터 가려내기란 얼마나 어려운지 ― 그 관념이 이전에는 살아 있었던 어떤 것에 대한 죽어 가는 이야기들을 깔끔하게 갖다 붙여 만든 것인지 아니면 어둠 속에서 처음으로 비치는 영원한 비밀의 빛줄기인지 어떻게 알 수 있어?" 게네지프는 그의 말속에서 어떤 거짓의 느낌을 받았다.

"뭐 좋아요, 그럼 다른 한 명은요?" 그는 점점 다가오는 미래의 사건을 피해서 조금이라도 더 오래 시간을 끌기 위해 물었다.

"똑같아. 다른 한쪽 극단이지. 그는 무시무시한 기계야, 어쩌면 심지어 모순 없이 일관된 기계인지도 몰라 ― 하긴 몇몇 사람들은 그걸 의심하면서 밑바닥 어딘가에는 무언가가 어긋나 있을 거라고 확정적으로 말하지만 ― 그래서 뭐? 그 기계는 그저 자기 창조자의 지적인 욕망을, 병든 위장의 식욕을 만족시켜 줄 뿐이야, 그 위장은 이미 아무것도 소화시키지 못하고 살아 있는 조직을 위한 영양분을 생산해 내는 건 더더욱 못 하는데 말이야. 영혼 없는 기계, 거기서 나올 수 있는 가장 높은 최고점은 ― 그래, 기계의 최고점 ― 왜 안 되겠어?" (이렇게 스스로 인정하는 발언이 게네지프는 미치도록 마음에 들었고 이런 자잘한 것 때문에 저항할 힘의 80퍼센트를 잃었다.) "그 지점에서 보면 생각의 공허함과 세상 모든 관념이 동등하게 가치 있는 헛소리라는 게 보일 뿐이지 ― 서로 다른 분류일지 몰라도, 그래서 어떻다는 거야, 헛소리

192

야."('저들이 다른 사람들에 대해서 지껄이듯이 이렇게 그들에 대해서 지껄이지만 사실은 핵심이 없어.' 게네지프는 생각했다.) "아냐, 그건 완전히 배제하도록 하지." 텐기에르가 역겹게 말했다. "네가 무익한 형이상학으로 쏠려 내려가게 내버려 두지 않겠어." (그는 또다시 털투성이에 냄새나는 주둥이를 복숭아처럼 보송보송하고 차갑고 응축된 젊음의 향기를 풍기는 게네지프의 볼에 들이밀었다.) "그건 느껴야 하는 거지만 거기에 대해 생각해서는 안 돼. 얽혀서 풀리지 않게 된 그 덩어리 전체가 — 왜냐하면 내 생각은 근본부터 불명확하거든 — 나에게는 내 예술의 동인이야 — 저 멍청이들이 내 음악을 이해하든 말든 아무래도 좋아. 내가 그걸 끝까지 다 분석한다면 그건 순간적으로 모든 가치를 잃게 될 거야. 마치 허공에 피록실린* 10만 톤을 불태우는 것처럼 말이야. 그런 방법으로 나는 내면의, 완전히 지옥 같은 에너지를 얻는 거야. 나는 의지의 힘으로 천천히 움직이지만 빠르게 돌진하도록 강요된 총알과도 같아 — 그게 어떤 건지 이해해 봐! 그건 어떤 한 가지하고 비교할 수 있지 — 바로 인위적으로 연장된 관능적 쾌락이야. 하지만 넌 그걸 이해 못 하지. 스스로 즐거움을 느끼지 않은 지 얼마나 됐지?"

"1년 반이 지났어요." 게네지프는 마치 텐기에르의 얼굴에 막대기를 들이밀듯이 확고하게 잘라 말했다. 그러

---

* 질산 섬유소의 일종. 불이 잘 붙고, 플라스틱을 만들거나 방수 처리를 할 때 쓰인다.

나 동시에 뭔가 아주 이례적인 것에 덮인 그 아래에서 분비선의 과부하를 그냥 해소하고 싶은 무시무시한 유혹도 있었다. 그는 공주 앞에서 뭔가 창피를 당하게 될까 봐 엄청나게 두려워했고 그 어떤 대가를 치르는 한이 있어도 이번이 첫 경험이라는 사실을 인정하지 않을 작정이었다. 자신의 가면이 이미 오래전에 벗겨졌다는 사실을 그는 알지 못했다. 게다가 이제까지 그토록 오랫동안 스스로 거부해 왔던 쾌락이 또 남아 있었다. 혐오감이 녹아서 긍정적인 가치로 변했다. 이 불운한 괴물 곁에서 걸어간다는 그 불가능한 모순의 피라미드에 굴복하는 쪽으로 모든 것이 그를 돌이킬 수 없이 몰아붙이고 있었다 — 그에 대해서만이 아니라 객관적으로도. 게다가 그 개의 경우와 비교하더라도…. 일단 뭔가 비슷한 일이 그를 어떤 감정의 용암에 휘말리게 만들면 그는 장본인의 노예가 되었다. 물론 이제까지는 아주 작은 규모로만 그러했을 뿐이다. 그는 이미 몇 번쯤 비슷한 상황을 관찰한 적이 있었다 — 상황은 위협적으로 변했다. 시간은 빠르게 흘러갔고 — 마치 옆에서 함께 달려가면서 지나가는 듯이 위협적인 경고를 속삭이는 것 같았다. "그러니까 나한테 기회를 줘야 한다는 걸 너 스스로도 알겠지. 난 아무것도 원하지 않아, 오로지 네가 즐기기를 바랄 뿐이야. 언젠가 너는 다시 나한테 돌아오겠지 — 나중에 — 저 다른 쪽도 똑같이 혐오스럽다는 걸 알게 되면 말이다." 이 사람에 대한 끔찍한 연민이 게네지프의 모든 자기방어의 중심을 마비시켰다. 그는 이날 바

194

로 이것이 범죄임을 알면서도 벌거벗은 채 자신을 전리품
으로 바쳤다. 공기는 이제 염증이 나도록 자극적이고 뜨겁
고 마치 거대한 입술에서 내쉬는 날숨처럼 과포화되어 있
었다. 그의 내면과 그 너머 모든 것이 기분 좋은 이 추악
한 행위와 견딜 수 없이 황홀한 염증 속에 무너졌다―그
것은 오래전 수음의 시기를 연상시켰다. 텐기에르는 무릎
을 꿇었고 게네지프는 악마 같은 황홀감의 굴욕적인 승리
에 몸을 맡겼다. 그 안에서 그는 혼자가 아니었다―얼마
나 이상한 일인가. 이상하다. 이상해…. "아우우우…." 그
는 갑자기 노호했고, 고통스러우면서 동시에 파내는 듯한
엄청난 쾌락이 되어 몸 전체에 쏟아진 추악한 전율을 느
꼈으며, 그에게서 어떤 내면의 가면이 벗겨졌다―그리고
그는 들여다보았다. 그 저주받은 날에 깨어난 자는 대체
누구인가. 이런 것은 한 번도 느껴 본 적이 없었다. 다만
물론 이런 식으로 계속 갈 수는 없었다―그의 존재의 가
장 비밀스러운 틈새에서조차 동성애적인 성향은 전혀 나
타나지 않았다. 그러나 살아갈 가치가 있었다. 이것은 고
등학교 실험실에서 수소를 결합시키거나 혹은 철에서 뭔
가 티오시안산염 같은 붉은 색소를 뽑아내는 것과 같은
실험이었다. 그러나 언제나 지금 당장 그의 앞에 있는 것
은 점점 더 괴로워지는 끝없는 꿈처럼 여겨졌다.

　텐기에르에게도 마찬가지로 무슨 일인가 일어났지
만 그는 새삼스럽게 승리에 대해 굉장히 만족하지는 않았
다. 이렇게 눈 위에서, 상대의 몸을 볼 수 없고 자신의 불

구의 몸과의 대조를 볼 수 없고, 그가 늘 말하던 대로 바닥까지 밀어붙이는 건 없었지만, 그는 계속 이 어린 꼬마를 약간은 학대했고 무엇보다도 저 마녀를 억압했다. 음악적 영감은 커졌다—소리들이 농축되어 빠르게 조직되었고 그러면서 더욱 명확하게 악독해졌고 영혼의 세계의 어두운 쪽에서 한 줄로 늘어섰다. 그들의 결합력도 높아졌다—원대한 스타일의 진정한 창조물이 확고해졌다. 텐기에르는 한숨을 쉬었다—그의 저열한 행위는 정당화되었다—예술적인 목적을 위한 악(惡)의 활용이라는 형태로 마지막으로 빛을 낸 오래된 윤리의 흔적.

　　게네지프도 혐오스러운 만족감을 느끼고 있었다. 이전의 그때보다 커다란 쾌락을 느꼈고 게다가 아무런 후회도 없었다. 세상은 마치 잠자러 가는 혐오스러운 뱀처럼 조화롭게 한 줄로 연결되어 졸린 듯이 주위를 감쌌다. 세상과 함께 잠드는 것이 가장 기분 좋을 것이다. 그러나 그날, 더 정확히는 그 24시간은 끝없이 길었고 무자비하게 계속 질질 이어졌다. 아직도 완수해야 할 일이 너무 많았다! 그러나 그는 이미 공주에 대해 아무런 두려움도 느끼지 않았다—이제는 그녀에게 남자가 무엇인지 보여 줄 것이었다. (그러나 불쌍한 지프치오는 자기 힘을 과대평가했다.) 그는 이제 깨워 일으키는 것의 문제를 다른 식으로 바라보았다. 저 극단적인 두 가지 사상들의 대화는 그 어떤 형이상학에 비해서도 상당히 공포스러운 것이었다. 이것이 마지막으로 풀리는 지점이라면 실제로 그쪽은 전혀

바라보지 않는 편이 나았다 — 기적은 삶에서 스스로 창
조되게 하라. 하 — 어쩌면 이 눈 위에서 일어난 것과 같
은 그런 기적일지도? (어쨌든 양심의 밑바닥에 후회는 있
었다 — 여기에 대해서는 할 말이 없다.) 생각은 과거에서
목을 뻗어 현재 순간의 피투성이 구멍 속을 들여다보는
그 안개와 같은 괴물을 그저 죽일 수 있을 뿐이고, 그 현
재의 순간에서 세상은 알 수 없는 것을 향해 몸을 뻗는 것
이다. 그러나 뭐가 됐든 명확한 것에 신념을 가지거나 기
호에 몰두하는 것에 게네지프는 전혀 흥미가 없었다. 그
렇게 현대인은 가장 큰 위험, 즉 형이상학을 없애 버렸
다. (기계적인 지루함의 악마가 바람 아래에서 야생 염소
를 몰며 크게 웃고 기쁨의 비명을 질렀다. 악마 자신은 어
쨌든 기계화할 필요가 없었다.) 그리고 그는 모든 것을 이
이해할 수 없고 혐오스럽고 털북숭이의 축 늘어진, 절반
쯤 짐승 같은 존재에게 빚지고 있었으며, 그 짐승은 삶을
경멸하면서도 동시에 삶이란 모든 종류의, 괴로울 정도로
숨 막히는 신비함을 쉽게 풀어낼 수 있는 음조들의 구조
적인 혼합물로 녹여 내는 비밀스러운 도구로 여기며 놀라
워했다. 지프치오는 매우 음악적이었다. 그는 텐기에르가
만들어 낸 무시무시한 뒤죽박죽의 음악을 쉽게 융합시켰
으며, 어쩌면 지식으로 잔뜩 부풀어 오른 공식적 전문가
인 비평가들보다도 더 잘 해냈다.

　　둘은 마치 서로 다른 행성에 있는 것처럼 멀어지고
있었다. 그들이 루지미에쥬 황무지의 어스름 속에서 걸어

나왔을 때 멀리 떨어진 루지미에쥬 성당 탑에서 종이 한 시를 쳤다. 분석되지 않은 운명이 서로 얽혔다. 끔찍한 슬픔이 지프치오의 내장을 찢고 솟아올랐다. 그는 뭔가가 되기를 갈망했다! 오 비참함이여! 모든 사람을 위한 누군가는 아니더라도, 심지어 대부분을 위해서도 아니고, 최소한 누군가를 위해서. 그는 텐기에르를 질투했다 — 조금 전에 차갑게 작별한 그를 — 어쩌면 그는 지금은 개한테도 인정받지 못한다 해도 언젠가 많은, 많은 사람들에게 누군가가 될 수 있었다. 뭔가 완벽하고 개별적인 것, 고유의 생명으로 존재하는 것을 창조한다는 건 얼마나 굉장한 쾌락인가. 그 대가라면 고통 없이 전체성을 포기할 수 있었다. 그러나 다시 한번, 해는 반드시 질 것이고 대체로 이 모든 일이 결국 아무 성과도 없으리라는 점을 감안하면, '수백만의 심장 속에' 무언가로 남는다는 것이 또 새삼 그렇게까지 중요한 일은 아닐지도 모르는 것이다. 텐기에르는 지금 이 순간 무슨 생각을 할까? 아 — 단 1초라도 좋으니 알 수 있다면. 그러면 그는 너무나 현명해져서 아무도 그에게 조언 따위는 하지 않을 것이다. 그리고 그 다른 사람들을 굴복시킨다는 문제는 어디서 왔는가? 이런 혼돈이라면 그 문제는 영원히 해결되지 않을 것이다. 사람들을 종속시키는 어떤 조그만 기구가 그에게는 없었다. 텐기에르의 고백은 설령 창자 가장 밑바닥에서 솟아 나온 것이고 그에게는 유감스러웠다 해도 그를 전혀 축소시키지 않았고 그를 좀 더 알아보기 쉬운 어떤 것으로 바꾸지도 않았다. 어쩌면 그의 예술이 그의 의지와 상관없이 그 심리적 갑옷을 입혀 주었는지도 모른다. '우리는 무의식적으로 마치 우리가 지구 상에 영원히 남을 것처럼 그렇게 살아가고, 어쨌든 우리가 아니면 우리의 창조물이 남을 것이다. 그러나 천문학자들이 세상의 끝을 계산해 냈다고 상상해 보자 — 어떤 어두운 물체가 우리 천계에 들어와 우리 태양과 함께 같은 인력의 중심 주위를 돌고, 그러면서 지구는 천천히, 예를 들면 2주 동안 점점 멀어져서 해왕성 궤도까지 떨어지게 된다면. 그리고 이 일이 300년 뒤에 벌어진다고 하면 — 행성의 움직임은 혼란이 올 것을 기반으로 해서 미리 계산되었고. 그렇게 되면 이 사실을 알게 된 세대는 어떻게 될 것이며, 그로 인해 아이들을 키우는 방식은 어떻게 변하고 다음 세대는 어떻게 자라날 것이며 그 뒤에 파국을 맞이할 세대는 어떻게 될 것인가? 아이를 낳는 것이 금지되지나 않을 것이며 그러면 영원성은 어떻게 될 것인가? 아, 스투르판 아브놀이 소설을 쓰기에 딱 맞는 훌륭한 발상이야! 그에게 꼭 이야기해 줘야지. 하지만 제발 부탁인데 논설문처럼 쓰지 말고 그 사람들의 심리에 들어가 같이 경험하면서 어떻게 될는지, 그 자체에서 뭐가 '나오는지' 봐야 해. 어쩌면 예를 들어 콘래드* 같

---

* Józef Teodor Konrad Korzeniowski (1857–1924). 폴란드 출신의 영국 작가. 러시아가 폴란드를 식민 지배하던 시절 폴란드 귀족의 아들로 태어났다. 아버지가 독립운동으로 인해 체포, 투옥되고 콘래드 자신은 영국 선박에서 선원으로 일하게 되면서 영국 국적을 취득한다. 이후 영국에서 거주하다 사망하였으나 평생 폴란드 사회와 문화에 지속적으로 관심을 가지고 예술가들과 교류하였다.

은 몇몇 작가들은 그렇게 글을 썼을지도 모르지 — 그리고 이른바 문학비평가라 하는 명칭이 작자들이 작품을 망치지 못하게 하기 위해서 그 사실을 숨겼고.'

조용한 밤이었으나 움직임은 있었다. 점점 더 따뜻해지고 욕정적으로 변해 가는 바람 소리를 배경으로 개들이 짖었다. 음란함이 잠복한 채 기다리며 어떤 상상할 수 없이 추악하고 더러운 행위와 그런 더러운 여자들을 향해 유혹하고 있었다. 끔찍하게 (모든 것이 끔찍하다!) 끌어당기는 전율이 표면을 옮겨 다니다가 그런 뒤에는 어쩌면 혈족의 마지막일지도 모를 19세 게네지프 카펜 남작의 몸을 뒤흔들었다. 카펜 혈족은 이어지기를 원했다. 지프치오는 이 순간의 분기점에 관해 생각에 잠겼다. 이것으로 욕망을 충족할 수는 없었다. 누군가 — 그의 내면에 있는 그런 본능적인 승객이 — 마치 아파나솔 벤츠가 기호들의 도움을 받은 것처럼 모든 것을 즉각 경멸했다. 그러나 현실적으로 정당화되지 않은 고도의 긴장감을 견디지 못하는 그 본능적인 신사는 무엇의 도움을 받아서 그렇게 한 것인가? 어쩌면 그렇게 하는 편이 실제로 더 나을지도 모른다.

뒤쪽으로 석회 공장이 있는 석회석 암벽 기슭에, 오래되고 약간은 내버려진 정원에 티콘데로가 가문의 새 궁전이 있었다. 이제 게네지프는 공주가 그에게 준 정문 열쇠를 잊고 왔음을 깨달았다. 그는 꼭대기에 부러진 유리 조각이 뾰족하게 깔린 높은 담벼락을 힘겹게 기어올랐다. 아래로 뛰어내리려는 순간 손목을 심하게 다쳤다. 피가 따뜻한 물결이 되어 뿜어져 나왔다. '이것이 그녀를 위한 첫 번째 희생이군.' 그는 거의 사랑을 느끼며 생각했다. 음탕함이 순간적으로 다정함과 겹쳐 — 마치 진짜 사랑과 비슷한 무엇인가로 합쳐졌다. 그는 손수건으로 손목을 감쌌으나 지혈은 하지 못했다. 그는 붉은색으로 진하게 물들면서 바람에 흔들리는 거대하고 물론 잎사귀가 없는 물푸레나무와 보리수 사이를 헤치고 공원을 가로질러 걸어갔다. 르네상스식 건물(르네상스보다 더 혐오스러운 것이 있을까? 게네지프에게 건축은 브라만식 고푸람*에서 시작되었다.)의 앞면은 아래쪽으로 이어져 베르사유식으로 다듬은 가문비나무 길 끝에 있었다. 개는 흔적도 없었다. 오른쪽 건물 1층에 있는 창문 두 군데에서 억눌린 핏빛 불빛이 터져 나왔다. 그곳이 침실이었다 — 200년 전부터 설계된 그 방(그리고 수십 년 전부터 설계된 여자), 그곳에서 그는 (그리고 그 여자에게) 순수함을 잃고 '동정을 꺾이는 첫 씹'을 하게 될 것이었다, 카펜 데 바하즈 남작 — 클로드 파레르**가 썼듯이 "그 성씨의 마지막"인 그가. 게네지프는 자신이 여자 백작에게서 태어난 귀족임을 느꼈고 그것은 그에게 약간의 즐거움을 주었다. '어쨌든 그건 뭔가 대단한 거니까.' 그는 생각하고 스스로 부끄러

---

* 인도에서 볼 수 있는 중세의 탑문. 힌두교 사원의 울타리에 돌로 쌓아 만들었고, 위로 올라갈수록 좁아지면서 사각형을 이룬다. 대개 화려하게 장식되어 있다.
** Claude Farrère (1876–1957). 프레데리크샤를 바르곤(Frédéric-Charles Bargone)의 필명. 프랑스의 작가, 해군 장교.

워졌다. 그럼에도 불구하고 그 느낌은 지속되었다. 아버지는 (죽었든 살았든) 더 이상은 전혀 존재하지 않았다. 지프치오는 아버지가 죽는 경우 어쩌면 자기 내면에서 오래전부터 억눌렸던 어떤 감정이 갑자기 깨어나서 그때부터 괴로워지기 시작하리라고 저열하게 생각했다. 그는 그것을 두려워했지만, 다른 한편으로는 이렇게 무관심한 상태가 계속되는 것도 불쾌했다 — 그로 인한 양심의 가책은 격심하고 진정한 고통으로 변할 수 있었다.

그는 창문을 두드렸다. 커튼 뒤에서 공주의 어두운 붉은색 윤곽이 나타났다. 공주는 손을 들어 오른쪽에서 왼쪽으로 둥글게 원을 그렸다. 그는 궁전의 정문을 통해 들어오라는 뜻임을 알아들었다. 이 광기에 찬 여자가 바로 이것을 그리고 이것만을 기다리는 모습은 그에게 치명적인 인상을 남겼다 — 마치 그에게 꼬리가 있어서, 욕망, 공포, 용기와 혐오감이 괴상하게 뒤섞여 꼬리를 배까지 말아 올린 기분이었다. 그는 상점의 점원이 된 것처럼 느꼈다 — 음란함을 파는 소매상이다. 그는 의식을 위해 희생 제물이 되는 짐승이 신전으로 끌려 들어가듯이 그렇게 궁전 정문의 기둥 사이로 들어섰다.

정보

공주는 침실에 남편과 함께 앉아 있었는데, 그 남편은 이미 구시대적이 된 정치인 중에서는 가장 뛰어난 사람이었고 국내에서 현재의 균형 잡힌 상황을 만들어 낸 사람 중 하나였으며 (만성적인 혁명의 바닷속에서 그것은 좋은 민주주의적 삶에 대한 옛날 꿈으로 만들어진 섬이었다.) 국제적으로 러시아의 반혁명에 적극적으로 간섭하지 않는 것에 대한 정책을 확립한 사람 중 하나이기도 했다. 폴란드는 단지 군대에 자유롭게 지나갈 수 있는, 이른바 "군 통로"를 내주고 그 대가로 적극적인 개입을 피했다. 현재 중국 공산주의자들이 알타이와 우랄산맥에서 모스크바의 평원 위로 눈사태처럼 쏟아지면서, 양편이 서로 맞서면서 지탱해 주고 있던 이상적인 체계를 흔들고 있었다. 어디서 나왔는지 아무도 모르는 괴물 같은 액수의 자본이 노동자들의 조건을 개선하는 데 투입되었지만 노동조직 방식에서 양보하는 형태로 이윤을 내주던 것이 멈추었다. 모든 노력에도 불구하고 뭔가 가장 근본에서부터 끓어오르기 시작했다. 전례 없이 엄격한 여권 검사와, 민족해방 신디케이트에 속한 거대한 기관으로 거의 그 성기(性器)와도 같은 언론 전체의 체계적인 보도 조작의 도움으로도 절대적인 고립을 유지하기란 불가능했다. 행복의 섬이 당장 물리적으로는 아니더라도 도덕적으로 기묘하게 쪼그라들기 시작하는 시기가 찾아왔다. 나라가 한 치도 줄어들지 않았는데도 불구하고 사방이 용암으로 들끓는 속에서 점점 더 조그만 조각이 되어 가는 것처럼 보였다. 신디케이트 회원들에게는 발뒤꿈치에 불이 붙은 격이었으나 아직은 버티고 있었다. 무엇을 위해서? 아무도 알지 못했다―무슨 일이 일어난다 해도 도망칠 곳이 없었다. 심지어 그 누구도 이전의 수준으로 삶을 흥청망청 즐기려는 생각조차 들지 않았다―어쨌든 그것도 영원히 지속되지는 못할 테니까…. 장교들은 근무를 그만두었고 (코쯔모우호비치는 사면 없이 총살되었다.) 사업가들은 '적절한 분야'에서 뇌물을 주지 않았고 전반적으로 이른바 "대형 거래"를 하지 않았으며 밤의 음식점들은 파산했고 클럽에서 춤을 추는 건 마지막 남은 창녀들과 드물게 진정한 불한당―사라져 가는 종족들뿐이었다. 스포츠로 인한 급격한 우민화는 지적인 분야에 침입하여 매일의 건강을 위한 이성적인 시간으로 탈바꿈했다―이 위험한 광증이 사회 모든 구성원들 사이에 고르게 퍼졌다. 심지어, 해당되는 모든 수준 높은 분야에 위협적이게도, 영화조차 천천히 그러나 체계적으로 사라졌다. 교외의 어느 허름한 건물들에서는 마지막 남은 비천한 팔푼이들이 흐릿한 영화 스타들과 완전히 닮아 떨어질 지경이 된 남성들의 끔찍한 욕망과 저열함을 위한 200퍼센트 농축약을 보며 경탄했다. 심지어 라디오조차 침체의 길로 향했는데 그 직접적인 결과로 중간쯤 음악적이었던 절반쯤 지성인들의 50퍼센트가 완전히 백치 상태가 되었다. 신디케이트에 의해 합병된 언론은 당에서―다당제는 거의 사라졌다―내려온 노선에 따라서 꾸준히 늘어나는 일지에 의해 과장되게 긴장된 여론 조작을 '따라갈' 수가 없었다. 보편적인 합의가 지배했다. 시들어 가는 유령들의 어떤 무색의 지루한 덩어리가 이유를 알 수 없지만 구석구석까지 퍼져 있었다. 그러나 가장 밑바닥은, 완전히 자발적으로, 마비되어 버린 선동 부서들의 간섭 없이 숨을 돌리고 일어나기 시작했다. 사회의 단순한 기반에 익숙해진 몇몇 사람들은 약간 기울어진 땅, 늪지나 혹은 매우 폭넓게 펼쳐진 요동치는 대지를 걷고 있다는 느낌을 때때로 받곤 했다. 그러나 대체로 그런 인상은 착각으로 여겨졌다. 사람들은 주변 공간의 구조를 변화시키는 중력 퍼텐셜*이나 비유클리드적인 방식으로 심리적-사회적 환경을 변화시키는 우랄산맥 너머 황인종들의 잠재력에 관해서 말했고 심지어 완전히 명확하게 수군거리기도 했지만 ─ 진지한 사람은 아무도 그것을 심각하게 받아들이지 않았다. 고립, 혹은 그 고립이 주는 순간적인 환각은 주로, 공산화된 서유럽 국가들 그 어디에서도 매운 중국식 소스에 끝까지 발을 담가 완전히 공산화할 의향이 없었기 때문에 지속되었다. 혁명의 일반화의 법칙에 어긋나게 세계의 모든 국가에서는 공산주의 선동에서 방출된 엄청난 금액의 지원금에 힘입어 폴란드를 인위적인 보수주의의 상태로 유지했는데(누구를 설득할 필요 자체가 없었다.) ─ 폴란드는 그 대가로 '방파제'가 되어 당분간은 자신의 무기력 속에서 거의 행복한 상태였다. 전에는 그 정도로 강력하게 알려지지 않았던 특정한 종류의 사람들이 득세하기 시작했는데, 그것도 대체로 예술과 문학비평 분야였으며 정확히 말하자면 정상적인 얄팍한 사람들과 구분되는 이른바 현재의 "럈팍한 사람들"(ㄹ, 루피너스 나무, 라도가 호수**의 그 ㄹ)이다. 그들은 상당히 깊은 수수께끼를 얄팍하게 만들 수 있는

---

* 고전역학에서, 주어진 위치에서 단위 질량의 입자가 가지는 중력 위치에너지.
** 러시아 서북부에 자리한 유럽 최대의 호수.

인물들로, 어떤 멍청한 질문이라도 철학에 대해서(그리고 수학에 대해서)라면 충분히 어려운 문제로 만들 수 있었던 예를 들면 화이트헤드나 러셀과는 반대였다. ("…우리는 이런 종류의 사람들을, 적절한 관념을 도입하여 어떤 쉬운 문제라도 필요하다면 어떤 정도로든 어렵게 만들 수 있는 사람들이라 정의할 수 있다."* 수학 중앙 총괄 사무실[MSGO [sic] = Mathematical Central and General Office] 오스카 윈덤 경의 말에서 인용.) 대체로 사방에서 **유령**(대문자를 쓰는)이 지배했는데, 신흥 사이비 낭만주의자, 금욕주의자와 삶에 실망한 사람들 전반이 여기에 모두 '진저리를 쳤다'.** 이제 유령은 갑자기 승리해서 삶에 기탄없이 헌신하기 시작했으나, 그것은 마치 믿을 수 없이 괴물 같은 어떤 짐승이 자기 주둥이 위에 이상적으로 얹힌 고매한 천사의 가면을 보는 것 같은 인상을 주었다. 이런 방향을 — 이걸 뭐라고 이름 붙여야 하나 — 선동하는, 그저 불행한 사람들 — 뭔가 선동할 만한 걸 갖지 못한 사람들이다 — 얼마 전까지 가장 단단하게 굳어진 물질주의자였던 사람들 모두 그들과 아무런 논쟁 없이 동의했으나, 그것은 그 어떤 열정도 없는 죽은 확신이었다. 티콘데로가 대공은 "랄팍한 사람"의 원형이었고 어떻게 표현할 방법이 없는 멍청이였다 — 미켈란젤로와 레오

---

* … we can define this kind of people as those, who, by means of introducing suitable notions, can give to any problem, as plain as it may be, any degree of difficulty, that may be required. 원문 영어.
** надоели. '지겨워하다', '신물 내다'라는 뜻의 러시아어 단어를 속어로 사용함.

나르도 다빈치도 색칠 한번 더 할 수 없었을 것이다. 바로 그 때문에 티콘데로가 대공은 그 기묘하게 무채색으로 변하는 경향의 기둥 역할을 하는 한 명이었는데, 그 경향은 그런데도 타트라 산맥의 '메마른 안개'나 10월의 이른 연기 같은 평온한 특성은 없었고 그보다는 사악하고 불안감으로 숨막히고 약간은 황동빛이었으며 구석구석이 무서운 돌풍 직전의 하늘처럼 회색이었다 — '한 방향'에서 불어오거나 다가오는 돌풍이 아니라 우리 눈앞에서 생겨나서 조그만 암컷과 같은 자잘한 전달자 구름을 먹어 치우는 멧돼지 돌풍이다. 됐다 — 문학은 꺼져라. 그 전반적인 합의, 어떤 뻔뻔한 "우리 서로 사랑하자."와 이른바 "어깨를 나란히 하고" 안에서는 졸음에서 깨지 않은 증오의 소리 죽인 마찰이 느껴졌다. 제정신을 잃을 때까지 계속되는 서로에 대한 찬양은 그때까지 전례가 없었던 고도의 독성을 숨기고 있었다. 그 음란한 거짓말 안으로 사람들은 마치 개가 배설물에서 뒹굴듯이 눈에 눈물을 담고 빠져들었다 — 이 모든 것이 그냥 끔찍했다. 그러나 이 점을 깨달은 사람은 별로 없었다 — 어쨌든 게네지프도 대공도 깨닫지 못했다. 알고 있는 사람들은 대도시 네 군데의 오지에, 심지어 겉보기에 균일화된 대대와 분대와 총병참 장교의 포대에 숨었다. 시골에서는 물론 아무도 아무것도 이해하지 못했다 — 농민이란 절망적으로 죽은 물건이며 구역질 나는 민주당원들, '위대한' 전 인류적 사상을 들먹이며 영혼의 품격과 사이비 선행을 이용하여 멍청이가 된 근로자들을 털어먹는 이윤 중심의 조그맣고 귀여운 세상을 만들고자 하는 그 사회적 기회주의자들이 움직여서 사상적으로 잠들게 해 버리기 위한 재료일 뿐이다. 그들은 근로자의 배를 콱 밀어서 이 일하는 짐승이 자신도 사람이며 사람일 수 있다는 사실을 잊어버리게 한다. 안락함으로 더 높은 영적인 포부를 잠재우고 내면에 숨은 번개들을 묶어서 저 짐승들보다는 조금 나은 등급으로 자기만의 조그만 중고품 둥지를 짓는다─바로 그거다. 한 부류의 사람들은 그렇게 생각했고, 다른 사람들은 공산주의 국가들에서 지속적으로 떨어지는 생산성과 위대한 사상들(진실로 위대한 그런 것 말이다.)의 장막 아래 점점 퍼지는 노동자들의 비참함을 가리키며 파시즘에 버금가는 다른 해결책은 없으며 있을 수도 없다고 확언했다. 그리고 여기 어디에서 논리를 찾을 수 있으며 대체 논리에 대해서 얘기할 수나 있는 일인가? 이런 급의 문제들에 관해서 그 개념이 의미가 있기나 한가?

모든 것이 괴물 같은 악취를 풍겼다. 사이비 사람들 한 무리가 악의를 품고 확언했듯이, 향기가 풍기는 데다 심지어 매우 예쁜 향이었다. 몇몇 제복 속에서는 (주로 신디케이트 임원들이었다.) 근육 대신 지렁이 같은 내장이 꿈틀거렸다─아무도 그 사실을 몰랐다. 그러나 이상한 무기력의 힘으로 이 모든 모순은 마치 여름에 약간 설탕을 탄 물에 이[蝨]를 갈아 뿌린 얇은 막처럼 지속되었다. 그렇게 지탱해 주는 힘은 대문자를 쓰는 유령이었고 공산주의 자금이었다. 모든 종류의 색깔을 띤 고매하게 윤리적인 분위기의 가면을 도저히 벗길 수 없는 이 상황에는 뭔가 진정으로 무서운 데

208

가 있었으며, 여기서 예외가 되는 건 가장 높은 귀족계급의 몇몇 바보들뿐이었다. 착한 사람들은 말했다. "아하, 이제 아시겠습니까, 어쨌든 모든 것이 다 좋아질 거라고 믿지 않으셨죠." 그들은 이런 말을 감동한 비관주의자들에게 했는데, 그들은 냉소적으로 찡그리는 데 더 익숙한 그 조그만 눈에 혐오스러운 감상의 눈물을 담고 스스로에게 질문을 던졌다. "정말로 우리는 체계적으로 스스로 고민을, 과거 당시에 자신들을 둘러싼 악과 앞으로 다가오는 모든 분야의 창조성의 무기력을 보려 하지 않는 이 과거의 순교자들(왜냐하면 어쨌든 언젠가는 보아야 했을 테니까)의 안위를 위한 모든 희망에 대한 고민을 만들어 내면서 길을 잃었던 것일까?" 반쯤 의식이 있는 쓸모없는 사상 조각(다양한 신앙들의 부활, 비인간화의 가역성, 우유를 마시고 성경을 읽음으로써 기계화를 정복하는 것, 프롤레타리아계급의 예술적 창의성, 식량을 대신하는 알약 등등)들로 스스로 자신을 속인 것이 마치 진실로 대단한 쾌락이라도 되는 양.

어쩐지 소심하게, 갑자기 저열해진 마음으로 지프치오는 불 켜진 방을 가로질러 갔다. 초상화에 그려진 자브라틴스키 가문의 대공들이 그를 내려다보았는데, 그중 한 명은 언젠가 교황을 만나러 대사관에 가면서 자기 아내로서 이탈리아 공주 티콘데로가를 데리고 갔다. 시간이 지나면서 이탈리아 성(姓)이 러시아 성을 완전히 지워 버렸다. 가장 어린 아들은 디 스캄피 후작이라는 작위를 가지고 있었다 — 국내 유일이었다. 그는 중요한 소식을 가지고 헝가리발 야간 특급 비행기 편으로 바로 국경에서 도착했다. 중국 공산주의자들이 이미 어제부터 백위군의 모스크바를 점령했다 — 이른 시간에 비행기를 몰고 부다페스트로 날아온 조종사는 그렇게 확언했다. 그러나 그 소식은 밑바닥의 동요를 더 증대시키지 않기 위해서 널리 퍼뜨리지 못하게 됐다. 그렇지 않아도 아무도 진심으로 밑바닥을 믿지 않았다. 순수하게 영적인 의미에서 상황은 밑바닥이 없어 보였다. 사람들은 자기들 행동의 현실적인 결과를 더 이상 보지 못했다 — 중요한 것은 오로지 그에 동반하는 심리적인 상태뿐이었다. 그러나 이런 식으로 오래 지낼 수는 없었다 — 궁극적으로는 파멸로 끝날 수밖에 없었다. '바다 없는 심연의 영적인 깊이' — 그 소리는 마치 괴물같이 큰 종의 '굉음'*처럼, 알파벳도 모르는 진정한 유아부터 알파벳을 아는 유아까지, 하얗게 센 멋진 턱수염을 기르고 오래전부터 눈을 정면으로 들여다보던 무척 현명한 사람들까지 모두에게 자장가를 불러 영원한 잠으로 끌고 들어갔다. 겉보기에 이 모든 것은 자기모순이었다 — 그 어떤 '자기일관성'**도 없었으나, 그래도 어쩌겠는가, 사실은 사실이다. 여기서 가장 이상한 일은 새로운 신앙(은둔지에서 저 두 신사가 대화를 하면서 상기시켰던 그것), 이른바 "무르티 빙 주의"가 이제까지 신지학

---

* 원문에서는 러시아어 단어를 발음 그대로 폴란드어로 옮겨 적었다.
** self-consistence. 원문 영어.

이나 다른 반쯤 종교적인 분파에서 했던 방식으로 퍼지기 시작한 게 아니라 사회의 가장 꼭대기에서 시작되어 거기 서부터 바로 물결치는 바닥까지 내려왔다는 것이다.

스무 살의 후작에게 나라의 운명은 아무래도 상관 없었다. 그는 자기와 같은 매력을 가지고 있으면 모든 것이 다 망하더라도 자기만은 언제나 재미있게 놀 수 있을 것임을 알고 있었다. 어디서나 그의 뒤에는 여자들이 꼬리 치며 따라다녔는데, 왜냐하면 그는 러시아 근위대에서 이른바 "수호스토이"*라고 하는 증상을 앓고 있었기 때문이다. 이 조그만 가족 전체의 냉소주의란 삶에 경험이 없는 게네지프의 관념의 무한함을 실질적으로 뛰어넘는 것이었다. 그보다 한 살 많은 스캄피는 아무런 환상도 없이 살아가는 현실적인 인간이었고, 그것도 나이 열두 살 때부터 그런 존재였다. 심지어 들리는 말로는 엄마와 그가…. 그러나 그것은 아마 확실히 사실이 아닐 것이다. "굉장히 잘생긴 갈색 머리 소년, 스크바라의 후손들에게 받은 에어데일 테리어 색깔의 정장을 입고 안락의자에 아무렇게나 반쯤 누워서 샌드위치를 버석버석 베어 먹고 있고, 그 위로는 치매의 밀림 속에 있는 순혈종 멧돼지처럼 강력한 대공 아빠가 서 있었다."

"카펜 데 바하즈 씨." 공주가 동시에 많은 것을 약속하는 방식으로 미래의 연인 손을 꽉 잡으며 소개했다. 정

* *수호스토이.* '메마른 채 서 있다'는 뜻의 러시아어로, 발기가 지나치게 오래 지속되는 증상을 말한다.

치적 논쟁에 몰두한 신사들은 지프치오와 거의 인사도 하지 않았다 —'저들에게 무슨 일이 있었던 걸까.'라고 이 안주인, 어머니이자 아내의 새로운 연인은 생각했다. "여기 앉아서 뭣 좀 드세요. 굉장히 피곤해 보이시네요. 어제부터 무슨 일이 있었나요?" 이 시들어 가는 아름다움으로 빛나는 짐승이 어머니처럼 자상하게 말했다. "그쪽에 사는 못된 유령들, 푸트리찌와 그의 친구들이 카펜 씨를 괴롭히지나 않았나요?" 게네지프는 이 명확한 혜안에 놀라고 상황에 충격을 받아 무의식적으로 자신의 운명을 결정할 여자의 얼굴을 들여다보았고, 이 찰나의 순간에 손 닿지 않는 먼 삶 — 그것도 대문자로 쓴 삶이 비밀로 맥박치는 내면에서 갓 잘라 낸 피투성이 조각들을 뜯어먹는 것 같은 느낌을 받았다. 그러나 공주의 이런 발언은 그저 지나가는 말이고 완전히 별 뜻 없이 예의상 하는 이야기임이 분명해 보였다. 끔찍한 감정의 소란이 그녀의 시들어 가는 몸 안에서 눈치채지 못하게 휘몰아쳤다. (가장 나쁜 것은 이 모든 일에 대해 잊어버리는 순간이었다 — 그 뒤에는 갑작스러운 기억의 날카로운 고통이 — 마치 누군가 더러운 낫으로 얼굴을 벤 것처럼….) 부엉이처럼 현명한 머리가 이 모든 끔찍함 위에 솟아올랐고 냉철한 기계 나비의 생각들이 그 위로 겉보기에 자유롭고 걱정 없이 날아올랐지만, 그 모든 것이 다 피를 뚝뚝 흘리고 있었다 — 쉽게 굳어지고 냄새가 없는, 마치 기름을 섞은 것 같은 피, 다가올 노년의 고통으로 피투성이가 된 피다.

212

그 경계를 일단 건너서 진실로 어머니이자 안주인이 된다면! 그러나 낙관주의자들이 말하듯이, 중국 공산주의자들의 만리장성이 루지미에쥬 인근까지 밀고 들어오는 쪽이, 이 기묘하고 아름답고 불운한 작은 육체가 삶의 저편으로 쓰러져서 영혼에 짓밟히는 날보다 빨리 올 것이며, 그 영혼은 어쨌든 예전부터 지금까지 강력했지만, 쾌락에 물든 조직들의 덩어리, 그 소중한 조직된 욕정의 종으로서 스스로 힘을 내보일 시간이 없었을 뿐이다. 얼마 전부터 공주는 모든 사악한 여성 지배자들과 가장 악마 같은 고급 창부들의 전기를 읽기 시작했고 그러면서 나폴레옹 1세가 플루타르코스에게서 얻었던 것과 같은 약간의 위안을 얻었다. 그러나 무시무시한 일은 가차 없이 진행되었고 그녀는 다른 사람들뿐만 아니라 자기 자신도 속여야만 했다. 심지어 쾌락 자체도 어딘가 망가졌다. 이미 이전처럼 그곳, 모멸적인 방법으로 지치게 만든 남성의 몸에 대한 잔혹한 승리를 거둘 수 있었던 그 변방, 완벽한 충족의 응고된 영역으로, 생식의 저 깊은 안쪽에서 흩뿌린 즙액이 유일하게 가능한 감각으로 — 본질적으로 비밀스러운 고유의 짐승 같은 환락의 최대한도로 세상을 가득 채우고 넘칠 때까지 그렇게 자주 다닐 수 없게 되었다. 오, 좋은 시절이었다, 그 쓰레기들, 언제나 다른, 그러나 그 존재의 핵심 자체가 손 닿을 수 없는, 세상의 부조리의 심연에서 영혼을 구토하는, 강력하고 오만하지만 저곳의 모든 것이 흘러나온 그 영역에서 완전히 짓이겨져 시체가 되어 버린 불한당이 그녀에게서 내려가는 일이 없었던 그 시절. 그리고 바로 그것을 통해서, 야만적인 절망과 모멸감과 그러면서도 강력한 힘으로…. 공주는 부르르 떨었다. 이제 눈앞에 이렇게 먹음직스러운 데다가 미칠 듯한 광기로 몰고 가는, 그녀에게서는 영원히 떠나가 버린 그 저주받을 젊음까지 가진 것이 서 있다. 그렇다 — 적절한 대상이 지금 나타난 데다가, 란치오니 박사의 조그만 알약까지 더하면 — 하, 그러면 뭔가 완전히 악-마-같-은 일이 벌어지는 것이다…. 인생 전반의 자살하고 싶은 음울함을 배경으로 하여 견딜 수 없을 정도로 강력해진 무시무시한 환락은 그런 것이었다. 어쩌면 이번이 마지막일 수도 있었고 일생이 끝나는 순간까지 현직에서 물러난 나이 든 '블루스타킹'*으로 남아야만 했다. 그 생각은 젊음이 꽃피던 때조차 느끼지 못했던, 깊숙이 야만적이고 — 믿을 수 없이 — 쾌락적인 파멸을 창조했다 — 그보다는 고문이었다 — 하지만 아니다! — 이런 용어들로 그것을 묘사하기란 불가능하다! — 일단 이것이 (이것, 이, 바로 이 이해할 수 없는 것) 진실로 엮이도록 해 주면, 세상의 모든 힘의 횃불인 듯 보이는 불타는 내면에서 육체로 나타난 기적의 찰나적인 순간을 영원히 붙잡을 수 있는 단어를 찾아낼지도 모른다. 그리고 그것도 그런 방식으로…!

절망. 게네지프, 의식하지 못하기 때문에 잔혹한 그

---

* 학술이나 문학을 좋아하는 여성, 페미니스트, 혹은 지적인 분야에서 남자와 맞먹으려고 드는 여성이라는 뜻의 비하적인 의미가 섞인 옛스러운 표현.

아름다운 소년은 가장 심하게 혼란된 상태로 자신의 우아한 입에 버터 바른 빵을 밀어넣고 지나치게 오래 씹었으며 그 뒤에 아무 맛도 없는 덩어리는 말라붙어 쪼그라든 목구멍으로 넘어가지 않았다. 현재 이미 그의 몸 안에, 가장 안쪽에 숨겨진 근육 섬유 속에, 심지어 개개의 세포 속에도 들어가 있는 것만 같이 느껴지는 공주가 말했다(아니다 — 그녀의 영혼은 마치 더 높은 차원에 있는 별들 사이의 살아 있는 물질처럼 세포 사이의 공간을 떠다녔는데, 우리 자신의 생체 구성 요소에 비하면 그 물질에게 우리의 천계는 전자[電子]와 비슷하게 그저 고착 지점일 뿐이었다.) — 그러니까 이 형이상학적인 짐승이 말했고, 목소리는 은으로 된 종처럼 맑았으며 위쪽에서, 행성 사이 저 높은 곳(혹은 저 낮은 곳)의 수정 같은 차가움 속에서 떨어져 내렸다. "마실 것도 좀 드세요, 그렇지 않으면 목이 막혀요." 그리고 그녀는 어린아이처럼 건강하고 예쁘게, 마치 예의 바른 소녀처럼 웃었다. 아 — 이 얼마나 예의 바른 괴물인가! 바보 같은 지프치오는 바로 앞에서 보면서도 그것을 판단조차 할 수 없었다. 어째서 이렇게 바보같이, 아무도 제때에 다른 사람을 절대로 제대로 평가할 수 없게 되어 있는 것일까 = 남녀 한 쌍 연령의 합은 대략적으로 60세 정도일 것이다. 그가 50이면 그녀가 10, 그녀가 40이면 그가 20 등등이다. (성적인 관계의 테일러주의를 생각해 낸 바로 그 러시아 사람의 이론이다.) 이 기묘한 암컷처럼 시들어 가는 꽃이 바로 이 분야의 어떤 진정한 전문가에게 깊이 가치를 인정받을 수 있다니! (성적인 전문 지식만큼 혐오스러운 것이 있을까?) 그러나 아니다—그런 신사는 이미 아무 쓸모가 없거나 아니면 금욕주의의 광신이나 그 비슷한 것에 빠져 있거나 아니면 멍청한 소녀들을 쫓아다니면서 그런 아이들에게 뭔가 젊음을 이용한 천치 같은 재주를 가르치느라 세월을 허비했을 것이다. 아—이제는 심지어 그것조차 변해 버렸다. 그 서열 전체에 뭔가 무질서가 지배해서 전반적으로 모든 것이 가치를 잃었다. 그리고 여기에 대해서 득의양양한 영혼이, 아마도 궁극적으로 무의 심연으로 침몰하기 전에 마지막으로 진입했다. 당연히 폴란드에서, 가장 치명적인 운명 앞에서 모든 사람과 자기 스스로를 방어하는 이 '방파제'에서 그 전투의 승패가 결정되어야만 했다. 민족도 몇몇 사람들처럼 자기 운명과 (그러나 필연적이라는 의미는 아니다.) 임무를 가진다. 사람이 얼마나 오래 살든 간에 궁극적으로 (투옥이나 광기, 사지의 일부를 잃는 일 등등 그 어떤 차원의 힘이나 사고가 그를 가로막는다고 해도) 자기 운명을 완수한다—어쩌면 일부 왜곡된 형태, 희화화된 형태일지도 모르지만, 그래도 완수한다. 이 '저주받을 폴란드' 때문에 확장이 가로막힌 동쪽에서는, 너무나 기묘한 초서구적인 사회적 치환 속에, 소화되지 못하고 날것 그대로 섭취된 형태로 마침내 서쪽을 향해 달려들기 시작했다. 공산주의가 그 길을 열어 주었다. 불교 신자들은 대체적으로 그리스도교도들보다 언제나 일관성이 있었으며 도교에서 사회주의까지도 그다지 멀지 않다. 겉보기에 귀족주의적인 유교도 마찬가지로 사회적으로 유럽과 같은 규모의 이상주의로 쉽게 변화했다. 그리고 무엇보다도 그들의 깊이 형이상학적인 의식적 존재를 감안하면, 이 노란 악마들에게 중요한 것은 배를 채우고 상스럽게 삶을 향락하는 게 아니었다 — 그들에게는 이 변화전체가 내면의 완성을 위한 움직임과 결부되어 있었다. 영적인 구호는 그저 '껍질'이 아니었다 — 이 사람들은 진심으로 영적인 다른 세상의 비전을 가지고 있었다. 어쩌면 닿을 수 없을지도 모르고 어쩌면 우리가 이해할 수 없을지도 모르지만 어쨌든 가졌다. 하지만 어쩌겠는가, 서구식 문제의식으로 감염되어 아주 조금씩, 자기들 스스로도 모르게, 점점 더 그들은 애초의 특성인 초인적인 기세를 잃어 갔다 — 어느 순간이라도 배가 영혼보다 더 커질 수 있었다. 지금 당장은 대중이 자기들의 지도자들이 그토록 지겨워하는 그 영혼에 말 그대로 취하는 건 드문 일이었다 — 물질적인 필요를 만족시키는 것보다도 내면적 발전의 새로운 가능성이 더 중요했는데, 그런 내면적 발전이란 유럽에서는 1920년 이후 완전한 허상이 되었고 — 마침내 사람들은 무한한 진보라는 동화를 믿지 않게 되었다 — 백인은 자연이 아니라 자기 자신의 내면에서 가로막힌 벽을 보았다. 중국식 믿음은 허상이었던 것일까, 혹은 뭔가 다른 심리적 데이터에 기초를 둔 것일까? 가장 격렬한 비관주의자들은 이것이 모든 종류의 개별적인 가치가 전반적으로 균일화되는 현상의 시간적으로 공간적으로 한정된 지연이라고 확언했다 — 그 뒤에는 사회적 지루함과 형이상학적 일상성의 짙은 어둠이 다가오게 되어 있었다. 그리고 아래에서부터, 뼛속에서부터, 원초적인 색채에서부터, 그 '가장 큰 빈민층' 쪽으로부터 뭔가 '망가지고 망가지기' 시작했다 —(여기에 대체 무슨 단어를 쓸 수 있을까? —'망치다'는 지금 말하려는 것의 어감을 전해 주지 못하지만, 지금 요점이 되는 그것은 완전히 혐오스럽다). (궁금한 건 다른 언어에도 ['동종들'에 대해] 폴란드어의 몇몇 표현에 있는 수준의 '혐오감'을 나타내는 단어들이 있을까?) 그것은 외부적으로 계승된 문화의 충분히 낮은 단계에서 위장과 귀(라디오)를 채우고 특정한 이동 수단(자동차)을 적용하는 것으로 인간 본성에서 생각을 창조하는 바탕을 죽일 수 없다는 사실의 명백한 증거였다. 서유럽 공산주의 국가들의 존재 자체가 명백한 증거이기도 했다. 그러나 그것은 몇몇 '깊이주의자들'에게는 '근거리의' 실험이기도 했다. '영혼'이라는 마약에 깊이 취했음에도 불구하고 사회적 변화의 느린 속도에 모든 사람이 괴로워했다. 그 고차원의 짐승(사회)에게는 시간이 충분했다 — 당연히 시간 전체를 가지고 있었다. 원심력에 의해 던져진 쓰레기들이, 그리고 심지어 중심적이고 핵심적인 구성 요소들마저 고통 속에 죽어 간다는 게 사회에 무슨 상관이겠는가? 코카인 중독자에게 그의 뇌에 있는 개별 세포들이 어떻게 느끼는지 무슨 상관이겠는가?

스캄피 후작은 아버지의 불평을 들으며 잇새로 술을 '홀짝였다'.*

"… 왜냐하면 그게 진정으로 강해지기 위해서는, 진정으로 말이다, 그렇게 완전히 진실하게, 그러면 그건 무-조-직이야. 폴란드는 언제나 무정부 상태였고 지금도 그렇다. 왜냐하면 자기최면이 자라나는 그 주변에서 우리 신디케이트 내의 긴장감에 비례해 기하학적으로 진보하는 가운데 대중이 빠져나가기 때문이야, 그러니까 우리는 항복해야 해 — 이해하겠니, 마체이? 절대적으로가 아니라 때맞춰서. 왜냐하면 반드시 반작용이 있을 테니까. 나는 거대한 원거리에서 봤을 때 사회의 원상회복 가능성을 믿는다. 하느님은 존재하고 지배자이시다 — 그게 진실이야. 그리고 이 지구에는 앞으로도 파라오들이 나타나겠지만, 단지 이전보다 더 보기 좋은 스타일로, 토템 숭배의 미신이라는 잡초에 덮이지 않은 채, 궁극적 지식의 태양의 진정한 아들로서 명확하게 나타날 거다." ('오, 저 늙은 당나귀는 왜 저렇게 광분하는 걸까.' 스캄피는 답답해하며 생각했다.) "우리는 한 가지를 감안하지 않았어. 다른 나라들에서 적절한 변화에 때맞춰 화합하는 거지. 쳇 — 우리의 공산주의가 아니라 볼셰비즘, 러시아식 볼셰비즘이었다면, 다시 말하지만 우리 한계를 넘었다면, 하 — 그랬으면 그 면역을 바탕으로 우린 10년 늦은 단계를 이기고 살아남고 우리 목덜미에 저

* 원문에서 '한 모금씩 음미하다(to sip)'라는 영어 동사를 마치 폴란드어처럼 사용함.

인터내셔널의 칭기즈칸을 100명이라도 지탱할 수 있었을 거야. 이미 오래전에 아직 경험이 없고 정치적으로 경력이 일천한 포병대 대장이었을 때 난 언제나 이렇게 말했지, 그들을 자유롭게 나라 안으로 들여보내라고 — 반드시 그 덕을 볼 거라고, 그들은 오래 버티지 못할 거고 우리는 한 200년 정도 분량의 저항력을 갖게 될 거라고…."

　　"오, 아네요, 아빠." 스캄피가 말을 끊었다. "아버진 한 가지를 간과하고 있어요. 우리 동포와 이른바 지도적인 위치의 사람들에게는 원칙적으로 거대한 스타일이 없다는 걸 말예요. 저는 정치적으로 급진적인 관념뿐 아니라 대담성과 희생정신도 함께 생각하고 있어요. 노예 상태와 낭만주의와 정치적 전통이 모든 개인을 완전하게 잠재적인 상태로 이끌었어요. 키네티즘*의 대표자들은 원대한 야망이 없는 뒤처진 무리에 불과해요 — 그 조그만 야심 조각들만 봤을 때 더 그렇죠 — 아니면 이른바 착하다고 하는 사람들도요, 예를 들어 우리 바실리 아저씨 같은 종류. 그들의 시대는 지났어요 — 더 이상 창조하는 사람들이 아니라구요 — 그들이 창조자였던 건 18세기였어요. 오늘날 인류에 선행을 하는 사람은 일등급 악마일 수도 있어요 — 현명하기만 하다면 — 경제학도 알고 — 하지만 그건 점점 어려워지죠. 우리 나라에선 타르고비짜** 시절부터 아무것도 변

* Kinetyzm. 20세기 폴란드 시각예술에서 움직임을 이차원 평면에 표현하려 했던 사조.
** Targowica. 1792년 폴란드 동북쪽 마을 타르고비짜에서 폴란드 왕실과 러시아 예카테리나2세가 맺은 조약. 러시아제국이 폴란드를 식민 지배하기 위한 첫걸음이 됐다.

하지 않았어요. 예외적인 사람들도 있죠 — 반박하진 않겠어요 — 하지만 그런 사람들이 활동할 수 있었다는 게 민족의 덕이 아니라 그저 이상하게 운 좋은 우연이었을 뿐이죠. 우리가 그때 러시아 놈들을 볼셰비즘이라는 형태로 들여왔더라면 오늘날 우리는 군주제 러시아의 시골이 됐을 거고 러시아는 중국 인해전술의 타격에 부서지고 있었을 거예요. 지금 우리는 아직 행동의 자유를 가지고 있어요 — 어쩌면 '유럽 전체가 핥아야 없어질 만한 그런 전략을 던져' 버릴 수도 있어요.* 코쯔모우호비치는 현재 양쪽 반구에서 가장 비밀스러운 사람이에요, 공산화된 아프리카와 이미 그편에서는 무너지고 있는 북미 국가들을 모두 다 생각해 보면 말예요. 우리 외무부에서는 아버지가 있는 내무부 사람들보다 좀 더 독립적으로 정책을 진행하고 있어요 — 그리고 우리 고유의 비밀 첩보도 갖고 있구요."

"마체이, 하느님 맙소사 — 그가 지금 또 무슨 실험을 하려고 한단 말이냐?"

"안 될 게 뭐 있어요? 아빠는 지금 상상력을 전부 잃었어요. 개인적인 상상력은 넘쳐 나면서 정치에서는 회색이고 진부하고 비겁하죠. 그게 역사 전체의 흐름에서 우리의 결점이었어요 — 거짓된 전통의 암시에 항복하는 것과 함께. 바토리와 피우수트스키** 이후 우리 나라

---

* выкинуть такую штуку, что не расхлебать ей всей Европе. 원문 러시아어.
** 스테판 바토리(Stefan Batory, 1533–86)는 헝가리 왕 이슈트반 바토리의 아들로 폴란드의 안나 공주와 결혼해 폴란드 왕이 되었다. 자신의 영지였던 현재 루마니아의

에서 수준 높은 유일한 사람은 코쯔모우호비치예요 — 게다가 비밀스럽기까지 하죠. 오늘날 같은 시대에 비밀스럽게 살 수 있는 능력이란 제가 생각하기엔 가장 높은 수준의 기술이고 수많은 가능성을 열어 줄 밑바탕이에요. 물론 때 이르게 퇴락해 버린 이류 예술가 나부랭이들이 얼마나 비밀스럽게 살든 거기엔 아무것도 놀랄 게 없겠죠. 하지만 샹들리에 한중간에, 모든 세력이 불타오르는 한가운데 서서 우리 나라의 최근 역사가 되었던 그 모든 어두운 상황들의 실질적이고 비밀스러운 태양이 실제로 된다는 것, 게다가 그걸 겉보기에 겸손한 육군 총병참 장교의 계급으로, 국내와 외국에서 가장 대용량의 탐조등에 비추어지면서도 그럼에도 불구하고 그 정도로 비밀스럽다는 것 — 그건 기술이에요. 그것과 그의 행동 양식의 불일치는 점점 커지고 있어요. 정말 매혹적이에요."

"너네 그 외무부에서는 모든 걸 스포츠 경기처럼 다루는구나. 너희는 존재의 힘 전체의 가치를 떨어뜨리고 있어. 우린 좀 더 예전처럼 생기에 가득한 채 살고 싶다."

"오늘날엔 모든 걸 스포츠 경기처럼만 대하고 진지하게 생각하지 말아야 해요. 저 같은 아들이 있다는 걸 기뻐하세요, 아빠. 아빠의 원칙대로라면 아빠는 지금쯤 불운하고 절망한 천치가 돼 있었을 거예요. 국가라는 관념 자

---

트란실바니아를 폴란드와 합병하고 러시아와 전쟁을 벌이는 등 폴란드 영토 확장과 왕권 강화에 힘썼다. 유제프 피우수트스키(Józef Piłsudski, 1867-1935)는 폴란드의 군인, 정치인으로 분할 점령 말기에 폴란드 독립군을 이끌었으며 독립 폴란드의 첫 지도자였다.

체를 오늘날에는 스포츠적인 관점에서 바라봐야 해요. 그 것의 행동에 대한 문제는 축구의 골처럼 지킬 수 있지만, 궁극적으로 만약 신디케이트주의 반파시스트주의자들이 '골'을 넣는다 해도 별로 그렇게 무시무시한 일은 일어나지 않을 거예요. 어찌 됐든 그 국가주의자들의 정당은 순간적으로, 누누이 강조하지만 순간적으로 공산주의자가 되는 형태만 제외하면 모든 형태에서 시작하기도 전에 이미 졌어요. 지금 우리 쪽에 사람이 — 사람이라면 우리 내무부 쪽이라고 이해하겠어요 — 이런 방식으로 모든 걸 바라보려는 사람이 적은 건 저도 알아요. 저는 해방 신디케이트의 해체와 그 어떤 것이라도 좋으니 가능한 격변과의 때 이른 화합을 제안합니다. 러시아에서 온 가장 최근 소식을 보면 우리 차례가 왔다는 걸 알 수 있어요. 우연한 사고들을 향해 가는 탈출구, 그렇지만 어떤 면역용 예방접종이 아니라 진정한 탈출구를 회피하면 우리는 세상에 이제까지 전례가 없었던 살육을 그 대가로 치르게 될 수도 있어요. 코쯔모우호비치는 물론 사람들이 얼마나 죽든 완전히 무관심하죠 — 그에게 중요한 건 위대함 그 자체니까 — 그게 사후에 오더라도 말예요. 그는 진정 황제에 걸맞은 사람이에요. 하지만 우리는요?"

"황제에 걸맞기는커녕 그저 비열한 용병 책략가일 뿐이야. 무슨 일이라도 생기면 자기가 가장 급진적인 그룹의 평범한 하수인이라는 걸 드러낼 거다."

"그렇게 성급하게 말씀하시는 건 권하고 싶지 않아

요—그 말씀을 취소해야 할 거예요, 왜냐하면 견디고 살아남아야 하니까요. 코쯔모우호비치가 중국인들에게 길을 열어 주고 싶었다면 옛날에 그렇게 했을 거예요. 제 생각엔 확실한 계획 같은 건 전혀 없는 게 아닌가 해요. 전 그 어떤 사상을 위해서도 죽을 생각은 없어요—삶은 그 자체로 목적이에요."

"너희들 젊은 세대는 정말로 상상력이 있구나, 왜냐하면 너희는 쓰레기니까. 오, 내가 그렇게 내면적으로 변화할 수 있다면! 하지만 그러면 난 내 낯짝에 스스로 침을 뱉는 법을 배워야만 하겠지."

"아빠의 사상성, 그 민족해방 신디케이트 전체—하, 하—지금 같은 때에 민족이라니요!—그건 전부 겉보기일 뿐이에요. 중요한 건 그저 특정 계급의 사람들이 삶을 향락하는 것뿐인데, 그들은 오래전에 거기에 대한 권리를 잃었어요. 저는 자신을 속이지 않아요. 아빠는 귀가 잘린 뒤에야, 자기 성기를 입에 물고, 배 속에 석유가 들어찬 뒤에야 등등… 그때에야 배우게 될 거예요." 그들은 속삭이는 소리로 말하기 시작했다. 게네지프는 점점 더 경악하며 그들의 대화를 들었다. 두 가지 별개의 공포—공주에 대한, 그리고 깊은 정치에 대한 공포가 그의 자아 감각을 현기증 나는, 그가 이제까지 알지 못했던 높이로 끌고 갔다. 자신보다 겨우 한두 살 많을까 말까 한 이 냉소적인 젊은이 앞에서 그는 자신이 아무것도 아닌 것처럼 느꼈다. 외아들인 자신을 이 정도로 천치로 만들었다는 것 때

224

문에 아버지에 대한 갑작스러운 증오가 그를 휩쌌다. '그 여자'는 저런 아들을 가지고 있으면서 어떻게 그를 무엇으로든 받아들일 수 있단 말인가! 그는 바로 그 반대라는 것을, 그의 가치는 전부 그의 바닥 없는 멍청함과 순진함에 있으며 거기에 더하여 어쨌든 꽤 유리한 신체적인 조건이라는 사실을 알지 못했다.

공주는 그를 주의 깊게 쳐다보았다. 성적인 직관으로 그녀는 숲에서의 장면을 추측해 냈다 ─ 물론 장소(숲)와 방법(텐기에르)까지는 아니지만 그래도 전반적으로. 뭔가 '그런' 일이 이 잘생긴 소년에게 일어났으며, 그녀는 그를 날것 그대로 신선하게, 마치 음란하게 피어나는 꽃송이처럼, 멍청하고 아무것도 이해하지 못하는 채 겁에 질린 강아지인 채로, 불쌍하고 조그만 영혼인 채로 갖고 싶었는데, 그 불쌍한 강아지를 처음에는 돌보아 주었다가, 정신을 차리면서 뿔과 발톱을 드러내면 조금 "고문을 해"주면 되었다 ─ (공주의 표현이다). 그런데 그 고문을 할 기운이 그녀에게 있을 것인가? 공주에게 직접적으로 가학적인 면은 전혀 없었지만, 그 정도로 이 소년은 조금 지나치게 그녀의 마음에 들었다 ─ 어쩌면 이번이 진짜로 그 무시무시한 '마지막'일지도 모른다. "나이가 들수록 우리의 요구는 커지고 가능성은 줄어든다." ─ 라고 언젠가 공주의 남편이, 탐욕을 충족시키지 못한 이 메두사에게, 그녀에게 육체적으로 질렸음을 완곡하게 설명하기 위해 말했었다. 바로 그 대화가 있었던 날짜를 시작으로 공식적인

225

애인이 줄을 잇기 시작했다.

"…가장 나쁜 건 심리주의에 지배당해서 전혀 어울리지 않는 모든 분야에까지 옮기는 것이다. 사회심리학은 헛소리야." 나이 든 대공이 말했다. "모든 사람이 일관되게 자기 관점을 그런 식으로 변화시켰다면 인류는 당장 존재하지 않게 될 거다. 신성한 것도 구체적인 것도 아무것도 없게 됐을 거야."

"민족해방 신디케이트조차도 사회적인 변절자들의 어떤 무리의 심리적인 상태를 모아 놓은 허구적인 기안이 되었겠죠." 스캄피가 독살스럽게 웃었다. "하지만 누군가 한 사람이 일관성 있는 심리학자가 될 만한 용기를 갖고 있다면, 코쯔모우호비치처럼 말예요 — 그런데 일관성 있는 심리학자가 된다는 건 유아론자가 된다는 뜻이에요, 아빠 — 그러면 심지어 총병참 장교의 계급으로도 괴물같이 엄청난 일들을 완수할 수 있어요."

"네가 헛소리를 너무 지어내니까 더 이상 견딜 수가 없구나."

"아, 아버지는 절망적인 화석이에요! 정치에 드디어 짧은 환상성의 시대가, 그것도 바로 우리에게 찾아왔다는 사실을 아버지는 이해하지 못해요. 물론 완전하게 진정되기 전에 마지막 전율이 있죠 — 그것도 황인종식으로, 중국식으로요. 그놈들은 삶에서 떨어져 나온 환상을 꿈꿀 뿐이지 그 자체 안에서는 결점도 공포도 없는 기계들일 뿐이에요. 우리들, 끔찍하고 거짓말하는 양아치들은 반

226

대로 내면적으로 너무나 천박해져서 회색이 되어 버린 우리 내장에 비교해서 대조하면 가장 성스러운 정치는 겉보기에 마치 왜곡된 것처럼, 마치 입체파나 초현실주의자나 또 폴란드의 무슨무슨주의자들이 그린 그림의 대상물처럼 돼 버려야만 했어요. 전 여기에 사흘 동안 앉아 있을 거고 만약 그동안에 아버지를 새로운 유형의 정치인으로 만들지 못한다면, 미리 말하겠는데 아버지는 고문실에서 죽게 될 거예요 ─ 누가 알겠어요, 심지어 나 자신이 내 원칙의 이름으로 그렇게 해 버릴지도 몰라요. 하지만 이미 두 시 반이네요 ─ 가서 자야겠어요."

그는 일어서서 어쩐지 고양이처럼 다정하게 어머니에게 입 맞추었는데, 게네지프는 이것이 몹시 마음에 들지 않았다. 그는 지금에서야 비로소 공주가 나이 든 아주머니라는 사실을 진정으로 깨달았다 ─ 어쨌든 그토록 오래전에 그녀의 몸속에서 그와 몇 살 차이 안 나는 이 아름다운 젊은이가 기어 나온 것이다. 그러나 이미 그다음 순간에 바로 그 점이 그의 내면에 궁금증을 일으켰고 이전의 공포를 즐거움으로 바꾸었다 ─ 그는 자신의 운명의 연인보다 유리한 지점을 찾아낸 것이다. 스캄피는 약간 끌면서 계속 말했다(폴란드 귀족과 사이비 귀족보다 더 가정교육을 못 받은 사람들이 있을까?). "그런데 이 젊은이에 대해서는 완전히 잊고 있었어요. 이렇게 늦은 시간에 우리 가정의 둥지에서 무얼 하고 있죠? 하지만 내가 변죽을 울릴 필요는 없겠죠…. 이 사람이 엄마의 새 애

227

인인가요?" 게네지프는 갑작스러운 분노에 말문이 막힌 채 일어섰다. '이 사람들이 감히 나를 어린애 취급하는 건가?!' 뭔가 가시 같은 것이 관자놀이에 파고들었고 뜨거운 코에서는 보라색 불꽃이 뿜어져 나오는 것 같았다 — 게다가 무시무시하고 절망적인 안타까움이, 왜냐하면 바로 지금, 바로 이 순간에…. 그는 곁에서 모든 것을 둘러보았고, 마치 자신의 필연적인 형체를, 시간과 공간이라는 하나의 유일한 형체의 이중성의 두 측면을 넘어서 존재를 바라보는 것 같았다. 질투에 가득 차서 울부짖고 싶을 정도로 낯선, 그러나 견딜 수 없이 아름다운 그 손 닿지 못할 삶 전체가 숙고해 보지 못한 판결들의 먼 경계선에서 소용돌이쳤다. 명예는 마치 어린 시절의 꿈에 나왔던 '위로해 주는 작은 다이아몬드 새'처럼 그 순간에 달걀을, 그 인간적인, 남성적인 달걀을 그냥 깨고 나왔다. 그는 진심으로 심각하게 때릴 준비가 되어 한 걸음 앞으로 나섰다. 공주는 그의 손을 잡고 다시 안락의자에 앉혔다. 그의 몸에 기묘한 전류가 흘렀다 — 그는 마치 그녀와 한 몸에서 자라난 것 같은 느낌을 받았다. 그리고 거기에는 뭔가 환락적으로 음탕한 면이 있었다…. 그는 완전히 기운을 잃었다. 이미 옆에 서서 이 삶에서 모든 것이 진짜로 어떤지 지켜볼 수가 없었다. 디 스캄피 후작은 모든 것을 아는 듯 너그러운 미소를 지으며 그를 바라보았다 — 그는 그런 깨달음의 순간들에 대해 알고 있었지만 그런 데 쓸 시간이 없었다. 고양이 같고 거의 유치한 그의 음모들과 외교적이고 목적 없는 섬세함의 범주 안에서 그런 것은 너무 적은 비중을 차지했으며, 게다가 그는 인생에 지나치게 흥미를 잃었다. 적절한 정도의 짐승 같은 저열함이 나왔다. 아버지는 이미 머릿속은 여기서 수백 킬로미터나 떨어진 수도에 가 있었다. 그는 코쯔모우호비치를 알고 있었다―그가 그토록 잘 아는 검은색과 녹색의 사무실에 있는 유아론자(비밀스럽게 말을 아끼는, 숯 검댕 가득한 소파 쿠션 속에서 뱀처럼 쉭쉭거리는 독불장군)…. 그건 무시무시한 장면이었다―마치 피록실린으로 가득한 지하실에서 잠결에 성냥을 들고 걸어 다니는 것과 같았다. 이 얼마나 무책임한가, 얼마나 무책임해! '필요하면 나도 유아론자가 돼야겠군.' 그는 이렇게 생각했고 그 생각에 적지 않은 안도감을 얻었다.

"아직 우리 가족을 잘 모르시지요." 지프치오를 향해 '마르케세'*가 말했다. "냉소주의라는 껍질, 심지어 가면 아래 우린 세상에서 가장 좋은 가족이에요. 서로 사랑하고 높이 평가하고, 그리고 우리 사이에는 외면적인 미신으로 분칠한 그 프티부르주아적인 더러움이 없거든요. 순진한 사람들한테 우리가 끔찍하게 보일 수도 있지만 그럼에도 불구하고 우리는 깨끗해요. 우리 사이에서 배신은 명백하게 드러나 있고 우리끼리 거짓말은 하지 않거든요―우리는 우리 자신이에요, 스스로 속이지 않고 더 비

* marchese. '후작'. 원문 이탈리아어.

열한 척하지 않는다는 원칙 위에 이 가족이 서 있으니까요. 남작이 그렇게 생각하는 유일한 사람은 아니에요."

"하지만 그래도." 공주가 가볍고 자유롭게 끼어들었다. "사람들은 다른 이유로 우리를 존경해야 해요. (그녀는 자신을 증오하는 사람들에게 강요된 존경을 쥐어짜 내는 데서 야만적이고 가학적인 쾌락을 느끼는 것 같았다.) 돈과 신디케이트에서 남편의 위상과 마체이가 가진 매력이죠. 그 애는 위험한 사람이에요, 진정으로 위험하죠, 마치 길들인 스라소니처럼. 아담, 우리 둘째는 그 애에 비교할 수 없어요, 중국 대사이긴 하지만 — 정확히 그 애가 뭘 하고 다니는지는 알 수가 없네요 — 참으로 맹한 외무부 사람이죠 — 아마 귀국하는 도중일 거예요. 마체이는 열면 끝없이 안에서 계속 나오는 그 조그만 중국식 상자 같아요 — 결국 마지막엔 안이 비어 있죠. 그는 그렇게 비어 있기 때문에 위험해요 — 심리적인 운동선수죠. 하지만 마체이를 두려워하지는 마세요. 그 애는 나를 아주 사랑하고 바로 그 때문에 남작한테는 아무런 나쁜 짓도 하지 않을 거예요. 원한다면 남작도 외무부에 넣어 줄 수 있어요."

"난 아무 데도 넣어 줄 필요 없어요! 당신들의 그 바보 같은 윔부*는 나한테 아무 상관도 없어요! 나는 문학을 할 거예요 — 오늘날의 시대에 유일하게 흥미로운 일이죠 — 당연히 군대에 끌려가지 않는 동안 말이에요." 그

* 게네지프가 흥분해서 외무부의 약자 MSZ를 한꺼번에 발음함.

230

는 다시 일어섰고, 다시 공주가 그를 억지로 앉혔는데 이번에는 약간 조급함이 섞여 있었다. '그런데 공주는 왜 이렇게 힘이 세지. 난 아무것도 아냐. 어째서 그 털북숭이 짐승이 나한테서 기운과 자신감을 빼앗아 갔을까? 난 아마 자위를 했을 때처럼 패배자의 눈을 하고 있을 거야.' 무기력한 분노와 거의 자살이라도 할 듯한 절망감 때문에 그는 마치 여물을 먹는 염소처럼 울 뻔했다.

"아주 호감 가는 소년이에요." 스캄피가 작위성이라고는 그림자도 없이 말했다. "너무 일찍 판단을 내리지는 말아 주세요. 우리도 언젠가는 굉장한 우정을 나눌 수도 있을 테니까요." 그는 게네지프에게 손을 내밀고 눈을 깊이 들여다보았다. 눈의 생김새는 공주와 닮았고, 색깔은 아버지처럼 거무스름한 회갈색이었다. 게네지프는 몸을 떨었다. 이유는 알 수 없지만 '영혼의 거울'이라고 알려진 그 거짓된 덩어리 속 깊은 곳에서 그는 자신의 가장 비밀스러운 운명을 엿보았다 ─ 사건 자체가 아니라 단지 그 가장 깊은 본질을, 되돌릴 수 없는 핵심을. 그는 야만적인 공포에 뒤흔들렸다. 순수를 잃어버리는 순간을 바로 앞에 두고, 그 순간을 완전히 피하는 것을 꿈도 꿀 수 없다면 조금이라도 더 미루기 위해서라도 뭔든지 줄 수 있을 것 같았다. 그런 순간에 젊은 사람들은 때로 사제가 되거나 수도원에 들어가 평생 고통받게 된다. 지금에서야 '구원을 위해'(마치 하느님처럼) 그에게 떠오른 건 아픈 아버지였는데, 아버지는 지금 이 순간 죽어 가고 있거나 아니면 벌써 죽었을지도 몰랐다. 마침내 그는 지금에서야 생각이 났다는 사실이 가슴 아파질 정도였다…. 어쩌겠는가? 통제할 수 없는 자기 생각 속에서만이라도 사람은 그저 진실로 자기 자신일 뿐이며, 세상과 자기 자신이라는 그 괴물 같은 감옥 속에서 조금이나마 가지고 있는 한 조각 자유를 아까워할 필요는 없는 것이다. 마당에서는 오라바* 지역의 돌풍이 휘몰아쳤고 굴뚝과 궁전의 모퉁이 주위를 계속해서 윙윙 울렸다. 모든 것이 무시무시한 긴장감 속에 빙빙 돌며 물결치는 것 같았고, 가구가 부풀어 오르고 창문은 유리를 두드리는 알 수 없는 힘의 압력 아래 당장이라도 터질 것만 같았다. 공포 섞인 기다림은 마치 시궁쥐의 배 속에서 기름으로 뭉친 면 솜이 부풀어 오르듯 게네지프의 내면에서 점차 확장되었다 —(시궁쥐를 죽이는 그런 야만적인 관습이 있는데, 이 불운한 피조물들에 대해서는 아무도 동정하지 않을 것이었다). 그는 이미 그런 상태를 더 이상 참을 수 없었지만, 동시에 가장 단순한 동작을 하는 것조차 절대적으로 불가능해 보였다 —그러니 (언젠가 들어 본 적 있는) 그 '우스꽝스러운 동작'을,** 그것도 이런 정황에서 한다는 건! 그 순간 성관계보다도 더 괴물 같은 건 그에게는 아마 없었을 것이다. 그리고 그는 그것을 해야만 할 것이다 —그것을 그 안에 넣고 기타 등등. 그건 뭔가 믿을-수-없는 일이었다! 그녀와!! 아 —안

* Orawa. 폴란드 남서부의 슬로바키아 국경에 접한 지역.
** mouvement ridicule. 원문 프랑스어.

돼, 그렇게 바보 같은 건 안 돼!* 여성 성기의 존재 자체가, 완전히 닿을 수 없는 것이 되기, 혹은 최소한 불확실해지기 시작했다. 그는 의지도 없고 형태도 없는 덩어리로 점점 굳어졌고, 그녀가 먼저 무슨 말이라도 한마디 해주거나 그를 만지지 않는다면 지금, 곧, 그는, 게네지프 카펜은 여기서, 이 하늘색 긴 의자 위에서 터져서 무한함 속으로 흩뿌려질 거라고 절망적으로 생각했다. 이 모든 것은 대단한 과장이었지만, 그래도 하여간…. 동시에 그는 한없이(라기보다 이론적으로) 일어날 것이고 일어나야만 하는 그 일을 욕망했고, 동시에 그의 속눈썹은 믿을 수 없는 두려움으로 떨렸다. 이 모든 일은 진실로 대체 어떤 모습일 것이며 그는 거기에 대해서 (거기에 대해서 — 오 검은 세력이여, 오 이시스, 오 아스타르테!)** 무엇을 할 수 있고 해야만 하는가 — 그것이 최악이었다. 그것에 비하면 그 모든 시험과 심지어 졸업 시험조차 대체 무엇이었단 말인가? 그것은 마치 도형 기하학처럼 어려웠다. 뭔가 기울어진 각뿔과 교차하는 각기둥에 던져진 회전하는 타원체의 그림자 같다. 그는 언어로 형성되지 못한 고통에 신음했다기보다 마치 암소처럼 울었고, 그 덕분에 터지지 않을 수 있었다. 그는 공주에게 들키지 않고 훔쳐보

* non, pas si bête que ça! 원문 프랑스어.
** 이시스(72쪽 주 참조)와 아스타르테(191쪽 주 참조)는 이집트 신화와 바빌로니아 신화에서 풍요와 다산 등을 상징하는 여신이지만 그리스도교에서는 지옥의 악마로 여겨진다.

는 데 성공했다. 그녀는 비밀스럽고 독수리 같은 옆얼굴을 그에게 향한 채 앉아 있었는데, 마치 알지 못할 종교의 성스러운 새 같았다. 그녀가 생각에 잠긴 모습은 현실과 너무나 멀어 보여서 게네지프는 다시 한번 몸을 떨고 놀라움에 눈을 휘둥그렇게 떴다. 그는 자신이 스스로 알지 못하는 사이에 완전히 변해 버린 세상으로 영구히 옮겨 와 버렸으며, 이 세상은 이전의 세상으로부터 (마찬가지로 나란히 지속되고 있었으나) '심리성'의 측정할 수 없는 심연만큼 멀리 떨어져 있다고 확신했다. 그 전환에 적용된 변화의 방정식이 어떤 것인지 지프치오는 이제 절대로 알 수 없었다. 대체로 그날 하루(24시간)는, 엄밀히 말해서 그 저녁은, 그에게 영원히 비밀로 남아 있었다. 그런 일들을 나중에 통합할 수 없다는 건 아쉬운 일이다. 순간들은 명확하지만 가장 깊은 변화 전체, 영혼이 변모하는 감추어진 흐름은 마치 완전히-기억해 낼-수-없는 괴상한 꿈처럼 이해할 수 없는 채로 남는다. 그 지점에서부터 모든 것이 '벌레같이 되었다'* ─ 이것만은 확실했다. 그는 언젠가 바퀴벌레 두 마리가 아주 기묘하게 붙어 있는 것을 보았다⋯. 욕망과 함께 저속한 공포가 내면의 중심(인격의 그 육체적 중심)에서 폭발했고 그의 존재 전체를 가장 구석의 틈새까지 회상으로 채웠다. 이중성의 감각이 너무나 강해서 때때로 무르티 빙의 추종자들이 일반

---

* 원문은 작가의 신조어로 '바퀴벌레로 뒤덮이다' 혹은 '바퀴벌레가 되어 버리다'라는 뜻.

인들에게 이야기하는 그 영혼이 몸에서 빠져나가는 순간을 앞둔 것만 같았다. 그 영혼은 무시무시한 성의 문제에서 영원히 도망쳐서 어딘가 절대적인 조화와 순수한 관념과 진실한, 경박하지 않은 평화의 세계에서 살게 될 것이었다—그리고 이 혐오스러운 시체만 여기에 남아서 지옥에서 태어난 악마와 괴물에게 뜯어먹힐 것이었다. 그런 해방의 나라는 없었다. 그런 나라는 바로 여기에서, 욕망에 찬 광기와 충족되지 못한 탐욕으로 넘치는 신체 장기들을 담은 자루, 저주받은 날고기의 껍데기, 그리고 그 안에서 드물게 무지갯빛으로 반짝이는 보석—이것들을 모두 질질 끌며 스스로 만들어야만 했다. 아니, 공포는 저속하지 않았다—그것은 암컷의 순결하지 못한 꿈에 몸을 바쳐 지배당한다는, 굴욕 중에서도 가장 커다란 굴욕 앞에서 남성의 (그 혐오스럽지 않은 종류의) 품격을 보호하기 위한 마지막 방책이었다. 오로지 사랑만이 그것을 정당화시킬 수 있고, 그조차도 완전진 못하다. 그 배경에 무언가 도사리고 있었지만, 그 무언가가 그것은 아니었다. 어떻게 살 것인가, 어떻게 살 것인가? 과연 그는 계속 이렇게 심연의 가장자리를 걷다가 무시무시하고 근본부터 무익한 진력 끝에 피할 수 없이 그 안으로 떨어져 버릴 것인가? 지프치오는 이 순간에 대체 얼마나 멍청한 고집불통 가톨릭 신자, 이른바 부정적인 가톨릭 신자란 말인가? 그의 손은 땀에 젖었고 귀는 불타는 것 같았으며 바짝 마른 입은 단 한 마디도 내뱉을 수 없었고 굳어 버린 언어

는 그 입 위에서 움직이려 애썼다. 저 반대편 세상은 긴
장된 꿈속에서 쪼그라들었고 그가 있다는 사실에 대해서
는 완전히 잊어버렸다. 게네지프는 거의 고통스러울 정도
로 애써서 소파에서 일어섰다. 그는 조그맣고 불쌍한 아
이였다 — 그에게는 남성성의 흔적조차 없었고, 심지어 만
약에, 그가 그 혐오스러운 상태였다 해도, 그의 모습은 완
전히 비참했을 것이다. 공주는 마치 잠에서 깬 듯이 몸
을 떨고 아직도 먼 시선을 돌려 성적인 분기점의 결정적
인 순간에 선, 다른 측면으로는 귀여운 당황스러움의 불
운한 희화화를 쳐다보았다. 한순간 전에 그녀는 살인적으
로 축약된 형태로 자신의 인생 전체를 다시 생각했다. 여
기에 한계 — 끝 — 이 소년이 있고 그 뒤로 완전한 금욕과
함께 피부에는 지속적인 이 끔찍한 거의 고통과 같은 것
을, 다리 사이에는 충족되지 못한 탐욕의 이 지루한 무감
각을, 그리고 배 속 어딘가 먼 곳에 둔한 고통을 안고 계
속 살아가거나 — 이것이 전부다 — 아니면 아직 몇 년 더
타협한 채로 — 하지만 그렇게 되면 대가를 치러야만 할
것이다 — 곧바로가 아니라면 빙빙 돌면서 옆길로 다니
며 자기 자신과, 다른 누구보다도 그 '쓰레기들'을 경멸하
며 살게 되리라고 그녀는 느꼈다. 이미 '신여성*이 되기'
와 그 거의 지적인 삶을 도와줄 수 있는 건 아무것도 없었
다. 사람들이 그 명백하게 튀어나온, 욕망으로 일어선 신

---

* précieuse. 원문 프랑스어.

체 조직들을 보지 못하게 하기 위해서 그 짐승들은 눈속임의 도구로 좋았다. 하지만 그 자체로는? "그래도 마찬가지로 선생께는 견딜 수 없는 지루함이겠지요."라고 그 저주받을 루신 사람인 파르블리헨코가 말했는데,* 그는 모든 것을 테일러주의로 만들고 싶어 했고, 그게 끝이었다. 아, 그 순간 그녀에게 남자는 얼마나 혐오스러웠던가! 겁에 질려 굳어진 채 (그녀도 알고 있었다.) 곁에 앉아 있는 이 불쌍한 아이가 아니라 그, 관념으로서 여럿 중 하나인, 그 혐오스러운 남자들, 그 혐오스러운 털북숭이 수컷들, 영원히 멀고 손에 잡을 수 없고 거짓된 생물들. '오, 우리보다 수백 배 더 거짓되었지.' 그녀는 생각했다. '왜냐하면 우리는 알다시피 모든 일을 그것을 위해서 하는데, 그들은 우리를 통해서 욕망을 충족시키는 것이 유일하게 진정한 쾌락이 아닌 척하거든.' 그녀는 그를, 이라기보다 그녀가 조금 뒤에 (그녀의 그 악마와 같은 관능적 기술에 힘입어) 남자로 만들, 생각만 해도 혐오와 굴욕감에 몸을 떨었던 그들과 똑같게 해 줄 그 '무언가'를 쳐다보았다. 게네지프는 환상이 현실의 존재와 맞닿는 그 거의 확인할 수 없는 영역까지 감당할 수 없을 정도로 커져 버린 모순에 무기력해져서 앉아 있었다. '하, 우리의 의지가 활동하게 해 보자.' 공주는 생각했다. 그녀는 가볍고 민첩하게 일어섰다. 누나 같고 소녀 같은 몸짓으로 게네지프의 손을 잡았

* 루신(rusin)은 폴란드 동남부, 우크라이나 서남부, 벨라루스 일부에 사는 소수민족. 파르블리헨코는 작가의 희곡 「쇠물닭」에 등장하는 하인 얀 파르블리헨코인 듯하다.

다. 그는 일어서서 저항하지 않고 그녀의 뒤를 따라 끌려갔다. 그는 치과 의사의 대기실에서 한 시간 넘게 기다리다가 이제 치아를 뽑으러 가며, 국내의 일급 악마들 중 하나와 보내는 환락의 첫 밤에 '성공할' 리가 없다고 거의 확신하고 있었다. 그러나 지금 그를 기다리는 일에 비하면 치아를 뽑는 건 아무것도 아니었다. '바로 이게 그렇게 오래 기다리고 그렇게 오래 버텨 낸 결과야.' 그는 분노하여 생각했다. '아버지, 사방에 아버지다. 이 순간 여기서 나는 다르게 행동했을 거야, 그 저주받을 미덕만 아니었다면.' 그는 아버지에 대해 노골적으로 증오를 느꼈고 거기에서 힘을 얻었다. 그는 이 상황의 매력 전체가 오로지 그 끝까지 기다리는 데 있음을 알지 못했고 그에 대해 불평했다. 만약에 이것이 한꺼번에 두 가지 모순이고 그저 그에 대해 생각하는 것만은 아니었다면! 그렇다면 얼마나 즐거웠을 것인가! 우리는 때로 그것을 위해 거의 노력하지만, 그 결과는 부분적이고 완전하게 결말에 이르지 못한다. 아마도 광기…. 하지만 그건 너무 위험하다. 게다가 그런 경우에는 온전하게 제정신이 아니다….

그는 백리향과 또 뭔가 딱 집어 말할 수 없는 것의 향기가 풍기는 공주의 침실에 있었다. 방 전체가 하나의 거대한 성기와 같은 인상을 주었다. 가구 배치 자체에 뭔가 딱 집어 말할 수 없이 음란한 데가 있었고, 색깔과 (가재와 같은 짙은 주황색, 분홍색, 짙은 푸른색, 회갈색이 섞인 보라색) 가장 조그만 장식까지 말할 것도 없었다 — 동

238

판화, 장식물과 사진첩은 가장 야만적인 포르노그래피로 가득했고, 저속한 사진부터 섬세한 중국제와 일본제 목판화까지 — 이리나 브시에볼로도브나와 같은 '블루스타킹'에게도 비정상적인 증후다 — 이런 부도덕의 수집물은 어쨌든 남자들만의 특권이 아닌가 말이다. 따뜻한 어스름이 음탕한 냄새와 함께 퍼졌고 뼛속으로 뚫고 들어왔으며 몸과 마음을 부드럽게 늘어지게 했으나 동시에 긴장시키고 짐승처럼, 황소처럼 만들었다. 게네지프는 또다시 뭔가 남성의 신음과 몸속에서 나오는 정당성을 느꼈다. 영혼의 상태와 상관없이 호르몬이 움직이기 시작했다. 호르몬에게 영혼이 대체 무슨 상관이겠는가 — 이제 우리는 한껏 즐길 것이고 나머지는 다들 악마에게나 가 버려라.

공주는 거울 앞에서 재빨리 옷을 벗었다. 짓누르는 듯한 침묵이 지속되었다. 천이 바스락거리는 소리가 집 전체를 바닥부터 갈라놓을 수도 있는 무시무시한 소음처럼 느껴졌다. 지프치오는 이처럼 황홀한 것을 처음 보았다. 여기에 비하면 산 위의 가장 아름다운 광경도 대체 무엇이란 말인가! 어스름 속에서 그 넋 나가게 아름다운 짐승 얼굴의 (미소 지으며 내장 기관을 질질 끄는 그에게 거울 속에서 웃음 짓는 얼굴의) 조그만 (아주 조그만) 흠결들은 사라졌고, 그 주변에는 강력한 영혼이 마치 허리케인이 어떤 닿을 수 없는 정점을 향해 휘몰아치듯이 불어대고 있었다. 그녀는 정복할 수 없는 힘과 세상을 초월한 어떤 악마적인 매력을 더해 가며, 한 번도 완성되어 본 적

239

없는 삶의 아픔으로 찢어지는 지프치오의 소년다운 영혼을 가르고 그 안으로 침투해 왔다. 그 마술에 비하면 이전에 보였던 조그만 주름이나 매혹적인 코의 가벼운 곰보 자국 따위가 대체 무슨 의미가 있겠는가? 마호메트의 꿈과 동상과 천국, 그리고 (지프치오가 언젠가 꿈꾸었던) 벌레로 사는 삶의 행복 — 이 육체의 장엄함에 비하면 그것들이 대체 뭐란 말인가? 그리고 그 웅대한 육체적 환락은 관념의 세계에서 최상위에 있는 환상에 대하여 삶에서 가끔 어떤 가느다란 틈새로, 비참한 '진흙' 사이로 뱀처럼 스며들어 와서, 어떤 거대함 안에서 살아 있는 무한함으로 목구멍까지 치밀어 오르는 것이다. 이 관념의 세계에서만 그것은 인류라는 동물 무리의 실용성 전체에서 떨어져 나온 부스러기의 우연한 조각들을 부적절하게 이어 붙인 덩어리가 된다 — 여기 표면적인 불합리함의 정복당하지 않는 피라미드가 '서 있습니다, 주인님, 마치 주인 앞에 선 황소처럼', 그리고 그 피라미드의 합성된 속성은 어딘가 '이상적인 존재' 안에서 떠다니는 원칙이 아니라 뭔가 현실적이고 (오, 이 단어는 어쩌다가 저열한 남용으로 인해서 모든 가치를 잃었는가.) 일률적이며 결점이 없고 구멍 난 곳도 없이 뭔가 유리처럼 매끈하고 그 어떤 것에도 꿰뚫리거나 분석되지 않는 — 아마 그저 날카로운 단검이거나 아니면 6천 년 동안 경멸당한 예술적 헛소리일 것이다. (경멸당한 이유는 다른 것들이 언젠가 그것의 수단이었기 때문이다. 잔혹하고 관능에 도취한 종교들, 위대한 예술, 위대한 절제, 무시무시한 마약의 예언자들과 모든 것을 넘어서는 무시무시한 비밀의 느낌 — 우리에게는 마지막 수단으로 오로지 부조리만이 남았다 — 그 뒤는 끝이다 — 스투르판 아브놀이 이렇게 말했다.) 그것은 모든 사람에게 여러 속성(색깔, 소리, 냄새 등등)이 그렇듯이, 혹은 후설에게 — ("헤헤") — 관념이 그러하듯이 단순한 것이었다. "그리고 그 인류는 그 많은 세월 동안 — 물론 이성주의의 관점에서는(우리가 알다시피 이성주의는 절대로 언제나 모든 사람에게 [가장 위대한 놈들도 포함해서]* 이성적이지는 않지만) — 가장 아름다운 종교적인 부조리 속에서 헤매고 완전히 부도덕하게 그 부조리 안으로 침투했으며 지금은 본래 의도했던, '성스러운 현실성'을, 그러니까 즉 지금 시대의 가장 진부한 '표준적인-평범한-인간'**의 뇌 속에 있는 세상과 감각의 모습을 조금도 왜곡하지 않는 형태들의 세계를 만들 수 없는 예술의 마지막 경련에 대해 분개하지." 반 시간 전에, 무엇에 대해서였는지 모르겠지만 하여간 이렇게 지나가는 말로*** 그 혐오스러운 마체이 스캄피가 말했다. 이 육체, 이 육체 — 지금 대담한 하룻강아지(혹은 그냥 하룻강아지)의 당황하는 눈앞에서 두 번째 자아의 무시무시한 비밀이 열렸고, 그는 지금, 손 닿을 수 없는 아름다움과 물질적인 완강함(아마

* y compris. 원문 프랑스어.
** standard-common-man. 원문 영어.
*** en passant. 원문 프랑스어.

도 으깨거나 갈가리 찢거나, 전부 없애 버리려는 완강함)
에 감싸인 그녀를, 매혹적인 육체를 쳐다보았다. 그 모든
것이 그녀, 그 지옥의 악마 같은 그녀였다. 그는 마치 이
시스 여신의 동상 앞에 선 제사장 같았다. 동방의 모든 괴
물 같은 신화와 외설적인 성의 신비가 자신의 완벽함으로
마법에 걸린 그 존재 안에 형상화된 채 이 젊은 전직 자위
행위자의 오염된 상상력을 통해 마치 욕정에 찬 연기처럼
퍼졌고, 그러면서 그것은 묘사할 수 없는 무언가로 나누
어져 동심원을 그리면서 그의 눈앞에서 그토록 슬프고도
뻔뻔스럽게 퍼져 나가는 것 같았다. 왜냐하면 공주는 슬
펐고 슬프게 매력적인 몸짓으로 자신의 치명적인 둥근 부
위를 내보였기 때문이다 — 언젠가 그녀의 프랑스인 숭배
자들 중 하나가 말했듯이, "충격적인 곡선"*이다. 그리고
소년의 멍해진 시선은 (그녀도 침대 너머의 거울을 바라
보았다.) 마치 열판 기구의 달아오른 가열판처럼 그녀의
피부를 달구었다. '이런 행복을 위해서라면 조금은 고생을
견딜 가치가 있어.' 불쌍한 그녀는 생각했다.

　　게네지프에게 세상은 견딜 수 없이 거대해졌다. 그리
고 그 안에서 그녀는 마치 열이 들끓는 악몽 속에서처럼,
어마어마한 열매 속의 조그만 씨앗처럼 조그맣게 서 있었
다 — 그녀는 멀어졌고, 그의 위로 겹겹이 쌓여 가는 심연
속 어딘가로 사라져 갔다. 다시 공포. '나는 겁쟁이인 걸

---

* des rondeurs assommantes. 원문 프랑스어.

까.' 지프치오는 휴대용 십자가에 늘어진 채로 생각했다. 그 십자가는 이후에 십자 형태로 커져서 절대로 그를 놓아 주지 않게 될 것이었다 — 그것은 그의 몸 안으로 뻗어 가서 심지어 영혼의 아래쪽 말단까지 파고들 것이었다. 아니, 불쌍한 지프치오 카펜, 남아 있는 조그만 순진성을 너무 늦게 잃고 있는 이 고등학교 졸업생은 겁쟁이가 아니었다. 그의 공포는 이제 본질적으로 형이상학적인 속성을 띠었다 — 그것은 소년 안에서 태어나고 있는 남자를 손상시키지 않았다. 게네지프는 처음으로 진정 육체를 가지고 있다고 느꼈다. 스포츠와 체조는 이것에 비하면 아무것도 아니었다! (영국인들이 말하는 대로) 그 "조직"의 근육들은 떨렸고 그의 앞에 일어선 적대적인 신격을 향해 두 걸음 다가갔다 — 방금 전 무늬 있는 융단에 속옷을, 어쨌든 매우 예쁜 속옷을 벗어 버린 신격이다. 그러나 그가 여기에 대해서 대체 무엇을 이해하거나 깨달았던가! 육체와 저곳의 붉은 불꽃…. 그는 그 광경을 견뎌 내지 못했다. 시선을 떨어뜨려서 그는 마치 바닥의 페르시아식 격자무늬를 기억하는 것이 바로 이 순간에 가장 중요한 일인 것처럼 융단의 그 색색 가지 무늬를 들여다보았다. 옆에서 그를 맞이하려고 기다리는 여성은 그저 그 지옥 같은 형상의 전체 중에서 아랫부분만 보였다. 그녀는 몸을 돌려 바닥에 벗어 던진 속옷을 가볍게 건너뛰어 그에게 시선을 주지 않고 어린 소녀처럼 매력적인 몸짓으로 반짝이는 스타킹을 벗었다. 그 반짝임은 뭔가 강력한 기계의 광택을 낸 철처럼 잔혹한 데가 있었다. 차원은 매 순간 변했다―마치 페요테로 인한 환각처럼 모든 것이 거인국과 소인국 사이에서 계속 왔다 갔다 했다. (이리나 브시에볼로도브나는 언제나 무릎에 둥글게 가터벨트를 하고 다녔다.) 그리고 게네지프는 그녀의 다리를 보았다. 그 어떤 그리스 조각상도―그러나 여기서 떠들 필요가 뭐 있겠는가, 마치 독립적인 생명을 가진 개별적인 신격인 듯한 다리, 아무것도 신지 않은, 매끄럽고 음탕한…. 어쨌든 그런 다리는 새삼 그렇게 또 대단히 아름다운 건 아닌 것이다―그러나 뭔가 사악한 것이다―그리고 아마도 가장 음탕한 것이다. 하지만 여기―오 젠장!―이것은 아마 기적일지도 모른다. 그리고 이 희망 없이 흘러가서 삶의―삶은 지속된다, 그것은 아직 있다―과거의 심연으로 빨려 들어가 버리는 시간의 한 조각 속에서, 자기 스스로 포화되어 부풀어 터지는 순간의 고통―그 속에서 이 다리들은 바로 이러하며 다르지 않다는 것도. 게네지프는 그녀의 얼굴을 쳐다보았고 돌처럼 굳어졌다. 그것은 '타락한 천사'였다―그렇다, 여기에 다른 단어는 있을 수 없다, **타락한 천사**, 아아아, 아아아…. 광기에 맞닿을 정도로 걷잡을 수 없는 그 아름다움, 이 세상을 넘어선 신성함의 도달 불가능성 속에 녹아든 그것은 견딜-수-없는 무엇이었다. 그리고 그것이 그 다리와, 시초의 추악한 비밀을 감춘 그 휘몰아치는 붉은 털로 이어져서―과연 그 속에서 그가 조금 전에 만났던 그 짜증 고 아름다운 멀대가 세상으로 기어 나왔단 말인가? 지프

244

치오는 너무나 야만적인 공포와 여기에 연결된 너무나 지옥같이 불쾌한 성적이며-인생-전반적인 고통의 바닥 없는 구멍에 빠져서 말불버섯이나 혹은 피를 잔뜩 빤 빈대처럼 그 안에서 그저 덜덜 떨 뿐이었다. 그는 결단코 그녀에게 다가갈 용기를 낼 수 없을 것이고, 그들 사이에는 절대로 아무것도 없을 것이며 그는 생이 끝나는 날에 가까워질 때까지 내면적으로 온통 고통에 찌든 그 견딜 수 없는 상태에서 결단코 헤어날 수 없을 것이었다. 자기 성기 대신에 그는 자신의 무감각해진 상처 속에서 뭔가 무기력하고 물컹물컹하며 고통스러운 것을 느꼈다. 그는 거세당했고, 조그만 꼬마였으며 바보였다.

"겁나요?" 공주가 반원을 그리며 휘어진 입술로 홀리는 듯한 웃음을 지으며, 구릿빛 머리카락의 황홀한 갈기를 흔들며 물었다. 오늘 그에게 뭔가 의심스러운 점이 있었다는 것을 그녀는 이제 생각하지 않았다 — 자신의 예감에 대해서는 잊어버렸다. 무시무시한 사랑이 그녀의 불패의 허벅다리에 스며들었고 다른 예감들의 가라앉힐 수 없는 전율과 함께 쌓여서 그녀의 내면을 반대로 끝없이 빨아들이는 어떤 구멍으로 만들었다. 아플 정도로 황홀한 짙은 달콤함이 그녀의 피투성이에 고통스러운, 뭔가 가장 높은 것을 그리워하는 심장 아래로 다가왔다 — 그녀는 이 순간 세상 전체를 빨아들일 수 있을 것만 같았다, 이 어린애, 아이, 꼬마, 이 소년, 남자애, 꼬맹이, 그녀를 위한 무언가를 그 조그만 바지 속에 가지고 있는, 남성성으

245

로 짐승이 되어 버린 이 아름다운 천사만이 아니고—그리고 그 조그만 바지 속의 무언가는 부드럽고 소심하고 불쌍하지만 조금 뒤에는 태풍이 부는 여름 하늘을 향해 마치 운명의 손가락처럼 위협적으로 일어설 것이고, 자기 자신에 (심지어 자신의 영혼에) 도취되어 그녀를 (그리고 그 자신도 함께—오 그 황홀함의 이해할 수 없는 기묘함이여.) 으깨고 죽이고 없애 버릴 것이며 충족될 수 없는 그녀의 피투성이 심장처럼 괴로워할 것이고, 그러다가 끝내 불명예스럽고 수치스러우며 의기양양한 (그 지옥 같은 쾌락의 장본인인 그에게) 오르가슴의 경련 속에 그녀와 자기 자신을 갈가리 찢어 버릴 것이다. 남자들이 쾌락에 대해 무엇을 알겠는가! 자기들 마음대로 하는 그들은 누군가 다른 어떤 여성이, 자질구레한 어떤 감정들 외에는 바로 그녀 자신이며 다른 여성이 아니라는 사실을 통해서 수동적으로 그 쾌락을 광기에 이를 정도로 강화해 준다는 사실을 직접적으로 의식하는 일이 거의 없다. 그러나 그들, 비참한 남자들은 자기 안에, 바로 자신들의 내면에 초췌해지고 천박해지고 그럼에도 불구하고 위대하고 강력한 진실한 그 장본인이 무엇인지를 거의 모른다. 나를 조종하는 것은 바로 그 장본인이고, 거기에 있다—낯선 외부의 힘에 몸을 맡기는 그 무기력함, 바로 그것이야말로 정점이다. 그리고 더하여 저 짐승의 퇴락이라는 감각. "아, 안 돼, 난 이걸 견딜 수 없어, 난 미쳐 버릴 거야." 그녀는 속삭이며 온몸을 휘어잡는 욕망의 손아귀를 뿌리쳤는데,

저 바보는 정복자로서 그 몸을 감히 바라보지 못하고 있
었다. 불쌍한 이리나 브시에볼로드브나는 그렇게 상상했
다. 그러나 실제로는 어땠을까? 그 얘기는 전혀 하지 않는
편이 낫다. 그리고 그러는 편이 더 나을 거라고 어쨌든 증
명해 주는 몇 가지 사실이 아니었다면 말하지 않을 수도
있었을 것이다.

　　지금에서야 게네지프는 어린 시절 어느 오후에 꾸
었던 각성의 꿈의 의미를 진실로 느꼈다. (몇 번째로?) 인
간 영혼의 층은 끝이 없는 것이다 ─ 오로지 겁먹지 않은
채 가장 깊은 곳까지 뚫고 들어갈 줄만 알면 된다 ─ 자
기 스스로 정점을 쟁취하거나, 아니면 스스로 죽어 버
린다 ─ 어느 쪽이든 그런 층이 있다는 걸 겨우 아는, 그
나마 잘은 모르는 평범하고 개 같은 삶은 아닐 것이다.
하 ─ 한번 해 보자. 바실리 대공과 벤츠의 대화 전체가
마치 해가 서쪽으로 내려가면서 이미 지평선 너머에서 라
즈베리 같고 피에 물든 것 같은 죽어 가는 빛줄기를 던질
때 동쪽에 몰려 있는 구름처럼 갑자기 마지막으로 빛났
다. 그 순간 그는 자신이 어디에 있는지 알지 못했다. 그
는 그때까지 자신의 '나'의 경계를 넘어섰고 지성에 영원
히 작별을 고했다. 그것은 자기 자신에 대해서라는 그가
저지른 첫 번째 범죄였다. 그 두 신사들로 형상화된 두 세
계의 장로들이 0에 수렴하는 결론을 내렸다. '삶 그 자체'
는 (인류 중 가장 저열한 덩어리들의 가장 망상적인 관
념) 그에게 타락의 길을 열어 주었다. 초보자들을 위한 적

절한 영역에 있는 관념인, 겉보기의 지루함을 거부하면서 그는 그 영역을 바치려 했던 바로 그 삶 자체를 거부했다. (모든 사람에게 그 권리가 중요한 건 아니지만, 권리 없이 그런 방식으로 행동하는 사람들이 오늘날 얼마나 많은가.) 속옷도 스타킹도 벗은 위협적인 신격은 약간* 늘어진, 그러나 아직은 (위협하듯 치켜든 손가락 — 혼자 공중으로 치켜올렸다.) 아름다운 가슴(게네지프는 다른 행성에서 온 알 수 없는 열매의 환상을 보았다.)을 드러내고 침묵하며, 사랑하며, 순종적으로 서 있었다. 바로 거기에 모든 위협이 있었다. 그러나 불쌍하고 순진한 아이는 이것을 알지 못했다. 지프치오는 또한 자신의 무기력함과 당황해하는 모습이 그녀에게 얼마나 무시무시하게 마력이 있는지, 식어서 수정 가시가 된 눈물로 내면을 찢어 내는 깊은 사랑을 얼마나 불러일으키는지 알지 못했는데, 그 감정은 거의 욕망을 넘어서 한때 어머니였던 그녀에게, 바로 그가 어린아이 같은 관능적인 천치이며 이 무시무시한 시대에 그저 무가치한 견본이라는 사실 때문에 생겨나는 것이었다. 그런데 여기서 불운하게도 혐오감이…. 한편으로 자기 자신에 대한 그와 같은 역겨움이 대체 어떻게 해서 다른 한편으로 그 역겨움의 대상에 대한 그토록 고매한 감정에 대응이 될 수 있단 말인가? 비밀이다. 호르몬 분비물의 조합 속에 숨어 있는 결론은 아직 검토되지

* чуть чуть. 원문 러시아어.

못했다. 그 혼합물의 '칵테일'은 그 맛으로 인해 언제나 예상하지 못한 결과를 낼 수 있다. 그러나 궁극적으로 이 모든 것은 반드시 일단 끝나야 하고, 젠장, 뭔가 다른 것이 시작되어야 한다 — 그렇지 않으면 순간은 지나간다, 그 유일한 순간, 즐겨야만 하는 순간, 즐겨야만 — 아….

"이리 와요." 비밀의 신격이 욕망으로 가득한 목구멍으로 속삭였다. (어디, 오 하느님, 어디?) 그는 아무 대답도 하지 못했다 — 굳어 버린 혀는 마치 다른 사람의 것 같았다. 그녀는 다가왔고 그는 그녀의 어깨 냄새를 느꼈다. 섬세하고 희미하지만 세상의 모든 알칼로이드보다 수백 배 더 독성이 강하다 — 만준, 다바메스크, 페요테와 '루쿠타테'도 이 독약에 비하면 무엇이란 말인가.* 그 때문에 그는 궁극적으로 기운이 꺾였다. 거의 구역질할 뻔했다. 마치 누군가 악의적인 사람이 기계 전체를 거꾸로 돌린 것처럼 모든 것이 뒤집혔다. "겁내지 말아요." 이리나 브시에볼로도브나가 감히 그를 건드리지 못하고 계속해서 깊고 약간 떨리는 목소리로 말했다. "나쁜 게 아니에요, 아프지 않아요. 이렇게 뭔가 음란하고 사랑스럽고 아무도 알지 못하고 부끄러워하는 일을 함께하는 건 아주 달콤할 거예요. 서로에 대해 불타는 두 육체, (또 그건 안 돼, 제

---

* 만준(manjoon)은 아랍어로 '미쳤다'는 뜻으로 비상식적인 상황이나 정신병을 일으키는 마약류를 뜻하는 은어다. 다바메스크(dawamesk)는 대마초를 꿀, 피스타치오와 섞은 크림 형태의 식품이다. 루쿠타테(Lukutate)는 20세기 초 동명의 미국 식품 회사에서 만든 비타민 음료의 상표명이다. 동방의 과일로 만들어 비타민이 풍부하며 즉각 기력과 젊음을 회복시켜 준다고 선전했으나 성분이나 효과는 의심스러워 보인다.

기랄!) 서로서로 쾌락을 주면서 그 쾌락에 잠겨 서로 합쳐지는 육체보다 더 아름다운 것이 있을까요…?" (퇴폐성으로 음울해진 이 악마는 이 불쌍하고 겁에 질린 조그만 짐승을 어떻게 길들이고 달래서 유혹해야 할지 알지 못했다. 영혼은 불쌍하고 기진맥진한, '심연과 같은' 갈망에 떨고 있는 늙어 가는 육체를 비웃으며 도망쳤고, 그 육체는 지금 어스름 속에서 순진하고 혐오스러운 소년의 눈앞에 한 번도 본 적 없는 불꽃 속에, 어쩌면 마지막으로 꽃피었다. 고통은 순간의 매혹을 불가능할 정도로 강화시켰다. 모든 것이 고통의 회색 소스에 잠겨 있었고, 그 안에서 저 동정[童貞]을, 진실함을 가장하는, 거의 노망이 든 수치심의 조그만 알맹이들이 떠다녔다. 그러나 몸짓이 그 자체의 위대함으로 승리했고, 그런 뒤에야 뒤늦게 적합한 감정이 찾아왔다 — 어머니와 같은 자상함과 짐승 같은, 살인적인 욕망의 비밀스러운 혼합물, 이 혼합물을 '쏟을' 대상을 얼마나 찾아내든지 간에 바로 이것이야말로 여자의 행복이다. 스투르판 아브놀은 그렇게 생각했다 — 그러나 아무도 그것을 진실로 알지 못했다.) 그녀는 그의 손을 잡았다. "부끄러워하지 말아요, 옷을 벗어요. 그렇게 하면 좋을 거예요. 고집부리지 말고 나한테 맡겨요. 당신은 정말 아름다워요 — 자신이 어떤지 모르죠 — 알 수 없을 거예요. 내가 힘을 줄게요. 나를 통해 자기 자신을 알게 될 거예요 — 마치 활시위에 걸린 것처럼 당겨졌다가 삶이라는 저 먼 곳을 향해 날아갈 거예요 — 내가 당신을 그곳으로

250

데려가기 위해 거기서 돌아왔어요. 그리고 어쩌면 마지막으로 사랑해요… 사랑해요….” 그녀는 거의 눈물을 담아 속삭였다. (그는 그녀의 환히 밝혀진 얼굴이 자신의 얼굴 곁에 있는 것을 보았고 시상은 그의 눈앞에서 천천히 그러나 체계적으로 거꾸로 섰다. 그쪽, 성기 부분에서는 적대적인 침묵이 지속되었다.) 그러면 그녀는? 냉소적인 철의 가면에 갇힌 채, 자존심이라는 비단 스카프에 감싸인, (아줌마처럼) 현명한 영혼과 자신의 (어쨌든 조그맣지만) 결점을 감추는 육체에 의해 혼란스러워진 그녀의 심장, 그 제대로 성숙하지 못하고 너무 크게 자라나 버린 덩어리, 불균형하고 어쩔 수 없을 정도로 뒤섞여 버린 (그녀도 한때는 어머니가 아니었던가.) 감정들, 그 심장이 야만적인 뻔뻔함으로 이 잔혹한 젊은이 앞에서, 의식하지 못하는 채 고문하는, 거의 혐오스러운 소년 앞에서 활짝 열렸다. 소년다움이란 사실 다분히 성가신 것이며, 그녀의 다분히 높은 등급의 지성을 밝혀 주지 않는 한 그다지 흥미롭지도 않은 것이다. 게네지프에게서 그 불빛은 아직 반짝이지 않았지만 그의 안에서 어찌 됐든 무언가가 두근거렸다. 오늘은 그걸로 끝이다. 저 반대편에는 절대로 이르지 못할 것이다. 그의 등 뒤에서 이미 사악하고 잔혹한 삶이, 마치 괴물들의 지도에서 나온 어떤 짐승처럼 — 어쩌면 카토블레파스,* 어쩌면 그보다 더 나쁜 것이 — (그러나

* 에티오피아 전설 속의 동물. 황소의 몸에 멧돼지 머리가 달렸다고 한다.

251

알고 보니 고분고분한 양이었을 수도 있는 것이다.) 무너지고 있었다. 마치 길고 숨 막히게 짓누르는 엘라스모사우루스*처럼 욕망이 그를 휘감았고 그 미래의 어둠 속으로 그를 계속 끌고 들어갈 것이었는데, 그곳은 마약이나 죽음 아니면 광기 외에 그 누구에게도 구원은 없는 곳이었다. 그것이 시작되었다 — 다시 그녀의 목소리.

"…옷을 벗어요. 몸이 이렇게 예쁜데. (그녀는 천천히 그의 옷을 벗겼다.) 그리고 이렇게 강하고. 이 근육 봐요 — 미칠 것 같아요. 여기 등뼈가 있네 — 이렇게 눕혀요. 내 불쌍한, 사랑하는 불능자. 나도 알아요 — 너무 오래 기다려서 그렇죠. 그런데 이 반점은 뭐죠? (그녀의 목소리가 떨렸다.) 아 — 우리 아가가 자위를 했구나. 그건 좋지 않아요. 날 위해 아꼈어야죠. 그러니 지금은 축 늘어졌네요. 하지만 날 생각했겠죠, 그렇죠? 내가 그 버릇을 버리도록 가르쳐 줄게요. 부끄러워하지 말아요. 당신은 굉장해요. 날 무서워하지 말아요. 내가 아주 현명하다고 생각하지 말아요 — 나도 당신과 똑같은 조그만 소녀일 뿐이에요 — 그러니까 — 소녀는 아니고, 당신은 다 큰 소년이고, 이렇게 힘센 남자예요. 우리는 정글 속 오두막에 있는 일곱 살짜리 파푸아뉴기니 아이들처럼 결혼 놀이를 할 거예요." 그렇게 말하는 그녀는 실제로 조그만 소녀처럼, 그가 예전에 경멸했던 그런 소녀처럼 보였다. "난 그렇게 무섭

* 중생대 백악기 후기 북아메리카에서 서식했던 수장룡. 몸 전체 길이 5미터에서 최대 14미터 중 절반 이상이 목 길이이고, 넓적한 네발로 바닷속을 헤엄쳤다.

지 않아요—사람들이 그렇게 말할 뿐이에요. 하지만 당신은 그런 말을 듣지 말아요, 그들을 믿지 말아요. 스스로 날 알게 되고 사랑하게 될 거예요. 당신이 날 사랑하지 않는 건 불가능해요, 내가 당신을 이렇게….”—그리고 모든 것을 아는 암컷의 첫 키스가 그의 순진한 입술을 덮쳤고, 광기와 욕정에 찬 눈이 마치 황산이 철 위로 쏟아지듯 그의 눈을 물어뜯었다. 마침내 그는 입이 얼마나 무서운 것인지 알게 되었다—그런 눈에 속한 그런 입. 그의 온몸이 차가운 불꽃에 휩싸였고 즉각 그녀를 사랑하게 되었다—그러나 한순간 발작적인 사랑이었다. 곧 그는 멈추었다. 그 모든 것에도 불구하고 축축하고 물컹한 것이 그의 얼굴을 시큼하고 뒤덮고 제정신 잃고 미쳐 버린 혀가 핥아 대는 것이 그는 혐오스러웠다. 그는 거의 바닥까지 둘로 완전히 갈라졌다. 그러나 그게 그녀에게 무슨 상관이겠는가. 입맞춤을 퍼부으며 그녀는 그를 소파로 끌고 가서 반항하는데도 불구하고 벌거벗었다. 매끄럽고 황홀한 종아리에 입을 맞추면서 그의 신발을 벗겼다. 그러나 저쪽에는 아무 일도 일어나지 않았다. 그래서 그녀는 다른 방법을 썼다. 그의 머리를 손으로 잡고 억지로 무릎을 꿇린 뒤 마치 끔찍한 몽마(夢魔)처럼 악마같이 덮쳤다. 그러자 그 머리와 그토록 욕망하는 그 얼굴이 그곳으로 무자비하게 밀고 들어오기 시작했다. 한편 그는, 타락의 언저리에 선 남자, 평생의 저주에 맞서 자신을 방어하는 그는(행복인지 불행인지는 거의 상관이 없었으며 예외가 되는 건 측정할 수 없이 짧은 순간의 환상뿐이었다.), 이미 잠재적으로 타락했고 내리막으로 굴러떨어지기 시작했음에도 불구하고, 그녀가 형이상학적인 필연성으로 만들어 내는 수 없는 존재의 무리에 대항해서 인격 자체의 본능으로 싸웠다. 그는 사방으로 찢겼다. 그는 자기 앞에 선, 그가 가장 두려워했던 것을 보고 숨이 막혔고 속으로 구역질을 했으며 콧숨을 씩씩거리고 숨을 헐떡였다. 그녀에게 쾌락을 주고 싶은 마음은 조금도 없었으며 그가 보도록 눈앞에 강요된 것을 인정하지 않는 건 이미 말할 것도 없었다. 붉은 머리카락으로 가려진 어떤 괴물(공주는 모든 종류의 부자연스러움을 경멸했다.), 기묘하고 혐오스럽고 분홍색을 띠고 지옥과 (아마도) 바다의 신선함과 로스먼*의 최상급 담배와 영원히 잃어버린 생의 향기를 풍기는—바로 이것, 거의 평범해 보이지만 뭔가 금지된 동방 사원의 원형 지붕처럼 신성모독적이고 순종적으로 섬세하게 쌓아 올린 그 배, 그리고 꼭대기에 햇빛이 비치는 하얀 사리탑 같은 가슴, 그리고 어째서인지 익숙한 허리는 어쩌면 무의식적인 꿈속에서 보았을지도 모르지만 낯설고 가까웠으며 그 아름다움은 도저히 어쩔 방법이 없고 그 무엇도 할 수 없으며, 제장, 할 수 없고 모든 사람에게 이렇게 고통스럽고 수치스럽게 지속될 뿐이었다. 게다가 그 얼굴, 그 지옥 같은 낯짝…! 그리고 사랑. (이 모든 것을 함께, 한 번의 영

* Rothman International. 영국의 담배 회사. 폴 몰(Pall Mall) 담배로 유명하다.

웅적인 밀어붙임으로 억누르고 뭔가 자신을 넘어서는 행동을 하기 위해, 단 한순간이라도 뭔가 멀고 무관심한 과거로 만들기 위해 무엇이 필요한지 분명하다. 그러나 그곳에서는 마치 돌풍이 몰아치기 전의 바다처럼 계속해서 불길한 침묵이 지속되었다.) 그리고 다시 한번 '이전에 묘사된 상태'에 어긋나게 알 수 없는 감정들과 자기 자신의 무기력함(그러니까 신체적인)과 멍청함 때문에 타오르는 수치심이 일어났다. 삶의 8년 동안 어렵게 창조해 낸 무익한 황야, 잔혹하고 압도적인 경험. 돌이킬 수 없는 미래는 그렇게 형성되고 있었다, 이 기묘한 고통과 여성 성기의 순간에…. (뭐? 혐오스러운 단어지만 그 끔찍함을 빼면 수치심보다 더 높은 게 뭐가 있겠는가.) 그리고 여기에 더하여 그녀, 마치 밀크 초콜릿이나 어떤 뻔뻔한 암소처럼 자신의 음탕함 속에서 너무나 착한, 그러나 인간이 아닌, 사슴이나 악어나 카피바라*의 암컷…. 그녀는 그토록 커지고 무거워져서 불편해졌다 — 대체로 불필요하다 — 그러나 여기에는 아무것도 없고, 운 나쁘게도 단 한 번의 떨림조차 없다. 그리고 그녀가 요구하는 것을 하는 대신에 그는 아주 조금 늘어진, 그러나 **순수한 형태**로서 수없는 열여섯 살 소녀들의 수없이 둥근 가슴을 모두 이겨 낼 법한 너무나 황홀한 그녀의 가슴에 아주 약간 기댔다. 그리하여 마침내 이 교활하기 짝이 없는 기계, 이 이른바 티콘데로가 공주

* 주로 남미대륙에 서식하는 초식동물로 세계에서 가장 큰 설치류이다.

는 결정적으로 조바심을 냈다. 그리고 갈기를 뒤로 흔들어 넘긴 뒤 그녀는 다시 그에게 입술을 내밀었는데, 그것은 전례가 없을 정도로 그토록 음란하고 뭔가 점액질의 욕정으로 만들어진 듯 혐오스러워서, 그는 자신이 가장 욕망하는 것에 대한 혐오감의 비인간적인 고통, 모든 것에도 불구하고 쾌락의 감각과 깊은 자부심과 연결된 혐오감으로 온몸을 떨었지만, 그러면서도 그도 또한 진실로 입 맞추었다. 그러나 사실 이 천치는 그 훌륭한 입술을 진실로 받아들이지 않았다. 그러자 그녀는 스스로 그를 붙잡고 다시 한번 강요된 입맞춤의 고문을 시작했는데, 여기서 도망갈 길은 이미 없었다 — 그의 위에서 지쳐 가는 이 무시무시한 짐승에게 해를 가하지 않는다면. 그러나 지프치오는 두려움과 혐오감에도 불구하고 절대로 그것은 원하지 않았다. 그녀를, 이렇게 나체의 그녀를 황홀경에 젖어 바라보는 건 심지어 쉬지 않고 열 시간이라도 할 수 있었다. 이미 그는 사랑에 빠져 있었고, 그것도 거의 진심이었는데, 그러나 약간 기묘하게, 어머니를 사랑하는 것과는 달랐지만 그래도 비슷하게(그건 무시무시하다.), 근본적으로 선한 이 피조물을, 그의 아래에서 이토록 믿을 수 없이 뛰놀고, 그러면서 그가 자기 내면에서 거의 주의를 돌리지 않았던 모든 것에 수치심 없이 더없는 환락을 더해 주는 이 피조물을. 여전히 아무것도 없다. 축 늘어져 있고, 늘어져 있을 뿐이다. 그런데 그는 뭔가를 너무나 간절하게 원해서 거의 터질 지경이었지만 — 무엇을 원하는지 — 알지 못했

256

다. 그러니까 즉 관념적으로 알고 있었으나 — 뭔가 연결시킬 수단이 그에게 없었다.

그리고 마침내 지겨워져서 의욕을 잃고 실망하고 화가 난 공주는 (반 시간만 지나면 모든 것에 대해 그를 용서하고 — 어쩌면 언젠가 — 그에게 다른 방식으로 두 번째 수업을 해 주리라는 것을 그녀는 알고 있었다.) 그가 완전히 진실된 애착을 가지고 가볍게 안겨 왔을 때 날카롭게 소리를 지르며 혐오감에 젖어 그를 밀어냈다.

"당장 옷 입어요. 난 지쳤어요." 그녀는 자신이 무엇을 하는지 알고 있었다. 마치 누군가 몽둥이로 그의 순진한 '낯짝'을 후려친 것 같다.

"씻고 싶어요." 그는 깊이 상처 입고 말 그대로 씨근거렸다. 자신이 한없이 우습고, 내적으로 창피를 당하고 완전히 굴욕을 당했다고 느꼈다.

"뭣 때문인지 궁금하네요. 하지만 원한다면 욕실로 가요. 내가 씻겨 주지는 않을 테니까." 그녀는 그를, 맨발에 나체, 버림받아 무기력함이 뚝뚝 떨어지는 채로 문밖으로 복도를 향해 부드럽게, 경멸스럽게 밀어냈다. 거인과 같은 의지를 가졌다 해도 거기에 대해서는 아무것도 하지 못했을 것이다. '나폴레옹이나 레닌 혹은 피우수트스키라면 이런 상황에서 어떻게 행동했을지 궁금하군.' 그는 미소를 지으려고 애쓰며 생각했다. 오 — 그 밤이 그렇게 끝나리라는 걸 그가 알았더라면 그는 축축한 루지미에쥬의 공터에서 텐기에르에게 완전히 자신을 맡기는 쪽을 택했

257

을 것이다. 그러나 그의 내면에서 뭔가 믿을 수 없는 분노가 천천히 쌓였다.

　이미 동이 트고 있었다. 돌풍은 계속 불었지만 이미 따뜻해 보였는데, 왜냐하면 나무들이 검고 축축하게 서 있었고 지붕에서 마치 음란한 방법으로 들어올린 것처럼 바람 때문에 쓸려 내린 물이 떨어지고 있었기 때문이다. 그 평범한 아침, 다섯 시인지 아홉 시인지 지금 시작되는 그 아침은 지난밤에 일어난 일 뒤에 그 일상성으로 인해, 어떤 초(超)정상성 때문에 끔찍했다. 심호흡을 하고 나서 지프치오는 새롭게 어떤 남성적인 품위를 느꼈다. 단지 무자비하게 일어나는 이날 — 오, 그 하루를 견뎌 내기란 얼마나 힘겨울 것인가. 대체 어떻게 해야 할까? 이미 모든 일이 끝났고 그는 죽을 때까지 피투성이의 열린 상처로 이렇게 남을 것인가? 저녁까지 어떻게 살아남지? 삶에서 어떻게 살아남을 것인가? 저곳, 모든 것을 알고 있는 나이 든 신사들의 무관심한 순혈종 낯짝들이 멀리서 어른거리는 그 반대쪽에 이미 가 있으려면. 혹은 아니다, 현실의 저 더러운 마당에 대해 이제까지 숨겨져 있던 문을 만들어서 그것을 통해 삶에 대한 지식의 진실한 태양이 폭발하듯 빛을 비추게 하고 그 문을 통해서 저곳으로, 저곳으로 나가면 — 그러나 그 저곳은 대체 어디란 말인가? 뭔가 위대한 것을 향해서 대상 없이 돌진했던 어린 시절의 먼 기억이 진실로 때맞춰 떠올랐다. 그는 자신의 입장을 깨닫고 씁쓸하게 소리 내어 웃었다. 그러나 그

258

덕분에 그는 새로운 '일격'을 얻었다. 예전처럼 그런 순간들을 기다리지 않고 의식적으로 그것들을 만들어 내야 한다. 무엇으로? 그 의지는 어디서 오는가? 어떻게? 그는 겉보기에 마치 세상 전체를 그 자신의 피조물로, 마치 그의 암캐 니르바나처럼 그에게 순종하는 짐승으로 새롭게 변모시킬 수 있을 것 같은 힘으로 주먹을 꽉 쥐었다. 현실은 눈 하나 깜짝하지 않았다. 여기서 근육 자체는 아무 소용도 없다 — 거기에 뭔가 조그만, 아주 조그만 용수철이 더 필요하다. 그는 자신의 지성에 대해서는 생각조차 하지 않았는데, 그건 어쨌든 그가 영원히 거부한 것이었다. 그가 비천한 침입자일 뿐인 이 궁전만이라도 어떻게 바꿀 것인가, 그 낯선 여자(이 순간 그는 그녀를 전혀 사랑하지 않았다.)를 자신의 영역으로 그리고 자신의 여자로(어떤 영원한 사랑도 결혼도 아니고, 거기에 대해서는 태어날지 모를 아이들에 대해서와 마찬가지로 이제까지 생각하지 않았다.), 단지 자신이 내면적으로 사용할, 그가 이제까지 지배했던 어린아이다운 형이상학의 오래되고 상징적인 영역의 의례에 속하는 그런 대상으로 어떻게 변화시킬 것인가. 세상이 그의 위로 견딜 수 없는 짐처럼 내리눌렀다 — 오로지 그 마지막 영역만이 아직 간신히 힘겹게 숨쉬고 있었다. (게네지프 카펜 — "즈 느 지프 카 펜"* — 간신히한숨 — 학교에서 그의 별명이었다.) 그 영역은 그 자

* Je ne 'zipe' qu'à peine. '나는 간신히 …한다'는 의미의 프랑스어 문장에 '힘겹게 숨쉬다, 간신히 호흡하다'라는 뜻의 폴란드어 동사(zipać)를 삽입한 말장난.

259

신이었고, 더 정확히는 그의 측정할 수 없는 자아였으나, 그것은 이미 몸 밖으로 벗어난 것 같았다. 심지어 그의 육체조차 근육의 탄력에도 불구하고 지금 그의 것이 아니었다. 그는 개별적이고 자신에게 낯선, 화학적으로 관련성이 결여된 원소들 위에 몸을 눕혔다. 여기서, 자신에게 적대적인 장소에서, 벌거벗은 저 여자의 방들의 미로 속에서 그는 마찬가지로 벌거벗고 약간 식어 있었으며, 여자는 그의 힘의 증거를 기다리고 있었고, 그러는 사이에 그에 대한 그녀의 모성적인 감정은 마치 구멍 난 물병의 물처럼 (마치 암에 걸린 유방에서 젖이 나오듯이) 천천히 그녀에게서 빠져나가고 있었다. 그것은 좋았고, 심지어 한두 시간 뒤에 삶이 끝난다 해도 재미있었다. (그녀는 한번 비슷한 일을 겪었으나, 상대는 순진한 소년이 아니라 어떤 성스러운 척하는, 오랜 기간 동안 성적으로 금욕했던 사람이었다.) 그러나 계속 이런 식이 될 거라면 (어쩌면 그는 비정상인지도 모른다, 오 하느님?!) 그러면 그것은 그냥 불가능하고, 그걸로 끝이다. 만약에 저 꼬마가 이런 조건에서 그녀를 성적으로 만족시키지 못한다면 어떤 식이 됐든 그것은 두말할 것 없이 네 배의 비극이며, 벌써 몇 번째인지 모르지만 (단지 다른 이유에서였다.) 그녀가 여기까지 간직해 왔던 악마 같은 방법을, 그 거짓된 놀이를 적용하는 수밖에…. 그러나 여기서도 약간 시작하고 싶었고, 그저 사랑을 하고, 마지막으로 황홀하고 평온하게, 순진한 마음과 둔한 몸으로 이 아름다운 '꼬마 소년'의

260

이 근육 덩어리 위에* 몸을 눕히고 뻗고 싶었다. 여기에 덧붙여 이 '꼬마 소년'이 그 어떤 인위적인 약물 없이도 완전히 자발적으로 흥분해서 일어서고, 거기에 또 더해서 이 모든 일이 부드럽고 조용하게, 그러면서 흥미롭게 되기를 원했다. 공주는 그렇게 생각했고(헛된 꿈이다.), 약간 졸면서, 내면이 모두 닳아 버린 채로 창백한 녹색에 금실 꽃이 수놓아진 (얼마나 사치스러운지!) 목욕 가운에 감싸인 채 되뇌었다 — 목욕 가운, 즉 포근한 가운, 게으른 가운, 흐트러진 가운, 편한 가운, 감싸는 가운. 그녀는 저 조그만 피조물이 욕실에서 곧바로 그녀를 놔두고 이상하게 도망치지 않을 거라 확신했다. 하긴 이런 모든 것이 지나간 뒤에 그가 '홀'에서 아무거나 털가죽을 집어쓰고 덧신만 신은 채로 그녀의 남편에게 손톱을 치켜들고 덤빌 준비가 되어 있으리라는 예상을 할 수 있다. 그녀는 이 로맨스가 앞으로 어떻게 펼쳐질지에 대한 확신을 잃었다. 게다가 그가 전반적으로 정상인지 의심하게 된 것이 가장 불안하다. 이미 최근에 그토록 갈망했던 대로 자유롭게 여기에 자신을 내던질 수는 없게 되었다. 예민한 짐승이 (참으로 귀여운 조그만 짐승이다, 마치 무리를 방어하는 마르모트처럼) 또다시 그녀 안에서 깨어났고 저 '벌거벗은 꼬맹이'(부르르….)가 저기서 뭘 하는지, 그토록 '황홀하고 매끄럽고 젊고 게다가 상당히 근육질이고 체격도 있고, 그런데 그렇

* sur ce paquet de muscles. 원문 프랑스어.

261

게 참 낯설고 자기도 모르게 깨물어 대고 불만족하고 (이토록 훌륭한데도! — 참으로 난리 날 일이지!) 게다가 또 상처 입었어!'라고 생각하며, 엿들으면서 그녀 안의 짐승은 긴장했다. 갑자기 그녀는 몸을 떨었다. 평생 처음으로 그녀는 그에게, 저 남자에게, 스스로 그 자신에게 (하긴 저 '어린애'는 사실 남자라고 할 수 없었지만) 사실 바로 그녀의 것(이 경우에는 아직 아니지만)인 수컷에게 무슨 일이 일어나고 있는지 생각했던 것이다. 위험한 소식이다. 그런 식으로는 아직 생각해 본 적이 없었다 — 어쩌면 언젠가 결혼 전에, 어린 소녀였을 때, 몇몇 태곳적의 덜 자란 별것 없는 아이들에 대해서 생각했었고, 그중에서 나중에 열몇 명 정도는 그녀의 진실한 연인이 되었다. 정말 진실했을까? 그 많은 시간과 온 평생을 그녀는 사랑 없이 살았다 — 이제 그녀는 그 진실을 분명하게 바라보았다. 그리고 이제 그 사랑을 (왜냐하면 이 순간에 그것이 사랑이라는 것을, 진실하고 첫 번째이자 마지막 사랑임을 알았기 때문이다.) 중독시켜야 했다 — 오래된, 다소 악마적인 독약으로, 사실상 그 무시무시한, 그토록 애도를 멈출 수 없는 과거 전체로 오염시켜야 했는데, 그래도 어쨌든 그녀는 그 과거를 이렇게 필요에 따라 자신에게서 뜯어내 버릴 수는 없었다. 무시무시한 안타까움이 저 아래쪽 그녀의 심장을 움켜잡았다.

한편 저 멍청한 소년은 그녀 육체의 어둡고 비밀스러운 힘이 그에게 내린 선고를 전혀 느끼지 못했고 자신의 내면에 강력한 영혼을 불러일으키고자 근육에 단단히 힘을 주었다. 소용없었다. 현실은—그러니까 즉 궁전, 욕실의 벽, 다가오는 하루, 그리고 2월 오라바의 습기 찬 돌풍에 휘말린 주위의 숲은 굽힐 수 없었다. 괴물 같은 이른 봄의 번민이 공중에 떠다녔고 과거에 짓눌린 이 집의 구석구석까지 파고들었다. 모든 것이 지금과 다를 수 있었고, '이토록 끔찍하고 무의미하지 않을' 수 있었으며, 어딘가에 좋은 세상이 있어서 그곳에서는 모든 것이 생겨날 때부터 자기 자리가 있고 마치 껍질을 씌우듯이 적절한 운명에 도달하며 모든 것이 더 "이렇게 좋다니, 이렇게 좋다니!"일 수 있을 것만 같아 보였다. 하지만 그러려면 무엇이 필요한가? 자기 자신을 미친 듯이 개조해야 하고, 엄청난 양의 물건을 영원히 포기해야 하며(그것이 첫 번째 조건이다.), 한없는 헌신, 선함, 그것도 심장에서 우러나오는 진정한 선함, 그 어떤 실용적이거나 신지학적인 헛소리도 없는 선함(그러므로 오늘날의 선함은 천치화되지 않으면, 그 혐오스럽고 광신이나 '변비'를 연상시키는, 자신에 대한 엄청난 노력 없이는 도달할 수 없다.), 궁극적으로 자신의 인격을 죽이는 것, 그 개인성의 뿌리부터 세상에서 뽑아 버려야 한다. 남는 것은 단지 땅속의 구근뿐이며 그것은 다른 짐승과 사람에게 먹이가 되고, 잎과 꽃은 오로지 유일하게 그 구근을 유지하고 번식시키기 위해서 남을 뿐이다—그 이상은 없다. 그러면 그렇게 되길…! 물론 게네지프는 이렇게 생각하지는 않았는데, 왜냐하면 아직 (이런 생각의 단순성에도 불구하고) 이런 것에는 능력이 없었기 때문이다. 본질적으로 명확하게 표현되지 않은 생각들의 덩어리는 그러했으며, 특정한 조건 아래서는 거기서부터 이런 말들이 '꽃필' 수도 있었다. 그리고 갑자기 완전히 천재적인 생각이 번개처럼 떠올랐다 — 어쨌든 그녀, 저 아줌마도 하나의 부드러운 사물이고 (게다가 살아 있다.) 여기 그의 앞에, 멀지만 그가 팔을 뻗으면 닿을 수 있는 거리에 있으며(멀리 배경에, 마치 저 운명의 지평선 너머도 아닌 곳에, 죽어 가는 아버지와 이 순간 기묘하게 그에게 낯선 어머니가 있는 집의 형상이 떠올랐다 — 모든 것이 이미 거의 과거의 일이었다.), 그는 그녀의 영혼도 마찬가지로 부드러울 것이며 그의 영혼은 다른 물질로 이루어진 단단한 망치가 되어 그녀의 저 물질을 가루가 되도록 산산이 부술 수 있고 그것으로 마침내 뭔가를 만들어 낼 수 있다고, 이후의 삶의 건물을 위한 첫 번째 기초를 놓을 수 있다고 느꼈다. 그는 이 관념의 빈곤함을 깨닫지 못했다. 그의 내면에 인식하지 못한 젊음의 잔혹함이 쉭쉭 소리 내며 차올랐고 그는 그렇게 서 있던 채로 (달리 할 일이 뭐가 있었겠는가.) 벌거벗은 채 맨발로 그는 새로운 탐험을 위해 침실로 '움직였다'. 공주는 불을 끄지 않았고 창문도 열지 않았다. 이런 패배의 상태에서 하인들 앞에 모습을 보이고 싶지 않았으나, 그녀 자신은 죽을 정도로 지쳐 있었다. 그리고 어쨌든 그녀는 새로운 종류의 행복이 시작되는 날이 되었어야 할 이 새로운 하루를 맞이할 의욕이 전혀 없었다. 침실에는 계속해서 똑같은 전날 밤이 끊어지지 않고 지배하고 있었다. 지프치오는 자신 있는 걸음으로, 계속되는 무기력의 상태에 주의를 돌리지 않고 들어섰다. (창백한 녹색에 감싸인 소파 위의 기묘한 형체가 겁에 질린 시선으로 그를 바라보고 즉시 얼굴을 쿠션에 묻으며 한 덩어리로 몸을 말았다.) 2월의 아침 여섯 시와 일곱 시 사이 욕실의 추위에 비하면 (그러니까 무능하게 몸속으로 파고드는 그 일이 네 시간이나 계속되었던 것이다!) 욕정의 향기와 색채, 거의 만질 수 있을 것 같은 그 욕정의 분위기는 혐오스러운 젊은이에게 마치 전투 때문에 광란해 버린 군인들에게 정복당한 도시가 풍기는 분위기와 같은 영향을 미쳤다. 무엇보다도 먼저 뭔가 광기에 차고 '초자연적인' 행동으로 텐기에르와 숲속에서 일어났던 혐오스러운 장면들과 천국의 문턱에서 어린 소년 같은 무능함으로 보였던 굴욕적인 장면들을 지워 버려야 했다. 마침내 그는 이 아줌마의 상대적인 연령을 결정적으로 의식하는 것을 그만두었다 — 그녀는 오로지 암컷일 뿐이었고, 프시비셰프스키*가 말한 대로 "원초의 암컷"이었으며, "성욕의 악취"(미치도록 불쾌한 단어들이다.)를 태양까지 닿을 만큼 풍겼다. 쾌락에 대한 야만적인 욕망, 원초적이고 무의식적이며 그 이중적이고 진실한 욕정이 마침

---

* 스타니스와프 프시비셰프스키(Stanisław Przybyszewski, 1868~1927). 폴란드 상징주의 작가. "원초의 암컷"은 그의 『영원한 안식…(Requiem aeternam…)』(1904) 속 표현으로 성경 속 태초의 첫 여성 이브와 그 원초적인 여성성을 뜻한다.

내 뇌의 중심에서 호르몬으로 뚫고 나와 모든 근육을 덮쳤으며 치명적인 괄약근도 예외는 아니었다. 공주는 돌아보지 않았으나 등 뒤에서 무언가 쌓여 가고 있음을 눈치챘다. 그녀는 뒷덜미의 견딜 수 없는 무감각 속에서 기다렸는데, 그 무감각은 계속해서 허리와 허벅다리로 퍼졌고 그 모든 곳에 간질간질한 열기를 끼얹었으며 마침내 영원히 굶주린 짐승의 횃불, 믿을 수 없고 이해할 수 없으며 재생 불가능하고 영원히 새로운, 음울하고 치명적인 환락의 원천까지 퍼져 나갔다. 그녀는 잠시 후에 그 일이 일어날 것을 알고 있었다. 어떻게? 그를 도와줄 것인가? 아니면 그냥 그를 혼자 내버려 둘 것인가? 욕정은 마치 피투성이 근육질 덩어리에 불꽃 혓바닥이 달린 것처럼 목구멍으로 치받쳐 올라와서 입, 코, 눈과 뇌를 가운데부터 집어삼켰다. 그녀는 비극적인 사건들, 고문이나 절망적인 자살 등에 대해 읽을 때면 때때로 증오스럽게 기분 좋은 물결이 되어 난데없이 그녀에게 찾아오던 그것… 어지러울 정도로 높이 쌓여 가는 그 쾌락 위로… 이기적이고 혐오스럽고 짐승 같은, 뻣뻣이 힘을 주고 쭉 내민, 매끄럽고 미끌미끌하고 축축하고 약간 냄새나는, 그리고 그래서 더 쾌락적인, 바로 그 때문에 더 쾌락적인, 짓누르는 낯선 힘에 고통스럽게 자신을 맡기면서 무한을 숨 쉴 정도로 기분 좋은 그 감각을 지금 느꼈다. 그리고 그 모든 것이 그들, 그 저주받은 남자들이었다…. 오, 그들의 허리띠를 끌러 낸다는 건…! 그러나 이 한 사람을 그녀는 모든 감정을 한꺼번

266

에 느끼면서 마치 자기가 낳은 아이처럼, 그녀의 허벅다리를 견딜 수 없는, 그래도 황홀한 창조의 고통으로 찢으면서 세상으로 기어 나온 그 피조물들처럼 사랑했다. 왜냐하면 공주는 좋은 어머니였기 때문이다. 자기 아들들을 사랑했고 한때 야만적인 만족감을 느끼며 그들을 낳았다. (큰아들은 우울증 환자로 얼마 전에 자살했고 둘째는 스물한 살에 민족해방 신디케이트의 대사로 중국에 있었으며 [그가 어떻게 지내는지는 작년부터 알지 못한다.] 셋째는 스캄피인데 — 그는 이미 보았다.) 이제 그녀는 그들 셋 모두가 마치 자신에게서 시작된 하나의 영혼인 것 같은 환영을 보았다 — 그리고 그 영혼은 게네지프 안에 형상화되었다. 이 아름다운 지프치오는 그녀의 마지막 마마보이, 사랑스러운 '귀염둥이', 유일하고 가장 비밀스러운 조그만 야만성이었으며, 게다가 순진하고, 또 게다가 잔혹하고 이미 털북숭이에 낯설고 혐오스러운 수컷이었다. 그와 성공하지 못한다면 그녀는 대체 무엇으로 이 사랑을 죽일 것인가? 그러나 이미 지속되는 고통 속에서 이처럼 감지된 쾌락에 휩싸인 것은 마치 스테이크 조각에 매운 영국식 소스를 부은 것처럼 이 모든 일에 지옥 같은 매력을 더해 줄 뿐이었다. "이상한 생각"*이라고, 궁전에 여러 가지 물건을 공급하던 나이 든 유대인은 이런 상태를 이름 지었는데, 그 유대인은 그녀가 진실로 조금 대화를 할 수 있었던

* 유대인의 부정확한 폴란드어 발음을 반영해 적고 있어 이를 한국어에도 반영했다.

유일한 '낮은 피조물'이었고, 꿈꾸던 그것이 그녀의 생각을 끊었다.

그는 흥분해서 그녀의 팔을 붙잡고, 그런 생각으로 더없이 아름다워진 그 얼굴을 벌거벗고 수치심 없는 낯짝으로 거칠게 들여다보았다. 욕정은 아직 두 육체 앞에서 더해 가고 있었다. 그녀는 아래를 내려다보고 꿈꾸었던 것과 같은 모든 것을 보았으며 이미 갈망하는 광기에 찬 팔을 뿌리치지 않고 전혀 아무런 변태적인 행동 없이 폭발의 모든 힘을 지식으로 가득 흘러넘치는 육체의 가장 비밀스러운 환락의 중심부로 이끌었다. 모든 것이 착착 들어맞았고 한 가지가 다른 하나에 파고들었으며 게네지프는 삶이 그래도 어쨌든 '뭔가'라고 느꼈다. 그녀도 똑같이 느꼈으나 그것은 죽음의 가장자리에서, 혹은 더 나쁘게는 삶 너머의 죽음에서 받은 느낌이었다. 한편 그 조그만 황소는 충실하게 광기에 차서 치명적인 욕망을 충족시켜 자신과 그녀 양쪽 모두, 단계적으로 광기에 찬 단 하나의 바닥 없는 대양으로 결합시켰다. (그녀의, "무덤으로 내려가는 나이 든 푸들의 그것"이라고 그는 그녀에 대한 자신의 감정과 싸우며 나중에 혼자서 말했다.) 이제 그녀는 그에게 삶의 진실의 현현이었다 — 뻔뻔하고 벌거벗은, 거의 피부가 닳아 벗겨져 버린 진실. 이 돼지 같은 웅집 속에서 거의 형이상학에 가까운, 표현할 수 없는 쾌락이 표현되었다. 그 뒤에 둘은 침대로 갔고 그녀가 그를 가르치기 시작했다. 그리고 그는 그 학습으로 인해 내면에서 스스로 축적했고 그런 뒤에 아래쪽으로 무너졌으며 이 추측으로만 알 수 있는, 가장 비밀스럽게 숨겨진 갈망들의 지옥 속에서 자신이 진실로 살아 있는지 알 수 없었는데, 그 갈망들은 가장 수치스럽고 절대-인정할-수-없는 생각들, 거미 혹은 용종과 같은 생각들의 지평선이 악마처럼 넓어지는 속에서 마치 짐승에게서 내장을 꺼내듯이 그녀가 그에게서 이끌어 낸 것이었다. 그러다 마침내 그는 마지막으로 그 심연에 떨어졌고 이제 영원히 그곳에 빠졌다. 한편 그녀, 저 '악마 같은' 이리나 브시에볼로도브나, 이제까지 수군거리며 뒷이야기가 오갔던 (혹은 오갈 수 있었던?) 것이라면 어떤 괴물 같은 뒷이야기와 수군거림이라도 모두 자라나게 했던 그녀는 이 청년의, 물론 어떤 의미로는 더러운 손에 입 맞추었고, 그는 방금 겪은 욕정의 말 없는 회상에 잠긴 채 자신이 이미 광인인지 아닌지조차 알지 못했다. 그는 거의 정신을 잃을 정도였으나 그 피로는 알 수 없는 마약처럼 황홀했다. 공주는 자부심과 다정함을 담아 그의 부드럽고 비단 같은 머리카락을 쓰다듬었고 졸음에 겨운 고양이처럼 눈을 감은 채 머리카락의 꿀 같은 향기를 들이마셨다.

여덟 시였다. 둘이 일어날 힘이 없어 여전히 침대에 누워 있을 때 하녀인 아름다운 붉은 머리 소녀가 아침 식사를 가져왔는데, 식사는 양고기 커틀릿, 햄과 계란, 훈제 생선, 죽,* 크림을 탄 커피와 훌륭한 코냑이었다. (공주는

* porridge. 영어.

269

비교당할 위험에 대담하게 맞서서 아름다운 하녀들을 자랑스럽게 내보였다. 반면에 '숙녀들'을 손님으로 받을 경우 티콘데로가 집안에는 엄격한 규칙이 지배했다.) 지프치오는 이불 속에 숨어 있었다. 여자들은 웃고 그의 위에서 뭔가 속삭였다. 그러나 그런 자잘한 굴욕에도 불구하고 그는 자신이 온 힘을 다해 삶을 정복했다는 느낌을 받았다. 그는 거의 뼛속까지 승리를 느꼈다 — 마침내 남자가 되었으며 앞으로 어떻게 해야 하는지 알고 있다는, 멍청하고 젊은이다운 승리감이다. 오, 그는 얼마나 잘못 알았던가!

그런 뒤 늙은 대공이 녹색의 '펠트'(?) 목욕 가운을 입고 찾아왔고, 조금 뒤 문을 두드리지도 않고 크림색에 금으로 수놓은 (얼마나 화려한가!) 파자마를 입은 스캄피가 들어왔다. 대공이 이런 경우에 일상적인 질문들을 시작했을 때 게네지프는 수치심에 거의 죽을 뻔했다. 그들은 자신들이 너무나 위상이 높다고 여겼기 때문에 진실로, 그러니까 글자 그대로, 결단코 아무것도 하지 않았다. 지프치오는 이불 속에서 약간 먹먹하게 들리는 공주의 목소리를 들었다.

"…처음에는 이상했지만 그 뒤에는 보기 드물게 다정했어요 — 예외적으로. 그는 거의 어린애예요. 얼굴 보여 줘요, 아가." 그녀는 이불을 젖히고 턱을 잡아 그의 얼굴을 갑작스럽게 드러내며 달콤하게 말했다. "디아파나지, 알겠죠." 그녀는 남편에게 이른바 분출했다. "몇 년이나, 거의 내가 당신을 처음 배반했던 그때 이후 오늘처럼 형이상학적으로 행복했던 적이 없어요. 당신이 그걸 좋아하지 않는다는 건 알아요. 내가 그 단어를 남용한다고 당신과 당신 친구들은 말하죠 — 하지만 어쩌겠어요? 이렇게 이상한 일들을 어떻게 다르게 축약해서 표현하겠어요. 당신은 — 당신만이 아니라 — 당신들 행동하는 인간들, 아직 살아 있는 동안에 살아 있는 사람 명단에서 자기 이름을 삭제해 버리기로 결정한 사람들 전부, 세상 모든 일은 당신들이 알지 못하는 또 하나의 차원을 가질 수 있다는 걸 이해하지 못해요. 어떤 흐비스테크*라는 사람이 '현실의 다양성'이라는 말로 언젠가 그걸 표현했지만 자기 생각을 끝까지 펼치지 못했고, 대부분 그의 생각을 헛소리로 여겼죠. 심지어 아파나솔 벤츠조차, 아마 그저 아무것도 없는 데서 첫 번째 정리를 이끌어 낸 사람일 텐데 — 하지만 그게 사실인지는 나도 잘 몰라요 — 그 이론을 인정하지 않죠. 하지만 난 그 밑바닥에 뭔가 있을 거라 믿어요, 그리고 나머지는 포기하는 법을 모르는 다음 세대의 죄가 되겠죠….”

“모스크바에서 점점 더 절망적인 소식이 오고 있소…. 저 황인종 악마들한테 어떤 장군이 있는데 그가 새로운 공격 방식을 고안해 냈어요. 마침내 그 방식이 연구되었소. 코쯔모우호비치의 보좌관이 나한테 전화했어요, 그 가짜 우리 사람, 알죠? 하지만 그건 연합군이 나폴레옹

* 레온 흐비스테크(Leon Chwistek, 1884-1944). 폴란드 화가, 비평가, 철학자, 수학자.

271

에게서 그의 전략을 배운 것처럼 그런 식으로 배울 수 없어요. 이건 아마 중국인들한테만 가능할 거요."

"그게 나하고 무슨 상관이에요 — 나한텐 이 애가 있어요."(그녀는 지프치오의 머리를 겨드랑이 아래 꼭 끼었다. 바로 그때에야 스캄피가 들어섰다.)

"머지않아 엄마는 그 애조차 갖지 못하게 될 거예요. 아마 이미 내일부터 국가 총동원령이 발표될 거예요. 컥스헤이븐 장군의 군대는 패닉에 빠져 우리 전선으로 후퇴하고 있어요. 모스크바는 공식적으로 도살당했어요. 중국인들은 완전히 새로운 방식으로 조직되고 있어요. 백인종을 전부 빨아먹으려고 오고 있다고요. 우리를 흐물흐물한 덩어리로 여겨서 그들은 전혀 힘에 의존하지 않아요. 모든 것은 가장 고매한 사상의 이름으로 진행되고 있어요 — 우리를 그들의 수준으로 끌어올리겠다는 거죠. 그리고 노동에 대한 그들의 생각과 노동의 기준을, 게다가 그 방면에 대한 우리 관점과의 불균형까지 생각하면 일이 꿩장히 좋지 못해요. 우리 중에서 얼마나 많이 살아남든지 간에, 어쩌면 우리는 죽도록 일해야 하는 운명에 처할지도 몰라요. 그렇게 되면 우리가 지금 이데올로기를 위해 갑자기 죽지 않고 천천히 죽어 간다는 사실이 진짜로 무관해질지 전 궁금해요. 거기에 대항해 볼셰비키들이 러시아를 이때까지 막아 내고 있었죠. 하지만 그건 자기 앞에 아무것도 갖지 못한 노동자들에게나 좋아요. 우리는 그런 경우 우리 존재를 무엇으로 정당화할 수 있을지 — 그게 문제예요."

"그러니 내가 말하지 않았니! 계급투쟁을 완화한다는 핑계로 부르주아들이 모여 키워 낸 너희들의 그 신디케이트주의는 지금 어디 있어? 너희들의 그 유사 노동조합은 어디 있냐고? 그 모든 게 헛소리야. 필요한 건 고립된, 그러니까 절대적으로 고립된 군주제를 만들고 명예롭게, 타협 없이 목숨을 바치는 거야, 나의 차르 키릴처럼…."

스캄피가 말을 끊었다.

"목숨을 바칠지는 모르겠네요. 우리 본부에서 코쯔모우호비치 곁에 있는 그를 보는데…."

"…아니면 즉시 흐름에 몸을 맡기든가. 후자의 경우에 우리는, 한 줌의 진짜 사람들로서 삶을 살 가치가 있는 우리는 확실히 이겼고, 우리 이후에는 모든 것이 몰락한다.* 그래, 우리는 사이비 볼셰비키들의, 근본적으로** 거의 파시스트주의적인 — 아니 정말로 — 서쪽에 의해서 저열하게 속았어. 우리 나라에선 모든 것이 거짓이야…."

"그만해요! 그런 일들은 큰 소리로 말하면 안 돼요. 엄마라면 그 재능으로 확실히 이기겠죠, 하다못해 중앙본부 중국인 대장이나 누군가의 애인으로라도요 — 하지만 우리는, 남자들은 아녜요. 바로 이게 오늘날 귀족계급과, 심지어 멍청한 부르주아지의 일부 분파들이 저지르는 오류예요, 그 '우리 뒤에 홍수'***주의 말예요. 그 때문

* après nous всё пропадает. 원문 앞부분은 프랑스어, 뒷부분은 러시아어.
** au fond. 원문 프랑스어.
*** après nous, le déluge. 자신이 죽은 뒤에는 성경 속 노아의 홍수가 닥쳐서 세상이

에 모든 것이 4천 년 동안 버텨 왔고, 옛날에 위대했던 신사들은 먼 거리를 내다볼 수 있었고 최소한 이론상으로나마 자기들 앞에 영원이 있다고 생각했어요. 그때 이후 그런 믿음은 사라졌고 모든 악이 시작되고 폭도*가 고개를 들었죠. 머리를 — 그게 중요한 거예요, 오래전에 내가 마구(馬具)를 달아 걷어차 준 엉덩이가 아니라. 하지만 일단 쳐들었으니 — 끝장이에요 — 거기엔 동의해요. — 엄마가 옳아요, 대항해서 나아가야 하는데, 그러려면… 명예가 있어야 해요 — 헤헤… 그건 코쯔모우호비치가 우리 대신 해 줄 테니까 우리는 얼음 위에 남아 있겠죠."

　'바로 저렇게 정치를 하는 거구나 — 저런 사람들이 정치를 만들어 내! 하지만 현실은 대체 어디 있지?' 이 불 속에서 갑자기 성숙해진 지프치오는 생각했다. (이리나 브시에볼로도브나의 저명해지고 불명예스러워진 자궁은 이런 어리석은 아이들에게 좋은 인큐베이터였다.) 그리고 이상한 일은, 동시에 — 물론 '혼란스러운 배경 속에서'(그는 자연스럽게 다음 차례로 이것을 의식했다.) 그는 자신이 우울하고 짓밟히고 조그맣다고 느꼈다 — 소년 시절 죄 없이 참회했던 모든 시간을 벌충할 정도로 바로 방금 전에 근본적으로 욕망을 충족시켰음에도 불구하고 그는 자기 자신을 바로 그 자신의 작음 속에서 거의 성

멸망하더라도 상관없다는 의미의 프랑스어. 18세기 루이15세의 연인이었던 퐁파두르 후작 부인이 남긴 말로 알려져 있다.
* mob. 원문 영어.

적으로 불편하게 느꼈다—그 작음은 도달할 수 없는 것들—지식, 위상, 영향, 권력, 자기 자신과 다른 사람들에 대한 입맛의 충족—의 깊이를 알 수 없는 심연에 비하면 그토록 고통스러웠다. 그보다 더 이상한 일은 그가 아버지에 대해 생각하지 않았다는 것인데, 어쨌든 아버지도 누군가 이름 있는 사람이었고 또한 때때로 정치의 소굴에서 헤맸기 때문이다. 이것은 그것, 그 '가정 내의 가치'가 아니었다—오로지 타인의 미덕만이 여기서 본질적일 수 있는 것이다. 그리고 동시에 그는 자신보다 한 살 많은 마체이 스캄피가, 그저 평범한 쾌락주의자에 불한당이며 무너져 가는 옛 폴란드의 육체 (그리고 폴란드는 죽은 뒤에 그 육체를 스스로 살아가고 있었다.) 속에 있는 혐오스러운 기생충(대체 이런 게 얼마나 많을까?!)임을 알았고, 프랑스 군 사절단 단장인 르바크 장군이 말한 대로 "그저 단순한 폴란드 불한당"*인데, 르바크 장군은 볼셰비즘이 터진 후에 우리 폴란드에 남아서, 그가 과시하듯 말한 대로 "진정한 민주주의"를 위해 복무하고 있었다. '아, 친애하는 순진한 친구, 자기 자신 앞에 가면을 쓰고 사이비 연대주의와 과학적인 조직의 탈을 쓴 우리의 부풀어 오른 부르주아의 배를 위해 복무하는 자네'—('오, 당신들 폴란드인들, 그렇지 않은가—하지만 모든 것에도 불구하고 민주주의, 진짜 민주주의는 하나이고 나눌 수 없으며 승리

---

* un simple gouveniage polonais. 욕설만 폴란드어 발음대로 프랑스어로 표기했다.

할 것이다.')* ― 자기도 모르게 완전히 솔직하게 에라스무스 코쯔모우호비치는 이렇게 생각했는데, 그와 르바크는 중국의 침략이라는 '문화적 재앙' 앞에서 '인류의 구원'을 위해 '함께 일했다'(?)(천재적인 코쯔모우호비치에게 이르는 방법이었다!). 코쯔모우호비치는 이미 그런 관념에 구역질을 했다. 그는 진실을 원했으나, 피투성이에 김을 뿜는, 떨리는 진실을 원했다 ― 해방 신디케이트가 공식적으로, 그리고 말라빠졌지만, 검고 단단한 총병참 장교에게 너무나 유혹적인, 결혼 전 성은 제제르스카이며 아마도 갈리치아의 여자 백작이라는 금발 아내가 그에게 개인적으로 떠먹이는 그런 진실은 원하지 않았다. 아 그녀의 그 진실이란! 그것은 비현실주의의 심연이었다 ― '범철학주의', 토템 숭배부터 러셀과 화이트헤드의 논리학까지 (벤츠에 대해서는 이 시대에 개 한 마리도 알지 못했다.) 모든 학문과 체계의 통합(적절하게 왜곡된 학문들 ― 편리를 위해 창조된, 개별적인 분야들의 순전히 관념적인 구성이 이런 틀 안에서는 가장 야만적인 존재론이 되었다 ― 사실이 그렇고 그걸로 끝이다). 그러다 마침내 지상에 기적이 일어났다 ― 무르티 빙의 위대한 사절인 제바니가 나타났다…. 총병참 장교는 그 외에도 또 다른 해독제들을 가지고 있었다 ― 그러나 여기에 대해서는 나중에 말하기로 한다. 이 모든 것에 대해서 '마르케세' 스캄피는 표면적으

---

* Oh, vous autres, Polonais, n'est ce pas ― mais tout de même la démocratie, la vraie déemocratie, est une et indivisible et elle vaincra. 원문 프랑스어.

로 알고 있었으나, 그의 반질반질하게 광을 낸 조그만 머리에는 그 어떤 높은 수준의 이상함도 남지 않았다—"전형적인 폴란드인이며 반질반질하게 광낸 배설물 같은 친구야."*—르바크의 영국인 동료인 이글호크 경은 이렇게 말했다. 그 국제적인 패거리에 코쯔모우호비치는 이미 오래전부터 '신물'을 내고 있었다. 그러나 그는 다음에 어떤 일이 벌어질 것인지 스스로 전혀 모르면서도 진정으로 강한 사람답게 참을성 있게 적절한 순간을 기다렸다. 이 시대에 기다릴 줄 안다는 것은 가장 위대한 기술이었다. 단지 그 생각들, 그 "이상한" 생각들…. 그는 그런 생각들을 없애 버릴 수가 없었고 때로는 누군가 그의 속에서 대신 (관념이 아니라 그보다는 형상으로) 생각해 주면서 거부할 수 없이 비약적인 결론들에 이르는 것 같은 느낌을 받았다. 심지어 때로는 확연하게 방에 누군가 다른 사람이 있는 것을 의식했는데, 그에 대해서 그 자신 혼자만이 유일하게 확신할 수 있었다. 그는 그 누군가를 확신시키기 위해서 말하기 시작했고 아무도 없었고 아무도 없다고, 그리고 자기 자신도 무슨 말을 하는지 알지 못한다고 스스로 확신했다. 형상들은 흩어져 사라졌으며 의식의 관념 밑에 있는 영역의 이 비밀스러운 복합체의 내용을 알 수 있을 만한 그 어떤 토대도, 악취도 습기도 남기지 않았다. 베흐메티예프는 제기에스토프에 있는 유명한 루드비크

* typical Polish and polished excremental fellow. 원문 영어.

코툴스키 박사의 후손들이 운영하는 요양원으로 짧은 휴가라도 떠날 것을 조언했으나 그럴 시간이 1초도 없었다. 하!― 만약 적들이나 불신자들이 이걸 알게 되면! 그러나 됐다 ― 다시 티콘데로가 공주의 침대다. 게네지프는 이 불을 덮은 채 계속 숨어서 생각했다. (짐승처럼 뜨겁고 믿을 수 없이 짜증 나는 냄새가 폭발했으나 지금 그것은 그를 전혀 흥분시키지 않았다 ― 그는 단지 자신이 남자이며 진정한 황소이고 '주인'이자 신사라고 느꼈으며, 그 안에서 얼마나 혐오스럽고 불쾌한지 느끼지 못했다.) 그럼에도 불구하고 그는 이 스캄피, 지적으로 0이고 냉소적인 기회주의자이며 "무너져 가는, 이미 작손 시대*부터 흩어져 버린 폴란드의 배 속에 있는 저 차가운 벌레"에게 대단한 인상을 받는 것에 대단히 수치심을 느꼈다. 그 비밀스럽고 손 닿을 수 없는 정치란 어떻게 하는 것일까? 그것도 때로는 그저 아무래도 상관없는 거대하고 근본적으로** 멍청한 '물들이기', 뭔가 삼류 잔꾀, 천박한 인맥과 연줄, 범죄에 가까운 작고 비열한 짓들을 저지르는 재주 아닌가? 모든 '교만'에도 불구하고 지프치오에게 얼마 전까지 위대하고 거의 성스럽게 여겨졌던 모든 것이 조그맣게 줄어들었다. 그리고 그렇게 줄어들었기 때문에 세상 전체가 촌뜨기의, 무산계급의 지루함과 고통의 저열한 덧칠을 뒤집어

---

* 18세기 전반 폴란드가 위기에 처해 독일의 작소니아안할트(Saksonia-Anhalt) 지역의 지배자였던 베틴(Wettin) 왕조 아우구스트 1세와 2세의 지배를 받았던 시대.
** au fond. 원문 프랑스어.

썼다. 물론 지프치오는 옳지 않았지만, 누가 올바른지, 그것은 소거법으로 얻어진 자기들만의 완벽하고 이상적인 체제에 자리 잡은 세대가 1천 년이나 혹은 그보다 더 오랜 시간이 지난 후에야 결정할 것이었다 — 그토록 먼 과거에 대해서 여전히 생각하는 누군가가 그들 사이에 있다면 바로 그런 사람들이 결정할 것이다. 아니다 — 실제로 정치는 우리 나라에서 이 시대에 가장 고귀한 분야에 속하지 않았다. 아마도 저쪽, 새로운 사상이 뿜어져 나오는 극동 지역에서(몇몇 "랼팍한 사람들"은 이 모든 것이 심지어 중국에서도 이미 일어났다고 말했다 — 그러나 몇 번이면 어떠랴? 진실로 새로운 것은 이 지구 상에 아무것도 없으니 — 누워서 뒈지는 수밖에), 어쩌면 그 창조의 솥 안에서는, 비록 필연적으로 악한, 꽉 막힌 노란 낯짝들의 — 내부 정치 — 거대한 변모의 부산물이라 할지라도 뭔가 존재의 논리를 가진 것이 있었을지도 모르는데, 왜냐하면 외면적으로 긍정적인 활동으로 가득했으며 그것도 서쪽의 사람들에게는 알려지지 않은 방식이었기 때문이다. 무르티 빙의 추종자들(그리고 그들의 이상한 마약인 다바메스크 B2)은 자기들 방식으로, 천천히, 그러나 확실하게 해 나갔다. 그러나 여기에 대해서는 나중에 말하겠다. 왜냐하면, 알겠나, 이 모든 유럽식 '볼셰비즘' (레닌이 이것을 보았다면 두 번째로 죽었을 것이다.) 이건 불타 버리고 남은 잔해에 불을 붙이고 연기를 내는 데 지나지 않았기 때문이다. 반면에 옛날 의미대로 새로운 사람들에 대해서는

279

어째서인지 아무것도 들려오지 않았다. 단지 비교적 새롭게 설립된 사회들, 오스트레일리아와 뉴질랜드에서만 부활이 일어날 수 있을 것이었다. 그러나 이미 늦었고 저 저주받을 몽골들이, 절대로 서두르지 않으며 언제나 충분히 시간이 있는 저들이 우리들 대신 그 부흥을 (전혀 다르게 — 오, 우리에게는 완전히 다르게) 일으킬 것이다. 서두르지 않는 것은 오늘날 가장 큰 현명함이다. 어쩌겠는가, 유럽 무산계급은 시간이 없다. 그러나 부탁이니 (중국인이 아니므로) 악취, 더러움, 이와 빈대와 바퀴벌레, 굶주림과 추위와 최소한 자기 세대까지 이어지는 완전한 절망 속에서 사는 것을 한번 시도해 보고 언젠가, 아마 3세대쯤 뒤에, 영양 상태가 훌륭하고 깨끗한 (그리고 그와 함께 어쨌든 절망적으로 전문화되고 일에 지친) 과학자와 자본가 무리가 무엇이 어떻게 필요한지 이해하고 정원이 딸린 작은 집과 라디오와 도서관을 지으리라는 생각으로 위안을 삼아 보자 — 그러나 그것으로부터 우리에게, 지금 있고 생이 끝날 때까지 그저 비료일 뿐인 우리들에게는 무엇이 닥쳐올 것인가? 이런 개 같은 생존보다는 전투가 낫지 않은가 — 사상적 전투는 어쩌면 비이성적일지도 모르지만, 희망의 그림자도 없는 절망 속에서 죽지는 않을 테니까? 제발 빌어먹을 부탁인데 이걸 이해해 주기를 바란다. 심지어 곧바로 이전과 똑같은 삶으로 돌아간다 해도, 어떤 사상에 따라서 창조성의 감각을 가지고, 비록 광기에 차고 야만적이라 해도 창조성을 가지고 사는 쪽이 오늘날 산업의 악마적인 쳇바퀴 속에서 종종걸음 치는 것보다 낫지 않은가? 그 사상이 똑같은 것, 대중이 벗어날 수 없는 어떤 한정된 안위, 무료함과 단조로움으로 이끈다고 해도(동물학자 야누슈 도마니에프스키*가 말했듯이 "파리조차 앉지 않을 것이다".), 그것은 곧바로, 저 악마와 같은 기다림 없이 일어날 것이다. 오—여기에 대해서 이야기하는 게 당신들, '엘리트' 신사 여러분에게는 좋겠지만, 우리는 당신들이 예전부터 가지고 있었던 것을 당장 원한다. '소모적인 국내 정치'?—우리만큼 '소모하는' 걸 한번 시도해 보시라. 그래도 어쨌든 아무것도 도움이 되지 않았고 미국도, 구세계 전체도 겉보기에 '파시스트화되어' 볼셰비즘으로 옮겨 갔고, 파시즘과 거의 차이점이 없었지만 하여간 옮겨 갔다. 그러므로 사상들은…. 그것이 기병 코쯔모우호비치와 또 몇몇 다른 고위 계급 순진한 멍청이들의 그 이상한 생각이었다. 그러나 여기에 대해서는 그들 자신도 알지 못했다—그 자료를 그들은 면밀하게 표현되지 못한 관념의 덤불이라는 형태로 간직하고 있었다. "여기 배설물에서 어떻게 수정을 만들어 내나."—총병참장교는 가끔 이렇게 혼잣말하면서 대상 없는 생각에 깊이 잠겨 들었다. 한때는 개인 정치가 뭔가 가치 있는 일이었고 인맥은 더러운 것이 아니었다. 오늘날 정당정치질이란, 상상의 영혼이 발전하기 위한 욕심 사나운 기반이라

* Janusz Witold Domaniewski (1891–1954). 폴란드 조류학자, 작가, 대중 과학 강연가.

는 구실을 내건 최대치의 사상적 광기를 제외하면, 민주주의와 민족 독립이라는 관념으로 자신과 타인에게 눈 가리고 아웅 하는 짓에 지나지 않는다. 처음 생겨났을 때는 괜찮았다 — 그 당시에는 모든 사람들이 이것이 궁극의 진실이라고 믿었다. 그러나 오늘날에는 거짓만이 남았다. 그렇기 때문에 사회화된 대중이 이 마지막 절정에서 벌이는 의식 없는 싸움, 돈의 지배와의 싸움은 어떤 현실적인 것이고, 나머지는 똑같이 서로서로 그 돈과 민주주의, 잔꾀와 술수, 꼼수와 밀고 당기기, 대규모의 '블러프'가 긴 포커 게임의 책략일 뿐이다* — 아마 역사적인 관점에서 그 자체로 흥미로운 일은 아닐 것이다. 그러나 대체 무슨 기적으로 이 폴란드라는 콜로이드 상태의 섬이 주위를 둘러싼 결정화 과정의 덩어리 속에서 버틸 수 있었는지 — 아무도 알지 못했다 — 일반적인 표현으로 "폴란드식 관성", "폴란드식 나태", "가능한 모든 장점들의 폴란드식 결여" — 이렇게 말하지만, 이런 모든 설명들은 그 안에 내재된 일정량의 현명함에도 불구하고 불충분하다. 그것은 역사적 기적이었다 — 그러나 역사에서 그런 기적은 벌써 여러 번 일어나지 않았던가? 예를 들어, 그리스도교의 갑작스러운 전파, 러시아에서 볼셰비즘의 지속, 바로 얼마 전까지만 해도 독립적이고 혁명에 휘말리지 않은 프랑스의 존재 자체나 아니면 폴란드의 메시아적 사명에 대한 믿음이 그

---

* 'bluff'는 영어로 '허풍'이라는 뜻으로, 카드 게임에서 좋은 패를 갖지 않았으나 큰돈을 거는 등 마치 좋은 패를 가진 것처럼 행동하여 상대를 물러나게 하는 기술이다.

토록 오래 지속되었던 것 등. 아니다 — 모든 것이 역사적 유물론으로 설명되는 것은 아니다 — 물리적 법칙들은 무작위적 사건들을 대다수 모아서 계산한 결과일 뿐이고 그 근사치의 유사 필연성은 반대로 뒤집어서 우리 수준에서 무작위적 대다수의 집합에서 여러 가지 탁월한 사회적 복합체에도 절대적으로 적용될 수 있다. 무작위성은 움직이는 모든 피조물에 직접적으로 주어져 있다 — 그것은 원초적인 사실이다 — 저항은, 특정한 조건에서, 상대적인 필연성의 제한이라는 감각을 만든다 — 절대적인 필연성은 개별적인 존재의 혹은 살아 있는 피조물 전반의 경계에서 추상적인 소거법에 의하면 필연적인 허구다. 됐다. 그 관계는 전혀 절대적이지 않고 현실에 맞닿아 있는 물리적 인과관계다. 다수의 일률적인 일방향성의 움직임이 우연히 모이는 곳에서는 (대단히 많은 수와 적은 요소들이 모인 경우, 우리의 관점에서 천문학적이고 화학적인 차원은 제외하고) 역사적인 (심지어 개인적인) 기적이 일어나는데, 그것은 지옥 같은 의지와 노력이 결부되어 단 한 사람이 이룬 어떤 행동과 똑같은 종류의 기적이다.

가족회의는 천천히 열기가 식어 갔다.

"나와 보게, 젊은이." 늙은 대공이 금빛 공단 사이로 게네지프에게 말했다. "생각해 봐, 이게 어떤 규모의 경험이냐 말이야. 바로 여기에 죽음을 앞둔 마지막 구세계의 암탉이 있고 우리도 모두 여기에 있고 그 모든 걸, 알겠어? — 이건 말로 표현할 수 없군 — 아내가 옳아 — 형

이상학적이야 ― 머릿속이 어지러워 ― 이건 위대한 단어
야 ― 그녀는 언제나 옳지, 기억하라고 ― 낳아 주신 어머
니보다 그녀 말을 더 잘 들어, 그러면 이 악마 같은 올가
미에서, 삶에서 빠져나올 수 있을 거야. 자네가 어떤 사람
이 될 건지 나도 아네, 젊은이, 그리고 분명히 말하겠는데
난 질투하지 않아. 우리는 아직도 어찌 됐든 우리의 이 고
립 속에서 꺼져 가는 현실의 마지막 한 조각을 즐겼어. 이
후에 일어나는 일들은 모두 ― 허상이야."

　　게네지프는 도덕적으로 말하는 늙은이의 부드러운
어조에 마음을 돌려 이불 속에서 부끄러운 머리를 내밀었
다. 공주는 수치심 없는 손바닥으로 그의 머리카락을 쓰
다듬으며 말했다.

　　"우리가 이 아이를 뭔가 인물로 만들 거예요. 집에는
그를 준비시켜 줄 사람이 아무도 없었어요. 이게 내 인생
의 마지막 행동이에요 ― 정치에서 난 이미 아무 쓸모 없
어요." 지프치오는 '잠든 폴란드의 육체 위에서 죽음의 춤
을 추는' 이 어둠의 패거리들에게 미칠 듯이 대항하고 싶
어졌다. 그는 자신이 어떤 사람이 될지, 그 밤을 지내면
서 그 방향으로 자기 자신에 대해 많이 인식하게 되었으
나 아직은 알지 못했다. 그러나 예쁜 풍경과 조그만 감정
들, 그리고 어린아이 같은 수치심, 그리고 방금 시작되어
팽팽하게 긴장되어 가는 남성성, 무엇보다도 자신이 거기
서부터 여기까지가 한계이고 부러지는 한이 있더라도 그
일정한 한계를 넘지 못할 것이라는 감각은 아직 더 구체

284

적인 활동들의 충분한 바탕이 되어 주지 못했다. 그는 이
상한 혼란을 느꼈고 (이전과는 다른 종류였다.) (누군가 그
의 동의 없이 그의 머릿속 가구들을 재배치했다.) 마치 모
든 것이 그게 아닌 것 같았다(그러나 이전과는 달랐다. 그
안에는 숨겨진 위협이 있었다 ─ 마치 온 세상이 현실에
서 멀어지면서 그 잔혹함을 견딜 수 없는 꿈속의 괴물로
변할 것만 같았다 ─ 오로지 그곳에서만 깨어날 수 있었
고 여기서는 온 세계와 그리고 또 ─ 남은 것은 아마도 죽
음이나 아니면 그보다 더 '빗나간' 무언가, 지프치오가 들
어 본 적이 있지만 이해하지 못하는 것, 그래도 어쨌든 그
는 그것이 무엇인지 모르면서도 두려워했다 ─ 광기. 그는
언젠가 길에서 간질[뇌전증] 환자를 보았고 그 공포를 동
물원과 어린 시절의 자위와 연관시켜 기억했는데, 그것은
거의 성적인 인식과 연관된 두려움이었다 ─ 마치 안쪽에
서부터 간지럼을 탄 중심부들이 균형 감각을 잃어버리고
몸을 위로 떠오르게 하는 듯한 ─ 그는 비록 높은 곳을 조
금도 두려워하지 않았지만 높은 탑이나 발코니에서 그런
인상을 받았었다). 그 위협적인 기묘함의 어떤 투명한, 그
러나 넘어설 수 없는 장애물이 세상으로부터 그를 갈라
놓았다 ─ 모든 것이 그 장애물을 통해서 그에게는 가볍
게 뒤틀려 보였고, 그러나 어디에, 무엇에 그 왜곡이 일어
났는지는 제대로 알아볼 수가 없었다. 이 타르처럼 진하
지만 손으로 붙잡을 수 없는 방해물의 덩어리를 무엇으로
깨뜨릴 수 있을까, 어떻게 해야 뭔가 진실한 것을 볼 수

있을까(어딘가에 그런 것이 있어야만 했다, 그렇지 않다면 세상은 비열할 뿐이고 하느님은 만지고 싶지 않은 더러운 걸레처럼 세상을 던져 버릴 수 있을 것이다 — 하지만 그 대신에 사형이 있다). 이 유령들 셋을 넘어서 — 아니, 넷이다 — 그 자신도 어쨌든 그들 중 하나였다. 삶은 치명적인 공포가 되어 그를 휘감았다 — 그가 두려워하는 것이 아니라, 단지 미래 전체가 그의 앞에서 허둥지둥 도망쳤다. 그는 다시 한번 행동을 갈망했다. 그리고 무엇보다도 사라져 가는 저 빌어먹을 꼬리를, 고삐를, 아니면 그저 평범한 끈이라도 좇아가서 모든 것을 새로이 붙잡고 싶었다. 그리고 그는 벌거벗은 그대로 방 한가운데로 뛰쳐나가서 소파에서 구겨진 옷을 잡아채 욕실로 달려갔다. 늙은이는 놀라서 눈을 껌뻑거리고 치아 없는 턱을 우물거렸다. 한편 '마르케세'는 특유의 짐승 같은, 그러나 그러면서도 섬세한 소리로 웃음을 터뜨렸다.

"그러면." 그가 일어나며 말했다. "엄마는 씹기에 너무 단단한 호두를 고르셨네요. 하지만 엄마라면 씹을 거예요, 씹겠죠. (아버지에게) 그러면 일하러 가죠, 아빠. 저랑 (그는 다시 공주에게 말했는데, 공주는 떨지 않고 음울하게 무한을 들여다보고 있었다.) 아빠랑 같이 '자기 인식 모임'*을 만들었어요. 러시아에서 자기들이 누구인지 모르는 저 바보들처럼요. 이런 시대라서 우리처럼 뭐든지

---

* Кружок самоопределения. 원문 러시아어.

다 아는 교활한 뱀들, 초(超)지적인 딱정벌레와 구더기 들도 자기를 인식해야 돼요. 지적인 자위행위 같은 거죠. 누군가 아주 현명한 사람이 하느님이 주신 이성을 약간 잃는다면, 그 나머지로도 수십 명의 행동하는 사람들에게 수여해 줄 수 있다고 하더라도 자기는 스스로 자기 기계를 돌릴 수 없는 거죠, 모터는 기계 전체와 비율이 맞아야 하니까요. 그 반대의 경우도 마찬가지로 좋지 않아요, 모터가 자기한테 달린 너무 약한 뼈대를 돌리는 것도요. 그게 엄마의 새로운 남자애의 '경우'*인 것 같아요, 엄마. 하지만 그 사촌 톨지오보다는 저 아이 쪽이 나아요. 그 갈리치아 출신의 키 큰 귀족은 아주 불쾌한 색을 띠고 있거든요 — 우리 동쪽 국경 사람들이 그걸 제일 잘 이해하죠.** 그런데 엄마는 그 하룻밤 사이에 굉장히 젊어졌네요! 마사지보다 나아요, 그렇죠?" 실제로 이리나 브시에볼로도브나는 대단히 좋아 보였다. 하늘색 에나멜 같은 눈동자에서 지금은 반짝이는 불꽃이 어른거렸다. 이 순간 그녀가 원하기만 했다면 사람들이 떼 지어 그녀를 따라다녔을 것이다 — 그녀는 탁월한 '깃발을 든 여성'이었다. 그리고 어쩌면 그녀도 때때로 그와 비슷한 것을 꿈꾸었을지도 모른다, 이미 모든 것이 결여된 상황이 된다면….

* cas. 프랑스어. 여기서는 '뼈대'를 뜻하는, 역시 프랑스어에서 차용한 폴란드어 'karkassa'와 발음이 비슷한 것을 이용한 말장난이다.
** 동쪽 국경은 원문에서 'Kres'로 제2차 세계대전 이전, 작가가 살았던 시절의 폴란드 동쪽 국경 지방을 이르는 표현이다. 이때의 폴란드는 현재 우크라이나 여러 지역을 포함했다.

"저런 가,* 이 모든 걸 다 안다고 잘난 체하는 강아지야." 그녀는 새된 소리로 외치고 아들의 신나게 웃는 면상에 베개를 내던졌다. 후작은 재미있어하며, 겁먹은 아빠와 함께 침실에서 서둘러 나갔다. 이 불운한 마녀의 분노 앞에 너무 오래 서 있는 건 좋지 않았다. '돌아온다 — 안 돌아온다 — 이젠 명백해, 욕실에서 — 결단코 돌아와야 해.' 그녀는 이불로 몸을 감싸며 생각했다. '아냐 — 이젠 안 돌아온다 — 저녁….' 그리고 그녀는 강한 저항이 있을 경우 그를 완전히 지배하기 위한 일련의 악마와 같은 술수들(오래전의 경험으로 완성시킨 변형들)을 궁리하기 시작했다. 그것이 언제나 그녀의 방식이었다. 어머니 같은 돌봄은 악마나 가져가라. 만약 어떤 만성적인 발기부전 환자가 지금 이 순간 그녀를 보고 그녀의 생각을 이미지로 직접 읽을 수 있다면 그 무력증에서 즉각 회복될 것이다 — 그 책략이란 그토록 지독했다. 이런 이야기들이 텐기에르와 스모르스키와 시마노프스키와 그 많은 다른 사람들의 모든 술 취한 즉흥적 발상이 어쨌든 사라졌듯이 흔적 없이 사라지는 건 얼마나 아쉬운 일인가. 무거운 출입문이 철컥 닫히는 둔한 소리가 의심을 첫 패배의 확실함으로 결론지었다. 10년 전이라면 — 감히 생각도 못 했을 텐데 — 하지만 지금은…? 늙었다. 그녀는 조용히 절망적으로 울기 시작했다 — 이전에는 한 번도 그런 적이 없었다.

* 공주가 창피하고 화가 나서 '저리 나가' 혹은 '가 버려'라는 동사 명령형에서 모음 두 개를 뭉쳐서 발음하는 것을 한국어에 반영했다.

# 귀환, 혹은 죽음과 삶

점점 거세지는 눈보라에 휩싸인 채 게네지프는 숲을 가로
질러 집 쪽으로 향했다. 그는 자신이 완수한 '행동', 혹은
'탈행동'에 매우 만족했다. 그 탈행동은 그의 회상 속에서
거대한 규모로 자라났고 힘과 의지와 확고한 인성의 고
매한 상징으로서의 의미를 덧입었다. 이미 아홉 시 반이
었다. 그는 마침내 숲에서 빠져나와 바람 때문에 윗부분
이 얼어 가는 눈밭 사이로 언덕을 헤쳐 가기 시작했다. 구
름에 가려서 '돌풍에 휘날린 공원의 나무들에 반쯤 가려
진' 궁전의 건물은 보이지 않았다. 그는 음울한 양조장을
지나갔는데, 그곳의 철탑 같은 높은 굴뚝에서는 (아버지의
모든 힘이 여기에 상징적으로 내포되어 있었다.) 검은 연
기가 솟아나며 눈보라와 섞여서 환상적인 상복의 베일이
되고 있었다. "상복"—이라고 지프치오는 혼자 중얼거렸
고 나쁜 예감이 마치 그의 안에서 살고 있는 악의에 찬 작
은 요정처럼 아랫배를 조여 왔다. 그 밤과 공주와 앞으로
의 삶에 대해서 그 순간 그는 전혀 생각하지 않았다. 마침
내 그는 집에 도달했다.

　　"주인어른께서 오늘 여섯 시에 꼬리를 말아 버리셨
어요." 눈에 젖은 그의 털외투를 벗겨 주면서 하인이 그의
귀에 속삭였다. (하인은 늙은이 조였는데 표현의 독창성을
인정받고 있었다.) (그러나 이번엔 너무 심했다.)

"조용히 해, 조." 젊은 상속자가 외쳤고 '충직한 하인의 떨리는 주름투성이 손'을 쳐냈다. 첫 십몇 초 동안 지프치오는 방금 들은 말의 의미를 이해하지 못했다. 그것도 예감과 완전한 의식에도 불구하고 말이다. 이상할 것도 없다 — 생애 첫 나쁜 소식이었다. 그러나 그건 마치 무거운 덩어리가 그의 너무 곱게 자라 버릇이 나빠진 젊은 배 속에 떨어진 것만 같았다. "나는 여섯 시에 뭘 하고 있었던가! 맞아 — 맞아 — 그때 그녀가 다리를 그렇게 조합하는 걸 보여 주고 있었지! 얼마나 더러운가! 그리고 아버지가 동시에. 동시에." — 그는 계속 되풀이했으나 이 단어를 충분히 새길 수가 없었다. 이제 '알게 된' 아버지의 죽음, 그리고 저 다리들이 닿을 때의 그토록 치명적인 황홀감, 그토록 무시무시하고 무자비하게 아름답고 음란했던 그 이전의 네 시간은 — 한편으로는 동시성 때문에, 또 한편으로는 지금 당장이 아니라 단지 회상 속에서, 더 정확히는 관념적으로, 추상적으로 소급해 강화되었다. 오, 지프치오가 네오마피아의 일원이었던 어느 시칠리아 대공이 쓴 '조그만 사디슴들'*이라는 제목의 수필을 읽을 수 있었다면 — 여러 가지 일들이 명확해졌을 것이다. 비록 그 어떤 심리학적-기제 이론도 특별한 정도로 더 깊이 있게 탐색할 수 없다는 그 본질적 특성들을 버릴 수 없는 것이 사실이지만 말이다. 이는 그 본질을 보존한다는 것과 관련

* Gli piccolo sadismi. 원문 이탈리아어.

되어서가 아니라 단지 이런 일들이 근본적인 문제에 닿아 있기 때문이다 — 개인이 숫자만큼 존재를 분절하는 것, 그것도 누구라도 될 수 있는 이론적인 존재의 무작위성에도 불구하고 각 개인이 유일한 나로서, 일단 태어나면 영원히, 이런 사람이고 다른 사람이 아닌 '나'로 남는다는 것. 오로지 이 반쯤 무작위적인 데이터와 그것들의 발전의 우연성이 조합되어 바로 이 개인이 자기 자신에 대해서 그리고 자기 자신에 대해서만 '나'라고 말할 수 있다는 결과가 나오는 것이다 — (약골의 경우 잠재적으로). 그리고 여기서 1천 명의 제임스들이 어떻게 각자 자기 머리에 달려 있을 것이냐, 바로 그것이 영원한 문제가 될 것이며, 직접 주어진 개인의 일원성을 받아들이지 않는다면 언제나, 아주 예술적일지는 몰라도 불필요하고 작위적으로 구성된 관념에 이르게 되는데, 그것은 사물의 본질에 대해 아무것도 설명해 주지 못한다. 됐다.

　게네지프는 자동적으로 빈방을 가로질러 걸어갔고 마침내 어머니와 마주쳤다. 어머니는 평온했다. 15년 전이었다면 남편의 죽음을 몰래 기뻐했을지도 모른다. 어쨌든 그녀를 영원히 가두었고, 자신의 원칙과 잔혹성의 벽 안에 마치 산 채로 무덤에 들어간 것처럼 파묻었으니 말이다. 지금은 그렇게 살아온 인생의 모든 고통에도 불구하고 그를 애도했다 — 왜냐하면 삶을 넘어서는 원심력을 완수한 끝에 그녀는 이미 오래전 모든 것에 작별을 고하고 두 번째로, 이미 다른 방식으로, 자신보다 훨씬 나이가 많은 그 유쾌한 맥주 양조장 주인에게 애착을 가지게 되었기 때문이다. 그리고 이제는—그 죽음이 너무 빨리 찾아왔고, 그녀는 삶과 외로움 앞에 대항할 방법이 없는 채 남겨졌고 그녀의 반쯤 신비주의에 젖은 연약한 머리 위로 저 사랑하는 어린 황소에 대한 책임이라는 무시무시한 짐이 떨어졌으며, 그 아들은 현재 그녀로서는 이해할 수 없는 삶에 대한 탐욕으로 온통 터져 나가고 있었다(그것은 확연히 보였다). 거기에 더하여 어쨌든 그것은 그녀의 유일한 의지처였다—돌봐야 할 의무와 애착이 합쳐져 그녀 안에서 그녀의 감정이라는 대상을 그녀 자신보다 더 높이 고양시킬 힘을 만들어 냈고, 계속해서 바로 거기서부터 보호하는 힘을 만들어 주었다. 그녀는 아들을 안고 재앙의 순간 이후 처음으로 마음 놓고 가슴속에서부터 통곡했고, 그녀의 가슴은 응축된 눈물들의 덩어리인 것만 같았다. 이제까지는 (여섯 시부터) 짧게 끊어지듯 흐느끼며 마른 울음을 울었을 뿐이었다. 게네지프는 울고 싶었지만 그럴 수 없었다—그는 나무토막처럼 말랐고 차갑고 무관심했다. 영혼의 밑바닥에 불쾌하게 소름이 돋아 있었고 그는 무척 쉬고 싶었지만 여기는 상황이 엉망진창이고 새로운 문제들이 한아름 있었다. 그는 아직도 불행을 이해하지 못했다—어쩌면 그에게는 전혀 불행이 아니었을까?—그리고 동시에 그 '고통의 예상'과 함께, 어딘가 가장 마지막으로 아직 그 무엇으로도 망가지지 않은 그의 자아의 층위 어딘가에서 조그맣고 장난스러운, 미칠 듯한 만족의 불꽃이 어른거렸다. 뭔가 가장 밑바닥에서부터 무너졌고, 뭔가가 마침내 일어났다. 삶은, 소식을 들었을 때부터, 그 안에 새롭고 무시무시하게 흥미로운 예상 밖의 선물을 숨기고 있는 것 같았다. 그리고 이 모든 관능적인 모험과 비교적 충분히 새롭지만 조금은 빛바랜 문제의식, 즉 '공주를 사랑하는가, 아니면 역시 그저 욕망할 뿐인가?'에도 불구하고 이미 너무나 지루했다(짐승은 순간적인 충족의 배경에서 무슨 일이 일어났는지 제대로 판단하지 못했다). 이것은 무의식 중에 '어머니 문제'* 속에 완전히 나타났다 — 어머니를 어머니 자체로 사랑하는가, 아니면 그저 이기적으로 어머니에게 익숙해져 있을 뿐인가. 그는 벌써 몇 번째인지 모르게 깨어났다. 그러나 지금에서야 삶은 그의 영혼이라는 그 게으른 웅덩이 속으로 마치 말 무리가 마구간으로 돌아오듯이 진실로 들이닥쳤다. 마지막 가면이 벗겨졌다 — 이 일에 대응을 해야 한다. 그러나 표면적으로, 내면에는 닿지 못한 강요된 불행의 탓으로, 그는 아버지가 "꼬리를 말았다."는 데 진실로 기뻐했다. (미성숙한 전환 속에서 오래전 부모가 사망해 상복을 입은 친구들에 대한 어린아이다운 질투와 검은 옷을 입은 그들의 자매에 대한 특별한, 성적인 의미가 깔린 거의 고통스러운 집적거림이 떠올랐다 — 그것은 뭔가 치명

---

* Mutterproblem. 프로이트의 심리학 용어로, 그는 아들이 어머니에 대해 연애 감정을 품는 오이디푸스 콤플렉스와 딸이 아버지에 대해 같은 방식으로 사랑을 느끼는 엘렉트라 콤플렉스가 거의 모든 문제의 원천이라 보았다.

적인 변태성으로, 자기해방과 남성으로서의 성숙과 삶에 대한 책임 전체를 혼자서 지겠다는 무의식적인 욕망과 연관이 있었다.) 미래의 날들이 알 수 없는 매력을 띠었다. 뭔가 마약성의 풀처럼 맵고 중독성 있는 삶의 맛이 간질간질하고 떨리는 물결이 되어 혈관을 타고 퍼졌다. 지금에서야 그는 자신이 남자이며 '진짜 여자'와 로맨스를 가졌다는— 저 거짓 로맨스는 대체 어디에 있었는가?— 어머니, 누이, 엘라 아가씨와 그 외 등등… —사실에 진실한 만족감을 느꼈다. 그는 가장이었다— 모든 사람에게 억압당한 이 지프치오가. 이제 이 길에서 비로소 그는 어머니에 대해서 뭔가 특별한 것을 느꼈고 아들로서 다른 쪽으로 넘어갔다— 젖먹이 옹알이는 보호자이자 주인이 되었다. 그 자신에게조차 우스울 정도의 어떤 고매함으로 그는 어머니를 껴안고 돌아섰고 그렇게 서로 껴안은 채 (어머니도 마찬가지로 다른 식으로 그를 감쌌고, 그것은 그의 마음을 이상하게 달콤한 자부심으로 가득 채웠다.) 그들은 바로 두 사람 모두의 아버지 시신이 누워 있는 침실로 향했다. (최근 카펜 부인은 자기 남편을 그렇게 여겼다.) 어머니는 지프치오에게 나이 많은 누이처럼 보였고 그래서 그는 어머니를 더 많이 더 아프게 사랑했다. 얼마나 행운인가! 그는 자의식으로 가득 차 있었으며 그 순간은 그의 평생 가장 행복했는데, 거기에 대해서 어쨌든 그는 결코 확신하지 못했다. 그는 그때까지 의식하지 못했던 영적인 편안함 속에서 온통 떠다녔다(그래도 어쨌든 단단하게). 마치 안락의자에 앉듯이 그는 세상에 기대 온 몸을 뻗었다. 자신이 대단한 사람이라고 느꼈다.

그들의 맞은편에서 열다섯 살 릴리안이 걸어왔는데, 아름다운 금발 소녀로 카펜 집안답게 약간 들창코에 어머니처럼 커다랗고 까맣게 윤곽이 짙은 눈을 하고 있었다—그러나 지금 이 순간 그 눈의 가장자리는 붉은색을 띠고 있었고, 눈은 조그마했고 울어서 부어 있었다. 그녀 혼자만 늙은 아빠를 진심으로 사랑했다. 그녀에게 아버지는 언제나 마치 산타클로스처럼 착했다. 지프치오는 자유로운 왼팔로 릴리안도 껴안았고 셋이서 그렇게 시신 쪽으로 갔다. 여자들은 훌쩍거렸다—그는 건강하지 못한 외면적인 힘으로 빛나고 있었는데, 그것은 진실한 힘과 자아의 확고함에서 나온 게 아니라 단지 연약함들의 줄다리기가 서로 어긋나면서 우연히 들어맞은 탓이었다—그것은 우연적인 어긋남이었으나 진실한 영혼의 힘으로 가장했고, 그 아래에서 육체는 마치 길든 말처럼 거의 범죄적으로 걷는 흉내를 내고 있을 뿐이었다. 이 모든 것은 멍청했고 심지어 기록할 가치도 없다. 그러나 이 순간 거기에 대해서 게네지프와 두 여자들은 알지 못했다. 그들 셋에게 이 한 조각 시간은 거의 세상을 초월한 무게를 가졌다. 그들은 약간 갑작스럽게, 어째서-인지-모르게 겁에 질린 채로, 약간 거짓된 장엄함을 담아 움직이며 방으로 들어섰고, 그곳에는 일종의 가정식 임시 관 받침에 이미 씻겨지고 정장이 입혀진 늙은 카펜의 시신이 누워 있었다. 이

전에 게네지프는 한 번도 이 순간만큼 아버지의 힘을 강하게 느껴 본 적이 없었다. 시신의 양손은 손수건으로 묶여 있었다 — 벌어지려는 아래턱도 어떤 하얀 천 조각으로 막아 두었다. 그는 사람들이 죽은 뒤에도 두려워해 창피스럽게 만들어 버린 어떤 괴물 같은 거인처럼 보였다. 손수건으로 막은 위턱에는 부드러운 치아로 대리석이나 심지어 반암(斑巖)조차 짓부숴 가루로 만들 수 있는 힘이 숨어 있었다. 갑자기 끔찍하고 갑작스러운 후회가 게네지프의 내면을 찢었다. 그런 상태를 마치 정신감응으로 느낀 듯, 어머니와 누이는 신음하며 주저앉아 꿇어앉은 엘라 아가씨 옆에 무릎을 꿇었다. 게네지프는 이해할 수 없고 견딜-수-없는 고통에 굳어진 채 서 있었다. 지금 바로 그의 유일한 친구가, 아버지가 그를 떠났다 — 아버지를 더 잘 알고 소중히 여길 수 있었던 바로 지금. 어째서 지금에서야 아버지가 친구라고 이해했을까? 또한 그는 아버지의 속 깊은 배려와 인생에 대한 통찰을 이해했는데, 아버지는 그 애정을 그에게 억지로 강요하지 않았기 때문이다. 거짓된 관점으로 뒤틀린 아버지와 아들의 우정보다는 서로 간의 거리가 나았다. 아들이 첫걸음을 떼어야 했다 — 어째서 그렇게 하지 않았을까? 친구와는 관계가 틀어졌을 때 언제라도 연을 끊을 수 있지만 아버지와는 — 어렵다. 그래서 아버지는 속을 털어놓는 일에 그토록 조심스러웠던 것이다. 그 혐오스러운 새벽에 아버지는 뭔가 그런 신호를 남겼었다. 그러나 그때 게네지프는 그 신호를 알아채지 못했고 죽음 전의 마지막 순간을 낭비했다. 너무 늦었다. 이제 그 일축된 우정은 복수를 감행할 것이고 심지어 아버지의 죽음 뒤에도 권력으로 변할 것이다—여기에 대해서 '마치 효모 위에서처럼 성숙해 가는 (자라나는?)' 탕아는 확실하게 알았다. 그리고 그 어떤 기분 좋은 것도 5분에서 10분 이상 지속되지 않는다는 것도 알았다. 그는 공주와 했던 공격들 중 몇 가지를 떠올렸다—그것은 더 길었다—그러나 그 회상은 지금 그에게 얼마나 무시무시한 고통을 일으키는가! 그는 이제 앞으로 다시는 그 쾌락을 알지 못하리라고 느꼈다—아버지에 대한 잘못의 참회로 그는 그런 결혼을 하기를 원했다. 다른 '영혼의 상태들'의 행진이 그를 막았다.

그는 혐오스러울 정도로 고독하다고 느꼈다—춥고 비 오는 저녁에 교외의 수상쩍은 지역에서 헤매며 낯설고 혐오스럽고 더럽고 그를 증오하는 사람들 사이에서 '머리를 기댈' 곳도 없는 처지 같았다. 온 세상이 지금 그러했고 가족 외의 모든 사람들이 그렇게 보였는데, 공주와 바실리 대공과 텐기에르도 예외는 아니었다. (학교 친구들 = 형체 없는 덩어리로 그 안에서 제대로 기억나는 누군가는 하나도 없었다—아마도 저 '금지된 아이들'이라면 또 모르지만, 그는 그들을 알지 못했다.) 그는 돌연히 꿇어앉아서 내장을 찢는 듯한, 흐느끼는, 어린아이 같은 울음소리를 냈다—부끄러웠지만 계속 울부짖었다—그 또한 참회의 한 형태였다. 어머니가 놀라서 그를 쳐다보았고(이

297

제까지 그렇게 침착했는데!) ─ 심지어 릴리안도 그 문제 없는, 그녀가 잘 아는 잔혹한 오빠 안에, 이제까지는 아빠처럼 (오, 그녀에게는 조금 이해할 수 없었던 콧수염쟁이를 그녀는 얼마나 사랑했던가!) 미래의 양조장 주인이 될 예정이었던 지프치오의 내면에 완전히 다른, 알 수 없는 누군가가 숨어 있음을 느꼈다. 그리고 그녀에게 (유추를 통해) 아직 '충분히 숙되지 못한', 물컹물컹하고 진흙 같은, 여자다운, 저열한, 관념 이전 상태의 부풀어 오른 덩어리 (그것은 아마도 심장과 사타구니 사이에 위치한 것 같았다.) 속에서 그녀 안에도 마찬가지로 그녀 자신도 알지 못하는 누군가가 숨어 있을지 모른다는 느낌이 한순간 반짝였다. 다른 누군가는 그 다르고 더 본질적인 그녀를 풀어 주기 위해서 그녀에게 무언가를 해야만 했다 ─ 그녀 혼자서는 할 수 없다. 하지만 어떻게? 성관계에 대해서 그녀는 아직 관념조차 갖지 못했다. 철근콘크리트처럼 단단한 기묘함의 피라미드가 어딘가 다른 차원에서 쌓여 올라갔다가 즉각, 마치 망가진 종이 인형처럼 여기, 이 음울한 방의 마룻바닥에 떨어졌다. 그 순간 릴리안은 오빠를 사랑하기 시작했지만, 다른 방식으로, 어딘지 기괴하게, 멀리서, 마치 오를 수 없는 거대한 산의 건널 수 없는 경계선 너머에서 보는 것 같은 사랑이었다. 그것은 너무나 끔찍하게 슬퍼서 그녀는 새로이 울음을 터뜨렸지만, 그것은 다른 울음이었고('돌아가신 아버지에 대한' 것이 아니었다.) ─ 마치 다른 기어로 바꾼 모터 같았다. 그 두 번째 울음이 더 나았다. 한편 카펜 부인에게는 지프치오가 그렇게 보호자적으로 껴안은 것의 영향으로 이상한 변화가, 아무도 몰랐을 정도로 무섭게 빠르게 진행되었다. 그녀는 지금에서야— 실제 현실보다 3분 늦게— 조용한 해방의 행복에 울기 시작했으며, 남편이 그녀를 이렇게 비교적 제때 놓아주었기에 깊은 감사의 마음으로 남편에 대해 생각했다. 너무나 고마워서 그녀는 거의 남편이 살아 있기를 바랐으나— 유감스럽게도 거기에는 극복할-수-없는 모순이 있었다. 새로운 삶이 열렸다— 이번에는 진짜로 새로웠으며, 늙은 카펜의 내면에서 이제까지 몇 번이나 아무 효과 없이 시작되었던 그런 것이 아니었다. 셋은 각자 현명한 콧수염쟁이의 죽음으로부터, 재산은 말할 것도 없고, 뭔가를 얻었다. 그리고 각자 자신의 이전 계수와 비례하는 정도로 모두 전보다 더 늙은 카펜을 사랑했다.


정보

바로 여기서 그들에게 무시무시한 타격이 닥쳤다… 비록 지프치오에게는 어쩌면 그래서 더 나았을지도 모르지만— 어쩌면 이렇게 하는 쪽이 더 빠를지도… 하지만 그 얘기는 나중에 하겠다. 대체로 정상적이었던 장례식이 끝난 뒤에—("완전히 평범한 일들에 대해서는 쓸 필요가 없다— 그런 것은 이른바 '일상 작가'라고 하는 특별한 종류의 작가들에게 남겨 두면 된다— 그게 아니라면 대체 무엇으로 먹고살겠는가, 불쌍한 그 작가들은?— 왜냐하면 몇몇 사람들이 말하기를 주제가 멍청해도 접근 방식이 전부라고 하기 때문인데—소설에 관해서는 사실과 아주 일치하지 않는다. 그리고 그 때문에 지금 그 많은 훌륭한 문체 전문가들이 나왔는데, 그들은 멍청하고 교육을 받지 못했기 때문에 이야기할 것은 아무것도 없다." 스투르판 아브놀은 이렇게 말했다.)—그러니까 장례식이 끝난 뒤에 '어쩌다 보니' 유언장을 열었을 때, 알고 보니 늙은 카펜은 자신의 공장을 노동자 조합으로 바꾸었고 모든 자산은 죽어 가는 폴란드 사회주의당의 홍보 비용으로 맡긴다고 썼으며 자신이 회원이었던 해방 신디케이트에는 전혀 남기지 않았음이 드러났다. 가족은 굶어 죽지 않을 것을 보장하는 검소한 연금만을 받았다. 이 유언을 무효화하려는 모든 시도는 베흐메티예프 교수의 확고하고 완강한 결정으로 싹부터 밟혔다—늙은 카펜은 정상이었고 정상 상태에서 죽었으며, 경화증은 단지 운동신경을 침범했을 뿐이라는 것이다. 환상적인 날들이 이어졌다. 지프치오의 어머니는 절망해서 제정신을 잃었다—새로운 삶은 무덤 너머에서 강력한 몽둥이가 되어 얼굴을 내리쳤다. 리아나,* 그 착하고 아름다운, 라파엘전파의 그림 같은 리아나, 아버지를 제일 좋아했던 리아나는 그토록 사랑했던 '아빠'를 증오하게 되어, 이제 리아나에게 세상에서 유일하게 의미 있는 사람인 게네지프조차 고인에 대해 이렇게 불평하는 것은 추하고 심지어 보기 흉하다는 걸 설득시킬 수 없었다. 리아나는

* 릴리안의 애칭(릴리아나, 리아나, 릴루샤 등).

너무나 빨리 성장해서 곧 모든 사람들이 자기와 똑같은 어른을 대하는 것처럼 그녀와 대화하기 시작했고 심지어 그녀의 의견을 귀 기울여 들어주었다. 게네지프는 인생에 대한 금지된 지식의 영역에서 이제껏 평생 가장 대담한 탐험을 하며 한없이 괴상한 밤과 낮을 보냈다. 외면적인, 순전히 실용적인 일원성의 감각이 점점 자라나는데도 불구하고 그는 아래쪽에서부터 점점 더 확연하게 둘로 갈라졌다. 어머니와 누이와 공주와 위대한 고인에 대한 자신의 감정이 갈라지는 것을 그는 아직은 제대로 통제하고 있었는데, 특히 죽은 아버지는 그의 생각 속에서 무소부재하고 초월적인 힘으로 거대해져서—이전의 '믿지 않았던' 어린 시절의 하느님과 동일시되었다—지배했다. 그 '인생을 되돌려 놓은 저녁'을 둘러싸고 돌아가는 생각들은 게네지프를 멈추지 못했다. 그러나 그 생각들 자체는 진정되어 마치 봄날 황혼 무렵의 까마귀 떼처럼 현실의 이미 익숙하고 지루한 언덕 위로 내려앉았다. 이제까지 본질적이었던, 저 반쯤 어린아이 같은 그는 의지 없는 순전한 관찰자로 천천히 변해 갔다—마치 극장에서처럼 그의 역할은 게네지프였다—피할 수 없는 결말에 대한 의식만 아니었다면 그건 유쾌한 상태였을 것이다. 그러나 결단의 필요성이 점점 더 고집스럽게 고개를 들이밀었다. 그는 어쨌든 가장이었고 가족의 삶을 책임져야 했다—누구를 위해서? 돌아가신 아버지를 위해서—어디로 움직이든 그곳에는 이미 비밀스러운 명령을 내리는 유령이 있었다…. 그의 내면에서 싸우는 인물들 중 누가 결정을 해야 하는가—그것이 가장 중요했다. 그중 하나는 저 단순하게 형이상학적이고 삶으로 충족시킬 수 없이 탐욕적인 짐승으로, 물가로 달려가서 첫 번째로 도달하자마자 보이는 대로 끝없이 들이켜려 했고(모든 것은 뭔가 바닥이 없이 무한하다는 인상을 주었다.) — 두 번째는 이전의 예의 바른 소년으로, 이 삶을 괴롭게 의식적으로 창조하고 두들겨 만들고 쌓아 올려야 했는데, 그러나 무엇으로 어떻게 해야 할지 잘 알지 못했다. 공주와 보낸 무시무시한 밤들, 그 시간 동안 그는 쾌락의 무한한 단계와 성이라는 문제의 형이상학적인 끔찍함을 점점 더 깊이 알게 되었고, 외로운 산책은 그를 현실과 갈라놓고 분기점이 되었던 그날로 그를 되돌려 놓았으며(어쨌든 그래도 효과는 없었지만) — (아, 돌아갈 수만 있다면 — 다만 한 번이라도 — 그 시간으로… — 그 초의식과 그 지식을 결합시킬 수 있다면! 유감스럽게도 — 어떤 것도 공짜로 얻어지지 않는다 — 그 지식을 위해서는 이전 어린 시절의 비상[飛上]을 낮추어야만 했다.) — 그것이 양극단의 기둥이었다. 그에게 일어나는 모든 일들을 그는 사람들 앞에서 꼼꼼하게 숨겼다. 사람들은 그의 성숙함과 아버지의 유언 건에 대한 그의 냉정하고 공평한 판단력에 놀랐다. (아빠는 지프치오가 맥주 양조장 사장으로서 버티지 못할 것이며 혼자서 여러 일들을 해결할 만큼의 결단력도 없으리라는 걸 알고 있었다 — 그 상황에서는 오로지 훼손되고 썩어 버린 결과만이 나올 수 있었다 — 아버지는 사랑하는 아들 대신 그것을 더 기분 좋게 해결해 주고 싶었다.) 공장은 매우 불확실한 표정을 한 어떤 신사들이 그의 눈앞에서 갈가리 뜯어냈는데, 그 신사들은 수도에서 왔다고 했다. 고인의 가족들은 여기서 할 수 있는 일이 없었다ー부유함 속에서는 강력한 상태로 아직 존재할 수 있었지만 빈곤 속에서는 그럴 수 없었으므로, 그 절망적인 구석에서 빠져나와 옮겨 가야 했다. 가능성은 전혀 없었다.

텐기에르는 게네지프에게서 완전히 물러났다. 찾아갔으나 몇 번 받아 주지 않았고, 한번은 우연히 마주쳤는데 자신이 "영감을 받은" 상태라고 발언하고는 서둘러, 거의 무례하게 작별을 고했다. 그건 바람이 불고 구름이 낀 반쯤 봄 같은 날이었다. 그리고 다시 돌풍에 휩싸인 풍경을 배경으로 넘치게 욕망을 충족시킨 음악가, 모든 것을 아는 곱사등이의 형체가 게네지프에게 음울한 인상으로 닥쳐왔다ー마치 어떤 더 나은 부분이(이전의 저열한 짓들에도 불구하고ー뭔가 이분되지 않은 것이), 다른 세상에서 온 그 털북숭이의 강력한 괴물이라는 형태로 영원히 그에게서 떠나가는 것 같았다. 이 불행한 현역 이중인격자에게 유일한 '도피처'는 공주였는데, 순전한 관능학이라는 분야에서 저질렀던 광기에 찬 행동들과는 별개로 그는 그녀에게 이 세상이 아닌 곳에서 온 두 번째 어머니처럼 애착을 갖기 시작했다. 그러나 그와 동시에 또한 희미하고 드물기는 해도 어떤 관능적인, 거의-아마-무의식적인 그녀에 대한 경멸의 증후들이 나타나기 시작했다. 물론 이리나 브시에볼로도브나는 그것을 명확하게 보았고 고통받았

303

으며 해결되지 않은 모순 속에서 점점 더 분노했다—진실한 사랑이 그 육체의 잔해 위에서 젊은 시절 옛 악마와 마지막으로 싸웠다. 지프치오가 공주와 진실로 가까워지는 데에는 또한, 재산의 상실과 고인이 된 아버지에 대한 관계에 있어 가장 가까운 가족들이 돌연히 가면을 벗고 그에게 혐오스러운 영적인 속성을 드러낸 것도 도움이 되었다. 공주는 최소한 물질적인 옹졸함에서는 자유로웠다—내면에 드넓은 무한에서 온 무언가, 마치 몽골 사막의 숨결과도 같은 무언가를 가지고 있었는데, 그 사막은 그녀의 조상인 칭기즈칸의 후손들이 유래한 곳이었다.

그러나 이 모든 일들은 마치 이 세상에서가 아닌 것처럼, 그보다는 어딘가 먼, 비밀의 칸막이를 넘어선 곳, 그래도 어쨌든 외부의 현실이 아니라 그 자신의 내면 한쪽에서 일어났다. 이 모든 것 속에서 그는 제정신이 아니었다. 그는 어리둥절해서 스스로 물었다. '어떻게 이런—그러니까 이게 나이고 이게 내 유일한 삶이란 말인가? 수백만의 가능성 속에서 다름이 아닌 바로 이렇게 흘러간다고? 그리고 절대로, 절대로 다르게는 안 돼—오 하느님.' 그는 뭔가 깊고 어두운 동굴로, 지하실로, 땅 밑에 있는 감옥의 고문실에 떨어졌고, 그곳에서는 '그러함'('그리고 다를 수 없음')의 메마르고 영원하고 꿰뚫는 듯한 고통이 지배했다. 그리고 그곳에서는 나갈 길이 없었다. "삶은 상처와도 같아—그걸 채울 수 있는 건 쾌락뿐이야."—그와 비슷한 것을 몇 번인지 모르게 저 마녀가 그에게 말했는데, 그러면서 그녀는 그의 내면에 마치 깃털로 가볍게 건드리는 것처럼 무시무시한 단어들과 가장 무시무시한 단어들보다 더 나쁜 깃털 같은 접촉으로, 고통스럽고 결단코 충족되지 않는 쾌락 속에서 세상의 괴물 같은 속성에 대한 그 끔찍한 육체적 인식을 쌓아 갔다. 그렇다, 그 것뿐이다—자기 자신의 짐승 같은 속성을 인식하고 그 안에서 죽어 가는 것. 멋진 이상이다! 오로지 그것을 위해서만 그의 지성과 저 내장 기관들이 쓸모가 있었다. 그러나 몇몇 사람들에게는 바로 저 쭉 뻗은 길이, 자기 자신의 복잡성으로부터 달아나려 애쓰면서, 그들에게 낯선 삶의 황무지 속에서 출구 없는 미로가 되어 버린다. 세상은 어떤 감옥의 조그만 조각으로 쪼그라들었고, 그것은 지금 당장의 무한이 될 수도 있었지만 (한계의 한 형태로서 공간이라니!—이 조그만 인간은 너무 많은 자유를 원하는 것이 아닌가?) 속으로는 뭔가 이름 없고 가득 차고 변화하지 않는(꿈속 '납빛 시신'의 죽은 얼굴), 마치 발사된 총알처럼 치명적이고, 그 흔들림 없는 기능에 있어서 체계적인, 예를 들면 회전 기계 같은 어떤 것이 자라났다. 지프치오는 지금 자신이 형성되고 있다는 것, 어떤 체계 안에서 결정화되고 있으며 앞으로 무엇이 있을 수 있든지 간에 (심지어 가장 야만적인 것들도) 모든 것이, 비록 그의 의지와는 전혀 상관없다 해도, 삶과의 관계에서 이 시간 동안 얻어진 것의 함수이리라는 걸 느꼈다. 그 관계가 어떤 것인지 관념적으로 그는 규정할 수 없었다. 그러나 지

305

나가는 구름을 바라보는 자기 자신의 시선에서, 어떤 과일의 맛에서, 그리고 그의 내면에서 야만적인 탕녀와 유사 어머니의 형상으로 나누어진 공주에 대한 두 개의 감정들이 서로 싸울 때, 그 서로 찢어 대는 모순의 무시무시한 순간들을 살아 내는 방식에서 그는 그 삶에 대한 관계를 느꼈다.

그녀의 내면에서도 마찬가지로 싸움이 벌어졌는데, 그것은 완전히 연인의, 더 정확히는 '조그만 연인'이나 조그만 쾌락의 영혼의 상태에 달려 있었다. 처음에 그녀는 '모성적인 애정'(얼마나 혐오스러운가!)에 완전히 몸을 맡겼다. 그에게 자기 자신을 즐기는 법과, 궁극적인 현상들의 초월적인 음울함과 형이상학적인 고통의 가장자리에서 원초적인, 희미하고 비참하게 간지러운 것 같은 조그만 쾌락을 강화하는 법을 가르쳤으며, 그런 궁극적 현상들 너머에는 지나치게 깊은 것들의 유일한 해방자인 죽음밖에 없었다. 그러나 게네지프는 너무 빨리 미래를 향해 돌진했으며 비록 그 자신은 그것을 세세하게 깨닫지 못했더라도 그녀는 무관심과 탐욕을 숨긴 그의 어떤 몸짓, 시선, 생각 없이 잔인한 말들에서 그것을 대신 느꼈다. 스캄피와 늙은 대공은 자주 그녀에게 이 마지막 사랑의 위험성에 대해 경고했으며 그녀를 위해서 (그리고 심지어 그를 위해서도) 비록 가벼워도 좋으니 악마 숭배 체계로 넘어가는 것이 좋으리라고 설득했다. 이 두 사람은 그 괴물을, 그리고 그녀를 통해서, 티콘데로가 궁전에서 게네지프를 이르는 말로 이 "될 수도 있었던 어린 양조장 주인"을 얼마나 사랑했던가. 공주는 생각에 잠겨 긴 시간을 소모했고, 그러다 마침내 더 높은 목적이라는 대의를 위해 타협하기로 결심했다 — 지프치오의 감정을 원초적인 긴장감으로 묶어 두고 그들의 집에서 지배하는 관념에 따라 그를 '사람'(?)으로 만드는 것이었는데, 그 뜻은 즉 사상없는 불한당, 최대 숫자의 숙주를 가진 사회적 기생충, 비형이상학적인 탕자, 한마디로, 파렴치한이었다. 그녀는 자기 자신이 정도가 지나친 잠재적 신비주의 때문에 불행했으며 아들들에게 그런 증상이 나타나면 무자비하게 억압했다고 확언했다. 그 유사 엄마로서 그녀는 아무 일도 하지 않았을 것이다 — 그녀는 상처받은 야심의 고름 낀 분비물 속에서 그저 버려지고 절망 속에 썩어 가도록 저주받은 채로 남아 있을 수도 있었다. 이 아름답고 순진한 명청이 앞에서 이전의 세상은 끝났다 — 이것을 그녀는 확실하게 알고 있었다.

게네지프는 배신이나 질투가 무엇인지 몰랐다. 그것은 그에게 거의 의미 없는 말들이었다. 그러나 순간순간 그의 내면의 바탕에 비해 이 아줌마의 기세와, 비록 신경의 힘과 경험 때문이라도 그녀의 우세가 그를 압도할 때, 그는 다음과 같은 사실을 의식하며 기쁨과 위안을 얻었다. "그래도 그녀는 늙었어." (이것은 비열했고 이것만은 심지어 이리나 브시에볼로도브나도 알아채지 못했다. 대체로 여성들이 [심지어 가장 현명하고 가장 나쁜 여성들

307

도] 남성들의 모든 방어 수단을 다 아는 것은 아니며 남성 편에 속하면서 제정신 박힌 사람이라면 아무도 그것을 폭로하지 않을 것이다.) 게네지프는 자신이 이전의 순간에 강력한 상태에 있었는지 아니면 약한 상태에 있었는지에 따라 이 두 가지 방법을 스스로 설명할 수 있었다. 그가 혼자서 "그래도 그녀는 아직 젊어, 어찌 됐든 자기 관리를 훌륭하게 하고 있어."라고 말할 때는 근본적으로 욕망을 충족한 뒤에 그녀의 나이 때문에 어떤 굴욕감을 느낄 때였는데 — 특히 아침에, 티콘데로가 집안에서 이전에 부부 침대였던 훌륭한 침대에서 커피를 마실 때였다. 이런 생각들은 물론 고귀하지 못했고 지프치오는 이런 생각을 전혀 하지 않는 쪽을 더 선호했다. 그러나 힘들다 — '불수의적인, 원초적인 기관'의 활동 — 아무도 그것을 어찌할 수 없다. (오로지 제발 부탁인데 그 이론을 공식적으로 만들지는 말아 주었으면 하는데, 그렇게 되면 아무도 그 누구에 대해서도 어찌할 수 없게 될 것이기 때문이다.) 한편 그는 이미 서투르고 다분히 우습게 ('저것'이 그의 내면에서 전반적으로 여성에 대한 대담성을 증강시키지 못했다는 것은 이상한 일이다 — 그는 전문화되어 있었다.) 공주의 예쁜 하녀 주지아를 눈여겨보고 있었다. 그것은 바로 그 더 먼 삶의 상징이었으며, 그에 비하면 현재의 사건들은 그저 거쳐 가는 단계일 뿐이었다. 그는 이미 지금도 그렇게 생각했다 — 그에게는 시간이 있었지만, 그녀는…? 오, 이것을 모르는 자 그 누가 '성적인 시간'이 무익하게 흘러가고 그 이후로 이미 아무것도 있을 수 없다는 그 끔찍함을 판단하겠는가?! 그녀는 이 모든 것을 마치 페요테를 복용한 듯한 선명한 통찰로 그보다 더 잘 알고 있었으며 순간순간 신음 소리와 '음메 소리'를 낼 정도로 괴로워했다. 방법이 없었고 (러시아에서 혁명을 했던 군인들과 같았다. 전선에서 죽거나 아니면 자유를 위해 싸워야 했다 — '전부 시시하고, 아무래도 상관없다'.*) 영웅적인 수단을 시도해야 했다 — 그를 1년이나 어쩌면 2년 동안 얻거나 — 아니면 영원히 잃는 것이다. 위험을 감수해야 했다. 그리고 그 삼류 악마 숭배의 쓰레기 속에서 헤매지 않는 쪽을 원했으며, 그도 성적인 고통의 진흙탕 속에서 그렇게 더럽혀지지 않더라도 어쨌든 그에게 가장 소중했다. '필요한 대로 그렇게 밀고 나가길 원치 않는다는 거지, 그래? — 그러면 너한테는 더 나쁜 결과가 오겠지. 넌 그에 대해서 계속 생각할 거고 육체만이 아니라 영혼까지 더럽히게 될 거야 — 넌 온통 그 생각 속에, 너의 그 자랑스러운 남성적인 뇌 반구 속에 있게 될 거야 — 하, 그게 얼마나 기분 좋을지 두고 보라고.' 불쌍한 이리나 브시에볼로도브나는 거의 열병에 가까운 건강하지 못한 흥분 속에서 완벽한 허벅다리를 오므리며 이렇게 생각했다. 해독제를 구하기는 점점 더 어려워졌으며, 특히 이 시기에 시골에서는 더 그랬다. 텐기에르는 그에게 그녀를 욕보일 수 있

* трын-трава — всё равно. 원문 러시아어.

었다—톨지오—그 애는 언제라도 이용할 수 있었고, 특히 나이 든 숙녀들에 대한 변태성을 생각하면 더욱 유용했다. 오, 이 얼마나 유감스러운가—그러니까 이미…. 이 모든 흉측한 안건의 저열함의 외부적인 틀은 그러했다. 이른바 사랑이라고 하는 극장의 커튼 뒤에서 사용되는 기술을 엿보는 것은 무서운 일이다. 왜냐하면 그 이상적인 결혼 생활, 석관이나 제단에서 나온 부부들, 그 확고한 인성은 대부분 동시에 '뒤쪽'에 더러운 부엌을 감추고 있으며, 그곳에서 수치심 없는 악마가 존재의 절망적인 비참함에 쓰는 자신의 마술적인 약을 만들거나 아니면 삶을 그보다 더욱 왜곡시키는 마약, 즉 거짓된 미덕을 만들기 때문이다. 부르르…. 이런 틀에는 겉보기에 희미한 감정의 섬세함이 매달려 있었는데, 그것은 가장 근본부터 독에 물든 무의식적인 범죄들의 심연으로 끌어들이는, 흩어져 가는 여러 사람의 뇌가 모든 것에 비교해서 미래에 측정해야 할 일이었다. 감정의 변증법이란 얼마나 혐오스러우며 행동의 기술적 수단이란 얼마나 끔찍하게 적용되는가. 그러나 그게 없으면 무엇이 있겠는가? 완벽한 부조리의 짧은 단락(短絡)과 죽음뿐이다. 그것은 홍적세의 동굴 속에서는 좋았지만 오늘날은 아니다. 그리고 인류 운명의 지평선 너머로부터 상징화된 미래 시계의 괴물 같은 전망이 일어날 때면, 이런 일에는 '고위층' 사람들이 나설 수도 있는 것이다. 단지 몇몇 사람들만 이것을 보았고 또한 마시고 먹고 서로 안았으며 중간중간 재미있게 놀았다. 심지어 가장 위대한 활동가들도, 어쩌면 그들이 좀 더 그러했는데, 어쨌든 매일매일의 노동의 무시무시한 긴장 뒤에는 '조금이라도' 쉬어야만 했기 때문이다. 그러나 평범한 사람들의 무리는, 예를 들어 혁명의 창조자에게 여자 친구가 있으면, 그런 것을 좋아하지 않는다 —(아내가 있어서 함께 고통받으면 — 모든 게 좋다). 바보들은 지도자도 즐겁게 놀아야만 하며, 그래야만 그 뒤에 영감을 받아서 몸을 던져 역사 속에서 몸부림칠 수 있으며 자신의 두뇌로, 마치 주둥이로 땅을 파는 짐승처럼 미래로 가는 길을 팔 수 있다는 걸 이해하지 못한다. 늙은 르바크가 말했듯이, "오, 폴란드인은 순진한 바보를 위해 무엇이든 못 하겠는가".* 혹은 고인이 된 얀 레혼**이 언젠가 멍청한 척하며 개인적으로 물었듯이, "성적인 삶이 아니라면 대체 다른 삶이란 어떤 것인가?"

도시에 갈 것인지 말 것인지 결정하지 못하는 채로 '천천히' 미래 전체가 또다시 집중되기로 한 그날이 다가왔다 — 그러나 '대체 어떠한 운명의 변화 속에서' 찾아왔던가! 마치 끈끈한 거미줄 바로 곁에서 맴도는 색색의 열

---

* Oh — qu'est ce qu'on ne fait pas pour une dupe Polonaise. 원문 프랑스어.
** Jan Lechoń (1899~1956). 본명은 레셰크 유제프 세라피노비치(Leszek Józef Serafinowicz). 폴란드의 시인, 문학비평가로 아방가르드 시인 그룹 스카만데르(Skamander)의 일원이었다. 제2차 세계대전 당시 남미를 거쳐 미국에 정착해 활발히 활동하다가 사망했다. 『탐욕』이 집필되던 1927년은 아직 제2차 세계대전이 일어나지 않았고 레혼이 폴란드에서 활동하던 시기이므로 "고인이 된"이라는 표현에서 이 작품의 시간 배경이 미래임을 짐작할 수 있다.

대 파리처럼 게네지프는 다가오는 위험을 인식하지 못한 그런(!) 괴물을 정복했음을 자랑스러워하며 태평하게 살다. 그는 마치 쉬운 승리에 도취되어 밤에 파수병을 세우일을 잊어버린 젊은 지휘관 같았다. 그리고 점점 더, 물론 로서는 인식하지 못한 채, 베스키디-루지미에쥬의 햇빛 가한 언덕에서 눈이 사라지는 것과 함께 그의 내면에서 이의 연약하고 착한 소년이 사라졌다. 그리고 바로 어느 날 후에 ─ (아무것도 없고 아무것도 있을 수 없는 그런 짜증는 오후에, 그리고 어쩌면 술을 잔뜩 마시고 그런 뒤 끝인다가오는 마지막 저녁도) ─ 게네지프는 그가 그토록 한탄던 노동자들의 일로 인한 삶에 대한 이전의 혐오에도 불구고, 이제 모든 것을 잃은 뒤에, 또한 의식적으로 (어딘가은 곳에서 그것은 오래전부터 숨어 있었다.) 아버지에 대해 죽음 직전에 그런 상황을 만들었다는 데에 어떤 후회를 느기 시작했다. 그러나 늙은 카펜은 아들을 깊이 사랑했고 자이 뭘 하는지 알고 있었다. 현재 있는 것이 지속되지 못하라는 점을 그는 분명하게 깨달았고 지프치오가 혁명으로 유물을 잃는 운명을 피하게 해 주기를 원했다. 그런 방법로 아버지는 가장 혐오스러운 위험의 덩어리 전체를 아들 앞길에서 치워 주었고, 모든 활동을 마비시키는 사회적인 망감으로부터 그를 보호했다. 이미 그 어디에도 (세상 어디도 말이다 ─ 얼마나 이상한 일인가?) 유휴자본을 투자할 있을 은행은 이미 없었다. 어쩌면 러시아라면 모르겠다. 그나 카펜은 영혼 밑바닥에서 중국 인해전술의 불패의 힘을

312

었다 — 어쩌면 시간에 대해서는, 가장 마지막의 소식들에
도 불구하고 잘못 알았던 것인지도 모른다 — 그러나 원
칙적으로 그의 통찰은 현명했다. 코쯔모우호비치의 사상
을 정확히 알지는 못했지만 — 어쨌든 아무도 정확히 알
지는 못했다 — 이 광기에 찬 막무가내의 검은 면상 어딘
가에 현재 상황의 핵심이 숨어 있으며, 그것도 우리만 해
당되는 것이 아니라 세계 전체가 해당된다는 것을 카펜
은 그 누구보다 확실하게 느꼈다. 죽기 바로 직전에 — (바
로 저 조그만 짐승이 그토록 힘들게 순결을 잃은 그 순간
에) — 그는 무기력한 손으로 총병참 장교에게 아들을 돌
보아 달라고 부탁하는 편지를 썼다.

"…어쨌든 자네 군대에는 부관 자리가 있을 거야. 받아
줄 형편이 되는 한 지프치오가 가장 중심부에 있기를 바
라네. 죽음은 그렇게 무섭지 않아 — 더 나쁜 건 위대한 일
들에서 멀어져 있는 것이고, 게다가 이미 마지막일지도
모른다면 더 말할 것도 없지. 아들은 대담하고 내가 살면
서 그 애에게 약간 매운맛을 보여 줬으니 아들 입장에서
는 뭔가 증오에 가까운 것이 생겨났을지도 모르지. 하지만
그것이 유일한 '뭔가'야 — 난 미국 심리학자들의 본보기
에 따른 개인성을 믿지 않아 — 그리고 다른 것들은, 그 새
로운 믿음들은 바보들을 조종하기 위해서는 좋지 — 다시
말하지만 나는 맥주를 넘어선 뭔가를 물론 사랑했어. 왜
냐하면 유감스럽게도 그 자네의 옛날 이상이던 내 아내는

313

나이 차이에도 불구하고 나를 영적으로 만족시키지 못했거든. 그러니 그걸 후회하지 말고 나에 대해 감정을 갖지말게. 지프치오는 자네에게도 좋은 아들이 될 수 있어."

(늙은 카펜은 코쯔모우호비치가 가능한 상황의 유일한 중심임을 알고 있었다―그가 아니라면 아무도 없다―그리고 냉담하게 중국인 편으로 합류하는 것의 굴욕도.)

"우리들 중에, 심지어 이런 파렴치한들 중에도 우리를 대표할 사람이 아무도 없다면, 우리는 공산주의 조직에조차 맞지 않은 짐승들의 덩어리가 될 거야. 자네는 혼자야―자네에게 기탄없이 말하겠네, 왜냐하면 난 죽으니까―오늘이 아니라면 내일. 자네는 심지어 나에게조차 비밀로 남아 있는 법을 알고 있었어."

(코쯔모우호비치는 이 부분에서 야만스럽게 웃었다. 그러면 그에게 이 늙은 카펜은 대체 무엇이었던가―갑판에서 바닷속으로 가능한 한 빨리 휙 던져 버려야 하는 썩은 자루였다. 그럼에도 불구하고 그를 좋아했고 이 휘갈겨 쓴 글씨를 읽으면서 그는 머릿속에 지프치오에 대해 새겨 두었다.)

"자네는 고독의 무시무시한 긴장감을 버티는 방법을 알지, 에라즈메크―거기에 자네에게 경의와 존경을 표하네, 하지만 자네의 민족에게는 세 배나 더 문제가 되지, 왜냐하면 자네가 다음 순간에 무엇을 할지 아무도 아무것도 모르니까, 자네하고 자네 곁에 있는 지금 지구 상에서

314

가장 염병할 패거리 말이야— 이 빌어먹을 다음-순간의-
사람.* 작별이네. 자네의 늙은 지페크."

카펜은 가문의 문장에 꽥꽥 우는 개구리와 말 윗입술
을 새긴 흐라포스크제츠키** 백작 가문의 전직 마구간지
기 소년이었던 '에라즈메크 코쯔모우흐'에게 이렇게 썼다.
— 이것은 총병참 장교 전 생애의 상징이 아니었던가. 인
류의 '나무 막대기들'의 이름 없는 꽥꽥 소리 속에서 알
을 깨고 나와서 말(과 당연히 그 투르러거리는 소리) 덕분
에 출세했고 그것도 아무 자리나 얻어걸리지는 않은 것이
다. 그러나 동시에 언젠가 '늙은 지페크'에게 자기 민족이
마치 하나의 진부함의 블록처럼 단 하나의 유일한 사람에
게 의존할 수 있는 상황에 있다는 것을 지켜보기란 무시
무시한 일이었다. 그러다 만약에 맹장에 염증이 생기거나
성홍열에 걸리면? 그러면 어떻게 될 것인가? 어쨌든 이미
한번 피우수트스키의 경우 그렇게 되었고 그 평범함의 균
형이 바로 우리를 살렸다. 이번에도 그것을 믿고 있었다.
사람들은 사건들에서 결론을 이끌어 낼 능력이 없었고 유
추를 하면서 놀았다— 마치 1917년 혁명을 프랑스대혁명
과 동일시했던 그 애국적인 러시아인들이 대중의 군사적

* You damned next-moment-man. 원문 영어. 에라즈메크는 코쯔모우호비치의 이름
에라스무스의 폴란드식 애칭이다.
** 말장난. '흐라파(chrapa)'는 폴란드어로 말이나 당나귀 등 투르러거리는 소리를 내는
동물의 늘어진 윗입술을, '스크제크(skrzek)'는 개구리 우는 소리를 뜻한다.

봉기에 희망을 걸었던 것과 비슷하다. 사람이 끔찍할 정도로 부족하다는 것과 적당한 위상에 '아슬아슬하게 있던' 사람들을 활용하지 못하는 무능력, 이것이 이 시대에 탁월한 폴란드의 전문 분야였다. 노동조직에 관련된 그 가짜 노동은 전부 농담일 뿐이었다—모든 것은 이후에 (하지만 무엇의 이후에, 무엇의?) 어떤 신사가 말했듯이 "우리가 아무것도 아니도록 하기 위해서"라는 그 한 가지로 버티고 있었다. "폴란드는 무정부 상태로 서 있다." 대신 지금은 "위대한 사람들의 부재 위에 서 있다."고 말했고—다른 사람들이 확언하기로는 전혀 서 있지 않고, 아무도 서 있지 않고, 누구에게도 서 있지 않고, 심지어 누구를(!) 서 있지도 않다고 했다—물론 러시아식 표현이다.* 다른 사람들은 코쯔모우호비치가 다른 조건으로 옮겨 갔다면 마찬가지로 아무도 아니거나 아무것도 아니었으리라고 확언했다. 여기 간이식당, 완충지대, '바가지',** 음식점, 사무실, 침실, 홍등가, 침대차, 자동차, 비행기의 각종 활동가들의 회색 덩어리를 배경으로 그는 가장 큰 별과 같은, 인간들의 구역질 나는 쓰레기 더미 속에 있는 거대한 다이아몬드의 수준으로 성장했다. 어쩌면 실제로도 그는 자기 사회의 동등한 수준의 중심부로 옮겨 와서

* '아무도 …하지 않는다'라는 부정 형태의 표현이 폴란드어와 러시아어에서 거의 비슷하면서도 살짝 다른 것을 이용한 말장난.
** Буфаторский. 본래 러시아어로 싸구려의, 바가지를 써서 가격을 속인, 혹은 전반적으로 불쾌하거나 적대적인 것을 뜻하는 비속어.

316

만 위대해진 것은 아닐지 모른다 — 이 세상 전체의 염병 전체에 대하여 위대했는데, 그 세상은 우리를 — 우리를, 폴란드인들을! — 승복시키려 했다! 얼마나 뻔뻔한가. 그리고 그럼에도 불구하고 늙은 카펜은 그에게 가끔 소심하게 자신의 사상(진짜 파시즘의 도입)에 대해 언급했고, 병참 장교는 죽은 물고기처럼 입을 다물고 기다렸다 — 그는 기다릴 줄 알았다, 빌어먹을! 거기에 그의 힘의 절반이 있었다. 겉보기에 가장 열려 있는 것 같은 대화에서도 자신의 의견을 그렇게 숨길 줄 아는 능력을 그는 거의 전례 없이 완벽하게 다듬었다. 민족해방 신디케이트에 의해 만들어진 사이비 조직을 그는 적절한 순간에 자신을 위해서, 그리고 자기 자신에게조차 비밀스러운 목적을 위해서 이용하기를 원했다. 이미 그는 황인종 정복자들 앞에서 자신의 기계화된 군대의 회색, 결정화된 덩어리와 함께 지옥 같은 탈출을 꿈꾸었다 — 그, 오늘날 유일한 전략가(그는 중국인 풋내기들의 오합지졸을 비웃었는데, 공식적으로는 자신의 체면을 떨어뜨리지 않기 위해서 그들이 위협적이라고 인정하고 있었다.), 불한당 중의 신사, 이집트에서 배태된* (대체 세상에 바로 그와 비슷한 모험이 있었을 것이며 바로 그와 같은 사람이 있었을 것인가 말이

---

*「창세기」에 등장하는 요셉을 말함. 요셉은 야곱의 열한 번째 아들이었는데 아버지의 편애와 뛰어난 능력으로 형들의 질시를 받아 노예로 팔린다. 그러나 우수한 예지력과 혜안으로 이집트의 총리 자리까지 올라간다.

다 — '신비로운 장소에 있는 신비로운 사람'*) 비참한 총
병참 장교. 그러나 마치 사슬에서 풀려난 개처럼 명랑한
그의 영혼 밑바닥에는 언제나 예상하지 못한 — 뭔가 너
무나 끔찍해서 심지어 고통스러운, 합성된 환각의 순간들
에도, 온 우주의 배꼽에 곧바로 무한의 똥을 싸는 듯 느
껴지는 그 순간에도 그가 생각하기를 두려워하는 뭔가가
잠들어 있었다. 그는 군함의 대포가 거대한 대포알로 장
갑차를 뚫듯이 무시무시하고 공포에 질려 창백해진 생각
들로 미래에 구멍을 냈다. 그러나 그는 결단코 자신의 운
명의 밑바닥까지 내려가지 않았다. 파시즘인지 볼셰비
즘인지 혹은 그 자신이 다름 아닌 허풍선이인지 광인인
지 — 그것이 병참 장교의 가장 괴로운 딜레마였다. 차단
제**의 직접적인 데이터는 그것을 분석하는 그의 측정할
수 없는 능력을 넘어서 늘어났다. 그 외에는 아무도 이것
을 알지 못했다 — 그는 자의식의 현현 자체의 추가적인
의견을 갖고 있었다. 만약 나라 전체가 그를 볼 수 있었
다면, 갑자기 집합적으로 볼 수 있었다면, 모두 공포에 몸
을 떨고 그를 그 자신에게서 떨구어 내서 인류의 다양한
지도자들이 확실히 고통받고 있는 지옥의 가장 밑바닥으
로 마치 괴물 같은 용종처럼 떨어뜨렸을 것이다. 만약 그
가 어떤 악마 같은 무한한 결산서에 통합된 자기 자신의
전반적인 의견을 볼 수 있었다면 — 하, 그러면 그는 아마

* mysterious man in a mysterious place. 원문 영어.
** 112쪽 주 참조.

꼼투성이가 된 자신의, 어느 정도는 '준마'가 된 계산 불가
능성에서 떨어져 뭔가 평범하게 무능한 시종의 가장 진
부하고 하수구 냄새 나는 줄에 들어가 섰을 것이다. 다행
히 주위는 어두웠고 그 어둠은 무의식적이고 내면적인 괴
물의 성장에 유리했는데, 그 괴물은 숨어 있고, 숨어 있
고, 숨어 있다가 마침내… 획! — 그리고 희극과 행진은 끝
났다 — 왜냐하면 이 행동 뒤에 모든 것은 이미 너무 작을
것이기 때문이다. 그는 어떤 초(超)전투를, 뭔가 세상이 본
적 없는 것보다 더욱 큰 것을 꿈꾸었다. 사회적인 세부 사
항은 한 번도 신경 쓰지 않았다 — 반대로 군사적인 사항
들에 대해서는 이미 수많은 생선으로 가득한 정어리 통조
림처럼 머리가 가득 차 있었다 — 순수하게 개인적인 매
력은 '무슨 일이 있어도, 어떻게든'* 신경 썼다. 그의 전설
은 자라났지만 그는 그것을 적절한 수준으로 불분명하게
붙잡아 두는 법을 알았다. 너무 일찍 힘이 실리도록 옮겨
심어 너무 구체화된 전설은 미래의 정치인에게 다리에 박
힌 최악의 총알과 같다. 그렇게 되면 성공한 예술가가 가
지게 되는 것과 같은 문제에 계속 시달리게 된다 — 성공
할 수 있었던 그 노선을 어떻게 잃지 않을 것인가. 그리고
그렇게 되면 새로운 길을 찾는 대신 점점 더 빛이 바래는
조각들을 스스로 되풀이하게 된다 — 자유와 영감을 잃고
금방 끝날 것이다 — 어쩌면 진실로 거인이기 때문에. 그

* во что то ни стало. 원문 러시아어.

리고—그렇게 되면 물론 완전히 뭔가 다른 상황이 된다. 모두들 만약의 경우에 "코쯔모우호비치가 능력을 보여줄" 것이라고 알고 있었지만, 군대를 조직하고 조그만 전략적 발상들을 수행하는 것 외에 그가 무슨 능력이 있는지—아무도 몰랐다. 늙은 카펜의 편지에 대한 답변으로 그는 지역 수도인 K. 시에 있는 장교 훈련 학교에 입학하도록 소환장을 보내라고 지시했다—그 이상 여기에 대해서는 물론 한순간도 더 생각하지 않았다.

소환장은 공주가 실험의 날로 혼자 정해 두었던 바로 그날 도착했는데, 도착했지만 게네지프는 그 전에 이미 집에서 나와 있었다—(늙은이의 유언에 따라서 공식적으로 가족에게는 방 세 칸이 남겨졌다). 남작 부인과, 공장을 감독하기 위한 정부 감독관 두 명 중 하나인 그녀의 첫 번째 애인 (바로 그렇다, 장례식 5일 후에 벌써 정리된 것이다.) 유제프 미할스키는 지금 그녀의 (남작 부인의) 깨끗하고 하얗게 회칠을 하고 따뜻한 조그만 방에서 마치 '한 쌍의 비둘기'처럼 기대 앉아 있었는데, '서리로 무릎까지 덮인 백발성성한 우체부'가 그들의 앞에 존경을 담아서 중요한 서류를 놓았고, 그 봉투에는 '총병참 장교 수석 실장'이라는 인장이 찍혀 있었다. 가장 신분 높은 고관대작도 이 인장을 보면 몸을 떨었는데 미할스키 따위가 감히 무엇이겠는가—그는 거의 오한이 나서 방에서 나가야만 했다. 남작 부인은 자유롭게, 마음껏 흐느꼈다—운명의 앞발이 그녀를 건드린 것이다. 그녀의 지프치오가 장교가 되어 한때 그녀의 숭배자였던(아직도 어린 부사관일 때, 간신히 열네 살 정도 되었을 때 그녀는 그에게 바구니 가득 용[龍]을 주었다.), 르바크가 비밀스럽게 미소를 띠고 말하듯이 저 "위대한 코쯔모우호비치"*의 곁에서 복무하게 된 것이다. (서류에 이미 '예정'**되어 있는바, 장교 학교를 마치면 지프치오는 보좌관으로서 추가적인 교육과정으로 옮겨 가서 이후 총병참 장교의 개인 수행원 중 소속 부서가 없는 보좌관***으로 배정받게 되어 있었다.) 사흘 뒤 지프치오는 수도인 K. 시에서 등록하게 되어 있었다. 그와 함께 얼마간의 가족수당이 동봉되어 있었고 카펜 부인은 아들 앞에 닥친 위험을 잊어버리고(군사적인 위험이 아니라도 예를 들면 상사가 배를 발로 걷어차는 형태의 위험일 수도 있었다 — 신디케이트에서 유포한 소식에 의하면 그렇게 해서 보좌관 중 한 명인 젊은 코니에쯔폴스키**** 백작이 죽었다.) — 대단히 기뻐했다. 그녀는 봉투와 함께 대단한 기세로 즉각 유제프 미할스키에게 달려갔으며, 그는 오랜 기간 홀아비였고 대체로 진실로 위대한 숙녀들에게 익숙하지 못한 조그만 인간이었던 관계로, 루지미에쥬에서 거의 광기에 차서 제정신을 잃었다. 그의 남성적인 힘은 오랫동안 이론적으로 억압당했던, 그

---

* Kotzmoloukhowitch le Grand. 원문 프랑스어.
** предназначено. 원문 러시아어.
*** aide-de-camp à la suite. 원문 프랑스어.
**** Koniecpolski. 폴란드에 실제로 존재하는 귀족 가문이지만 문자 그대로 해석하면 '폴란드의 끝'이라는 뜻도 된다. 여기서는 후자의 의미를 이용한 말장난.

러나 이제는 충족된 속물근성으로 강화되어 무서울 정도가 되었다. 그녀는 사랑에 빠져 두 번째 청춘을 즐겼으며, 물질적인 패배와 자녀들의 문제에 대해 천천히 잊어버렸다. 어딘가 조그만 구석에서 '조용히 지내는 것', 이불 속이라도 좋으니 눈에 띄지 않게 숨어서 그와 함께 있기만 한다면, 비록 조금이라도 '좋기만' 하다면 — 그것이 순간순간 그녀의 유일한 꿈이었다. 지금에서야 그녀는 자신이 얼마나 무시무시한 고통의 시대를 살아왔는지 알게 되었다. 그 당시 스스로 의식하지 못했다는 것이 커다란 행운이었다 — 커다란 행운! 그녀는 마치 가구도 없고 난방도 안 되는 방에서 15년간 (릴리안이 태어난 이후로) 살다가 갑자기 따뜻한 깃털 속으로 떨어진 것 같았으나, 거기에는 게다가 그에 더해 더 뜨거운 강철의 손아귀들이 몰려와 있었다. 왜냐하면 미할스키는 마흔셋이라는 나이와 약간 튀어나온 눈에도 불구하고 마치 황소 같았고 — 스스로 말하듯이 "도덕적으로나 육체적으로나"* — 게다가 장밋빛 혈색의 금발 황소이고 상체가 하체에 비해 약간 더 발달해 있었다. 둘은 너무나 비밀스러워서 아무도 (심지어 릴리안도) 그들의 관계에 대해서는 알아채지 못했다! 그리고 그 관계는 그 단어의 온전한 뜻 전체였는데, 마치 치명적으로 지루한 프랑스 책에서 뽑아낸 것 같았다. 둘의 상황이 비슷했기 때문에 폭발적인 관능을 넘어선 뭔가 진

---

* au moral et au physique. 원문 프랑스어.

실한 이해와 같은 것이 생겨났다. 미할스키는 육체적으로 깨끗했고—(심지어 '욕조'도 가지고 있었다.)—행동거지와 (지나치게 명랑하고 끈끈했다.) 음식과 (식사가 끝난 뒤 '식기류'를 마구 흩어 놓았다.) 옷차림(검은 정장에 노란 신발)의 자질구레한 결점은 카펜 부인이 태생적인 수완으로 빠르게 수정해 주었고, 그 외에는 그에 대해 불평할 것이 아무것도 없었다, 아마 단 한 가지, …미할스키라는 점을 빼면.* 그러나 그 유감스러운 불협화음마저도 남작 부인의 굶주린 영적 삶에 빠르게 파고들었다. 조상님들은 갈리치아 동부에 있는 가족 묘지 어딘가에서 돌아누웠지만, 그게 그녀에게 무슨 상관이란 말인가—그녀에게는 삶이 있었다—"그들은 함께 산다."—이것은 얼마나 기쁜 말인가. 그런 시절이었다.

---

* 러시아식 이름인데다 작위가 없다. 작중에서 카펜 집안은 폴란드 귀족이고 남작이다.

# 악마 숭배

3월이었다. 2월의 손님들은 다가오는 사건들의 돌풍을 두려워하며 사방으로 흩어졌다. 남은 이는 불쌍한 게네지프의 성적인 변모를 주도한 음울한 악마인 사촌 톨지오뿐이었다. 그리고 이제는 운명의 장난으로 '그로 인해 알게 되리라.' 혹은 그 비슷한 것의 반응자로 지정되었다. 그는 외무부에서 근무했는데 그곳에서는 마치 보이지 않는 갑오징어처럼 그의 두뇌를 빨아 댔고, 그는 건강상의 이유로 휴가를 냈다. 그는 휴양원에서 지내면서 티콘데로가 궁전에 자주 손님으로 드나들며 이전의 쾌락적인 순간들을 재개하자고 공주를 헛되이 설득했다. 지프치오가 공주를 진심으로 사랑한다는 사실을 깨닫고 그는 흥분해서 완전히 새로운 수법을 궁리해 냈다 — 이 톨지오는 그런 조그만 불한당이었다 — 불행히도 그런 사람은 얼마나 많은가. 대체로 그 유명한 '무의식적인 층위들', 작은 동력으로서 여러 가지 조그마한 발달들을 일으키고 그것을 전부 모으면 주어진 한 사람의 활동 전체의 배경을 알 수 있는 그것은 대체로 다분히 더럽고 저열할 뿐이다. 다행히도 프로이트주의 전체에도 불구하고 그것을 깨닫는 사람은 별로 없는 것 같다 — 그렇지 않다면 몇몇 사람들은 자기 자신과 다른 이들에 대한 혐오감으로 구역질했을 것이다. 스투르판 아브놀은 가끔 그렇게 생각했고 원칙적으로 이런 일들에

324

대해서는 절대로 쓰지 않았다.

　게네지프는 공주에게 점심 초대를 받고서 거대한 낡은 장화를 신고 겨드랑이에는 정장 구두와 턱시도 바지를 낀 채 숲을 가로질러 걸어갔다 — 바지는 그곳에 가서 다림질할 생각이었다. 아침에 이리나 브시에볼로도브나에게서 편지를 받았고 그 때문에 한두 시간 동안 마음의 균형을 잃었다. 지금은 이미 좀 침착해져 있었다. 그는 불쌍하게도 자기를 기다리는 게 무엇인지 모르고 있었다. 편지는 이렇게 '들렸다'.

"귀여운 우리 지프치오! 어째선지 오늘은 굉장히 슬프네. 널 완전히 나 혼자만 가지고 싶어. 완전히 — 알겠어…? 네가 참 조그맣고, 조그맣고, 그러다가 내 안에서 점점 커져서 내가 그 때문에 터지도록 말이야. 웃기지? 그렇지? 하지만 날 비웃지 마. 넌 절대로 이해 못 할 거야(너희 남자들 중 아무도), 여자들이 얼마나 무시무시한 걸 느끼는지, 그리고 특히 나 같은 여자가 — (여기는 뭔가 선을 그어 지워 버렸다.) — 할 때. 그리고 내가 화닐 때에도 넌 날 사랑해야 돼, 왜냐하면 인생이 뭔지 내가 너보다 더 많이 아니까. — (여기서 게네지프는 약간 감명을 받았고 절대로 그녀를 상처 입히지 않겠다고 결심했다 — 일어나야 할 일은 일어날 것이다.) — 그리고 그걸로 끝이 아니야, 네가 완전히 위대해지고 다른 사람들처럼 강해졌을 때에도 내가 마음에 들면, 어쩌면 이미 날 위해서 그렇게 된 건 아니겠지만, 그때가 되면 네가 날 짓눌러 목 조르고 망가뜨렸으면 좋겠어." (지프치오는 이 부분을 읽으면서 내면에서 이상한 느낌이 반짝이는 것을 깨달았다. 그는 자기 안에서 또다시 측정할 수 없는, 한없는 굶주림으로 파고드는, 충족되지 못한 무엇인지-악마냐-알-욕망들이 너무 많아 부풀어 오른 지평선을 보았다 — 어떤 이름 없는 행동과 대상의 지평, 심리적이고 육체적인 이해할 수 없는 본질의 지평이었으며, 유일하게 거기에 상응하는 예시가 될 수 있는 건 페요테로 인한 환각 속에 나타나는 알 수 없고 이해할 수 없는 사물-피조물들뿐이었다. 마치 오후에 낮잠을 자면서 범죄적인 꿈을 꾼 뒤처럼, 형이상학적으로 멀리 떨어진 세상이 더욱 멀리 떨어진 공간 없는 저 먼 곳을 배경으로 어른거렸고 즉시 모든 것이 그 비밀스러운 심연으로 떨어졌으며, 그 안에서는 무시무시한 모터 혹은 터빈이 일반적인 이성으로는 예상할 수 없는 축대 위에서 쉬지 않고 돌아가면서 실제의 미래를 만들어 내고 있었다.) "오늘 나에게 착한 아이가 되어 줘."— 그녀는 계속해서 계획적으로 썼다 — 다름 아닌 바로 그렇다 — 이 불운한 돼지는 이미 활동 계획 전체를 가장 작은 세부 사항까지 생각해서 짜 놓은 것이다 —"그리고 내가 불안해하더라도 용서해 줘. 이전의 모든 삶이 오늘 나를 괴롭히고 있어 — 바실리가 말했듯이 '죄악이 괴로워'. 키스를 보내, 너도 알겠지…. 네가 진실로 내 것이기를 너무나 바라고 있어. 언제나 너만을 바라보는 너의 I.

326

추신: 네가 좋아하는 치즈 넣은 피에로기*가 나올 거야.”

그 추신이 그에게 가장 감동적이었다. 그 뒤로 언제나처럼 감정은 순수한 것과 관능적인 것 두 가지로 갈라졌다. 그러면서 ‘그 후자’는 전자에게 밀려 빛이 바랬다. 불쌍한 소년은 무엇이 기다리고 있는지 알지 못했다. 순간의 충족을 염두에 두고 그는 스스로 ‘닳고 닳은’ 노인인 척 가장했으며 이상적으로는 공주를 사랑하기를 한순간도 멈추지 않으면서도 심지어 순간순간 하녀 주지아의 붉은 머리카락과 설치류 같은 인상을 주는 음란한 하늘색 눈을 생각했다. 아름다운 늦은 3월 늦은 오후가 포드할레**의 땅 위로 느릿느릿 지나가며, 마치 조금이라도 더 지속되어 다른 영원하고 찰나적이지 않으며 한 번도 존재하지 않았던 삶을 대신하여 지상의 모든 피조물들의 번민으로 자기 자신을 충족시키려는 것 같았다. 그러나 모든 가치는 바로 그 찰나의 덧없음에 있었다. 오팔과 같은 얼어붙은 나뭇잎과 몽우리로 가지가 축 처진 벌판의 불그스름한 전나무 등걸 사이로 멀리 보이는 눈 덮인 산등성이는 먼 가문비나무 숲의 코발트빛 무더기 위에 분홍빛으로 빛났다. 그 아래 땅 전체는 웅덩이와 밭두렁과 숲 언저리에 쌓여 얼어붙

* 폴란드식 만두. 감자 가루로 피를 만들어 만두피가 한국식보다 두꺼우며, 고기나 야채, 버섯, 치즈를 넣거나 절인 과일을 넣어 달콤하게 만드는 등 종류가 매우 다양하다.
** Podhale. 폴란드의 최남단 산맥 지역.

327

은 눈 더미로 군데군데 덮여 있었다. 봄이 사방에서 폭발했다. 그 어떤 말로도 묘사할 수 없는 데워진 땅의 향기 속에, 작년에 얼었다가 녹은 썩어 가는 늪의 숨결 속에, 아직 다 녹지 않은 숲의 밑바닥에서 버섯 냄새를 풍기며 훅 끼쳐 오는 냉기 속에, 매운 에테르 냄새로 가득한 침엽수로 덮인 산의 가장 윗부분에서 내려오는 공기의 따뜻하게 데워진 파도 속에 매 순간 강해지는 봄의 호흡이 느껴졌다. 거의 물질적인 어떤 힘이 근육과 힘줄과 내장과 신경을 붙잡힌 채 괴로워하며 떨리는 몸짓으로 겨울의 무감각 속에 굳어져 버린 육신의 매듭을 풀고 있는 것만 같았다. 겨울에 이미 '풀어진' 게네지프에 대해 새삼 이야기할 게 뭐 있겠는가. 그는 어떤 햇빛 비치는 들판을 건너서 갑자기 순전하게 봄에만 느끼는 구체적인 절망에 빠졌는데, 그것은 이전에는 이른바 "세계의 고통"*이라고 했으며 '갈망'이라는 단어를 모르는 프랑스인들이 "무엇인지 모를 병"**이라고 축약해 버린 것이었다. 그것은 우리가 적절하게 이름 붙고 일상적 관계 속에서 평범함으로 채워진 사물과 현상에 관련된 일상적으로 익숙한 가림막이 전혀 없이 우리 자신과 낯선 세계를 대해야 하는 순간들에 실존적으로 형

---

* Weltschmerz. 독일 작가 장 파울(Jean Paul, 1763~1825)이 고안한 단어로, 물리적인 현실이 정신적 욕구를 결단코 채워 주지 못할 것이라는 감각을 뜻한다. 원문에서는 앞부분은 독일어로, 뒷부분은 발음되는 대로 폴란드어로 써서 "weltszmerce"라고 했는데, 뒷부분의 "szmerce"가 폴란드어 발음상 '악취 풍기다'라는 단어와 유사해 '세계의 악취' 또는 '세상은 냄새난다' 정도로도 통할 수 있는 말장난이다.
** mal de je ne sais quoi. 원문 프랑스어.

이상학적인 공포의 저열하고 좀 더 짐승 같으며 실질적으로 비속한 형태였다. 전의 그 각성의 순간은 이미 이전처럼 강렬하게 되풀이되지 않았다 — 그저 그 순간의 기억만이 이미 알려진 콤플렉스의 외곽 선의 선명함을 지우며, 정상적인 지속의 경로를 따라 윤곽을 가볍게 바꾸며 어른거릴 뿐이었다. 그와 비슷한 것으로는 저 거의 짐승 같은 "세계의 고통", 저 무의식적이고 성적이며 가짜로 깊은 우스운 슬픔인데, 러시아인들은 절대로 따라 할 수 없는 방식으로 그 상태를 묘사한다. "모든 사람을 다 …해 버릴라."* '오, 이것을, 심지어 개인적으로라도 좋으니, 어떤 '비인간적이고 영원한 여성성의 심연'** 위로 띄울 수만 있다면 — 다른 사람이 아닌 바로 이 여자 혹은 이 소녀에 대한 분리, 어찌 됐든 인간성에 대해 불만을 품고 있는 그 다른 사람, 누군가의 자아 속을 그와 연결된 육체 속에 허덕거리고 파묻혀 가며 헤쳐 나가야 하는 필연성 — 이건 완전히 끔찍한 이야기야.' 때 이르게 성숙하고 있던 지프치오는 사랑이 무엇인지 아직도 모르는 채로, 연령적인 불균형과 대용품 시대의 무책임함으로 인해 왜곡된 채로 거의 유고작과 비슷하게 사랑을 처음 알게 되어 이렇게 생각했다. ("비교적 나이가 많은 악마적인 숙녀는 젊은이에게 좋으며, 그 청년이 이전에 얼마나 많은 아가씨들을 사랑했고 기초적이더라도 일정한 관능적 경험을 쌓았는지는 상

* всех не пр … 원문 러시아어. 빈칸에는 적절한 비속어를 넣으면 된다.
** fond de féminité impersonnelle et permanente. 원문 프랑스어.

관이 없다 — 그렇지 않다면 이로 인해 절망적으로 망가질 수 있다." 스투르판 아브놀은 이렇게 확언했다.) 길게 이어지는, 괴롭고 기운 빠지는 욕망이 그를 사로잡았다 — 심지어 공주 자신에 대해서가 아니라 단지 그 정신이 나갈 듯한 쾌락의 기구 전체의 욕망이었는데, 그 기구를 그녀는 거짓되게 순진한, 뭔가 무의미한 몸짓으로, 그러면서도 가장 깊이 감추어진, 가장 더러운 남성의 이른바 "영혼"의 상태를, 바로 그, '내놓고 말하지 않는 것'을 선명하게 꿰뚫어 보는 채로 움직이게 할 수 있었다. (여성에 대해서도 내놓고 말하지 않는다 — 그쪽은 이야기가 훨씬 단순해지겠지만.) 유감이다 — 어쨌든 200년이나 300년 뒤에는 이것이 전혀 하나도 없게 될 테니까. 그것은 그 가장 무시무시한 현상들이고, 그 '부수 현상들'과 그 묘사는 그 자체보다도 더 끔찍한 것이고, 성기와의 접촉에 대해서 말한다면 비록 가장 세세하게 표현하더라도 그저 이야기에 지나지 않는 것이다. 그것의 노출은 가장 음탕한 자세로 신체를 노출하는 것보다 더 나쁘다. 여기에 대해서는 요즘 소설가 중 가장 대담한 스투르판 아브놀조차도 감히 다루지 못했는데, 그는 어딘가 깊은 곳에 수많은 독자층과 정치적 분파를 가지고 있어서 적절한 사상의 선전을 위해서 적절하게 천재적인 문장가들을 고용하곤 했다. 그 짐승 같은 공주는 바로 여기에 대해서 그 어떤 강력한 수컷의 내장이라도 밖으로 끄집어낼 만한 방법으로 이야기하는 법을 알고 있었다 — 그러니 지프치오 카펜 따위는 말해서 무엇하

330

겠는가. 그녀가 자기 행동을 가장 자질구레한 세부 사항까지 의식하고 있다는 감각은 이런 일들의 매력을 실질적으로 무한하게 강화했다. 쾌락은 고통과 똑같은 규모로 커졌다. 그 고통 자체는, 그런 방향으로 특별하게 훈련된, 환자의 심리와 그 활동성의 관계를 정확하게 아는 처형인에 의해 주어졌다는 것을 의식하지 못한다면 아무것도 아닐 것이다. 가장 잔혹한 기계도, 경험된 고통의 힘에 대해 이야기한다면, 의식적인 잔혹함의 한 번의 떨림 앞에서는 부드러움의 정점일 뿐이다. 마치 아인슈타인의 이론을 대중적으로 표현한 그림에 나오는 듯한 가시 돋친 무한의 가장자리에 놓인 것 같은 고통 속에서 성적인 모든 저열함이 잔혹한 자기 보호 본능과 결부되어 하나의 혐오스러운 개인성의 존재 밑바탕으로 합쳐졌다. 게네지프는 바실리 대공의 은둔처에서 나눴던 대화 때문에 의욕을 잃어서 그곳에, '칸트의 유사 복잡성의 비속한 연습'의 첫 번째 층위에도 아직 도달하지 못했다. "값싼 유물론으로 가득 찬 어떤 바보들에게는 형이상학이란 지루하고 메마르고 무작위적인 것이지! 오, 천치들, 이건 지적인 노력이 전혀 없이 뭔가 준비된 상태로 얻어지는 신지학이 아냐. 다른 사람들은 형이상학과 직접적으로 주어진 '나'의 존재에 대한 공포 때문에 최소한도로만 말하려고 노력하지. 어떤 '행동주의자들'이나 가짜로 겸손한 척하는 또 다른 미국인들 말이야. 그 러셀 같은 사람조차 그 모든 약속 끝에 『영혼의 분석』 같은 책을 썼다면, 실질적으로 이런 일들은 공식적으로 금지되는 편이 낫지 않을까?"─스투르판 아브놀은 이렇게 말하곤 했다. 점점 강해지는 욕정을 배경으로 모든 것을 아는 나이 든 신사로서의 자신에 대한 확신은 사라졌고 봄의-성적이고-거의-형이상학적인 견딜 수 없는 불안이 생명을 꽃피우는 숨결로 가득한 숲을 헤치고 나가는 이 '나'의 나머지 근육, 힘줄, 신경절과 다른 인대를 마구 흔들었다 ─ (마흐*에 의하면 "이 실용적인 일원성"** ─ 마치 '실용성'의 관념이 동시에 어디서 왔는지 모를 덩어리의 관념으로 이어지기라도 하듯 ─ 그것도 서로 연결된 요소들의 덩어리라니!!). 한때 누군가 이렇게 화를 냈으나 게네지프는 아직 그것을 이해할 상태가 아니었다. 때때로, 바로 그런 상태들을 배경으로, 현재 입장의 물질적인 빈곤함이 그를 괴롭히기 시작했다. 가끔은, 잠깐씩, 아버지에 대한 사나운 분노마저 그를 옥죄었다. 그러나 (전반적인 패배주의자들이 말했듯이) '어쨌든 이렇게 돼도 머지않아 모든 것이 지옥으로 가겠지.'라는 생각으로 그는 위안을 삼았고 그럴 때면 미래는 그에게 알 수 없는 모험들이 절망적으로 뒤얽힌 여성적이고-스핑크스 같은 형태로 상상되었다. 그리고 그는 무의식적으로, 코쯔모우호비치에게 죽기 직전 마지막 편지를 쓰던 아버지와 거의 똑같이 이미지

* 에른스트 마흐(Ernst Mach, 1838-1918). 오스트리아의 물리학자, 철학자.
과학자로서는 액체의 유속과 소리의 속도의 비율인 '마하수'와 충격과 연구로 유명하며
철학자로서는 논리적 실증주의와 미국식 실용주의에 큰 영향을 주었다.
** dieser praktischen Einheit. 원문 독일어.

의 형태로 생각했다. 궁극적으로 그가 아버지의 아들인 한
은 그 재산을 가책 없이 마구 사용할 수 있었다(그러나 그
렇게 듬뿍 사용했을지 — 그것이 의문이다.) — 무책임하게
사용하지는 못했을 것이다. 모든 문제 안에 미래 양조장
주인의 이중적인 속성이 점점 더 확연하게 드러났다. 그러
나 현재로서는 거기에 그다지 심각한 일은 없고, 단지 굉
장한 호기심이 있을 뿐이었다. 그것은 계속되는 '깨어남'
의 순간들에 오로지 매력을 더해 줄 뿐이었지만, 유감스럽
게도 미래의 사람의 안개와 같은 윤곽의 층위는 점점 더
낮아졌다 — 그 수많은 인위적인 변모를 거쳐 온 그 단어
는 완벽하게 기능하는 기계라는 관념과 확고하게 일치하
는 것 같았다. 젊은 청년의 모든 내면적인 급변은 바로 그
방향을 향한 전조로서의 의미를 가졌다. 그러나 그에게 이
것은 자신의 유일한 삶이고 가치를 따질 수 없는 보물이
었으며, 젊은 청년답게 스스로 탕진한 것이었다. 모든 걸
음이 하나하나 다 실수였다. 그러나 대체 완벽함이란 새
삼 (심지어 예술에서도) 그런 기계적인 의미 외에는 없는
것인가? — 오늘날은 물론 — '지상에서 영원으로', 그러니
까 즉 별들 사이의 허공에서 태양의 조그만 불꽃이 반짝이
는 동안이다. 모든 영역에서 개별적인 '꼼수'로부터 긍정적
인 가치들이 뽑혀 나왔다 — 광기 속에서 가장 진실한 삶
이 완성되었고, 변태성은 원초적인 혼돈의 경계에 맞닿아
있어서 부차적으로 가장 진실한 예술적 창조성을 만들어
냈다. 유일하게 철학만이 포기했다 — 이전의 믿음으로는

333

돌아오지 않는다 ─ 그것이 철학의 내적인 규칙이었다. 그 사실을 모르는 이들은 옛날과 같은 유형의 바보들과 ─ 미래의 사람들인데, 그들은 이전의 삶과 공통된 기준을 갖지 않았기 때문에 그것을 결단코 이해하지 못할 것이다.

지금 당장의 존재의 경계는 천천히 폭발하듯 확장되는 지프치오의 젊음의 테두리 앞에서 확정되지 못했다. 봄의 돌풍에 쫓겨난 거의 여름과 같은 구름들이 밀려나 있는 모든 언덕 너머, 모든 나무 덤불 너머에 완전히 새롭고 알 수 없는 지역이 숨어 있는 것 같았고, 그곳에서는 마침내 이름 없는 것이 완성될 것만 같았다 ─ 완성되고 부동의 완벽성으로 굳어질 것이었다. 이 조그만 짐승은 삶 전체가 대체로 완성될-수-없음을, 그 산 너머에 그저 또 다른 산과 평원들이 계속되고 그 뒤에도 계속해서 공간적이고 형이상학적인 부조리의 측정할 수 없는 황무지 속에서 이 조그만 지구 상에 삶이라는 감옥의 원이 그저 지속되는 때가 찾아오리라는 사실을 이해하지 못했다(그러나 죽기 전에 과연 그때가 찾아오긴 할 것인가?) ─ 그때는 그 산들도 (그 산도 다 지옥에나 가라지! ─ 그러나 산보다 더 매력적인 것이 있을가?) 무한의 화면 위에 펼쳐지기를 그치고 그저 한계와 결말의 상징이 될 것이다. 아직도 현상과 경험의 다양성은 고정되고 변함없는, 이름이 지어지고 규정되어 반복되며 대체로-실존적으로 지루한 콤플렉스로 결합되지 못했다. '그러니까 지금까지는 나쁘다. 젠장! 여기서 이런 조건 속에 어떻게 나 자신을 쌓아 올릴 수 있지?' 게네지프는 바로 그 건설이 모든 종류의 조건으로부터 독립적이어야 하며 '불변'이어야만 한다는 사실을 이해하지 못한 채로 생각했다 — 그러나 온 세상이 자기 하나에게 유리하게 돌아가기 위해서 자기에게 적응해야 한다고 생각하는 사람과 무슨 말을 하겠는가. 이 순간 그가 그 '짐승 같은' 다원주의의 가치를 평가할 수 있었다면, 단 한순간이라도 의식적인 실용주의자가 될 수 있었다면 (무의식적인 실용주의자는 배 속의 약골부터 시작해서 '모든 사람'이다.) 그는 세상에서 가장 행복한 사람이었을 것이다. 그러나 그럴 리가 — 그럴 리 없다!* 이런 성격이라면 멍청함의 대가로 모든 것을 갖게 되거나 (그러나 인식의 가능성이 없다면 뭘 갖든 무슨 가치가 있겠는가.) 아니면 '알 수 없는 것', '행복', '사랑'과 같은 분류들이, 심지어 '최고의 쾌락적 오르가슴'까지도, 먼지가 되어 본태의 먼지 속에 흩어지며, 그 위로는 이들의 몰락 뒤에 남은 유령과 같은 기생충-관념들이 형이상학의 영역으로 흘러가서, 그 결과로 인해 영원한 비밀이 이미 살아 있지 않고 평범한 하루를 구성하는 가장 조그만 삶의 구석구석에 형상화될 힘을 잃었을 때 그 영원한 비밀을 갉아먹기 시작한다는 것을 대가로 모든 것을 의식하게 된다. 오로지 생각만이 처음부터 순수하다…. 그러나 그것을 위해서 삶의 피와 즙과 다양한 조그만 즐거움들을 바쳐야 하는

mais ou là-bas! 원문 프랑스어.

335

데, 그런 것들은 어쨌든 다르지 않고 이러한 규정된 어떤 사람의 낯짝에 딱 달라붙은 가면 속에서 무감각해지고 굳어지는 것으로 이어지며, 가끔 그 사람은 그 억압된 존재와 공통점이 하나도 없는 경우도 있다. '우리 평범한 인간들은 단지 이성적으로만, 지나가 버린 현상들의 큰 시기별로만 볼 수 있으며 그것조차 드물고, 삶이 성공했는지 성공하지 못했는지, 힘과 권력을 얻는다는 과업을 완수했는지 완수하지 못했는지 너머 존재라는 사실 자체의 의미는 ─ 뭐가 됐든 다 똑같다. 자신의 운명의 필연성에 대한 이런 이해와 삶에서 (예술에서가 아니다.) 겉보기에 우연한 사건들의 흐름을 정복하는 능력은 가장 위대한 영혼들만이 가지고 있다.' 지프치오가 무슨 수로 이런 영혼들 사이에 끼겠는가.

이런 생각들이 주는 깨달음 속에서 한 번도 깊이 이해하지 못했던 아버지의 존재가 그에게 얼마나 이상하게 보였던지. 아버지는 바로 그것을 가지고 있었다 ─ 자신의 필연성에 대한 감각 ─ 하지만 어디서 그런 걸 얻었는가? 어쨌든 그런 감각이 맥주에 의존했을 리는 없지 않은가. 아버지는 비밀을 무덤까지 가지고 갔다. 지프치오는 이미 친구로서 아버지에게 절대로 그에 대해 질문할 수 없게 되었다. 아버지는 그저 상체가 하체보다 지나치게 발달한 사람이었고 그걸로 끝이었다 ─ 자신의 두뇌와 육신의 활력을 위해서 자기 자신 외에는 그 어떤 승인도 필요로 하지 않았다. 그는 그저 있었다 ─ 이런 사람들에 대해

336

서는 글로 쓰지 않는다 — 몇몇 사람들이 하듯이 한쪽 측
면에서만 묘사하는 것이 최선일 뿐이다. 지프치오는 처음
으로 아버지에 대해서 그 마지막 날들에 친구가 될 수도
있었지만 그러지 못했던 존재가 아니라 영혼과 육체 양쪽
에서 가장 가까운 혈육으로서, 그러면서도 이토록 낯설고
이상한, 오로지 뛰어난 사람에게만 완전히 평범해 보였을
인물이라고 느꼈다. 아버지를 마치 살아 있는 것처럼 분
명하게 보았지만, 동시에 한옆에서 어머니가 살금살금 다
가와서 말 없는 간원을 담아, 오랫동안 만족하지 못했던
삶에 지친 얼굴로, 현명하고 성공한 사람이었던, 이미 지
나가 버린 시대에 속하는 사라져 가는 유형의 불한당-신
사였던 아버지의 콧수염 난 면상을 덮어 버렸다. 그리고
어머니가 최근에 완전히 변했다는 사실이 지금에서야 비
로소 지프치오의 머릿속에 떠올랐다. 이미 오래전부터 그
것을 보고 있었지만 동시에 보지 못했다. 그는 기억된 이
미지 속에서 그 변화를 재빨리 분석했고 뭔가 불분명하게
그의 생각을 스쳐 갔다 — 미할스키…. 그러나 형상화되
지 못한 생각은 곧 당면한 문제 속에서 녹아 흩어져 버렸
다 — 일원화의 목적으로 이중성을 어떻게 이용할 것인가,
스캄피와의 어떤 대화에서 그에게 주어진 과제였다. 이
주제에 대해서는 아무것도 생각해 낼 수 없었다. 햇볕에
진동하는 루지미에쥬의 전나무 가득한 황무지에 평평하
게 흩어진 눈 더미는 무광의 금속 같은 빛으로 반짝였고,
그 위에 나무 그림자는 따뜻한 하늘색으로 드리웠으며,

337

이 풍경만이 단 하나의 진실처럼 보였다. 그런 배경 속에 뭔가 완벽하고 자기 안의 결함 없는 아름다움 안에 닫혀 있는, 괴물 같고 그 무엇으로도 풀 수 없는 인간 모순의 얽힌 매듭은 마치 산 정상에 흩뿌려진 수많은 종잇장이나 심지어 귀족의 소박한 거실 소파에 쌓인 배설물 덩어리처럼 혐오스러웠다. 저기, 저 숲 너머, 영적으로 어둡고 물질적으로 밝은 현실의 심연 속에, 전나무의 구릿빛 등걸 너머 불그스름한 우윳빛으로 반짝이며 들여다보는 산 너머, 그리고 멀리, 더 멀리, 알 수 없는 남쪽과 불쌍한 지상의 테두리 너머, 영원한 덩어리 속에 응축된 미래가 있었다. 오로지 시공간 저 멀리 날아가는 그 비행 속에만 모든 것의 의미가 숨어 있을 것 같았다 — 마주치는 현상들 속이 아니라 그 비행 자체에. 오 — 언제나 이렇게 생각할 수 있다면! 생각하는 것 — 그걸로는 모자라다 — 느낄 수 있다면. 그러나 그러기 위해서는 강해야 하고, 의식적으로 강해야 하며, 아니면 아버지처럼 건강한 짐승이어야 한다 — 진실로 살아남기를 원해야 한다 — 수많은 의심과 망설임과 불안을 통해 그래야 한다고 스스로 설득하는 것이 아니라 — "나에게 목표를 주시오, 그러면 나는 위대해지겠소." — 하 — 바로 여기에 출구 없는 원이 있다. 자발적인 위대함은 혼자서 자신을 위한 목표를 만들어 낸다. "가장 나쁜 것은 저열함이 아니라 약함이다." 게네지프는 돌연히 세상 위로 솟은 듯한 고양감에 속삭였다. 혐오스러운 단어, '그리움'이라는 단어만이 그가 느끼는 것을 유

338

일하게 표현해 주는 것 같았다. 그것은 이전의 사고 체계의 중심이 되는 원이었다— 형이상학적 그리움의 안개로 둘러싸인 자아. ("여성은 아름다운 방식으로 그리워할 수 있다— 남성은 여기에 있어 멍청하며 경멸당해 마땅하다.") 이 시점에서 앞길에 이리나 공주 같은 괴물 (이미 이름 자체가 뭔가 소변[uryna], 관개시설이나 뭔가 한없이 날카로운 것으로 내장을 가르는 것, 고통스러운 비명과 관계있어 보였다— 모든 이름은 인물과 관련해서 이렇게, 혹은 다양한 방법으로 해석할 수 있다.) 그리고 이렇게 심리적인 골수 속까지 더럽히는 사악하고 잔혹한 쾌락들이 가로막고 있는데 이 모든 일을 어떻게 완수할 것인가? 텐기에르의 음악이 저기, 산 너머, 모든 것 너머, 시간 너머에 있었다. 그러나 그 예술의 뿌리는 비록 그 창조자의 말라비틀어진 한쪽 다리와 버섯 같은 냄새 속에 뻗어 나와 있더라도 그 안에 현실은 없었다. 게네지프는 처음으로 (수많은 바보들처럼 완전히 거짓되게) '예술의 환상'을 느꼈고 동시에 (현명하게) '부차성의 원칙'*에 의해 받아들여진 작품들 자체의 무의미함에도 불구하고 예술의 절대적인, 시간을 뛰어넘는 가치를 느꼈다. 음악은 무기력한 손가락으로 뭔가 원초적인, 이 보편 존재의 균일한 덩어리를 욕정에 차서 쓰다듬고 어루만지며, 이빨과 손톱으로 그 덩어리 속의 피와 골수까지 파고들어 그 본질을 없애

principe de la contingence. 원문 프랑스어.

버리고, 절대로 충족되지 못하는 발톱 속에 살아 있는 삶이 아니라 메마르고 썩어 가며 곰팡내 나는 관념들의 부스러기만 남겨 놓는다. 공주에 대한 지프치오의 사랑에도 그와 비슷한 점이 있었다. 그가 그 젊은 앞발 속에 그 욕정에 차고 모든 것을 아는 절반쯤 시체가 된 여자를 옥죄고 있다 한들 어떠할 것이며, 가끔은 특정한 방식으로 그녀를, 그 다른 세상에서 온 가짜 엄마를 심지어 사랑한다고 한들 그래서 어쨌단 말인가! 어떻게 그가 손에 붙잡는 모든 것이 자위의 시대에 이미 알았던 손 닿을 수 없는 성적인 쾌락 바로 그것이 된단 말인가? 공주는 그에게 지치지 않는 삶의 상징이 되었고 최종적으로 소리 없는 절망을 심장에 담은 채 그는 오늘의 밀회에 나선 것이다. 이런 상태와 생각을 배경으로, 하인 예고르의 방에서 옷을 갈아입은 뒤 (예고르는 늙은 카펜의 유언장이 발표된 뒤부터, 두둑한 팁에도 불구하고 어떤 경멸이 담긴 동정을 섞어서 지프치오를 대했다.) 진실로 닳고 닳은 '신사'의 표정을 하고 티콘데로가의 살롱에 들어섰다. 그는 우월감을 가지고 공주를 대했고 스캄피의 반어적인 놀림에는 신경 쓰지 않았는데, 스캄피는 엄마의 계획에 대해 듣고는 마치 산 채로 핀에 꽂힌 곤충을 관찰하듯 그렇게 흥미롭게 그를 관찰하고 있었다. 물론 그곳에는 텐기에르도 있었으나, 이번에는 아내와 아이들과 함께였고, 그 외에 연미복 차림의 바실리 대공과 턱시도를 입은 아파나솔 벤츠도 있었다. 모두에게 달콤하고 정중하면서도 공주는 지프치오

340

를 '공중에 난 구멍'보다도 못하게 대했다 — 그녀에게 그
는 존재하지 않았고, 그녀의 멀고 무관심한 시선을 맞이
하여 붙잡을 수가 없었다. 운 나쁘게도 그녀는 믿을 수 없
이 아름다웠다. 마치 베엘제붑* 자신이, 뭔가 진실로 악마
적인 것을 대가로 받기로 하고 주지아를 도와서 공주를
보석처럼 화려하게 빛나는 자신의 모든 매력으로 꾸며 준
것 같았다. 이런 일은 이미 오래전부터 일어나지 않았다.
그녀는 그저 넋이 나가게 했고, 이는 그 혼자뿐 아니라 모
든 사람에게 해당되었다. 그녀는 마치 그 사그라들어 가
는 가을의 놀랍도록 아름다운 날들 같았는데, 그런 때에
세상은 자기 성애의 야만적인 사랑 속에 숨을 거두면서
꺼져 가는 생명의 마지막 기운의 파동을 내뿜는 것만 같
다. 그녀도 자기 인생에서 그런 날을 맞이하고 있었는데,
거기에 대해서 그녀는 "다리가 얼굴과, 그리고 저 모든 것
과 결합되어 관능적인 매력의 이해할 수 없는 하나의 합
성으로 통합되며, 더없이 현명하고 강한 수컷들의 무너져
가는 두뇌들이 그런 매력의 커다란 금속 봉에 한 번 맞으
면 고통스러운 성(性)의 저열한 젤리가 되어 녹아 흩어져
버린다."고 말했다. 심지어 가장 성공적인 인생도 희망이
없으며 여성적인 아름다움은 정복될 수 없다는 사실이 모
든 사람에게 가장 음란하고 굴욕적인 방법으로 손에 잡힐
듯이 명확해졌다. 다음 순간 사촌 톨지오가 들어섰고 어

베엘제붑(Beelzebub)은 12세기 이전 가나안 지역에서 숭배받던 신 바알과 연관되나
이후 그리스도교에서는 악마 중의 악마인 사탄과 동일시된다.

째서인지 모르지만 문턱을 넘자마자 즉시 살롱의 중심적
인 인물이 되었다. 아파나솔은 바실리에게 이끌려 이곳에
처음으로 와서, 기호들의 힘을 빌려 (그에게 다른 게 뭐가
있겠는가?) 그보다 한참이나 위에 있는 상황을 능가해 보
려 했다. "기호는 기호대로, 귀족은 귀족대로, 젠장." 그의
내면에서 뭔가 냉소적인 목소리가 말했고 벤츠가 유대 혈
통이라는 사실이 (그는 무슨 임대업자인가 그 비슷한 사
람의 증손자였다.) 심지어 현재 코쯔모우호비치의 비밀스
러움이나 (불가해한 사람이 권력을 잡고 있으면 언제나
자기 의지와 상관없이 모든 종류의 사회 부적응자들에게
위안이 되게 마련이다.) 러시아를 통해서 들이닥쳐 오는
살아 있는 황인종들의 만리장성에 비하면 뭔가 억누를 수
없는 것으로 보이는 것이다. 대체로 벤츠는 열망에 차서
공산주의의 도래와, 그와 함께 학과장 자리를 얻기를 기
대했는데, 그 직위는 그가 현재 폴란드에서 완전히 신이
나서 날뛰는 가장 저열한 층위의 사람들을 위한 쓸데없
는 선동에 섞여 들어간 탓에 잃어버린 것이었다. 그를 그
작업에 끌어들인 이들은 양심 없는 노동자들로, 마르크스
주의를 '논리화'하는 데 그의 기호광(狂)을 이용하려 했다.
그런 시도는 전적으로 완패*로 끝났다. (말이 나왔으니 말
인데, "완패"가 무엇인가?) 그는 엄청나게 당황했는데, 왜
냐하면 공주가 비트겐슈타인 이론에 대한 독살스럽고 어

---

* fiasco. 원문 영어.

쨌든 지독하게 흥미로운 비평으로 그의 말을 끊고 큰 소리로 정치에 대해서 말하기 시작했기 때문인데, 공주는 그런 방법으로 자신의 젊디젊은 애인을 괴롭히기 위한 구실을 마련하려고 했다. 공주의 목소리는 위풍당당하게, 닿을 수 없을 정도로 높이 울려 퍼졌고, 수컷들의 내장 속에 성적인 자극의 위협적인 메아리를 불러일으켰다. 게네지프는 자신이 억눌리고 영적으로 맥이 풀렸다고 느꼈으며, 자신의 애인에 대해 톨지오가 심지어 전형적인 외무부식 뻔뻔함으로 감히 말을 끊기까지 하면서 친한 척 행동하는 것이 그의 내면에서 이제까지 알지 못했던 성적인 분노를 일으켰다. 그는 당장이라도 성적인 격분의 발작을 일으켜 뭔가 괴물 같은 성적인 추문을 일으킬 것 같았다. 그러나 그는 마치 기체로 가득한 풍선처럼 노여움의 줄기로 응축되어 가는 내적인 압박 저속한 떨림으로 가득 찬 채 최면에 걸린 것처럼 움직이지 않고 그대로 있었다. 공주가 하는 말 한 마디 한 마디가 완전히 점잖지 못하고 부도덕한 방식으로 그를 물어뜯었다 — 성적인 기관은 흐늘거리고 기운이 풀어진 몸에서는 무기력한 상처처럼 느껴졌다. 그리고 그는 목소리를 낼 수도 없었는데, 왜냐하면 아무것도 할 말이 없었기 때문이다. 그는 이런 자신을 본 적이 없었다 — 그리고 이 이상한 가벼움…. 몸에는 무게가 없었고 바로 다음 순간 알 수 없는 힘이 그의 의지와 의식에 관계없이 그를 마음대로 하는 것 같았고, 이런 본질적인 부분들은 운동신경의 중심부에서 잘려 나와 어딘가 옆에서 (어쩌면 순수한 영혼의 영역에서?) 육체의 덤불 속에서 무슨 일이 벌어지는지 조롱하며 지켜보는 것 같았다. 그는 공포에 질렸다. '그렇다면 나는 악마나 알 만한 어떤 짓을 저지를 수도 있고, 그건 내가 아니겠지만 내가 책임을 져야 하겠구나. 오—삶은 무서워, 무섭다.' 자기 자신의 제멋대로인 무책임성에 대한 이 생각과 이 공포가 짧은 시간 동안 그를 진정시켰다. 그러나 숲속에서 가졌던 숙고의 순간은 마치 전혀 다른 사람에게 속한 것 같았다. 그는 공주가 어느 한때라도 성적으로 자신의 것이었다고 믿지 않았다. 차갑고 정복할 수 없는 매혹의 벽이 그를 둘러쌌다. 그는 자신의 무가치함과 의지박약을 깨달았고 그 안에서 헤맸다. 그는 사슬에 묶인 개였고 우리 안의 외로운 원숭이였으며 괴롭힘당하는 죄수였다.

　　"…그래서 제가 이해하기로 코쯔모우호비치는", 공주가 자유롭게 말하며, 바로 그렇게 그녀다운 힘으로 가득한 가벼움으로, 이 나라에서, 어쩌면 세상에서 가장 비밀스러운 사람을 비판하고 있었다. "군대를 바꾸어 의지 없는 기계를 창조해 낸 뒤에, 우리 쪽 백위군과 결합하는 문제에 대해 영향력을 가지려고 노력해야 해요. 혹은 만약 이것이 이미 절대적으로 불가능하다면, 서구에서 이성적인 무역 정상화를 꾀하는 쪽으로 움직여야죠. 우리의 산업은 수출 부족 혹은 그와 비슷한 것 때문에 숨 막혀 하고 있으니—저는 이 문제에 대해 모르지만, 그래도 어쨌든 뭔가 느끼고는 있어요. 어느 때부터인가 경제적인 복잡성

344

이 개인의 두뇌의 힘을 넘어 자라나서, 심지어 가장 재능 있는 사업가라도 한 개인으로서는 아무 말 할 수 없게 됐어요. 하지만 그 원인이 되는 우리의 저 경제 회의나, 아니면 저기 그 가면을 쓴 스핑크스는 나를 절망에 빠뜨려요. 우리한테는 어떤 분야든 전문가가 없어요 ─ (여기서 그녀는 너무나 경멸스러운 눈으로 지프치오를 쳐다보아서 그는 약간 창백해졌다.) ─ 심지어 사랑에서도요." 공주는 짧게 말을 끊었다가 뻔뻔하게 덧붙였다. 한 명의 웃음소리가 여기에 답했다. "웃지 마세요, 난 진지하게 말하는 거예요. 모든 전선에서 고립을 향해 가는 건 지금 미친 짓이에요. 아마 눈에 보이게 진행되는 모든 일들은 스몰로팔루호프스키와 같은 타협의 천재조차 이해할 수 없는 경제 관계를 보호하기 위한 사기극이겠죠. 우리 아들 마체이가 그렇게 확언하더군요. 우리 나라의 안위가 어디에 달려 있는지 아무도 문자 그대로 이해하지 못해요. 내 말은 비밀스러운 자금이 눈치채지 못하게 마찬가지로 비밀스러운 조합들을 촉발시키는데, 그런 조합들은 서구 공산국가들을 위해 일한다는 거죠. 하지만 우리 시대에는 그런 판타지조차 믿기 힘들어요. 그리고 권력을 가질 수 있는데 (여기서 그녀는 목소리에 힘을 주어 진실로 예언자적인 어조를 띠었다.) 노골적으로 이걸 이용하려 하지 않는다는 건 범죄예요! 하지만 우리 정치인들처럼 내장 속까지 음흉한 사람들을 대체 어쩌겠어요 ─ 마찬가지로 비밀의 폭군이 되든지 아니면 광분하든지 그뿐이죠. 어쩌면 이건 그의 비극

345

인지도 몰라요." 공주는 조용히 덧붙였다. "저는 그를 전혀 □
지 못했어요 — 나를 두려워해서 도망쳤죠. 그가 스스로 붙□
고 버틸 수 없는 힘을 내가 그에게 줄 수 있다는 걸 두려워□
어요. 그걸 이해해 주세요." 그녀는 예언적인 어조로 '외쳤□
모두들 이것이 어쩌면 사실이리라 느꼈고, 그들의 성적인 □
심부가 빙빙 돌았다.

### 정보

코쯔모우호비치가 이것을 들었다면 마구 웃었을 것이다. 아□
면 또, 그는 너무 고매한 운명 앞에서 자신을 방어하려 했던□
까? 시도해 보지 않는 한 아무도 아무것도 알 수 없다. 어떤□
람들의 접촉은 무시무시하고 이전에 알지 못했던 '대폭발'□
일으킨다. 그녀, 티콘데로가 공주는 너무나 민주화 사회에 □
해서 전직 마구간 소년의 후원자가 되기를 원했으나 그 고집□
이는 원하지 않았다 — '뮈라**와 같은' 커리어 — 그녀를 곁에□
었다면 그는 스스로 왕이라 선포할 수도 있었을 것이다 — 혹□
그녀를 '아래에' 두었다면, 마치 말처럼, 그는 자신의 여자들□
대해서 스스로 그런 식으로 말하곤 했다. (그리고 그런 여자□
은 둘이 있었다 — 그러나 그 얘기는 나중에 하자.) 그리고 이□
아무것도 없다. 그가 눈이 부실 정도로 강력하게 키워 낸 그□

---

* hoch ('大, 超', 독일어) + eksplozywy ('폭발', 폴란드어).
** 조아킴 뮈라(Joachim Murat, 1767–1815)는 프랑스 나폴레옹1세의 매부이며 나폴리□
왕, 프랑스의 장군이자 제독이었다. 나폴레옹의 막내 여동생과 결혼해 인척 관계를 맺은□
출세에 도움이 되기는 했으나 실제로 우수한 군인이자 전략가였다.

채 속에서 빛날 수 없게 되어 그녀는 '열등한 종류'와 같은
유형으로 몸을 낮추기보다는 완전한 정치적 금욕을 택했다.

그녀는 계속 말했다. "1917년도 우리 나라의 에세르*들을
연상시켜요. 우리 나라에서는 아무도 아무것도 배우지 않
고 배우려 하지도 않아요. 그리고 당신들 나라에서도 마
찬가지예요. 우리 이민자들과 우리가 길러 낸 세대에 진
실로 자신감이 결여돼 있는 것 때문에, 마침내 그들 자신
이 아니라 저 저열한 층위의 사람들이 러시아를 지배했
을 때 그들 중 거의 아무도 중요한 직위를 맡도록 도와주
려고 움직이지 않게 됐어요. 우리 지식인층에 용기가 없
기 때문에 모든 부흥의 시작이 죽어 버려요— 행동하는
용기 말예요— 우리가 가진 용기는 오로지 거부하는 용
기와 다른 사람들로 인해 입은 우리의 상처를 여봐란듯이
내보이는 용기죠." (바실리 대공이 뭔가 대꾸하고 싶어서
불안하게 몸을 움직였다.) "힘들게 그러지 마세요, 바실리.
당신이 뭐라고 말할지 내가 알아요. 당신의 그 새로운 사
이비 천주교와 역겹고 창의성 없는 선의라는 형태를 띤
인류 보편의 이상은 가면을 쓴 비겁함일 뿐이에요. 이른
바 '개인의 이해관계의 문제'**라고요. 당신의 그 늙어 가
는 '껍데기'를 위험에 내놓기보다는 나한테 와서 숲지기가
되는 쪽을 선택했죠. '정치 지도자들이여, 정치 지도자들

* SR. 러시아 사회혁명당(Socio-Revolutionary Party)의 당원을 말함.
** шкурный вопрос. 원문 러시아어.

이여, 내가 그걸 해 주길 바라나요?"* 마지막 군사 자문회
회의 때 트레파노프 장군이 이렇게 말했죠, 보로디노 근
교 예비부대에 대해 나폴레옹이 한 말을 비틀어서…."**

"헛소리예요, 친애하는 공주."*** 바실리 대공이 말
을 끊었다. "시대가 변했어요 — 그런 종류의 사회적 창조
성의 시대는 갔어요. 인간 영혼을 가장 밑바닥부터 바꾸
어야만 새로운 분위기를 창조할 수 있고, 그 안에서 새로
운 가치들이 생겨날 거요…."

"말은 그럴듯하네요. 당신들 중 그게 어떤 가치인지
말해 줄 수 있는 사람은 아무도 없어요. 근거 없는 약속이
죠. 첫 번째 그리스도교인들이 그렇게 생각했지만 그 결과
가 어땠나요 — 십자가형, 종교재판, 보르지아 가문****과
오늘날 당신의 그 천주교 모더니즘이죠. 당신 같은 퇴폐
적인 인물들은 자기들의 진실하지 못한 최종적인 상태를
멋진, 하, 하, 미래가 생겨날 징조로 여기죠. 오, 이제 나는

---

* Des hommes d'état, des hommes d'état — voulez-vous que j'en fasse? 원문 프랑스어.
** 보로디노(Бородино)는 모스크바 근교의 마을 이름으로, 1812년 나폴레옹이 러시아를
침공해 나폴레옹전쟁이 일어났을 때의 주요 격전지이다. 보로디노 전투가 일어난
1812년 9월 7일 하루 동안 약 7만 명이 전사한 것으로 추산되며, 러시아가 보로디노
전투에서 패했기 때문에 이후 일주일 만에 나폴레옹이 모스크바까지 진격하게 되었다.
실제로 나폴레옹은 전세가 위급해졌음에도 불구하고 마지막 예비부대였던 왕실
근위대를 프랑스 본토에서 러시아까지 출정시키기를 꺼렸다. 그러나 작중의 '트레파노프
장군'은 허구의 인물로 보인다.
*** Des balivernes, ma chérie. 원문 프랑스어.
**** 14-16세기 이탈리아 정치계와 종교계에서 유명했던 귀족 가문의 이름. 두 명의
교황을 배출했는데 이 중 알렉산더 6세 교황의 시기(1492-1503) 보르지아 가문은
권력투쟁에 눈이 멀어 교회 직위의 매관매직부터 뇌물 수수, 절도, 살인까지 다양한
범죄를 저질렀다.

오늘날 낙관주의자들의 지독한 협박인지 그런 것의 핵심을 마침내 잡았어요. 끝은 시작과 혼동하기 쉽죠─그 차이를 보려면 당신 같은 머리로는 안 돼요. 오직 우리 여자들만이 모든 것을 분명하게 보고 있어요, 왜냐하면 우리한테는 아무것도 상관없으니까. 우리는 영원히 똑같이 자신의 본질 속에 변치 않고 남아 있겠지만, 당신들은 오래전부터 남의 노력으로 놀고먹는 수벌로 개조되었어요. 그러면 이 세상에서는 그저 지루하겠죠─사기 칠 사람이 없을 테니까. 기계는 거짓말에 속지 않아요. 어쩌면 우리가 권력의 세계를 지배할지도 모르고 그러면 우리 중에서 한 20퍼센트 정도만 남겨질 거예요, 재미를 위해서 약간의 가짜 예술가들과 돈후안들하고. 시대가 변했다고 말했죠, 성스러운 바실리, 자가식분자님?* 모든 사람이 그렇게 생각했다면 인류 문화는 없었을 거예요. 시대를 만드는 건 아직 사람들이고 오로지 인간 개인들이에요. 그리고 그 시대가 지나가면 우리도 인류에게 돌아갈 거고 그러면…."

"아닙니다, 공주." 아파나솔 벤츠가 용기를 내 특출하게 큰 목소리로 말을 끊었다. "공주가 조금 전 한 말씀은 공주 자신의 개념에 적용될 뿐입니다. 여자들은 위대한 사상이 퇴락하는 시기에 언제나 득세했어요. 하지만 시작을 창조하는 건 언제나 우리였습니다. 당신들은 큰 규모로 보

---

* Autokoprofagita. 그리스어 조어로, 자기 분변을 먹는 사람이라는 뜻.

면 그저 썩어 흩어져 가는 시신으로서만 사는 법을 알 뿐이고 그러면 당신들의 그 노예 같은 본능이 정복해서….”

“잠깐, 잠깐만.”* 이리나 브시에볼로도브나가 쌍안경으로 (이전의 모든 귀족 여성들이 어쨌든 그러했듯이) 흥분한 논리학자를 바라보며 웅얼거렸다.

“아 예.” 벤츠가 질투심과 굴욕감과 성적인 불만족으로 분개하여 내뱉었다. (이 불쌍한 남자는 무엇 때문에 본질적인 영역에서 ‘우월성을 잃으면서’ 짜증을 냈을까?) “오늘날 ‘개인’이라는 단어 대신 우리는 인류와 전반적인 동치로 ‘대중’이라는 관념으로 대체하고 덧붙여 불확정 계수로 곱해야 합니다.” (말하면서 그는 자신의 완전한 우월성과 완전한 열등함을 동시에 느꼈다―그 모순은 견딜 수 없었다.) “원칙적으로 대중 그 자체에서만 대다수의 새로운 가치를 기대할 수 있습니다. 오로지 유일하게 대중만이 ‘야만적이고’ 조직되지 않고 인류를 중독시키고 있는, 지나치게 커져 버린 종양과 같은 자본을 정복할 수 있고 실제적으로 정복했습니다. 대중은 경제적 삶에 있어 새로운 종류의 통제자를 만들어 낼 것이고, 그것은 뭔가 무성(無性)적이고 무계급적인 전문가들의 사이비 파시스트식 축적은 아닐 겁니다. 하지만 어쨌든 모든 일이 아무래도―아무려나 끝 아닙니까, 완전한 영혼의 사막에서 삶 뒤의 죽음….”

* Tiens, tiens. 원문 프랑스어.

공주. 헛소리. 선생이 화를 내는 주된 이유는 선생이 말하는 그 대중의 정상에 선생이 올라 있지 못하기 때문이에요. 그 위에서라면 선생은 기분이 아주 좋겠죠. 그러니까 그렇게 불만족한 것이고요. 레닌 선생도 자기 선임자에 비하면 나쁘지 않은 권력자였어요 — 물론 가능성으로서 말이죠 — 단지 그는 재능이 있고 어떻게든 현혹되었고 현혹시키는 사람이었어요.

벤츠. 그는 대중의 대표자였어요 — 허구가 아니라 현실을 창조하는 관념들을 운영했고 그 관념들은 마침내 살아남았죠 — 단지 여기, 이 곰팡이 슨 동굴 속, 이 진부함의 육아실이 아니고….

공주. 지금은 그의 그 허구가 서쪽에서 살아남고 있어요. 단지 진화가 늦은 중국인들이 그 허구에 굴복해서 우리를 파멸시키고 있죠. 그리고 난 어쨌든 '원칙적인 대화'*를 할 의향은 없어요 — 나한테 중요한 건 현재 상황이에요. 저 가짜-전 세계적 볼셰비즘은 현재 마치 풍선 같아서, 적절한 사람들이 나타나면 터져 버릴 거예요. 하지만 관성에 의해 몇백 년이나 지속될지도 모르죠….

벤츠. 명백히 그런 사람들은 이미 태어나지 않습니다, 친애하는 공주.** 그들이 생겨나기 위해서나 발달하기 위해서나 반드시 필요한 분위기가 없어요….

공주. 부탁인데 친한 척하지 마시고요, 미스터 벤츠. 만

* принципиальный разговор. 원문 러시아어.
** chère princesse. 원문 프랑스어.

351

약 우리 나라에서 코쯔모우호비치 혼자서만 군대를 민족해
방 신디케이트의 손안에 든 의지 없는 도구로 만들 수 있었
다면, 만약 우리가 마침내 모든 종류의 혁명적인 발상들을
적절하게 조직된 노동과 대중의 안위로 완전하게 잘 대체
할 수 있다는 걸 증명했다면 — 그건 이탈리아인들조차 성
공하지 못했어요 — 그러면 내 남편과 찌페르블라토비츠와
야제크 보로에데르 같은 멍청이들의 도움으로 — (거의 모두
창백해졌다. 공주가 국내에서 가장 악명 높은 이름들을 거론하는 대담성
은 유명했다 — 그래도 언제나 인상적이었다.) — 저기 저 나라들에
있었던 사람들이 오늘날 대체 어떤 잡다한 쓰레기들인지
증명될 거예요. 난 오스트레일리아 사람들을 이해해요, 왜
냐하면 거기는 맨 처음부터 그런 패거리들이었으니까 — 범
죄자들의 후손이죠. 하지만 그건 증거가 아니에요. 용기 있
는 사람들이어야만 해요 — 이성은 이제 됐어요.

    벤츠. 하지만 어디서 그들을 데려옵니까?

    공주. 키워 내야죠. 바로 여기에 그 미래의 사람들 견
본이 있잖아요. 여기 이 불쌍한 지프치오는 인생의 '입구'*
부터 모든 종류의 가능성을 박탈당했어요. 내가 그를 돌
봐 주었지만 그걸로는 충분하지 않아요. (게네지프는 짧은 순
간 동안, 엄청나게 얼굴이 붉어졌으며 또한 아버지에 대해서 깊이 분노
했으나 아무 말도 하지 않았다. 굴욕적인 무기력감이 그의 내면에 퍼졌
고 심지어 명예와 남성적인 야심의 중심부까지 뒤덮었다. 한편 저 비열

* вход. 원문 러시아어.

352

한 톨지오는 공주가 '논리학적인 유대인 놈'을 억압하는 체계에 너무나 신이 나서 눈이 돌아갈 지경이었다. 이 순간 지프치오는 저 옷 잘 차려 입은 사촌이라는 인간이 그에게 자위를 가르쳐 주어서 '그렇게' 여러 번 이나 남성적인 힘을 잃었다는 데 너무나 분개해 저 쾌락만 아는 짐승을 즐겁게 찔러 버릴 수 있을 것 같았다. 거의 거품을 물 지경이었다 — 유 감스럽게도 내면에서만 그랬다. 시각적으로 그는 한없이 슬프며 무척 아름답고 혼란스러운 눈을 한, 거의 흐물거리는 한심함의 덩어리였다. 저열한 패배의 낯선 세계에서 그는 자기 자신이 얼마 전에 꿈꾸었던 소망들의 살아 있는 형상으로 남았다. 이상할 일이 뭐가 있겠는가? 모든 종류의 이상함은 지옥에나 가라! 저열한 방식의 사악한 삼류 힘의 승리다. 방법은 하나였다 — 침을 뱉고 떠나는 것이다. 심지어 침을 뱉지 않아도 좋았다. 그러나 그러기에는 [그러니까 나가기에는] 기운이 없었다. 그는 자신도 모르게 갑옷과 칼 없이 함정 속에서 헤매고 있었다 — 어린애들이 장난치는 어린애들의 쓰레기장에서. 그런 상태와 공주가 내놓은, 그가 전혀 모르는 질문을 배경으로[그는 그녀 자신도 이 모든 일에 대해서 그보다 별로 잘 알지 못한다는 사실을 몰랐다.] — [그러나 누가 잘 알았는가? 누가?] — 숲속에서 했던 생각들의 나머지는 희미한 영혼처럼 사라졌고 지옥 같은[그러니까 진실로], 조급하고 젊은이답고 이제까지 알지 못했던 모험의 욕망이 마치 잘 달군 집게가 내장을 붙잡듯이 그렇게 그를 사로잡았다. 이 순간, 왜냐하면 다른 순간은 알 수 없었으므로, 뭔가 일어나야 했다. 그런데 아무 일도 없다. 대화는 마치 특별하게 영감을 받은 순간에 악마가 고안해 낸 악몽처럼 계속 이어졌다.)

"하지만 누가 그들을 키우죠." 벤츠가 진실로 논리 학자적인 고집으로 다시 끼어들었다.

공주. 우리들, 여자들이죠! 지금 때가 됐어요. 난 연애질에 내 삶을 낭비했어요. 그건 이제 됐어요.

벤츠. 그래요, 실제로….

공주. 말 끊지 마세요! 아직 시간이 있어요. 파멸적인 운명이 나에게 애인으로 보내 준 그 바보들을 위해서 난 내 아들들을 돌보지 않았어요. 제때 키워 주지도 못했고요. 하지만 이제 보여 줄 거예요. 다시 말하지만 이젠 됐어요! 난 거대한 기관을 설립할 거고, 거기서는 우리들, 여자들이 관리할 거예요 — 그리고 새로운 세대를 키워 내고 — 비록 심지어 내가 코쯔모우호비치의 애인이 돼야 한다고 해도, 그 사람에게는 바퀴벌레와 같은 혐오감을 가지고 있지만 말예요. 당신들은 아직 날 몰라요, 졸보들! (불쌍한 공주는 자신에게도 말레이시아의 정글 어딘가에서 무르티 빙의 학문에 바탕을 두지 않은 적대적인 물결이 다가오고 있다는 사실을 알지 못했으며, 여전히 이제까지 정복되지 않은 자신의 육체적인 도구들의 매력을 믿고 있었다.)

게네지프는 공포에 질려 얼어붙었다. 과연 이것은 작별의 약속인 걸까? 어쩌면 이 괴물은 그를 받아들여 키워 주고 더 이상 그에게 (그에게!) 자신을 바치지 않으려는 걸까? 그건 완전히 무시무시할 것이다! 그러나 불행한 소년은 완전히 의지가 꺾여서 그런 일도 실제로 가능해 보였다. 그를 받아 주면 그녀에게 어떻게 할 것인가? 뒤이어 이른바 "영적인 성기의 찢김"이 따라왔다. 간지럽히는 안개가 만들어 낸 — 그녀에 의해 만들어진 상처가 벌어

졌고, 그와 함께 양처럼 온순해진 뇌가 걸러 낸 즙도 함께
흘렀으며, 영혼은 육체의 감옥을 향해, 내면의 고문실을
향해 흘러갔다. "닳고 닳은 신사"는 처음에 하얗게 달구어
지고 그 뒤에는 성적인 절망의 믿을 수 없는 온도에 의해
악취를 풍기는 가스로 변해 그의 내면에서 증발했으며,
남은 것은 단지 불쌍하고 괴로움에 지친 콜로이드 상태
의 애송이뿐이었다. 그는 안락의자 안에서 뭉쳐서 하나의
거대한, 열망에 가득차고 순진한 링감*으로 변해 기다리
고, 기다리고, 기다렸다…. 지금 일어나는 일은 사실일 리
가 없었고, 그래서 그는 무엇으로든 변할 수 있을 것 같았
다. 머리는 마치 핀의 끝부분처럼 조그맣게 느껴졌고, 몸
의 나머지 부분은 이야기할 필요도 없었다 — 그뿐이었다.
(지옥의 한 분과를 이루는 건 분명히 희망 없는 기다림일
것이며, 그곳에서는 계속적인 희망과 확실한 실망을 동시
에 느끼면서 영원한 시간 동안 기다리고 있을 것이다.) 여
기서 말끝마다 거짓말을 하고 자기의 반대편에 속하는 수
컷 누구든지 몸의 떨림 하나하나까지 알고 있는 저 저주
받을 여자의 형상을 한 짐승 앞에 대담성이나 얼마 전의
모든 생각들이나 삶의 먼 지평이 무슨 소용이겠는가? 그
는 모두에게 버려진 채 고통 속에 남겨졌다. 그녀의 "모성
적인" 사랑이란 그런 것이었다! 바로 이런 방법으로 그를
'누군가'로 키워 주겠다는 것이었다, 유령 왕이 자신의 지

* lingam. 산스크리트어로 남성 성기를 뜻함.

옥 같은 민족들에게 하듯이 괴롭히고 모욕하면서!* 그러나 그는 이것을 긍정적인 방향으로 돌리고 고통에서 새로운 힘을 창조해 낼 능력이 없었다—그것에 적절한 기제가 그에게 없었다. 그는 갑자기, '얼떨결에'** 지저분한 불운에 휘말린 데 놀랐다. 이런 괴로움과 자신에 대한 모독 속에서, 자기 자신의 보잘것없음과 무기력함의 감각 속에서, 그는 쌓여 가는 생각에 몸을 맡겼고 어떤 혐오스러운 쾌감을 느꼈다—마치 어린 시절 루지미에쥬 요양원의 공원에서 톨지오와 함께 있을 때 같았다. 이리나 브시에볼로도브나는 계속 소리쳤다. "아직 우리들, 우리 여자들은 삶에 대한 건강한 본능을 가지고 있어요. 왜냐하면 우리에게 우리가 놀라게 해 줄 수 있는 남자가 없는 삶은 고통이자 수치이니까요. 여성에게 있어서 비록 자신이 어떤 남성을 욕망하더라도 그 사랑하는 사람을 경멸하고 그 사람이 자기보다 우월함을 느끼지 못하는 것보다 더 나쁜 일이 어디 있을까요?" (이 말들은 마치 늪에 던져진 돌멩이처럼 무겁게 떨어졌다. 서로 연결된, 현재 참석한 사람들의 개별적인 심리적 늪 속에서 뭔가 출렁거렸다. 그러나 그 말은 일리가 있었다—남자들은 약해졌지만 여자들은 그렇지 않았다. 여기에는 여러 가지 완화해 주는 상

---

* 「유령 왕(Król Duch)」은 폴란드 낭만주의 시인 율리우슈 스워바츠키(Juliusz Słowacki, 1809–49)가 쓴 역사 대하 서사시로, 강력한 영혼인 '유령 왕'이 폴란드와 중세 러시아 역사의 여러 실존 인물로 환생해 역사를 격변시킨다는 내용이다.
** 같은 뜻의 단어를 폴란드어와 러시아어(врасплох)로 반복해 씀.

황들을 덧붙일 수 있었다. 그러나 그렇게 해서 무슨 도움이 되겠으며 그들, 여성들에게 그게 대체 무엇이겠는가. 되돌릴 수 없는 사실 앞에서 이유는 무관하다. 정적. 바실리 대공은 시선을 내면으로 돌린 채 죽은 듯이 앉아 있었다. 인위적으로 쌓아 올린 그의 신앙 전체가 바닥 없는 최악의 의심 위에서 흔들렸다. 그가 그녀에 대해서 말하려고 노력하는 대로, 저 '불쌍하고 정신 나간 영혼'은 언제나 그의 가장 아픈 곳에 쐐기를 박아 넣는 법을 알고 있었다. 삶은 아직 살아 있었고 신앙 또한 작위성에도 불구하고 그러했다 — 살아 있는 연결 고리가 없었다 — 모든 것이 매일 닦아 내고 수리해야만 하는 녹슨 못 위에서 버티고 있었다. 어째서인지는 모르지만 벤츠는 기호와 함께 심장을 '바지 속에' 가지고 있다고 느꼈고 — [바지 속의 심장]* — 그는 공주가 광적으로, 차갑게, 희망 없이, 절망적으로 마음에 들기 시작했다. 아 — 단 한순간이라도 저런 사람이 될 수 있다면! 그러면 얼마나 지옥 같은 일들을 완수할 수 있을 것인가, 단지 논리학에서만이라도 — 바로 그저 그렇게, 자기도 모르게 — 칸토어가 어떤 책의 여백에 했듯이. 그는 '빛나는'** 아마추어 예술 애호가였으며 엉망으로 바느질된 정장이나 모양이 틀어진 신발의 전

---

the heart in the breeches. 영어 관용 표현으로 속마음을 완전히 드러내고 다닌다는 뜻인 'wear one's heart on one's sleeve'(심장을 소매 위에 매달고 다니다)를 패러디해서 속마음을 완전히 숨기다'라는 뜻으로 사용한 것으로 보인다.
* 같은 뜻의 단어를 폴란드어와 러시아어(блестящим)로 반복해 씀.

357

문가가 아니었다. 톨지오는 가장 분명하게 성적으로 긴장 감의 최대한도까지 자극되어 불안하게 몸을 뒤틀었다. 텐 기에르는 모든 사람에 대항하는 무기력한 열정에 묶여 절 망에 빠져 아내를 쳐다보았는데, 이 순간 그는 아내를 정 신이 나갈 정도로 증오했다. 그리고 그는 저 — 그가 부르 는 이름대로 — '바문'*도 증오했지만, 방식이 달랐다. 그녀 는 이미 뭔가 그가 따라잡을 수 없는 것이었으며, 동시에 그의 관능적인 '기준'보다 '훨씬' 아래에 있었다. 그는 다시 한번 스워님스키의 천재적인 시구를 생각해 냈다.**

> 너의 위로의 말은, 오 자연이여, 대체 무엇이겠는가
> 네가 그 음울한 영역으로 불러일으키는 욕망에 비한
> 다면.

상황은 해결책이 없었다 — 그는 오로지 어떤 악마 같은 즉흥곡으로만 자신 안의 그리고 자기 너머의 혐오스러운 늪보다 우월함을 증명해 이 상황을 해결할 수 있었다. 그 는 시작할 만한 적당한 순간을 기다렸다. 그러나 대화는 계속해서 괴롭고 내용 없이 지루하게 이어졌다.)

벤츠. 잠시만요, '공주 부인' — 제 의견으로는 우리 나

---

* 가톨릭의 '파문', 혹은 일반적인 '저주'나 '욕설'을 뜻하는 단어 'klątwa'의 첫 글자 k를 g로 유성음화시켜 텐기에르가 지어낸 단어를 비하의 뜻으로 사용함.
** 안토니 스워님스키(Antoni Słonimski, 1895–1976)는 폴란드의 시인, 극작가, 저널리스트로, 아래 인용된 시구는 그의 시 「야만의 포도주」 마지막 부분이다.

라는 결단코 독립적인 국내 정치를 허용할 수가 없습니다. 국가의 입장이나 시민들의 성격 때문에 국내 정치 안에는 반드시 외부 체계의 일부 기능이 존재해야 합니다. 자기 자체 내의 체계적인 모순이 이 나라를 몰락으로, 그 어떤 안위로도 대신할 수 없는 영적인 문화의 쇠락으로 이끌었습니다. 가득 부른 배는 그 자체로 가능성을, 진부한 낙관주의자들이 그토록 말하기 좋아하는 그 전례 없는 가능성을 만들어 내지 못해요 — 근본적으로 그런 낙관주의자들은 모든 것이 스스로 그렇게 저절로 이루어지기를 바라는 게으름뱅이들입니다. 그들은 빛을 만들어 내는 원석은 인간의 영혼에서 이빨과 발톱으로 뜯어내야 한다는 걸 이해하지 못해요. 사상은 아직도 가치 있는 겁니다.

공주. 스톱. 방금 전에 제가 거의 같은 말을 했잖아요. 선생은 자신의 용어로 제 이야기를 되풀이하시는군요. 그러나 선생의 내면에는 너무 지나치게 세련된 유대인이 있어요. 제가 짜증 나는 건 우리가 똑같은 이야기를, 완전히 동일한 이야기를 하면서도 정반대의 관점에서 대립하고 있다는 거죠. 무의식적으로, 혹은 어쩌면 의식적으로 — 누가 알겠어요 — 유대인들의 값싼 영혼은 깊이 있게 발달하지 못했어요 — 유대적 민족주의가 선생의 모든 인류 보편적 사상성에서 비쳐 나와요. 난 보편적 민족주의자예요 — 이해하시나요? 개인의 발달 가능성이란 거대한 가족의 일원으로 세워지는 특정한 민족에 소속되었다는 사실의 일부로서만 간주해요. 선생은 모든 민족을 평

359

준화하는 반민족주의적 사상을 배경으로 하는 근본적으로* 특수한 민족주의자예요. (벤츠는 공주의 작위나 경멸하는 태도에도 불구하고 결정적으로 자신이 이 여자보다 훨씬 더 현명하다고 느꼈다. 그는 그녀를 비웃는다는 사실을 너무 눈에 띄게 드러내지 않으면서 비웃기 시작하기로 결정했다.)

벤츠. 하는 수 없죠, 공주, 제 혈관에는 유대교 사제들의 피가 흐르고 있고 저는 그 점이 자랑스럽습니다. 이제까지는 성경의 시대 이후로 우리는 뛰어난 개인만을 배출해 왔습니다 — 민족으로서 우리가 무엇을 할 수 있는지는 아직 앞으로 보여 줄 것이고, 그것도 바로 가장 고매한 사회화와 관련지어 보여 줄 것이며 공주가 말하는 종류의 민족주의라는 사이비 사상은 아닙니다, 공주의 민족주의는 자기 보존의 욕구와, 이미 주어진 날들을 살아왔고 더 이상 창조적이지 않은 계급을 통해 보존된 나머지 존재를 끝까지 이용하려는 가장 저열한 욕구의 가면을 쓴 표현일 뿐이죠. 우리는 인류를 다른 존재로, 더 우월한 생물, 초(超)생물로 바꾸어 줄 위대한 기계의 형태이자 전파에 있어 세계 보편의 올리브 열매가 될 것입니다. 심지어 이미 그렇게 됐습니다 — 우리는 최근의 세계 혁명을 지지했으니까요. 그것이 우리의 임무입니다 — 그래서 우리는 선택된 민족이지요. 그러나 우리의 활동을 불신자들은 1천 년이나 지난 다음에야 평가해 주겠죠. 지금으로서는 칸토어,

* au fond. 원문 프랑스어.

아인슈타인, 민코프스키, 베르그송, 후설, 트로츠키와 지노
비예프\*— 이들이 전부입니다. 그리고 우리를 그 선택됨
의 진정한 길로 데려다준 인물로서 마르크스가 있죠.

　　공주. 그리고 선생, 다른 누구보다 선생이요. 하, 하!
아, 그만 좀 하세요, 벤츠 선생. 선생이 철학의 역사에서
유일한, 가장 큰 허풍선이였던 베르그송의 이름과 진정한
천재적 광인이었던 후설의 이름을 같은 문장에서 말하다
니, 심리학적인 내면의 성찰을 두려워하거나 아니면 논리
학의 기호들에 대해 말한다면 그런 게 있다는 사실 자체
를 인정하는 걸 두려워하는, 가짜로 겸손한 척하는 무익
한 사람들의 현명함보다 백배는 더 가치 있었는데요. ('그
런데 이 짐승은 전혀 내가 생각한 것처럼 그렇게 멍청하지가 않네.' 벤
츠가 절망해서 생각했다. '이런 여자하고 살면서, 누구라도 부딪치면 이
마를 깰 수밖에 없을, 유일하게 영속적인\*\* 체계를 창조한다면!' 모든 색
깔로 시시각각 변하는 투영과 공주와의 지적인 로맨스에 도취된 낭비
된 삶이 마치 진부하고 흥미 없는 의심의 음울한 가을 돌풍에 펄럭이
는 더러운 걸레처럼 스쳐 지나갔다.) 저는 뭔가 다른 뜻으로 이
야기했고 지금 이 순간에 선생과는 좀 다른 걸 아쉬워하

\* 헤르만 민코프스키(Hermann Minkowski, 1864-1909). 폴란드 유대계 혈통의 독일
학자. 아인슈타인의 선생이었으며, 상대성이론을 기하학적인 시간-공간의 사차원으로
이해할 수 있다는 '민코프스키 시공간'으로 유명하다. 레프 트로츠키(Lev Trotsky, 1879-
1940). 소련 혁명가, 공산주의 이론가, 붉은 군대 창립 지휘자. 스탈린과의 권력투쟁에서
패배해 멕시코로 망명했다가 암살당했다. 그리고리 지노비예프(Grigory Zinoviev,
1883-1936). 소련 공산당 정치부 창립 멤버 7인 중 한 명. 스탈린의 정책에 반대했으며
숙청 초기에 체포되어 사형당했다.
\* inamovible. 원문 프랑스어.

고 있어요. (그녀는 예언자적인 시선으로 거의 어스름 속에 죽어 가
는 역사 자체를, 세계 모든 민족들의 운명의 핵심을 들여다보았다.) 바
로 여기 제가 보는 당신들의 그 폴란드 가톨릭 고딕이 있
어요—아, 정교 고딕이 될 수 있다면—그건 기적이겠
죠—너무 수치스러워서 소름이 끼치네요. 여기 이 나라
에는 비잔틴 양식의 황금빛, 돔 지붕이 있고 광기와 신에
대한 노예근성에 절어 어둠침침한 사원들이 서 있어야 해
요—바로 거기에 당신들 폴란드의 힘이 있겠죠—동쪽
에 대해서—그 서양식 잡동사니 속이 아니고요, 당신들
은 1천 년이 지나도록 거기에 익숙해질 수 없어서 언제나
마치 삼류 파자마를 무슨 야만인들 지도자의 대관식 의
상으로 내놓은 것처럼 그렇게 보았으니까요. 그랬으면 당
신들 민족이 뭔지 당신들도 봤을 거예요! 그 안에는 당신
들의 그 혐오스러운 경박함의 냄새조차 남지 않았을 거예
요—그 거짓과, 스스로에 대한 경멸과 수치심을 뒤에 감
춘 자기들끼리의 겉보기만의 예의범절도. 당신들의 가장
큰 역사적 실수는 우리들이 아니라 서쪽에서 건너온 그리
스도교를 받아들였다는 거예요. 그 때문에 우리도 얼마나
많은 걸 잃었는지 몰라요, 동맹이나 지도자 대신 우리에
게 당신들은 적이고 게다가 무가치해요—지금처럼 말예
요. 비잔틴식 폴란드인이라는 인물이 있었다면 얼마나 굉
장할지 생각하면, 이제 그런 인물은 결단코 생겨날 수 없
어서 울고 싶어져요. 가장 최근에 당신들은 1920년에 우
리 볼셰비키들을 폴란드에 들여놓고 우리 안으로 세를 넓

362

힐 수 있었고, 우리를 조직하거나 아니면 조직될 수 있었죠 — 고통 없이 — 독일하고는 다르게 말예요 — 그렇게 해서 과거의 역사적 잘못을 보상할 수 있었어요. 그런데 지금은 또 우리 백위군과 결합하다니 — 하긴 이미 그것도 아니지만 — 너무 늦었어요. 언제나 뭔가 비밀스러운 힘이 당신들을 마지막 순간에 우리에게서 밀어내야만 하는 것 같아요.

바실리 대공. 그 힘은 우리가 오늘날 속해 있는 영광을 누리는 이 민족의 자기 보호 본능이오. 얼마 전 총지휘관 트레파노프 본인이 말했어요. "가장 고귀한 모든 러시아 사람 내면 깊은 곳에는 약간의 더러움과 비열함이 있다."*

공주. 아, 당신, 완전히 폴란드인도 아닌 신흥 천주교 신자, 그건 우리만이 아니라 모든 사람이 그래요. 하지만 그 비열함은 한때 뭔가 위대한 것이었는데, 우리의 전환기에 작고 쓸모없는 것이 되었죠. — 그건 사라져 가는, 무너져 가는 인물 유형이고, 그런 인물은 심지어 문학 속에도 이미 설 자리가 없어요. 하지만 그 비열함은 바로 원석이기 때문에 가끔은 그 안에 이전의 황금이 숨어 있기도 하죠, 그건 꺼내서 추출하고 정제하는 방법을 알아야만 해요. 물론 그건 예전에 비하면 최소한 80퍼센트 정도 더 적고 다른 채굴 방식을 사용해야 하죠, 물리적이기보다는 화학적으로요 — 그리고 그 심리적-화학의 방법을 이 세

---

* В каждом русском самом благородном человеке есть в глубине немножко грязи и свинства. 원문 러시아어.

계의 몇몇 여자들은 아직도 소유하고 있는 거예요. 처음에는 원소들로 나누고, 그 뒤에 새로 합성하는 거죠.

스캄피. 엄마가 그 지식을 더 일찍 얻지 못해 유감이네요 — 왜냐하면 그건 전혀 새로운 게 아니거든요, 나이가 들면서 깨닫게 되고 로마 시대부터 알려져 있었어요….

벤츠. 그러기엔 지금은 이미 너무 늦었어요 — 러시아만이 아니라 모든 곳에서요. 중국인들이 그 원석을 추출하겠지만, 다른 목적을 위해서죠. 러시아 민족을 위해서도, 이제까지 나타났던 형태의 세계 모든 민족들과 마찬가지로 너무 늦었어요. 단지 서쪽에서만 여기에 관련해서 비록 중심적인 가치들의 나머지뿐이라고 해도 삶에서 직접 경험이 되었지만 — 거기서도 아무것도 나오지 않았죠.

공주. 당신을 제외하고요, 인류 전체의 사회적 기제의 올리브 선생! 하지만 내가 보기에 인류에게도 당신 스타일로는 이미 늦었어요, 왜냐하면 인류의 원소들의 힘은 한정돼 있으니까요. 당신의 그 인류는 조그만 벽돌로 500층짜리 집을 지을 수 없는 것과 마찬가지로 지속될 수 없어요. 그리고 사회적인 철근콘크리트는 어쨌든 견뎌 내지 못할 거고요 — 육체는 아직 얼마쯤 더 버티겠지만 — 뇌는 그렇지 않아요. 육체는 초거대하게 빚어낼 수 있지만 초거대한 두뇌는 벤츠 선생 당신조차 창조해 낼 수 없어요, 특히 성장하는 전문화 앞에서는 더더욱이요. 인류는 하나로서 자기 자신에 대해 간신히 의식하기 시작했는데 이미 그 의식이 유일하게 자랄 수 있는 밑바탕이 되는 이 삶의 근본의 복잡성에 짓눌려 버렸어요.

벤츠. 완전히 동감합니다. 하지만 공주는 공주의 유사 파시즘이 그 진보적인 복잡성을 저지할 거라고 생각하시나요? 아닙니다 — 모든 일은 반드시, 아시겠습니까, 반드시! 점점 더 빨리 진행되어야만 합니다, 왜냐하면 생산은 반드시 증가해야만 하니까요. 모든 인종이 이런 가속을 견딜 수 있었던 건 아니에요. 유일하게 우리들 유대인만이, 억압당했지만 휴식하면서 용수철처럼 바짝 긴장되어, 지금 생성되는 미래의 초생물의 두뇌와 신경 체계가 되도록 운명 지어진 겁니다. 우리 안에 의식과 방향성이 응축되어 있어요 — 다른 인종들은 의지 없는 내장이 되어 어둠 속에서 일하게 될 겁니다….

공주. 당신들의 영광을 위해서 말이죠, 가면을 쓴 민족주의자 선생. 당신들도 언젠가는 기운이 다할 거라는, 혹은 우리가 당신들을 우리 목적을 위해 끝까지 이용할 거라는 데 모든 희망을 걸겠어요. (그녀는 솔직하지 못하게, 무기력하게 이렇게 말했다.)

벤츠. 태양도 언젠가는 지겠지요…. (이 생각을 끝마치지 못했다.)

공주. 당신들 논리학자들은 이상한 사람들이군요. 뭐가 됐든 기호가 아닌 것에 대해 이야기할 때는 다른 사람들과 똑같이 구체적이지 않거나 상대적으로만 구체적이에요. 심지어 절대적인 논리의 영역만은 보호구역으로 남겨둔 채 자기 스스로에게는 더 많은 헛소리도 허용하죠, 그 절대 논리의 영역에서 당신들의 금욕은 부조리의 경지에 이르는데도요. 그런데도 당신들은 벽에 기댄 채 자기들은 아무것도 모르고 그걸 자랑스러워하는 겸손한 사람들인 척하죠. 그런 식으로 당신들은 아무런 위험도 감수하지 않지만 그렇기 때문에 무익해요 — 바로 그게 문제예요.

벤츠는 커다란 승리감을 느끼며 웃음을 터뜨렸다. 그래도 그는 이 어쨌든 위대한 숙녀에게 약간 화가 났다. 그는 이 사라져 가는 18세기식 살롱을 정복했다는 데 만족했다. 개와 파리에게나 좋겠지. 게네지프는 완전히 가루가 되어 아무것도 아니게 되었다. 마지막 노력으로 그는 자신을 혐오스럽고 물컹물컹한 덩어리로, 자아로, 혹은 그것의 마지막 흔적*으로 이어 붙여 재정비하려고 애썼다. 그 노력은 소용없었고 그는 덩어리인 채 자신을 잠정적으로 배신하고 있는 연인의 다리 (아직도 아름다웠다.) 밑을 고분고분 기었다. 모든 멍청함에도 불구하고 그는 이것을 이미 확실히 알고 있었다. 이제까지 그녀가 그를 진지하게 대할 수 있었다는 사실을 그는 이해할 수 없었다. 이렇게 '진실로' 성숙한 사람이, 원하는 것에 대해서는 무엇이든 진짜 박식한 사람들과 함께 이렇게 조리 있게 말할 수 있는데. '그리고 저렇게 늙고 나이 든 껍데기, 저런 똥투성이 원숭이' — 그는 솔직하지 못하게, 아무 효과 없이 속으로 되풀이했다. 공주는 일어서서 황홀한 (완전히) 동작

---

* soupçon. 원문 프랑스어.

으로 구릿빛 머리카락 뭉치를 뒤로 넘겼는데, 마치 이렇게 말하려는 것 같았다. "그래, 헛소리는 이제 그만— 이제 뭔가 진짜로 시작해 보자." 자신의 모든 제물들을 절망으로 몰고 갔던 그 불패의 젊은 걸음걸이로, 거의 원숭이처럼 가볍게, 그러나 호랑이처럼 강하게— 가볍게 흔들리며 사물을 사악하고도 잔인하게 홀리면서, 공주는 살롱을 가로질러 완벽하게 짓이겨진 텐기에르 앞에 성(性)적 지옥의 전능한 여신의 조각상처럼 섰다. 그의 어깨를 가볍고 경멸하는 몸짓으로 건드렸다. 푸트리찌데스는 마치 가장 예민한 곳을 푹 찔린 듯 몸을 떨었다. 일어서면서 그는 하늘색의, 마치 운 것처럼 튀어나온 눈을 아내에게 번득였다. 그의 다리(그 말라붙은 쪽)에 있는 덩어리와 그의 이렇게든 저렇게든 살아온 삶의 근본이 점점 자라나는 복수의 욕망으로 긴장했다. '한번 털어야지.' 그는 자기 자신도 모르게 생각했다. (밖에서는 3월의 낮이 죽어 가고 있었다. 산의 서쪽 정상에서 기어 내려온 연보라색 구름이 이제는 벌거벗은 공원의 보리수나무와 플라타너스 위로 대담하게 달려갔다. 이 나라에서 가을 계곡의 가장 음울한 날씨보다 무한히 더 슬픈 봄의 불안이 그 압력 아래 구부러지는 듯 보이는 창유리에 부딪쳤고 살롱의 모든 사람들을 꿰뚫고 조사되지 않은 결론을 향해 가는 이상한 곤충들로 이루어진 하나의 물결처럼 쌓여 갔는데, 그 결론이 실현될지는 점점 짙어 가는 중국 돌풍 속에 감추어져 있었다.) 전기 샹들리에가 깜빡거렸고 남자들의 얼굴

367

이 구겨진 듯, 초췌한 시체처럼 보였다. 공주만이 혼자서 가을의 화려함 속에 부풀어 오른 혐오스러운 성의 힘으로 빛났고, 그리하여 그 매력의 악마 같은 반짝임 앞에 텐기에르 부인의 세련되지 못하고 젊은 아름다움은 빛을 잃었다. 공주는 그것이 자신의 마지막 전성기 최고의 순간임을 느꼈다 ─ 오늘 실험의 위험이 그녀의 야망을 가득 채웠다. 그녀는 가장 내면에서부터 완전한 암컷이 되었다 ─ 오래전, 좋았던, 돌아올 수 없는 시대가 연상되었다. "자, 거장, 악기로 가시죠." 그녀는 비틀거리는 텐기에르의 귀에 속삭였다. 이 증오에 차서 굳어진, 공포에 질린 젊은 농부 아낙의 고통이 그녀에게 즐기고 싶은 의욕을 미칠 듯이 일으켰다. 아이들은 겁에 질린 눈을 휘둥그렇게 떴고 서로 손을 꼭 잡았다.

    텐기에르는 자기 의지와 상관없이 이제 그가 경멸하는 게네지프의 편에 서 있었다. 그는 게네지프를 억압할 기회를 잡지 못했는데, 왜냐하면 그 대신 '저 여자', 그를 또한 억압하는 그녀가 게네지프를 쥐어짜고 있었기 때문이다 ─ 물론 부적절한 삶의 조건을 구실 삼아서 말이다. 하 ─ 그에게 돈이 있었다면, 그랬다면 보여 주었을 텐데…. 가장 어려운 사회문제에 대해서 저렇게 가볍게 이야기하는 공주의 저 의심스러운 우월성 전체가 그에게는 혐오스러운 코미디로 보였다. 이 모든 것의 배경을 그는 이미 오래전부터 구체화되지 못한 형태로 알고 있었다 ─ 단지 그것을 언어로 파악하고 표현하기만 하면 되었다. 즉흥연주는 나중에 — 그에게 누군가 명령을 하면 그는 연주하지 않을 것이었다. 그는 인도 대마로 만든 녹색 술을 포도주 잔에 따르고 들어 올려 그 무시무시한 주둥이에 댔는데, 그 입은 땀으로 달라붙은 털 사이에서 영혼의 압력으로 터질 것만 같았다.

"지금 마시지 말고 — 나중에. 지금은 연주를 해 주세요!" 그녀가 예전의 명령하는 어조로 잇새로 내뱉었다. 그러나 오늘 그 어조는 '좋은 날'임에도 불구하고 먹히지 않았다. 그는 녹색 액체를 자신의 연미복과 카펫에 쏟으며 그녀를 거칠게 밀어냈다.

"그거 조심할 수도 있잖았어요, 푸트리찌, 무슨 저기 그 짐승처럼 들이키지 말고." 갑자기 가느다란 관을 통해서 내는 소리처럼 불편한 목소리로 무쟈시흘란스키 집안의 마리나가 외쳤다.

"바로 지금 말하려고 했어." 텐기에르는 술잔을 마저 채우고 한 번에 전부 마신 뒤 갑자기 길고 계획된 연설을 시작했다. "당신들의 그 정치라는 것 전체가 코미디요. 코쯔모우호비치 혼자만이, 자기가 뭘 할 수 있는지 보여 주는 만큼 뭔가 가치가 있어요." 그는 지하실부터 양탄자 깔린 궁전까지 이 나라에 사는 모든 거주자들의 전형적인 문구를 던졌다. "이미 프랑스혁명 시대부터 코미디였는데, 프랑스혁명은 불행히도 우리에게까지는 이르지 못했지. 그때는 어떤 시도들이 있었지만 그래서 뭐 어떻게 됐소. 그때는 아직 인류의 선두에 설 시간이 있었고 우리가 그

369

걸 해낼 수도 있었을 거요, 우리가 제대로 도륙을 시작했다면, 그리고 그걸 시작할 만한, 그것도 대규모로 할 만한 용기가 있는 사람이 있었다면 말이오. 제대로 완수되지 못한 이런 일들의 반작용이 메시아적인 헛소리요 — 그렇다면 프랑스보다 더 높은 등급의 메시아여야 했지. 저 알랑방귀나 뀌는 귀족들을 통해서는, 빌어먹을 저 개새끼들, 그렇게 되지 못했소. 폴란드 귀족보다 더 끔찍한 게 있을까! 그것도 그렇게나 쓰레기들이고 — 아! 유대인들 쪽이 백배 더 낫고, 귀족들의 폴란드보다는 저 유대인들의 폴란드가 됐으면 좋겠소."

"브라보, 텐기에르." 벤츠가 소리쳤다.

"다름 아닌 빈 의회도 위대한 신사들의 제대로 형상화되지 못한 정치의 유작이었소. 프랑스혁명 이후로 우리 시대까지 쓸모없는 민주주의적 거짓이 계속되고 있어요. 바로 그걸 모태로 삼아서 야만적이고 종양과 같은 조직되지 못한 자본이 태어났소. 그 갑오징어가 거의 인류를 다 잡아먹을 뻔했지. 그리고 오늘날 그것의 유일한 도피처는 우리 나라인데, 우리가 저 이른바 북쪽에서 온 처형인들에게 맞서지 못했기 때문에 그 대가로 이렇게 된 거요. 사람들은 그것 또한 코쯔모우호비치의 공이라고 하지, 그는 비록 그때 대위였고 본인도 볼셰비키들과 싸웠는데 말이지. 하지만 그는 보상할 거요 — 겁내지 마시오 — 난 그걸 확연하게 느껴요. 그가 저 노란 원숭이들의 발꿈치를 핥아 주고 그들에게서 대나무를 가져올 거요. 그게 너무 늦지 않기를. 오늘날 뷔페와 댄스홀과 음식점과 '홀'과 다른 쓰레기장에서 일어나는 일들은 상습적인 선수들의 자질구레한 사기에 지나지 않고, 미래에 대해서 그것들이 가지는 의미는 공주님이 미처 완전히 러시아화되지 않은 폴란드와 완전히 폴란드화되지 않은 러시아에 대해서 얘기한 저 불평불만 정도뿐이오. 그건 저 이른바 '움직임들', 저 '갱들', 자기들의 끝이 가깝다는 걸 알고 마지막 순간에 삶을 집어삼키려는 저 기회주의자들과 '랄파한 사람들'의 가짜 정당적인 음모이지. 내가 묻겠는데, 무엇의 이름으로 그런 일이 일어나는 거요? 그리고 여기에 대해서는 아무도 솔직하게 대답할 수 없어요, 왜냐하면 모르니까. 국가성 그 자체라는 사상, 심지어 연대적이고-엘리트적이고-직업적이라 해도, 그건 충분하지 못해요 — 그건 무언가를 위한 수단일 뿐이고, 그 무언가는 아무도 고안해 낼 수 없는 거요. 불능이지. 마지막 기운을 짜내 죽어 가는 과거의 치마를 붙잡고 있는 거야, 사상도 없고, 이기적이고, 끔찍하게."

"그래요 — 우리를 도축하면 당신은 마침내 성공하겠군요, 친애하는 텐기에르." 이리나 브시에볼로도브나가 독살스럽게 웃음을 터뜨렸다.

"자, 자 — 너무 허물없이 구는 거 아니오? 내 교향곡이 어느 썩어 빠진 살롱에서 연주되었다면, 아무것도 이해하지 못하고 짖어 대는 개들의 무리에 의해 구현되었다면, 공주는 지금 나와 다른 식으로 이야기할 거요. 당신이야말로 짖어 대는 암캐, 피모자 루에소브나, 바사리드,* 구멍으로 빨아들일 줄만 아는 피조물, 슬픈 교성의 수녀원장." 그는 마침내 더 이상 뭐라고 말해야 할지 알지 못해 욕을 했다.

"그리고 연주되었어야 하죠. 성공하지 못한 예술가는 오늘날 견딜 수 없는 시대착오니까요." 공주는 욕설에 무한히 만족하며 흔들리지 않는 평온함으로 대답했다.

"저런 유형은 공주가 이른바 '익숙한' 예술의 후원자가 될 수 있게 하기 위해서 존재하죠." 확고하고 전혀 신흥 천주교도답지 않은 조그만 독살스러움을 섞어 바실리 대공이 끼어들었다.

"이건 뭐죠? 나에 대한 뭔가 집중 공격인가요?" 공주는 적대적으로 주위를 돌아보았고 그 시선은 이 빛 속에서 거의 아마빛으로 옅어 보이는 그녀의 소년의 머리에서 멈추었다. 공주는 약간 구석에 몰렸다고 느꼈고 동정심이 그 지친 심장을 건드렸다. '아, — 저 잔혹한 남자들, 승리의 매 순간을 위해 그녀가 얼마나 큰 대가를 지불했는지 저들이 알았더라면! 그랬다면 이렇게 무방비한 그녀를 괴롭히는 대신 동정하고 안아 주었을 텐데.' 그녀의 (물론 상상 속의) 화장품 장이 열렸는데, 그 안에는 이제

---

* 피모자 루에소브나(Fimoza Luesówna)에서 '피모자(fimoza, phimosis)'는 포경, 즉 음경의 개구부가 포피 때문에 좁아진 증상을 가리키고, '루에소브나'는 '루에스'의 딸이라는 뜻인데 'lues' 혹은 'lues maligna'는 라틴어로 매독을 뜻한다. 바사리드(Bassarid)는 술의 신 바쿠스를 따르는 여자 신도라는 뜻으로 음란하고 방탕한 여성이라는 의미다.

372

까지 그녀가 감히 사용할 엄두를 내지 못하고 모아 두었던 화장품이 가득했다. 잠깐만 더, 잠깐만 더 — 그러나 그 뒤에 오는 것은 텅 비고 메마른 무시무시한 미래의 날들(왜냐하면 미래의 세대를 길러 내는 것에 대해 그녀가 한 말은 순전히 사기였기 때문에), 완벽하게 화장을 하고, 어떤 에바리스트, 아나닐 혹은 아스포델에 의해* 인위적으로 만들어져 아무에게나 자신을 허락해 버린 뒤에, 더 나쁜 것은 게다가 그와 함께 아침마다 인생에 대해, 그녀를 기다리는 이 시들어 버린 성애광(性愛狂)으로서의 무시무시한 인생에 대해 이야기하게 될 것이었다. 그는 아마도 그녀를 이해하는 유일한 친구, 유일하게 믿을 수 있는 사람일 것이었다. 그러나 그녀는 곧 이전의 악마적인 계획을 기억해 내고 고통스러운 자부심과 부도덕한 태평함의 가면 속에 자신을 밀어 넣었다. (겉보기에 깊은 감정을 느끼는 것처럼 꾸미는데도 불구하고 이미 또다시 음울해진 짐승 같은 수컷들의 낯짝과 주둥이.) 이 고통스러운 절망의 마지막 떨림 속에서 그녀는 (마치 깨진 바위의 회색 덩어리 속에서 보석이 빛나는 것처럼) 중국인들의 무리라는 형태로 거의 우주적인 대재앙을 마침내 그녀의 삶에 보내 준 역사에 눈물겨운 감사를 느꼈다(상상해 보라!). 그

* 에바리스트(Ewaryst)는 과거 폴란드에서 실제 사용되었던 남성의 이름으로, '쾌락적인, 기분 좋은'이라는 뜻이다. 아나닐(Ananill)은 성경에서 수음으로 정액을 버린 오난(Onan)의 이름과 유사하며, 아스포델(Asfodel)은 수선화를 뜻하는데 남성 동성애자의 은어다. 당시에는 모두 성적인 방종이나 타락을 암시한다.

렇다 — 전 세계적인 돌풍에 휩쓸려 죽는 편이, 다리가 붓거나 온몸이 악취를 풍기는 부스럼에 덮인 채로 침대에서 죽는 것보다 나을 것이다. 존재의 아름다움, 모든 요소들의 균형이 잡힌 작곡의 완벽성과 피할 수 없는 종말의 화려함과 — 이 모든 것이 그녀 앞에서 반짝거리는 내면의 빛이 되어 터져 나왔고, 그 빛은 마치 밤의 번개처럼, 무너진 잔해와 버려진 무덤으로 가득한 인생의 가을의 멀고 암울한 풍광을 밝게 비추었다. 이제 형이상학적인 매혹에 감싸인 걷잡을 수 없는 매력 속에서 그녀는 세상 위에 온통 빛났다. 수컷들은 무기력했다. 이미 그녀는 뭔가 말할 것이 있었으나, 텐기에르가 그녀를 가로막았다. (이렇게 되는 편이 나았는데, 왜냐하면 말은 순간의 훌륭함을 그저 감소시킬 뿐이기 때문이다 — 필요한 것은 위대한 행동이지 살롱의 변증법적 승리가 아니었다. 그렇게 될 것이다 빌어먹을, 그렇게 될 거야 — 아직 시간이 필요하다.)

"절대 공격이 아닙니다. 당신은 자신의 중요성을 과장했어요, 공주."* 갑자기 푸트리쩨데스가 흉악한 억양으로 프랑스어 단어를 발음하며 새된 목소리로 외쳤다. "제발 들어 봐요!" 해시시 섞인 알코올이 마치 어뢰가 군함을 들이받듯이 그렇게 그의 머리를 아래의 가장 아래쪽에서 들이받았다. 그는 더 이상 자기 자신이 아니었고, 글자 그대로 자기가 누구인지 몰랐으며, 눈앞에 보이는 모든 사

* Vous avez exagéré votre importance, princesse. 원문 프랑스어.

374

람들, 심지어 살아 있지 않은 물건들 안에도 자신을 형상화했고, 모든 것이 그의 앞에서 무한히 불어났다. 모든 물건들의 숫자가 무한히 불어난 채 그대로 고집스럽게 유지되는 것으로 모자라서, 관념들도 또한 불어나기 시작했다ㅡ피아노라는 관념의 숫자 또한 무한했다. '해시시의 영향 속에서는 논리적인 환영이야ㅡ저 말라비틀어진 논리학자에게 여기에 대해서 뭔가 말해 줄 가치가 있지 않을까?' 그는 경멸하듯 손을 흔들었다. 몸속에서부터 마치 어떤 이해할 수 없는 악기처럼 온통 소리를 냈는데, 하느님이나 사탄이 (그도 알지 못했다.) 무한 자체만이 한계이자 감옥인 외로움과 그리움의 고문 속에 생겨난 무시무시한 영감을 받아 그 악기를 치고 있는 것 같았다. 무엇이 그보다 더 고매할 수 있겠는가? 새롭고 아직 음악적으로 이름 없는 창조물의 악마적인 관념이 마치 광기에 찬 렁감이 암컷에게 하듯이 그렇게 그를 가득 채웠고 그를 속에서부터 빛으로 가득 채워서, 그는 이상적인 수정이 그것을 낳은 회색의 바윗덩어리 속에서 빛나듯이 그렇게 세상 속에서 온통 완벽한 채 서 있었다. 그는 자기 자신의 무(無)를 배경으로 자기 속에서 밝게 빛났는데, 그런 그는 마치 별들 사이 허공 속에서 괴물같이 큰 혜성이 사방으로 뻗어 나온 행성간 대기의 가장자리에 닿은 것 같았다. 그의 그 대기는 초월적인 (초월주의적이 아니다.) 존재의 유일성이었다ㅡ그런데 그래서 뭐?ㅡ질료로서, 그리고 심지어 촉매로서, "쪼끄만 여자들이란, 선생, 가정의 쪼끄만 갈등, 해시시를 넣은 쪼끄만 보드카, 선생, 쪼끄만 젊은 애들과의 쪼끄만 저열함". 자신을 통해 형이상학적 기괴함의 100만 볼트 전류를 쏟아 내는 다른 사람이 아닌 바로 이 괴물 같은 불구자의 일생의 지소형 축소는 탐욕으로 인해 거품을 내며 태초의 존재 내장 속 터빈에서부터 쏟아져 나왔고, 바로 이 쪼끄만 인물의 일생의 혼란 속에서 그저 우연하게 개별화되었을 뿐이었다. '중앙직', 이 이상한 단어는 (프랑스식 '일자리'를 휴지에 써서 공지한다는 뜻인가?) 소용돌이치는 소리들의 용암을 응집시키는 수단으로, 점점 늘어 가는, 동등한 가치를 가지는 가능성들의 혼란 속에서 방향을 제시해 주는 나침반으로 보였다. 더 우월한 힘의 불운한 제물 푸트리쩨데스 텐기에르, 그는 가장 순수한 예술적이고 건설적인 광기로 빛났고, 절벽 앞에서 미친 듯이 날뛰는 말을 붙잡듯 그렇게 영감을 붙잡았다 — 스스로 응축되고 스스로 설명될 것이다 — 내세에서 위대한 주인인 그는 신들이 그에게 준비된 독약을 줄 때까지 기다릴 것이다 — 그에게, 그리고 그의 비참한 일생의 직원들 전부에게. 왜냐하면 그것이 바로 이 창조적 희극의 '2차적 생산물'*이었기 때문이다. 그는 다음 순간 무엇이 연주될지(그의 본질의 음악적 도가니 속에서 창조된 것의 썩은 쓰레기다.), 나태한 사이비 정상성에 꽉 막혀 지적인 웅덩이나 사이비 지성의 쓰레기

* produits secondaires. 원문 프랑스어.

장에서 쉽게 모아 온 썩어 가는 늪의 수준으로 떨어져 버린, 그의 배꼽까지도 다 자라나지 못한 이 심리학적 괴물들의 패거리 전체를 무엇으로 짓이겨 줄지 이미 알고 있었다. 아니다 — 벤츠는 달랐다 — 기호에 못 박혀 있기는 해도 그는 무언가를 이해한다 — 그러나 저치들, 저 살롱의 가짜 지식인의 '최고봉', 저들에게는 자기 자신의 명청함을 결단코 설명해 줄 수가 없다… 부르르…. "짖어 대는 개"는 그의 발치에 누워 있다가 음악적 충격에 귀를 세우고 근육을 긴장시켰다. 경멸이 그의 안에서 흘러 넘쳤다 — 결단코 그것을 표현할 방법이 없을 것이다. 무엇 하러? 저들은 그가 죽은 뒤에나 알게 될 것이고 그것도 — 그의 음악에서가 아니라 신문에서, 매일매일 수백만 부씩 찍어 내 당에서 주어진 허구에 알맞게 생각 없는 통조림을 만들어 내는 저 진실로 무시무시한 지성의 '압착'*에서 알게 될 것이다. 신문 부수와 문학적 잡동사니를 찍어 내는 값싼 출판사들의 마구잡이 증가 — 그건 뇌를 갉아먹는다 — 스투르판 아브놀이 옳았다.

그 자신, 비참한 불그자**는 그들 모두 중에서, 어쩌면 민족 전체 중에서 가장 건강했는데, 왜냐하면 예술적인 변태성에도 불구하고 그는 진실이었기 때문이다 — 그와 어쩌면 코쯔모우호비치(그는 진지하게 이렇게 생각했

---

* 'prasa'(언론, 인쇄 매체)의 어원인 인쇄기('찍어 누르는 기계')에 착안한 말장난.
** 원문에서 장애인 'kaleka'를 텐지에르의 만취 상태를 반영해 'kalika'로 쓴 것을 한국어에 반영했다.

다 — 거기까지 간 것이다!), 사회적 존재의 본질로서 두 개의 극단, 무시무시한 잠재력으로 충전된, 다 사용되지 못한 에너지의 두 원천. 대체 언제 어디로부터 해방이 찾아오게 될 것인가, 지금이 아니라면(이미 그는 이 궤양을 오래전에 뜯어냈고 몸의 가장 먼 구석까지 독으로 물들이며 빨아들이기 시작했다). '썩어 가는' (사이비 혁명 전체에도 불구하고) 서쪽 위에 걸린 움직이는 만리장성으로부터, 그가 미래의 작품들의 불충분한 발전 속에서 아직도 괴물 같은 태아로서, 자신이 덮혀지고 끓어오르고 아우성치고 이빨을 드러내고 있는 자기 영감의 바닥 없는 심연 위에 있는 이 순간. 아 — 모든 것의 생성이 마치 예술적 창조의 비밀이 덤불 속에서 나타나듯이 이렇게 명확하고 수정처럼 투명하고 확고하고 필연적이라면 — 그러면 사회적 삶조차 얼마나 아름다울 것인가! 그러나 또다시 저 예술의 기술적인 비참함, 심지어 가장 높은 종류의 예술이라도 — 저 파티 요술의 속임수, 형이상학적인 손재주, 저 '능숙한 손놀림'* 그리고 심지어 영혼의 재주까지! 다른 체계에서 완성되지 못한 이상의 본보기는 부적합했다. '예술의 거짓'이 그에게 모욕적이었던 것이 아니라 (그것은 바보들과 미학적인 무식쟁이들의 문제다.) 예술은 진실이지만, 그러나 우연히 다른 것이 아닌 이 작품에 갇히는 저주를 받았고 — 그럼 그 자신은? — 그 또한 우연이다….

* 원문에서 러시아어를 잘못 씀. 'ловкость рук'는 특히 마술 트릭의 손재주.

영감이 있는 한 아직 모든 것이 좋았다. 그는 비꼬지 않고 이 단어를 거론할 권리가 있었다 = 그는 초(超)지적으로 분석하는 상습적인 음악적 낙서광도 아니고 명예와 성공의 노예도 아니었다. 그 경멸스러운 성공이란 좋은 것이었겠지 — 그러나 어쩌겠나 — 그것이 없으니 적절한 경멸의 지점을 찾아내야 했다. 단지 사람들에 대해서만 그 기술은 부도덕했으나, 거의 현실과 분리되어 추상화된 본질에 대해서는 스스로 그렇게 하는 것을 허용할 수 있었다. 겉으로 보기에도 뒤틀린 그의 몸보다 더 뒤틀린 인생, 때때로 창조적 황무지에 대한 생각에 그는 겁에 질렸는데, 그런 생각들은 진부함이 흘러넘치는, 심리적이고 육체적인 불완전함인 지루함과의 지속적인 싸움 속에서 사악하게 다가올 수 있었다. 그는 지루함을 가장 두려워했다. 아직은 그 정점에 도달하지 못했으나, 그 지엽적이고 끔찍한, 출구 없는 협곡들은 알고 있었는데, 그런 곳에는 언제나 추하고 자살적인 죽음이 매복해 있었다 — 메마르고 고름으로 뒤덮인, 활처럼 구부러진 노파, 지루해지고, 충족되지 못한 삶과 그 자신의 수준으로 다 자라지 못한 창조성의 독으로 물든 죽음에 대한 인간의 죽음. 왜냐하면 그는 정점에 있었지만 그럼에도 불구하고 내면의 야심이 그에게 닿을 수 있는 곳까지 몸을 앞으로 내놓으며, 마치 순전한 영혼처럼 아직 더 높은 곳으로 밀고 올라갈 것을 명령했기 때문이다. 그것이 그가 꿈꾸는 저 세 번째 시대였고, 그곳에도 마찬가지로 (죄 없는 유혹의 고통 속에) 성공하지 못한 삶의 완수와 정복이 숨어 있었다. 뛰어넘거나 아니면 자살하거나, 아니면 이제까지 손 닿지 않았던 삶과 예술의 추상화의 영역으로 날아올라야 했다. 반사광은, 비록 성공의 반영이라 해도, 모든 것을 막아 버릴 수 있었다. 그리고 지루함에도 불구하고, 텐기에르는 그것을 가장 크게 두려워했다. 그리고 지금 여기서는 짧은 (23일 간 지속된) 공주와의 사랑이 주었던 다른 삶의 뒷맛이 그의 인정받지 못한 예술가의 무너져 가는 살아 있는 시신에 기생하며, 여러 가지 살아 있는 도플갱어들의 영적인 입맛을 미치도록 자극했다. 그는 계속 말했다.

"…그리고 당신들이 마치 어떤 숨은 사제들의 신비나 모든 것을 아는 학자들의 과학적 실험에 대해 말하듯 이야기하는 그 유명하고 비밀스럽고 범접할 수 없는 정치가 대체 어떤 결과를 가져왔소. 그 어떤 위대하고 인류 보편적인 관념도 가져다주지 못했고 — 게다가 모순되는 가짜 아이디어 찌꺼기들, 시체 속의 벌레처럼 민중의 죽어 가는 사상과 이미 오래전에 뒈져 버린 국가성 그 자체의 관념 속에서 태어난 덩어리를 가져다주었지. 국가는 암 덩어리가 되었소 — 사회의 하인이기를 그만두고 오래전 권력의 부스러기와 유령으로 살아가는 사람들에게는 기쁘게도 사회를 좀먹기 시작했소. 가짜 전문 조직들은 가면일 뿐이고, 그 아래 왜곡되고 희화화된, 옛날 17세기의 미라화 된 사상이 숨어 있소. 오늘날 진실로 위대한 사상, 평등과 마지막 한 명의 불가촉천민까지 의식하는 창조성

380

은 주위를 둘러싼 유럽과 — 우리를 제외하고 — 아프리카 와 아메리카의 아직 공산화되지 않은 국가들의 세계 속 에 거짓으로 변해 가고, 400만 명의 저 엄청난 노란 악마 들의 빽빽한 무리 속에서 진실로 탄생하는데, 저들은 어 떤 능력이 있는지 언젠가는 보여 줄 거요, 하지만 그건 심 지어 오늘날 우리에게 유일하게 진실한 전 세계적 운명 의 가능성인 코쯔모우호비치 같은 방식은 아닐 거요. 그 의 유일한 위대한 행동은 어쩌면 그가 아무것도 보여 주 지 않는 것이 되겠지 — 세상을 비웃고 그걸로 자신의 천 재성을 보여 줄 거요."

"부탁인데 좀 진정해요, 농장 주인님."* 공주가 말을 끊었다. "볼셰비즘은 배아 상태로 살아남았을 뿐이에요. 어쩌면 그리스도교처럼 발상은 이론적으로 괜찮았을지 몰라도 — 실현 불가능했죠. 그건 이전 시기 무의식의 결 과예요. 계산하지 않고 — 자료가 없었으니까요 — 미래를 향해 너무 위험한 뜀뛰기를 한 거예요. 저기 서쪽에서는 이걸 눈치채고 내면적이고 반중국적인 가면으로 사이비 볼셰비즘의 눈속임 아래 파시스트주의로 돌아섰죠. 왜냐 하면 레닌이 꿈꾸었던 것 같은 그런 평등과 공동체는 있 을 수가 없으니까요, 혹시 창의성의 퇴화와 곤궁 — 전반 적인 가난을 대가로 치른다면 몰라도. 그리고 이건 농업 국가에서뿐만 아니라 심지어 가장 산업화된 국가에서도

* Gazda. 폴란드의 포드할레 지역에서 농장을 경영하는 사람을 이르는 단어.

마찬가지예요. 민족이라는 사상 없이 피해 갈 수가 있….”

　“공주는 마치 앞으로 최소한 1천 년 동안 일어날 역사를 미리 아는 것처럼 말하는군요.” 열정에 들뜬 음악가가 말을 끊었다. “공주가 확언하는 것은 조그만 조각들로 나누어도 확인할 수 없소 — 내 사상은 역사의 모든 조그만 차이점 속에, 사회적 비가역성이라는 관념 자체에 명백히 드러나고, 사회적 비가역성의 관념은 오늘날 아무도 부정하지 않는 것이오 — 바보들이라면 모를까. 그런데 우리 나라에서 이건 과대망상증 환자들이 이른바 ‘부분적 관념’ 속에서, 부분적이고 사소한 해결책들 속에서 헤매는 데 지나지 않아요 — 여기서는 순전히 개인적인 대화를 하면서 해당 인간의 영혼에서 가장 저열한 측면을 세세히 이야기하고, 저기서는 저녁 식사를 하고 그 뒤 술과 코카인을 즐기며 악취를 풍기는 파충류들이 자기들의 혐오스럽고 마찬가지로 악취를 풍기는 비밀을 억지로 털어놓고, 또 저기선 경의도 믿음도 없는 사회적 포주에게 적절한 뇌물을 주고. 그리고 이 모든 일이 그 어떤 사상도 없이, 오로지 훌륭한 기계가 자기의 본질적이지 않고 가장 인간적이지 않은 길, 그러니까 우리의 불행한 나라 위를 달려가는 걸 조금이라도 늦춰 보기 위해서인 거요….”

　“그렇게 자기 얼굴에 침을 뱉는 건 이제까지 우리 전문 분야였죠, 순전하게 모스크바식.” (공주는 조금 당황해 있었다 — 처음으로 텡기에르가 그녀의 살롱에서 이런 발상을 가지고 앞에 나섰던 것이다 — 노골적인 공산주의!

들어 본 적도 없다! 이런 종류의, 공주의 확신과 본능에 맞서는 방향의 강한 연설은 언제나 그녀에게 어떤 변태적이고 성적인 인상을 주었는데, 그 밖에도 그녀는 바로 자신의 살롱에서 이런 괴물 같은 발언이 나왔다는 데 만족하고 있었다. 이것은 가장 잘 감추어진 공주의 속물근성 중 하나였다.) "뭔가 하는 대신 생각해 내는 건 세상에서 가장 값싼 일이죠."

"어떤 한계까지는 오로지 그렇게만 할 수 있소—하지만 구토는 정해진 횟수만큼만 할 수 있지요. 공주는 소의 배설물과 사카린으로 과자를 만들지 않을 거요…."

"선생." 벤츠는 진심으로 경악했다. "나는 선생과 사상적으로 동의하지만 선생의 방법은 이해할 수 없군요. 궁극적으로 선생이 정치를 그 자체로 가치를 폄훼한 것 같은 방식이면 말 그대로 모든 것을 폄훼할 수 있어요. 논리란 대체 무엇이오? 종이에 기호를 적는 것이지요. 그러면 선생의 음악은 대체 뭐지요?—역시 기호를 적는 것인데, 단지 오선지에 적을 뿐이오. 그리고 단지 어떤 백치가 놋쇠 파이프에 대고 숨을 내쉬고 말의 꼬리로 양의 내장을 문지를 때에만…."

"됐어!" 텐기에르가 갑자기 어린 학생처럼 고함쳤다. "선생의 그 논리학은 집어넣으시오, 그건 아무에게도 필요하지 않고 쓸데없는 말라죽은 나무이고 자기 자신에게 잡아먹힌 지성의 누더기, 무익한 지적 욕구에 시달리는 사람들, 지성적인 발기불능자들을 위한 장난감일 뿐이지 선

383

생이 상상하는 것처럼 생각하는 능력이 유전적으로 뛰어
난 사람들을 위한 것이 아니오. 하지만 내 창의력은 — 건
드리지 마! '내 문턱의 절벽에서 당신도 하느님도 물러나
시오.' (그는 미치인스키를 인용했다.) 바로 그게 음악이오.
잘 들으시오, 부스러기들 — 그리고 어쩌면 당신들은 이
미 한번 진실로 부스러졌는지도 모르지." 그는 위협적으
로 으르렁거리고서 주문 제작된 훌륭한, 네 모서리가 모
두 둥근, 다름 아닌 아드리아노플[에디르네]에서 만들어
진 베베흐스타인 상표의 클라비코드*를 큰 소리로 열었
다. 공주는 모든 일에도 불구하고 무척 기뻤다. 조그만 관
념적 말다툼과 해시시에 취한 텐기에르의 야만적인 즉흥
곡은 함께 그녀의 순전한 악마 숭배 연출,** 바실리 대공
이 말한 대로 저 "순전히 여성적인 비열함"***을 준비하
는 데 있어 나쁘지 않은 배경이었다. 완벽함의 축복(모든
것이 바로 그래야만 하는 상태이며 더 이상 좋을 수 없다
는 느낌, 출처는 라이프니츠의 세계의 완벽함의 이론),****
그녀에게 점점 드물게 일어나는 이 상태가 그녀의 몸 구

---

* 14세기에 고안된 가장 오래된 건반악기. 피아노나 다른 건반악기에 비해 매우 작으며
소리도 섬세하고 조용한 편이다.
** 원문에는 영어("pure demonism act")로 표현이 반복되어 있다.
*** cochonnerie féminine pure. 원문 프랑스어.
**** 라이프니츠의 저작 『신의 선함, 인간의 자유와 악의 기원에 관한 신정론
에세이(Essais de Théodicée sur la bonté de Dieu, la liberté de l'homme et l'origine
du mal)』(1710)를 가리키는 듯하다. 여기서 라이프니츠는 악이라는 문제를 해결하기
위해서 현재 존재하는 세상이 가능한 모든 세상 중에서 가장 완벽하다는 주장을
중심으로 철학 이론을 전개하였다.

석구석으로 퍼졌고, 그녀의 육체는 오래전의 승리와 이런 순간의 이상적인 예술적 작품으로 구성된 범죄들을 만끽하면서 젊어지고 용수철처럼 튀어 오르도록 수축했다. 그것은 좋은 인생이었고 그녀는 그 인생을 낭비하지 않았다—단지 그 끝을 망치지 않고, 남들이 밀어내지 않을 때 그 풍부한 원천에서 스스로 떠나고 싶을 뿐이었다.

텐기에르가 건반을 내리쳤다—마치 건반을 전부 뜯어내려는 것 같았다. 모두들 그가 연주하면서 악기의 여러 조그만 부분들을 방구석으로 내던지는 듯한 환각을 보았고, 그 환각은 심지어 피아니시모*에서도 지속되었다. 그는 완전히 악마적으로, 짐승같이, 비인간적으로, 잔혹하게, 가학적으로 연주했다. 질 드 레**가 자기 피해자들에게 했듯이, 그들 속으로 파고들었듯이, 텐기에르는 청중의 내장을 끄집어내고 인간 시체의 형이상학적인 고통을 만끽하며 자신의 예술로 그 시체에서 진부함을 뿌리부터 뽑아냈으며 세계를 초월한 공포와 한없는 기묘함의 끝없는 영역으로 밀어 넣었다. 그것이 예술이었다—지긋지긋한 눈속임 마술사들과 지적인 발명가들의 깩깩거림이나 히스테릭한 암컷들을 위한 새로운 관능적인 전율이 아

* 아주 여리게.
** Gilles de Rais (1405~40). 아동 연쇄살인마. 본명은 질 드 몽모랑시라발(Gilles de Montmorency-Laval). 한때 잔다르크의 전우였으나 군에서 퇴역하고 가산을 탕진한 뒤 신비주의에 심취했으며 현지의 성직자와 논쟁을 벌이다가 아동 연쇄 살해에 대해 언급했다. 이 때문에 교회에서 조사를 시작했고, 실종 아동 부모들과 공범자들이 증언해 유죄판결을 받고 사형당했다.

니라. 그러나 그 음악은 너무나 충만해 처음에는 아직 감정을 통해서 영향을 미쳤다 — 진부하게 감정적으로 울부짖는 사람들은 도달할 수 없는, 진실로 살아 있는 비밀의 지하 공간에 들어가려면 '삶의 요새'를 곧바로 정복해야만 했는데, 음악은 그곳에서 더욱 강화되었다. 벤츠를 제외하고 모든 사람이 여기에 성공했다. 측량할 수 없는 소리의 세계 때문에, 돌풍에 쫓겨 길을 잃은 양처럼 그곳으로 쫓겨난 지프치오는, 이 티콘데로가 가족의 집에서 보낸 이 현실의 저녁과 함께, 다른 모든 것과 마찬가지로 우연하게, 묘사할 길 없는 영적인 괴물로 변해 갔다. 커튼에 가려지지 않은 창문에 군청색이 물들었고, 그 창문을 통해 죽어 가는 3월의 저녁이 음악에 귀 기울이는 존재의 순교자들을 들여다보았다. 모든 것이 손 닿을 수 없이 멀고 깊은 곳으로 날아갔다. 그곳에 있는 사람들의 낯설고 상호 모순되는 영혼들이 사라져 가는 신격을 위한 제물에서 피어나는 하나의 연기 덩어리 속으로 합쳐졌다. (수도 K. 시 어딘가에서 크빈토프론 비에초로비치가 감독하는 어떤 기묘한 극장이 아직 발전하고 있었다. 여기, 그들의 발치에서, M.에서 가장 큰 곳을 통해 음악 자체가 죽어 가고 있었다.) 삶의 문턱을 넘어 흘러넘치는 소리들과 함께 차갑게 얼어붙은 하나의 존재로 웃자라 버린 사람들은 개인적인 존재의 감각을 잃어버렸다. 뭔가 짐승과 같은 것, 거의 무성적인 것이 이리나 브시에볼로도브나 영혼의 어느 구석방에서 창백하게 생각했다. '오, 그가 다른

386

사람이었다면! 아름답고 젊고 순수한 저 불쌍한 소년이었다면, 저 잔혹함에 목마른 음악적 살육자가, 저 더러운 촌뜨기가! 그리고 내가 그에게 몸을 바쳐서 그가 저런 기적을 일으키는 자기 자신을 통해 스스로 나를 채워 주는 것을 느낄 수 있다면.' (왜냐하면 공주는 "짖어 대는 개"가 아니었고 떨리는 [거의 만질 수 있을 정도로] 육체를 통해 음악을 음악적으로 들을 줄 알았기 때문이다 — 단지 지금은 아니다, 제발 하느님, 지금은 아니다….) 그러나 그녀는 운 나쁘게도 텐기에르의 세련되지 못하고 괴물 같고 약하고 마치 그 자신처럼 야만적으로 요령 없는 포옹을 상기했다…. 그녀는 그 부당함에 대해 운명에게 치명적으로 화가 났다. '오, 그가 나에게 마치 저 "베베흐스타인"에게 하듯이…. 그가 저 혐오스럽고 악마가 씹어 뱉은 것 같은 육체가 아니라 음악 자체를 통해 나를 소유할 수 있다면.' 그는 지금 진실로 그녀를 소유했다. 형이상학적 황홀경의 순간이 그녀 안으로 빠르게 지나갔다. 피아노의 괴물 같은 굉음과 건반 딸각이는 소리, 악마 루시퍼마저도 뿔까지 삼켜 버릴 수 있을 그 소리가 그녀를 짓이겼고 어딘가 욕정적인, 용종과 거머리로 가득한 늪을 핥아 댔다. 저 성적인 사안의 악마가 순수한 음악의 형체 없는 시신 속에서 그 내장을 포식했고 그 잔해로 입을 가득 채우고 우물거리며 '텁텁한' 붕괴의 지저분한 즙을 허겁지겁 삼켰다. 소리에 대한 영혼의 필터는 작동을 멈추었다. 지금 바로 이, 그 자체로는 죄가 없는 소리와 굉음에 형상화된 악

은 그녀의 육체 안으로 몰려들어 와 그녀를 조각조각 갈
랐으며 충족되지 못한 불로 태우고 그 뒤에 잘게 잘라
져 흩어진, 뒤집힌 내장만을 남겨 놓았다. 이 모든 것 안
에서 악마적인 계획의 세부 사항들, 가장 저열하고 믿을
수 있으며 영원히 새로운 여성적 비열함, 적절하게 강렬
한 사랑을 직접 얻을 수 없어 운명을 속이고 범죄라는 대
가를—소규모이지만 언제나 범죄다—치르고 가장 저열
한 악마에게서 사랑을 사려는 늙어 가는 여자의 약함이라
는 혐오스러운 무기가 무르익었다. 왜냐하면 그런 종류의
독은 일단 주입되면 평생 지속되며 사랑을—이 한 번만
이 아니라—때로는 이어지는 모든 사랑을 죽여야만 하
며 심지어 살인자 자신까지도 치명적으로 중독시킬 수 있
기 때문이다.

　　게네지프는 지금 한순간도 형이상학적인 전율을 느
끼지 못했다. 그는 지나치게 삶에 깊이 빠져 있었다. 음악
은 이 저녁에 그에게 단지 육체의 고문일 뿐이었다—무
시무시하고 견딜 수 없는 고문. 그 자체로 부드러운 소리
라는 상품의 존재가 적절한 순간에 어떤 의미를 가지는지
그는 처음으로 이해했다. 텐기에르는 그에게 악 그 자체,
잔혹하고 저급한 신, 그저 완벽한 불한당의 상징이라는
정도까지 커졌다. 지프치오는 자기 자신의 저열함으로 금
속성의 땅땅 소리를 내며 무시무시한 망치처럼 그에게 쏟
아지는, 터질 정도로 탐욕스러운 화음들의 진창에서 몸부
림치며 악의 사막에서 조그만 배설물 한 방울씩으로 자기

388

자신을 쏟아 가며 낭비했고, 그 사막에서 화음들은 갈지자의, 바둑판무늬의, 찌르는 듯 뜯는 듯한 오솔길을 만들어 냈다. 사탄의 미사 영성체 모독보다도 더 나쁜 하나의 주제가 되돌아왔고 이해할 수 없는 규모까지 강해졌으며 우주의 가장자리에 흘러넘쳐 무에 이르렀다. 그곳에는 안도와 평안이 있었다 ─ 그러나 음악의 중점은 그것에 이르지 못하게 하는 것이었다 ─ 어쩌면 작품이 끝난 뒤에는 또 모른다. 그런데 이것은 작품이 아니라 그저 괴물이었다 ─ 뿔이 달리고 이빨이 튀어나오고 가시가 달린, 뭔가 애리조나의 선인장과 공룡을 섞어 놓은 것 같았다. 됐다!! 그 음악은 그에게 어떤 우주적인 성행위의 상징으로 보였는데, 알 수 없는 존재가 가장 잔인하고 변태적인 방법으로 존재 전체를 겁탈하는 것 같았다. 이것은 언제 끝날 것인가? (텡기에르는 땀에 뒤덮인 채 다섯 걸음 거리에서도 버섯 냄새를 풀풀 풍기며 미쳐 가고 있었다.) 지프치오는 언젠가 공주가 푸트리찌데스에 대해 했던 말을 떠올렸다 ─ 게다가 더해서, 젠장, 나쁜 쪽으로 떠올렸다. 그녀는 몇 번이나 말했고, 그럴 때 그의 내면에서 가장 사악하고 음울하고 피투성이 잔혹함이 뚝뚝 떨어지는 욕정에 불이 붙었다. 그러니까 그녀는 교활한 어린 소녀의 표정을 하고 '그' 전에 혹은 최고 황홀경의 순간에 말했는데, 충족할 수 없는 적대적인 심연 위에 매달려 있었을 때, 광기 어린 욕정을 만끽하는 쾌락 속에서 둘이 죽어 갈 때 ─ 그녀는 이렇게 말했다. "생각해 봐, 그가 이 순간 우리를 볼

389

수 있다면…!" 그뿐이었다. 그러나 이것은 마치 불에 달 군 몽둥이로 때리는 것 같았다. 쾌락은 경계를 넘어 흘러 넘쳤고, "배가 뒤집혔으며"— 공주가 쓰는 표현대로 — 악 마와 같은 해방감을 일으켜 완전한 소멸에까지 이르렀 다. 지금 그런 순간이 그에게 떠올랐고 순식간에 모든 악 마들이 사방에서 그를 붙잡았다. 그는 마치 끈끈하고 따 갑고 축축한, 물질화된 욕정의 불꽃 안에 있는 것 같았다. 그는 일어섰고 다리가 휘청거렸다 — 힘줄과 근육이 구타 페르카 수지*로 만든 것 같은 뼈를 비틀며 찢어졌다. 그리 고 그가, 저기서 바로 그가 연주하고 있었고, 그가 지프치 오의 안에서 음악으로 저 짐승 같은 비극을 만들어 냈으 며, 그가, 바로 그 자신이, 그에 대해서 그가 언젠가…. 아 안 돼! 바로 지금 그녀를 가진다면 — 그것은 최고의 경험 일 것이고, 그 뒤에는 존재하지 않아도 좋았다! 하지만 안 돼 — 바로 지금 톨지오가, 외무부 멍청이의 품위 있는 낯 짝을 유지하며 이리나 브시에볼로도브나의 귀에, 붉은 머 리카락의 폭풍 같은 덩어리 속에 뭔가 속삭였다. 그 고통 은 영원히 지속되는 것 같았다. 드 퀸시의 아편에 취한 악 몽처럼 세계는 시간적-공간적으로 고통스럽게 터졌고 동 시에 하나의 조그만, 근본적으로 천박한 사물로, 남성의 가장 커다란 굴욕의 장소로, 그것도 다른 피조물이 아닌 바로 저 피조물에 속하는 장소로 쪼그라들었다. 공주는

---

* 인도와 동남아에 자생하는 팔라퀴움 종 나무의 수지를 굳혀서 만든 재료. 현재의 플라스틱이 발명되기 전에 비슷한 용도로 19세기에 폭넓게 애용되었다.

모든 것을 보았고 야만적인 승리가 (그 진실로 여성적인, 어떤 '조그만 인물'을 아무런 생각도 다른 감정도 없는 하나의 거대한 성기일 뿐인 상태로 몰고 가는) 's' 형태로 다 들어진 그녀의 입술에 바짝 마른 장작이라도 광기로 몰고 갈 수 있는 미소를 띠웠다. 마침내 잴 수 없이 무한한 시간이 흐른 뒤에 악마나 알 법한 무언가로 가득 찬 채 ('**형체적 특성**이 없는 서로 연결되지 않은 감각들의 느슨한 덩어리')* 모든 '아웃사이더들'은 나갔고 오로지 세 명, 그녀, 지프치오, 사촌만 남았다. ("간통하는 남자"[단눈치오]**는 저 증오스러운 사촌 명칭이를 저녁 식사까지 붙잡은 데 대해 그녀에게 분개해 있었다.) 그는 지금 모든 종류의 형이상학적인 매력마저 사라져 버린 견딜 수 없는 굴욕적인 욕망에 여기저기 깨물린 채 음울하게, 체계적으로 입을 다물고 있었다. 흥미로운 문제들로 가득한 매력적인 소년은 사라지고, 오직 단 하나의 문제에 의해 내면으로 빨려 흡수되고 먹히고 사로잡히고 자기 안에 무시무시하고 건장한 남자를 간직한— 무기력한 소년이 남았다. 탁자에는 어떤 대가를 치르더라도 성관계를 하고 싶어 하고 그 외에 아무것도 더 원하지 않는 평범하게 '배설물적인 친구'가 앉아 있었다. 그는 술을 많이 마셨으나, 알코올은 마치

* eine lockere Masse zusammen hangloser Empfindungen ohne 'Gestaltqualität'. 원문 독일어.
** Il fornicatore. 원문 이탈리아어. 가브리엘레 단눈치오(Gabriele D'Annunzio, 1863-1938)는 소설가, 시인, 극작가, 저널리스트로 이탈리아 데카당 사조의 대표자였다.

어떤 우비*처럼 그의 두뇌 곁으로만 흘렀다. 그러나 그는 혼자서, 이제 조금 있으면 금방, 금방 저 비열한 육체로 욕망을 충족할 것이며 (그의 내면에서는 그 무시무시하고 끔찍한 남자가 이 순간 실제 자신보다 수천 배 더 강렬한 상상력으로 살아 있었다.) 그 뒤 이 모든 일에 대해 잊어 버릴 것이고 지금은 그토록 낯설고 이해할 수 없는 자신의 '사랑하는' 세계로 넘어갈 것이라고 생각했다. 그의 내면에 지금은 그녀에 대한 '어린아이 같은' 사랑의 드문 순간들이 전혀 남아 있지 않았다. 저 여자를 그는 이제까지 아무도 그렇게 증오한 적 없을 정도로 증오했다. 밖으로 표현하지 못한 말들이 식도 어딘가 혹은 심지어 심장에 꽉 막혀서 짓누르고 독을 퍼뜨리고 그를 안에서부터 시들게 했다— 그는 분노로 말을 할 수 없었고, 그 분노에는 말로 할 수 없는 행동들에 대한 짐승 같은 욕구가 한 알의 독약이 되어 섞여 들어 있었다. 그러나 그가 이제까지 알지 못했던 성적 질투의 상태를 배경으로 가능한 (사실은 불가능한) 쾌락에 대한 기대는 그에게 버틸 힘을 주었다. '이건 뭔가 미친 일이 될 거야.' 그는 관념이 아니라 피의 흐름으로, 모든 체액으로, 형상으로 이와 비슷하게 생각했다. 지금에서야— 아 — 그는 그녀에게 자신이 누구인지 보여 주는 것을 스스로 허용했다. 그러나 자기 자신에게 그는 아무것도 아니었고, 저 "정액의 공주"(그가 이름 붙

* imperméable. 원문 프랑스어.

였듯이)에 의해 하나의 거대한, 측정할 수 없는, 핥아 낼-수없는, 불타는, 미칠 정도로 자극받은 비열함이었고, 마치 이름 없는, 외로운, 고통받는 괴물 수천 마리가 뒤얽혀 보기 흉하게 뭉친 덩어리 같았다.

　　　그러나 양심 없는 어린 집행관의 기대에도 불구하고 그녀는 저주받을 (오 슬프다, 천배로 슬프다!) 멍청이에게 작별을 고하지 않았다. 세 명 모두 침실로, 그 고문실로 갔고, 가는 길에 좀 더 소박하게 꾸며진 작은 침실 세 곳을 지나쳤는데, 게네지프에게 이곳은 행복하게 '웅크릴' 수 있는 조용하고 조그만 항구로 보였다 — 그녀와 마음을 열고 솔직하게, 친어머니나 아니면 이모와 하듯이 이야기하고, 평소처럼 자기 원하는 일을 할 수 있을 것 같았다. 불행한 소년은 완전히 아무것도 아닌 자신의 상태와 상황을 느꼈다. 자신을 경멸했으나 그 경멸을 자신에게서 밀어낼 힘이 없었다. 이 순간 그는 가장 야만적으로 조합된 우연한 사건들의 현장에 있는 짐승들에게 굴욕을 당한 세상 모든 남자들을 (심지어 성공을 거둔 남자들도 — 그게 가장 나쁘다!) 대신해서 고통받았다 — 그 짐승들에게는 거짓이 없다.

　　　정보

침실 뒤에는 곧바로 작고 이른바 "편리한" 공주의 욕실이 있었는데, 거기에 복도로 나가는 다른 문이 있었다. 이 욕실 한쪽 창문은 여러 색의 두껍고 빛을 강하게 굴곡시키는 유리로

393

만들어져 있었는데, 그 창문은 침실을 향해 나 있었다. 이것은 이상하게 보일지도 모르지만, 마침 운 나쁘게도 그랬다.

(욕실에 밝혀진 등잔의 불빛이 유리의 수정과 같은 굴곡을 통해 무지개색으로 퍼졌다. 지프치오는 저 비밀스러운 반짝임의 무지갯빛 편광과 관련되어 얼마나 많은 행복한 추억들을 가졌던가. 그는 저 빛 자체는 현재 놓인 상황에서 모든 복합체의 색깔에 따라 다르게 보일 수 있다는 알려진 사실을 관찰할 생각이 처음으로 들었다. 그는 평소에 황홀했던 색깔들을 알아보지 못한 채 어리둥절해서 유리를 들여다보았다 ─ 그 색깔들은 완전히 괴물 같았다.)

공주는 경쟁자 둘 앞에서 드레스를 벗고 조그만 소녀의 우아함으로 보랏빛-연보랏빛 목욕 가운을 입었다. 게네지프에게 어떤 약한 향이 날아갔는데, 그 때문에 그의 두뇌는 빙빙 꼬여서 유니콘의 뿔처럼 변해 버렸다. 그는 혼잣말했다. "10분만 더 기다렸다가, 그 뒤에는 저 돌대가리의 면상을 뚫어 버려야지." 그는 궁극적인 행동으로 자신을 몰아가지 않기 위해 멀찍이 앉아서 쳐다보지 않았다 ─ 그러나 유감스럽게도 한순간뿐이었다. 이미 2분 뒤 그는 혼돈스러운 감정이 가득한 불타오르는 충혈된 눈으로 지옥 같은 광경을 삼킬 듯이 보고 있었다. 분개(거의 성스러운), 악의와 욕망은 이미 열아홉 살 소년의 수준을 넘어섰다. 긴 의자에 아무렇게나 누운 마녀는 지프치오에게 증오스러운 무가치한 중국 불도그 '치'를 무자비하

394

게 쓰다듬고 있었다. 개는 이 집에서 유일한 움직이는 만리장성의 사절이었다.

정보

나라 전체가 위대한 무르티 빙의 '발 받침'인 제바니의 신앙을 믿는 추종자들로 거의 넘쳐났는데, 무르티 빙은 동쪽의 오래된 믿음들을 합성한 위대한 이단 창시자였고, 그 신앙은 사람들 말에 따르면 몰락해 가는 영국을 돕기 위해 버키스 경이 창안한 것이었다. (사람들은 무엇을 할 수 있고 무엇을 이미 할 수 없는지에까지 매달렸다.) 그의 학문은 공식적인 신지학을 사회주의 이전 단계의 너무 약한 중국식 '준비 단계'로서 부인했다. 여기서 그 헛소리는 오로지 소문으로만 들려왔다. 그러나 달리 어떻게 그것을 알 수 있겠는가? 바로 그게 요점이다. 그러나 여기에 대해서는 나중에 이야기하겠다.

개를 쓰다듬는 손길은 점점 더 열정적으로 변했다. 어느 순간 그녀는 고통받는 소년에게 고개를 돌렸다 ― 그녀는 완전히 젊었다 ― 많이 잡아도 스물다섯 살로 보였다 ― 이것은 견딜-수-없다. 톨지오가 몸을 비틀었다.

"왜 그렇게 떨어져 있지요, 게네지프 게네지포비치?* 우리 해방자들의 고립정책을 받아들이셨나요? 치하고 좀

* 본인 이름에 아버지 이름을 붙여 말하는 것은 러시아식 경칭이다. 티콘데로가 공주는 러시아 사람이며 작가가 계속 "이리나 브시에볼로도브나"라고 지칭하는 것도 사실 러시아식 경칭을 그대로 사용한 것이다.

395

놀아 주세요. 강아지가 얼마나 슬퍼하는지 선생도 보고 져
죠." 그녀는 저주받을 조그만 짐승의 길고 숱 많은 초콜릿
털에 빛나는 얼굴을 기댔다. 모든 것이 저주받았다. 저렇게
번 쓰다듬어지기 위해 게네지프는 과연 무엇을 내줄 것인
물론, 하지만 그러면 아무런 의문도 없이 그는 최고의 쾌락
느낄 것이고 단 한순간이라도 자유로워질 것이었다. '나는
혀 없구나.' 그는 측정할 수 없는 고뇌 속에 이렇게 생각했
나, 그것은 이미 어떤 어린아이 같은 만족감의 경계에 있었

　　"아시겠습니까 공주, 저는 동물을 만지는 걸 싫어합니
만약 그 뒤에 할 수 있으면…."

　　"아니 무슨 그런 말씀을! 손을 씻으면 되죠. 선생 친척
은 참 결벽증이시네요." 그녀는 톨지오에게 말했고 톨지오
승리한 듯 소리 내 웃었다. "하지만 근본적으로 당신들 모두
똑같은 돼지죠." 톨지오는 이유를 모르면서도 자지러지게
었다. 게네지프는 최면에 걸린 것처럼 긴 의자로 몸을 끌고
다. 죄수의 표정으로 그는 증오스러운 '중국인' 강아지와 어
하게 놀아 주기 시작했다. 그는 고집을 부리면 더욱 유치하
보일까 봐 두려웠고 이를 악물고 개와 놀았다. 공주도 개와
았지만 그 표정은 장난기 가득한 소녀 같았다. 둘의 손이
주쳤다…. 이미 내면의 충족 과정은 돌이킬-수-없이 시작되
다. 지프치오는 떨어져 내렸다 — 무엇이 그를 기다리는지
고 있었다 — 멈출 수 없다는 것, 터지리라는 것을 알고 있
다. — 그녀도 이것을 알고 있었고 웃었다. '그녀는 왜 저러
거지? 유일하신 하느님, 이 모든 게 무슨 일이람.' 두 명 모

톨지오에게 등을 돌린 순간, 이리나 브시에볼로도브나는 완전히 계획적으로 그의 뺨에 입술을 스쳤다. 입술은 뜨겁고 축축하고 매끄러웠다. 그녀의 혀가 그의 입술 구석으로 움직였다 — 그는 그것을 등뼈와 허벅다리에 마치 불태우는 듯, 쓰다듬는 듯한 전율로 느꼈다. "자, 그럼 가서 손을 씻으세요. 치는 이제 벌써 자고 싶어 하는 것 같네요." (모든 단어가 계산되어 있었고 억양도 마찬가지였다.) "그렇지, 치? 너야말로 내 유일한 친구야." 그녀는 개를 안고 품에 완전히 감쌌다. 밝은색 비단으로 단조한 것 같은 다리, 잔인하고 멀고 자신의 매력을 의식하지 못하는 다리가 반짝였다. 게네지프는 마치 술 취한 것처럼 몇 걸음 옮겼다. (사실 그는 약간 취해 있었으나 이것은 그게 아니었다.) "거기 말고요 — 저쪽, 내 욕실을 쓰세요." 그는 자동기계처럼 몸을 돌렸고 육체의 성역이나 혹은 그 비슷한 곳에 들어와 있었다 — 여기서 저 살아 있는 이시스 여신의 조각상이 우상을 숭배하는 수컷들의 경의를 받을 준비를 하는 것이다. 그도 공간이 아니라면 시간적으로 그렇게 수집된 수컷들 중 하나였다. 그것이 그에게 자신의 유일성과 예외성의 나머지 감각을 돌려주었다 — 그는 어떤 이름 없는 으깨진 덩어리의 한 부분이었고, 아무것도 아니었다. 그러나 신선한 향에 그는 약간 정신이 들었다. '어쩌면 이제 평생 이런 사치는 할 수 없을지도 몰라.' 그는 부차적이고 조그만 두뇌 반구로 슬프게 생각했는데, 그 뇌 반구는 이 짐승처럼 변해 버린 타락한 육체 어디선가 필요 없는 작은 종양처럼 혼자 기능하고 있었다. 하얀 (게다가 잔인한) 손에 의해 문이 열리고 열쇠가 빠져나갔으며 에나멜처럼 반질거리는 눈알이 훔쳐보는 시선으로 그의 앞으로 숙이고 뒤로 내민 몸을 훑고 잠시 동안 슬픔과 공포를, 심지어 절망을 담아 황소와 같은 그의 뒷덜미를 처다본 것을, 그는 물소리 때문에 듣지 못했고, 등을 돌리고 서 있었으므로 보지도 못했다. "이렇게 해야 해." 이리나 브시에볼로도브나는 한숨을 내쉬었다. 문이 조용히 닫히고 열쇠가 열쇠 구멍에서 소리 없이 반대쪽으로 돌아갔다. 지프치오는 얼굴과 손을 씻었고, 약간 제정신이 돌아온 듯한 기분이 들었다. 그는 문손잡이를 잡았다 — 문은 잠겨 있었다. "이 뭐여?"* 그는 온몸을 떨었다. 그는 이렇게 명청한 일이 어떤 가장 본질적인 시리즈의 시작이 되리라고는 사실 믿지 않았지만, 그럼에도 불구하고 불운은 그의 얼굴을 똑바로 쳐다보았다. 그러니까 힘을 시험할 첫 번째 기회는 이렇게 찾아오게 되어 있었던 것이다. 그러니까 여기에 대해서 아버지 — 아, 그 아버지! 무덤 너머에서도 마치 인형극의 인형처럼 그를 조종하고 있었다. 친구!!

"저기요." 그는 떨리는 목소리로 말했다. "열어 주세요. 톨지오, 명청한 '재치' 부리지 마!" 참나무 문 뒤에서 가장 확연하게 웃음소리가 들렸다. 둘 다 웃고 있었다. 다른 문을 통해 복도로 나갈 생각을 그는 미처 하지 못했다.

---

* 원문에서 게네지프는 놀라움을 나타낼 때 포드할레 지역에서만 쓰는 표현을 사용한다.

(그리고 어쨌든 그 문도 잠겨 있었다.) 그는 의자에 올라가 침실을 들여다보았다. (그의 움직임은 파브르의 실험실 곤충들의 움직임처럼 예견되어 있었다.) 이미 그 전에 그는 강렬한 불빛을 눈치챘다. 천장 가까이에서 거대한 불빛이 타오르며 방 전체를 밝혔다 = 저 육체를 위한 숭배의 전당이 눈부신 빛 속에 잠겼다. 그는 색색 가지 크리스털 같은 유리창을 통해, 이상하게 뒤틀리고 색깔에 물든 모든 것을 보았다. 그는 보라색에서 붉은색으로, 붉은색에서 에메랄드빛으로 그리고 사파이어색으로 옮겨 다녔고 가장 확연하게 보았다, 이해할 수 없는 것을 보았다. 믿을 수 없을 정도의 타락과 악취 풍기는 불행의 땅에 그는 거의 부정적으로 (– 표시) 쌓여 온통 올라갔다(그러나 무너지지 않았다 — 이것은 거대한 차이다). 그것도 그녀에 의해서, 이 '로맨스'를 뭔가 그의 '기준'보다, 혹은 사람들이 지금 말하듯이 '패턴'보다 낮은 것으로 여기며 그가 가볍게 경멸했던 그녀에 의해서. 그는 쳐다보았고, 보았으며, 보고 싶지 않았고 눈을 뗄 수 없었다. 마침내 그는 두뇌가 아니라 — 그보다는 온몸으로 — 저 이른바 악마 숭배라고 하는 것이 무엇인지 이해했다. 하녀 주지아는 그에게 존재하기를 멈추었고, 어떤 열기로 가득한 돌풍에 날려 간 것 같았으며, 그녀와 함께 다른 모든 여자들과, 그가 가장 심한 도취의 순간에 몰래 꿈꾸었던 순수한 사랑도 함께 날아갔다. 단지 그녀, 저 지옥 같은 이리나 브시에볼로도브나 하나만이 존재했고, 그것도 어떻게 존재했는지 — 그래

399

도 저 여자 처형인에게 마음대로 하도록…. 마치 불도그처럼 자기 몸 모든 세포의, 영혼의 모든 분자의 정복되지 않은 아름다움과 비열함을 가득 물고…. 저리 가! 혐오스러운 사촌 톨지오, 어린 시절 자위행위의 교수였던 그가 바로 조그만 긴 의자에서 그녀를 소유하고 있었다(너무 좋아서 제정신을 소유하지 못했다). 게네지프는 그 희극성 전체를, 저런 남자들의 남성적 타락 전체를 보았다 — 세 배로 혐오스러운 어떤 홍등가에 있는 살아 있는 포토플라스티콘.* 게다가 바로 그녀가 그에게 이런 처벌을 내린 것이다! 그녀, 그가 그토록 사랑했던(저 증오스러운, 자신의 이성으로 그를 압도하는 마녀). 오, 대체 이 세상에 정의는 어디에 있는가! 그러나 가장 나쁜 것은 바로, 분노, 모욕, 무례, 악의 — 모든 것이 이제까지 알지 못했던, 뭔가 절대적으로 성적인 방식으로 측정할 수 없는 어떤 것에 맞닿은 욕망으로 넘어가거나 변해 버렸다는 사실이었다. 내면의 전환기의 도움으로 얻어진, 하나의 유일한 속성을 가지는 그 어떤 '내용'**이라도 끌어들일 수 있는 비열함의 절대적 경지 — 그 속성은 성즉이거나, 혹은 다른 사람들이 말하듯이, 승적이었다.*** 그는 진실로 어디에 있는가, 이

* 포토플라스티콘(Fotoplastykon) 혹은 카이저파노라마(Kaiserpanorama)는 19세기 말 발명된 기계로, 둥근 통 모양의 기구 주위에 둘러앉아 구멍을 통해 안에서 돌아가는 유리 슬라이드를 구경하는 엔터테인먼트다. 영화의 전신이라 할 수 있으며 20세기 초까지 인기를 끌었다.
** Inhalt. 원문 독일어.
*** 원문에서 '성적인(płciowy)'의 자음을 하나 빼고 'pciowy'로, 혹은 모음을 왜곡해

런 가장 심하게 염병할, 그 증오스러운(이제는 누가 증오하는지도 알 수 없었다.) ─ 그녀처럼 ─ 지프치오는? 뭔가 비열하게 고통스러운 것, 저 개인적인 여자에 의해 혐오스러운 얇은 조각으로 빚어진 것이 있었다. 그러나 그의 개인성은 어디에 있는가? 루지미에쥬 위로 뻗어 가는 야만적이고 마술적인 3월의 하늘에 퍼져 있었다. 이 궁전 전체가 그와 그의 비극과 함께 자연의 위협과 다가오는 사건들을 배경으로 누군가 알 수 없는 사람이 뱉어 낸 조그만 씨 같았다 ─ 그들이 그것을 볼 수만 있었다면. 그러나 그들에게는 그들 자신의 문제와 고통이 우주 전체를 가득 채웠다. 언제나 반복되는 허구를 배경으로 개인적인 중요성을 가볍게 여기는 능력은 그들에게 낯설었다 ─ 그들은 건강한 짐승이었다. 아, 아, 아 ─ 그러나 '저 남자'(누군가 존재할 권리를 절대로 갖지 못한 사람 ─ 무자비하게 지옥에 떨어질 인간)는 마치 마지막 짐승처럼 욕망을 충족시키고 있었고 그녀는 (오 위협이여!) 그 깊이를 알 수 없는, 이해할 길 없는 쾌감을 바로 이 순간에 그와 함께 즐기고 있었으며, 이 순간은 저 남자를 위해 그에게서 이토록 잔인하게 그녀를 앗아 갔다 ─ 원이 닫혔다. 완전히 믿을-수-없는 끔찍함. 톨지오의 움직임이 빠르고 우습고 바닥 없이 멍청해졌다. 어떻게 부끄러워하지 않을 수 있지?! 그 배설물 같은 애송이, 이미 그렇게 여러 번이나 자기 자신보다

'pełciowy'로 표현했다.

웃자란 그 지프치오의 모든 감정과 경험이 하나의 무체계적이고 끈적하고 냄새 없는 '성적인 덩어리'가 되어 붙어나서 마치 수족관 유리에 붙은 용종처럼 창문에 붙어 있었다. 원시성으로는 심지어 '아메바'에게조차 전혀 뒤떨어지지 않았다. 공주는 톨지오를 다리로 껴안고 (그 다리는 지금 이 순간 얼마나 아름다운가 — 전례가 없었다.) 그런 뒤 둘은 움직이지 않고 굳어진 채 거의 죽은 듯이 오랫동안 있었다. (그가 보고 있다는 사실이 [그녀는 확실히 알고 있었다.] 이러나 공주를 이제까지 없었던 광기의 지경까지 흥분시켰다. 이미 한번 이런 일을 해 보았다. 이 정도로 성공하지 못해서, 그때의 남자는 도망쳐서 숲속에서 자기 배를 총으로 쏘았다 — 여기에는 확실한 삶이 있었다 — 그녀는 그에 대해 두려워하지 않았다.) 창문 유리에 거의 달라붙다시피 해서 마찬가지로 움직이지 않고 지프치오도 가만히 있었다. 지금은 노란색을 보고 있었다 — 그편이 가장 잘 보였다. 그는 가능한 한 잘 보고 싶었다, 몹시 원했다 — 만약에 이미 대체로 이렇게 되었다면, 기왕에 가장 좋은 조건을 원했다. 그런데 저 둘은 일어나서 둘 다 옷을 벗기 시작했다 — 빠르게 — 열띠게. 게네지프는 이 세상의 것이 아닌 듯한 그 장면을 눈으로 (그리고 눈을 통해 온몸으로) 집어삼켰다. 자기 안에서 (그리고 그를 통해 간접적으로 세상에서) 너무나 무시무시한 것을 발견해 그는 영적으로 벙어리가 되었다. 그는 이미 자기 자신이 아니었다. 자아의 감옥이 터져 버리고 개인성이 탈출했다. (이런 순간을 의식적으로 이용하다니! 그는 그러기에는 너무 멍청했다.) 꽉 뭉치고 충혈된 덩어리들이 그의 뇌에 떨어졌고, 내면에서 뭔가 그 자신의 안에 자리 잡을 수 없는 어떤 것이 뚫고 찢었다. 그것은 아마도 (물론 아마도이다 — 아마도성) 고문당하다 죽는 것보다 더 나쁠 것이다. 그는 머릿속에 뭔가 살아 있는, 한량없이 빠르게 움직여 대는 용종을 느꼈는데, 그것은 그 촉수로 그를 산 채로 먹으면서 꾸물거리는 폭넓은 입술을 욕정적으로 다셨다. 그는 순간 의식을 잃었다. 그러나 믿을 수 없고 이해할 수 없는 해악의 현실적인 형상은 지속되었다. 그는 지금에서야 존재의 잔혹성과 어머니를 제외하면 아무도 그에게 신경 쓰지 않는다는 사실을 이해했다 — 그가 미칠 듯이 고통받는지 아닌지, 이 세상 전체에게는 완전히 '아무래도 좋다'* — 이 단순한 사실을 그는 처음으로 깨달았다. 그는 그녀의 벌거벗은 다리와 뻔뻔스럽고 젊고 건장한 상대방의 형체를 쳐다보았다. 둘 다 완전히 나체인 채 침대에 뛰어들었다. 모든 것의 끔찍함이 차갑고 투명해졌다 — 걷잡을 수 없는 물결이 되어 그를 '통과해'** 지나가서 이 무법성에 대해 다른 행성들에도 알리기 위해 '세상들'로 나아갔다. 한편 저 둘은 마치 광기에 찬 거미들처럼 굴러다녔다…. 게네지프는 이것을 견디지 못하고 갑작스러운 동작으로 옷을 입은 채 자신을 정리했다. 터졌다. 갑자기 그에게서 모든 것이 벗

* ganz Pomade. 원문 독일어.
** na durch. 원문 독일어.

403

겨져 떨어졌다— 뭔가 거대한, 살아 있는, 독립적인 존재
로 살아가는 가면이 조용히 즐겁게 웃으며 여기 바닥의 하
늘색 타일에 떨어졌고, 무시무시한 용종은 쭉쭉 빨기를 멈
추고 마치 조그마한 벌레처럼 두뇌의 주름 사이로 숨었
다— 대재앙 이후 남아 있는 그 두뇌의 나머지 속으로. 그
러나 비열한 '저것'은 그를 전혀 가만히 놔두지 않았다. 그
는 저 괴물 같은 마녀가 결정적으로 그의 핏속으로 기어들
어 왔으며 그에 대한 싸움은 목숨을 걸고 해야 한다는 사
실을 지금에서야 비로소 느끼며 더욱더 절망했다. 악마 숭
배의 분량은 처음치고는 너무 컸던 것 같았다. 저 오후의
깨어남과 관련된 그 원시의 (혹은 영원한) 기괴함의 영역
에서 뭔가 그의 안에서 영원히 망가졌다. 그는 아직도 불
행의 규모를 이해하지 못했으나, 그 불운은 그의 의식과
는 관계없이 어딘가 깊은 곳에서 자라났다. 어색하게 (분
명 자기 자신에 대한 혐오의 결과로) 그는 의자에서 기어
내려와 거울을 바라보았다. (저기, 조금 전까지도 모든 지
옥 중에서 가장 지옥 같았던 곳에는 침묵이 흘렀다.) 그는
너무나 무시무시하고 혐오스러워서 거의 알아볼 수 없는
자기 얼굴을 쳐다보았다. 냄새 없는 어떤 광기에 꺾여 버
린 낯선 눈이 돌이킬 수 없는 타락의 모든 비난 사이로 한
순간 고집스럽게 놀리듯 바라보았다. 그 시선이 놀리는 것
같았다는 사실이 그에게 최악의 인상을 남겼다. 자기 자
신 안에서 누군가 다른 사람이 그를 쳐다보았다— 누군
가 알 수 없고 낯선, 혐오스럽고 측정할 수 없는(어쩌면 이

404

것이 가장 나빴다.), 적대적이고 불한당 같고 약한 사람이. (아, 이것, 이것이 가장 나빴다!) '그래— 이제 내가 널 죽일 거다.' 그는 그 다른 사람에 대해 생각했다. 그리고 거울을 향해 예전 방식으로 강한 의지의 표정을 지어 보였다. 표정은 성공하지 못했다. 뭔가 낯선 힘이 그를 의자 위로 끌어올렸고 다시 한번 '저쪽'을 보라고 명령했다— 이번에는 녹색이었다. 이제 그는 자기가 본 것에 대해 근심했고 거기에 대해서 솔직하게, 진심으로 화를 냈다. 저들은 무슨 짓을 꾸민 것인가, 저 제멋대로인 치들은! 이미 "제멋"이 아니라 그를 이용해서 저들은 완전히 미친 것처럼 날뛰고 있었다. 무기력한 분노가 그를 어두운 욕망의 새로운 폭발로 이끌 뻔했다— 심지어 한순간 그에게 건강하지 못한 생각이 덮쳐 왔는데, 그 생각은 어쨌든 그도 (지금 보고 있는 것에 대해) 다시 한번 저 소소한 쾌감이라도 스스로에게 만들어 줄 권리를, 절대적인 권리를 갖고 있다는 것으로, 어쨌든 그것조차 이 (이런!) 상황을 배경으로는 건강하지 못할 것이기 때문이었다. 한때 학교에서 그와 비슷한 이야기를 들은 적이 있었다. 그는 몸을 떨고 기가 꺾인 채 의자에서 괴물같이 기어 내려왔다. (아, 맞다— 문은 잠겨 있었다!) 한편 저쪽 사람들은 광기에 진이 빠져서 죽은 듯이 누워 있었다. 이리나 브시에볼로도브나는 '악마와 같은 조그만 술수'*의 계획성에도 불구하고 흥분해서 의식

---

* демоническая штучка. 원문 러시아어.

적으로 게네지프의 괴로움을 마치 내장을 끄집어내는 듯한 광기의 지경으로 몰고 갔다. 심지어 오래전의 '개처럼 경멸하던' 톨지오도 그녀에게 이 순진한 잔혹성을 배경으로는 누군가 다른 사람처럼 보였다 — 짜증스럽게 비열하고 무슨 일인지 아주 잘 이해하며, 모든 동작에서 자신이 무슨 일을 하는지 아는 그런 인물. 아니다 — 저 외무부는 좋은 학교다 — "잘했다,* 톨지오". 그러나 또한 '흘러가 버린' 삶에 대한 아쉬움이 모든 것을 덮고 태평한 순간을 시큼하고 씁쓸한 뒷맛으로 혼탁하게 섞어 버렸다. 이제 그녀의 저 가장 아름다운 소년, 가장 소중한 골칫덩어리가 그녀에게 돌아올 것인가! — 그는 저 조그만 의자 위에서 얼마나 고통받고 있을 것인가… 왜냐하면 그가 저 의자에 서서 들여다보고 있다는 것에 대해 그녀는 확실히 알고 있었기 때문이다. 심지어 의혹의 그림자조차 그녀의 머릿속을 스쳐 가지 않았다.

게네지프는 복도로 나가는 문을 마치 머리가 돌아 버린 것처럼 두들기기 시작했다. 조금 뒤 예고르가 경멸과 냉소를 담아 눈을 똑바로 쳐다보며 그에게 문을 열어 주었다. 그는 게네지프를 대공의 옷장 옆에 있는 조그만 방으로 데려갔고, 그곳에서 게네지프는 다시 한번 바지를 갈아입었다.

"주지아 있나, 예고르? 내가 중요한 볼일이 있는데."

* a молодец. 원문 러시아어.

(그는 저곳에서의 경험에 대한 해독약으로 그 자리에서 당장 하녀를 유혹하고 싶었다. 이미 모든 것이 저열함의 회색 영역으로 들어섰다. 예고르는 즉시 그를 이해했다.)

"아뇨, 도련님. 주지아는 고인이 되신 도련님 아버님의 양조장에서 열리는 만인 공개 무도회에 갔습니다." 예고르는 음울하게 대답했다. (어째서? 아 ─ 거기에 대해서 얘기한다면 말할 것이 너무 많으리라. 게다가 '하인'*의 심리에 대체 누가 그렇게 진정으로 관심을 갖겠는가. 심지어 그들 자신에게도 관심이 없는데 ─ 그들은 오만한 백작 부인과 왕자에 대해 읽는 것을 더 좋아한다.) (오늘 공장이 노동자들의 소유로 전환되는 행사가 열렸고, 이와 관련해 늙은 카펜에 대한 걷잡을 수 없는 열광이 터져 나왔다.)

게네지프는 내면적으로 기가 꺾이고 술 취한-자위 행위적 '불운'**('숙취'*** '술 마신 뒤 영혼의 부대낌' '술병' '숙취' '술 마신 뒤 양심의 고통' '술의 비난' '바문'**** '골짜기')에 물리적으로 기진맥진한 채 또다시 황무지를 가로질러 집 방향으로 걸어갔다. 지금에서야 비로소, 이유는 알 수 없지만, 마치 바로 불운 때문인 양, 그는 자신이 처음부터 공주를 욕망하기보다는 사랑했다는 사실을 확

* лакей. 원문 러시아어.
** Katzenjammer. 원문 독일어.
*** похмелье. 원문 러시아어.
**** 358쪽 주 참조.

신했다. 사랑의 감정에 대한 분석 자체가 이 세대에게는 완전히 낯선 일인데, 이 위협적인 순간에 그에게도 도움이 될 수는 없었다. 그 많은 세대들에게 대단히 불쾌한 방법으로 그 많은 이빨을 부러뜨리고 그 많은 단어를 망치게 했던 그 감정을 진정으로 해부할 가치가 있는 것인지? 우리 솔직하게 말하도록 하자, 이것 하나만은 '분석 불가능' = '언애널라이저블'*이다. 그 사랑에 가해진 부당함은 이 순간에 태우는 듯한, 물어뜯는 듯한, 찌르는 듯한 방식으로 가장 그를 괴롭혔다. 다른 차원에서는 비로소 상처 입은, 굴욕당한, 닳아빠지고 쓰라린, 혐오스러운 몰락의 상징, 태어날 때부터 지옥에서 온 그 내장 기관, 이른바 성기가 고통받았다. 아 — 주머니칼로라도 좋으니 이 모든 것을 잘라 내 버리고, 이 굴욕의 가능성을 영원히 제거할 수 있다면. 저주받을 부속물! — 최소한 이것을 가운데에 감추고 있지는 않았으면 — 더 예쁘고 안전했을 것이다. 그는 이 천치 같은 발상의 창조자에게 화가 나서 거품을 물 지경이었다 — 아주 실용적으로 발달시켰군 그래, 호, 호 — 게다가 얼마나 빠른가! 그 한 번의 바보 같은 밤에 그는 다른 사람들이 몇 년 혹은 십수 년의 시간 동안 알게 되는 삶의 영역을 알았다. 그러나 무엇보다도 그는 어째서 (아, 어째서?) 그녀가 그런 행동을 했는지 이해할 수 없었다. 어쨌든 그는 그녀에게 착했고 그녀를 사랑

* unanalys[z]able. 원문 영어.

했으며, 만약 젊음의 어리석음 때문에 뭔가 바보 같은 말을 해서 기분을 상하게 했다면 그녀가 할 일은 이토록 잔혹하게 그를 벌주는 대신 용서하고 옳은 길로 이끌어 주는 것이었다. 모순되는 감정들의 덩어리가 마치 혐오스러운 벌레들의 무리처럼 그의 존재 밑바닥을 덮쳤는데, 그곳은 고름이 가득하고… 빨갛게 부어 있었다. 그를 둘러싼 세상 전체가 그가 익숙해 있던 그 평범한 세상에서 그토록 다르게 보여서, 그는 저것이 어린 시절부터 그토록 잘 알고 있던 전나무이고, 노간주나무이고 블루베리 덤불이라는 것을 도저히 믿을 수가 없었고, 무엇보다도 하늘은 지금 낯설고 그 봄-새벽의 지루하고-번민에 찬 흐릿함 속에서 비웃는 것처럼 보였다. 모든 것이 구름과 함께 서둘러 저 멀리 흘러갔고 (오, "저"라는 단어는 얼마나 혐오스럽고 수치스러운가.) 그는 갑자기 가치를 잃어버린 세상에 모래사장의 물고기처럼 남겨졌다. 그는 어느 전나무로 다가가서 거칠거칠하고 껍질이 벗겨진 줄기를 문질러 보았다. 손에 만져지는 느낌은 시각적인 부분의 그 완전한 기묘함의 일상성 속에서 낯설었다. 그 두 가지 속성의 세계들은 서로 나란히 매달린 채 서로 동일한 체계의 하나의 환영을 만들어 내지 않았다. 게네지프는 머릿속에서 어쨌든 뭔가 좋지 못하다는 느낌을 받았다. 그의 영혼의 요소들은 어느 것 하나도 제자리에 있지 않았다 — 모든 것이 마치 이웃집에 놓인 화재 피해자들의 짐짝처럼 강요된 경험으로 인해 확장된 자아의 낯선 장소 안에서 제 위

409

치에서 벗어나 뒤섞인 채 흩어졌다. 그러나 무엇보다도 그는 자기 안에, 순전히 실용적인 차원에 완전히 미지의 심연이 존재해서, 자기 자신에 대해서 실질적으로 긍정적인 것은 아무것도 알지 못하고 알 수도 없다고 확신했다 — 완벽한 측정 불가능성. (해결책은 하나였다 — 스스로 삶을 영원히 거부하는 것. 그러나 그는 그 필연성에는 아직 도달하지 못했다.) 이와 관련해 그가 지금 마치 유형을 당한 방랑자처럼 걸어 다니는 그 낯선 세계는 — (어린 시절 보았던 그림 속 방랑자다, 숲, 누군가 눈 속을 헤치고 나아가고, 위쪽의 '어린이 작품'*에는 만족해 보이는 사람들이 저녁 식탁에 둘러앉아 있는데, 어떻게 보면 심지어 크리스마스이브로도 보였다 — 김이 나는 수프 그릇과 천장에 걸린 등불, 그런, 그런 것이 언젠가 있었던 것도 같다). 지금 그는 처음으로 어머니를 그리워했다 — 집에 도착한 뒤로 처음이다. 그는 잠재적인 감정들에 대한 거대한 대가로 이미 자신이 저 여자한테 사로잡혔다고 느꼈다 — 영원히 잡히지 않았으리라고 누가 알겠는가. 어쩌면 심지어 그녀의 '퇴진' 이후에도 그러할지도 모른다. 그는 인체 해부도 위에 놓인 양철 군인 인형이라는 형태로 그녀를 상상했다 — 이미 앞으로 아무것도 자라나지 않는 영원히 황폐해진 지역.

　　새벽빛이 점차 밝아졌다. 그러니까 저 고문이 그토

---

* laurka. 아이들이 그림을 그리고 좋은 일이 있기를 비는 기원을 적어 어른에게 선물하는 종이를 말한다.

록 오랜 시간 지속된 것이다! 어쨌든 뭔가 결심을 해야 했다. 욕망이 가장 멀리까지 폭발하는 것은 지옥과 같은 알 수 없는 긴장감 속에 점심 식사를 마친 후라는 건 알 수 있었다. 자극적인 이미지는 잠들었으나 어느 순간이라도 깨어날 수 있었다. 아하 — 그러니까 좋다, 그녀에게 다시는 찾아가지 않을 것이다. 그리고 즉시 드는 생각은, 사실은 이것을 진지하게 대하지 않을 수도 있다, 사랑하지 않고, 가장하지 않고, 마치 어떤 고급 매음굴에 가듯이, 그 외에는 아무것도 더 쏟아 넣지 말고…. 그리고 마찬가지로 즉각 그는 이미 탈출구가 없는 — 아마 삶이 끝난 뒤에나 있겠지 — 더 고차원의 늪으로 그를 끌어들이려는 그 생각의 거짓을 느꼈다. 안 된다 — 확실한 굴욕을 안고 살아갈 수는 없다. 완전한 소멸에도 불구하고 그의 내면에 뭔가 '인간적인' 것이 있었고, 평온한 물을 미친 듯이 때린 뒤에도 뭔가 남아 있었다. 불쌍한 소년은 자신이 걸려 쓰러진 암초에서 일어나려면 불쌍한 공주를 얼마나 대가로 치러야 하는지 모르고 있었다 — 그는 자신의 어찌 됐든 저열한 생각은 잊어버리고 공공연한 불의에 화가 났다. 자기 자신에게 저 응급 구조의, 항균 처리의, 둥근 고리 형태의 (자기 꼬리를 물고 있는 뱀) 수술을 행한 것을 그는 얼마나 '열띠게' 후회했던가 — 단순히 말해서 '수컷이 된' 것을. 그는 판단력의 (일시적인) 평온함을 얻었지만 그 대가로 미래에 위험하게 몸을 바쳐야만 했다. 그 때문에 그는 자신감을 가질 수 없었다. 그런데 만약 그것이

411

똑같은 힘으로 폭발할 것이라면, 그의 눈앞에서 뻔뻔하게 굴러다니는 저들을 바라볼 때는 무엇이었단 말인가? 그리고 저 사악한 선생, 저 다름 아닌 톨지오가, 그 상황에서, 그리고 그는, 어린 시절에 배운 것을 이용해, 저 톨지오가…. 이 무슨 불명예인가! 어쨌든 그는 모든 일을 미리 알았어야 했다. 저 괴물은 분명히 어떤 이야기로 그를 흥분시켰다. 아아! 그는 '속'에서 느껴지는 견딜 수 없는 고통에 거의 신음할 뻔했다. 그 고통은 마치 감자를 깎듯이 그를 뚫어 개인성의 감각을 '잃지' 않게 하기 위해서 영혼의 얇은 껍질만을 유일하게 남긴 채 소멸시켰다 — 나머지는 그저 고통스럽고 가려운 무(無)일 뿐이었다.

이유는 알 수 없지만 처음으로 그는 저 엘리자를 떠올렸는데, 그는 공주의 첫 저녁 파티에서 그녀를 알게 되었고 그때는 신경조차 쓰지 않았다 — 그러니까 즉, 가능한 미래의 아내로서 엘리자에 대해 생각했으나 그것은 대체 얼마나 시들하고 중요하지 않은 차원이었던가. 그러나 그럼에도 불구하고 — 이상한 일이다 — 그녀의 형상은, 사그라드는 오라바 지역 돌풍의 숨결에 둔하게 소리를 내는 숲을 처음 눈으로 보았을 때처럼 낯선 색채를 띠며 계속 남았다. 약간 회갈색을 띤 분홍빛 구름 사이에서 녹색으로 보이는 하늘을 배경으로 달의 한 조각이 떠올라 빠르게 동쪽으로 움직였다. 누군가 위대하고 알 수 없는 사람이 (어딘지 모를 곳으로 떠나가는) 이 바람 부는 새벽과 멀리 사라져 가는 보이지 않는 부호들과 함께, 점점 밝아지는 새벽빛 속에 기묘하게 보이는 세상에서 운명을 써 냈다. 그러나 그 위협적이고, 벙어리처럼 소리 없지만 외쳐 부르는 부호들의 의미는 그 자신의 내면에 있었고 그는 공간화된 시간의 가장 먼, 영원 그 자체까지 이르는 구석구석 속에 있는, 현재의 분리할 수 없이 지속되는 온전한 끔찍함의 밑바닥에서 그 부호들의 영구 불멸한 의미를 이해했다. "의식적으로 구원을 찾지 말 것 — 나 스스로 자신을 구원해야 한다." 이 사실은 루지미에쥬 풍광이라는 양념 속에서 운명적 순간의 위대함 속으로 흡수되었다. 마치 거대하고 치명적으로 지쳐 버린 짐승이 누워서 멀리 떨어진 지평선에 쓰러져 버린 것 같았고, 그 짐승은 달리 더 나은 것이 없으니 이제 음울한 숲으로 테를 두른 멀고 슬픈 루지미에쥬 풍광의 지평을 대표하는 것 같았다. 조그맣고 비참한 (그래도 어쨌든) 매력이 말라빠지고 젖도 나오지 않게 되어 버린 존재의 젖가슴에서 뿜어져 나와 어딘가 무기력하게 누워 있는 산 너머까지 튀었다. 그리고 곧 그 뒤에는, 뭔가 돌이킬 수 없고 되돌릴 수 없이, 뭔가 절망적으로 회복-불가능-한 일이 일어났다는 잔혹한 절망이 찾아왔다, 이제는 절대로 진짜 사랑을 알 수 없을 것이다 — 절대로, 절대로…. 그는 처음으로 이 심연과 같은 단어의 의미를 이해했고 마찬가지로 처음으로 죽음이 규정할 수 없는 개인적인 저 세상으로부터 날아와서 공식적으로 그에게 자기를 소개했다 — 어떤 의심스러운 유명한 여신으로서 빛나는 모습이 아니라 그저 현학

413

적인 인물로서, 약간 남성적이고, 모든 것을 정리하고 사방을 이상하게 둘러보면서, 끔찍할 정도로 지루하고 순전하게 학문적인 방식으로 권위적이고 견딜 수 없는 — 완벽한 무의 지속으로서의 죽음. 마치 조그맣고 아무에게도 필요하지 않은 램프가 꺼지듯이 주위에서 생명이 죽어 갔다 — 거기에는 위대함이라고는 아무것도 없었다. 지친 얼굴에 검은 부젓가락이 마치 화덕 속이나 아니면 사진 원판 속에서처럼 파고들어 왔다 — 이쪽으로부터는 과거에 있었던 미성숙한 감정들이 — 저쪽에서는 의심의 추악한 휴경지에서 검게 덩어리지는 생각들이. 척 — 획, 그리고 — 새로운 지프치오가 태어났다. 밤이 없었던 그 치명적인 저녁-새벽은, 그가 그 마녀에게 돌아가느냐 마느냐, 혹은 또한 그녀를 정복할 힘을 가질 것이냐 말 것이냐(그는 그것이 그저 '트릭'이었을 뿐이며 돌아가는 길은 열려 있다는 사실을 지금 이해했다 — 그것이 가장 치명적이었다.)와는 상관없이, 이전의 시간이 아니라 이 염병과 같은, 천문학적으로 지정된 시간의 한 조각이 진실한 감정의 가능성으로부터 그를 영원히 갈라놓았다. 모든 것이 거짓말을 해서, 마치 내면의 간편한 칸들이 모두 김이 서린 것 같았다 — 습기, 그 뒤에는 더러움, 그리고 그 후에는 심리적인 악취와 저열함 속에서 비벼 댄 앞발들 — 그런 발에는 이미 깨끗하고 아름다운 것은 아무것도 잡을 수 없다 — 모든 것에 혐오스러운 발가락의 흔적이 남아서, 최후의 심판에서 영혼의 범죄에 대한 지문 검사를 하기에 편리하다 — 모든 사람이 삶의 어느 장소에선가 그런 심판을 받게 되는데, 단지 거기에 대해서 가끔 모를 뿐이다. 뭔가 무시무시하고 '열정적인' 회개와, 다른 무엇보다도 저곳에 돌아가지 않는다는 이 순간의 절대적인 확신이라도 있다면 — ("저곳"은 그녀가 아니라, 단지 그보다는 그것—) — 자, 1초만 더 힘을 써서, 자아아! 읍! 으으으으…(마치 숲속의 나무꾼들처럼) — 그러나 사그라드는 의지로 영혼의 모든 구멍에서 확신을 짜냈는데도 불구하고 그 확신은 다가오지 않았다. 아무도 도와주지 않았고 주위를 둘러싼 풍경도 마찬가지였다 — 하늘은 무관심하고 다른 것들만큼 높이 솟은 채, 이런 일들에는 무관하여 돌풍과 함께 멀리 도망쳤다 — (어쩌면 햇빛 밝은 새벽이었다면 모든 것이 다르게 흘러갔을까?) — 땅은 냉담하고 적대적이고 가시 돋쳐 있었다. 그는 전날 저녁의 술 취한 망각 속에 모든 것을 잃어버린 시궁창 속 벌거벗은 주정뱅이처럼 마침내 깨어났다. 새로 시작해야만 했다.

# 가정사와 운명

게네지프가 옆길을 통해 이제 가족들이 그 비참한 방 세 칸을 얻어 살고 있는 궁전의 왼쪽 별채에 들어섰을 때는 이미 사방이 완전히 보였고 심지어 가벼운 구름 사이로 창백하고 노르스름하고 시체 같은 해가 빛났다. 그는 릴리안에 대해 자기답지 않은 어떤 따뜻한 감정을 느꼈고 그다음에는 어머니에 대해 생각했다. 그는 참으로 다정하고 착하고 눈물겨운 타협을 해서 '엄마한테' 모든 것을 이야기하고, 착한, 아주 착한 아들이 될 수도 있었고 (릴리안을 위해서도 마찬가지였다.) 그러면 어쩌면 그래도 모든 것이 되돌려져서 그는 그 괴물을 정복할 수도 있었는데, 괴물의 한쪽 부분은 저기 티콘데로가의 성에 남아 있었고 다른 부분, 그와 하나로 연결된 그 부분은 그의 내면으로 자라나 그의 짐승 같은 인격의 가장 본질적인 악의 근본에 스며들어 있었다. 그는 지금처럼 강력하게 분할을 느껴 본 적이 없었다. 거의 물리적이었다 — 몸과 머리의 오른쪽 절반은 (생리학 이론에 어쨌든 어긋나게) 다른 사람에게 속해 있었고, 그 사람은 그래도 모순 없이 그 자신이었다 — 왜냐하면 오로지 직접적으로 주어진 하나의 개인성의 기반 위에서만 분할이 인정받기 때문이며, 그것은 바로 그 일원성의 테두리 안에서 특정한 콤플렉스의 이동의 불균등성이다. 그의 그 오른쪽 절반은 험상궂고 거친 사내의 강철 같은 앞발이었는데, 삶의 검은 힘에 대항하여 자라나 있었다 — 왼쪽은 예전 그 소년의 시체였는데, 욕정으로 가득한 벌레들의 덩어리로 변해 있었다. 무관심하고 무기력한 '고위 관리자'*는 그 두 부분이 무엇을 시작하는지 전혀 알지 못했다 — 그것은 그 부분들 위로 마치 '심연 위의 영혼'처럼 떠 갔다 — "태초에 **심연**이 있었다".** 어머니에게, 오로지 어머니에게만(그곳에 시작의 일원성이 있었다 — 아버지는 이 세상들의 경계선에서 위협적인 그림자처럼 변해 [그는 먹구름 속에서 아버지를 보았다.] 세상 전체의 크기로 웃자라서 삶을 수단으로 삼아 위협했다 — 그가 원하는 그대로, 다르게는 안 되고, 그걸로 끝이다.), 엄마에게만, 오래전 그랬듯이, 모든 갈라짐을 (심지어 묻을-수-없는 심연을 가리고 있는 종류조차) 붙일 수 있는 모든 것의 연결 지점에게만. 지프치오는 자기 자신의, 비참한 먼지 한 톨의 중요성의 매력을 제대로 평가하지 못했다 — 마치 어린아이처럼 이 순간을 즐겼을 것이다 — 그러나 그는 아버지에 의해 조직된 인위적인 배양기에서 성숙해 가는 애송이일 뿐이었다. 거기에, 최근의 사건들을 배경으로 다분히 추악한 마지막 허약함이 있었다. 어머니들은 전반적인 여성들의 저열함에서, 특히 이렇게 '악마적인' 조미료를 뿌린 종류에서 예외가 되어야 한다. 하지만 쉽지 않다 — 이번에

---

* Oberkontroler. 원문 독일어.
** au commencement BYTHOS était. 원문 프랑스어. '심연', '깊이'를 뜻하는 그리스어 뷔토스(bythos, Βυθός)는 '존재', '삶'을 뜻하는 폴란드어 단어 'byt'를 포함하고 있다.

그것은 피해 갈 수 없게 되었다.

　　그러나 여기서도 지프치오는 패배를 맛보았다 — 텐 기에르가 말했듯이, "하느님이 그에게 새로운 주사기를 주었다". 그는 릴리안의 방에 들렀다 —(문은 언제나 그렇 듯이 열려 있었다). 여동생은 몸을 웅크리고 더없이 아름 답게 다듬어진 입술을 약간 벌린 채 (입을 벌린 건 지금이 고, 아름다운 건 물론 언제나 그러했다.) 보기만 해도 배 가 부른 금빛의 '넉넉한 머리채'를 — 그는 그렇게 생각했 다 — 베개에 흩뜨린 채 자고 있었다. 여동생에 대하여 뭔 가 어떤 관능과 비슷한 것이 그의 안에서 떨렸다 — 저 다 른 여자들만 아니었다면, 그저 그녀 하나였다면 —(이미 공주는 그의 생각 속에 여럿으로 늘어나서, 여자들[뱀들], 여자로 둘러싸인, '전반적인 여자성'*이 되었다.) 세상은 어쩌면 깨끗했을 것이다. 그리고 즉시 그의 머릿속에서 릴리안과 엘리자가 합쳐졌고 (오 이상하다!) 더 나쁜 것은, 그 자신도 그 두 여자와 동일시되어 그는 그 두 명의 처 녀다운 깨끗함과 어떤 혐오스러운, 어쩌면 그보다 더 나 쁜 험상궂고 거친 사내와의 위대하고 진실한 사랑에 대 한 희망을 무시무시하게, 정말로 무시무시하게 질투했다. 엘리자에 대해서 그는 감히 더 이상 생각하지 못했고, 어 쩌면 그저 그에게 그녀는 이 순간 아무 상관이 없었을지 도 모른다 — 그녀는 상징이었다. "여성들의 심리는 대체

* всеобщее бабьё. 원문 러시아어.

418

로 흥미로울 게 없다—거기에 대해 떠들 일이 뭐가 있겠는가."—그는 스투르판 아브놀의 의견을 떠올렸고 한없는 안도감을 느꼈다. 궤양으로 뒤덮인 심장에 얹혀 있던 진부한 돌이 떨어졌다. (하느님께 감사할 일이다, 왜냐하면 무서운 일이 그를 기다리고 있었기 때문이다.) 그는 자신의 순수함을 미칠 듯이 아쉬워했다. 그러나 저 아무렇게나 누운 짐승의 형상이, 어쩌면 지금도 저 초강력 요힘빈*에 중독된 톨지오와 함께 몇 번인지 모를… —오! 이건 견딜-수-없다!! 그것도 릴리안의 '조그만 얼굴'과 그 생각들을 배경으로. 전립선에서 두뇌까지 마치 벌겋게 달군 막대로 찌르는 것 같았다. "엄마에게, 엄마에게." 그의 내면에서 혐오스러운 어린 소년의 목소리가 칭얼거렸다. 그리고 지프치오는 그것을 자기 본질의 양심 가장 밑바닥의 가장 깊은 목소리로 받아들였다.

그는 어머니의 방으로 들어가는 문을 밀었고 (열려 있었다.) 어머니가 거의 완전히 나체로, 잠든 불그스름한 금발의 털북숭이 미할스키와 껴안은 채 마찬가지로 잠들어 있는 것을 보았다. 이런 개 같은!** —이것만으로 이미 너무 심했다—이것만으로도 이미, 뭐라고 하든, 불운의 어떤 확장이다—이렇게는 정말 안 된다.

노르스름한 햇빛이 허름한 하얀 커튼 사이로 '흘러 들어 와' 침대 속 두 사람의 윤곽을 섬세하게 비추었다.

* 식물성 알칼로이드의 일종으로 최음제이다.
** nom d'un chien! 원문 프랑스어.

두 사람은 마치 조각상 같았다. 조각상 두 점이 어딘가에서 무심하게 어떤 받침대나 단상에 서 있다가 갑자기 버티지 못하고 서로 얽혔다―이 포옹 속에서 뭔가 그렇게 일어날 법하지 않은 일이 (물론 지프치오의 관점에서) 일어난 것 같았다. 그는 이해하지 못한 채 (혹은 심지어 '미이해성'을 가지고) 차갑게 호기심을 가지고 이것을 바라보았는데, 마치 무서운 소식을 듣고 그 충격에 멍해진 사람이 아직 그 소식의 의미를 완전히 이해하지 못한 것과 같았다. 두뇌는 관자놀이의 고수머리처럼 나선형 모양으로 두개골 표면에서 꼬였고―조금 뒤에는―천장까지 솟구쳐 올라 별관 천장의 천치 같은 장식들에 끼었어질 것 같았다. 이것을 위해서, 고인이 된 아빠 카펜은 상속인인 아들이 별관의 '화장실'에서 자기 어머니가 그 재산 전체를 청산하러 온 사람과 구역질 나는 '애정 행각' 속에 잠든 모습을 볼 수 있게 하기 위해서 이 별채를 무슨 공무원들에게 내준 것이다. 분명하게, 가장 분명하게, 그들은 정신을 잃을 때까지 퍼마시고 오랫동안 붙잡아 두었던 감정들을 무시무시하게 풀어놓은 뒤에는 둘 다 자신이 어디에 있고 누구인지도 알지 못한 채 잠든 것이다. 침대 곁 탁자에는 다채로운 식탁보가 덮여 있었는데 (카펜 부인은 부조화를 인정하지 않고 예전의 재산과 겉보기에라도 비슷한 게 있으면 전부 다 팔았다.) 그 위에 과일, 샌드위치, 뭔가 빈약한 마요네즈, 상표에 커다란 방패 모양 문장과 백작 부인의 왕관이 그려진 보드카 빈 병과 아직 다 마시지 않은 포도주 두 병이 놓여 있었다. 기묘한 섬세함으로 맥주는 없었다 — 얼마 전 만들어진 카펜 가문의 문장은 (다른 종류의 맥주를 마시는 건 루지미에쥬에서는 어쨌든 완전히 불가능했다.) 이 조합에서는 불협화음의 정점이었을 것이지만, 맥주병의 상표 스티커는 아직까지 바뀌지 않았다. 공식적인 음주와 방탕의 파티 — 게다가 게네지프는 불운하게도, 삶의 저열함에 대한 해독제로서 그 어느 때보다도 더 어머니의 도움을 필요로 하는 바로 지금 이것을 보아야만 했던 것이다. 그는 거의 1천 볼트의 전류가 흐른 것처럼 내면에서부터 수치심으로 불타오른 채 몸을 움츠렸다 — 황소처럼 움츠렸다(?). 얼굴이 달아오르는 대신 그는 창백해졌다. 그는 어머니의 '따뜻한', 갈색의 반들거리는 속옷이 방구석의 녹색 소파에 걸쳐져 있는 것을 보았다. 게다가 이걸 지금, 지금…! 도저히 가라앉힐 수 없는 증오가 그의 존재 전체를 뒤덮었고 수치심과 다른 모든 떠올릴 수 있는 감정들을 양 볼을 통해 뒤섞인 냄새들이 — 다른 냄새도 있지만 그중에서도 시가 냄새 — 가득한 공중으로 띄웠다. 바로 그 흉한 냄새를 그는 아까 릴리안의 방에서도 맡았는데 알지 못했다…. 한순간 뒤에는 수치심이, 이미 객관화된 채로, 창밖의 이른 아침 바람 속에서 망치질했다 — 이미 부끄러운 일은 예상 가능한 사람들의 수다 속에서 퍼지고 있었다. 사람들이 서로에 대해 떠드는 것만큼 추악한 게 또 있을까 — 물론 문학비평은 제외하고, 스투르판 아브놀이 주둥이에 거품을 물고 말하던 그것, 작가를 작품에서 끌고 나와 '주인공들'에 의해 저질러진 모든 비열한 짓들을 그에게 전가하는 그 비평을 빼면. 바보들의 비판에 침을 뱉는 게 아브놀에게는 쉬운 일이었지만, 게네지프에게 어머니에 대한 소문에 침을 뱉는 건 그렇지 않았다. 그리고 어쨌든 그것은 사실이었다. 그는 심연으로 무너졌다 — 이미 어제부터 그 안에서 굴러다니고 있었다. 얼마 전의 형이상학적 감동은 대체 어디에 있는가? — 심지어 공주에 대한 그의 '사랑'조차 지금 현재의 순간과 비교하면 뭔가 고매한 것으로 보였다. 뭔가 괴물 같은 기생충이 과소평가된 삶의 기반을 갉아먹었다 — 모든 것이 무너졌다.

　　미할스키는 가볍게 코를 골았고 어머니는 마치 물담배를 피우는 것처럼 거품을 냈다. 공감의 불꽃이 증오의 검은 무더기 속에서 마치 어둡고 춥고 바람 부는 밤에 손 닿을 수 없는 높이의 바위에 매달린 사람들에게 도움의 신호로 보내는 불빛처럼 반짝였고 — 금방 꺼졌다. 왜냐하면 생각해 보시라 — 바로 몇 시간 전에 보았던 광경과 기타 등등이 아니었다면 말이다. 그러나 서로 겹쳐진* 두 개의 이미지, 마치 인생을 살면서 실망의 필연성에 대해 대한 팸플릿을 설명하는 무슨 참고서에 있는 것처럼 함께 묶인 그 이미지들 — 그것은 이미 그의 한계를 넘었다. 그러나 반드시 버텨야만 했다. 내면의 끈은 운 나쁘게도 혐

---

* hyperposés. 원문 프랑스어. 그림이나 형상 등의 겹치기, 혹은 사진의 이중 인화를 뜻함.

422

오스러운 폭탄을 붙잡고 있었고, 그 폭탄은 이것으로 터져서 지금은 바로 터질 수 없었다. 왜냐하면 대체 어떤 방법으로 터질 수 있단 말인가? 이리나 공주의 욕실에서 사용했던 폭발의 체계는 여기서는 적용할 수 없었다. 게다가 이쪽은 저 아름다운 엄마, 최소한 그 어떤 경우에도 부끄러워할 필요가 없는, 아무 모순 없이 그런 성격을 지닌 어머니가 아닌가! 그런데 이런 엉망진창을! 이것은 우아하지 못했고 완전히 혐오스러웠으며 상스럽게 실행되었고 게다가 저 미할스키와 함께 저지른 것이다, '벌레처럼', '악마 300명을 잡아먹을'! 싸구려 여인숙의 판타지. 어쩌면 다른 때였다면, 어쩌면 몇 년 뒤에 (그는 이리나 브시에볼로드브나와 마찬가지로 어머니가 시간이 없었고 지금도 시간이 없다는 사실을 이해할 수 없었다.) 그리고 이런 아침이 아니었다면(이 무슨 이기주의인가!), 게네지프에게 이것은 뭔가 우아하고 그 나름대로 위대하고, 바로 자기 자신에게 모든 일을 허용할 자유를 실행하는 것으로서 인상적으로 보였을 것이다. 그러나 오늘 그것은 최고의 수준으로 배설물과 같은 사실이었으며 강력한 독약 한 방울과 같은 선상에서 알 수 없는 프토마인처럼 독성이 있었고, 얼굴에 침을 뱉는 사실, 자아의 밑바닥에 감추어진 (가장 중심되는 원 안의) 녹지 않는 고귀함의 결정, 모든 방면에서 삶의 끔찍함에 대한 저항을 한꺼번에 부수는 사실이었다. 그는 어머니가 무엇이었는지 이제 이해했다 — 그에게 의식적으로는 거의 존재하지 않으면서 어머니는 기

423

반이 되어 주었고 그는 그런 것을 알지 못한 채 그 기반 위에서 거의 모든 것을 쌓아 올렸다. 이제 어머니는 커져서 거대해졌으나, 영혼의 모든 층위에서 이제는 더 이상 될 수 없는 그것에 대한 아쉬움, 후회로서 아래쪽으로 자라났다. 너무 늦었다. 그러나 폭발하거나 미쳐 버리지 않을 수 있다면 어떤 탈출구는 언제나 찾을 수 있게 마련이었고, 그렇게 해서 살고 싶었다. 그런 탈출구는 공감(부르르르⋯.)이고, 그 뒤로 a) 무미건조한 선의 b) 헌신 c) 얻을 수 없는 것에 대한 '영웅적인' 포기 d) 거짓말, 근본적으로 가면에 가려진, 세련된, 고양된, 마치 바닥 없는 늪처럼 끌어들이는 끝없는 거짓말. 선의 속에서도 사람들은 마찬가지로 살아 있는 시체처럼 분해되는데, 그것은 능동적일 때도 있고 수동적일 때도 있다─"타락한 선의는 가끔 범죄보다 못하다."─ 언젠가 텐기에르가 그렇게 말했다. 그러나 그것은 원거리에서 지프치오에게 위협이 되지 못했다─그는 무의식적으로 공감을 임시방편으로 이용하고 있었다─마치 아스피린을 복용하는 것과 같았다.

그런데 대체 이 불운한 어머니는 어떻게 이런 식으로 불쌍한, 사랑하는 아들을 학살할 생각을 할 수 있었을까─(그것은 마치 별을 쳐다보며 걷고 있는데 더러운 나무판자 침대와 험상궂은 사내들의 갈라진 목소리로 가득한 수상쩍은 판잣집 모퉁이 뒤에서 그를 향해 비밀스럽게 조준한 갑작스러운 타격이 날아온 것과 같았다─거짓말!─최소한 그러기라도 했다면. 그러나 여기서는, 그는 자기 눈 속에서 썩어 가는 '형이상학적 배꼽'을 쳐다보며 걷고 있었다). 그는 아직 모든 순간을 '매력적으로 만드는' 기술을 알지 못했다 ─ 그러기 위해서는 현명한 노인이어야 했다. 그는 공주를 뚫을 수 없는 무시무시함의 (흥미로운) 늪 위로 지는 빨갛고 악마적인 별처럼 볼 수 있었다 ─ 비록 그 무시무시함이 자기 자신의 것이더라도. 그는 그녀를 보았고 마치 악취 나는 (끔찍한 단어다 ─ 마른 채로도 흉한 냄새가 난다.) 내장 자루, 그의 얼굴에 대고 흔들리며 삶을 가리고 있는 자루, 마치 ─ 밀어내면서 ─ 불도그처럼 이빨로 물어뜯고 싶은 자루. 만약 길모퉁이에서 창녀로 어머니를 마주쳤다 해도 어쩌면 지금의 이 뻔뻔스럽고 그 끔찍함을 계속 이어 가는 광경만큼 무시무시하지는 않았을지 모른다. 욕정적인 이미지 두 개가 하나로 합쳐졌고 그건 마치 대응할 방법 없이 얼굴에 날아든 타격과 같아서 평생 지울-수-없는 모욕이었다. 어떤 상스러운 앞발이 그 수령의 밑바닥에서 까딱거리며, 후하게 값을 치러 준다면 도와주겠다고 표시를 했다. 무엇으로 값을 치를까? 그는 벌거벗었다 ─ '당장 주머니에' 아무것도 없었다. 심지어 저기 더 먼 곳에도, 이런 몰락으로부터 자신을 끌어올릴 값을 치를 수 있는 '심리적인 금액'조차 없는 것 같았다. 그저 고통만 기다리고 있었다. 그러나 젊음은 이런 상태를 견디지 못할 것인데, 아마도 예술적인 약골이고, 텐기에르와 비슷한 종류의 오선지 위 기호들의 거장이기 때문일 것이다. 텐기에르에게는 그 어떤 삶의 더러움

425

도 붙지 않았는데 왜냐하면 자신을 필연적으로 만들어서 이른바 "예술적인 구조"로 변모하기 때문이었다 — 자신을 희생하고, 인간 자체로서의 그와는 어울리지 않는, 질적으로 삶과 구분되는 다른 영역에서 자신을 정당화한다. 게네지프는 그런 여력이 없었는데, 왜냐하면 그의 내면에는 심지어 사이비 예술가조차 없기 때문이었다 — 마치 흔한 짐승처럼, 혹은 그보다 못하게, 그는 살기 위해 살았다. 현실적인 감정 속에서 기댈 곳을 찾아야 했다.

그리고 갑자기 그는 혐오스럽게 안에서부터 햇빛으로 가득 차서 솔직하게, 저열하게, 완전히 눈물겹게 동정적으로, 어머니도, 죽은 아버지도, 잠든 릴리안도, 심지어 저 혐오스럽고 코를 고는 미할스키(유제프)도 불쌍하게 여겼다. 왜냐하면 텐기에르가 스워바츠키*를 비틀어서 말했듯이, "아름다운 아침이 있다, 사람이 짐승에 대해, 심지어 인간에 대해서도 꽃피는 사랑으로 가득 차서 깨어날 때"이기에. 그의 내면에서 귀족적인 편견이 눈을 떴지만, 짧은 순간뿐이었다. (누군가 '저들의 영역'에서 온 사람이 그의 눈앞에서 어머니를 겁탈했다면, 그 경우 어쩌면 이런 긴장 속에 수치심의 문제는 존재하지 않았을 것이다. 이런 생각은 그에게 전례 없이 혐오스러웠다.) 이 존재들에 대한 안타까움은 감상의 마지막 조각 옆에서 삐져나와 이미 돌아서 건너올-수-없는 삶에 대한 궁극적 의심의 심

* 356쪽 주 참조.

연 위로 떠올라 학창 시절에 그러모은, 이제까지 죽어 있던 감정들의 무더기를 그 더러운 불꽃으로 껴안았다. 그 감정들은 이 마지막 순간의 예비 보유한 매장량이었으며 거기에 대해서도 다시 한번 아버지에게, 그의 지옥 같은 보물에 감사했는데, 그 보물의 압력 아래에서 저 감정의 색깔들은 이제까지 전혀 사용되지 않은 원초의 상태로 보존되어 있었다. 그는 자신의 침대 옆 탁자에 이미 미래에 대한 판결문이, 새로운 문젯거리와 힘의 원천이 놓여 있으며, 그것도 역시 저 대단히 현명했던 명랑한 노인, 아빠의 의지였다는 사실을 알지 못했다. 자기 자신의 괴로움, 자기 몸의 혐오스러운 아픔으로 그는 저 모든 세월 동안 어머니가 겪은 고통의 깊이를 측정했다. 어머니가 대체 어떤 고통을 겪었기에, 그녀의 고문 집행인이었던 저 남편의 죽음 이후 채 2주도 지나기 전에, 게다가 딸의 방 바로 옆에서 저 (들어 본 적도 없이 지적인 것 같은) 금발 털 북숭이와 '한잔'하는 것 같은 일을 저지를 용기를 냈던 것인가. (분명히 주지아가 갔다던 공장에서의 만인 공개 무도회 이후였을 것이다.) 어쩌면 여기엔 아무것도 대단할 게 없는지도 몰라? 그는 이미 어머니도, 남자도 용서했고 (그러면서 급작스럽게 자기 자신의 늪에서도 스스로를 구조했다.), 심지어 ― 직접적으로가 아니라 확고하게 변태성을 통해서 ― 어쩌면 이미 미할스키에게 고맙게 생각할 수도 있었는데, 미할스키는 어찌 됐든 그토록 무시무시하게 사랑하는 '그를 위한' (그를 통해서가 아니다 ― 그것이

427

차이점이었다.) 거의 성스러운 저 육체가 그토록 오랫동안 욕망을 충족시키지 못했다는 그 고통을 가라앉혀 주었기 때문이다. 그리고 그가 이렇게 상황을 이해하고 이 힘든 순간에 어쨌든 자기 자신을 추슬러 끌어올렸다는 사실, 이것의 가능성은 오로지 이리나 공주와 — 아버지만의 덕이 아니었을까? 기묘한 반전이다. 그는 다시 한번 한순간 저 아줌마와 사랑에 빠졌다.

그러나 어머니를 뭔가 더 나쁜 일에서 구출해야만 했다. 그는 가까이 다가가 불그스름한 털투성이에 근육질의 덩치 큰 저 남자의 몸 위로 팔을 뻗어 어머니의 벌거벗은 어깨를 건드렸다. 창백하고 푸르스름한 눈꺼풀 아래 석탄처럼 검은 눈동자가 드러나고 시선-비명이 이 새로운 유형의 고문실의 짙은 대기를 뚫었다. 이미 냄새를 분석할 시간은 없었다. (이런 일에서 무엇이 비본질적이며 우연히 얻어진 바보 같은 편견이고 어떤 것이 그 어떤 형이상학적인 제재도 없는 종류의 진실하고 본질적인 도덕성인지 악마나 알 것이다. 오늘날 윤리는 그런 것을 필요로 하지 않는다 — 사회 자체가 모든 종류의 초월적 세계를 대신한다. 닳고 닳은 유물론자이면서 오리너구리처럼 좋은 사람일 수도 있는 것이다.) 미할스키는 계속 잤지만 코고는 건 멈췄다. 게네지프는 이 가장 소중한 눈에 대고, 마치 망원경 거리에서 현미경을 통해 들여다보는 듯한 이 눈에 곧바로 말했다.

"아무 말도 하지 마세요. 난 곧 내 방으로 갈 거예요.

엄마를 꼭 봐야만 했어요. 심지어 내 일에 대해 얘기하려고 했지만 지금은 그럴 가치가 없어요. 하지만 그게 경멸이라고 생각하지 마세요. 그런 게 아니에요. 전부 다 이해해요. 전혀 화내지 않아요. 하지만 어쨌든 빨리 저 사람을 치우세요. 그렇게 하는 게 좋을 거예요." 수치심, 짐승 같은 공포, 모든 것에도 불구하고 느껴지는 쾌감에 대한 만족—(그는 그것이 자신이 어머니 쪽에서 물려받은 유산이라고 느꼈다—그 밑바닥의 냉소주의)—그리고 그에 대한 무한한 감사의 마음, 그러니까 그가 바로 이렇게….
가장—조그만 가족의 사랑하는 조그만 우두머리라는 것.
좋은 감정이 쏟아지는 속에서 어머니와 아들은 공동의 늪에 잠겨 있었고, 그럼에도 불구하고 1-2센티미터 정도는 자기 자신보다 더 높이 떠올랐다. 그것은 좋았다. 미할스키, 아주 오래전의 폴란드 사회주의당 당원, 노동자 협동조합 조직의 달인은 이 순간 심지어 아름다워 보였으며, 계속 평온하게 누워서 아이처럼, 귀여운 가축처럼 잤다. 그런 상태에서 그는 기묘하게 무방비했다—거의 동정심에서 그를 깨울 수 있었다. 그런데도 그 품속에는 진짜 남작 부인을, 혈통상 여자 백작을 '붙잡고'* 있었다. 그는 이 순간 깨어날 수 없었다—그랬다면 정말로 너무 끔찍했을 것이다. 아무도 이 사실의 가능성을 믿지 않았다—지프치오도, 남작 부인도. 뭐가 어찌 됐든 미할스키는 (악명

* держил. 원문 러시아어.

높은 상스러움에도 불구하고) 일종의 수완을, 심지어 잠잘 때조차 가지고 있었다.

"화내지 마라. 넌 모르지. 저기 협탁에 군 복무 명령서가 있어." 어머니가 애인의 강력하고 무기력하고 무의식적인 앞발에 눌린 채 속삭였다. "가 봐." 이 두 음절로 어머니는 모든 것을 다 말했다. 배우였다면 힘들었겠지만, 현실은 목소리에 믿을 수 없이 정교한 억양을 띠게 할 줄 안다 — 고작해야 두 개 음절인 경우에도. 게네지프는 어머니의 머리를 쓰다듬고 이상한 미소를 띠고 방을 나왔다. 자신이 이 순간 얼마나 아름다운지 그는 짐작조차 하지 못했다 — 의식적 선의로 인해 그 개암빛 눈동자는 휘몰아치는 고통의 어두운 반사광을 비추었고 인위적으로 꼭 다문 입술은 당분 때문에 터지는, 비밀스러운 독으로 가득한 과일의 형태로 내면의 몰락을 뿜어냈다. 그는 고분고분한 (그러나 초월적 세계에서 온) 웨이터의 표정을 하고 있었는데, 어딘가 (어디든 아무래도 상관없지 않은가.) 반신(半神)들의 성스러운 고차원에서 떨어진 듯한 표정이 섞여 있었다 — 영감을 얻은 광인과 악독한 소년의 표정. 그는 전혀 자기답지 않았다. 영혼의 동굴 속에서 날아오르려 준비하는 비밀스러운 광기가 그의 윤곽에 악의적인 그림자를 드리웠다. 그는 자기에게 무슨 일이 일어나는지 알지 못했다 — 그러나 자신에 대해 만족했다. 그는 자기답지 않은 목소리로, 어머니의 말을 이해하지 못하고 말했다.

"한순간 난 노인이 된 것 같았어요, 아흔 살 먹은 것 같았어요. 난 여기 없어요 — 난 사방에 있어요. 여기에 있는 건 그저 우연일 뿐…. 난 행복해요." 어머니 얼굴에 조급함이 나타났다. "빨리 옷 입으세요. 릴리안이 깰지도 몰라요." 그는 뭔가 자동기계처럼 말했다 — 그가 아니었다.

그는 잠자는 누이를 지나갔는데, 누이의 자세는 머리카락 한 올조차 변하지 않았다. 그 때문에 그는 말할 수 없이 놀랐다 — 여기로 들어온 순간부터 몇 세기나 지난 것 같은데, 누이는 완전히 이전과 똑같이 자고 있었다. 그는 자기 방으로 가서 하얗게 에나멜을 칠한, 이쪽 지역에서는 이른바 "장식 탁자"*라고 하는 탁자에, 코티지치즈와 과자 옆에서 (어머니를 용서해서 그는 지금 얼마나 기뻐했던가, 그리고 이것은 — 오, 얼마나 행복한지! — 더럽고 성적인 구석구석에서 그를 지켜보는 저편의 악에 대해서 새로운 힘을 주었다. [어쨌든 그는 사랑을 알지 못했다 — 끙끙 앓을 일이 뭐가 있겠는가, 응?]) 보았다, 오래전의 평범한 과자 옆에 인장이 잔뜩 찍힌 공식 서류를 보았다. 기묘한 순간이 흘러갔다 — 광기는 성기의 격벽 너머까지, 일원성의 중심부 가장 깊은 곳까지 물러났고 계속 자기의 순간을 지켜보았다. 그는 읽었고, 미래의 삶의 깊은 곳에서, 그 미래를 넓게 벌리면서, 아버지의 권력자적인 형상이 어른거렸다 — 아버지의 모습은 마지막으로 보았을

* nakaślik. 폴란드 남부 방언. 아래쪽에 서랍이나 조그만 장이 달려 있으며, 글 쓰는 용도의 책상보다는 높이가 낮고 일반적인 서구식 나이트 테이블에 비해 크다.

431

때와 같이, 훈장을 단 연미복을 입고 창피한 손수건에 감싸인 거인이었다 ─ 아버지는 그렇게 묻어 달라고 명했다.

서류의 내용은 다음과 같았다.

현재 국방부 규정 148526조 IV항과 148527조 IV항에 따라 게네지프 카펜 데 바하즈가 4월 12일에 시작되는 군사학교 단기 장교 과정에 자발적으로 입학할 것을 명하는 바입니다.

(서명 [타자])
코쯔모우호비치, 국방부 총병참 장교
등본
총병참 장교 총부관
대위 … (서명은 읽을 수 없다.)

게네지프는 그 이름을 보고 얼굴에 한 대 맞은 것 같았다. 여기서 그는 붙잡혔다. 그러니까 그가 게네지프의 존재에 대해 알고 있단 말인가?! 마치 산악 지방 동화에서, 바닷가 모래사장 자갈에서 옴짝달싹 못 하게 된 벌레에 대해 알고 있는 하느님과 같다. 그는 동화의 삽화를 떠올렸다 ─ 층층이 쌓여 가는, 거품이 이는 파도를 배경으로 자갈돌을 찾고 있는 죽음. 바로 아버지가 무덤 너머에서 그를 위해 이 무시무시한 순간에 그 부어올랐지만 강력한 손으로 모든 것을 무너뜨려 주었다. 게네지프는 이빨로 그

손을 꽉 물고 생각 속에서 온몸으로 그것에 매달렸다. 이
제 그 손은 결정적으로 그의 평생을 불구로 만들었다. 마
치 강력한 지렛대처럼 그의 귀를 잡고 늪에서 끌어냈다.
그러나 아버지에 대한 이 새로운 감정 속에 (어쨌든 그는
누군가 다른 사람이 코쯔모우호비치에게 영향력을 미치
지는 않았으리라는 걸 알고 있었다.) 어머니에 대한 책망
은 없었다(어머니는 바로 지금 이 순간 자신의 반쯤 술 취
한 '자위 기구'를 깨우고 있을 것이었다). 그래도 어머니에
게 또한 이는 이리나 공주와의 관계에서 그의 몰락에 비
견할 만한 타협이라는 것을 그는 이해했다 — 그래도 그보
다는 작은 타협인 것이, 삶에서 단지 몇몇 본질적인 움직
임에 대한 거부일 것이고 (비록 종교적인 감정과 가족에
대한 감정과의 갈등 정도라도) 사랑의 살해는 아닐 것이었
다. 그러나 어머니의 삶은 끝났다, 그의 삶이 이렇다면….
이제 그는 저 몸통, 배, 내장에 형상화된 그 괴물 같은 여
자와 싸울 기반을 얻었다 — 이미 몸 전체는 아니었다. 그
는 그것이 뭔가 자신이 두려워하고 욕망했던 것이며, 그것
도 또한 영혼을, 다가오는 노년에 괴로워하는 불쌍한 조그
만 영혼을 가지고 있다는 사실을 잊어버렸다. 방금 우연히
얻게 된 힘에서 나온 잔인함으로 그는 자기 안에서 저편
의 그 어쨌든 위대한 숙녀를 발로 차며, 침 뱉으며, 모독하
며 죽여 버렸다. 그렇게 해서 자기 자신도, 그리고 조금 전
달게 된 힘의 꼬리도 소멸시킨다는 것을 그는 느끼지 못
했다. 그는 이제 가족의 복잡한 문제 외에는 코를 들이밀

433

지 않겠다고 결심했다. 어머니 ― 심지어 미할스키와 연결된 채라 해도, 이미 꼭 그래야만 한다면 ― (오 ― 방금 씻지 않고 면도하지 않고 '대충' 옷을 입고 숙취에 찌든 애인 뒤로 조용히 문이 닫혔다 ― 보드카 냄새를 풀풀 풍겼으나 그래도 그는 잘생겼고, 게다가 황소 같았다.), 그리고 누이 ― 이제 그는 어찌 됐든 누이가 있다는 사실의 가치를 온전히 이해했다 ― 그녀는 진실한 사랑을 얻기 위한 그의 중재자가 될 것이었다. (언젠가 톨지오가 이 주제에 대해 그에게 어떤 질투심을 내보인 적이 있는데, 여기에는 커다란 분량의 변태성이 섞여 있었다 ― 이제 게네지프는 그것을 손바닥처럼 훤히 보았다.) 어머니, 누이동생, 그리고 끝이다. 그리고 아무도 이 안으로 그 보잘것없는 (반드시 보잘것없는) 인격을 끼워 넣을 용기를 내지 않았으면 ― 그렇다, 미할스키를 제외하고. 바로 어머니에게 그런 사치를, 어쩌면 더 큰 것을 허용한다는 것이 그의, 게네지프의 참회가 될 것이었다. 늙은 어머니로 하여금 마음대로 하게 하고, 삶을 즐기게 하라 ― 저 이리나 공주가 가진 것을 어쨌든 어머니는 갖지 못했다. 그는 그 기억에 거의 몸을 떨었다 ― 괴물은 자신이 지켜보고 있고, 그의 경험 없는 분비선과 두뇌의 중심에 파고들기 위해 적절한 순간만을 기다리고 있다는 신호를 보냈다. 그러나 지금 당장 게네지프는 막 시작된 이 전투에서 이기리라는 허상을 갖고 있었다. 무엇이 그를 기다리는지, 이 방면에서가 아니라 더 먼 전선에 무엇이 있는지 그는 알지 못했다.

곧 그는 짐을 싸기 시작했다. 가장으로서 그는 오후 특급을 타고 떠나리라 결정했다. 짐 가방 잠금 쇠를 닫지 못해 애쓰는데 어머니가 오래된 분홍색(!) 가운을 입고 들어왔다. 어머니는 소심하게 그에게 다가왔다. 지금에서야 그는 어머니가 얼마나 젊어지고 예뻐졌는지 알아보았다.

"용서해라, 지프치오. 넌 내 인생이 얼마나 끔찍했는지 몰라." 그는 어머니 앞에서 아름답고 고귀하게 몸을 쭉 폈다.

"모든 걸 용서해요. 하지만 사실 전 누구든 무슨 일이든 용서할 자격 자체가 없어요, 어머니라면 더욱요."

"하지만 미할스키 씨가 우리와 함께 떠나게 해 주렴. 바로 오늘 떠날 예정이었단다. 그가 우리를 돌봐 줄 거야. 난 너무 속수무책이야— 알겠니…." 이 말에 그는 가장이 되었다는 자부심을 약간 빼앗겼다.

"돌봐 줄 사람은 저만으로 완전히 충분해요. (카펜 부인은 눈물 속에서 웃음 지었다. '이 모든 일이 불행 중 다행이 아닐까.') 하지만 미할스키 씨든 그 누구든, 다행히 엄마 곁에 있고 필요한 사람이라면 아무에게도 불만은 없어요. 오늘 전 너무 많은 걸 깨달았어요…."

"그럼 그 이야기는?" 어머니가 말을 끊었다.

"끝났어요." 그가 으르렁대듯 말했다. 그러나 뭔가 그의 존재 깊은 곳에서 유감스러운 메아리가 그에게 완전히 다른 대답을 가져다주었다. 그 여인네가 마치 양파처럼 빙빙 돌며 멀어져 갔다. 그는 어머니와 오래 포옹했다.

오후에 그들은 이미 인근의 (반드시 인근의) 언덕을 넘어 이른바 헝가리 특급을 타고 이른바 지역 수도인 K 시를 향해 달리고 있었다. 그들과 함께 탄 이는 (이상한 우연의 일치였다 — 릴리아나는 전혀 그렇게 바보 같지 않았다.) 스투르판 아브놀이었는데, 그는 고도로 (이건 대체 무슨 단어인가?) 기묘한 크빈토프론 비에초로비치의 조그만 극장에서 방금 (자기 표현에 따르면) "문학 감독"이라는 지위를 얻었다. 이 '공연장'*의 스타는 이제까지 어디서도 알려지지 않은 페르시 즈비에죤트코프스카, 절반은 폴란드인이고 절반은 러시아인이며, 소모시에라 전투**에서 유명해진 즈비에죤트코프스키의 고손녀였다. 덧붙여 그 외에 또 한 가지 기능을 가지고 있었으나, 그것은 비밀이었다. 그리고 물론 여기에 대해서는 나중에 말하겠다.

정보

스투르판은 전례 없는 힘으로 겉보기에 마치 꽃봉오리처럼 무구한 릴리아나와 가까워지려 애썼다. 전반적으로 대재난 같은 상황임에도 모두가 대단히 기분이 좋았다. 심지어 게네지프조차 미래의 패배를 의식하지 못하고 덜 익은 싸구려 포도주처럼 거품을 냈다. 주머니에 든 군 복무 명령서는 때

---

* заведение. 원문 러시아어. '업체'나 '사업'이라는 뜻도 있다.
** 이베리아반도 전쟁 당시 1808년 나폴레옹이 이끄는 군대가 마드리드로 진격할 때 소모시에라(Somosierra) 산에서 벌어진 전투를 가리킨다. 나폴레옹 편에 선 폴란드 경기병대가 큰 역할을 했다.

때로 좋은 것이다. 그 아름다운 오후에 베스키디 산맥 사이로 구불구불한 선로를 따라 달리는 이등 특급열차의 객실에 있었던 것이 그의 인생에서 가장 좋은 순간 중 하나가 아니었을지 알 수 없다. 그는 심지어 미할스키와도 친해졌는데, 미할스키는 어제부터 어쩐지 이상하게 소심하게 그를 대하기 시작했다.

제2부

광기

게네지프 카펜에게 무시무시한 시기가 찾아왔다. 거의 모든 사람에게 똑같은 시기가 닥쳤다는 사실로 위안을 삼을 수밖에 없었다. 그렇다, 오로지 몇몇 사람들만 이 마지막으로 보이는 도약의 시기에 흘러가는 삶의 꼬리를 붙잡고 아직 즐기는 법을 알았다 — 그 꼬리에 모든 것이 달려 있었다 — 외면적으로나, 내면적으로나. 그리고 이 멍청이는 자신이 바로 행복의 '황금' 핵심에 서 있다는 사실을 깨닫지 못했다 — 여기서 황금이란 가을 하늘의 황혼, 햇빛에 누르스름해진 사시나무 잎, 형태가 완벽한 딱정벌레의 반짝임을 뜻한다 — (가끔 '마르케세' 스캄피는 몸을 씻으면서 이렇게 노래를 불렀다. "만약 아무 데도 가렵지 않고 심하게 아프지도 않으면 / 가장 혹독한 운명에 대해 그 어떤 불만도 갖지 말라"). 수정 같은 하늘색 공간을 배경으로 '잘 익은', 색채의 완벽함으로 터져 나오는 산딸기, 다른 사람들은 가볍게 핥을 수밖에 없지만 그는 마치 투실투실한 벌레처럼, 그보다는 애벌레처럼 안에서부터 게걸스럽게 먹어치운 산딸기, 그리고 그 애벌레는 모든 색깔로 변하는 나비가 되어야 할 것이었다. 그러나 과연 될 것인가? 그것이 질문이다. "나는 내 운명을 고르면서, 광기를 선택했다." 그는 미치인스키와 함께 이렇게 말할 수 있었다. 그리고 여기에 더해 모든 것이 목적성에 있어 정교한 하나의 기계가 되어 음모를 꾸며 그 광기를 향해 그를 체계적으로, 저항할 수 없이 밀고 갔다.* 저 "사이코패스적 성향을 보이는 개인은 바로 그런 상태에 빠질 것이다.",** 그리고 "전부 망했다".*** 하지만 이 모든 것을 이런 바보에게 아무리 설명해 본다 한들. 젊음—이 존재의 매력을 그 누가 충실히 표현할 수 있겠는가, 오직 회상 속에서만 아름답고, 그와 연결되지 않았다면 거의 후설의 '존재론적 관계'****에서 자신의 현재 상태만큼 아름다울 수 있는 어리석음.

정보

나라는 하나의 거대한 대합실로 변했고, 잠재성을 기다리는 미칠 듯한 긴장감은 이제까지 역사에 기록된 적이 없을 정도였다. 어쩌면 유대인들이 거의 메시아를 이렇게 기다렸을지 모르나, 우리 나라에서 모든 사람들은 뭔지 알 수 없는 것을 기다렸다. 모든 사람에게 각각의 생활 반경 안에서 거의 천치 같을 정도로 기계화된 노동을 제외하면 주된 일은 이른바 "기대 그 자체에 대한 기대"—"기대의, 기대를 위한 기대"*****였다. 심지어 민족해방 신디케이트 = 이제 영원히 S. Z. N.("가장 비겁한 토끼들의 모임"이라고 예전 공산주의

---

* 인용된 미치인스키의 시에 대해서는 999쪽 참조.

** psychopatisch angehauchtes Individuum tombera dans un pareil engrenage. 원문 앞부분은 독일어, 뒷부분은 프랑스어.

*** всё пропало. 원문 러시아어.

**** Wesenszusammenhang. 원문 독일어.

***** die Erwartung an und für sich. 원문 독일어.

자들의 그림자는 말했다.)조차 이해할 수 없는 방식으로 자동적으로 기능했으며 코쯔모우호비치가 미래에 행할 알 수 없는 행동들에 책임을 져야 한다는 공포 때문에 모든 것을 미루었다. 그리고 코쯔모우호비치는 그 어느 때보다도 비밀스러웠고 (그가 어느 편에 섰는지 아무도 알지 못했으며 아무도 감히 그것을 조사하지 못했다.) 자신의 믿을 수 없는 에너지 전체를 군대를 조직하는 데 쏟아 넣어서 아무도 예견할 수 없는 행동을 위해 군대를 준비시키고 있었다. 누구를 원하는지, 아니면 더 정확히는 누구를 받아들여 칼침을 놓으려는지 아무도 알지 못했고 그 자신도 알지 못했다 — 그는 자기 자신에게도 다른 사람들과 마찬가지로 비밀스러웠다 — 어쩌면 자신에게 더더욱 — 거기에 그의 힘이 있었다. 뭘 원하는지 알지 못한다는 것은 이 전지적이며 왕성한 내면적 성찰의 시기에 아는 것보다 더 힘든 일이었다.

　　모스크바는 정복당했다. 폴란드와 밀어닥치는 중국군 사이에는 '완충지대' 혹은 '연극의 소품 지대'로서 대공국들, 즉 라트비아 공국, 벨라루스 공국, 우크라이나 공국의 띠가 남았는데, 이곳에서는 묘사할 수 없으며 전혀 흥미롭지 않은 혼란이 지배하고 있었다. 그런 혼란이 어떤 모습인지는 잘 알려져 있고 — (단지 그 혼란 속에 있는 사람들에게만 흥미로울 뿐이다 — 옆에서 보기에는 흥미를 가질 만한 지점이 전혀 나타나지 않는다 — "여기서 무엇이 생겨날 것인가."라는 것만 빼면, 그렇지만 여기에 대해서도 또한 결단코 아무것도 미리 말할 수가 없다.) — 그러므로 a) 서로를 찔러 죽이

443

려는 패거리들이 다양한 지점을 통해 이른바 연장됨 b) 주어진 날에 주어진 지점에서 어떤 확신을 가져야 하는가의 문제 c) 먹이의 문제 — 이것이 전부다. 나머지, 즉 성관계와 형이상학과 기후는 변하지 않은 채 남았다. 여기에 대해 이야기하는 건 얼굴에 대고 말하든 펜으로 말하든 모두 토할 정도로 지루하다. 모든 대공들(심지어 키예프 대공 니키포르 비아워셀스키조차)은 이미 폴란드에 와 있었고 최악의 공포에 질린 채 서로 엎드려서 아침부터 밤까지 SZN의 발을 핥았다. 계획된 '기대 정치'의 불특정한 영역에서 탈주가 일어나기도 했다. 심지어 '순수함을 기다리는 사람들' 단체를 설립하려는 시도까지 있었다. 그러나 코쯔모우호비치가 이 사안을 쉽게 무산시켰다. 그는 막연한 것을 좋아하지 않았다 — 그에게 경쟁이 되었다. 중국인들로 뒤덮인 루마니아에서는 아무런 소식도 들려오지 않았다. 여기에 대해서는 이만 하겠다. 사람들이 거의 악의를 담아서 하는 말대로, 그 노란 원숭이들은 더 이상 밀고 들어오지 않았다. 이런 상태가 예상보다 훨씬 오래 지속되리라는 것을 아무도 알지 못했다. 사실 나라 전체에서 기분이 좋은 사람은 코쯔모우호비치 혼자뿐이었다 — (이것은 반박의 여지 없이 그의 근일점[近日點]이었다.) — 그리고 어쩌면 그의 가장 가까운 측근인지도 모른다 — 비록 아주 약간 더 나빴지만. 두려움을 모르는 그의 대담성을 알기 때문에 아무도 그가 개인적으로 비겁하다고 판단할 수 없었지만, 그럼에도 불구하고 '장검을 쩔걱거리는' 몇몇은 자기들끼리 걷잡을 수 없이 두려워하며 중국인들이 자기들 방식대로 러시아를 전부 조직해 버리기 전에 그래도 그가 먼저 쳐야만 한다고 소곤거렸다. 그러는 동안 지상에서 유일한 이 예측 불가능의 지역에서 이상한 일들이 일어났다. 전쟁에서 가스와 비행기 사용에 대한 '인류 전체의' 금지명령 결과로—(가스가 이른바 "심리 가스" 형태로 사용된 건 국내 전투들뿐이었고 비행기는 오로지 연락 수단으로만 사용되었다.), 금지명령을 발효한 것은 전권을 잡은 이성적 전쟁 방어 연맹이었는데 (본부가 있는) 베네수엘라의 카라카스에서였고, 이 금지명령은 심지어 중국인들조차 절대적으로 철저하게 지켰다(공자님 덕분에 그들은 우리 행성에서 유일한 신사였다.)—화학공업과 항공 산업은 완전히 중단되었다. 우리 나라에서는 실제로 보병과—총병참장교의 출신 부대인—기병만 훈련을 했는데, 심지어 기병조차 약간 방치되어 있었다. 군대는 모든 층위에서 점점 자라나는 압력 속에 자동화되었다. 열병식 행진이 예전에는 전략 훈련에 바쳤던 시간의 거의 절반을 차지했다.

황제 시절의 러시아 근위대가 연상되었다. 장교의 숫자는 극단적으로 늘어났다—이미 사병 다섯 명당 한 명의 장교가 배출되었고 여기에다 장교 학교의 숫자는 계속해서 증가했다. 평화주의자들은 경례 자체에 드는 에너지만 해도 하루에 수백만 에르곤*일 것이라고 계산했는데, 게다가 손가락 두 개로 경례하는 체계는 경멸스러운 것으로 여겨졌기

* Ergon. 열량으로 측정된 일의 양.

때문에—응당 해야 하듯이 손 전체로 경례를 했기 때문에
더욱 에너지가 들었다. 패배주의자들, 폴란드에서 프랑스식
으로 말하는 이른바 "데페티스트"*들은 뱀처럼 옆으로 기어
다니며 오로지 자기들끼리만 끔찍한 소식을 속삭였다. 국회
는 기능하지 않았고 예산은 아무에게도 정확하게 알려지지
않았다. 심지어 뭔가 '비밀스러운 중국 차관'에 대한 이야기
조차 떠돌기 시작했다. 그러나 그와 비슷한 것을 그저 어렴
풋이만 기사로 내보낸 신문의 편집장은 아주 짧은 재판 뒤에
총살을 당했고(본보기를 위해서)—(그 총살당한 사람의 관
점보다 더 끔찍한 것이 있을까?)—수군거리던 사람들은 수
군거리기를 멈추었다—마치 입을 꿰매 붙인 것 같았다. 상
황은 너무나 이상해서 가장 나이 든 사람들은 머리를 움켜쥐
었다—그러나 곧 그만두었다—왜냐하면 사실 무엇 하러 그
러겠는가? 전반적인 사랑과 합의는 갑자기, 4월 중순에, 예
전 시대의 전반적인 상호 불신으로 변했다. 강력한 촉매는
동쪽에서 불안정하고 폭발적인 국내 관계들을 자신의 거대
한 장력장(張力場)을 이용해서 분리하고 분해시켜 버렸는데,
이와 비슷한 일은 이미 독일에서도 드러나고 있었다. 여기에
외부 세력이 섞여 들었다는 것이 느껴졌으나 그들의 결합 지
점이 어디인지는 아무도 조사할 수 없었는데, 왜냐하면 어떤
사람들은 물고기보다 더 단단히 입을 다무는 법을 알고 있
으며 뭔가를 알고 싶어 하는 사람들은 알아낼 수 없었기 때

* 'Défaite'는 프랑스어로 '패배'라는 뜻이다.

446

문이었다 — 고문 기술자를 보유하지 못했다. 대체 이런 종류의 상태, 관계, 전망과 제도가 불쌍한 우리 나라를 둘러싼 소비에트 공화국들의 띠 앞에서 얼마 전까지도 백위군의 나라였던 러시아를 출구 삼아 어떻게 존재할 수 있는지, 아무도 이해할 수 없는 지경이었다. 한편 이런 수수께끼들을 잘 알아맞히는 성향을 보이는 사람들에 대해서는, 가장 대담한 사람들도 이런 광경에 대해 완전히 자신감을 잃게 하는 조치가 취해졌다. 왜냐하면 모두들 아는 사실은 다음과 같았기 때문이다. 4월 1일부터 고문은 일상다반사가 되었다. 그러나 여기에 대해 말한다는 것은 이미 오래전부터 고문당하고 있다는 것을 뜻했다. 그러므로 평소에는 가장 더러운 뒷소문들을 떠들던 수다쟁이들도 냄새나는, 씻지 않은 주둥이를 닫고 입을 다무는 법을 배웠다 — 언론마저도 입을 다물었다.

게네지프는 거의 얻을 뻔했던 미래의 재산이 상실되었음을 그다지 실감하지 못했는데, 왜냐하면 재산을 즐기는 법을 아직 배우지 못했기 때문이었다. 어머니는 자유와 함께 40대의, 여자들에게 완전히 사용되지 못한 미할스키에게 불러일으킨 완전히 악마적인 사랑을 누렸다. 이 황소처럼 튼튼한 야만인이자 홀아비에게서 열차 객실 한가득 완전히 어린아이 같은 감정들과, 어머니가 이미 끝에 가서는 포기했던 여성성으로 인해 활짝 만개한 광휘를 얻어 냈기 때문에 어머니는 비로소 세상에 눈을 떴으며, 어머니에게 세상은 마른 나뭇조각이었다가 알 수 없는 색채

447

와 감촉과 향기와 관념과 정액과 늘어 가는 기쁨의 어떤 솟구치는 분수로 변했다 — 키스팔루디-사라스 백작 가문 조상들의 혈통이, 비록 외가 쪽이기는 하지만, 한몫했다. 그러면서 어머니는 자신도 어떤 악마의 부화기로 발전했다. 고인이 된 남편이 아직 살아 있을 때 오랜 기간 그녀에게 가르쳐 준, 지금은 먼지 쌓인 영리함을 끄집어냈다 — 무덤 너머에서 남편은 이제 행복한 연인을 발달시키고 교육했다. 궁극적으로 상황이 닥치면 미할스키는 그녀와 결혼할 계획이었는데, 그러나 그녀는 비교적 궁극적인 그 결정을 아직 내릴 수가 없었다. 친척들이 경제적으로 조금 도와주었으나 내켜 하지는 않았는데, 그들은 이전에도 마찬가지로 좋은 혈통의 고아가 '그 맥줏집 주인'과 결혼하는 것을 반대했기 때문이었다. "그 방향으로 떨어지기 시작하면 가장 밑바닥까지 가는 거야." 카펜 부인은 혼자서 이렇게 말했고 자신의 운명을 에너지가 폭발하는 저 황소, 그녀가 사랑하는 유지오*가 말했듯이 "폴란드 사회주의 방식 협동조합의 왕"과 영원히 결합시킨다는 발상에 점점 더 기울어졌다. 오로지 릴리안만이 확고한 운명에 대항해 싸웠다. 귀족 아가씨로서의 지위, 그리고 그와 관련해 지속적으로 '낮은 계급 사람들'의 굽실거림을 잃었는데, 지금에서야 릴리안은 거기서 지속적이고 만성적인 쾌감을 얻어 왔다는 사실을 깨달았기 때문에 이

---

* 유제프의 애칭. 유제프 미할스키를 가리킨다.

상황은 그녀에게 힘들었다. 그러나 릴리안도 또한 오래지 않아서 몰락에 걸맞은, 단지 어머니의 단순하고 일회적인 '아래쪽으로 새기기'보다 더 흥미로운, 자기만의 경사면을 찾아냈다 — 구체적으로 말하자면 릴리안은 크빈토프론의 소극장(이른바 "크빈토프로니움")에서 아역을 맡아 연기하기 시작했는데, 남작 부인의 일정한 저항을 정복한 뒤 그 극장에 릴리안을 맡긴 이는 그녀의 딸과 완전히 '광기'*의 정도로 사랑에 빠진, 풍성하고 흥분 잘하고 계속해서 제정신을 잃어버리는 스투르판 아브놀이었다. 그는 어린 카펜 아가씨를 '새로운 유형'의 자기 아내로 키울 생각이었다 — 비밀스럽게 그렇게 말하곤 했다. 그들은 레토리크[성수사학] 거리에 있는 버려진 공쇼로프스키 궁전의 방 네 칸에서 살았다 — 그곳이 어디인지는 모두 다 안다.

지역 수도인 K. 시 = R. S. K. 에 도착한 지 사흘째 되었을 때 지프치오는 C 유형 — 가장 지옥 같은 유형 — 장교 학교의 무시무시한 군기 클럽에 끌려갔는데, 침대 시트에 주름이 지면, 부차적인 사유에 따라 달라지지만, 이틀간 영창에 가는 처벌을 받는 곳이었다. 그들은 총병참 장교 지역 근위대라고 불렸는데, 대중적으로는 총지근이라고 했다. 그 자신이 이런 환경에서 자주 방문해 모습을 나타내어 약간 지나치게 현실적인 존재에도 불구하고 거의 신화적인 인물이 되었고, 그가 다녀간 뒤에 패닉은 거

---

* остервенение. 원문 러시아어.

의 물질적인 어떤 액체의 형태로 막사에 남는 것만 같았다. 그의 영혼은 모든 강의와 훈련에 말 그대로 출석해 있었다 — 그에게서 자유로운 곳은 아마도 완하제를 먹었을 때의 화장실뿐인 것만 같았는데, 그곳에서 경례하는 건 금지되어 있었다. 그래도 한번은 재미있는 — 군사적인 관점에서 — 이야기가 벌어졌다. 마침 총병참 장교가 바로 그렇게, 속을 비우기 위한 도구들이 정중하게 권유하는 형태로 둘러서 있는 방에 들어갔다 — 그가 들어간 것은 해당 명령이 지켜지고 있는지 확인하기 위해서였다. 안은 가득 차 있었다. 공포에 질리고 훈련이 덜 된 민간인들은 버티지 못했다 — 그들은 마치 한 사람처럼 긴장해 서 있었는데, 자신들이 처한 상황의 단계에는 긴장하지 못했다. 모두들 각 5일씩 영창에 갔다. "신앙이 내 앞에서 바지에 똥을 싸는 건 좋아한다 — 전선에서는 그런 짓들을 하지 못하겠지." 지휘관은 코자크 기병* 같은 까만 콧수염을 손가락으로 잡았다 놓으며 말하곤 했다. 그러나 이전에 아버지의 공포스러운 훈육을 생각하면 젊은 "사관"(러시아식 군사학교에서도 생도를 이렇게 불렀다.)에게는 그다지 힘들지 않았다 — 그는 무의미한 절차에 빠르게 익숙해졌고 (심지어 그 깊은 의미를 이해하기 시작했다.) 심지어 낯선 군대에서 정상적인 개성을 짓이겨 새롭게 형성하는 그 기제는 그에게는 최근의 경험에 완벽한 해독제가

---

* 주로 현재의 우크라이나 남동부 지역에 모여 살던 러시아제국 시대의 외인부대. 황제 직속의 기병대로 사납고 말을 잘 다루기로 유명했다.

되었다 — 바로 텐기에르의 '이름 없는 힘'의 공작소였다. 이제 게네지프는 씁쓸하게, 거의 경멸을 담아 그 털북숭이 괴물에 대해 생각했다. 예술이라면 뭔가 자기 세계를 갖고 있었고, 그것도 어찌 됐든 괜찮았다 — 이런 시기에 그게 대체 누구에게 소용이 되겠는가. 그리고 간신히 생겨난 형이상학에 대해서는 이야기조차 꺼낼 필요가 없었다 — 시대는 거의 터질 정도로 떠밀려 있었다 — 삶은 기계적인 일률성으로 흘러갔다. 첫 2주 동안 장교의 태아들은 석회 때문에 하얀 교외의 언덕 능선 위로 그 붉은 벽돌빛 덩어리가 솟아오른 음울한 학교 건물에서 나갈 수 없었다 — 제대로 경례하는 법을 익힐 수가 없었다. 저녁이면, 식사 전 이 짧은 반 시간의 휴식 동안 그는 지평선 위의 회갈색과 붉은빛 광채를 바라보며 먼 도시와 가족을 꿈꾸었고, 그 빛에는 가끔 전차의 불빛이 반사되어 녹색으로 빛났다. "이게 너한테 좋아 — 이젠 알았지." 그는 자기 자신에게 되풀이해 말했다. 그의 내면에서 힘이 자라났지만, 그것은 현명하고 목적성 있는 도구로서가 아니라 단지 지정된 격실에 장전되기를 전면적으로 원치 않는 어떤 무정부적인 폭발물로서였다 — 그것은 원초적인 내성적 성찰자에게 알려지지 않은 비밀스러운 어떤 영혼의 골목으로 흘러들어 가 그곳에서 뭔가 악하고 그 자신과 인생에 대해 적대적인 어떤 것에 달라붙었다. 점점 더 자주 그는 알 수 없는 낯선 층위가 자신 안에 있는 것을 느꼈으나 그런 일에 파고들기에는 시간이 없었다. 그렇게 그것은 쌓여 가고, 쌓여 가다가—결국에는, '꽝' 그리고… 그러나 그 얘기는 나중에 하겠다. 한 가지, 가장 나쁜 현상은 창조된 힘이 방향을 바꾸어 그 창조자에 적대적이 되었다는 것이었다. 옆에, 영혼의 여백에 어떤 낯선 손이 비밀스러운 부호를 기록했고, 그것을 읽어 낼 수 있게 되는 건 아주 오랜 시간이 지난 후일 것이었다. 그것은 자아의 지하에서 끓어오르는, 저 기묘함의 각성과 저 저주받을 자유로운 삶의 첫날들(혹은 마지막 날들이 아니었을까?)에 대한 기억이 작용한 결과였다. 마치 초월적 세계의 어떤 번쩍이는 빛 속에서 보물과 경이와 경악으로 가득한 어떤 동굴이 열려 빛나다가, 그 뒤 걸쇠가 덜그럭거리고 (반드시 걸쇠여야 한다.) 지금은 그것이 그저 꿈이 아니었는지 알 수가 없게 된 것 같았다. 그토록 비밀스러운 매력과 미래의 사건들의 다채로움과 무의식적인 식욕들을—가장 고매한 것부터 가장 저열한 종류까지—충족시킬 가능성으로 애태우는 미지의 심연으로 첫발을 들여놓았을 때가 지금은 얼마나 끔찍하게 여겨지는지. 텐기에르의 집과 바실리의 은신처에서 보낸 저녁에 배태되어 싹튼 관능적인 식욕은 전혀 살아 있는 기척이 없었다. 게네지프는 이미 '문학' 이후로 아무것도 기대하지 않았는데, 문학은 예전에 그에게 모든 가능성과 삶의 실현되지 못한 매혹들, 삶에서 있을 수 없는 궁극적인 충족을 담고 있었다. 모든 것이 분화되었고, 조정되지 않은 수천 개의 수수께끼들로 뿜어져 나갔다—존재의 비밀 전체부터 시작해서 감정의 어두운 심연까지, 그리고 그 감정들은 서로 톱니바퀴가 맞물려 공포스럽고 적대적인 방식으로 하나의 현실이 되어 섰다. 이분성―그는 소년이었고 그에게 낯선 미래의 장교였다―그 두 개의 존재가 결단코 하나의 인격으로 섞이지 않으면서 서로 옆에서 자기만의 소리를 내며 흘러 다녔다. 그러니까 이 모든 일이 이렇게 되어야만 했나? 이 단어 안에는 지옥 같은 실망이 담겨 있었다. 그러나 그는 또한 자기 자신의 탓도 있다고 느꼈다. 그날과 그 밤에 미래 전체가 달려 있었다. 그런데 그는 그걸 어떻게 했던가? 더럽고 유치한 손을 비밀의 심연에 뻗어서 피투성이 내장 덩어리를 끄집어냈다. 혹은 어쩌면 그 것은 진짜로 보물 창고였고 그 자신이 그렇게 요령 없이 손을 뻗었기 때문에 모든 것을 낭비해 버려서 이제 그 실수를 만회할 순간은 다시는 돌아오지 않을 것이다.

이 시기에 게네지프는 이제까지 중요하지 않았던 우애의 영역에 첫발을 디디기 시작했다. 톨지오는 완전히 자격을 상실했다. 학창 시절의 다른 가짜 친구 관계는 삶의 조건이 변하면서 동시에 불확실한, 구분되지 않는 과거의 덩어리 속으로 사라졌다. 대체로 그 시기 전체가 한때는 그토록 의미심장하고 다채로운 변화로 가득한 것 같았으나 점점 더 빛이 바래서 새로운 사건들을 배경으로 회색 베일에 가려져 버렸고, 여기에 새로운 사건들은 마치 칼날처럼 의식 속으로 파고들어서 이제까지 조사되지 않은 영혼의 황무지 지역들에 거의 달인의 솜씨로 우물을 팠고 비밀스러운 깊이까지 들어가서 마치 낚싯대처럼 점점 더 새로운 생각들-심연의 괴물들을, 현실의 본질에 대한 점점 더 날카로운 인식을 건져 올렸다. 그러나 이 모든 것이 그게 아니고 그게 아니었다…. "그러니까 이 세상은 이런 거구나." 이 문장에 말로 표현할 수 없는 의미의 모든 층위가 담겨 있었는데, 그 전반적인 공식은 어떤 식으로든 필연성 안의 우연성을, 거의 절대적인 물리학의 법칙으로 제한되었으면서도 동시에 비록 이론적인 가능성 속에서만이라도 무한히 자유로운 바로 이 장소와 시간과 공간에서 전반적으로 이러해야만 하고 다를 수 없다는 감각을 배경으로 한 모든 행동의 무작위성을 표현하는 확언 — 전반적으로 인과성을 배경으로 한 우발성을 표현하면서, 그 우발성 안에 존재 전체와 함께 절대적인 무, 그 절대적인 헛소리뿐 아니라 심지어 그와 같은 수준의 바보짓에 대한 생각의 불가능성도 포함하는데, 그것은 예를 들면 "내가 전혀 존재하지 않았다면 어떠했을 것인가." 등의 가정과, 심지어 무에 대한 가정조차 포함해, 논리적으로 아무것도 탐구할 수 없는 것이다. 규칙과 무규칙, 그리고 거기서 흘러나오는 상대성은 수업에서 자유로운 시간에 이 장교가 될 원형질의 두뇌를 괴롭혔다. 물론 코쯔모우호비치에게는 예를 들어 이런 생각들은 견딜-수-없는 헛소리일 것이었다. 어쩌면 죽음의 순간에도 이런 종류의 사람은 이토록 높은 층위의 헛소리를 진지하게 취급하기 힘들지도 모른다. 그러나 (일정한 지적 능력에도 불구하고) 자기 안에서 이와 유사한 전(前)사상적인, 그들을 일상생활의 배경 안에서 짐승 같은 저열함과는 뭔가 다른 것으로 분리시키는 상태를 제때 발견하지 못한 젊은 사람들이 얼마나 많이 있었는가. 흘러가는 모든 순간은 이미 궁극의 깨달음으로 가득한 것 같았고, 그 깨달음이 바로 저 갈망하지만 영원히 흘러서 빠져나가는 삶이었으며, 모든 다음 순간은 내면의 새로운 색채를 비추어 주고 외면적으로는 새로운 영역을 가리켜 주는 그 궁극성의 거짓말로 보였으며, 모든 것이 뒤집히고 제대로 되지 못했다. 게네지프는 그 시기의 행복을 제대로 판단하지 못했다 — 그는 지속적인 변화 때문에, 그리고 겉보기에 무한한 가능성이 좁아지는 것에 괴로워했다. 그는 이미 자신을 영원히 고정시킬 그 불분명한 쐐기를 보고 있었다 — 그는 (대체로) 다른 사람이 아니라 이런 사람일 것이다 — 어떤? — 그는 알지 못했다. 그러니까 이 삶은 이런 것이었다, 계속 손에 잡히지 않으며, 모든 것을 자동적으로 끌어내고 돌려 빼내고 짜낼 수 있을 그 가장 깊이 숨은 핵심 혹은 중심을 이미 손에 잡았다고 생각한 순간 덧없이 빠져나가는 것. 대중적으로 말하자면 요점은 원칙이었고, 그 원칙을 바탕으로 주어진 환경에서 논리적으로 모든 현명한 반응의 방식을 이끌어 낼 수 있을 것이었다. 사상적인 영역에서 단일한 관점을 획득하려는 그 노력에도 불구하고 현실적인 모든 소소한 결심들은 좌절되었으며 지속적인 예측 불가능한 상황(장교 수업, 동료들, 군사적 관념의 세계와 매일 머리 위로 상자째 떨어지는 책임감 덩어리)과 또 예측하지 못한, 절대적으로 예견하고 통제할 수 없는 내면적인 반응들이 게네지프를 자기 자신에 대한 불쾌감과 혐오감으로 가득 채웠다. 그는 이 혼돈이 언젠가는 뭔가 명확한 방법으로 조정되고 통제될 수 있게 되리라는 희망을 잃었다. 사람들, 저 이해할 수 없는 다른 사람들 — 그것이 가장 독성이 강한 문제였는데, 다른 사람들은 똑같은 의미를 지닌 똑같은 부호를 사용하는데도 서로 의사소통의 가능성을 상상할 수 없는 사람들이었다. 지프치오는 처음으로 인간 유형의 다양성을 놀라워하며 깨닫기 시작했다. 예전의 아버지와 마찬가지로 '예전의' 공주는 이제 자기 자신의 상상의 산물인 것만 같았다 — 그는 자신이 그들을 전혀 모른다고 스스로 확신했다 — 그렇다 — 그리고 알아보지 못할 것이다 — 왜냐하면 공주는 평생 다시 만나지 않으리라 결심했으며, 아버지는 알다시피 이미 죽었기 때문이다 — 바로 그거다, 그 사실은 알고 있었으나 그 죽음은 다른 사람의 죽음이 아니었으며 가능한 그 자신의 것도 아니었다 — 그것은 다른 죽음이었다 — 완전하지 않은 죽음. 늙은 아버지는 그의 내면에서 살아서 이미 현실에서는 알아볼 수 없는 모습으로, 새로이 변화한 유령으로, 경험의 지평을 넘어서 추정해 만들어진 그리고 물론 거짓된 인물로 자라났다 — 전능한 거인의 규모로 커졌다. 만약 지프치오가 내세와 영혼을 믿었다면 그건 유일하게 아버지의 경우만이었다. 가능한 그 자신의 죽음, 다른 사람들의 죽음과는 완

456

전히 다른 '존재'가 되는 그 죽음도 또한 분화되었다—첫
번째, 전반적이고-먼 죽음, 삶의 끝의 상징도, 그리고 그
두 번째, 명랑하고 안전하고 '유명한', '용맹한 자들의 죽
음', 그 뒤에 새로운 삶이 시작되는 것으로 보이는 그것도,
그는 가끔 치명적으로 두려워했다. 예술에 대한 경멸과
개인적인 혐오에도 불구하고 그는 모든 것을 아는 텐기에
르를 점점 더 그리워했다—단지 그의 그 괴물 같은 모습
과 입맞춤만 아니면—부르르르….

　　사람들 속에서, 그리고 수업이 끝난 뒤 심지어 가
장 북적이는 군중 속에서도 계속되는 외로움 때문에 그는
'생각' 속에서 광기에 차서 자신을 갉아먹게 되었다. 그것
은 규명된 관념들의 관계가 아니었다—그보다는 씨앗과
같은 상태의 형태 없는 이미지들, 어떤 미래의 개념들의
윤곽과 '파편'*이었다. 그 씨앗들은 동심원을 그리며 어떤,
현재로서는 상상 속의, 겉보기에 전체의 잠재적인 구성
같은 인상을 주는 중심 지점을 향해 기어갔는데, 그 체계
의 불완료성은 완전히 끔찍한 고통이었다—정말로 무시
무시했다. 싼 가격에 모든 것이 완벽하고 정돈되고 흠이
없기를 그는 그토록 원했다—그러나 아무것도 그렇지
않다. 혼돈, 무질서, 뒤섞임, 개별 부분들 서로 간의 충돌,
다툼. 그 어떤 것에도 시간이 없었다. 오, 이런 식으로 500
년간 혹은 30번 '반복해서' 살 수 있다면. 그럴 수 있다면

* обломки. 원문 러시아어.

457

뭔가 어쨌든 만들어 내고, 뭔가를 완수할 수 있을 것이다. ('둘러싼 주변 환경'\*의 '무질서'\*\*와 교착성의 삶의 늘어진 속도를 배경으로 — 모든 것이 타르가 가득한 통 속에서 일어나는 것 같았다 — 우리 중 많은 사람들이 [코쯔모우호비치도 마찬가지다.] 유사한 인상을 받았다.) 하지만 이렇게는 — 가치가 없다. "삶을 즐겁게 받아들이거나 아니면 뇌를 태워 버리는 수밖에 없다."\*\*\* 모파상을 인용해서 이렇게 말하곤 했던 이는 학교에서 가장 불쾌한 기병 타입 중 하나인, 이른바 "불쾌자", 승마 감독인 보워디요비치 중위였다. 생도들의 기를 북돋워 주려는 의도에서였다. 게네지프는 자신이 짧은 삶을 살 것이라 느꼈다 — 그런 가정의 근거가 무엇인지 그 자신도 알지 못했으며, 어찌 됐든 위협적인 사건들 때문은 아니었다. 스물한 살이 되는 해는 그에게 영원 그 자체로 보였다 — 그러나 거기에 대해서는 나중에 말하겠다.

학교 친구들은 매우 재미없었다. 어떤 분홍색 '직관적'인 소년은 지프치오보다 한 살 아래였는데 다분히 섬세했으나 그 대신 멍청했다. 다른 — 원초적으로-현명한 서른 살 남자는 전직 은행 직원이었는데 지적인 야심은 실제로 높았으나 그 대신 동료를 대하는 방식이 너무나 불쾌해 그 장점들은 거대한 쓰레기장 속의 조그만 다이아

---

\* milieu ambiant. 원문 프랑스어.
\*\* безалаберность. 원문 러시아어.
\*\*\* Il faut prendre la vie gaiement ou se brûler la cervelle. 원문 프랑스어.

몬드처럼 묻혀 버렸다. 그 외에는 반쯤 자동기계 같은, 자기 존재를 거의 깨닫지도 못하는 것 같은 영적인 잡초들의 무리뿐이었다. 그리고 이 모든 것은 악하고, 질투심과 허세와 서로에 대한 경멸이 가득하고 대화 속에서 계속적으로 기분 상하는 암시와 적대감으로 나타나서 대체 어떻게 반응해야 할지 알 수 없었다. 왜냐하면 지프치오는 악의적인 사람이 아니었으며 급성 '즉각적으로 반박하는 능력 결여'*를 앓고 있었기 때문이다. 그는 두 번째, 세 번째, 네 번째까지 반응하지 않다가 상스러운 친밀감의 표시 아무것에나 말다툼을 하고 관계를 끊어서, 그에 대해 '과민한' 신경증 환자라는 의견이 형성되었는데, 그는 실제로 그러했다. '지나친 민감함.' 그는 슬퍼하며 생각했다. '좋다, 하지만 그것도 어느 정도는 완곡한 표현이지. 어째서 아무도 나에게 불평하지 않지? 정말로 우리의 이상은 상스러움과 무례함인가?' 그러나 이런 생각이 대체 무슨 도움이 되겠는가? 스스로 고립되어야만 했는데, 왜냐하면 '여기서 일단 상스러운 놈에게 마음을 털어놓으면 — 곧 네 얼굴을 핥아 먹으려 들기' 때문이다. 그러나 불쾌한 일을 하거나 사람들을 당황시키는 일을 지프치오는 전혀 할 줄 몰랐다 — 그는 전반적으로 착했고, 그저 착했다 — 여기에 대해서 무슨 흥미로운 할 얘기가 있겠는가.

오, 이 시대 폴란드의 평범한 지식인은 이토록 혐오

* esprit d'escalier. 원문 프랑스어.

스러웠다! 모여들고 돌아서는 그 안에 경험 많은 인류의 층위들의 적대적이고 무자비한 미래를 숨기고 있는 지독한 사기꾼이나 그냥 군중(하지만 멀리서 봤을 때)이 더 나았을 것이다. 이웃한 혹은 이웃하지 않은 반(半)볼셰비즘 국가들, '방파제'의 사육자들의 돈으로 얻어진 거짓된 미국식 '풍요'*로 망쳐진 사회 전체 — 사회 전체가 (다시 말한다.) 마치 부모와 돈을 잃기 이전의 외둥이가, 그런 뒤에 세상 전체가 그가 밥을 먹었는지에 관심을 갖지 않는다는 데 놀라고, 그런 건 아무도 신경 쓰지 않는다는 사실을 이해하지 못하는 것처럼 그렇게 망쳐져 있었다. 이후에는 또한 그렇게 되었다.

코쯔모우호비치는 사무직 공무원 외에도 넘쳐 나는 지식인층을 거의 전부 투입해서 장교 생산의 광기를 만족시킨 뒤 체계적으로 반(半)지식인층에 손을 뻗기 시작했고 심지어 곧바로 가장 낮은 계층, 이른바 "영적인 부랑자들"까지 뒤져서, 프리드리히2세가 자신의 근위병을 뽑은 것과 비슷하게 그들 중에서 심리적으로 가장 힘세고 덩치 큰 남자들을 골라냈다. 게네지프는 그런 종류 인간들의 삶의 방식에 익숙하지 않아서 자신에게 그 어떤 제한도 없이 친밀하게 굴 권리가 있는 300명 넘는 동료들의 존재를 받아들일 수가 없었다. 그리고 밑바닥에서 그는 그 때문에 자기 자신에 대한 가장 혹독한 경멸을 느꼈

* prosperity. 원문 영어.

다. 어쨌든 그는 아무것도 아니었고, 더 나쁜 것은 — 결단코 어떤 인물이 되지 못할 것이었다. a) 시간도 b) 사람들도 그렇게 되게 해 주지 않을 것이고 c) 시간이 없었다. 그는 다른 역사적 시기들을 그리워했는데, 그런 시기였다면 그는 세계 최대 혁명의 시기인 지금보다 더 나쁜 상황에서 (하지만 누가 알겠는가?) 장교의 하인이었을지도 모른다는 사실은 깨닫지 못했다 — 유일하게 근본적인 동요는 과거 그 어떤 원칙에서도 예견하지 못한 형태로 인류를 절대적으로 통합시키는 것이다. 이전에는 아무도, 문명이라는 괴물이 이런 규모에 다다를 것이며 그 괴물과의 전투 방식은 미리 고안될 수 없다는 사실을 관념화할 수 없었다. 파시즘이 거의 그렇게 해냈지만, 그 안에서 예전의 민족주의적이고 개인적인 나머지 사람들은 너무 지나치게 고생해야 했다. 그러므로 지프치오는 자신의 직속상관들인, 다행히도 지나치게 통찰력이 강하지는 않은 사람들에 대해서는 순진해 보이는 가면을 몇 개 쓰는 것으로 관계를 제한했고 그 외에는 가능한 한 완전히 자신을 주머니처럼 감쌌다. 군기는 그를 천천히 체계적으로 짓눌렀지만, 그건 표면뿐이었다. 때때로 그는 점점 더 생각 없이 돌아가는 사회적 기계 속에서 이렇게 즉각적으로 거의-뭔가가 되었다는 사실에 만족하기까지 했다. 공주에게 갈가리 찢기고 아직 아물지 않은 내장 깊은 곳에서 관능적인 경험의 무의식적인 욕망이 터져 나왔다. 그러나 게네지프는 진정한 사랑이 나타날 때까지 '깨끗하게 살기로' 결

461

심했다 — 일견 진부해 보이는 이 결심은 이 불운한 소년이 이제까지 생각한 것 중에서 가장 고귀한 일이었다. (그것은 그러나 독립적인 '행동 노선'으로 삶의 전체적인 형상과는 전혀 관계가 없었으며 그러므로 그 자체로 가치가 없었다.) 그 어떤 해독제의 사용도 받아들이지 않았고, 그렇게 하기가 사실 더 쉬워졌는데, 왜냐하면 2주간의 의무적인 부자유 이후 그는 갑자기 침대 정리를 하고 막사 내 거대한 난로에 불을 피우는 능력을 잃었다는 이유로 일주일간 더 영창에 갇혔기 때문이다. (제로니무스 수도원식,* 또는 폐병 요양원식이고 이전에는 헤르부르트 가문의 궁전이었던 오래된 건물은 좀 더 속세적인, 하 — 심지어 군사적인 냄새들을 즐겁게 빨아들였다.) 과거 형이상학적인 순간들, 저 '각성의', 전반적으로-충족 불가능한 탐욕의 압축할 수 없는 육체들, 타원형에 씨앗처럼 미끈미끈하지만 그래도 근육질에-살아 있고-단단한 육체들은 어떤 종류의 분석도 적용할 수 없었다. 그러나 게네지프는 드물고 희미하며 여름날 저녁의 먼 번개처럼 짧게 지속되는 환영 속에서 바로 저곳에 운명이, 그의 알 수 없는 인성 전체의 비밀이 숨어 있음을 보았다. 이런저런 명칭이나 혹은 심지어 사기꾼이 우리에게 대체 무슨 상관이냐고 언제나 말할 수 있다 — 그러나 실제 일은 겉보기처럼 단순하지 않은 법이다. 그는 자신 안의 낯선 힘, 자신

* 포르투갈 리스본 성 제로니무스 수도회의 수도원 건물. 1501년 건설하기 시작해 1601년 완공되었으며 포르투갈의 후기 고딕 양식을 잘 보여 준다.

의 그 '죄수'가 내리는 판결을 기다렸는데, 그것은 그가 무
의식적으로 모든 것을 통제하는, 도플갱어도 아니지만 개
인적으로 모르는 타인, 마치 환영에서 본 듯한, 그 자신보
다 훨씬 성숙한 그의 내면의 승객을 부르기 시작한 이름
이었다. 그러나 그는 아직 그 타인을 완전히 겁내지는 않
았다──그건 조금 뒤 찾아오게 될 것이었다. 당분간은 일
시적인 승객, 혹은 내면의 죄수는 추상화된, 그러나 관념
적으로 규명되지 않은 것에 더 가까운 영역에서 살았다.
거의 선별되지 않은 그의 생각과 감정은 게네지프의 육체
적인 움직임의 중심부에 달라붙지 않았다──아직 적절한
전송 통로가 없었다. 그 육체는 군사훈련의 영향으로 완
전히 과장 없이 뭔가 대단한 것으로 발전했다. (기병대식
의 모든 완곡함은 모두 한옆에 밀어 두기로 하자──기병
대는 기병들을 위한 것이다.) 그것은 운동경기에 열광하
는 사람들의 영역에서 많이 만나는 혈거인(穴居人)다운 연
출이 아니었다──근육질 어깨는 각졌고 허벅다리와 배는
지방질 없이 단단했다. 더 정확히는 그 내장들의 덩어리
가 일정한 여성성과 남성성으로 반음양의 합성을 이루었
으나, 모든 것이 함께 거의 최대한의 조화를 이루었고 일
정 정도의 짐승 같은 힘도 상실되지 않았다. 그는 슬프게,
심지어 때로 혐오스럽게 자신의 훌륭한 몸체를 들여다보
았다*──어째서 아무도 이 어쨌든 훌륭한 남성의 몸을 이

* onisuakimalipans. "나쁜 생각을 하는 사람은 나쁘게 될 것이다(Honny soit, qui mal y
pense)."라는 프랑스어 문장을 소리 나는 대로 쓴 것.

용하지 않는 것일까, 어째서 이 일급 근육의 덩어리 전체가 이 막사 안에서 아무 쓸모 없이 시들어야 할까? 어쩌면 이 방앗간에서 더 강한 신체 부분이 ― 각각 개별적으로 ― 나올지도 모르고, 심지어 어쩌면 물질적 전체로서 나올지도 모른다 ― 그러나 개인적인 운명과는 거리가 먼 냉혹한 규율에 의해 살해당한 (이런 환경에서는 오로지 수명이 다한 내장만 죽는다.) 영혼이 다스리는, 그 어떤 높은 등급의 개인성의 일원성도 들어 올릴 수 없는 부위들. 멀고, 아름답고, 아무에게도 알려지지 않은, 어쩌면 떠오를 당시에는 그 자신조차 알지 못했던, 바로 그러한 코쯔모우호비치의 생각이 모든 개인적인 내면적 운명 위에 무겁게 걸려서 (운명이라는 개념도 분화해야 한다.) 자신의 예상치 못한 회전과 굴절에 따라 개인적인 존재를 구부렸다. 참으로 이상하다! ― 그렇지 않은가? ― 저기 수도 어딘가에 녹색 등불 아래 그토록 초폭발적인 인간이 앉아서 그에 대해서는 (그 자체로) 아무것도 모르면서 미리, 선대출로, 누군가에게 완전히 예상하지 못한 방식으로 살고 명령하고, 그 명령을 받은, 그를 숭배하는 젊은이에게 '신의 섭리의 시선'을 (소설에나 나오는 주제일지라도) 돌려 상징으로서 그를 사회 전체에 보여 준다. 그리고 그렇게, 몇몇 친구들과 가족을 제외하면, 그것에 대해서는 아무도 모른다. 사회가 결정적으로 자기 위에 권력자를 받아들이면 (혹은 어떤 인민위원회나 계획적으로 엘리트주의적인 경제 위원회나 ― 전부 똑같다.) 불균형한 영혼들의 그런 관계는 불가능할 것이다 — 지루해질 것이다.

처벌 기간이 끝난 뒤 성탄 휴일까지 학교를 떠날 수 없는 날들이 아직도 사흘 남았다. 조금 힘들어지기 시작했다 — 가벼운 열병 같은 피부의 통증, 상처 입은 성기와 배 속 깊은 곳에서 뒤집히는 내장들, 내면의 열기로 바짝 말라 버린 눈먼 괴물들. 삶은 갑자기 멀리서, 손 닿을 수 없이 '매혹적으로', 모르는 여자만이 매력적일 수 있는 그런 매력으로 빛났다.

정보

과정은 6개월간 계속되었고 그중 첫 석 달간, 신입 막사에서 머무르는 기간 동안은 오로지 일주일에 한 번 일요일에만 학교 건물을 나갈 수 있었으며 그것도 외박은 금지였다.

465

# 만남과 그 결과

외로운 생각이 삶에서 멀리 떨어진 주전자에서 끓었다. 눈에 띄지 않는 조그마한 영혼 조각들, 그가 없으면 존재 자체가 있을 수 없을 위대한 악의 사절들은 지옥 같은 추출을 소리 없이 준비했는데, 그것을 통해서 무의식적인 초월 세계와 어딘가 더 먼 조상들의 혈통 속에, 다른 환경에 이상적으로 맞게 창조된 젊은 카펜의 '조직'에 독을 투입하려 했다. 힘들다.

형이상학적으로 일상적인 하루가 끝나 가던 어느 날 저녁, 진부함 속에서 최고의 기묘함을 보는 때에, 근본적으로 활력을 잃고 군사훈련 때문에 관능적으로 거세된 지프치오는 응접실로 호출받았다. 당직이 그에게 다가왔을 때 그는 이미 그게 무슨 뜻인지 알았다. 심장을 배의 아래쪽 부분과 갈라놓는 비밀스러운 방벽이 무너졌다. 그는 직접 거의 자기 자신에게도 비밀스럽게 그 방벽을 지었고, 그 관계의 문제점을 무시하려고 애썼다. 그리고 그 방벽의 완전성에 대해 계속 두려워했다. 그런데 여기서 갑자기 터져 버렸는데, 왜냐하면 그 바보 크바페크가 공무원적인 방식으로 그에게 다가오기 '시작했기' 때문이다.* 이유는 알 수 없지만 끔찍한 예감이 심장에 날아왔

---

* 크바페크(Kwapek)라는 이름에는 '첫 음모(陰毛), 국부에 처음 나는 털'이라는 뜻이 있다. 당직자가 아주 비호감적인 방식으로 성적인 접근을 시도했다는 뜻인 듯하다.

466

다. 먼 미래의 운명이 연달아 모습을 드러냈다. 강요된 독
약의 섭취 — 바닥까지, 마지막 한 방울까지, 그리고 검고
태풍 같은 먹구름이 소리 없이 남해의 무인도처럼 솟아오
른, 삶의 고통스러운 황무지에 있는 피투성이 두뇌를 덮
쳐 온다. 우월한 의식의 불꽃 같은 혀가 구체화되지 않은
생각들로 고통받는, 드러난 뇌 피질을 욕정적으로 핥았다.
그것, 그것, 그것 — 바로 그것이다. 그가 갑옷으로 무장하
기도 전에 숨겨 둔 그의 생각들의 흔적이 발각당했다. 느
린 처형은 바로 5월 13일 세 시부터 일곱 시까지 진행되
었다. 복도의 열린 창문을 통해 축축한 라일락 냄새가 풍
겼다. 반쯤 비에 젖은, 음울한 봄 저녁의 무거운 습기로
가득하고 성적인 슬픔으로 숨 막히는 향기가 가득했다.
무시무시한 절망이 구원받을 길 없이 그의 목덜미까지 흘
러넘쳤다. 이미 절대로, 절대로 — 자기 자신 안에 있는 평
생의 감옥. 학교의 이 벽들, 이 벽들은 언젠가 다른 삶에
서 한번 있었고 그를 너무나 억압해 기억을 통해 (그것을
끄집어내다니!) 기억나지 않을 정도로, 기억이 없어질 정
도로, 무 안에서 끝없을 정도로 느리게 녹아 버리는 것으
로 그를 몰고 갔다. 그러나 가는 길에 조그마한 지옥이 그
를 기다리고 있었다. "대체 어째서 다들 나를 미칠 지경으
로 몰아붙이는 거죠." 그는 눈물을 흘리며, 익숙하고 단단
하고 '기사다운' '기병다운' 남성다운 계단을 내려가며 속
삭였는데, 그 계단은 지금 따뜻한 구타페르카 수지로 만
들어진 것 같았다. 그는 그것이 무슨 의미인지 이미 알고

있었다 — 운명은 동화에 나오는 독일 처형인의 모습으로, 어린 시절의 선물 상자에서 어떤 인형을 골라 그의 삶의 길에 놓아둔 것이다. 그들은 살아 있지 않았다 — 그것은 훌륭하게 제작된 자동기계로서 이른바 "쌍둥이"의 환상을 가장하고 있었다. (불한당 같은 선임은 기병 모자를 쓰고 목에 빨간 손수건을 둘러 악취를 풍기는 핏줄이 튀어나온 목울대와 갑상샘에 커다란 줄처럼 그어진 흉터를 가리고 있었다.) 여기에 반드시 입을 맞추고 다른 한쪽 뺨을 돌려야만 했다 — 그 첫 번째를 그는 언젠가 잘라 냈었다. 절대로, 절대로 싫다! 그는 그 순간 아무도 사랑하지 않았다 — 자기 스스로 몰랐지만 그는 실질적인 유아론자였다 — 진실로 당직과 세상 전체는 그저 마흐 요소들의 관계일 뿐이었다. 그는 손님들을 위한 대기실로 들어섰다. 의식적으로 그는 어머니가 거기서 릴리안과 미할스키와 함께 그를 기다리고 있다고 생각했다 — 이미 한번 그런 적이 있었다 — 그곳에 그의 가장 후안무치한 운명이 반드시 있을 것임을 그는 아랫배를 통해 알 수 있었다. 무슨 말이든 하고 싶은 대로 해도 좋지만, "관능이란 지옥 같은 것이다 — 가볍게 여겨서는 안 된다."라고 어떤 작곡가가 한때 말한 적이 있다. (단지 그 목소리의 억양과, 쾌감으로 인한 충격과 혐오스럽고 악취 나는 매력으로 눈물 가득한 그 눈의 표정을 재현할 수가 없다.) 마지막 그때 그는 무덤에서 꺼낸, 휘어진 아버지의 손으로 악마의 평원에서 빠져나왔고, 아래쪽에서 모든 근육과 힘줄과 신경을 당기

468

며 그를 끌어들이려는 암울한 '구멍'*을 뿌리쳤다. 마지막 그때 아버지는 무덤 너머에서 그에게 손을 내밀었다. 그 때부터 지프치오는 자신이 혼자여야 한다는 것을 알았고, 또한 (심지어 비인간적인 힘을 가졌다 해도) 형이상학적인 경험을 그린 유아적인 그림의 중심 원에서부터 자라난 저 높은 고원 위에서 자신의 운명을 스스로 지고 가지 못하리라는 것도 알았다.

영혼의 성적인 아랫부분에 이미 치명적인 불안과 공포의 적대적인 침묵이 깔렸다. 그리고 오로지 생각의 일부분에서만 그는 자신의 것이 아닌, 거의 완전히 타인의 눈으로 그녀를 보았다. 그녀는 얼마나 지옥같이 유혹적이었던가. "어린 소녀 — 그런데 짐승이다! 그녀는 절대로 멈추지 않을 거야…. 하느님 —(그 죽은 하느님!)— 저 괴물에게서 저를 해방시키소서!" 그는 공주에게 다가가면서 속삭였는데, 공주는 회색-하늘색-보라색 '드레스'(이른바 "코쯔모우호비치의 푸른색"— 오늘날 유행하는 연푸른색으로, 총병참 장교의 제복을 통해 소개된 색깔이다.)를 입고 짙은 군청색 중절모를 쓰고 대기실의 기둥 중 하나에 기대 서 있었다. 아무도 없었다. 무시무시한 침묵, 그 자체로 굉음을 내는 그런 침묵이 이 순간에 건물 전체에 퍼졌다. 일곱 시 종이 쳤다 — 멀리, 어딘가 마을의 탑에서, 삶과 행복과 자유의 세상에서. 그녀의 절망이 형이상학적인

---

* gapo. 영어 'gap'에 o를 덧붙여 폴란드어 명사처럼 만든 듯하다.

차원에서 은밀하게 (은밀함) 땅으로 기어 내려와 소리 없
는 성적인 고통으로 변했다 — 그렇게 악마는 측정할 수
없는 고매함을 가장하여 유혹했다가 다음 순간에는 진흙
탕 속에 내동댕이친다. 약이 든 약병도 또한 옆에 서 있었
다 — '소년다운' 섬세함과 수줍음의 장갑을 낀 수컷의 앞
발을 뻗기만 하면 된다. (그런데 바로 그 순간 저기, 나라
전체의 수도에서, 사람들이 말하는 대로 "위대한 코쯔모
우흐"가 진실로 아우게이아스 왕*과 같은, 주위를 둘러싼
비열함에 팔꿈치까지 더러워진 채, 비록 예를 들어 악마
나 알 만한 무언가를 대가로 치른다고 하더라도 나라 전
체를 싹 씻어 버리려 노력하면서, 어느 중국인의 보고서
를 읽고 있었는데, 중국인은 마치 참수형을 받은 사람처
럼 몸을 반으로 접고 그의 앞에 서 있었다. 코쯔모우호비
치가 말했다. "그가 무슨 생각을 하는지 알 수 있나?" 2급
만다린**이며 나이를 알 수 없는 중국인은 대답했다. "유
일하신 각하의 생각은 절대적으로 추측 불가능합니다. 우
리가 아는 것은 단지 그것이 가장 고매한 생각이며 전인
류적이라는 것입니다. 당신들이 당신들 세계 전체에서 가
장 위대한 현자들의 조언을 구했으나 해결할 수 없었던
일들을 그분이 해결해 줄 것입니다. 당신들의 지식은 당

---

* 그리스신화에 나오는 엘리스의 왕. 나라 전체에서 가장 많은 가축을 가지고 있으나
마구간을 한 번도 치운 적이 없어서, 세상에서 제일 더럽다고 알려진 이 마구간을
치우는 과업이 헤라클레스에게 맡겨진다.
** 작가가 가상의 미래 세계에서 만들어 낸 공산주의 사회에서의 계급인 듯하다.

신들의 영혼의 용량을 넘어섰습니다. 당신들은 마치 손안에서 빠져나가 살아 있는 피조물처럼 자라나서 자기만의 독립적인 삶을 살며 언젠가는 당신들을 잡아먹을 기계의 힘에 몸을 맡기고 있습니다. 그분의 생각을 사라져 가는 종교들의 사제들이 알아맞히려 했습니다―독약과 강제적인 의지의 힘으로요. 그분은 멀리서 그들을 보았고 다들 죽었습니다―그들은 목이 잘렸고, 다른 이유를 탓했지요." 총병참 장교는 몸을 떨고 갑자기 한 발 크게 뛰어 벽에 걸린 채찍을 잡았다. 중국인은 부관들이 가득한 방 두 칸을 가로질러 기적적으로 도망쳤다. 한편 코쯔모우호비치는 손에 채찍을 들고 방 한가운데 얼어붙은 듯 서서 배꼽까지 깊이 생각에 잠겼다. 그의 자아는 존재 전체와 함께, 그 뒤에는 비참한 벌레와 함께, 인류 전체와 함께 말할 수 없는 경련을 일으켰다. 그는 속으로 통곡했고 휘어진 다리로 서류가 놓인 녹색 탁자까지 가서 벨의 버튼을 눌렀다. 부관이 들어왔다….) 게네지프는 자신의 운명이 체화된 얼굴을 들여다보며 이 장면을 보았다―어쩌면 이것은 진정한 정신감응이었는지도 모른다. 왜냐하면 모든 권력을 쥔 '병참 장교'의 사무실에서 바로 일곱 시 13분에 실제로 이 일이 벌어지고 있었기 때문이다.

### 정보

그런데 동시성과 현실성이란 무엇인가? 이 질문에 대해서도 다른 많은 질문들처럼 모든 (형편없는?) 시간 동안 물리학도 철학도 (몇몇 사람들에 따르면) 절대로 대답해 주지 못할 것이다. 그리고 정신감응에 대해서라면 그것도 역시 가능하다 — 그 해석이 (혹은 기계적인 설명이) 우리가 물리적인 관점을 뛰어넘지 않을 것이고 우리가 이제까지 알려지지 않은 방법으로 두뇌에서 일정한 과정을 거쳐 만들어져서 다른 두뇌에 일정한 공정을 불러일으키며 작용할 수 있는 에너지를 전달하는 방법을 찾을 것이라는 사실에만 바탕을 두고 있다 해도 말이다. 그러나 여기서 또다시 심리학이 시작된다 — 우리는 불균일한 영역들 사이의 일정한 관계만을 확증할 수 있을 뿐이다 — 그 이상은 아니다. 생각을 읽는 것에 대해서도 같은 원칙이 적용되지만, 먼 거리에서 장애물이 있는데도 보거나 듣는 것은, 그런 일이 대체 일어날 수 있다고 해도 비정상적이다. 그러나 "생각의 물질화"(?!)를 알아맞히는 것은 예를 들면 증기기관차의 브로콜리화 혹은 그 이상으로 황당하다. 모든 종류의 이른바 "초자연적인 현상들"에 대해서도 똑같은 것이 적용된다. 요즘 대중적으로 떠도는 모든 무작위적인 해법들은 심리주의(철학의 한 분파 — 학문으로서의 심리학이 아니라), 그리고 심리주의와 물리학적 관점과의 관계에 대한 무지에서 비롯되는데, 물리적 관점은 통계적이고 근사치이고 일차적인 용어로 표현 가능하다.

"너가 (대문자로 '너') 너무나 그리웠어, 내가 찾아왔다고 화내지 마." 속삭임은 가장 성적인 통로를 따라 상반신을 통해 그곳까지 흘러갔다. "이렇게 꼭 와야만 했어, 하지

만 이건 정말 너만을 위해서야. 넌 이미 어른이야—내가
어째서, 아, 어째서 그렇게 행동해야 했는지 너도 분명 알
거야. 넌 지금 나를 평가할 능력이 없어. 내가 너한테 준
게 무엇인지는 아마 어쩌면 내가 더 이상 없을 때, 네가
정말로 사랑하게 될—그렇게 느껴질 거야—그 두 번째
나 세 번째 여성을 나 덕분에 다치게 하지 않았을 때 이해
하게 될 거야. 하지만 넌 나만을 사랑했고 사랑하지—어
쩌면 영원히—거기에 대해선 모르겠어. 화 안 났어?"고
분고분한 암캐처럼 그녀는 몸을 숙였고 하늘색의, '천상
의', 물기 어린, 핵심에서부터 뽑혀 나온, 내장을 털린, 단
정치 못한, 중심부까지 바쳐진 존재의 시선을 (여기 신장
근처 어딘가와 더 깊은 곳, 심지어 저쪽에서) 그의 확고
한 눈에 날카로운 발톱처럼 박아 넣었다. 총알은 목표물
에 도달하여 터졌고, 죽였고 (단지 생각만) 마치 종이 인형
처럼 예술적으로, 어린아이처럼 조립된 요새와 교두보를
파괴했다. 폭발을 통해 오랫동안 갇혀 있던 욕망이, 야만
스럽고 땀에 젖고 악취를 풍기고 광기에 찬 욕망이 파고
들어 왔다—그중 몇몇은 쇠사슬을 쩔렁거리며 흔들었고,
마치 쇠로 된 벌레들처럼 영혼을 정복하러 나아갔다. 그
위로 연푸른 우산이 하늘인 척 가장하며 펼쳐졌다—순
수하고 위대한 사랑. 그는 지금 그녀를, 이 불쌍하고 나이
든 소녀를 한량없이 사랑했다—지금까지 그 누구보다도
더. 갑자기 우주가 아래쪽에서부터 떠오르는 행복의 광휘
로 밝혀졌다—고통 속에서 서로 그리워하는, 멀어진 영

473

혼의 공간(광활, 영역?)들은 격정에 찬 끓어오르는 포옹 속에 합쳐졌다. 이토록 지옥 같고, 고양된 방식으로 관능적인 것을 지프치오는 이제까지 한 번도 겪어 보지 못했다—심지어(!) 화장실 유리창에 눈알을 붙이고 자기 자신에게 축 처지고 나태한 행동을 했을 때도—더 정확히는 아니다, 자기 안에 방금 열린, 그 순간 약간 비열했던 손님에게 했던 행동이다. 피투성이에 끈적끈적한 안개가 스며들고 지상의 것 같지 않은 욕정 속에서 흐늘흐늘해진 몸을 꿰뚫었다. 그러나 어쨌든 아직은 아무것도 전혀 움직일 기미도 보이지 않았고 위대한 영혼의 적대자, 외롭고, 멍청하고, 육체의 전투에서 모든 힘을 가진 그는 머리카락 한 올 들지 않았다. 저 기다렸던 욕구는, 혹은 정확히 말하자면 정욕은, 정말로 어디에 있었는가? 육체를 소멸시킨 뒤 그것은 치명적인 포옹으로 세계를 무한까지 전부 포옹했다. 그는 이 아줌마를 완전히 순수하게, 가장 좋았던 시절에 했듯이, 어머니도 누이도 심지어 아버지도 그토록 사랑해 본 적이 없을 만큼 사랑했다. 그 감정은 그토록 순수했다…. 거의 우스울 지경이었다. '간통남'*은 마침내 욕정에 찬 끈끈한 덩어리로 막혀 버린 목구멍을 통해 내뱉었다.

"화내는 걸로는 모자랍니다. 저는 당신을 증오하고 이제 다시는…." 모든 것을 아는 벌거벗은 손이 그의 얼

* Il fornicatore. 원문 이탈리아어.

474

굴을 덮었다―(빠르게, 15초 전에 그녀는 바로 이런 동작을 하리라는 걸 알고 장갑을 벗었다). 그는 거칠게 그 손을 밀어냈으나 온기와 향기의 기억은 남았다―세상이 거꾸로 뒤집혔으나, 폰타시니*의 치명적이지 않은 용담 향은 지속되었다. "원하지 않습니다. 아시겠습니까? 무엇 때문에? 어째서? 그토록 괴물 같은 것을! 게다가 나는 당신을 그토록 사랑했어요!!" 이유는 알 수 없지만 그는 뻔뻔스럽게 거짓말을 했다―그러니까 즉 의식적으로 거짓말을 했다―근본적으로 그것은 사실이었고, 이 순간 사실이 되었다―그러나 어쨌든 악마나 알겠지―어떠한지는 아무도 이해하지 못할 것이고, 어떠했는지는 더더욱 이해못 할 것이다, 심지어 저 사람들도 기타 등등…. "저는 마치 두꺼비를 볼 때처럼 당신에 대해 혐오감을 가지고 있습니다. 당신을 생각하면 저는 스스로 더러워집니다…." 그녀가 강하게 그의 손을 잡아채어 아플 지경이었다―아줌마는 힘이 셌다.

"아냐, 지금부터 비로소 넌 날 사랑하게 될 거야. 하지만 예전의 그것을 다시 하기엔 너무 늦었어." 그녀는 사랑에 빠진 빛나는 '눈동자'로 그의 낯짝을 똑바로 들여다보았다. 그 시선에는 광기가 서려 있었다―스스로 용기와 매력을 더하기 위해 공주는 그녀가 말하는 "MP 드 코코"**를 몇 방울 떨어뜨렸다. 인생의 가장 중요한 순간들

* 35쪽 주 참조.
** 샤넬 향수의 일종.

에만, 드물게 하는 일이었다. "가끔 만날 수도 있죠." 그녀
는 벌어진 허벅다리에서, 벌거벗은 다리에서, 악마나 알
무엇인가에 입 맞춘 입술에서 나오는 가장 관능적인 목소
리로 계속해서 말했다. "하지만 이제 난 절대로 네 것이
되진 않을 거야, 네가 설령 빈다고 해도." 그 마지막 단어
가 기교의 정점이었다. 지프치오는 그녀 앞에 무릎을 꿇
은 자신을 보았다─그녀는 무릎까지 아무것도 신지 않
은 다리를 아무렇게나 꼬고 앉아서 거의 아름다운, 페디
큐어를 발라 발톱이 분홍색인 발가락으로 그의 코를 건드
리는 모습. 적갈색 불행의 발톱이 그의 내장에 박혔고, 봄
날 오후에 고문당한 끝의 죽음처럼 음울한 욕망이, 얼룩
덜룩한 검은색과 황금색의, 영원히 사라져 가는 행복에
대한 악마 같은 그리움이 빛나는 입맞춤과 같은 관 뚜껑
이 되어 황금색과 붉은색의, 지금 방금 불꽃 속에서 꽃피
운 육체의 미래를 덮쳤다. 절망이 고통스러울 정도로 욕
정적인 안개가 되어 성기에 달라붙었다─지금 성기는 힘
의 상징이 아니라 경멸, 저것을 통해 그에게 보여진 경멸
로 가득한 낯짝을 한 혐오스러운 내장이었다. 이런 뻔뻔
스러움이라니! 그는 아무것도 이해하지 못했다─그는 어
쨌든 뭐가 됐든 남자였다. 그리고 바로 그는 이해하지 못
했기 때문에 필요한 행동을 했다. 하─혐오스러움을 느
끼며 두 번째로 저 영혼의 범죄로 연기를 내뿜는 늪을 정
복해야 했다─그리고 그는 이미 새로이 사랑에 빠질 수
있었다─그는 그렇게 생각했다─그녀와 사랑에 빠지는

건—아니다. 그는 팔을 흔들어 순진하고 경험 없는 주먹으로 새하얀 목덜미를 쳤다. 다른 손으로는 매무새를 고치고 동시에 본능적으로 왼손으로 헤르스의 훌륭한 중절모를 붙잡았다.* ('헤르스' 사는 그때까지의 모든 재앙을 피해 살아남았다.) 그런데 그녀는 황홀하게 목이 졸렸다…. (그는 이미 그녀의 머리카락을 뜯고 내리치고, 내리쳤다—이 무슨 기적인가!—그러니까 그녀를 사랑하는 것인가?) 그러나 그가 막 제정신을 잃고 사타구니와 엉덩이의 교차 부분에서 일어나는 욕망의 물결을 느끼기 시작했을 때 그녀는 그를 뿌리쳤고 층계참에서 (그는 어리둥절해서 문을 닫지 않았다.) 천만다행하게도 '일부러 들리게 걷는' 발소리가 들려왔다. 그는 내던진 중절모를 재빨리 집어 들어 그녀의 머리에 거칠게 씌웠다. 그토록 기적과도 같은 순간이—낭비되었다, 제기랄! 누구에 의해서? 계단으로 내려오는 저 사람에 의해서는 아니었다—그보다 훨씬 더 깊었다, 이곳으로 지프치오를 보낸 아버지에 의해서였고, 거기에 덧붙여 그는 저 조그만 육체의, 그의 저 '이상'의 애인이었으나, 그 육체는 (어쨌든 전혀 뚱뚱하지 않은) 아직도 젊음으로 빛났고 (그러니까 한 스물여덟 살쯤) 그는 이미 뭔가 썩은 쓰레기를 얻었으며 그 썩은 쓰레기를 정복하고 억누를 수가 없었고, 그것을 여전히 손에 넣어야만 했다!! 아—이 무슨 수치와 절망이란 말인

---

* 헤르스 패션 하우스(Herse Fashion House)는 1868년에 설립되어 지금도 존재하는 폴란드의 패션 회사다. 본사는 폴란드 바르샤바에 있다.

가! 그는 거의 미칠 정도로 뭔가 순수하고 처녀다운 사랑을 그리워했다. 그리고 그는 공주의 궁전에서 보낸 첫 저녁에 보았던 그 엘리자를, 저 약간 억눌려 기죽은, 선한 존재를 (그보다는 어떤 피조물이라는 쪽이 맞다.) 떠올렸다. 닳아 버린 영혼은 올올이 거꾸로 섰고 동시에 자신에게 '할당된', 의지 없는 육체를 슬퍼하며 비통하게 울었다. 실제로는 더 나은 일에나 어울릴 법한 고통 속에서 그는 조각조각 찢어질 정도로 지나치게 괴로워했다. 그러나 그가 실제로 여기에 대해 무엇을 알 수 있었겠는가? 무엇에 근거를 두고 자신의 비교 범위를 잡을 수 있었겠는가? 그 행복한 바실리처럼 신앙이라도 갖거나, 벤츠처럼 사랑하는 기호들이라도 갖고 있거나, 아니면 음악가 텐기에르처럼 그런 괴물이라도 갖고 있다면! 아니다 — 삶 그 자체. "자기 자신에게조차 정복당해서는 안 돼." 그는 푸트리찌데스의 말을 떠올렸다. 텐기에르는 삶의 모든 진부함에도 불구하고 분투하고 무언가 — 그냥 큰 정도가 아니라 어떤 거대한 것과 싸웠다. 그런데 그는? 바로 다름 아닌, 한 번의 육체적 접촉에 아버지가 그에게 불어넣은 '이상주의들' (힘, 명예, 정당성과 그 비슷한 허상들[이라기보다 부상(父像)])의 수도꼭지 전체를 팔아 버릴 저주받은 원숭이 — 저 악마의 암컷은 가장 강한 것들의 유일한 상징, 어쩌면 가장 중요한 것을 대표하는 단 하나의 상징일지도 몰랐다. 그는 자신이 서 있고 의지하는 바탕의 충격적인 텅 빈 공허를 느꼈다. 뭔가 심리적인 철근과 콘크리트로 근본이 되는 새로운 바다 타일을 지어야만 했는데, 그렇지 않으면 누구든 혹은 무엇이든 그의 균형을 잃게 할 수 있기 때문이었다. 그러나 손 닿는 곳에 거기에 쓸 재료는 없었다—멀리 떨어진, 이미 잃어버린 형이상학적 기묘함의 지역에 있는 광산을 채굴해야 하고, 그것을 새로이 손에 넣어야만 할 것이었다. 언제? 시간이 없었다. 삶은 점잖지 못한 것들을 강요하며 배 속의 가스처럼 차올랐다. 앞으로 한두 번만 더 그렇게 균형을 잃으면 그는 존재의 밑바닥에 있게 될 것이었다—얄팍하고 부드러운 덩어리, 야심도 없고 골격도 없고 핵심도 없는—무성적이고 불명예스러운—부르르르⋯. 혐오감과 공포가 그를 살렸다. 그는 마음을 굳게 먹었다—그러나 단지 피할 수 없는 운명을 빙 둘러 가는 길을 통해서 완수하기 위해서였다. 그가 만약에 진심으로 그녀를 사랑했다면! 그러나 사실은 진실로 증오했다(네 가지 색채—이 켜켜이 쌓인 층위 중 과연 어느 쪽이 진짜일까?—오 이런 문제가 없는 행복한 신경증 환자들이여). 그리고 그 거짓 안에 소심함이 있었다. 앞으로 한 번 더 전기가 통한다면 그는 착해질 것이었다. 그러나 그것은 약함과 고통에 대한 공포에서 흘러나오는 다분히 저열한 선함이다. 계단으로 당직 장교, 그의 '적'인 젊고 거친 추남, 바로 위 기수인 상스러운 중위 보워디요비치가 내려왔다.

"면회 끝입니다." 그가 작위적으로 세련되게 선언했다. "카펜 생도는 막사 내 위치로. 공주는 정문까지 모셔

479

다드리지요. 언젠가 극장에서 한번 인사드린 적 있었지요— 대장님을 위한 행사에서…."

"그걸로는 상당히 모자라지요." 고매하게, 무의미하게 공주가 말했다. 그러나 보워디요비치는 여자들이 그토록 좋아하는 그 수컷다운 통찰력으로 그녀 주변에 찰싹 붙어 그녀를 끌고 가기 시작했다. 그녀는 보워디요비치의 어깨 너머로 지프치오에게 눈물 어린, 불타는, 터지는 듯한, 간지러운 듯한 시선을 보냈는데, 그 안에는 모든 것이 있었고 아무것도 없었다— 그는 마치 모든 사람에게 버려져 무인도에 남겨진 것 같았다— 오직 그녀만이 존재했고(공주만이, 섬이 아니고)— 자기 목적을 달성했다, 뻗고 또 뻗어서 목적에 닿고야 만 것이다, 그 짐승은. 아, 그녀가 그에게 달라붙고, 달려들고, 밀어붙였다면 그녀와 싸우기가 백배는 더 쉬웠을 것이다— 그러나 이렇게 되면? 그는 진하게 굳어 버린 핏속에 고리가 깊이 박혀 버린 것처럼 느꼈다. 그의 전체가, 내면의 중심부에 있는 조그만 원까지 포함해, 그 사악한 힘의 편으로 기울었는데, 그 힘은 그의 존재의 저 무의식적인 부분을 지배했으며, 그는 언제나, 거의 미신적으로 그것을 두려워했다. 그는 심연 위로 약간 지나치게 몸을 기울였다— 새롭게 자신을 끌어당겨 올릴 능력이 있는가. 그는 완전히 기가 꺾여 대리석 계단을 올라갔다. 여기서 15분 전에 내려갈 때 그는 완전히 다른 사람이었다. 그는 미지의 검은 거울 속에서 자신을 알아보지 못했고, 그 안에서는 튀어나오려는 도플갱어들이 마주 쳐다보았다. 복도의 열린 창문을 통해서 5월 밤의 검은 열기와 축축한 라일락 향기와 함께 터져 나오는 도시의 소음을 그는 마치 패배당한, 부어오르고 견딜 수 없이 쓰라린 성기의 수치스러운 통증처럼 느꼈다. 이 불편한 시간에 그는 결정적인 전투를 시작해야만 했다. 그는 관 뚜껑을 덮듯이 의지로 자신을 덮었다. 그는 죽어 가고 있었고 매초 새로운 고통과 부끄러움 속에 새로 태어났다. 한편 저 내장들은 계속해서 자기들만의 개별적인, 개인적인, 독립적인 삶을 살면서 뭔가 이상하게 불쾌한 방식으로 부어오르고 부어올랐으며, 심지어 더없이 무자비하도록 고집스럽게 이전에 가능했던 타락의 형상들을 없애 버리고 있을 때도 마찬가지였다. 회색 담요 아래, 막사의 악취 나는 공기 속에서 (우리 중 조그만 예외를 빼면 대체 누가 이런 시기에 제대로 몸을 씻겠는가?) 땀투성이가 된 채 홀로 외로이, 피부가 가렵고 다른 끔찍한 증후들도 일어나는 가운데, 카펜 생도는 독성 가스가 새어 나오는 창자를 곤두세우며, 영혼의 망루를 정복했다.

한편 공주는 건물 모퉁이를 돌자마자 (그녀는 걸어왔다.) 검은 5월의 밤의 달아오른 짙은 어둠 속에서, 모든 종류의 욕정과 사악한 성적 비열함이 깨어나는 그런 밤 속에서 끔찍한 암컷의 흐느낌으로 크게 울부짖었다(울부짖으며 흐느꼈다). (추악한 중위가 그녀를 할 수 있는 한 위로했다.) 오로지 저 한 명만이 세상에서 그녀의 소년으로 남았고 그녀는 그를 얻을 수 없었다―물론 카펜 말

481

이고 그녀를 위로하는 중위는 아니었다. 그녀는 흥미롭지 않았고 소박하고 감정적으로 단순했다 — 여기에 그녀에 대해서 뭐라고 쓰겠는가 — 악마 숭배는 전부 악마들이 가져갔다. 그러나 어쨌든 일요일까지는 사흘간 기다려야 했다. 그러면 그는 그동안 집중하고 남자다워지고 뼛속까지 자극되어 (그녀는 그의 점점 빨라지는 맥박을 따라 짙어가는 핏속에 자신의 독이 퍼져 감을 느꼈다.) 너무나 멋지고, 너무나 멋지게 되어, "어쩌면 난 미쳐 버릴지도 몰라, 혹시 그가 — 아, 아냐 — 그건 불가능해." — "저 제복을 입으니 얼마나 잘생겼는지! 단지 별로 깨끗한 것 같지는 않아, 보니까….", "하지만 그는 더러워도 괜찮아, 심지어 악취를 풍겨도 좋아 — (그녀는 이 무시무시한 단어를 일부러 소리 죽여 되풀이했다.) — 나는 그의 그 악취를 사랑해." 그녀는 뻔뻔하게, 도전적으로 결론지었다. 여자들은 가끔씩 어쩔 도리가 없다. 그녀는 그런 헌신의 위험성을 전부 느꼈지만 멈출 수가 없었다 — 한 번만 더, 한 번만 더, 그 뒤에는 저 완전한 절망이 닥쳐와도 좋다. 방탕했던 과거의 서리가 덮인 가을, 회색의 희망 없는 노년이.


정보
한편 저기 루지미에쥬에서는 푸트리찌데스 텐기에르가 지기 나름대로 더 참을 수 없어 타협을 했다 — (이제까지 그는 모든 종류의 미봉책, 예를 들어 홍등가에서의 연주, 학교에서의 성악 강의, 이른바 "순수한 손가락 — 음악가들"의 작품

을 수정하는 것 등은 애써 피했다).* 그는 스투르판 아브놀
이 그를 위해 준비해 준 음악 감독 자리, 즉 크빈토프론 비
게초로비치의 이상한 극장의 피아니스트이자 작곡가 직위
를 받아들였다. 그는 마치 국수에 돼지고기를 넣듯이, 무시
무시한 '미리알지못했작', '일어날일은일어나겠작', '자기도
모를작'과 '불확실작'(제발 부탁인데 예측불가능작은 아니
다—이 단어는 걸레처럼 남용되어 크빈토프론의 극장에서
는 금지되었다.)에 음악으로 '영양분'을 넣어야 했는데, 심지
어 열 명 중 한 명은 '군대'에 복무하게 된 반(半)지식인층과
지식인층 사이에서도 이런 것들로 인한 이상한 혼란이 이미
천천히 일어나고 있었다. 지식인층이라는, 서쪽과 동쪽에
서 거의 멸종된 계층은 우리 나라에서는 이 시기에 완전히
꽃피고 있었다. 모임은 개인들로 완전히 붐볐고, 그들은 가
장 정교하게 얽힌 문제들을 근본적으로 파짜누프 혹은 코쯔
미주프** 방식의 사고 체계로 해결하려 했다—진정한 현자
들은 이런 오합지졸 사이에 섞이고 싶지 않아 슬프게 입을
다물었다. 이런 확신을 가진 사람과는 무엇이든 대화가 불
가능했다. 서푼짜리 해명이 사회의 영역을 넘어 완전히 밀
려나 버린 지적인 노동을 대신했다. 텐기에르가 타협을 하
게 된 데에는 마찬가지로 이른바 삶에 대한 욕구, 혹은 단순

---

* 독일어로 쓰인 "순수한 손가락(reiner Finger)"은 문맥상 작곡가 지망생을 뜻함.
** 파짜누프(Pacanów) 혹은 코쯔미주프(Kocmyrzów)는 폴란드 남부, 크라쿠프 바로
북쪽에 있는 조그만 마을들이다. 여기서는 지식인들이 다루는 복잡한 문제들을 단순하고
거친 사고방식으로 해결하려 한다는 뜻.

히 무슨 대가를 치르든지 간에 여성적인 '메뉴'를 바꿔 보려는 의도가 영향을 미쳤다. 충족할 수 없는 탐욕이라는 주제는 이미 그의 최근 초(超)음악 작품에서 너무 자주 반복되기 시작했다. 어느 날 그는 반쯤 시골뜨기 괴물의 가면을 벗어던지고 괴물 같은 변태이자 원숭이처럼 변한 천재로서 새로 변신한 뒤 가족 전체와 함께 헝가리 특급을 타고 수도 K. 시로 사라져 버렸다. 텐기에르 부인 또한 이에 관해 자기만의 조그만 계획들을 세우고 있었는데, 그녀는 좀 더 적절한 환경에서 아이들을 키운다는 모성의 가면 아래 그 계획들을 세심하게 감추고 있었다. 모든 것이 가능한 한 최고로 잘 진행되었으나, 좁은 관점에서만 그러했다. 최대 규모의 계획은 버려야만 했다.

리허설

마침내 처음으로 학교에서 나가는 날이 왔다. 군기와 공
포와 게네지프가 "범죄성"이라고 이름 붙인 것(그러나 군
기의 의미가 아니라 재판의 의미였다 ― '범죄 수사의 착
수' ― 부르르르….)은 매시간 심해지는 것 같았다. 그 어
떤 바보짓이라도 죄 없는 사람을 곤경에 빠뜨릴 수 있었
으며, 거기서 조금이라도 어긋나는 상황이면 죄수는 다시
군사재판에 처해질 수 있었고, 그 뒤로 어디로 가게 될지
는 악마나 알 일이었다. 고문 ― 바로 이것이, 그 드물게
선별된 이미지에 대한 언급만으로도 그때까지 가장 용감
하고 대담했던 사람들마저 벽의-침대 시트의-손수건의 색
같이 창백해질 수 있게 하는 관념이었다. 중국식으로 서
열화된 책임은 직접적인 우두머리들에게 떨어졌고 계속
계속 가서 불확실한 미래의 위대한 주인의 녹색과 검은색
사무실 문까지 도달했다 ― 여기서 그 책임은 끝났다. 그
의 위에는 오로지 늙어서 시든 하느님 (어쩌면 다른 사람
들이 말하듯이 겁에 질려 창백해진 것일지도 모른다.) 아
니면 무르티 빙이 있을 뿐이었다 ― 여기에 대해서는 아
무도 감히 속삭이지도 못했다.

  견딜 수 없는 기다림과 그에게는 드문 일인 무료함
(하루 열여덟 시간 노동 ― 심지어 게네지프도 너무 많이
기다렸다.), 자기 자신과 군대를 어떻게 해야 할지 모르는

상태의 미친 듯한 결과로 그는 사건들로 — 혹은 사건의 결여로 — 숨 막힌 자신의 개인성을 군사학교 훈련의 영역까지 넓혔다. 그곳에서는 힘을 단조했고, 그 힘은 이전에 순전히 부정적인 환경, 즉 고립과, 현재 상황에 붙은 이름인 '배설물적 상태'의 보존, 그러니까 즉 신디케이트 정부와 위선적인 사이비 파시즘에 의해 구성된 테두리의 한계를 넘어 휘어지고 튀어나오기 시작했다. 나라의 내면적이고 영적인 구조의 건축물은 마지막 한계까지 응축되어, 집중된 힘 때문에 떨고 적대적으로 흔들렸으나 그래도 버텼다. 그러나 정확히 어디에 그것이 집중되어 있었는지 — 아무도 이해할 수 없었는데, 왜냐하면 사람들의 동시적인 무기력함은 심지어 외국에서 온 손님들조차 놀라게 했기 때문이었다 — 물론 그 손님들이란 계속 머무르는, 이전의 유형을 말한다. "이것은 오직 폴란드에서만 가능하다."* — 늙은 육군 장성 부헨하인 백작(힌덴부르크**의 후배들 중 마지막)이 말하곤 했는데, 그도 또한 물론 전통적으로 손님에게 친절한 '보루'에서 자기 자리를 찾았다.

그리고 게네지프처럼 보잘것없는 애송이, '아메바'는 가장 깊고 가장 비밀스러운 상태와 감정을, 어떤 특정한 관점에서 몇몇 사람들에게는 궁극적으로 살 가치가

---

* Das ist nur in Polen möglich. 원문 독일어.
** Paul von Hindenburg (1847–1934). 독일의 군인, 정치가. 제1차 세계대전 때 러시아군을 이기고 영웅이 되었다. 1925년 독일공화국 2대 대통령에 당선되고 1932년 재선됐지만, 1933년 나치스에 굴복해 공화국의 종말을 재촉하게 됐다.

있는 바로 그런 일들을 자유롭게 경험할 수 없었을 것이다 — 물론 그것은 인간의 탈을 쓴, '드레스'(아, 소중한 그녀!), 스웨터와 턱시도를 입은 대부분의 짐승들(이걸로도 모자라다, 이것은 사실 칭찬*이다.)의 현실감각과는 맞지 않는다. 그는 자기 본질의 가장 섬세한 떨림 속에 있어야 했는데, 그 어떤 조건도 없는 존재의 의미의 핵심이 있는 곳에서 위대한 — 하느님 맙소사! 누구에게? — (어쩌면 심지어 지금 현재 존재하지 않는??) 관념의, 코쯔모우호비치의 뭔가 어떤 관념의 한 쓸데없는 소소한 작용으로서 있어야 했고, 코쯔모우호비치는 권력과 활동의 대가로 존재의 그 차원을 필연적으로 잃어야 했는데, 왜냐하면 그 차원은 오로지 순수한, 게다가 다분히 '철학화된' 숙고자들의 영역이었기 때문이다. 그러나 그 '관념'(에 대해서는 어쨌든 아무도 알지 못했고 그 관념의 미래의 창조자 자신도 마찬가지였다.)은 어찌 되었든 또한 이 아름답고 털북숭이에다 희지만 그럼에도 불구하고 검으며 탄력 있는, 마치 황소 같은 날것 그대로이며 그 자신의 의지인, 총병참장교의 육체 안의 어떤 세포들 사이 불균형의 결과였다. 그 육체는 그 안에 하나의 분리될 수 없는 덩어리로 들어 있는, 포식성이고 탐욕적이며 (노골적으로 말하도록 하자.) 자신의 힘 속에서 더러운 영혼과 함께 끝까지 살아남고 싶어 했다. 그리고 바로 단순히 이렇게, 노예처럼, 방만

* 원문에서는 '칭찬'이라는 폴란드어를 러시아식 발음대로 적었다.

하게, 우연히 집합된 개별적인 무의미들로 이른바 역사라는 것이 창조되었다. 시인이 말했듯이, "역사가 전진하든 반대로 후진하든, 그것은 아마 축복 중에서도 가장 큰 축복이리라". 100년만, 200년만 지나고 나면 점점 커지는 복잡성을 통합할 능력이 있는 두뇌가 이미 없을 것이다. 수천 번 시도해 보더라도 이 가장 이상한 시대의 한순간에 대해서도 이해할 수 없다. 가장 이상한 시대지만, 다른 행성에서 온 누군가에게 그러할 것이다 — 유감스럽게도 우리에게는 아니다. 그 위로 떠오르는 것은 오로지 큰 수의 법칙일 뿐인데, 이것은 물리학에서나 (약간 다른 방식이지만) 살아 있는 피조물들의 활동에서나 전 세계적 필연성의 마지막 예시다 — 진실의 기준으로서 통계청 — 우리는 여기까지 기어 오고야 만 것이다. 그리고 시간이 창조되고 스스로 그 안에서 지속되는 것의 괴물 같은 '어리둥절방식성' 전체를 알지 못했는데(앞으로 보지도 못할 것이다.), 왜냐하면 개인적인 삶이 그 당시에 이미 얼마나 다분히 탈기묘화되어 있었든, 이 활동은 완전히 형상화된 저열함 그 자체를 나타냈다. 그리고 현실이 정말로 저열하다는 것이 중요한 게 아니었다 — 그 자체로 이상하고 흥미로운 사실들, 예를 들어 루드비히 14세나 카이사르에게 흥미로웠을 사실들은 뭔가 형이상학적인 비가 내린 뒤의 천문학적인 버섯처럼 자라났는데, 아무도 그것을 알지 못했다. 그리고 뭐가 됐든 존재한다고 해도 그것을 아무도 알지 못한다면 대체 무슨 가치가 있겠는가? 아무 가치도 없

488

다. 개별적인 존재 그 자체로 자기 자신에게, 혹은 하나의, 자신에게 유일한 '나'라면 흥미로울지도 모른다. 그러나 그들 속에 세상은 어떤 이상적인 초월적 관찰자에게조차, 그런 관찰자가 존재할 때 말이지만, 어쨌든 그에게조차 흥미롭지 않게 비칠 것이다. 전체는 재미있고, 거짓되고, 신비롭다. 심연은 그들을 예측하는 곳에서 열리지 않는다. 사회적 완벽성은 그 안에 독을 품고 있는데, 그것은 그 완벽성의 통합된 한 부분이다—그 독은 초복잡성이며, 개인의 경악스러운 힘이다. 단순화하는 사람들의 희미한 목소리는 개인적인 정교한 복잡성 없이 덤불 속에서 사라졌다—메마른 황무지를 창조한 것은 다수성과 풍부함이었다(겉보기에)—마치 누군가 3센티미터짜리 축소 모형에 피부의 모든 모공과 잡티와 여드름을 그려 내려고 하는 것과 같다—그런 경우 필연적으로 얼굴 윤곽과 모양은 사라지게 마련이다. 인류는 자신의 가장 소소한 요소들에 맞추어 주다가 자신의 얼굴을 잃어버렸다. 얼굴 없이 하나로 뭉친 일원성이 역사의 구석구석에서 음울하고 붉은 가을의 달처럼 솟아올라 목적 없는 전투 뒤의 전쟁터를 비추었다. 무시무시하고 형이상학적인 한계의 법칙이 겉보기에 무한한 지평선 너머 자신의 넘을 수 없는 장벽과 통행료 징수소를 보여 주었다. 이른바 "발전"과 "진보"의 층층이 쌓인 물결이 넘을-수-없는 장애물의 발치에서 무기력하게 소용돌이쳤는데, 그것은—우리 폴란드에서나 전반적으로 이 지상에서가 아니라 무한한 존재 전체 속에

489

서 — 탈출구 없는 혼란 속에 발목을 잡히지 않고 일정 정도의 복잡성을 넘어설 수 없는 불가능성, 사회적 요소들과 그들 다수의 얼굴인 전체의 불균형이다. 어쩌면 물러서는 것이 좋겠다. 그러나 어떻게?

이미 옷을 갈아입으면서 지프치오는 집에 그저 들를 뿐이며 그 뒤로는 즉시 저열하게 그라니츠나[경계] 거리에 있는 '팔라초 티콘데로가'*로 '날아갈' 것이라는 사실을 알고 있었다. 당연히 관능적인 목적에서가 아니라 (그 목적은 물론 제외되었다 — 설마! 그런 불명예가!) 단지 영적인 관계에 대한 본질적인 설명, 당직사관이 거칠게 면회를 중지시키지만 않았더라면 아무 모순 없이 이어졌을 설명이 목적이었다. 군 복무와 관능의 그 결합, 이토록 심리적으로 섬세한, 그러나 물리적으로 미끄럽고 부드러운 사안에 적용된 그 군사적인 무책임성과 제복-버클-허리띠의 완벽성과 확고함은 게네지프에게 특별한 매력을 보였다. 박차의 날카로움과 금속성 소리는 마치 세상 모든 여자들의 갈망하는 내장 속에 박히는 것 같았다(젊은 잔혹함이 첫 번째 이유고, 무심함을 불러오는 절망이 두 번째 이유다). 저 바보 같은 공주 한 명이 대체 뭐란 말인가! 그는 모든 여자들을 죽을 만큼 지치도록 타고 다닌 암말이나, 고분고분 바닥을 기는 암캐, 슬프게 애교를 부리는 암고양이처럼 자기 아래 소유하고 있었다. 여자의 '비인

* palazzo Ticonderoga. 티콘데로가 궁전. 원문 이탈리아어.

간성'을 그는 명확하게 느꼈다. (어머니들은 거의 예외적이었다. 그러나 그 사안은 명확하지 않았다 — 아마 아이가 태어나는 순간부터 이후의 시간을 고려해야 할 것이었다.) 삶은 용기를 북돋워 주는 회전이 되어, 광기에 차 거품을 내는 젊음을 유혹하며 펼쳐졌다 — 미래의 알지 못하는 색채들의 다양함과 예측하지 못한 악마 같은 일들의 비밀스러움이 아직 잠들어 있는 뇌의 주름 속에 잠복한 차가운 계산기에게, 광기와 죽음에게 불평했다. 지프치오는 목줄에서 벗어나 신비로운 저녁 속의 겉보기에 무한한 저 먼 곳으로 벗어났다. 그러나 그래도 어찌 됐든 그는 그런 방법으로도 그에게 어찌 됐든 처음으로 유일하게 어찌 됐든 특별한 성적인 사안의 위협을 느끼게 해 주었고 어찌 됐든 그에게 '누군가'였으며 그냥 아무나 상관없는 소녀는 아니었는데, 사실 그런 피조물들에 대해 그는 전혀 아무런 개념이 없었다. 그렇게 그는 그 순간에는 그런 숙고 대상의 현실적인 존재에 대해 거의 믿지 않는 채 자신을 속였다. 그러나 그럼에도 불구하고 그는 과로했고 군기로 인해 쇠약해졌으며 분비선이 말라 버려서, 거리에서 처음으로 여자를 보자 무한히 놀랐다. '저건 대체 무슨 생물이지?!' 그의 안에서 지친 짐승이 번개처럼 생각했다. 그리고 이미 바로 다음 몇 분의 1초 사이에 그는 여성이 존재한다는 전반적인 사실을 인식했다 — "잘됐군 — 아직 모든 걸 다 잃진 않았어". 그러나 '그것'이 없는 세상은 헤쳐 나갈-수-없는 황무지일 것이었다 — 그리고 곧이어 뒤따르는 그 '관념'의 모든 비참함과 모든 '분리된' (무엇으로부터?) 남성의 문제들의 가치 상실. 시각적이라기보다는 근육의 상상력 속에서 어머니와 공주가 어떤 신성모독적인 회전 바퀴나 혹은 짐승 같은 음탕함의 회전목마에 얽힌 채로 그의 눈앞에 어른거렸다. 그 연관 속에서 그는 비로소 처음으로 어머니에 대해 여성으로서 진정한 경멸을 느꼈다. 그러면서도 어쨌든 그는 미할스키와 연관된 이 모든 더러운 상황이 전혀 없는 쪽을 원했으며 — 오 — 어머니가 전혀 여자가 아니고 오로지 뭔가 아이를 낳는 기계 속에 갇힌 순수한 영혼이기를 '뜨겁게 원했다'. 어쨌든 처녀 수태란 기적적인 일이다! 대체로 현명하게 "오염"이라고 이름 붙인 그것은 어쨌든 지옥 같은 발상이었다. 그 안에 가장 고매한 창조성의, 영속되는 종류의 모터를 집어넣기 위해서는 양심 없는 불한당이어야 했다. 그러나 어려운 일이다 — 최종적인 정당화는 전부, 이 자업자득 안에 꽉 막혀 버린 조그만 나라에서 예전의 세계는 끝나 버렸으며 이 비밀스럽게 고대했던 종말 이후에 존재가 어떤 형태로 전환될 수 있을지 알 수 없다는 사실에 있었다. 모든 좌절한, 완수되지 못한, 끝까지 구워지지 못하고 끝까지 요리되지 못한 심리적인 '반(半)메시아주의자'들의 희망 — 그런데 그런 사람들은 수없이 많았다. 심지어 보수주의자들(종교적인 의미와 민주주의적인 의미에서)도 종말을 기다렸는데, 이렇게 말하기 위해서였다. "그래서 뭐? 그럴 거라고 우리가 이미 말하지 않았나…??"

지프치오가 집에 갔을 때는 아무도 없었다. 그는 화가 났다. 최근 폴란드 생도의 새로운 예식 제복을 입은 모습을 릴리안과 어머니에게 보여 주고 싶어서 그토록 들떠 있었다. 게다가 그는 집안 숙녀들이 공주의 저택에서 열리는 초저녁 파티에 갔으며 그곳에서 그를 기다린다는 카드를 발견했다. 이런 수치가! 하지만 다른 한편 그가 자기 의지로 그곳에 가는 것이 아니라 단지 일종의 강요에 의해, 어머니 앞에서 모두의 눈에 띄지 않기 위해 가게 되는 편이 더 나았다. 이처럼 저열하고 유치하고 완전히 기저귀의 악취를 풍기는, 인생의 가장 이상한 순간의 장식물과 함께 하나의 '화관'으로 엮여 버린 문제들 — 그것은 노란 테두리를 두른 군청색 제복으로 상징되는, '누군가'가 되는 일의 시작이었다. 그는 '팔라초 티콘데로가'의 웅장함에 완전히 압도되었다. 뭔가 요새 같은데 (그는 바로 얼마 전의 어린 시절에 보아서 기억하고 있었다.) 내부가 부분적으로 부패해 고름으로 가득한 푹신푹신한 육체와 영혼의 '거위 털 같은, 코주부원숭이 같은 음탕한 시가(詩歌)'로 변해 버렸다 — 다른 방식으로는 이것을 표현할 방법이 없다. 단단한 성채와 욕정적인 내면의 부드러움의 조합은 이미 계단에서부터 녹아 흐르듯이 성적으로 작용했다. 오래전 언젠가 본 적 있는, 수도에 있는 그들의 옛 '궁전'은 이 황홀하게 죽어 가는 부당함과 인간이라는 동물에 대한 영원한 괴롭힘의 둥지에 비하면 보잘것없는 오두막처럼 보였다. 그 때문에 그는 격분했다. 주변 정황을 요령껏 이용해 자수성가한, 확실히 아직 얼마 되지 않은 카펜 집안의 혈통이 동요하고 발효했으며, 궁핍함을 배경으로 옛날의, 아주 오래된, 이제 사라져 가는 원초의 권력과의 상징적인 접촉 속에서 갑자기 볼셰비즘으로 기울었다. 어머니가 귀족 출신이라는 것이 무슨 상관이겠는가— 어머니도 될 대로 되라지— 저 '유제프 씨'의 상스러운 배설물로 가득한 뻔뻔스러운 자루— 그에게도 '관 속에 깔때기로 처부으라지'!* 이런 속물적이고 신성모독적인 똥과 같은 생각에 대해 그는 전혀 혐오를 느끼지 않았다— 다음 순간에야 비로소 그는 반대편으로 들어가기를 머뭇거리게 되었다.

이 순간 그가 더욱 견딜 수 없었던 건 그의 아름다움과 제복에 대한 의무적인 매혹이었다— 어머니의 눈에 부끄러움 없이 빛나던 자부심과 릴리안의 놀란 시선 ('저 지프치오도 어쨌든 저렇게 남자다웠나!') 그리고 모든 것을 할 수 있는 저 입술의 선하고 슬프고 약간은 비꼬는 듯한 미소. 집에서라면 이 제복 검사는 완전히 달랐을 것이었다. 여기서 그는 보잘것없는 아이였다. 나머지 자신감은 악마가 가져갔다. 어째서인지 모르지만 그는 자신이 사치스러운 부엌에 있는— 브러시로 (하얗게 하얗게)** — 문질러 닦았는데도 더러운 냄비 같다고 느꼈다. 그는 마치

* 원문에서는 액체를 '부어 넣다'라는 폴란드어를 러시아식으로 발음함.
** Sennebalta (Bielsko). 'balta'는 리투아니아어로 '희다', 'bielsko'는 폴란드어로 '하얗게'라는 뜻. 폴란드어 'sen'(꿈)의 의미까지 반영한다면 '꿈처럼, 꿈속같이 하얗게' 정도로도 옮길 수 있다.

프라이팬 속에 있는 듯이, 공주처럼 저렇게 강력하고 변화무쌍하고 조사되지 않은 파괴의 모든 수단을 전부 미리 통제하고 있는 존재와의 우스운 싸움을 바라보았다. 전능하고 강한 혀가 한번 욕정적으로 입맛을 다시면 그는 자신이 광기에 찬 조그만 짐승으로 변해서 혐오스럽고 굴욕적이며 의지 없이 망설이는 움직임 속에 버둥거리고 있음을 보았다—저 독살스러운 아래턱이 한 번만 경멸하듯 비틀리면 그는 흐느끼는 듯 울부짖는, 어떤 쓰레기 같은 '음유시인' (음유시인처럼 구역질 나는 것이 또 있을까?) 혹은 사슬에 묶인 채 자위하는 원숭이의 절망적이고 불쌍한 슬픔에 빠져들 수 있었다! 지금에서야 비로소, '제복화'(방금 전까지만 해도 그것은 너무나 행운이었다.)와 그의 입장의 비참함을 배경으로, 공주는 그에게 마침내 진실로 위대한 어떤—아! 누구인지 악마나 알까—마치 전쟁이나 돌풍, 화산 폭발, 바다 위 소용돌이 혹은 지진처럼 완전히 거대한 현상으로 보였다—그 거대함 속에서 그녀는 심지어 무성적이었다. (중지된 성적 분출이 두뇌를 때렸다—이제 게네지프는 공주 안에 자신의 '열등감'*의 부정적인 등가물을 위치시켰다.) 그리고 그가 그녀 안에…! 아, 이건 믿을-수-없다! 그런 일은 일어나지 않았고 더 이상 있을 수 없었다. 그는 이 거대화, 고귀함, '다른 차원의 위대함 속에서 저 아줌마의 영광'이 어디서 비롯되었는지 전

* Minderwertigkeitsgefühl. 원문 독일어.

혀 이해할 수 없었다. 왜냐하면 태생도, 매력 그 자체도(그들을 연결하거나 분리하는 둘 사이 관계와는 전혀 상관없이), 근본부터 위험에 처한 민족해방 신디케이트에 미치는 영향력도 아니었기 때문이다. 그렇다면 무엇인가, 젠장?

이 초(超)여자에게는 뭔가 규정할 수 있는 모든 것을 넘어서는 무시무시한 데가 있었다. 미래의 형이상학자에게 그녀는 당장은 유일한, 직접 경험이라는 멸종된 영역에서 존재의 비밀의 현현이 되었다. 그의 내면이 아니라 그녀의 내면에서, 개인성은 삶의 혼란의 암울한 덤불 속에서 나온 비밀로서 돌출되었다 — 그리고 무한한 부조리의 영역에서 정복되지 못한 요새처럼 층층이 쌓여 갔다. 무엇을 위해서? 존재하기 위해서, 젠장! — 그리고 그걸로 끝이다. 그 나머지는 초월적인 강력함의 높이까지 고양된 사회적 허구를 이용해 그 어떤 결과로도 이끌 수 없는 존재의 음울한 끔찍함을 가리고 있는 겁쟁이와 멍청이의 지적인 잡동사니뿐이었다. 왜냐하면 끔찍함조차 명랑할 수 있지만 — 그러나 그것은 유감스럽게도 순수한 조울증 환자들의 영역일 뿐이었다.

2주간의 지루한 군기 교육 뒤 지프치오는 이제 이 '상처를 문지르는' 분위기 속에 말로 표현할 수 없는 고통의 감각과 함께 잠겨 들었다. (배경, 배경이 적절하지 못했다 — 모든 것은 '적절한 배경에서'\* 참아 낼 수 있다.) 그

* подходящим фоне. 원문 러시아어.

는 알아볼 수 없는 삶을 사는 비밀스러운 존재들을 동물원의 이상한 동물이나 수족관의 괴물 같은 물고기처럼 바라보았다 — 쇠창살과 세 치 두께의 유리를 통해서. 그 창살 안으로 결단코 들어가지 않을 것이며, 이 짐승들의 경험의 본질을 소유하지 못할 것이며, 이 괴물들의 특정한 매체 안에서 결단코 자기 자신의 환경처럼 헤엄치지 않을 것이었다. 연무 소독한 빈방에서 희생물이 걸리기를 기다리는 가을 거미의 절망적인 기다림처럼 지루한 삶의 현실을 통과해 뚫고 나오는 건 오로지 저 마녀와 성행위를 완료하는 것을 통해서만 가능했다. 그러나 그것은 그의 야심이 허락하지 않았고, 그 야심을 그는 결단코, 결단코 정복하지 못할 것이었다. 자기 야심의 힘이 심지어 관념의 세계에서도 의심스러운 존재의 기반을 가진 무익한 허구를 위해서 삶 전체를 (드문 통찰력의 순간에, 하나의-유일한 삶) 파괴할 때 자기 야심의 주인이 되어 그것을 손바닥 보듯 볼 수 없다는 건 무서운 일이다. 그래서 그게 어쨌다는 건가? 심지어, 심지어 말하는데, 그 모든 것을 정복할 수 있다고 해도, 그러면 어떻게 될 것인가? 그것을 어떻게 이용하고, 그걸로 무엇을 하고, 어떻게 뭔가 영속적인 행동을 취할 것인가? —(왜냐하면 바로 그것이 핵심이기 때문이다.) 당신들은 묻는다. "그러니까 뭘?" "바로 저 삶의 본질을, 바로 영속되지 않는, 그래서 세상에 점점 적어지는 매혹의 사소한 가치를(오늘날에는 광인들만이 여기에 대해서 진실로 뭔가 알고 있다.), 그러니까 실제 사용에도,

완수에도, 헌신에도 소용되지 않는 이 모든 존재들에게 비로소 높은 등급이 매겨지는 것이오 — 모든 것의 헤아릴 수 없는 비밀스러움의 반사광." (이 모든 이야기는 벤츠가 언젠가 술에 취해서 했던 것이다.) 이 모든 것이 꽉 쥔 발톱 사이로 흘러 나가 연미복이나 제복을 입은 짐승의 열락에 빠진 낯짝 앞에서 사라지고, 그 짐승은 일상적이며 무의미한 난장판에 얽혀 든 채 다시 남겨진다. 가장 심한 분열증 환자들조차도 여기에 대해 뭔가 알고 있다. 이 일에 대해서는 아직 고정액이 발견되지 않았고 그런 게 언젠가는 나타날 것인지도 의심스럽다. 그런 것은 전혀 갖지 않고 괴로워하지 않을 수도 있다. 그러나 그렇다면 인간 가축과 짐승을 무엇으로 구분한단 말인가?

문제들이 산처럼 쌓여 갔고, 그것을 이렇게든 저렇게든 해결하기 위해서는 천년을 살아야 할 것이었다. 아무도 그 안에 내포된 몇 조(兆)의 혹은 퀸데실리온*의 가능성을 전부 실현하지 못한다 — 이것은 절망적으로 일차원적인 삶이고, 그것을 따라서 사람은 바로 정해진 선로를 따라가듯 굴러가는 것이다 —(물론 모든 종류의 불만을 넘어선 형이상학적인 관점에서 말이다 — 오, 두뇌가 100개이고 촉수가 100만 개 달린 괴물이라면 만족할지도 모른다.) — 그러면서 동시에 마치 심연 위의 노선을 따라가듯 걷는다. 그 심연은 최대한의 예속이고 다른 한편

---

* 1000의 16제곱.

으로는 (바로 다른 한편으로는) 최대한의 위험이다 — 그
리고 그것도 태풍과 같은 불꽃 아래의 전쟁터에서만이 아
니라 조용하고 조그만 살롱이나 침실에서, 사치와 고요함
과 편안함과, 실제로는 어쨌든 있을 수 없는 겉보기만의
행복 속에서 — 최소한 분열증 환자들에게는 그렇다. 이
런 혹은 이와 유사한 생각들을 영적인 짐 덩어리 혹은 배
낭 속에 짊어지고 지프치오는 살롱으로 들어섰는데, 그곳
에서는 '가족'이, 이 순간 살해 욕구까지 일어날 정도로 증
오스러운 가족들이 그를 기다리고 있었다. 그것도 바로
저 쓰레기와 해파리와 오징어와의, 혹은 아스타르테의 형
이상학적인 매음굴에서 잔뼈가 굵은 창부와의 대조를 통
해서. 그녀는 욕정적인 아우라의 수렁 속에서 흐늘흐늘한
안락의자에 편하게 앉아 영원한 모욕과 '더러움'의 (그렇
다 — 끔찍하다!!) 오염에서 벗어나는 출구를 막는, 손 닿
을 수 없는 절벽 위 바위처럼, 영혼의 차원으로 높이 떠
올라 영원한 비밀(개인성, 성, 죽음, 뭐 그리고 무한함도)
의 초월적 하늘에 그림을 그리고 있었으며, 자신의 기울
어 가는, 그러나 어쨌든* 보기 드문, 진정 비여성적인 앵
텔리겐치아(그녀가 말하는 대로)의** 광휘 속에 묻혀 있었
다. 젊어지고 (마술적인 시설인 '안드레아'에서) 천박한 아
름다움 속에 견딜 수 없이 아름답고 애태우듯 유혹적이
며 이제까지 그 어느 때보다도 완전히 '귀중한'— 심지어

* tout de même. 원문 프랑스어.
** '지성'이라는 단어를 앞부분만 프랑스식으로 발음한 것.

가장 야만적인 황홀경 속에서도 소멸될 수 없는, 전반적인 '삶의 안타까움'과 지프치오의 수치스러운 미숙함(비록 농담처럼 "파르투페이윤케르"*라고 이름 붙인 배지에도 불구하고[코쯔모우호비치는 러시아에 대한 일종의 변태적 집착이 있었다.])과 씻을 수 없는 무한한 불명예의 상징. 그는 이미 자신이 철길에 넘어졌다는 것을 알고 있었다 — 졸업 시험 후의 모든 자유가 사라졌다.

어머니는 그를 다정하게 껴안았지만, 그는 그 순간 어머니를 증오했는데 (결합되지 '않은' 상태로서 — 그 네 번째 경우) 여기에 그의 어머니로서 있다는 사실 때문에 — 감히 여기 있다니! — (그리고 어머니는 뭘 어떻게 해도 그의 성숙함을 존중해 주지 않았다.) 그리고 미할스키 때문에 그것은 정복할-수-없다 — 그 사이에서 영원히 동요할 것이었다. 비록 어머니 자신이 깨끗하고 그를 마치 아무 일도 없었다는 듯 자연스럽게 받아 주었다 해도 그가 — 가장이 어머니에게 의지할 수 있었을 것인가. 이것 또한 심지어 혐오스럽고 우스꽝스러웠다. 그는 자신의 바보 같은 심장 속 끔찍한 숙녀가 짓는 안드로메다 성운과도 같이 먼 미소 속에서 이것을 보았다. 모든 것이 그를 망치고 그에게 가장 가혹한 굴욕을 안겨 주기 위해 어떤 악마와 같은 손에 의해 꾸며졌다. 참새처럼 그에게 깡총깡총 뛰어온 누이도 간신히 인사하자마자 빼앗겨 버렸

* портупей-юнкер. 러시아에서 혁명 전에 최상위 사관생도나 사관후보생을 이르던 말.

500

다—세상 전체를 어딘가 형이상학적인 초(超)둔부의 어딘가에 가지고 있는 저 행복한 남자, 스투르판 아브뇰이다. 그를 숨 막히게 하는 이 제복 외에 그의 소유라고는 아무것도 없었다—젠장, 거지라니! 저 늙고 변태적인 현자가 그 죽기 전의 마지막 한 방을 때리지 않았다면 정말로 모든 것이 가능했을까? 그 마지막 한 방은 지프치오 자신이 바로 가장으로서 직접 할 수 있었다—그렇게 했다면 위대한 일이었을 것이다. 그러나 이렇게 그에게 뭔가 어찌 됐든 행동을 위해서 마지막 내면적인 트램펄린이 필요했다. 그는 마리오네트(혹은 '이리노네트'*가 맞겠다.)였고, 그런 상태에서 공기 속에서도 짙은 타르 속에서 헤엄치듯 움직였다.

그가 숙녀들에게 분노에 짓눌린 목소리로 몇 가지 설명을 '드런' 뒤, 대화는 다른, 천박한 선로로 옮겨 탔다. 아, 그러니까 이 모든 것이 이미 계획되었다는 뜻이다! 어머니는 그에게 저 훈제 연어의 암컷 같은 여자와 포옹하라고 거의 밀어붙였는데, 그녀는 점점 더 적대적으로 그의 마음에 들기 시작했다. 그는 자신이 버티지 못할 것이라 느꼈고 그 절망적인 싸움은 그의 욕망을 거의 악의적인 광기의 지경으로 자극했다. 그는 모든 사람과 모든 것을 점점 더 독살스럽게, 그러나 경멸의 그림자 없이 증오했다. 다른 여자들은 존재하지 않았다—호, 호—오로지

* '이리나 공주의 꼭두각시'라는 뜻으로 작가가 만들어 낸 말.

이것뿐이었고, 그렇지 않으면 그는 여기서 이 카펫 위에, 이 그림들 위에, 잡동사니와 의상 위에 터져 버리고, 이 모든 물건들을 독약과 같은 증오로 양념된, 응축된 자신의 가장 깊은 본질의 소스로 적셔 버릴 것이었다. 그를 가장 짜증 나게 한 것은 공주의 일그러진 흉상이었는데, 세계적으로 유명한 고(故) 아우구스트의 손자인 코치 자모이스키가 옥으로 제작한 것이었다.* 그 짐승은 그녀에게서 바로 그 정복 불가능성을 완전히 뽑아냈는데, 그 때문에 그는 격분했다. 마지막 노력으로 그는 가장 정기적인 광분의 폭발을 터럭 한 올 차이로 억눌렀다. "터럭 한 올." 그는 스스로 그렇게 되풀이했다. 물론 그것은 금빛의 붉은 털이었고 악마나-알-무엇을 하는 동안 입천장에 엉켜 있었다 — 아, 말할 가치도 없다 — 파멸의 악명 높은 '욕정'의 피투성이 어둠이 두뇌의 최후의 부드러운 잔해에 쏟아졌다 — 이제 튀어나온 것은 최고 통제 센터의 정상뿐이었다. 그는 혐오스럽고 상스럽게 덤벼드는 불한당과 싸울 때처럼 그녀와 치고받고 싶었다 — 목숨을 건 어떤 결투…. 그녀는 그의 생각을 읽고 천천히 말했다.

"숙녀들이 나가면 — 내가 부탁하지 않을 거예요 — 당신 어머니가 직접 말했어요('아, 그러니까 여성들은 나가지만 그는 남을 것이다 — 이렇게 남을 것이

* 아우구스트 자모이스키(August Zamoyski, 1893–1970)는 폴란드의 조각가로, 비트키에비치는 그의 초상화를 그린 적이 있다.

502

다 — 반드시, 반드시.'), 체육실의 펜싱장*으로 가요. 당신에게도 좋을 거예요….” 어머니는 뭔가 계속 떠들었다. 그는 뭔가 그에 대해서 불명확하게 주제를 벗어난 이야기, 그를 직업적인 비열함으로 밀어내는 대단히 불쾌한 뒷맛을 남기는 대화가 지속되는 것을 새된 목소리로 끊었다.

“그러니까 엄마는 내가 공주의 비밀스러운 보좌관이 되기를 원하는군요.” 그는 저열하게 눈으로 공주를 가리켰다. “엄마도 아마 민족해방 기업과, 우리 지휘관에게 충성하는 군사 정당 사이의 원칙적인 갈등에 대해 아실 거예요. 그들은 외교적으로 중국인들을 지배하고 원조를….”

“조용히, 조용히….”

“조용히 안 할 거예요. 난 엄마를 포함해서 모두를 반대할 거예요….”

“넌 아무것도 이해 못 해, 아가야. 난 더 이상 너를 돌봐 줄 능력이 없다. 난 이리나 브시에볼로도브나처럼 평범하게 선의를 가진 사람들하고 네가 관계를 끊어 버리는 걸 원치 않아. 공주가 하는 얘기가 네 학교에 찾아갔는데 네가 무례했다고 하더라. 어째서? 너한테 호의를 가진 사람들을 그렇게 내쳐서는 안 돼….” (그는 그 호의가 무엇인지 알고 있었다. 이 엄마는 바보가 된 걸까, 아니면 저 '유제프 씨'와 함께 저열해진 걸까?)

“엄마는 정말 모르는 건가요.” 그는 말하기 시작했으

* escrime. 원문 프랑스어.

나 공주 쪽을 쳐다보아야만 했고, 그 눈동자의 잔혹한, 노란색과 녹색 번쩍임에 마비되어 말을 끊었다. "엄마는 정말 그렇게 순진하신 거예요." 그리고 다시 말을 끊었다.

"나는 그저 너를 정치계에 입문시켜 주겠다고 약속한 이리나 브시에볼로도브나의 호의를 평가할 줄 알았으면 좋겠다. 넌 총병참 장교(그를 이렇게 지칭하는 건 오로지 특정한 영역에서뿐이었다.)의 부관이 되기로 정해져 있어. 넌 그저 평범한, 멍청한 장교가 되어서는 안 돼 ─ 우선은 뛰어난 사람들을 만나야 하고 매우 복잡한 상황에서 어떻게 처신하는지를 알아야 해 ─ 세련되게 교양도 쌓아야 하지만, 유감스럽게도 거기에 대해서는 돌아가신 너의 아버지가 그렇게 반대를 했었지."

"아버지에 대해서는 말씀하지 말아 주세요. 저는 제가 원하는 걸 할 거예요. 제가 직접 정치적인 판단력을 키우지 못하면 저는 전선에 나가서 복무할 거예요, 그쪽에 가장 적성이 맞으니까요. 무기력하게 타협하는 정치가 이루어지는 썩은 정치적 살롱 같은 데서 요구하는 썩은 형태의 지성이 없어도 난 싸우다 죽을 수 있어요."

공주(행복해하며). 지프치오 씨, 차 좀 더 드세요. 당신 대신에 아무 바보라도 할 수 있는 일을 당신이 한다면 능력이 아깝겠죠. 게다가 당신은 아주 훌륭한 관찰 지점을 갖게 될 거예요. 문학을 공부하는 사람은 삶에 등을 돌려서는 안 돼요, 그것도 삶이 가장 흥미로운 측면에서 자기 얼굴을 보여 주려고 할 때는 더더욱 말이죠.

"거기에 대해서 저는 완전히 다른 관점을 가지고 있습니다. (공주는 냉소적으로 웃었다. '얘가 관점을 가지고 있대!') 삶은 문학과 공통점이 전혀 없습니다 — 어쩌면 전혀 문학에 속하지 않는 작가들의 작품이라면 모르겠지만 — 그들은 현실의 어떤 먼지 쌓인 구석에 있는 생각 없는 사진들일 뿐이에요. 문학 자체는 — 연극도 시도 아니고, 오로지 산문은 — 흐비스테크의 이론에 따르면 새로운 현실을 창조합니다.* 그 이론은 순수한 예술 앞에서는 무기력하지만, 다행히도 거기서 제가 이해조차 하지 못하는 뭔가가 우리 눈앞에서 사라지고 있어요. 저는 창조성이 그 바보 같고 아무에게도 필요하지 않은 이른바 순수한 형태의 생산도 아니고 현실의 전복도 아니고, 오로지 우리가 질리도록 지긋지긋해 하는 그것으로부터 도망칠 수 있게 해 주는 새로운 현실의 창조라고 이해합니다…."

"정말로 그렇게 지긋지긋한가요, 지프치오 씨." 이리나 브시에볼로도브나는 이제 노골적으로 웃고 있었다.

어머니. 지프치오! 참 상스럽게 말하는구나! 넌 여기에 드나들어야 하지 않니….

공주는 진지해졌다.

"지프치오 씨. 스투르판 아브놀, 저 정신분열증 환자, 공허의 현신을 꿈꾸는 천재, 그가 자기 이론으로 당신 머리를 어지럽혔군요. 그 이론들은 크빈토프론 비에초로

* 271쪽 관련 내용 참조.

505

비치의 극장에서는 좋죠." 공주는 릴리안의 '밝고 조그만 얼굴'에서 분노를 보고 덧붙였다. "자기 방식대로 뛰어난 극장에서는요. 그곳에는 그를 위한, 예술가를 위한 자리가 있죠— 그는 예술을 증오한다고 확언하지만 예술가이니까요— 완전한 공허, 그 의미는 즉 그 어떠한 현실적인 내용물도 없는 곳에 예술적인 창조성의 집합으로서 진정으로 헌신시켜 생명을 가지게 해요. 개인은 예술 안에서 끝났어요. 이전의 어떤 형식주의에 반대하는 그 상상 속 새로운 내용물의 창조를 나는 믿지 않으니까요. 한번 가 봤는데 아무것도 없었어요— 글자 그대로 아무것도. 하지만 우린 거기 함께 가 봐야 해요. 릴리안은 이미 다음 주에 처음으로 그녀의 스투르치오인지 파니오의* 멋진 풍자극에 출연해요. 하지만 문학은—(그녀는 자신의 가장 학문적인 스타일로 계속 말했다.)—주어진 순간에 사회의 바탕을 강하게 건드리지 못한다면, 뭔가 교훈적인 허상을 위해 독살스러운 문제들과 먼 지평을, 대중을 고양시키려는 욕구를 두려워한다면 분명 거짓이고, 가장 단순한 현실의 목덜미를 잡지 못하는 나약한 사람들을 위한 '3등급'** 마약이에요. 아브놀 자신도 극장에 대해서는 자신의 그 거의 초현실주의와 함께 몸을 던지니까요…." (아직 어린 간통남은 거의 말랑말랑해질 정도로 지쳤다. 러시아식으로 끄는 억양은 그에게 요힘빈 같은 작용을 했다.)

* 스투르치오와 파니오 둘 다 스투르판 아브놀의 애칭이다.
** третьего разряда. 원문 러시아어.

"그 불쌍한 붉은 머리에서 관념들이 마구 뒤얽혔군요." 게네지프는 의도적으로 우월하게 말하기 시작했으나 그에게는 자료도 용기도 부족했으므로 말이 막혔다. "엄마 앞에서 문제를 분명하게 설명해 주시죠. 저에 대한 그 호의는 전부 대체 어디서 온 건가요? 관찰할 기회를 얻고 싶으신가요? 심심해져서 저에게 또 뭔가 지옥 같은 실험을 하고 싶으신 거겠죠. 오, 엄마가 모든 걸 알았다면!"

"알아요 — 난 전혀 거짓말하지 않았어요. 엄마는 여자로서 나를 이해해요. 그렇지 않나요, 남작 부인?"

"오, 그래도 나는 공주를 압니다!" 그는 분노와 수치심으로 붉게 달아오른 손으로 얼굴을 가렸다. 그는 얼마나 아름다운가! 아쉽게도! 릴리안은 분할되지 않은, 이해할 수 없는 '삶의 본질'을 무의식적인 흡판으로 빨아들였다. 그 내면에서 뭔가 뛰어오를 준비를 했다 — 한순간만 더 지나면 모든 것을 알게 될 것이었다. 그것을 알고 그런 뒤에는 저 아브놀에게 집어넣고 그리고 다른 모든 것도 계속 — 마치 표범이 영양을 쫓아가듯이 삶에 누웠다가, 쉬다가, 그런 뒤에 살아 있는 피를 핥아 먹는다…. 릴리안은 또다시 무구한 금발 아래 분홍빛 귀를 쫑긋 세웠다.

"당신은 나에 대해서 전혀 아무것도 모르고 앞으로도 절대 알지 못해요. '나를 잘 알아 두시오, 곧 그림으로 그려진 선한 영혼에 의해 꿈처럼 잃어버릴 테니까.' 이게 뭐였죠, 스워님스키였는지 스워바츠키였는지? 아 아무래도 좋아! 멍청한 시 작가들. 당신은 어린애예요 — 불쌍한, 잔인한 어린아이죠. 언젠가 당신도 많은 일들을 이해하겠지만, 그때는 어쩌면 너무 늦었을 거예요, 너무 늦어요…."* 뭔가 그녀의 목소리 속에서 신음했고, 그녀의 불쌍한 심장이 천천히 점점 더 신음했다. 지금 그녀는 커다랗고 매우 현명하며 대단히 불쌍한 어린 소녀 같았다. 게네지프는 목구멍에 차오르는 뭔가 혐오스러운 동정심을 느꼈다. "당신은 거짓되게 나를 판단하고 있어요. 당신은 자기 자신을 제외하면 그 누구도 내면에서부터 이해하지 못하는 사람들 중 하나예요 — 절대로 — 거기에 당신의 행복과 불행이 있어요. 당신은 따뜻하고 두꺼운 장갑을 통해서 — 고무를 통해서는 아니고 — 삶을 만지게 될 거예요. 아무것도 당신을 상처 입히지 않겠지만, 당신은 절대로 감정 속에서 완전한 행복에 도달하지 못할 거예요. ('그녀 자신이 저렇구나.' 지프치오는 태만하게 생각했다.) 내가 어떤 일을 겪어 왔고 지금 무엇을 견디고 있는지 당신이 어떻게 알죠? 사람은 고통받으면 자신을 쓰다듬는 손을 깨물 수 있어요. 당신은 내가 잃어버린 — 각각 다른 방식으로 잃어버린 아들들 대신이에요. 마체이는 낯설고, 아담은 이미 저곳에서 나오지 못할 거예요…. (그녀는 마른침을 삼키고 즉각 평정을 되찾았다.) 그리고 저토록 개방적인 어머니이신 걸 높이 평가하는 대신 당신은 그 때문에 바로 어머니를 경멸하고 있어요."

* "아 아무래도 좋아(всё равно)!" 원문 러시아어.

"어머니들은 아들이 남자로서 겪는 더러운 문제들을 들여다보아선 안 됩니다, 범죄의 경계를 넘지만 않는다면…. 문제들 말입니다, 어머니가 아니고. 하, 하!" 그는 마치 프시비셰프스키의 주인공처럼 무의식적으로 웃었다.*
남작 부인은 모든 일에 준비가 된 모양으로 심지어 떨지도 않았다.

"공주는 아주 신경이 예민하고 외로운 상태야. 대공과 스캄피 후작은 수도로 떠나야만 했고 아담 대공은 체포되었어. 생각해 봐라 — 혼자시잖니 — 젊은 친구가 곁에 있는 게 중요한 거야. 젊음이란 위대한 것이다. 아무리 낭비한다고 해도, 누군가에게는 그 젊음의 조그만 한 조각이라도 그의 힘의 체계를 완성시켜 주는 위대한 지렛대가 될 수 있는 거야…." ('‘유제프 씨’의 말이군….' 지프치오는 속으로 구역질을 느끼며 생각했다. '내가 저 아줌마의 기운을 채워 주기 위해 편리한 건전지가 되어야 한다고!')

"그래요, 이 비참하고 조그만 세상에서 나의 부차적인 임무는 (그녀의 상상 속에서 어딘가 화려한 마당과 젊은 왕의 연인으로서 — 정치와 사랑에서 모든 권력을 가진 그녀의 모습이 어른거렸다….) 당신을 세상 속으로 안내하는 거예요. 그렇게 해서 나도 두 번째 청춘을 누리겠죠."

"그런데 정말로 어째서 수도로 떠나지 않은 겁니까?" 게네지프는 갑자기 성숙해진, 화난 수컷이 되어 거칠

* 265쪽 주 참조.

509

게 물었다. 세 여자들의 눈앞에서 그는 온통 털로 뒤덮이는 것 같았다. 그는 유인원이 되었다.

거의 곤란하다고 할 수 있는 침묵의 순간이 닥쳤다. 이 대화가 이루어졌던 세상과는 비슷하지 않은 세상들이 어딘가에서 무너졌다. 그리고 비록 적절한 지점들을 연결해서 하나에서 그다음으로 일관성 있게 이끌 수 있었지만, 삶 자체에 흠뻑 잠긴 이 네 사람 중 그 누구도 저 '초월적인' 영역에 대해서는 아무것도 알지 못했는데, 그곳에서 지금 그들은, 현재 이 순간, 짐승을 넘어서는 더 우월한 의미를 부여받은 유령처럼 살고 있었다 — 네 명 모두 바로 지금, 이 조그만 살롱에서 차를 마시는 이 순간.

"어째서 그렇죠, 어째서." 공주는 광기에 차서 되풀이했다가 곧 그 차원에서 이 살롱으로, 마치 총에 맞은 새처럼 떨어졌다. "여기서 남편의 친구들을 돌봐야 하고, 게다가 어떤 개인적인 관심사도 있어서…. 내가 수도에 가면 아담을 석방시키기 위해서 애써야 할 거예요. 그런데 나의 개인적인 매력이 잘 알려져 있기 때문에, 그러니까, 아시겠죠, 저들은 모두 그 어떤 사람에게 매혹되는 것보다 더 나에게 매혹되어 있어요 — 나의 가짜 객관주의를 보여 주면, 예를 들어, 내가 그들에게 영향력을 휘두르지 않는다는 걸 보여 주면, 바로 도발하게 되어 저들은 그냥 흔하디흔한 민원인에게 하는 것보다도 수백 배나 더 무자비하게 굴 거예요…." 게네지프는 이 설명을 듣지 않았다.

"그 개인적인 관심사란 바로 나죠 — 더 정확히는

510

내 육체적인 껍질이고. '껍질.'* 글래요."** (그는 지금 자기 자신이 너무나 혐오스러워서 그의 주둥이를 잡고 이곳에서 곧바로 끌어내지 않는 것에 '놀라움을 감출 수 없었다'.) "나는 당신에게 맛있는 간식이죠—그 이상은 아닙니다. 왜냐하면 공주는 나에 대해 심지어 호감조차 갖지 않았으니까요. 당신은 나를 마치 멍청한 짐승처럼 대합니다—사용하고 그 뒤에는 버리는 거죠. 나는 어머니의 보호자인 나의 힘과 책임을 빼앗기 위해서 어머니가 당신과 함께 나에 대한 음모에 참여했다는 게 놀라울 뿐입니다."

이 헛소리는 이미 양쪽 숙녀들의 한계를 넘었다. 뭔가가 갈라지기 시작했다. 신디케이트에의 허구적인 참여와 함께 사회 전체 상태의 무의미와 또 뭔가 이름 없는 것, 가장 대담한 사람들도 말하기를, 심지어 생각하기조차 두려워하는 것, 순간에 대한 얼굴 없는, 비밀스러운 만족감, 바로 그것이 바로 이 순간 이 살롱에서 마치 가장 완벽한 상징으로 나타나듯 체화되었다. 이 사람들과 이러한 그들의 관계의 불필요성. 그러나 누구에게 불필요한가?—그들에게 아니면 저기 허수아비처럼 변한 만족한 노동자들에게? 순간순간 모든 사람들이 불필요하게 보였다—그들도, 저 노동자들도—세상도 불필요했다—세상을 품위 있고 가치 있는 방식으로 경험할 사람이 없었

---

* Оболочка. 원문 러시아어.
** '그렇다', '예'에 해당하는 폴란드어 'tak'를 외국인이 말하거나 거만하게 말할 때 흔히 잘못 발음하는 'tek'로 표기했다.

다. 풍광은 그 자체로 혼자 남았고 그와 함께 약간의 짐승들이 — 그것으로는 부족하다. 오로지 중국의 '살아 있는 만리장성'만이 이렇게든 저렇게든 그것을 해결할 수 있었다 — 그러나 그것은 일종의 눈사태였고, 이름 없는 요소였다. 그보다는 '세계적 재앙'*을 만드는 편이 더 나았다 — 행성 충돌이나 아니면 알려지지 않은 성운으로 들어가는 것.

공주. 당신은 어쩔 도리 없이 잔혹하군요. 우린 당신이 오기 전에 한 시간 동안 이야기하면서 모든 걸 터놓았고 이미 그렇게 즐겁게, 즐겁게 이야기했는데, 여기서는….

게네지프. 숙녀들이 여성으로서 서로 이해했군요, 엄마에게는 미할스키 씨가 있고 — 당신은 나를 원하죠. 나는 엄마에게 불필요하고 심지어 엄마의 그 '새로운 삶'(반어적으로)에 방해가 되니 — 아들로서나 보호자로서나 내 목을 잡아 쓰러뜨리고 싶은 거죠. 맥주 거품에서 나오는 비너스** — (그는 거품을 물었다.) — 위생적인 사랑의 과자 조각을 곁들인 값싸게 목 축이는 음료 — 난 '자위행위 기계'*** 따위는 되고 싶지 않아요, 난….”

어머니. 지프치오! 네 동생 앞이잖니. 생각을 하고 말을 해라. 이건 완전히 광기야 — 이미 난 내가 누구인지

---

* eine Weltkatastrophe. 원문 독일어.
** 그리스신화에서 비너스는 성인 여성으로서 바다에서 태어났다고 한다. 게네지프의 집안은 맥주 양조장을 경영했으므로 이를 비꼰 표현.
*** Selbstbefriedigungsmaschine. 원문 독일어.

모르겠다. 하느님, 하느님…!

게네지프. 하느님은 부르지 마세요, 엄마에게 하느님은 아버지와 함께 오래전에 죽었으니까요, 아버지가 그의 진실한 헌신이었죠. (좋다, 그런데 이 짐승은 예를 들어 여기에 대해서는 어떻게 안 것일까?) 그리고 저 '동생'도 몇 주만 지나면 인생에 대해서 나보다 더 많이 알게 될 거예요 — 어쩌면 이미 지금 알고 있는지도 모르죠. 난 아브놀에게는 아무 불만이 없지만, 그가 릴리안에게서 멀리 떨어져 있으면 좋겠어요.

"형제로서의 무의식적인 질투로군요." 공주가 학문적으로 진지하게 말했다.

어머니. 스투르판은 루마니아 귀족의 후손이고, 앞으로 1년이 채 지나지 않아서 둘이 결혼할 수도 있어. 릴리안은 9월이면 열일곱 살이 된다.

게네지프. 그럼 하고 싶은 대로 하세요! 학교에서 외출한 첫날에 이렇게 즐거운 일들이 생길 줄은 몰랐군요. 모두들 나를 통해 뭔가 하려고 하는데 아무도 그게 뭔지 정확히 몰라요. 그런데 무엇을 위해서인지, 그것도 여기 있는 사람들 중 아무도 알지 못해요 — 그게 최악이군요.

공주. 바로 그것이 오늘날 젊은이들의 무사상성이에요 — 우리는 그것과 싸움을 시작하려는 거예요, 당신부터 시작해서.

게네지프. 그 사상을 나한테 보여 주면 내가 당신 앞에 배를 깔고 엎드리겠습니다. 제동을 거는 사상 — 그게 당신들의 최고의 업적이죠.

공주. 긍정적인 사상도 있어요 — 민족해방 신디케이트가 있죠. 오늘날의 시대와 같은 이런 경사면에서는 우리의 차는 제동을 건 채로만 굴러갈 수 있어요. 제동장치는 오늘날 가장 긍정적인 물건인데, 왜냐하면 볼셰비즘 방식의 '곤경'* 외에 다른 출구의 가능성을 만들어 주기 때문이죠. 민족이라는 사상은 필연적이에요….

게네지프. 민족이라는 사상은 언젠가, 짧은 시간 동안은 긍정적인 사상이었습니다. 그건 짐을 나르는 가축과 같은 사상으로 자기 등 위에 다른 사상을 실어 날랐죠. 정교한 기하학적 그림을 그릴 때 도움이 되는 보조선이었습니다. 낙타는 기관차 앞에서 물러서게 됩니다 — 그림을 완성한 뒤에 보조선은 지우죠. 민족과 사회의 모든 타협은 그 자체로 불가능합니다. 그리고 모든 절망에도 불구하고 당신들은 그 새로운 성삼위일체의 참호 속에서 — 다만 하느님 없이 — 죽어야만 하죠. 그게 기술입니다. 그런데 당신들의 삼위일체는 어떤 대가를 치르더라도 흥청망청 즐기려는 욕구, 당신들을 위해서 더러워진 프롤레타리아의 손을 핥는 대가로 겉보기만의 권력을 얻으려는 욕구와 단 하나의 창조성으로서 거짓말을 하려는 의지입니다 — 이것이 당신들의 사상이에요.

릴리안. 루지미에쥬가 낳은 미래의 현자여, 베르나노스

---

* impasse. 원문 프랑스어.

소설 첫 부분에 등장하는 룅브르의 미래의 성자 같군요!*

게네지프. 네가 알았더라면! 너도 이제 보게 될 거야, 무엇으로….

공주. 거짓말하지 마, 지프치오. 나 자신도 한때는 그런 생각을 가지고 있었어. 하지만 지금은 알아, 최소한 우리의 지금 현재 존재의 거리에서 볼 때는 오로지 타협 안에만 미래가 있다는 걸. 중국인들은 어째서 멈췄지? 왜냐하면 그들은 폴란드를 두려워하고, 여기, 이 타협의 나라에서, 그 어떤 볼셰비즘의 가짜 사상도 없는 행복한 나라를 보는 순간 그들의 힘은 비록 순간적으로라도 깨어지고 그들의 군대는 흩어지게 될 것이 두렵기 때문이야.

게네지프(음울하게). 그보다는 이 늪이겠죠. 과연 우리나라가 행복한가요? 그런 소문을 깊이 믿는다면…. ('여기 있는 건 이렇게 지금 당면한, 해결해야 하는 부분적인 문제들인데, 저 애는 뭔가 원론적인 대화** 속에서 헤매고 있어!')

공주. 그 어떤 이유로도 깊이 들여다볼 필요는 없어요. 무엇 때문에! 살아야 해요 — 그게 가장 위대한 예술이에요. (이 순간 그녀의 허세는 창백하고 보잘것없어 보였다.) 아 — 나의 진실을 확증해 줄 어떤 위대한 것이 먼 공간에서 나를 향해 걸어오는 것 같아요! 지프치오 씨, 당신이 신디케이

---

* 조르주 베르나노스(Georges Bernanos, 1888–1948)의 소설 『사탄의 태양 아래(Sous le soleil de Satan)』(1926) 주인공 도니상 수도승은 미래의 룅브르(Lumbres) 성자로 알려지게 된다. 룅브르는 프랑스 북쪽 끝에 있는 지역이다.
** принципиальный разговор. 원문 러시아어.

트의 비밀스러운 구성원으로서 정치적으로 무성적인 사람들로 자신을 둘러싼 총병참 장교의 가장 측근에 들어가게 되면 우리에게 더없이 귀중한 봉사를 해 줄 수 있어요.

게네지프. 그냥 당신들이 이른바 총병참 장교라고 하는 사람의 본부에 나를 스파이로 들여보내고 싶은 거군요. 그가 총병참 장교라면 나도 마찬가지예요. 그러니까 지도자라고요. 하지만 절대로 당신들 편은 아니에요. 아냐— 됐어요— 난 내가 원하는 사람이 될 거예요. 그 누구의 도움도 없이 그걸 보게 될 때까지 참을성 있게 기다릴 거예요. 이 순간부터 아무도 감히 날 조종하지 못해요 왜냐하면 내가 그 사람을 조종해서 앞으로도 기억하게 해 주거나 아니면 전혀 기억하지 못하게 해 줄 테니까— 그쪽이 더 나쁘죠. 내 안의 비밀스러운 힘을 도발하지 마세요, 왜냐하면 당신들을 모두 흩어 버릴 테니까.

그는 상상의 힘으로 팽창하며 허구적으로 거대해졌다— 그도 이것을 느꼈지만 자신을 통제할 수 없었다. 뭔가 낯선 것이 두뇌에 가장 명확하게 나타났다— 누군가 불법적인 손을 넣어 이 정교한 기계 안을 뒤지고 있었다— 알지 못하는 누군가, 어떤 무시무시한 신사인데, 자기를 소개하는 은총조차 베풀어 주지 않았고 그를 대신해서 모든 일이 해결되었다— 뻔뻔스럽게, 서둘러서, 깊은 생각 없이, 확실하게, 논의의 여지 없이. 아주 조그만 사작 하나였지만, 그걸로 충분하다. '저 이미 약간은 알고 있는 (표면적일 뿐이지만) 손님이 은신처에서 기어 나온 것

516

일까? 하느님 — 다음 순간 무슨 일이 일어날까? 그건 아무도 알 수가 없지, 심지어 하느님 자신조차도, 비록 사람들이 바로 하느님이 자기 피조물에게서 이성을 거두어 간다고 하지만 — 어쨌든 다른 모든 일과 마찬가지야 — 가져가고 내려 주시지. 신은 (전지전능하니까 — 그래.) 자신의 전지성을 계획적으로 일부분 파괴하거나(혹은 '끄거나') — 재미있으니까 아니면 '합당한 자격을 갖춘 신심 깊은 자들'을 위해서 — 아니면 인간의 모든 이해조차 넘어선 잔혹한 존재야. 하지만 인간보다 더 잔혹한 짐승이 과연 있을까?' 대체로 이렇게, 지프치오는 뭔가 알지 못하는 것의 저 두뇌적-물질적 작용을 배경으로 조각조각 생각했다. 지프치오는 자기 자신에게서 분리되어 비밀스럽고 끔찍한 세계로 옮겨졌는데, 그곳에서는 여기와 다른 법칙이 지배하고 있었다 — 그러나 이 일은 어디에서 일어났는가? 그는 이곳과 저곳에 동시에 있었다. "여기가 어디지?" 어딘가 형체도 바닥도 천장도 없는 동굴 속에서 누군가 목소리 없이 외쳤다 — "꿈과 광기를 도륙하는 석굴 안에서"(미치인스키). 아 — 그러니까 이게 사람들이 그토록 이야기하는 그 광기로구나. 이건 전혀 그렇게 무섭지 않아 — 심리적으로 가벼운 '비유클리드성'. 그러면서 동시에 저 '가치 없는 견본'은 너무나 끔찍해서 어쩌면 일생에 충분할 것 같았다. 그 자체가 아니라 — 그 뒤에 올 수 있는 것, 여기에 대해서 운동신경과, 계속해서 근육과 힘줄과 뼈가 할 말들 — 그 주위의 모든 것이 전부 깃털과 가루로

517

돌변하지 않을지 ─ 그리고 그 후의 결과는 ─ 그것이 무
섭다. 그리고 동시에, 진정 경악스럽도록 분명하게 그는
멍청하고 진부한 현재 상황 전체를 보았다. 그는 이 흔들
리는 저열함의 덩어리 속으로 기울어진 경사면에서 안정
된 저울추를 보듯이 동생에게 시선을 멈추었다. 그는 동생
을 사랑했고, 동생 없이는 살 수 없었다 ─ 그러나 그것은
언제나 그를 세상으로부터 갈라놓았던 그 유리벽 너머에
서 작동했다. 배신하는 야심의 단검이 그의 내면에서 아래
쪽부터 찔렀다 ─ 무덤 너머 아버지가 의도하지 않게 밀어
버린 것이다. 이 일은 그녀의 탓이다 ─ 어머니의 탓 ─ 어
머니는 광인이다. 그녀로 인해서 이 모든 엉망진창을 눈앞
에 마주하게 된 것이다. 그러나 그는 단 한순간이라도 누
군가 다른 사람이 되고 싶지 않았다. 이 광기와 함께 자
기 자신을 자기 위로 떠받쳐 들어 올릴 것이었다. 왜냐하
면 이것은 광기이므로 ─ 그것을 알고 있었으나 그는 아
직 겁내지 않았다. 그 생각은 거의 눈이 멀 정도로 명확했
다 ─ 주위를 둘러싼 흑색. 그래도 그는 약간 충격을 받아
정신을 차렸다. 이 모든 일은 뭔가 손으로 꼽을 수 없어
눈 깜빡하는 사이에 일어났다. 명확한 동시성 속에서 이것
은 어디서 사라질 수 있었을까? 마치 시간이 둘로 갈라져
서 두 개의 서로 다른 선로를 경주하며 달리는 것 같았다.
　　게네지프는 주먹으로 탁자를 짚고 서 있었다. 그는
창백했고 지쳐서 휘청거렸으나 차갑고 평온하게 말했다.
그는 자기 안에서 마치 용종처럼 가지가 갈라진 코쯔모위

518

호비치의 생각을 느꼈다 ― 지도자가 있고 그를 믿는다는 것은 즐거운 일이었다. (공주는 기쁨에 차서 내면에서 부르짖었다. 그녀는 저 조그만 '반란군'*이 너무나 마음에 들어서 어쩔 줄 모를 정도였다. 그러나 지금은 그를 조금 구부려서, 비록 약간이라도 굴욕을 주고, 그의 그 즙[마치 햇빛 속에서 잘린 어린 자작나무처럼]과 유린이라는 형태로 저 이상한, 제동장치 사이에 휩쓸린 격분이 전부 그녀에게 실리도록 해야 했다. "남성의 추상적인 광기와 모든 것의 불충분성의 수단화"― 라고 스캄피 후작은 이름 붙였다.) 어머니는 겁에 질려 마치 속에서부터 천을 덮어씌운 것처럼 갑자기 조용해졌고, 거의 납작해졌다. 그러나 반면에 릴리안은 오빠를 숭배하는 눈으로 바라보았다 ― 이것이 바로 그녀가 사랑하는, 꿈꾸었던 지프치오였다 ― 바로 이런, 거의 광인인 그를 오빠로서 갖고 싶었다. 비정상성은 성적인 심리-중심부에서 아주 약간의 가루만 떨어지더라도 남매간의 침투를 필연적으로 망가뜨리는 조미료이다(그에게도 마찬가지였다). 그는 모든 사람과 그토록 달랐다 ― 스투르판 아브놀이 말했듯 "비일상적인 유령"이었다. 세 여자 모두 먼 거리에서의 본질적인 연결을 (보통 그렇듯이) 보지 못하고, 각자 자기의 방법으로 이 순간의 허구적 힘 앞에 고개를 숙였다. 다시 똑같은 것이 시작되었다.

게네지프. 비록 미쳐 버리게 된다고 해도 나는 내가

* бунтовщик. 원문 러시아어.

되고 싶은 사람이 될 거예요. 그러니까 엄마는 내가 저 공주의 애인이었다는 것과 그녀가 내 눈앞에서 톨지오와 함께 나를 배신했다는 걸 아시는군요. 그래요 — 나는 그걸 화장실에서 보고 있었고, 문은 의도적으로 잠겨 있었어요.

그는 스스로 이것을 명확하게 말하면 그 말과 함께 그의 등 뒤에서 작동하는 권모술수보다 더 우월한 모습을 보여 주게 되리라 예상했다. 어머니도 공주도 완전하게 평온을 유지했다. 아가씨들의 처신에서 새로운 방향은 감정이 가장 처음 싹트는 그 순간부터 악에 대한 완벽한 지식으로 포화시키는 것이었다. 그렇게 바로 저 미래의 강한 여성들이 될 예정이었다. 릴리안은 모든 것을 알았다, 관념적으로 — 하나 — 둘, 직접적으로, 아랫배로, 그리고 그 안에서는 삶에 굶주린 괴물들이 똬리를 틀고 있었다. "그리고 엄마는 원하시겠죠, 내가 그 뒤에…! 난 엄마가 지금 어디서 살고 있는지 모르겠어요 — 내가 이해할 수 없는 어떤 세계겠죠. 이건 저열함이 아니에요! — 아들이 어머니보다 더 보수적인 거라고요! 이 모든 건 미할스키 — 유제프 씨 — 탓이에요 — 하, 하!"

어머니. 네 웃음은 잔혹하구나. 그날 아침을 생각해 봐라…. 넌 그때 얼마나 달랐는지….

게네지프. 그리고 아직도 저 자신에 대해 그날 아침의 혐오감을 느끼고 있어요. 그건 바로 그 일 뒤에…. (여기서 그는 공주를 가리켰다.) 난 나 자신에게서 모든 걸 털어 버리고 싶어요, 태아처럼 벌거벗고 모든 걸 새로 시작하고 싶

520

어요. (여자들은 웃었다 — 그러나 재빨리 자신을 통제했다. 무시무시하게 분노한 지프치오는 하나의 상처로 변해서 굳어졌다. 그는 질척질척한 수치심과 끈끈한 우스꽝스러움, 그리고 메마른 절망에 빠져들었다. 그네를 탄 듯.) 그리고 릴리안, 릴리안이 이런 일들의 비밀을 알게 되다니! (그는 발작적인 보호 본능으로 누이를 구하고 싶었다 — 진실로 이런 건 그에게 아무래도 상관없었다.)

어머니. 넌 여자에 대해서 아무것도 이해하지 못하는구나. 여자들 속에서 넌 아직 형체를 갖추지 못한 너의 개성을 위협하는 가장 위험한 힘을 보고 있지만, 그들의 그 힘은 부서지기 쉽다는 걸 눈치채지 못해 — 너희 남자들을 붙잡아 두기 위해 여자들이 자기 안에 겉보기의 악을 얼마나 그러모아야만 하는지. 넌 그녀가 널 위해서 무엇을 견뎌 냈는지 몰라.

어머니는 일어나서 공주를 포옹했다.

"우리 둘이 함께 너를 위해 이토록 고생하고 있어. 네 마음으로 그녀를, 그리고 평생 고통 외에는 아무것도 가져 보지 못한 네 불쌍한 어머니를 이해해 보렴. 넌 서른이 넘어서 진실로 사랑을 시작한다는 게 어떤 건지 몰라!"

그는 겉에서부터 녹기 시작했다 — 마치 지방질 혹은 점액질의 동정심을 흘리듯 땀을 흘렸다 — 그러나 버텼다 — 그렇다기보다 저 '손님'이 그가 완전히 고착되려는 경계선에서 막아 주었다. '광기 속에도 또한 힘이 있다.' — 도플갱어들 사이의 텅 빈 공간에서 그는 생각했다.

게네지프. 거기에 대해선 아무것도 알고 싶지 않아요!

521

여자들이 그 감정적으로 달팽이처럼 끈끈해지는 건 혐오스러워요. 오 — 인간적인, 바로 인간의 감정이란 얼마나 혐오스러운 것인지 — 그건 사회적 변형의 찌꺼기들이 거짓의 껍질 속에 틀어박힌 거예요. 짐승들이 훨씬 더 행복해요 — 그들에게는 진실이 있으니까요.

어머니. 너도 짐승과 별로 다를 게 없단다, 아가야. 자신이 강한 사람이라는 허상에 빠져 거칠게 행동하는 쪽을 택했지. 그리고 릴리안에 대해서는, 이게 그 새로운 양육 방식이란다. 우리는 너무 일찍 너의 반감을 일으키고 싶지 않았어. 일찍 인식하는 건 절대로 나쁜 게 아냐 — 그건 수많은 세대들의 심리적인 건강을 앗아 간 편견일 뿐이지. 몇 달 뒤에 릴리안도 그렇게 스투르판의 아내가 될 거야. 그렇지, 딸아, 모든 걸 알고 나니 이제 훨씬 낫지?

릴리안. 그거야 물론이죠, 엄마! 이야기할 필요도 없어요. 지프치오 오빠는 어린애예요, 하지만 자기 나름대로 훌륭하죠. 시간이 지나면서 모든 것에 익숙해질 거예요. 사실 어쨌든 뉴기니에는 프로이트식 콤플렉스라는 게 전혀 없으니까요. 그곳에서 아이들은 여섯 살 때부터 결혼 놀이를 해요. 그런 뒤에 모든 것은 하나의 마을 영역 안에서 '터부'가 되죠. 게다가 누이는 가장 큰 '터부'예요 — 만지는 것만으로도 죽음이 오죠. (그녀는 불쾌하게 애교를 부리며 덧붙였다.) 모든 것이 더 좋아질 거예요. 겉으로 보이는 삶의 기계성 안에서 우리는 새롭고 정상적인 세대를 만들어 낼 거예요 — 우리 아이들이 아니라 우리 자신을요. 우리는 소리 없이 안에서부터 모든 것을 바꿀 거예요. (그녀는 또다시 그 완전히 학문적인 진지한 자세로 덧붙였다.)

"그 새로운 세대는 중국인들을 위한 게 되겠지— 이 나라에서 그들의 건축을 위한 지지대나 비료가 될 거야." 모욕당한 지프치오가 격분해서 그녀의 말을 가로막았는데, 그의 머릿속에서는 모든 것이 빙빙 돌고 있었다. "말뿐이고 근거 없는 헛된 약속들, 병적인 낙관주의자들의 자기기만일 뿐이야— 내가 나 자신의 경험으로 알아." 한편 이 상황은 밑바닥 어디선가 그의 마음에 들었으나, 그건 그가 자기 안에서 가치 있다고 여긴 모든 것에 반대해서였다. 도착(倒錯)의 첫 시작— 저 불한당 같은 남자가 그에게 작용하고 있었다. 다만 그 바닥은 무엇이란 말인가? (그리고 그 코쯔모우호비치에게 이게 무슨 상관이란 말인가?! 헛소리! 그러나 그럼에도 불구하고 바로 여기에 조그만 차이가 있었고 [어느 여자 같은 베르그송주의자 백작이 말했듯, 그 "두뇌적이고-심리적인 요소들"] 그런 차이점들로 안개 같은 덩어리가 만들어지며, 그 안에서 정치가들이 일하는데, 그 정치가는— 기타 등등. 지프치오는 자신이 그토록 숭배하는 저 초우수 총병참 장교와 자신이 얼마나 비슷한지 모르고 있었는데, 총병참 장교는 자신의 이 미세한 도플갱어를 돋보기를 통해 들여다보았다면 많은 것을 배울 수 있었을 터였다. 그들은 너무 늦게 만났고, 그것은 양쪽 모두를 위해 아쉬운 일이었다.)

무언가 깊은 심연에서 또다시 기어 나왔다. 갑작스

러운 내면의 번쩍임이 지프치오를 밝혀 주었다 ― 깨달음. 그의 내면 전체가 마치 콧물로 막힌 코에 0.2그램의 코카인을 넣었을 때처럼 가벼워지고 (심지어 밝아지고) 넓어졌다. 그곳의 그 알지 못하는 사람, 그가 두려워하고 그에게서 자신을 보호하려 했던 그 진실한, 가장 진실한 두 번째 그는 ― 지하에서 빛을 향해 그를 버렸다 ― 그가 곧바르게 몸을 세우고 넓게 펼쳐져 한껏 즐기기를. ("광인은 자신의 삶을 오로지 광기 속에서만 완성할 수 있다." 천재적인 베흐메티예프였다면 이렇게 말했을 것이다.) 그를 마침내 만나고 복속시키거나 아니면 그에게 복속되기 위해서라면 뭐든지 희생할 수 있었다. 하지만 어떻게 그렇게 한단 말인가, 어떤 범죄나 단념을 대가로 치르고? 이 삶은 아직도 이토록 긴데! 그 사람에게서 삶을 어떻게 충족시키고 견디고 살아남을지 배울 수 있을 것이었다. 오로지 그 사람만이 그것을 할 수 있다 ― 그 자신은 언제나 수족관 속의 물고기처럼 '유리 뒤'에 있을 것이었다.

### 정보

릴리안은 이 모든 것을 느끼지 못했다. 그녀는 모든 것을 자기 안에 가지고 있었다 ― 완벽하고 심리적으로 원만했으며 흠이 없었다 ― 마치 조울증 환자인 아빠 같았다. 이것("이것" 안에 얼마나 기적적인 것들이 숨어 있는가!)에서 그녀는 오로지 지적으로만, 완전히 냉정하게 흥미를 느꼈다. 그녀는 자기 내면의 냉정함에 성숙한 사람의 가면을 훌륭하게 적용시켰다. 그 냉정함, 그것이 바로 스투르판 아브놀을 그토록 미치게 만든 이유였다. 그러나 이제까지 (하느님 부디 제발) 그들 사이에는 아무 일도 일어나지 않았다. 몇 번 입 맞춘 적 있고, 그동안 그녀는 그에게 얼음장처럼 물었다. "어째서 절 그렇게 핥으세요?" 그것은 혐오스럽지 않고 단지 기묘하게 무심했다—그 질문은 그녀가 생각 속에서 살고 있는 그 세계에서 온 것이 아니었다. 폭발 물질은 아직 조그맣고 (이리나 공주가 말했듯이) "잘 균형 잡힌 살쾡이" 안에 숨겨진 기폭제로 이어지는 도화선과 이어지지 못했다. 그러나 그것을 넘어선 뭔가가 어른거렸다—삶의 열매, 아직은 형태가 없는 당분간은 아무것도 연상시키지 않는 남성 성기가 유혹적으로 몸을 뻗었다. 그것은 마치 가을 새벽안개 속의 흐린 녹색 구멍처럼 이상적으로 보였으며, 그 전체는 거의 무한히 뻗어 나가는 천박한 힘과 입맛의 뱀과 같은 똬리였다. 그 어울리지 않는 세계에 막, 이제 막 닿아서 (마치 입술처럼—그러나 스투르판의 그 이상적이고 퉁퉁하지 않은 입술과 그녀의 딸기 잼 같은 입술) 새로운 화학 결합물을 만들어 내려고 할 때—여성적인 비열함과 힘을 의식하고 릴리안은 거의 종교적인 황홀경에 버금가는 어떤 것을 느꼈다. 그녀의 어쨌든 아직은 순수한 영혼은 상상 속의, 현실에 구현할 수 없는 존재의 영묘하고 완성되지 않은 아름다움에 잠겼다.

다시 한번 감옥의 '걸쇠'가 잠겼다—아직 때가 아니었다. 게네지프는 내면에서 무기력하게 쓰러졌다. 근육이 뼈에서 분리되고 모든 내장이 엉망이 되었다. 저기 학교에서 그는 작은 거인일 수 있었고 자신의 개인적인 적들, 분대장과 소대장과 당당하게 싸울 수 있었다. 그러나 여기, 저 열함과, 이 여자들의 형태를 띤, 그가 감당할 수 있는 정도를 넘어 강화된 삶의 매혹에 갇혀서 (가족의 여자들은 단지 저 공주라는 짐승의 매력을 약화시키지 않고 마치 당연하다는 듯 강화해 줄 뿐이었다.) 그는 전 노선에 대해 포기했다. 어쩌면, 젠장, 세 명 모두 한꺼번에 털어 버리고 (한꺼번에 해야만 한다 — 그렇지 않으면 이 수수께끼를 풀수가 없다.) 그들을 더 이상 평생 다시는 만나지 않는다면. 아 — 그런 기술을 부릴 수 있다면 — 그렇게 하는 남자들도 어쨌든 실제로 있는 것이다. 그런 남자들의 숫자는 점점 줄어들지만 그래도 있다, 젠장. 그러나 그는 그럴 용기가 없었다. 잠재적인 광기 자체가 그의 목덜미를 붙잡고 이 비참함의 구유에서 계속 핥아 먹도록 명령했다. 더러운 타협이 옆구리에서 새어 나와 마치 맑은 강의 흐릿한 지류처럼 흘렀다. 무사상성이라는 비난이 견딜 수 없는 수치심이 되어 그를 태웠다. 그는 대체 어떤 사상을 가졌던가? 자신의 삶이라는 사실을, 벌거벗고, 일상적이고 자질구레한 필연성의 증거들로 닳아 버린, 주위를 둘러싼 늪 때문에 휘청거리며 서 있는, 아무런 지지대도, 집중된 원형의 본질성의 유치한 관념도 없는 삶을 무엇으로 정당화할 것인가 — 대체 무엇으로?! 한편 저 광분한 여자는 여기에 대해 뭔가 정치적인 관념을 가지고 있었고, 대체로 어깨 위에 머리가 제대로 얹혀 있었고, 그 머릿속의 두뇌는 절대로 최하 품질이 아니며, 거의 남성적이고 변증법적인 훈련이 되어 있었다. 이 지점에서 그녀를 가볍게 여기는 건 전혀 쉬운 일이 아니었다. 그게 미칠 듯이 화나는 일 아닌가?

모든 것이 어쩔 도리 없이 질질 끌었다. 이미 아무도 그를 설득하지 못했다. 세 여자 모두 (마치 「맥베스」의 마녀들처럼) 그가 포기했다는 것을 알았다. 여자들의 승리가 살롱을 지배했고, 모든 가구와 카펫과 장식물을 음탕한 점액으로 덮었다. 어머니와 릴리안은 그 특징적인 앞으로 기운 자세로, 비참하고 정복된 현실 위로 우아하게 떠다니고 있음을 표현하면서 안락의자에서 일어섰다 — 거기에는 또한 공주에 대한 감사의 마음도 있었다. 카펜 부인은 아들에게 심지어 나갈 것인지 여기 남을 것인지조차 묻지 않고 '조그만 이마'에 입을 맞추었다. 미래의 지휘관 보좌관은 그 입맞춤에 몸을 떨었다 — 그는 어머니도 누이도 연인도 없었다. 그는 저 치명적인 각성 이후 그랬듯이 무한한 우주에서 완전히 혼자였다. 배설물 같은 친구들에 대해서는 생각조차 하지 않았다. 하 — 원하는 대로 하라지. 그는 나가서 돌아오지 않을 것이었지만, 단지 지금은 아니다, 지금은 아니다, 하느님 맙소사, 지금 이 순간은 아니었다. 군사학교 교장인 프루흐바 장군이 말했듯이, "인간은 혼자다".*

* Der Mann ist Selbst. 원문 독일어.

그는 숙녀들과 함께 현관으로 나갔다. 그러나 이리나 공주의 지옥같이 부드러운 손에 작별의 키스를 했을 때, 그녀는 그의 오른쪽 귀를 곧장 겨냥해 뜨거운 숨결과 함께 재빨리 이렇게 속삭였다. "남아 있어. 엄청나게 중요한 일, 미래 전체야. 이젠 완전히 다른 방식으로 널 사랑해." 이 속삭임에 그는 뜨거운 물속의 설탕처럼 녹아 버렸다. 그리고 갑자기, 자기 자신도 스스로 알아볼 수 없게 변해서, 몰락에 의해 밝아지고, 이미 혼자도 아니고 절망에 빠지지도 않은 채 ('안락함'*은 약간 악취가 나지만, 그건 아무것도 아니다.) 만족하고 부드러워지고, 은은한 (은은하게 파괴하는 방식) 성적인 느슨함에 거의 행복해져서, 그는 남았다. 그러나 두 숙녀들이 나가자마자 공주는 차가워지고 멀어졌다. 다시 한번 얼음장 같은 절망이 게네지프를 사로잡았다 — 낯짝을, 무자비하게. 이렇게 그는 자기 자신을 배신해서, 내적인 몰락의 대가로 그가 본질적으로 경멸하는 저 육체의 한 조각이라도, 비록 더 나쁜 쪽이라 해도 심지어 썩은 고기 한 조각조차 얻지 못하게 되었다. 어떤 결정적인 행동을 할 영감은 떠오르지 않았다. 강도짓을 하거나, 때리거나, 살해하거나, 차거나 — 그러나 그는 여기 한구석에 마음이 무너져 내린 채** 예의 바른 소년으로서 서 있을 뿐이었다.

"…이젠 우리에 대해서는 이야기하지 않을 거야. (그

* уютность. 원문 러시아어.
** en compote. 원문 프랑스어.

는 몸을 쭉 편 채 군대식으로 긴장해 서 있었다. 그의 앞에 있는 이 '요소들의 덩어리'는 너무나 멀어서 [이것이 바로 황소가 여기 같은 공간에 있는 것 같은 '내적인 차원'이다.] 심지어 가까운 거리에서도 그는 대체 어떤 기적으로 가장 가벼운, 심지어 '가장 누이 같은' 입맞춤을 허용할 수 있었는지 이해할 수 없었다. 평생의 파멸의 고통, 그것도 차가운 고통은 계속되었다. '아 — 이런 장애물도, 심사숙고도, 자질구레하게 제동을 거는 장치들도 없이 넓은 물결 속으로 뛰쳐나갈 수 있다면' — 그는 지속적으로 누군가 그의 다리 사이에 막대기를 세워 놓은 듯한 느낌을 받았다. 학교의 끝 — 바로 지금이 마지막 기간이다 — 그러면 그가 그들에게 보여 줄 것이었다…. 그러나 고등학교 졸업 시험 때처럼, 모든 것이 해결되고 끝난 것같이 보였을 때 가장 중요한 개인성의 문제들이 기어 나오게 되지 않기를.) 이건 가장 중요하지 않아(가짜 '우리'). 더 중요한 것은 네가 앞으로 어떤 사람이 되는가야. 바로 너, 지프치오, 비밀스럽고 형체 없는 열기로 가득한 너의 본성으로는 이렇게 아무런 사상도 없이 살 수 없어. 그러다간 터지거나, 최상의 경우에도 광기의 위험이 있어. 마치 흘러가는 구름이 거울에 비치는 것처럼 네 안에 인류 전체가 비치고 있어. 나는 너의 그 분투를 보면서 많은 것을 이해했어." (그녀는 그토록 아름다우면서도 마치 무슨 나이 많은 이모처럼 말했다! 이건 지옥 같다….) "노동조직이라는 사상은 그 누구도 위대한 행동으로 이끌어 주지 못해. 그 관

529

념의 미래는 회색이고, 그 관념들은 그 미래를 위해서 본
질적이야 — 하지만 우리는 옛날의 사회적 조직 속에서
관념들이 체화되는 것을 보아야만 해, 우리도 절반은 그
사회의 일부분이고, 그래서 오로지 고통과 지루함만을 느
끼는 거야 — 우리 스스로가 우리에게 낯선 형태 속에서
자기 자신 속으로 자라나고 있어." ('`뭔가'가 저 아줌마의
발뒤꿈치를 쫓아오고 있구나.' 지프치오는 생각했다.) "그
건 보조적인 생각이고, 기술적이고, 현재 어떤 정당이라
도 자기들의 목적을 위해서 이용할 수 있어, 우리들, 민족
해방 신디케이트부터 시작해서 볼셰비키화된 몽골의 왕
자들까지 — 그렇지만 언젠가 그 사상들은 인류 전체에게
현실화될 거야 — 그리고 다행히도 우리는 그땐 이미 없
겠지. 사실 그건 삶에 반영할 수 있는 발상들도 아니고 그
걸 위해서 삶을 희생할 만한 발상도 아냐 — 주어진 범위
안에서 전문가가 아닌 이상은 말이야."

게네지프. 그렇죠, 하지만 지속적으로 게다가 평화롭
게 성장하는 안위의 사상은, 옛날 미국식의 계급투쟁 소
멸 사상과 결합되고, 그 계급투쟁 소멸 사상의 발전으로
이끈 것은 언젠가 노동조직의 사상이었고, 그러니 그 사
상은 어쩌면 충분히 물질주의화된 사람들에게는 비록 존
재의 지속만을 위해서라도 충분한 지지대가 될 수 있어
요 — 그 존재의 변환이나 완전히 새로운 가치의 창조에
대해서는 말할 필요도 없죠, 그걸 믿는 건 오로지 기회주
의자들과 평범한 바보와 입신출세주의자들뿐이니까요. 살

아남는다 — 주위에 우리를 황무지로 둘러싸는 영혼을 보고 있을 때는 이것만으로도 벅차요 — 절망을 순순히 받아들이고 진실 속에서 살고, 당장이라도 피어오를 것만 같은 상상 속의 새싹으로 자신을 속이지 않고 — 마지막 경련을 새로운 것들의 시작으로 착각하지 않는 것…. (그런데 이건 그녀 자신이 언젠가 했던 말 아닌가!) 어쨌든 망설임과 동요는 언제나 있었고 인류는 자신에게 위로가 될 만한 것을 언제나 찾아냈다는 잔인한 생각을 할 능력이 없는 사람들에게 진부하고 닳아빠진 위안을 주면서, 밝은 미래를 약속하는 것, 거짓 눈물을 눈에 담고 솔직하지 못한 말을 지껄여 대는 것은 얼마나 쉬운지…." (그는 자신이 무엇을 위해서 말하고 있는지 감각을 완전히 잃어버렸다 — 그녀를 설득하는지, 그녀와 자기 자신을 함께 자기 스스로에 대항해서 설득하는지 — 그는 동료 중 한 명인 전직 아마추어 경제학자 보이데크보이다키에비치가 이야기하곤 했던 것을 마치 앵무새처럼 되풀이했다.)

공주. 마구 떠드는구나, 내 소중한 지프치오, 마치 고문실에서처럼.* 물질적 안락은 무한히 자라날 수 없고, 사회화 그 자체는 —, 그 자체로,** 다시 말하는데, 가능하고, 어쩌면 물질적 안락에 의존하지 않고도 가능해, 물질적 발전은 멈출 수 있고 그 어떤 힘도 그것을 북돋워 줄 수 없어. 유럽에 대해서는 이미 말할 것도 없고, 우리는 그것을 아메리카에서 분명하게 볼 수 있지. 노동조직과 최대

---

* 원문에서 공주가 고문(tortury)이라는 단어를 프랑스식으로 발음해 'tortiury'로 표기함.
** als solche. 원문 독일어.

보상의 모든 노력과 저기 그 노동자들의 머리가 돌 것 같은 물질적 안락, 그리고 창업에의 공동 참여 증대에도 불구하고─그 땅이 공산주의에 안착하는 걸 아무도 구원해 줄 수 없었어.─인간의 입맛이란 측정 불가능해….

게네지프. 입맛은 둔해질 거예요─진정하세요. 그건 그저 시간의 문제였을 뿐이에요. 한순간만 더 지나면 모든 일이 돌이킬 수 없이 해결될 거예요. 실제로 새로운 사회에서는….

공주. 만약에 이랬다면 어떻게 될지, 기타 등등, 우리는 절대로 알지 못할 거야…. 사실이 내 현명함을 증명해 주지. 여기서 보기에는 좀 더─다시 말하는데, 좀 더─저곳에서 결여되었던 더 높은 사상이 필요한데, 대체 어떤 사상이 민족보다 더 높을 수 있겠니?

게네지프. 오, 이젠 당신이 마구 떠드는군요! (그는 무자비해지기로 결심했다.) 아무런 공산주의 없이도, 민족 전쟁 이후 실제로 이루어진 민족 간의 경제적인 상호 의존을 배경으로, 민족이란 헛소리이고 예전 기사들, 비밀 외교관들, 바짝 들여다보는 공업자들과 순수한 돈의 운영자들이 만들어 낸 허구라는 게 밝혀졌어요. 세상 모든 것이 너무나 서로 얽혀 버려서 독립이라는 의미에서 개별적인 민족에 대해서는 말도 할 수 없어요. (다시 그는 말이 막혔고 자신이 하는 말이 자기 자신의 확신인지 그저 보이다키에비치를 원숭이처럼 생각 없이 흉내 내는 것인지 알 수 없었다.)

공주. 1차 대전 이후 일어난 일들은 바로 겉보기에 국제적이고 초민족적인, 그러나 그 민족들에 뭔가 사이비의 개별적 생명을 남겨 주는 제도들의 가면을 쓴 볼셰비즘이 었어. 그리고 그 때문에 그 모든 연맹과 국제적인 노동 사무국들이 망해서 주저앉아 지금과 같이 된 거야. (공주는 단어들의 실제 맛을 깨닫지 못한 채 저열한 폴란드어 단어들을 사용했다.) 어쩌면 민족성 아니면 개미집이고 — 세 번째 출구는 없는지도 몰라. 넌 민족 사상으로 살아야만 해, 왜냐하면 인류의 이 죽어 가는 부분에 속해 있으니까. 그건 어려운 일이야, 거짓말할 수는 없어 — 태어난 그대로의 사람이 되지 못한다는 것. 진실한 채로 일찍 죽는 쪽이 거짓 속에서 사는 것보다 낫지. 넌 나를 따라야 해, 너 자신의 반전성에 도달하는 걸 아무리 원하지 않는다고 해도 — 그리고 그건 너의 본성을 생각할 때 아주 가능한 일이지. 네가 전반적으로 다른 사람의 쓰레기장보다는 너 자신의 최고봉에서 자기 자신을 경험하며 살고 싶어 하더라도, 넌 신디케이트의 비밀 요원이 되어야만 해. (게네지프는 손으로 얼굴을 가렸다. 이제 그녀는 그를 손에 넣었다! 대체 그녀는 어떻게 해서 그의 무관념적인 덤불 속, 더 정확히는 그곳으로부터 기어 나와 마치 막대에 꽂듯이 상징 위에 가득 채워진 그의 가장 본질적인 지속의 살아 있는 살점 조각을 체화하는 단어를 알고 있단 말인가. 그녀는 물론 자신의 성기의 도움을 받아 직접적으로, 마치 지겨울 정도로 고전적인, 말벌이 그 저주받을 애벌레에게 했던 일처럼 '직관적으로' ["헤, 헤, 베르그송 씨!"] 한 것이다. 그는 그것을 알고 수치심으로 달아올랐다. 학창 시절 그는 러브와 본에서 시작해 생물학에 대한 모든 책을 닥치는 대로 읽었으며, 그

533

위대한 신사들은 직관이라는 관념을 산산조각으로 박살 냈고 존재하는 가장 괴물 같은 거짓말 중 하나인 베르그송주의를 간접적으로 소멸시켰다.)* 뭔가 이상한 것이 대기 속에서 끓어오르고 있어 — 그건 마지막 발작이야 — 거기엔 동의해, 하지만 그 안에는 위대함의 뒷맛이 있는데, 위대함의 결여는 우리 모두가 이토록 고통스럽고도 더럽게 느끼고 있는 거야. "악취에서 느끼는 기쁨."** 그 불행한 니체가 그렇게 썼지. (그리고 곧바로 이어서) 미치도록 노력했지만 이제까지 우리 중에서 그 누구도 총병참 장교의 최측근에 들어갈 수 없었어. 너 하나만이, 특별히 그에게 선택된 사람으로서 — 사람들 말이 네 아버지가 뭔가 그의 이후 계획에 대해 알고 있었다고 하니까 — 너는 우리에게 한없이 귀중한 소식을 얻어 줄 수 있어, 하다못해 그의 생활 방식, 아침 식사로는 뭘 먹고 마시는지, 밤에는 그 역사적인 가장을 벗는지 등등. 어쨌든 우리 중에서는 아무도 심지어 가까이서도 그 괴물릐*** 일상적인 평범한 하루가 어떻게 지나가는지도 알지 못하니까. 그리고 그 뒤에 너는 물론 그런 것보다 훨씬 더 중요한 일들에 접근할 수 있겠지….

가장 낮은 기저부에서, 늪 속에서, 혐오스러운 오두막과 쓰레기장 뒤에서, 그러나 자기 자신의 것들 속에서,

* 러브는 독일 태생의 미국 발생학자인 자크 러브(Jacques Loeb, 1859–1924)를, 본은 19세기 영국의 출판업자로 역사학, 과학, 고전문학, 신학, 고고학을 아우르는 선집을 출간한 헨리 조지 본(Henry George Bohn, 1796–1884)을 가리킨다.
** die Freude zu stinken. 원문 독일어.
*** 원문에 고의적인 발음 오류가 있음.

지프치오는 대답했다. (그의 기준으로 훌륭한, 그러나 혐오스러운 현실과, 조그만 지하 감옥의 더러운 짚 더미 속에서 썩어 가는 것 — 두 가지 형상이 서로를 이기지 못한 채 그의 지친 머릿속에서 춤을 추었다. 그것을 해결해 준 건 그의 개인성과 관련이 없는 듯한 언어였다. 분명히 저 세 번째 사람, 그 광인이 고귀한 소년의 이름으로 말했을 것이다 — 그러나 그 자신은 전혀 고귀하지 않았고, 오로지 의지를, '광기에의 의지'*를 가지고 있을 뿐이었다.)

"무엇보다도 먼저 그 모든 것을 할 시간이 이미 없을 거예요 — 당신들의 기름 끼고 무익한 배를 채우기 위해서 그 더러운 계산을 전부 마칠 때까지 중국인들이 기다려 줄 거라고 생각하는 건가요? 웃기는 착각이죠!"

"아 이런! 웬 공산주의자람! 정신 차려. 무슨 선동가처럼 상스럽게 굴지 마라."

"첩자가 되지 않겠다고 이미 얘기했어요." 그는 으르렁거렸다. "그 어떤 사상의 이름으로도, 심지어 가장 고매한 사상의 이름으로도 그런 건 하지 않아요."

"첩자 노릇이라도 고매한 목적을 위해서라면 뭔가 고상한 일이야. 그런데 여기서는 어쨌든…. 그럼 나와의 우정을 위해서도?"

"이런 우정에는 침을 뱉겠어요! 그럼 당신이 이전에 날 사랑한 것도, 악마적인 술수를 쓴 것도 어떤, 혹은 바로

* den Willen zum Wahnsinn. 원문 독일어.

그 정치적인 계략의 결과였던 건가요? 오, 나는 얼마나 무시무시하게 타락한 건지…." 그는 다시 손바닥으로 얼굴을 가렸다. 그녀는 어머니의 다정함과 터럭 한 올 거리로 곧 먹이를 잡아채려는 고양이의 포악함을 동시에 담은 채 그를 처다보았다. 그녀는 온통 부풀어 올랐고 그를 향해 응축되었으나 아직은 그를 만질 용기를 내지 못했다. 그러기엔 아직 일렀으나, 지금이 아니라면 앞으로도 결단코 하지 못할 것이었다. 게네지프는 마치 끈끈이에 걸린 파리 같았다—부러진 다리를 떼어 내는 것은 말할 것도 없이 불가능했으나 날개는 공중에서 절망적으로 붕붕거리며 자유의 착각을 주었다. 그는 자기 자신과 이 상황 전체에 대한 견딜 수 없는 수치심으로 인해 거의 사라질 정도로 조그맣게 줄어들었다.—그는 입구의 초인종 소리를 들었는데, 그 문은 알지 못하는 궁전의 어느 먼 구석으로 이어졌다.

"넌 아무것도 이해하려고 하지 않아. 첫 번째로는 너 자신이 달린 일이고, 네가 진실하게 경험할 수 있는 너의 유일한 삶의 길이 달린 일이야. 그리고 두 번째로는 신디케이트가 승리하는 경우에 너의 커리어도 달려 있어. 어떤 관점에서 삶을 보는가, 1층 박스석인지 아니면 사람들의 입김으로 가득한 최상층의 제일 값싼 좌석인지는 아무래도 좋을 일이 아니라는 걸 기억해. '사람들은 모두 똑같지만 냄새는 다르다.'* 빈의 어느 마차꾼이 페터 알텐베르

---

* Leute sind dieselben, aber der Geruch ist anders. 원문 독일어.

536

크에게 했던 말이지.* 의도적인 계급 격하는 아무에게도 도움이 되지 않았고, 자기 자리로 돌아가는 건 겉보기보다 어려운 일이야." (뭔가 괴물 같은 짐 가방처럼 무거운 [이] 말들을 무슨 수를 써서든지 멈추게 해야 했다.)

"당신은 정말로 우리가 중국인들을 막아 내고 이 볼셰비즘의 바다 한가운데에서 이 형편없는, 적당히 억눌린 민주주의 속에 살아남을 수 있을 거라고 생각해요?"

"총병참 장교의 숭배자이자 미래의 부관이 그런 말을 하다니! 너는 너의 우상의 생각에 원칙적으로 어긋나고 있어, 아가야."

"아무도 그의 생각을 알지 못해요 ─ 거기에 그의 위대함이 있는 거죠…."

"최소한 다분히 의심스럽긴 하지. 그게 힘이라는 건 부정하지 않겠어, 하지만 돌풍과 같은, 힘을 위한 힘, 그게 그의 생각이야, 순수한 형태의 힘. 우리들 신디케이트에서는 우리 목적을 위해서 그를 이용해야만 해."

"매 순간 다른 말을 하는 그런 젤리가 조직의 표현이고, 그런 조직이 그를, **그를** 이용하려 하다니. 하, 하, 하!"

"웃지 마. 난 신경이 곤두서서 모순 속에서 길을 잃었어. 하지만 그 속에서 길을 잃지 않는 사람이 요즘 대체 누가 있지? 너도 알지, 저기 서쪽에서 우리를 비밀스럽게 도와줄 거야. 백색 러시아**가 무너진 건 아무것도 증명

---

* 페터 알텐베르크(Peter Altenberg, 1859-1919)는 빈 초기 모더니즘의 대표 작가였다.
** 러시아제국 혹은 제국주의를 옹호하는 혁명 전 러시아.

해 주지 못해. 그곳에는 바로 코쯔모우호비치 같은 사람이 없었어. 저기 서쪽에서는 형성된 지 얼마 안 된 볼셰비즘이, 아직 아래쪽은 약간 민족주의에 젖어 있고 비밀스럽게 파시즘의 방법을 사용하면서 아직 때가 되지 않았다는 걸 핑계로 삼고 있어 — 얼마나 모순적인지! — 누누이 말하겠는데, 모든 종류의 섬세한 차이를 밀어 버리는 중국식 무미건조함의 가능성 앞에서는 몸이 떨릴 지경이야. 그 때문에 저들은 현 상황을, 혹은 현재의 무기력함을 유지하는 걸 도와야 할 뿐만 아니라, 기술적인 관점에서도 그들에게 사상적으로 반대되는 방향으로 우리를 적극적으로 밀어야만 해. 삶의 복잡성이 어디에 이르렀는지 생각하면 머릿속이 빙빙 돌아. 서쪽의 경제원조 — 그게 폴란드의 기적이고, 저 노란 원숭이들은 자기들의 그 정당성으로 이걸 이해하지 못할 거야. 너한테 엄청난 비밀을 말해 주는 거야 — 이걸 발설하면 — 고문실에서 죽게 돼. 그리고 만약에 이게 성공하지 못하면, 중국인들에 대한 마지막 방어선이 무너지고 노란 홍수가 밀려와 백인종은 끝날 거야. 유감스럽게도 모든 것이 이렇게 사회화되어 심지어 인종 문제도 큰 관점에서 생각할 때는 더 이상 의미가 없어 — 피부 색깔조차 상관없게 되는 거지. 바로 저기 찔린디온 피엘탈스키 씨가 오는구나, 교황청 남작이고 시종장이고 교황 성하의 기관총 근위대 전직 대장이야." 게네지프는 이 집에서 자신이 벌레가 된 것처럼 느꼈다 — 바퀴벌레, 바퀴, 벌레. 하 — 만약에 때로 자기 자신을 전부 완전히 무

속으로 토해 버리고 그렇게 해서 더 이상 존재하지 않게 될 수만 있다면! 그렇다면 그 얼마나 기쁠까!

혐오스럽고 (이런 종류의 인간은 어쨌든 아름다울 수도 있는 것 아닌가 ─ 그런데 무엇 때문에? 다시 한번 무엇 때문에? 우연이다.) 흠뻑 젖고 흐늘흐늘하고 낯짝은 말랐으나 배는 올챙이배인 금발 남자가 콧수염은 '신사답게' 빗어 올리고 검은 끈을 단 외알 안경을 쓰고 들어왔다. 그는 곧 말하기 시작했다(편견에 차 있는 것이 겉으로도 보였다). (그의 무성성은 거의 지나칠 정도로 눈에 보였다 ─ 최소한 이 남자는 확실히 공주의 애인이 아니었다.) 그가 말했고 ─ 자리에 있는 사람들은 그가 사용하는 시체와 같은 관념들 때문에 한기를 느꼈다. 전반적인 민족이라는 문제와 구체적으로 폴란드 민족의 문제는 문학에서 낭만주의부터 최근의 신메시아주의까지 지나치게 우려먹은 결과, 그리고 또한 모든 의식과 예식과 회합과 모임과 기념일에 영혼 없는 미사여구들과 아무 결과 없는 약속에서 지나가는 말로 이용해 먹은 끝에 이제는 죽어 버리고 소진되고 현실에서 너무 멀어져서 그걸로는 아무도 절대로 진실로 움직일 수 없게 돼 버렸다. 독성 있는 거짓말이 광휘 속에 궤도에 오르려는 해왕성을 결정적인 순간에 막아 버렸다. 다른 행성과 그 위성들에서는 모든 것이 이 문제의 견딜 수 없는 지루함과 메마름에 죽어 버려서, 혹여 천왕성이나 목성의 위성에서 뭔가 민족과 비슷한 종류의 것이 생겨나기 시작한다면, 미사여구의 엄청난 공허함을 뿜어내는 피엥탈스키의 입김만으로도 수천만 킬로미터나 떨어진 그 행성의 살아 있는 싹이 시들어 얼어붙을 것 같았다. 이런 소스가 어떤 모습이고 어떤 냄새가 나는지는 모두가 알고 있으며, 게다가 현실의 썩은 조각을 배경으로, 그 위로 쏟아져 맛을 내는 것이다 — 글자 그대로 인용할 필요도 없다. 그 안에는 뭔가 전례 없이 사람을 지치게 하는 데가 있었다 — 전형적인 '진지한 인간'의 자기기만 혹은 마찬가지로 진지한 악마의 어떤 의도적인 헛소리. 좋아, 좋다 — 하지만 무엇을 위해서? 아니다 — 그토록 무의미한 정치적 상황은 그 어디에도, 심지어 볼셰비키 정부 옆에 거의 다른 사람들에게 비웃게 하기 위해 앉혀 놓은 광대 같은 왕이 있는 히르카니아*에도 없었다 — 근본적으로 그는 정부에 매우 열심히 끼어들었으며 아주 훌륭하게 재미를 보았다. 그리고 그 남자는 떠들어 댔다 — 국가에 대한 사랑, 조국, 민족의 발전을 위한 희생 등등의 단어들을(비록 이미 대체로 그런 단어들이 부족해졌지만 말이다 — 많은 단어들이 잊혔다 — 단지 가장 적게 닳아 버린 단어들만 사람들 입에 오르내렸는데, 그런 단어들 안에는 마치 나방이 휘어진 전등 주변에서, 존재의 궁극적인 의미의 비밀스럽고 어두운 화롯불에 타서 눌어붙듯 나머지 의미가 눌어붙어 있었다). 그 단어들은 머리가 허옇게 세어 가는 금발 남자의, 신디케이트의

---

* Hyrcania. 기원전에 존재했던 도시국가. 카스피해에 면하여 현재의 이란과 투르크메니스탄에 걸쳐 있었고, 기원전 6세기경 페르시아의 일부가 되었다.

540

'기둥'의 침 묻고 푸르스름한 입술 위에 떨어졌다. 그는 이 단어들 속에만 존재했다 — 그 너머에서 그는 유령이었고, 하느님의 망막에 나타난 얼룩이었다.

게네지프는 이 민족을 위한 수치심에 숨이 막혔다 (그리고 그 민족의 일원으로서 자기 자신을 위해서도). 이 얼마나 불운인가! 그러나 그는 동시에 모든 사람이 저렇다는 것에 대해서 그는 책임을 졌다 — 저렇게 조그맣고 특질적인 메시아라니! 게다가 제때 나섰다! 그런데 여기서 저열한 생각은, 이런 나태한 나라에서 대체로 어떤 특별한 인물이 될 가치가 있는가? 무엇을 위해서? 텡기에르가 했던 말이 떠올랐다. "곱사등이 폴란드인으로 태어난 것은 엄청난 불운이지만, 게다가 또 폴란드에서 예술가로 태어났다는 것은 최고의 불운이다." 우리의 행운은 (르바크가 말하곤 했듯 "우리의 이점")* 예술가가 아니라는 것이다. 아니다 — 그 거짓말쟁이는 틀렸다. 그런 말들이 모여서 저 망해 버린 분위기를 이루는 것이다. "남자들은 일한다는 게 뭔지 전혀 모르고, 게다가 시간 감각도 없다."** 부헨하인은 이렇게 말하곤 했다. 바로 그렇다, 각자 자기 방식으로, 다른 사람들은 쳐다보지 않고, 그래서 어쩌면 언젠가⋯. 그러나 다시 한번 중국인들의 눈사태와 이런 문제들을 해결하기에는 대체로 너무 늦었다는 생각이

---

* Bonne la nôtre. 원문 프랑스어.

** Die Kerle haben keine Ahnung was arbeiten heisst und dazu haben sie kein Zeitgefühl. 원문 독일어.

떠오른다. 저들은, 저 짐승들은 자신들의 낯짝 위에 (그 낯짝은 이전의 '면도한 몽둥이'보다 전혀 나을 것이 없었다.) 매달려 있는 노란 물결이 예전과는 비교도 할 수 없는 운명을 싣고 오는 동안 시간은 흘러간다는 사실을 느끼고 있다. 이미 늦었다. 면상을 더러운 이불로 가리고 자기 일을 하는 수밖에, 여기서부터 여기까지, 아무것도 생각하지 않고 — 바보 같은 소설을 읽고, 춤추러 가고, 누군가를 안고, 잠드는 것이다. 그렇게 완벽하게 조직할 때는 아직 오지 않았다 — 아직 생각을 해야 했다. '야만적인 자본'에 잡아먹힌 유럽은 일어서려는 동쪽을 향해 손을 뻗을 수가 없었다. "모든 것을 얻으려면 모든 것을 잃어야만 한다." 라고 타데우슈 쉼베르스키*가 언젠가 썼다. 몇몇 절반의 영혼과 4분의 1짜리 영혼들 안에서는 그런 비슷한 것이 둔하게 울렸고 뭔가 기어 나왔는데, 그것도 일부러 뱉은 건 아니었지만 하여간 뭔가 다음과 같았다. 이렇게 경멸당한 것은 거의 그의 민족일 수 없다는 어떤 가느다란 한 줄의 야심, 특정한 소리들에 대한 뭔가 순수하게 관능적인 집착(서쪽에서는 에스페란토가 모국어들을 점점 더 압박하고 있었다.), 국가적인 '위하여'에 대한 반쯤 짐승 같은 조그만 감각 — 이것이 그 증오스러운 이른바 애국심이라는 것이었다. 그리고 근본적으로 입맛을 가리는 가면이다. 그리고 이건 끔찍하다, 빌어먹을!

* Tadeusz Szymberski (1881-1943). 폴란드 시인, 희곡 작가로 비트키에비치의 친구였다.

그리고 그는 마치 예전의 감정적 콤플렉스의 시체에서 자라난 버섯과 같은 저 시체-관념들의 이름으로, 이른바 — 어쨌든 저쨌든 — 아무래도 상관없다 — 그는 유일하게 배짱이 있는 사람인 불쌍한 코쯔모우호비치, 이런 조건에서는 당연히 파멸의 운명이 지워진 그에 대해서 최악의 저열한 짓을 저질러야만 한단 말인가? 안 된다. 다시한번 연기를 뿜는 자아의 분화구와 함께 비밀스러운 손님이 광기의 언저리로부터 몸을 일으켰는데, 그곳에서는 모든 것이 되어야 할 대로 되어 있었다 — 물론 몇몇 사람들에게만이다. 어느 순간 지프치오는 피엥탈스키의 얼굴에한 방 먹이고 그를 현관에 내던졌다. 그는 피엥탈스키가침을 뱉고 갈라진 목소리로 외치는 소리를 들었다 — 그리고 그는 부끄러웠으나 동시에 애국적 사상을 위해 약간은 복수를 했다는 사실이 기뻤다. 저런 끔찍한 쓰레기를 그 사상의 보유자로 착각하지 않게 하라. 지금 그는 자신의 정확한 민족성을 퍼센트(%)로 알 수 있다면 엄청난 대가라도 치렀을 것이다. 아니다 — 그는 오로지 자기제복의 노란 테두리만을 보았고 그가, 이 경멸당한 아이가 그래도 뭔가 끝내주는 일을 했다고 느꼈다. 그는 상당한 직관을 가지고 있었으나 — 오, 여기서 그 단어는 적절하다 — 그것은 똑같이 상당하게 거짓일 수도 있었다. (에드문트 후설이 현명하게 말했듯이, 어째서 이른바 "직관적인"[생각하기를 원치 않는 오만한 여자들과 여자 같은남자들이 현재 좋아하는 단어] 발견은 어쨌든 언제나 주

543

어진 분야에서 훈련받은 전문가들만 해내는가—특정한 사고 형태의 비교, 학술적인 관습의 이용, 사고 영역에서의 도약, 자동화—바로 이겁니다, 숙녀 여러분. "당신들은 언젠가 정복할 겁니다, 그것도 바로 그 경멸당한 지성으로—그건 다른 일이지만, 당신들은 틀렸어요." 이 문제에 대해서 스투르판 아브놀은 이렇게 말하곤 했다.) 그러나 지프치오는 이후의 '행동'이 어떤 것일지 알지 못했다—이것으로 인해 특정한 사건들의 폭발이 2주나 실인적으로 빨라졌다. 왜냐하면 민족해방 신디케이트 중심부에서는 만약의 경우를 대비해 그들이 부르는 대로 "소규모 비밀 요원 봉기"를 준비하고 있었기 때문이다. 국가는 거의 코쯔모우호비치 자신처럼 위대한 모든 애국자들에게 비밀이었다. 이미 아무도 아무것도 이해하지 못했고 모두가 이 전반적인 "비이해"(카롤 이쥐코프스키*의 용어—모든 바보들에게 모든 종류의 가치에 대해 가장 가치 있는 것을 부정할 수 있게 해 준 그 발명 덕에 저주받으리라.)의 독한 연기 속에서 숨이 막히고 있었다. 정확히 무엇인지 알아내기 위해서는 비록 한두 방울이라도 좋으니 피를 흘려야만 했다. 피엥탈스키가 말했듯이, "리트머스 시험지를 신선한** 피에 담그는 것"이다. 누군가 여기에 대해서 죽어야만 한다는 것, 그것에 대해서는 전혀 아무

---

* Karol Irzykowski (1873–1944). 폴란드 문학과 영화 비평가, 작가, 번역가, 체스 선수.
** 피엥탈스키는 폴란드어 'ę'를 'i'로 발음하기에 원문에서 그 발음을 반영해 표기하고 있어, 이를 한국어 번역에도 반영하려 시도했다.

런 설명도 없었다. 일차적으로 성공하는 경우에만 이 공격은 널리 퍼질 수 있고 누가 알겠는가, 총병참 장교마저 퇴출될지, 그는 신디케이트에 안 좋은 쪽으로 냄새를 맡았고 현재로서는 최소한 다분히 뻔뻔스럽게, 그리고 니에 히드오흘루이 대령의 영향력 아래 있는 가장 급진적인 군부대와 함께 행동한 것이다. (물론 그 '급진성'이란 매우 꼼꼼하게 감추어져 있었고 그 자체로 상대적이었다.) 어쨌든 민족해방 신디케이트의 주요 활동가들이 이 '실험'에 참여하지 않았다 — 급이 낮은 사람들은 패배할 경우 책임이 없는 것으로 치고 내보낼 수 있었다.

피엥탈스키는 현관에서 침을 뱉고 갈라진 목소리로 외쳤다. 게네지프는 창백한 채 몸을 떨고 숨을 헐떡이며, 꽉 쥔 주먹을 안락의자의 팔걸이에 쑤셔 넣고 공주의 수치심 없는 다리를 바라보았는데, 그 다리는 그 긴장감 속에서 이해할 수 없는, 악마의 본질이 쏟아부은 관능으로 가득한 것만 같았다. 다리가 그 정도의 표현력을 가질 수 있다니, 그것도 실크와 단단한 빛나는 에나멜에 갇힌 다리가. 그렇다면 저런 다리는 개별적인 존재로서 유린할 수 있고 마침내 그녀의 (다리들과 비교해) 적대적인 매력으로 욕망을 충족시킬 수 있었다…. 이런 생각을 굉음이 중단시켰다. 마침내 입구의 문이 쇠사슬 소리를 지나치게 강하게 내며 열렸다. 죄수들은 서로를 쳐다보았다 — 마치 현실의 흐릿한 웅덩이에 뜬 두 개의 물거품처럼, 평소에 거짓되었던 눈알을 진정으로 그들의 비밀스러운 체액으

545

로 (그건 서로 비슷한 존재들의 일반적인 관습일 뿐이다.) 열었다. 찔린디온과의 싸움은 게네지프 안에서 뭔가 밑바닥에 있던 것, 언제나 그를 유혹하여 뛰어난—비록 괴물 같더라도—지금 있는 것과 궁극적으로 있을 수 있는 것만 아니면 된다—일을 하게 했던 무한함의 굶주림을 풀어 주었다. 유감스럽게도, 대체 누가 그것을 할 수 있겠는가—오로지 광기나 범죄만이 이 진부함의 벽을 부술 수 있다—가끔은 창의성도—그러나 그건 아니다. 그 얘기는 이만 줄이자. 그는 그토록 그것을 두려워했다—그러나 그 안에 삶의 매혹이 있었다. 그는 제정신이 아니었다—존재 전체를 아우르는 유일한 휴식의 시간. 자기 자신이 생산한 심리적 독미나리, 그러나 그럼에도 불구하고 뭔가 낯선 것을 창조하는 그 독, ('이상적 삶'처럼) 어디에 존재하는지 알 수 없는 모두가 모두와 절대적으로 화합하는 세계. 그렇다, 그는 제정신이 아니었고 (오 황홀경이여!) 그 내면의 거칠고 험상궂은 남자는 마치 유리창을 통해서 보듯이, 마치 어둠 속에 잠복한 짐승처럼 그의 눈을 통해서 바라보았다.

그런 뒤 모든 것이 그것으로 변했다…. 그들은 마치 무한하고 본질적으로 방향 없는, 공간과 상관없는 높은 곳에서 떨어진 것처럼 서로 껴안았다. 부드러운 쾌락의 무더기 속에 체화된 그 부둥켜안고 비비는 포옹, 야만적인 욕망으로 불타는 벌거벗은 살가죽의 부끄러움 모르는 비빔댐, 거의 형이상학적인 고통의 내장 속에서 비벼져 나온 비인간적인 충족…. 고통의 충족? 그렇다. 다시 한번 그는 이것이 무언가 의미 있는 일이라고 확신했고, 이런 방법으로 당장의, 당면한 광란의 문제를 해결하면서 밑바닥 땅에서 온 자신의 괴물들의 극복할 수 없는 포옹 속으로 더욱 깊이 빠져들었다. 존재의 가장 무시무시한 저열함 속에서 자기 자신을 전부 다해 돼지처럼 부르짖으면서 그는 광분한 매의 시선으로 무한한 악의 심연에 빠져드는 저 눈을 꿰뚫어 보며 온 세상 위에 매달려 있었다. 그 쾌락으로 강화된 사시 속에 존재의 비밀이 반짝이는 것 같았다. 그러나 그 모든 것은 짐승 같은, 천치 같은 열기로 동물처럼 거짓말을 했다. 게네지프는 최고봉에 이르렀다 — 두 육체의 결합을 통해 허상에 빠지는 대신 그는 이 끔찍한 순간에 고독해졌다. 심리적으로 이 방향으로 계속 가는 건 불가능했다. 지금 그는 어린 시절 톨지오와 있을 때보다, 심지어 화장실에 있었던 그때보다 더 고독했다.

공주는 모든 것에도 불구하고 원하던 대로 이 애송이를 억압할 수 없었다는 것을 느끼고 음울하게 자신을 내주었다. 오, 그는 지금 그녀에게 어떠한 맛인지, 거의 저열한 우연적 사건 덕분에 그를 얻게 된 지금! 이것은 이전의 수학이 아니었고 그 안에 새롭고 위협적인 매력이 도사리고 있었다. 누구든 자기 마음대로 말해도 좋지만 이 마지막 순간도 자기 나름대로의 가치를 가지고 있다. "덕분에, 덕분에." 그녀는 이 의식적인 몰락, 불가능할 정도로 강력해지는 비극성, 음울함, 가을의 모든 색깔로 불타는 젊음의 절망 — 황홀경에 빠져 광기에 빠질 정도로 흥분하며 속삭였다. 그리고 젊은이는 똑같이 '악한' 힘으로 찔렀다. 그렇게 그 둘의 악은 거의 하나의 악을, 이미 무성적인, 그 자체의, 유일한 악을 창조하며 서로를 충족시켰다. 그 '도착적인' 포옹 속에서 사랑은 (이제 이미 두 사람으로 나누어지지 않은 하나였다.) 쫓겨나 어딘가 한옆에서 슬프게 웃고 있었다 — 그 사랑은 이 두 사람이 하는 일에 대해 복수해야 한다는 사실을 알고 평온하게 기다리고 있었다.

정보

두들겨 맞은 상태의 찔린디온 피엥탈스키는 두 배로 힘을 모아 시도를 실행에 옮기려고 착수했다. "그래?" 그는 혼자 속으로 말했다. "해보자는 거야? 그럼 두고 보자! 하 — 이제 모든 것이 설명되는군." 그렇게 겉보기에 조그마한 사실이 신디케이트의 '기둥'을 응축된 에너지로 가득 채워서, 그날은 아직 덜 익은 상태였던 실험 계획이 이후의 날들에 익어서 부풀어 올라 아무나 딸 수 있는 잘 익은 황금빛 열매가 되었다. 상황은 저절로 그쪽으로 진행되었다 — '숙덕거리는 사람들'은 코쯔모우호비치 본인이 보낸 요원들이 활동을 통제한다고 의심했다. "그도 마찬가지로 바닥에 뭐가 있는지 보는 것을 '필요로 해'."라고 숙덕거렸다. 사건은 한 개인의 손에서 천둥처럼 떨어져 나와 스스로 '뛰쳐나갔다' — 당분간은 조그만 영역에서뿐이었다. 비교적 가장 둔한 개인들

548

은 특정한 무리의 영향을 받았을 뿐인 것처럼 보였다 — 다른 방식이 아니라 그렇게 행동해야만 했고, 개인적인 행동의 의지를 잃었다. 유일하게 내면의 요새를 유지하고 있는 사람은 오로지 코쯔모우호비치뿐이었다.

그 기술은 마치 정직하지 못한 사제의 회상처럼 지루하다 — 저기 저 사람이 뭔가 소곤거리고, 그 사람에게 종이 쪽지를 쥐여 주고, 거기에 대해서 떠들고, 저 사람에게 뭔가 주었고, 여기서 위협했고, 저기서 서로 핥아 주었고, 그 사람은 다른 사람들과 똑같은 일을 했고 — 여기다 그것에 대해 뭐라고 쓰겠는가. 심리 또한 흥미롭지 않은데, 지휘관의 내면적인 구조만은 예외였지만, 여기에 대해서는 아무도 아무것도 알지 못했다 — 여러 가지 비율의 야심과 조그만 의미를 지닌 거대한 단어들의 혼합, 더러운 영리함과 가끔은 약간의 저열한 힘. 그 외에 모든 사람들이 모든 사람들에 대해서, 가끔은 심지어 그 안에 자기 자신까지 포함해, 비열한 돼지라고 생각한다.

찔린디온에 의해 시작된 명예로운 사안은 학교 운영진이 알게 되면서 명예롭게 만족스러운, 그러나 어쨌든 피흘리지 않는 결과로 이어졌다. 정치적인 관점에서는 지프치오가 피엥탈스키에게 사과하는 것이 적절하다고 인정되었고, 상황에 대해서는 베흐메티예프가 직접 읽지 않고 '배서'한 의사의 소견서가 첨부되었는데, 그것은 가볍게 비정상적인 싸움꾼의 상태에 대해 가정사를 이유로 설명했다.

게네지프는 '삶의 거품을 주둥이에 물고' 티콘데로가의 궁전, 이른바 "간음 지점"*을 떠났다. 금욕주의는 좋지만 그보다 더 좋은 것은 만족스러운 간음이다. 전 노선에서의 타협. 비밀스러운 구석구석에 공주에 대항하는 무기가 쌓였고 그는 그것을 적절한 순간에 사용할 계획이었다. 그래도 지금으로서는 완전한 몰락에 대한 자의식의 쾌락에 잠겨 있었다. 그는 음탕함의 가장 밑바닥에서 구르며 꿀꿀거리고 흥흥 코를 울렸다. 신디케이트의 첩자가 되기 위해 공주가 두 사람을 지칭하듯이 "의심스러운 한 쌍"**은 조그맣고 보잘것없는 어느 집에서 밀회를 약속했는데, 그 집은 이 목적을 위해 그 비열한 짓의 선동자인 공주가 직접 빌려 완전히 화려하게 치장해 놓은 곳으로 시내 중심가에서 멀리 떨어진 교외 마을 '야디'***에 있었다. 배신은 물론 절대로 불가능했다. 몇 주의 오랜 기간 동안 그 "우리 시대의 영웅"****은 해를 입지 않았다.

---

* fornication point. 원문 영어.

** подозрительная парочка. 원문 러시아어.

*** Jady. 폴란드어로 '독약'의 복수형이기도 하다.

**** 러시아의 낭만주의 작가 미하일 레르몬토프(Mikhail Lermontov, 1814~41)가 1840년에 쓴 연작소설 제목. 주인공 페초린은 사실 반(反)영웅에 더 가깝기 때문에 제목도, 이 표현도 반어적이다.

지휘관의 생각과 크빈토프론 비에초로비치의 소극장

그 슬픈 사건이 일어난 지 사흘 뒤 지프치오는 가족과 함께 지내고 있었다 — 이미 근무가 끝나면 밤에는 자유로웠다 — 그는 '선임 생도'가 되었다. 그 자유로운 밤을 그는 공주와 완전히 광기에 찬 사랑에 빠져서 보냈는데, 공주는 의도적인 몰락에 버릇이 나빠져 버린 하룻강아지의 눈앞과 품속에서조차 멀지 않은 종말의 예감을 느끼며 셋으로 혹은 열 명으로 불어났다. 게네지프는 마침내 충족이 무엇인지 알았다. 어제까지만 해도 눈을 안구에서 쑥 빠지게 하고 팔은 탐욕스러운 용종으로 변해 버리게 하는 결점 없는 비밀처럼 보였던 그 존재들을 일상적으로 사용하는 평범한 물건처럼 쳐다보는 순간들은 이상했다. 그러나 그런 상태는 오래가지 않았다. 공주의 형체를 띤 괴물은 언제나 뭔가 새로운 것을 생각해 낼 수 있었고 그 풍부하기 짝이 없는 경험의 마르지 않는 비축분 속에서 새로운 '트릭'을 꺼낼 수 있었으며, 이미 지나치게 저열한 악마 숭배는 없었다. 그럼에도 불구하고 화장실에서 보냈던 저 순간들은 먼 시간을 건너뛰어 거의 반감되지 않는 라듐처럼 빛나며 작용했다 — 그 기억은 사랑을 가로막았으나 그 대신 가라앉아 가는 순수하게 성적인 자극의 예비 분량이었다. 그 안에 악과 다분히 저열한 종류의 안전성이 있었다. 겉보기에 아무 이유 없이 뭔가 망가지기 시작했다.

바로 이 시기에 게네지프는 어느 날 저녁 크빈토프론 비에초로비치의 극장에 갔다. 스투르판 아브놀이 그를 거의 강제로 데리고 갔다. 이미 그의 두 번째, 반쯤 즉흥적인 연극이 상연되고 있었는데, 거기서 지쳐서 죽어가는 어떤 10대 소년 역할의 대역으로 릴리안이 처음으로 출연하게 되어 있었다. 이제까지 게네지프는 자기 누이를 무대 위에서 보는 것을 받아들이려 하지 않았다. 어쩌면 그건 무의식적인 질투였을지도 모르고, 어쩌면 가족 중에서, 어찌 됐든 카펜 드 바하즈 남작 집안 아가씨가 배우가 된다는 데 대한 숨은 혈통적 수치심이었는지도 모른다. 삶은 너무 느리게 흘러갔고 이것은 지프치오뿐 아니라 민족 전체가, 그리고 누구보다도 코쯔모우호비치 자신이 눈치채고 있었다. 그는 말로 표현할 수 없는, 거미줄처럼 손에 잡히지 않는, 그러나 철심을 엮은 것처럼 강력한 관념을 가지고 있었다 ― 그는 그것을 근육 속에서, 의지의 번쩍임 속에서, 그의 특기인 자기 자신 위로 쌓여 올라가는 축적 속에서 느꼈다. 그는 이 민족 전체가 자기 자신처럼 강력한 하나의 개인이 되기를 원했다 ― 마지막 나사와 나사선까지 최고의 완벽함을 갖춘 작고 집중적인 기계이면서 동시에 어둡고 깊은 사파이어색 허공에 떠가는 태평한 구름이 겉보기에 자유로워 보이듯이 그렇게 자유롭기를 바랐다. 그는 그러했고 그 날것 그대로의 재료 덩어리 전체를 자신만의 고유한 조각 작품으로, 부동의 물질 속에서 마법에 걸린 근육의 감각이며 완벽함으로 터질

552

것 같은 이상적인 유일함으로 느끼기를 원했다. 어쩌겠는가, 그 조각 작품의 결과물은 엉터리였던 것을. 그러나 그것도 그는 도착적인 요소로 활용해서 어떤 유사 건설적인, 즉흥적인 덩어리를 쌓아 올렸다. 기사 중의 기사인 그는 볼품없고 게으르고 비루먹은 암말을 타고 갔다. 그러나 그는 심지어 자신의 결점도 좋아했고 의식하지 못한 채 자신을 사랑했다 — 그토록 기사도적인 초자아도취자-황소였다. 그런 인식에는 아직 하나의 상위 지향적인 영적 기반이 결여되어 있었는데, 그가 만약 그것에 도달했다면 행동의 가능성을 잃어버리고, 사람을 마비시키는 모든 사물의 형이상학적 부조리를 느꼈을 것이었다. 그는 총알이었다. 민족 전체가 그렇게 느꼈다 — 마치 등 뒤에서 총알과 (느낄 수 있다면 말이지만) 껍질 속에 꽉 채워진 질산섬유소를 느끼는 것 같았다. 그리고 그는 자기 아래 폭발적인 안개 덩어리를 응축시켰는데, 그것은 비콘* 거리에 있는 총병참 장교 본부 건물로부터 마치 대포처럼 그를 운명의 더 높은 영역으로 쏘아 올릴 예정이었다. 그는 밤에 잠자러 가기 전에만 책을 읽었고, 그것도 스티븐슨의 『보물섬』과 『바르츠』**뿐이었다. 그런 뒤 다섯 시까지 오른쪽으로 누워서 푹 잤고, 깨어나면 신선한 입에서 갓 베어 낸 신선한 건초 냄새를 풍겼다. 여자들은 그것을 매우 좋아했다.

* Bykoń. 폴란드어 '황소(byk)'와 '말(koń)'을 합친 조어.
** 폴란드 작가 율리우슈 카덴반드로프스키(Juliusz Kaden-Bandrowski, 1885–1944)의 소설 『바르츠 장군(Generał Barcz)』(1922).

릴리안의 '데뷔' 날은 (물론 나중의 일이지만) 지프치 오에게 두 배로 기억에 남을 날이었는데, 왜냐하면 오전에 지휘관 코쯔모우호비치가 직접 학교를 시찰하러 왔기 때문이다. 그는 기다리느라 지루해져서 (그의 지루함으로 세상 모든 군대의 주요 지휘관 50명 정도를 더 즐겁게 할 수 있을 정도였다.) 지방 '군사'학교를 돌아보기 시작했던 것이다. 그건 페티시즘의 거대한 잔치였다. 그러나 코쯔모우호비치는 보기 드문 장점을 하나 갖고 있었다. 다른 사람들의 숭배는 오일스킨*에서 빗물이 흘러내리듯 그에게 스며들지 않고 흘러내렸고, 그러므로 그는 계속해서 그렇게 숭배받아야 한다는 의무감을 느끼지 않았다. 그는 주변에, 심지어 가장 가까운 측근들에게도, 그 쾌락적인 내면의 기관(그가 이름 붙였듯이 그 "야망의 클리토리스")에 우상숭배적인 경외감을 허용하지 않는 방법을 알고 있었는데, 숭배에서 쾌락을 느끼는 그런 기관의 부차적인 작용은 이후에 숭배자들의 모든 자질구레한 독려의 총합으로 종종 가장 둔감한 성격조차 갉아먹는 종양과 같은 (그가 되어야만 하는 인격이 아닌) 부차적인 인격을 만들어 내게 마련이었다.

중국인들과는 그 어떤 종류의 의사소통도 전면적으로 불가능했다. 바로 얼마 전 어쨌든 공주의 큰아들인 한 커우** 대사가 밀폐된 객실에 갇혀서 돌아왔다. 글자 그대

---

* 기름을 먹여 방수 처리한 천.
** 漢口. 중국 중남부 후베이성 동쪽 우한시에 있는 지명.

로 아무도 아무것도 알지 못했다. 보고 뒤 명령에 따라 젊은 대공은 총병참 장교의 감옥 독방에 갇혔고 그에 대해 알려진 것은 그뿐이었다. 비밀은 그 고급 창부 같은 애교와 내숭 속에서 점점 더 썩어 갔다. 이제 조금만 더, 조금만 더 가면 밝혀지려다가, 가볍게 춤추면서 믿을 수 없는 거짓말의 소용돌이에 휘말리며 또다시 멀어졌다. 아들과의 면회를 성사시키려는 목적을 위한 공주의 모든 노력은 아무런 결과도 가져오지 못했다. 공주는 그 때문에 점점 더 신경이 곤두섰고, 모든 절망을 지프치오와의 강렬한 타락으로 풀었는데, 지프치오는 이제 그녀에게 코쯔모 우호비치의 미래의 부관이 아니라 잃어버린 젊음에 대한 적대적인 꿈에서 나온 무슨 흡혈귀와 더 비슷해졌다. 게다가 젊은 악마처럼 아름다웠다. 수컷의 성숙함이 이 젊디젊은 주둥이에 점차 스며들어 그 얼굴에 날카로운 인상을 — 잔혹한 힘과 무책임함을 더해 주었는데, 강렬한 하늘색* 눈에 깔린 폭군처럼 거만한 욕정과 합쳐져서 이것은 여자들을 아래쪽에서부터 녹아 버릴 듯 — 숨이 막힐 듯 사로잡는 작용을 했다. 길거리에서는 그의 앞에 모르는 여자들이 마치 암캐처럼 얼쩡거렸다. 오, 그가 허락해 주기만 했다면⋯. 그러나 현재로서 그는 지긋지긋했다 — 더 높은 등급은 이제 찾을 수 없을 것이었다 — 그리고 '홍등가의 불빛'은 조그만 결점들을 드러내 주었다. 짐

* himmelblau. 원문 독일어.

승 같은 젊음, 포식성의 매와 같은 청년, 부풀어 오른 굵은 근육질 가지에서 나오는 푸른빛의 우유 섞인 피 — 공주는 완전히 미쳤다 — 자기 육체의 무시무시한 상처를 지속적인 황홀경의 번쩍임으로 가렸다. 한편 지프치오의 일정은 다음과 같았다. 낮에는 힘든 훈련과 학업, 그리고 밤에는 수업 준비와 야만적인 음란함이었다. 그는 잠을 두 시간이나 세 시간 자는 법을 익혔다 — 훈련은 나쁘지 않았다. 그는 조금 (아주 '죠'금) 술을 마시기 시작했고 '숙취'*의 순간들은 그가 (지금 당장은) "차가운 광란"이라고 이름 붙인 거의 무감각한 응고 현상으로 그동안 지성은 거의 컴퓨터와 같은 정확성으로 작동하는 그 쾌락적이면서도 괴로운 비인간화의 기묘한 상태를 가져다주었다. 밑바닥의 음울한 사람-유령-짐승은 자주 기척을 내보였으나 그 기척은 약했다 — 마치 가끔은 생각을 하는 것처럼 뛰어오르기 위해 잠복하고 있었다 — 그런 생각들을 게네지프는 일기장에 적었다. 그 뒤 그녀와 함께 그것을 읽었다… 그러나 여기에 대해서는 나중에 말하겠다. 이미 멀어진 어린 시절은 말할 것도 없고 심지어 고등학교 졸업 시험 이후의, 얼마 전의 과거도 점점 더 자주 떠올랐고 점점 더 큰 매력을 더해 갔다. 어린 시절은 지나가는 풍광 너머에서 흘러내리는 산등성이의 윤곽처럼 멀었다. 그럴 때 그는 자신이 늙은이 같다고 느꼈다. 자기 자신에 대한

* похмелье. 원문 러시아어.

556

낯섦은 마치 알려지지 않은 마약처럼 그를 도취시켰다.
시작은 즐겁지만, 그 뒤는….

　　　광인의 눈을 통해 본 세상은 얼마나 이상한가,
　　　그 시선 속에서, 건강한 인간이여, 너는 세상을 전혀
　　　알아보지 못하겠지….

―그 '악한' 동료는 이렇게 썼다. 게네지프는 그를 잃었
다는 것이 아쉬웠다. 지금 그를 이렇게 손 닿는 곳에 둘
수 있다면. 얼마나 많은 비밀스러운 일들이 남김없이 설
명되었을 것인가. 그는 위험성에 대한 인식을 그 본질에
관한 감각 없이 전부 간직하고 있었다. 그 감각이 어디에
서 올 수 있었겠는가? 혹시 그가 자신의 심리적인 내장
밑바닥에 손님으로 지내게 했던 그 거친 사내, 그 내장 속
에서 점점 더 완벽해지고, 그 내장들의 형태를 받아들이
고 심지어 내용물까지 흡수한 (유사 변신) 그 낯선 사람에
게서? 혹은 역시 외부에서, 그가 공주와 함께 머무르곤 했
던 천박한 사랑의 영역에서? 그녀와 자기 자신에 대한 깊
고도 감추어진 혐오감에도 불구하고 그는 절대 아무도 그
녀만큼 그의 마음에 들지 않을 것이며, 무엇보다도 아무
도 그런 기술을 쓰지 못하고 그의 가장 수치스러운 염원
을 알아맞힐 수는 없으리라는 느낌에 굴복해 버렸다. 그
는 마침내 악마 숭배와 싸우는 법을 익혔는데, 물론 가장
큰 규모는 아니었다. 이런 증후들은 루지미에쥬에서와 같

은 정도의 강렬함에는 절대로 도달하지 못했다. 그러나 어쨌든, 그러나 어쨌든. 갑작스러운 거절은 야만적인 겁탈로 끝났다(심지어 그 기반이 성스러움에 대한 가짜 공격이었다 해도). 예술적으로 일깨워진 질투심은 지친 분비선들이 잠을 자고 싶어 할 때 부차적인 관능적 모터의 역할을 했으며 영혼은 여전히 광기에 찬, 어떤 새로운 종류의 만남이라는 허상을 창조하는, 그들 두 사람 모두를 어떤 초감각과 경험 속에 합일시키는 쾌락을 갈망했다.

정보

어째서 이 시기에 겉모습부터 심지어 내면의 성격까지 완전히 달라진 형태로 변했는지 알 수 없다. 어떤 자기 인식의 전류가 불쌍한 사회의 교착되어 굳어 버린 육체에 흘렀다. 노동조직에 관한 끔찍하게 지루한 미사여구들(은 심지어 최악의 현학주의자들과 시간의 노예들조차도 신물 나게 지겨워하고 있었다.)을 통해 그리고 애국주의적인 겉치레의 옛 쓰레기장을 통해 뭔가 알 수 없는 것이 내다보이기 시작했다. 사람들은 자신들이 뭔가 느낀다는 사실을 전반적으로 믿지 않고 서로 천치같이 웃음 지었다. 방출되는 물이 떨어져 내리는 속에서 혼자 고개를 내민 바위처럼 유일한 진실과 가치가 불거져 나왔다—그 자체로서 본래의 사회라는 것. 이것을 말하는 건 바보짓이지만, 진실로 이것을 겪고 일상적인 생활의 수준에서 여기에 관련되는 것은, 호, 호—인류의 가장 본질적인 변화 중 하나였다. 그러나 여전히 과거라는 썩어 가는 매운 소스 속에서 기어 다니는 두뇌들에게 봉사하는 줏대 없는 여러 주둥이들은 떠들어 댔고 외-무-부의 멍청이들은 예전 방식대로 빠르게 돌아가는 거대한 기계의 바퀴살에 얇은 나무판자와 나뭇조각을 끼워 넣기까지 하는 방법을 배웠다. 그리고 이것이 가장 흥미로웠는데, 이 전류가 글자 그대로 사회 모든 계층에 흘렀으며 민족해방 신디케이트의 유명한 구성원들조차 예외는 아니었다는 것이다. 그러나 모든 사람이 다, 심지어 깨달음의 순간에도, 삶의 관습과 관련해 자기 자신과 그토록 쉽게 헤어질 수 있는 것은 아니다. 우리는 종종 내면적으로는 이미 오래전에 거부한 방향을 따라 자기 존재의 끝까지 헤매는 사람들을 보게 된다. 매우 위대하고 노련한 학자들은 내면에 마찬가지로 뭔가 젊음의 전율을 느껴서, 이것은 거대한 사상적인 압력 아래 원거리에 이토록 많은 숫자로 모여든 낯선 황인종들의 촉매작용이라는 이론을 창조했다. 어쩌면 그건 현명했는지도 모른다. (이미 알려져 있듯, 전투를 취소하는 데는 성공하지 못했으나 [이런 여러 가지 연맹과 헛소리와 국제적인 깃발과 현실적인 개살구의 시대에] 군용 공항과 가스는 전부 없어졌다—다만 여러 종류의 가스는 심리적인 변화 속에서, 개인적이고 공식적인 관계 속에서, 문학적이고 학술적이며 사회적, 민족적 사안들에 관계된 논쟁 속에서 유일하게 전부 소멸되지 못했다—어쩌겠는가. 대체 어떤 기적으로 모두들 그것을 버텨 냈는지 [심지어 중국인들까지] 알 수 없다—아마도 조상들에게서 물려받은, 지나치게 강한 군사

559

적 본능과 관련이 있을 것이다. 왜냐하면 어찌 됐든 모든 전쟁은 이런 [이전의] 조건에서 불가능했을 것이고, 반면에 전투 의욕 그 자체는 분명하게 적들과 이웃들을 소멸시키려는 의욕보다 강했기 때문이다.) 나중에 드러난 일이지만, 비록 아무도 (어쩌면 유일하게 코쯔모우호비치를 제외하고) 깨닫지 못했으나 이 상태의 원인은 좀 더 복잡했다. 적절한 마약을 공급받은 사절들은 바로 이 겉보기에 사회적으로 노골적으로* 무관심한, 예언자 제바니에 대한 믿음을 주입했고, 초기에 가장 낮은 계급부터 시작했으나 이제 지식인들을 조종하는 감정적인 분위기까지 소리 없이 변하기 시작했다. 최악의 돌대가리들이 약간 더 잘 대응했다—그 뒤 노동자이 장인들에게, 그 장인들은 다시 공장장들에게, 그리고 그들은 경제 회의 중앙에 작용했다. 하인들은 '숙녀들'에게 작용했고 낮은 직급의 사무원들은 자기 상사들에게 작용했다. 코쯔모우호비치와 그의 가장 가까운 측근들에게까지는 아직 이 물결이 도달하지 못했다(비록 제바니 자신과 그의 요원들과 완전히 노골적인 대화를 했음에도 불구하고)—직접적으로, 감정적으로 도달하지 못했으나, 서로 갈등하는 (민족적이고 순전히 사회적인) 세력들, 욕망과 희망들이 교차하는 중심 지점인 총병참 장교의 군대를 통해서 이 사안에 대한 어떤 규정된 정황을 돌보아야 하는 필연성과 관련하여 중요한 사건들이 예측되고 있었다.

---

* explicite. 원문 프랑스어.

학교 식당에 들어서는 총병참 장교를 지프치오가 본 순간은 진정한 순간이었고, 저 썩어서 냄새나는 귀족-몽골 혈통의 육체 위에서 기교로 짜내어진 무슨 멍청한 오르가슴이 아니었다. 그의 무릎에서 힘이 빠지기 시작했으나 눈은 매와 같은 욕심을 담고 상대의 눈을 들여다보았다. 골격과 정액의 매체에 박힌 검은 자두 두 알, 어떤 초(超)동력의 도달할 수 없는 인간성을 갖춘, 음란한 생각들로 괴물처럼 변한 추가적인 회전 기계. 그것은 움직였고, 살아 있었다—그 콧수염은 동물원의 바다표범 얼굴에 난 것처럼, 미할스키의 얼굴에 난 것처럼 진실한, 살아 있는 뻣뻣한 털로 만들어진 것이었다! 몇 초 더 그 낯짝의 현실성에 도취했다가 그는 죽은 짐승의 내장처럼 바깥으로 비어져 나온 자신의, 그리고 나라 전체의 운명을 보았다. 그것은 어떤 모습이었던가! 그리고 비록 그토록 분명하게 그것을 보았으나 그에 대해서 단어로 쓰기는 불가능했다—저 명예심 없는 찔린디온에게뿐 아니라, 가장 깊은 내면의 숙고 속에서 자기 자신에게도. 이 예전 유형의 (그러나 지나가 버린 시대의 귀족 쓰레기들과는 아무 상관이 없는) 반신(半神) 안에 그냥 뭔가 위대한 것이 숨어 있었는데, 그것은 속성과 힘으로서 그 자신을 넘어서는 어떤 것이었다. 바로 이거다—현상으로서의 위대함이지 '심리적 상태'가 아니며 (그 바탕은 의지의 응축, 이전의 논쟁에 연루된 사람들의 숫자와 성격, 개인에게 주의를 돌리지 않는 힘[인간적 감정들을 제외하지 않고], 일단 의도하여 결심한 것을 수행할 때의 전반적인 생각 없음, 힘의 교차점으로서 자기 자신의 비현실성의 감각, 신부터 사회까지, 학문, 예술, 철학을 통해 자신보다 우월한 어떤 것에 대한 감각, 형이상학적인 외로움의 감각, 모든 저열한 쓰레기들의, 그 기능에 있어 저런 요소들과는 상관없이, 쓸모없고 일상적인 속성들 — 됐다.) 요점은 주어진 인간 안에서 그 위대함의 바탕은 더 높이 더 널리 성장해 가는 층위에 비하면 너무 작다는 것이다…. 아니다 — 이 주제에 대해서는 전반적인 것은 무엇이라도 말하는 게 불가능하다 — 그냥 놓아두도록 하자.

그러나 그는, 지프치오는, 어쨌든 작동 시작 지점에 매우 가까워진 역동적인 요소였다 — 그게 없으면 아무것도 아니다. 그러나 어떤? 직관적인 헛소리 — 5퍼센트는 우연히 자신을 확인하거나 (그런 뒤 이 신비화하길 좋아하는 삼류 멍청이들은 여기에 대해서 몇 년씩 떠든다.) 아니면 이 95퍼센트에 대해서는 잊어버리는데 그것도 좋은 일이다. 게네지프치오는 다시 어둠 속에 떨어졌다. 별들의 하얀 소용돌이 속에 있는 날개 달린 황소 인간으로서의 아버지, 코쯔모우호비치는 모든 보편 존재의 흑색, 하느님까지 얽어매는 어머니와 그리고 미할스키, 온 세상의 타오르는 끝없는 밤의 숨결, 그리고 이 형이상학화된 위대함을, 삶의 매음굴 전체를 '통과해'* 꿰뚫는 황금 핀(가짜)

* насквоз. 원문 러시아어.

으로서의 공주, 그리고 그 자신은 기쁨에 차서 흔드는 꼬
리인데, 그러나 존재하지 않는 잡종 개에게 속해 있다.

의식이 행해졌다. "차렷", '생도'들이 식탁에서 벌떡
일어나고(계획된 깜짝 등장), "쉬어", 지휘관은 야채를 곁
들인 형편없는 생선을 시식하기 위해 자리에 앉고('아스토
리아' 호텔에서 맛있는 아침 식사를 한 뒤였기에 그는 토
할 것 같았다.), "쩝쩝"(코쯔모우호비치는 대중과 하나가
되기 위해 원할 때 입맛을 다실 줄 알았다 — 이미 어느 정
도 높은 지위에 있으면 조그만 결점은 전혀 나쁘지 않은
인상을 주게 마련이다.) — 이 모든 것을 게네지프는 자기
자신으로서 경험하지 않았고, 어떤 무감각한 짐승이 이것
을 죽은 듯, 없었던 듯 경험했다. 그가 눈을 떴을 땐 이미
생도들도 그 자신도 "해산"해 줄을 맞추지 않고 막사 내
위치로 가고 있었다. 그는 여기서도 그가 왔음에도 불구하
고 조여드는 심장을 부여잡고 해산했다 — 모든 것이 그의
눈앞에서 무너졌고, 각반 끈도 속옷도 바지도 지나치게 느
슨했으며, 어딘가 가려웠고, 그는 무너져 흩어지는 것처럼
느꼈으며, 마치 자신이 지휘관을 사랑할 권리가 없는 사람
같았다. 그는 다수의 떨리는 불완전성의 최고봉에 있었으
나, 삼사정계*에 있어도 좋으니 크리스털이 되고 싶었다.

"비켜, 멍청아." 코쯔모우호비치가 부관에게 내뱉었
는데, 부관은 젊디젊은 즈비그니에프 올레슈니쯔키 대공

---

* 三斜晶系. 결정학에서, 3개 벡터의 각도와 길이가 모두 다른, 대칭성이 가장 적은
결정계. 여기서는 모양이 비뚤어져도 좋다는 뜻.

으로 혈통도 매력도 뛰어난 청년이었는데,『고타 인명사
전』*에 나오는 그런 진짜 귀족이었으며 오만하게 걷는 땅
청하고 귀족적인 '지주 집안'의, 예의도 없고 내적인 세련
됨도 없는 냄새나는 쓰레기와는 달랐다. 지휘관은 이런
사람들을 참을 수 없이 싫어해서 무슨 수를 써서든지 기
회가 되면 걷어차 주었다. 회갈색 암캐처럼 납작해진 '부
관'**은 몸을 웅크리고 뒤로 물러서다가 거의 지휘관의
다리 사이로 들어갈 뻔했다. 게네지프는 이 순간을 얼마
나 좋아했던가! 이 순간이 사람일 수 있었다면! 그러면 얼
마나 행복했을까! 시간 그 자체를 늘릴 수 있다면, 그것
을 어떤 부풀어 오른 현실 위에 무슨 가죽처럼 꽂아 놓을
수 있다면, 응? 그러면 그 뒤 비로소…. 그래―아니다. 군
향악단이 지옥 같은 기병대 행진곡을 연주했는데, 그것은
여전히 오래된, 좋은, 고전적인 카롤 시마노프스키의 곡이
었고 (그의 기념비는 아우구스트 자모이스키의 망치 혹은
발꿈치로 만들어졌는데 얼마 전 쇤베르크에게서 시작된
계통의 음악적 무척추동물 한 무리가 그 기념비에 침을
뱉었고, 쇤베르크는 종교적으로 끝에서 두 번째 단계를
지난 뒤 ['십자군' 시대의, 또다시 전쟁의 인기를 배경으로
군사적 광기에 빠져서 그 광기 속에서 죽었다.) 게네지프

---

* 『고타 인명사전(Almanach de Gotha)』은 주로 독일을 중심으로 유럽 왕족과 고급
귀족을 나열한 사전이다. 독일에서 1763년부터 1944년까지 출간했고 런던에서
1998년부터 다시 펴내고 있다.
** aide-de-camp. 원문 프랑스어.

의 영혼은 군사적이고 순수하게-용병다운 고양감의 소용
돌이에 휘말려 이른바 "전쟁터"에서의 꿈꾸던 죽음의 닿
을 수 없는 원 속으로 날아올랐다. 그렇게 죽는 것은 이런
음악이 연주되는 속에서, 저런 초(超)지휘관의 눈앞에서만
가능하게 하라, 그리고 나머지는 헛소리다 — 바로 헛소리
라는 것도 불쾌하고 유감스럽고 '귀족적인' 단어였다.

　　"카펜 드 바하즈 남작, 게네지프입니다." 올레슈니쯔
키가 숱 많은 머리카락 사이로 두터운, '약간'* 유대인 같
은 지휘관의 귀에 대고 속삭였다. 지프치오는 질문을 듣
지 못했으나 그 귀를 보았다…. 여자가 되어도 좋으니, 할
수만 있다면 그에게, 그에게, 그에게에에….

　　"정지!" 그가 자기 자신에게 소리쳤다! 좌향좌, 군
화 뒤꿈치가 부딪치는 소리, 박차의 금속성 소리와 군대
식 전진의 형상화 자체가 코쯔모우호비치의 검은 자두-블
랙베리 같은 눈앞에서 자라났다. 그들 두 명 사이에 뭔가
지속적이고 끝없이 빠른 번개가, 양쪽에서 동시에 번쩍였
다. 액체의 시멘트가 소멸시킬 수 없는 초월적인 벽이 되
어 굳어졌다. 거기에 미래가 있었다. 이전에 있었던 것처
럼. 게다가 어떤 미래인가! "너, 환상의 세계에서 떠다니지
마라!" 믿을-수-없다! 그것은 그가 그에게 한 말이었다. 그
말들은 마치 초월의 세계에서 사육된 존재하지 않는 천상
의 새들처럼 지프치오의 머리에 앉아 이미 이 세계의 것

* чуть чуть. 원문 러시아어.

이 아닌 영광의 깃털들로 그 머리를 덮고 있었다. 그곳에서, 그의 머릿속에서, 그것들은 진실한 본래 모습을 띠기 시작했다. 그리고 덧붙여 두 남자 모두 엉덩이가 있었고 오늘 생선을 먹자마자 둘 다 똥을 쌌다 — 이 얼마나 이상한 일인가. 심지어 코쯔모우호비치조차 로스톱친*과 같은 방식으로 가벼운 치질의 고통을 겪었다. 아니다 — 이건 지독하게 이상하다.

게네지프의 머리 위에 매달린 기다란 코자크** 콧수염과 사납고 독수리 같은, 황소 같은 헝가리 사람의, 그리고 기수이면서 심지어 동시에 말 도둑의 웃음 띤 시선 — 그리고 코쯔모우호비치식의, 알아볼 수 없는, 붙잡을 수 없는, 거미 같고-호랑이 같은 가장 본질적인 시선의 지배력. (사진은 알려져 있지 않았는데, 왜냐하면 무시무시한 처벌을 받았기 때문이다 — 신화처럼, 그것도 강력한 신화다 — 모든 흔적은 사라져야만 했다. — 그 시선은 고정되거나 붙잡히거나 영속되거나 응결되어서는 안 되었다.) 그 맥주빛 갈색의, 더 정확히는 흑맥주 색깔의, 타르 같은, 그러면서 끓는 물처럼, 불꽃 자체처럼 살아 있는 지휘관의 시선 속으로 아직 완성되지 못한, 경계선에 걸친 미래의 부관의 관능적인 저열함의 가면이 벗겨져 떨어졌다. 이렇게 모든 것이 그 심리적 핵심의 가장 안쪽에서부터 터져 나온 열광 속에 고양되었다. 그리고 공주가 마

* 표도르 로스톱친(Фёдор Ростопчин, 1763~1826). 러시아의 정치가, 문학자.
** 450쪽 주 참조.

치 천사처럼, 썩은 물이 든 유리잔 속에서 재빠르게 헤엄
치는 섬모충처럼 어딘가 알려지지 않은 매체 속으로 흘
러왔다―호, 호!―모든 것이 고매하시고, 구름 같으시
고, 침향 같으시고, 성스러우시더라. 그리고 어머니는 유
일하고도 궁극적으로, 바로 그러하고 다르지 않은 모습으
로, 협동조합과 미할스키에 대한 새로운 광기와 함께 서
있었다. 그 시선은 자신의 구체적이고 집중되며 정리하는
힘으로 아무렇게나 흩어져 있던 내장들의 덩어리를 정돈
했다. 만약 그가 가장 더러운 쓰레기장을 바라본다면 그
곳에서 모든 것이 움직여 아름답고 빛나는 대칭과 조화
의 별 모양으로 정리될 것 같았다. 그렇게, 흩어져 가던
지프치오도 한 덩어리로 모여서 그의 모든 의심과 영적
으로 '늘어놓은' 상태 속에서 정리되었다. 이 모든 것이 훌
륭했다―고통스러울 정도로 훌륭했다―세상의 가장자
리까지 차올라 넘실거렸다(넘치지는 않았다―그건 불가
능하다). 영적인 주둥이에서 행복의 거품이 뿜어져 나올
정도로. 그는 모든 것의 가장자리에 충만한 채 자리를 잡
고 그렇게 지속되었다. 그리고 바로 저 사람이, 훈장을 잔
뜩 단 장군의 제복을 입은 저 어둡고 염병할 자지가 그렇
게 만들었다. 음악은 창자를 쪼개어 천상의 깃발로, 기치
로, 군기로 만들어 저 사람, 거의 이름을 부를 수 없는 사
람 = '코쯔모우호비치'의 영광을 위해 휘날리게 했는데,
그 이름은 사람들을 위한 기호였다―그 자신은 자기 이
름을 붙일 수 없었고, 그는 유일했다. 그의 유일함은 이름

을 필요로 하지 않았다―그는 존재했다―그걸로 충분했다. 과연 그냥 존재했는가? 하느님! 이 고통을 멀어지게 하소서…. 신은 어쩌면 전혀 없는 것일까? …하지만 있다, 있다―오!―타르처럼 검은 눈동자들이 웃고, 훈장이 달린 띠의 무지개가 반짝이고 다리는 (대체 어떻게 해서 그도 다리를 가지고 있는 것인가?) 멋지게 광낸 뾰족한 장화를 밀어내듯 걷는다. (여자들에게 어떻게 작용할 것인가!! 생각하기도 무섭다. 유일하신 그분께서 지나간 뒤 길거리에서는 모든 여자들이 마치 한 사람처럼 속옷을 갈아입어야만 했다. 암캐 같은 경외감에 그들의 사타구니 사이에서는 분수가 솟을 지경이었다. 그것은 텐기에르가 직접 작곡한 음울한 소리썹*이 내는 가장 지옥 같은 소음보다도 더욱 효과적으로 그들을 사로잡았다. 아무렴, 아무렴.) 그런 하나의 순간에 대한 감사함만으로도 죽을 수 있었다―금방이라도―당장이라도.

"아버지." 처음으로 좀 더 개인적인 단어가 입에서 떨어졌다―그것은 힘과 남성성과 한없는 대담성과 죽음에 대한 진정한 욕구를 주는 달콤한 독약이 되어 핏줄로 퍼졌다. (아, 아버지! 지프치오도 그에 대해 잊어버렸었다!―어쨌든 아버지가 그에게 이 유일한 순간을 준비해 주지 않았던가!―"그래요, 그래요, 아버지―그래요, 아버지, 아버지." 생각 속에서 그는 상대방이 그에게 말했

* '성행위를 연상케 하는 소리' 정도를 의미하는 작가의 신조어.

568

던 문장의 앞부분을 눈물겹게 되풀이했다.) "아버지가 너를 내게 맡겼다, 지프치오 — 응? 어린 햇병아리야, 석 달 뒤 수도에 와서 나한테 신입 신고해라. 기억해라, 인생에서 중요한 건 너무 기다리지 않는 거다! 쓸데없이 시체처럼 굳어진다."* (이것은 그의 유명한, 유일하게 프랑스어로 된, 그러나 비뚤어진 격언이었다.) "제군." 그는 제1막사의 오른쪽 건물에 서서 식당 전체를 향해 말했다. (지프치오는 두 번째의 두 번째에 있었다 — 첫 번째는 아직도 식탁 너머로 움직이지 못했다.) 이것은 그의 광기에 찬 히스테릭하고-역사적인 연기-연설 중 하나였다 — 그가 유일하게 두려워하는 건 이것을 망치지 않을까 하는 점이었다. 히스테리 발작에는 의심의 여지 없이 완전한, 계산할 수 없는 솔직함이 담겨 있었고, 그 솔직함은 세세한 사항들에 어둠을 흩뿌려서, 군중의 눈에, 심지어 가장 음습한 지식인들의 눈에도 그를 더욱더 전반적으로 비밀스럽게 보이도록 해 주었다. 이런 순간에 그는 그 자신의 인간성보다도 더욱 음습한 비밀이 숨어 있는 곳, 당면한 교차 지역의 사회적 상태 속으로 손을 뻗곤 했다. 그리고 곧이어 지프치오에게 조용한 금속성 목소리로 속삭였다 — 지프치오는 행복에 겨워 거의 죽을 뻔했고, 바지에 거의 똥을 쌀 뻔했다. 그는 그냥 알 수 없는 어떤 씨앗을 임신한 것 같았다 — 관념적으로 굽힐 수 없는 지휘관의 생각으

____

*A beau se raider le cadavre. 원문 프랑스어.

569

로 인해, 전반적으로 강력한 힘을 가진 그의 꿈으로 인해. "네가 그때 피엥탈스키 얼굴에 한 방 먹여서 이 모든 일이 얼마나 훌륭하게 짜맞춰졌는지 넌 상상도 못 할 거다, 알랑쟁이야. (하느님, 하느님! 그는, 이 기병대의 신은 어떻게 그걸 아는 걸까? 그는 너무나 보편적인 존재로 보여서 그 어떤 '그런 것 같은', 이런 자질구레한 사실들을 '겉보기에' 알아서는 안 될 것 같았다.) 마침 나는 힘을 조금 시험하기 위해 빨리 진행해야 했거든. (큰 소리로) 제군! 우리는 시도를 해 봐야 한다. 나는 내가 무슨 말을 누구에게 하는지 안다. 내 요원들이 신디케이트를 벌써 2주 전부터 선동하고 있다. 아무도 아무것도 모르고 나도 마찬가지다. 이런 변죽 울리는 연극은 이제 됐다. 나는 켄타우로스*를 타고 갈 수 없다 — 내 아래는 표준적인 말을 타고 있어야 한다. 민족은 종합적으로는 정상적인 바보들일지 모른다 — 그렇다 해도 민족은 힘을 원한다. 우리의 '기절하려는 의지'** 대신 다음과 같은 구호를 내걸자. '터질 때까지 굽히자', 왜냐하면 그 폭발이 행성들 사이의 엉덩이에서 일어나 누군가 거기서 엿을 먹더라도 '썩는 것보다는 터지는 쪽이 낫기 때문이다'. 제군, 이런 형편없는 운명이 모든 살아 있는 피조물에게 주어져서 자기 자신만으로 충분할 수는 없다. 나의 악명 높은 비밀스러움에 대해 말하자면 — 난 여기에 대해 이야기할 용기가 있다 — 이 지

---

* 그리스신화에서 상체는 인간이고 하체는 말인 상상 속 종족.
** Wille zur Ohnmacht. 원문 독일어.

구 상의 다른 모든 활동가들과 그 점에서 나는 다르고 (그가 그들에게 이토록 친밀하게 털어놓는다는 사실에 모두들 행복해했다 — 악마나 알 법한 그 수치를 모르는 '지극한 충족감'*에서 어딘가 자기 피부를 뚫고 나올 지경이었다.) 천상의 군대가 가까이 오고 있으니, 나와 내 군대에 적이 되기 위해 참여한 측들은 신경을 곤두세우고 있으며 선동은 성공할 것이다. 그때가 되면 우리는 이 나라에 분배된 힘의 퍼센트가 어떠한지 확실히 알게 될 것이다. 시신 몇 구는 필연적이다. 그러나 여기에 들어오는 사내라면, 제군들 사이에서나, 혹은 저기에서나, 몇 명이나 되든지 간에 모두 내 비밀 공책에 적혀 있는 숫자들이다. 하, 하, 하." 그는 즐겁고 상스럽고 기쁨에 찬, 짐승의 쾌락적인 울부짖음 같은 웃음소리로 '흘러넘쳤다'. "난 종이를 좋아하지 않는다, 화장실 휴지라면 또 모르겠지만 — 일 끝난 뒤에 — 역사가 나를 닦아 내고 '내 엉덩이 속에 뭐가 있는지' 혹은 '바로 창자 속에 뭐가 있는지'** 알게 하라. 내 공책은 신화다, 제군 — 수많은 중국 밀정이 그것을 쫓아다니지만 아무도 멀리서 냄새조차 맡지 못했다. 제군들 하나하나가 여기서 성립되는 멋진 방정식의 매개변수다!" 그는 오만하게 자기 이마를 때렸다 — 그 때리는 소리는 식당 전체에서 들렸다. 거침없는 열광의 부르짖음과, 80퍼센트는 마케도니아 알렉산더대왕이고 10퍼센트는 드 로

* нега. 원문 러시아어.
** 'qu'est-ce que j'avais dans le cul', 'dans le ventre même.' 원문 프랑스어.

쩡 공작인,* 이 장군이 된 말 도둑 기수를 위해서 그의 이름으로 죽고 싶다는 조용하고 돌연한 욕구가 식당을 채웠다. 어딘가 반대편 끝에서 썩어 가는 폐병 환자 같은 회반죽 덩어리가 떨어져 나와 달아오른 생도들의 머리 위로 날아왔다 — 스무 명이 다쳤다 — 그들은 더욱더 열기에 차서 (심지어 재미있어 하며) 포효했다 — 그들은 현장에서, 식당에서 치료받았다. 코쯔모우흐는 노랗고 하얀 먼지를 제복의 빛나는 장식에서 털어 내고 말했다.

"그리고 기억하게, 제군들, 나는 제군들을, 오직 제군들만을 사랑한다 — 왜냐하면 내 가족 전부, 아내와 딸은 우리 시베크**의 엉덩이 밑에 있기 때문이다." 이것이 바로 가장 세련된 청년들 사이에서조차 가장 미친 듯한 사랑을 그 한 몸에 몰아주는 그 악명 높은 말버릇이었다. 올레슈니쯔키는 감동의 눈물을 흘렸고 군사학교 교장인 프루흐바 장군은 참지 못해 순수한 보드카 1리터짜리 병을 들어 온 학교가 지켜보는 가운데 바닥까지 전부 마셔 버렸고, 그 뒤, 역시 모두가 지켜보는 가운데, 피투성이 콧구멍에 메르크 상표의 빛나는 최상급 코카인 1그램을 밀어 넣었는데, "내가 5년 더 길게 살려고 뭘 자제해야 할 이유가 있겠는가? 하늘에서 천사들이 기다리기 심심하겠지. 사람에게서 가장 많은 에너지를 빼앗아 가는 게 바로 그 절제다."라고 95세 노인은 말하곤 했던 것이다. 이

* Duc de Lauzun (1747-93). 미국독립전쟁과 프랑스혁명에 참여한 프랑스 군인, 정치가.
** Siwek. 털이 희끗희끗한 말 이름.

미 코쯔모우호비치는 그 기병대다운-진드기 같은 포옹으로 그를 품에 안고 있었다. 학교 전체가 마쳤다 — 내일은 마침 쉬는 날이다. 이 검고 아직 젊고 눈에 띄지 않는 콧수염 사내 안에 체화된 거대한 사건들의 예감을 느끼며, 거의 갑작스러운 죽음의 숨결 속에서 삶의 최상의 매혹을 받아들이려는 치명적인 광기가 모두를 사로잡았다. (1그램의 코카인이 해를 끼치지 않는 순간들이 실제로 있다. 그러나 그에 대해 잘 알아야만 한다 — 다른 순간을 바로 그 순간으로 잘못 알아서는 안 된다. 그리고 덧붙여 이 원칙은 강한 사람들에게만 적용된다. "나의 진실은 다른 사람들을 위한 것이 아니다."*) 운명의 숫자판은 미친 듯이 돌아갔다 — 하나는 검고 하나는 금빛인 두 개의 원판이 하나의 회색 공이 되어 겹쳐졌다. 죽음이 없다면 삶이란 대체 무엇이겠는가?! 저열함이다 — 온 세상이 완벽함 속에서 굳어졌다. 죽음의 반(半)그림자 속에서 삶의 쾌락은 알코올과 함께 강하고 진실한 전류가 되어 핏속을 두드렸다. 아, 단 100분의 1초만이라도 이 모순을 결합시켜 단 하나의 찰나라도 모든 것이 끝난 뒤 버텨 낼 수 있다면. 불운하게도 — 모든 쾌락이 이렇게 빠져나오는 데 있었다 — 그 감각 안에 오르가슴은 없다 — 최상의 지점은 당면한 무(無)이다. 너무 오래 버티는 자는 곤란해진다. 이 행성에서 전례가 없는 권태 속에 눈을 뜨게 된다(물론 그

* Meine Wahrheiten sind nicht für die Anderen. 원문 독일어.

자신의 경우이지만). 그리고 그 속에서 비로소 죽음이 진실로 무엇인지 이해하게 되는 것이다 ― 전혀 무서운 것은 아니고, 부존재의 견딜 수 없는 권태고, 그에 비하면 가장 무시무시한 고통이나 절망도 아무것도 아니다. 그러나 지금 게네지프는 삶을 혹은 죽음 뒤의 존재를 위한, 달콤하고 중독적인 죽음의 이중적인 열매를 온 입안에 넣고 '먹어 대고' 있었다.

창밖에서는 비할 데 없이 아름다운 봄의 태양이 집들의 창문과 얼마 전 내렸던 향기로운 비로 축축하고 나무의 생명으로 봄답게 응축된 어린 잎사귀로 부풀어 오른 나뭇등걸 위로 주황빛으로 번쩍이며 꺼져 갔다. 이미 거의 어두워져서 하늘이 가장 아름다운 창백한 녹색 섞인 남빛을 띠고 그 안에 첫 번째 별들의 황동빛-노란색 불빛이 뾰족하게 빛날 때 생도들의 술 취한 퍼포먼스가 시작됐는데 거기에는 이 나라의 1등 기수이며 소뮈르*에 있는 학교의 이전 한때 '신'이었던 그도 참여했다. 이제까지 이런 기회에 군대 전체에서 그 혼자만 (점심 식사를 마치고 나면 짐승은 옷을 갈아입었다.) 검은색과 검은 장식 달린 제복 차림에 금색 '소뮈르의 신'의 박차를 달았다. 게네제프는 술이 취해 혼동해 자기 것이 아닌 말을 탔다가 (여기에는 피엥탈스키의 '긴 팔'이 끼어든 게 아니었을까?) 머리의 바로 정수리 부근이 심하게 찢어졌다. 그는 신선한 잔

---

* Saumur. 프랑스 중서부 도시. 1763년 여기 세워진 기병 학교는 현재도 훈련소로 쓰인다.

서에서 지옥 같은 상처와 보드카 때문에 반쯤 의식을 잃
은 채 누워 있었다. 그 옆에 그가 서 있었다 — 몇 걸음 거
리였다. 지프치오는 그를 — 그는 지프치오를 — 보았으나
그에게 다가가지 않았고 몸이 괜찮은지 묻지도 않았다.
그는 훈련 장교들과 즐겁게 이야기하고 있었는데 그중 하
나는 조금 전 왼팔을 뻬었고 오른손으로는 무심하게 (의
사를 기다리며) 지휘관에게서 받은 '미스터 로스먼스 오운
스페셜'* 담배를 피우고 있었다.

　　"…작은 규모의 위대한 것들이지. 아니, 아니 — 내
가 알아, 개인적인 심리적 긴장감이라면 그건 반박할 수
없이 거대하고 어쩌면 그 분류 안에서는 궁극적일지도 모
르지만, 그 결과를 감안한다면 어쩌면 모든 것이 축적되
어 가는 인류의 혼란의 집합에 비해 너무 작지. 지구는 둥
글어, 가까이서 보면, 젠장! 한정된 쓰레기라고! 세상은 이
상한 방식으로 자기 자신 앞에 가면을 썼어…." (이런 말
을 그가 하다니! — 가장 완벽한 비밀의 체화, 어쩌면 가장
완벽하게 실행된 가면의 현신이! 오 행복이다, 말로 하지
못한 행복, 비록 머리가 깨지고 심지어 의식적으로 무시
당하고 있지만 [의식적이라는 건 좋다 — 그는 알고 있었
다.] 그가 꿈꾸던 저 '초[超]성적인', 초인간, 그렇지만 반
[反]형이상학적인 짐승에게서 이런 걸 들을 수 있다는 것
을!) "…그 가면을 뜯어내야 해, 얼굴과 함께, 어쩌면 머리

---

Mr. Rothman's own speicial. 254쪽 주 참조.

와 함께 뜯겨 나오는 한이 있어도. 그런 경우에는 우리도 끝장이지. 하지만 광기 혹은 현명함의 최고봉에서 미지의 세계에 파고드는 칼날 위에서 경험하지 않는다면 삶이란 대체 무엇이지? '아무래도 상관없다'!* 가지치기 당한 이 파리야." (대체 표현 — '제기랄**과 같은 — 총병참 장교는 '씹질하는 한 쌍'***을 좋아했다 — 안 되겠다 — 이런 습관 은 버려야만 했다.) "오 — 모든 사람이 이걸 이해할 수 있 다면! 모든 사람이, 심지어 마지막 사기꾼까지, 자기에게 알맞게 스스로 경험한다면, 젠장, 지금 이 차원의 위대함 안에서. 하지만…." (그리고 여기서 그는 수정에 대한 그 의 그 유명한 이야기를 해 주었다. 지프치오는 그때 공주 의 살롱에서 그토록 뻔뻔스러울 정도로 순진하게 지껄였 던 것에 대해 듣게 되었다. 그는 그 말들이 현실과 완전히 불균형하다고 느꼈고 코쯔모우흐는 그의 그런 느낌 속에 서 완전히 괴물 같은 크기로 자라났다 — 세상 전체를 뒤 덮고 그 훌륭한 기병 장교다운 엉덩이로 깔고 앉아서 그 를 가루가 되도록 짓이겼다. 낮짝이 믿을 수 없을 정도로 아팠고 지프치오는 그 고통을 마치 상대방의 고통, 불균 형의 고통과 미래에 필연적으로 겪어야 할 모욕처럼 느꼈 다 — 밭일하는 말과 '죽은 물고기들'의 무리 앞에 앞장선

---

* Всё равно. 원문 러시아어.
** parbleu. 프랑스어로 '하느님 맙소사(par Dieu)'가 와전되어 다른 외국어에서 욕설을 대체할 때 쓰는 말. 참고로 앞서 코쯔모우호비치가 말한 "아무래도 상관없다(Всё равно)."는 러시아어의 관용 표현이지만 욕설이 아니다.
*** русские ругательства. 원문 러시아어(욕설).

분격한, 진실한 독수리. 그렇지만 그를 위해서…!) 그리고 마치 생도의 내장 속에 녹은 금속처럼 쏟아지는 그 목소리는 계속 말했다.

"그리고 그 마지막 광기를 수행할 때가 오지 않았냐 말이야—그 위대한 광기—왜냐하면 자기들을 대신해서 그들이 노란 집으로 보낸* 사람들은 내가 시베크 엉덩이 밑에 깔고 있으니까, 죄송합니다, 실례합니다, 시장님. 헤? 선생님 성함이 어떻게 된다고요? 오스트로멘쯔키 남작? 좋아—기억하지요." 그 '남작'은 약간 경멸의 기색을 담아 발음되었다—그러나 적절한 정도였다. 그는 아직 이런 식으로 우리의 고위 귀족 계층**의 잃어버린 위대함의 감각에 작용할 수 있었다—이미 그 귀족 계층은 별로 없다. 그리고 이 거인은 100개나 200개 군사학교 중 한 군데의 아무 훈련 장교에게라도 그런 말을 하기를 게을리하지 않았다. 르바크가 말했듯이, "저 사내는 사로잡혔다".***

게네지프는 의지의 힘으로 나뭇등걸에 깨뜨린 낫짝을 (풀에 거의 가려진 아랫부분에 부딪쳤다.) 심리적인 혀로 핥고 지휘관의 모습을 본 덕에 힘을 얻어, 여덟 시에 마치 축전지처럼 강력한 코쯔모우호비치의 힘에 떠밀리고 (지휘관은 이때 이미 코쯔미주프에 있는 승마 포병대 학교를 충전하러 가 있었다—나라 전체에 이것 하나

---

* отправляют в жёлтый дом. 원문 러시아어. "노란 집"은 정신병원을 뜻하는 은어다.
** aristos. 원문 영어.
*** Il a de la poigne ce bougre-là. 원문 프랑스어.

577

로 충분한 지치지 않는 심리적 발전기였다.) 그의 몸 모든 세포를 밝혀 주는 내면에서부터의 삶의 매력에 빛나며, 집에서 미할스키 '씨'와 함께 저녁을 먹고 있었다. 협동조합 출신의 이 지치지 않는 조그만 남자는 학교 방문을 배경으로 생각할 때 이상하게 조그마해 보였다. 이런 '공동체의 대변자'도 '위대한 코쯔모우흐'*의 방식대로 '최고봉'에서 삶을 살아 보도록 밀어붙여야지. 이 자기변호에 급급해 분개한 사회 활동의 일상성을 어떻게 더 높은 음역에서 울려 퍼지게 할 것인가? 상대방에게 지속적인 축일(부헨하인이 말했듯 "언제나 일요일"**)인 것이 저 "눈물겨운 사회성의 부랑자"에게는 저열함의 헌신으로 보였다 ─ 회색 덩어리는 그 축일을 느낄 수 없었다 ─ 그 덩어리에게 이것은 대재앙이었다. 근본적으로 전혀 다른 종류의 힘이다. 그것을 걷어차고 짓이기고 마치 롤러로 반죽을 밀듯이 밀어 납작하게 해서 그 위에서 비로소 그 마지막 광기의 춤을 추게 하고, 덧붙여 상대적인 위대함에 도취되게 해야 한다. 지프치오는 코쯔모우호비치의 오류를, 그의 비현대성과 적용 불가능성 전체를 보았고 그 때문에 그를 더더욱 사랑했다. 더 이전의 영웅들은 말할 것도 없고 '저런' 나폴레옹보다 얼마나 더 어려운 과업을 짊어졌건 간에 ─ 그는 자신의 위대함을 짓누르고 변형시켜 일분일초마다 점점 더 집약되어 가는 조직으로 바꾸어야만

---

* le Grand Kotzmoloukh. 원문 프랑스어. 코쯔모우호비치의 애칭을 프랑스식으로 표기.
** immer Sonntag. 원문 독일어.

했다—저들은 거의 허공 속에서 움직이고 있었다—반면 그는 타르 구덩이 속에 있었다.

조금 뒤 지프치오는 릴리안을 처음으로 무대 위에서 보게 되었다—그것도 이런 날에. 그는 뭔가 자신의 인생을 짜맞추고 있으며 그 어떤 것도 여기서는 '이유 없을' 수 없다고 느꼈다—(끔찍한 표현이다). 이렇게 느낀다는 건, 부정적인 사건과는 관계없이 언제나 행복일 것이다. 스투르판 아브놀이 와서 그를 마치 친형제처럼 맞이해 주었다. 둘은 당장 한잔하고 말을 놓았다. 아직도 그는 학교의 의례가 마음속에서 다 빠져나가지 않았으나 이미 두뇌는 양주의 새로운 물결에 휩쓸리고 있었다. 하는 수 없다—두뇌 연결부의 연속 지점까지 모든 것을 전부 뒤흔들더라도 그날은 마지막 가능한 한계점까지 강화해야만 했다. 지휘관의 모습은 그의 얼굴을 둘러싼 강철 테두리처럼 지속되었고, 이미 말로 표현할 수 없이 강력해진 특출함으로 변형되어 있었다. 마치 소화할 수 없는 검은 금속 알약처럼 지프치오는 심장 아래 어딘가에서 그를 장화와 박차까지 완전하게 느꼈다. 그러나 지금 당장의 긍정적인 가치에도 불구하고 그 모든 것이 합쳐져서 밑바닥에 있는 손님을 단지 더 강화하고, 고정시키고, 테두리를 두르고 영속시켰다. 그는 이미 뭔가 영구적인 것이 되었고, 현재 당면한 순간들의 믿을 수 없는 그림자가 그려지는 화면이 되었으며, 그 화면으로부터 천천히 평평한 이차원에서 환영이 삼차원으로 걸어 나와 거의 근육까지 현실화되었다. 바로 이거다 — 몇몇 근육은 이미 약간 저쪽에 속해 있었다 — 게네지프는 그 근육에 대해 점점 더 통제력을 잃었다. 그건 지옥같이 위험했다.

그렇다 — 그런 날은 정상적인 인간이 얻을 수 없는 비밀스러운 쾌락을 전부 빨아내지 않고서는 손에서 놔주어서는 안 된다. 꽃 같은 날들이 있고 가래와 낙서 같은 날들이 있다. 그러나 전자는 후자를 적절하게 극복한 뒤에도 상대적으로 드물게 자라나지 않는가? 때로는 몇 달이나 온통 걸고 겉보기에 아무 성과 없는 일을 한 뒤에야 알게 모르게 "그토록 아름다운 '하루쯤' 혹은 '맛있는' 반 시간 정도라도 붙잡을 수 있다."— 텐기에르의 불쾌한 의견이 떠올랐다. 스투르판의 또 다른 의심은 "여자들은 가끔 혐오스러운 작은 성당 같아서, 그 안에서 어떤 수음하는 우상숭배자들은 심지어 겉보기에 완전히 진정한 사랑의 이름으로 자기 자신의 일부를 내주는 것 아닌가?" 공주는 이 모든 것들 속에서 작게 줄어들었다 — 그러나 궁극적으로 그녀가 있었다는 사실은 좋다, '더 좋은 것이 없는 상황에서'.* 이 '목줄에 걸린 악마'는 뭐가 어찌 됐든 편리했는데, 그를 무작위적으로 두 방향으로 해석할 수도 있고 최소한 내면적으로는 마음대로 할 수 있었기 때문이었다. 그리고 그 쾌감은 완전히 무시무시했다. 지프치오는 그녀와 같은, 그런 심리적이고 육체적인 요소들을 그 비

---

* faute de mieux. 원문 프랑스어.

율로 갖춘 여자를 이제 다시는 만나지 못하리라 느꼈고, 바로 그 때문에 그녀를 향해서 흥분했다 — 그 최후성, 종결성. 그러나 오늘은 아니다 — 오늘은 훌륭한 지휘관이라는 인물로 상징되는 가장 아름다운 죽음, 그 가장 작은 씨앗 속까지 야만적인 매력으로 거대해진 세상, 진실로 지금 현재 당면한 무한함이 되어 개인성이 자기 자신의 압력 아래 터져서 보편성의 가장 먼 경계선까지 흩어져 날아갈 때 한입에 삼켜질 수 있게 된 세상을 담은 죽음, 그 죽음을 대면해 (그렇다 — 대면이다 — '면'은 얼굴이 아니다 — 그것은 무덤 위의 어떤 베일 아래 [그러나 보알*은 아니다 — 그건 악마나 알겠지] 빈 공간이다.) 대면해** 오늘은 모든 것이 젊은 인생의 마지막 불꽃에 바쳐졌다. 그런 죽음 속에는 삶에 대한 어떤 볼품없는 아쉬움이 있을 자리가 없다 — 그 아쉬움은 정반대로 변모된다. 부존재의 기쁜 확인, 삶 안에서는 그 어떤 것으로도 도달할 수 없는, 삶에 대한 욕구의 격렬한 충족이다. '용기'와 '두려움' 같은 관념은 다른, 더 낮은 차원에서 온 무의미하고 빛바랜 존재의 유령이 된다. 표현에 새로운 가치를 부여하는 것 — 이것을 할 수 있다면 무의미의 경계에서 이렇게 말했을 것이다 — 왜냐하면 이른바 "직관적인 공식화"는 어떤 결과로 이끈단 말인가? 논리에서 손을 떼고 직접적이고 예술적인 것 = 형태와 특이한 단어들, 표현들의 조합으

* воал. '베일'의 러시아어.
** 원문에서 표현 반복.

로 작용하는 것을 추구한다. 직관(여자들과 지적인 게으름뱅이들이 지껄여 대는 그것)은 감각에 대해서는 언제나 열등하다. 그러나 특정한, 수적으로 한정된 모순을 넘어서면 감각은 긍정적인 의미에서 무기력하다 — 존재의 형이상학적 기묘함과 그 부산물을 직접 표현하려면 광란해야만 한다. 그것과, 그리고 모순되는 감정들을 제외하면 '직관적'(위에서 말한 의미에서)이라고 인정할 만한 것은 없다. 바보들은 그러면 '몰이해'에 대해 말한다. 그 영원한 스투르판 아브놀은 그렇게 말하곤 했다. 그러나 그 뒤 그는 온 세상의 비평가들에 대해 그가 붙인 이름인 "죽어 가는 예술의 기생충 무리"에 대해 입에 거품을 물었다. "…그건 수치심과 내 우월성을 두려워해서 나와의 싸움을 두려워하는 비겁한 발기불능자들의 떼거리이고, 그들은 비뚤어진 생각과 거짓과 심지어 가끔은 가식적인 멍청함으로 작동해서 천치화된 대중의 두뇌 속에서 나를 정복하려는 거야…." 기타 등등, 기타 등등. 이런 고백은 게네지프에게 지루했다. 예전이라면 어쩌면 열기에 차서, 마부나 기관사가 되는 것과 마찬가지로 '진정한 비평가'가 되고 싶어 했을 것이다. 오늘날 그는 자신의 '유파나지'*의 엉덩이 밑에 문학 전체를 깔고 있었는데, 코쯔모우호비치가 시베크의 엉덩이 밑에 거의 온 세상을 깔고 있는 것

* 안락사(euthanasia)라는 의미의 러시아어 단어를 사람 이름처럼 사용하여 "죽어 가는 예술의 기생충 무리"인 비평가들을 집합적으로 지칭하는 단어. "유파나지의 엉덩이 밑에 문학 전체를 깔고 있"다는 표현은 이런 비평가들이 문학을 지배하고 있다는 뜻.

과 비슷했으나, 예외라면…. 그러나 거기에 대해서는 나중에 말하겠다. (순진한 기대다.) 모든 것이 무너지고 산 채로 완전히* 쓰러지는 시기에 그게 누구에게 상관이 있겠는가. 어쩌면 이것도 한때는 뭔가 현실적인 것이었을지 모른다 — 삶에 대한 문학의 그 가짜 관계 전체와 바로 그 삶에 미치는 문학의 영향력이라는 것. 그러나 이제 문화는, 대체 얼마나 남아 있는지 간에, 다른 층위의, 의식적으로 순전히 사회경제적인 가치 속에서 만들어지고 있다. 어쩌면 예전의 슈펭글러식 의미에서 더 이상 문화가 아닐지도 모르고, 여기서 100명의 소렐이 죽을 때까지 추측한다고 해도 신화에 의존하지 않는다.** 기본적인 차이점들을 제때에 보지 않으려는 그 광기는 또한 전형적인 "랄팍한 사람들"의 특징 중 하나였다. "모든 것은 똑같고 인간의 영혼은 변하지 않으며 모든 것은 그러했고 앞으로도 그러하며 존재하는 것은 흔들림뿐이다." 이렇게 그들은 본질적인 심연을 흐려 놓고 문제들을 추구할 때는 할 수 있는 곳에서 그것들을 소멸시키기 위해 추구하면서 떠들어 댄다. 그러나 절대적이고 궁극적인 관념들의 영역에서 그들은 심리학주의자, 실증주의자이고 대체로 '상대론자'들이다. 오, 이 종족들에게 독을 먹일 수 있다면! 그러나 이 얘기는 이만 줄이자. 힘든 일이다 — 말은 창조적이기를 그만두었다 — 승리한 군대 뒤로 보급 열차가 따

* de fond en comble. 원문 프랑스어.
** 111쪽, 157쪽 주 참조.

라가듯 말은 사회적 삶 뒤로 질질 끌려간다. 질료를 반추하다시피 하지만 새로운 것은 만들어 내지 않는다. 단어의 숫자가 한정되어 있기 때문만이 아니라, 원칙적으로 새로운 관념들이 증가할 수가 없기 때문일 것이지만, 창조성의 더 깊은 원천이 사그라들고 있기 때문이다 — 인간의 개인성 자체가 말라서 시들어 가고 있는 것이다. 예전에는 단어가 최전선에 있었지만, 지금은? 스투르판 아브놀 같은 반쯤 예술적인 (왜냐하면 완전하게 예전 시대의 언어의 예술가조차 아니기 때문이다 — 그들은 — 죽어서 사라졌다.) 광대가 코쯔모우호비치와 같은 존재에 대해서 무엇을 알겠는가? 자신의 형편없는 변환기에 그의 주파수의 범위조차 제대로 잡아내지 못한다. 질료라는 측면에서 삶은 예술을 능가했고 유린당한 심리를 가진 개똥 같은 주창자들조차도 그 긴장감을 따라잡을 수가 없다 — 어쩌면 음악에서는 아직 가능할지도, 왜냐하면 거기에는 세계의 현실이 아닌 감정의 현실만 있을 뿐이고 예술은, 형식적으로 삶을 능가하는 순간에, 이미 수십 년 전으로 돌아가 모든 형태를 밑바닥까지 다 소진했기 때문이다. 지프치오, 그 혼자만이, 혹은 지프치오와 어쩌면 몇몇똑같이 둘로 나누어진 사람들만이, 과거와 미래의 갈등하는 세력들이 교차하는 지점에서, 폭발하는 곳에 선 — 그걸 누가 원하겠는가 — 혹은 경계선 바로 위에 선 사람으로서 그것을 이해했다. 그리고 어쨌든 사회생활 전체가, 그런 사람들의 뇌 속에 있는 이분화에 대한 의식을 제외

584

하면, 그것을 세세하게 분석한다면, 저 얄팍한-개인적인, 무기력한 가짜 야망의 싸움의 생각 없는 비참함을 뿜어내는 그 문학적-예술적인 '관계 따위들'만큼 혐오스럽고 무사상적인 것이다. 스투르판 아브놀은 가끔 그렇게 정리했고, 그러면서 문학은 응축된 삶이라고 확언했다— 그러나 확실히 그렇지 않았다— 최소한 이 무시무시한 시대에는. 어쩌면 유일하게 코쯔모우호비치만이 모든 것의 궁극적인 곤란함을, 지나간 시대들의 가장 훌륭한 사람들조차 감히 쳐다볼 엄두를 내지 못했던 그것을 가면으로 가렸는지도 모른다. 그러나 그것은 일할 능력의 부족함, 생각의 나태함, 시간(시계로 측정하는 그것)관념의 결여가 아니면, 일정한 역사적 후진성, 세월을 길들이려는 훈련의 결여와 적용의 부적합성이 아니라면 대체 무엇이겠는가. "그것, 바로 그것이다."— 개인 안에 때로 새로운 가치를 주는 것이 민족에게는 멍청함과 비참함이 된다— 근거리에서 본 민족적 용기—영원한 비겁함. 그러나 그런 경우에 (어떤?) 대체 어느 악마가 이 총병참 장교직의 거인에게 (냉소주의자들은 "그는 달인의 솜씨로 자기의 이 민족 전체를 어떤 중국식 비밀경찰*에 수용할 것이다."라고 말했다.) 모두를 위한 자기 자신을 비추어 주는 보편적인 화견 혹은 민족 전체의 이런 내적인 가면이 될 수 있는 힘을 주었단 말인가? 그 끔찍함은 그의 내면에 어떻게 반영

---

* чрезвычайка. 원문 러시아어. 소련 초기의 비밀경찰을 가리킨다.

될 것인가, 그의 내면에서 이 모든 일이 어떻게 보일 것인가? 아무도 그것을 알지 못했고 가장 무서운 것은, 그 자신도 몰랐다 — 오로지 그 무의식을 대가로만 그는 지금의 그일 수 있었다 — 민족 전체가 소화되고 있지만 끝까지 소화될 수는 없는 거대한 위장 — 그 소화 불능성의 식도염이 바로 그의 개인적인 의식이었다. 그의 적들은 심지어 자신들이 오로지 그의 적이라는 사실을 통해서만 존재할 수 있다고 느꼈다 — 순수하게 부정적으로만 이 지구 상에서 돌아다녔다. 불가침성은 여기에 기반을 두고 있었고, 비밀에 기반을 두고 있었다. 그 비밀과 서쪽의 돈으로 모든 것이 살고 있었다. 그 기반은 얄팍했다, 오 얼마나 얄팍한지! 때로 군데군데 이미 꺼져 들어가기도 했지만, 터지지는 않았다. 그리고 바로 그 위로 제바니의 새로운 신앙이 천천히 기어 나왔으며, 그 뒤에는 측정할 수 없이 강력한 비밀의 강철 안개 속에서 솟은 탑처럼, 먼 말레이의 섬에 있는 아무에게도 알려지지 않은 무르티 빙이 솟아올랐다. 그러나 여기 발아래에는 혐오, 혐오, 혐오 — 그 얼마나 아름다운 소멸이라도 좋으니 와라 — 왜냐하면 이 이상적으로 조직된 노동 속에서 심지어 순금의 심장과 강철의 지성조차 금속이 썩어 가는 냄새를 풍기기 시작했기 때문이다. 그렇다, 그렇다 — 오로지 코쯔모우호비치 — 그의 내면에는 아직 그토록 어리석은 젊음과 위험을 불러오는 힘이 있었으나, 그 힘은 예전의 그 어리석은 힘, 그 이른바 댄싱-스포츠적이라 하는 짧게 지속되는 힘이 아니었고, 선사시대의 젊고 현명한 짐승, 오늘날에는 존재하지 않는 어떤 고생물학적 짐승의 힘과 젊음이 아니라 (왜냐하면 오늘날 쓸모없고 곤궁한 인간이라는 생물은 심지어 야생동물조차 자신의 쓸모없는 의식으로 오염시켰기 때문이다.) 단지 변태적인 힘, 마치 노년과 쇠약함을 뒤집어서 뽑아낸 것 같은 힘이었다 — 모두에게 불운하게도. ("인간은 세상을 더럽혔고, 자기 발아래를 돼지우리로 만들어 놓고 거기에 앉아 있다 — 강아지를 잡듯이 그의 목덜미를 잡아 낯짝에 한 방 먹이고, 세계 전체의 공간이라는 배경을 향해 새롭게 던져 버려야 한다." 이것이 총병참 장교가 말하는 이른바 그의 "천문학적인" 철학 중 하나였다 — 그에게 있어서 이 문제들은 은하수에서 끝났다 — 최상의 지적인 사치로서 그는 오로지 푸르니에 달브*의 『두 개의 새로운 세계』만을 읽었고, 읽으면서 배가 터지도록 웃었다. 실체화된 공간은 그의 유일한 페티시였다 — 신앙이 아니다 — 시간은 시베크의 엉덩이 아래 깔려 있었다. 불쌍한 시베크의 [매우 비극적으로 죽었다.] 엉덩이는 사실상 대단히 괴상한 잡동사니 창고였다. 그곳에는 또한 두 번째 코쯔모우호비치가 더 낮은 차원의 물질 속에서 [그리고 그것도 자기 자신의 배 속에서] 마치 행성 위에 있는 것처럼 전자[電子] 위에 있는 그림이 있었고, 그

---

* Edmund Edward Fournier D'Albe (1868–1933). 아일랜드의 물리학자, 천체물리학자, 화학자. 전자기장 이론과 천체물리학 연구로 이름을 알렸고, 불멸, 초심리학, 초자연주의에도 관심을 가졌다.

러면서 동시에 더 높은 차원의 물질 속에 있는 세 번째 코쯔모우호비치의 배 속에 모든 것이 은하수와 함께 들어 있었다. 세상 전체에 하나의 코쯔모우호비치 — 이미 그를 감히 폴란드의 구티에레스 데 에스트라다*라고 부르지는 못했다 — 그는 유일하게 진실한 고유 개체였다.)

한편 지프치오는 스투르판과 함께 정신이 멍해질 정도로 술을 마시면서 생각했다. '지휘관이 있다는 건 얼마나 무시무시한 기쁨인가. 모든 것을 넘어서 그리고 자기 자신을 넘어서 누군가 믿을 수 있다는 것이! 아 — 그런 걸 갖지 못했던 시대와 그룹과 사람들은 불운하다! 자기 자신도 자기 민족도, 어떤 사회적 사상도 이미 믿을 수 없으니 이 모든 것을 믿는 광인에 대한 믿음만은 남게 해야지.' 자기 자신이 아니라, 누군가의 내면에, 그의 내면에 있는 것 — 그의 강력한 힘의 한 원자가 되는 것, 그의 확장된 근육의 근섬유가 되는 것 — 그리고 그 밑바닥에 있는 저열한 감각은 자기 자신에 대한 책임을 내던지는 것이다 — 총병참 장교의 적들도 또한 그렇게 생각했다. 그런 적을 대하고 있으니 그러한 사람들이 되어야 했고, 그런 방식으로 역사에 대한 자기 자신의 행동이라는 짐을 벗어 버렸다.

* 호세 마리아 구티에레스 데 에스트라다(José María Gutiérrez de Estrada, 1800–67). 멕시코의 외교관.

(한편* 코쯔미주프 특급의 살롱식 객차에는 자기 객실에 홀로 앉은 코쯔모우호비치가 생각하고 있었다. ["이 모든 일에 대해서 당신은 어떻게 생각해요?" 그의 아내가 그에게 자주 물었다. 그는 이에 범죄자의 앞발 같은 무시무시한 손으로 비단결처럼 검은 자신의 콧수염을 쓰다듬으며 짐승같이 미소 지을 뿐이었고, 그런 뒤…. 그건 아내가 그를 가장 숭배하는 순간이었다. 이상한 일이다―그런 순간들은 점점 자주 찾아왔으나 점점 짧게 지속되었다. 그때 그는 단지 그 순간들을 욕망했을 뿐이었다―그 앞에서는 자기 자신이, 그러니까 마조히스트가 되는 것을 스스로 허용할 수 있었다….] 그러니까 그는 대략적으로 이렇게 생각했다 = '국경선의 형상은 즈도우부노프, 쥬메린카, 로하틴쩨, 프시오리, 크로피브니짜에 있는 말뚝들로 지정하고…. 그래―우리 언어에는 아직 카슈브어 단어가 모자라는군. 그건 치명적이야'.** [민족지적인, 현재의 폴란드는 그에게 어린아이의, 어쩌면 그의 유일한 딸 일리안카의 주먹처럼 뭔가 조그마해 보였다. 그는 그것을 자신의 손아귀에 붙잡고 있었다. 그는 자신의 아름답고 남자다운, 털북숭이의, 범죄적인―점치는 여자들이 그렇게 말했다―손을 보고 몸을 떨었다. 그는 무슨 생

---

* 여기서 열린 괄호는 605쪽 "돌멩이였다.)"에서 닫힌다.
** 즈도우부노프(Zdołbunów), 쥬메린카(Żmerynka), 로하틴쩨(Rohatyńce)는 우크라이나 서부 혹은 중부에 있는 마을 이름들이다. 프시오리(Psiory), 크로피브니짜(Kropiwnica)는 각각 폴란드 중부와 동북부의 지명이다. 카슈브(Kaszub)는 폴란드 북서부의 지역 이름이자 그곳에 사는 슬라브계 소수민족과 그 언어의 이름이기도 하다.

각을 하는지 알 수 없는 낯선 앞발을 보았다.] '중국인들의 형상―그는 그 뼈가 솟아오른 낯짝과 불한당 같은 삐죽한 눈을 알고 있었다, 러시아에서 알았다―스스로 거울 앞에서 눈을 끌어올릴 때면 그는 자신이 완전히 괴물 같은 불한당이라고 느꼈고, 자기 안에 완전히 다른 누군가, 개인적으로 아는 것이 아니라 환각 속에서 보았던 누군가의 낯선 심리를 느꼈다. 그러나 어쩌면 그것은 언젠가는 모습을 나타낼 그 사람인지도 모른다.' 이런 생각을 할 시간은 없다―이것은 그가 알지 못하는 상대편과 함께 이끌어 가는 거의 소년 같은 이 게임에 포함되지 않는다. 자기 자신이 누구였으며 지금 누구인지 모르는 채로, 무엇이 그에게 맞서는지 대체 어떻게 알 수 있단 말인가? 그는 누가 될 것인가? 하―그런 건 나중에 다른 사람들에게 풀어내게 해야지. 무엇의 나중에? 아래 눈꺼풀에 차가운 땀이 맺힌다. 인생은 하나다. 그는 이 지구 상에서 그 유일한 진정한 '폴란드놈'이다. 민족으로서 폴란드는 낮은 등급이지만, 그러나 그 현상의 유일함이라면 다시⋯. 그리고 그는, 거의 히르카니아의 왕 에디프 4세*와 같다―다만 비록 왕관이 없더라도 그는 무한히 더 높은데, 왜냐하면 히르카니아의 왕은 가장 근본적으로** 광

---

* 히르카니아(Hyrcania)는 현재 이란과 투르크메니스탄에 걸친 카스피해 남동쪽 지역의 옛 이름이다. 에디프(Edyp)는 오이디푸스의 폴란드식 표기이나 소포클레스의 희곡에 등장하는 오이디푸스 왕은 테베의 왕이며 히르카니아의 왕이 아니다.
** au fond des fonds. 원문 프랑스어.

대이기 때문이다. 비록…? 무시무시한 의심이 알려진 단어들의 바닷속 해조류에 얽힌 유리 돌기 속에서 빛났다. 새로운 단어들은 그가 알지 못했다 — 그게 나았다. 만약 몇 가지 것들에 알맞은 단어가 발견되었다면 그것들은 살아나서 그에게 달려들어 그를 먹어 버렸을 것이다. 그는 물고기 없는 바닷속의 상어처럼, 굶어 죽어야 하는 저주를 받은 채 계속 헤엄쳤다. 헛소리 — 환각들이 터져 나왔다 — 그는 다시 자기 자신이었다. 그는 현실의 이 지점에 집중했다. 그리고 그의 이 마지막 생각들을 아무도 알지 못한다는 것이…. 무시무시한 두려움이었다, 마치 그녀와 함께 있는 그 순간들처럼…. 아내와 함께 있는 순간이 아니었다. 그리고 아직도 뭔가 두려워할 수 있으며 그것은 자기 바깥이 아니라 안에 있다는 사실에 그 매력이 모두 담겨 있었다. 그런 두려움은 무너지지 않는다. 오 — 이 생각들을 히스테릭하게 발설하지 않고, 자기 자신에게조차 잊게 만들어야 한다. 두뇌와 함께 모든 근육을 하나의 강철 덩어리로 수축시켜 — 이미 아무것도 없다. 다른 차원으로의 도약. 그리고 그 '불쌍한' 코쯔모우호비치, 볼셰비키들의 나라에서의 십자군과 같은 악마처럼 영웅적인 행적에도 불구하고 얼마 전까지도 신디케이트의 좀 더 귀족적인 구성원들에 의해 받아들여지지 않은, 그 어쨌든 사랑하는 남작의 딸을 사로잡은 — 지금 그녀의 가족은 그와 화해하려 했다 — 그는 원하지 않았고, 씁쓸하게, 비록 진실한 경멸이 섞여 있었지만, 미소 지었다 — 이런 조합

591

은 드문 일이다. 그래도 그는 이렇게 되지 않는 쪽을 원했다. 그래도 그는 뭔가 비록 쓸모없고 볼품없더라도 남작이 되는 쪽을 원했다. 상상 속에서 그는 한순간 대단히 아름다운, 영감에 찬 올레슈니쯔키, 16세기부터 로마의 공자였던 그 젊은 얼굴을 바라보았고, 이상한 증오감과 결합된 불쾌하게 찌르는 듯한 질투심에 몸을 떨었다. 이 방향에서 충족되지 못한 탐욕이 그의 활동 중 절반의 동력이 아니었던가? 그래, 물론이다 ― 형편없는 남작이 되는 것, 자신의 남작성 속에서 형편없이 되는 쪽이 더 나았을 것이다. 그러나 본래의 그로서 자기 자신은 왕이나 황제 지위와도 바꾸지 않을 것이었다. 어쩌면 뭔가 5천 년 정도 시간을 돌린다면? 그렇게 된다면 기꺼이 바꾸겠다. 어쩌겠는가 ― 오늘날 그는 그저 코쯔모우호비치일 수밖에 없었다. 그리고 그는 비록 하급 장교에서 장군까지이긴 하지만 인간의 삶의 변화에서 자라난 형이상학적 부조리를 느꼈는데, 그건 이 사람은 이런 사람이 될 수 있을 것이며 저 사람은 또 다른 사람이 될 것이라는 추측에 바탕을 두고 있었다. 주어진 개별적인 존재는 일단 정해지면 영원히 오로지 바로 이것일 수만 있으며 다른 것이 될 수는 없다 ― 오로지 이것만이 자신에 대해서 '나'라고 말할 수 있다 ― 꽃에서 꽃으로 날아다니는 나비처럼 이 육체에서 저 육체로 날아다니는 추상적 관념으로서의 '나'가 아니라 이 육체와 함께 절대적인 일원성을 구성하는 그 하나의 나다. 불운한 코쯔모우흐는 자기 고유의 '천문학 이상

의' 필연성을 느꼈다. 자기 자신과 세계에 대한 형이상학
적인 놀라움의 순간은 눈 깜빡할 사이에 지나갔다. 그는
다시 총병참 장교였으며, 여기서부터 여기까지 — 조금 전
에 작음 속에서 위대했듯이, 자신의 위대함 속에서 조그
마했다. 이런 헛소리에 낭비할 시간이 없었다. 마치 다른
사람에 대한 것처럼 커다란, 자기 자신에 대한 경멸이 그
에게 파고들었는데, 그 덕분에 그는 정신을 차렸고 그 덕
분에 그는 자기 자신에게서 구원받았다. 만약 그가 제대
로 자기 자신에게 일단 덤벼들었다면 그 어떤 것도 그를
자기 자신의 발톱에서 떼어 내지 못했을 것이다. 베흐메
티예프는 이것을 다른 식으로 규정했을 것이다. 그는 자
기 자신을 이 순간 마치 지네처럼 짓밟을 수 있었고, 마치
냄새나는 늪 위로 날아가는 독수리처럼 자기 자신 위로
솟아오를 수 있었다. 짓눌린 의심이 영혼의 가장자리 너
머로 흘러나왔고, 영혼은 그 의심으로 흘러넘쳤다. 그리고
곧이어* '나라 전체가 지도와 같고 목적은 지옥처럼, 고통
스럽게, 절대적으로 알 수 없다. 이 모든 것은 너무 작고,
너무 작다 — 온 세상을 손안에 움켜쥐고 목을 조른 뒤 다
시 만들고 괴물로 만들어, 쾌감에 기절한 채 던져 버릴 수
있다면[그는 거의 직접 그것을 움켜쥐었다.], 마치 그녀처
럼…. 스톱. 하 — 그가 자기 자신에 대해서 얼마나 비밀
스러운지 저들이 안다면 저들은 비로소 웃기 시작할 것이

* 뒤이어 열리는 작은따옴표는 596쪽 "강력했다'."에서 닫힌다.

다. 비록 지금, 어쩌면 어딘가 무의식의 저변에서, 정식으로 자신을 뒤져 보기 시작한다면, 그때는 추측할 수 있겠지. 이미 그는 자신의 '바닥 없는 개인적 구멍'["게은적"이라고 어떤 농부가, 대단히 지적인 사람이기는 했지만, 이렇게 말했다 — 이보다 더 끔찍한 단어가 있을까?] 위로 '미끄러지고' 있었다. 그 심연을 ["진짜 심연, 빌어먹을, 어떤 유대놈이 쓴 멍청이 같은 시에 나오거나 아니면 커피숍 잡담 속의 신비주의가 아니고"라고 유일하신 그분께서 직접 말했다.] 들여다보지 않는 것 — 그 안에 광기가 있었고, 어쩌면 아직 그 이전에 자기 자신의 손으로 의식적으로 저지르는 죽음이 있었다 — 충족할 수 없는 탐욕으로 인한. 이 개인화된, 개인성의 최대한의 잠재력인 그는 대체 무엇을 더 원하는 것인가? 지금 현재 무한함을 삶에서 겪는 것 — 그러나 이런 일은 유감스럽게도 일어나지 않는다. 일, 일, 일 — 그것만이 유일한 구원이다. 사용하지 않은 힘을 비축해 두었다가 거기에 스스로 중독되어서는 안 될 일이다. 그러나 베흐메티예프는 또 약간 쉬라고 조언했다. "생명이 이만큼 남아서 사람이 다 쓰고 쓰러질 정도로 지치는 거지."라고 나폴레옹처럼 자기 의지를 실행하는 사람들의 관점에서 살인적인 총병참 장교는 즐겁게 그에게 대답했다. 평생의 저주를 받는 심연의 가장자리에서 영혼을 지키는 유명한 파수꾼이자 이미 저주받은 사람들의 보호자가 그에게 말하곤 했다. "에라즘 보이체호비치는 심지어 미쳐 버릴 시간도 없다. 그러나 그것은

반드시 뭔가 어떤 폭발로 끝날 것이다."* 한 가지는 확실
했다 — 민족도 사회도 그 자체로는 그에게 상관이 없었
다 — 다시 말해 느끼는 존재들의 집합은 그에게 전혀 상
관없었다. 그는 집단적인 심리 상태에 대해 공명을 느끼
지 못했다. '안쪽에서부터' 느끼는 몇몇 사람들이 있었다:
1) 딸, 2) 아내, 3) "그 원숭이" [부인이 그녀에 대해서 말할
때 쓰는 표현이다.] 또 그리고 4) 암캐 보브치아. 나머지
는 숫자일 뿐이었다. 그러나 그는 그 '나머지' 인간들을 그
누구도 보지 못하는 방식으로, 마치 해부된 것처럼 흩어
진 모습으로 냉정하게 보았다 — 가장 가까운 숭배자들부
터 마지막 군인 한 명까지, 그리고 그는 그런 군인들의 가
장 민감한 중심부를 사로잡는 법을 언제나 알고 있었다.
그리고 그는 자신이 뭔가 민족적인 감정을 가지고 있는
지 사회적인 본능을 가지고 있는지 스스로 분석하기보다
는 차라리 조그맣게 조각조각 나서 흩어지는 편을 택했을
것이었다. 운명이 그 피라미드의 꼭대기에서 그를 내리눌
렀고 그는 거기서 끝까지 버텨야만 했다. 그러나 그는 또
한 그 운명을 정당하게 돕고 있었다. 그리고 이제 이 모든
것 안에서 죽을 끓이고 그 뒤 다시 한번 그 죽 안에서 자
기 자신으로 최대한 무게를 재고 마침내 온 세상에서 인
정을 받는 것 — 그러나 지금처럼은 아니다. 저 외국 어딘
가에서 쓰레기 같은 낙서쟁이가 그저 가끔가다가 그에 대

---

* Эразм Войтехович не имеет даже времени чтоб с ума сойти. Но это должно быть
кончится каким-нибудь взрывом. 원문 러시아어.

해 뭔가 긁적거리는 것으로는 충분하지 않았다. [전반적으로 우리에 대해 비밀리에만 완충지대로 이용되었으며 그 당시에는 공식적으로 침묵이 지켜졌다 ─ "완전하고 완성된 그리고 완장의 완추처럼 완자스럽고 멍청한 완구 같은 완충지대"라고 그 자신도 말했다.* 그 문장 어딘가에 긴 이식당에 대한 것도 있었다 ─ 그러니까 러시아와 폴란드는 몽골인들이 온 세상을 뜯어먹기 전에 먹는 간식을 차려 놓은 간이식당이라는 것이었다. '위대한 코쯔모우흐'는 한가한 시간에 이런 표현들을 감상했다.] 그렇다 ─ 이것이 오늘날 아직 남은 단 하나의 창작 형태다. 즉 자기 자신의 의지와 상상에 따라 인간의 소용돌이를 [비록 이런 폴란드라 해도] 제대로 돌리고, 마치 목에 걸린 올가미처럼 조여 오는 대중의 조직과 외부 압력 체제를 깨뜨리는 것이다. 그러나 그것은 정확히 말하면 지적인 종양이었다 ─ 왜냐하면 총병참 장교의 핏줄 속에 권력이 흐르지 않기 때문이다 ─ 그 원초적이고, 온몸에 흘러넘치는 종류의 권력. 그것은 어떤 웃자란 두뇌의 분비선 속에 없아 있었다 ─ 개별적으로 어딘가에 박혀 있었으나, 그 대신 강력했다'. '다시 계획이다 ─ 이건 진짜, 그의 발상이다. 중국인들과 거대한 전투의 계획인데, 전투의 시작부터 상대방이 저러하지 않고 이러한 '재조직'[지휘관이 좋

─────────────────────────

* 원문은 완충지대(bufor), 연극의 소품(butafor), 신발(but), 광대짓(bufoństwo)이라는 단어들의 첫 발음이 비슷한 것을 이용한 말장난. 직역하면 "썩어 버린, 완충재를 듬뿍 넣은, 그리고 오만하고 멍청하기가 광대의 신발 같은, 연극 소품 같은 완충지대"라는 뜻.

596

아하는 표현]*을 할 수밖에 없게 하며, 그러면서 중국군 본부는 심지어 특정한 일들에 대해서는 의도적으로 진실하고 믿음직한 정보를 얻게 하는 것이 요점이다. 본질적으로 총병참 장교는 천성적인 용병이었으며—여기에 모든 일의 핵심이 있었다—게다가 전략가-예술가였다. 이것은 그가 '정치가'로서 가볍게 여겼던 진정한 창의력이었다. 사회 활동은 단지 위대한 군사적 개념화를 위한 배경이 될 뿐이었다—그러나 자신의 의식 속에서 그는 스스로를 인류 전체의 위대한 예언가, 사상이 없는 예언가로 여겼다. 어쩌면 그 '개인적인 심연' 속에 뭔가 비슷한 것이 있었을지도 모른다—그러나 여기에 대해서는 나중에 말하겠다. 그는 스스로도 그 안에 무엇이 들어앉아 있는지 알지 못했고 이 순간에는 알기를 원하지 않았다. 계획은 어떤 종이쪽지의 도움 없이도 위대한 코쯔모우흐의 악마적인 상상력 속에서 무르익어 갔다—손으로 그린 어떤 그림도 없이 유일하게 그냥 지도와 기억만으로도 그의 상상력은 마치 몇백만 개의 서랍이 있고 신호등 체제를 연결하는 전기 회선들이 갖추어진 거대한 본부 사령실과 같았다. 그 괴물 같은 기기의 중앙 버튼은 총병참 장교가 개인적으로 눈썹 사이 약간 왼쪽에 보유하고 있었는데, 그곳에는 어떤 불규칙한 모양의 종양이 있었다—"마케도니아의 종양"이라고 그는 그녀 앞에서 그것을 그렇게 불

* перегруппировка. 원문 러시아어.

597

렀다. 그 종양은 멀리 상스러운 영혼의 갑판 위에서 볼 때 [술집에서 볼 때나 강철의 사타구니 사이에서 볼 때도] 혼자서만 튀어나와 있는 것 같았는데 [물론 주관적인 느낌이다.] 그 영혼의 갑판이란 또한 얕볼 것이 아니었다 — 어떤 순간에 그것은 완벽한 비축분이 되어 주었다.' '하, 그 그루존즈의 총기병들, 그건 확실하지 않아. 그 악마 같은 볼프람 때문에 방문이 망쳐질 수도 있어 — 그렇지만 그를 치워 버리기란 가능할 것 같지 않아. 그리고 그는 돋보이려 하지 — 물론 그 스스로 그걸로 충분하다고 생각해. 그도 또한 '기병대의 신'이라는 게 가장 나쁜 점이야. 움직이지 않고 — 혼자서 재흡수되거나 아니면 터져서… '칙' — 적절한 순간에 꼬집는 거야. 이미 거기서는 스벤샤골스키가 폭발하는 경우에 알아서 할 거야. 지금은 미리너무 가혹한 '조치를 취할' 수가 없어. 그리고 나중에…. 하 — K, I, W — 이렇게 세 개. 찌페르블라토비츠는 신디케이트에 비밀리에 접근해야 한다고 확신하고 있어 — 그힘을 제대로 평가하지 않아. 그렇게 하라고 해 — 그걸로 그는 나중에 안전을 보장받을 거야. 자기 손으로 해내도록 해.' 그는 자신에게 무가치한 술수를 부리도록 몰아가는 적들에 대해 경멸을 느꼈다. '그를 자유롭게 놓아주면 필요한 곳에서 승리할 거야. 보로에데르 — 그 수수께끼 같은 동쪽의 얼굴, 그게 거의 유일한 장애물이다 — 거의 그 자신만큼 비밀스러웠으나 단지 그토록 전반적으로 흥미롭지 않았다. 반짝이는 검은 턱수염 안에 그의 수수

598

께끼가 모두 감추어져 있었다. 그 수염으로 짐승은 자신
을 가렸다—그를 묶고 면도해 버린다면? 천재적인 발상
이다—그는 힘의 절반을 잃을 것이다. 그리고 그 빨간색
싸구려의 반쯤 귀족적인 보석[첨정석?]이 박힌 반지를 낀
그 노란 손—보란 듯이 내밀었지!—그 손이 그 턱수염
을 마치 충직한 개를 쓰다듬듯 쓰다듬었다. 게다가 그 이
름, 야쩨크—체계화된 모순들의 결집이다.' "그 쓰레기를
면도시켜야지!" 지휘관은 큰 소리로 외쳤다. '그 민간인들
이 최악이다. 그는 내 측근 중에 자기 사람을 심어 놨어.
하지만 누굴까?' 그는 쿠션의 붉은 공단을 너무나 집중적
으로 들여다보아서 눈이 침침해질 지경이었다. 따가운 눈
물과 함께 바위처럼 상냥한 우흐리노비치의 얼굴이 떠올
랐다….

### 정보
사흘 반이 지나 우흐리노비치는 급성 뇌염으로 사망했다.


지휘관은 위-험-한 사람이었다. 그는 비록 불명확한 목적
이라도 들여다보면서 옆을 돌아보지 않는 법을 알고 있
었다. 옆쪽의—현실적인 심연은 그의 빛나는 선로를 따
라서 어른거릴 뿐이었다—마치 동쪽의 황금빛 원반처
럼 무시무시한 전투와 확실한 승리가 보였다…. 하지만
그 뒤엔? "하—코우드리크 [디아멘트] = 쿠션: 내가 찌
르면—그건 다시 부풀어 오르겠지. 하—밟을 가치가

없어.* 그보다는 그에게 지나치게 책임 있는 과업을 주어서 천천히 그의 숨통을 막는 편이 나아. 이런 식으로 그의 불면증이 가장 편하게 그를 파멸시키겠지." 하 ─ 또다시 심연이다. 움푹 파인 그 지평선이 어두워졌고 '델피'**의 미지의 안개 덩어리를 배경으로 죨리보쥬***에 건설되고 있는 집과 평온하고 자신이 이룬 업적들로 목구멍까지 충족된 노년의 환상이 어른거렸다. 지휘관은 이 평온한 무익함으로 유혹하는 이미지를 영적인 주먹으로 정면에 한 방 먹이고 확인 사살을 위해서 거대하고 기사다운, 더욱 현실적인 장검으로 둘로 잘랐는데, 그런 장검의 원형을 어쩌면 그의 조상이었던 기사의 부하들이 오래전 시대에 자신들의 위대한 주인을 위해 들고 다녔을 수도 있었다. 그는 자신이 경제적으로 깨끗하다는 사실에 만족해서 심리적으로 손을 털었다 ─ 그것은 윤리가 아니라 단지 스포츠였으나, 승마보다 더 좋았다. 아, 그의 그 말, 그 말, '힌두' ─ 시베크라 부르는 그 말은 페르시아만 위쪽 출신의 아랍 어딘가 출신이었다. 그 말과 함께 둘은 '부쩬타우르'라고 이름 지었으면 좋았을 것이다 ─ 그 단어가 전혀 다른 것을

* 598쪽의 스벤쟈골스키는 가렵다는 뜻이고, 찌페르블라토비츠는 시계의 숫자판을, 599쪽의 코우드리크는 작은 담요나 이불을, 디아멘트는 다이아몬드를 의미한다. 부조리한 이름들의 말장난이다.
** 고대 그리스에 있었던 태양신 아폴로의 신전.
*** Żoliborz. 폴란드 수도 바르샤바 내에서 강변에 면한 북쪽 구역으로, 전통적으로 지식인들이 많이 거주했던 아름다운 구역이다.

뜻하지만 않았더라면.* 이 순간 그는 자기 아래 그의 말이 있음을 느꼈고, 그 뒤에는 아내를, 그 뒤에는 또 다른 누군가를 느꼈다 — 하, 이건 최악이다[여기에 대해서는 나중에] = 이완의 문제 혹은 긴장을 푸는 문제.** 그리고 다시 부대의 숫자와 색깔들, 그리고 그를 믿지 않는 장교들의 얼굴, 지금 선동해서 그 유사 보수주의의, 예방적인, 피임적인, '게으적'인 유사 혁명에 참여하게 해야 하는 그 사람들인데, 그 혁명은 본질적으로 그를 위한 것이 될 것이었고, 사람들이 '아래쪽'에서 말하기를 그가 '남작들'의 냄새를 맡았다고 하므로, 니에히드오흘루이가 여기서 그 썩은 창자 같은 결과를 끌어내기 전에 이것을 반대로 되돌려야 했기 때문이다. 그의 수치스러운 이름이 모든 주둥이에 떠돌았고 거의 매번 다른 의미를 띠었으나, 거기에서 이제는 그에게만 알려진 진실이 밖으로 나올 것이고, 그 뒤 진실은 모두에게 알려질 것이었다. "이 방향에서 의식적인 감정이 없더라도 나는 군중의 해방이며 저들, 저 바보들은 나를 보면 위험한 '개인주의자'밖에 보지 못한다." [그 바보들이란 찌페르블라토비츠, 코우드리크와 보로에데르였다 — 내무부, 외무부, 경제부 — 나라에서 가장 강력한 낯짝들, 의심의 여지 없이 그 자신보다 더 똑똑한 사람들, 그

---

* 폴란드식으로 부첸타우르라고 읽히는 부센타우르는 그리스신화에서 상체는 사람이고 하체는 황소인 신화적 존재를 말한다. 그러나 역사적으로 부센타우르 혹은 이탈리아어로 부친토로(bucintoro)는 베네치아와 제노아의 영주가 예수승천일을 기념하여 운하에 띄우던 축제의 바지선을 말한다.
** le problème de détentes, das Entspannungsproblem. 원문 프랑스어, 독일어.

럼에도 불구하고 바보들―여기에도 또한 조그만 비밀이 있었다. 총병참 장교의 완전히 지옥 같은 직관은 (그러나 이것은 평범한 직관이고 베르그송적인 의미가 아니다.) 가장 음습하고 교묘한 사람들조차 탈선시킬 수 있었다. 그는 한 가지가 걱정되었다. 제바니―그건 군사학교 순회에서 돌아오는 길에 처리해야 할 것이었다.] 올레슈니쯔키가 뭔가 멍청한 보고서를 가지고 들어왔다가 지휘관의 쿠페에 남아 있으라고 권유받았다. 감당할 수 없는 일에 완전히 시달린 그는 즉각 잠들었다. 총병참 장교는 아가씨처럼 입을 약간 벌린 청년다운 얼굴을 들여다보고 곧 이 '잠자는 반음양'의 아름다운 가면을 배경으로 상상 속에서 주둥이들을 휘어잡기 시작했다―주둥이들과 추측된 '심리들'―더 정확히는 병적인 심리다. '그럼 그 자신은?' 거기에 대해서는 생각하지 않았다…. 이 무시무시하게 마법에 걸린 나라의 거의 모든 유명한 얼굴에서는 마치 부러진 팔다리에서 뼈가 비어져 나오듯이 광기가 비쳐 나왔고 그것은 그의 무기력함을 증명했다. 가면은 낯짝에서 자라 나왔고 오로지 새로운, 알 수 없는, 예견되지 않은, 예측할 수 없는 집합적인 영혼만을―더 정확히는 어떤 거대한 '짐승 떼'를 창조하거나 혹은 상징하는 것 같았다. 짐승의 낯짝과 낯짝―그리고 그 자신은 그와 같은 수준에 있는 단하나의 형제 같은 낯짝도 없었다[자기 아래에는 그들의 무더기를, 피라미드를 온통 깔고 있었으나 같은 층위에는 하나도 없었다]. 어쩌면 그 가족의 가면들[몇 초의 자유로운 순간에 후회와 한없는 다정함과 무한한 가능성 속에 낭비된 삶의 지옥 같은 악취로 내장을 뜯어내는] — [왜냐하면 그런 것들이 있었기 때문이다, 게다가 어떤 것들이었던가.] — 그리고 또 마찬가지의 사이비 — 그리고 전자도 후자도 그보다 더 우월한 감정을, 그가 보답할 방법을 알지 못했던 감정들을 가지고 있었고, 그는 마치 로베스피에르*만큼 다감했다 — [얼마나 고통스러운가!] — 아내, 딸과 심지어 그녀, 그녀도 그 모든 그 무시무시한 일들에도 불구하고…. 그리고 보브치아…. 그러나 여기에 대해서는 나중에 말하겠다. 그리고 이처럼 가장 가까운 배경에서 연구되지 않은 사상의 기치를 든 무시무시하게 외로운 남자인 그는 그 외로움 속에서 모든 것을, 그러니까 절대적으로 모든 것을 모으고 모든 것을 비웃는 데서 — 최소한 나라 안에서는 — 자기 삶의 가장 본질적인 기쁨과 평온과 야만적이고 예술가적인 매혹을 매 순간, 심지어 패배의 순간에도 찾아냈는데 — 어쨌든 그런 순간들은 적었고, 예를 들어 코노토프** 근교의 베조브라주프 기병대, 그를 '테일러화' 시키려 했던 광인 바보 파르쉬비엔코의 본부 건물을 공격할 때와 그리고 — 현재 기다리는 약간 너무 긴 순간 — 그게 최악이다. 그는 몸을 떨고 다시 올레슈니쯔키를 들여다보았는데, 그는 천사처럼 자고 있었으나 가볍게 코를 골았

* 막시밀리앙 드 로베스피에르(Maximilian de Robespierre, 1758-94). 프랑스대혁명 시기의 혁명가, 정치인, 철학자, 법률가. 공포정치의 대명사였으나 쿠데타로 처형당했다.
** Konotop. 폴란드 동북부의 지명.

다. '공자인데도 어쨌든 코를 고는구나.' 지휘관은 생각했다. 그런 생각들이 그에게는 휴식이었다. '하지만 나도 역시 가끔은 엉망진창의 폭발을 큰 규모로 준비하는 평범한 무정부주의자가 아닐까? 조직화에 대한 이 혐오는 이 짐승을 조직하면서 정복해야만 하고? 에휴—내 규모가 무슨 상관이겠어—중국—그거야말로 의미가 있지. 그걸로 나 자신을 측정할 수 있을 정도로 내 것이니까. 하지만 흉갑 기병의 [반드시 그래야 해.] 신발에 밟힌 빈대도 어떤 방식으로는 그것으로 '측정'할 수 있고, 어쨌든 승리한 전투 뒤에 우리는 또 이렇게 긴장을 풀어야 해. 그때는 어쩌지?' 또다시 자기 자신이 조그맣다는 그 치명적인 감각이 찾아왔다—모든 행동을 가장 효과적으로 마비시키는 의심. 그는 올레슈니쯔키가 계속 코를 고는 척하면서 이 생각을 들은 것만 같아서 겁에 질렸다. 이미 그는 자신이 때로 우연히 이런 것을 큰 소리로 말하지나 않는지 알지 못했다. 저주받을 '젊은 애'는 잤다—올레슈니쯔키에 대해서 총병참 장교는 마치 제롬스키의 『집 없는 사람들』에 나오는 카르보프스키 앞의 유딤 같았다—이건 어쩔 수가 없었다.* 대체 이 지구 상에서 이 저주받을, 그 무엇으로도 정복할 수 없는 '초월적인' 귀족계급은 언제 사라질 것인

---

* 스테판 제롬스키(Stefan Żeromski, 1864-1925). 폴란드 작가. 하층민, 농민, 노동자 등의 참혹한 삶을 다뤄 "폴란드 문학의 양심"으로 불린다. 『집 없는 사람들(Ludzie bezdomni)』은 그의 1900년도 작품이며 토마슈 유딤은 작품의 주인공으로 자수성가한 의사다. 유딤은 카르보프스키가 "완벽하고 논리적"이라고 평가하지만 사실 카르보프스키는 도박꾼에 사기꾼이며 잘생겼다는 것 외에 아무 장점이 없는 인물이다.

가. 그리고 이건 그에게 마치 보브치아가 하듯이 납작하게 엎드리는 사람 아닌가. 여기에 파멸적인 생각들의 한계가 있었다. 그는 그 희망 없는 원을 닫았다. 아니다 — 아직 가장 무시무시한 한 가지가 남았다. 누군가 그의 안에 마치 집 없는 개처럼 짖어 대고, 기다리고, 마치 타자를 치듯이 다음과 같은 문장을 쳤다. "나는 독립적인 변화인가, 아니면 a) 괴물 같은 중국인들의 관념 = 백인종을 빨아먹는 혹은 b) 서쪽의 공산주의적-파시스트적인 모순의 단지 다분히 상대적으로 단순한 함수일 뿐인가?" 후 — 좋지 않다. 그만. 다시 또 지도, 군단, 이른바 "진짜 일"과 완전한 평온함. 그는 자신에게 이런 것을 허용하는 일이 아주 드물었다. 하 — 또다시 코쯔미주프를 떠난 뒤에, 두 시에, 밤에 가장 늦은 시간에, 그녀가 올 것이다 — 모든 일이 부드럽게 풀릴 것이다. 괴물 같은 쾌감의 전율이 칼날처럼 그의 두뇌부터 꼬리뼈까지 꿰뚫었고 지휘관은 나폴레옹식으로 10분 동안 마치 돌처럼 깊이 잠들었다 — 그는 자신의 모든 색채에도 불구하고, 죽어 가는 인류의 끝나 가는 오솔길에 뒹구는 길가의 회색 먼지투성이 돌멩이였다.)

만약 게네지프가 이 생각들을 '볼' 수 있었다면 그에게는 대재앙이고 도덕적 파멸이었을 것이다. 그는 누군가에게서 의지할 곳을 찾아야만 했다. 그 자신은 자기 자신의 복잡성을 스스로 짊어지기에는 너무 약했다 — '몸통'은 지나치게 강력하고 제대로 조정되지 않은 모터의 불규칙한 흔들림을 버텨 내지 못했다. 자신의 '삶의 독'을 주사해 준 코쯔모우호비치가 아니었다면 그는 공주, 신디케이트, 어머니, 심지어 미할스키와 같은 세력 앞에서 도대체 무엇이 되었겠는가. 그런 일은 이미 일어났다. 지금에서야 비로소 그는 지휘관에게 무엇을 감사하는지 이해했다. "아버지가 대체 내게 무엇을 주었는가? 우연히 나에게 생명을 주었다 — 당신은 나에게 영적인 최고봉의 존재에 대한 믿음을 돌려주었다." 그는 미치인스키의 『바실리사』에서 얀 찌미스헤스가 니케포르에게 했던 말을 떠올렸다.* 여기에는 과장이 섞여 있었는데, 왜냐하면 이제까지 바로 아버지가, 심지어 무덤 너머에서도 그를 자신의 의지로 밀어 왔기 때문이다. 지금에서야 비로소 아버지는 그에게 삶의 먼 저편에 있는 친구로서 손을 내밀었다. 지프치오는 무엇이 자신을 기다리는지 느끼지 못했다 — 그가 지금 현재 보는 것은 정상적인 삶의 마지막 반영이었다. 어머니는 미할스키를 들여다보고, 베샤멜소스를 뿌린 송아지 고기, 마차와 비 오는 저녁 — (이미 그가 학교에서 돌아올 때면 서쪽에서부터 무거운 먹구름이 밀려왔다). 이미 그는 이 세계의 물건들을 결코 그 본래의 평범한 관계와 연관 속에서 사용할 수 없을 것이었고, 가장 나쁜 건, 그가 현재 환경을 이전 체제와 비교해서 그 차이점에 대한 인식을 간직해야 한다는 것이었다. 그에게 만약 시간이 있었다면 그는 이로 인해 지쳐서 일찍 죽었을 것이다.

* 『황금 궁전의 어둠 속에서, 혹은 바실리사 테오파노』(1909)는 비잔틴제국 황제 로마노스 2세의 왕비 테오파노를 주인공으로 한 타데우슈 미치인스키의 희곡이다.

봄의 첫 번째 돌풍이 도시 위로 덮쳐 왔을 때 세 명은 마차를 타고 교외의 하이조베 지역으로 가고 있었는데, 그곳에서는 크빈토프론의 '사탄의 예배당'이 장엄하게 개막하고 있었다. 최소한 민족해방 신디케이트 구성원들은 그 건물을 그렇게 불렀다. (동시에, 카롤 시마노프스키의 송가 "신이여, 조국을 해방시키소서."의 소리에 맞춰 코쯔모우호비치는 사슬에서 풀려난 개처럼 태평하게 코쯔미주프의 마당에 들어서고 있었다.) 어딘가 도시 너머 먼 벌판에서 바람이 석탄가스를 잎사귀로 굶주린 듯 마시는 신선한 잔디와 '조국 땅'의 봄 냄새를 몰고 왔다. 쾌락적인 내면적 어수선함이 게네지프 영혼의 가장 먼 구석까지 흘러넘쳤다. 그는 자기 자신과의 거짓된 화합의 늪에 잠겼다. 더없이 아름다운 어머니의 손을 부끄러움 없이 장갑을 벗기고 드러내어 입 맞추고 (이유는 알 수 없지만) 놀란 미할스키의 이마에 입 맞추었는데, 미할스키는 완전한 행복에 짓눌려 대체로 입을 다물고 있었다. (그는 자신의 '남작 부인' 앞에서 — 그녀가 싫어하는데도 그는 그녀를 그렇게 불렀다 — 뭔가 부적절한 것을 내뱉을까 봐 두려워하고 있었다. 침대 안에서는 달랐다 — 그곳에서는 모든 패를 손에 쥐고 있었으므로 그는 훨씬 더 자신감이 있었다.)

주의

"행복하고 문제없고 삶에서 모든 것에 성공하는 사람에 대해 무슨 흥미로운 이야기를 할 수 있겠는가? 그런 사람은 삶

607

에서나 문학에서나 모든 사람에게 혐오스럽다. '불운한 자들'
을 위해 고통받고, 그런 뒤에 '다들 울게 하라.'*─이것이 문
학자에게 주어진 과업이다. 그런데 런던의 작품에서처럼**
이미 강한 사람은, 무사히 36시간 동안 영하 35도에서 헤엄
치고, 맨손으로 사흘 동안 쉬지 않고 600미터 바위산을 올라
가고, 스크루가 셋 달린 요트를 그 선수 밑에 발을 끼워 넣어
바다에서 멈춰 세우고, 그런 뒤에도 '계속 웃는다'.*** 더 쉬운
과업은, 그렇게 복잡하지 않은 주인공들을 만들어 내는 것이
다." 스투르판 아브놀은 이렇게 말하곤 했는데, 그는 이 순간
다음번 마차 안에서 릴리안에게 죽도록 키스하고 있었다.

마지막…. 오, 그런 마지막을 알 수 있다면…. 불명예스러
운 행복이 지프치오의 내면에 퍼져 나갔다. 지휘관의 '힘
의 거점'의 혐오스러운 기생충이 타인의 가장 우수한 가
치─존재의 의미에 대한 감각을 빨아먹었다. 삶의 전
반적인 조화는 자기 안에 들어올 자리가 없는 것 같았
다─세상은 완벽함으로 인해 터졌다. 이런 순간이나 혹
은 이와 같이 긴장된 찰나에 평범한 인간들은 초월적인
절망을 만들어 내 부정적이거나 혹은 긍정적인 완벽함의
견딜 수 없는 압력의 탈출구로 삼으려 한다.

* пусть плачут. 원문 러시아어.
** 미국 소설가 잭 런던(Jack London, 1876-1916)은 『야성의 부름』, 『강철 군화』 등 주로
혹독한 환경과 싸우는 생명력에 관한 작품을 썼다.
*** keep smiling. 원문 영어.

이미 입구에서부터 그들을 맞이한 것은 평범하게 기계적인, 합성사진 같은, 완전히 시게 변해 버린 창의성의 허공에서 토해 낸, 순수주의적-아동적-소비에트식-옛 피카소적, 퓨어블라기스트\*적인 거의 '추악함'\*\*과 옆구리로 온통 기어 다니는 스카이스크레이퍼\*\*\* 형상의 등불과 가면을 쓴 (검은 가면을 썼다.) 환상적으로 기형적인 신체 부위들이었다. 마지막의 그 신체 부위들은 새로웠다. 지프치오는 이런 돼지우리 같은 광경을 처음 보았고 공포에 질려 굳어졌다. 오래전 역사 속 예술 작품의 복제품에서 이런 것을 알고는 있었지만 이 희망 없는 타락 속에서 이것이 이렇게까지 혐오스러울 수 있을 줄은 몰랐다. 그래도 어쨌든 그 안에는 뭔가가 있었다 = 절망적인 속임수가 노출증적인 후안무치함의 상태까지 몰려 있었다. "불쌍한 릴리안, 내가 가장 사랑하는 불행한 창녀! 우리는 얼마나 끔찍한 삶을 살아야만 하는가 — 나는 가짜 장교이고(어쨌든 핏속에 그걸 가지고 있지 않은가?) — 여동생은 이런 가짜 예술가에 영적인 매춘부라니." 행복감은 사라졌다 — 그는 벌거벗은 채로, 춥고 진흙 섞인 빗속에 서 있었고, 주위에는 세탁소와 양배추의 냄새를 풍기는 어떤 무너진 건물들이 있었으며, 그 안에서 삶을 완성해야만

---

\* Piurblagist. 영어의 'pure'와 폴란드어 'blaga'를 합친 작가의 신조어. '순수한 사기', '순수한 속임수'라는 뜻.

\*\* безобразия. 원문 러시아어.

\*\*\* 마천루. 원문에 영어의 'skyscraper'를 발음만 폴란드식으로 옮겨 적음.

했다. 그는 학교에서 알게 된 어떤 러시아 노래가 떠올랐는데, 그 노래의 후렴은 "장교들과 창녀들을…."*이라는 단어들로 끝났다.

그리고 여기서 갑자기 세계는 실질적으로 터졌다. 게네지프는 릴리안과 스투르판에게서 유명한 페르시 즈비에죤트코프스카에 대해 뭔가 들었다. 그러나 그가 본 것은 꿈에서 보았던, 가장 분개하고 가장 음울한 차원의 모든 관념을 넘어서는 것이었다─"그리고 그녀는 그가 부정적인 국면에 있을 때 그를 잡았다".**

주의
몇 년이라는 공간에서 이 현상의 작용은 그것이 우리를 완전히 겉보기에 본질적이지 않은, 아주 자질구레한 내면적 동요의 긍정적인 국면에서 붙잡았는가 아니면 부정적인 국면에서 붙잡았는가로 규정된다.

그녀는 '골짜기'에 떨어졌다─모든 것이 망했다. 한순간 심지어 코쯔모우호비치조차 방금 형성된 내면의 전선 전체를 보고 창백해졌다. 그러나 그 경험의 힘은 일상적 사건들의 체제의 일부였으며 그 경험들 안에서 어쨌든 주된 역할을 하는 이는 방금 상상한, 갓 구워 낸 지휘관이었다.

순수한 형태라는 사상에 대해 복수하겠다고 울부짖

---

* офицеров и блядей... 원문 러시아어.
** and she has got him in his negative phase. 원문 영어.

는 듯 아무렇게나 칠해 만든 커튼 사이로 소박한 회색 옷을 입은 아가씨 같은 피조물이 나왔는데, 나이는 대략 한 스물다섯이나 스물여섯 살 정도였고 목소리가 따뜻하고 욕정적-전율적인 기묘한 탐욕의 기름이나 악마 같은 관능성의 윤활유가 되어 몸의 인대들을 마치 열기가 파라핀을 녹이듯 느슨하게 풀어 주고 수컷들의 수컷다움을 온통 광인 같은 갈망의 도달할 수 없는 영역까지 쌓아 올리면서 몸의 모든 근육과 구석까지 흘러들어 가는 것 같았고, 그 목소리로 연극을 소개하는 내용의 말을 몇 마디 했는데, 그러면서 '지브지아' 역할의 대역은 처음 무대에 서는 릴리아나 카펜 드 바하즈 남작 영애가 맡게 되었다고 언급했다. 관객석에서는 실망한 관객들의 갑작스러운 안타까움의 고함과 발 구르는 소리가 터져 나왔다.

정보

그녀는 전반적으로 작은 역할들을 맡았으며 대체로 크빈토프론 비에초로비치의 형이상학적인 굶주림의 비밀스러운 세계에 깊이 빠지고 싶어 하는 여성들의 감독이라는 기능을 수행했다. (그 개인적으로 불임인 불능자는 [생산 가능한 불능자도 있다, 최소한 영혼의 영역에서는] 무한한 기억과 충족되지 못한 창작의 갈망의 메마른 괴로움에 시달리며 다른 사람들을 냉정한 광기에서 비롯된 하나의 위대한 심포니로 조직해 그들을 통해서 자신의 환상의 세계를 창조했는데, 그 안에서는 그 혼자서만이 유일하게 어떻게든 자

611

신의 존재를 지탱할 수 있었다. 낮에 그는 졸면서 책을 읽었고 저녁에는 엄청난 양의 코카인을 흡입한 뒤 자신의 검은 방에서 기어 나와 그 이름 없는 끔찍함의 지옥 같은 극장을 '조직했고'['완벽해져 가는 세상의 마지막 남은 악마의 전초지'], 모든 사람을 충족될 수 없는 탐욕의 절망적인 광기로 몰아넣었다. 장막 뒤에서는 무시무시한 일들이 일어나고 있었다. 바로 그곳에서 마침내 푸트리찌데스 텐기에르의 삶에 대한 충족될 수 없는 탐욕이 그 한계를 찾아냈다—찾아냈으나, 이로 인해 그의 창의력은 파멸했다. 여기에 대해서는 나중에 짧게 말하겠다.) 현재 페르시는 크빈토프론의 비밀스러운 목적을 이루기 위해서 릴리안을 특별히 준비시키는 일로 바빴는데, 그 목적 중의 하나인, 최소한 하나인 것으로 보이는 일은 이른바 "현실도피"였다. 그리고 릴리안은 '거칠게 휘몰아치는 나방, 줄기와 꽃술을 타락시키는 무의식적인 포주를 받아들이는 하얀 밤의 꽃처럼 페르시의 말에 영혼을 열었'는데, 이미 첫 대화를 하면서 자기도 모르게 특정한, 대중적으로 말하자면 비밀의 액체를 자신의 주동자와 오빠 사이에 만들어 냈다. 오빠에 대한 (더 정확히는 실제 게네지프와는 비슷하지 않은, 오로지 사진으로만 알려진 페르시의 '오라버니'에 대한) 모든 무의식적이고 절망적이며 도달할 수 없는 사랑으로 그녀는 이 아무도 이해할 수 없고 그녀 자신도 이해하지 못한 인물에게 '영감을 옮겨' 주었다. 지프치오는 페르시에 대해서 아무것도 알지 못했다. 릴리안은 어쨌든 영혼 밑바닥에서 뭔가 실제적인 것이 언젠가는 나타나

야만 한다는 것을 알았기 때문에 오빠 앞에서 이 사나운 감
정의 변모의 진정한 대상을 면밀하게 감추었다. 그것이 저
두 명을 위해서 좋은 일이었는지 지금은 아무도 말할 수 없
을 것이다. "자신을 아끼지 않고 삶을 가장 충만하게 (비록
가장 무시무시하더라도 — 만약에 그것이 이미 운명이라면)
경험하는 것, 자신 안의 모든 것을 끝까지 써 버리고 또한
다른 사람들도, 그들이 마찬가지로 그 안에서 자신을 진실
로 경험할 수 있는 만큼, 최대한 써 버리는 것" — 그 광대 같
은 조울증 환자 스투르판 아브놀이 이렇게 말했다. 그런 황
소에게 말하는 건 쉽다.

게네지프는 회색 의상 위를 쳐다보았고 두 개의 (세 개가
아니라서 다행이다.) 엄청나게 깔끔한 조그만 다리와 함
께 (그냥 다리가 아니다.) 어린아이의, 거의 양 같은 아니
면 혹은 염소 같은 그리고 동시에 아름답고 부드러움과
달콤함으로 (그러나 역겹지 않은) 빛나는 얼굴이 보였는
데, 너무나 전례 없이 고귀한 얼굴이라 그는 내장이 아래
쪽에서부터 떨렸고 심장은 갑작스럽게 수축하며 꿀렁거
렸다. 방앗간의 풍차처럼 커다랗고 마치 어떤 거대한 입
처럼 빨아들이는 눈은 특이한, 개인적 존재를 소멸시키는
광경에 가득 만족하여 열광한 채 움직이지 않았고, 한순
간에 그 양과 같은 조그만 얼굴을 집어삼켜 두뇌와 상관
없이 영원토록 소유하기 위해 자신 안에 집어넣었다. 그
러나 그것은 아직도 표면적인, 단면적인 인상이었다. 그리

613

고 그 눈들은 마침내, 두뇌를 그 근육질의 고통스러운 주름 속에서 직접적인 물질적 형상의 태풍으로부터 보호하면서, 두 개의 황금빛 (반드시 황금빛) 원반처럼 흩뿌려졌다―그 눈들은 잠재적으로 중성적인 그 형상을 공간의 섬세한 떨림 속에서 비밀스럽고 본질적으로 신비로운 색채의 모자이크 속으로 이끌었다. 그때 그녀와 지프치오의 눈이 마주쳤고 지프치오는 그녀가 (얼마나 굉장한 승리인가!―그는 성적인 고통과 사악한 행복과 그토록 슬픈, 그래서 거의 날아갈 정도로 즐거운 것도 같은 뭐 그런 승리로 인해 온몸을 부르르 떨었다.) 그냥 자신을 보았음을 느꼈다. 이유는 알 수 없지만 그는 포드예브라트의 예쉬*를 떠올렸다. 그는 자기 자신 아래 쓰러졌다―아니 더 정확히는, 그냥 자기 자신을 완전히 자기 아래로 가게 했다―모순되는 감정들로 새된 소리를 지르며. 창자와 다른 내장 기관들이 한 번도 구체화되지 못하고 경험되지 못한, 존재 전체에 대한 절망적인 후회의 느린 경련 속에서 찢어졌다―그 무한함이 모든 방향에서 한꺼번에 외쳐 대는, 불쌍한, '덧신을 씌운', '배꼽이 된', 방향감각을 잃은, 얼간이로 만들어져 버린, 조그만 개별적 존재.

지프치오는 그녀를 반드시 가져야만 하고 그렇지 않

---

* 쿤슈타트와 포데브라디의 이르쥐(Jiří z Kunštátu a Poděbrad, 1420–71)는 보헤미아(현 체코공화국 서부 지역)의 왕이었다. 종교개혁 시기 후스(Hus)파와 가톨릭 사이의 평화와 종교적 관용을 지키기 위해 노력했으며, 종교적 통합을 통해 유럽의 연합이라는 관념을 처음 제시한 군주로 평가받는다. 포데브라디와 이르쥐는 체코식 발음이며, 여기서는 주인공이 폴란드 사람이므로 폴란드식으로 발음하는 편을 택했다.

으면 삶은 여기서, 이 순간, 그러니까—그래서 나도 잘
모르겠지만, 그래서—말하자면 고문실에서의 죽음 정
도로 범죄적인 차원으로 괴물처럼 변하고 격렬해지리라
고 느꼈다. 어머니, 이리나, 릴리아나 그리고 다른 사람
들(그는 오직 코쯔모우호비치에 대해서만 생각하지 않았
다—유감이다.)의 그러한 죽음도 이 절망적인 공허함-
심연에 비하면 아무것도 아니었을 것이며, 복구할 수 없
는 이 상실을 견디기 위해서는 그 심연을 반드시 채워야
만 했다—이런 종류의 불행, 이처럼 짐승 같고 자위행위
적이며 창백한 후회가 여기 이 호화로운 안락의자라도 깨
물고 싶은 광란(예를 들어 그녀가 그에게 몸을 비비는 것
에 대한 생각—그런데 여기서 그녀를 아직 갖지도 못했
다.)과 뒤섞여, '복구'에 대해서는 생각도 할 수 없었다. 저
것은 이미 여자가 아니었다—눈을 들여다보는 그 1초의
순간 안에 모든 삶이 거의 온 우주의 끝없는 경계선까지,
이제까지 심지어 예견도 하지 못했던 궁극적인 감각까지
엄청나게 부풀어 오르는 것 같았다. ("대체 영혼의 경계선
이 어디에 있겠어."라고 지프치오는 자기 자신의 존재의
구타페르카 같은 흐물흐물함에 놀라며 속삭였다.) 그것
은 늘어나고 늘어났지만 무슨 일이 있어도 터질 수가 없
었다. 그리고 바로 지금 이 모든 것이 또다시 1분 1분의,
한 시간 한 시간의 (오 고문이다!) 매일매일의 (뚫고 나갈
수 없다!) 1년 1년의 (오 너는 버텨 낼 수 없으리라!) 일상
성과 진부한 감각 쪼가리의 진흙탕 속으로 떨어져야 하는

것이다. "이것은 선함 그 자체일 거야."—(그 눈이 한옆에서 반짝였으며 계속해서 이해할 수 없는 말들과 평범하지만 곧 무시무시해지는 의심이 찾아왔다. 어쩌면 이것은 그가 이제까지 생각조차 하지 못했던 가장 극도의 악일지도 모르고 [어쨌든 수많은 것들이 그것들의 살아 있는 현실 속에서 그러하니까] 신문에서나 읽어 보았지만 진실로는 이해하지 못하는 이 악, 악취를 풍기고 고통스러운 악, 냉정하게 잔혹하고 대체로 치명적이며 여기에 대해서 '존경받는 사람들'은 자신들의 의심스러운 가치인 '존경할 만함'*에 파묻혀 알지 못하는 그런 악일 수도 있는 것이다). 그런데 그 얼굴은 모든 것을 넘어서 있어서 이 선과 악의 관념들 중 어느 것도 심지어 표면적으로도 그 얼굴에 적용되지 않았다. 그리고 그는 곧, 지금에서야 비로소 어린 시절 전체와 졸업 시험, 그리고 공주와의 마찬가지로 어린 로맨스 전체가 과거라는 여전히 바닥이 없지만 그래도 구멍(심연이 아니라)으로 빠졌음을 느꼈다 — 물론 코쪼모 우호비치는 시기를 나누는 바탕을 마련해 주었지만 그 자신이 한 시기는 아니었다 — 성적인 저열함만큼 깊이 도달하지는 못했다. 삶은 그 최고봉에서부터 마치 눈사태처럼 움직이기 시작했다. 게네지프는 거의 자기 자신 안에서 시간이 흐르면서 내는 휘파람 같은 소리를 들을 수 있을 정도였다. 주위에서는 모든 것이 마치 영화 속 슬로모

* respectability. 원문 영어.

션처럼 흘러갔다 ─ 그러니까 즉 지금으로서는 늦게 온 관객들만이 자리에 앉아 있었고, 그녀가 커튼 앞에서 떠나가는 것은 이제까지의 모든 이별과 갑작스러운 상실과 심지어 죽음보다도 더 고통스러웠다.

페르시는 이미 오래전에 말을 멈추었다 ─ 게네지프는 알지 못했다. 그가 본 것은 오로지 별로 빨갛지 않지만 그래도 어째서인지 지옥같이 관능적이면서도 동시에 악마처럼 순진무구한 형태의 그 입술의 마지막 발작적인 움직임뿐이었다. 모든 단어의 발음은 범죄적인 수준으로 뻔뻔스럽고 욕정적인 입맞춤이었으나 그러면서 동시에 마치 뭔가 가장 성스러운 성물의 접촉처럼 성스러웠다. 그 내용이 무엇인지는 불쌍한 게네지프뿐 아니라 아무도 규정할 수 없었다. 대략 말하자면 두 명의 화가가, 각자 자기의 본질 속에서 혐오스러운 인물들로서 이것을 화폭과 종이에 '바치거나' 혹은 '영속화'시켰는데, 그러나 사람들 말로는 그들 둘 다 죽도록 자위를 했다고 했다. 그러나 그 사람들을 증오하는 이는 오직 스투르판 아브놀뿐이었다. 그도 마찬가지로 이 심연의 가장자리에서 이미 헤매고 있었는데 (지금, 시내에 도착한 이후) 그러나 릴리안에 대한 자신의 사랑 속에서 다분히 강력한 해독제를 즉각 찾아내저 완전히 확장되지 못한 감정들을 반감과 절대적인 부정으로 반전시켰다. 어쨌든 두 명 모두 얼굴에 뭔가 비슷하게 염소 같은 면이 있었다 ─ 심지어 사람들이 수군거리는 말에 의하면 페르시와 스투르판 아브놀이 친남매라고 했다. 어쩌면 실제로 그런 비슷한 일이 있을 수도 있지만, 아브놀은 그 소문을 제때 실행된 능숙한 반격으로 빠르게 눌러 버렸고, 그 '반격' 뒤 홀에 ('에우포리알'에서 벌어진 일이었다.) 의도적으로 목적 없는 사격을 퍼부어 거의 40발이나 되는 총알을 쏘았다. 그는 곧 풀려났는데, 왜냐하면 취한 상태에서도 실수 없는 사격수임을 증명했기 때문이었다 — 감옥에서 재미있는 실험이 벌어졌는데, 여기에는 군대와 포병 장교 부대의 최고 명사수들과 참사회 신부들, 그리고 언론 매체가 참석했다. 아브놀은 릴리안이 배우의 삶을 끝끝내 맛보겠다고 한 것 때문에 릴리안에 대한 소유욕에 약간 집착적이 되어 있었다. 그 배우의 맛이란 양쪽 성별에서 모든 종류의 정직함을 전부 씻어 낸 감정적 부랑자들과 성적인 분비선의 악취에 찌든 분비물, 립스틱, 파우더, 바셀린과 매일의 레스토랑 방문이 모두 뒤섞인 심리적-신체적 혼합물이었는데, 아브놀은 릴리안의 예술 활동에 대해 (그러나 그것이 실제로 예술이었을까, 크빈토프론이 자신의 '사악한 영혼의 마지막 바리케이드'에 만들어 낸 것이?) 다분히 편견에 찬 공포증에 굴복하기에는 너무 높이 평가하고 있었다.

공연이 시작되었다 — 더 정확히는 알려지지 않은 신격, 선하지도 악하지도 않지만 그 대신 모든 종류의 진부함에 대한 자신의 겉보기의 기만적인 반론에 있어서 무한히 형편없는 어떤 신에 대한 회색과 녹색의 (폐결핵의 가래 색깔이다.) 괴물 같은 미사였다. 게네지프는 자신의

618

인간으로서의 품격 가장 중심부에서 살해당한 채로, 궁극적 절망의 밑바닥의 용골에 희망 없이 박혀 버린 채 이 악몽을 보았고 즉각 토탄에 파묻어 버려도 좋을 법한 그 '내용'을 들었다. 실질적으로 그는 모든 것을 자기도 모르게 자백했고, 거기에다 계속해서 더 자백했고 궁극적인 인간의 층위의 마지막 비축분까지 자백해 버렸는데, 그건 어두운 시간들을 위해 남겨 둔 '나타남의 층위'*였다 — 경보 체계는 작동하지 않았다. 가슴은 마치 조각조각 찢어진 것 같았고 머리는 피투성이 권태의 안개 속에 있었으며, 그보다 아래쪽의 신체 부위는 찌르는 듯한 고통의 끓는 열기 속에 있었다. 완전히 뭔가 견딜 수 없는 것이었다 — 그 고통을 누르려면 알로날** 열 알로도 부족할 것이었다. 모든 것이 완전히 도덕적으로 (심지어 육체적으로도) 불가능할 정도로 가려웠으나 그 콤플렉스를 긁으려 하면 짐승처럼 울부짖게 될 정도로 고통스러웠다. 그런 종류의 발진이 존재하고, 아직 없다면 앞으로 닥칠 것 같았다. 영혼은 갈기갈기 찢긴 몸에서 마침내 빠져나갔다 — 고통을 견디고 싶지 않았던 것이다. 그러나 육체는 그 가장 혐오스러운, 성적인, 부드러운 발톱과 촉수로 영혼을 붙잡고 완벽의 세계로, 관념과 죽음의 이상적인 존재 속으로 가도록 놓아주지 않았다. 바로 단 한 가지 완수할 일은 죽음이었다. 그러나 이토록 타오르고 꼬집는 듯

* couches d'émergence. 원문 프랑스어.
** 제약 회사 이름이며 이 회사에서 생산하는 같은 이름의 진정제, 진통제.

한 호기심은 (3미터짜리 쩍 벌어진 주둥이는 몇 킬로미터 씩 떨어진 거리에서도 들리는 속삭임을 내뱉었다. "무슨 일이 일어날 것인가? 무슨 일이 일어날 것인가?") 가장 강 렬하게 충족되지 못한 욕망으로서 다른 모든 욕망을 가려 버렸다. 그는 존재의 가장 지하층에서 '운명이 실현됨'을 느꼈다. "이 관능성으로부터 이토록 거대한 것들을 만들 어 낸다는 게 멍청한 일은 아닌가?" 그의 내면에서 어떤 거의-나이 많은-신사의 목소리가 말했다. "어째서 이 세포 분열의 이분적 과정이, 그것도 단지 종족 보존이라는 문 제 자체의 차원뿐 아니라 완전히 그 문제를 넘어선 차원 에서도 이토록 무시무시하고 중요해야만 하는가? 개인성 의 문제 — 우주에서 개인의 절대적 고독은 개인이 사회 안으로 합일된다는 것과 마찬가지로 사기다." 벌거벗은, 튀어나온, 고통스럽고 메마르고 수치스러우며 알 수 없을 정도로 한없이 음탕한 생각들이 흘러나왔다. 그 생각들 은 추워져서 몸을 숨겼다. 지프치오는 공주가 박스석 4번 에 (반드시) 있으리라는 것을 떠올렸다. 그는 스투르판 아 브놀에게 그 극장의 4번석이 어디 있는지 미리 물어보았 고 가르쳐 준 방향을 어쩐지 이상하게 자랑스럽게 바라보 았다(방금 일어난, 다른 여자에 의해 짓이겨진 경험 이후 바로 공주를 찾았던 것이다). 그는 꽃다발 모양의 깃털 더 미가 (그 유행이 돌아왔다.) '신사들'의 벽돌색과 라즈베리 색 연미복 (새 유행) 사이에 있는 것을 보았다 — 그 신사 들이란 진정한, 그러니까 즉 악명 높게 멍청하고 자신에 대한 자만심으로 잔뜩 부풀었으며 교육을 제대로 받지 못하고 연미복을 떨쳐입은 짐승들이다. 그곳에는 찔린디온 피엥탈스키도 있었는데 깨끗하게 면도하고 안경테가 어두운색인 거대한 안경을 썼다. 그 얼굴은 게네지프의 시선 중앙으로 마치 가장 무시무시한 무시무시함의 상징처럼 (어째서 이 순간인지는 알 수 없다?) 파고들었다. 그 새와 같은 옆얼굴이 그의 시선에 사로잡혀 고개를 돌리고 모든 것을 아는 터키옥 색깔의 눈동자가 그 음탕한 액체로 그를 적셨을 때, 그는 위협과 혐오감의 전율이 '특별한 경우'*의 열광과 결합되었음을 느꼈다. 그에게 주사된 '형제의' 독은 '형제 같은' 시선과 함께 끔찍하게 '형제 관계를 맺었다'. 마치 시체에 작용하듯 그에게 작용한 그 독약들의 랑데부 — 오! — 그것은 불쾌했다. 그러나 어쨌든 그가 이 푸들에게서 사랑을 배웠다는 건 좋은 일이었다. 또한 모든 것을 알고 뭐든지 할 줄 아는 그 짐승 같은 '나이 많은 신사'가 있다. (어쩌면 자신의 능력을 '그렇게 한꺼번에' 보여 주지 않을지도 모르지만 만약-의-경우에 수줍어하지 않을 것이다.) 그는 자신이 승리자라고 느끼며 몸을 수축시켰다 — 내면에 이제 '무대 뒤의 관능'의 비밀스러운 환경에 숨겨진 현상들을 잠복시켰다 — 공주는 그의 관점에서 완전히 존재하기를 멈추었다 — (아니, 이건 과장이다 — 그러나 말하자면, 거의…). 이 멍청한 어린 짐승

* особый образец. 원문 러시아어.

은 자신이 얼마나 그녀의 덕을 보았는지 알지 못했고, 이 저열한 작은 불한당은 그녀의 위대한 최후의 (그가 여기에 대해서 뭘 알 수 있겠는가?) 실질적으로 사심 없는 감정을 제대로 평가하지 못했다 — 상관없다 — 그는 무대 뒤의 그 염소 같은 옆얼굴을 향해 곧바로 돌진했다 — 그곳에 그의 운명이 있었다. "아, 그러니까 그녀가 정말로 어딘가 무대 뒤에 있는 거야? 그 기적이 환상이 아니었단 말인가?" 지금 그는 자신이 이제까지 그녀의 현실적인 존재를 믿지 않았음을 깨달았다. 그는 별처럼 빛나는, 성(性)의 저변에 있는 광휘를 믿었고 그것을 체험했다. 이전의 저 고통의 절반은 (그렇다, 그 이른바 '내면의 불량배', 성적이고 악마 같은 독, 자기 자신의 감정에 대한 냉소와 그 비슷한 헛소리들) 즉각 그에게서 떨어져 나갔다. 입술은 아직도 가면에 가려져 있었으나 눈동자는 이미 '새로운 아가씨들, 새로운 세상'을 향해 '소리치고' 있었다 — 어떤 에밀 씨라는 사람이 일요일에 버려진 요리사의 창문 아래를 지나가면서 아마도 이렇게 말했던 것 같다. 그는 "첫눈에 반해서" 사랑에 빠졌고 "첫눈에 반함" "첫눈에 사랑에 빠진 영혼의 상태"* — 라고 아마 '략삭빠른' 사람들은 말했을 것이며 어쩌면 심지어 그들이 옳았을지도 모른다. 가끔은 '략삭빠른' 사람들 — 불한당 — 조차 실질적으로 옳을 때가 있다 — 어쩔 수 없다. 그러나 또한 아마

* coup de foudre, кудефудренное расположение духа. 원문 프랑스어, 러시아어. 러시아어는 프랑스어를 러시아식 발음으로 표기한 것.

도 정신분열증 환자들은 약혼 기간 동안 최고의 착란적인 결론에 도달할 것이다. "그냥 대체로 아무것도 알 수 없는 것이다 — 가장 완전한 혼란과 몰락"*이라고 바다표범을 닮은 어떤 장군이 말했다. 그러나 곧 새로운 고통이 이 뜨거운, 어리석은, 젊은 육체의 악취 나는 내면의 입속에서 (외면적으로는 깨끗이 닦아서 천사처럼 깨끗했다.) 움직여 나왔다. 악마들이 돌연히 성적인 화로에 불을 붙였고 독약 공장이 가동을 시작했다. 베엘제붑 본인, 참나무와 같은 중년의 농부이며 말벌처럼 악독하고 검은 턱수염이 배꼽까지 내려온 벌거벗은 근육질의 운동선수가 녹색을 띤 깨끗하고 수정처럼 맑은, 가장 잔혹한 악의 차가운 시선으로 가장 천박한 사기의 압력계를 조사했다. 그는 혐오감을 가지고 그 일을 했다 — 위대한 창조자이자 반란군인 그 — 형벌로서 이처럼 보잘것없는 일에 그를 묶어 둔 것이다 — 쳇, "여기 환경은 전혀 나를 위한 것이 아니다."** — 그는 회색 완벽함 속에 얼어붙은, 사회화된 지구에 대해 생각하며 씁쓸하게 말했다. "파시즘이나 볼셰비즘이나 — 아무래도 상관없다*** — 그리고 모두들 나를 먹어 치울 거야." 공연이 시작되었다 — 절대로, 절대로, 절대로…. "너는 말이 막혀서 오로지 너 자신의 내면으로

---

* полнейший bardak i untiergang. 원문에서는 러시아어, 폴란드어, 독일어 순서대로 적고 있으며, 마지막 독일어는 러시아어식 발음으로 표기했다.
** Kein Posten für mich hier. 원문 독일어.
*** всё равно. 원문 러시아어.

만 자비를 빌며 울부짖을 것이다." 그러나 세련되고 아름답고 행복하고 정신을 잃을 정도로 쾌락에 간지럽혀진 이 처형인들은 네가 울부짖을 수 있는 그 가능성조차도 없애 버릴 것이다 — 그런데 처형인들은 누구인가? 어떤 살인적인 반음양인들, 초(超)설화석고나 오닉스로 만든 것처럼 벌거벗고 매끄러운, 뭔가 초(超)성적인, 거대한, 태평한 반신(半神)들, 이른바 어떤 "전인류적 신화들"의 즉각적인 현신, (혐오스럽고 우스꽝스러운 장면을 연출하며[그러나 젠장, 누구의?]) 포크를 들고,* 평평한 과자 그릇, 가느다란 소스 팬과 선반, 빠르게 도는 왈츠와 풀려나오는 병균과 이빨 없는 노인과 아기가 내뿜는 것 같은 거품, 그리고 여기에 그가, 왕이, 위대한 배우 그니돈 플라츠코, 냄새나는 뜨거운 내장에 거짓되고 천박한 낯짝을 한 그가 훌륭하게 옷을 차려입었지만 근본적으로** 최소한 도덕적으로 강렬하게 악취를 풍기는 인간 회충들로 가득한 객석 앞에 섰다. 물어! 물어! 아니 그게 아냐, 그게 아냐!! 한번 이야기해 보도록 하자. 여기에는 예술이라고 할 만한 것, 그 대문자로 쓰는 '예술'이란 것은 아무것도 없었다. (다른 식으로는 정의할 수가 없고, 그러려면 아마도 몇 권이나 되는 두꺼운 책을 써야 할 것이다.) 아니다 — **순수한 형태**는 극장에서 이미 오래전부터 존재하지 않았고, 서쪽에서 온 물건을 취급하는 장물아비들과, 마스터 로데리크와 반대

* à la fourchette. 원문 프랑스어.
** au fond. 원문 프랑스어.

624

편 정당 소속의 그의 원조자인 데지데리 플롱데르코와 같은 종류의 그냥 평범한 바보들의 더러운 발에 짓밟혀 버렸다. 양쪽 다 무덤 속에 있다 — 안녕! 안녕! 어쩌면 이렇게 되어서 다행인지도 모른다, 경외하는 촌뜨기들! 한편 그러므로 이 극장은 모든 종류의 예술주의에 대한 반격이었다. 현실, 그 나이 들고 기름 낀 탕녀는 극장에서 혐오스럽게 널브러진 채로, 씻지 않은 채, 다리를 벌리고, 날고기, 청어, 로크포르 치즈와 국내 특유의 심리적 빈곤함, 그리고 과일 사탕과 이른바 "코코의 향기"*라 불리는 싸구려 '향수'의 악취를 풍기며 지배했다. 괴물 같은 끔찍함에 당의정을 입히는 것. 그래도 어쨌든, 그래도 어쨌든…? 거기에서 벗어날 수가 없었다. "겉보기엔 마치 아무 일도 없는 것 같았지만, 그래도 어쨌든 그녀의 젖가슴은 처졌네." 어떤 금지된 주둥이들이 지프치오가 개인적으로 알지 못하는 아스타르테 여신의 정원 어딘가에서 이렇게 노래를 불렀다. 마치 장갑처럼 뒤집힌 현실의 최대한, 거의 형이상학적인 음탕함이었으나, 그래도 절대로 예술적인 목적은 아니었다 — 그녀 자신을 위한 것이었다.

무대 위에는 이미 사람이 몇 명 있었고 이것보다 더 끔찍한 것은 있을 수 없으며 어찌 됐든, 악마한테 가라지젠장할, 모든 것에는 일정한 한계가 있어야만 하는데 여기, 불가능성에도 불구하고, 새로운 인물이 등장할 때마다

---

* Kokotenduft. 원문 독일어.

이 미지의 소용돌이의 위용은 점점 더 강력해져서 어딘가 무한까지 도달할 것 같았으며, 거기다 매번 이전과는 본질적으로 다른 방식으로 강화되었다. 거짓말? 당신들이 직접 시험해 보라. 할 수 없다고? 신이 함께하시길. 우리는 당신들이 불쌍하다…. 이렇게 유감스러울 수가!

게네지프는 마치 심연 위에 기울어진 원반에 누워 있는 사람처럼 앞을 쳐다보았고, 마치 바위에 매달려서 사라져 가는 마지막 잡을 곳을 붙잡듯이 좌석의 빨간 공단을 움켜쥐었다. 한순간 뒤에 저곳, 저기 무대 위로, 더 정확히는 변화된, 심지어 동일 선상에서 지금과 전혀 다른 삶으로 떨어질 수 있었고, 그곳에서 일상의 온도는 최소한의 본질적인 발현 속에서 백배의, 천배의, 모든 종류의 가장 야만적인 행위들의 온기로 변할 수 있었다 — 성적인 행위, 초성적인 (= 가분수, 조울증) 그리고 순수하게 '의도적인' 행위들과 그리고 가장 보기 드문 마약성 환각과 가장 방탕한 가학적 고문 속 자발적 죽음의 기묘함, 그 고문은 그녀에 의해, 뭔가 꿈에서 본 여성적인 초베엘제붑에 의해 가해졌다. 그리고 여기에 이 모든 일들의 '접촉' (진부함과 비교해)은 다분히 희미했다.

저기서 작동하는 그것은 현실이었다. 그리고 나머지는 (거의 이 세계) 심지어 저 세계도 아닌, 그저 뭔가 대체로 존재할 가치가 없는, 그 적대적이고 어떤 것으로도 충족할 수 없는 권태과 진부함 속에 뭔가 버틸-수-없는 어떤 것의 저열한 모방이 되었다. 대체로 존재란, 깊은 형이

626

상학으로 밝혀지지 않으면, 런던이나 심지어 코난 도일 같은 수준의 특출함으로 채운다 하더라도 원칙적으로 뭔가 저열한 것이다. 일단 저쪽 세상에 '있어 봤는데' 어떻게 여기서 계속 살아갈 수 있겠는가? 충족시키지 못한 (그러나 형이상학적 의미가 아니고 단지 부조리하게) 크빈토 프론은 자신의 지옥 같은 극장을 통해서 똑같은 충족할 수 없는 탐욕을 다른 사람들에게도 만들어 냈다. 임대료는 엄청났고 정부 행정 차원에서 (여기에 대해서는 근본적으로* 어떤 부서들인지 아무도 알지 못했다.) 이 가건물을 참아 주었는데, 왜냐하면 내무부의 어떤 기자가 (아마도 픽턴그쥐마워비치인 것 같다.) 자신의 보고서에서 특정한 경제적 통계 수치에 속하는 사람들을 위해서는 바로 이 극장이 국가의 군사화라는 관점에서 좋은데, 왜냐하면 그들의 내면에 이른바 "기병대적 판타지", 즉 "아무래도 좋다, 바닷물은 무릎까지 차오르고"**를 불러일으키기 때문이라고 했다. 왜냐하면 그런 마니아는 총병참 장교뿐 아니라 민족해방 신디케이트도 가지고 있었기 때문이다. 어떤 짐승들에게는 형이상학이 없는 쪽이 좋다는 사실은 형이상학의 무가치함을 증명하지 않는다. 모든 것은 가치판단의 기준에 달려 있다. 그러나 우리가 정말로 짐승들 같은 야만적인 기준에 의존해야 한단 말인가? 가장 나쁜 것은 개인적이고 사회적인 삶의 절반의 무의미함

* au fond. 원문 프랑스어.
** трын-трава, море по колена. 원문 러시아어.

이고, 대체로 가장 나쁜 것은 절반의 특성인데, 그것은 우리 시대의 원칙적인 특징이기도 하다. 절대주의나, 개미와 같은 조직화, 파시즘이나 볼셰비즘 — 아무래도 상관없다.* 종교적인 광기든 온통 계몽된 지성이든, 위대한 예술이든, 아무것도 아니든, 그렇지만 잡동사니는 말고 사이비 예술적인 '생산물' 그러나 모든 것에 뿌려진 저 회색 소스 민주주의적 거짓말의 형편없는 본질이 마치 '매기'** 국수처럼 점점이 박힌 회색 소스는 말고. 부르르…. 크빈토프론의 극장은 최소한 그 자체 안에서 전면적으로 형편없었다 — 이 전체적인 회색과 노란색의 칙칙함 속에서 위대한 무언가였다. 코쯔모우호비치는 한 번도 그를 방문하지 않았다 — 그는 내면적으로 다른 위대함의 기준을 가지고 있었고, 그의 심리-신체적 '뭐라주의'***는 그런 조미료를 필요로 하지 않았으며, 그는 자기 자체로 옛날의 하느님과 같았다. (1세기나 18세기식의 위대함이라는 발상은 어쩌면 21세기에는 작아 보일지도 모른다. 사제들은 그 사실을 결단코 이해할 수 없었고 그렇기 때문에 죽어 없어져야만 했다.) 검은 커튼이 내려왔다. 모든 것이 창백해졌고, 회색이 되었고, 보잘것없어져서, 마치 해가 져 버린 뒤의 풍광 같았고, 마치 늦가을 습기 찬 저녁에 갑자기 벽난

---

* всё равно. 원문 러시아어.
** 스위스에서 1885년 율리우스 매기(Julius Maggi)가 시작한 인스턴트 파스타, 수프, 유제품 회사. 1947년부터 네슬레에서 인수해 운영하고 있다.
*** 346쪽 주 참조.

로가 꺼진 것 같았다. 바로 방금 전에 바로 그것을 바로 자기 눈으로 보았다는 사실을 믿을 수 없었다. 어떤 초울 트라 현미경을 통해서 본 극단적인 집착증 환자의 뇌, 유리 없이 평범하게 마분지를 말아서 만든 관을 통해 본 하느님의 뇌(하느님에게 뇌가 있고 미쳤을 때의 얘기지만), 맨눈으로 본, 하느님과 화해하는 순간 악마의 뇌, 코카인에 취한 시궁쥐의 뇌, 만약에 그 쥐가 갑자기 후설의 관념적 이상주의 전체를 이해했다면 — '추악함'.* 그렇기 때문에 이 비평은 이런 일들의 묘사에 있어 무기력하다. 꿈속에서 정확하게 무슨 일이 일어나고 어떻게 일어나는지 알고 있지만 그 어떤 형상이나 알려진 단어로도 그것을 표현할 수 없는, 그런 꿈들이 있다 — 그것은 배 속이나 심장이나 혹은 어떤 분비선이나 또 뭐, 염병할, 어딘가에서 느껴진다. 그게 어떻게 그렇게 되는지는 아무도 이해할 수 없지만 그래도 어쨌든 모든 사람이, 그것도 모든 정당의 모든 사람들과 가장 큰 정치적 거물들이 환히 보는 앞에서 '추악함'**되었다. 붙잡고 버틸 만한 것이 없었지만, 어쨌든 이것은 끔찍한 이야기였다. 사람들 말이 이것은 새로운 신앙을 받아들이기에 앞서 궁극적으로 상황을 부드럽게 하기 위해서, 지식인층의 영혼을 미화하기 위한 목적으로, 이 극장은 제바니 본인이 무르티 빙의 이름으로 후원한다는 것이었다. 그것은 반(反)형식주의적 혹은 무형

* безобразие. 원문 러시아어.
** безобразие. 원문 러시아어.

식주의적 미래주의자들이나 다다이스트 혹은 스페인이나 아프리카 재주꾼들, 그 영적인 자가 식분증자들의 심리적 구토물과 똑같은 헛소리였으나, 대체 얼마나 이상하게 변화된 것인가. 저기서는 유치함, 허풍, 광대짓이었던 것이 여기서는 진실하고 목이 메어 오는 인생의 비극으로 변했다. 그것은 물론 또한 연출의 덕이기도 했고 가장 소소한, 가장 끔찍한 세부 사항까지 섬세함의 정점으로 이끌어진 연기의 힘이기도 했다. 그러나 그 영향으로 무대 뒤의 영역에서 무슨 일이 벌어지고 있는지, 그건 여기에 쓰지 않는 편이 낫다. 거의 범죄의 경계선에 닿은 타락의 덩어리뿐이었다. 옛날이라면 이런 패거리는 감옥에 있었을 것이다 — 요즘 시대에는 독립적인 섬이나 혹은 뼛속까지 혐오스러운 사회성 전체의 흐린 물의 압력에 의존하는 잠수정이 된다. 바로 그곳에서 자신의 궁극적인 충족을 찾아낸 이는 불운한 푸트리찌데스였다. 여기에 대해서는 나중에 몇 마디 하겠다. 대체 어떻게 하겠는가 — 자연주의적인 연극은 첫 세대 작가들이 이 방향에서 완전히 미친 듯이 노력한 덕분에 이미 오래전에 숨을 거두었다. 물론 테오필 트슈친스키와 레온 쉴레르의* 잊을 수 없는, 그러나 사실상 그토록 빠르게 잊혀 버린 '실험들'이 알려졌는데, 그러나 그것들은 얼마나 지옥 같은 변모를 거쳤던가. 그

---

* 테오필 트슈친스키(Teofil Trzciński, 1878–1952)는 폴란드 크라쿠프의 연극 연출가, 극장 경영인이다. 레온 쉴레르 데 쉴덴펠트(Leon Schiller de Schildenfeld, 1887–1954)는 폴란드의 연극비평가, 연출가, 시나리오 작가, 작곡가이다.

연출적 '창의력'의 썩은 쓰레기들은 가장 믿을 수 없는 일들을 가장 열광적으로 자연주의적 구현을 하는 데 이용되었다 — 관객들을 형이상학적인, 직접적인 이해로 강화된 순수한 형태의 다른 차원으로 옮겨다 주는 대신 그것들은 그저 믿을 수 없는 현실을 견딜 수 없이 강화했을 뿐이었다. 트슈친스키의 증명되지 않은 증손자와 자신이 비트카찌, 그 자코파네 출신 사기꾼의 진정한 손자라고 주장하는 대단히 의심스러운 누군가가 여기서 이른바 "몽매주의자"인지 뭐 그런 종류의 좀 더 작은 역할을 했다. 앞서 언급한 이유들로 인해 이 일은 본질적으로 묘사할-수-없다. 무대를 직접 보아야 했다. 상황의 나열과 대사의 인용은 여기서 아무런 도움도 되지 않는다. "진실로 묘사할 수 없는 어떤 것"* — 르바크 본인이 이렇게 말했는데, 그의 부관인 드 트루피에르 대공도 그를 따라서 똑같이 말했다. 직접 보지 않은 자는 안타까움에 울부짖으라. 다른 어떤 충고도 할 수가 없다. 상황들 자체는, 만약에 순수하게 예술적인 조합의 명목이 되었더라면 더 버틸 수 있었을 것이다. 여기에 가장 현대적인 심리적 곡예를 위한 모든 수단이 쌓여 올라간 것은 예술의 목적을 위해서가 아니었다(오 아니다!). 이 초현실적인 (그러나 이 말은 우리 퓨어 블라기스트들이 '리트머스 시험지' 출판사에서 1921년 이미 예견했던, 파리에서 시작된 그 괴물 같은 사기꾼 패거

---

* Quelque chose de vraiment ineffable. 원문 프랑스어.

리를 뜻하는 게 아니다.) 해석과 연기(무대 장식은 라파우의 손자이며 크쉬스토프의 아들인 라이문트 말체프스키가 맡았다 — 미술 분야에서 하이퍼리얼리즘 악마의 현신이다.)에서 심지어 가장 소소한 세부 사항까지도 불명예스러운 패배와 어떤 상처, 염증이 나고 곪은 완전히 끔찍한 상처의 차원으로 자라났다. 모든 사람이 자기 내면에서, 평소에는 비교적 얌전했으나 뒤집혀서 성적으로 변해 버린 내장 속에서 (심장, 위장, 십이지장이나 그와 비슷한 내장을 말하며 다른 기관에 대해서는 말할 필요도 없다. 진짜 그 기관들 속에서 무슨 일이 벌어지고 있었는지는 검열당할 만한 단어들로도 묘사할 방법이 없다 — 그러니 안타까워하시라, 그거야말로 굉장했을 것이니!) '남들의' 이 도약과 돌진을 느꼈으며, 그것도 자기 자신의 가장 은밀한 경험으로서, 표면에서 모두의 앞에 수치심 없이 펼쳐지고 그 자신과 비슷하게 연미복을 입고 맨들맨들하게 면도한, 하나의 돼지 같은 저열한 덩어리로 뭉쳐 흘러 다니는 썩은 진창이 되어 버린 양쪽 성별의 창부들 앞에서 비웃음을 당하게 되는 것이다. 푸트레스찌나와 카다베리나(영적인 존재들!)* — 위대한 신사, 살아 있는 채 (마지막 부활을 앞두고) 부패하는 인류의 시독(屍毒)의 이 아름다운 '딸들'이 서로 분리될 수 없이, 뻔뻔하게 이 공연장을 지배했다. 이 초현실의 한 조각은 피부에서 떨어져 나

* 영어로 'putrescine'은 '부패물', 'cadaver'는 '시체'라는 뜻.

와 가루와 먼지와 부스러기가 되어 오래전 점잖은 무대 마루 판자에 흩어졌다 — 이전 무대에서 남은 것은 오로지 그 먼지뿐이었다. 창자가 찢겨 나가 허약해진 대중은 마치 하나의 내장처럼, 1막이 끝나자, 좌석 위로 쓰러졌다. 모든 관객은 자신이 뭔가 환상적인 변기가 되어 그 안에서 저 패거리나 뻔뻔스럽게 똥을 싸고 그런 뒤 열기를 띠고 무자비하게 쇠사슬에 묶인 손으로 닦아 내는 것처럼 느꼈다 — 안전의 마지막 환풍구. "사회 전체가 지독한 악취의 구덩이에 빠졌다."— 여기에 대해 형식주의의 매머드 화석들은 이렇게 썼다. 그 더러움은 일종의 야외 공동 변소가 되어 저 멀리 (그렇다, 저 멀리) 도시와 죄 없는 조용한 벌판으로, 경악한 시골뜨기들의 초가지붕 아래까지 흘러 나갔다. "내 창조물들은 그 어떤 초가지붕 아래에서도 헤매지 않을 것이다, 왜냐하면 그때는 다행히도 그 어떤 초가지붕도 없을 것이기 때문이다. 대체로 여기서 즐거움이란 없을 것이며 오로지 돼지 같은 저열함만이 균등하게 모든 곳으로 퍼져 나갈 것이다." 불멸의 스투르판은 릴리안의 앨범에 이렇게 썼는데, 그는 잘못 알았다. 그리고 단지 사람들이 놀란 일은, 정부가… 그러나 틀렸다. 나중에 알고 보니 이 극장은 노동조직화 속으로 끌려들어 갈 수 없었던 옛날 유형의 개인들, 그 당시 파시즘에 시동을 걸기 위한 타협적인 사상적 동력으로서 아직은 필수적이었던 민족성과 종교의 부스러기로 기생충처럼 살아가던 사람들의 견딜 수 없는 심리적 압력의 마지막 배출

구였다 — 물론 사회의 불완전한 경제적 형성을 배경으로
말이다. 그들은 그곳에서 자기 자신을 밑바닥까지 경험했
고 이런 저녁이 지나간 뒤 기나긴 일주일 동안 해를 입지
않고 자신을 보호했다. 저열함은 그들 속에서 마치 제철
소의 원석처럼 타올랐고 이미 일평생 아무것도 남지 않았
다. 그리고 어쨌든 저 불운한 사람들이 무대 위에서 보았
던 그것에 비하면 실행될 수 있었던 모든 종류의 저열함
은 마치 2년 동안 사람의 피를 보지 못한 빈대처럼 창백
해졌다.

　　게네지프는 여기 '사복'을 입고 몰래 와 있었다 — 그
대가로 2년간 요새에 갇힐 위험을 감수했지만 그것은 또
한 상황의 매력을 강화시켰다. 지금 그는 칼로 멀쩡한 맨
살을 베는 것처럼 생생하게 그녀가 있음을 의식했다. 겉보
기에 단순한 이 짧은 문장은 그 안에 거의 존재 전체의 비
밀을 간직하고 있었으며, 그 존재의 의미는 존재 안에 머
무르지 못하고 모든 종류의 가능성의 가장자리 너머로 넘
쳐흘렀다 — 그 안에는 원초적 인간의 짐승 같은 형이상학
에서 비롯된, 첫 번째 토템주의자의 거의 종교적인 환희
가 있었다. 이제까지 한 번도 게네지프는 자신의 자아 옆
에 있는 다른 자아의 존재라는 단순한 사실 자체에 대해
그토록 충격을 받았던 적이 없었다. 저 피조물들, 즉 어머
니, 공주, 릴리안, 심지어 아버지까지도 이 이해할 수 없는
존재의 생명력에 비하면 시들고 납작해진 유령으로 보였
다. "그녀가 있다." — 그는 바짝 마른 입술로 속삭이며 반

복했는데, 목구멍에 마치 단단한 핀이 박힌 것 같았다. 성기는 고통스러운 매듭으로 수축되어 마치 수백만 기압의 성적인 압력의 수학적인 한 점으로 줄어든 것 같았다. 그는 자신이 살아 있다는 것의 저열함을 느꼈다. 이 가치 전복의 소용돌이 속에서 유일하게 혼자 코쯔모우호비치가, 마치 사방을 둘러싼 용암의 흐름 속에 용해되지 않는 바윗덩어리처럼 남아 있었다 ― 그러나 멀리, 마치 현실적 삶의 경계선 너머에 있는 순수한 관념 같았다. 첫 번째 진정한 감정이 찾아왔는데, 그것은 이리나 브시에볼로도브나의 '공주의 독'에 의해 그의 내면에 만들어진 모든 종양의 분비물로 아직 더럽혀져 있었다. 과거 전체가 빛바랬고, 그 직접적인 비밀성, 독성, 선명하게 손으로 만질 수 있는 명백함을 잃었다 ― 삶의 모든 것이 대체적으로 그렇듯이 ― 그렇지 않다면 존재는 대체적으로 불가능했을 것이다. 그러나 첫 번째 혹은 n번째로 쏟아지는 삶을 맞고도 매일의 저열하고 얄팍한 습관 없이 삶의 원초적인 사실을 새로이 느낄 수 있는 자들은 행복하다. 여기서 관념은 직접적인 인식에 괴물같이 끔찍한 해를 입혔는데, 그 관념은 바로 그 인식의 특정한 요소들의 특정한 종류, 단지 다른 방식으로 이용된 종류였다 ― 논리적이라기보다는 예술적으로. (왜냐하면 관념은 시와 연극에서 예술의 요소이기 때문이다 ― 이 돌대가리들 중에서는 아무도 그 사실을 이해하고 싶어 하지 않았고 그래서 대체로 불운한 스투르판이 짜증을 냈는데, 그래도 지금은 거의 무관심해졌다.)

635

그 소녀적 피조물의 반쯤 현실적인 형상이 (왜냐하면 지프치오는 모든 것에도 불구하고 그 여성의 존재를 있는 그대로 믿을 수가 없었기 때문이다 — 그녀는 그 어떤 알려진 카테고리에도 속하지 않았고, 무성적-비개인적이었으며, 그를 넘어선 바로 그 첫 번째의 유일한 자아로서 모든 것 위로 고양되었다.) 사라졌다는, 그녀의, 바로 저 사람의 왜곡된 현실의, 불가능한 흥청망청의 환락 속에서 모든 현실주의에도 불구하고 다른 세계에서 온 유령을 가장한 이 무대 위에서 사라졌다는 것과 관련해, 무대 뒤 현실은 ("무대 뒤"라는 단어는 아직 게네지프에게 거짓말, 금지된 저열함, 비밀, 더러움과 순수하게 인간적인 [짐승다운 혼합물 없이] 고매한 악, 그러나 독살스럽게 여성적이 된 [남성은 무대 뒤에서 전혀 아무런 의미도 없다.] 그런 악의 그 날카로운 뒷맛을 남겼다.) 너무나 무시무시한 힘을 가지게 되어 이 모든 일을 거의 인식하자마자 그 직후 방금 무대 위에서 벌어졌던 끔찍함의 기억 속 형상들이 지워지고 녹슬고 튀어 흩어져 거의 사라졌으며, 그것을 배경으로 더 높은 차원의 상상 속 현실이 지금까지의 모든 사기꾼의 '심리적 내용물' 위에 견딜 수 없는 무게가 되어 덮쳐 왔고, 특급열차가 8월의 아름다운 날에 침목에 죄 없이 그저 앉아 있는 불쌍한 딱정벌레(예를 들어 청가뢰* 등)를 짓밟듯 그것을 짓이겼다. 한편 그 현실을 구성하는 것은: 1) 촉촉

---

* 물집청가리라고도 불리는 청가뢰는 예전에 최음제로 쓰이곤 했다.

하고 딸기처럼 빨간 입술, 2) 아무것도 신지 않은 반짝이는 다리 그리고 3) 매끈하게 빗어 넘긴 잿빛 머리카락이었다. 그것으로 충분했다 — 성적인 이끌림의 진부한 요소들이 자기 주변에 어떤 분위기를 만들어 내는지, 그것이 중요했다. 그녀의, 조금 전 그를 쳐다보았던 그 여자의 모든 것이 말했다: 그 입술에서 단어들이 흘러나왔고 그것을 그는 마치 아나콘다가 토끼를 삼키듯 삼켰으며, 이 모든 일이 실제로 그 건물 안 어딘가에서, 그 비밀스러운 뒤쪽 구석에서 일어났다 — 믿을 수 없는 일이다!! 게다가 느껴지는 감각은, 저기 어딘가, 어느 (아, 어느가 아니라 바로 저!) 머리카락 사이에, 정말로 다른 모든 것과 똑같이… 그리고 저 육체의 숨겨진 심연의 향기… 오 위협이여…!! — 아니, 아니다 — 됐어 — 지금은 아니다 — 이건 믿을-수-없다! 그렇다 — 그것이 마침내 그 위대한 사랑, 기다렸던, '꿈꾸었던', 말하자면 자위했던, 바로 눈앞에 있는 유일하고도 마지막인 사랑이었다. 어찌 됐든 그것은 사랑을 알려 주는 징후들이었다 — 그런 징후들 중 하나였다. 그러나 위대한 사랑은 실현되지 않은 채, 맺어지지 않은 채 남을 때 가장 아름답다. 어찌 됐든 그녀가 여기에 있었다 — 그 인식은 마치 칼날이 배에 들어온 것 같았고, 형이상학적인, 성적인 양념으로 도발된 밝은 낯짝에 새까만 번개가 친 것과 같았다. 마지막으로 말하지만, 형이상학적인 것이란 존재의 기묘함에 대한 감각과 그것의 헤아릴 수 없는 비밀에 대한 직접적인 이해와 관련이 있다. 그리고 내가 여기서 뭔가 말도 안 되는 헛소리들을 붙잡고 있지 않기 위해서 ─ 가라, 하나씩 하나씩, 본래의 그 곰팡내 나는 굴 속으로.

무대 위에서 비인간적인 절규가 들렸다. 반라의 여자 두 명이 연미복과 제복을 입은 무관심한 남자들에게 둘러싸여 싸우고 있다. 세 번째 여자, 나이 든 아줌마는 완전히 벌거벗었고 싸우는 두 여자 중 한 명의 어머니인데, 딸이 정복당하지 않은 채로 남게 하기 위해 달려들어 딸을 죽인다(손으로 목을 조른다). 누군가 노파의 얼굴에 한 방 먹이고, 다른 사람이 그 사람에게, 나머지는 저 다른 여자에게 덤벼든다. 어떤 사제 같은 사람이 들어오고, 알고 보니 방금 일어난 일은 존재의 절대적인 비참함과 위대한 권태를 가속할 목적으로 결단코 존재를 짜낼 수 없음에 바치는 의도적인 예식이었음이 드러났다. 무슨 말이 나왔는지 ─ 대체 누가 알겠는가? 분명히 뭔가 지독한 헛소리겠지 ─ 이런 관념들의 전반적인 뒤죽박죽의 시대, 내장이 꼬여 버린 시대에 평범한 비평가, 심지어 보통의 '시민'은 (이 단어 ─ 예전의, 정직한 민주주의적 거짓말의 황홀했던 시대의 잔재는 오늘날, 움직이는 만리장성의 누르스름하고 적대적인 그림자 속에서 얼마나 우습게 들리는가.) 이미 전혀 진실한 현명함과 가장 야만적인 헛소리를 구분할 수 있는 상태가 아닌 것이다. 거기에 또 때때로 어떤 '신여성'*들이 뭔가 더 파고들어 보았으

* précieuse. 원문 프랑스어.

638

나, 그러나 남자들이란! — 하느님 자비를 내리소서, 자비를 내릴 누군가 있으면 말이지만. 하지만 대신 그것은 어떻게 이루어졌던가, 어떻게 이루어졌던가!! 그것은 묘사할 방법이 없다. 더러운 발가락을 핥는 것과 같다. 어려운일이다 — 그것은 직접 보아야만 한다. 됐다, 모든 사람들이 하나의 형이상학적-짐승 같은 피투성이 덩어리로 짓이겨져서 울부짖었으니까 — (오, 이것을 곧바로 통조림으로 만들어 적당한, 심지어 부적당한 장소로 보낼 수 있다면 — 인류는 금방, 즉시 행복해질 것이다). 이 지옥에 마침내 커튼이 내려왔을 때 (아무도 단 1초도 더 버티지 못했을 것이다.) 객석 전체는 마치 하나의 육체처럼 몸을 펴고, 다른 심리적 공간으로, 비유클리드적인 감정과 상태가 현실로 (그리고 환상들도, 이미 그 다른 세상의 환상들도 — 오 행복이여!) 그 어떤 마약도 없이 현실로 나타나는 세계 속에 몸을 숙이고 갑작스럽게 절망적으로 들여다보던 것을 멈추고 몸을 빼냈다. 대체적으로 다음과 같이 말할 수 있다. 자신의 개인적인 존재와 그를 동반하는 현실적인 주변 환경(집, 일, 취미, 사람들 — 특히 사람들은 상상 속에서 꿈꾼 굉장한 괴물들로 변모했는데, 그 괴물들하고만 비로소, 젠장, 정말로 삶을 살기 시작할 수 있었다. 실제로 그렇지 않다는 그 안타까움은 어떤 것으로도 표현할 수가 없다 — 사슬에 묶인 개가 느끼는 멋진 삶에 대한 안타까움이 1초의 시간에 응축되어 있었다.)에 대한 인식이 사라졌다 — 아무것도 없다. 오직 저 무대 위에서만 살아 있었다. 그리고 그것은 배우들에게 저 지옥 같은 분위기를 창조해 주었는데, 그 안에서 배우들은 견딜 수 없이 격렬한, 최상급의 초일상적인 광대짓 속에 자신을 불태웠고, 그것은 거의 고매한 차원에 가까웠는데, 그래도 어쨌든 예술과는 아무 관련이 없었으며, 고작해야 미친 듯이 노력해도 코뿔소와 증기기관차를 구분하지 못하는 정상적이고 특별히 '꿰뚫어 보는 듯한' 비평가들을 위한 것이었다.

게네지프는 릴리안의 분장실을 찾기 위해 스투르판을 잡아끌고 무대 뒤로 뛰어들었다. 릴리안은 3막에서야 이른바 "관능적인 만성절"의 꼬마 도깨비 역할을 연기할 예정이었는데, 그 "관능적인 만성절"이 무엇인지는 — 얘기하지 않는 편이 낫다. 오로지 릴리안의 성적인 미성숙함이 아브놀의 그녀에 대한 실제로 미친 듯한 사랑과 뒤섞여 릴리안에게 어찌 됐든 균형을 잡아 주고 있을 뿐이었다. 그는 의식을 잃은 채로 좁고 눈이 아프도록 빛이 밝혀진 '칸막이'에 뛰어들었다. 릴리안은 높은 동글의자에 앉아 있었고 나이 많은 의상 담당자 숙녀 두 명이 그녀에게 뭔가 주황색 '스에타'를 입혀 주고 있었는데, 그 옷은 또 검고 흰 베일에 가려져 있었고 그 아래 박쥐 날개가 회색으로 엿보였다.* 조그만 누이동생은 그에게 무척 불쌍해 보였고 이 순간 그는 부차적인 작은 심장으로 그녀를

---

* 원문에서 폴란드어 스웨터(sweter)를 'sfeter'로 일부러 다르게 표기했다.

거의 형용할 수 없을 만큼 사랑했지만 시간이 없었다. 주된 황소 같은 심장 부위는 지금 바빴고 뭔가 이해할 수 없는, 모순적이고 적대적인, 마치 어린 시절의 돌풍 같은 것으로 가득 찼고, 그것은 도려내듯 아픈 어머니와의 오해와 결합되어 있었다.

"릴리안, 제발 부탁인데…."

"이미 다 알아. 참 이상한 일이지. 왜냐하면 그녀가 바로 모든 걸 다 알고 있거든. 오빠를 보았다고 했어. 곧 여기 올 거야. 1막과 2막 사이에 오기로 돼 있었어. 잠깐만 기다려 줘, 2막 진행되는 동안에 배역을 전부 다 바꿔야 하거든. 무서워, 무서워." 그녀는 작디작은, '누이동생다운' 치아 사이로 짖어 대듯 말했다. 벽돌처럼 일률적인 스투르판의 심장은 사랑과 동정심으로 (최악의 조미료다.) 터질 듯이 부풀어 올랐는데, 그러면서 이성은 번개같이 생각했다. '저렇게 어리고 사랑스러운데 이미 수완가로군. 맙소사, 본격적으로 성장하면 대체 어떻게 되려나.' 그는 흥분해서 눈앞이 흐려졌다. 릴리안은 그의 눈에 철창에 갇힌 조그맣고 알 수 없는 (어쩌면 천문학적인?) 설치류처럼 보였다.

"그래서 기분은 어떠니?" 다정한 오빠가 물었는데, 이런 배경에서 누이의 모습을 본 것과, 방금 들은 말과 관련해서 그녀가 올 것이라는 기대가 결합되어 이제까지 그가 알던, 두려워하고 동시에 고통받으면서 '즐겼던' 모든 모순적인 감정들의 재료를 넘어섰다.

"있잖아, 실제 삶보다 약간 더 좋아." 스투르판은 고통에 몸을 웅크렸지만, 그것은 단지 삶의 매력을 증가시켜 바로 이런 일들을 측정하는 그의 개인적인 측정계에서 빨간 선을 향해 눈금 몇 개가 좀 더 올라가게 했을 뿐이었다. "게다가 뭔가 이상한 게 내 안에서 깨어나기 시작했어. 마치 내 안에서 내가 빠져나가는 것 같아 ― 그러니까 정확히 말하자면 내가 떠오르는 거야. 이미 스투르판은 기차 안에서 본 풀밭의 낯선 딱정벌레처럼 느껴지지 않고, 단지 우리가 어렸을 때 얘기했던 그 유일한 수컷이야, 그거 기억해, 그 도만스키의 옛날 동물도감에 나온 여우 가족…." 게네지프는 갑자기 불이 꺼지듯 꺼졌다. 맥주 양조장에서의 어린 시절이 황금빛과 붉은빛 불가소성의 광휘가 되어 그의 기억 속에서 어른거렸다 ― 배의 시큼한 맛, 저녁의 싸움과 어머니, 저 다른, 가톨릭 고위 인사들에게는 알려지지 않은 하느님에 대한 조용한 믿음을 간직한 성스러운 순교자. (교회국 동전이 짤랑거리는 헌금함을 방문하는, 혹은 그분의 대리자 왕관을 지키는 근위병의 미늘창[!]날을 바라보는 그리스도의 시선 ― 이 대단히 뒤늦고 저열한 이미지가 어째서 지금 그에게 떠올랐는지는 알 수 없다 ― 아하 ― 마침내 교황이 궁굼해진 바티칸을 맨발로 버리고 거리로 나왔다고 오늘 기자들이 보고했다. 그러나 오늘날 그것은 아무에게도 인상을 남기지 않았다. 뉴스에 관해서라면 그 장소는 리프카 즈베이노스가 녹슨 안전핀을 도둑맞았다는 이유로 자기 약혼자를 아프게 깨물었다는

642

소식만큼이나 많이 알려졌다.* 불쌍한 그는 이미 늦게 왔
다.) 이 순간들의 무시무시한, 되돌릴 수 없는 낭비 — 마치
그 순간들이 영원해야만 했던 것처럼 — 그것은 내면의 섬
광이, 아직도 짐승 같고 아직도 완전히 인간이 되지 못한,
그러나 붙잡을 수 없기 때문에 거의 고통스러울 정도로 매
력으로 가득한 그 과소비. 대체 이 모든 일들은 어디에서
일어났던 것인가. 그리고 곧바로 새로운, 확고하고 날카
로운 광휘가, 불쾌하게 남성적이고 혐오스러운 그런 광휘
가 뒤따랐다. 점점 크게 자라나는 사건들의 파고들듯 압박
하는 지평 너머 불분명하게 어른거리는, 코쯔모우호비치
와 위대한 과업들(그와 같은, 그러니까 지프치오 혹은 더
나쁜 불량배들에게 자신과 똑같은 삶을 가능하게 해 주기
위한 목적으로 완수해야만 하는). 억눌린 굉음이 멀리서
낮고 길게 울렸다 — 그의 내면이 아니라 단지 이름 없고,
이미 지금은 낯설고 멀어진, 어찌 됐든 루지미에쥬가 아닌
자연 속에서. 여기에는 단지 사람들만, 지나치게 인간적인
사안들의 혐오스러움을 뚝뚝 흘리는, 발 묶여 버린 사람들
이 있을 뿐이었다. 그리고 그는 모든 것에 대해서, 자기 자
신과 심지어 저 알 수 없는, 여기에 당장이라도 들어서기
로 되어 있는 그 여성에 대해서까지 더러움을 느꼈다. 봄

---

* 리프카 즈베이노스와 안전핀 사건은 비트카찌가 '순수한 형태'에 대한 의견을 피력한
「연극」에서 센세이셔널리즘을 추구하는 언론의 저열함을 나타내기 위해 삽입한 장면으로
여기서는 리프카 즈베이노스가 마리아 그보즈지아크라는 인물의 안전핀을 훔친다. 이후
「탐욕」에서도 공연히 뉴스거리가 되는 사소한 사건의 예로 리프카와 안전핀이 등장한다.

의 돌풍의 손 닿을 수 없는 아름다움을 배경으로, 그녀 또한 인간적인 모든 것과 마찬가지로 '순수하지 못했다'.

복도에 종소리가 울려 퍼졌다. 사회적인 완벽함의 냄새나는 늪에 빠져들어 가는 인류의 가장 썩어 가는 정점이 스스로 쓰레기 같은 저열함 속에 녹아들어 가는 과정의 '막' 중 하나인 제2막이다. 그녀가 들어왔다. 처음 보았을 때와 마찬가지로 그는 똑같이 자기 아래 떨어졌다 (자신 전체가 자기 아래로 쓰러졌다). 손의 접촉으로 이것이야말로 그것이라고 그는 확신했다. 그 피부의 4분의 1 센티미터라도 좋으니 영원의 가장자리만큼 만질 수 있다면 얼굴이 고름에 가득 찬 상처로 변하고 그 이상 아무것도 없어도 좋았다. 썩어 가는 그녀의 종양에라도 입 맞출 수 있었지만, 그것은 그녀의, 정상적으로 기능하는 기관의 규범 아래에서 탈출하려는 무정부주의적 욕망으로 비틀거리는 그녀의 육체에서 나온 그녀의 종양이어야 했다. 기관 — 무존재의 아가리에 사로잡힌 그에게 튄 오르가슴 — 기관과 세포들의 난장판 조직 — 다르지 않고 바로 그러한 — 무엇 때문에, 빌어먹을, 무엇 때문에? 알지 못하는 채로 저것 없이 살아갈 수도 있었지만, 이제는 이미 영원히 망해 버렸다. 그는 이제까지의 자신의 잔해 속으로 더욱 깊이 무너졌고 (왜냐하면 모든 것이 '잔해'*가 되어 버렸기 때문이다.) 저기, 그것들 위로 심리적인 풍동(風洞)

---

* дребезги. 원문 러시아어.

의 회갈색 어둠 속에 새로운 건물이 떠올라 공고해졌으나, 그것은 어린아이들의 블록처럼 고문을 쌓아 올려 지은 것이었으며, 모서리가 뾰족하고 각졌고, 일곱 번이나 땀을 짜낸 알지 못할 고문실의 사각형으로 날을 세우고 있었다. 그는 새벽에 이미 군화를 신고 추위에 빨개진 상체를 찬물로 (불행히도 대부분의 군대에서 그러하듯) 씻고 있을 때 훈련 장교 보이다워비츠의 '노래'가 떠올랐다. (알라베르디의 음조에 맞추어)* "삶은, 아, 조그만 즐거움과 괴물같이 집중된 고통으로 이루어져 있지 — 뭔가, 아, 누군가를 뼛속까지 깨물자마자, 이미, 아, 새로운 고통이 한바탕 시작된다네." 새로운 고통이 한바탕 시작되었다. 그곳에서 즉각 여기에 대해 아무런 희망도 없어졌다. 그가 자신이 그녀의 마음에 들었다는, 심지어 매우 마음에 들었다는 사실을 아는데도 불구하고, 뭔가 절망적으로 탄력성 없는 것이 모든 것의 내면에서 늘어졌다. 어쩌면 바로 그 때문이었는지도 모른다. 그것은 그가 알 수가 없었다. 거부하면 할수록 수천 배의 쓸모없는 간질간질한 쾌감이 되어 돌아오는, 야만적이고 심리적-관능적인 변태적 체념에 대해 그가 대체 무엇을 알겠는가. "죽여, 죽여." — 뭔가가 그의 내면에서 쉭쉭거리고 기어가기 시작해서, 그런 뒤에 들어 본적 없이 독성이 강한 겁먹은 뱀처럼 멀리 사라졌다. 그런 뒤에 영혼의 관목과 덤불 속에 도사렸다. 여러 가지가 가

* 「알라베르디: 캅카스의 노래(Ałławerdy: Piosenka Kaukaza)」는 아르메니아의 도시를 소재로 한 20세기 초 폴란드의 노래다.

득 들어찬 기억 속에 코쯔모우호비치의 크게 웃는, 힘으로 지저분해진 낯짝이 어른거렸다. 이게 대체 뭐지? 하느님! 하느님! — 아직도 또 뭔가를 억눌러야 했고, 그것도 여기, 여기, 코앞의 이 프라이팬 속에서 — 환각이다. 두뇌 속의 무시무시한 압력 — 이전에 한 번도 없었다(그리고 이후에도). 언젠가 아이들이 놀던 때와 같았다. "따뜻하다, 따뜻하다, 뜨겁다, 아주 뜨겁다, 김이 난다, 따뜻하다, 차갑다, 더 차갑게, 춥다." 점점 희미해지기 시작해서 이미 완전히 사라졌다. 하나의 순간이 돌이킬 수 없이 지나갔다. 밀쳐 (ㅊ이 두 개다.) 버린 감정의 직관이 이미 이 과일 속에서 금속의 (이리듐으로 만들어진) 진실의 씨앗에까지 닿아야 했으며, 그 씨앗을 그는 두뇌의, 삶 전체의 열매의 치아 없는 입으로 깨물었는데, 그러나 직관은 물러섰다. 이 연인의 내면이 (어느 연인 말인가, 하느님 맙소사?! — 여기서 누가 그에 대해 말했는가. 모든 것이 소리치고, 모든 사람이 여기에 대해 알고 있으며, 삿대질을 하면서 배가 터지게 웃는 것만 같았다. 그니돈 플라츠코* 자신보다도 더 심한 서캐 같은 존재다.) 악한 것이 아니라 (여기에 대해서는 — 평생의 끔찍함 그 자체 — 아, 그러나 나중에 말한다.) — 악함은 그녀 자신 안에 있었다. 다수로서 — 불운한 '악마 숭배들'의 피라미드로서가 아니라, 단지 완전한 일원성으로서, 그 깨물-수-없는 금속성의 씨앗, 나눌 수 없

---

* Gnidon Flaczko. '서캐 내장'이라는 뜻으로, 단어를 마치 이름처럼 배열해서 만든 표현.

는 악으로서, 유일하고 화학적인 근본 요소로서, '순수한
악의 요소',* 심지어 그녀가 간호사로서 평생을 다른 누군
가의 상처를 핥아 주는 데 헌신했다 하더라도 마찬가지였
다. 그런 악은 가장 좋은 행동을 독으로 물들이고 그것을
반대로 돌려서 범죄로 만든다. 베엘제붑 자신의 영적인 연
인이 바로 그런 존재일 수 있었다. 공주와는 완전히 다르
다—공주는, 비록 잔혹하게 괴롭힌 사람들의 시신들로
그 일생이 뒤덮여 있지만, 여기에 비하면 제정신을 잃은
불쌍한 양과도 같았다. 그것이 바로, 은혜로우신 여러분,
저 두 여성의 본질적인 차이점이다. 이전에 일어난 그 일
들을 악으로 치부할 수 있었던 것에 대해서 그는 지금 자
신을 얼마나 경멸했던가. 그것 또한, 여러분, 젊은 은둔자
가 겪은 양과 같은 경험이고, 어느 수도원의 수도승에게나
어울릴 만한 경험이었다. 악을 그렇게 모욕해서는 안 된
다. 그리고 그는 어쨌든 스스로 구원하고 여기서 빠져나가
고 싶었지만, 여기서 수천 배나 높은 수준의 새로운 끔찍
함이 가장 행복한 미소를 띠고 그의 반대편에서 나타났다.
하지만 어쩌면 이 모든 일이 그렇게까지 엄청나게 무시무
시한 건 아니었을지도? 어쩌면 다른 기준으로는… 아, 됐
다. 어찌 됐든 이 안에, 우연히 그에게 적대적으로 일어난
세력에 의해 주어진, 그에 대한 무책임한 판결이 있었다.
그러나 어떤 세력인가? 환각은 돌아오지 않았다. 그는 자

* malum purum elementarium. 원문 라틴어.

647

신보다 '마침' 머리 하나가 더 높은 무언가에 의해 때 이르게 정복당했다. 그러나 그게 대체 무엇인가, 염병할?! 어쨌든 그것은 그녀의 지성은 아니었다. 그런 가설 자체가 웃기다. 공주의 명민함을 겪은 이후 그 방면에서 그를 압도할 사람은 거의 없었다. 아니다 — 뭔가 전면적으로 절대적인 것이다, 원칙적인 모순, 그것도 (그는 믿고 싶지 않았지만 미리 알고 있었다.) 정복할-수-없는 종류다. 그러나 그것이 도대체 어느 지점에 있었단 말인가, 하느님 맙소사, 왜냐하면 그는 자신이 아직 되지 못한 남자가 될 것으로 걸어 놓은 계약금으로서 그녀의 마음에 들었음을 알고 있었기 때문이다. 그는 지금 당장 이곳을 나가서 앞으로 다시는 그녀를 보지 말아야 했다. 그의 마음속 목소리가 그 어느 때보다도 분명하게 이렇게 말했다. 언제나 확실히 진실을 말해 주는 이런 비밀스러운 목소리에 귀를 기울이기만 했다면 사람들은 얼마나 많은 불운을 피할 수 있었을 것이다. 그것이 가톨릭적인 자비 이론의 근거다. 즉 누구나 자신에 대해서 충분히 알고 있기 때문에 대체로 자신의 의지가 뭔가 말해 줄 수 있을 만한 것이라면 그런 특정한 일들을 언제나 피할 수 있다는 것이다. 그러나 그는 계속 남았고, 그것은 자신의 파멸, 혹은 어쩌면 그녀의 파멸도 함께 불러왔다. (이로 인해 그녀는 어떤 결정적인 순간에 다른 방식으로 사용할 수 있었던 자신의 짐승 같은 힘을 부분적으로 잃었다 — 그러나 여기에 대해서는 나중에 말하겠다.) "어쩌면 바로 여기서 뭔가 좋은 결과가 나올지도 몰라?" 그는 어린 소년처럼 순진하게, 허세 부리지 않고 거짓말을 했다. 이 선하고 다정한 거짓말로 인해 눈물로 목이 메었다. "그래도 아직은 모든 일이 다 잘될 거야." 방금 전까지 웃고 있던 삶의 골짜기에 음울한 그림자가 드리웠다. 태어나지 못한 불길한 생각들의 얼굴 없는 형체들이 모든 방향에 숨어서 어른거렸다. 그는 확실하게 이것은 정복할 수 없는 어떤 것이라는 걸 알면서 온통 이분화된 의식과 함께 남았다.

"오빠가 선배님께 정말 엄청나게 푹 빠졌어요." 릴리안이 떨려서 갈라진 목소리로 말했다. 그는 자신이 아무 말도 하지 않은 것 같다고 느꼈으나 말했다. 나중에 그에게 그 자신이 한 말이 인용되었다. "…그녀에게는 그토록 무시무시한 '행복의 절망'이 있어서, 그녀를 사랑하는 사람은 한순간도 살지 못할 거야…." (아, 맞다. 릴리안은 '만카 비들라나'*라는 예명으로 무대에 올랐다.) "…앞날 전체와 함께 1초 동안에, 한꺼번에, 지금 타 버리는 것 — 이 순간의 거의-무한함 속에 터져 버리고 그 대신 대가로 앞으로의 삶을 전부 단념하는 것. 하지만 죽음은 절대 안 된다. 그렇게 되면 그녀를 더욱 무시무시하게 만들 뿐이다…." (그녀는 즉 저 즈비에죤트코프스카를 말한다.)

"한 마디도 안 했습니다. 바보 같은 수다일 뿐이에요. 전 극장을 싫어합니다. 이 모든 건 저열한 짓이에요."

---

* 'Mania Bydlana'는 '짐승 같은 광기'라는 뜻의 폴란드어이며, 'Manka'는 마니아의 애칭이다.

이 말들은 마치 화강암이 늪에 빠지듯이 가라앉았다 — 폭
발하지 않고 그저 무기력하고 저열하게 진흙 방울을 튀겼
을 뿐이었다. 페르시는 멀리, 대각선으로, 어딘가 다른 세
상을 향해, 그녀가, 하 — 다리 사이에 가지고 있는 그 어
딘가를 향해 미소 지었다. 그 안에는 마리우슈 자룰스키*
의 스키 용어와 비교할 수 있는 이른바 "다리 사이의 저
항"이 들어 있었다. 어머니가 미할스키와 함께 들어왔다.
두 사람은 독립된 박스석을 갖고 있었다. 그에 비해 지프
치오는 스투르판과 함께 1층 무대 앞 객석에 앉아 있었다.
"찾아뵈어도 될까요?" (이 문장은 너무나 우스꽝스럽게
음란하게 들려서 마치 예를 들어 "부탁입니다만 당신에게
공식적으로 여기에 거기를 쑤셔 넣고 싶습니다."라고 말
한 것 같았다.) "릴리안에 대해 얘기하고 싶어서요."

　"하지만 무엇보다도 자신에 대해 말하고 싶겠죠, 그
렇죠? 그리고 나에 대해서도, 좀 많이, 나에 대해서." (그녀
는 미소로 그를 비참함의 밑바닥까지 끌어들였다.) "애쓰
지 않으셔도 돼요. 그건 다른 사람들이 당신 대신 해 줬어
요. 난 그런 게 지루해요. 하지만 조심하세요, 난 나쁜 독
풀이고, 사람들이 나에 대해선 잊어버리지 않아요." (그녀
의 자신감이 어떤 근거에 의지하고 있으며 그녀의 경험이
얼마나 얄팍한지 그가 알았다면 게네지프는 이 칸막이 안
에서 터져서 극장 전체를 조그만 조각들로 부수어 버렸

---

* Mariusz Zarulski (1867–1941). 폴란드 장군, 사진가, 화가, 시인, 여행가, 운동선수.

을 것이다. 그는 단지 성적인, 자줏빛의, 광택이 나는, 윤기가 흐르는, 빛나는 남성 성기의, 훌륭한 분노로 얼굴이 퍼렇게 되었을 뿐이었다. 그런 뒤에는 마치 그의 내면에서 절정은 아무런 자위행위 없이도 '가 버린' 것처럼 음울하게 되었으며, 그는 그 소녀답고-베엘제붑 같은 눈의 보라색 안개 속에 몸을 맡겼다. 그는 '준비되었다'.) "제가 굉장히 순진하긴 하지만 — 어쩌면 너무 지나치게 순진하죠." (여기에는 견딜 수 없이 응원하는 듯 다리를 벌리는 몸짓이 있었다. 그녀는 다른 사람들 앞에서 완전히 노골적으로 말했다. 그러나 그녀는 스투르판에 대해서는 전혀 '덜미'를 잡지 못했다.) 마드무아젤 카펜은 놀라서 눈을 크게 떴다. "대체 왜 저렇게 허물없이 군담?" 지프치오는 분노와 수치심과 불쾌감에 거의 초록색이 되었다. 그는 그녀가 바로 이 순간에 착하게 굴고 있다는 것을 = 그가 자신에게 진심으로 매력을 느끼지 못하게 하고 모욕하려 한다는 것을 알지 못했다. 그는 물론 대단히 모욕감을 느꼈으나 그 때문에 싸우고 싶은 욕망으로 거의 내장이 거꾸로 설 정도였다 — 마침내 그는 자신에게 걸맞은 뭔가를 찾아낸 것이다. 그리고 그는 순간적으로 모욕감을 눌렀다. 그는 유쾌하게, 거의 의기양양하게 웃었다. 페르시는 눈살을 찌푸리고 '약간' 자신을 가다듬었다. 한편 그는 바지 속에 이미 아무것도 없었다 = 이미 불필요한 내장 기관들과 함께 그는 자신이 차갑고 텅 비고 쫓겨났다고 느꼈고, 그 내장 기관들은 고통스럽고 수치스럽고 거의 지나치게 필요 없는

651

작은 자루처럼 늘어져 있었다. "뭐가 젠장맞을 — 전쟁이 나고, 나는 죽고, 그걸로 끝이겠지." 공연장에서 음란하고 혐오스러운 (식분증적인?) 음악의 물결이 흘러들어 왔고 (그건 텐기에르가 사슬에서 풀려나서, 풀려난 심리적-속옷 바람으로 악기를 성적 대상화하는 것이었다.) 곧이어 박수 소리가 뒤따랐다. 그리고 이상한 변태성에 의해, 무너져 가는 가톨릭교회에 대한 조롱으로, 프로그램에 찍힌 그 음악적 윤활제들의 제목은 종교적이었으며 심지어 라틴어로 적혀 있었다. 그러나 그 음악적 작품들의 제목이 그 본질적인 음악적 내용과 대체 무슨 상관이 있단 말인가? 다른 사람에게는 아무래도 상관없는 창조자의 개인적인 경험을 내장까지 까발리는 것이거나, 아니면 부차적인 목적이 있다. 그런 뒤에 같은 작곡가의 이른바 "침샘곡"이 연주되었는데 (말하자면 외설적인 미성년 소녀들과 포주 같은 놈팡이들의 노래를 곁들인 서곡 같은 것이었다.) 그건 이미 타협과 몰락의 새로운 시대에서 비롯된 것이었다. 무시무시한 혼란으로 인해 이 고독한 남자는 순수한 소리들의 세계에서 작은 규모로 성공을 거두었다. 한편 새로운 아가씨들로 말하자면, 역시나 별로 높은 계층은 아니었다. 텐기에르는 무시무시한, '엄마' 노릇을 하는 마담인 마니아 코즈드로니오바가 이끄는 소극장의 특별한 합창단과 발레의 선별된 괴물들 사이에서 관능적인 전리품으로 인기를 얻고 있었다. 세련된 척하는 진부한 청년들에게 완전히 질려 버린, 그가 단도직입적으로 말하듯이 "창녀들"은, 혐오스럽고 갑자기 광기에 들뜬 "불그자"*에게 서로 그 충족되지 못한 썩은 육체를 내던졌다 — 어찌 됐든 그로 인해서 그 괴물 같은 소리들의 조합이 흘러나왔고, 그 소리를 통해 그는 그들의 몸을 믿을 수 없는 춤동작들 속에서 떨고 진동하게 했는데, 그 안무를 맡은 꼭두각시 인형들의 춤 장인, 세상 전체의 더러움으로 혐오스러워지고 닳아빠진 아나스테지 클람케였다. 형용할 수 없는 것들에 대한 무한한 갈망을 불러일으키는 (그러나 형이상학적이지는 않았다 — 예술적으로 — 단순히 내장을 파고드는 것이었다.) 간지럽히는 듯한 음악의 영향으로 게네지프의 안에서 내면의 긴장이 풀리고 근육은 안타까움과 삶의 먼 거리로 가득한 쾌락적인 덩어리로 뭉쳤다. 심지어 이것이 과거인지 미래인지도 알 수 없었다. 모든 것의 실제적인 거리가 자기 자신에게 닿을 수 없다는 견딜 수 없는 고통이 되어 벌어졌다. 그것은 전혀 어떤 명확한 대상에 대한 것이 아니었다. 지금 페르시는 그 안에서 마치 조그마한 흙덩어리 같았다. 그리고 그렇게 계속해서 — 정신분열증 환자들의 저주. (크레치머를 읽어 보시라, 젠장, 체격과 성격 — 마침내 누군가는 이 궁극의 책을 모든 사람을 위해 [음악가만은 예외로 하고] 번역해야 한다.)** 전진인가 후

---

\* 377쪽 주 참조.
\*\* 에른스트 크레치머(Ernst Kretschmer, 1888-1964)는 독일의 정신과 의사로, 신체 구조를 분석해서 유형별로 분류했다. 또한 '크레치머 신드롬'이라고도 하는 식물인간 상태를 규명했으며 조현병과 조울증을 구분해 내기도 했다. 원문에서 독일어로 적힌 '체격과 성격(Köperbau und Charakter)'은 그의 대표 저서명이다.

진인가—과거인가 미래인가? 그리고 누가 누구를 불쌍해하는지 이미 아무도 알지 못했다. 손잡히지 않는 그것은 어딘가에서 마치 먹구름 사이의 무지개처럼 지속되었고 하느님은 위협적인 구름 속의 구멍을 통해 내리쬔 햇빛이 흩뿌려진, 신심 깊은 자들을 향해 미소 지었다. 누군가 게네지프를 대신해서 말했다—그는 속을 파낸 호박과 같은 공허 속에서 자신의 낯선 목소리를 들었다.

"내일 열두 시 지나서 오겠습니다. 릴리안에 대해 얘기합시다. 나에 대해서는 한 마디도 하지 않고요—이런 조건입니다. 나는 그저 총병참 장교의 부관이 되려는 보잘것없는 후보생일 뿐입니다." (어디서 그 사람이 또 여기 나타난 것인가? 한순간 코쯔모우호비치는 그에게 이미 과거의 기억 속에서 온 듯한, 광장에 있는 지휘관의 조각상이 아니라, 위장, 창자, 성기가 있고 말단부까지 혐오스러운 욕망으로 가득한 살아 있는 사람이 되었다—처음으로 그는 총병참 장교의 차원이 아니라 순수하게-소소하게-일상적인 차원에서 물질화되었다.) 핏빛 그림자가 페르시의 얼굴에 스쳐 갔다—홍조가 아니라 정말로 핏빛 그림자다. 지프치오의 머릿속에도, 배 속의 핵심에도, 바로 이 사람이 자신의 라이벌이라는 생각은 떠오르지 않았다. 대체로 그녀는 총병참 장교의 '사상'(집착, 이 경우에는 '어떤 믿음')*을 제외하고 유일하게 진실로 비밀스러운 것이었는

---

* 원문에서 "집착"은 프랑스어 "idée fixe"로, "어떤 믿음"은 라틴어 "Fide X"로 적혀 있다. 후자는 앞선 관용적 표현의 알파벳을 바꾸어 말장난한 것이다.

데, 여기에 대해서는 오직 몇몇 사람들만, 모순 법칙만큼 확실한 몇몇만 알고 있었다. 그 사상에 대해서는 그것의 소유자 자신도, 대체로 아무도 알지 못했다. 바로 그녀가 그 지휘관의 '그녀'였고, 그 유일한 그녀, 기타 등등이었다.

정보

코쯔모우호비치 본인은 그녀가 수도에서 지내는 것을 원하지 않았다. 평소 그들은 관능적인 목적으로 한 달에 한 번, 그녀가 기타 등등 말인즉슨 하여 극장에서 4일간 휴가를 얻을 때 만났다. 그것이 총병참 장교의 그 끔찍한, 그 태평한, 그 악마같이 뒤집힌 즐거움이었다 — 먹는 즐거움, 그러니까 식분증, 나체를 채찍으로 때리기, 그러니까 채찍질, 여성의 (그리고 그것도 바로 저 순진한 소녀의) 지배에 몸을 맡기는 믿을 수 없을 정도의 쾌락, 그리고 그것은 그녀의 매력을 현기증 날 정도의 크기로 쌓아 올렸는데, 즉 자발적 부복이다. 성적으로 대상화되고 조그만 파리처럼 섬세한, 잔혹함의 연보라색 발톱을 가진 흥분한 짐승의 울부짖음. 유리잔에 든 끓는 용암을 조금씩 한 입씩, 조금씩 한 모금씩 마시는 것과 같은 광기. 그 안에 유일한 충족이 있었고 하느님의 손안에 눌린 그 무시무시한 용수철, 그러니까 저주받은 코쯔모우흐가 유일하게 풀어질 수 있는 길이 있었다. 그렇게 해서 그는 그 야만적이고 '진실로 러시아적인 무사태평함'*을 자

* истинно русскую беззаботность. 원문 러시아어.

기 안에 지켜 낼 수 있었는데, 그것은 이미 오래전부터 존재하지 않는 정권과 민족의 군사 지도자들조차 놀라게 할 수 없는 것이었다. 유감스럽게도 크빈토프론의 극장 분관을 수도에 내기는 불가능했을 것인데, 왜냐하면 그곳에서는 어쨌든 배아 상태인 공산주의 안개 덩어리의 압력을 더 확연히 느낄 수 있었기 때문이었다. (전 세계 공산주의자들에 의한 이 '세포조직'[알이 가득한 거미집]*의 투쟁은 흥미로운 것이었다. 그럼에도 불구하고 뭔가 그곳에서 부어올랐고 때로는 아프기도 했으나, 그래도 약했다.) 어쩌면 그것도 개인적인 관점에는 더 잘된 일 수 있었으나 ("정력을 더 좋은 목적에 사용하는 것"이라고 미치인스키가 쓴 『석송자』의 데망그로가 말했다 ─ "드물게, 그러나 잘" 그것이 총병참 장교의 원칙이었다 ─ "회색 뇌세포는 재생되지 않는다".)** 그러나 저곳, 수도에서는, 대체로 개인적인 변덕을 풀어놓을 곳이 원체 적었다. 더 많은 일상적 판타지는 그 자체로 가장 성스러우신 정치로 흘러들어 갔다. 그렇게 해서, 영구히 욕심 많은 가장 하위 계층을 위한 턱수염 난 복수자 니에하드 대령 주변에서 이 극장에 대해 너무 많은 속삭임이 오갔다. 그리고 어쨌든 만약에 그녀가 지속적으로 그와 함께 있게 되면, 그것 또한, 여러분, 삶은 끝이지 않는 악몽으로 변

---

* ячейка. 원문 러시아어.
** "회색 뇌세포"는 영국 추리소설가 애거서 크리스티가 창조한 주인공인 벨기에인 탐정 에르퀼 푸아로가 논리력을 발휘해야 한다는 뜻으로 항상 하는 말이다. 푸아로 시리즈의 첫 작품 『스타일스 저택의 괴사건』은 1920년에 출간되었다.

하고 아내 이다와 딸인 일리안카가 고통받을 것이었다. 그러나 그는 그 세 여자를 모두 사랑했고 세 여자 모두 그에게 투쟁할, 혹은 알 수 없는 자기 자신의 운명, 그리고 그라는 인물로 형상화된 국가 전체의 운명과 충돌할 힘을 생산하는 무시무시한 공장의 지지대로서 필요했다. "아, 내 너희 셋을 모두 마치 나이 든 암캐처럼 알고 있지, 그리고 너도 마찬가지야, 나의 아름다운* 주주키."라고 총병참 장교는 기쁨의 순간에 아름다운 바리톤으로 노래했다. 그 네 번째는 그 꿈에 본, 알 수 없는 여성으로서, 그가 다르게 부르는 이름은 투른 운트 탁시스 공주였다. "이론과 실제를 분리하는 것은 위험한 일이지만, 마찬가지로 투른의 공주와 또한 탁시스를 찾는 것도 어려운 일이다."** 그는 본부의 부헨하인과 함께 주체할 수 없는 즐거움에 부르짖으며 노래했다. 모든 일에도 불구하고 모든 사람에게 그 혼자만은 반드시 어쨌든 뭔가 알아야만 한다는 것이 분명해 보였는데, 왜냐하면 그렇지 않다면 어떻게 해서, 여러분, 그것이, 그래서 내가 무슨 말을 하려고 했더라 — 그리고 이후로는 아무것도 없고, 그저 지금 당장이라도 기차가 올 터인데 역에서 뜨거운 차를 마시는 사람들에게서 볼 수 있는 툭 튀어나온 눈뿐인 것이다. 그리고 이것이, 바로 이것이 거짓말이었다. 만약 모든 사람들이 갑자기 이러하다는 것을 알게 된다면 나라 전체가

---

* belle. 원문 프랑스어.
** Gefährlich ist zu trennen die Theorie und Praxis, doch schwer ist auch zu finden Prinzessin von Thurn und auch zu Taxis. 원문 독일어.

마치 포의 소설에 나오는 발데마르 씨처럼 1초 안에 하나의 녹아 흐르는 썩은 진창이 될 것이었다.*

더욱더 역겨운 '추악함'**의 2막과 3막이 지나고 불붙은 영혼의 내장 밑바닥까지 고통받아 지쳐 버린 게네지프는 가족과 함께 몸을 끌고 일급 영양 제공처 '리파유'***에 저녁을 먹으러 갔다. 페르시는 가면서 어쩌면 나중에 올지도 모른다고 말했다. 그 "어쩌면" 안에 이미 모든 고문의 씨앗이 들어 있었다. 어째서 어쩌면이고, 어째서 확실히가 아닌가 — 빌어먹을 젠장맞음이다. 그 어떤 것도 마음처럼 내키는 대로 되지 않다니! 모든 것이 너무나 저열해져서 그는 아무것도 똑바로 쳐다볼 수가 없었다 — 웨이터, 보드카, 안줏거리, 릴리안의 기쁨, 어머니의 반쯤 고통스럽고 반쯤 기뻐하는 미소와 미할스키의 원기 왕성한 기쁨. 엎친 데 덮친 격으로 공주가 최고위 계급의 자기 부하들을 끌고 왔다 — 그들은 마치 치즈에 뚫린 구멍을 보듯이 게네지프를 쳐다보았고 빈속에 샴페인을 들이부었다. 텡기에르의 왈츠에서와 같은, 끔찍한 '희망 없이 흘러가 버리는 인생에 대한 안타까움'에 게네지프는 (마음속으로) 얼굴을 땅에 대고 끔찍하게 짐승같이 흐느꼈다. 그는

---

* 에드거 앨런 포의 단편 「발데마르 씨 사건의 진실」(1845)에서 화자는 죽음이 임박한 환자 발데마르에게 최면을 걸어 죽지도 살지도 않은 상태로 만드는데, 7개월이 지나 깨우자 발데마르는 순식간에 무너져 침대 위 부패한 진창이 되어 버린다.
** безобразие. 원문 러시아어.
*** Ripaille. '잔치, 진수성찬'이라는 뜻의 프랑스어.

마시기 시작했고 한순간 뒤 안타까움은 아름다워졌으며 모든 것이 그가 마음먹은 대로 꿈꾸던 대로 되었다—마치 이상적인 미술 구성에 찍힌 얼룩 같았다. 그러나 곧 그 조화 속으로 알코올의 점점 거칠어지는 앞발이 파고들어 왔다. 보드카가 들어오자 밑바닥의 험상궂은 남자가 잠에서 깨어 일어섰고 핏발 선 눈으로 홀을 둘러보았다. 인생은 음울한 무의미성에 잠긴 채 광기를 더해 갔다. 한순간만 더, 한순간만 더, 그런 뒤에는 15년간 힘겨운 육체노동이라도 좋다. 변변치 못한 경제적 잔꾀를 부리는 양서류의 눈이 돌풍이 지나가고 별이 빛나는 밤에 홀 전체에 교활하게 눈짓하는 것 같았다. 이해관계의 집합적인 저열한 돼지가 자신의 개별적인 요소들의 고통에는 상관하지 않고 그 더러운 포옹 속에 새로운 희생양을 빨아들였다. 그 돼지에게는 좋았다—더러운 소용돌이 속에 끼어들어 비싼 재료와 귀금속과 쾌락을 섞은, 보잘것없이 비싼 음식을 씹었다. 최상급의 의식되지 못한 형이상학과 삶을 즐기려는 가장 짐승 같은 욕망의 구분할 수 없는 덩어리를 붙잡으려는 바이올린의 부드러운 음조들은 더럽고 고통받는 내장의 모습으로 광택 낸 마루를 기어 다녔는데, 그 마룻바닥은 아무것도 신지 않은 반짝이는 종아리와 하이힐, 그리고 혐오스러운 남성용의 가장 우아한 신사 구두와 바지의 현기증 나는 지그재그 무늬로 가득했다. 돼지는 씹었다. 당시에 '보루'에서는 그러했는데, 그러나 이미 그것도 최고 수준의 특정한 상점들에서만 그러했다. 서쪽에는 이런 것은 이미 전혀 없었다. 그곳에서 민족성과 종교가 파시스트주의 기계를 가동시키는 타협적이고 임시적인 동력으로 한때 그토록 이용되었던 만큼, 이 죽어 가는 존재의 자기 발견적 의식과 함께 이곳 '보루'에서 민족성이나 종교는 위대한 돼지가 죽기 전에 씹어 대는 것을 가리는 가면일 뿐이었다 — 그 뚜껑 아래 돼지는 외설적인 고뇌의 마지막 발작 속에, 주둥이에서 다 씹어 삼키지 못한 썩은 고기가 튀어나온 채 죽어 가면서, 아직도 조금 더 즐길 수 있었다. 삶을 한껏 즐기는 것은 매우 좋은 일이지만 그래도 누가 어떻게 즐기는가에 따라 달라진다. 아직 그 시대에 그건 심지어 뭔가 창조적인 것일 수도 있었다 —(물론 예외적인 특정 인물들의 경우이지만)— 그러나 그건 축제의 마지막 날들이었다. 부르르, 부르르 — 됐다, 됐다! 어쩌면 이 삶을 무감각 상태에서 끌어낼 수 있는 힘이 없는 것 같아 보였다. 어쩌면 이 몇몇 웨이터들과 인생의 전문가들에 대항해 만리장성 자체가 스스로 무너지고 있는 것 같았다.

게네지프는 텐기에르의 존재에 대해 완전히 잊어버렸다 — 즉 그가 어찌 됐든 크빈토프론의 공연을 이토록 "너그럽게" "장식해 주신"(홍보물에 그렇게 나와 있었다.), 그리고 사라져 가는 것과 돌이킬 수 없는 것과, 페르시를 알게 된 순간의 그 특징적인 '무한함에 부딪침'에 그토록 지옥 같은 매력을 더해 준 이 음악의 창조자라는 사실 말이다(금발 콧수염과 뛰어나게 아름다운 하늘색 눈의 말라

660

깽이 크빈토프론 자신은 카펜 부인과 미할스키와 함께 지금 샴페인을 마시면서 연극에서 본질의 현실적인 왜곡에 대해 그들에게 설명하고 있었다). 그것은 지프치오가 처음으로 지휘관의 영혼과 결착되었던 학교에서의 그 순간(하느님 — 그 얼마나 오래전인가!)과 대조되는, 음악의 일상적인 작용의 반대편 극점이었다. 음식점에 마침내 늦게 온 푸트리찌데스가 들어섰을 때 (이제는 이미 진짜로 썩었다.)* 게네지프의 존재 밑바닥에서 마치 불투명한 연기 덩어리처럼 과거 전체가 터져 나와서 사각 패널로 장식된 혐오스러운 댄스홀 천장을 향해 피어올랐다. 그 연기에 뒤이어 경악할 만큼 선명하게, 마치 어째서인지 부드러운, 그러나 이런 순간에는 끔찍할 만큼 기묘하게 변화된 전쟁터의 풍광처럼 오래전 일어났던 일들의 배경이 나타났고, 그 배경 속에 거의 전쟁의 현실만큼 끔찍한 그녀가, 이 지구 상에서 인간의 일상적인 문제들의 평범한 바탕 위에 모습을 드러냈다. 지프치오는 텐기에르 뒤에 따라 들어오는 극장의 괴물들 사이로, 그 존재를 지금은 거의 믿을 수도 없는 그녀가 보이지나 않는지, 벽도 뚫어 버릴 수 있을 정도로 강렬하게 쳐다보았다. 아무 일도 일어나지 않았다 — 국가 전체, 어쩌면 인류 전체에 대한 의무, 거의 우주적인 의무가 그녀를 붙잡고 있었다. 텐기에르는 페르시가 오지 않을 것이라고 알렸다 — 편두통이다. '편

* 푸트리찌데스(Putrycydes)의 이름이 라틴어로 '썩은'이라는 뜻이어서 덧붙인 말장난.

661

두통을 감수하고 나를 위해 이걸 해 줄 수 없었나.' 반쯤 양처럼 시무룩해진 지프치오는 같은 생각을 반복했다. 오, 이 순간 무슨 일이 벌어지고 있는지 (그 동시성의 매력) 그가 알 수 있었다면, '그 천재적인 코쯔모우호비치'*가 어떤 방식으로 바로 지금 자기 안에 무사평온함과 삶의 광기를 붙잡아 두고 있는지 그가 알았더라면, 그는 광분한, 고통스러운, 자위행위적인 한 번의 오르가슴 속에 평생의 삶 전체를 불태워 버렸을 것이다. 그는 아쉬움과 궁극적인 절망의 투명한 벽 너머로 대화하는 소리를 듣기 시작했다.

### 정보

무시무시한 일들이 입에서 입으로 전해졌다. 가장 어둡고 가장 곰팡내 나는 낯짝과, 시들어 버린 이른바 "심장"을 대신하게 된 썩은 내장에서 얻어진 악취 나는 소문들이 기만적이고 모든 것을 부패시키는 변소와 같은, 치명적인, 이미 정상적인-홍등가답지 않게 된 음악의 무의미하게 뒤죽박죽된 소리들을 배경으로 보드카와 술안주 속에서, 절망적이고 자살적인 탐식과 과음과 난교의 분위기 속에서, 이미 뚫을 수 없는 현실 속으로 고통스럽게 부어올랐다. '위대한 보지'와 '조그만 자지'가 초(超)색소폰과 피리와 캐스터네츠와 거대 성기와 악마의 심벌즈가 이른바 "윌리엄스의 흥

---

* der geniale Kotzmolukowitsch. 독일어식으로 쓴 것.

문제"라고 하는 오르간-피아노 세 대와 결합되어 노골적으로 울부짖었다. 소리 없이, 몰래, 어두운 힘들과 부패를 촉진하는 사회적 박테리아들이 활력과 체스터턴 방식의 유쾌하고 천박한 유머와 삶의 기쁨의 겉모습 아래 삶을 썩어 문드러지게 했다.* 그리하여, 아담 티콘데로가, 스캄피의 형은 아마도 수도에서 감옥에 갇혀 있는 중에 사망한 것으로 되었다. 턱수염이 나고 톱해트를 쓴 신사 세 명이 위조된 명령서를 가지고 그를 풀어 주었다. 서류는 어쨌든 총병참 장교 군 사무실에서 발급한 것처럼 보였다. 여기서, 늘 그렇듯이 (씻지 않은 주둥이들은 이렇게 지껄여 댔다.) 조사대는 가시 돋친 목걸이를 한 개의 목을 물었던 늑대처럼 떨어져 나갔다 — 고통의 비명을 지르며. 그런 뒤에 누군가가 어떤 집의 뒷문 쪽에서 두들겨 맞았는데, 그 집에서는 어떤 사람들이 어떤 특별한, 아마도 베를린에서 들여온 기계의 도움으로 가학적인 난교 파티를 벌인다고 했다. 누군가가 누군가와 함께 비밀스러운 결투를 벌였고 (가장 대담한 사람들은 총병참 장교라고 했다.) 그 결과 하브당크 아브디키에비치-아브디코프스키 중령이 자신의 애인인 '에우포르니콘' 카바레의 님파 비들라체크를 동반하여 핌비나 액을 마시고 음독자살했다.** 이 소식을 오늘 가져오고 고통과 불안으로 미

* 영국 작가 길버트 체스터턴(Gilbert K. Chesterton, 1874-1936)은 재치 있고 독창적인 역설을 자주 사용해 '역설의 대가'로 알려졌다.
** 핌비나는 가상의 독약. 이름들은 말장난이다. '아브디키에비치-아브디코프스키 (Abdykiewicz-Abdykowski)'는 왕위에서 물러난다는 뜻이며 카바레 이름 '에우포르니콘(Eufornikon)'은 '유쾌함, 기분 좋음(euphoria)'과 '간음(fornication)'을

쳐 가는 이는 바로 공주였다. 유일한 구원은 술을 마시고 코카인을 흡입하고 그런 뒤에 그 유일한 하룻강아지를 사랑하는 것이었는데, 그 어린 애인은 지금 그녀가 바로 여기 그의 곁에 이렇게 가까이, 착하게, 사랑에 빠지고 불행한 채로 있는데도 낯설고 술 취하고 오만하고 음울하게 앉아서 뭔가 이해할 수 없는 생각에 잠겨 있었다. 불쌍한 아지오,* 그녀가 가장 사랑한 아들, 집에서 부르는 별명대로 "조그만 중국인".** 보고하러 가기 전에 그녀에게 한번 들르지도 못했고, 그런 뒤에 곧바로 "저 불란당들"***이 그를 끝장내 버렸다 — (그것만은 거의 확실했다.) — 하지만 누가 — 아무도 알지 못했다. "호, 호, 호 — 우리는 위험한 시대에 살고 있지, 비밀스러운 정치, '밀봉된 편지들',**** 불법적인 투옥, '보이지 않게 되는' 모자와 '비행기' 카펫 — 수상쩍은 인물들이 말했다." 티콘데로가는 중국인들에 대해 지나치게 찬양하는 소식들을 가져와야만 했다. 대체 어떤 기적이 일어나서 제바니, 코쯔모우호비치 다음으로 세계에서 가장 비밀스러운 사람이 그런 분위기 속에서 자유롭게 다닐 수 있는지 — 그가 공식적으로 가마를 타고 가장 신실한 (그러나 누구에게?) 창기병 50명에게 둘러싸여 다닌다는 사실에 대해서는 그다

---

합친 단어다. 애인의 이름에서 '님파(Nympha)'는 성교 중독인 여성을 뜻하며 '비들라체크(Bydlaczek)'는 '조그만 짐승'이라는 뜻이다.

\* 아담(Adam)의 애칭.

\*\* little chink. 원문 영어. 비하적인 표현이지만 여기서 작가의 의도는 애칭이다.

\*\*\* 티콘데로가 공주의 러시아식 발음을 한국어에 반영하려 했다. 원문에도 폴란드어 단어가 러시아식 발음으로 적혀 있다.

\*\*\*\* lettres de cachet. 원문 프랑스어.

지 놀랄 (놀라질?) 수 없다. 몇몇 극단적인 낙관주의자들은 기뻐하며 기적을 예언했다. "다들 보게 될 거요―새로운 도덕적 부활의 시기가 올 겁니다―'도덕 말입니다, 아시겠습니까.'* 급진적으로 변할 겁니다. 모든 위대한 변화가 일어나기 전에 인류는 언제나 도약하기 위해서 물러섰지요." 바보들은 이렇게 떠들었다, 젠장. 그러나 여기서는―독에 중독된 험담꾼과 소문쟁이들이 말했다―하루는 물론이고 한 시간도 확실하지 않았다. 가장 좋은 친구는 수프에 곁들이는 다진 고기에 청산가리를 섞어서 줄 수 있었으나, 여기서도 또 식사가 끝날 때까지 수없는 변수와 "아브루메크의 솜처럼 폭신한 품속"으로** 옮겨 갈 수 있는 수많은 가능성이 있었다. 부탁받은 과식은 마치 보르지아 가문에서처럼 도덕적인 고문이 되었는데, 왜냐하면 어떤 공식적인 진수성찬 이후 몇 번의 정치적인 죽음들이 실제로 기록되었기 때문이다. 분명히 이것은 과식이나 과음 혹은 가장 가능한 경우로 독일에서 완전히 차량에 가득가득 실어서 들어오는 고급 마약에 중독된 결과 나타난 가장 평범한 증상들이었을 것인데, 그러나 이 절대적으로 알 수 없다는 분위기에서는 모든 일이 세상에서 가장 끔찍한 방식으로 해석되었으며 그리하여 패닉을 모든 사람의 얼굴이 창백한 녹색이 될 정도로 확

* les mœurs, vous savez. 원문 프랑스어.
** 아브루메크(Abrumek)는 성경에 나오는 아브라함(Abraham)의 폴란드식 애칭이다.
"아브라함의 품속"은 성경에서 의로운 자들이 죽은 뒤에 심판의 날을 기다리며 지내게 되는 저승의 편안한 장소를 말한다.

장시켰다. 패닉, 그러나 무엇에 대한? 정부에서 알지 못하는 것에 대한 패닉이다 ─ 역사에서 처음으로, 이전 권력자들의 과시하는 듯한 공식적인 비밀스러움을 넘어, 거의 신들에게서 내려온 듯한 그 비밀스러움. 여기서 그 신사들을 거의 매일같이 가장 평범한 주변 동네에서 볼 수 있었는데, '일터'에서, 새우나 아티초크 혹은 평범한 당근 옆에서, 표준적인 양복이나 연미복을 입고 있었고, 그들과 이것저것에 대해서, 스테판 키에쥔스키*가 즐겨 썼듯이 '여자들'에 대해 이야기할 수 있었고, 그들과 술을 마시고, 마시다가 '말을 놓고', 아첨해 주고, 욕할 수도 있었지만, 그런 뒤엔 아무것도 ─ 아무것도, 아무것도 없다. 단지 그들이 근본적으로** 누구인지 알 수가 없었다. "그들이 근본적으로*** 누구인지, 자기 자신들도 알지 못하네."('네'에 강세를 두어) ─ 사람들은 창백해지는 채로 노래했다. 총병참 장교의 비밀스러움의 그림자가 또한 그들에게도 드리웠다. 그의 비밀에 대해서, 아마도 민족해방 신디케이트에 속하는 것 같은 사람이 마치 유령처럼 형광등을 비추었다. 그들 자체는 아마도 정상적인 '정부의 말단'들, 완벽하게 구성된 조그만 기계들이었던 것 같다. 그러나 이 악마(군중의 관점에서)는 그들의 머리 위에서 자신의 광대극을 완수했으며, 곤죽이 되도록 짓이겨서, 모순되는 감정들로 인해 미쳐 버린 구경꾼들 앞에서 죽

* Stefan Kiedrzyński (1888–1943). 폴란드의 작가, 수필가.
** au fond. 원문 프랑스어.
*** au fond. 원문 프랑스어.

음의 춤을 추도록 내보냈다. "누가 정부인가?"—이런 질문을 사방에서 들을 수 있었다—문법적이지는 않지만 그래도 논리적이다. 사람들 말로는 코쯔모우호비치와 제바니가 새벽 네 시에 검은 사무실에서 만나 비밀스러운 회담을 했다고 했고, 사람들 말로는 (그러나 이것은 이미 소파 아래, 코카인의 영향 아래, 귓가에 대고 속삭인 말이었다.) 제바니가 실제 인물이며 동쪽 연합국들의 비밀스러운 대사이고 젊은 티콘데로가 대사는 칭크*들의 나라가 내적으로 얼마나 완벽하게 조직되어 있는지 기적 같은 이야기를 아무리 떠들어 대든 간에, 바로 그 체계가 백인종에게는 적절하지 않다고 여겨 자국 내에서 그 체계를 따라가기를 확고하게 거부했으며, 동쪽에서 이성을 잠재우는 무르티 빙의 종교의 전도사 자격으로 보낸 비공식적인 사절들(혹은 촉수들)을 신뢰하지 말 것을 마찬가지로 확고하게 호소했다고 했다. 젊은 티콘데로가는 '보루'의 영웅적 정책을 지지했으며 (이른바 "보루주의"를 지지했다.) 마치 총알이 늪 속으로 사라지듯 그렇게 사라졌다. 그러나 어쨌든 바로 그 정책, 그 주의에는 모든 사람이, 정부 전체가 찬성했다—그러면 대체 무슨 일이 벌어지고 있단 말인가? 대체 그 신사들은 누구란 말인가, 그 찌페르블라토비츠, 그 보로에데르, 그 코우드리크란 사람들은? 신화적인 인물들—그런데 그들 뒤에 누군가 마치 벽처럼 서 있었다. "하지만 어떤 목적으로, 어떤 목

---

* chink. 중국인을 모욕적으로 부르는 영어 속어.

적으로?" 폴란드 공화국 전체가 공포에 질려 속삭였다. (목적은 그 자체였다 ― 언제나 주어진 순간에 최선의 사상에 반대하는 것의 역사적인 결과들, 진부한 매일의 회색 노동으로는 억제할 수 없는, 사람의 내면에 지나치게 쌓여서 숨 막히게 하는 힘들 ― 그리고 나머지, 즉 바로 지금 사방에 공산주의가 있고 중국인들이 나서고 있으며 마침내 인류가 민주주의적 거짓말 속에서 살아가는 걸 그만두고 싶다고 원한다는 사실, 그리고 기타 등등, 기타 등등은 모두 우연이다.) 보아하니 누군가가 유령처럼 보이는 인상의 집약도는 그 사람이 가진 위상이 얼마나 높은가에 직접적으로 비례하는 것 같았다. 그러나 심지어 현재의 흐름에 반대하는 사람들조차도, 정부에 있는 유령들의 지지에 힘입은 이 '보루주의'가 이 행성에서 이 때늦은 사회 무대에 대체로 존재하는 누군가의 지배를 대가로 하는 유일하게 가능한 방향임을 이해했다. 신디케이트가 명목상 지배했으나, 몇몇 사람들은 정신과 의사 베흐메티예프가 현명했다고 확언했는데, 그의 말에 따르면 "가짜 변모의 과정이 도래했다."*고 했으며, 높은 자리에 앉은 이는 실제 신디케이트 회원들이 아니라 대리하는 인물들일 뿐이라고 했다. 백주 대낮에 평범하게 혐오스러운 수도의 거리는 기묘한 꿈과 같은 인상을 주었고, 왜곡된 시간 감각과 매번 걸음을 내디딜 때마다의 모순이 그 원인이었으며, 그래서 가장 정상적인 사람들조차 어떤 거대한 재난 앞

---

* происходил процесс псевдоморфозы. 원문 러시아어.

에서 개인이 일상생활에 언제나 있었던 지속적인 요소들을 포기하듯이 점점 빠르게 자신의 현실을 포기했다. 단지 여기서 공포라는 환기구를 통해 영혼의 가장 본질적인 내용이 빠져나왔고, 마치 아몬드가 껍질에서 빠져나오듯, 얼마 전까지도 심지어 훌륭했던 사람들의 개인성의 가장 중심부로부터 '미끄러져 나왔다'. 반면에 내면의 삶은 그와 무관하게 더욱더 다양화되었으며 심지어 20세기 초반보다도 훨씬 더 그러했다. 이 과정은 얼마 전부터 시작되었으나 미친 듯한 속도로 강화되었다. 그러나 누가 이 모든 일의 동력인지는 아무도 알지 못했다. 왜냐하면 총병참 장교는 어쨌든 군대만을 담당했고 분위기 조성 등의 놀이에 쓸 시간이 없었기 때문이다 ─ 그에게는 뭔가가 기대되었으나 그가 이미 뭔가 시작했다는 사실은 사람들이 믿지 않았다. 그는 곧 뭔가 완전히 아주 다른 것을 보여 주게 될 예정이었다. 현재 정부의 가면 아래 새롭고 비밀스러운 정부가 천천히 형성되고 있었는데, 신디케이트 언론은 (어쨌든 지금 존재하는 것으로는 대체로 거의 유일한 언론이었다.) 내각의 변화란 말도 안 되며 모든 것이 최고로 정상화되어 있다고 모두를 설득했다. 국회와 정부가 지금처럼 의견이 맞았던 적은 아직까지 한 번도 없었는데, 왜냐하면 엄청난 액수의 외국 자본을 선거에 전부 사용한 결과 국회는 거의 전적으로 신디케이트 추종자들로만 구성되었으며, 그래도 어쨌든 계속해서 휴회 중이었고 (만약의 경우를 대비해서, 모든 종류의 안전 보장을 위해) 여기에 대해 국회 자체가 완전히 동의하고 있었다. 총병참 장교와 신디케이트 사이의 투쟁 전체가 오로지 그의 머릿속과 민족해방 신디케이트의 가장 빛나는 맹목적 추종자들 몇 명의 머릿속에서만 일어나고 있었다. 대중 전체에게는 절대적인 비밀이었다. 양측에서 세력을 결성했는데, 더 깊은 목적과 의도에 대해 낮은 계급 사람들에게는 설명하지 않았다. 대체 그것이 어떻게 가능했는지에 대해 이후 사람들은 놀라워했다. 전반적인 우민화를 배경으로 이것은 완전하게 수행되었으며, 여기에 대해서는 사실로써 증명할 수 있다. 사실은 위대한 승리자다. 어찌 됐든 뛰어난 외국 학자 몇몇이 (정치와는 아무 상관 없는 사회학자들) 다른 주제의 논문에 덧붙인 무슨 주석과 메모 등에서 현재 폴란드와 같은 이상한 상황은 그리스도교가 처음으로 전파되기 시작했던 시기 이래 한 번도 없었다고 소심하게 기록했다. 예를 들면 국경을 맞댄 혹은 심지어 먼 국가들과의 외교적인 '질질 끎'*이 전부 비밀스러운 방식으로 진행되었는데, 왜냐하면 우리 나라에는 공식적인 대표자가 없었기 때문이다. 공산주의와의, 그것도 황인종들과의 마지막 연결점이었던 티콘데로가는 제거되었다. 중국 대사는 이미 반년 전에, 마치 광동 지역 사당에 있는 4만 개의 신격처럼 비밀스럽게 떠나가 버렸다.

암울한 기분에다 이런 소식과 함께 공주는 저녁 식사에

---

* канитель. 원문 러시아어.

나타났는데, 오는 길 어딘가에서 피엥탈스키를 버리고 왔다. 그녀의 모습은 게네지프에게 고문이었다. 그는 자신이 무슨 행동을 하든지 간에 어떤 방법으로도 오늘 그 단눈치오 방식의 "환락의 밤"*을 피할 수 없다는 사실을 알고 있었는데, 그것을 그는 전혀 갈망하지 않았으며 최근 첫눈에 사랑에 빠진 이래 그 생각을 하면 거의 위협을 느꼈다. 그리고 바로 오늘 그는 저 빈궁하고 그에게 혐오스러운, 음탕한 육체를 안고 짓이겨야 할 것이었고, 그렇게 해야만 할 것이었으며 그것으로 끝이었다 — 그건 이상하다 — 그러나 더 이상한 것은 그것을 욕망한다는 사실이었다. 그녀 자체가 아니라 단지 그녀를 소유한다는 사실을 갈망했다. 그것은 다르다, 커다랗고 지옥 같은 차이점이다 — 익숙해진다는 독이 작용하는 것이다. 그리고 또한 그렇게 되었다. 이런 일들은 초보 괴짜에게는 절대로 좋게 작용하지 않는다.

텐기에르는 기묘하게 불쾌하게 흥분해서 정신이 다른 데 가 있는 채로 지프치오에게 인사했다. 대체로 처음으로 그는 재산을 가져 보았고, 처음으로 '중요한 인사'가 되었으며 (오 비참해라!) 보잘것없는 성공의 맛을 조금씩 음미하고 있었다. 또한 그는 (미래의 브죠주프 지역 오르간 연주가로서 졸업한) 음악학교 시절의 유치한 시도, 창의성도 신선함도 없는 질투심에 찬 경쟁자들에게 짓눌려

* notte di voluttà. 원문 이탈리아어.

버린 시도를 넘어 처음으로 교향악단에서, 형편없는 교향악단이지만 언제나, 자신의 연주를 들었다. 단지 그것은 진지한 창작곡을 연주하는 진짜 초연이 아니라 그가 증오하는 '음악적 쓰레기들'을 즐겁게 해 주기 위해 만들어진, 저편의 진실한 영역에서 얻어 온 '트릭'들로 폭 젖은 폐기물이었다. 그 쓰레기들은 그에게 뼛속 깊이 역겨운 "짖어 대는 개들"의 계층이었다. 그러나 예전에 개가 감상적인 달을 향해 아무리 짖어 댔다 해도, 지금은 그 개를 다시 짖게 하기 위해서는 코에 바람을 불고 꼬리를 밟고 심지어 창자도 좀 뜯어내야 하는 것이다. 그것이 어찌 됐든 (심지어 약간의 자유 속에서 음악적 창작물을 가장 야만적이고 독창적인 소스에 버무리는 일조차) 타협적이고 굴욕적인 상황이었으나 텐기에르는 본의 아니게 이것을 매우 자랑스럽게 여겼고 그 자랑스러움 때문에 괴로워했다. 이제까지 그는 순간의 요구에 대한 모든 타협과 심지어 자기 작품의 지목에 있어서까지 "짖어 대는 개"의 변화된 취향을 의식했다. (왜냐하면 이 짐승에 의해 주어진 것을 받아들이는 일은 99퍼센트 프로그램에 무엇이 '서' 있는지 그리고 누군가 아무것도 이해하지 못하는 심각한 체하는 비평가가 특정 예술가에 대해 뭐라고 쓰는지에 달려 있기 때문이다.) 그는 점점 더 짙어지는 (예술가와 사회의 갈등에서 비롯된) 평생의 일급 괴물 같은 성정들의 무더기 사이로 자기 자신의 예술적인 독립성을 짊어지고 자기 앞에 당당하게 나아갔다. 그러면서 그는 자기 자신의 가치를 느꼈으며 그 느낌을 마치 역겨운 물처럼 한없이 들이켰다. 그러나 그것은 고귀한 마약은 아니었다 — 그가 장애인이 아니었다면 달랐을 것이다 — 그랬다면 이 모든 것은 순수하고 무용하며 이상적이었을 것이다 — 그렇게 그것은 그저 내면의 혐오스러움을, 브라반트식 레이스로 덮인 궤양투성이 엉덩이를 가린 뚜껑이 되었을 뿐이다.*
그것은 그 자신 외에는 아무도 모르는 그 비밀스러운 추악함 중 하나였다. 정상적인 사람들은 누군가 다른 사람이 자기들을 그런 배경에 놓고 뭔가 비슷한 것을 의심할까 봐 그런 추한 일들에 대해서 자신들의 판단조차 다른 사람들에게 드러내지 않는다. 왜냐하면 자기 자신의 심리와 비슷하지 않다면 그토록 숨겨진 부끄러운 기제에 대해 어떻게 알 수 있냐 말이다. 그것은 삶의 비밀 중에서 가장 비밀스러우며 가끔은 위대한 사람들이 위대한 행동을 하게 하는 진정한 용수철로 작용하기도 한다. 어찌 됐든 그에게는 오두막과 디딜 땅이 있었다. 하지만 아무것도 없었다면 과연 어찌 되었을 것인가? 그는 절대로 그것을 분석하지 않으려고 노력했다. 그렇게 되면 그는 높고 순수한 예술로부터 얼마나 깊은 곳까지 추락할 수 있을 것인가? 그리고 지금, 유료 '음악가 짓'의 지저분한 영역에서 저 생각들은 굶주린 도마뱀이나 벌레들처럼 기어 나왔다.

* 브라반트 공국은 12세기부터 18세기까지 현재 벨기에와 네덜란드에 걸쳐 존재했던 공작령이다. 브라반트식 레이스는 얇은 명주 그물에 나뭇가지가 펼쳐진 모양으로 섬세하게 뜨는 레이스를 가리킨다.

그리고 그때까지의 모든 창작 위로 불길한 회상의 그림자가 소급해서 드리워졌다. 그는 그 생각들에 저항하여 최후의 가능한 존재 형태를 방어하기 위해 갑작스러운 투쟁에 뛰어들었다 — 왜냐하면 이제는 이미 루지미에쥬 '고향 땅'으로 돌아가 크빈토프론의 합창의 어린 소녀 같은 심리 생리학적인 꼴불견 속에 '뒹굴기'를 거부할 수는 없을 것이기 때문이다. 그 대신 그는 이제까지 창조할 힘도 용기도 없었던 바로 그것을 창조해 낼 것이었다. 이 타협은 그에게 순수한 형태의 깊고도 높은 심연을 향한 궁극의 도약을 위한 발판이 될 것이며, 스스로 타락에 빠졌던 평생의 추악함을 그렇게 해서 보상할 것이었다. 일생의 타락들을 예술적으로 정당화한다는 위험한 이론이 그의 뇌 속에 마치 용종처럼 달라붙었다. 그는 슈만이 했던 말을 떠올렸다. "예술가, 그 광인은 언제나 자기 자신의 본성과 전투에 나선다⋯."* 그리고 뭔가 '낮은'** — 아, 이쯤 하자. 하지만 아니다 — 그를 위협하는 것은 광기가 아니었다. 그는 무슨 '천재가 되는 대가'***에 대해 감히 떠들어 대는 누더기들을 경멸했다. 하지만 어쩌면 그는 천재가 아닐지도 모른다. 그는 그 멍청하고 어린 사내아이 같은 분류의 본질을 분석해 본 적이 한 번도 없었으나 밤에 자신의 음

* Ein Künstler, der wahnsinnig, wird ist immer im Kampfe mit seiner eigener Natur... 원문 독일어.
** niederge. 원문 독일어.
*** rançons du génie. 문자 그대로는 '천재의 몸값'이라는 뜻. 원문 프랑스어.

계를 읽을 때면 자신의 가치가 거의 객관적이고 우주적인 중요성을 가진다고 느꼈으며 (혹은 뭐 그런 거, 빌어먹을) 그것을 냉정하게 감정을 담지 않고 마치 다른 사람 일인 것처럼, 심지어 경쟁자의 일인 것처럼 알고 있었다. 그는 똑같은 것을 두 번은 작곡할 수 없다는 사실 때문에 자기 자신을 질투했으며 심장 아래 그 잘못 알아볼 리 없는 특징적인 찌르는 듯한 통증을 알아보았는데, 천성적으로 가장 질투심이 없는 사람이라도 여기서 자유롭지 못한 것이다. "헤이! (꼭 이 자리에 저 증오스러운 '헤이'가 들어가야만 한다.) ─ 그 곡을 뉴욕 '뮤직 팰리스'의 거대한 교향악으로 듣고 해브마이어의 코스믹-에디션에 명명백백하게 인쇄된 것을 볼 수만 있다면(자기 자신의 지렁이 기어가는 글씨로 남긴 '유고'에서가 아니고).* 그 '귀족 자제들'은 미쳐 버리겠지 ─ 나는 아니다. 그럴 수도 있지만 꼭 그렇지는 않다 ─ 필요한 대로 할 것이다." 어머니는 어떻게든 귀족 혈통을 타고났다고 (그래도 '어쨌든 하찮다', 왜냐하면 실질적으로 무지렁이나 같았으니까) 그는 진심으로 유머를 담아서 말했다. 텐기에르는 한 가지 장점을 무한히 가지고 있었는데, 바로 귀족적인 속물주의에서 완전히 벗어나 있었다는 점이었다. 지금, 별것 아닌 조그만 성공을 배경으로 이 모든 일에도 불구하고 그는 평생 앓아 온 비염이 다시 부풀어 오르는 것을 느꼈다.

---

* 헨리 오스본 해브마이어(Henry Osborne Havemeyer, 1847-1907)는 미국의 사업가였으며, 예술품 수집가로도 유명했다.

"내 조그만 음악 어때요? 응?" 그는 아마도 대단히 비싸 보이는 푸른 가자미에 얼마 전부터 좋아하게 된 마요네즈를 아무렇게나 쌓아 올리면서 공주에게 물었다. 이리나 브시에볼로도브나는 약간 부푼 콧속으로 몇 데시그램의 '코코'를 빨아들이고 등 뒤에 자신의 음울한 중재자이며 이제까지 실망시킨 적이 없는 지프치오의 모습을 배경으로 다시 예전의 태평함을 되찾았다. "풀은 자라고 바닷물은 무릎에 찰랑이네." 그녀는 자신이 죽어 간다고 단정했고 그 이후로 모든 일에 신경 쓰지 않게 되었다. 게다가 부관 제바니라는 어떤 사람이 그녀에게 일정량의 다바메스크와 이후에도 이어지는 대화를 약속했는데, 그 대화 이후 그녀는 자신의 내면에 뭔가 새로운 것을 느꼈다. 그것은 조그맣고 반짝이는 점이었는데 어쨌든 자신의 빛으로 다가오는 노년의 음울한 덩어리를 약간은 밝혀 주기 시작했던 것이다. 그 점은 가장 최악의 순간에 빛났고 그러면 (오 신비해라!) 약간은 나아졌는데, 다른 차원에서였지만 어쨌든 나아졌다. 눈물이 목구멍에 차올랐고 모든 일이 어떤 거의 설명할 수 없는 의미를 띠는 것처럼 보였다. 커다란 괴로움이 조금 가벼워졌다.

"훌륭해요!" 공주가 터키옥색 눈알을 불안하게 굴리며 대답했고 점점 넓어지는 동공의 검은 심연이 점차 그 눈동자를 채웠다. "이건 꼭 말해야겠어요, 푸트리시오, 난 정말 처음으로 매혹되었어요. 다만 선생은 전경을 지나치게 두드러지게 연주해요. 무슨 일이 벌어지고 있는지 더

676

묘사해야 돼요. 선생의 음악은 무대에 액션을 펼쳐요."*

"그건 첫 번째뿐입니다. 이제까지 한 번도 이런 돼지 짓은 해 본 적이 없어요. 하지만 나는 저 머저리들에게 보여 주고 싶었습니다. 비평가들과 고귀한 동료들이 관객석에 있었으니까요. 그들에게 바로 내가 뭘 할 수 있는지 보여 주고 싶었고 그러기 위해서는 약간 두드러지게 할 수밖에 없었어요, 나의 이 지식을 날림으로 보여 줄 수는 없었으니까요. 저 사람들은 내 음악을 듣는 걸 좋아해지** 않지만 (브죠주프에서는 이렇게 말합니다.) 저들의 악의가 호기심을 증폭시키니까 이젠 어쩔 수 없이 참고 들어야만 하죠, 그리고 나중에 많이 배울 겁니다, 불쌍한 것들. 반년 뒤 이 굴 속에서 이루어 낸 내 음악의 영향이 전국의 공식적인 음악 전체에 미치는 것을 보게 될 겁니다. 이미 오늘도 수도에서 온 신사들이 몇 명 있었어요, 아들 프레푸드레흐와 최고등 음악학교 교장·아르투르 데몬스테인 본인이 왔죠 — 그는 어쩌면 가장 덜 위험할지도 모르지만, 다른 무엇보다도 슈피르키에비치와 봄바스가 있어요.*** 하, 내가 기뻐하고 있다는 걸 인정해야겠군요. 그리고 저 쓰레기들 전체는 아르투르만 제외하고 웃느라 거의 터져 버릴 뻔했지만 내면적으로는 아주 불안해하며 어떤 것들을

* '푸트리쩨', '푸트리쩨오'보다 좀 더 다정한 애칭인 "푸트리시오"라고 부르고 있다.
** 원문에서 모음을 하나 더 넣어 말하고 있다.
*** 수도에서 온 신사들의 이름은 모두 말장난이다. 프레푸드레흐는 '가루를 낸다', 교장의 성 데몬스테인은 '악마', 슈피르키에비치는 '베이컨', 봄바스는 '폭탄'이라는 뜻.

부지런히 관찰했는데 여기에 대해서는 나 혼자만 알고 있죠. 겉보기에 그런 세부 사항들은 저들이 좋아해는* 표현처럼 장식이죠. 하지만 저들은 사물의 가장 본질의 응축된 질료이며 저들은 생각해 낼 수도 없는 형태의 완전성의 놀라움을 얕보기 위해 그렇게 말하는 것입니다. 하, 하! 봄바스를 내가 두 번째 중간 휴식 시간에 변소에서 붙잡았는데 손에 악보 공책을 들고 있었어요. 당황하면서 수직 5도음에 대해서 뭔가 중얼거리더군요. 씹창음 속 후레자식 같으니…."

"술 너무 많이 마시지 마세요, 우리 푸트리시오. 선생은 삶을 발굽이 달린 채 날것으로 단번에 삼키고 싶어해요. 선생의 스타일대로 말하자면 그러다가 알프레드 드 뮈세 아니면 표도르 예블라핀**처럼 목이 막히거나 토해 버릴 거예요. 선생처럼 그렇게 굶주려 있다고 해도 약간은 겉모습을 꾸며야만 하는 거예요. 선생한테는 무엇보다도 먼저 저 북극점 아래 굶주린 탐험대처럼 뭔가 달짝지근한 영혼의 기름으로 만든 심리적인 관장 약이 필요해요. 선생은 일평생 쌓여 돌처럼 딱딱해진 변으로 가득 차 있다고요, 하, 하, 하!" 그녀는 부자연스러운 코카인의 웃음을 웃었다. 제동은 더 이상 작동하지 않았다.

"공주도 그중 일부죠. 이렌카*** 공주님은 진정하시고

---

* 역시 원문의 단어에 모음이 추가되어 있다.
** 공주가 러시아 혈통임을 강조하기 위한 예시로 만들어 낸 가상의 예술가.
*** 티콘데로가 공주의 이름 '이리나'를 폴란드식 애칭으로 부른 것.

코코를 너무 많이 마시지 마시고, 무엇보다도 자기 자신을 너무 지나치게 즐기지 마세요. 그러다가 여섯 마리 말이 끄는 마차를 타도 아무 즐거움도 못 느끼게 될 수도 있으니까요." (게네지프는 자신이 그저 장식물이라고 느꼈다 — 일어서고 싶었다 — 너무 부드러워서 끔찍한 짐승 같은 손이 그를 붙잡았다. '껴안고 어루만지게 될 거야, 좀 기다리라고.' 그의 안에서 심지어 대단히 비밀스럽기까지 한 어떤 목소리가 말했다. 위대한 사랑도 도움이 되지 않는다. 그리고 어쨌든 그것도 마찬가지로 절망적이란 말이다 — 그는 포기했다.) "내가 찍어 놓고 들여다보는 아름다운 아가씨가 있어요. 거의 준비가 됐죠." 그 준비된 여자를 만나러 그는 K. 시로 갔었다. "공주가 말했듯이 말입니다. 그리고 그녀도 나의 팬이에요. 내 음악 소리에 자신을 바쳤죠 — 다른 여자들처럼 — 나 같은 흉물한테서 그런 음악 소리가 퍼져 나온다는 바로 그 사실이 그 여자들을 흥분시킵니다 — 그들에게는 그것이 성애의 비밀을 새로운 차원으로 열어 주는 거죠. 하, 여기 모인 남자들이 내가 그럴 때 무슨 생각을 하는지 알았더라면. 내가 어떤 합성물을 만드는지 말입니다 — 배설물적인 내용을 고귀한 보석과 합쳐 새로운 요소로 만들어* 비밀의 성기 속을 내 온몸으로 파고드는 겁니다. 아내도 공식적으로 허락했어요 — 나도 그녀에게 허락했죠 — 우리는 새로운 형태의

---

* Exkrementale Inhalte mit Edelsteinen zu neuen Elementen verbunden. 원문 독일어.

결혼 생활을 시도하고 있어요."

"선생은 언제나 조그만 어린애처럼 순진해요, 푸트리시오. 이 나라의 4분의 3, 아니면 최소한 절반이 그런 방식으로 살고 있어요. 100년 전 프랑스 문학의 영향이 마침내 진실로 우리에게 도달한 거죠. 하지만 정말 중요한 건 선생도 아내에게 자기와 같은 완전한 자유를 주느냐는 거예요. 왜냐하면 그건 거의 아무도 제대로 해내지 못하거든요. 나의 디아파나지는 그런 관점에서 진정한 예외예요." 텐기에르의 얼굴에 핏빛 그늘이 스쳐 지나갔으나 마치 스펀지로 닦아 낸 듯 갑작스럽게 뻔뻔해진 '낯짝'에 흡수되어 재빨리 사라졌다.

"당연하죠." 그는 거짓된 기쁨을 가장하며 빠르게 떠들었다. "난 일관성 있는 사람입니다. 한 달 뒤면 이건 '지역 수도의 첫 번째 대작'이 될 겁니다, '내 말 잘 들으세요, 귀족 나리들, 비귀족 나리들….' 유딤 의사의 형이 말했듯 말입니다.* 난 애인들을 데리고 복도를 지나다니면서 그걸 가지고 아무것도 하지 않아요. 자유란 위대한 겁니다 ─ 그걸 위해서는 심지어 그 바보 같고 허황된 남자의 명예도 대가로 바칠 수 있어요. 우스워지는 건 그저 스스로를 속였을 때뿐이죠 ─ 난 그걸 알고 있고 이미 내 씹창음에 넣었습니다." 그는 좋아하는 말버릇을 넣어 하던 이야기를 마쳤다.

* 604쪽 주 참조.

"하지만 선생은 모든 걸 다 손안에 미리 넣고 있을 수는 없을 거예요, 선생의 아내가 언제 그 광인들을 먹여 살리러 떠나 버릴지 혹은 선생이 그녀에게 똑같은 짓을 할지 알 수 없는 것처럼요, 천재적인 꼭두각시 선생." 공주가 갑자기 진지하게 말했다.

"나는 말입니다, 크냐기냐* 시굴** 사람입니다. 뭐 어쩌겠어요? 20년 만에 처음으로 도시에 정말로 왔단 말입니다, 차 타고 지나가는 게 아니고요. 하지만 그 경계선이 어디서 시작되는지 알 정도의 머리는 나도 있어요."

"그런데 그게 어디서 시작되는데 그거 흥미롭네요. 꽃인지 사탕인지 스타킹이나 구두인지…." 텐기에르는 주먹으로 탁자를 큰 소리 나게 내리쳤다. 이미 의식하고 있는 천재성과 여기에 뒤섞인 지쿠프*** 지역의 훌륭한 물 그리고 얼마 전 구출해 낸 수컷의 명예에 그는 들떠 있었다.

"입 닥쳐, 매춘부 공주." (공주의 부관들이 '터지도록' 웃어 댔다. 예술가인 척 화를 내다니? ― 헛소리다.) "원소 자루 암컷 같으니 ― 이 우유로 그런 원소를 만들어 카펜의 유명한 맥주처럼 마셔 버리겠어. 그리고 공주." 그는 눈에 갑작스러운 천리안의 빛을 번득이며 말하기 시작했다. "마침 말 잘했소. 이 지프치오가 공주에게 볶은 잠두콩을 주겠군. 게다가 여기엔 그가 먹을 것도 한 조각 있으니

---

* княгиня. 러시아어로 공주라는 뜻.
** 원문의 표기를 한국어에 반영했다.
*** Dzików. 폴란드 남동부 타르노브제그(Tarnobrzeg) 지방의 도시 이름.

까—그 조그만 여자 지휘자가 지프치오의 조그만 여동생을 지휘해서 괴물로 만들어 주겠지. 나한테 그건 너무 높은 목표지만 그는 어떻게든 해낼 거야. 알겠소,* 왜냐하면 여기선 모든 사람이 다 괴물이 돼야 하기 때문이야." 그는 게네지프에게서 상대적으로 다분히 많은 것을 말해 주는 반응을 눈치채고 떠들어 댔다. 더하지도 덜하지도 않게 지프치오도 공산주의 버건디의 무거운 술병을 잡아채 자신의 목덜미와 공주의 진주색 드레스에 쏟아부으며 공중에서 휘둘렀다. "그리고 너, 지페크, 그만해. 내가 선의를 가진 건 너도 알 거야. 그게 통하지 않았다고는 말 못 하겠지?" 공주는 주짓수 방식으로 애인을 제압했다.

"선생은 내가 석 달 뒤엔 장교가 된다는 걸, 게다가 선생은 장애인이라는 걸 잊고 계시군요. 장애가 있는 천재에겐 많은 것이 용서되지만 스톱 하시는 게 좋겠습니다. 그렇지 않아요?" 지프치오는 분노 때문에 완전히 술이 깼고 이제 값비싼 먹을거리로 뒤덮인 탁자 위로, 온 세상 위로 떠오르는 것만 같았다. 그는 온몸을 가로지르는 저항력의 가장 중심점을 손안에 붙잡았다—그는 자기 의지로 이 행성을 반대 방향으로 돌리고 모든 살아 있는 피조물을 자신과 비슷한 형상으로 변화시킬 수 있을 거라는 환상에 빠졌다. 현실이 부풀어 오르며 그에게 다가왔고 그러면서 동시에 납작하게 기면서 얌전하게 굽이쳤

* 폴란드어 원문에서 텐기에르가 e 발음을 생략하고 말함.

682

다—그는 현실의 호흡을, 뜨겁고 냄새나는 (약간) 날숨을 느꼈고 그가 이해할 수 없는 그 생체 조직의 일렁이는 소리를 들었다. '현실로 이렇게 나 자신이 가득 차서 충만해지는 건 여자들로 충만해지는 것과 같구나. 이것과 똑같은 상태로 계속 나 자신을 유지할 수가 없어, 한번 부서지면 모든 게 끝나겠지. 가장 지옥 같은 오르가슴조차 심리적으로나 육체적으로나 도달 불가능하고. 꽉 눌린 용수철이 풀리고 새롭게 시작해야만 해, 완전히 관심이 없어질 때까지 이렇게 끝없이. 이 규칙은 형이상학적이야.'

공주는 놀라워하며 애인을 들여다보았다. 그는 이제까지 이 정도로 성숙했던 적이 없었다. (그녀는 어마어마한 양의 코코 대신 술을 점점 더 많이 마셨고 지프치오의 아름다움이 도달할 수 없는 모든 것에 대한 견딜 수 없는 고통이 되어 그녀의 내장을 갈기갈기 찢었다.) 이 조합 속에서 지프치오는 점점 더 무시무시하게 공주의 마음에 들었고 매 순간이 지날수록 점점 더 강력하게 이해할 수 없이 유일한 인물이 되어 갔다. 그녀는 바닥에 퍼진 채 기어가 마치 커다란 하나의 상처처럼 그의 앞에 늘어져서 무리하게 내미느라 아픈 부어오른 촉수로 그를 휘감았다. 텐기에르와 지프치오는 '말 놓고' 마셨다. 응접실 분위기는 진실로 난잡해졌다. 달아오른 무한함의 바람이 심지어 평범한 인간 짐승들까지도 사로잡았다. 모두가 삶의 신비라는 무의식적인 감각에 취해서 서로서로 잘 아는 하나의 동료 관계를 창조하는 것처럼 보였다. 개개의 난교자들이 다른 탁자로 옮겨 다니기 시작했다 — 동료애라는 허상의 점액과 계급적 장애물을 넘어 스며든 광기에 찬 내장의 삼투. (실질적으로 새벽의 댄스홀에서 맞이하는 순간들과 비슷하다.) 스투르판은 자기 예술의 승리에 도취되어 (그 음악은 저 돼지 크빈토프론의 주문으로 계획적으로 작곡한 것이었다.) 릴리아나와 함께 이른바 "댄스"라고 하는 것을 추기 시작했다.

"우리도 춤출까요, 지프치오? 어때요?" 공주가 마치 대서양을 횡단하는 증기선의 펌프처럼 빨아들이고 짓누르는 목소리로 말했다. 말레이시아 음악이 (무르티 빙의 가장 충실한 추종자들이 연주했다.) 괴물 같은 '우든스터 머크'*를 뜯기 시작했을 때 늙은 여자는 더 이상 참지 못했다. 지프치오도 참지 못했다. 그는 이를 악물고 춤을 추었고 모든 것에도 불구하고 그는 그녀를, 이 다름 아닌 암소를 욕망했으며, 더 정확히는 그녀라는 인물로 나타나 가장 순진무구하게 쓰다듬는 것조차도 괴물 같은 성애로 바꾸어 버리는 높은 등급의 성적인 독물, 우성화된 마약을 욕망하는 것이었다. 그리고 그가 만약에 바로 이 같은 건물에서, 뒤쪽에 있는 어느 특별한 사무실에서 무슨 일이 벌어지는지 알았더라면…. 게다가 그녀와 병참 장교가 함께…. (실제로 코쯔모우호비치는 그 본부의 지휘관이었고 가장 타락한 변태성의 장교였는데 그 변태성이 비로소

---

* wooden-stomach. 원문 영어. 내장 벽에 구멍이 나거나 찢어지는 증상인 복막염을 뜻함. 여기서는 음악 소리가 내장을 찢는 것처럼 들렸다는 의미다.

그에게 일생의 이 두 번째 역사적인 부분에서 진실한 위대함의 차원을 만들어 주었다. 특별한 '메뉴' 그리고 그 뒤에는 할라파*들에게… 그녀가… 원숭이 죠코의 고환과 카피바라의 난관을 넣고 특별한 투르키스탄 아몬드만 먹여 키운 마라부 황새의 석화된 분변을 갈아 뿌린 파스타. 누가 그 가격을 지불했는가? **그녀 자신**이다 ─ 크빈토프론에게서 받은 생활비로. 그것이 바로 굴종의 정점이었다. 그러나 상상할 수 있는 가장 아름다운 육체라 하더라도 어떤 종류의 사람들만이 불러일으킬 수 있는 영혼의 특정한 상태의 악마적인 혼합물이 없다면 대체 무슨 소용이겠는가? 아무 매춘부라도 가장 야만스러운 기교는 부릴 수 있지만 그건 또 그게 아니다.) 아, 지프치오가 알기만 했더라면 진실로 그곳으로 가서 버건디 병을 아무 걱정 없이 자신이 가장 높이 숭상한 우상의 낯짝에 휘둘러 깨 버리고 그런 뒤 그녀도 자기 자신도 이제껏 이 지상에서 보지 못했던 어떤 초(超)강간으로 없애 버렸을 것이다. ("그리고 이런 일들을, 최소한 주어진 개인의 이토록 이른 발달단계에서, 더 자주 해내지 못한다는 건 안타까운 일 아닌가? 사회 전체 조직의 전반적인 '톤'이 더욱 강렬해지지 않았겠는가? 어쩌면 다른 모든 곳에서는 그렇게 되었을지 몰라도 우리 나라에서는 그렇지 않다. 그것은 어째서인가? 왜냐하면 우리는 모든 일에 타협하는 인종이기 때

---

* Jalapa. 주로 열대 지역에 자생하는 식물로 크고 붉은 꽃이 핀다.

문이다. 어쩌면 중국인들도 한때 쿠빌라이[?] 혹은 칭기즈칸의 일족들이 다른 민족을 덮치듯 우리를 그렇게 덮칠지도 모르지만 우리는 물리칠 것이고 [그러나 힘이 아니라 평범함으로 물리치는 것이다.] 다시 우리의 숨 막히고 상냥하고 거짓된 민주주의로 돌아올 것이다."—우리 시대의 가장 독성이 강한 짐승들 중 하나인 불멸의 스투르판 아브놀은 이렇게 말하곤 했다. 그가 이제까지 이토록 강렬한 전반적 증오 속에서 살아왔다는 것은 이 잊지 못할, 그러나 알맞게 평가하는 사람이 거의 없는 시대의 기적 중 하나였다. 나중에 여기에 대해 그가 죽은 뒤, 이미 오래전부터 중국식으로 훈련된 폴란드 문학의 이른바 "황금 시대"에 책이 몇 권이나 집필되었다 — 문학적인 하이에나와 썩어 가는 기생충 떼가 그의 영적인 시신을 거의 완전히 목구멍이 막힐 때까지 빨아먹으며 살았다.) 오, 그가 어떤 원거리 영화관처럼 볼 수만 있었다면. 지휘관의 명령대로만 실행하는 그 광기에 찬 밤의 운동 연습과 말 탄 포병에 대한 숭배. 저쪽에는 3인 위원회의 자리(제대로 된 교령회였다면 모든 귀신들이 다 거리를 두었을 3인의 유령들), 여기에는 야쩨크 보로에데르와 함께하는 서구의 경제 대표들끼리 알아듣지 못할 은어로만 속삭이는 비밀 조직, 그리고 저쪽에는 모든 열의 미분계수를 포함한 미분방정식의 그 거대한 X가 이 나라에서 가장 순수한 여성들 중 한 명과 함께 가장 광기에 차고 더러운 프러시아-프랑스식 방종에 빠져 있었고, 그 여성은 지속적인 숭배에 조그

686

만 아낙네의 뇌 조각이 뒤집혀서 이미 때때로 자신을 무
슨 새로운 잔다르크라고 여겼으며, 이 모든 일들이 병참
장교의 이른바 "동반자들"이라고 하는 가장 충실한 사람
들의 가장 탄탄한 모임에서 벌어지고 있었다. 그리고 특
정한 일파가 이것은 '조국'의 앞날을 위한 희생이라고 설
득해서 그녀는 다가가기만 해도 무한한 공포를 느끼는 그
무시무시한 날개 달린 황소에게 육체를 희생물로 바치지
않으면 다른 방법이 없게 되어 버렸다. 그러나 그토록 무
서워할 수 있다는 것도 또한 그 나름의 행운이었다. 반면
이곳에서는 모든 일이 저기, 학교와 행정 부처와 직장 위
원회와 그와 비슷한 지루한 기관들과 모든 곳과는 전혀
달리 반대로 돌아갔다. 바로 그가 그녀 앞에서 스스로 더
럽혔다 ― 오, 황홀함이여…! 망설이는 시기에 병참 장교
는 미쳐 버렸고 가끔은 부관 80명이 그를 검은 사무실에
힘으로 붙잡아 두어야 했으며 겁에 질린 군무원들이 날라
오는 얼음물 든 양동이가 끝없이 이어졌다. (그런 때에 풀
어 주었다면 그는 굉장한 수라장을 만들어 냈을 것이다!)
"여성분께서는 현재 세계에서 가장 뛰어난 두뇌가 공산주
의 정신 병동의 통조림 속에서 썩어 가기를 바라십니까?"
(라고 쿠지마 후시탄스키 대령이 말했다.) "이 천재의 운
명뿐 아니라 국가 전체, 어쩌면 세계의 운명이 당신의 양
심에 가책으로 남기를 바라십니까?"(라고 설득의 순간에
로베르트 오흘루이니에히드 본인이 말했다 ― 하지만 어
쩌면 전혀 다른 생각을 가지고 있었을지도 모른다 ― 악마

687

나 그의 속을 알 테지….) "그가 없어진다면 말이다, 우리 페르시아(라고 꺾이지 않는 분별력으로 유명한 프롱고제프스카 숙모가 말했다.) 검은 세력들의 무의식적인 압력은 어떻게 되겠니? 너 혼자만이 그 황소처럼 거대한 힘들의 고통스러운 뒤엉킴을 풀어내고 그에게 직접 다양성과의 합일을 줄 수 있어 ― 너의 나긋나긋한 포옹 속에서만 저 지옥 같은 용수철이 안전하게 쉴 수 있단다 ― 넌 그 용수철에 기름을 칠하고 부족함의 열기로 달아오른 영혼의 고통을 경감시킬 수 있어. 너 하나만이 너의 그 아름다운 손톱으로 그냥 그의 배를 갈라 내장을 꺼낼 수 있어." 이 모든 일로 인해, 본질적으로 한 송이 백합처럼 순수한 그 아가씨는 몇 달 뒤부터는 점점 더 무한히 괴물 같은 물건으로 변했고 그러면서 점점 더 무한히 그것을 즐겼다. 그리고 바로 지금은 그 '현실'이 진정으로 가장 퇴폐적인 꿈과 함께 이곳에서 몇 개의 층과 복도만 지난 곳에, 여기, 이 건물에 있게 된 것이다. 그들을 두 개의 똑같은 (그저 약간 더 조용한) 쇠락해 가는 음악이 휘감았고, 그 안에는 위대한 암퇘지와 불쌍한 지프치오의 현신이 덩어리가 되어 있었다. 그 두 사람 또한 저들 중 하나였고 어쩌면 가장 심하게 저들 중 하나였는지도 모른다. 단지 '2급 부산물'(즉 예를 들면 전투, 군 개혁, 사회 활동, 영웅적인 '공연', 정치적인 '트릭')(왜냐하면 여자들에게 이런 것이 달리 무엇이겠는가?)들의 비율만이 달랐다. 어리석음과 비겁함 외에는 모든 것을 정도의 차이로 정당화할 수 있다.

지프치오는 모든 정도를 넘어서는 모순에 숨이 막혔다. 그의 어머니는 세련된 방식으로 가볍게 취해 오랜 옛날에 대해 미할스키와 함께 섬세한 대화를 이어 가고 있었고 릴리안은 공연에 미칠 듯이 도취되어 명백하게 의식적으로 스투르판 아브놀을 광기로 몰아가고 있었으며 이모든 것이 댄스홀의 성적인 혼란의 분위기 속에서 학교의 장교들 중 누군가와 마주칠지도 모른다는 공포, 그리고 순수한 첫사랑의 모든 가능성의 늪에 빠지듯 그가 빠져든 그 조그만 육체의 모습을 배경으로— 하, 지프치오는 이미 천천히 악마에게 잡혀 들어가고 있었다. "내 영혼을 가져가기엔 너무들 작았지만 그래도 악마들이 가져갔네." 그는 릴리안의 어린 시절 동시를 기억해 냈다. '이곳에서 빠져나가서— 이 여자 문제에서 먼 곳으로 가서 나 자신을 풀어 버리면', 하지만 어디로 갈 것인가? 그는 자신이 포로로 잡혔다고 느꼈다. '하지만 어쩌면 저 짐승이 나에게 저 다른 여자를 정복할 힘을 줄지도 몰라?' 이 혐오스러운 어린애는 오늘에야 처음으로 사랑에 빠져서 이렇게 흉한 생각을 했다. 이제 그는 이보다 더 높은 건 더 이상 없을 것이고 자신이 바로 오늘 인생의 반경 안에서 가장 높은 지점에, 자기 존재의 정점에 서 있다는 사실을 이미 확실하게 알았다. 그러나 그 정점은 인생의 저지대에 붙은 쓰레기의 악취 나는 안개 속에 잠겼고 멀리, 그의 머리 위로 한없이 높은 곳에 진정한 정점에 이르른 영혼들이 우뚝 솟아 있었다. 코쯔모우호비치, 보로에데르, 코우드리크와 제국 시대 크렘린의 두 번째 폐허 위에 선 중국 본부의 진정한 장교들이다. 그가 어떻게 그들에게 가까이 나 갈 수 있겠는가! 이 지구 상에서 300년쯤 살 수 있다 해도 말이다. 그러나 그의 입맛과 야망은 진정한 거인과 도 같은 규모였다. 이제 그의 내면에서 그것이 타오르고 있었다 — 여기, 이 매음굴에서. 무엇이든 집어삼키는 돼 지들이 쩝쩝거리는 소리가 방종의 욕망으로 불타 버린 오 장육부 속에서 더러운 메아리가 되어 그에게 울려 왔다. 그에게도 또한 이 모든 위대함이 '부산물'*일 뿐이었다. 방 탕하게 즐기기 — 목구멍까지 차올라 실컷 흘러넘쳐 토할 때까지. 그게 바로 그가 있는 곳이었다 — 첫사랑…. 그 가 자신에게 만족하며 이 유일한 자신의 삶을 끝까지 살 아 낼 수 있을 어떤 사적인 심연을 (그것으로 예술과 과학 과 철학이 만들어진다.) 혹은 어떤 고립된 고원을 어떻게 창조해 낼 것인가? 아무런 희망도 없었다. 진정한 위대함, 혹은 그보다는 사라져 가는 그 위대함의 마지막 꼭대기 끝에 가볍게라도 좋으니 스치기라도 해 보기를 그는 얼마 나 지옥같이 열망했던가! 오, 군부 수도의 (그의 촉수 끝에 있는) 어떤 사무실에 이렇게 앉아 있거나 그의 손으로 서 명한 어떤 서류를 들고 차를 타고 가고 있었다면 지금 이 것과 같은 모든 순간들이 얼마나 다르게 여겨졌을까. 모 든 것을 씹어 삼켜 소화해 버리고 그 위로 솟아오를 수 있

---

* produits secondaires. 원문 프랑스어.

었을 것이며 자신이 아무것도 아니고 무기력하다는 감각
과 함께 이 안에서 헤매지는 않았을 것이다. 그에게는 그
렇게 여겨졌다. 모든 일이 점점 더 알 수 없이 뒤섞였고
지금 바로 현재의 맥박 치는 일그러진 사회적 배경 속에
서 제대로 될 수 있었던 모습이 아니었다. 박자와 속도의
차이로 인해 그가 본질적인 방식으로 자기 자신을 경험하
는 것은 불가능해졌다. 왜냐하면 어쨌든 지프치오는 단점
에도 불구하고 여하간 예외였기 때문이다.

　　전반적으로 (아브놀이 강조했듯) 댄스와 스포츠를
즐기는 전쟁 이후 세대는 빠르게 지나갔고 (세대 자체
가 말이다―즉 다음 세대에게 빠르게 자리를 내주었다
는 뜻인데, 물론 연령적으로 빠른 것이 아니라 단지 선두
에 서는 입지를 차지한다는 관점에서다. 세대 간의 간격
은 이 시기에 거의 우스울 정도로 좁아졌다―사람들은
겨우 몇 살 위인 다른 사람들에 대해 마치 '늙은이들'인 것
처럼 말했다.) 일부는 절망적으로 멍청해졌으며 (기록경
기, 라디오, 이른바 "회전열"이라고 하는 춤과 쓸데없는
영화―뭐가 됐든 생각이라는 걸 할 시간이 어디에 있었
는가? 해가 지날수록 두꺼워지는 일간신문과 책의 형태를
띤 잡동사니가 나머지를 처리해 주었다.) 일부는 갑작스
러운 반작용으로 노동에 대한 거짓된 욕망에 빠져서 뒈질
때까지 아무 생각 없이 아무 소득도 없이 일했다―오로
지 아주 적은 일부만이 더 깊이 자신을 찾아 들어갔으나
이들은 인생과 창조에 재능이 없는 영적인 괴물들이었다.

다음 세대는 (이전 세대와 열 살 차이였다.) 더 깊었으나 무기력했다. 근육의 관점에서가 아니라 — 신체적인 부흥은 명백했다 — 의지 면에서 말입니다 선생님, 그 뭔가 옳지 않은 그것과 영혼, 영혼이요, 착하신 선생님, 영혼이라는 것에 대해 그렇게 말들이 많지만 말입니다 — 발판으로서 가장 강한 특성은 아니었다 — 특히 우리 세대에서 물론 더 그렇다. 엄격하게 금지된 공산주의 외에 사회적 분위기 속에 빨아들일 만한 긍정적인 이론은 충분치 않았다. 그 허약한 두뇌들이 대체 무엇으로 살아야 한단 말인가? 중용은 젊은이들, 물론 예전 의미에서 젊은이들에게는 죽음이지만 생각 없고 속물적이고 운동 좋아하는 몸집만 커다란 인간들에게는 그렇지 않다. 이런 계층의 육성은 국내와 외국의 무시무시한 속임수에 힘입어 장대높이 뛰기나 공 던지기로 한 나라를 대표할 수 있다는 이론을 바탕으로 이제 치명적인 복수가 되어 돌아왔다. 열여덟 살에 극단주의에 빠지지 못하는 약해 빠진 멋쟁이가 서른 살에는 대체 무엇이 될 수 있겠는가? 지프치오가 속한 그 세 번째의 미래 세대는 민족해방 신디케이트에 의해 양육되었고 전쟁 이전의 중간계급 청년들과 별로 다르지 않다. 마침내! 그것은 시간만 있었다면 뭔가가 시작될 수도 있었을 만한 기반이었다. 그러나 그럴 리가 없었다. 바로 그 계급을 총병참 장교가 갑작스럽게 군대화 — 더 정확히는 장교화해 버렸는데, 그의 꿈이 뭔가 초초고위 중장을 가장 높은 계급으로 하는 장교들로만 이루어진 군대였

692

기 때문이다. 하 — 어떻게 될지는 두고 보자.

　　지프치오는 품 안에 생명의 상징이 아니라 촌충으로 만든 끔찍한 젤리를 안고 있다고 느끼며 춤을 추었다. 자기 앞에 선 여성의 얼굴만을 보았을 뿐이지만, 그러나 춤추어야만 했다…. 어째서 그래야 하지? 그는 자신이 빠진 이 함정의 기제를 음울하게 연구했다. 어린 시절의 수음을 제외하면 이것이 그의 첫 번째 흉측한 중독이었다 — 육체적으로도 가장 정제된 쾌감의 사탕이었을 뿐만 아니라 책임감을 떨쳐 버리고 무사태평함, 그것도 그 성급한 경솔함이 아니라 연약해진 무사태평함의 편안한 구석에 감싸이는 상태에 대한 중독. 오 — 그것은 끝내 버려야만 했다. 게다가 거의 장교가 다 된 그가 망설이고 있는 것이다! 그런 뒤에 그들은 함께 독물의 교외로 나갔고 지프치오는 완전히 무시무시한 쾌락을 경험했다. (공주가 몰래 그의 포도주에 코카인을 뿌렸다.) 더 나쁜 건 그가 가장 신성한 것들을 불명예화하는 쾌락을 알게 되었다는 것이며 그보다 더 나쁜 사실은 그걸 즐겼다는 것이다. 그 순간부터 그의 내면에 새로운 사람이 살게 되었다 — (우연한 사고에 충분히 도취되어 어떻게든 마지막 순간에는 조용해졌지만 깊은 곳에서는 계속 일하고 있는 그 지하의 음울한 손님 외에도). 그 새로운 사람은 가치를 전복시키는 전환기를 만들어 냈다. 혐오스러움? — 바로 그것을 악의로 만든다(이른바 "변태성"). 힘들다? — 바로 해내야 한다. 아무 가치가 없다? — 삶의 본질에 닿는 품격으로 숭상한다. 그런 변환기는 코쯔모우호비치와 같은 사람의 손에서는, 심지어 그의 광기의 순간에도 뭔가 훌륭한 것이 되었다. 그러나 '루지미에쥬의 미래의 광인'의 뇌 속에 자리 잡아 그것은 뭔가 무시무시한 것이 될 수 있었다.

# 고문*과 '밑바닥에서 나온 손님'의 첫 출현

완전히 수면 부족인 채, 자신의 코카인 숙취의 본질에 대해서는 무시무시하게도 전혀 의식하지 못하는 채 (그저 심연과 같은 기적과 깨달음이 있을 뿐이었다. 대체 어디서 온 것인가?) 교외에서 마치 고등학교 졸업 시험처럼 지루한 풍광에 둘러싸여 하루 종일 훈련을 한 끝에 (회색이고 따뜻하고 달착지근하고 풀 향기를 풍기는 봄날이었다.) 게네지프는 여섯 시쯤 레토리크 거리에서 페르시를 향해 달려갔다. 그는 지옥같이 몸이 떨렸고 그녀에게 뭐라고 어떻게 말해야 할지 알지 못했으며 꽉 끼는 제복 속에서 땀을 흘렸고 입안은 씁쓸했다.

　그 전기가오리는 혼자서 어떤 요리사 겸 보호자와 함께 살고 있었는데 그녀의 이름은 골란코바 부인(이자벨라)이었다.** 유명한 즈비에죤트코프스카 양의 "앙파트"(골란코바는 그렇게 말했고 게다가 "쉽오분"[15분] "뷔"[비] "취즈"[치즈] "안 빨리" "금시"라고 했다.)라는 수컷 고문용 장소의 끔찍함을 완성하기 위해서는 요리사의 이름이 그러해야만 했다. 이미 현관에서, 어떤 감각으로 느

---

* 531쪽 주 참조.
** 보호자(duenna)는 결혼하지 않은 젊은 여성을 감독했던 중년 여성을 말하며, 골란코바(Golankowa)라는 이름은 폴란드어로 '나체'와 '무릎'을 한꺼번에 연상시켜 상당히 음란한 느낌을 준다. 그러나 골란코바 여사 본인은 전혀 그런 사람이 아니기 때문에 작가는 이름에 대해 말하면서 이름과 실제 인물의 차이를 강조한다.

졌는지 모르지만 그는 건강하지 못한 (우, 얼마나 불건강한지, 공포다!) 체념의 분위기를 느꼈다. 모든 것이 공주가 말하는 대로 길게 늘어진 치유할 수 없는 '고뮴'의 냄새를 풍겼다. 그리고 어제의 그토록 풍성했던 쾌락을 배경으로 이런 인상을 받다니. 우 — 위험하다 — 호, 호! 그는 이것을 알고 있었으나 어떤 악마가 그의 목덜미를 인정사정없는 앞발로 붙잡고 계속해서 이 모든 것 안으로 그를 떠밀었다. 그는 그 악마가 누구인지 잘 알고 있었다 — 아, 그 불쌍한 존재를 알고 있었다. 그녀는 침대에서 뭔가 브루벨 (화가 말이다, 새가 아니고)* 그림 같은 깃털과 초섬세한 브라반트식 투명한 레이스와 베개에 파묻힌 채 그를 껴안았고, 그 베개들의 베개성은 일반적인 잠을 지구 가장 동쪽 왕자들의 게으름만큼이나 초월하는 것이었다. (이 모든 것은 매우 값쌌지만 그저 유례없이 가학적인 취향으로 구성되었을 뿐이었다. 수컷의 힘을 최대한도로 풀게 만드는 것이 목적이었다. 어쩐지 실제로도 그렇게 작용했다.) 불쌍한 지프치오는 그녀의 이른바 지상의 것이 아닌 아름다움에 완전히 현혹되었다. 그는 어제 그의 입에서 무심코 튀어나왔던 몇 가지 세부 사항을 알아챘다. 그녀는 '자연적인' 모습이 무대 위에 있을 때보다 더 아름다웠다 — 그 것은 무시무시한 발견이었다. 만약의 경우** 위로가 될 만

---

* 폴란드어로 브루벨(wróbel)은 '참새'라는 뜻이다. 미하일 브루벨(Михаил Врубель, 1856-1910)은 러시아 상징주의 시기의 화가다.
** en cas de quoi. 원문 프랑스어.

한 결점이 단 하나도 없었다. 벽. 그녀의 코는 라이문트 말체프스키가 말했듯 "너무나 똑바르게 이어져서 거의 독수리 같았다". 입은 크지 않았으나 그 윤곽은 그저 절망일 뿐이었고 어쩐지 천상의 아몬드 모양 공단에 야생 산딸기빛 홍조를 올린 것 같았다. 그리고 제비꽃 색깔 눈동자와 짙은 속눈썹, 그 끝은 약간 휘어져 올라가서 그녀의 시선은 그 긴 속눈썹 때문에 뭔가 떨리는 것처럼 보였고 그 어떤 쾌락으로도 채울 수 없는 무한한 욕망 속으로 이어지는 것 같았다. 그 어떤 지옥 같은 수컷이 그녀에게 무슨 일이든 '저지른다' 하더라도 그 어떤 일도 성공하지 못할 것이고 어떤 도움도 되지 못할 것이며 어떻게 해도 진정시키지 못할 것이고 대체로 아무것도 아닐 것이라는 인상을 주었다. 그녀는 파괴할 수 없는 존재였다. 오로지 죽음뿐이다—'그의' 아니면 그녀의. 그렇지 않으면 아무리-해도-충분히-머무를-수-없음의 벽. 하! 바로 이런 차원의 절망 속에서 코쯔모우호비치는 자기 광기의 가장 본질적인 요소를 찾아내곤 했다. 그 아래에는 그 평범하고 심지어 무척 아름다운 명랑한 소녀들이 있었고, 그런 소녀들을 그는 이미 그토록 많이 망가뜨렸던 것이다—마치 잔혹한 소년의 장난감처럼. 여기서 그는 그 전능한 낯짝을 전속력으로 처박고 온몸으로 달릴 수 있었으나 절대로 끝에는 도달하지 못했다—마음껏 짐승처럼 굴고 폭발하며, 폭발한 머리로 마음껏 양손으로 도살하고 마치 화산이 용암을 뿜어내듯 자신의 금빛 검은색 욕정을 흩뿌릴 수 있었으며 혹은 전체성 자체를 집어삼키려는 자신의 형이상학적 욕구에 그저 그 '욕구의 경감'*을 줄 수도 있었다. 그녀는 그에게 그 상징이었다. 그런데 이런 지프치오가 대체 무엇이란 말인가? 우스울 뿐이다!

불쾌한 보호자가 차에 곁들일 간식을 놓고 나가자마자 (그러면서 그녀는 마치 이렇게 말하고 싶은 것처럼 미소 지었다. '오, 여기서 조금 뒤에 무슨 일이 일어날지 내가 잘 알지.') 페르시는 홍차 같은 붉은색 이불을 젖히고 목 아래 셔츠를 묶었다. 게네지프는 경악하여 얼어붙은 채 (욕망이 완전히 도망쳐서 지성의 꼭대기까지 가 버린 것 같았다, 그 정도로 놀랐다.) 잿빛 금발의 털부터 (이쪽과 저쪽 모두) 발가락의 발톱까지 여성적 유혹과 아름다움의 완벽성의 현신을 바라보았다. 그는 굳어졌다. 그 광경의 접근 불가능성, 정복 불가능성은 절대성에 닿아 있었다 — 여기에 비하면 에베레스트산 롱벅 빙하 방향의 빙벽 따위는 멍청한 희극에 지나지 않았다. 어제까지만 해도 뭔가 이해할 수 없는 것으로 여겨졌던 것(그러니까 그녀가 대체 이런 것을 가지고 있으리라는 사실)이 실제로 일어났다. 그러나 실제 형상의 이해 불가능성은 이 불쌍한 남자가 극장에서 그녀라는 사람에게 속해 있는 어떤 것들을 상상할 수 없었을 때의 그 꿈보다도 무한히 더 괴물 같았다…. 오 위협이여! 그리고 그는 어스름한 고문실

---

* détente. 원문 프랑스어.

에서 자기 자신 안에서 그 살인적인 조그만 목소리가 말한 그 단어들을 들었는데 ('오, 여기에서 그녀의 목소리였다면….') 그건 무대에서 그녀가 말했던 것이었고 그녀는 이제 그의 앞에 수치심 없이 찬란한 알몸인 채 (나체가 아니다.) 동시에 이처럼 천사같이 누워 있는 것이다! 쾌락의 순간에 그녀는 얼마나 더 아름다울 것인가…?! 그건 아마 나쁜 꿈이었을 것이다. 그러나 아니다— 그 단어들은 마치 속옷 속의 개미처럼 그의 귀에서 기어 다녔고 이미 이토록 아픈 성적 혼란의 육체적이고 영적인 매듭을 아프게 깨물었다.

"그렇게 서 있지 말고 앉으세요. 그리고 어쨌든 이제부턴 당신에게 반말로 하겠어요. 그렇게 하는 게 더 나으니까." (누구를 위해서, 하느님 맙소사?!) "오로지 거짓과 탐욕 속에만 모든 감정의 본질이 있는 거야. 탐욕을 채우지 못한 수컷은 거짓말을 하지 않지만 난 언제나 거짓을 원해." (오로지 코쯔모우호비치 한 명만이 '충족의 진실' 속에서도 그녀를 만족시켰다— 그래, 그토록 황소 같은 지배자였다….) "널 사랑해, 하지만 넌 절대로 날 갖지 못할 거야— 그저 바라볼 수만 있어— 그리고 그것도 때때로 할 수 있을 뿐이야. 하지만 넌 거짓되게 생각할 거고 나한테 그걸 말해 줄 거고 나는 그것으로 살면서 바로 나 자신의 거짓을 창조할 거야. 그건 나한테 연극을 위해서도 필요해. 그런 뒤에 넌 너무 지나친 고통 때문에 날 증오할 거고 날 죽이고 싶어지겠지만 그럴 힘이 없을 거고 나는 그때 널 가장 사랑하겠지. 그건 정말 쾌락일 거야….” 그녀는 힘주어 몸을 뻗으며 입술을 약간 벌리고 눈에 띄지 않게 다리도 약간 벌렸으며 눈은 안개가 낀 듯 흐려졌다. 지프치오는 꿈틀거렸다. 아 ─ 젊고 잔혹한 손아귀로 그녀에게서 내장을 뽑아내 피 냄새로 악취를 풍기는 아가리에 가득 넣고 씹어 먹을 수만 있다면…. “그리고 넌 오로지 나에 대한 하나의 생각, 단 하나 고통의 오르가슴, 단 하나 말로 다할 수 없는 욕망의 폭발이 되어 버릴 거고 그러면 어쩌면…. 하지만 나를 만지도록 너한테 허락하는 일은 아마 일어나지 않을 거야, 왜냐하면 난 충족과 지루함의 추악한 진실보다는 차라리 죽음을 택할 테니까. 나 자신도 미칠 정도로 고통받고 있어…. 널 사랑해, 사랑해….” 그녀는 마치 육체적인 쾌락의 가장 중심부를 달아오른 쇠로 지진 것처럼 고통으로 온통 몸을 뒤틀었고 이불을 목까지 덮어썼다. 그의 코앞에 또한 그녀의 분홍빛 발뒤꿈치가 어른거렸고 이 세상의 것이 아닌 암컷의 향기가 살짝 그에게 날아왔다. (이전의 그런 일들을 겪은 뒤에는 항상 이랬다.) 페르시는 이 거의 심리적인 전율을 알아보았는데, 그건 저 피학적인 황소와도 같은 병참 장교가 혼자서 ‘군인답게’ (선생님 그러니까 그) “별들 사이의 허공으로 속옷 벗어 던지기”라고 이름 지은 것이었으며 좀 더 현실적인 쾌락으로 향하는 전단계였다. 아, 그의 그 지옥 같은 혓바닥, 쾌락을 견딜 수 없을 정도로 펼칠 줄 아는 그 혓바닥과 게다가 그 인식, 그러니까 바로 그 자신이, 거기서…. 아, 안 돼. 착한 지프치오는 장식품과도 같았고 형이상학적 소변기에 붙인 유치한 스티커였으며, 그 소변기 안에는 저 거인의 심장이 의심스러운 분비물 속에 떠다니고 있는 것이다. 왜냐하면 모든 '경감'에도 불구하고 병참 장교는 그녀를 사랑했으며 그녀도 그것을 알고 있었기 때문이다. 삶은 참으로 훌륭하게 짝이 맞추어졌다 — 꽉 차 있어서 아무도 그 안에 바늘 하나 밀어 넣을 수 없었다. 프롱고제프스카 숙모가 옳았다. 손안에 이런 운명의 폭탄을 붙잡고 어느 순간이라도 모든 것이 터져 버릴 수 있다는 사실을 의식하면서 그 기폭제를 가지고 논다는 것은 — "그것두, 선생, 일등급이에요."* 그리고 끝이다.

한순간 페르시는 소리 없이 히스테릭하게 마른침을 삼켰고 그런 뒤에 도덕적이고 성적인 만큼이나 육체적으로도 궁극적으로 무너지는 상태에 놓인 게네지프를 쳐다보며 가장 깊은 누이의 사랑을 담아 근심 어리고 알뜰하고 가장 상냥한 안주인 스타일의 어조로 말했다.

"차 마시자, 지프치오. 골란코바가 오늘 아주 맛있는 프티푸르키**를 구웠어. 먹어, 먹어 — 넌 너무 말랐어." 그런 뒤 그녀는 육식동물의 열정을 담아 말했다. "이제 넌 내 거야, 내 거." (또 다른 비슷한 말들, 병참 장교가 좋아하는 말들이 그녀 입안에 꽉 찼고 — 그녀는 견디지 못하고 조용히 그 말들을 속삭였으며 그러면서 눈을 내리깔았

---

* 화자의 발음을 번역에 반영했다.
** Ptifurki. 말린 과일과 아몬드를 넣어 구운 과자.

는데 그 속눈썹적인 구도는 오로지 한 가지만 말하는 것 같았다. '너도 내가 뭘 가졌는지 알지, 이렇게 아름답고 향기 좋고 쾌적하지만 널 위한 건 아냐, 바보야, 이 세상의 진정한 힘센 장사들을 위한 거야.' 마치 수치스러운 듯 내리간 속눈썹 긴 여성의 눈꺼풀보다 더 특별한 것이 세상에 과연 존재하겠는가? 게네지프는 자신이 잘못 들었다고 생각했다. 그건 이미 일어날 법하지 않은 일이었다.) "넌 결단코 날 잊지 못할 거야. 무덤 속에서도 날 생각할 때면 관 뚜껑을 들어 올리게 될 걸." 그녀는 이렇게 평범하고 진부한 삼류 농담을 망설이지 않고 입 밖에 냈다! 그리고 바로 이 농담이 그에게는 마치 위협적이고 음울하고 불만족의 찢어지는 듯한 고통이 담긴 진실처럼 들렸다 — 손에 넣을 수 없는 그녀의 입에서. 그리고 마드무아젤 즈비에 쫀트코프스카는 그의 창백해진, 초인간적인 고통 속에 놀랄 만큼 아름다운 얼굴을 들이마셨고 그의 타오르는 눈에 담긴 어린 남자애다운, 견딜 수 없는 성적인 고통을 빨아들였으며 커피 원두 같은 모양의 순진한 제비꽃 색깔 눈동자로 그의 벌어진 입과 떨리는 턱이 무기력한 정열 속에 실제로 훌륭한 프티푸르키를 씹어 으깨며 겪는 고문을 샅샅이 덮쳤다. 그리고 그녀가 옳았다. 바로 이것이야말로 가장 아름다운 것이 아니던가? 물론 병참 장교의 장교들로만 이루어진 군대의 효율성이라는 관점에서는 그렇지 않았다. 오-오-오 — 그러나 지프치오가 갑자기 어제 무슨 일이 있었는지 알게 된다면 어떻게 될 것인가? 그렇게

702

되면 그의 내적인 분노가 얼마나 더 강력해질 것인가! 아, 그렇게 되면 '달콤할' 것이다! 그러나 이것은 아직 허용할 수 없었다. 그런 순간이 올 것이다, 확실히 그렇게 될 것이다 — 그런 순간은 마치 훌륭하게 커팅된 귀한 보석과도 같았고 그는 그때가 되면 이 고문의 소스 속에 완전히 녹아 흐르게 될 것이었다 — 그냥 그녀 앞에서 자기 자신을 뭔가로 만들 것이다…. 이미 그런 남자들이 있었다.

그녀가 이 모든 탐욕에 대해 거짓말했다는 점도 물론 있었다. 그녀는 어쨌든 저 다른 남자, 반신(半神), 잔혹하고 야만적인 권력자, 그녀 몸속에 머리 끝까지 추악하게 더럽혀진 그 남자가 준 쾌락으로 넘치게 가득 차 있었다. 그리고 그는 그 계획적인 굴욕 뒤 그녀를 어떻게 파묻고 살해하고 쥐어짜고 으깨었는지…! 아아! (코쯔모우호비치 같은 터보 발전기가 공연히 바로 이런 여자를 가지게 된 게 아니었다. 그는 여자 고기 수백만 근에 둘러싸여 그녀 위에서 서로를 알아보았고 그녀를 지금의 그녀, 즉 거의 형이상학적인 거짓말의 나라[모든 것에 반대하는 종류의 거짓말이다.]와 진정한 일급 고문실 왕국의 지배자로 만들었다. 그리고 등 뒤에 코쯔모우호비치를 [심리적으로] 두고 페르시는 아무도 두려워하지 않았다. 그녀는 마치 이집트 몽구스가 자기가 좋아하는 조그만 여우 새끼를 잡아먹듯이 누구든지 마비시켜서 냉담하게 집어삼킬 수 있었다 [심지어 진심으로 사랑하면서 — 물론 그녀 기준에서다]. 단지 여기서는 이것이 1인칭으로 이루어졌을 뿐이다.)

게네지프는 무한한 고통 속에 거꾸로 뒤집혀 얼어붙었다. 그가 마지막 순간에 도망칠 수도 있었을 모든 쾌락의 계곡들이 추잡한 고문실로 뒤덮였다. 그는 타서 갈라진 목소리로 제정신 아닌 말들, 방금 전 기억 속에 날아든 그녀의 기적처럼 날씬하고 길고 그러나 충실한 다리의 형상 때문에 자기도 모르게 꽃피어 버린 말들을 더듬더듬 중얼거렸다 — 그러나 그 다리는 온통 멍으로 뒤덮여 있었다. (그는 지금에서야 그 사실을 깨달았다.) 그런데 그 멍은 지프치오에게 마치 뇌산수은이 질산섬유소에 작용하듯 폭발적으로 작용했다.

"그러면 아무도…? 어째서 그, 그 얼룩은?" 그는 그냥 '멍'이라고 말할 용기가 없었다. 그리고 그는 손으로 이불에 원을 그리는 손짓을 했다.

"어제 3막 끝나고 계단에서 떨어졌어." 페르시가 아픈 표정으로 말로는 표현할 수 없는 달콤함 가득한 미소를 지으며 대답했다. 그리고 그 미소 속에서 제도의 중심에 있는 젊은 순교자 앞에 어떤 야만적이고 이해할 수 없는 폭력의 완전히 명확하게 표현되지 않은 치명적인 형상이 파고들었다. 그리고 그가 뭔가 믿을 수 없을 정도로 괴물 같은 것을 알고 있었음에도 불구하고, 더없이 이상한 최면에 힘입어 무엇인가가 그녀를 단념시키는 대신 그녀에 대한 훨씬 더 무시무시한 욕망으로 남김없이 완전히 변화되었음을 그는 확실하게 알았다. 그는 물 한 방울 없는 영혼의 사막에서 소리 없이 울부짖으며 마치 베서머 전로* 속 종잇조각처럼 타올랐다. 이 고통에서, 그리고 장교적-남성적-영감을 얻은 관점의 정점에서 도망칠 곳은 없었는데, 그러한 관점의 상징이 바로 병참 장교였다—그것은 다름 아닌 순수한 용병 심리였고 민족 사상은 이런 차원에서는 가장 작은 역할도 하지 못했다—그러니까 이런 수준의 '장교화'에서는 말이다. 코쯔모우호비치 자신도 가루가 되어 부서져 버린 민족 감정을 부활시킬 것이라고는 믿지 않았다. 학교에서는 여기에 대해 수업 초기에 몇 가지 단순한 신조만을 이야기했고 그런 뒤에는 오로지 승리했을 때만 성찬식처럼 명예와 의무 같은 추상적인 관념들을 신뢰성, 용맹함, 시간관념, 그림 그릴 때의 꼼꼼함과 단어 표현의 명확함과 순수하게 물리적인 효율성과 같은 차원에서 과시했다. 자동화된 노선이 모든 곳에서 전능하게 지배했다. (아마 무르티 빙도 여기에 완전하게 동의했을 것이다.) 사상적인 어스름 속에서 잔뜩 겁먹은 마네킹들이 움직였다. 더 깊은 생각을 가진 사람들은 그것을 숨기고 보편의 눈앞에서 주의 깊게 몸을 사렸으며—이런 것들(정확히 무엇인가?)은 낮은 평가를 받았고 특히 예전의 형이상학이나 종교와 관련 있는 경우 더욱 그러했다. 하나의 정신병이 절대적으로 모두를 지배했는데 그것은 광기에 대한 공포였다. 게네지프는 진정한 예외였다.

* 현재의 평로 방식이 개발되기 전 선철을 정제하여 강철을 대량 생산하던 기법. 영국인 헨리 베서머(Henry Bessemer)가 1856년 발명한 방식이다.

그러나 이 사악한 순간에 그는 갑자기 땅에 내던져졌고 점근적인 장교이며 지휘관의 미래 '부좌관'이고 현재 병참 장교 지방 부대원인 그는 양탄자를 물어뜯기 시작하여 기어 다니면서 머리로 파고들었고 페르시아식 무늬에 거품을 흩뿌렸다. 꿰뚫을 수 없으나 부드러운 저항의 검은 축대가 그를 행복에서 갈라 놓았다. 그것을 넘어야만 비로소 모든 것을 정복할 수 있었고 — 그것이 아니면 — 아무것도 아니었다. 그는 여기서 강간은 아무 도움이 되지 않으며 보호자 골란코바 부인이 들어와서 결정적으로 창피한 광경이 이어지리라는 것을 알고 있었다. 그가 공주에게서 배워 익힌 '트뤼크'*는 하나도 작동하지 않았다. 악마 숭배에 대한 모든 해독제는 실패했다. 그리고 이것은 어쨌든 전혀 악마 숭배가 아니었다 — 그녀의 증언에도 불구하고 그녀의 진실을 믿는 그에게 있어서는. 실제로 그것은 가장 높은 층위의 악마 숭배였는데, 왜냐하면 겉보기에 그녀는 선하고 감성적이고 (심지어 숨 막히게 감상적이고) 허구적인 고통으로 치장하고 있었기 때문이다. 그녀 또한 불행하다는 사실을 생각하면 이 상황에서는 맞서 싸울 상대가 없었다. 그러나 그것은 그녀의 매력을 더 강화시켜 주었는데, 마치 어린 시절 어느 모르는 아가씨들이 입은 상복의 매력을 악취 나는 상황의 비밀스럽고 숨겨진 사악함이 야만적일 정도로 강화시켜 주었

* Truc. '트릭, 기교'라는 뜻의 프랑스어.

던 것과 같았다. 그렇다 — 오로지 '악취(smród)'라는 단어
(smrood — 평범한 표현을 좋아하지 않는 사람들을 위해
영어로 썼다.)만이 지금 일어나는 일들의 끔찍함을 반영할
수 있다. 일반적인 분노의 발작 — 처음으로 그것마저도
전혀 광기와 상관없는 정상적인 무의식 상태의 겉모습을
띠고 있었다. 그녀는 '죠그마한' 맨발로 침대에서 뛰어나와
(길고 거의 투명한 셔츠를 입고) 그의 머리를 쓰다듬으며
가장 다정한 표현들을 그에게 속삭이기 시작했다.

"넌 나의 가장 소중한 아이야, 내 금덩이, 귀여운 고
양이, 깨끗한 영혼, 열심히 일하는 꿀벌." (대체 뭐라는 거
야?) "내 불행한 사랑, 진정해, 날 불쌍히 여겨 줘." (이것
은 모순되는 감정을 불러일으키기 위해서였다.) "날 동정
해 줘." (그녀는 그를 만질 수 있었다 — 그는 그녀를 만질
수 없었다.) 그녀는 그의 머리를 아랫배에 가져다 대었고
게네지프는 얼굴에 뜨겁게, 그곳에서 터져 나오는 섬세하
고 믿을 수 없을 만큼 좋은 향기를 느꼈다…. 하지만 안
돼!!! 그러나 그녀의 목소리는 마치 그 목소리로 그의 몸
가장 깊숙이 숨겨진 성적인 중심부를 만지는 것 같았다.
("아, 쓰레기 — 상상할 수 있는 가장 매력적인 여성이
지만 그저 '쬐꺼기'였어." 병참 장교가 말한 대로 말이다. 그
러나 그에게는 바로 그것이 행운이었다.) 그 목소리는 지
프치오의 뼛속 골수를 빼내고 그의 고통에 찬 뇌를 양처
럼 순하게 만들고 그라는 인간 전체를 절대적으로 아무런
내용물도 없는 텅 빈 자루로 바꾸어 버렸다. 그리고 그 일

은 어찌나 빠르게 일어났는지! 심지어 그가 들어온 지 아직 3분도 되지 않았다. 그가 어떤 기적으로 정신을 차렸는지는 알 수 없다. 그 분노의 구역질 상태는 이미 쾌락이었다. 그녀가 앞에 섰을 때 그는 그녀의 벌거벗은 다리와 맨발을 보았고 (그 발가락은 길고 아름다웠으며 기묘한 애무를 위해 창조된 것이었다—총병참 장교는 잘 알고 있었다.) 그건 누군가 그의 얼굴에 말뚝을 박고 존재의 본질 한가운데로 달아오른 역기를 꽂아 넣은 것 같았다. 그는 또다시 낮은 소리로 울부짖고 신음하며 머리를 땅에 받기 시작했다. 그렇다—그것은 사랑이었다, 진정한, 짐승 같은—저기 무슨 이상적인 헛소리가 아니라.

페르시는 자기 자신에 대해 스스로 숨을 제대로 못 쉴 정도로 행복해져서 (세상이 참으로 이상하게 거대해졌고 아름다워졌으며 그녀 하나만으로 완전히 가득 찼다.) 그의 남성적인, 그토록 낯설고 그 때문에 '매력적인' 머리를 계속 쓰다듬었다, 안에서 이런 일들이 돌아가고 있는 그 머리를! "정액이 뇌로 몰려갔군." 코쯔모우호비치는 그녀에게 이렇게 말하곤 했다. 또한 그는 그것을 "황소의 발작"이라고도 이름 붙였다. 오—저곳으로 빠져나가서 이것이 얼마나 괴로운 일인지 볼 수 있다면, 뇌의 두 가지 모순되는 관념들—즉 하나는 그 자체로 존재하지 않는 현실적인 생각들의 조직, 이 불가능성의 경계에서 그 광경을 자기 안에 가질 수 있다면, 두뇌의 두 가지 모순되는 관념들—하나는 그 자체로는 존재하지 않는 현실적

인 사상들의 기관, 살아 있는 세포들의 조직으로서 화학
작용으로 이어지는 경계선에 있는 두뇌이며 — 바로 여기
서 이 관념이 모든 사람이 머릿속 가장 안쪽에, 거의 직접
적으로 가지고 있는 그 다른 관념과 교차하는데, 두뇌의
그 깊은 곳에서 무의식적으로 어떤 콤플렉스와 덜 명백한
성격의 연속들이 국한되어 자체적으로 심리적인 사고 과
정으로 변하는 그곳 — 오, 그것, 그것 — 그것을 벌거벗은
피투성이의 두개골에서 들어낸 두뇌와 함께 보는 것 = 세
번째 관념이지만 이는 유감스럽게도 언제나 다른 사람의
뇌에 관련된 것이다. 저 페르시는 모든 종류의 철학과, 심
지어 자연과학과도 거리가 멀었으며 무시무시한 변덕을
가지고 있었다. 그녀에게 이미 코쯔모우호비치의 형이상
학(신이여 불쌍히 여기소서!)은 뭔가 너무 위험 부담이 큰
것이었다. 그녀는 생각 없이 마치 자동기계처럼 가톨릭의
신을 믿었으며 심지어 고해와 영성체에도 다녔다 — 이
괴물이! 그러나 자신이 금전적인 이유로 독살한 추기경들
의 죽음에 대해 성모마리아에게 기도한 알렉산드르 6세와
비교하면 그 정도는 대체 무엇이겠는가, 그리스도의 진정
한 과학에 대한 오늘날 가톨릭 신앙의 모순과 비교하면
대체 무엇이겠는가. 바보짓이고, 시시할 뿐이다.

"오, 너, 나의 달콤한 머리! 어쩌면 머리카락이 이렇
게 비단결 같고 아름다운지, 어쩌면 눈이 저렇게 사악한
지, 마치 우리에 갇힌 화난 짐승 같네, 옆에 있는 벽 너머
에는 암컷이 있지만 거기에 가서 닿을 수 없으니까 말이

지. 어쩌면 입술이 이렇게 갈망하고 불만족할까, 어쩌면 조그만 몸이 이렇게 열기에 달아올랐을까!" (그녀는 그의 제복 아래로 손을 집어넣었다.) "아, 넌 나의 기억이야, 어쩌면 모든 것이 이렇게 아름다울까!" 그리고 그녀는 도취되어 손뼉을 치면서, 머리 위로 다리를 차올리며 쾌락과 원죄의 심연을 드러내며 양탄자에서 춤추기 시작했다. 게네지프는 꿇어앉아서 바라보았다. 세상은 마치 페요테 환각 속의 괴물처럼 초괴물적인 거대 괴물로 탈바꿈해 가시와 이빨과 뿔을 드러내고 생각-할-수-없을 정도로 끔찍하고 사악해졌다. 이미 거의 도덕적인, 이토록 물리적인, 그러나 아픔 없고 애무처럼 부드러운 고통이 그를 부수어 끔찍하고 악취 풍기는 반죽으로 만들었다. 그는 눈을 감았고 자신이 죽은 것 같다고 느꼈다. 몇 세기가 흘러갔다. 페르시가 죽음기에 절망적으로 흐느끼는 듯한 '우든스터머크'*를 틀어 놓고 무의식 상태로 계속 춤을 추었다. 그러나 그녀 안의 목소리, 그녀에게나 세상 전체에게나 낯선 목소리가 (그녀는 그것이 사탄의 목소리라고 여겼다.) 옆에서 이 모든 현상을 건너뛰고 말했다. '고통받아라, 짐승 같은 남자의 몸이여, 흐늘흐늘한 배아여, 어린 남자아이 같은 똥 덩어리여 — 내가 고문할 것이다, 빌어먹을, 너 자신의 욕망으로 채찍질하고 돼지처럼 음란한 상상으로 죽도록 혼내 줄 것이다. 머릿속으로 내 안에서 몸부림치

* 684쪽 주 참조.

고 광기에 차서 울부짖어라, 하지만 결단코 나를 만지지 못할 거야. 바로 그 '결단코' 안에 모든 쾌락이 있는 것이다. 고통으로 울부짖고 애원해라, 그러면 내가 다만 머리카락 한 올이라도 너의 그 미치도록 자극받은 창자에 비벼 줄지도 모르지.' 기타 등등, 기타 등등. 그리고 그 안에 또한 가장 숭고한 사랑이 있었으나, 그것은 거짓말로 왜곡되어 자아의 반대편으로 몰아낸 사랑이었다. 그 전부가 이미 뒤집혀 버린 더러운 자루 같았고 그것으로는 아직도 모자랐다, 모자랐다. 이제 지속적인 동요는 거의 만질 수 있을 것 같은 진실과 (병참 장교와 그의 광기라는 형태로) 내면의 거짓말 전체 사이에서 일어났고, 그 거짓은 그 자체의 완벽성으로 인해 거의 진실이 되었으며 자신 안에서 삶에 대한 의지를 새로이 심화시키는 용도로 사용될 것이었다. 불쌍한 페르시는 무시무시하고 이유 없는 우울증에 시달렸으며 본질적으로 연약한 '조그만 존재'이며 '아가씨'였는데, 그녀는 자기 자신에게 연민을 가지는 순간이면, 심지어 수컷들에게서 창자를 냉담하게 끄집어내면서 그들에게 가련한 동정심과 짐승처럼 울부짖는 광기를 동시에 불러일으킬 때도 자신을 이렇게 부르기를 좋아했다. 심리적인 사디즘과 모든 눈꼴 사나운 존재들, 장애인과 영혼이 가난한 약골과 이교도들, '무지렁이들'과 '쪼꼬맹이들'(부르르 — 이 무슨 추접한 단어인가!)에 대한 무한한 선의가 그녀 안에 하나의 거대한 덩어리로 합쳐져 있었다. 여자들은 그녀를 무한히 숭배하거나 (몇 번 훌륭한

711

동성애 제안을 받은 적도 있었으나 경멸을 담아 거절해 버렸다.) 미워했고, 심지어 마치 자신이 사랑하는 남자의 애인을 미워하듯 이유 없이 증오했으며, 이 방향에서 페르시는 자신의 조그만 양심에 가책을 느낄 근본적인 죄가 전혀 없었는데도 그러했다. 어쩌면 오로지 유일하게 코쯔 모우호비치 장군 부인에게는 죄책감을 가졌을지도 모른다. (병참 장교는 결혼 이후 더 이상 진정한 애인은 두지 않았다. 페르시가 첫 번째로 [또한 마지막으로] 그가 진실로 어쨌든 사랑하는 아내를 배신한 상대였다. 그 외 다른 저 계집들이야 대체 무엇이겠는가 — 전혀 헤아릴 가치가 없는 것이다….)

갑자기 지프치오는 벌떡 일어나 간신히 모자를 잡아채 뛰쳐나왔다. '차 한 잔'과 프티푸르키는 악마의 손아귀에서 그렇게 뛰쳐나온 탈출의 상징으로서 다 먹고 마시지 않은 채 남았다. 문 뒤에 잠복해 있던 보호자는 그의 얼굴과 그 속도를 보고 거의 숨이 막힐 뻔했다. 젊은 '병참 지방 부대원'은 실제로 무시무시한 낯짝을 하고 있었다 — 고통으로 검게 변하고 부풀어 올라 전반적으로 뭔가 알아볼 수 없는 모습이 되었다. 아, 누군가 그를 그 순간 그렸거나 아니면 최소한 사진이라도 찍었더라면! 아쉽다.

한편 페르시는 추악하고 욕정에 찬 미소를 띤 채 조용히 우아하게 침대로 들어갔는데 (그녀는 언제나, 심지어 변기에 앉아 있을 때도, 마치 누군가 그녀를 쳐다보는 것처럼 행동하는 습관을 지녔다.) 그 전에 거울을 보고 베

712

개에 황홀하게 몸을 묻었으며 그러면서 조그만 덩어리처
럼 몸을 말았다. 이제야 비로소 그녀는 진실로 자신에 대
해서 약간 꿈을 꿀 수 있게 되었다. 자기 스스로, 자기 존
재적으로, 자기 자신으로, 그녀는 암컷이 되어 마음껏 암
컷 노릇을 할 수 있었고 마치 완벽한 털가죽에 몸을 묻듯
이 자기 자신 안에 깊이 잠겨 들 수 있었다. 그녀는 자신
이 진실로 존재한다고 느꼈다 — 방금 전에 일어난 일은
빛바랜 채 지나갔고 거의 추상적으로 변했으나 꽃피는 순
수한 자아를 위해 반드시 필요한 배경이었으며, 그 자아
는 일상의 안개 속에서 몸을 내밀고 거의 밤이 되어 버린
하늘을 배경으로 비속함의 어두운 계곡 위에 저물어 가는
태양 빛 속에 마치 거대한 산꼭대기 같은 검은 무존재 위
에서 타올랐다. 그녀는 그 순간 세계의 중심이었으며 아
마 페르시아 황제라면 매일, 지속적으로 그렇게 느꼈겠지
만 — 행복했다. 그런 뒤에 자아는 뭔가 황홀한 연기 속에
떨어져 나가 버렸고 (그 연기 외에는 아무것도 없었고, 마
치 에테르에 취했을 때 결정적으로 감각을 잃기 직전 같
았다.) 그 뒤에는 '보편 존재와의 합일'이 찾아왔다. 육체
가 완전히 사라져 버리고 (마지막 의식의 불꽃이 공허한
공간의 가장 변두리 어딘가에서 아직 남아 있었을 때) 그
리고 그 뒤에는 깊은 잠, 그리고 그 잠에서 깨어났을 때
는 기운이 넘치고 암소처럼 건강하고 얌전해져 있는 것
이다. 그것으로 일주일은 충분했다 — 아니면 혹은 2주라
고 하자. 그리고 그녀에게 이런 순간들을 아낌없이 주도

713

록 하자, 왜냐하면 이런 경험들만을 제외하면 (그리고 저 영혼과 육체의 유일한 힘센 장사와 함께하는 다른 경험들을 제외하면) 그녀는 불쌍한 회색 무존재의 (자기 자신에게 그 자체로 그러한) 그 유명하고 찬란한 페르시 즈비에 존트코프스카였기 때문이다.

한편 지프치오는 차를 타고 학교로 달려갔다. (그때 그 공주의 화장실에서처럼 탈출할 수는 없었다— 그는 그게 어떤 냄새가 나는지 알고 있었다. 모든 것이 이상하게 음탕한 냄새를 풍겼다. 모든 일이 천천히 체계적으로 일어나는 것 같았고 그를 가장 높은 수준으로 자극하기 위해서는 그저 반대의 맹세를 하기만 하면 되었다. 그리고 저 잊을 수 없는 향기…. 절대로, 결단코 안 된다. 그는 검은 벽에 낮짝을 '죽도록' 처박았으며 무시무시한 '오한' 속에 무너졌다.) 한편 자연의 세계에서는 가늘고 따뜻한 봄비가 내리고 있었다. 그리고 모든 것이 이토록 진부하고 일상적이었다— 비록 그의 상처에 가로등과 드문드문한 행인들과 지금 이 시간에야 바로 활기를 띠기 시작한 상점들을 더해야 했고 바로 이 모든 것들의 기묘함이 그의 내장을 긁어 댔으며 그 기묘함이 너무나 괴물 같고 비열해서 거의 울부짖을 뻔했지만. 그는 자신의 불명예화된 내장이 자동차 뒤로 더럽고 썩어 가는 거리에 길게 늘어진 것처럼 느꼈다. 증오의 부르짖음이 존재의 밑바닥에서, 그 검은 손님이 앉아 있는 그곳에서 치받쳐 올라왔다. 그— 아래쪽의 그 검은 손님은 평온했으나 불운의 물결

714

은 이미 목적지에 도달해 있었다. 3시간 동안의 저녁 기마 훈련, 게다가 그의 검은 말은 하얗고 누르스름한 거품을 흘리고 있었다 — 그리고 그는 조금 잘 수 있었다. 그러나 잠을 잔 것은 그 자신이라기보다는 고문당한 시체였다.

남은 날들을 어떻게 버텨서 그가 마침내 죽을 수 있는 사고가 발생할 때까지 이어 나갈 것인가? 게다가 그다음 날 여섯 시에 그는 이미 공주의 방에 있었고 그녀를 마치 엄마-흡혈귀처럼 그냥 괴물같이 사랑했다. 저녁에는 또 똑같은 공연이 크빈토프론의 극장에서 있었고 열두 시에는 페르시의 아파트에 가 있었다. 그러나 이미 그는 순종적이었다. 그녀는 그를 복종시켜 최악의 — 만성적인 고문들 속에 엮어 넣는 방법을 알고 있었다. 날카로운 상태는 지나갔다. 페르시는 그녀가 천사이며 그는 그녀에게 스칠 자격도 없는 죄인이라는 깊은 깨달음으로 그를 인도했다. 그녀는 오로지 자신의 고통에 대해서만 얘기했고 겉보기에는 그의 존재에 대해 잊은 것 같았으나 근본적으로는 그의 조그만 몸짓 하나하나, 채워지지 못한 탐욕의 고통이 납덩이처럼 매달린 그의 눈꺼풀 떨림 하나하나를 관찰했으며 그의 고문당한 육체에 스쳐 가는 기형적인 변화 하나하나를 마치 갑오징어처럼, 욕심 많은 빈대처럼, 이($\text{蝨}$)처럼 마음껏 빨아들였다. 그녀의 지옥 같은 솥 안에서 그 사랑은 헌신과 희생의 도달 불가능한 정점으로 고양되었다 — 물론 이론적으로 그러했는데, 왜냐하면 아무런 실험도 없었고 실험을 한다 해도 어떤 결과가 나올지 알 수 없

715

었으며 그 사랑은 외부적인 형태를 제외하면 타인의 영혼을 '마음속으로부터' 받아들이는 행위라기보다는 죽은 사물에 대한 증오에 더 가까웠기 때문이다. 문제는 이 모든 것을 어떻게 알맞은 목적에 사용하는가이며 가장 중요한 것은 대체 그 목적이 무엇이냐는 거였다. 멀지 않은 수도에 떠도는 병참 장교의 유령이 아니었더라면 지프치오는 절대로 이것을 견뎌 내지 못했을 것이다. 성당은 계속해서 녹은 타르를 흩뿌리며 병참 지방 부대원의 육체적인 턱 속에서 거의 첫 번째 폭발과 같은 위력으로 끓어올랐다. 오로지 '창자를 끄집어내는 것'만이 지금 훨씬 더 섬세하고 깊고 본질적이었다. 조각조각 (마치 육체의 어떤 점액이나 고름처럼) 영혼도 또한 이 용액 속에서 분해되었다. 불쌍한 "페르시츠카"(병참 장교가 그녀를 부르는 이름대로)는 그것으로 살았고 마치 인산비료 용액처럼 그 용액으로 생기를 얻어 자신의 조그만 신에게 바치는 진자줏빛과 황토색의 미사에서 지정된 때에 한 번 (혹은 열 번, 그러나 '연달아') 그러나 제대로 자신을 완전히 헌신할 수 있었다.

이렇게 이 모든 일이 길고 긴 시간 동안 지속되었다. 페르시와 공주에 대한 현실적인 사랑의 경험에서 비롯된 모순되는 감정들이 지옥같이 켜켜이 쌓여서 지프치오의 영혼을 자기 이해와 도달 불가능한 삶의 본질에 대한 이해의 점점 더 높은 층위로 밀어 올렸고 새롭게 더 높은 층위에 도달할 때마다 얼마 전까지만 해도 궁극적인 정점으로 보였던 낮은 층은 어린아이의 유치한 관점인 것 같았고 심지어 열아홉 살의 어린 장교에게도 가치 없게 느껴졌다. 이런 이전의 층위 위로 새롭게 계속되는 '상승'의 높이, 불멸의 후설과 별로 비슷할 것이 없는 이런 '관점'들,* 아무리 봐도 앙리 베르그송의 속임수가 연상되지 않는 이 '직관'들이 무슨 의미인지 그가 제대로 말하기는 아마 대단히 어려웠을 것이다. 그것은 실제 현실의 관념적 이해라기보다는 뚫고 들어갈 수 없는 깊이에 있는 존재의 사실 자체까지 감정적으로 파고드는 작업에 가까웠고, 현실은 언제나 유동적이고 끓어오르며 떨고 손에 잡히지 않는 채로 남아 있었다. 그러면서 게네지프는 세상에 단 하나 명백하고 정확한 것은 고통뿐이며 — 유일하게 긍정적인 것이다 — 다른 모든 것은 그저 '움푹 파인 흔적'에 불과했고 — 고통은 뭔가 불룩한 것이라는 확실한 결론에 도달했다. 지프치오가 쇼펜하우어를 읽지 않았다는 사실을 덧붙여야만 하겠다. 비관적인 세계관만큼 진부한 것도 없다 — 물론 요점은 그 비관주의가 형이상학적으로 얼마만 한 깊이에 도달했느냐 하는 것이다. 그러면서 그에게는 '최적성'에 맞서는 '최비관성'의 이론이 생겨났다.** "나의 최적성은 바로 나의 최비관성이야." 그는 솔직하지 못하게 말하곤 했다. 어떻게든 고통을 긍정적인 가치로 비틀어 변화시켜야만 했는데, 왜냐하면 그 자체로는 불길하게 지루한 어떤 것으로 변하기 시작했기 때문이었다. 지

* Einsich. 원문 독일어.
** 'optimum', 'pessimum'. 원문 영어.

프치오는 가끔 자살을 생각했으나, 앞으로 무슨 일이 생길지, 신이 그 세속적인 고문의 발상들 안에 제한되지 않으면 (왜냐하면 지옥이란 영원한 지루함이라는 사실이 명확해졌기 때문이다.) 그를 위해 또 무엇을 조합해 낼지 단순히 궁금했기 때문에 계속 살아갔다. ("그놈은 꾀를 부릴 줄 아는 녀석이다."* ― 신을 믿지 않는 르바크는 이렇게 말하곤 했다.) 게다가 죽기 전에 지휘관의 진정한 부관 노릇을 단 한 모금만이라도 맛보지 않고는 이처럼 역겨운 삶이나마 포기할 수 없었다. 불행한 지프치오는 이제 심지어 페르시가 그의 욕망에 따른다고 하더라도 본질적으로 아무것도 바뀌지 않으리라는 것을 알고 있었다. 그것은 그 자체로 도달할 수 없는 사랑이었고 그녀는 이해 불가능성의 현신이었다. 그러나 저 화려하게 차려입은 늙은 공주와 했던 일들을 가장 광기 어린 청년다운 이상화에 걸맞은 저 조그만 아가씨와 함께할 수 있다는 생각만으로도 젊은 병참 지방 부대원은 도덕적으로 열기에 분해된 가스 덩어리로 변해 버렸다. 어쨌든 당분간 그는 들어 본 적도 없는 맛의 고기를 맛보기 위해 준비하면서 부스러기를 받아먹으며 제동이 걸려 있었다. 알맞은 때에 젊은 아가씨와의 사랑이 경험 많은 숙녀와의 로맨스를 대신하는 정상적인 (상대적으로) 질서의 변화가 일어난 결과 대상에 대한 감정의 왜곡과 불일치가 일어났는데, 이는 나중에

* Il a de la combine ce bougre-là. 원문 프랑스어.

718

너무나 치명적인 결과를 가져오게 될 것이었다. 공주는 어떤, 말하자면, 그… 양동이와 같은 역할로 넘어갔는데, 그 형상은 훈련된 원숭이의 형상과 어쩐지 기묘한 방식으로 연결되어 있었다. 그녀는 저열한 이 젊은이에게 오로지 레토리크 거리에서의 생활 전선에 끌어들일 힘을 얻기 위한 목적으로만 이용되었다. 불쌍한 공주는 여기에 대해 알지 못했다ㅡ그저 지프치오가 그녀에게 점점 더 심리적으로 비밀스럽고 이해할 수 없게 되었을 뿐이다. 이상한 일이었다. 공주는 자신감이 너무 강해서 아무것도 의심하지 않았다. 그는 짐승처럼 열정적이었고 그의 요구는 점점 더 창의적이 되었다. 그녀에게 쾌락은 자기 자신의 즐거움을 위한 것이 아니라 점점 더 치명적으로 세련되어져 가는 젊은 '먹이'가 빠져드는 악마적인 환상을 만족시키기 위한 것이 되었다.

한편 저쪽에서 본질적으로 어떻게 되어 갔는지, 저 황소에게서 페르시의 어두운 혹은 담배로 얼룩진 조그만 회색 영혼으로 심리적 양식을 전달하는 그 증류기가 어떻게 기능했으며 그 본질은 무엇이었는지는 말하기 힘들다. 그는 마치 갑옷처럼 제복 단추를 채우고 있었고 그녀는 헝클어지고 흩뜨려지고 가장 음탕한 방식으로 뒤집힌 채 아무도 모방할 수 없는 특별한 매혹을 발산했다. 그는 (예를 들면) 그녀의 왼쪽 가슴과 딸기 같은 (신선한 구토물)*

---

* fraise vomie. 원문 프랑스어.

젖꼭지와 (이른바 흉한 사마귀라는 것이다 — 역겹다.) 가벼운 짙은 푸른색 (푸른 헌병)* 혈관이 지나가는 오른쪽 엉덩이 일부와 구부린 왼쪽 다리의 분홍색 (블록스의 로즈매더 색깔 페디큐어)** 발가락을 보았다(그녀는 스트루그*** 소설에 나오는 그 숙녀를 본떠 시나몬에 우유를 탄 색깔의 샌들을 신고 있었다). 그는 비트카쩨 오렌지색의 두꺼운 쿠션에 낮게 앉아 있었다 — (어째서? 알 수 없다, 이 아가씨의 지옥 같은 타락의 직관이다.) — 몸을 뻗었으나 반원으로 웅크리고 성적 고통으로 짓이겨져 어떤 짙푸른 덩어리로 변해 있었다. 그러면서 그는 그녀를 이상적으로 마치 광인처럼 사랑했다 — 글자 그대로, 만약 그녀가 원한다면 그는 심지어 코쯔모우호비치까지도 그녀를 위해 배신할 수 있었을 순간들이 있었다. 그러나 그녀는 겸손한 요구를 할 뿐이었다. 약간 '쫌 괴롭히고' '쫌 고문하고' '자기 자신에 대해 쫌 꿈 좀 꾸는' 것뿐이었다 — 마치 난로 온기 앞에 '고로롱거리는' 암고양이처럼 자기 자신을 쾌락적으로 어루만지며 그녀는 말했다. 그리고 그들은 이렇게 말했다.

"나의 가장 소중한 지프치오, 내가 고통받지 않는 건 너하고 있는 이 순간들뿐이야, 넌 나의 가장 달콤한 모르

* bleu-gendarme. 원문 프랑스어.
** laque de garance rose de Blocxs. 원문 프랑스어.
*** 안제이 스트루그(Andrzej Strug, 본명 타데우슈 가웨츠키[Tadeusz Gałecki], 1871-1937). 폴란드의 소설가, 시나리오 작가, 사회주의 운동가.

편이야. 네가 이토록 내 것이라는 게, 결단코 찾아오지 않는 걸 너도 아는 그 도약을 위해 그렇게 온통 몸을 움츠리고 있다는 게 나한테는 너무나 기쁘고 나도 그걸 알아. 넌 절대로 공간 속으로 자유롭게 화살을 날려 보내지 못할 활처럼 긴장해 있어. 저쪽 방에 뭐가 있는지 알고 싶어? 가자." 그녀는 그의 손을 잡았고 (하! 그 최고 등급의 피부, 여기에 그는 저항할 방법이 없다, 황산에 담근 칼로 잘라 버리지 않는 한) 다른 한 손으로 비교할 수 없이 유혹적인 몸짓으로 자기 몸을 감싸며 이상한 (어째서? 왜냐하면 그녀의 것이니까) 하얀 뒷방으로 이끌었다. 그는 고통으로 뻣뻣해진 채 일어섰다. 그녀는 뭔가 중국식 나무 상자에서 열쇠를 꺼내 침대 왼쪽의 문을 열었다. 이웃한 방은 거의 비어 있었다. 게네지프는 굶주린 독수리의 눈으로 그토록 불건강한 호기심을 대가로 바쳐야 했던 장소를 둘러보았다. 어째서 다른 날이 아닌 오늘인가? 그곳에는 장교용 야전침대, 의자 둘, 그 위에 책(모크쥐쯔키의 무슨 비행기 건설, 러브의 기계학, 베르그송의 『창조적 진화』, 그리고 70년 전 금지된, 이미 버섯이 돋아났을 카덴 반드로프스키의 소설 『불한당 혹은 자동기계』 1권 — 아, 또 침대에 시그바르트의 논리학과 지드의 『코리동』이 있었다 — 이상한 혼합이다.)* 그리고 이곳에서 "기침받이"

---

* 구스타프 모크쥐쯔키(Gustaw Andrzej Mokrzycki, 1894~1992)는 폴란드의 비행기 공학자로 약 100권의 연구서를 냈다. 언급된 책은 1925-6년 집필한 3권짜리 『비행기의 이론과 축조』인 듯하다. 553쪽에서 언급되었던 율리우슈 카덴반드로프스키는 폴란드의

라고 부르는 끔찍한 금속제 물건이 있었고 그 위에는 포
차유프의 성모가 그려진 구멍 난 성화가 놓여 있었다.*

세면대는 없었다 — 힘들다. 느껴지는 것은 오로지
담배 연기와 뭔가 딱 집어 말할 수 없이, 역겹게 남성적인
냄새였다. 지프치오는 몸을 떨었다. 그녀는 목소리를 늘
어뜨리며 적절하게 선택한 지점에서 잘 계산된 길이로 말
을 멈추어 그를 괴물 같을 정도로 자극하며 눈썹, 눈꺼풀
과 입술의 경련을 불러일으키고 고통에 지친 주둥이에 회
색과 핏빛의 그림자가 떠다닐 때까지 말했다. 이미 알고
있으며 지옥같이 지루한 방식이다. 오직 혐오스럽고 젊은
바보만이 여기에 걸려들 것이다. 어째서 이 등신은 정상
적인 삶을 살지 않는가, 양쪽 여자들을 모두 끊어 내고 그
냥 어떤 쉽고 예쁘고 평범한 아가씨들에게 달려들지 않는
가? 그래, 어째서? 하지만 — 벽에 완두콩을 던지는 것과
같아서 — 이야기할 가치도 없었다. 그러므로 이 조그만
쓰레기는 이렇게 말했다.

"이건 아무것도 아냐, 겁내지 마. 여기서 가끔씩 묵
어갈 뿐이야, 그… 나의 늙은 숙부가." (그녀가 '나의 지인
[?]'이라고 하지 않은 것도 잘된 일이었다.) "술 취해서 집
에 돌아갈 엄두가 안 날 때 말이야. 저 야전침대는 나의…

---

모더니즘 시기 작가이자 사회운동가이지만 해당 소설은 쓴 적이 없다. "비트카찌
오렌지색"이라는 표현과 마찬가지로, 그와 아는 사이였던 작가의 농담인 듯하다. 앙드레
지드의 『코리동』은 동성애에 관한 대화 형식의 책이다.
* 포차유프(Poczajów)는 현재 우크라이나 영토이며 이곳에 유명한 정교 성당이 있다.

722

오빠가 준 거야. 사냥꾼이었는데 그 저주받을 십자군 시기에 독일 군대에 들어갔다가 죽었어— 투하이베이*의 아시아한테 했듯이 쏘아 죽였지. 우리 어머니는 독일인이야. 폰 트렌델렌델렌델렌델렌부르크 남작 부인이지. 너무 이상한 성이지만 아주 오래된 가문이야. 너를 이토록 흥분시키는 이 침착한 성격은 엄마한테 물려받은 거야. (일부러 "붠"이라고 발음했다.) 반박은 안 할게, 난 널 흥분시키는 게 좋아, 이렇게 무시무시하게, 이렇게 가차 없이, 집에 돌아갔을 때 가족을 알아보지 못할 정도로. (성적인 때가 묻어 얼룩진 그의 얼굴 앞에 그녀는 그 아름다운 제비꽃 색깔의 별들을 빛냈고 그의 눈에 그녀의 광기의 안개가 스며들었으며 그 안개에서는 저곳의 향기가 풍겼다….) 어떤 것도 생각하지 못하고 오로지 내 다리 사이에 있는 이 불쌍하고 조그만 괴물만 생각할 때 넌 내 거야." 그는 마치 뛰쳐나가려는 듯 몸을 떨었으나 그녀는 잔혹한 손가락으로 가슴을 한 번 건드리는 것만으로 그를 막았다. "안 돼. 새롭고 더 깊은 고문을 앞두고 네가 오늘은 좀 쉬었으면 좋겠어. 난 더 이상 여기 없을 거야. 맹세해." 그녀는 그의 핏발 선 눈먼 눈동자에서 진실한 광란의 빛을 보고 겁먹고 덧붙였다. 그는 진정했으나 악취를 풍기는 고통의 심연으로 또다시 몇 층 더 낮게 떨어졌다. 세상이 사방에서 흔들리기 시작해 거의 터져 버릴 것 같았으나 조금 더 버텼다.

---

* 투하이베이 혹은 투가이베이(Tuhaj-bej, 1601-51). 크림반도에 살았던 타타르족의 수장.

그녀는 무엇을 알고 있으며, 무엇을 하고 있을까? 이 풋내기를, 그 무엇에도 저항할 수 없는 이 영적 부랑자를 그녀는 어느 정도까지 고문하려는 걸까. 질문을 받는다면 그녀 자신도 대답하지 못할 것이었다. 그녀는 그에 대해 깨닫지 못했던 것이다. 그녀는 진실로 오로지 마지막 한순간까지, 폭발에서 머리카락 한 올 거리까지 잡아당겨진 누군가의 욕망의 현 위에서만 살 수 있었다. 스스로 어떻게든 존재를 가능하게 하기 위해 모든 것을 가련하고 한심하게 만들었다 ― 그뿐이었다. 그녀를 너무 엄격하게 판단하지 말기로 하자 ― 죄는 언제나 남자 쪽에 있는 법이다.

'아, 그녀에 대해 모든 것을, 모든 것을, 모든 것을 알수 있다면…! 저 찬란하고 조그맣고 보기 좋은 금발 머릿속으로 파고들어 가서 그 이상한 (아 ― 본질적으로 얼마나 진부한가!) 조그만 두뇌의 세포를 뜯어내고 모든 것을 긁어내어 핥고 냄새 맡고 빨아들일 수만 있다면.' 그러나 페르시는 설명을 아꼈다. 심지어 스스로 설명하고 싶었다 해도 그녀는 그러기 위해서 적절하게 분별된 관념을 가지고 있지 않았다. 그것을 크빈토프론의 그 혐오스러운 마음굴에서 있는 그대로 선보일 수는 있었으나 거기에 대해 말한다는 건 ― 꿈도 꿀 수 없다. 그녀가 성공한 것은 오로지 저 가학적인 쩍쩍거림뿐이었다 ― 그건 할 줄 알아야만 했다 ― 살기 위해서. 그러나 그녀는 입술을 움직여 말한 것이 아니라 오로지 자신의 거대하고 특별한 '도구'를 이용하여, 학문적으로 흉하게 이른바 "음순"이라고 하는 것

724

을 통해 속삭였다. 게네지프는 그녀의 그 전반적인 거짓과 초(超)허구와 강력한 사기에 대한 그녀의 모든 지껄임에도 불구하고 모든 것에서 이러한 진실을 이제까지 느껴왔다. 그녀는 어째서 지금 이 모든 평화와 함께 그의 비밀을 가져가는가? 이제까지 그녀를 이토록 무한히 신뢰하지 않았던가! 그녀의 모든 말이 — 상응하는 의미가 없는 단어 자체가 — 그 어떤 현실 사물의 존재보다도 수백 배 더 깊은 현실이었는데 그녀는 그의 마음에 의도적으로 의심을 불러일으키려 하는 것이다! 무엇 때문에? 하느님 맙소사, 무엇 때문에?! 오, 이런 백치 같으니…!

갑자기, 재빨리, 심지어 서둘러서 그녀는 그의 손을 잡고 그 방에서 데리고 나가서 텐기에르의 어떤 새로운 연극 무대용 '작품'을 강제로 끝까지 듣게 만들었다. 그녀는 피아노를 매우 리드미컬하지 못하게, 발작적으로, 감정적으로, 전반적으로 비속하게 연주했다. 음악은 오로지 주위를 둘러싼 성적인 분위기를 강화하기 위한 수단으로만 사용했다. 이 소음이 누군가 저 방으로 들어가는 것을 감추기 위해서 그녀에게 필요했던가? 그녀는 아직 그의 앞에서 연주해 준 적이 한 번도 없었다. 끔찍한 불확실성이 그를 잡아당겼다 — 그러나 그 순간은 짧았다. 그들을 갈라놓을 수 있는 어떤 일이 일어나는 것보다는 저 규정할 수 없는 고문이 계속되는 쪽이 좋았다.

6월의 덥고 숨 막히고 습한 저녁이었다. 비는 오지 않았으나 목욕탕처럼 증기가 꽉 찬 검은 공간에 따뜻한

725

물기가 온통 덩어리진 채 매달려 있었다. 나방과 모기떼가 전등 유리에 몸을 부딪치며 공중에서 떼를 지어 '시끄럽게 굴었다'. 덜걱거리는 소리와 끊이지 않는 금속성 소음이 이미 불쾌한 분위기를 더해 주었다. 모든 것이 띠 없는 스타킹처럼 흘러내리는 것 같았고, 모든 것이 끈적거리고 가려웠으며 모든 것이 모든 것을 방해했다. 이런 배경 속에서 텐기에르의 야만적인 매음굴 음악은 페르시 아가씨의 발작적인 연주 속에 이미 뭔가 견딜-수-없는 것이었다. 이미 끝나서 다행이었다. 유일한 탈출구는 자진해서 지루함이라는 형벌을 받아들여 뜨겁고 독성 있는 늪 속에서 수정처럼 투명한 무색의 건물을 악마도 알 수 없을 긴 시간 동안 받쳐 들고 있는 것이었다. 밤의 어둠을 향해 열린 창문과 6월의 향기, 어린 시절에 알 수 없는 미래의 어떤 정점을 상징했던 바로 그 향기. 그러니까 이 삶은 이렇게 끝날 예정이었단 말인가? 그러니까 이것이 그 마지막, 가장 커다란 '것'이란 말인가? 아니다—어떤 매춘부의 건강하지 못한 환상을 만족시키기 위해 자신을 희생한다는 이 악취 나는 늪 너머에 갑자기 우리의 조그만 공—지구의 전 세계의 정치적인 상황의 단순화된 형상이 솟아올랐다. '하느님, 만약 저기 어딘가 다른 곳에 이와 똑같은 찌꺼기 인간을 키워 놓으셨다면 대체 존재한다는 가치가 있습니까.' 그의 내면에서 한 닮은꼴이 다른 닮은꼴에게 말했다. '하지만 내가 어째서 그 때문에, 당신의 실패한 계획 때문에 고통받아야 하죠? 됐어.' 이것은 솔직하지 못했

726

다. 그는 그 어떤 어린 시절의 '주 하느님'도 신경 쓰지 않았고 신을 믿은 적도 한 번도 없었다. 그러나 어쨌든 바로 이런 순간에 그는 초월적인 세계에서 온 어떤 호의적인 존재를 손 닿는 곳에 두었으면 싶었다…. 그에게 그 자리를 대신한 것은 코쯔모우호비치였다. 그러나 또다시 때때로 그것만으로 충분하지 못한 때가 닥쳤다. 그리고 그런 때에는 바실리 대공과 황무지에서 했던 대화를 떠올렸고 공포가 그를 사로잡았다. 가끔 그 세 명의 신사들을 적절하지 못한 순간에 만났다는 이유로 그는 혹시 뭔가 가장 본질적인 자신의 운명을, 숲속 공터의 짐승처럼 사냥하거나, 힘든 전리품이나 혹은 어쩌면 여자처럼 정복해서 얻어야만 하는 야만적이고 외로운 진실을 지나쳐 버린 것은 아니었을까…. 바로 여기 그의 운명의 별이, 그에게서 고작 한 걸음 떨어진 곳에 그 지옥 같은 사타구니 전체와 함께 있는데, 그는 어떤 (그 자신도 이해하지 못하는 의미에서) 간음하는 우상숭배에 눈이 멀어 무기력하고 비밀 앞에 몸을 떨며 (누구의 비밀인가? — 그저 자기 존재의 비밀일 뿐이었다 — 그 안에 모든 다른 것들이 들어가 있었다.) 하나의 조그맣고 멍청한 움직임을 감히 수행해 내지 못하는 것이다(저기 티콘데로가 궁전과 독물의 교외에서 그토록 여러 번 반복했던 움직임을), 그에게 저 전리품뿐만 아니라 자기 자신도 소유하게 해 줄 그 움직임을. 어쩌면 바로 그것이 목적이었을까? 어쩌면 이 절망은 겉보기만의 것이고 어쩌면 그녀에게는 바로 그 강간이 필요할지도 모른다. 바로 여기서 모든 것에도 불구하고 그것을 해낼 것이다. 그리고 그는 갑자기 그녀에게 덤벼들었다. 형이상학적인 짐승, 초월적인 동물이 되어 — 그녀는 그의 피를 흘리게 했고, 피를 빨았고, 마침내 그를 피로 뒤덮었다. 그 순간은 지속되었다 — 그것이 가장 이상한 일이었다. 그와 그의 내면에 있는 여러 명, 즉 검은 손님과 살해당한 소년과 역겨운 (어째서?) 정자들의 운명의 상징인 그 순간, 그 정자들은 모두 하나같이 그의 아들이 되기를 원했고 다른 여자가 아닌 바로 이 여자에게서 태어나기를 원했다. 그가 이미 누군가 다른 사람이었다면! — 그러나 이것은 다른 시대가 아닌 바로 지금 이렇게 된 이 시대에, 위험한 남자의 시대에 일어난 것이다. 이 바보 같은 6월의 한순간은 이 무시무시한 여자의 (그 가짜 문제들 기타 등등은 치워 버려라.) 이 방 안에서 바로 그의 삶의 계곡이었고 여기서 그는 자기 자신을 되찾거나 아니면 영원히 잃어버릴 수 있었다. 승리자가 되거나 아니면 패배 앞에 비겁함의 노예가 되거나. 위대함은 승리 자체에만 있는 것이 아니며, 거꾸로 뒤집혀 승리가 된 패배의 내부에도 똑같이 있다 — 단지 뒤집어 승리로 바꾸어야만 하는 그 패배는 위대한 패배여야 할 것이다. 자 그럼 '일을 시작'하자 — 목덜미를, 머리카락을 잡아 그녀를, 그 고통받는 성녀를, 그 형이상학적인 매춘부이자 쓰레기를 — 처치해라! 오 그렇지, 오 그렇지!! 오…. 그리고 그가 본 것은 대체 무엇이었던가. 끝까지 해내는 대신에 그는 커다란 눈으로 (자신의 존재의 가장 밑바닥도 함께) 자기 앞에 있는 이 이해할 수 없는 피조물을 들여다보았다. 다시 한번 타인의 자아의 비밀이 무한히 먼 곳에서 그를 향해 돌아섰고 몽둥이로 얻어맞는 대신 그는 주둥이를 부드러운 솜뭉치로 맞았다. 그의 아래, 15층 밑의 어딘가에서 혐오스러운 괴물이 울부짖었고 그것은 절대로 전리품이 아니었다. 정복할 것이 없었다. 그는 뛰쳐나와서 완전한 공허 위로 날아오른 것이다. 그녀는 그를 위한 육체를 가지고 있지 않았다. 고통과 감추어진 쾌락에 취해 ("마침내 그는 폭발했다, 견디지 못했고, 견딜 수 없었다."—그녀가 혼잣말로 속삭였고 코쯔모우호비치가 그녀에게 줄 수 없었던 그 특별한 전율이 찾아왔다—그 남자도 또한 견디지 못했으나 다른 방식으로 폭발했다—그녀와 함께, 그러나 그 남자는 혼자서, 혼자서!— 오 기적이여!) 페르시의 눈이 가장 숭고한 환희에 젖어 바닥에서 위쪽으로 돌아갔고 (그 순간 그녀는 그토록 믿을 수 없이 아름다웠고, 지나치게 아름다웠으며, 더 이상 아름다울 수 없을 정도였다—그 어떤 강간도 심지어 고문과 강간 살인이라 해도 지금 이 아름다움을 어찌할 수는 없었을 것이다.) 그의 내면에서는 안쪽에서 번개가 번쩍였고 (주기적인 조현병 발작 = 퇴보) 이 지프치오는 거의 소멸과도 같은 한 번의 연민의 폭발 속에 완전히 재가 되었다. 그리고 다음 순간 그는 그녀의 맨발 옆에 누워 감히 입술로 그 아름다운 발가락을 건드리지 못하고 욕정적이고도 섬세하게 샌들 가장자리에 입 맞추고 있었다 — 한때 어머니의 머리에 혹은 어머니와 아들과 같은 '타락함'의 순간에 이리나 공주의 '조그만 이마'에 했듯이 입 맞추었다. 그녀가 다시 한번 승리했다.

또다시 악몽으로 가득한 날들, 음울하고 무덥고 지독한 6월의 날들, 작은 사람들의 작은 사건들을 위해 창조된 그런 날들이 질질 이어졌다. 그러나 위대함은 아무 데서도 찾아낼 곳이 없었다 —(그리고 돌아설 곳도 아무 데도 없었다, 오 언제까지, 언제까지…). 계속적인 의식이 자리를 잡았다 — 그는 그녀 가까이 양탄자 위에, 이미 성적인 욕망은 아닌 이름을 붙일 수 없는 열기에 타 버린 채 누워 있었고, 그녀는 거세된 말도 콧김 뿜는 종마로 바꿀 수 있고 불깐 수소를 무한히 많은 수의 무인칭적인 황소들로 바꿀 수 있으며 (황소성의 관념 그 자체다.) 사제들의 무리를 온통 수탉으로 바꾸고 어떤 내시라도, 테오파노 왕비의 대신과 위대한 바실리라도 세울 수 있을 말들을 그의 귀에 속삭였다.* 한편 그는 삶으로 더러워진 강의 먼 하류가 아니라 바로 원천에서 독성 있는 사랑의 견딜 수 없는 고통을 마시며 그 충전된 욕정을 저 늙은 전기가오리를 위해 아껴 두었다. 왜냐하면 그는 이제 그녀를 완전히 단순하게 진지하게 사랑했고 그녀의 그 거짓되고 왜곡된 고통에 그녀와 함께 괴로워했기 때문이다. 그

* 606쪽 주 참조. 테오파노 왕비의 아들이었던 바실리오스 2세는 일곱 살에 왕위에 올랐기에 내시들이 섭정했으며, 그가 실질적인 왕권을 쥔 것은 '위대한 내시'의 집권을 무너뜨린 후였다.

러다 마침내 그는 몸을 떨고 갈가리 찢어져 마치 어딘가 고문실 통조림을 만드는 괴물 같은 공장에서 창자를 빼낸 가축처럼, 여름의 먼지투성이 길에서 밟혀 버린 벌레처럼 그녀 앞에 누워 있었다 —(바로 그렇게 끔찍한 6월의-거의-7월의 날들이었고 약속과 열기와 다른 [이것만 아니면, 이것만 아니라면] 삶에 대한 꿈으로 가득했다). 오, 삶이여, 대체 언제야 비로소 시작될 것인가! 그는 자기 안의 이름 없는 강력한 존재들에게 죽음을 달라고 기도했으나 거기에 이르기까지는 아직도 먼 길이 남아 있었다.

그리고 바로 오늘 그녀는 수도로 가야만 했으며, 모든 것을 알고 있는 죄 많은 우리들은 대체 무슨 음란한 목적인지 알고 있는 것이다. (코쯔모우호비치는 인간의 힘을 넘어서는 업무에 완전히 짓눌려서 마찬가지로 결정적인 사건들이 폭발하기 전에 돌연히 경감을 요구했다. 후시탄스키[쿠지마]가 이미 이틀 전부터 암호화된 전보들을 보내오고 있었고 그 전보들은 또한 이웃한 방에서 [술 취한 숙부가 밤을 지내는 그곳에서 말이다, 하, 하!] 누군가에 의해 해독되었으며 그런 뒤에 페르시는 누군가와 이상한 대화를 했는데, 그 대화들은 그녀의 황홀하게 아름다운 허벅다리를 달콤한 열기로 가득 채웠고 꼬리뼈 근처에 쾌락의 전율을 불러일으켰다. 그녀의 날개 달린 황소가 모든 일을 할 준비가 된 채로 마치 강철 전선처럼 긴장한 채 기다리고 있었다. 검은 밤에 그녀는 타락시키는 욕망의 열기로 뒤집힌 그의 타르처럼 새까만 눈동자와 말로 다할 수 없는 고통을 빨아먹으며 떨리는 입술을 지금, 바로 지금 충족을 한순간 앞두고, 남성이 여성에게 소유되는 무시무시한 순간, 그가 평생 소멸되는 순간에 자기 눈 앞에서 보았다.) 그녀는 그렇게 떠나가곤 했고 지프치오는 세상에서 가장 어리석게도 스스로 이 무가치한 비극의 주인공이라 여기며 이 저주받을 구멍 같은 K. 시에, 학교의 규율과 저 다른 여자와의 순수한 성적인 쾌락의 무시무시한 중독의 규율 안에 남았다. 그러나 또다시 저 이리나 브시에볼로도브나가 전혀 존재하지 않았더라면, "그럼 또, 선생, 그저 완전히 슈캔들* 아니었겠어요."— 저 안전장치가 아니었다면 — 그, 노골적으로 말하자, 정액받이 양동이가 아니었다면 — 무슨 일이 일어났겠는가? 어쩌면 이미 오래전에 그 완수하지 못한 범죄들을 저지르고 존재의 위대한 젖가슴에서, 삶의 충만에서 영원토록 떨어져 나갔을 것이다. 그러나 그는 이렇게 계속 존재해야 했고 혼자서 고통 속에 혐오스럽고 저주받은 채로 계속 존재했다. 그리고 그것이 바로 그, 이 젊은 지프치오, '행운의 아이', 행운을 위해 마치 어떤 희귀한 식물처럼 돌보아지고 길러진, 그의 이모 블린스카글로우페스쿠 공주가 이름 붙였듯이 "사치의 동물"**이었다. 그리고 그녀는 떠날 때마다 (홀륭한 여행용 픽턴 백에 황금 그릇과 납덩이

---

* 원문에서 폴란드 남부 갈리치아 지방(비트카쩌가 활동했던 자코파네 지역 포함)의 발음을 그대로 철자에 반영하고 있다.
** Luxusthierchen. 원문 독일어.

가 달린 채찍이 들어 있었다.) 가볍게 흘리는 말들과 스치는 듯한 입맞춤으로 그의 내면에 그가 알지 못했던 낯선 상태와 그러므로 무시무시한, 억눌린 범죄 성향을 창조해 냈다. 그는 이제까지 느끼지 못했던 살인 충동을 느꼈다—단지 누구를 죽일지 알지 못할 뿐이었다. 선의와 희생은 뒤집혀서 내장이 꺼내져 거꾸로 매달려 ('즈비에죤트코프스카 양의 성기 계수와 함께 선과 악의 변형적인 합일')* 천천히 안개와 같은, 도저히 믿을 수 없는 무의미한 범죄—'상당히 이해관계 없는 살인'—의 형체를 띠게 되었다.** 그 자신의 내면에서 그 자신에 대한 음모가 형성되었다. 그 검은 손님이 영혼의 지하실에서 순수한 악, 무의미하고 무관심하고 믿을 수 없이 역겨운 악에서 태어나 음모의 선두에 섰다.

그러다가 마침내 페르시가 (불가능할 정도로 성스러웠고 완전히 예민해져 있었다.) 수도에서 돌아온 뒤로 언젠가 (사흘째인지 나흘째인지—관계없다.) 밤에 갑자기 지프치오에게 모든 일이 낯짝 앞에서 뒤집혀 버렸다. 마치 누군가 그의 불행한 낯짝을 온 힘을 다해 흔든 뒤 최소한 알파(α) 입자의 속도로 소용돌이에 넣고 돌린 것 같았다. 뇌 속에서 세포들이 하나씩 변화했고 전례가 없는 뒤죽박죽이 되었다. 그는 견디고, 견디고, 견디었으나 그러

* Transformationsgleichungen von Gut und Böse mit dem unendlichen Genitalkoeffizient des Fräulein v. Zwierżontkowskaja. 원문 독일어.
** quite a disinterested murder. 원문 영어.

다 결국 견디지 못하고 마침내 끔찍하고 소리 없는 내면의 소음과 함께 폭발해 버렸다. 자아는 자기 자신을 견디지 못하고 뭔가 알 수 없는 것들이 느슨하게 매달린 상태의 덩어리가 되어 무너졌다. 그것은 마치 어떤 현상학자들의 관념 속에서처럼 냉담한, 허공에 걸린 '의도적인 행동'이었다. 좌절된 삶과 실행되어야만 했다고 여겨졌으나 실행되지 못한 바로 그것의 끔찍한 고통이 영혼의 결정적인 요소들을 서로 붙여 주는 유일한 매개체였다.

평소와 같은 학교에서의 하루를 마치고 (이미 진급과 아마도 앞당겨진 민족해방 신디케이트의 전투[그러나 대체 누구에 대항해 싸우는가]까지 고작 일주일이 남았다.) 지프치오는 겉보기에 냉담하고 심리적으로 단추가 꼭 채워지고 정신이 맑은 채 — 그것이 바로 최악이었다 — 그리고 마음속으로는 아직 폭발하지 않은 폭탄과 수류탄과 지뢰로 가득한 괴물 같은 잔해와 폐허를 상상하며, 비인간적이고 이미 거의 비동물적인 삶에 대한 욕망이 느려진 속도로 만성적으로 분출하는 가운데 레토리크 거리를 걸어 페르시에게 갔다. 그는 마치 살아 있는 총알처럼 걸었다 — 그의 몸에 해골과 십자로 교차한 빨간 화살표가 그려지고 여기에 걸맞은 문구가 적혀 있었어야 했을 것이다. 베흐메티예프가 만약 그를 볼 수만 있었다면 거의 천문학적인 오류와 함께 사건의 흐름을 묘사할 수 있었을 것이다. 그녀, 그 달콤하고 슬픈 아가씨는 죽음을 전혀 좋아하지 않았고 그저 죽음에 '부비는' 것을 좋아할 뿐이었다. 그

734

러나 사람들은 완전히 전혀 다른 이야기를 떠들어 댔는데 (물론 가장 비밀스러운 사람들 말이다.) 바로 그녀가 자살할 용기를 내지 못하고 분노에 찬 코쯔모우호비치의 손에 죽기를 기다리고 있으며 병참 장교가 완전히 제정신을 잃은 순간을 숨죽이고 기대해 (실제로 위험한 순간들이 있었다.) "무존재 속으로 흩어지고" "존재의 중심과 합일하고" "존재의 본질에 진정으로 반대하는 변두리로 넘어가려" 한다는 것이다 — 이런 멍청한 문장들이 옷장 뒤에서, 화장실과 벽장 속에서, 군 개혁 이후 사용하지 않는 곡물 창고와 헛간에서 인용되었다. 이런 죽음과의 마찰은 성적인 여러 가지 순간들에 지옥 같은 매력을 더해 주었고… 도달할 수 없는 — 그렇다. 이런 순간들을 낚아 올리는 건 페르시의 전문이었고 지금 주된 낚싯대는 지프치오였으며 추가적인 어망은 주위에 — 거의 지속적으로 다른 방에서 (특별한 음향 튜브와 잠망경으로) 그들을 엿보고 엿듣는 이는 미하우 벵보레크 대령으로 뚱뚱이에 힘이 센 턱수염쟁이였고 대체로 뭐든지 서투른 데다 악명 높은 동성애자였으나 총병참 장교가 사적인 성격의 가장 복잡한 심부름을 (예를 들면 저기 어떤 백작 부인이 몹시 원한다든가 아니면 저기 어떤 아가씨가 매우 겁낸다든가 등등) 믿고 맡기는 심부름꾼이었다. 원칙은 모든 일이 허용된다는 것이었고 손님에 대한 최악의 고문조차도 허락되었다. (벵보레크가 이렇게 관람한 이후의 보고는 지휘관을 특별히 흥분시켰고 전례 없이 응축된 폭발적인 힘을 전례 없이 축적

할 가능성을 주었다. 때때로 지정된 기한에서 며칠간 지연될 때, 극장 때문이거나 생리적인 이유에서 늦어질 경우[지금처럼], 이런 힘은 광기의 차원에까지 도달했고 주변 사람들은 몇 번이나 주기적인 광기의 발작을 걱정했다. 그러나 궁극적으로 페르시는 언제나 이 광기를 적정한 통로로 흘려보내고 해롭지 않은 방식으로, 그러나 사회문제를 위해서는 창조적인 방식으로 분석하는 법을 알고 있었다.) 모든 일이 허용되었으나 가장 조그만 접촉도 금지였다. 그러나 바로 이것이 그녀의 전문이었고 이것이 그녀의 현실감각을 가장 충만하게 채워 주었다. 지프치오는 성기의 쉭쉭거리는 소리로 말했고 주변의 삶은 층층이 쌓여 가는 검은 유령들의 형태를 띠고 그의 위에 점점 더 가까이 몸을 굽혔고 그를 둘러싸고 뒤덮었다. 그는 마치 알 수 없고 보이지 않는 괴물에게 씹어 먹힌 조그만 벌레처럼 죽어 갔다. 페르시는 가장 수치심을 모르는 방식으로 뻔뻔스럽게 펴져 누운 채 (어찌 됐든 그녀는 검은 정장을 입고 있었는데, 아시겠어요 아가씨, 딱 붙고, 약간 남자 같고, 이런 단춧구멍과 장식을 달고 솔기 부분에 레이스와 스팽글이 달린 정장에 실크 크레이프 원단의 밝은 연어색 블라우스에는 견직 크레이프를 받치고 주름 장식을 달고 꽃무늬 레이스 장식을 아주 정성스럽게 누빔으로 넣었어요.) 그 어떤 "압리역"도 없이 (그녀가 그렇게 말했다.) 방금 애인에 의해 '불명예스러워진' 지치고 아픈 그곳을 가리키며 그에게 귀를 기울였다. 그가 말했다. (그가 아

736

니라 단지 저, 아니 더 정확히는 저것을 통해 밑바닥의 손
님이 말했다.)

"오늘이어야 해." (그녀는 황홀하게 웃음을 터뜨렸
다.) "어쨌든 선택해. 그렇지 않으면 죽음이야." (그는 외투
도 장갑조차도 벗지 않았다. 참을 수 없이 덥고 흐린 7월
이었다.) "난 이제 질렸어, 내가 누구인지 모르겠어. 난 이
미 너를 원하지 않아, 네가 누군지도 모르겠어. 모든 것이
내 눈앞에서 다른 쪽으로 돌아가 버렸어 — 내가 뭘 원하
는지 모르겠지만 무슨 일인가 일어나야만 해, 그렇지 않
으면 난 터져 버릴 거야 — 난 견딜-수가-없어." 그의 얼
굴이 무시무시하게 변했다. 뭔가 비인간적인 영혼의 충만
함이 엄청난 정도의 지연된 동물성과 합쳐졌고 또 무언
가 — 페르시가 이해할 수 없던 무언가, 그녀가 처음 보
는 무언가가 추가되었다. 공포감이 순식간에 그녀를 감쌌
으나 아직은 비교적 상당히 양순한 공포감이었고 동시에
앞으로 어떻게 될 것인가에 대한 지옥 같은 호기심이 그
녀의 몸에 달라붙었다. 그녀는 허벅다리에, 심지어 종아
리에도 그 호기심의 전율을 느꼈다. 순간은 좋았지만 아
주 약간 덜 늘어진 것이 아닐까? 앞으로, 앞으로…. 그는
말했고, 말한다기보다 단어를 힘들게, 조각조각, 소화되
지 못한 채로, 끔찍한 채 게워 냈다. 사실 단어들은 평범
했는데, 왜냐하면 시가 아닌 이상 단어로 대체 어떤 비범
한 것을 표현할 수 있겠는가 — 그러나 어조, 어조와 '발
음', 그리고 목구멍에서 조이는 듯한 소리. 마치 그의 모

든 내장이 마치 벌레 덩어리처럼 목구멍까지 치받쳐 올라 다음 순간 페르시아 양탄자에 (페르시의 말버릇대로 "조그만 페르시치아 카뵤르")* 자기 자신을 모두 토해 버릴 것 같았고 그의 (지프치오의) 흔적은 마치 스타킹처럼 안팎이 뒤집힌 얇은 가죽밖에 남지 않을 것 같았다. "넌 반드시 내가 아니면…. 아냐…. 모든 성자들이여 저를 붙잡아 주소서, 1초 뒤에 내가 무슨 짓을 할지 나도 몰라. 모르겠어 — 이게 최악이야. 난 심지어 널 강간하지도 못해, 왜냐하면 너를 사랑하니까." 게다가 가장 무서운 건 완전한 성적인 무기력 — 태풍이 폭발하기 전의 불길한 침묵이었다. 마치 그에게 성기가 없고 그가 성기를 한 번도 가졌던 적이 없는 것만 같았다. 그것은 이 성관계성의 초성기적인 영역에서 일어나곤 했다. 뭔가 일어날 수 있는 최악의 것, 매독 3기의 변화처럼 뭔가 되돌릴 수 없는 것. "넌 해야만 해, 해야만 한다고, 하지만 네가 뭘 해야 하는지 모르겠어!" 그는 거의 소리쳤고 살인적인, 범죄적인 시선을 그녀의 눈을 꿰뚫을 듯이 던졌다 — 그 시선 안에서 의식의 마지막 잔재가 화살처럼 뚫고 나왔다 — 그 뒤에 뭔가 알 수 없는, 고삐 풀린, 이름 없는 요소가 그저 숨어 있었고, 또한 그 옆에 끔찍하고 비속하고 신발처럼 멍청한 죽음이 있었다. 그 이름은 폴란드어로 '강간 살인'이었으나 그것은 어떤 바보가 덤불에 숨어 시장 가는 혹은 시장

---

* 카뵤르(ковёр)는 러시아어로 양탄자를 가리킨다. 페르시는 자기 이름과 '페르시아'라는 단어로 말장난을 하고 있다.

에서 돌아오는 아줌마한테 저지르는 짓이 아니었다(바흐홀츠*의 '법의학': 여름의 풍경으로 바로 그 덤불 아래 하얀 십자가가 있고 옆에는 어떤 멍청이의 사진, 그리고 계속해서 그 불쌍한 여자의 괴물같이 학살당한 시신 사진. 뭔가 심장 같은 게 두뇌와 뒤섞여 있고 간장[肝臟]이 낡은 치마에 펼쳐져 있으며 다리는 멍투성이에 마른 버섯으로 덮여 있다 — '현장 모습' — 얼마나 지옥 같은가! 저녁 해가 숲 뒤로 지고 있고 늪에서는 개구리가 운다.) — (이런 광경이 페르시의 상상 속에 번득였고 그녀는 갑자기 겁을 먹었다. 그러니까 인간적으로 진심으로 겁을 먹었고 이미 전혀 무슨 변태성은 아니었다.) — 오, 안 돼 — 그것은 (그의 눈에) 너무나 세련되어 거의 이해할 수 없을 정도의 잠재적 강간 살인이었다. 가장 야만적인 상상조차도 실제로 일어날 수 있는 사건의 방식과 조건을 재현할 수 없을 것이다 — 거기에 대해서는 밑바닥에서 온 손님만이 알 수 있었다. 그러나 그는 지프치오의 본질과 연관성을 잃어버렸다 — 어두운 손님은 자기 스스로 책임을 지고 존재의 비밀스러운 위협과의 투쟁에 나섰다.

"앉아, 지프치오. 나랑 얘기 좀 해. 내가 전부 다 설명해 줄게. 널 진정시키고 전부 다 해명해 줄게. 뭐가 마음에 걸리는 거야? 그건 잊어버려, 생각하지 마." 그녀는 이미 완전하게 정숙한 자세로 앉아 있었고 단지 그녀의 치아

---

* 레온 얀 바흐홀츠(Leon Jan Wachholz, 1867~1942). 폴란드의 법의학자.

만이 가늘게, 빠르게, 불안하게, 마치 어떤 낯설고 그녀에게 속하지 않는 설치류 동물처럼 딱딱 맞부딪쳤다. "그래, 지프치오. 불쌍한 아이, 내 사랑. 날 그렇게 쳐다보지 마." 그녀는 갑자기 힘을 잃고 손으로 얼굴을 가렸다. 여기에는 이미 아무런 쾌락도 없었다. 그녀는 너무 지나쳐서 망쳐 버린 것이다. 그는 몸을 쭉 펴고 굳어졌다. 모든 것이 저 깊은 곳으로 물러났고 저기 무의식의 동굴 속에서 온통 말다툼이 벌어졌으며 그 결과는 잠시 후에 나타나게 될 것이었다. 그의 얼굴은 평온했으나 단지 무한히 지치고 멍청해져 있었다. 때로 그 불쌍한 낯짝의 근육 전체에 전율이 흘러갔고 마치 통조림 공장의 어떤 기계 도살장에서 거의 산 채 가죽이 벗겨지는 짐승의 근육처럼 떨렸다. 열린 창문의 검은 아가리를 통해 방금 벌초한 초원의 습한 냄새가 흘러들어 왔다. (이 조그만 K. 시에서는 모든 것이 가까워서 몇 분만 가면 교외에 코를 들이밀 수 있었고 레토리크 거리는 페르시의 말에 따르면 바로 도시의 "손가락 끝"에 있었다.) 어딘가 멀리서 개가 짖었고 그 짖는 소리를 배경으로 여기 가까운 곳에서 몇 번이고 파리가 붕붕거렸다 — 한쪽 다리는 거미줄에 걸려 있다 — 내가 안다. (멀리서 일어나는 현상들의 동시성의 비밀 — 오로지 화이트헤드의 이론만이 이것을 근접하게, 제한적으로 이해하고 있다.) 굳어 버린 침묵이 기대감의 호흡으로 빛났다. 게네지프는 완전히 무기력했으나 (성애적 의미에서) 근육은 모든 것을 '강력하게', 가차 없이 폭발시키는 견딜 수 없는 고통의 매듭으로

하나로 뭉쳐져 있었다. 그러나 저곳, 몸 깊은 곳의 해면조
직에서는 아무것도 움직이지 않았다. 페르시는 눈을 뜨고
눈물 어린 시선으로 자신의 표본을 바라보았다. 미소가 그
녀의 아름답고 조그만 얼굴을 밝혔다 — 이미 그녀는 자신
이 유리함을 확신했다. 그러나 뭔가 아쉬웠다 — 이런 기
묘한 순간이 돌이킬 수 없이 흘러가는 것이다. 그녀는 방
금 표현할 수 없이 기대되었던, 그리고 이토록 매혹적인,
저질러지지 않은 범죄와 삶의 모든 매력의 무한한 영역들
의 위험성을 아쉬워했고, 불쌍한 여인은 방금 전에 그 순
간을 그토록 느꼈다, 그토록 느꼈다 — 그러나 여기는 아
무것도 없다. 지루함. 슬픔. 그러면 그뿐인가…?

　　지프치오는 상상 속에 병참 장교의 모습을 — 이제
까지 지속적으로 작용했던 의지력과 모든 종류의 극복의
상징을 — 불러내려 애쓰며 헛되이 수고했지만 — 헛되었
다! 뭔가 낯설고 무서운 것이 마치 몸에서 독립된 것 같
은 마음속 나선 안에서 부풀어 올랐다. 아직 접촉은 예정
되지 않았지만 (거기에 대해서는 지하에서 '저 손님' — 검
은 전자 심리 기술자-노동자가 일하고 있었다.) 시곗바
늘은 위험의 경계선을 불안하게 넘어서 날아갔다. 기계
는 미칠 듯이 느리게 켜졌다 — 스위치를 연결해야만 했
다. 이미 작동한다. 외롭고 영혼 없는 근육들이 각각 분열
된 움직임으로 무조직적으로 마치 펼쳐지기를 기다리는
돛처럼, '차렷' 자세로 굳어진 군인들처럼, 행동의 욕망으
로 부풀어 오른 채, 건강하고 짐승 같은 혈액으로 가득 찬

채 그저 명령만을 기다렸고, 반면에 영혼은 그토록 너무나 병든 채 심연 속의 음울한 노동자 — 의식적인 광인에게 지배당한 더 높은 중심에서의 명령만을 기다렸다. 그 자신이 어쨌든 스스로 의식하고 있었다(그 자체로). 이 황소지프치오(공주의 연인, 미래의 부관, 여기 이 지저분하고 낙후된 도시 K. 시에서 레토리크 거리에 있는)가 연결되었을 경우에만 비로소 광인이 나타났다. 그는 광인이었고, 그 다른 자신을 조종하면서 — 그는 그저 완전히 다른 사람이었고, 사고방식이 합리적이었으며 심지어 현명하기까지 했다. 그러나 두 개의 자아가 하나의 몸에서 살 수는 없었다 — 그런 일은 예외적으로 일어나고 게다가 아주 짧은 기간 지속되지만 전반적으로 균등한 상태는 없다. 그렇기 때문에 그것은 (올바르게도) 광기라고 하는 것이다. 그리고 저 불쌍한 아가씨는 그 알아볼-수-없이 기형적으로 변한 뭔가의 심리적인 덩어리에게 (정상적인 인간의 차원에서는 이것이다 저것이다 알아볼 수 없는 상태) 그 덩어리의 명청한 표정에 속아 버린 채 말하고 있었다. (가장 위대한 사상들은 대중의 편견과는 달리 무엇인가를 발견하는 바로 그 순간에 [논리의 연장선에서 도약하는 순간 = 합리적으로 정의된 직관] 바로 가장 명청한 표정을 짓는다 — 아마 어떤 관객 앞에서는 더더욱 일부러 그런 모습을 보여 줄 것이다.) 그러나 그녀는 습관대로 그에게 교태를 부리며 (섬세하게 말하자면) 계속해서 가차 없이 이렇게 말했다.

"나도 알아. 넌 이미 못 하겠다는 거지. 하지만 그래도 넌 해야 해, 해야 해. 그 안에 모든 것이 있어 ─ 우리 사랑의 말로 표현하지 못한 모든 비밀과 아름다움이. 지구상 그 어느 것보다도 아름다운, 실현되지 못한 꿈. 그보다 더 숭고한 것이 과연 있을까…?" 그녀의 목소리가 갈라졌고 눈물이 맺혀 떨어졌다. 거기에는 뭔가 지옥같이 관능적인 것, 무한히 끌어당기는 것, 바닥으로 끌고 내려가는 잔혹하고 의식적으로 사악한 것이 있어 지프치오는 마치 걸레로 가득한 냄비처럼 갑작스럽고 번개 같은 욕망에 끓어올랐다. 그는 아무것도 아니었고, 그뿐이었으며, 끝이었다. 잃을 것도 아무것도 없었다. 그는 게 껍질처럼 텅 비었고 내장이 도륙당했고 잡아먹히고 빨려 먹혔다 ─ '펌프로 빨리고 토막 났다'.* 그는 오로지 모든 것을 끝없이 먼 황무지로, 안타까움과 불길한 지루함 속으로 끌어당기는 인력으로만 살아갔다. 근육이 수축했고 저장된 모든 성적인 힘을 향해 창자 속으로 '호출이 갔다'. 불길이 마치 진하고 기름 같은 액체처럼 혈관으로 흘러들어 갔다 ─ 게다가 빠르게, 미칠 듯한 압력으로. 그 일이 일어났다. 그에게서 배설물적인 목소리, 변비에 걸리고 역겨운, 그의 것이 아닌 목소리가 흘러나왔다. 저 밑바닥의 남자가 여전히 숨막혀 하며 말을 뱉어 내는 것이다. 그는 말을 할 줄 몰랐다 ─ 이것이 어쨌든 그의 첫 번째 진정한 출현이었다.

* ausgepumpt und ausgezüzelt. 원문 독일어.

"아냐 — 이런 지저분한 지껄임은 이제 됐어. 내가 허용하지 않겠어. 여기서 널 다람쥐처럼 목 졸라 버릴 거야." (그는 평생 단 한 번도 다람쥐를 목 조른 적 없건만 대체 어째서 다름 아닌 그 동물이 머릿속에 떠올랐을까?) 그녀는 웃음을 터뜨렸다. 그는 우스웠다 — 그녀는 절대적으로 그를 지배하고 있었다. 그러나 그 우스움에도 불구하고 그녀는 그의 "정신 나간 욕망"*의 긴장된 위협을 완전히 느꼈다 — 그것이 그녀가 붙인 이름이었다. 그녀는 그의 내면에, 그의 성적인 중심부 정중앙에, 그의 부풀어 오른 림프관 속에 있었고 그의 내면의 짐승 떼 전부를 자기 마음대로 조종했으며 그것을 통해 지프치오 자체도 조종했으나 그렇게까지 완전하지는 않았다. '오 완전성이여, 언제쯤 너에게 도달할까!' 갑자기 최고의 쾌락의 비밀스러운 변경이 이전 그 어느 때보다도 수백 배나 더 아름다운 모습으로 그녀 안에 새롭게 열렸다. 이런 적은 한 번도 없었다. 여기에 비하면 텐기에르의 음악 전체가 다 무엇이란 말인가 — 형이상학적 현실을 시식해 보는 데 지나지 않았다. 그에 비하면 여기에는 다른 인간에 대한 가장 황홀한 고문의 원 안에 형이상학 자체가 엮여 들어가 있는 것이다, 이 수컷 안에도, 고통 없는 보드랍고 간지러운 고문 안에도…. 아, 그녀는 이제 모든 것을 얼마나 정확하게 알게 되었는가, 이 모든 것과 다른 모든 것을. 그는 온

---

* безумные желания. 원문 러시아어.

744

통 빛나기 시작했고 온 세계 속으로 무한히 자라났다. 마침내 그 가장 신묘한 황홀경이 찾아왔다. 여기에 비하면 크빈토프론의 코카인조차 대체 무엇이란 말인가? (크빈토프론은 어쨌든 다른 모든 것과 마찬가지로 그것도 나누어 주었으나 그는 손대지 않았다.) 마지막으로 여기에 비하면 강글리오니의 국제적인 '기묘한 극장들의 방문자' 이론은 대체 무엇이란 말인가. 흐비스테크의 이론에 바탕을 둔 강글리오니는 자신의 말을 주의 깊게 들을 때 믿는 것과 없는 것만이 존재한다고 확언했다. 그러나 그녀는 거부해야만 한다는 것을, 그래야만 한-다-는 것을 알고 있었는데, 그렇지 않으면 벽 뒤의 저 사람이 일어나서는 안 되는 일을 보게 될 것이고, 그 소식을 들은 저 황소의 저주는 어딘가 무슨 한없이 중요한 학회 한중간에 떨어질 것이며, 그녀는 전반적으로 (그렇다, 전반적으로) 어떤 운명적이고 역겨운 죽음을 맞이하게 될 것이다 — 어쩌면 고문당할지도 모른다… 실제의 그 진짜… 부르르…. 그리고 어쨌든 설령 지금 그녀가 이 '황홀한' 소년에게 굴복한다 해도 (그녀는 심지어 때때로 그걸 갈망하기도 했다, 심지어 저 남자 이후에 저 남자와 함께….) 그는 순간적으로 바로 그녀를 위한 가치를 전부 잃게 될 것이었다. 그녀는 이미 자기 앞에 미래에 펼쳐질 그 한없는 지루함의 바다를 볼 수 있었고, 그녀의 도덕적 갈망들의 만족은 언제나 그 지루함에 끼어들어 가 버리곤 했다. (왜냐하면 그녀는 '밎ㅊ친' 듯한 비밀을 시험해 보았기 때문이다 — 그러나 소용없었다.)* 그러나 여기서 저 발렌티노**를 닮은 아직 덜 된 장교의 갈색 눈에 죽음이 번득였고 그 사랑스러운, 한 번도 키스해 보지 못한 아름다운, 젊디젊은 입술이 음울한 광기로 일그러졌다.

주의
공주는 게네지프에게 해독제로 전혀 작용하지 못하게 됐다.

"잠깐 기다려. 금방 올게." 그녀는 완벽하게 꾸며 낸 굴복의 자세로 속삭이고 뭔가 어떤 것을 약속하여 지프치오는 그저 하나의 핏빛 회색 단단하고 악취 나는 타오르는 헬륨 온도의 불꽃으로 변했다. 그는 몸을 떨고 그녀를 강아지 같은, 동시에 씹어 삼킬 듯한 시선으로 쳐다보고 그 1초간 거의 죽도록 기다렸다. 하얀 장갑 속의 꽉 쥔 주먹과 함께 그는 뛰어오를 준비가 된 짐승처럼, 거의 무감각하게 굳어져 버린 채 그의 안에서 부풀어 오르는 욕망의 안킬로사우르스***가 되어 서 있었다.

그녀는 자신의 그 가장 음란한 걸음걸이로, 마치 아라비아의 무용수처럼 엉덩이를 반원형으로 흔들면서 그리고 그 전에 계획적으로 오랫동안 지속적으로, 젖은 딸기색 입술에 미소를 띤 채 걸어 들어왔다. 그리고 바로 저

---

* 원문에서 '미친 듯한'에 해당하는 단어(szalonej)에 자음을 두 개 더 적었다(szalllonej).
** 47쪽 주 참조.
*** 백악기 후기의 배갑룡(ankylosaurus)은 갑옷 같은 등껍질에 꼬리에 곤봉이 달렸다.

가느다란 한 점 살이 모든 일의 중심인 것이다! 이것은 대체 괴물 같은 일이 아닌가!

여기 옆 어딘가에서 돌이킬 수 없이 쌓여 갔고 연기를 내며 부풀어 올랐다 — 어쩌면 그 고인이 된 오빠의 방이라는 옆방에서인지도 모른다, 그런 사람이 애초에 존재했다면 말이지만 — 하, 하! 뭔가 무시무시한 것, 어떤 믿을 수 없는 패배에 대한 예감의 무감각한 물결이 그의 등을 때렸다. 그녀는 그에게 굴복하지 않을 것이다 — 그를 속인 것이다! 분노가 그의 마음속에서 마치 사슬에 묶인 개처럼 뛰어올랐다가 금방 쓰러졌다. 이것은 아직 그의 정상적인 분노였지만, 잠시 후라면…? (시간은 마치 구타페르카 수지로 만든 것처럼 길게 늘어졌다.) 지프치오는 갑자기 몸을 돌려, 그쪽에서 심지어 가장 작은 바스락 소리조차 들려오지 않았는데도, 저쪽 방으로 가는 문의 오른쪽에 걸려 있는, 페르시가 '전기가오리' 역을 맡았을 때 타데우슈 랑기에르(손자)가 찍어 준 거대한 사진이 바라보는 방향을 향해서 섰다. 어쨌든 그는 그녀를, 이 형이상학적인 고문자를 사랑했다 — 이것은 어쩔 도리가 없었다. 그리고 그 사랑은 이런 악마 같은 욕망과 합쳐진 채 (대체 무엇이 더 필요한가, 베엘제붑 자신이라도 데려오란 말인가?!) 쓸모없이 낭비되는 것이다! 그 '불운'의 느낌이 (또다시 폴란드어 단어가 없다 — 망침, 실패작, 불발, 김빠짐, 조롱, 악운, 출렁임, 넌더리, 한심함, 손방, 눈더리, 발걸려 넘어지기, 밀어 무너뜨리기, 엉뚱한 방향으로 흘러가는 것(남/녀), 기어가기, 불만족, 전조, 운명적인 일, 치명적인 일, 몰아가기, 꼬아 버리기, 후르륵, 삐기, 휘파람, 고름 덩어리 — 됐다 — 모든 것이 마치 도둑들의 은어에서 가져온 것 같다 — 대체 무슨 일인가? 우리 나라에서는 품격 있는 불운을 가질 수 없다는 것인가?)* 그를 또다시 질고 끈끈한 진흙처럼 들러붙는 절망 속으로 반죽하듯 주물러 넣었다. 이젠 이 안에서 절대 빠져나가지 못한다…!

그때 문이 열리는 소리가 나고 그 문가에 갑자기 몸집 큰 사내가 서 있었다. 턱수염 기른 금발로 대략 50세 정도 되었으며 어깨는 곰 같고 눈은 밝은색에 다정하지만 다리는 커다랗고 참을성 없어 보였다 — 사복을 입었지만 10리 밖에서도 군인 냄새가 났다. 이 사람이 바로 지휘관의 신뢰를 받는 미하우 벵보레크 대령이었다. 중재를 하기로 결심한 것이다 — 페르시가 방에서 나간 것이 그에게 보내는 신호였다. 그는 지프치오에게 세 걸음 다가와서 억지로 아무렇지 않은 척하는 어조로 마치 그에게는 모든 것이 대단히 어렵게 느껴지는 것처럼 말했다.

"그런데 너, 얘야, 이리 와라. 내가 널 진정시켜 줄게. 그리고 경고하는데 목숨이 귀하면 그 여자한테서 떨어져." 그리고 곧바로 다른 어조로 바꾸었는데 여기에는 마치 어떤 어린애 같은 간원, 억누른 눈물, 수치심과 조급함이 섞여 있는 듯 들렸다. 이미 아주 오래전부터 대령

* '눈더리'의 경우 원문에서 '넌더리(gwajdlak)'의 마지막 모음을 의도적으로 바꾸어 표기한 점을 번역어에 반영했다.

748

은 이 조그만 남자애가 끔찍하게 마음에 들었고, 불쌍한 대령은 잠망경을 통해 소크라테스에게나 어울릴 이 아름다운 '영혼'이 이처럼 비속하고 '이성애적'이고 무익한 충동에 낭비되는 것을 보며 무시무시하게 고통받았다. 이제 그는 병참 장교의 지시에 맞게 양심의 가책 없이 나설 수 있었다. "난 미하우 벵보레크 대령이다. 내가 너에게 훨씬 더 높은 수준의 쾌락을 가르쳐 주지. 두 명의 순수한 남성의 정신 사이의 관계다, 몇 가지 시험을 거쳐야 하지만 그 시험으로 너는 알게 될 거야 — 하지만 지금 당장은 이쯤 하자 — 어떻게든 그게 없으면 멍청이 노릇일 뿐이야 — 하지만 됐어…. 내가 네 친구가 되어 주고 당분간 네가 하느님처럼 지구 상에서 우리를 하나 되게 해 주시는 우리 지휘관에게 진실로 다가갈 수 있게 될 때까지 내가 아버지를 대신하기로 하지. 넌 하느님을 믿나?" (게네지프는 침묵했다. 내면적으로 쪼그라든 채, 말로 표현할 수 없는 겉보기에 완전한 무존재 상태에서 [지하에서는 여러 개의 세상들이 온통 작동하고 있었다!] 그는 죽은 눈으로 벵보레크의 마치 다 이해한다는 듯 미소 짓는 밝은 녹색의 정중하고 눈물 고인 바다표범 같은, 가장 명확하게 성적으로 흥분한 [어째서?] 눈을 들여다보며 계속 서 있었다. 한 번도 몸을 떨지도 않았다. 그는 알 수 없는 무시무시한 심연 위에 서 있었다 — 광인처럼 그는 거대한 탑에서 바람에 휘날리는 깃발에 손가락 하나로 지탱한 채 기적적으로 버티고 있었다.) "혹시 언젠가 시마노프스

키의 「슬픔의 성모」와 저 미친 텐기에르가 한심한 수컷들
을 위해 쓴 지옥 같은 패러디 「슬픔의 성부」를 들어 본 적
있나?* 그건 두 개의 불균등한 세계야. 난 비행사였고 너
한테 맹세하건대 곡예를 했었지만 지금은 할 수 없어. 십
자군에 모든 것을 다 바쳤지 — 하지만 난 비겁자가 아니
야." 그는 거의 울먹이며 말을 마쳤다. '대체 무슨 헛소리
를 하는 거지?' 지프치오의 마음속에서 예전의 지페크가
생각했다. '지금 시체한테 말도 안 되는 얘기를 하고 있
잖아.' 그리고 그의 내면에서 다채로운 영혼의 덤불에 숨
겨져 있던 그 사내가 그 자신과 온 세상의 목덜미를 잡아
찢으려 튀어나왔다. 그리고 바로 이렇게, 하느님께 맹세
코 다른 방식으로는 행동할 수 없다는 그 황홀한 자신감
도 동시에 따라 나왔다. 어떻게 — 그건 아직 몰랐지만 그
는 자신이 거의 텐기에르와 동등하다고, 거의 코쯔모우호
비치 본인과도 동등하다고 느꼈다. 마치 지금 '일어난'(마
치 "한때 신비로운 가을 날씨가 머물러 있었다."처럼, 혹
은 "황홀한 날들이 계속되었다."처럼 — 매일의 하루가 시
간이 없이 일어났다 — 날씨도 마찬가지였다 — 이 무슨
기적인가!)** 이 순간 사이의 모든 관계가 끊어진 것 같았

---

* 「슬픔의 성모(Stabat Mater)」는 중세부터 내려오는 찬송가 형식으로 십자가에 못 박힌
예수를 보며 괴로워하는 성모의 마음을 노래한 성가다.
** стояла когда-то дивная осенняя [осенняя] погода, стояли чудные дни. 러시아의
국민 시인 푸시킨 혹은 러시아 민요를 연상시키지만 출전을 명확하게 말하기 힘들다.
앞서 언급된 「슬픔의 성모」는 본디 13세기에 작곡된 성가의 첫 줄 "슬퍼하는 성모가 서
있었다(Stabat Mater dolorosa)."에서 따온 것이므로 '서 있다', '일어서다'라는 동사를

고, 이 순간은 있었던 일과, 가장 중요한 것은 앞으로 일어날 일들 사이에서 완전히 고립되었다. 알지 못하는 동굴들, 알지 못하는 '방향들', 서쪽이 태풍을 불러오는 먹구름으로 가득한 하늘의 동쪽과 비슷한 구름 덮인 땅들이 열렸다. 그곳에 그는 지금 있었고, 그것을 꿈꾸는 게 아니라 거기 있었다. 그것은 그 나름대로의 행복이었다 — 마치 빈속에 처음으로 보드카를 두 잔 마신 뒤, 혹은 열네 잔 마신 뒤 처음으로 코카인을 했을 때처럼. 게네지프는 이전과 비교할 수 없이 굉장하게 기분이 좋아졌다 — 더 정확히는 그가 아니라 이제까지 그토록 공황에 가깝게 두려워하고 그토록 역겹게 여겼던, 그의 내면에 있는 그 끔찍한 피조물이 말이다. 그것(그)은 그가 되었고 하나로 합쳐졌다 — 저 정상적인 지프치오는 완전히 없어졌다. 그리고 의미, 모든 것의, 심지어 가장 불가능한 경우들의 가장 야만적인 의미라도, 황홀한 의미(하느님을 사랑하는[!] 사람들이 느끼는 그런 의미 말이다 — 스투르판 아브놀은 그것 하나만은, 혹시 여자들 곁에 있을 때라면 몰라도, 결단코 믿지 않았다). 오 — 이런 상태가 영원히 지속될 수만 있다면! (적게 먹고 술을 마시지 않으며 20년 동안 자기 배꼽만 들여다볼 수 있는 사람들에게는 아마 영원히 계속될 것이다 — 그러나 그것도 매우 의심스럽다.) 그러나 불행히도 아직 알려지지 않은 어떤 작용을 피할 수는 없었

계속 사용하며 패러디했다고 볼 수 있다.

다. 지프치오는 어찌 됐든, 여하간* 서쪽의 사람이었다. 그
것 또한 쾌락이겠지만, 단지 다른 종류일 것이다 — 어쩌
면 더욱 강하지만 그래도 다를지 모른다, 빌어먹을? 어쩌
면 마침내 행복이 완전하고 순수하고 구름 한 점 없게, 흠
집 없게 될지도 모른다! 이 모르는 사내, 마치 쌍안경으로
본 것 같은, 턱수염쟁이에 뭔가 무한히 불룩한 불한당, 비
밀의 방의 검은 아가리를 배경으로 저기 서 있는 이 남자
는, 이 남자는, 이 남자는 사슬에 묶인 개였다 — 풀어 주
어야만 한다 — 다른 해결책은 없다 — 또다시 멀리 교외에
서 개가 불쌍하게 짖어 댔다, 낯선 개, 그러나 현실적인,
사랑스러운 개 — 진실한 세상의 평범한 지상의 밤에 들
려오는 저 짖는 소리는 마치 저세상에서 들려오는 것 같
았다. 이것을 배경으로 지금 지프치오 주위에는 (혹은 그
의 안에 있는 그 사내 주변에?) 파리가 붕붕거리고 있었
다. 멀리 떨어진 현상들의 동시성. 그렇다 — 그렇게 일어
나라고 해라. 그래서 뭐? 이미 그는 알고 있었다 — 사실
아무것도 몰랐는데, 그러면 무슨 일이 일어날지 대체 무
슨 수로 알았는가? 천리안을 가진 완벽한 어둠이 영혼을
뒤덮었다. 창조의 순간이 찾아왔다(텐기에르, 심지어 위대
한 코쯔모우흐도 이 창작을 비웃었을 것이다. 이런 상태
는 후자에게 가까운 것이었을 테지만 말이다 — 코쯔모우
호비치는 뿔과 발굽을 포함해 모든 것을 자기 안에 다 가

* tout de même. 원문 프랑스어.

752

지고 있었다.) ─ 알지 못하고 현실에 있을 것 같지 않은 것이 무존재에서 나타나 전자들의 움직임이 되고 중력장의 위치를 변화시키거나 혹은 또한 대단히 비교적 커다란 규모에서 대단히 조그만 표본들의 연결 고리가 될 것이었다 ─ 아무도, 심지어 악마조차도 이것이 무엇이며 앞으로 영원히 어떻게 될지 알지 못한다. 어찌 됐든 그들이 살아 있고 느끼고 생각하는 피조물들이라는 사실은 확실하며 죽은 물질들의 존재, 물리학자가 가지고 싶어 하는 그런 물질들, 바로 이 피조물들의 세계의 평범한 전망의 데이터를 바탕으로 한 그런 물질들의 존재는 대단히 문제적이다. 어쩌면 평범한 이원론, 평범한 '미리 예정된 조화'도 받아들여지고 완전히 평범하게 생각하기를 멈출지도 모른다 ─ 그럴 수는 없다.

한편 저 사내는 서서 기다렸다 ─ 턱수염을 길렀고 정중하지만 무시무시한 사내 ─ 그것은 거의 몇 세기나 되는 것 같았지만 이 모든 것에도 불구하고 다 합쳐도 아마 3분 정도 흘렀을 것이며, 그래도 어쨌든 '시간을 밀어냄'은 견딜-수-없었고, 게다가 시간은 그러면서도 마치 화살처럼 흘러갔다. 삶은 그네를 탄 것처럼 경계선의 양쪽으로 흔들렸다. 한번은 정상성의 햇빛 찬란한 골짜기와 둥지를 틀기 위해 꿈꾸었던 쾌락적인 모퉁이들의 덩어리 전체가 보였고, 그러다 다시 다른 한쪽에서는 암울한 '귀퉁이들'과 독성 강한 중금속 가스와 번쩍이며 녹아 흐르는 용암을 뿜어내는 광기의 틈바구니 ─ '지옥으로

753

가라.'*─영원한 고문과 견딜 수 없는 양심의 가책의 왕국이 모습을 드러내는 것이다. 그러나 어쨌든 이 모든 것을 피할 수 있지 않은가! 불명확하고 작은, 그러나 악마처럼 강한 유혹이 몸속으로 점점 더 깊이 갉아 들어왔고 아직 건드리지 않은 운동신경 중심부로 길을 내었다. 페르시는 이 순간 게네지프에게 전혀 존재하지 않았다. 대체로 아무것도 존재하지 않았고 오로지 수행해야 하는 저 행동뿐이었다. 세상이 시야의 조그만 한 조각으로 쪼그라들었고 그 안에서 아직은 느슨하지만 약간 근육질의 조그만 덩어리가 흔들렸다. 나를 믿으시라─그 외에는 아무것도 없었다. 마흐 자신도, 어쩌면 흐비스테크도 만족했을 것이다. 탁자에 양탄자 망치**가 놓여 있었는데, 길이가 길고 철제 손잡이가 타원형 나무에 박힌 형태였다─아, 이 물건은 어떤 순간에 얼마나 유혹적인가─잡동사니와 장신구의 세계의 이해할 수 없는 침입자. 그 위에서 검은 중국 부처상이 미소 지었다. 잊혀 버린 망치는 (어제 그것으로 그녀가 뭔가를 박는 걸 도와 주었다─어떤 페르시아산 미니어처를 3센티미터 왼쪽으로 옮겼다─왜냐하면 페르시는 위대한, 대단히 위대한 미학가였기 때문이다.) 기다리는 것처럼 보였다. 그 망치 속에는 우리에 갇힌 살아 있는 동물의 긴장감이 있었다. 그도 또한 뭔가로부터 자유로워지고 싶었고 마침내 진실로 뭔가 똑바른 일

* Vale inferno. 원문 라틴어.
** 양탄자나 융단을 가구나 마룻바닥에 못으로 고정시킬 때 쓰는 작고 가벼운 망치.

을 성취하고 싶었으며, 이곳에서 뭔가 한심한 못대가리나 두들기며 썩어 가거나 낭비되고 싶지 않았다. 바로 그뿐이다. 지프치오도 생을 낭비하고 싶지 않았고, 검고 이제까지 얼굴이 없었던 지하의 사내는 한층 더 그러기 싫어했다. (나중에 그는 지프치오의 얼굴로 기어 나와서 그의 낯짝으로 기어들어 가 주둥이에 달라붙었고 모두들이 젊은 생도의 눈에 나타난 이상한 표정에 놀랐다 — 이미 그것은 그가 아니라는 사실을 다른 사람들은 알지 못했다 — 그것은 이전의 인격과는 공통점이 아무것도 없는 바로 그 '후[後]심리적 인격'*이었다.) 근육 체계 전체가 마치 저기 어떤 크랭크를 돌리는 움직임으로 발동이 걸린 완벽한 기계처럼 떨렸고 게네지프는 단단한 손으로 망치의 긴, 반복한다, 나무에 박힌, 그러나 나무를 금속으로 감싼, 손잡이를 잡았다. 이 물건의 무게는 훌륭했고, 꿈에서 원하던 것이었다…. 그리고 그는 겁먹었다기보다는 놀란 상대방의 눈, 이미 여기 이 우리의 세계가 아닌 곳에서 두리번거리는 듯한 그 눈을 한 번 더 보고 나서 온 힘을 다해 지금 왠지 모르게 증오스러워진 짐승 같은 금발-턱수염-더벅머리 낯짝을 후려쳤다. 부드럽게 꺾이는 소리, 젖은, 살아 있는 거대한 몸이 둔탁한 충격음을 내며 양탄자에 쓰러졌다. 그 양탄자의 무늬를 그는 이제 영원히 잊지 못할 것이다. 망치는 그 낯짝 속에, 이마 왼쪽의 혹보다

* postpsychotische Personalität. 원문 독일어.

조금 위에 남아 있었다. 지프치오는 마치 자동기계처럼 아무 그늘 없이, 그 어떤 생각과 감정의 그늘도 없이 걸어 나왔다. 그저 이런 방식으로 그는 불가능할 정도로 단순해졌을 뿐이었다. 오래되고 복잡한 감정들과 바로 조금 전까지 있었던 복잡성들은 어디 있는가, 어디로 숨었는가? 없다. "산다는 건 좋은 거야."—그의 내면에서 낯선 목소리가 말했고 그 목소리는 그 자신의 타고난 목소리였다. 몸은 깃털처럼 가벼웠다—장교 역할과 코쯔모우호비치와 중국인들과 모든 정치적 상황들과 흉하게도 여자라 불리는 저 기괴한 피조물들의 이 무의미한 세상 위로 떠오르는 것 같았다. 보호자 골란코바 부인도 없고 페르시도 없었다—아무도 없다. 그는 여기에 전혀 놀라지 않았다. 지금에서야 비로소 그는 이제까지 없었던 자유와 격정 없는 태평함을 느꼈다. '하느님! 난 대체 누구지.'—그는 계단을 내려가며 생각했다. (문은 나오면서 닫혔다. 대문 열쇠는 페르시가 선물해 주어 자기 것을 갖고 있었다.)

시간은 두 시, 가장 늦은 밤의 시간이었다. 알 수 없는 힘이 그를 학교 방향으로, 마치 그곳에 어떤 구원이라도 있는 듯이 곧장 이끌었다. 그러나 어찌 됐든 그는 구원을 필요로 하지 않았다—이렇게 좋았고, 모든 것이 이토록 훌륭하게 풀렸다—그러니까 무엇 하러, 무엇 하러, 빌어먹을…? 가느다란 여름비가 안개처럼 흘렀다. 이런 밤에 이성을 잃기 위해 일어날 수 있을 법한 저속하고 불쾌한 일들이 (잠든 도시의 정적, 젖은 거리, 숨 막히는 공기

756

와 저 따뜻하고 습한 소도시 냄새, 비료와 양파 섞인 들 척지근한 냄새) 바로 가장 훌륭하고 필연적이며 완벽하고 다름 아닌 바로 그러한 일로 여겨졌다. 그 다름 아닌 '이 것성'—아, 이 우연과 무의미의 믿을 수 없는 왕국에서 절대적인 필연성을 느낄 수 있다는 것이 얼마나 기적 같은지, 그것이 바로 완전히 뻔뻔한 우발성을 덮어 감춘 사 회적 규범의 허구를 넘어선 나체의 존재인 것이다. 만약 지프치오가 의도적으로 언젠가 다량의 코카인을 복용했 다면 (그걸 절망의 순간에 공주가 권했었다.) 지금의 상태 를 겉보기에 고귀하지만 그 많은 제물을 요구하는 독물에 가볍게 중독된 상태와 비교할 수 있었을 것이다.

차가운 의식의 괴물 같은 번쩍임이 갑자기 찾아왔 다. '난 범죄자야—살인을 했어, 누군지도 모르고 이유 도 모르면서? 아—어쨌든 그녀 때문은 아니야. 그녀, 그 녀….' 낯선 단어가 의미 잃은 다른 단어들 사이에서 흔들 렸다. '난 이걸 절대로 이해할 수 없는 걸까? 그래—어쩌 면 이해할 수 있을지도 몰라, 20년 형을 받고 갇히면 말이 지. 하지만 그래도 중국인들이—아무도 그들에게는 저항 하지 못할 거야….' 그는 이 끔찍한 순간에 이렇게 '두려움 없이' 생각할 수 있었고, 그 순간의 끔찍함을 이해할 수 있 는 상태가 아니었다. 이것은 그가 아니었다—그것은 저 밑바닥의 손님이었지만, 단지 어떻게 이상하고 혐오스럽 게 부드러워져서 예전의, 오래전 죽어 버린 소년의 외면 적 형태를 몸에 입은 것이다. 그는 존재의 사실 자체의 무시무시함을, 심지어 그 가장 부드러운 형태조차, 위협으로 받아들였다 — 이런 관념 속에서는 성자들조차 이름 없는 괴물이 되었다. '존재하는 모든 것은 그 존재의 바탕이 되는 관념에 모순돼 — 모든 것은 형이상학적인, 보상-할-수-없는 해악에 의존하고 있어. 심지어 내가 세상 최고의 인간이 된다고 해도 난 지금이나 앞으로나 그저 무한히 서로 싸우는 자질구레한 존재들의 덩어리일 뿐이야. 개인의 내면에 있는 세상이나 바깥에 있는 세상이나 똑같이 잔혹해.' 술 취한 스투르판이 언젠가 이렇게 말했었다. 오늘 게네지프는 그것을 이해했다 — 관념적으로가 아니라 자신의 살아 있는 피로 — 그의 동맥-배설강에 뭔가 끔찍하고 독성 있는 악취 나는 액체가 흘러 다니는 것 같았다. 세상에는 하나의 거대하고 혐오스러운 불순함 외에 아무것도 없었고, 그런데도 좋았다. 그는 장갑 낀 손을 흔들었다. 그러니까 그도 또한 마찬가지인 것이다, 세상 전체가 이러니까. 마치 다른 자아의 것 같은 기억 속에서 유령처럼 창백한 엘리자의 얼굴이 번득였다가 어두운 녹색 물속 깊은 곳의 인광처럼 꺼져 버렸다. 남은 것은 하나의 범죄와 어떤 뭔가 똑같이 범죄적이지만 정의할 수 없는 어떤 것과의 관계에 대한 감각뿐이었다. 그 관계와 그 다른 무언가가 어떤 방식으로 주어졌는지 악마나 알 일이었다. 그런 것은 심리학자나 고민하게 내버려 두자. 모든 것이 어쨌든 관념으로 이어지고, 이해될 수 있었고, 이해 가능해 보였다 — 자체적으로 지속되는 어떤 특성의 색조, 그리고 (주

목받지 못한) 코르넬리우스의 '혼란된 배경'.* 아무래도 상관없고 중요한 건 지프치오가 그 범죄로 인해 뭔가 이상한 방식으로 충족되었다는 것이며 또한 페르시, 그런 코쯔모우호비치에게 운 좋게 눈에 들었다는 사실에 도취된 그 조그만 전기가오리가 그의 눈에 더 이상 존재하지 않게 되었다는 것이었다. 게다가 그는 전혀, 심지어 가장 조그만 가책조차 느끼지 않았다. 윤리? 헛소리입니다, 그러니까 선생님. 특정한 종류의 정신분열증 환자에게 이것은 텅 빈 단어다 — 그저 그 하나만 있을 뿐이고 그 외에는 아무것도 없다. '불행한 사랑을 치료하는 기적 같은 약은 그 사랑과 전혀 아무 관계 없는 누군가를 — 누군가 낯선 신사를, 아무나 가장 처음 보이는 지나가던 행인을 죽이는 것이다.' 그는 오랜 옛날, 아직 보이**가 살아 있던 시절 어느 하찮은 가짜 미래주의자가 쓴 시를 떠올렸다.

> …그리고 첫 번째 사람을 보도 가장자리에서
> 낯짝에 빵 하고 쏘았지 — 두 번째는? 똑같이 빵!
> 이건 전혀 범죄가 아니야,
> 그러니까 대체 무엇인가 그러니까,

---

* 「사도행전」 10장에 나오는 로마의 백인대장. 비유대인 중 처음 그리스도교로 개종한 인물로 알려져 있다. 코르넬리우스는 베드로를 집으로 초대하는데, 초대받기 전 베드로는 꿈에서 유대 율법에 금지된 동물들을 먹으라는 명령을 거부하다가 "하느님이 깨끗하다고 받아들이신 것을 불결하다고 거부하지 말라."는 말을 듣고 깨달음을 얻는다.
** 타데우슈 보이젤렌스키(Tadeusz Boy-Żeleński, 1874–1941)는 폴란드의 문학가, 운동가이다. 뒤이은 시는 비트키에비치가 이 작품을 위해 쓴 것이다.

아무것도 아니야— 그렇게 그냥 뻥
쓸모없는 가구를 치우는 것뿐이야
사형집행인의 도움 없이….

그 뒤 무슨 일이 있었는지 그는 알지 못했다. 정신분열적
인 닮은꼴들 위로 떠오른 저 초의식의 섬광은 꺼졌으나
인격 옆에 자동적으로 정상적인 생각들, 평범한 사람이라
면 모두 이와 비슷한 순간들에 가지게 될 그런 생각들이
나타났다. 그러나 그 생각들은 이미 운동신경에 연결되지
않았다(호, 호— 전혀 소용없다). 운동신경은 밑바닥의 사
내가 지배하고 있었다— 그는 그 망치의 타격으로 그 지
배력을 획득했다— 뭔가 배워서 얻은 것이 아닌, 절대적
으로 새로운 것을 실행했다— 그 대가로 상을 받은 것이
다. 그러면 누군가의 운동신경을 어떻게 손에 넣느냐, 그
것은 손에 넣었으니 주인이라는 것이고 그걸로 끝이다.
지프치오는 죽었고 후심리학적인 지폰*이 태어났다. 공
격 자체는, 그 이른바 '습격'은 1초 정도 지속되었다. 그렇
다면 저 지엽적인 생각들(하지만 누가 그런 걸 상관하겠
는가?) = 이런 세상에 하느님 맙소사, 그렇다면 그 사람은
페르시의 삶, 그러니까 그는, 게네지프는 아무것도 알지
못하는 그 비밀스런 삶과 뭔가 관계가 있었다는 것이다.
아마 관능적인 관계는 아니었겠지만 뭔가, 젠장할, 심지어

* 게네지프의 애칭.

지프치오처럼 천치화된 인간에게도 믿을 수 없는 어떤 것이 그 기억에 남을 저녁에 있었던 것이다. 그 짐승이 자기 옆방이 고인이 된 오빠의 빈방이라고 거짓말한 데에는 다 이유가 있었다 — 그 사내가 거기서 살았다는 것은 아주 명백했다. 그러나 본능적으로 (그 본능이란 어쨌든 너무 자주 실수하지만[그러나 이 경우에는 본능이 아마도 진실을 말해 주었을 것이다 — 그건 게네지프도 알고 있었다.]) 그는 저 턱수염쟁이가 그녀에게 성적으로 무관심하다는 것을 느꼈다. 그보다 더 본질적인 것, 그러나 간접적인 것이 그 너머에 숨어 있었다. 아마 그는 영원히 알지 못할 것이다. 그는 자신이 사회적으로 완전한 공허 속에 정지되어 있다고 느꼈다. 사회적으로 그는 범죄자였고 (이미 도덕적으로 불가능하다면 그것도 괜찮았다.) 어쩌면 그와 비슷한 유형의 인간들 몇천 명을 제외하면 (물론 국내에서다.) 완전히 모든 사람에게 쫓겨 다닐 인물이었다. 일생의 고독에 대한 감각은 더 멀리 넘어가 형이상학적인 고독의 상태에 닿았고, 그것이 우주의 무한한 시간과 공간 속에서 자신에 대해 "나"라고 말하는 단 하나의 유일한 존재였다. (왜냐하면 수학자들이 자기 마음대로 무슨 말이든지 하고 자기들 편의를 위해 세계를 아무리 멋대로 왜곡한다고 해도 우리의 현실 공간은 '자체'로 유클리드적이며 직선은 모든 종류의 '트릭'에도 불구하고 원칙적으로 다른 모든 선과 다르기 때문이다.) 직관적으로, 그러니까 즉 적절한 용어와 이론을 모르는 상태에서 자기 내면에서 혼자

생겨난 관념-형상 속에 그는 짐승처럼 직접적으로 제한
된 개별적 존재자에 대한 존재의 실제적 무한함과 그 이
해 불가능성을 깨달았다. 그리고 거기에서 끝—벽—그
리고 완전한 무관심. 갑자기 — 거의 자각하지 못하는
채—그는 집 방향으로 돌아섰다. 세상 단 하나의 사람이
있다면 릴리안이다. '알리바이'의 문제가 온통 선명하게,
그 얼마 되지 않은, 그러나 그토록 오래된 꿈과 완전히 똑
같이 눈앞에 떠올랐다. 어쩌면 아무도 그를 보지 못할 것
이고 릴리안은 그가 내내 자신과 함께 있었다고 이야기
해 줄 것이다 — 분명 그렇게 말할 것이다 — 사랑스러운
여동생! 가족이 있다는 건 때로 얼마나 좋은 일인지! 그는
처음으로 이것을 이토록 명확하게 보았다 — 불한당! 그가
지금 믿을 수 있는 단 하나의 존재는 이전에 경멸했던 릴
루샤*였다 — 어머니는 안 되고 공주는 수백 배나 더더욱
안 된다. 그러니까 가자, 그럼 가자** — 누군가 아는 사람
이 그를 마주쳐 이 어둠침침하게 불이 밝혀진 이 영원히
죽은 도시에서 그를 알아보려면 기적이 필요할 것이다.
어찌 됐든 첫 번째 얼마의 순간 동안 그는 마음 밑바닥에
삶이 돌이킬 수 없는 도약을 했다는 인상을 간직하고 있
었고 — (어떤 이름 없는, 원초 존재적인, 분별할 수 없는

* 릴리안의 애칭으로, 아주 어린 꼬마에게 붙여 줄 법한 친근한 애칭이다.
** vallons alors. 'vallons'은 '세계 혹은 갑작스럽게 때리다, 총 같은 무기로 쏘다,
공격하다'라는 뜻의 폴란드어 동사 'walic'의 어간(발음 기준)에 '가다'라는 뜻의 프랑스어
동사 'aller'의 활용형(allons)을 어미로 합쳐서 만든 조어.

뒤죽박죽에 그가 오래전부터 처박혀 있었고 그 뒤죽박죽은 세 명분으로 더 강력해졌으며 여기에 무한히 연장된 고문이 미래를 향해 열렸다.) ― 바로 지금, 그 인상과 함께 존재가 계속될 수 있다는 가능성을 전혀 믿지 않는 채로, 바로 눈앞에 지금 현재의 무사태평함 외에는 아무것도 보지 못하면서 (그걸로는 부족하다, 젠장) 필사적으로, 만약의 경우를 대비해서 그는 자신의 '알리바이'만큼은 확실하게 해 두기를 갈망했다. 이 모든 일은 그 사내가 한 것이며 하느님께 맹세코 그가 아니었다. 죽어 가는 지프치오는 모든 책임을 저 밑바닥의 사내에게 떠넘겼다. 이미 자신 안에서 그를 그 발굽과 발톱까지 명확하게 느낄 수 있었고 (그 무사태평함은 그의, 그러니까 그 다른 사내의 것이었다.) 그가 자세를 바꾸고 몸을 뒤척이고 그의 안에서 편안하게 몸을 뻗는 것을 느꼈으며 ― 이미 영원히 ― 이전의 지프치오는 마치 부드러운 마멀레이드나 반죽처럼 형체가 짓이겨져 모든 심리적 구멍들을 통해 밀려 나왔다. 그리고 여기서 운 나쁘게도 스투지엔나[우물] 거리와 필트로바[필터] 거리 모퉁이에서 두 개의 형체가 모습을 나타냈는데, 그 형체들은 비틀거리며, 휘청거리는 발을 젖은 보도블록에 붙이듯 걸으며 손으로는 서로서로 담장과 기둥과 간판대에 마치 촉수처럼 들러붙으며 다가오고 있었다. 목쉰 바리톤의 목소리가 확연한 마르세유 억양을 섞어 부르는 혐오스러운 노랫소리가 퍼졌다.

이 얼마나 혐오스러운 나라인가, 이 폴란드는,
동정받아 마땅한 '똥쟁이들'의 조국.
약간의 수치심을 보여주기 위한
용기조차도 갖고 있지 않네.*

그들은 가까이 다가왔다. 민간인이다. 한 명은 뚱뚱하고
작고 둥글고 다른 한 명은 작고 말랐다. 마른 쪽이 둥근
쪽의 노래를 뭔가 가래 끓는 씩씩 소리를 내며 따라 했는
데, 그 소리는 몸 안의 독물로 가득한 림프관에서 나오는
것만 같았다. 두 사람은 마치 방금 스위치를 꺼서 아직도
따뜻한 주정(酒精) 제조 기계 같은 냄새를 풍겼다. 지프치
오의 내면에서 그냥 폴란드인이 깨어났다. ('너희 다른 놈
들, 폴란드인….')** 아! 이건 너무 간단하다 — 여기에 대
해 흥미로운 일이라고는 아무것도 쓸 거리가 없다. 어쩌
면 저 밑바닥의 자동적인 사내가 그 자신보다 더 폴란드
인이었던 건지도 모른다. 그의 내면에서 피가 끓어올랐고,
선생님 그러니까 그거, 그는 뚱뚱이의 낯짝을 후려갈겼고
그 팔 휘두르는 동작을 하면서 이미 어둠 속에서 뻔뻔하
게 장난스럽고 즐거운 르바크의 얼굴, 어딘가의 학교 학
예회에서 알게 된 그 얼굴을 보았다. (바로 그 순간 처음

* Quel sale pays, que la Pologne, / Cette triste patrie des gouvegnages. / Pour faire
voir un peu de vergogne / Ils n'ont pas meme du courage. 프랑스어이지만 욕설은
폴란드어 발음을 프랑스어로 적고 있다.
** Vous autres, Polonais... 원문 프랑스어.

으로 그는 어쨌든 페르시 자신과 골란코바 부인이…. "아
냐, 그 두 사람은 배신하지 않을 거야." 그의 내면에서 어
떤 목소리가 말했고 그 목소리가 옳았다. 그러니까 그는
여기에 대해 한 번도 생각해 보지 않은 것이다. 그의 안
에 있는 그 새로운 사람은 뭔가 다른 도구와 방식을 갖고
있었다.) 다른 한 사람은 그의 수행 부관인 드 트루피에르
공작이었다. 그는 그 부관의 명치에 주먹으로 제대로 한
방 먹여 그를 웅덩이에 처박았고, 웅덩이는 한중간에 프
랑스인의 말라빠진 엉덩이를 받아들이며 쾌락적으로 철
벅거렸다. 겉으로 보기에 외투를 입은 (이런 의미에서 겉
보기라는 것이다, 영적인 의미가 아니라) 사관생도는 기병
대의 평범한 군인과 거의 구분되지 않았다. 이 골목의 어
둠은 거의 꿰뚫어 볼 수 없을 정도였다 — 두 사람이 그를
알아볼 리는 없었다. 그는 범죄의 순간부터 그를 놓아주
지 않는 그 자동기계만을 의존해서 가던 길을 계속 갔다.
르바크는 그를 쫓아오려 했다 — 헛수고였다. 흐늘거리는
손으로 불 꺼진 가로등 기둥을 붙잡고 빙 돌아 털썩 무릎
꿇고 주저앉아 마지막 음절에 강세를 넣어 소리쳤다. "경
찰, 경찰!" (시간은 [일의 과학적 조직화] 두 시간 더 지났
다 — 한 시간이 더 지나야 비로소 호루라기 소리가 들려
올 수 있었다.) 지프치오는 아무것도, 심지어 가장 가벼
운 불안감마저도 느끼지 않았다. 폴란드인으로서 그는 만
족했다. "참 괜찮은 알리바이로군." 그는 중얼거렸다. "이
런 건 진짜로 할 필요 없었는데, 하지만 이 하루를 끝내려

면 꼭 필요한 일이었어. 이렇게 가벼운 기분이라니! 이렇게 가볍다니! 내가 이런 기분을 예전에는 알지 못했다니!" 그리고 바로 그 순간에 가벼움 외에는 아무것도 느끼지 못한다는 바로 그 사실에 그는 겁에 질렸다. "어쩌면 좋지? — 어찌 됐든 내가 느끼지 못하는 것을 느끼도록 스스로 강요할 수는 없어." 그는 그 생각을 마치 따뜻한 외투처럼 덮어썼고 지저분한 거리를 걸어 집으로 계속 갔다.

그는 릴리안을 깨웠다. 그녀는 충-격-받-았-다. 떨면서 그의 손을 꼭 잡고 물론 가끔씩 말을 끊어 가면서 그의 이야기를 들었다 — 너무 흥분해서 거의 그를 꼬집을 뻔했다. 스투르판 아브놀은 단 한순간의 예외도 없이 릴리안이 유일하게 사랑하는 남자였으나 이 순간에 그녀는 비로소 이 모든 일이 무엇인지를 느꼈다. 그녀의 이 오빠라는 사람, 이제까지 낯설었던 (몇 번이나 오빠를 사랑한다고 생각했던가 — 이제 그녀는 그런 생각들이 아무것도 아니었음을 확신했다.) 이 사람이 지금 그녀에게 저세상에서 나타난 것처럼, 유성이 떨어지듯 상상할 수 없는 속도로 다가왔고, 그 속도는 그가 이야기한 사건들의 돌발성이기도 했으며, 이 모든 것이 그녀의 이제까지 무감각했던 몸을 꿰뚫었다. 불쌍한 스투르판은 완전히 야만적인 기행에도 불구하고 단지 그녀의 머릿속만을 헤집어 놓을 수 있었다. 그녀는 동성애자처럼 추근대는 여자 친구들과 남작 부인 본인에게서 수없이 들었던 전설 속의 그 유명한 처녀를 바로 이 순간에 잃은 것만 같은 느낌을 받았다. 그리고 그것도 이 사람, 제복을 입은 이 순수한 영혼, 진실로 형제다운 이 사람, 그녀가 이런 방식으로 사랑해야 할 필요성을 마음속에 느끼지 못했던 사람과 말이다. 물론 그녀는 이것이 진실로 무슨 의미인지 알지 못했으나 어떻게든 그렇게 상상을 했고 그것으로 끝이었다. 그것은 진정한 행복의 순간이었다 — 저 사랑하는 루마니아-귀족적이고 예술적인 황소와의 쾌락으로 가득한 진실한 약속의 순간. 이 순간부터 삶이 끝날 때까지 그를 위해 봉사할 것이다. 그의 내면에 감추어진 힘이 명령하기만 하면 그가 그냥 그렇게 성장의 길을 계속 갈 수 있도록 자기 자신에게 최악의 일들이라도 실행할 것이다. 그녀는 자기 내면을 들여다보았고 그 속은 — 이 순간에 완전히 거울로 되어 있었다 — 마치 무한한 그의 가능성들로 뒤덮인 것 같았으며 그녀는 포탄을 삼키는 대포처럼 그를 온전히 삼켰다. 그러나 이미 그를 자기에게서 뱉어 낼 힘은 가지고 있지 않았다. 그는 오로지 자신만이, 혼자만이-유일하게, 자신을 삶의 어둡고 바람 부는 공간 속으로 밀어 넣을 수 있었다. 그녀는 '그의 운명의 비밀스러운 방패'를 보았는데 (그것이 무엇인지는 아무도 알아내지 못할 것이다.) 그것은 어떤 그림에서 보았던 '죽음의 검은 언덕' 위에 있는 밝고 환한 원반이었고, 그가 마치 총알처럼 자기 스스로 도달해야 하는 방패였다. 그러나 그 순간은 바로 죽음 자체였다. 그 도달에 궁극의 의미가 있는 것이다. 그녀는 아버지가 했던 말을 떠올렸다. "…삶의 장벽 너머에 목표를 세워야 한다….” 스투르판도 여기에 대해 헛소리를 했었다. 그러나 바로 이런 이야기에 비하면 그의 예술적인 ‘감정적 격동’*이 대체 무엇이란 말인가. 이런 비슷한 일을 실행에 한번 옮겨 보라지. 이건 터져 버릴 수도 있는 일 아닌가. 그리고 그녀 혼자만이 모든 일을 알고 있을 것이었다 — 범행 동기의 진실 혹은 그 동기의 부재, 아무도 이해하지 못할 이 기묘하기 짝이 없는 범죄를 — 그녀 외에는 아무도 알 수 없다. 왜냐하면 그녀는 그 끔찍하지만 그래도 아름다운, 어쩌면 가장 아름다운 밤에 마치 그 자신이 된 것처럼 그를 너무나 깊이 이해했기 때문이다. 결혼 첫날밤에 이것을 기억해야 하며 (그리고 분명히 기억할 것이다.) 그러면 그 비밀이 그녀와 저 모든 것을 합일시켜 줄 것이며 그것이 그녀의 삶의 정점이 될 것이었다. 세상 그 무엇을 준다 해도 그 정점에서 더 낮게 기어 내려오지 않을 수만 있다면! 표면 위에서 모든 것이 지금 현재와 같은 상태인 평평하고 지루한 범속함의 계곡에서 기어 다니는 것보다는 고통 속에 빨리 죽어 버리는 것이 낫다. 그리고 스투르판은 그토록 생기 넘치는 소년 같은, 심지어 (그의 작품에 붙인 이름처럼) ‘개구쟁이 왕자’ 같은 면에도 불구하고 어째서 그녀에게 이것을 한 번도 보여 주지 않았을까? 사랑하는 오빠의 희생자가 있고서야 비로소 이것이 일어날 수 있었다 — 전도된 현실과 모든 것을 넘

* переживание. 원문 러시아어.

768

어서는 모든 것의 의미가 가지는 비밀스러운 매력에 대한
궁극적인 이해. 그녀는 어머니의 예전 하느님에게 조용히
기도했는데, 왜냐하면 그녀의 태생적인 신들은 아직 그
녀 자신의 내면에서 창조해야만 했고 그때까지 깨어나기
직전의 상태로 얕은 잠을 자고 있었기 때문이다. 그리고
그녀는 그가 다른 식으로 행동할 수 없었다는 것을 너무
나 완벽하게 이해했고 그래서 마치 어떤 훌륭한 선물이라
도 받은 것처럼 행복해했다. 그녀의 완벽한 단순성 안에
서 이것은 그녀에게 그토록 멋졌던 것이다! 아! 그리고 그
녀는 그 죄 없는 (확실히) 턱수염쟁이를 전혀 동정하지 않
았다. (대령 — 이름은 지프치오가 잊어버렸다.) 그는 지금
한 것보다 더 훌륭하게 끝낼 수 없었을 것이다. 모든 것이
마치 크빈토프론의 극장에서 공연하는 어떤 연극처럼, 아
니면 아브놀의 극작품 중 하나에서처럼 괴상했다 — 무의
미하지만 그러면서도 필연적이었다. 그리고 이 일은 실제
로 일어난 것이다! 현실의 기적이 일어났다. 그러나 이미
첫 번째 황홀경은 지나갔고 모든 것이 순수하게 일상적인
대화로 천천히 내려가기 시작했으며 그러는 동안 두 사람
모두 서로에 대해 그리고 자기 자신에 대해 점점 더 심한
혐오감을 더해 가기 시작했다. 이전 상태의 결과가 형식
적으로는 어느 정도의 고양된 상태에 그들을 어떻게든 붙
잡아 두었지만 뭔가 망가졌고 썩어서 이해할 수 없는 속
도로 분해되기 시작했다. 그것은 코카인으로 인한 황홀경
이 사라지는 것을 조금 연상시켰는데, 그럴 때 모든 것은

변하지 않은 채 이전의 흥분과 신비함에 반비례해 '열 명 분량'으로 더 무시무시해지고 동시에 비속해졌다.

릴리안. 그녀를 바로 그토록 사랑한다고 어째서 나한테 미리 한마디도 말해 주지 않았어? 난 그게 이리나 브시에볼로도브나와의 로맨스에 대한 반동으로 인한 오빠의 첫 번째 이상적인 사랑이라고 생각했지. 그녀는 관능적인 감정에서 완전히 벗어나 있어 — 아무도, 최소한 극장 사람 중에서는 한 명도 그녀의 애인이 없었고 다른 분야에서도 사람들이 아무 말 한 적 없어. 내가 알았다면 오빠한테 모든 것을 다 털어놓고 빠져나오라고 설득했거나 아니면 최소한 오빠를 공연히 눈속임하지 못하게 하기 위해서 그녀에게 접근할 수도 있었을 거야. 지금이라면 나는 그녀에게 영향력을 미칠 수도 있었을 거라고 생각해. (그녀는 자기 자신과 그의 앞에서 자신을 [비록 최소한 아주 조금이지만 과장하면서 즐겁고 혐오스럽게 거짓말했다.)

지프치오. 넌 마치 나이 먹은 숙녀처럼 말하지만 잘못 생각하고 있어. 그녀에게는 아무도 영향을 미칠 수 없어, 왜냐하면 공허 그 자체의 현신이고 흡혈귀니까. 내 사랑이 그녀를 무언가로 만들어 주지 못했다면 그건 즉 그녀가 애초에 전혀 없다는 뜻이야. 지금 나는 확신하게 됐어 — 물론 때가 이미 늦었지만 — 그녀의 내면에는 뭔가 괴물 같은 것이, 어떤 헤아릴 수 없는 끔찍한 비밀이 있고 바로 그 때문에 내가 그녀에게 끌린 거야. 난 내 안에서 이전에 한 번도 느껴 보지 못한 악함과 저열함과 약함

770

의 층위를 알게 됐어. 난 이게 이제까지 내가 몰랐던 진실한 사랑이라고 스스로 설득했어. 앞으로 이런 걸 또 겪게 될까? ('아, 사랑하는 오빠!' 릴리안은 다정하게 생각했다. '죄 없는 사람을 살해하고 지금은 진실한 사랑을 알지 못할 거라고 괴로워하고 있어. 이건 그래도 어쨌든 멋져.') 난 마치 마비된 것 같았어. 그녀는 자기 안에 뭔가 무기력하게 하는 독을 가지고 있어서 그것으로 내 의지를 없앴어. 지금은 그녀가 나를 통해서 그 대령을 죽인 거라고 생각해. 정말로 난 자동기계처럼 움직였다고. 뭔가 끔찍한 악몽이고 현실이 아닌 것 같았어. 그런데도 어쨌든 난 지금 다른 사람이야 — 완전히 누군가 다른 사람. 너한테 이걸 설명할 수가 없어. 어쩌면 그가 내 안에 현신했는지도 몰라. 내 안에서 어떤 경계선을 넘었고 내가 이전에 있었던 곳으로는 이미 절대로 돌아갈 수 없어. (릴리안은 다시 한번 경탄과 질투에 '휩싸였다'. 오, 그렇게 계속해서 자신을 변화시킬 수 있다면, 자신의 '나'의 계속성을 잃지 않으면서 계속해서 누군가 다른 사람이 될 수 있다면! 그리고 그녀의 일상적인 오빠는 여기 그녀 앞에 앉아 있지만 마치 다른 세계에 있는 것 같은 것이다! '그는 나와 다른 세계관을 가지고 있어, 여기 이 남자는, 나한테서 두 걸음 떨어져 있는데 — 그렇다면 나는 어떻지?' 그녀는 '폴란드어로' 끝맺었다.)* 하지만 그 끔찍한 행위로 인해 난 해방되었어 — 그녀에게서나 나 자신에게서나. 잡혀서 갇히지 않는다면 내 인생은 정말 멋지게 될 거야….

* Il a une autre vision du monde, ce bougre-là, à deux pas de moi — e mua kua? 원문 프랑스어. 마지막 세 단어만 프랑스어 발음을 폴란드어 철자로 적었다.

771

그는 절대적인 무를 쳐다보며 말을 중간에 끊었다—자신의 것과 세상을 둘러싼 것을. 악마들이 막을 내렸다—공연은 끝났다. 그러나 이 중간 휴식이 얼마나 오래 지속될지 알 수 없었다—어쩌면 평생일까? 그는 몸을 떨었다. 행위의 열병이 그를 사로잡았다. 뭔가, 뭐든 좋으니 행동을, '몰래' 해도 좋고 어떤 행동이라도 좋으니 해야만 한다. 하—그건 그렇게 쉽지 않다. 그러나 또한 여기서도 이 불운한 '행운아'를 도와주는 사건들이 일어났다—(끔찍하다). 그는 어떻게든 아침까지 버텼다. "가장 최악인 건 그가 누군지 모른다는 거야." 이미 이렇게 말하는 이는 그저 밑바닥의 사내일 뿐이었고, 그는 나머지와, 더 정확히는 이전 지프치오의 겉모습과 융합되어 하나의 분리될 수 없고 점점 단단해지는 덩어리가 되어 있었다. 그리고 너무나 완벽하게 가면을 써서 때때로 그가 지프치오의 몸을 통해 세상을 내다보는 그 눈이 아니었더라면 아무도 (심지어 베흐메티예프 자신도) 이것이 이미 예전 지페크가 아니라 단지 무시무시하고 이해할 수 없는 누군가—아무도, 심지어 그 자신조차 이해할 수 없는 완전히 다른 사람이라는 사실을 알아차릴 수 없을 것이었다. 바로 이것이 광기의 본질인 것이다. "정말로 가장 최악인 건 그가 누군지 모른다는 거야." 조금 뒤 지프치오가 덧붙였다. 그것은 최악이 아니었지만 이 순간 그에게는 그렇게 여겨졌다.

릴리안. 우린 신문을 보고 알게 될 거야. (릴리안은 이 세대 아가씨들의 특징인 그 의식적인 지성과 활기를 띠고 즉각 '대꾸했다'.

오, 유연한 물고기, 현명한 생쥐와 똑똑한 도마뱀이 하나의 같은 사람 안에 합쳐진 — 대체 어째서 우리는 당신들을 절대로 만날 수 없는가, 우리들, 1929년에 이미 40대 노인이 되어 버린, 생각 없이 스포츠의 '괴성'만 좋아하는 무시무시한 후세대를 지켜보아야만 하는 형벌에 처해진 우리들은! 그러나 이 얘기는 그만하자.) 난 오빠를 위해서라면 뭐든지 할게. 오빠 아홉 시부터 내 방에 와 있었고 나가지 않은 거야. 엄마는 유제프 씨와 함께 아홉 시에 이미 안방에 있었어. 나를 무조건 믿어. 나한테 이건 행운이야. 하지만 그녀가 배신하지 않을까? 그 턱수염 기른 사람이 그녀에게 누구였는지에 따라 달라질 거야. 내가 아는 사람 중에 그녀가 그와 함께 있는 걸 아무도 한 번도 본 적이 없어. 누군가 지나가던 손님 아닐까?

지프치오. 아냐, 그는 오래전부터 그 방에서 살고 있었어. 이젠 내가 그걸 알아. 이상한 일이야, 지금 생각해 보니 그는 나를 이미 전부터 완벽하게 알고 있었다는 느낌이 들어. 분명히 날 엿봤을 거야, 짐승 놈, 저녁마다 내가 거기 앉아서 그 무기력함으로 비웃음당하고 있는 걸 말이야. 아 — 분명히 내가 했던 그 모든 바보 같은 말을 다 들었을 거야! 하느님 — 너무 수치스러워! 그렇지만 그녀의 애인은 아니었다고 맹세할 수 있어.

릴리안. 그걸 어떻게 그렇게 확실하게 말할 수 있어? 오빠 그걸 믿고 싶지 않은 거야 — 내가 충고하는데 오빠의 고통을 인위적으로 줄이려고 노력하지 마. 가장 힘든 걸 한꺼번에 삼켜. (그녀는 바로 조금 전까지 무슨 말을 했는지 잊어버렸

773

다. 어쩌면 잊지 않았을지도 모르지만 떠들 수만 있다면 [거의 노래했다.] 아무 바보 같은 말이나 떠들었으며 스스로도 무슨 말인지 알지 못했다.)

지프치오. 난 그 문제는 완전히 넘어섰어. 그건 확실하게 알아. 하지만 이 아래에 그리고 내면에, 내 안에, 그리고 이 상황 자체 안에 감추어져 있는 것, 그게 어쩌면 더 나쁠 수도 있어. 그건 평범한 세입자가 아니었고 나도 이미 예전의 내가 아니야. ('또 시작이구나.' 이미 거의 노래하는 릴리안이 생각했다.)

릴리안. 그래, 그럼 이제 남자답게 가 봐. 난 내일 리허설 하기 전에 푹 자야 돼.

게네지프는 깊이 상처 입었으나 겉으로 아무것도 드러내지 않았다. 모든 일이 또다시 너무나 특별해 보였고 뭔가 인생의 신비의 불타는 본질로 아주 약간 취한 것 같았다 ─ 바로 그 관념적이지 않은, 오로지 직접적으로 주어지는 본질. 어떤 방식으로? 아마도 개인을 그 자신이 아닌 것에 대해 대항시키는 것 자체일 것이다. 암울하고 무의미한 세상은 마치 저물어 가는 햇빛 속의 산 풍경처럼 형이상학적 위협으로 타오르고 미쳐 버린 고독한 존재는 모든 것을 채운 바로 그 비밀에 잠겨 있다. 바로 자신을 이 모든 것 안에 합일시켜야 하고, 아무것도 아니어야만 하며, 그러면서도 알 수 없는 방식으로 가로막힌 '나'는 자기 자신과 그와 비슷한 다른 한심한 존재들에게 위협이 되는데도 독립적으로 지속된다. 이것이 지프치오의 형이상학의 정점이었다. 그렇다 ─ 이 모든 것은 그러하지만,

그러면 그녀는…? 멍청한 암탉! '알리바이'만 있다면 그녀
는 아무려나…. 그는 세면도구 장을 마치 온 세상에서 가
장 이상한 물건인 듯 바라보았다. 이런 쓸데없는 (형이상
학적으로 낯선 저쪽 세상에 속하는) 사물들이 바로 그 분
리되어 지속되는 존재, 말하자면, 저 누이에게 속한다는
사실은 그에게 너무나 괴물같이 끔찍해서 거의 우스울 정
도였다. 자매가 있는 사람이 이 사실의 괴상함을 느낄 수
있는 건 드문 일이다. 그 일이 지금 일어났다. 이 사람을
수백만의 다른 사람들 중에서 분별하는 것, 그것도 그의
의지에 복속되지 않은 그 분별은 견딜 수 없는 짐이며 맥
스웰*이나 아인슈타인의 중력 방정식보다도 더 심한 강
압으로 여겨졌다. (존재의 본질을 이해하지 못할 때 물리
학은 아무런 도움이 되지 못한다는 것을 일단 그가 이해
하면 세계가 얼마나 근접하게 묘사되었는지는 이미 별 상
관이 없을 것이다. 헤라클레스와 플랑크** 사이에는 단
지 양적인 차이밖에 없는 것이다. 철학은 또 다르다―그
러나 여기에 대해서는 다른 기회에.) 삶의 매 순간, 심지
어 가장 사소한 상황에서도 계속적으로 비밀에 부대끼는
것. 다행히도 이에 대한 의식은 내내 지속되지 않는다. 만
약에 그랬다면 이 비참하고 조그만 세상에서 뭐 하나라도
이룰 수 있었을 것인가?

* 제임스 맥스웰(James Maxwell, 1831-79). 스코틀랜드의 수학자, 물리학자.
** 막스 플랑크(Max Planck, 1858-1947). 독일의 이론물리학자. 양자물리학에 대한
업적으로 1918년 노벨 물리학상을 수상했다.

"가." 릴리안이 지치고 어린애 같은 목소리로 다시 말했다. 그는 이미 그녀가 자신에게 그의 고유한 기괴함의 언어로 말하지 않았다고 해서 불만을 갖지 않았다. 자신이 정당하지 못했다고 느꼈고 그녀를 낯설고 위협적인 세상의 요소로서가 아니라 내면의 그 공허와 무의미의 바다에 뜬 자기 자신의 입자로서 이해했다. 또다시 그는 자신을 향해 위협을 가했다.

"용서해 줘, 릴리안." 범죄자는 어린 여동생을 향해 다정하게 말했다. "내가 너한테 너무 무시무시하게 부당하게 굴었어. 삶이 실제로 너무 심하게 나를 사로잡았어. 그거 알아, 최고로 그리고 동시에 — 이유 없다는 이유로 — 최소한으로 현실적인 일을 저지른 뒤인 바로 지금 나는 우리의 이 변태적인 사회라는 이 기계 전체 속에서 다른 것이 아닌 바로 이 톱니바퀴로서 내 존재를 아마 가장 절실하게 느낀 것 같아. 아 — 이 폴란드인들은 저열한 인종이야, 하지만 그래도…." 그리고 여기서야 그는 그녀에게 르바크와의 이야기를 전부 털어놓았다. 그녀는 잠깐 동안 깨어났다. 한편 그는 이렇게 지껄이는 것으로만 어떻게든 삶에서 자신을 지탱할 수 있다고 느끼며 계속 지껄였다. 그는 오직 그 안에서만 살 수 있었다 — 만약 누군가 지금 그의 말을 끊었다면 그는 존재하지 않게 되어 버렸을 것이다 — 어떤 사람들은 그가 죽었을 거라고 장담했다. 그런 뒤 그는 또다시 릴리안의 고통에는 최소한의 주의도 돌리지 않고 전반적으로 이야기했다. "심지어 이렇게 지옥 같은 순간에도 어떻게 새로운 이야깃거리가 하나도 없는 걸까! 모든 것은 이미 오래전에 이야기되었어. 우리의 위상은 더 풍성해졌지만 언어는 아냐, 언어는 실용적으로 분별성의 한계가 있으니까. 이미 모든 치환과 변형은 다 이용되었어. 바로 그 짐승 같은 투빔과 그의 학파가 우리 언어를 끝내 거세해 버렸지.* 그리고 사방이 다 그런 식이야. 아무도 아무런 얘기도 할 수가 없어 — 오래전에 공식으로 굳어진 표현들을 어느 정도 바꾸어서 반복할 수 있을 뿐이야. 자기 토사물을 다시 먹는 거지. 어쩌면 예술가들은 두 명의 정상적이고 평범한 개인이 자기들이 처한 상태에 대해 동일하게 똑같은 얘기를 한다고 해도 그 상태를 다르게 말하고 뭔가 차이점을 지적할 수도 있겠지." 그는 여동생이 얼마나 무시무시하게 지루해하며 힘겹게 자기 이야기를 듣고 있는지 알지 못했다. 그 자신도 고통받았다 — 이 장면에서 의식적으로 탐험한 심연의 깊이가 너무 얕았기 때문에 그는 이 장면을 마무리 지어야 한다는 의무감으로 단어들에 애써 힘을 실었다. 궁극적인 위기에 처한 사람들은 바로 이러했다 — 만성적이고 미적지근한 위기는 프랑스혁명 시기부터 지속되고 있다. 이미 다음 세대는 우리와 전혀 같은 의미로 말하지 않을 것이고, 그러니까 오로지 구체적인 사물들에 대해서만 이야기할 것

* 율리안 투빔(Julian Tuwim, 1894-1953)은 폴란드의 시인으로, 문학 그룹 스카만데르를 창단해 낭만주의의 신화적 영웅 대신 보통 사람을 주인공으로 하는 실험적이고 강렬한 작품들을 창작했다.

이며 모든 썩어 빠진 작가 나부랭이들이 너저분하게 만들어 버린 '영혼'에 대해 더듬거리지는 않을 것이다. 그 안에서 새로운 것은 하나도 더듬어 나오지 않으리라는 사실은 이미 보편적으로 알려졌기 때문이다. 당장은 어느 정도 경계까지 외부적인 조건들이 변화했을 뿐이며, 그로 인해 심리적인 약간의 왜곡과 무한한 가능성에 대한 착각이 일어났다. 그러나 심지어 러시아문학마저도 끝나 가고 가능성은 줄어들고 있다. 모두들 마치 녹아 가는 유빙 조각 위에 몸을 피한 사람들처럼 점점 더 작아지는 조각을 붙잡으려 한다. 그리고 그 뒤에는 산문마저도 순수예술의 뒤를 따라 망각과 경멸의 심연으로 사라진다. 오늘날 우리가 예술을 비웃는 건 과연 온당치 못한 일이란 말인가? 좋은 마약은 아직 더 견딜 수 있지만 위조되어 예상된 효과를 내지 않는 가짜 마약은 부작용을 그대로 유지한 상태에서는 혐오스러운 물건이며 그 생산자는 사기꾼이다. 그러나 유감스럽게도 (시에서 의미의 상실을 정당화하듯) 순수하게 예술적으로 정당화할 수 없는 산문을 위한 산문, 내용 없는 산문은 언어적으로 재능 있는 천치들과 이른바 본격적인 낙서광들을 위한 허구로 드러난다.

무시무시한, 이 세상을 넘어선 (어느 쪽에서도 여기에 대한 구원은 있을 수 없다는 의미에서) 지루함이 갑자기 이 불운한 두 사람을 덮쳤다. 식당을 통해 (검소하고 어둡고 식탁에는 유산지가 깔리고 치커리 냄새가 풍기고 시계의 째깍거리는 소리가 들리는 공간이다.) 조그만 도시의

778

밤의 정적 속에 미할스키가 커다랗게 코 고는 소리가 들려왔다. 얼마 전 내린 비에 젖었다가 말라 가는 지붕에서 마당의 하수구로 물이 방울져 떨어졌다. 이 범속함 속에 남아 있는 것, 그 안에 귀까지 담그고 심지어 그 안에 영원히 잠수해 버리는 것 ― 지루함을 뭔가 무시무시한 광기의 수준까지 이끌어 가는 것도 좋았을 것이다. 유감스럽게도 그건 헛된 꿈이었다. 범속함 속에서 기묘함을 찾는 것은 오늘날 이미 아무도 만족시킬 수 없다. 문학에서는 심지어 노르웨이인들조차 정상적인 소설의 국가적인 란트슈트름*에 대해 이야기하지 않고 이 주제에 뛰어들었다. 시대는 세계를 가장 비범한 폭발로 뒤덮었어야 할 높은 수준의 사회적인 비속함으로 거의 터질 정도로 꽉 찼다. 지프치오는 릴리안에게 갑자기 입술에 직접 입 맞추었고 끔찍한 후회의 충격을 느꼈다 ― 대체 어째서 저 여자가 아니고 그녀가 그의 여동생인가? 어째서 세상의 모든 것이 마치 의도적인 것처럼 비뚤어져 돌아가고 뒤집히고 꺾여 있는가? ― 역할과 영혼과 머리 모양과 털 색깔과 지성의 교환.

그는 또다시 창백한 동틀 녘의 빛으로 밝혀진 축축한 거리에 잠겼다. 집에서 몇 걸음 떨어진 곳에서 어떤 그림자가 그에게 다가왔다. 처음에 지프치오는 그것이 비밀 요원이라고 생각했다. 마치 뛰어오르려는 것처럼 그는 속으로 몸을 움츠렸으나 불쌍한 청년은 새로운 범죄에 대해

* Landstrum. 19세기와 20세기 독일어권 국가들에서 평민 보병들로 구성되었던 군대 혹은 자경단을 말함.

779

서는 이미 생각하지 않았다. 앞쪽에 아는 집들 중 하나가 보였다. 마침 위층에 불이 켜졌다. 그 집은 달랐다—여기 이 잠든 도시에, 이 나라에, 이 행성에 있지 않았다. 그곳에는 평범한, 낯선, 정상적이고 어쩌면 제대로 된 사람들이 있었다—이 (그의) 세상이 아닌 곳에 속한 피조물들. 그는 추방된 자였고 이제 절대로 평온을 찾지 못할 것이었다. 마침내 사슬에서 풀려났으나 집 없는 개다. 그는 어딘가 구석에서 자신을 위해 울고 죽어 버리고 싶어졌다. 그러나 여기의 현실은 그를 향해 살금살금 다가오는 무시무시한 사람의 형태로 그에게 어떤 혐오스러운 행동을 강요했다. 뭔지 알 수 없는 짓을 저지르더라도 여기서부터 모든 것이 부정적일 것이다—자기 자신이 만들어 낸 뒤 엉켜 버린 실타래를 피하려 도망치는 일밖에 없는 것이다. 아무 강에나 떠내려오는 모르는 사람이 시체라도 그 자신보다 이 세상에서 훨씬 더 편안할 것이며 훨씬 더 걸맞은 자리에 있을 것이다. 그러나 살아야만 했다. 이 순간에는 침을 뱉듯 쉽겠지만 그래도 그는 자살은 하지 않으리라는 것을 알고 있었다. 그는 아무것도 두렵지 않았으나 바로 지금 열리고 있는 미래는 아마도 누군가의 찢어진, 거대한 배 속으로 이어질 것이었다. 그 자신이 모든 관계로부터 단절된 존재의 사실을 이해한다는 초인적인 고통에 단련되어 무감각해져 있었으므로 기절할 정도로 고통스러운 이 누군가의 창자 속에서 빠져나가야만 했다.

꺼져 가는 가로등의 섬광 속에 그는 검은 모자 아래

젊은 인도인의 어두운 얼굴과 진실로, 전혀 농담이 아니고 불타는 듯 열정에 찬 눈을 보았다.

"제바니 선생이 보냈습니다. 누군지 아십니까?" 낯선 남자가 폴란드어로, 그러나 이상한 억양을 담아 속삭였다. 그 아가리에서 마치 상한 고기와 축축한 이끼 같은 악취가 풍겨 왔다. 게네지프는 혐오감에 뒷걸음질하며 자동적으로 바지 뒷주머니의 권총을 더듬어 잡았다. "사히브는 겁내지 마십시오."* 인도인이 계속해서 조용히 말을 이었다. "우리는 모든 것을 알고 있고 모든 것에 대한 해결책을 가지고 있습니다. 알약은 이 안에 있습니다." 그는 게네지프의 손에 조그만 상자와 쪽지를 쥐여 줬는데, 그 쪽지에서 그는 깜빡이는 바로 그 가로등의 불빛에 비추어 (그것은 이상하게 여겨졌다 — 저 무관심한 사람의 정체) — (상자는 마치 자동기계처럼 주머니에 숨겼다.) 둥근 영국식의 여자 글씨체로 적힌 단어들을 해독했다.

겸손 안에 죄를 짓는다는 것은 절반만큼 적게 죄를 짓는 것이다. 너 자신의 광기가 어떻게든 너의 행위의 본질이지만 너는 그것을 스스로 인정하지 않을 것이다. 우리의 대의는 너의 광기와 우리의 불운한 세상 전체의 광기를 더 높은 목적을 향해 이용하는 것이다. 앎을 원하라.

* 사히브(sahib)는 본래 아랍어로 '주인, 소유주'를 뜻하나 힌디어, 펀자브어, 파슈토어, 우르두어 등 인접 언어로 전파되었다. 특히 영국 식민지 시기 인도에서 쓰이던 작위, 경칭.

게네지프는 고개를 들었다. 인도인은 사라졌다. 왼쪽에 있는 작은 골목에서 서둘러 멀어지는 부드러운 발소리가 들렸다 — 그러나 조금은 마치 그곳에서 어떤 도마뱀이 기어가는 것처럼 보였다. 신비주의적인 (형이상학적인 게 아니다 — 여기엔 거대한 차이가 있다. 존재 전체에 대한 공포와 존재의 어떤 일부분의 불규칙성에 대한 공포의 차이다.) 전율이 이제야 지프치오의 몸 전체에 흘렀다. 그러니까 누군가 (자비의 이름으로 대체 누가?!) 그의 걸음 하나하나에 대해 알고 있었단 말인가?! 그리고 그가 이제는 알게 되었으니, 어쩌면 저 일도…. 오 하느님! 그는 뭔가 거대한 고배율 현미경의 번쩍이는 불빛 아래 슬라이드에 놓인 물 한 방울 속 섬모충이 된 것처럼 느꼈고 악마들이 모든 평온과 자유를 가져가 버렸다. 그 내면적으로 해방시켜 주었던 '행위'로 인해 그는 외부적으로 어떤 무시무시한 알 수 없는 그물에 얽혔고 이미 오래전에 준비된 늑대 소굴에 빠졌다. 어쨌든 피엥탈스키를 그때 낯짝에 한 대 먹였던 그가, 미래의 부관인 그가, 마마보이에 쓰레기라니! 전국 최고의 매춘부를 애인으로 두고 있는 그가! 그는 완전히 차가워졌다. 이제 그는 자기 자신이 되어 가장 야만적인 사건이 저항할 수 없는 필연성이 되고 가장 간절한 필연성이 기적적으로 완전한 '임의'가 되는 ('진부한'에서 '진부'가 나오고 '임의적'에서 '임의'가 나온다.) 단절된 삶의 절대성을 즐길 수 없을 것이다. 그는 자신이 마지막으로 남은 개라고 느꼈으나, 그를 묶은 사슬은 이 얼마나

782

이상한가! 절망적으로 고개를 흔들어 보았으나 보이지 않는 사슬은 풀리지 않았다. "앎을 원하라." — 이 무슨 역설인가! 이건 누군가 여자가 쓴 것이다. '나에 대해 더 많이 알고 싶어 하는 사람이 과연 누군가 있을까? 하지만 어떻게? 나한테 그 방법을 줘! 날 지금 놔주지 마!' 그는 침묵의 목소리로 외쳤으나 차가운 공포는 그의 안에서 거의 어지러울 정도로 강력해졌다. 그는 몸을 온통 웅크려 가시처럼 뾰족해진 채 보이지 않는 적에 대해 몸을 사렸다 — 적인지 구원자인지는 알 수 없었다. 주머니 속의 알약이 든 조그만 상자를 만지작거리다가 그는 광란하던 광인이 모르핀 주사를 맞았을 때처럼 갑자기 평온해졌다. 그것이 마지막 판돈, 다바메스크 B2였다. 여기 그의 앞에서 마치 현실적으로 일어나는 것 같은 모든 일들이 그에게는 이제 자질구레한 것으로 여겨졌고, 이제까지 느꼈던 그 어떤 것보다 더 커다란 위대한 비밀의 부스러기로 보였다. 그러나 그 비밀에는 본래의 활동 범위를 넘어 잔혹하게 끌어당기는 현실적인 촉수가 달려 있었다. 저 악취 나는 인도인도 그렇게 끌어당기는 촉수들 중 하나였다 — 분명히 그중 가장 낮은 계급일 것이다.

이미 오래전부터 지프치오는 제바니의 비밀스러운 종교에 대해 들어 왔으며, 황색 장벽 너머에서 아마도 분개한 순수 불교 신자들에게 탄압받는 것 같다고 했다. 어째서 아마도 그런 것 같냐고? 왜냐하면 어떤 사람들은 제바니가 (어쩌면 허구의 인물인) 발람팡 섬 출신의 무르티 빙이 보낸 사도가 절대로 아니고 지금 유럽을 난도질하는 바로 저 노란 원숭이들 중 하나일 뿐이며 그의 신앙에서 불교까지는 뒤로 아주 작게 한 걸음만 걸으면 되고 그 뒷 걸음질은 서쪽의 커다란 하얀 바보들을 눈속임하기 위해 이루어졌으며 이 모든 일이 앞서 말한 커다란 하얀 바보들을 지배하여 그들을 극동의 황인종 인민들의 비료와 '간식'으로 삼기 쉽도록 하기 위한 우민화의 가면이라고 확언했기 때문이다. 한때 정치와 사회 변화에 대해서 이런 식으로 지껄이는 사람들의 순진함에 지프치오는 짜증이 났었다. 우리 시대에 아직도 그런 수준의 관념들이 인류를 변화시키고 역사를 창조하는 힘이 될 수 있다는 것은 불가능했다. 그러나 어쨌든 그는 그들의 강력한 힘을 확인해야만 하게 되었다. 그 자신이 이 지옥 같은 마약에 공헌했으며, 그 가시적인 효과는 가장 명백한 현실을 수백 배나 넘어섰다. 인류 역사 전체가 지프치오에게 뭔가 위대하고 구조적으로 아름다우며 필연적인 것으로 여겨졌다. 그러나 만약에 이 난장판 전체를 더 가까이서 들여다본다면 주된 세력은 a) 비속한 배(신사의 배든 불한당의 배든 — 아무래도 상관없다.) 그리고 b) 헛소리, 수천 가지 형태로 평범한, 오늘 이성적으로 윤곽이 조심스럽게 그려진 존재의 비밀을 가린 헛소리다. 예를 들면 제바니의 그 신앙이라는 것도 다 그러한데, 현재 이름 있는 사람들 스스로가 이 신앙을 강화하는 것처럼 보이는 것이다. 교육부 장관인 루도미르 스벤쟈골스키 대령도 그렇고, 재정부 수상인 야쩨크 보로에데르는 이 종파에서 마찬가지로 경계적 존재의 세 번째 현신처럼 여겨지고 있는 것 같은데, 이는 무르티 빙 아래로 세 번째 서열에 있는 사람들 중 하나라는 것이다. 그런데 그는 굉장한 난봉꾼이며 일급 냉소주의자이고 십자군 시기에 군용 보급품에 엄청난 사기꾼 짓을 저지른 것으로 의심받고 있다. 하, 어쩌면 그들도 가지고 있을지 모른다…. 타타타타… 기타 등등. 갑작스러운 기관총 일제사격 소리가 상당히 가까운 곳에서 완전한 정적을 깨고 들려온 것이 지프치오에게는 악취 나는 인도인과의 만남보다 더 놀라운 뜻밖의 사건이었다. 그는 몸을 떨었으나 두려움 때문이 아니라 서커스의 말이 기병대 행진곡을 들었을 때와 같은 이유였다. 마침내! 어찌 됐든 그것은 이런 것을 훈련에서가 아니라 실제로 들어 보는 평생 첫 사건이었다. 투쟁 — 신디케이트 — 코쯔모우호비치 — 피엥탈스키 — 엄마 — 머리에 망치가 꽂힌 시체 — 페르시 — 릴리안 — 알약 — 이것이 일련의 연상 작용이었다. '아하 — 다시 나는 있구나, 정말로 있어.' 그의 내면에서 끔찍한 밑바닥의 사내의 입을 통해 이전의 지프치오가 소리쳤다. '나는 존재하고 굴복하지 않을 거야. 그래 — 내가 저들에게 보여 주겠어.' 그는 멀지 않은 학교 방향으로 재빨리 뛰기 시작했다. 2분 30초 뒤 그는 집들 사이로 솟아오른 석회암 바위 위의 음울한 건물을 보았다. 시내 쪽을 향한 부분에서는 단 하나의 불빛도 '반짝이지' 않았다. 그는 헐떡이며 돌로 깎은 계단을 뛰어 올라

갔다. 어쨌든 그 충격은 매우 유용했다. 그보다 더 때맞춰 일어날 수 없었을 정도였다. 이제 그 일제사격에 비교하니 모든 것은 다 한심한 꿈처럼 여겨졌다. 아버지가 지휘관과 함께 발톱을 내밀어 이전의 어린 소년을 붙잡는지 아니면 밑바닥의 손님인지 상관하지 않고 그를 잡아챘다. 여기에 그 타격음 혹은 충격음, 더 정확히는 간접적인 소리의 진정한 의미가 있었다. 하나의 덩어리로 웅크린 이름 없는 사관생도가 낮은 철문으로 굴러왔다. 철문은 열려 있었다—제15창기병대 장병 여섯 명이 대문을 지키고 있었다. 새로운 상황이다. 기병들은 그를 들여보내 주었다.

그렇다—현실이 대규모 인명 살상이라는 반박 불가능하고 확실한 언어로 말했고 정신분열적인 고독의 마법의 원을, 어쩌면 마지막으로, 깨뜨렸다. 추상적이고 형이상학적인 근본 요소를 11인치 곡사포가 으르렁거리는 속에서 찾아내기는 힘든 것이다(여기서는 기관총으로 충분했다.)—이 사건을 오랜 시간이 지난 뒤 회상하거나 아니면 완전히 무감각해지는 경우가 아니라면 말이다. 현실에서 그런 경험은 그보다는 (모든 사람에게는 아니지만 많은 사람에게) 인격화된 신에 대한 신앙과 관련된 가장 근원적인 종교적 상태를 불러일으키며 위험한 순간에 신앙이 없는 사람들에게 보편적으로 잘 알려진 기도를 하게끔 이끈다.

## 전투와 그 결과

게네지프는 어두운 모퉁이를 돌아갔고 실질적으로 이미 낮이 밝았지만 건물 뒷면 전체 모든 창문에 대낮같이* (백작 부인이었던 할머니가 좋아했던 표현처럼) 불이 밝혀져 타오르고 있는 것을 보았다. (건물 중앙부에 대해 직각으로 지어진 옆 부분에 가려진 결과 앞에서 봤을 때는 보이지 않았다 ― 중요한 세부 사항이다!) 사나운 전투적 불꽃으로 가득한 채 (그는 그 순간 완전히 자동적인 짐승이었고 오로지 '이마빡' 위에서만 이름 없는 이상의 별이 그로트게르**의 그림 속 숙녀 위에서처럼 빛났다.) 젊은 사관생도는 (어떻게 봐도 사람은 아니었다.) 계단으로 달려가 자기 분대로 서둘러 갔다. 소대원들의 얼굴은 대부분 창백했고 특히 나이 많은 선배들이 더 그러했으며 눈은 흐리고 기운이 꺾여 있었다. 오로지 나이 어린 몇 명의 낯짝에서만 지프치오와 똑같은 멍청한 열기를 볼 수 있었다. 대규모 오케스트라가 연주하고 코쯔모우호비치 본인이 나타났다면 뭔가 달랐을 것이다. 힘들다 ― 그가 어쨌든 사방에 동시에 있을 수는 없는 것이다! 개인의 활동이라는 관점에서는 옛날의 전투가 얼마나 더 쉬웠는지 모른다.

　　게네지프가 보고하자 당직사관은 평온하게 말했다.

---

* a giorno. 원문 이탈리아어.
** 아르투르 그로트게르(Artur Grottger, 1837~67). 폴란드 낭만주의 화풍의 대표 화가.

"30분만 더 늦었으면 군사재판으로 넘어갔을 겁니다. 이렇게 계속하면 체포당하는 걸로 끝납니다."

"명령을 받지 못했습니다. 여동생이 아주 심한 후두염에 걸렸습니다. 밤새 동생 곁에 있었습니다." 인생에서 거의 첫 번째 공식적 거짓말인 이 말들은 과거에 저질렀던 모든 비열한 짓거리의 괴물 같은 (하느님 불쌍히 여기소서.) 더미 위에 창백한 난초처럼 꽃을 피웠다. 그 쓰레기 무더기 꼭대기에 낯짝에 망치가 박힌 시체가 누워 있었다. 지프치오는 서둘러 그 장면을 머릿속에서 쫓아냈다. 다른 세상, 그 거의-현실적인 세상에서 들려오는 목소리가 계속 말했다.

"해명하지 마십시오. 저녁에 내려온 명령에 따르면 오늘 모든 사관생도들이 학교 건물에서 숙박하라고 단단히 명시돼 있는데 생도는 아홉 시 전에 외출해서 스스로 그 명령을 어겼습니다."

"그러면 소대장님 판단하시기에….."

"나는 아무것도 판단하지 않습니다. 자리로 돌아가십시오." 젊은 소대장이 (바시우키에비치) 너무나 차갑게 (그러나 차갑고 독살스럽게 — 상스럽게) 말해서 게네지프는 내면이 온통 달아오르고 심지어 양 볼에도 젊은 객기와 살인이라기보다 (그건 당분간 됐다.) 사냥 그 자체에 대한 열정으로 '성스러운' 불꽃이 타올랐다가 단번에 식어 버린 군용 고철 덩어리로 바뀌어 버렸는데, 그것은 훈련이나 야전 병원이나 주방에는 유용할지 몰라도 전방에

788

는 맞지 않는 거의 고물이나 마찬가지였다! 바보 같은 형식 때문에 그 순간은 그에게 그렇게 낭비되었다. 그러나 그 모든 일에도 불구하고 게네지프는 이 모든 '모험'이 아주 지옥같이 기뻤다. 전투의 사상적인 측면은 이 순간 그에게 아무런 의미도 없었다 — 그가 열중한 것은 오로지 개인적인 성과뿐이었으며 죽음이란 그에게 전혀 존재하지 않는 것처럼 보였다. 군대의 가장 낮은 계급들 사이에서 모든 '군사적 성과'를 독려해 주는 가장 멍청이 같은 상태다. 모르는 턱수염쟁이 남자의 시체는 이 피투성이 싸움 속으로 흔적 없이 잠겨 들어 분해되고 다가오는 사건들의 가죽에 문질러져 닳아 없어지는 것처럼 느껴졌으며, 그 다가오는 사건들의 의미를 그는 이전의 모든 상념들에도 불구하고 현재 전혀 이해하지 못했다.

멀리서 또다시 기관총 소리가 울려 퍼졌고 그런 뒤 더 가까이서 단발적으로 소총을 발사하는 소리와 뭔가 멀리, 아주 멀리서 군중이 웅성거리는 듯한 소리가 응답했다. 소대원들 사이에서 작전은 보병 대형으로 진행될 것이라는 이야기가 소곤소곤 돌았다. 아직까지는 말에 대한 이야기는 없었다. 확고부동한 서커스 기마 곡예사를 제외하면 모두가 이 점을 기뻐했다 — 축축한 돌이 깔린 보도와 아스팔트 위를 말 타고 간다는 건! — 정상적인 기병이라면 아무도 그걸 생각하며 기뻐할 수 없었다.

"차렷!" 2열 횡대가 조용해졌다. "우향우! 2열로 발맞춰 앞으로 가!" 명령이 울려 퍼졌다. 게네지프는 보워디요비치의 목소리를 알아들었다(기둥 뒤에 있어 모습은 볼 수 없었다). 그러니까 보워디요비치가 소대를 지휘한다는 말이군 — 학교에서 장교들 중 그의 주된 '적'이었던 사람이다. 이게 웬 불운인가! 그러나 그럼에도 불구하고 그는 모든 힘을 끌어모아 자신을 잘 지탱했고 다음 순간 이미 다른 짐승들에게 언젠가 좀 더 나은 삶을 주기 위해 영혼 없는 인간 짐승들을 해치우는 그곳에 서 있는 것만 같이 느껴졌다. 이상이란! 하느님 — 이상이 진실로 이와 비슷한 학살의 현장 위로 솟아올랐던 때는 대체 얼마나 행복한 시대였던가 — 지금은 아무도 아무것도 알지 못했다. 모든 의심은 마치 너무 당긴 멜빵처럼 끊어져 버렸다 — 안에서 뭔가 무너지고 개인의 의지가 자아의 완전한 무기력감이 있던 자리를 대신했다 — 단지 내면에서 살인적인 밑바닥의 사내에게 점거당한 근육 체계만이 멀리 떨어진 동력 장치에 의해 발동이 걸린 기계의 변속기처럼 긴장했다. 어지럽고 텅 빈 머릿속에 자유롭고 근거 없으며 비물질화된 형상들이 날아들었다. 게네지프는 자기 머리가 마치 어떤 심연처럼 움푹 파여 있으며 그 위로 이런 상상들이 마치 햇빛 속 옅은 색 나비들처럼 날아다니는 것을 느꼈다. 그러나 그 심연을 비추는 태양이란 대체 무엇인가? '존재의 매개체' — 무한한 공간의 비밀과 검은 화면처럼 꺼져 가는 개인의 단일성, 그리고 그 화면 위에는 형상들이 하나씩 나타나지만 그 비밀은 알 수 없는 전체성을 가리고 있다. 그렇지 않다면 아무것도 없

790

었을 것이다. "하지만 난 살아갈 거야, 빌어먹을, 왜냐하면 아직 운명이 실현되지 않았기 때문이야, 앞으로 내가 보여 줄 거야…!" 근육이 말했다. 그리고 이런 신기함을 배경으로 반대쪽에는 빨간 마구간 벽이 서 있었고 그 위에는 여름날 음울한 새벽의 납빛 하늘이 펼쳐져 있었다. "그러니까 우리가 이제야 여기 와 있는 건가?" 벌써 몇 년이나 지난 것만 같았다. "이젠 절대로 현실을 경험하지 못할 거야."— 게네지프와 세상 사이에 두꺼운 유리 벽이 가로막혔다. 심지어 민족해방 신디케이트 병사들의 총알도 그것을 깨뜨리지는 못할 것이다. 아마 죽음과 함께 산산조각 나겠지. 옛날에는 우주 속에서 자기 자리를 찾으려는 개인의 영웅적인 투쟁을 통해 — 사회적인 의미가 아니라 형이상학적인 의미에서의 자리다 — 위대한 창조의 동력이 되었던 것이(자아의 비밀), 오늘날에는 단지 정신분열증 환자들의 퇴락한 인종의 광기 어린 혼란의 썩어 가는 꼬리일 뿐이다. 배불뚝이 대머리와 아줌마 들이 곧 그들을 뒤덮어 완전히 짓눌러 버릴 것이다 — 그러면 훌륭하게 조직된 개미굴 안에서 이미 아무도 싫어하지 않게 될 것이다.

증오스러운 대장의 목소리는 이제 위협적인 진짜 명령의 무게로 묵직했고 게네지프는 공주가 처음 학교를 방문했을 때를 떠올렸다. 얼마나 오래전 일인가! 과거에서 온 그 다루기 쉬운 어린아이가 자기 자신이라고는 거의 믿을 수가 없었다 — 진짜 전투에 나가는 사관생도인 그, 진짜 살인범이자 광인인 그가 말이다. 그는 처음으로 깨달았으며 어쩌면 그건 이미…. 시간이 없다…. 마지막 형상, 그리고 밑바닥의 사내가 그를 뚫고 커졌다. 아직 (영혼의) 몇몇 조각들에서는 예전의 소년, 저 사내의 검고 얼굴 없는 형체에 잡아먹혀 버린 소년이 보였다. 지프치오는 그것을 거의 그림처럼 옆모습을 보듯 보았다. 그리고 (물론) 한순간 그는 그 얼마 전까지 포로였고 지금은 지배자인 사내가 저 살해당한 대령과 똑같은, 단지 색만 검은 턱수염을 기르고 있는 것처럼 느꼈다.

부대는 시내로 나와서 내리막길을 따라 끈끈한 진흙탕 속에서 모든 모험이 불타고 있는 중심부로 여겨지는 그곳을 향해 터덜터덜 진군했다. 다시 한번 마음속 영혼의 저장고에서 완전히 지옥 같다고밖에 할 수 없는 경솔함과 무모함이 뿜어져 나왔다. "헤이 하! 오 헤이! 하이다!" 등등과 같은 고함들이 (그 자체로도 물론 너무 혐오스럽지 않았다면) 이제는 일상다반사가 될 수 있었다. 그러나 어쨌든, "정화의 불꽃이 전반적인 정체의 저열함을 가장자리부터 천천히 잡아먹기 시작했"음에도 불구하고 게네지프는 제바니가 보낸 인도인과의 만남이 아니었다면 이 모든 일이 지금 이 순간처럼 가볍고 무사태평하지 않았을 것이라고 느꼈다. 그것은 지금 현실의 분기점의 혐오스럽게 명백한 비속함 안에서 그럭저럭 매력을 가진 유일하게 비밀스러운 지점이었고 그것도 여기서만 그런 것이 아니라 온 세상 전체에서 그러한 것 같았다. 이전의 세계 전부가 그 비밀과 기적과 함께 이제 위험하고 고통스러운 혼돈으로 변했고 그 안에는 쾌락이 숨겨진 저 장소들이 있었지만 또한 저열한 함정들도 마찬가지로 존재했고, 아직 알려지지 않은 기회들도 있었으나 또한 분열의 고통과 거기에서 비롯되는 더 현실적인 적응의 괴로움도 있었다. 그 예시로는 대령과 겪었던 일을 들 수 있다 — 지프치오는 그런 '경험'을 더 이상 하고 싶지 않았으나, 제어 기제가 전혀 간섭하지 못하는 채 자기 스스로 작동하는 것은 대체 어떻게 지배한단 말인가? (알약은 가지고 있었다 — 그것 하나만은 확실했다.) 현재의 모든 것이 (예외적으로 예를 들어 바로 이 내면의 난동이나 저 먼 곳의 만리장성 등 다른 차원의 비밀을 제외하면) 선명하게 명확하고 단순하고 최소한 외부적인 관점에서는 완전히 안전했다 — 닮은꼴-적들이 잠복할 수 있을 만한 은신처도 없었으나 마찬가지로 현실이 지겨워질 때 언제라도 도망칠 수 있을 이른바 "매혹적인 구석들"도 없었다. 그리고 무엇보다도 이것은 지루했다 — 흑사병처럼, 만성 임질처럼, 고전 예술처럼, 유물론 철학처럼, 모든 것에 대한 모든 것의 전반적인 선의처럼 지루했다. 그리고 바로 이 아침에 마치 주문 제작한 것처럼 일어난 이 전투가 아니었더라면 또 어떻게 되었을지 알 수 없는 것이다 — 어쩌면 자살에 이르렀을지도 모른다. 더 높은 반열의 비밀의 유일한 불꽃은 저 새로운 종교였다. 거의 모든 사람들이 그 외에는 노동의 과학적인 조직 외에 완전하게 아무것도 남지 않을 것이라 느끼며 그 종교를 마치 '마지막 면도날'처

793

럼 붙잡고 매달렸다. 그러나 몇몇 사람들에게는 그것으로
도 매우 모자랐다. 더 정확히는 어렸을 때부터 두뇌에 숭
고하지만 창백한 이상들이 뿜어져 넣어졌다가 이후에 바
로 그 이상의 이름으로 생각 없는 기계가 되라는 명령을
받은 사람들이 가장 고통받았다. 대체 어떻게 그럴 수 있
단 말인가 — 그러나 어떻게든 해라!

　　게네지프는 만약 (코쯔모우호비치의 측근 사이에서
민족해방 신디케이트의 기획된 혁명을 부르는 이름대로)
"엉망진창"을 이기고 살아남는다면 새로운 종교의 교리를
전체적으로 충실하게 알아봐야겠다고 결심했다. 일반적으
로 그런 사람은 알약을 먹었고 그런 뒤에는 마치 기름을
바른 듯 모든 일이 매끄럽게 진행되었다. 지프치오는 반
대로 할 결심이었다 — 우선 알아보고 그런 다음 약을 먹
는 것이다. 그러나 현실에서 그런 결심은 참으로 실행 불
가능하게 되는 것이 보통이었다. 코쯔모우호비치가 이미
알약을 먹었는지 아닌지에 대한 문제는 모든 사람이 풀어
보려 덤벼들었으나 소용없었다. 아무도 아무것도 확실하
게 알지 못했다.

　　젬보로프스키 광장 앞에서 (그 젬보로프스키라는 사
람이 누구인지 아무도 확실하게 알지 못했다.) 그들은 붉
은 갈색의 넓은 대로에 흩어져 백병전에 돌입했다. 저기
어딘가에서 약탈이 점점 심해졌다. 회색의 눈물 젖은 끔
찍한 날이 시작되었다. 아직 일어나지 않았으나 잠재적
으로 매일같이 일어날 수 있을 전투의 순간은 학교 군악

대의 내장을 찢는 듯한 소리를 배경으로 '천재 코쯔모우호비치'*가 신념으로 자신의 자동기계 부관들에게 '영감을 불어넣던' 그 봄날 오후에서 얼마나 먼가. 어째서 바로 그때와 같은 상황에서 죽을 수 없단 말인가(이론적으로 — 현실적으로는 말로 할 것도 없이 불가능했다). 전쟁 전의 부대 작업과 전쟁 자체의 노동 사이의 차이란 — 비전문가에게는 모든 다른 일과 마찬가지로 지루한 일이지만 그 차이는 점점 더 불쾌해졌다. 일생의 '불성공'(불운)에 대한 숨 막히는 분노가 게네지프를 사로잡았다 — 누군가 그를 몰아붙일 때처럼 모든 것이 다 못마땅했다, 빌어먹을. 그리고 그 악의는 순간적으로 이른바 "야만적인 전투의 광기"로 넘어갔다 — 신디케이트 구성원들이 손안에 들어왔다면 이빨로 갈기갈기 물어뜯었을 것이다 — 그것도 주요 인물들만, 예를 들면 피엥탈스키 같은 사람이 매일같이 아침마다(!) 굴을 먹고 샴페인을(!) 마실 수 있도록 하기 위해 '자신의 피를 흘리는', 선동에 속아 넘어간 불쌍한 장교와 사병들은 말고.

그런데 여기서 겉보기에 텅 빈 것 같았던 거리에서 처음으로 소총의 총소리가 가까이서 울려 퍼졌다. 집들 사이의 소음은 괴물 같았다 — 마치 포병대가 쏘아 대는 것 같았다. 아름다운 분노 전체가 또다시 비열한 불만족감으로 변했다 — '진짜' 전투가 아니고 이렇게 하찮은 소

---

* der geniale Kotzmolukowitsch. 원문 독일어.

도시의 난동에서라니…. 아 — 그렇게 되라지…! 그리고 다시 분노. 그리고 계속 이러했다. 심지어 코쯔모우호비치 자신이라 해도 멀리 수도 어딘가에 앉아서는 여기의 아무것도 도와줄 수 없었다 — 예전의 소년에게는 좋은 쪽으로 작용했고 "밑바닥의 사내"에게는 어딘가 소파 아래 혹은 변소 같은 곳에서 (하지만 소곤소곤) 그래, 그래, 어쩌면 그 자신이 (오 하느님! 이만큼의 용기는 어디서 온 것인가?) 하는 냉담한 의심이 일어나기도 했으나 아직 기별도 가지 않았고 — 때로는 이전과 똑같은 "밑바닥의 사내"가 아니기도 했다 — 물론 자기 손으로 만들어 낸 산물이고 그 진짜 자신은 아니었다. 우 — 심장에서 돌이 떨어져 나간 느낌이었다.

용맹한 제48보병대는 (비밀스러운 이유에서) 민족 해방 신디케이트의 사상을 분쇄할 운명이 주어지지 않았고 — (그것은 그저 '태생적인 애국심'이라고 했다 — 헛소리죠! 그 있잖습니까 선생님 — 지금 같은 시대에! 조롱이다. 어째서 하필이면 제10보병대가 아니고 제48보병대여야 했을까? 식민지들의 차이점이란 오래전부터 신화에 지나지 않는데 말이다. 멋진 시대다 — 그렇지 않은가? 그리고 여기에 중국인들이 왔다. 부헨하인은 술에 취하면 르바크에게 종종 이렇게 말하곤 했다. "시간관념이 없기 때문에 폴란드가 아직도 서 있는 거야 — 시간을 잘 지켰더라면 이미 오래전부터 없었을 거라고." 이런 쓰레기들의 낯짝에 한 방 먹여 줄 수만 있다면. 그러나 안 된다 — '마지막 민주주의의 동반자들'은 건드릴 수 없었다 — 아마 지프치오가 했듯이 그들을 다스려야 할 것이다, 술 취한 채, 사복을 입고, 어두운 골목에서.) — 그러므로 이 부대는 부정기적으로 발포하면서 반원형 광장을 덮쳤으며, 광장은 골목에 접해 있었고 모퉁이에는 집이 두 채 있었는데, 신도시의 모든 집들이 그렇듯이 평범했으나 이런 순간에는 너무나 비범하고 기묘해 보이는 것이다. 마치 다른 차원에서 온 집 같았고, 유클리드의 기하학 법칙을 따르지 않는 집, 초(超)집, 동화에서 금방 튀어나온 집 같았다. 그것은 지옥 같은 어떤 궁전들이었고, 그 안에는 오래된 독일제 소총을 손에 쥔 바보들로 현신한 죽음 그 자체가 살고 있었으며, 그 바보들은 더욱 심한 바보들에 의해서 저열하고 그냥 음란한 행위들에 투입돼 있었는데, 왜냐하면 그들은 바보이며 근본적으로 잘 먹고 실컷 마시고 성관계를 하고 싶을 뿐임에도 불구하고 자신들이 민족 영혼의 현신이라 확신했기 때문이다.

　　도시 외곽 어딘가 멀리서 총 쏘는 소리가 무겁게 울려 퍼졌다. 그 소리에는 멀리서 다가오는 돌풍과도 비슷한 위협이 담겨 있었다 — 그러나 돌풍은 자연 속에 흩어져 있는데 총소리는 특정한 지점에 인간적으로 응축되어 있었고 그 지점이란 바로 듣는 사람의 배가 될 수도 있는 것이다 — 다른 방식으로는 표현할 수가 없다 — 인간화된 자연의 요소. 게네지프는 온몸이 다 귀가 된 것처럼 숨죽이고 들었다 — 박쥐 같은 귀를 가진 느낌이었다. 뭐가 어찌 됐든 아무리 하찮은 조건에서 벌어진다 하더라도 이것은 진짜 전투였다. 최소한 나중에 여기에 대해서 자기 의견을 가지고 적절하게 이야기할 수 있기 위해서라도 가능한 한 의식적으로 이 전투를 경험하고 살아남아야만 했다. 가장 먼저 해야 할 일은 모든 반향을 잘 기억해 두는 것이었다. 오랜 훈련에도 불구하고 미래의 장교는 가장 덜 기술적인 관심사를 익힐 수가 없었다—전략적인 문제로서 그는 여기에 전혀 신경 쓰지 않았다. 지금 이 순간 훈련받은 대로 소대를 이끌 수만 있다면 상황이 완전히 달라졌을 것이다. 그러나 어마어마하게 노력했음에도 물질의 혼란이 너무나 거대하게 이루어져 이후 지프치오는 모든 인상들을 그 원초적인 상호 관계 안에서 복구하는 데 한 번도 성공하지 못했다. 밤은 저 가차 없이 시작되었던 낮이 다차원적인 시간의 흐름과의 관계 속에서 그러했듯 지나갔으며, 이 밤낮의 흐름은 과거 현상들을 이해하는 정상적인 형식 안에 적절한 방법으로 전체를 완전하게 집어넣을 수가 없었다. 한 가지 확실한 것은 그 밤이 지금 방금 경험한 새벽 안으로 마치 어떤 혐오스러운 분비물이 자비로운 스펀지에 흡수되듯 사라져 버렸다는 것이다—점점 더 창백하고 흐릿한 채.

이 모든 사건의 '실행의 불완전성'에도 불구하고 어쨌든 게네지프는 총알이 처음 발사되는 소리를 완전히 비인간적인 쾌락을 느끼며 환영했다. 마침내! ('총탄이 쏟아지는' 경험은 모든 젊은 사관생도들의 꿈이었다. 물론 더 좋은 건 참호와 탱크와 포병대의 폭풍 같은 불꽃과 함께 제대로* 몰아치는 것이다. 그러나 다급한 마음에는 꿩 대신 닭도 좋다.) 반면에 똑같은 총탄이 뒤편에서 석조 건물 벽을 때리는 소리는 이미 몇 배나 덜 유쾌했다. 열광이 지속되는 시간은 너무 짧았다. 이대로 당장 백병전으로 공격에 나설 수 있었다면 훌륭했을 것이다. 그러나 안 된다 — 여기 포화 속에서 그들은 아무런 의미 없이 붙잡혀 있었고 (대체로 지휘관들이 하는 일은 모두 다 사병들에게는 무의미해 보인다.) 젬보로프스키 광장의 지나치게 훌륭한 석조 건물 너머에서는 음울하고 마치 여름날에 몸을 씻거나 면도하는 것처럼 보편적인, 마치 자루처럼 닳아빠지고 해진 회색의 좀비 같고 비속한 먹구름이 기어 오고 있었다. '모든 것이 너무 빨리 지나가고, 모든 것이 뭔가 어떤 단락 전류처럼 끝나 버리고 그 어떤 일도 진짜로 할 시간이 없다.' 게네지프는 포화가 잠시 끊어졌을 때 안타까워하며 생각했다. 아 — 이렇게 '위에서 아래로 내려다보며' 생각을 바꿀 수만 있었더라면, 이 모든 것을 가지고 위로 솟아올라 마치 자기 것처럼 배 속에 지닌 채로 계속해서 어디든지 몰아쳐 계속 공격할 수만 있었다면. 불명예스러운 착각이다. 전투는 마치 텐기에르의 어느 작품 속 야만적인 음악적 화음처럼 붙잡을 수 없이 손안에서 뻗어 나갔다. 일련의 무의미한 상황들과 그 어떤 구성도 없

---

* en règle. 원문 프랑스어.

는 행동들, 그리고 더 나쁜 건 그 어떤 매력도 없다는 것이다. 단지 가끔씩만 내면의 불빛이 뿜어 올라 아주 작은 한순간 세상은 마치 번갯불 속에서 빛나듯 아름답게 궁극적인 이해 속에서 빛났으나 그 빛은 다시 꺼졌고 범속함의 농축액 한가운데로 떨어졌는데, 게다가 그것은 범속함 자체가 어떤 관점에서는 (예를 들면 아침 커피, 평온한 훈련, 관능적인 경험들 등등) 유례없이 특이하며 군부대의 규율하고나 비교할 수 있을 회색의 단조로움과 지루함에도 불구하고 아무것도 잃지 않았기 때문에 더욱 강력해진 농축물이었던 것이다. 이제 지프치오는 광장 가운데의 조그만 공간을 둘러싼 난간 기둥 뒤에 누워 있었다. 이 장소는 매끄럽고 거의 고통스러울 정도로 평범하며 세부 장식은 아주 조금도 흥미롭지 않았으나 마치 1초 1초가 지나가도 바뀌지 않는 운명 속에 비밀을 가득히 담은 언덕과 계곡이 한없이 펼쳐진 지형과 같았고 설명할 수 없는 방식으로 무한히 중요하게 보였다 — 그것은 척후병 전략 강의 시간에 들었던 선명한 예시였다. 그러나 이 모든 것은 잠재적이었다 — 발포 명령은 내려오지 않았다 — 아무것도 하지 않으니 시간이 길어져서 거의 영원의 가장자리에 닿을 것만 같았다. 사방이 점점 더 밝아졌고 점점 더 썩어가는 기분이 되었다. 또다시 이 전투의 '멍청스러움'이 삶의 모든 매혹을 빼앗아 갔다. 현재 상황과 코쯔모우호비치의 학교 방문은 마치 서로 아무런 관련도 없고 한쪽에서 다른 쪽으로 변화하는 공식도 전혀 적용할 수 없는 두 개의 다른 세계 같았다. 지프치오는 모든 전투가 바로 이런 방식으로 바보 같아 보이며 사병들뿐 아니라 분대나 소대, 심지어 대대나 연대의 지휘관들에게도 그렇게 느껴진다는 사실을 알지 못했는데, 아마도 지휘관들은 명확하게 규정된 과업을 수행해야 하며 거기에 매우 열중하기 때문일 것이다. 군의 상급 부대를 지휘하는 장교들의 경우는 달랐다. "숙고하고 그 뒤에 실행한다 — 바로 이게 전쟁이다."* 그는 르바크가 언젠가 학교를 방문했을 때 했던 말을 떠올렸다. 여기는 숙고하기에도 실행하기에도 적당하지 않았다. 음울하고 (필연적으로) 멍청한 시내의 작은 광장에서 기둥 뒤에 배를 깔고 누워 '돌진'하는 상태에서 대체 무엇을 생각할 수 있겠으며, 이런 정황에서 대체 무엇을 실행할 수 있겠는가? 총을 쏠 만한 대상도 사람도 없었다. 반면 적들은 또다시 '달아오르기' 시작했고 또다시 총알이 '퓽퓽거리며' 뒤쪽에 있는 집들의 담장과 나무줄기를 둔하게 때렸다. 무의미함이 점점 더 무시무시해졌고, 한순간이 지나면 이 모든 것이 없어질 수도 있다는 (혹은 몸 어딘가에 미칠 듯이 아픈 구멍이 뚫릴 수도 있다는) 생각이 '영웅주의'의 단단한 그루터기 주위를 천천히, 마치 꼭두각시처럼 부드럽게 원을 그리며 돌기 시작했는데, 어찌 됐든 현실적 가능성을 계산해 보면 저 멍청이들 중에서 누군가는 한번쯤 성공해야만 할 것이기 때문이었다.

* Réfléchir et puis exécuter — voilà la guerre. 원문 프랑스어.

갑자기 신문 가판대 뒤에서 부대 지휘관을 대리하는 벵보레크 소령이 튀어나와 포효했다. 그러나 그가 고함치기 전에 바로 지금 (마침 알맞은 순간에) 게네지프는 자신의 저 시체도 다름 아닌 바로 저런 이름이었다는 사실을 떠올렸다. 그 우연의 일치 때문에 그는 생각하지 않을 수 없었고 처벌을 받지 않고 이 얽히고설킨 상황을 뚫고 나갈 방법은 없겠다고 느꼈다 — 그가 살인범이라는 사실이 밝혀지지 않는다 해도 이곳에서 저세상 차원의 형벌이 닥쳐올 것이다 — "그들이 부상을 입히거나 아니면 죽인다."* — 키릴 황제의 비밀 요원 중 하나였던 로즈부한스키** 공이 종종 말했듯 말이다. 게다가 그는 두 사람의 혈연관계를 연관 짓지 못했던 것이다 — 물론 저 소령의 숙부이며 전직 (너무 많이 날아다닌) 비행사이다. 그리고 바로 여기서 완전히 짐승같이 사나워진 소령이 고함쳤다.

"나를 따르라, 위대한 코쯔모우흐의 아이들이여!" 그리고 마치 제정신을 잃은 것처럼 손에 장검을 들고 아침의 어스름한 노을 속에 분홍색으로 보이는 맞은편 집들 방향으로 달려 나갔다. 척후병 부대 전체가 그를 따라 몰려갔다. 게네지프는 모퉁이 커피숍 창문에서 조그만 불꽃 네 개를 보았고 다시 한번 견딜 수 없는 (이젠 이미 노골적이다.) 기관총 연발 소리가 울려 퍼지기 시작해서 그 순간부터 끊이지 않고 악마나 알 수 있을 정도로 오랫

* или ранят, или убьют. 원문 러시아어.
** 작가가 지어낸 이름으로, 러시아어로 폭발해서 흩어졌다는 뜻이다.

동안 이어졌다. '그럼 무엇 때문에 바로 이 순간이지? 한 시간 뒤, 15분 뒤 난 뭐든지 할 수 있게 되었을 텐데. 그래—하지만 어쩌면 여긴 아닐지 몰라—어딘가 골짜기에서, 어딘가 요새의 버팀목 위에서(?), 어딘가 다리의 교두보에서, 빌어먹을, 하지만 여기는 아니야, 이 너저분한 젬보로프스키 광장은 아니야.' (이 도시와 주변 마을들이 낳은 위대한 인물인 젬보로프스키는 대체로 알려지지 않았고 후세에 100세대가 지나도록 저주받은 것이나 마찬가지였다.) 이제는 완전히 비이성적인 분노가 게네지프를 사로잡았다. 그는 마치 신들린 것처럼 뛰쳐나갔고 다른 사람들도 모두 그렇게 했다. 그들도 아마 그와 동일한 생각을 했을 것이며 이제 우박처럼 쏟아지는 총알 속에서 달려가는, 그렇게 보이는, 벵보레크의 뒤를 따르며 보이는 낯짝을 모두 갈겼다. 그러나 기관총은 목표를 너무 높이 잡았고 사관생도들은 한 사람도 잃지 않은 채 커피숍 테라스에 뛰어들었다. 백병전이 시작되었다—상대방은 형제 부대인 48부대의 불운한 바보들이었는데, 겁에 질려 커피숍 문에서 한 덩어리가 되어 곧장 튀어나왔고 두 겹으로 둘러싼 사관생도들 안으로 뛰어들었으며, 사관생도들은 마침 넓게 퍼져서 건물 양쪽 날개에서 집중하고 기다리고 있었던 것이다. 그것은 무시무시한 약탈이었다. 누군가 (어쩌면 '아군'이었을지도) 게네지프의 정강이를 소총 개머리판으로 때렸다. 지옥 같은 아픔 속에 지금 일어나고 있는 일의 무의미함이 믿을 수 없을 정도로 강렬해졌고 그와 함께 거의 성적인 쾌락의 경계에 닿는 짐승 같은 야만성이 강화되었다. (왜냐하면 솔직히 말해서, 거짓된 꼼수를 쓰지 않고, 이보다 더 높은 등급의 동요가 대체 존재한단 말인가?) 대체로 이미 아무도 무엇을, 어디서, 어떻게, 무엇 때문인지 알지 못했다 — 다른 무엇보다도 무엇 때문인지. 그러나 한번 고삐 풀린 짐승 같은 야만성과 공포는 — 서로서로 앞서며 군사훈련의 회색 유령 앞에서 — 절망적인 고집으로 그들을 계속해서 끔찍한 도축 속으로 밀어 넣었다. '사상'에 대해서는 말도 할 필요 없었다 — 본부에서나 비밀 위원회에서는 그런 것이 좋았을지 몰라도 여기서는 아니었고, 심지어 그쪽에서도 가끔은 이렇게 흉악하고 모든 색채가 다 벗겨진 시대에는 의심스러운 것이었다. 대부분의 경우 단지 구역질하는, 이미 오래전부터 너무 남용되고 선조들이 침을 뱉은 곤죽을, 허옇고 톱밥 같고 맛도 냄새도 없는 것을 또 되씹을 뿐이었다. 그러나 몇몇 사람들은 거기에서 그들 일생의 마지막 '자극제'의 마지막 구원을 보았다. 그리고 그 때문에 이 바보들은 바로 그 추악한 날에, 자기 자신의 소스 안에서 시큼하게 맛이 변해 버린 무기력한 도시의 거리에 몸을 던졌던 것이다.

사관생도들은 방금 징집된 사병들에 비해 엄청나게 유리했다. 2분 만에 이미 오합지졸 덩어리가 광장에서 도시 바깥 황무지로 이어지는 거리를 따라 도망쳤고 그 뒤를 따라 손쉬운 승리에 도취한 '코쯔모우흐의 아이들'이 달려갔다. 게네지프는 심하게 다리를 절며 약간 뒤쪽에서 그래도 용맹하게 달려갔다. 방금 전 그는 어떤 부사관이 불운한 뱅보레크를 개머리판으로 낯짝을 때려 쓰러뜨리는 것을 보았다. 전투 소음을 배경으로 기억 속에서 그는 아직도 총병참 장교에게 그토록 헌신적인 두개골이 갈라지는 축축한 (저것과 비슷한….) 소리를 들을 수 있었다. 그 하루 동안 두 명의 뱅보레크가 거의 같은 방법으로, 그러나 이토록 다른 정황에서 사망했다. 그는 여기에 대해서 육체의 땅 밑 깊은 곳에 숨겨진 성적인 요소들과 비밀스럽게 관계가 있는 어떤 야만적인 만족감을 느끼며 생각에 잠겼다 — 그것은 심지어 다른 지점과도 연결되는 것 같았다 — 땅 위로, 보편적 존재의 가장 중심부로. '존재의 형이상학적 흉악성' — 아브놀 — 릴리안 — 페르시. 상상이 아니라 이미 살아 있는 괴물들의 모습이 연달아 튀어나오며 불행한 보병들에 대한 짐승 같은 추적 속에 뒤섞였다. 의식적인 야만성과 악의에의 도취 — 어떻게든 이 하루를 끝까지 살아남을 수만 있다면. 이미 기분이 너무나 좋아지기 시작한 지금에서야 비로소 게네지프는 자신의 운명에 대해 불안해지기 시작했다. 마침내, 마침내 이 끔찍한 아침이 학교에서의 저 오후와 결정적으로 연결되기 시작했다. 보드카와 음악이 없었다는 것만 아쉬울 뿐이었다 — 그러나 역시 예상했던 것보다 훨씬 더 괜찮았다. 몇 분의 1초 정도의 순간 동안 게네지프는 코쯔모우호비치가 그가 생각했던 '지휘관이자 신'으로서 존재하기를 멈추었다는 사실을 깨달았다. 이 전투라는 일이 가까이에서 보면 이렇게 보이는 것이다. 코쯔모우호비치는 이미 앞으로도 절대로 초인적인 기념비이자 기계로 되돌아오지는 않을 것이다 — 그저 부서진 작은 단상에 놓인 괴상한 짐승일 뿐이다. 여기 그의 부스러기들이 이 저주받은 젬보로프스키 광장에 남았다. 지휘관의 '등 뒤'에서 그의 매력을 대가로 이 비할 데 없는 순간들이 서로 연결된 것이다. 지프치오가 한때 그토록 두려워했던 저 어두운 사내는 알고 보니 전혀 그렇게까지 나쁘지 않았으며, 꾀바른 동지였을 뿐 전혀 적이 아니었다 — 게다가 대범한 짐승이기도 했다 — 그게 중요하다. 하 — 전직 사관생도보다 훨씬 더 대담했다 — 그야말로 진정한 장교였다. 그는 흥분한 몸에 내려온 명령을 받아들였고 모든 내장 기관을 밀어젖혀 일관된 힘의 체계로 정리했으며 이제 그 기관을 전부 자극해서 저 불운한 짐승들을 계속 추적하는 데 사용했다. 왜냐하면 어쨌든 저들, 신디케이트의 하인들은 사람이 아니었기 때문이다 — 저것은 확실하고 또 확실하게 말하지만 현혹된 불운한 짐승들이었다. 그러다가 갑자기 어떤 틈바구니에서 마치 지네처럼 옛날의 지프치오가 기어 나와서 (개를 사슬에서 풀어 주던 그 지프치오다.) '자기 사람들을 살해하는 것'에 대해, 사랑과 '꽃'과 돌아올 수 없는 봄에 대해, 그리고 '깨어나기 전의' 시기에 꾸었던 기묘한 꿈에 대해 뭔가 고집스럽게 속삭였다. 그러나 이미 아무도 그의 말을 듣지 않았고 게네지프 자신을 포함하는 비인간적인 짐승들의 무리에게, 추적하는 저 사관생도들에게 짓밟혀 조용해졌다. 누군가 (혹시 보워디요비치가 아니었을까?) 반대편에서 황소 같은 목소리로 천둥처럼 외쳤다 —'천둥 같은 목소리'* — 에밀 졸라의 소설에 나오는 그 장군처럼.**

"담장 아래로, 담장 아래로, 개새끼들아!" 도망치는 보병들의 무리가 사라졌고, 이른 아침의 회색 안개에 파묻힌 기다란 거리의 저 깊은 곳에서 핏빛 새빨간 섬광이 타올랐고 네 번의 무시무시한 굉음이 거의 동시에 미칠 듯한 속도로 그에게 덮쳐 왔다. 그리고 동시에 마치 누군가 거대한 천을 공중에서 찢은 것처럼, 몇 킬로미터나 되는 거대한 입술이 철학자 흄의 이름을 반쯤 휘파람 불고 반쯤 비명 지른 것 같았다 —"히움, 히유우우우움".*** 그리고 또다시 폭발하는 유산탄의 굉음, 그러나 이번에는 달랐다 — 금속성 굉음은 둔하고 짧았고 우박 같은 총알이 (이번에는 진짜였다.) 벽과 유리창을 때렸다. 뒤편에서는 광장으로 이미 '우리 편' 포병대가 지나다녔다. 경포 부대의 결투가 시작되었고 보병들은 양쪽으로 갈라져 담장 아래 하수구나 보도에 배를 깔고 엎드려 숨었다. 지금이야말로 뭔가 전투와 비슷해졌다. 그러나 무의미하다는 감각

* voix tonnante. 원문 프랑스어.
** 루공마카르 연작소설 속 주인공 외젠 루공을 가리키는 듯한데, 역시 소설 속 주인공인 화가 클로드 랑티에에 대해서도 졸라가 같은 표현을 쓴 적이 있기는 하다.
*** 데이비드 흄(David Hume, 1711-76). 스코틀랜드의 철학자. 경제학자이자 역사가이기도 했으며 경험주의 철학으로 유명하다.

은 어딘가에, 정확히 어딘지 알 수 없는 영혼의 한 부분에서 계속 남아 있었다. 지옥 같은 충돌음, 비명, 고함, 깨지는 소리, 부서지는 소리와 찢어진 공기의 타격음 속에서 신음 소리와 울부짖음이 들렸다. 두 방향에서 두 개의 포대가 쉬지 않고 쏘아 댔다. 엎드린 지프치오도 오른쪽 종아리에 박힌 유산탄 파편 두 조각을 느끼지 못한 채 마찬가지로 쉬지 않고 총을 쏘았다. 하루는 완전해졌다 — 주위의 모든 것이 그 자체의 선명함만큼이나 심한 믿을 수 없을 정도의 평범함 때문에 고통스러웠다. '우리 편' 포병대가 세 번 더 발포했고 그런 뒤에 침묵이 찾아왔다. 그런 뒤에 보도블록을 따라 진동이 울리기 시작했다 — '적군' 포병대가 옆 거리로 후퇴하는 것이다. 그리고 바로 그때, 바로 머리 위에서, 동시에 '이미 모든 것이 괜찮다.'는 안도의 한숨과 거의 함께, 멀리 도시 바깥에서 무거운 유산탄이 견딜 수 없는 폭발음을 내며 터져서 그 파편 전체를 어딘가 뒤쪽에서 줄지어 '포복으로 전진하던' 예비군 대열에 흩뿌렸다. 뜨거운 가스가 납덩어리처럼 무겁게 머릿속에서 터졌다. 게네지프는 그제야 다리에 통증을 느꼈고 온몸이 이상하게 무감각해졌으나 머리는 마치 텅 빈 것처럼 가벼웠다. 그 공허 속에 갑작스러운 불안감이 마치 멍청하고 견딜 수 없는, 그러나 사랑스러운 작은 새처럼 지저귀었다. 이제야 비로소 이 사관생도가 어떤 압력과 긴장감 속에 있다가 현실로 돌아왔는지 보였다. 대체 누가 그것을 짐작할 것이며 누가 보상해 줄 것인가. 아무도 없다 ― 오히려 그에게 '턱에 뭐가 좀 묻었다고 사람들은 침을 뱉을 것이다'. 불안이 점점 심해졌다. 어쨌든 무슨 일인가 일어났으며, 그것도 상당히 나쁜 일이었다. 그는 일어나려 했으나 오른쪽 다리가 마치 자기 것이 아닌 것 같았고 게다가 불가능할 정도로 거대하게 느껴져서 마침내 의식에 들어온 1) 굉음과 2) 충돌한 세력들과 3) 역사적인 순간 그 자체의 원대함에 걸맞은 규모로 커진 것만 같았다. 간신히 몸을 일으켰을 때에야 그는 어찌 됐든 이곳에서 그의 조그만 나라만을 위한 일이 아니라 인류 전체를 위한, 어쩌면 우주 전체를 위한 어떤 중요한 것이 진행되고 있음을 이해했다. 전투의 짐승 같은 순간은 지나갔고 ― 승화의 순간이 시작되었다 ― 물론 지프치오에게만 주관적으로 시작되었고 ― 다른 사람들에게는 그 두 번째 단계가 끝까지 없었다. (예를 들어 코쯔모우호비치는 이 시간에 페르시와 함께 침대에 있었다. 가끔씩 내키지 않는 듯 전화 수화기를 들 뿐이었다. 오로지 그만이 전화를 할 수 있었다 ― 그에게는 아무도 전화하지 못했다. 이것은 그와 같은 거인에게는 너무 작은 사건이었다. 그는 진정으로 위대한 논쟁, 즉 움직이는 만리장성과의 담판을 위해 신경세포를 아끼고 있었다.) '어쨌든 난 살아 있고 부상을 입었구나.'라고 지프치오는 악마와 같은 쾌락을 느끼며 생각했는데, 그는 이미 완전히 단일했고 이중성의 문제에서 벗어났으며 그 누구에게도, 자기 자신에게도 자신의 낯섦과 다름을 들키지 않았고 다름 아닌 바로 그였으며, 어쩌면 전투의 경험으로 인해 약간 '용맹해'졌고 어쩌면 약간 '도덕적으로 성숙'(?)했을지도 모르며 어쩌면 마침내 '삶에 대해 진지해졌을'지도 모르지만 — 하, 하 — 이곳에 누워 있는 것은 완전히 누군가 다른 사람, 오직 겉모습만이 이전의 지프치오와 일관되는, 영혼보다는 육체적인 '나', '피글라수프 미할리카[미할리크의 장난]' 거리를 공격하다가 쓰러진, 그냥 어떤 성숙한 장교라는 사실을 아무도 (그 자신도) 알지 못했고 알 수도 없었다. 그는 자기의 고유한 일을 완수했다는, 마침내 뭔가 긍정적인 행동을 수행했다는 쾌락적인 감각과 함께 다시 한번 도랑(하수구?)에 쓰러졌다. 이제까지 삶은 정당화되었고 범죄는 지워졌거나 더 정확히는 흐려졌다. 그러나 지금부터는 모든 순간이 이러한 정당화를 요구하게 될 것이었다. 일단 이런 길로 나선 사람은 a) 자신을 완벽하게 완성하거나 b) 아주 격렬하게 추락해 구르거나 c) 꿈과 현실의 힘겨운 일치를 위해 미쳐 버린다. 모르는 턱수염쟁이의 죽음은 그의, 지프치오의 '작품'으로서 의식에서 사라졌고 그때부터 이런 채로 영원히 남아 있게 될 것이었다. 그것은 새로운 경험의 규모에는 도달할 수 없는, 그냥 뭔가 너무 작은 것이 되었다. 만약 그 살해를 예전의 지프치오가 저질렀다면 아마 굉장히 무시무시했을 것이다 — 저 다른 사내의 행동으로 직접 받아들이면 그것은 바퀴벌레를 밟아 죽이는 것과 비슷한 일이 되었다. '알약, 오, 알약 — 이제 때가 닥쳐온다.' '제발 이 부상으로 인해 뒈지지만 않았으면, 그러면 멋진 삶이 펼쳐질 거야, 유일하고 독특한 삶, 다름 아닌 이러한 삶 — 한계의 부당함을 느끼지 않고 부분성 속에서 세계의 현재적인 무한함을 경험할 수 있는 삶.' 그런 것은 때로 마약을 통해서 느낄 수 있다.

천천히 고유한 자아의 감각이 사라졌다. 이미 밝아진 회색과 노란색의 구름 깔린 진부한 도시의 하늘은 넓은 동작으로 흔들리기 시작했고 거의 무한할 정도로 너무나 멀어졌는데, 그건 때때로 예외적인 천문학적 영감의 순간에만 별이 깔린 천구에 일어나는 일이었다. 집들은 반대로 뒤집혀서 아주 짧은 순간 뭔가 괴물같이 커다란 동굴 입구 가장자리처럼 보였고, 그 동굴 입구는 이 황토색과 우윳빛의 텅 빈 무한을 향해 열려 있었으며, 그 하늘은 지상의 '흥미로움성'들의 온갖 차이점 위로 형이상학적인 단조로움과 지루함 속에서 실재성을 갖게 되는 것 같았다. 그는 이제 뭔가 영구한 무한함의 심연 위에 간신히 버티고 있는 반죽처럼 아스팔트에 달라붙은 채 누워 있었다. 보도는 무존재 바로 위에 걸려 있는 동굴의 바닥이자 천장이었다. 검고 폭신한 조각들이 눈부신 원들 사이에서 조용히, 불길하고도 신중하게 휘몰아쳤다 = 어찌 됐든 이 마지막 순간에는 뭔가 더 있어야만 했다. 모든 것을 어두운 구토와 전혀 규명할 수 없는, 견딜 수 없는 고통이 뒤덮었다 — 저 이전의 고통들은 그 심연 속에서 흔적도 없이 사라졌다. 그 고통은 완전성을 넘치도록 채우는 것 같았고 그의 육체만이 아니라 영혼의 차갑고 어두운 어딘가 가장자리까지 이전의 모든 쾌락을 지워 버렸다. 그것은 버텨 낼 수가 없었다. 의식은 지식의 마지막 층위에서 꺼져 버렸는데, 그 층위에서는 벌써, 벌써, 벌써 모든 것이 전체성의 마지막 구석구석까지 흩뿌려진 이 견딜 수 없는 '끝없는 통증'처럼,* 단번에 영원히 명백하고 확실하고 이해할 수 있게 되었어야만 했다. '어쩌면 이게 죽음인가 — 하지만 난 겨우 이 저주받은 한쪽 다리에 총을 맞았을 뿐인데.' 이 마지막 생각은 알 수 없는, 그럼에도 불구하고 거의 이해할 수 없는 기호로 이름 없는 완전한 공허 속에 윤곽을 드러냈으며, 그 공허 안의 마치 유황 연기처럼 숨 막히는 내면에 개인성을 위한 공간은 이미 없었다. 마지막 섬광이 바늘에 찔렸다. '어쩌면 이게 마지막일지도….' 공허가 폭발했고 게네지프는 (형이상학적-심리학적-물리적인) 미칠 듯한 지루함에 둘러싸여 순간적으로 존재하기를 멈추었다(자기 자신에게, 그 차체로).

* malaise. 원문 프랑스어.

# 마지막 변화

눈을 떴을 때 그는 학교 병원의 하얀 방에 누워 있었으나 동시에 이해할 수 없는 속도로 아래쪽으로 날아가고 있었고 이 두 개의 모순되는 상태가 합쳐져 순식간에 도저히 막을 수 없이 토하고 싶은 현실적인 욕구로 변했다. 그는 몸을 침대 바깥으로 숙였다. 누군가 그의 머리를 받쳐 주었다. 토하기 직전에 그는 엘리자를, 공주의 첫 피로연에서 만났던 그녀를 보았다. 바로 그녀가 그의 이 거대하고 고통스러운 어떤 것, 누군가 한때 자기 머리라고 불렀던 그것을 받쳐 주고 있었다. 그녀는 간호사 복장을 하고 있었다 — 거대한 십자(十字)가 신천옹처럼 새하얀 그녀의 가슴과 배에 핏빛으로 새겨져 있었다. 무시무시한 수치심이 갑자기 토하고 싶은 모든 욕구를 억눌렀다. 그러나 그녀의 손은 그의 머리를 양동이 위로 기울여 주었고 그는 자기가 해야 할 일을 했다 — 견딜 수 없는 굴욕감에 자줏빛이 되어 땀에 뒤덮인 채. 여기서 운명이 (그는 다리에 감각이 없었고 화덕처럼 커다란 다리는 그에게 속한 것이 아니었으며 다른 누군가가 아픈 듯이 그렇게 아팠고 한편 그는 다른 누군가가 여기에 대해서 언젠가 이야기해 준 것 같았지만 그래도 어쨌든 끔찍하게, 끔찍하게⋯.) 그를 따라잡아서 이런 방식으로 가능한 이 단 하나의 사랑 앞에서, 그가 완전히 잊고 있었던 이 제3의 여성 앞에서,

813

유일하게 그의 아내가 될 수 있을 그녀 앞에서 이처럼 흉측하게 그를 모욕했다. 왜냐하면 그는 순간적으로 돌이킬 수 없이 그녀와 결혼하기로 결심했으며 동시에 어찌 됐든 이런 만남 뒤에, 그러니까 그는 면도하지 않고 새빨간 채로 토하고 땀에 젖어 있으며 — 그녀는 천사처럼 아름답고 완벽함의 도달할 수 없는 정점에서 영적으로 빛나고 있는데 — 결혼은 영원히 제외라는 것을 알고 있었다. 그러나 어쨌든 이미 이 순간에 구토와 함께 그는 그녀 앞에서 결혼 전의 선물로 자신의 끔찍하고 불운한 사랑과 어린애 같은 무심한 범죄를 그녀 앞에 털어놓았고 — 잠재적으로 그녀에게 제안했는데, 왜냐하면 말은 아직 할 수가 없었기 때문이다. 이 모든 일은 물론 밑바닥의 사내가 했으며 여기에 대해서는 그 자신도 다른 누구도 알지 못했다. 훌륭한 황소 같은 청년의 이미 가볍게 마비된 이 육체 속에서 지금부터 유일하게 존재했던 저 사내의 이름 없는 이름이 마지막으로 기억되게 하라.

그는 다시 베개에 쓰러졌다 — 견딜 수 없이 어지러운 머리만 느껴졌다 — 어딘가에 놓인 양동이의 무한한 공간 위로 그 선한, 유일한 손이 그를 안아 옮겨 주었다. '아, 이렇게 몸이 전혀 존재하지 않았더라면, 그냥 영혼만을 자기 안에 녹일 수 있었더라면, 저주받을 더러운 창자들이 따라붙지 않고.' 지프치오는 생각했다. 마침내 진실한 사랑이, 그것도 이렇게 치명적인 순간에 찾아온 것이다. 그건 뭔가 단순하면서 완전하게 표현 불가능한 것이었고 여기에 대해 말하거나 글쓰기를 좋아하는 사람들은 이보다 더 흥미로운 이야깃거리는 없다고 명확하게 결론지으며 이 주제에 대해 이야기할 수 있는 건 이미 오래전에 이야기되었는데도 무기력한 말들을 그러모아 이리저리 조합하면서 지껄이고 또 지껄여 댄다. 스투르판 아브놀이 그렇게 확언했다. (아브놀도 그 밤의 전투에 참여했으나 제바니가 모든 주요 도시에 조직한 중립적인 병원의 의무병 자격이었다. 그 거무스름한 악마가 하필이면 오늘 전투가 있을 것임을 어떻게 알았으며 자기 병원들을 어떤 방법으로 시간 맞춰 조직했는지는 영원히 비밀로 남았다.)

그는 지금에서야 비로소 진짜로 종아리와 정강이에 통증을 느꼈고 전투를 진짜로 기억에 떠올렸다. 그때까지는 아직 그의 경험이 아니었다. 그러나 어쨌든 그는 잘 대처했다. 싸웠고 도망치지 않았으며 — 약간은 무서워했지만 그 공포를 조절할 줄 알았고 — 장교로서 행동할 수 있었다. 그 사실에 그는 기뻐했고 자신감을 얻어서 이렇게 중얼거릴 수 있었다.

"가셔도 됩니다. 감사해요. 당신이 나를 돌봐 주는 걸 원치 않습니다. 이 구역질은 대체 왜 일어나는 거죠? 누군가 좀 더 나이 든 숙녀분을 보내 주세요. 난 혐오스러워요, 하지만 달라질 겁니다." 그녀의 무구하고 성적으로 순수한 (저들의 손과, 그리고 심지어 '저 다른 여자의 손과'도 그토록 다른) 손이 그의 땀에 젖어 끈적이는 이마를 훑고 그런 뒤에 면도하지 않은 (그 '덤불'은 간신히 눈에 띌 정도였다.) 양 볼을 쓰다듬었다.

"무르티 빙과 이중성 안의 경계적 일원성의 이름으로 진정하세요. 당신이 깨달음의 길을 가는 중이라는 걸 알고 있어요. 깨달음을 얻기 위해서는 무시무시한 일들을 겪어야만 해요. 나는 다 알아요. 하지만 더 나아질 거예요, 완전히 다 잘될 거예요. 아마 뇌진탕을 입으신 것 같지만 그것도 나을 거예요. 오늘 베흐메티예프가 이곳 의사들과 함께 진찰하러 올 거예요."

갑작스럽고 쾌락적인 평온함이 마치 어딘가 "이 세상이 아닌 곳"에서 흘러나와 수치와 굴욕과 절망과 실망과 마치 조그만 깃털처럼 날아다니는 가볍고 작은 희망의 (이것이 가장 최악이었다 — 차라리 완벽한 절망이 더 나았을 것이다.) 해지고 낡은 덩어리인 그의 육체로 흘러들어 왔다. 영혼은 어딘가 마지막 남은 구석과 모퉁이로 숨어 버렸고 가장 어두운 모서리에 틀어박혀 기다렸다. (저주받을 운명은 단 한순간도 그에게 쉴 시간을 주지 않았다. 그가 어떤 것도 깊이 생각하거나 소화하게 내버려 두지 않고 점점 빨리 돌아가는 사건들의 소용돌이 한가운데로 그를 밀어 넣었다 — 이른바 "무익하고 강렬한 삶", 이런 꽃들을 지금에서야 비로소 피우기 시작하는 그 으깨진 덩어리들 속에서 그토록 많은 사람들이 갈망하는 삶이다. 이와 같은 정황에서 어떻게 미치지 않을 수 있겠는가?) 그러나 지금 엘리자의 모습으로 현신한 새로운 신앙과의 이 두 번째 만남은 바로 이 길로 계속 가면 그가 빠져든 이 괴물 같은 끔찍함의 매듭 전체에서 해방되는 일이 기다리고 있다는 신호가 아니겠는가? 어쩌면 이것은 저 지난날 밤에 무르티 빙의 비밀과 처음 마주친 사건과 "경계적 일원성"의 진리를 증명해 주는 것 아닌가? 그는 이렇게 생각했고, 가장 진부한 우연의 일치나 삶의 일부를 열댓 번이나 앞으로 밀어내는 계산 결과를 가져오는 존재들의 일련의 행위의 효과들에 가장 낮은 신묘함의 차원에서 깊이를 부여하거나 미화하려고 거의 모든 사람들이 애쓸 때 이용하는 이런 명청이 같은 생각들 옆에는 뭔가 최근의 재앙에서 구해 낸 조그만 가마솥에서, 이제 막 생겨나기 시작한 엘리자에 대한 완전히 지옥 같은 집착이 약하게 끓어올랐고 — 그것은 바로 집착일 뿐 다른 어떤 것도 아니었다. 그것은 폭발이었으나 그 속도는 느렸다. 이미 그는 그 안에서 영적으로 마치 가재처럼 들이마시고 있었고, 오직 육체적으로만 그녀에게서 떨어질 수 있다고 느꼈다. 마치 주위를 둘러싼 공간 자체를 휘어지게 만드는 듯한 그런 긴장된 분위기 속에서 불쌍한 젊은 아가씨는 무르티 빙에 따른 모든 형이상학에도 불구하고 자신을 사로잡는 알 수 없는 헌신의 욕망을 피해 자신을 숨겼다. 엘리자는 아직 그걸 어떻게 해야 하는지 알지 못했다. 지금 현재의 무한함이 그 자체로 그녀를 확장시키는 것 같았고 그것은 그토록 단순하면서 또한 제한적이었다.

이것은 그냥, 그와 같은(!) 경험을 겪은 후 세 번째로 사랑에 빠지는 것에 대한 부끄러움 아닌가? 심지어 공주에 대한 괴물 같고 낭비적이었던 첫 번째 사랑마저도 여기서는 불운하고 좌절된 — 완곡하게 말하자면 — 저 두 번째 사랑만큼 커다란 방해물이 되지 못했다(독극물은 저 '두 번째 뚱'에 재흡수되었다). 그것이 최악이었다. 이미 과거 전체를 악마들이 가져갔다고 해도 지프치오는 지금 이미 현실적이라기보다는 추상적이 되어 버린 그 패배에 맞설 저항점을 전혀 찾을 수가 없었다. 그러나 어쨌든 힘은 충분히 있었던 것이다. 단지 자신을 창조한다는 차원에서 사랑은 마치 구멍투성이 솥에서 액체가 빠져나가듯 그에게서 빠져나가 버렸고, 그 구멍은 바로 저 흉측하고 기만적이며 범죄의 낙인이 찍힌 감정 — 심지어 감정도 아니고 악마나 알 만한 무엇 — '끔찍함'*이었다. 그러나 이렇게 조용히 누워 눈을 감은 채 제대로 씻지 않은 군인의 앞발로 엘리자의 '천사 같은' 손을 잡고 있으면 이 숭고한 소년의 내면에 그토록 괴물 같은 모순이 뱀처럼 똬리를 틀고 있다고는 아무도 말하지 못했을 것이다. 모든 악이 그의 내면에서 이 손을 통해 저 엘리자라는 신묘한 피조물의 심장으로 곧장 흘러들어 갔는데, 그녀는 나중에 그 악을 어떤 독물만 빨아들이는 림프샘을 통해 걸러 내고 해독제, 혹은 항체의 비축분을 밤늦은 시간 동안 모았다. 불쌍한 그녀는 앞으로 무슨 일이 기다리고 있는지 알지 못했다. 왜냐하면 제바니의 신앙과 알약은 신기하게도 많은 것

* гадость. 원문 러시아어.

을 임시변통으로 해결해 주었으며 매 순간 각자 다른 방식으로 개인성과 싸울 수단을 갖추어 주었고 (애초에 악이란 약간 지나치게 무성해진 개인성이 아니겠는가?) 추종자들과 알약을 먹은 사람들에게 미래에 대한 모든 종류의 직관을, 앞날을 향해서 삶을 계속 구축해 나가며 순간순간을 통합시키는 모든 가능성을 없애 버렸기 때문이다. 그 결과는 서로 아무 관련 없이 흩어져 버린 순간들의 가장자리에서 완벽하게 분해되어 버린 자아였으며, 이를 배경으로 모든 종류의, 심지어 가장 바보 같은 종류의 기계적인 규율에도 헌신할 수 있게 되었다. 중국 화학자 중에서도 가장 강력한 두뇌들이 탄소, 수소, 산소, 질소의 무고한 그룹들을 분해하고 결합해 화학구조의 환상적인 도형으로 만들어 다바메스크 B2 성분 개발에 노력한 것은 괜한 헛수고가 아니었다. 왜냐하면 아무도 모르는 말레이시아의 작은 섬 발람팡에서 신앙 비슷한 것이 흘러나오는 만큼, 태평천국*과 '볼셰비키화된 몽골 왕자와 권력자 연합' 또한 그에 비례해 실현될 수단을 갖추게 되었기 때문이다.

지금에서야 비로소 게네지프는 가족에 대해 관심을 갖게 되었으나 어째서인지 감히 물어볼 수가 없었다. 하지만 왜? 모든 것에도 불구하고 현실에서 단절되었다는 이 감각은 그저 황홀했다. 그리고 여기에는 '알리바이'의 문제와 릴리안과의 대화가 있고, 그리고 여기에 극장

---

* '태평천국의 난'은 1850년에서 1864년까지 만주족이 세운 청나라 정부와 기독교 구세주 사상 기반의 종교 국가 태평천국 사이에 벌어진 대규모 내전을 가리킨다.

과 페르시가 있고, 그리고 여기에서 또 뭘 끄집어낼 수 있을지는 악마나 아는 것이다. 그러나 이 상태를 중지시켜야만 했다. 아, 영원히 이렇게 머리가 비눗방울이 된 것처럼 떠다닐 수만 있다면, 영원 전체를 계속 토하게 되더라도 이 세상에 양동이 외에 아무것도 없기만 하다면 아무 문제 없다. 계속적인 망설임 속에서, 끝없이 계속되는 의도 속에서, 약속 안에서 살 수 있다면—오로지 그 안에만 전체성과 완전한 원형이 있다. 아, 사실이다—그럼 암살 시도는? 그러나 그것은 자명했다, 총병참 장교는 승리했다. 그녀는 그의 생각을 짐작하고 동의하듯 고개를 끄덕였다. 만약 이 모든 일이 뭔가 규정된 사상의 이름으로 수행되었다면, 만약 자기 자신과 돌이킬 수 없는 존재의 사실 자체에 의해 주어져 기계적으로 수행해야만 하는 기능의 의무를 넘어 뭔가를 믿을 수 있었다면—그 기능은 물리적인 것부터 군사-사회적인 것까지 포함했다—그러면 이런 모험의 경험도 행복이었을 것이다. 어렵다—세상에는 이런 현실의 체계라면 뭐라도 좋으니 이런 식으로 얽히는 것 자체에서 자기 존재의 정당성을 찾는 행복한 사람들이 있고, 반면에 영원한 추방자들, 어떤 명확하게 규정된 국가나 사회 복합체가 아니라 심지어 인류에게서 추방된, 스투르판 아브놀이 이름 지었듯이 "세계의 추방자"들이 있다. 우연한 기회에 자신들에게 적절한 자리를 찾아낸 것은 그들이 아니었던가, '개발자'가 아니고, "울게 하라."라는 '불행자들'이 아니고—그들에게 자기 자리는 애초에 없으며 성공적인 행동도 상황도 그리고 가능한 기회조차도 전혀 없고, 이것은 심지어 전자와 같은 사람들이 다른 체계의 행성에서 무한히 더 높거나 혹은 더 낮은 수준의 문화를 가지고 살아가는 어떤 기묘한 생물체를 찾아냈다고 해도 마찬가지일 것이다.* 예전에 이런 사람들은 종교의 창시자, 위대한 예술가, 심지어 사상가들이었다 — 오늘날 몇몇 사람들은 한때의 인기를 얻고 다른 사람들은 심지어 제대로 미칠 수조차 없어 아무에게도 필요하지 않은 인생 내내 끔찍하게 고통받는다. 그러나 또다시 조그만 삼류 아이디어가 떠올라 그를 구원해 주었다. 그것은 즉, 그가 a) 인도인을 만났고 b) 전투에서 죽지 않았고 c) 그녀를 만났고 d) 그녀가 마침 무르티 빙을 믿는다면 여기에는 뭔가 의미가 있으리라는 생각이었다. 그는 여기에 대해 생각하고 싶지 않았다. 조금이라도 노력하면 머리가 어지럽고 구역질이 났다. 이미 그는 땀투성이 이마를 그녀의 선하고 마치 꽃잎처럼 부드러운 손바닥에 기대고 또 토했다. 그러나 이번에는 자유롭게, 가볍게, 전혀 아무런 굴욕감도 느끼지 않고 그렇게 했다.


정보
이 구역질은 뇌진탕의 결과가 아니라 모르핀중독 때문이었는데 이것은 나중에 천재 베흐메티예프가 직접 확인했다.

---

* '개발자'는 프랑스어 'déveineur'로, "울게 하라."는 러시아어 'пусть плачут'로 쓰였다.

그는 스스로 말했다. "원하는 대로 행하게 하라. 난 운명에 몸을 맡기겠어." 그런 뒤 무기력하게 누워 있었다. 이것은 진정한 행복의 순간이었고 그는 그것을 결코 제대로 평가하지 못했다 — 순수한 자아의 완전한 고립은 에테르에 취해 의식을 잃기 직전과 비슷했다, 책임이 없고, 시간 위에 떠 있는 상태 — '이상적인 존재 상태'의 관념이 현실의 경험이 되었다 — 그러나 어쨌든 그것은 바로 그, 게네지프 카펜이었고, 자기 자신과 일치된 상태였으며 마치 인생의 문제들의 모든 우발성을 넘어 영원한 것 같았다. 이것을 약간만 더 강화하면 그다음에는 무존재가 찾아온다. 무르티 빙이 말한 "이분된 일원성과의 합일"이다.

### 정보

이 신앙에는 윤회전생이나 서열이나 '층위'가 없었으며 단지 이곳, 시공간적으로 가능한 유일한 존재의 일원성과 결합하는 여러 가지 방식(단계가 아니다.)이 있을 뿐이었다. 바로 이것이 다른 여러 "신시학"*(코쯔모우호비치가 말하듯)보다 이 신앙이 우월한 점이었는데, 이 신앙에서는 어떤 다른 '층위'에서 '잘못을 고칠' 희망이 없었기 때문이다. 바로 여기서 모든 것을 해야만 했고 그렇지 않으면 '일원성

---

* teozosia. 신지학(teozofia, theosophy)을 경멸해 일부러 잘못 말한 것. 신지학은
삶과 자연에 관한 직접적인 깨달음을 추구하는 신비주의 철학이다. 서양철학에서 이와
비슷한 흐름은 중세부터 있었으나 1875년 러시아계 미국인 헬레나 블라바츠키(Helena
Blavatsky)가 뉴욕에 신지학 협회를 창립하면서 20세기 초까지 이름을 알렸다.

과 합일하는 방법'은 생각만 해도 피부에 소름이 끼칠 정
도로 무시무시해질 수 있었다. 태평천국 최고 화학 위원회
위원장인 불멸의 창웨이의 지옥 같은 알약을 단 한 번이라
도 (대체로 그 이상은 심지어 필요도 없었다.) 복용해 본 사
람은 여기에 대해 알고 있었다. 그런 사람들은 삶을 위해
서 죽음의 규율에, 삶의 모든 기능의 완전한 기계화에 복종
하기를 원하지 않을 경우 무엇을 궁극적으로 (시간은 이런
숙고에서 제외되었다 — 어떻게? — 아무도 알지 못했다 — 그
러나 이것은 절대로 영원이 아니었다.) 경험하게 될지 예지
하고 있었다 — 그것은 숨 막힘, 소화불량, 구역질이나 속 쓰
림과 비슷한, 혹은 이 네 가지 모두의 요소들을 거의 끝없
이 제곱한 것과 같은 '불쾌'*의 감각이었고, 이럴 때 시각적
환영은 이해할 수 없는 사물들이 존재할 수 없는 무언가에
유례없이 무익하게 합일되는 모습을 보여 주었다.

엘리자는 계속해서 지프치오의 손을 잡고 있었고 그것이
그가 세계와 연관되는 단 하나의 결합점이었다. 그것은
마침내 진정한 사랑이었다. '연인'은 삶의 '그러함성'의
기만적인 덤불 속으로 그를 끌어들이지 않았고 그저 그를
세상의 나머지 존재로부터 고립시키는 철갑을 만들어 주
었을 뿐이며 그 안에서 그녀 자신이 타인의 자아로서 사
라졌고 오로지 완전한 고립의 상징이 되어 남았다. 당연

* malaise. 원문 프랑스어.

히 그에게는 (혹은 "밑바닥의 사내"에게는) 그런 것이 진정한 사랑이었다 — 그것은 정상적으로 사랑이라 여겨지는 것과는 거리가 멀었다. 자기 안에 나사처럼 박힌 개인성 안에는 누군가 다른 사람을 '안쪽에서부터' 받아들이고 가장 보편적인 의미에서 '그를 돌보아 줄' 자리는 물론, 그와 다른 심리 구조가 존재할 수 있다는 사실 자체를 객관적으로 이해할 여지조차 없었다. 그러니 그 다른 누군가를 위한 희생이나 그를 배려해서 아주 가장 사소한 승리라도 포기하는 행위는 대체 말할 필요조차 없는 것이다! 그는 자신도 모르는 사이에 진정한 흡혈귀가 되어 있었다 — 그 자신과 비슷한 자아의 존재가 가능하다는 사실을 깨닫지 못하면서도 실질적으로 그 '다름'의 완전한 모순(이 경우는 '희생의 욕망')이라는 사실에 자기 자신의 존재를, 그것도 의식적으로, 의도적으로 거짓에 속아 버린 자신의 '영혼' 정도가 아니라 자기 몸 세포 구성 전체와 특정한 목적으로 구성된 기제의 필연성까지 본능적으로 의존하고 있었다. 심지어 그는 다른 사람들에게 '착하게' 보일 수도 있었고 자기 자신도 그렇다고 여길 수 있었으나 크레치머가 말한 것처럼 "이 훌륭한 가면 뒤에는 오로지 폐허만 있었다".* 몰락해 가는 개인성의 이 암울한 세계에서 엘리자의 영혼은 마치 바로 이러한 몸과 이렇게 아름다운 소년의 얼굴의 혐오스러운 우연한 조합으로 인

* Hinter dieser glänzenden Fassade waren schon nur Ruinen. 원문 독일어. 크레치머에 대해서는 653쪽 주 참조.

해 일평생 그녀만을 위해 만들어진 어떤 다른 세상의 지옥 속에서처럼 끝까지 헤맬 운명이었다 — 영원히 충족을 얻지 못하는 희생양이 되어 완전한 헌신의 충족할 수 없는 욕망 속에서 타오를 것이었고, 그 헌신의 욕망을 그는 그토록 증오하는 현실과 눈을 맞대고 마주 서게 하는 어떤 것으로 여겨 심지어 두려워할 것이었다. 그는 마치 모기처럼 오로지 가느다란 관을 통해 그녀의 피를 빨 뿐이었다 — 거기에 그의 행복이 있었다. 이런 심리적인 올가미에 대해 아무것도 알지 못하는 채 그들은 그저 "한 쌍의 비둘기처럼", 마치 평온한 죽음에 이르기까지 "모든 것이 잘되었습니다."로 끝나는 동화의 결말에 나오는 평범한 한 쌍처럼 서로 사랑했다.

그러다 여기서 갑자기, 저주받은 현실이 텅 빈, 그 무존재 안에서 완전한 자기 세계의 가장자리로 결정적으로 밀려난 것처럼 보였을 때, 무시무시한 (완전히 그 무엇으로도 불가능한) 탐욕, 초기 정신분열증 환자들의 악몽이 밑바닥에서부터 그의 내장을 움켜쥐었다. 그는 신음하며 몸부림쳤다 — 그저 '다리'가 놓였을 뿐이고 그는 자신이 심연 위에 내걸린 채 무한을 향해 펼쳐진 '최하점'의 중심을 건드리는 것처럼 느꼈다.

"오늘이 무슨 요일이죠?"

"화요일요. 당신은 이틀간 의식이 없었어요."

"신문 좀 주세요."

"지금은 안 돼요."

"꼭 읽어야 해요." 그녀는 일어나서 곧 신문을 가져 왔다. 가져오면서 그녀는 말했다.

"이미 티콘데로가 궁전에서 당신을 사랑했고 나한 테 돌아올 걸 알고 있었어요."

"그럼 이미 그때…?"

"네. 난 이미 비밀 조직의 일원이 되어 있었어요."

그는 신문을 읽었으나 모든 것이 눈앞에서 무섭게 흔들렸고 때때로 그녀가 인쇄된 문자에 섞여 들어가거 나 그 인쇄된 문자에 표현된 사건들에 휘말린 것처럼 보 였다. 그것은 두 번째에 본격적으로 시작되어 우리 공간 을 이미 넘어서 저기 그 구역질 나는 무존재 속에 있는 (그리고 그도 전투 도중 거리에서 의식을 잃기 전에 이곳 에 다녀갔던 것 같았다.) 그러나 루지미에쥬 고원 꼭대기 에서 시작된 것 같은 어떤 편평한 화판에 펼쳐진 것처럼 느껴졌다. 일평생이 마치 반죽 한 덩이처럼 그 위에 놓였 다. 그가 아니라면 대체 누가 무슨 도구로 밀어서 그 반죽 으로 빵을 만들어 낼 것이며, 게다가 몇 개나, 몇 개나, 몇 개나 만든단 말인가?! — 하느님, 이 얼마나 힘에 부치는 지옥 같은 과업인가! 그는 또다시 토하고 또다시 읽었다. 젬보로프스키 광장의 전투에 대한 묘사가 그에게 가장 무 시무시했다. 그 혐오스러운 '액션' 전체의 곁에 있는 자기 자신을 명확하게 보았고 그 완전한 무의미의 기간을 다 시 한번 경험했으나 이미 그것을 정당화해 주는 모든 것 이 첨가되지 않았고 아무것도 정당화해 주지 않는 열정만

이 남아 있었다. 그렇다, 이리나 브시에볼로도브나가 옳았다, 사상의 결여가 그 무의미의 원인이었다. 기병대의 행진과 검은 눈과 콧수염에서, 기병대의 허벅다리와 총병참장교의 고환에서 뿜어져 나오는 기병대의 힘도 도움이 되지 않을 것이다. 노동의 과학적 조직과 창조의 합리적 관리는 실제로 사상이 아니었다. 그러나 다른 사상은 없고 앞으로도 없을 것이다 — 무르티 빙과 같은 종류의 타락한 종교의 헛소리라면 몰라도. 그게 끝이다.

어제 자『브리탄』지* 마지막 면에서 그는 다음과 같은 기사를 발견했다. "유혈 낭자한 사건. 크빈토프론 비에 초로비치 극단의 유명 배우 Z. 양의 아파트에서 정체불명의 괴한이 양탄자용 망치로 같은 아파트의 세입자인 전직 비행사이며 총병참 장교 코쯔모우호비치의 수석 부관 미하우 벵보레크 대령의 머리를 때려 살해했다. 그는 K. 시에 국방부 특별 지령을 수행하는 공무원으로서 신분을 숨기고 방문하곤 했다. 지문 검사는 유용한 결과를 내지 못했다 — 지능적인 범인은 장갑을 끼고 있었다." ("하, 하 — 지능적인 범인!" 그냥 장갑 벗는 걸 잊었을 뿐이다 — 그냥 그가 누군지 몰랐을 뿐인데, 이 사람들은… 이 혐오스러운 기사 문체라니! 그는 처음으로 자신에 대한 '쪽 기사'를 가지게 되었다. 누가 말했더라 — 아, 그 텐기에르다. "쪽 기사 없는 사람은 아무것도 아냐. 나한테 네 쪽 기

* Brytan. 폴란드어로 '산들바람'이라는 뜻.

827

사를 보여 주면 네가 누군지 내가 말해 주지." "이제 나도 가졌구나 — 처음이자 아마 마지막이겠지." 그는 웃고 나서 계속 읽었다.) "비극적으로 살해당한 고 벵보레크 대령은 유감스럽게도 시에서 가장 악명 높으며 특히 이 도시와 심지어 도시 바깥에서 온 동성연애자들이 조우하는 장소로 잘 알려진 주점 '에우포리온' 주변에 모이는 불한당 일당과 여러 친분 관계를 맺고 있었다. 아파트에는 피해자 외에 아무도 없었는데, 바로 그날 저녁 Z. 양은 가정부와 함께 야간 급행열차를 타고 수도로 떠났기 때문이다." '아, 그러니까 이건 계획적이었군! 이런 쓰레기!' 굴욕감과 자기 자신에 대한 혐오감이 견딜 수 없는 한계에까지 이르렀다. 그는 모든 것을 인정해야만 했다 — 그렇지 않으면 진실이 배 속에서 지렁이 덩어리처럼 기어 나와 그를 목 졸라 버릴 것이었다. 그는 혐오감에 차서 엘리자가 잡고 있던 오른손을 뿌리치고 신문을 한 덩어리로 구겼다.

"내가 말했잖아요, 안 된다고…."

"이건 나예요 — 내가 저지른 거예요…." 그는 구겨진 『브리탄』 덩어리를 다시 펼치고 그 치명적인 장소, 자신의 유일한 쪽 기사를 가리켰다. 또다시 모든 것이 — 전투도, 용기의 증명도, 용기 자체도, 그리고 명예도 눈 깜빡할 사이에 저 비열한 범죄가 그의 눈앞에서 빼앗아 가 버렸다. 그녀는 기사를 읽었고 그는 글자 그대로 손가락으로 얼굴을 가리고 그 사이로 그녀 얼굴을 쳐다보았다. 그녀는 떨지 않았다. 평온하게 신문을 내려놓고 그녀는 물었다.

"어째서 저질렀죠? 이 기사에는 안 나왔네요."

"그녀를 사랑했어요, 하지만 믿어 줘, 너하고는 다르게 사랑했어. 그건 괴물 같았어. 저 사내가 걸어 나왔어. 그녀는 그 전에 도망쳤고. 이해하겠어?" 그는 자기도 모르게 그녀에게 반말을 하고 있었다. "이 모든 일이 미리 준비된 거였어. 난 경멸당해 마땅해. 게다가 난 그녀를 사랑했다고! 다른 방식이었지만 어쨌든 모든 것에도 불구하고 사랑했어." (그는 어쨌든 그녀에 대해 거짓말은 할 수 없었다.) "하지만 그건 질투가 아니었어. 그는 그녀의 애인이 아니었어. 그건 불가능해. 이미 그녀를 사랑하지 않지만, 뭔가 무서운 것이 내 안에 있어, 내가 이해하지 못하는 것이…."

"진정해요. 그녀는 지휘관의 연인이었어요. 그녀를 곁에 두어야만 했지만 매일 곁에 둘 수는 없었어요—그랬다간 지휘관이 기운을 빼앗길 테니까요. 그래서 한 달에 한 번 그녀에게 갔어요. 혁명을 패배시킨 직후 그녀를 가져야만 했어요—그러지 않았으면 미쳐 버렸을 거예요." 이 말들과 이 어조는 그녀의 (그녀의!) 입술 위에서 변태성의 정점이었다! 그러나 그는 곧 이것이 그녀 자신의 말이 아니라 이를 누군가 그녀에게 말해 주었고 그녀가 거의 들은 그대로 반복할 뿐이라는 것을 느꼈다. 그럼에도 불구하고 그의 내면에서 어떤 제방이 터졌고 마침내 엘리자의 관능적인 형상이 그의 머릿속에서 저 방금 '폭발한' 순수한 사랑과 합쳐졌다. 그는 언젠가 공주나 페르시를,

829

심지어 세상의 모든 가능한 여자들 전부를 영원토록 원하는 것보다 훨씬 더 격렬하게 그녀를 욕망했으나, 다르게…. 아—이 차이점이란 대체 뭐란 말인가? 아마도 저 다른 여자들은 그보다 더 상위 함수였지만 (심지어 공주조차도—단지 그녀의 노령만이 약간 감산의 원인이 되었다.) 그는 절대로 그녀들을 정복하고 자기 안으로 빨아들여 소멸시킬 수 없었을 것이다. 그렇다—소멸시키는 것—그것이 수수께끼의 해결책이었다. 엘리자가 저 다른 여자들보다 마음에 들기는 하지만 그는 사나운 야생동물처럼 그녀를 집어삼킬 수 있었다. 어쩌면 바로 그녀를 진심으로 사랑하고 그것도 바로 그녀가 마음에 들기 시작하기 전에 사랑하게 되었기 때문일지도 모른다. 게다가 그 사랑이란 것이 집어삼킬 수 있는 가능성의 감각에 바탕을 둔 것이 아니라면 대체 무엇이겠는가? 그것은 바로 그가 꿈꾸던 그 세상으로부터의 고립, 궁극의 실행으로 완결된 고립이었다—집어삼키고 소멸시키면서 고립되는 것이다—너무나 단순하다. 물론 이 모든 것에 대해서 지프치오 자신도 알지 못했으며 그녀는 더더욱 알지 못했다. 게다가 이 사랑과 관련해서 그 욕망의 정도는 거의 비인간적인 행복이었다. 단지 이 모든 것의 밑바닥에 혐오감이 (무엇에 대한?) 비록 작으나마, 그러나 근본적으로 커다란 혐오감, 오로지 죽음만이 (누구의?) 없애 버릴 수 있을 만한 혐오감만 없었더라면. 그러나 저 소식은 어찌 됐든 충격적인 것이었다.

"코쯔모우호비치의?" 그는 아직도 거의 믿지 못하는 채 웅얼거렸고, 그 뒤에서는 마치 의식의 뒤쪽 화면에서 일어나는 것처럼 저 변화들이 일어나고 있었다.

"그래요." 엘리자가 평온하게 대답했다. "이쪽이 더 나아요." 그녀가 어떻게 이 일에 대해 아는 것인가, 이다음 순간 그에게는 무슨 일이 일어나려는 것인가, 어떻게, 젠장, 이 순진한 아가씨가 바로 이쪽이 더 낫다는 걸 안단 말인가? 아마도 무르티 빙 하나만이…. 마지막 내면의 불꽃이 어린 시절의 꿈에서 튀어나온 검은 앞발에 붙잡혀 사라졌다. 카롤 시마노프스키의 광기에 찬 기병대 행진곡을 연주하는 소리 — 지휘관이 학교에 방문했을 때의 그 음악 소리 — 가 결정적으로 조용해졌다. 그러니까 그가 그에게서 그녀를 빼앗아 간 것이다, 저 코자크 기병의 검은 콧수염을 기른 지옥 같은 거인이, 우리 시대의 가장 비밀스러운 사람, 종말론적이라기보다는 그의 숨은 적들이 말하듯이 "중풍에 걸린 짐승"이.* 여기에는 그 나름의 칭찬이 들어 있었으나, 과거의 모든 불빛은 돌이킬 수 없이 꺼져 버렸다. 게네지프의 뒤로 죽은 혐오스러움과 죽은 수치스러움의 검은 밤이 펼쳐졌다. 그러나 어쨌든 이렇게 되는 쪽이 완벽한데, 왜냐하면 — 자명한 일이다 — 이런 방식으로 과거 전체가 삭제되고 마치 스펀지에 흡수되듯 이 새로운 사랑 안으로 빨아들여졌기 때문이다. 단

* '종말론적(apokalipticzny)'이라는 단어와 '중풍의, 뇌졸중의(apoplektyczny)'라는 단어가 비슷하다는 점을 이용한 언어유희.

831

지 이 과거로부터는 이미 아무것도 뽑아낼 수 없다는 불편함만 남았을 뿐이다. 끝. 엘리자는 죽은 세계로부터 이 소식을 전해 준 바로 그 여성으로서 '하늘까지 닿을 만한' 규모로 높아졌으며 (물론 영적으로 말이다.) 갈가리 찢어진 지평선에 뭔가 우유와 같은 부드러운 소스를 흩뿌렸고 삶의 괴물 같은 끔찍함 전체를 흡수했다. 지금에서야 비로소 사냥해서 얻은 전리품이 마치 아나콘다에게 잡아먹히는 토끼처럼 집어삼켜질 준비가 되었다. 그것은 한없이 비정상적이고 위험했으나 (본의 아니게 누군가에게 의지한다는 것) 기분 좋은 일이었다. 실질적으로 지프치오는 유일하게 현실적인 기반을, 정상적으로 삶을 해결해 나갈 수 있는 기반을 잃어버린 것이었다(마치 목 매달린 사람의 발아래 의자처럼 그의 발아래에서 밀려 사라졌다). 그는 머리를 아래로 한 채 광기의 늪에 조금씩 더 깊이 빠져들었으며, 다시 되찾을 수 없는 별이 저 반대편 물가 어딘가에서 작별의 인사로 반짝이는 것조차 보지 못했다. "기어들어 오는 정신분열의 형태"* ─ 베흐메티예프라면 이렇게 말했을 것이다.

"어떻게 알죠?"

"선생님한테 들었어요. 가장 높으신 제바니 선생님의 직속 대행인 람브돈 티기에르에게서요. 당신도 그를 알게 될 거예요. 인생의 타격을 어떻게 견뎌 내는지 그가

---

* ползущая форма схизофрении. 원문 러시아어.

당신에게 가르쳐 줄 거예요. 그걸 배우고 나면 당신도 나에게 걸맞다고 느낄 뿐만 아니라 경계선상의 이중 일원성의 비밀을 알 자격이 있다고 느끼게 될 거예요."

"당신의 그 선생이라는 사람은 꽤 괜찮은 비밀경찰을 거느리고 있나 보군요. 그 비밀경찰이 우리 방어 체계보다 더 나은 방식으로 작동할까 겁나는데요."

"그런 말 하지 말아요, 그런 말 하지 말아요." 그녀는 손으로 그의 입을 가렸다. 지프치오는 눈을 감고 완전히 굳어졌다. "당신도 그를 알게 될 거예요, 하지만 그건 나와 신혼 첫날밤을 보낸 뒤예요. 어쩌면 더 일찍일지도 모르죠. 그 일은 반드시 일어나야만 하고 당신도 그걸 믿을 거예요." 그러나 이 아가씨가 이런 일들을 대하는 자기 나름의 방식이 너무나 기묘해 게네지프는 사납게 웃음을 터뜨릴 뻔했는데, 그랬다면 어찌 됐든 엄청나게 부적절한 일이었을 것이다. 그러나 만약 그렇게 했더라도 분명 그는 용서받았을 것이다. 제바니 추종자들의 참을성은 끝이 없었다. 아 — 그 신앙이 그토록 헛소리만 아니었더라도 모든 일이 다 좋았을 텐데! 그녀의 그 관념, 그 "경계선적인 일원성" 어쩌구가 그에게는 죽은 단어였고 니체가 말했듯 "관념적인 미라들"*이었다.

"그러면 그 전지전능하신 분께서 당신한테 말해 주지 않았나요, 그게 나였다고…?"

---

* Begriffsmumien. 원문 독일어.

"안 했어요. 분명 당신이 내 앞에서 직접 인정하길 원했을 거예요." 여기서 지프치오는 범죄를 저지른 밤에 비밀스러운 인도인을 만난 이야기를 그녀에게 들려주었다. 엘리자는 눈 하나 깜짝하지 않았다. 그 어떤 예상 불가능한 상황에도 영향을 받지 않는 그녀의 평온함이 그는 이제 짜증 나기 시작했다. 그러나 거기에는 뭔가 성적인 자극도 섞여 있었다. 그는 그녀에 대해 바로 그 점이 마음에 들었다 ─ 그의 내면에 이제까지 알지 못했던 '민감함'과 '섬세함'의 절대적인 (무한한) 합일이 섞인 짐승 같은 광기를 불러일으키는 점 말이다. (아 ─ 이걸 왜 달리 표현할 말이 없을까?!) 그리고 또 한 가지, 그는 그녀를 절대로, 절대로 만족할 만큼 가질 수 없으리라는, 앞으로 다른 여자들의 모습을 보는 것조차 견딜 수 없으리라는 인상을 받았다. '어찌 됐든' 그는 '이렇게' 영원하리라는 것을 알리는 신호로 그녀의 손을 꼭 잡았다. 그리고 갑자기 끔찍한 예감이, 거의 형이상학적인 공포와 뒤섞인 차가운 통증의 덩어리로 응고되어 그를 뒤덮었다. 혹시 그 신혼 첫날밤까지 살아남지 못하고 모든 죄를 씻지 못한 채 죽게 되는 건 아닐까? 다시 한번 그의 삶은 그 자신의 것이 아니게 되었다. 가장 은밀한 비밀을 알고 모든 것을 꿰뚫어 보는 무시무시한 사람들이 그의 삶을 지배했는데, 그들은 비록 헛소리 같은 관념으로 운영되었으나 어쩌면 대중에 대한 미끼로만 그런 관념을 내세우는 건지도 몰랐다. 혹시 총병참장교 자신도 마찬가지로 그들의 손안에 있는 건 아닐까?

아니면 바로 그가 모든 것을 조종하고 예측 불가능한 자신만의 목적을 위해 그들을 이용하는 건 아닐까? 그는 자기처럼 아직 제대로 졸업도 하지 못한 사관생도에게 무르티 빙의 추종자들과 같은 강력한 조직이, 그것도 누군가 하급 부하가 아니라 우두머리들이 관심을 가진다는 사실에 갑작스럽게 자랑스러움을 느꼈다. 그들은 어찌 됐든 뭔가 현실적인 일을 하고 있었고 바실리 대공처럼 인생에서 도망치지 않았다. (숲속 공터에서의 생활과 그 루지미에쥬에서 살던 기간 전체에 대한 회상은 그에게 마치 낯선 사람의 먼 인생처럼 보였다. 아마 그때 그 소년의 모습이 그에게는 전혀 남아 있지 않을 것이었다 — 이제는 그 자신도 그걸 이해했다 — 아주 잠깐이지만 그는 인격 두 개의 경계선에 서서 자기 자신이 아니었다. 아버지에 의해 밑바닥에 갇힌 비밀스런 사내는 이제 그 자신이 되었고 바로 그가 엘리자를 사랑했다 — 저 소년이라면 이런 감정을 이런 사람에게 느낄 능력조차 없을 것이었다. 하지만 만약 저 소년이 그녀를 사랑할 수 있었다면. 그거야말로 바로 거의 모든 사람이 놓치는 '꿈에서나 보던' 행복일 것이다. 만약 제때 상상이라도 할 수 있었더라면. 하지만 그것도 아니다 — 모든 것은 너무 늦게 아니면 너무 일찍 다가왔다. 엘리자에게 [그리고 그녀를 통해 간접적으로 무르티빙의 추종자들에게] 그의 [이미 그가 아닌 저 사내의] 존재를 다른, 더 좋은 차원에서 신성화하는 것이 중요했다.) 물론 그런 동료 관계가 여전히 강력한 마피아의 손안에서 얼마나 맹목적인 도구로 쓰이건 간에, 심지어 그들이 그것을 어떤 범죄적이거나 반인륜적인 의도로 사용한다고 해도 말이다. 그러나 — 아무래도 상관없다. 어딘가 소속된다는 것은 좋은 일이며, 어떤 비밀결사대에 속하는 것이 가장 좋았다. 어찌 됐든 게네지프는 자기 혼자, 예를 들어 만약 지금 이 순간 무인도에 있었다면 자기 스스로 아무것도 완수하지 못했으리라 느꼈다. 그는 자기 내면에 스스로 조종할 능력을 갖지 못한 힘이었다. 그는 생각했다. '나는 다른 사람들로 현신한 비밀스러운 세력의 장난감이 되어야만 해. 하지만 오늘날에는 모든 사람이 다 이렇게 독립적인 몸짓으로 가장하고 있는 게 아닐까? 그들을 지배하는 것은 더 높은 힘, 진실로 전인류적인 힘이야 — 예전 한때와 같은 '이상'이 아니고 — 바로 경제학의 가차 없는 법칙이지. 역사적인 유물론은 영원불멸의 진리가 아니라 언젠가 진실이 되기 시작한 거야 — 아마 18세기 '무렵'에. 사회라는 괴물이 그때까지 없었던 삶을 창조해 내고 우리는 모두 다 그저 꼭두각시일 뿐이야 — 어쩌면 동시에 우리 시대의 가장 큰 개인성일지도 모르지.' 걱정 근심으로 완전히 지쳐서 그는 황홀한 무의식 상태에 가까운 상태로 쓰러져 버렸다. 책임의 부재가 가장 중요했다.

그녀는 기다렸다. 그녀에게는 시간이 있었다. 무르티 빙의 모든 추종자들은 (젊은 아가씨들뿐만 아니라 개종하기 전에 시간과 환락의 열병에 사로잡혔던 늙은이들도) 과거에나 현재나 시간이 있었다. 서두른다는 건 그들에게 낯선 일이었다. (그것이 바로 그 전례 없는 평온이었는데, 그것은 [글자 그대로 뭔가 기름 같은 액체처럼] 깨달음을 얻은 직후부터 모든 사람에게 흘러들어 갔다. 그 깨달음의 순간이 정확히 무엇인지 아무도 깨달은 후에 이야기하지 못했다. 그리고 지프치오는 결심에도 불구하고 나중에 가장 중요한 순간을 지나쳐 버렸다. 다만 혹시 그 사내가 [그러니까 그가] 자기 자신에게 개종했다고 완전히 속인 것이 아닐까? 왜냐하면 나중에 일어난 일이 — 그러나 여기에 대해서는 나중에 얘기하겠다.) 이원성이 일원성을 향해 점진적으로 가까워져 합쳐지는 것이라면 서두를 필요가 없었다. 하얗고 내용이 없으며 고양된 순간이 — 그녀에게 있어서 — 지나갔다. 그 고양되는 느낌을 게네지프는 아직 느끼지 못했다 — 그 안에서는 두 세계의 전투가 벌어지고 있었다. 바로 검고 비속한 개인과 하얗고 행복한 미래의 무존재 시대들의 세계 간 싸움이다. 쓸모없는 싸움 — 이런 시대에 이 정도 분량의 정보에는 승복해야만 했다(승복하지 않는 이는 아마 코쯔모우호비치 하나뿐일 것이며 이것조차 분명하지 않았다 — 역사가 나중에 여기에 대해 뭔가 말할 것이다.) — 단지 그는 이것을 아직 알지 못했다. 어느 정도로 개인성이라는 가치를 아직도 보여 줄 수 있는 건 이 세상에서 오로지 광인의 형상을 띤 자들뿐이었다. 그래도 어쨌든 광인들 중에는 특정한 시대에 특정하게 짜인 관계들의 틀 안에서 정상적인 사람으로 여겨질 수 있지만 다른 시대와 틀 안에서는 광인이어야만 하는 자들이 있고, 절대적인 광인들, 어떤 체제 안에서나 적용-불-가능할 것인 사람들이 있다. 지프치오는 첫 번째 부류에 속했다.

또다시 (몇 번째인지 — 모르겠다.) 그녀는 그의 손을 잡았다. 매번 (마치 사냥당하는 짐승이 어떤 숲속의 방해물에 걸린 것처럼) 그녀는 그를 조금씩 더 자기 쪽으로, 그녀의 본성이 '가장 좋은 종류의 여성적 미덕의 훌륭한 꽃다발'이 되어 가장 본질적으로 피어나는 그 부드럽고 잠이 오게 하는 헛소리 쪽으로 끌어당겼다. 그러나 생존을 위한 싸움의 광신자들에게, 미완의 예술가들에게, 광인들에게, 정치가들에게, 대체로 현실에 모든 종류의 변화를 가져오는 자들에게 바로 그 똑같은 헛소리는 그들의 영혼을 이루는 요소들의 비율에 따라 다층적으로 작용하는 치명적인 독약일 수 있었다 — 어떤 사람들을 잠들게 할 수 있고 다른 사람들은 그들 자신이 상상한 정점으로 이끌어낼 수 있었는데, 그 정점에 상응하는 현실은 그들을 둘러싼 삶에서는 찾을 수 없는 종류였다 — 그러니 광기에 빠져드는 것이다. "아 — 그녀는 알고 있고 그와 같은 편이야." 여기서 '그'는 알 수 없는 인도인과 무르티 빙 사이의 어떤 누군가, 어떤 경우에나 모든 종류의 책임을 덮어씌울 수 있는 누군가였다. 또다시 가장 고결한 은총의 불꽃이 범죄와 광란으로 점철된 밤의 한구석에 박힌 그의 정신의 표면을 건드렸다. 이 모든 것이야말로 순수한 광풍이 아니던가? 평범하고 '일상적인' 공기 속에 있듯이 비정

838

상 속에 파묻힌 사람들만이 자신들의 감정을 정상적인 것처럼 내보일 수 있다—사실 그것은 중국의 화학 전문가들도 부끄러워하지 않을 법한 독성 있는 가스다. 만약 그런 질병들이 전염성을 띨 수 있다면!—여기에 대해서는 생각하지 않는 편이 낫다. 거의 의식할 수 없는, 그러나 수말처럼 강한 고문의 물결이 옛날 지프치오의 숨이 멎고 의심의 불길로 말라붙은 육체를 뒤덮었다. 이미 이런 모든 이야기들이 단지 '예의 바르지 못한 아이들을 위한 이야기'가 되어 버릴 때가 온 것이다, 그런 아이들이 대체 존재한다면 말이지만.

갑자기 문이 크게 소리 내며 벌컥 열렸다. 의사가 검진하러 온 것이다. 그러나 그녀의 손은 (설마 이 손 외에는 실제로 아무것도 없는 건 아니겠지, 설마 그런 건가 빌어먹을?—계속 손과 또 손이다—당장은 그 손안에 온 우주가 담겨 있었다.) 노크도 하지 않고 쳐들어온 이 방의 주인들이 내는 지옥 같은 소음에도 전혀 떨리지 않았다. 다른 사람도 아닌 위대한 베흐메티예프 본인이 마치 돌풍처럼 돌아다녔고 주임 의사와 한 무리의 조수들이 그를 피해서 뛰어다녔다. 모든 사람이 목을 길게 빼고 하얀 가운을 입은 실력자들의 무리를 바라보았다—왜냐하면 어쨌든 이 병동에만 부상자가 열다섯 명 정도는 있었기 때문이다—그들은 지프치오와 엘리자는 거의 보지도 못했다. 1초 뒤 그녀는 마치 "곧 돌아올게요." 하고 말하듯 약간 거리를 두고 차분하게 멀어졌다. 그리고 그것은 평생의 가장 황홀한 순간인 것만 같았다 — 그 절대적인 확실성, 거의 죽음의 경계도 넘을 듯한 누군가에 대한 신뢰. 오 — 그것을 알 수만 있었다면! 수많은 여자들 중에서 가장 멋진 여자가 누구인지 알지 못해서 이런 식으로 얼마나 많은 멋진 순간들을 낭비하는지.

위대한 영혼의 연구자 베흐메티예프는 성난 사자의 걸음걸이로 침대를 향해 다가왔다. 다른 사람들은 '의사의 차렷 자세'로 굳어진 채 멈추어 있었다. 그는 뭔가를 눈에 대고 한 눈을, 조금 뒤 시가와 백단향과 땀 냄새가 나는 두꺼운 앞발로 다른 쪽 눈을 감겼고 그런 뒤에는 두들겨 보고 뭔가를 피부에 그리고 긁고 꼬집고 간지럽혔다 — 그리고 의사가 마침내 물었다.

"혹시 때때로 모든 것이 이게 아니라는 느낌이 들곤 합니까? 지금처럼 있는 건 있는 거지만 그래도 뭔가 아니고 마치 완전히 다르다는 느낌이 듭니까? 어때요?" 그리고 전지전능한 갈색 눈으로 그는 지프치오의 심리적인 골수 아래까지 꿰뚫어 보았다. '순환기 장애 환자의 몸에 분열 장애 환자의 영혼이군.'* 희생자가 인정하기 바로 전의 짧은 침묵 동안 그는 생각했다.

"예." 이것이 말문이 막힌 환자의 조용한 대답이었다. 이 포식성 '영혼의 병아리'는 심지어 엘리자보다도 더 능숙하게 세상으로부터 고립되었다. 지프치오는 자기 자

---

* Душа шизотимика в теле циклотимика. 원문 러시아어.

신만 어떤 그림자 속에 있고 몇억 킬로미터나 되는 불빛 속에 아무것도 없다는 느낌을 받았다. "거의 언제나 그렇습니다. 하지만 가끔은 누군가 제 안에 있어서…."

"그렇죠, 그 낯선 사람, 압니다. 오래전에 그 사람이 되셨나요?"

"전투 도중에요." 그는 말을 끊었다. 지프치오는 이만큼 권위적인 사람 앞에서 말을 끊을 정도로 용기를 낸 것이다.

"그럼 그 전에는?" 베흐메티예프가 물었고 그 질문의 무게가 마치 녹은 납처럼 지프치오의 존재 전체에 퍼부어졌다. 그의 내면에서 그 악한이 뛰어 일어나 싸울 준비를 했다. '과연 아래쪽으로 한 층이 더 있었던 걸까? 어쩌면 절대로 끝에 도달하지 못하는 걸까?' 그의 내면에서 검고 텅 빈 심연이 입을 벌렸고 (전혀 과장이 아니고 문학적인 표현도 아니다.) 그것은 진짜 심연이었으며 (그곳에 그는 전혀 없었다.) 이 순간 그의 안에서 그 무시무시한 갈색 눈에 금빛 턱수염이 난 얼굴, 아니 그보다는 최악의 짐승 낯짝에서, 마치 짐승을 잡기 위해 파 놓은 구덩이를 둘러싼 말뚝처럼 괴물 같은 힘으로 튀어나와 있었다. 한번 움직이기만 하면 그 심연으로 뚝 떨어져 그 안을 가득 채우게 될 것이었다. "인정하지 마." 어떤 목소리가 속삭였다. "심지어 저 사람도 속일 수 있어."

"안 돼." 그는 단호하지만 아주 조용하게 말했다. "전투 전까지는 이런 걸 전혀 느끼지 못했어." 저 금빛 갈색의 별처럼 반짝이던 시선은 꺼졌지만, 그 가볍게 스쳐 간 눈빛의 어둠으로 지프치오는 그가 모든 것을 안다는 사실을 알아보았다 — 그냥 사실이 아니라 그 사실들의 진실, 추상적인 발췌물을, 그리고 그것도 제바니의 첩자들을 통해서가 아니라 자기 혼자 스스로, 자기 자신의 강력한 영적인 힘으로 말이다. 그는 이 영혼을 진실로 꿰뚫어 아는 자 앞에서 고개를 숙였다. 이 순간에 그는 자신을 조각조각 자르라고 선뜻 내주었을 것이다 — 그의 명령에 따르면 시간을 건너뛰어 다시 한번 하나로 합쳐져 성장할 수 있으리라 믿었다. (뭘? 누가 그렇게 말했는데?) "육체와 정신의 합일. 시간을 넘어선 경계 안에서." — 그건 방금 엘리자가 한 말이었다. 이미 그는 그녀를 통해 저들의 관념으로 생각하고 있는 것이다.

그러나 위대한 정신과 의사는 마찬가지로 위대한 분별력을 보여 주었다 — 이미 일상을 넘어서는, 사회적인 관습의 틀 안에 들어오지 않는 그 위대성에 걸맞은 분별력이다. 의사는 한 걸음 물러섰고 지프치오는 의학 학교의 주임 의사에게 그가 말하는 소리를 들었다.

"이 환자는 언제나 약간 미쳐 있었지만 이 뇌진탕이 아주 결정적인 역할을 했군."* 그러니까 그는 어쨌든 광인인 것이다 — 이것은 무시무시하게 흥미로우면서 무섭다 — 그리고 거기에 덧붙여서 뇌진탕이 어쨌든 맞는 것

---

* Он всегда был немножко сумасшедший, но эта контузия ему здорово подбавила. 원문 러시아어.

이다. 이 순간 그 사실은 그에게 어떻게도 설명할 수 없는 안도감을 가져다주었다. 그런 뒤에야, 한참 뒤에 그는 이유가 무엇인지를 확실히 깨달을 수 있었다 — 그것은 그에게 가장 야만적인 행동을 할 여지를 열어 주었고 최소한 내면적으로 벌을 받지 않을 권리가 있다는, 그리고 그보다 더 중요하게는 자신은 죄가 없다는 확신을 주었다.

의사들은 나갔다. 엘리자가 또다시(!) 그의 손을 잡았고 그는 명확한 대상이 없는 행복감에 잠겼다. 심지어 구토조차 나지 않았다. 행복한 무존재 상태가 지속되었다. 그는 잠들었다.

공주가 들어오는 기척에 그는 잠에서 깨었다. 그는 그녀를 거의 알아보지 못했다. 그녀의 얼굴은 비밀스러운 영적인 불꽃을 뿜어내고 있었다. 공주는 마치 홀 안을 날아다니는 새처럼 행동했다 — 지상에 속하지 않는 청순하고 고결한 존재 같았다. 엘리자는 평온하게 그녀를 맞이하기 위해 일어섰다. 두 사람은 뜨겁게 손을 맞잡았다. 게네지프는 예상치 못한 행복감에 얼굴을 빛내며 두 여성을 쳐다보았다. 이 두 사람이 이렇게 함께 있다니, 이렇게 서로 인사하고 이렇게 마치 최소한 이 세계를 넘어선 어떤 자매처럼 서로 눈을 마주 보고 있다니 얼마나 기적 같은 일인가? 두 명 다 그에게는 신경조차 쓰지 않았고 (그는 여기에 전혀 상처 입지 않았다.) 자기들끼리는 이러했다. 영적으로 너무나 충만하고 다른 차원으로 고양되어 현실 위로 떠올라 있었다. (하긴 엘리자는 계속 이런 채였다— 다만 지금은 그 상태가 불가능할 정도로 강력해져 있었다.) 이 두 여성들도 성기를 가지고 있고 다른 모든 사람들처럼 소변과 대변을 본다는 사실을 정말로 믿을 수 없을 정도였다— 만약 누군가 감히 이 순간 그 사실을 확언했다면 말이다. 아무도 아무 말도 하지 않았다— 이 것이 첫 만남이고 지프치오가 의식을 잃은 동안 서로 전혀 만난 적이 없음이 명백했다. 공주는 엘리자 때문에 충만해진 시선으로 과거 자신의 제자를 돌아보았고 (들어온 순간부터 행동 하나하나에서 그 '과거'를 느낄 수 있었다.) 손을 내밀었으며 그는 그 손에 이제까지 알지 못했던 경외감을 담아 입맞춤했다. 그러면서 그는 확실히 알았다— 그녀는 그 입맞춤의 쾌감을 미칠 정도로 즐기고 있었다. 그때 당시에는 평생 동안 치명적인 사랑의 독약으로 그의 영혼을 취하게 하고 목구멍까지 차오르게 했던, 바로 얼마 전까지도 독살자였던 여자를 자기 앞에서 보고 있다는 사실을 지프치오는 거의 믿을 수가 없었다. 그러니까 '마르케세' 스캄피가 표현했던 대로 저 "가모장화"*가 드디어 완료된 것이다. 마침내 그리고 자연스럽게 무르티 빙의 가르침 덕분에 이루어졌다. 공주는 그와 마찬가지로 젬보로프스키 광장 옆에서, 물론 신디케이트의 편에 서서 이른바 "꿀벌 바리케이드"에서 싸웠다. 그와 공주가 서로 공격하다가 맞닥뜨릴 가능성은 충분히 있었다. 공주는 부상

* матронизация. 원문 러시아어.

을 입지 않았다. 그러나 전투와 제바니와의 조그만 대화(그리고 물론 알약)가 자기 역할을 해낸 것이다.

지프치오는 이 순간 그 독물의 흔적을 전혀 한 방울도 느끼지 않았다 — 그것은 그의 내면에 너무 깊이 파묻혀 있었다. 그러나 그가 이 사실을 깨달은 건 나중의 일이었다. 이 다른 여자들은 두 명 모두 그가 저 늙어 가는 과거의 악마의 괴물 같은 해석에 따르면 저 '어두운 쪽'에서의 사랑을 알기 전에 만났더라면 보게 되었을 모습과는 완전히 달랐다. 오로지 공주로 인해 창조된 변태성 때문에 그는 페르시 곁에서 그 건강하지 못한 불충족의 분위기 속에 마지막 폭발의 순간까지 머무르게 되었다. 그리고 오로지 반대쪽으로의 망설임 때문에 그는 지금 세상에서의 고립을 찾아 엘리자의 흐릿하고 구름 끼고 약한 '조그만 영혼' 속에 머무를 수밖에 없었고 그 연기 속에서 그는 삶의 환상을 잃지 않은 채 냉정한 무존재 속에 녹아 흩어질 수 있었다 — 혼수상태에서 순간적으로 눈을 뜨는 것이다. 독성은 계속해서 그의 심리적 동맥 속을 알지 못하게 순환했다 — 그 독물은 지프치오 안에서 자라나는 어두운 손님-태아, 이유 없는 첫 번째 범죄의 장본인에게 생기를 주고 충족시켰다.

공주는 마치 미리 준비해 둔 긴 연설문이라도 있는 것처럼 말하기 시작했다. 그러나 그 연설 도중 그 내면에서 뭔가 어긋나서 억누른 눈물과 함께 그녀 자신도 알지 못했던 말들이, 자기 입으로 하는 말을 들으며 스스로 놀랄 만한 이야기들이 터져 나왔다.

"지프치오, 이미 우리 사이에는 아무것도 없어." 여기서 그녀는 예전과 마찬가지로 짧고 히스테릭한 웃음을 터뜨렸다. 지프치오도 웃음을 터뜨렸으나 그것은 짧고 끊어지는 웃음이었다. 엘리자는 이상하게 둥근 눈으로 그들을 쳐다보았으나 사실은 전혀 놀라지 않았다. 공주는 보기 드물게 진지한 태도로 계속 말했다. "어쩌면 너는 그녀를 사랑하는 걸지도 몰라. 왜냐하면 난 이게 뭔지 어쨌든 알고 있거든. 바로 그녀가 학교에서 간호사로 있다는 사실을 알자마자 난 이미 앞으로 어떻게 될지 알았어. 이제 난 전부 알고 있어. 무르티 빙이 제바니 선생을 통해 나에게 깨우침을 주었단다." '그 제바니에게서 옮아오는 순수한 병.' 혹시 저들은 이 방법으로 모든 사람을 지배하는 걸까?' 지프치오는 생각했고 거칠게 물었다.

"그럼 공주는 이미 알약을 드셨나요?"

"먹었지만 그게 중요한 게 아니라…."

"저는 열 알 가지고 있으니 오늘 전부 먹겠어요. 이런 수다는 이제 됐어요."

"너무 일찍 그런 짓을 하진 마, 천상의 은총의 첫 단계가 내려오기 전에는…."

"이미 내려왔어요." 엘리자가 속삭였다.

"무서운 후폭풍을 겪게 될 수도 있어. 하지만 어쩌면 네가 나와 아는 사이였기 때문에 아무 뒷맛 없이 사라질지도 모르지. 어쩌면 언젠가, 언젠가는 너도 내가 너에게 준 걸 높이 평가하게 될 거야, 충분히 나이가 든 다음, 너와 엘리자 모두 그렇게 오래오래 살기를 빌고 있단다. 제바니가 나에게서 육체의 짐을 덜어 주었어. 알약을 먹기 전에, 전투 직후 알게 된 것은 나의 내면에 오로지 하나의 진실만을 확신시켜 주었단다. 이제부터 나는 완벽함을 향한 어려운 길을 가면서 그 어떤 의심에도 굽히지 않을 거야." "'운 없는 사람들'과 나이 든 아줌마들을 위한 위안이군.' 게네지프는 생각했으나 전혀 '대꾸'하지 않았다. "하지만 너는 이전에도 사랑했고 지금도 사랑해. (그녀의 목소리에 울먹임이, 깊이, 마치 지하의 샘물이 흐르는 소리처럼 섞여 있었다.) 그러나 이미 우리 관계를 더 이상 더럽고 흉하게 만들고 싶지 않고 그래서 너에 대해서는 모든 가식을 벗어 버릴 거야—이미 전에, 엘리자가 네 곁에 있다는 걸 아직 몰랐을 때 벗어 버렸어. 그러니까 이젠 단 한 가지 너에게 독을 먹였다는 사실만 용서해 줘." 여기서 공주는 침대 곁에 무릎을 꿇고 짧게 아주 짧게, 딱 필요한 만큼만 흐느꼈다. 게네지프도 엘리자도 무슨 말인지 이해하지 못했고 감히 물어볼 엄두조차 내지 못했다. 물론 불쌍한 공주는 마지막 연인에게 몰래 코카인을 먹인 일에 대해 말하는 거였다. 그녀는 다시 의자에 앉아서, 마치 어떤 눈물 섞인 시럽이나 아니면 송진으로 만든 것처럼 진한 눈물 속에 말했다. "내면적으로, 심지어는 외면적으로도 이토록 닮고 닮은 존재에게 마침내 자기 자신을 벗어나 높은 경지에 오른다는 게 얼마나 행복한 일인지 너는 모를 거야. 그거 아니, 그분—선생님과 단 한 번 대화한 뒤로 내 안에서 모든 것이 마치 물레방아가 돌듯 돌아가기 시작했어."

엘리자. 숙모는 얼마나 행복한지 몰라요, 그분과 이야기할 수 있었다니….

지프치오. 선생이 직접 손을 뻗는 건 굵직한 물고기를 잡을 때뿐이죠. 우리는 엘리자의 저, 람브돈으로 만족해야만 해요. 배고픈 개에게는 파리도 맛있는 법이죠. 봉 퓌르 앙 시앵 에 라 무슈.*

게네지프는 의도적으로 사납게 말했다. 이 모든 일에 어쨌든 그는 왠지 화가 났다. 엘리자가 책망하는 빛 없이 그를 쳐다보았고 그 시선은 그를 너무나 흥분시켜서 종아리의 통증만 아니었다면 여기 모든 사람이 보는 앞에서 그녀를 강간했을 것이다. 그러나 심지어 그 통증이 느껴지는 상태라도 예를 들어 다른 사람들이 의자를 부수는 것과 비슷하게 그녀를 강간했을 것이다. 그러나 지금은 순수한 사랑이 욕망을 뒤덮었다. 육체가 김을 뿜는 소리를 내며 식었고 어딘가 어두운 곳곳이 마치 먼 유성처럼 터졌다. 한편 공주는 계속 떠들었다.

"신디케이트는 나에겐 더 이상 존재하지 않아. 그들의 그 실제적인 감정의 기반이 없는 기계적인 가짜 민

---

* 폴란드어 속담 'Dobra psu i mucha.'(개한테는 파리 따위라도 좋다, 즉 하찮거나 질 나쁜 것에도 만족한다는 의미)를 작가가 폴란드어에서 프랑스어로 잘못 번역(Bon pur en chien est la mouche.)한 다음, 이를 다시 폴란드어로 표기하고 있다.

족운동이 얼마나 하찮고 아무것도 아닌지 갑자기 깨달았어." (지프치오의 생각: '당신이 그럴 줄 알았지. 그 알약들이 저런 작용도 하는 거야. 호, 호! 내가 어떻게 될지는 두고 봐야겠지.') "인류는 하나이고 일원화될 거고 사회화는 개인의 내면적인 발전을 가로막지 않게 될 거야, 그리고 개인은 마치 보관함 속의 보석처럼 자기 자신에게서 보호받게 될 거고. 중국 신불교주의자들도 그와 비슷하게 이미 오래전에 개인성을 포기했어 — 무르티 빙의 추종자들은 아니야." 그녀는 멍청하고 조잡하게 말했으나 그건 지금 전혀 문제가 되지 않았다. '가모장화'*가 품격 있는 회개의 예복으로 모든 것을 덮어 버렸다. 여기에는 뭔가 거의 성스러운 데가 있었다. 이 회색 수달이 이런 결말을 맞이하게 된 것에 대한 순수하게 미학적이고 형식적인 만족감이 너무나 커서 그녀에게서 못 본 척해 줄 수 없는 관념상의 혹은 단어상의 '실수'는 찾을 수 없었다. 지프치오는 오로지 진지한 지식인만이 지루한 오후의 사교장에서 가벼운 대화에 참여하고 싶어 하지 않는 것과 마찬가지로 수다를 떨고 싶지 않았지만, 그래도 뭔가 말해야만 했다.

"유감스럽게도 저는 그걸 믿을 수가 없지만, 개인성이란 너무도 천천히 눈치채지 못하는 사이에 소멸하는 것이라서 그 과정의 한 요소로 속해 있는 사람들 중에서는 아무도 그걸 고통스럽다고 느끼지 않을 거라 짐작합니다.

* Матронизация. 원문 러시아어.

어쩌면 바로 오늘도 몇몇 사람들은 사회적 변화를 배경으로 한 물질적 손실에 순수하게 육체적인 고통을 느낄지 모르지만 수십 년쯤 지나면 그런 종류의 문제는 흔적조차 남지 않을 겁니다." 그는 자신의 모든 고통이 바로 그런 환경을 깊이 경험했기 때문에 간접적으로 초래되었다는 것을 느끼지 못했다. 그것은 바로 그렇게 되기 위해서 모든 사람에 의해서 그 자체로 필연적이지 않게 의식되어야만 했다. 누군가 한 명이 어떤 사실들을 바로 그러한 변화의 징후로 분류하기만 하면 그것으로 충분했다. 미래의 역사학자에게 그 이상은 필요하지 않다.

공주. 지프치오, 넌 아마 내가 이렇게 된 게 타협의 결과라고, 내가 현실의 삶과 그 삶의 상징인 너를 대신할 수 있을 뭔가를 찾아 헤매다 아무거나 처음 알게 된 완화제에 빠져들었다고 생각하겠지. 그건 잘못된 생각이야….

지프치오. 그런 생각은 한 번도 안 했어요…. (바로 그렇게 생각하고 있었다.)

공주. 그렇다면 다행이야, 그게 아니니까. 내가 나 자신에게 인정할 수 없었던 건 이런 거야. 우리 사이는 너의 앞날을 위해서 끝이 나야만 하고, 나는 그걸 그가 말하기 시작했을 때에야 비로소 이해한 거야. 그 전이었다면, 알겠어, 너에게 반대해서 그 사람과 싸웠을 거야.

그리고 그녀는 갑자기 울음을 터뜨렸으며 본격적으로 울기 시작했다. 그러나 그 울음에는 돌이킬 수 없는 과거에 대한 고통은 없었다. 그보다 그것은 이제까지 빠져

850

있던 쇠락과 의심과 자기 자신의 육체적인 소멸 불가능성에 대해 작위적으로 유지하고 있었던 믿음의 늪에서 빠져나오며 느끼는 쾌락이었다. "난 심지어 네가 전투 중 나를 죽인다면 너무나 아름다울 거라고, 너무나 아름다울 거라고 생각해서 그렇게 되지 않은 게 진심으로 안타까웠어." 게네지프는 동정심에 몸을 움츠렸다. 그러니까 그녀는 여전히 싸웠던 것이다, 불쌍한 것. 그녀가 만약 전사했다면, 하지만 절대로, 절대로 그런 일은 그에게 주어지지 않을 것이었다. 지금, 괴물처럼 끔찍해지긴 했지만 관능적으로 그토록 아름다운 저 나이 든 여자의 사랑이라는 짐이 그에게서 물리적으로 벗겨진 지금에서야 그는 자신이 그녀를 사실 아주 사랑했다는 것을 느꼈다(그리고 지금도 사랑한다—어쩌면 그들의 관계가 가장 처음 시작되었을 때보다 더욱더). 심지어 얽히고설킨 감정들의 밑바닥에서도 그녀에게 무엇을 빚고 있는지에 대한 가벼운 예감이 나타나기 시작했다—그에게 시간이 있었다면 완전하게 평가할 수 있었겠지만 그러려면 독물이 완전히 흡수되고 그로 인해 형성된 항체만이 남아야 했을 것이다. 한편 여기에 대한 이해는 다음과 같은 저열한 생각과 함께 지나갔다. '저 다른 여자에 대해 공주라는 형태의 해독제가 없었더라면 어떻게 되었을까? 대령 한 명, 광기의 발작, 그리고 뭐 그 '잃어버린 사랑의 황혼'뿐이라는 비교적 적은 손실만 입고 여기에서 빠져나올 수 있었을까?' 게네지프는 이리나 브시에볼로도브나의 눈물 젖은 얼굴을 쳐다보며 황홀한 고통을 맛보았다. 모든 것이 너무나 쾌락적으로 고양되었고 공주는 이런 전반적인 변화의 요소들 중 하나였다. 엘리자는 냉담하게, 그러나 그러면서도 매우 효과적으로 그녀를 위로했다. 잠시 후 공주는 눈물 사이로 미소 지었고 그 기쁨과 고통이 뒤섞인 표정 속에서 아름다웠으며 게네지프는 어떤 감각, 당장, 지금 당장이라도 결정적으로 일원적인 성적인 감각으로 변할 것 같은 기묘한 감각을 느끼며 온몸을 떨었다. 이 모든 일에 더해 가족이 들어왔다 — 어머니, 미할스키, 릴리안과 스투르판 아브놀이다. 전형적인 가족의 자상함이 시작되었다. 릴리안은 모든 것을 아는 눈으로 지프치오를 들여다보았다. 그는 여동생에게 확신을 가지고 있었다 — 그것은 지옥 같은 쾌감이었다. 그는 여동생이 어쩌면 저 두 명의 여자들보다 더 자신을 숭배한다고 느꼈고 릴리안이 자신의 비밀의 소유자이며 여기에 대해서 아브놀은 절대로 알아내지 못할 거라는데 야만적인 만족감을 즐겼다. 게다가 어머니는…. 이제야 그는 행복의 절정에 도달했다. 자행된 범죄는 그를 둘러싼 저 여성적인 감정들의 덩어리와 합쳐져서 조화롭고 필연적인 전체를 이루었다 — 그것은 릴리안과 엘리자의 특정한 조합이 이루어지기 위한 조건이었고 그 두 사람 없이는 이 행복이 이토록 충만하고 거의 절대적이지 못했을 것이었다. 양심의 가책 따위는 전혀 느낄 여지가 없었다. (어쩌면 만약 그가 저 불운한 벵보레크를 더 잘 알았더라면, 어쩌면 — 하지만 이런 상태에서? — 누군가를 만난 지

852

1분 만에 이유 없이 살해한 사람한테 죄책감을 요구할 수는 없다. 말도 안 된다. 이런 경험을 해 본 사람이 많은 것도 아니고 대체로 당신들은 이걸 판단할 능력이 없다.) 게다가 여기에 또 학교에서 매일의 지시 사항이 방금 전달되었다. 그는 이미 장교가 되어 있었고, 그것도 전투에 참여해 진짜 지휘관으로서 하찮은 시내 총격전에 뛰어들었던 것이다 — 뭐, 어쨌든 그것도 좋은 일이었다. 전달된 명령에 따르면 민족해방 신디케이트의 반란부터 실제 승진까지는 이렇게 저렇게 해서 아직도 일주일이 남아 있는데, 그 이유는 하여간 그가 전략 전술 훈련을 수료해야만 했기 때문이며, 전투 당일은 충분히 시험에 합격한 것으로 합산되었고 생도들은 전부 소위, 혹은 그 계급을 러시아어로 부르기를 좋아하는 지휘관의 말버릇대로 "카르네트"*로서 이름이 나와 있었다. 심지어 페르시로 인한 모든 굴욕조차 이 행복의 서벗 속으로 흡수되어 버렸고, 지프치오는 이것을 새롭게 나타난 사내의 인격을 통해 한껏 빨아들이고 맛보았다. 그리고 모두 나간 뒤 엘리자가 직접 그에게 다바메스크 B2 알약을 아홉 알 주었는데, 그녀는 자기 소유의 비축분이 있는데도 그가 그때 거리에서 받은 바로 그 알약을 준 것이다. 그는 이렇게 생각하며 죽은 듯 잠들었다. '그래 — 이제 어떻게 되는지 두고 보자. 나도 다른 모든 사람들처럼 계집애같이 돼 버릴까?'

---

* корнет. 공산혁명 이전 러시아제국에서 기병대의 소위를 뜻하는 말.

그는 두 시에 이상한 느낌과 함께 깨어났다. 그는 여기, 학교에 있지 않았고 전혀 고통을 느끼지 않았으나 다리는 마치 마비된 것 같았다. 눈앞에 뭔가 어둡고 두꺼운 가리개가 펼쳐진 것 같았다. 그는 눈이 멀었다고 생각하고 겁에 질렸다. 그는 창문 쪽을 바라보았는데, 그 창문은 가장 어두운 밤에도 어쨌든 불그스름한 불빛이 비쳐 들어오는 곳이었다. 아무것도 없다 — 절대적인, 그러나 불안한 어둠 — 뭔가 보이지 않는 것이 덮쳐 오고 있었는데, 마치 꿰뚫어 볼 수 없는 어둠 속에서 무시무시한 양서류들의 굵직한 몸통이 서로 싸우는 것 같았다. 그러나 동시에 그의 위로 완전한 평온이 내리덮였다 — 명백히 그렇게 되어야만 했다. 그는 자신이 누구인지 거의 알지 못하는 채 누워 있었다 — 자기 몸 위로 떠올라서 그는 마치 미지의 어떤 것이 창조되고 있는 알 수 없는 동굴과 암굴 속을 들여다보듯 자신을 내려다보았다. 그러다가 갑자기 덩어리지던 가리개가 터졌고 다이아몬드 같은 불꽃의 돌풍이 그를 휘감았다. 그 불꽃들 속에서 알 수 없고 이해할 수 없는, 자기들끼리 서로 싸우는 사물들이 형성되기 시작했다. 기계와 곤충의 어떤 조합, 뭔가 미친 듯이 정밀하게 구성되고 알지 못하는 질료로 구현된, 갈색과 노란색과 보라색을 띤 사물화된 헛소리의 현신. 그리고 그 뒤 갑자기 그 돌풍이 멈추었고 지프치오는 이것이 그저 더 높은 수준의 삼차원적 가리개이며 그것은 이 공간에 위치하지 않은 다른 세상을 가리고 있다고 확신했다. 고작 명확하게 표현력 있는 형상으로서 혹은 삼차원의 형상으로서 그가 지속되고 있는 이곳이 어디인지 절대적으로 이해하기란 불가능했다. 그리고 그 뒤에, 모든 형상들을 다 기억하고 있기는 했지만 그는 단 한 번도 이 믿을 수 없는 인상을 그 직접적이고 신선한 원래 형태로 제대로 복구할 수가 없었다. 남은 것은 오직 비교뿐이었다 — 존재는 전반적으로 정상적인 감각과 공간지각 속으로 미끄러져 사라졌다. 비교적 평범한 사물들에서부터 시작되었는데, 그 사물들의 의미는 지프치오의 내면에서 어떤 비밀스러운 목소리가 들려주었다. 그 목소리를 그는 귀가 아니라 배로 들었다. 그러니까 이런 것이다. 공 모양의 대양에 둘러싸인 조그만 섬 — 마치 어떤 행성을 그가 굉장한 거리에서 반경 수천 킬로미터나 되는 눈으로 바라보는 것 같았다. 그러나 그 어떤 '마일리지'도 완전히 불가능했다. 거리는 거리가 아니라 그저 기준점을 돌리는 감각에 불과했으며 거기에 따라 그의 머리가 길어져서 무한 너머에 위치한 세상의 정점에 도달했다. 이 모든 것은 그가 나중에 엘리자에게 이런 인상을 묘사하기 위해 사용한 말들이다. 그러나 그 말들은 정상적인 의미의 공간 감각이라는 것이 완전히 사라질 정도로 존재 가능한 모든 공간들이 뒤섞여 있었던 딱 집어 표현할 수 없는 기묘함을 단 한 조각도 제대로 전달하지 못했다. (엘리자는 이 모든 것에 대해 그저 그 조그만 금발 머리를 참을성 있게 끄덕일 뿐이었고 그러면서 지프치오의 환각이 그녀가 본 것에 비하면 아무것도 아니라고 언급했다. "모두 각자 자신에게 맞는 환각을 봐요 — 하지만 당신에게는 당신의 어두운 정신에게는 그것도 좋은 거예요." 이 열등감은 그가 그녀에 대해 느끼는 지옥 같은 욕망의 요소 중 하나였다 — 아무것도, 심지어 가장 야만적인 강간도 그와 그녀 사이의 거리를 소멸시킬 수 없을 것이었다 — 그녀는 어떤 의미에서 손 닿을 수 없는 사람이었다. 그리고 그 접근 불가능성은 그녀가 가장 예측 불가능한 현상조차도 침착하게 받아들이는 바로 그 짜증 나는 평온함으로 표현되었다.) 갑자기 게네지프는 무한한 길을 보았는데, 그 길을 따라 한량없이 먼 곳으로 이빨이 튀어나온 뱀이 기어가고 있었다. 그는 직접 뱀 위에 올라서서 마치 이동 도로 위를 가듯 움직여 갔다. 이 일은 이미 그 작은 섬에서 벌어지고 있었다. 누군가 그에게 말했다. "이곳이 발람팡입니다 — 잠시 후 당신은 모든 빛들의 빛을 보게 될 거예요, 살아 있는 동안 유일하게 경계선상의 일원성과 합일된 존재죠." 뱀은 끝났고 (그것은 영원 그 자체만큼 오래 지속되었다 — 대체로 시간은 그가 겪는 경험에 따라서 임의적으로 변형되는 것 같았다.) 지프치오는 마침내 바로 그것을 보았다(다바메스크 알약을 삼키는 행운을 가졌던 사람들 모두가 보았던 그것이었다 — 바로 그 하나의 그것). 낮고 건조한 정글 한가운데 오두막(덩굴 식물들의 진자줏빛 꽃이 바로 코앞에서 흔들렸고 그는 작은 새가 노래하는 소리를 들었는데, 그 새는 계속해서 경고하듯 같은 곡조를 세 번씩 되풀이하며 마치 이렇게 말

856

하는 것 같았다. ("거기 가지 마, 거기 가지 마…"). 오두막 앞에는 카페오레 같은 얼굴색의 노인이 쭈그리고 앉아 있었다. 그 곁에서 검고 거대한 눈을 번쩍이는 젊은 사제가 주변을 노려보며 (머리는 박박 밀었고 노란 가운을 입고 있었다.) 나무 숟가락으로 노인에게 그릇에 든 쌀을 먹이고 있었다. 노인은 팔이 없었고 단지 (그리고 지프치오는 그 뒤에 보았다.) 어깨에서 거대한 아마란스색* 날개가 돋아나 있었는데 노인은 마치 우리에 갇혀 지루해하는 독수리처럼 가끔씩 그 날개를 움직였다. "그러니까 저분이구나, 저분이야." 게네지프는 미친 듯이 열광하며 중얼거렸다. "저분을 보고 저분을 믿어, 저분을 영원히 믿어. 그게 진리야." 무엇이 진리인지 그는 알지 못했다. 뭐가 됐든 무르티 빙의 이름으로 그에게 주어진 것은 그에게 진리여야만 했다. 그리고 이 모든 것은 바로, 계속해서 우리의 삼차원적인, 심지어 전혀 일그러지지 않은 공간으로 남아 있으면서도 동시에 우리의 우주와는 연결되지 않은 바로 그 똑같은 이해할 수 없는 공간에서 일어나고 있었다. 대체 이 일이 벌어지는 곳은 어디란 말인가? 그가 막 그것을 이해하려는 찰나에 노인이 두 눈으로 똑바로 그를 노려보았고 그 시선으로 그를 꿰뚫어 날려 보냈다. 지프치오는 자기 안에서 빛을 느꼈다 — 그것은 무한한 허공을 가로질러 어떤 수정처럼 맑고 빛나는 알 수

* Amaranth. 영원히 시들지 않는다는 상상의 꽃. 화학에서는 붉은 자줏빛을 말한다.

없는 색채들을 향해, 존재를 향해 (존재가 아니라 단지 악마나 알 만한 무언가였다.) 나아가는 빛줄기였는데, 그 존재와 색채들이 바로 결단코 도달할 수 없는 이중적인 일원성의 경계였다. 환상은 사라졌다 — 또다시 그의 눈앞에 서로 싸우는, 보이지 않는 도마뱀들로 만들어진 악마 같은 가리개가 뭉쳤다. 그런 뒤 그는 자신의 일평생 전체를 보았지만 그것은 마치 빛줄기에 타 버린 것 같았다 — 군데군데 끊어졌고 끔찍한 어둠으로 여기저기 비어 있었으며 그 끊어진 곳에서 미지의 사내가 (그 자신이다, 그러나 무르티 빙의 말과 비슷하게) 이해할 수 없는 일들을 행하고 있었으며, 그러면서 형체가 일그러져 거의 무한한 규모로 커졌다가는 아주 작아져서 뭔가 찾아낼 수 없는 것, 미세할 정도로 작은 것이 되어 뭔가 다른 것에 얽혀 들었는데, 그것이 바로 다름 아닌 세상의 내장이었다 — 그것은 근본적으로 믿을 수 없는 창자들의 덩어리였는데, 마치 그 어떤 개인에게도 속하지 않는 것 같은 자기 자신의 성기 여러 부분 사이에서 꿈틀거리며 에로틱한 초월 상태에 빠져 있었다. 그것이 그의 삶이었으나 누군가 더 높고 비인간적인 목적의 관점에서 비판적으로 바라본 것이었다 — 그 목적은 이 세계를 넘어서는 것이었으나 (그 비밀스러운 공간 속에 있었다.) 삶은 반드시 그 목적에 따라 구성되어야만 했으며 그렇지 않을 경우 세상의 잠재력이 줄어들 수밖에 없었고 심지어는 0에 도달해 버릴 수도 있었으며 그렇게 되면 (오, 끔찍하다.) 무공간의 무존재, 뭔가 형상화할 수 없는 것이 지배하게 될 뿐만 아니라 또한 이제까지 이미 있었던 모든 것이 취소될 것이었고 그것은 모든 것이 한 번도 존재하지 않았으며 존재할 수 없다는 것과 같은 의미가 될 것이었다. 여기에 대한 공포는 완전히 측정 불가능할 정도였다. 여기에서 모든 추종자들의 그 유례없는 '복종에 대한 열정'이 생겨났다 — 미래가 취소된 무존재 — 대체 그게 어떻게 가능하단 말인가? 그러나 어쨌든 다바메스크 B2가 작용하는 동안은 모든 일이 마치 함수의 전반적인 이론처럼 너무나 쉽게 이해되었다. 지프치오는 자신의 삶 전체를 보았고 고치겠다고 맹세했다. 그가 저지른 범죄는 영원한 불길의 영역 안에서 두 개의 수정처럼 결정화된 세력이 서로 관통하는 형상으로 나타났다 — 벵보레크는 그가, 지프치오가 되었고 모든 사람들이 생각했던 것처럼 사라진 게 전혀 아니었으며 반면에 지프치오가 두 명의 개인이 되어 있었다 — 그게 전부였다. 그러나 그 깨달음의 순간 자체는 다른 모든 사람들처럼 그도 간과했다. 가장 진실된 순간은 여기 이 분노에 찬 꿰뚫는 듯한 시선인 것 같았으나 그것이 정확히 언제 어떻게 이제까지의 심리에 섞여 들게 되었는지는 아무도 이해할 능력이 없었다. 그리고 또 한 가지, 이미 환각을 보았던 사람들은 아직도 그 경험을 겪지 않은 사람들에게 여기에 대해서 아무것도 말하지 않았다. 그것도 같은 방식으로, 모든 분과의 지도자가 전혀 아무런 경고도 하지 않았는데도 그렇게 되었다. 말했다 하더라도 누군가

859

이와 비슷한 것을 볼 수 있다는 사실 자체를 아무도 믿지 않았을 것이다—그러니 떠들 가치가 없었다. 반면에 환각을 공유했다는 사실은 추종자들 사이에서 기묘한 결속력을 불러일으켰다—그들은 서로 도저히 풀 수 없이 얽히고설킨 순무 뿌리 같은 힘으로 서로 꽉 잡고 있었다.

지프치오는 오전 열한 시경 깨어났고 깨자마자 자신이 달라졌음을 느꼈다. 천천히, 천천히 모든 일이 떠올랐고 그는 열광하며 얼굴을 빛냈다. 엘리자는 이미 그의 손을 잡고 있었으나 그는 그것이 전혀 지루하지 않았다. 그는 자꾸만 더 깊이 자신의 내면으로, 사내를 키우고 있었으나 지금은 텅 빈 그 지하실로 내려갔다. (바로 그 사내가 개종한 것이었다—소년은 그럴 능력이 없었을 것이다.) 그곳에서는 그에게 낯선 자아가 구석구석 냄새를 맡으며 다니고 있었다—바로 그 구석구석에서 누군가 새로운 사람이 나타났다—대체 그게 누구란 말인가, 빌어먹을? 광기가 알약의 독성분인, 인위적으로 합성해서 만들 수 없는 모르비데시나*와 뒤섞여 중국 정신과 의사들이 예상하지 못했던 결과를 내놓기 시작했다. 이제 깨달음의 결과를 '지성적으로'(!) 요약해 마무리하기 시작해야만 했다. 그것이 엘리자, 절반쯤-귀족적인 영역 출신의 이 악명 높게 비지성적인 아가씨가 할 일이었다.

* morbidesina. 작가가 상상해 낸 성분. 어간인 'morbid-'에는 영어로 '음울한, 죽음을 생각하는, 병적으로 과민한'이라는 뜻이 있으며 'sin'은 '죄악'이다.

# 신혼 첫날밤

반쯤 여름인 8월의 거의-가을이 되었다. 짜증 나게 단조로운 7월의 녹음이 에메랄드빛에서 짙은-갈색·올리브빛 색조까지 풍성한 빛깔로 다채로워졌다. 게네지프는 천천히 일어서기 시작했다. 총을 맞았던 종아리보다 회복에 더 방해가 된 것은 뇌진탕 후유증이었는데, 그 후유증은 물리적으로 나타났을 뿐만 아니라 (머리가 어지럽고 쓰러지거나 가벼운 발작이 일어나기도 했다.) 기묘한 여러 가지 심리 상태로도 나타났으며, 그의 심리 상태는 범죄 이후 본질적으로 변함이 없었다. 그는 계속해서 어떤 느낌을 받았고 때로 그 느낌은 한없이 짜증 나게 강렬해지곤 했는데, 바로 이 모든 일을 겪고 있는 사람은 그가 아니라는 느낌이었다. 그는 옆에 서서 자신을 마치 낯선 사람처럼 보고 있었는데 게다가 글자 그대로 그러했으며 레온 흐비스테크가 말했듯 뭔가 "무한히 증가하는 관찰자" 같은 게 아니었다. 말로만 이렇게 떠드는 게 아니라 그저 그러했다. 그런 것을 한 번도 경험해 보지 못한 사람은 그게 뭔지 모른다. 이런 일들은 그 누구에게도 설명할 수가 없다. 이런 상태를 이해하고자 하는 뚱뚱이들은 메르크의 메스칼린(페요틀에 포함된 환각성 알칼로이드)을 대용량으로 삼켜야만 정신병적인 삶이 일반적으로 끌리는 정신분열적인 방향에 대해 조금의 개념이라도 엿볼 수 있다. 제대

861

로 된 '분열 종자'라면 무슨 얘기인지 곧바로 이해하겠지
만 뚱뚱이들과는 강한 종류의 마약 없이 이 주제에 대해
이야기하기 시작할 가치도 없다. 두 개의 인격 사이에 고
통스러운 끊김이 군데군데 생겼고 이곳은 공포로 가득 찼
다—그 끊어진 곳들에 무엇이 있었는가? 두 개의 자아
중 어느 쪽으로도 채워지지 않은 채 지속되는 허공의 내
용물은 무엇이 될 것인가? 그 허공에 어떤 행위들이, 무시
무시하고 존재의 근본적인 법칙들로 이루어진 탱크를 꿰
뚫을 수도 있을 것 같아 보이는 행위들, 모든 세계들, 심
지어 단지 가능하기만 한 세계들의 실제적인 무한함을 몇
분의 1초 동안 경험할 가능성을 창조해 낼 수 있는 행위
들이 숨어들었다. 아, 그 빈 공간들! 인생 최악의 적이라
도 그런 상태에 처하기를 기원하지는 않을 것이다. 그 누
구의 것도 아닌 것처럼 느껴지지만 그러나 두 개의 존재
를 연결해 주는 접착제로 작용하는 순간, 그리고 그런 순
간이 없었다면 실제적으로 분리된 두 개의 자아였을 존재
들. 이런 순간들에 그 세 번째 존재, 평생 소멸시킬 수 없
는 존재가, 아마도 완전한 혼수상태의 마지막 찰나들에
지속되었다.

　　밤의 환각에도 불구하고 지프치오는 '완전한' 무르
티 빙 주의자가 되지 않았다—절대 아니다. 그의 경우
무언가가 다른 사람들처럼 부드럽게 진행되지 않았고 불
쌍한 후보자는 람브돈 티기에르와 직접 대면해서 얘기
할 자격을 계속 얻지 못했다. 그러나 대신 그는 이제야 자

기 약혼녀의 영혼을, 더 정확히는 그가 그녀의 내면에 불러일으키는 감화된 인상의 본질을 알게 되었다 — 엘리자는 오로지 누군가에 대한 네거티브로만 존재할 수 있었다 — 확정적인 네거티브 — (단순히 예쁜 형체로서, '올바른 쪽에서 온 영혼'으로서) — 그녀 자체는 아무것도 아니었다. 엘리자는 게네지프의 영적인 내장을 빨아들인 순간부터 살기 시작했다. 그렇다 — 그는 엘리자의 영혼을 알게 되었다, 그녀가 남자들이 말하는 의미에서 영혼을 소유하고 있으며 람브돈 티기에르가 겉보기의 완벽성을 기준으로 그녀를 판단하기 위해 이상적으로 자세를 잡아 세워 놓은 마네킹이 아니라면 말이다. 모든 완벽성의 밑바닥이 그러하듯이 그 밑바닥에는 특정한 지루함이 깔려 있었다. 완벽성이란 대단히 의심스러운 것이며 때로는 그 완벽한 반대 — 무존재를 가리고 있는 것이다. 그러나 당분간 평온한 행복에 취한 지프치오는 그 사실을 깨닫지 못했다. 그는 쾌락적으로 지루해했으며 그 쾌락의 근본이 바로 지루함이라는 사실을 알지 못했다. 엘리자는 평범한 차원에서는 타락한 천사나 아니면 평범한 악마를 '정점'으로 들어 올릴 수 있는 때에만 진실로 살아 있는 유형의 인간이었으며, 그것도 상대방이 그녀에게 순수하게 성적인 가치가 있다는 조건하에서만 그러했다. 그러나 그런 유형의 인간 중에서 가장 정상적이고 문제없는 건강한 황소 같은 인물이라도, 심지어 자기 방식으로 현명하다고 해도, 또한 그런 사람의 반대 유형처럼 아무것도 아닌 것이다 — 동시에 전자이면서 후자여야 한다. 그녀는 지프치오에게서 그런 인물을 발견했고 죽을 때까지 그를 놓아주지 않겠다고 결심했다.

정보

정치적 상황은 변함없이 지속되었다. 코쯔모우호비치는 민족 해방 신디케이트주의자들을 때려눕힌 사건을 이르는 "리트머스 시험지 승리" 이후 신디케이트 세력을 최소한 일부분 자기 편으로 받아들였으며 이제까지보다 더더욱 비밀스러워졌다. 대체로 신디케이트 전체가 오합지졸이고 내용 없이 부풀어 오른 풍선 같은 존재였음이 드러났다 — 독립된 사회적 요소로서 존재의 이유가 없었고 — 그래서 그들 전체가 백인종 수호 조직에 거의 남김없이 흡수되었다. 어쩌면 그것은 병참 장교의 저 유명한, 헤아릴 수 없는 '이데아'였는지도 모른다 — 어쩌면 그 자신도 그저 백인들의 인종적 본능의 발견일 뿐이 아니었을까? — 악마나 알 일이다. 신념을 굽히지 않는 공산주의자들 외에 나라 안에 이미 다양한 정당들은 없었다 — 모두들 무의식적으로 '방파제'라는 발상에 사로잡혀 있었으나 그것은 민족을 위한다는 의미가 아니라 인종적인 의미에서였다. 황인종에 대한 반대 의미에서 자신이 백인이라고 느꼈으며 그뿐이었다 — 황인종은 다른 종류의 짐승처럼 여겼다. 똑같은 방식으로 시궁쥐나 바퀴벌레에 대항한 전투도 조직할 수 있다 — 사회학자들 중에서 가장 고집 센 민족주의자들조차도 이런 움직임 안에서 정확하게 민족적인 요소들을 찾아낼 수 없었다. 중

864

국이나 황인종들이 정복한 모스크바에서 무슨 일이 벌어지고 있는지는 아무도 알지 못했다. 폴란드인들이 천성적으로 고귀해서 제대로 된 첩보 부대처럼 저열한 것은 조직할 능력이 없어서가 아니었다 — 아니다 — 서쪽에서도 마찬가지로 아무것도 알지 못했다. 저주받을 노란 중국인들이 그토록 단단한 벽으로 자기 영토를 둘러싸고 밀정은 실제 첩보 행위를 하다가 잡힌 경우뿐 아니라 가장 가벼운 의심만을 받은 경우까지 너무나 끔찍한 고문으로 처벌해서 그 어떤 요원이라도 일정한 시간이 지나면 본래 의도와는 반대되는 방향으로 활동하기 시작했다. 나중에는 첩보 요원을 보내는 것조차 중단되었다. 한 나라가 제대로 된 첩보 요원을 가질 수 있는 건 민족정신이 아직 충만하게 발달하고 있는 도중이거나 사회적인 선동이 진행되고 있을 때뿐이다 — 돈으로는 절대로 살 수 없다. 첫 두 가지 사안은 우리 폴란드에서 적절한 직접적 자료가 부재하기 때문에 존재하지 않았다. 지금 유럽을 지배하는 것과 같은 타인종에 대한 공포는 영웅들을 길러 내기 위해 좋은 바탕이 되지 못했다. 그런 상태에서 자신을 방어하는 것은 달리 더 이상할 일이 없거나 아니면 도망칠 곳이 없을 때 가능하다 — 공격을 위해서는 다른 감정이 필요하다 — 긍정적인 감정. 대체로 사람들은 점점 더 커지는 불안감과 함께 앞날을 기다렸다. 기다림에서 자유로운 이들은 제바니의 추종자들뿐이었다 — 그들에게 개인의 시간은 마치 자신의 삶을 넘어 증폭되는 것 같았다 — 뒤쪽으로나 앞쪽으로나 (이미 있었던 존재가 취소된다는 저 징벌적인 관점의 반대는 그 구체화된 이해 불가능성인데,

그들은 그 이해 불가능성을 전혀 아무런 어려움 없이 이해했다.) 심지어 세상의 형이상학적인 선에 대해 생각에 잠기는 어떤 순간들에도 시간은 단순하다기보다는 어떤 초공간적인 폭발로 여겨졌으며 그렇게 해서 다른 인격들에 대한 그들의 감각의 범위는 그만큼 풍부해졌다. 자잘한 텔레파시는 어떤 영역들에서 가장 평범한 일상이 되었다 ─ 모두가 서로서로의 생각을 꿰뚫어 하나의 커다란 비인격적 무더기를 이루었으며 그 안에서 이 덩어리를 적절하게 붙잡은 사람은 누구나 뭐든 원하는 대로 할 수 있었다. 모두가 다른 사람들을 붙잡고 파묻혀 가라앉았고 바로 그로 인해 자신도 모르는 채로 자기 자신을 붙잡은 손아귀에 더더욱 세게 힘을 주었다. 보편적인 선의의 소스 안에서 아주 조그만 증오마저도 녹아 버렸고 심지어 더 큰 증오도 천천히 부드러워지기 시작했다. 손바닥처럼 명백하게 보이는 제바니주의자들의 행복은 주위에 너무나 미칠 듯한 질투를 불러일으켜서 무르티 빙의 철학 비슷한 것도 믿지 않거나 뭔가 전혀 다른 것을 믿는 사람들이 순전히 현실적인 이유에서 온통 떼 지어 그 방향으로 달려들기 시작했고 그 결과 집단적인 최면에 빠져 다분히 이해할 수 없는 무르티 빙주의의 원칙에 굴복했다. 지옥 같은 다바메스크 B2 알약이 모두 동났다. 그러는 동안 바실리 대공이 임업 관계로 K. 시에 찾아왔다. 깨달음을 얻으신 선생님의 추종자들이 심지어 루지미에쥬 황무지에 있는 그의 빈터까지 찾아왔고 당연히 그들에게 가치 있는 짐승을 그의 소유지에서 풀어 주었다. 알약 아홉 알의 영향 아래 대공은 이것이 바로 자신이 필요로 했던 종교라고 확신했고 — 거기에는 약간의 '지성'도 있고 (하느님 자비를 베푸소서!) 약간의 신앙도 있었다 — 그 어떤 새로운 희생도 필요로 하지 않고 다른 무엇보다도 지적인 노동을 희생할 필요가 없는 쾌락적인 타협이다. 그러나 모든 사람에게 이 모든 것이 각자 다르게, 당사자의 개인적인 관점에 있어 가장 본질적인 방식으로 작용했다. 심지어 아파나솔 벤츠조차 마침내 제바니 본인의 노력 끝에 어떤 쓸데없는 강연회에 불려 나가서 점근선의 일원성 체계와 자신의 기호의 왕국와 벤츠의 원칙을 끼워 맞추었고 심지어 무르티 빙 철학의 특정한 부분들을 논리적으로 정당화하기까지 했다 — 특정한 부분이라 함은 그 신앙 전체가 논리적인 기제에 복속되는 것을 완전히 배제하는 요소들을 포함하기 때문이다. 그러는 동안 사건들은 계속 진행되었다. 그러다가 마침내 중국-모스크바를 둘러싼 가마솥의 단단한 벽이 뚫렸고 황인종들이 용암처럼 흘러나와 또다시 200–300킬로미터 더 멀리 퍼져서 우리 불쌍한 폴란드 국경을 말없이 위협하게 되었다. 그러나 여기에 대해서는 나중에 이야기하겠다.

갓 임명된 신참 장교와 그의 들뜬 약혼녀는 이제 학교 정원에 자주 나와 앉아 있곤 했는데 그곳에는 때늦은(?) 장미와 산호색 라일락, 자두나무, 사과나무, 꽃피는 벚나무와 매자나무가 산형화와 괭이밥과 용담에 둘러싸여 두 사람 사이 깊어 가는 감정에 완전히 매혹적인 배경을 만들어 주었다. 두 사람은 마치 푸른색과 금색을 띤 한 쌍의 조그만 딱정벌레 같았는데, 8월의 금빛 햇살에 붉게 물들어 가는 검은딸기나무 잎사귀에서 서로 사랑하는 벌레들을 대중적으로 그렇게 불렀다. 자연은 부드럽게 호흡하며 온기 속에 깊이 가라앉았고 낮의 연하늘빛 하늘은 동쪽으로 달려가는 하얀 구름을 힘찬 돛처럼 펼치고 마치 부드럽게 불어서 떨어뜨린 꽃잎처럼 날아갔다 — 뭔가 대략적으로 그런 것과 비슷했다. (우리 문학을 망치는 이 저주받을 자연 풍경과 분위기 묘사는 그만하자. 이런 배경에선 본질적인 것들을 만들어 낼 수가 없고 감상적인 이런 장면들 때문에 정교한 심리를 간과하게 된다.) 점점 자라나는 사랑이 두 사람을 거의 고통스러울 정도로 끊임없이 파고들었다. 둘이 서로 영적으로 씹어 삼키는 것이 아니라 (모든 종류의 육체적인 '접촉'*은 당장은 배제되었다.) 단지 이중적인 사랑 자체가 인격을 넘어 합일되고 객관화되어 최면에 걸린 것 같았고, 그것도 그들 안에 존재하는 것이 아니라 그들 곁에서 마치 갑오징어처럼 그 두 사람을 빨아먹었고 자신의 이해할 수 없는 존재 자체로 충만해졌다.

그들이 서로 가볍게 껴안은 채 벤치에 앉아 있을 때도, 연푸른 하늘을 배경으로 마가목의 타는 듯이 빨간 반짝이는 열매 덩어리 아래 혹은 겨울은 아니지만 길고 긴 저녁에 녹색 전등갓의 차가운 어스름 속에서 어떤 소파 같은 데 앉아 있을 때나, 본질적으로 지긋지긋한 이 유령

* прикосновения. 원문 러시아어.

868

은 언제나 그들 등 뒤에 서 있었다. 두 사람이 교외에 나가 주변을 걷고 있을 때면 (지프치오는 이미 부관들을 훈련시키는 학교의 새 제복을 입고 있었다.) 그 유령은 노랗게 말라 가는 잔디 위로 둘을 따라 기어 다녔고 (물론 그렇게 느껴지는 것이었다.) 덩어리진 8월의 구름이라는 형태가 되어 그들의 술잔을 위에서 들여다보았으며 반쯤은 가을이 느껴지는 부드러운 바람의 숨결 속에 조심스럽지만 불길하게 끼어들었고 기만적으로, 거짓되게, 거의 즐겁게, 그러나 이미 고통스러운 슬픔과 과거의 실망으로 가득한 말들을 열기에 메마른 나뭇잎들이 바스락거리는 소리 속에서 속삭여 댔다.

그러나 이 축복받은 회복과 아무 걱정 없이 자기 자신의 영웅심, 때 이른 장교 임명, 그리고 순수하고 '흐릿한 이성'이 섞여 들지 않은 감정으로 충만한 상태는 비교적 길지 않게 지속되었다. 이원적인 일원성의 아들들은 주위를 둘러싼 압력을 증대시키며 그들에 의하면 가장 본질적인 내면적인 작업을 천천히 강요하기 시작했다. 이미 엘리자는 무르티 빙 서열에서 아래쪽에 있는 여러 추종자들과 비밀 회합을 몇 번 가졌다. 공식적인 강연들이 시작되었다. 그중 한 강의에 (유감스럽게도 그 강의들의 시간은 정확하게 지정되어 있었다 — 여섯 시부터 여덟 시까지였는데, 이 때문에 지프치오는 마치 필수과목을 하나 더 들어야 하는 것처럼 긴장했다.) 람브돈 티기에르 본인이 들어왔는데, 그는 조그만 늙은이로 (자그마한 노인이 아니다—그 두 가지는 서로 같지 않다.) 잿빛 턱수염을 길렀고 밝은 노란색 눈이 부드러운 갈색 얼굴에서 토파즈처럼 빛나고 있었다. (아마도 한때 커피 농장에서 일했던 것 같다.) 그러나 그는 전혀 아무 말도 하지 않았다. 그저 무슨 비밀스러운 견과류를 씹으며 귀를 기울일 뿐이었다. 반면에 엘리자는 람브돈의 존재가 거기 있다는 사실만으로 진실로 발표의 열기에 빠져들었다. 그녀의 입에서 X 차원의 무한한 결합들에 대해, 이미, 이미 일원성의 경계에 선 이원성에 대해, 물질화된 감정들의 승화에 대해, 일원성이 두 개로 분열된 피조물이 되어 흘러나오는 천상의 구멍에 대해 달콤한 헛소리가 완전히 강이 되어 흘러나왔다. 그녀는 분명 모든 것을 결정적으로 알고 있었고 불쌍하게도 모든 것을 설명할 능력이 있었으며 그녀에게 비밀이란 없었다. 람브돈은 귀를 기울이며 고개를 끄덕였다. 저 세계, 무르티 빙의 세계는 어떤 관점에서는 그가 어찌 됐든 꿰뚫어 보는 여기 우리 세계와 똑같이 범속했으나 모든 철학적 문제들이 여기 우리의 세계와 마찬가지로 가장 좋은 때에 그에게 찾아왔다—그러나 확고부동한 설명가들은 그 점을 눈치채지 못하는 척했다. 그들은 자신들의 내용 없이 아무렇게나 떠드는 지껄임이 가장 평범한 '예복을 입은 짐승들', 난봉꾼들과 '삶 그 자체'의 신봉자들이 하듯이 이런 가면 행진을 하지 않고 현실의 차원에서 헛되이 비밀을 부정하는 대신 우리 차원과 구분할 수 없는 또 다른 허구의 차원에서 비밀을 죽여 버린다는 사실을 알지

870

못했다. 대체 무엇을 위해서 이 모든 코미디가 필요하단 말인가? 새로운 신앙의 숙련된 신봉자도 무의식적으로 이와 비슷한 생각을 했으나, 그런 생각들이 공고해지는 데 맞서서 언제나 환상의 기억이 떠올랐다 ─ 어쨌든 거기엔 뭔가 있었다는 생각이. 그리고 어쩌면 지금도 그런 게 아닐까? 그리고 이 의심에 대해 철학적으로 훈련받지 못한 그의 지성은 아무런 대답도 찾아내지 못했다.

심지어 게네지프는 처음부터 이 모든 헛소리에 약간 맞서서 저항하기까지 했다 ─ 대담하지 못하고 서투르기도 했지만 그래도 '어쨌든'이다. 그러나 엘리자가 했던 어떤 말들이 천천히 그의 내면에서 이전의 깨어남의 시기에 있었던 상응하는 어떤 상태들과 연결되기 시작했다. 공주에 대한 사랑의 시기와 페르시 곁에서 고문당하던 시대 전체가 하나로 합쳐져 거의 비현실적인 악몽으로 변했고 8월의 어느 날 그는 마치 뱀이 허물을 벗듯 그 껍질을 벗어던져 버렸다. 그리고 갑자기 그는 자기 자신 앞에 영적으로 벌거벗은 채, 어리고 새로운 기적 앞에 분열 불가능해져서 서게 되었다. 그 기적이란 사랑이었으며, 너무나 원초적이고 완벽하여 얼마 전까지도 변태였던 이 젊은 이는 평생 단 한 번도 여자를 알지 못하다가 이제 처음으로 눈앞에 이전에 들어 본 적도 없는 어떤 비밀스러운 피조물을 보게 된 것만 같았다. 과거는 실체적으로 다른 인간에게 속했다. 제동이 걸려 있던 감정들의 뭉치가 터져 버렸다 ─ 한 번도, 심지어 가장 기묘한 꿈속에서조차 느껴 본 적 없는 감정들— 게네지프는 이제야 진실로 처음으로 사랑을 했다. 낡아 해지고 진실로 피투성이가 된 심장을 마치 커다란 상처처럼 지니고 다녔고 거의 울부짖을 정도였다— 왜냐하면 그녀와 앉아서 이야기하는 것 외에 대체 아무것도 할 수 없었기 때문이다— 가장 순진무구한 입맞춤조차 이런 상태에서는 뭔가 괴물 같은 짐승 같은 방탕함에서 비롯된 끔찍하게 신성모독적인 행위로 여겨졌다. 그는 그녀에게 폭발할 정도로 신경을 썼고 철창에 갇힌 한 떼의 개들을 대하듯이 동정했으며 머리를 쥐어뜯고 고통스러울 정도로 절망했다— 모든 것이 헛일이었다. 뭘 어떻게 해도 그녀와 함께 앉아 있거나 같이 걷거나 이야기하는 것 외에는 할 수 없었다. 아, 저주받을! 그는 완전히 틀어막혔다— 이 지옥 같은 숭고함을 배경으로는 심지어 가장 점잖은 성적인 행동조차 완전히 상상조차 할 수 없었다. 그리고 가장 이상한 일은 지금 이미 그가 그 검은 사내로서 (오로지 밤에만 환각 속에서 조금 더 밝아졌다.) 그녀를 의식적으로 사랑하고 있다는 것이었으며 형이상학적인 경험들 외에 그를 오래전에 죽어 버린 소년과 연결 지어 주는 건 그의 내면에 아무것도 없었다. 살인에 대해서는 더 이상 아무 얘기도 나오지 않았다. "만약 그게 당신 안에 새로운 사람을 탄생시켜 줬다면 거기에 대해서 걱정할 필요는 없겠죠."— 엘리자가 한번 이렇게 말했고 그것으로 끝이었다.

그러나 점차, 뇌진탕 후유증과 새롭게 열린 이상적

인 감정들의 활화산으로 인해 진전이 멈추었던 성적인 욕망이 게네지프 안에서 깨어나기 시작했다. 그것은 정확히 말하자면 약한 '내킴'이었으며, 엘리자의 평온함과 균형 앞에서 느꼈던 성적이면서 짜증 나는 첫인상보다도 더 섬세한 것이었고, 게다가 그 증상들은 알약을 먹은 뒤 완전히 사라졌었다. 엘리자는 미모에도 불구하고 첫눈에 보았을 때 거의 완전히 무성적인 존재로 보였다. (이런 사람들이 일단 마음에 들기 시작하면 그만큼 더 위험한 법이다.) 커다란 회색의 순진무구하고 열광해 반짝이는 그녀의 눈은 끈끈하고 지저분한 생각들을 깨어나게 하기보다는 어떤 속세와 거리가 먼 숭배를 불러일으켰고 — (그러나 이런 눈이 욕망으로 충만한 열기에 휩싸인 모습을 본다는 건…. 하!) — 입술은 기도하는 듯한 반원형으로 휘어져서 너무 얇지도 두껍지도 않고 다만 입꼬리 부분만 약간의 선의로 말려 올라갔으며("그분을 위해서라면 저 사람을 심지어 약간은 괴롭힐 수도 있어.") — (그런 입술에 입 맞추어 짓이기면서 무기력하게 굴복하고 더더욱 욕망하는 모습을 본다면…. 하!) — 그리고 조그만 몸은 겉보기에 연약했으나 완전히 곡예에 가까울 정도로 유연했고 (황홀경의 순간에 발꿈치가 머리에 닿았다.) 신경질적으로 흥분한 순간에 강철로 된 용수철 같았다(그렇게 무관심한 조그만 몸을 강제로 욕정적인 발작 속에 도마뱀처럼 배배 꼬이게 한다면…. 하!). 이 모든 것이 겉보기에 희미한 욕정적 긴장감 속에 '관능적인 데이터' 콤플렉스를 만들어 냈으나, 게네지프가 의식적으로는 감히 생각할 수 없는, 그 안에 숨은 어떤 지옥 같고 알 수 없는 가능성들이 그녀와의 대화 속에서 나사처럼 풀려나와 영적인 완벽성의 층위로 점점 더 높이 올라갔다. 그 희미함이 바로 환상이었다 — 물론 여기에 대해서 경험 없는 젊은 청년은 알지 못했으며, 이제까지 그는 단지 창자를 겉으로 꺼내 놓아야만 그것을 진정한 열정의 표현으로 알아보았고 심지어 때로는 약혼녀가 지나치게 들뜬 상태를 보며 감히 그녀를 그런 상태에서 빠져나오게 하지는 못하고 걱정하기조차 했다. 신혼 첫날밤까지는 가장 점잖게 손가락 하나 대는 것조차 안 된다는 암묵의 합의가 이어지고 있었다. 그의 욕망은 이 시기에 거의 비인간적이었는데, 저 다른 여자에 대한 욕망이 쌓인 무더기에 비하여, 엘리자에 대한 이상적이고 위대한 사랑 속에 영혼을 완전히 쏟아붓고 푹 담근 것의 영향으로 그 욕망은 비인격화(비개인화)되어 있었다. 게다가 그는 지난번 이리나 공주의 작은 트릭들이라는 형태와 같은 해독제를 이번에는 전혀 갖지 못했고 갖고 싶어 하지도 않았으며, 비록 때로는… 하지만 그 얘기는 그만하자. 사람이 단 몇 분의 1초 동안 대체 못하는 생각이 뭐가 있겠는가? 만약 이 모든 감정과 생각의 떨림을 기록하고 분석한다면 역사상 가장 훌륭한 인물들은 대체 어떻게 되겠는가? 중요한 것은 비율이다. 그렇다 — 아마 모든 사람이 몸속에 여러 가지 병균을 가지고 있겠지만 그렇다고 해서 그 병균들이 불러일으키는 모든 병을 다 앓지는 않는 것이다.

무의식적으로, 수컷의 혐오스러운 본능으로, 게네지프는 그에게 그토록 가깝지만 그토록 비밀스러운 인물의 깊은 곳에서 뭔가 무시무시하고 이름 없는 긴장감을 느끼고 있었다. 왜냐하면 엘리자는 그에게 공주나 페르시보다, 그러니까 그들을 처음 알게 되었을 때의 순간보다 수백 배나 더 비밀스러웠기 때문이다. 이것을 몇 달 전의 그는 아직 판단할 수가 없었지만 지금은, 저 다른 사내로서, 자신의 광인 같은 생각들(절대적인 탐욕)의 무기력한 발톱을 그녀 안에 녹여 버리고 마치 미끈미끈한 수직 절벽에서 떨어지듯 쓰러져 버리곤 했다. 그녀는 마치 바다뱀이나 해파리처럼 투명해서 그는 그녀가 무르티 빙의 숭고한 철학을 설명할 때면 심리적인 소화 과정을 거의 다 볼 수 있었다 — 그럼에도 불구하고…. 그녀의 그 비밀이란 지프치오에게는 지금 당장은 차가운 불꽃으로 타오르는, 그녀의 몸속 깊은 곳에 숨겨진 성적 특질이었는데, 왜냐하면 대체로 여자에게 비밀스러운 것이 그 외에 어떤 특정한, 그러나 어쨌든 바보 같은 문란함 빼고 뭐가 있겠으며, 이런 문란함에는 나폴레옹1세 방식대로 그냥 주의를 기울이지 않으면 되는 것이다. 이 마지막 문제점에 대해 게네지프는 스투르판 아브놀에게 관련 이론을 들은 뒤 이렇게 생각했다. 엘리자는 미소를 짓기도 하고 눈을 반짝이기도 했으며 이럴 때면 지프치오는 내장이 전부 멈추곤 했다. 그는 자신이 알 수 없는, 전반적으로 이해할 수 없는 감정들의 아주 깊은 곳에 있었다 — 그는 결코 알지 못할 것이고 이해하지 못할 것이며 깨닫지 못할 것이었다…. 한순간 살인적인 분노와 굴욕감, 그런 뒤 바로 그런 분노와 굴욕을 배경으로 더욱 찬란하고 빛나는 사랑이 그를, 그리고 온 세상을 밝혀 주었다. 그런 순간들에 8월 '창천'의 짙은 남빛 하늘을 배경으로 빨간 열매가 달린 매자나무 가지, 가볍게 노란색으로 물들기 시작하는 어떤 잎사귀나 아니면 소리 내어 날개를 흔들면서도 몸통 자체는 반짝이면서 햇빛에 달아오른 오솔길에서 불어오는 따뜻한 산들바람 속에 움직이지 않고 떠 있는 잠자리 — 이런 것들은 가장 중요한 것, 본질적으로 도달할 수 없는 것들의 상징이 되었고, 바로 이런 때에 이런 것들은 게네지프와 엘리자에게 마치 그들 자신의, 스스로 알지 못하는 육체처럼 다만 1초라도 두 사람 공통의 소유물이 되었다. 왜냐하면 자기 몸보다도 더 '스스로인' 것은 없기 때문이다 — 어쩌면 때때로 누군가의 영혼이라면 또 모르겠다. 가면 뒤에 감추어진 자기 자신에 대한 매혹은 보통 첫 번째 진정한 감정들의 진부한 표현이다. 그러나 그것들을 붙잡거나 뭔가 다른, 더 오래 지속되는 것으로 재창조하거나, 사로잡아 영원히 가두어 둘 수는 없었다. 순간은 지나갔고 그렇게 점점 자라나는 과거는 점점 더 큰 슬픔으로 빛났다. 괴상하게 뒤틀린 그의 과거, 고통으로 뒤덮이고 삶의 시작부터 비뚤어진 그 과거는 그녀의 소유물이 될 수 없었다. 만약 서로 사랑하는 두 사람의 두 과거가 하나의 공통된 과거로 합쳐진다면 그것이 바로 사랑의 최고점일지도 모르겠다. 그의 경우 차이점이 지나치게 컸다 — 엘리자는 지프치오의 과거를 그 이중 분열 전체까지 소화하기 위한 적절한 (혐오스러운) 도구를 내면에 가지고 있지 않았다. 오래전의, 그러나 그토록 가까운 삶에 그가 깊숙이 들어가면 그녀에게 그는 낯설어졌고 그는 겉보기에는 분석적으로 이해하고 있었지만 본질적으로 외로워져야만 했다. 그리고 이것은 어쩌면 가장 밝은 순간에조차 비극적인 색조를 덧입혔다. 비밀스러운 두려움이 두 사람을 천천히 둘러쌌고 두 사람은 머리 위를 조금씩 덮어 가는 이름 없는 끔찍함의 불분명한 예감을 느끼며 점점 더 자주 동시에 몸을 떨었다. (어쩌면 그건 '노란 만리장성' 때문이었는지도 모른다.) 현실의 천사 같은 얼굴은 때때로 알아채지 못할 정도로, 시간의 무한한 한 조각 동안, 어떤 믿을 수 없을 정도로 괴물 같은 낯짝으로 변했다. 그러나 그것은 너무 짧게 지속되어 환상인지 아닌지 절대로 알 수 없었다.

　　이런 감정적인 변화들을 배경으로 무르티 빙의 헛소리는 아직 형태가 완성되지 않았으나 뭐라도 좋으니 형이상학에 굶주린 게네지프의 두뇌에 파고들었다. 세상의 무한함과 마치 상자 안에 잠긴 듯 내면에 갇힌 개인성에 대한 감각과 관련된 잠재적이고 아직 발전되지 못한 이 감정과 상태, 생각들의 덩어리는 신을 대상으로 하는 진정한 종교적 감정의 그 어떤 초기 형태로도 피어나지 못했

877

고, 원초적이더라도 명확한 관념들의 체계로 응결되거나 구체화되지도 못했다. 그것은 천천히 썩어서 해체되어 뭔가 뼈대 없고 명확히 표현되지 못한 물렁물렁한 것으로 분해되었다. 서로 연결되지 않는 부분들로 구성된 임의적인 뼈대의 가볍고 안개 같은 윤곽 — 예를 들면 이원성 안에 있는 경계선상의 일원성 등, 진부해지고 방황하는 관념들은 결단코 사상이 구체화되는 중심부로 작용할 수 없었으며 그저 배아 상태의 모든 관념들을 도취시키는 피상적인 마약일 뿐이었다. 무한한 심연으로 이어지는 구멍을 아무거나 좋으니 손에 잡히는 마개로 막는 것은 좋은 일이었고, 어찌 됐든 이런 대가를 치르고서야 주위를 둘러싸고 견딜 수 없이 눈에 들어오는 존재의 끔찍함을 받아들일 수 있었다. 완벽한 세계, 비록 경계선상에 있다 하더라도 마치 편안한 소파와 같은 그 세계로 몸을 뻗는 것은 너무나 좋았다 — 영원히 눕는 건 아니지만 — 단 한순간이라도, 작은 찰나라도 그 숭고한 사랑에, 주위를 둘러싸고 점점 커지는 위협적인 세력들에 비하면 그토록 부서지기 쉬운 그 사랑에 몸을 맡길 수 있다는 것은. 자기 스스로 "무슨 일이 일어나든, 나의 내면을 때려도 좋아."라고 말하고 모든 가능한 현실을 소화할 수 있을 만한 힘을 새로운 신앙은 지프치오에게 주지 않았다. 명확한 방식으로 미래를 결정하는 것이 불가능한데 무언가를 커다란 규모로 시작할 가치가 있는가? 중국인들이 승리한다면 삶은 어떤 모습이 될 것인가? 만약에, 실현 가능성이 없고 아무도 진심으로 믿지 않는 일이기는 하지만 영원한 방파제 폴란드가 몽골인들의 눈사태를 쳐부순다면? 그런 경우 미래는 더욱 불확실하게 보였다. 공산주의적 서유럽에서 막아 낸 인위적인 파시즘의 분쇄, 그리고 중국인들이 강요한 것이 아닌 국내에서 자생한 공산주의가 필연적으로 위협하게 될 것이었다. 게네지프는 삶의 이 잔혹한 뒤죽박죽 전체의 궁극적인 의미가 나타나기를 기다리는 일을 곧 그만두었다. 경계선의 일원성이 무르티 빙에게 궁극의 진리를 보내올 것이며 환각을 바탕으로 그것은 당연한 일이라는 생각으로 만족했다. 대체로 한 번도 환각을 본 적이 없는 사람은 그게 얼마나 현실적인지 알지 못한다. 여기서 철학 체계 전체를 설명하는 것은 쓸모없는 일이다—그런 건 지나가는 개도 돌아보지 않을 것이다. 종교와 철학 사이에는 뭔가 중간에 걸친 것이, 뭔가 그저 끔찍한 것이 있었다—모든 것이 계획적으로 불완전했고 끝까지 완전하게 정리되지 않았으며 모든 것이 본질적인 어려움을 가리고 문제점을 불분명하게 지워 버리는 관념의 가면에 덮여 있었다. 그 결과는 그 어떤 폭력도 허용하는 양처럼 순한 호의와 멍청함이다. 이 시기에 그 전염병, 코쯔모우호비치가 "급성 무르티 빙 증상"이라 이름 지은 (또?) 그 병에 걸린 사람들은 모두 그렇게 생각했다. 이런 방향의 전반적인 경향을 엄청나게 강화시킨 것은 7월에 일어난 사건들이었다. 궁극의 재앙을 앞두고 단 한순간이라도 좋으니 한숨 돌리고 싶다는 것이 유일하게 보편적인 생각이었다 — 아무도 장기적으로 생각하지 않았다. 그렇게 저 "노란 악마들"은 피할 수 없이 자신들이 지배할 수 있을 기반을 차츰 마련해 갔다. 잠을 재우고 자는 사이에 목을 조른다는 것이 그들의 기본 방침이었다. 새로운 신앙에 굴복하지 않은 소수의 사람들 중 텐기에르가 있었다. 그의 말에 따르면 "이성의 하늘에 수놓인 종말의 기호들"을 읽어 내고 싶지 않다고 했다 — 그는 점점 더 야만적인 작품들을 작곡하고 술을 마시고 뭐가 됐든 최악으로 더러운 짓들을 즐겼으며 젊은 여자들과 놀았고 — 그래서 어쨌단 말인가 — 그런 사람에게는 좋았다. 예술가 — 부르르르 — 이 시기에 가장 혐오스러운 관념이었다 — 시체 속 벌레다. 어쩔 수 없다 — 이런 마약 같은 생각들을 향해(가장 궁극의 생각 없는 상태가 닥치기 전에) — (보편적인 의미의 학문이 종말을 맞이하고 철학의 흐름은 막혀 버리게 된다.) — 인류가 움직이는 것이다 — 우리 눈앞에서 이런 것들이 만들어지고 있다. 그러나 얼마나 많은 "랄 팍한 사람들", 고귀한 (혹은 피할 수 없는) 낙관주의자들과 영악한 심리적 비즈니스맨들이 이것을 보지 못하며 보지 않으려 하는지.

그러므로 엘리자가 대화의 가능성 가장자리까지 밀려났을 때 지프치오는 이미 새로운 신앙의 원칙으로 거의 충만해져 있었다. 이제 금방, 금방이라도 모든 것이 소진되고 이상적인 사랑이 전반적인 사랑을, 그 진실한, 영적인 것과 관능적인 것을 구분할 수 없는 사랑을 때 이르게 갉아먹어 버릴 것이었다. 그리고 관능적인 끔찍함이 미래에서 기다리면서 마치 신전의 스핑크스가 이집트의 대로를 가로막듯 삶의 길을 가로막고 있었다. 대화가 끝에 이르렀을 때는 대체로 다음과 같이 되었다.

게네지프(솔직하지 않게). 인격의 두 가지 구분선, 즉 공간과 시간의 분기점에 가까이 있을수록 당신의 영혼의 영역의 완벽성을 더 크게 느끼게 돼요, 그 분기점에 대해 당신이 어제 얘기했듯이….

엘리자(무한히, 두 개의 창문처럼 쳐다보며, 한쪽 시선은 발람광섬 주변에서 헤매고 ― 다른 한쪽, 어두운 시선은 몸의 구석구석을 헤매며 내장 기관들을 만지고 시험한다. 어떤 것들을 여기서, 어떤 것들로부터 여기서, 어떤 것들로 여기서 그렇게 떠낼까…. 무엇을? 그녀는 깨어났다). 그거 알아요, 때때로 무시무시한 의심이 나를 덮쳐요. 만약에 우리가 받아들여야만 하는 그 궁극적인 관념들의 원천이 선한 세력이 아니고 그저 무관심할 뿐이라면 세상은 대체 어째서 방향 없는 진동이 아니고 진보여야만 하는 거죠 ― 그리고 그렇다면 우리는 어느 단계에 있는 걸까요? 아니면 계속해서 몰락하는 걸까요? ― (의심을 통해서 신앙에 도달하는 것을 그녀는 가장 좋아했다.) ― 증표에 관한 우리의 한계는 결단코 우리에게 확신을 주지 못할 거예요. 존재의 완전성에 더하거나 빼거나 간에.

게네지프(불쾌하게 깨어나서). 내가 항상 말하지만 윤리는 상대적인 거예요. 존재의 주어진 분류의 구체적인 특질들만이 분류 전체에 대한 특정한 개인의 구체적인 관계를 형성할 것이고 바로 그게 윤리예요. 존재의 일원성의 한계 앞에서는 우리가 어디에 있든 아무래도 상관없지 않아요? 우리는 언제나 무한에 맞닥뜨리니까요.

엘리자. 무한이 제한적이고 실제적이지 않으니까, 그렇다면 실질적으로 그건 없는 것과 같군요….

노랗게 물들어 가는 단풍나무 잎사귀 몇 개가 천천히 균형을 잡아 가며 땅을 향해 떨어지고 있었고, 땅에서는 건조한 열기가 뿜어져 나왔다. 두 사람은 움직이지 않는 공기 속에 멈추어 있는 그 나뭇잎들을 쳐다보았고 (한순간) 그들이 사용했던 관념들이 존재에 대해 너무나 무의미하게 보여 그들은 그 사이비 철학적인 대화가 거의 부끄러울 지경이 되었다. 그러나 엘리자는 고집스럽게 계속해서 헤치고 나아갔다. (두 사람이 지금 떠드는 대신 서로에게 몸을 맡겼다면 무시무시한 일들을 얼마나 많이 피할 수 있었을 것인가.) "시간의 확정된 구간의 서열은 절대적이에요. 사회적으로는 해롭지 않은 개인적인 증상들을 보존하는 것 — 이게 우리 선생님이 지향하는 거예요."

게네지프. 난 그걸 절대로 믿지 않을 거예요. 연극계에서 무슨 일이 일어나는지 우리 눈으로 보고 있잖아요, 순수한 헛소리의 마지막 발작 말예요. 당신은 크빈토프론의 극장에 가 본 적이 없어요. 게다가 음악은 텐기에르에서 진짜로 끝나 가고 있어요. 이건 예술에 의한 사회의 그 궁극적인 죽음이고 절대로 다시 시작할 수 없을 거예요.

엘리자. 이제까지 어떤 사람도, 하물며 어떤 국가도

이 방향으로 의식적으로 움직여 본 적이 없어요. 마치 보자기를 덮은 것처럼 예술가와 학자를 기계적으로 돌아가는 사회의 나머지 부분에서 고립시키다니….

게네지프. 괴물 같은 어리석음이죠. 하지만 역시 가능한 일이에요. 이런 현재가 만들어 낸 앞날이라면 그 안에 대체 뭘 감추고 있을지 어떻게 알겠어요?

엘리자. 우리 신앙의 힘이라면 그 어떤 정부 체계라도 마치 젤리에 넣어 굳히듯 보존할 수 있어요. 단지 모든 종류의 철학만이, 마치 체스를 두듯 두뇌에서 인(燐)을 쓸데없이 낭비하는 원인으로서 가장 철저하게 잘라 내야 하죠.

게네지프. 그런데 내가 이렇게 당신하고 함께 생각할 때면 이 모든 일이 어쩐지 굉장히 무서워요. 난 살고 싶은데 이 안에서 숨이 막혀요! 살려 줘!

그는 한순간 진정으로 공포에 숨이 막혀 말을 할 수 없게 되었다. 검고 땀에 젖고 툭 튀어나온 공포다 — 자기 자신 위로 무한에 이르도록 툭 튀어나온 공포. 그런 뒤에 그는 비명을 질렀고 자기 목소리를 알아보지 못했다. 갑자기 심연이 바로 그 자신의 내면에서 어른거렸다. 모든 것이 어딘가 잘못되었다. 그 자신의 내장 속에서 뭔가 그에게 덤벼들었다 — 이미 그 낯선 사람이 아니라 (그 오래전부터 갇혀 있던 포로가 — 오! — 그것은 얼마나 쾌락적인 시간들이었던가!) 단지 뭔가, 뭔가 이름 없는 것, 그러나 죽음 그 자체처럼 궁극적인 것 — 그것도 그 혼자만의 죽음이 아니라 모든 사람의 죽음 — 무존재. 엘리자는 움직이지 않고 그 순수한 옆얼굴을 그에게 향한 채 앉아 있었으나 그녀의 입술에는 어떤 비밀스럽고 도발적인 미소가 서려 있었다. 게네지프는 손으로 허공을 때렸는데, 그 공간에는 저 남자, 그에게 살해당한 남자의 뜨거운 턱수염이 미친 듯한 속도로 펴져 나가고 있었다 — 이미 우주 전체가 가득 찼고, 이미 유한의 경계를 넘어서서, 마치 다바메스크를 복용한 뒤의 환각 속에서 보는 것 같았다 — 모든 것이 우리의 이 공간을 넘어선 다른 공간에서 일어나는 듯했던 그때 같았다. 그리고 동시에 그는 현실 전체를 전례 없이 선명하게 자기 앞에 보았다 — 이제까지 한 번도 이런 적이 없다 — 다만 뭔가 낯선 것, 자기 것이 아닌 것처럼 — 누구의 것인지 알 수 없는 남의 눈을 통해서. 무시무시해졌다. 눈이 툭 튀어나왔고 숨이 거칠어졌다. 엘리자는 견디지 못했다 — 그녀의 머리를 붙잡고 끌어당겼다 — 정신 나간 듯 갑작스럽게 — 자기 쪽으로. 이렇게 그를 영원히 가지고, 그를 지배하고, 그는 자기 안에 녹여서 누군가 완전히 다른, 알아볼 수 없는 사람으로 만들어 내는 것. 엘리자는 그의 광기를 사랑했고 광인으로서의 그를 사랑했으며 오로지 그 안에서만 충족을 발견했다 — 지금 그녀는 그런 순간을 맛보고 있었다 — 자신이 육체를 가지고 있으며, 이것도, 저것도, 몸 안의 저것도 가지고 있다고 느꼈다. 물론 그녀는 그렇기 때문에 이것을 — 오 — 행복감을 느낀다는 사실은 알지 못했다! 그때 그는 그녀의 것이 되었을 것이다, 그가 자기 자신에게서 벗어났을 때, 이미 자기 자신이 아니었을 때. 인생 첫 입 맞춤은 나방의 날개가 밤에 피어나는 꽃의 꽃잎을 스치며 건드리는 것처럼 가벼웠고, 그 가벼움 안에서 존재 전체에 가득한 성적인 악 그 자체처럼 변태적이었으며, 게네지프의 기울어지고 일그러진 입술 위에서 흘러내려 두려움으로 덮여 버린 눈의 광기의 가리개를 찢어 냈다. 지나갔다. 그는 코쯔모우호비치를 무시무시하게 원했다 — 지휘관과 그의 전투까지. 이런 순간에는 심지어 기병대의 행진 음악에도 목숨을 바칠 수 있었다. 이런 순간들이 언제나 때에 맞지 않게 지나가 버리는 이유가 뭔지 모르겠다. 그는 깨어났고 바로 그 순간 얼마나 지옥같이 그녀를 사랑했는지! (한편 그녀는 이미 그를 약간 덜 사랑했다 — 그는 조금 전에 더 매력적이었다.) 그는 바로 그녀가 그를 그 구덩이에서 끌어냈다는 사실에 기분이 좋았는데, 그를 그 구덩이로 끌어들인 바로 그 인정사정없는 손아귀는 그의 삶을 시작부터 조종했던 바로 그 손아귀였고, 그 것은 아버지의 손아귀였다. 그러나 죽은 아버지가 아니고 다만 그 영원한, 거의 아버지-하느님, 그 끝나지 않은 광기를 소유한 그 아버지, 강한 사람의 광기가 지금 그의, 영적으로 허약한 약골의 내면에서 펼쳐지고 있는 그 아버지 말이다. 그 부당함은 끔찍한 것이었다. 그러나 존재 그 전체에서 정당함을 요구하는 것이야말로 가장 큰 광기가 아니겠는가? 그게 바로 가장 위대한 사상가들이 했던 일이다 — 윤리적인 우연들의 무질서한 덩어리를 고집스럽게 그리고 저 세계의 법칙 속에서는 아무 효과도 없이 신성시했다.

그리고 때때로 엘리자는 다시 불타는 듯 말했다.

"…그리고 바로 저기, 무한히 먼 곳에서 길게 연장된 가장 숭고한 관념들의 의미가 줄지어 갈라지고 모든 것과 모든 것의 절대적인 일원성 안에서, 그리고 모든 것의 자기 자신과의 관계를 넘어 우리는 하나인 같은 존재가 될 거예요. 생각해 봐요, 현실적인 존재와 이상적인 존재 사이, 관념과 그 관념을 그렇게 이름 지은 것과 그것이 의미하는 것 사이의 차이가 사라지면 얼마나 행복할지. 존재의 현실과 존재의 유일하고 가장 숭고한 관념 사이에 아무런 차이점도 없어질 거예요. 전체성이 녹아 자기 자신과 하나가 되고"— 그리고 기타 등등, 또 등등. 게네지프는 아주 약간 그녀가 창피해졌으나 끝내는 이런 말들의 열기 자체에 흥분해 미친 듯이 그녀를 욕망하기 시작했다. 그는 그 일원성을 여기, 땅 위에서 단순한 성적인 행위를 통해 이룰 수 있다고 느꼈으나 여기에 대해 말할 용기는 아직 내지 못했다. ("이원적인 일원성"— 하, 하 — 중국인 군무원들은 이 말에 아마인 기름에 튀긴 쥐꼬리 안주에 쌀로 빚은 독주를 마시며 코웃음 치고 야만적으로 웃었다. 아시아 전체의 볼셰비키화된 몽골인들을 지휘하는 최고 지휘관 '왕', 코쯔모우호비치가 대화하기 전 약간 두려움을 느꼈던 유일한 상대방인 그도 함께 웃었다.)

886

여름은 그 자체의 고통스러운 아름다움 속에서 죽어 갔다. 밤의 사파이어빛 얼굴은 별들로 가득한 절망적인 허공이라는 상복을 뒤집어썼다. 세계는 아인슈타인의 개념 속에서처럼 진실로 제한된 것처럼 보였다 — 하나의 커다란 감옥이다. (몇몇 사람들은 물리학이 이미 그런 관점을 요구하지 않는데도[그 불운하고 무한히 위대한 자전하는 잠재력으로 만들어진 어떤 속임수다.], 어쨌든 '기울어진 우주'라는 발상을 가지고 계속 살아갔는데, 우주의 유한함을 심지어 직관적으로 받아들인 것이었고 그들에게는 그것으로 좋았다. 위험한 증상이다.) '그곳'은 먹먹하게 조용했다 — 도달할 수 없는 진리와 실제적인 존재 사이에 무르티 빙의 관념들이라는 가리개가 펼쳐져 있었다. 비록 그것은 찢어진 커튼처럼 보이는 빗줄기일 뿐이며 이전의 희망을 비웃는 햇빛 찬란한 깨달음의 지평선을 가리고 있었지만 말이다. 이 "깨달음"이라는 단어는 이미 오래전 쓰레기장에 던져졌다 — 그것은 평범한 백치증일 뿐이었고 무르티 빙이 가르치듯이 반드시 이러해야만 한다는 확신과 전혀 구분되지 않았다. 그 외에는 아무것도 없었다 — 어쩌면 벤츠의 기호 정도가 있을까. 슬픈 뼈대만 남은 나무들에서 죽어 가는 땅 위로 떨어지는 노란 잎사귀들의 속삭임처럼, 정신을 잠들게 하는 위대한 선생의 철학이 들려주는 말들은 부관이 되기를 꿈꾸는 불쌍한 신임 장교의 핏덩어리가 굳어진 뇌 고랑 위로 떨어지며 소곤거렸다. 이미 마지막 훈련들이 시작되고 있었다 — 부관으로서 가장 고도의 섬세함을 가르치는 수업이다—이제나저제나 임명을 기다리는 것이 순서였다. 수도로 떠나는 여행, 새로운 삶… 게네지프는 여기에 대해 생각하기가 힘들었고, 고통스럽고 말랑말랑한 지루함에 점점 더 깊이 빠져들었다. 다가오는 결혼식에 대한 생각만이 유일하게 그의 굳어진 관절에 전기 충격을 주었다. 그러나 여기서도 여러 복잡한 사정들이 바다처럼 펼쳐졌다. 이 마지막 (여기에 대해 그는 젊은 나이에도 불구하고 확신했다.) 사랑의 희생은 어떻게 실행될 것인가? 그리고 가끔 야만적인 공포가 마치 집게로 집어 올리듯 그를 붙잡았고, 그 공포심 때문에 그의 허벅다리 살갗에 악어 비늘처럼 소름이 돋았다. 이 무시무시한, 이제까지 알지 못했던, 어떤 괴물 같은 꽃의 봉오리처럼 부풀어 오른 이 욕망을 대체 어떻게 충족시킬 것인가? 그 욕망은 그의 몸속에서 마치 섬유질 종양처럼 가지를 뻗었고 욕정적으로 입맛을 다시면서 그를 씹어 삼켰으며 그러면서 현실적인 모든 행동의 능력을 마비시켰다—그는 엘리자 앞에서 공주의 경우와 마찬가지로 완전히 무력했으며 어떤 기적이 일어나야 이 무기력의 상태를 극복할 수 있을지 알 수 없었다. 그리고 동시에 거기에는 이해할 수 없는, 무한한 지루함이 있었다. 하! 그러나 심지어 만약 이 상태가 극복된다 하더라도 그런 뒤엔 어떻게 할 것인가? 그가 진실로 아는 여자는 단지 공주 한 명뿐이었고, 에로틱한 관계가 구체화되는 데 비례해 만들어지는 그 음울한 거짓을 숨긴 성적인 적의를 구역질할 정도로 무서워했다. 한편 영적인 사랑은 지속되었고 그는 이미 그것 없이는 삶을 상상할 수도 없었다.

치명적이며 그토록 갈망했던 날이 찾아왔다 — 이미 여기, 여기에 와 있었다 — 내일이나 모레다. 게네지프는 마지막 대화를 해 보기로 결심했다. 비밀스러운 철학의 영역에서 자신의 주인인 그녀가 아니라면 그가 대체 누구에게서 위안을 기대할 수 있단 말인가? 그리고 그는 그녀에게 자신을 밀어붙였고, 달라붙었고, 다가붙었고, 구원해 달라고 빌며, 광기에 찬 상태가 계속 발전하는 원인이 바로 그녀에게 있고 그녀가 없으면 그 상태를 제어할 수 있었으리라는 사실을 느끼지 못했다. 그는 말하기로 결심했지만 그저 그녀의 왼쪽 겨드랑이에 얼굴을 숨긴 채 크게 벌린 콧구멍으로 그가 알지 못하는 그녀의 몸에서 살인적인, "피투성이에 범죄적인"(여기에 대해 달리 표현할 말을 찾지 못했다.) 가벼운 체취를 빨아들이며 의미 없는 말들을 중얼거렸을 뿐이었다. '아, 이 육체 — 어쨌든 바로 거기에 모든 것의 비밀이 있는 거잖아, 세상 모든 현자들이 무익하게 파고들었던 이상적인 존재 속에 매달린 관념들의 조합이 아니라.' 고인이 된 베르그송이 이 '생각'을 '들을' 수 있었다면 기뻐했을 것이다. 그 전에는 이렇게 생각하지만, 그 뒤에는? 그는 속삭였고, 이 짐승 같은 속삭임에 대답하는 그녀의 말 한 마디 한 마디가 신성했고 악마처럼 지루했으며 충족되지 못한 무기력한 욕망에게 미칠 듯한 자극제였다. 폴란드 제바니주의자들의 치명적인 철학의 이 평범하고 무의미한 말들은 마치 새빨갛게 달아오른 가마솥 벽에 떨어지는 물방울과 같았다 — 물론 그 말들은 그녀의 입술에서 나오고 있었다. 그 헛소리를 되풀이하기는 창피하다. 그리고 이 모든 것이 뭔가 건조하게 작용했다 — 여기에 대해 다른 묘사는 할 수 없다 — 사막과 뜨거운 사뭄* 뿐이다. 무섭다 — 저 중국인들 따위가 대체 뭐란 말인가! 여기 개인적 비극의 조그만 파편 위에 몇 세대 전체의 비극이 신호기처럼, 지시등처럼 나타났다. 그리고 그 비극의 이름은 '진정하고 위대한 감정들을 느낄 능력의 부재'다. 물론 어디선가는 어떤 신기료장수가 어떤 요리사를 진심으로 사랑했을 것이다 — 그러나 그것은 최소한 폴란드에서는 창조적 환경에서 분열형 환자들과 정신분열증 환자들로 가득한 보편적 삶을 만들어 내지 못했다. 뚱뚱이들은 아직 권력의 자리로 뚫고 들어가지 못했다 — 중국인들은 이제 막 그들에게 진정한 힘으로 가는 길을 열어 주기 시작했고 그 뒤에는 이미 모든 것이 잘되었다. 지프치오는 어떤 대가를 치르더라도 설명을 멈춰야겠다고 결심했다.

　　"들어 봐요, 엘리자." 그가 말했다(젊은 사람들이 흔히 그렇듯이 그가 실제로 한 말은 의도했던 말이 전혀 아니었다). "당신을 리즈카라는 애칭으로 부르는 것조차도 제대로 해낼 수가 없어요. 그것조차 무한히 고통스럽다고요. 내가 뭔가 위대한 행위를 완수할 기회를 당신이 주지

* Samum. 아랍어로 사막에 부는 바람을 뜻한다.

않는다면 그땐 어떻게 되는 거죠…?" 그는 저녁의 남청색
으로 밝혀진 9월의 하늘을 쳐다보며 최고의 절망에 빠진
무기력한 미소를 지으며 물었다. 이미 먼 초원에서 찬바
람이 불어오기 시작했고, 그곳에 있는 거의 잊힌 어느 민
족 영웅의 무덤이 초원에 에메랄드빛과 연푸른빛 색조를
입혔다. 여기서 땅은 아직도 낮의 열기로 숨 쉬고 있었다.
엄청난 그리움이 두 사람 모두를 감쌌다. '유빙'처럼 흩어
져 노랗게 변해 가는 가시나무의 뜨거운 덤불 속에서 춤
추듯 뛰어나와 원을 그리며 날아다니는 때늦은 (어째서? 9
월에?) 모기떼를 두 사람은 얼마나 지옥같이 부러워했는
지 모른다. 두 사람은 개개의 모기가 아니라 모기떼 전체
를 부러워했다 — 개개의 존재와 분리되었으니까 — 자기
자신이 아니라 다수의 일원으로 살아가는 것, 바로 거기
에 도달한 것이다. 저녁 산들바람에 소나무의 긴 바늘잎
이 조용히 쉭쉭 소리를 냈다. 이런 순간 안에 영원을 가두
고 그대로 존재하지 않을 수 있다면.

"당신이 뭔가 위대한 일을 완수할 수만 있다면 나
자신을 희생할 거예요. 아무런 명예도 원하지 않고 다만
당신이 자기 자신을 위해 위대해졌으면 좋겠어요 — 난
당신이 자신을 속이지 않을 거라 믿어요…."

"아니, 아니, 난 그런 걸 원치 않아요." 게네지프가
신음했다.

"나도 알아요. 당신은 군대의 행진곡과 깃발 아래 코
쯔모우호비치가 (그녀는 언제나 이렇게, 다른 모든 사람들

과는 다르게 말했다.) 용맹한 볼레스와프* 왕의 장검으로 당신의 어깨를 두드려 주길 원하는 거죠." (오, 게네지프는 이 순간 그녀를 사랑하면서도 동시에 얼마나 증오했는가! 오 고통이여!) "아니, 당신한테 그건 어쩌면 그저 위대함으로 가는 길일지도 몰라요. 성숙해 갈수록 당신은 바로 거기에 남아 있지 않으려 하겠죠. 당신은 당신 자신에도 불구하고, 자기 자신에게서 숨은 채 전쟁을 견뎌 내야만 해요."

"그럼 당신은 내가 위대한 자동기계가 되기를 원하는 건가요?" 지프치오는 '고함쳤고', 부관들의 그 괴상한 기병 같은 제복을 입고 꽉 끼는 벽돌색 바지를 입고 박차 달린 군용 장화를 신은 다리를 넓게 벌린 채 완전히 차려입은 모습으로 그녀 앞에 섰다. (이 모든 차림새에는 뭔가 나폴레옹 풍 '지휘관' 같은 데가 있었다. 병참 장교는 이용할 수 있는 장식을 한껏 이용했다.) 그녀가 사랑하는 이 지프치오는 얼마나 아름다운가! 아, 바로 지금, 여기, 이 뜨거운 땅 위에서 — 마치 매가 작은 새를 덮치듯 그가 그녀 위로 덮치고 그녀가 쾌락적인 고통에 마치 고양이처럼 포효할 수만 있다면 — 그녀는 얼마 전 그런 장면을 보았다. 그리고 바로 그가…. 두 사람 모두 그것을 원했고 두 사람 모두 결정을 하지 못했다. 어째서, 어째서 때맞춰 그걸 하지 못했던 걸까? 그리고 다시 대화다 — 이제 엘리

* Bolesław Chrobry (967–1025). 볼레스와프 1세. 폴란드 역사상 처음으로 왕(król)의 칭호를 사용한 지배자.

자가 게네지프를 희생물로 삼아 괴롭혔다. 새로운 악몽이, 그 저주받을 희생물이 최근에 찾아왔다 — 개인으로서 사회에 희생해 나중에 삶에서 분리된 영역에서 그만큼 더 강하게 꽃피기 위한 자발적 희생자였지만 이미 그 삶에서 분리된 영역이란 내면에서부터 악취를 뿜어내는 덩어리에 불과했다 — 분리되지도 않았고 옆에 있지도 않다 — 그리고 나중에야 그 분리된, 이미 선한 개인성을 통해 (악취 나는 심리적 야만화를 통해 — 그 시기는 필수적이었다.) 그 냄새를 온통 묻히고 관심사를 나누면서 멀어지고 — 외면적으로는 깔끔하게 씻어 내 깨끗하고 잘 먹고 훌륭한 집에서 사는 그들, 그 사람들 — 행복한 사람들, 그 사람들이라기보다는 그 무리, 그 방식, 과거 세기의 이상적인 기계의 나사와 지렛대, 그리고 이 기계의 첫 번째 스케치를 이미 몇몇 국가에서는 볼 수가 있는 것이다. 앞으로 다가올 일을 생각하면 뼛속까지 공포에 얼어붙는다.

　(한편* 시비엔토크쥐스키[성십자] 광장에 있는 국방부 궁전의 사무실에서는 굴뚝 앞에 총병참 장교가 서서 치질 부위를 데우며 가볍게 몸을 흔들고 있었는데, 그 치질은 오늘 특별히 그를 괴롭히고 있었다. 작전을 지금 결정할 수는 없었고, 어제는 바로 페르시와 함께 취하도록 마시고 심지어 그의 기준에서도 괴물 같은 일들을 저질렀다. 그는 부하인 올레시니츠키에게 뭔가 지시 사항

* 여기서 열린 소괄호는 897쪽에서 닫힌다.

을 불러 주는 척했다. 바로 이 순간에 역사가 만들어지고 있었고 그 과정은 이러했다. "…그러므로 바로 이것을 통해 더 해로워진다. 무르티 빙 추종자들을 막사에 들여보내지 말라고 명령하기로 하지. 사병들은 규범 제3항의 내용에 포함된 수단을 통해 어느 정도까지는 그저 자동화되어 있어야만 한다. 위에 언급된 철학의 원칙들은 소위 계급부터 시작해서 그 이상 되는 고급 지성에게만 해롭지 않은 것으로 간주한다. 그보다 낮은 계급의 경우 상응하는 대중 선동가에 의해 준비된 입회자들 제3급은 역사에 대해 물질주의적으로 접근하는 오래되고 사라져 가는 믿음들의 예측 불가능한 조합들을 불러일으킬 뿐이다. 대위 이상 장교 여러분들은 이 모든 악마 같은 뒤죽박죽에서 빠져나오기를 권장한다." [심지어 공식적인 명령도 이렇게 말하는 것이 총병참 장교의 스타일이었다.] "장교 회의에서 위의 사항을 읽을 것이며, 회의는 그 목적으로 소집할 것." 당번 장교가 제바니의 도착을 알렸다. 대체 어디서 하필 지금 여기로 온 것인가? 코쯔모우호비치는 마치 실론 섬* 정글에서 짐승 앞발에 붙잡힌 것처럼 느꼈다. 젊고 잘생긴 인도인이 턱시도 차림으로 들어섰다. 머리에는 비둘기 알 크기의 사파이어를 꽂은 터번을 쓰고 있었다. 두 세력이 서로를 견주어 보았다. 한쪽은 비밀스러운 동방 공동체의 사자로 '우선 모든 것을 소멸시키고 그 뒤 새

---

* 실론은 스리랑카의 옛 이름이다.

로운 인간을 창조한 뒤 지상에서 백인종의 독성을 해독하자.'를 방침으로 삼고 있었으며, 다른 한쪽은 무사상적이고 자기 자신을 깨닫지 못한 서유럽 공산주의의 괴물 같은 기제의 노예로서 게다가 그 자체로 독립적인 회오리바람과 같은, 규정된 방향이 없는 힘이었고 사라져 가는 개인들 중 마지막 한 명이었다 — [어쩌면 무의식적으로 그는 이런 것에 매달렸다]. 대화는 짧았다.

제바니. 각하는 어째서 군인들에게 훌륭한 방파제를 금지합니까 — [뻔뻔스러운 인도인은 거의 눈치챌 수 없는 조롱을 섞어 이렇게 말했다.] — 이상적인 존재의 무한함뿐 아니라 우주 전체에서 현재 존재하거나 존재할 가능성이 있는 모든 행성의 지적 생명체의 미래를 둘러싼 위대한 진리의 일부가 되는 일인데요?

코쯔모우호비치는 여기에 대해 평온하게, 거의 달콤하게 대답했으나, 그 달콤함은 무시무시한 것이었다.

"어떻게 그렇게 됩니까, 노란 만리장성의 사악한 첩자여⋯."

제바니. 우리는 몽골인들의 습격과 아무 관련 없습니다. 우리에게는 결단코 아무것도 증명된 적이 없고⋯.

병참 장교. 말을 끊지 마시오. 그러니까 단지 여기에 있는 생각들만 [여기서 그는 자신의 현명한 둥근 이마를 톡톡 쳤다.] 알아낼 수 없다는 겁니까?

제바니는 천성적으로 엄청난 청력을 가지고 태어난 데다 뿔 모양의 특수한 청각 기구를 통해 그 능력을 강화시켰다. 중국의 발명품이며 서구에는 알려지지 않은 물건이다. 그는 방음 쿠션이 덮인 문으로 가로막힌 방을 세 개지나 있는 대기실에서 병참 장교의 명령을 처음부터 끝까지 다 들었다. 난로와 굴뚝의 관을 통해 들은 것이다. 대체로 고행을 한다는 것 자체가 오감과 암시 능력을 정밀하게 다듬는 작업일 뿐이다. 그러나 용맹한 '코쯔모우흐'는 어쨌든 이 암시에는 굴복하지 않았다. 그런 속임수로 그를 이길 수는 없다. 제바니는 떨지 않았다.

"오로지 생겨나지 않은 생각들만 알아낼 수 없지요." 그는 완전히 미칠 듯이 의미심장하게, 불타는 듯한 시선으로 상대방의 검고 명랑하고 천재적인 눈을 들여다보며 말했다. 제바니는 지휘관의 마지막 생각을 알아낼 수 없다는 점을 가장 명확하게 암시했다. 그것은 아직 아무도 감히 완수할 수 없었던 일이었다. 그의 시선은 너무나 의미심장해서 병참 장교의 검은 눈에서 마치 껍질을 불어서 날려 버린 듯 명랑함이 순간적으로 사라졌다. '그가 과연 나의 기제를 아는 걸까?' 코쯔모우호비치는 생각했고 갑자기 온몸이 차가워졌다. 갑작스러운 수축에 치질도 더이상 아프지 않았다 ─ 창자가 안으로 움츠러든 것이다. 총병참 장교는 제바니의 방문을 이렇게 이용했고 그 외에 이 순간부터 국방 본부 내 사무실과 방들에 대한 감시를 강화하고 자기 신변의 내부와 외부 경비도 강화했다. 가장 자질구레한 일들에서 결론을 이끌어 내고 곧장, 즉각 그것을 실천에 옮기는 것 ─ 이게 전부다. 대화는 마치 아무 일도 없었던 것처럼 계속 이어졌으며 아무런 중요한 이야기도 나오지 않았고 결정되지도 않았다. 두 신사들은 대부분 서로를 시선으로 탐구했다. 이후 계속된 과정에서 이 갈색 원숭이가 무엇을 알고 있는지는 알아낼 수 없었다. 그도, 그러니까 이 인도인도 마찬가지로 자기 직관을 시험했다. 왜냐하면 2급 요기*인 그에게 백인이 비밀스러울 수 있다는 것은 이제까지 일어난 적 없는 일이기 때문이다. 그도 물론 다른 모든 사람들처럼 '천재 코쯔모우호비치'**에 대한 교육은 받았다. 그러나 그건 중요한 것을 절대로 글로 적어 두지 않기 위해서였다 — 모든 것은 머릿속에 담아 두었다. 나가면서 제바니는 병참 장교의 손에 다바메스크 알약이 스물다섯 알 들어 있는 아주 아름답게 조각된 상자를 쥐여 주었다. "각하와 같은 독수리에게는 스물다섯 알도 충분하지 않습니다. 그러나 각하께서 참을성이 많다는 사실은 저도 알고 있지요." 이것이 그의 마지막 말이었다.)

게네지프는 마지막 부관 시험을 치른 뒤 다음 날 깨어났을 때 거의 고등학교 졸업 시험을 치른 직후처럼 임의성의 비밀스러운 공간을 다시 한번 느꼈다. '지휘관 곁'에 그가 이제까지 해 왔던 모든 것의 규모를 넘어서는 일이 기다리고 있다는 사실을 그는 알고 있었다. 그러나 그것은 그게 아니었다. 이제야 그는 자신이 자유롭고 완성

* 요가의 수행자.
** der geniale Kotzmolukowitsch. 원문 독일어.

된 인간이라고 느꼈다— 모든 학교교육이 (엘리자의 교육도 마찬가지였다.) 이미 지나갔다. 진정으로 어엿한 인물이 되어야만 했다— 결심과 실행 사이의 불확실성 속에 매달려 있기를 좋아하는 어떤 분열증 환자들에게 이것은 무서운 순간이다. 어떻게 해야 할지 알 수 없는 자유보다 더 나쁜 것이 있을까? 그는 그날 아침 아예 깨어나지 않을 수 있었다면 비싼 값이라도 치렀을 것이다. 그러나 그 하루는 그의 앞에 가차 없지만 텅 빈 벽돌처럼 서 있었다— (뭔가로 채워야만 했다— 시간이 날 듯이 지나갔다.)— 그리고 그것은 (아, 맞다!) 게다가 결혼식 날이었다. 이 사실을 지프치오는 깨어난 지 10분이 지난 뒤에야 떠올렸고 제곱으로 겁을 먹었다. 그는 기계적으로 창문을 열고 휘둥그런 눈으로 내다보았다. 세상의 낯섦이 정점에 달했다— 가을 나무들이 햇빛 속에서 최소한 다른 행성에서 자라는 것처럼 보였다. 대체 무슨 다른 행성인가— 그것은 바닥 없는 구멍이자 이 세계였고 외면적인 사물들 속에서 구현된 낯섦으로 가득 차 있었다. 그러나 그가 살아갈 수 있을 그 세상은 어디에 있는가? 어디? 그것은 존재하지 않았고 존재할 수 없었다. 그것은 모든 진실 중 가장 가혹한 것이었다. "나는 어째서 살아 있는가."— 그는 속삭였고 눈물이 차올라 목이 막혔다. 오 무한한 고통이여— 대체 어째서 이 사실을 더 일찍 깨닫지 못했을까?! 그는 예전에는 망설임 없이 자살을 할 수 있었던 것 같았다— 지금은 살아야만 했다. 자살의 능력을 무엇 때문에 버렸을까? 멍청했기 때문에, 어떤 여자들 때문에, 가족 때문에. 아하, 그리고 가족이라니 말인데 어머니와 누이와 그 전지전능한 아브놀과 다른 모든 사람들, 한때는 소중했으나 지금은 이 시들어 버린 냉담한 세상에서 그에게 아무런 도움도 줄 수 없는 냉담한 유령들은 대체 어디에 있는가? 어쩌면 엘리자도 또한 유령들의 세계에 속하는 것 아닌가? 엘리자가 저들과 다른 점은 단지 그 악마같이 아름다운 얼굴과 욕망을 불러일으키는 미지의 육체를 가졌다는 것뿐이었다. 저들은 육체가 없었다. 게네지프는 이토록 한심하고 이토록 공감에 목말라 있었다—누군가 사랑이 담긴 손바닥이 가볍게 쓸어 주기라도 하기를 (사람은 없어도 좋으니 그냥 손바닥이라도 된다.) 너무나 갈망해서 부끄러울 정도였다. 손바닥? 우습다. 대체 어디서 나온 손바닥이며, 이 모든 것이 대체 무슨 의미인가? 그는 혼자였고 무시무시하게 고통받았다—아무도 그를 이해할 수 없을 것이었고 아무도 그와 여기에 대해서 심지어 이야기조차 하고 싶어 하지 않을 것이었다. 여기에 대해 아무에게도, 심지어 그녀에게도 말할 가치가 없었다. 그는 자기가 무슨 말을 들을지 알고 있었다. 무슨 에로틱한 구멍들에 대한 짧은 설교나 아니면 그 비슷한 것이다. 조금 전에 결혼식에 대해 생각했음에도 (뭔가 추상적으로, 구체적인 사람과 관련 없이) 지금에서야 그는 약혼녀의 현실적인 존재를 떠올렸다. 그녀는 진짜로 있다, 그의 리즈카, 하, 하! —그리고 그는 마치 죽음에 쏟아

붓듯 자신을 그녀 안에 (혹은 그녀에 대한 자신의 사랑 안에) 쏟아부었다. 어쨌든 그녀 혼자 이 텅 비고 낯선 세상 전체를 채워 주었다. 그리고 그는 여기에 대해서 잊어버렸던 것이다!! 그렇다 — 잊었다, 왜냐하면 세상은 그녀로 인해 너무나 꼼꼼하게 채워져서 그는 그 사실 자체에 신경 쓰지 않을 수 있었다. 이 모든 일은 사실인가? 누가 알겠는가. 그리고 이런 종류의 강렬한 비극들은 이전에 적절한 사회적 환경에서 일어났더라면 세상의 역사를 바꿀 수 있었겠지만 지금은 씹다 뱉은 씨앗이나 먹다 만 덩어리, 한입 베어 물고 남은 부스러기에 불과하다고 생각하면. 아무도 여기에 대해 아무런 신경도 쓰지 않는다. 이런 일들은 마치 빈대에 물리는 것처럼 둔감해진다. 저기 세상에서는 우스운 몽상가들이 말라 죽었다. 오로지 여기에만, 보편적인 변화를 피해 기적적으로 보존된 이 행성의 작은 조각 안에서, 뭔가 터질 정도로 긴장된 무기력 안에서 옛 시대를 떠올리게 하는 무언가가 지속되고 있었다. 그러나 이 모든 것은 내용물이라곤 없고 다 먹혀 사라졌으며 말라붙고 텅 빈 소리만 울리는, 마치 말라붙은 호박 같았다. 마치 다채로운 깃털로 자신의 무시무시함을 감춘 음울하고 무시무시한 독수리처럼 무르티 빙의 살인적인 철학이 남아 있는 두뇌들을 먹어치웠다. 겉보기에 그것은 너무나 부드럽고 '달콤한' 학문이었다. 엘리자 — 이름 자체도 독이 든 시럽을 두뇌에 쏟아붓는다 — 하! 그리고 그 모든 것을 아는 두 눈은 미지의 광기를, 미지의 쾌락을 감

900

춘 채 거의 증오에 가까운 이상적인 집착과 하나로 합쳐
진 가장 미친 듯한, 현실과 동떨어진 갈망들을 채워 주겠
노라 약속했다. 너무 괴물 같다 못해 무의미한 어떤 일을
완수해야만 그를 충족시킬 수 있을 것이었다 — 그러나
어떤 일을? 모든 가능성이 너무나 제한되어 타일을 붙인
이 벽난로에 머리를 박는다 해도 아무것도 생각해 낼 수
없을 것이었다. 오, 진실로 그냥 터져 버릴 수만 있다면!

그리고 이 모든 복잡하게 꼬인 생각들은 찾아왔을
때와 마찬가지로 갑자기 게네지프에게서 무슨 혐오스러
운 가면처럼 떨어져 나갔으며, 엘리자는 그저 현실의 사
랑스러운 처녀일 뿐이었고 전혀 무슨 유령이나 비밀스러
운 철학의 독을 뿜는 괴물이 아니었으며, 가족은 사랑하
는 가족이고 스투르판은 진정한 친구이며 그 자신은 지휘
관의 부관 후보인 아름다운 장교로서 마찬가지로 아름다
운 이력이 눈앞에 펼쳐지는 중이었다. 모든 것이 좋았고
그것으로 끝이다.

### 주의

영혼은 어떤 사람을 치료해 줄 수도 있고 다른 사람을 중독
시켜 죽음에 이르게 할 수도 있으며 세 번째 사람은 자기 의
지와 상관없이 위대하게 만들고 네 번째는 거의 심리적인
하수구 차원까지 저열하게 만들고 악취를 풍기는 걸레로 바
꿔 버릴 수도 있다. 선의와 자기희생, 몸을 아끼지 않고 누
군가에게 헌신하는 것, 누군가에게 빠져들어 자기 자신을

던져 버리는 것이 이런 감정과 행동의 대상에게는 서로 다른 상황에서 최악의 독일 수도 있다는 건 생각만 해도 무서운 일이다. 영혼도 마치 라이프니츠의 단일체처럼 융통성 없이 그 자체에서 비롯되지 않은 사실들과는 무관한 어떤 원칙에 따라 모든 것이 진행되었다면 가장 좋았을 것이다. 어쩌겠는가─사람들은 서로서로 붙잡고 기어오르며 그것은 혐오스럽다.

지프치오는 세상에서 가장 정상적인 청년처럼 욕실에서 몸을 씻었다. 그런 뒤에 당번병이 (거의 선사시대처럼 여겨지는 군사학교 시절이 남긴 관습이다.) 그에게 방금 빨아 날카롭게 주름 지어 다린 옷과 반짝이는 신발, 견장, 그 외 여러 '외부 장식물들'을 가져다주었다. 이른 아침의 햇살이 침실에서 모든 종류의 음울한 괴상함을 털어내 주었다. 정상적인 젊은 장교는 마치 길고 심한 전염병을 견디고 회복한 것처럼 느꼈다. 그는 스스로 기운이 넘치고 이제까지 그 어느 때보다 건강하다고 느꼈다. 등 뒤에 위협적인 그림자가 서서 자신의 불쌍한 두뇌 고랑 사이에 있는 거의 보이지 않는 작은 핀들을 연결하고 용수철을 구성하는 가느다란 실들을 덩어리에 감는 모습을 그는 보지 못했다. 심지어 당번병 치옴파와조차도 뭔가 굉장한 분위기를 눈치챘다. 그러나 지프치오는 아니었다─마치 나무 막대기 같았다.

준비는 '마치 꿈처럼' 지나갔고 그 뒤에 평범한 여러

형식과 의식과 행사의 잡다한 일\*이 시작되었다. 결혼식은 3중이었는데, 시민-군대식, 가톨릭 (어머니를 위해서) 그리고 무르티 빙 방식으로 이른바 2-1이라고 했다. 결혼은 일원성의 경계에 선 이원성의 상징이었다 = 사회를 위한다는 명분으로 완전히 멍청해지고 그러면서 개인성을 잃어버리는 과정이다. 예식은 람브돈 티기에르가 적당한 선언문들을 이용하여 직접 진행했다. 엘리자는 자기 내면에 깊이 빠져 집중한 채 입꼬리에 뭔가 고통받는 무구한 자의 괴로운 미소를 띠고 있었고, 그것은 젊은 부관의 육체에 가장 사악하고 잔혹한 욕망의 불을 지폈다. 그러나 어쨌든 그것은 완전히 정상적이고 바람직한 일이었다.

다음 날 신혼부부는 수도로 떠날 예정이었고 그곳에서는 독립적이고 책임 있는 일자리가 게네지프를 기다리고 있었다. "얼마나 즐거운가, 얼마나 즐거운가."라고 그는 되풀이했으나 치아는 덜덜 떨렸고 눈은 마치 골수 가장 안쪽에서 뽑혀 나온 듯 불안하게 뜨여 두리번거리고 있었다. 그는 마치 열병에 걸린 것 같았으나, 그것은 평범하고 일생 지속되는 열병이었다 ― 모두가 다 그것을 자연스럽게 여겼다. '그러나' 저녁 신문은 불안한 소식을 가져다주었다. 노란 만리장성이 움직였다. 첫 번째 몇몇 부대가 민스크에 도달했고 세 시간 만에 벨라루스 공화국을 '중국화시켰다'. 오후가 되자 우리 폴란드에서 전시 동

* канитель. 원문 러시아어.

903

원 명령이 떨어졌고 이미 저녁 다섯 시에 수도에 배치되어 니에히드오흘루이 지휘 아래 있는 연대 세 개가 공산주의 사상에 경도되어 반란을 일으켰는데 — 아시다시피 니에히드오흘루이는 몸을 씻지 않고 손에 땀이 많이 나는 것으로 악명 높아 적절하게도 오히드니에흘루이라고 불리는 사람이었다.* 이 끔찍하게 더러운 군인은 총병참 장교와 둘이서만 회합을 가진 후 (그건 아마 죽을 정도로 끔찍한 일이었을 것이며 비교적 드물게 일어났다.) 눈 깜짝할 새 자신이 지휘하는 연대들을 평정했으나 그러면서도 자기 부관과 부하에게는 상황의 핵심을 설명해 주지 않았다. 이것은 이 시대에 일어난 기적 중 하나로 이후의 역사가 결코 설명하지 못했다. 그 기적 중에는 또한 (탈리랑과 푸셰에 대한 나폴레옹의 관계와 마찬가지로) 코쯔모우호비치와 니에히드의 관계도 포함된다.** 어떤 사람들은 병참 장교가 이처럼 위험한 짐승을 곁에 둔 이유가 분명히 내면적 '도핑'으로 긴장감을 유지하면서 "특정한 진행 상황들의 맥을 손으로 계속 짚고 있기 위해서"였으리라 확언했으며 그것은 대단히 진실에 가까운 말이었다. 반면 다른

---

* 폴란드어로 '오히다(ohyda)'는 '끔찍한 것, 잔학한 일'을, '니에흘루이(niechluj)'는 '더러운 사람, 지저분한 것'을 뜻한다.
** 샤를 모리스 탈리랑페리고르(Charles Maurice Talleyrand-Périgord, 1754-1838)는 나폴레옹의 측근으로 그를 정계에 입문시키고 외무 장관을 지냈으나 오스트리아와 손잡고 배신했다. 조제프 푸셰(Joseph Fouché, 1759-1820)는 나폴레옹 치하에서 경찰청장을 지냈으나 프랑스혁명 시기에도 부르봉왕조와 관계를 이어 갔으며 이후 나폴레옹 세력 붕괴의 가장 큰 배후 인물이 되었다.

사람들은 모든 것을 보편적인 백치화 때문이라 설명했다.

결혼식에는 또한 감옥에서 괴로운 세월을 보냈던 전직 주 중국 대사, 아담 티콘데로가 공자도 참석했다. 그러나 그는 엄마에게도 다른 누구에게도 절대로 한 마디도 하려 들지 않았다. 오로지 공주만이 이 사람이 예전의 자기 아들과 전혀 다른 사람이라는 것을 눈치채고 그에게 무르티 빙 철학을 어마어마한 분량으로 주입했다. 젊은 공자는 그저 절망적으로 고개를 끄덕일 뿐이었다 — 그는 이 모든 지껄임이 지겨웠다. 중요한 것은 이른바 "문화의 중단 문제"였다 — 이것이 중국 사상의 궁극적 정점인가 아니면 그 너머에도 유럽과 미국에서 아무도 알지 못하는 뭔가가 더 숨겨져 있는 것인가? 아담 대공은 자신이 가진 모든 정보를 오로지 민족해방 신디케이트에만 넘겨주고자 했다. 그 때문에 그는 길에서 붙잡혀 감옥에 갇힌 것이다. 총병참 장교는 그와 대화했고 (몇몇 의심스러운 인물들의 보고에 따르면) 그를 직접 고문했으며 (어떻게 고문했는지는 말하지 않는 편이 좋다.) 그의 뇌에서 무슨 분비선을 떼어 냈다고 하고, 불쌍한 공자는 모든 일을 잊어버렸다. 이렇게 해서 이 일에 대해 뭔가 확실하게 알고 있는 사람은 오로지 코쯔모우호비치 자신밖에 없게 되었다. 이 비밀들을 끄집어낸 자세한 방식은 무시무시했다. 티콘데로가 공자는 한족 중 최고위급인 '우'에게 몸을 바쳐야 했으나 (그러면서 거의 죽을 뻔했다.) 그저 풀어 줬다는 사실 자체로 그에게 감사할 따름이었다. 하지만 어쩌면 이것은 거짓이고, 이렇게 가느다란 관을 통해 비밀을 풀어 놓음으로써 우리를 속이려는 수작 아닐까? 코쯔모우호비치는 무시무시한 생각에 고민했다. 마침내 그는 지속적인 전략적 계획들만 세우다가 뭔가 '사상적'인 것에 대해 생각할 수 있게 되었고 이것은 어쩌면 행운이었다 — 누가 알겠는가? 그 '사상'을 계속해서 전파할지 안 할지 — 바로 그것이 문제였다. 에 — 안 하는 게 낫다. 이 '사상의 유입'* 전체가 티콘데로가 공자의 자백에 따르면 대략 다음과 같은 방법으로 진행되었는데, 공자는 비인간적인 고통속에 몸부림치며 모든 것을 (거의) 신음하듯이 내뱉었다. "모든 것이 적절한 때에 자기 자리에 정확하게 맞추어지면 그 전체는 하나의 덩어리와 같은 인상을 준다 — 그러면 마찰도 내부 속도도 느껴지지 않게 된다. 오류와 불규칙성 속에서야 비로소 성장하는 문화의 그 미친 듯한 돌풍(인력이 아니다.)을 관측할 수 있는데, 그 속도는 점점 더 커지면서 삶을 더더욱 복잡하게 하고 인류에게 완전한 파멸의 위협을 가져다준다. 바로 여기서 복잡성은 개인의 힘을 키워 줄 뿐만 아니라 — 그것은 조직을 위해 소진된다 — 인간 집단으로 이루어진 조직의 가능성의 힘 자체를 키워 준다는 사실이 명백해진다. 그것이 바로 몇몇 중국인들만이 보았던 (설마!) 미래의 대재앙이다. 이것은 이미 중국에서는 작은 규모로 일어났으며 서구는 말할 것

* Ideengang. 원문 독일어.

도 없다. 그러나 거기서는 이 점에 대해 아무도 아무것도 알지 못했다. 그러므로 황인종 모두, 서구식 표음형 알파벳을 도입해 자유로워진 그들의 강력한 지성에도 불구하고 이 문제는 손쓰지 못했다. 경험은 혼혈인들, 아리안-몽골인들에게 새로운 가능성을 제시해 주었다. 진격하라! 그러므로 서구에서는 두 개 인종이 대규모로 통합되어 인류를 새롭게 되살리게 되었다 — 그래 그다음은 무엇인가? 하 — 미지의 가능성들 — 어쩌면 문명의 퇴보와 어느 지점에서 문명의 중단은 그저 시간문제로 필연적인 일이며 그 뒤에 어쩌면 지금은 상상도 할 수 없는 새로운 운명이 인류를 기다리고 있는지도 모른다. 지금 당장 중요한 건 가속의 주된 요소인 '야만적인 자본'을 통제하고 유도하는 것과 단지 한시적일지 몰라도 어쨌든 '한숨 돌리기'*를 위하여 임시 공산주의 체제를 도입하는 것이었다. 서구 공산주의는 파시즘에 완전히 흡수되어 실질적으로 거의 구분할 수 없게 되었으며, 이런 관점에서 중국인들의 요구를 충족시키지 못했다." 코쯔모우호비치는 과거 라지비워 가문 소유였던, 지금은 "옛 라지비워 궁"이라고 불리는 궁전에 새로 자리 잡은 거대한 집무실을 이쪽저쪽으로 왔다 갔다 하면서 사상들을 저울질했다.** (일주일 전 그는 명령을 내려 그에게 굴복하려 하지 않는 라지비워 가족

---

* передышки. 원문 러시아어. 여기서는 사회변동, 정치적 탄압이 잠시 느슨해지는 시기.
** 라지비워(Radziwiłł) 혹은 라드빌라(Radvila) 가문은 14세기 리투아니아공화국의 귀족 가문으로, 16세기 폴란드-리투아니아 연합 후 폴란드 왕위를 계승하기도 했다.

을 그냥 길거리에 내다 버렸다. 그는 자기 신발을 핥는 경우에만 귀족 가문을 존중했다. 민족해방 신디케이트를 분쇄한 이후로 그는 당당하게 구는 귀족 나리들을 참아 주지 못했고 아마도 그가 옳을 것이다.) 그는 (마치 독수리처럼) 숭고한 초자아로 자기 앞에 놓인 자신의 자아를 저울질하고 있었는데, 그 자아는 마치 마멀레이드가 칠해진 금속판처럼 저열한 현실이 덕지덕지 칠해져 있었다. 그러나 평소 같았으면 평범하게 히스테리 발작을 겪으면서 그 와중에 자신의 가장 천재적인 다음 수를 임시변통으로 생각해 냈을 텐데, 그 히스테리 발작이 지금은 오지 않았다, 빌어먹을. 그는 바로 오늘 제바니의 알약 스물다섯 알을 집어삼키기로 결심했다 — 알약 따위 멋대로 작용해 보라지. 어쨌든 그는 전시 동원을 관리했고 전쟁은 시작되었으며 계획은 세워져 있었다 — 그는 휴식을 취하며 '밑바닥에' 무엇이 있는지 보아야만 했다 — 그가 이제까지 언제나 뭔가 새로운 발상을 건져 올릴 수 있었던 그 밑바닥이 아직도 있기는 있는지. 그는 자신이 가장 원할 때 가장 심각한 문제들에 대해 생각하지 않는 능력이 있었다 — 바로 그것이 그의 강점이었다. 그는 올레슈니쯔키를 호출해서 여기, 그가 증오하는 라지비워 가문의 둥지로, 이미 이틀 전부터 호텔에서 기다리고 있는 페르시를 불러오라고 명령했다 — 그는 그녀와 함께 살인적인 마약을 복용할 생각이었다. 하 — 어떻게 될지 두고 보자. (그날 밤 올레슈니쯔키가 작성한 환각 보고서, 이중 보고서

908

는 다음 날 베흐메티예프에게 보내졌다. 그리고 베흐메티예프는 그것을 아무에게도 보여 주지 않고 이 위험한 서류를 무덤까지 가지고 가기로 결심했다. 비밀은 밝혀지지 않은 채 남았다. 그러나 지프치오가 본 환각을 바탕으로 그것이 무엇이었을지 짐작해 볼 수는 있다.) 바로 이 순간 집무실에 니에히드오흘루이가 (턱수염을 기르고 위로 튀어나온 갈색 눈에 끔찍하게 지저분한 모습으로) 바로 자신이 지휘하는 연대들의 반란을 평정했다는 보고서를 가지고 들어왔다. 낮짝 왼쪽에 붕대를 감고 있었지만 그는 꽤 괜찮게 버티고 있었다. 대화는 호의적이고 부드러웠다. 가장 비밀스러운 최측근 사이에서 니에히드의 별명은 총병참 장교의 '평형추'로 정착했는데, 총병참 장교는 냉정하게 (발작적으로가 아니고) 자신의 '평형추' 앞에서 최근 자신의 생각들을 단 한 조각도 드러내지 말아야겠다고 결정했다. 오흘루이는 이 영광에 들떠 있었다. 이 두 신사는 처음으로 이처럼 완벽한 관계 속에서 헤어진 것이다.

한편 저기, 저 지역 수도 K. 시에서는 바로 이런 사건들을 배경으로 이들의 영웅인 총병참 장교의 미래의 부관이 치르는 검소한 결혼식이 진행되고 있었다. 이 두 줄거리를 연결해 주는 유일한 요소는 지휘관이 보낸 축전이었다. "지프치오, 잘해라. 코쯔모우호비치." 이 축전은 즉시 집에 있는 물건들로 만들어진 임시변통의 액자에 넣어져서 식탁 위 등잔에 걸렸다. 게네지프는 술을 별로 마시지 않았지만 그럼에도 불구하고 점점 더 강하게 어떤 내면적인 빛을 느꼈으며 그것은 그의 아직 형성되지 못한 지성의 위쪽 지대를 사로잡았다. 그는 완전히 평소의 자기 자신보다 훨씬 더 똑똑해졌다고 느꼈고 그래서 불안해졌다. 그는 엘리자에게 이 사실을 털어놓았다.

"그건 이중 무존재에게 드린 나의 기도가 실현된 거예요. 무르티 빙이 직접 보낸 파동을 느꼈어요. 당신의 머리로 빛이 영원히 흘러들어 가리라는 것을요." 전지전능한 신부가 속삭였다. 게네지프도 또한 갑작스러운 파동을 느꼈으며 그것은 지루함의 파동, 그 존재자의 어떤 형이상학적인 중심부에서 실어 보낸 파동이었다 — 그 강력함이란 무시무시할 정도였다. 지금의 이 체제 전체가, 결혼식 하객까지 포함해 (그들 거의 모두가 제1부에서 나온 사람들이었다, 심지어 바실리 대공까지) 지프치오에게 뭔가 작고 보잘것없고, 그들의 정체성이란 마치 하객을 위한 저녁 식사를 요리한 15호 기병 장교 클럽 주방에서 이미 요리사가 퇴근해 버린 뒤 기어 다니는 이 바퀴벌레가 아닌 저 바퀴벌레의 창자처럼 보잘것없게 느껴졌다. (그는 얼마 전 그 주방에 가서 종업원들에게 팁을 나눠 주었다.) 엘리자가 한 말들이 그의 내면에서 갑자기 그가 이제까지 알지 못했던, 겉보기에 아무 이유 없는 분노가 되어 자라났다. 지금 당장 뭔가 아주 작지만 야만적인 괴물 같은 행동을 매우 즐겁게 저지를 수 있을 것 같았다. 그러니까 '일을 시작'하자 — 식탁에서 식탁보 전체를 갑자기 끌어당겨 벗긴다든가, 하객 무리 전체에 수프 그릇을 한두 개쯤 던진다든가, 어머니와 릴리안과 공주와 엘리자의 공포에 질린 얼굴 위로 고통스럽고 광기에 찬 웃음을 터뜨리며 포효하고, 군사학교 교장인 프루흐바 장군의 콧수염 기른 낯짝에 마요네즈를 처바른 뒤 도망치자, 도망치자, 도망치자 — 하지만 어디로? 이 세계는 도망치기엔 너무 작았다. 아마 유감스럽게도 영원히 닫혀 버린 형이상학적 심연으로나 도망칠 수 있을 것이다. 그곳은 순수한 군대식 둔감함, 비교육, 관념적 부정확성, 그리고 물론 모든 것의 비밀을 벗겨 버리는 저 무르티 빙이라는 제대로 된 마개가 막혀 들어갈 수 없었다. 안전 환풍구는 작동하지 않았다 — 인류에게 있어 한때 환풍구였던 세상 모든 종교들 말이다 — 오늘날 대부분의 인간이 겪는, 인류 전체가 우주 전체의 무한한 허공 속에서 터져 버리지 않게, 야만적인 공포에 쫓겨 별들 사이의 공간으로 날아가 버리지 않게 보호해 주는 계획된 광기. 한순간 뒤 그는 자기 계획을 실행에 옮겼을 것이다. 그러나 마지막 의식적인 노력으로 그는 공단 같은 피부 아래 떨리는 근육의 끄트머리가 거의 광적인 반응을 하려는 것을 잡아 눌렀다. '안 돼 — 이건 리자*를 위해서야 — 나의 유일한 사랑.' 그는 이 모든 희생을 그녀를 위한 것으로 상정했다. 얼마나 무시무시하게 그녀와 사랑에 빠져 있었던가(이상적이면서 동시에 관능적으로, 최대한의, $n$제곱의 배수로). 그녀는 그를 바보

* 엘리자의 애칭.

같은 '형이상학적인' (하, 하!) 행위에서 구원해 주었다.

　　신혼부부는 스투르판과 프루흐바와 미할스키의 괴물 같은 축하 인사말이 끝난 뒤 식탁을 떠났다. 오 — 전반적으로 좋지 않았다. 그리고 어딘가 마음 한구석, 믿을 수 없는 거의 증오에 가까울 정도로 비틀린 사랑으로 불룩 튀어나온 심장 어딘가에서 조그만 만족감이, 조그만 행복감이, 조그만 감정이, 감정 조각이, 감정 끄트머리가 덤으로 녹아서 퍼졌다(오, 젠장!) — 조금만 더 그렇게 내버려 두면 그것은 마치 끈적끈적한 연고처럼 엘리자에게 흘러가서 그녀와 함께 온 세상을 뒤덮을 것이고 그러면 모든 것이 너무나 백치같이 좋아질 것이다. 그것은 그것대로 위험했다. 정상적인 의식이 갑자기 번쩍이며 현실적인 장면이 거의 코카인을 먹었을 때처럼 선명하게 그의 눈앞에 형상화되었다. 그러나 지프치오는 자신이 어딘가 지옥 같은 다른 세계에서 여기 이 의자로 떨어진 것 같았으며, 그 다른 세계에서는 지금 이것과 똑같은 장면의 반영이 완전히 이렇지 않고, 절대적으로 아무도 짐작할 수 없는 어떤 숨은 뜻을 감추고 있다고 느꼈다. 그는 깊이 한숨 쉬었다. 그는 바로 이곳에, 어머니와 미할스키 콧수염 옆에 앉아 있었고, 또 그곳에는 누군지 정신 나간 숙부인 무르위맘젤로비츠 칸*의 사랑스러운 얼굴과, 커피와 술이 있었다. 오 — 평범한 세상에 있다는 건 얼마나 좋은

* 한(汗). 타타르나 몽골 등 중앙아시아 부족의 지배자. 이 작품 설정에서는 러시아와 벨라루스 공화국을 침공한 중국인들에게서 작위를 받았을 가능성을 시사한다.

일인가! 오, 어째서 내일까지 기다려야만 떠날 수 있는 것일까?! 부관 자리를 마련해 줄 무슨 서류가 제때 준비되지 않았고 그 서류에 찍혔어야 할 바보 같은 조그만 도장이 모든 것을 결정했다. 신혼부부가 지금, 저녁 식사 직후 궁전으로 떠났다면 이 모든 이야기가 전혀 일어나지 않았을 수도 있었다. 현실 — 거대한 단어다 — 어쩌면 가장 큰 단어. 유감스럽게도 지프치오는 이미 현실을 그 평범한 자기 눈으로 보고 있지 않았는데, 왜냐하면 그 눈은 바로 지금 모든 손님과 엄마와 누이와 아내에게 돌리고 (아, 맞다! — 이 사람은 그의, 바로 그의 아내였다 — 믿을-수-없다!) 속으로는 마음 밑바닥의 내면적인 흉악성의 금지된 금고 속으로 잠겨 들고 있었기 때문이었고, 그 마음속은 진정한 자유가 지배하고 숭고하게 변한 짐승이 자신이 상상한 범죄를 저질러 이 세상의 불의함에 일정 정도를 더하는 곳이었다. 그러나 만약 중심부와 관절의 지나치게 강한 긴장감이 신경 반사를 말단 부위까지 내보내서 무기력한 근육을 자극하게 된다면 그것도 큰일이었다. 그렇게 되면 비명과 범죄와 구속복이 뒤따를 것이고 이미 끝까지 목 졸려 버린 자아의 형이상학적인 외침 소리가 낭비된 유일한 삶의 내장을 지옥 같은 고통으로 꿰뚫을 것이다. 현상적인 세계의 불가역성에서 뜯어져 나오는 지옥 같은 고통으로 찢어진 내장의 울부짖음은 반경 1킬로미터 거리에서도 들리는 것만 같았다. 그러나 여기서는 아무 일도 없었다 — 손님들은 커피를 마시고 양주를 홀짝거렸으며 엘리자도 이 평범한 세계에서 그렇게 했다. 그녀를 저 소용돌이 속으로 끌어들여 그곳에서 자기 소유로 만들 수 있다면. 그러나 어떻게? 그의 눈은 이제 두뇌 깊은 곳을 들여다보고 있었는데, 그곳에서는 자아를 뜯어내 무한함 속으로 집어넣는 괴물 같은 작업이, 어떠한 예술도, 과학도, 종교도 철학도 없이, 그리고 그 어떠한 속임수도 없이, 삶 자체 속에서, 바로 여기 비도크[풍팡] 거리 6번지 제15연대 기병 장교 클럽의 살롱에서 벌어지고 있었다. 머릿속에서 핑음을 내며 움직이는 운명의 시계는 마침내 빨간 화살표를 넘어섰다. '손대지 말 것, 위험.'* 손대지 말 것 — 고압 전류, '주의!'** 가자! — 우, 마침내! 가장 최악의 고통은 이 광기를 기다리는 것이었다. 광기 자체는 또 그렇게까지 무섭지 않다 — 광기지만 동시에 굉장한 안도감이다. 아가리가 벌어졌다 — 이미 그는 그 안을 들여다보았다. 아가리는 그의 앞에서 마치 무슨 수치심을 모르는 방탕한 암컷처럼 계속 벌어졌고 물어뜯었다, 있을 수 없을 정도로 물어뜯었다.

갑자기 텐기에르가 연주하기 시작했는데, 그는 마치 한밤중처럼 술 취했고 그 위에 더해 코카인에도 백주 대낮처럼 취해 있었다. 게네지프는 마음 한가운데에서 뭔가 터진 것을 느꼈다 — 그러나 터진 것은 이미 오래전의 어린애 같은 감정들이 남긴 혐오스럽고 끈끈한 점액으로 뒤

* Keep clear — danger. 원문 영어.
** Vorsicht! 원문 독일어.

덮인 조그만 덮개일 뿐이었다. 만약 지금 모든 것이, 모든 마개와 밸브가 터져 버린다면 그는 어쩌면 구원받을 수도 있었다. 그러나 터진 것은 그저, 아아 그저 조그만 덮개일 뿐이었다. 그는 옷장으로 도망쳐서 그곳에서 눈물 없는 마른 울음을 울었다 — 눈물이 없어서 더 끔찍했다 — 저 멀리서, 마치 우주 전체의 창자에서 들려오는 것처럼 텐기에르의 음악 소리가 들려왔다. 갑작스러운 평온 — 모든 것이 물러났지만 완전히 사라지지는 않았다. 그의 내면에 잠복해 있던, 세상과 자신을 형이상학적으로 이용하던 괴물이 튀어 일어났다. 괴물이 된 채 그가 살롱에 들어섰을 때 음악은 더 이상 그에게 영향을 미치지 않았다. 이 세상을 넘어선 깊은 곳의 천재적인 포식자이자 세상에 침을 뱉는 조롱꾼이 생산해 낸, 비로소 삶을 향해 달려가게 만드는 마지막 마약은 작용하지 않았다. 완전히 무시무시한 일이다. 눈사태가 시작되어 진행되었고, 그런데도 마치 폭풍 직전처럼 고요했다.

전화벨이 울렸다. 호텔에 빈방이 났다는 소식이었다. 신혼부부는 그 꿈꾸던 (누가 꿈꾸었는지는 알 수 없으나) '스플렌디드'로 갈 수 있었다. 그곳에는 태곳적부터 이 지옥 같은 신혼 첫날밤을 위해 무르티 빙의 이름으로 지정된 장소가 있었다 — 그곳에서 희생이 완료되어야만 했다. '중국인들도 언젠가는 이걸 이해할 거야.' 게네지프는 군복 외투를 입고 허리띠에 장검을 차면서 이런 생각이 들었다. 그는 나중에 이 생각이 대체 어디서 온 것인지 짐작도 할 수 없어 어리둥절한 채 같은 생각을 되풀이하게 된다.

세상이 멀리까지 텅 비었다 — 오로지 엘리자만 남았고, 그녀는 숲속 공터에서 지냈던 저 밤에 저 세 사람이 자기들끼리 떠들면서 그에게 감추었던 그 비밀의 진리를 알 수 있게 해 줄 유일한 매개체였다. 두 사람은 가난한 지방 수도의 거의 텅 빈 거리를 천천히 걸었다. '과거의 목소리'는 '복도와 탑과 성채에서' 두 사람을 부르지 않았다. 탑의 나팔 소리가 죽은 듯이, 메아리 없이 자정을 알렸다. '스플렌디드' 호텔이 어두운 집들의 황무지 속에서 조명을 밝히며 빛났는데, 그 집들 사이에는 마치 전염병이 숨어 있는 것 같았다. 그렇다 — 진정한 전염병이었다, 강간을 통해 무성적인 기계로 만들려고 준비하는 무르티빙의 저주받을 철학 — 왜냐하면 '당신들, 폴란드인'* 스스로 원하지 않았기 때문이다. 게네지프는 만약 엘리자가 최악의(?) 순간에 '시작하지' 않거나 아니면 그가 그녀에게 여기에 대해 뭔가 말하지 않는다면 절대로, 절대로 엘리자를 집어삼킬 수 없으리라 느꼈다. 그녀는 이 순간 그에게 완전히 낯설고 멀었으며 그 자신의 망설임이라는 깰 수 없는 벽으로 가로막혀 있었다. 그는 마치 20년쯤 전의 가장 범속한 장교이며 정상적인 젊은 여성의 남편인 것처럼 아주 평범한 말로 그녀에게 이 사실을 털어놓았다.

"알아요, 지금 이 순간 당신이 너무 이상하게 나한

* vous autres — Polonais. 원문 프랑스어.

테 낯설어 보여요. 마치 당신의 시신을 보는 것처럼, 아니면 당신인 척하는 자동기계이고 당신이 아닌 것처럼. 지금 이 순간 당신은 나한테 절대로 손 닿을 수 없는 사람으로 보여요. 난 당신을 절대로 가질 수 없는 걸까요?" 그는 이 말과 그의 내면에서 실제 '반죽되고' 있는 것이 너무나 걸맞지 않아 큰 소리로 웃음을 터뜨려 버렸다. 엘리자는 완전히 평온하게 대답했다.

"불안해하지 말고 아무것도 겁내지 말아요. 길거리에서 30즈워티 주고 고용한 매춘부를 대하듯이 나를 대하면 돼요. 난 머리카락부터 발가락의 발톱 끝까지 당신 거예요. 당신은 아직도 내 다리가 어떻게 생겼는지 몰라요. 내 다리는 너무 예뻐서 내가 사랑에 빠질 정도예요. 난 당신을 사랑에 빠뜨리고 싶어요. 우리 선생님이 명령한 것처럼요. 당신한테 진실을 알려 줄게요. 내 안에는 이 신앙과 당신을 향한 사랑밖에 아무것도 없어요. 가끔은 당신을 이렇게 나한테, 이 육체화된 공허함 속에 묶어 두는 게 미안하기도 해요. 하지만 나를 통해서 당신은 오로지 우리의 철학만이 빛을 밝혀 주는 이 무시무시한 공동묘지 같은 세상에 이름을 남길 거예요. 당신은 자기 자신에게서 벗어나야만 해요…." 그녀는 점점 강해지는 욕망 때문에 녹아서 부드러워진 온몸으로 그를 감싸 안았다. 손 닿을 수 없다는 감각은 사라졌다 — 게네지프의 내면에서 평범한 짐승이 폭발했다. 그는 여기에 대해 그녀에게 엄청나게 감사했다. 그는 거의 숨을 헐떡이면서 서둘러 그녀를 호텔 쪽으로 끌고 갔다.

　　지프치오는 엘리자에게서 오스트레일리아산 세이버리* 향기가 나는 외투를 벗기며 그녀를 지옥같이 사랑했다. 그녀를 위해 무슨 일이든지 할 수 있었지만 단지 절대로, 결코 절대로 그녀의 육체만은 거부할 수 없었다. 악마 같은 호기심이 그를 괴롭혔다 — 어쨌든 그녀는 그의 일생에서 두 번째 여자인 것이다. 우선적으로 해야 하는 몇 가지 행동을 해치운 뒤에는 그의 아내, 진정한 아내다! — 이 얼마나 편리한가, 얼마나 편리한가! — 그녀는 세상에서 가장 정상적인 방식으로 그에게 몸을 맡겼고 모든 일이 평범한 방식으로, 완벽하다는 의미에서 이상적인 부부의 결합으로 진행되었다(그렇게 보였다 — 그러나 그렇게 보였을 뿐이다, 유감스럽게도). 심지어 조그맣고 형식적인 가짜 강간도 있었는데, 그것은 그가 엘리자에게 약간은 작위적인 혼란 속에서 처녀 상태에서 아내 상태로 최소한 심리적으로는 별달리 큰 어려움 없이 넘어갈 수 있도록 만들어 내준 것이었다. '그러나' 합법적으로 허락된 쾌락의 만족감을 (얼마나 단순한가! 얼마나 단순한가!) 다시 한번 얻기 위해 시도했을 때 갑자기 뭔가 믿을 수 없는 일이 일어났다 —"폴란드 방식으로 뭔가 진짜로 믿을 수 없는 일"** — 르바크의 표현이다. 공단 같은 지프치오의

---

* Savory. 꿀풀과 탑꽃속의 향기 나는 풀.
** quelque chose de vraiment insamovite à la manière polonaise. 원문 프랑스어. "믿을 수 없는"만 폴란드어와 프랑스어를 섞었다.

피부, 그의 아름다운 근육과 욕망을 충족시켜 짐승 같아
진 그 발렌티노와 같은 젊은 얼굴이 방금 일어난, 너무 빨
리 진행된 현상으로 인해 끝마쳐지지 않은 쾌락을 떠올리
면서, 뭔가 전반적인 사랑에 대한 엘리자의 관념을 넘어
서는 것으로 바뀌었다. 그녀는 이렇게까지 될 줄은 몰랐
다. 모든 것이 어떤 초인간적이고 이해할 수 없는 차원으
로 거대하게 부풀어 올랐다 — 거의 형이상학화될 뻔했다.
그의 곁에 누워서 그녀는 그의 얼굴을 들여다보는 것만으
로 가장 심한 소름이 끼치는 것을 느꼈다. 그녀는 곧장 다
시 똑같은 것을 원했고, 그것도 그와 함께, 그녀 안에 들
어온 그와 함께, 지금 당장 원했으며, 그렇지 않으면 뭔가
무서운 일이 벌어질 것 같았다. 그것이 없이는 살 수 없
었다. 벌거벗은 지프치오가 그녀의 황홀하게 아름다운 품
에 무기력하게 안긴 채, 절대적인 '소유 불가능성'으로 미
칠 듯이 괴롭히는 그 도달할 수 없는 아름다움 속에서, 그
녀의 눈앞에서 갑자기 어떤 반신(半神)으로 변했고, 뭔가
표현할 수 없는, 모든 가능성을 넘어서는 어떤 것이 되었
으며, 뭔가 — 아 — 이대로 계속해서 지속되었으면, 단 한
순간도 절대로 그것 없이는 — 그것만이 유일하다 — 그것
없이는 죽음뿐이다 — 악마가 국가와 코쯔모우호비치와
무르티 빙과 이원적 일원성과 (그 자체로) 중국과 사회변
혁과 전쟁을 다 가져가도 좋다, 그가 곁에 있고 그가 했던
그 표현할 수 없는 것이 무한히 계속되기만 한다면. 그것
은 아무런 바보 같은 상징도 없는 이원적인 일원성 그 자

체였고 람브돈 티기에르의 무슨 헛소리가 아니었다 — 이것이 유일하게 진정한 현실이다. 그리고 바로 그가 그녀를 이토록 흥분시키는 것이다, 그토록 사랑하는 지프치오가 — 그녀는 거의 괴물과도 같은 행복감에 신음했다. 불쌍한 엘리자는 남성적인 힘이 유한하다는 것을 알지 못했다 — 너무 교양 있게 자란데다가 자기 자신을 모든 종류의 의식적 깨달음에서 힘껏 배제했기 때문이다. 그녀는 자기 자신의 황무지에서 살았다 — 이제 그 황무지가 무너졌고 이제까지 이해할 수 없었던 삶의 현상의 핵심으로서 그녀에게 이 한 가지를 알려 주었다 — 그가, 그녀의 유일한, 사랑하는, 더없이 아름다운 소년-짐승이 갈망에 찬 육체의 내면을 믿을 수 없는 쾌락으로 문질러 주는 것. 그 외에 대체 무엇이 더 있을 수 있단 말인가? 그녀의 내면에서 탐욕스러운 짐승이 이런 순간들이 영원히 지속되기를 갈망하며 울부짖었다 — 그 외에는 아무것도 없었고 있을 수 없었다 — 이것이 모든 것의 진정한 정점이었다. 그저 쾌락의 비밀스러운 축대가 처음 닿은 순간부터(그녀는 어디서 그런 것이 나타났는지 알지 못했다.), 게다가 그 이전에는 훨씬 더 섬세하게 쓰다듬은 손길이 있었고, 그리하여 불쌍한 엘리자는 급성 색정증의 발작을 일으켰다. 종종 있는 일이고 지금 이른 운명이 마찬가지로 불쌍한 지프치오에게도 떨어졌는데, 그는 이미 마지막 가장자리에 매달려 있었고 그 너머에는 오직 유일하게 부패하는 자아의 (끔찍한 단어다!) 악취를 풍기는 개인성의 완전한 야만화와 평범한 광기의 심연이 있을 뿐이었다.

그리고 여기서 갑자기 모든 것이 새롭게 시작되었으나 그 기운과 흥분이 너무나 지옥 같아서 지프치오도 또한 한때 공주와 했던 것과는 뭔가 완전히 다르다는 사실을 느꼈다 — 그리고 기타 등등. 그도 그녀와 마찬가지로 이제 이것 외에는 아무것도 없다고 느꼈다. 세상이 사라졌다. 오로지 '스플렌디드' 호텔의 이 방만이 유일하게 고립된 체제로서 존재했으며, 방은 그들의 육체에서 뿜어져 나오는 지옥 같은 힘들이 작용하는 원 안으로 어째서인지 알 수 없지만 끌려들어 와 있었고, 그들의 육체는 서로서로 얽혀 그들의 정신으로 하나의 살아 있는, 두 명분의, 마치 무르티 빙의 일원성과도 같은 광기의 덩어리가 되었으며, 그 광기는 삶을 위해 기꺼이 죽음을 무릅쓸 용기, 대체로 내면적으로 모순되며 표현할 수 없는 어떤 것에 맞닿아 있었다. 엘리자는 (알고 보니) 모든 종류의 부패에 대한 악마 같은 직관을 가지고 있었다 — 그녀는 이 밤에 단 한 시간 동안 마치 아가베 꽃*처럼 피어났다 — 잠재적인 쾌락으로 충전된 무슨 수류탄처럼 터졌다. 이 순간 둘 다 이런 일들의 형이상학적 깊이를 이해하지 못하는 수백만 사람들을 대신해서 하나의 이해할 수 없는 존재성을 향해 올라가는 '이세계를넘은-짐승같은' 욕망의 불꽃에 사로잡힌 채로 살아 있는 것만 같았다. 그것은 세포분열

---

* 멕시코와 미국 남부, 그리고 남미 일부에 자생하는 식물. 용설란이라고도 한다. 꽃이 수십 년에 한 번만 피기 때문에 아가베 꽃은 100년에 한 번 피는 것으로 오인되었다.

을 거꾸로 되돌린 과정이었다 — 단지 여기서는 그 일이 실제로 벌어질 수 없었을 뿐이다 — 그것은 무한의 점근적인 고문이었으며 존재의 (경계선상에서) 가장 본질적인 규범에 대한 폭력이었고 그 힘으로 개인들은 마치 칸토어의 초한수처럼,* C까지 이어지는 히브리식 알레프처럼,** 어쩌면 계속되는 연속의 서수처럼, 자기 자신에게서 분리되어 무한한 무한성 속으로 무한을 향해 계속해서, 계속해서 나아갔다. (초한수 함수는 존재하지 않고 존재할 수도 없다. 고인이 되신 뇌종양 경께서 이 목덜미 위에도 그것을 창조하고 싶어 했지만 그러다가 뇌가 돌아 버렸다.)

엘리자는 음탕해지면서 기적같이 아름다워졌다. 그녀에게 성스럽고 멀고 손 닿을 수 없는 것 같은 인상을 주었던 모든 것이 (눈도, 입술도 움직임도) 이전의 성스러움은 잃지 않으면서 동시에 짐승같이 야만스러워졌다 — 갑자기 동물이 된 천사가 아마 이렇게 보일 것이다. 지프치오에게 있어 그녀가 냉정하고 숭고하고 손을 댈 수 없이 아름답게 보이게 했던 이 모든 것들이 지금은 육체의 지옥 같은 불꽃으로 타올랐고, 그 육체는 이미 조각상이 아니었으며 그 음란함과 향기와 심지어 (아아) 흉측함에 있

---

* 초한수는 독일의 수학자로 집합론의 창시자인 게오르크 칸토어가 생각한 모든 유한수보다 큰 수로, 칸토어가 살아 있었을 때 이 초한수 개념은 동료들의 격렬한 반대에 부딪혔다. 칸토어는 말년에 가난과 영양부족으로 사망했으며 그의 사망 원인은 뇌종양과는 관련이 없다.
** 여기서 알레프는 히브리어 알파벳의 첫 글자로, 히브리어는 알파벳마다 의미하는 숫자가 있으므로 'C까지 이어지는 히브리식 알레프'는 그 숫자들을 뜻한다.

어서까지 현실적인 육체였다. 바로 이 지점, 마치 보랏빛 저녁 하늘의 황혼이 비쳐 빛나는 구름처럼 아름다운 얼굴의 이런 천사도 (완전히) 이런 다리를, 살아 있는 근육으로 이렇게 훌륭하고 잘빠진 종아리와 심지어 이런 흉측함을 가질 수 있다는 것, 그 천사 같은 모습을 그대로 간직하면서도 동시에 어떤 이해할 수 없는 기적이 될 수 있다는 것에 에로티슴의 그 악마 같은 매력이 있었다. 거기에 이런 일들의 악마 같은 힘이 내재해 있었고, 게다가 그것들이 주는 비밀스러운 쾌락, 절대로 이해할 수 없으며 사악하고 절망적이고, 지나치게 깊은 것들이 모두 그렇듯이 심지어 음울하기까지 한 그 쾌락 자체의 성질이 있었다. 그러나 그럼에도 불구하고 남자에게 성행위보다 더 굴욕적인 일이 있을까? 예전에는 전투가 끝난 뒤 군인들에게 짐승 같은 오락으로서, 남자가 자기 노예인 여자에게 완전한 우월성을 느끼며 취하는 휴식으로서 — 그런 경우에는 아직 견딜 수 있었다. 그러나 지금은 — 오 — 이건 끔찍하다. 자녀와 가족도 비록 원칙적으로 바뀌기는 했지만 완전히 다른 문제다. 너무 일을 많이 해서 멍청해진 오늘날의 수컷은 옛날 가족의 권력자에 상응하는 존재가 아니다. 원시적인 모계가족이라는 자질구레한 예외에는 주의를 돌리지 않아도 된다 — 진정한 '가모장제'가 이제야 시작된다. 이런 순간 온 세상과 개인성의 비밀을 지배하는 승리자는 여자외에는 없다. 오 — 테일러주의적 관능적 관계의 기획자인 그 천치 오프시우지엔코가 지금 지프치오와 순진무구한 리즈카를 볼 수만 있다면. 겉보기에 불필요한 이런 발상들의 다양성을 보고 그는 절망에 빠져 미쳐 버렸을 것이다. 어느 순간 게네지프는 예를 들면 마치 전갈에게 물린 것처럼 몸을 온통 웅크렸다. 이제 그는 지금까지의 모든 시간과 잃어버린 장소들을 대신해서 충족할 수 있게 되었다 — 무한은 받아들일 수 없지만, 여기서는 그 무한을 대신할 뭔가가 나타나야만 했다. 어쨌든 이 방과 엘리자와 그녀의 정복할 수 없는 아름다움 외에는 아무것도 존재하지 않는 것이다. 그는 아무것도 생각하지 않았지만 그에게 뭔가 괴물 같은 일이 벌어졌다. 옛날에 꾸었던 꿈의 모든 비밀스러운 의미들이 여기, 이 호텔 침대 위에서 그의 앞에 나타났다. 앞으로의 삶은 존재하지 않았다 — 미래는 내용 없는 죽은 단어였다. 가족, 친구, 코쯔모우호비치, 폴란드와 그 위에 걸린 절망적인 전쟁 — 어떤 미친 듯한 행위 한 번으로, 그것도 아무런 일도 노력도 없이 세상과 자기 자신을 삼켜 버릴 수 있는 가능성에 비하면 그런 게 다 무엇이란 말인가? 그저 자신을 놓아줄 수만 있다면 — 똑같이 될 것이다. 어떤 무한한 나선의 푸른 회전이 마치 그의 존재 중심부에서 돌아가는 것만 같았고, 그의 존재는 동시에 우주 전체의 중심 지점이었으며, 미칠 듯한 쾌락의 황홀경 속에서 그가 미칠 듯한 쾌락의 황홀경 속에 거꾸로 뒤집힌 순진무구한, 그러나 지금은 너무나 낯선, '짐승같고-천사같은' 아내의 눈을 들여다보았을 때 — 그것은 이미 아내도 연인도 아니고 그저 무슨 믿을 수 없는 짐승성이었으며 모든 것의 무의미함과 다른 모든 것보다 더 귀중한, 귀한 시간의 무가치한 낭비의 현현에 불과했다. 그리고 그것은 현실적이었다! 하! 이것을 어떻게 믿을 것 인가, 가장 숭고한 기적의 불안정한 불꽃을 어떻게 붙잡을 것인가, 거의 소멸할 듯이 희박한 이 안개, 붙잡을 수 없 는 순간들의 불가역성으로 고통스러울 정도로 중독시키 는 그 안개 속에서 어떻게 해야 영원의 단 한 조각만이라 도 단단하고 뼈가 튀어나온 의지의 손아귀에 굳혀서 붙잡 을 수 있단 말인가? 다 소용없다. 결혼식 피로연에서 꿈꾸 었던 괴물 같은 행위들이 대체 뭐란 말인가? —조그만 헛 소리들이었을 뿐이다. 이제야 비로소 이토록 힘들게 수백 만 세대를 거쳐 그의 내면에 창조된 인간의 자아가 천천 히 고통스러운 폭발 속에 몸부림치고 싸우고 터져 나오고 뛰쳐나오고 부러뜨리고 짓부수고 터지기 시작했으나 순수 한 죽음으로 입을 벌린 바닥 없는 허공 속에서는 마음껏 터져 버릴 수가 없었다. 그는 눈앞에 경련하며 떨고 있는 목을, 하얗고 유연하고 유혹적인 목을 보았고 광기에 찬 손안에 더없이 아름다운, 영원히 완벽한 반구 형태로 반대 방향으로 아치를 그리며 휘어진 육체를 보았다. 그는 그 것을 찢고 온몸을 던져 육체화된 쾌락의 한가운데로 뚫고 들어갔으며, 그 쾌락은 그가 보기에 지상의 모든 지옥들과 존재하는 한 절대로 도달할 수 없는 진정한 **무존재의 하늘** 을 전부 받아들일 자리는 없는 것처럼 느껴졌다. 그러나 그는 죽을 수 없었다. 이 순간 그는 그녀를 사랑하지 않았다—그보다는 이성으로 이해할 수 없을 정도의 제곱으로 그녀를 증오했다. 무엇 때문에? 산 채로 소멸하는 이 고통 때문에, 그는 결단코 동시에 그이면서 그녀 자신이 될 수 없다는 사실 때문에, 그리고 그녀가 참여하여 이 모든 것 속에서 그가 어떤 악마 같은 신비로움을 만들어 내게 하는 이 견딜 수 없고 무시무시한 쾌락 때문에, 지금 그가 하고 있는 이 행위로 인해 그는 절대로 그녀를 소멸시킬 수 없을 것이고 이 견딜 수 없는 아름다움을 결단코 정복하지 못할 것이라는 사실 때문에. 그의 몸 안에서 핏줄과 힘줄이 터졌고 뼈와 근육이 뒤틀렸으며 두뇌 속에는 이미 오로지 존재의 무존재를 붙잡기 위해 불타오르는 살인적인 포효만 남았다. 그는 그 포효를 내지르며 그녀의 가증스러운 목을 두 손으로 붙잡았다. 엘리자의 두 눈이 밖으로 튀어나왔고 그로 인해 더더욱 아름다워졌다. 그녀는 마찬가지로 가장 높은 열광에 빠져 저항하지 않았다. 그녀의 안에서 고통이 쾌락과 합쳐지고 죽음이 영원한 삶과 합쳐져 이제 밝혀지는 **만물의 비밀**을 찬양했다. 그녀는 깊이 한숨을 내쉬었으나 그 숨은 이미 그녀에게서 산 채로 흘러나오지 못할 것이었다. 그녀의 육체가 죽음의 경련으로 떨렸으며 괴물 같은, 가장 높은 정복의 충족감을 주었다—그는 자신이 그녀를 소멸시키는 것을 보았다—그 안에 꺼져 가는 의식의 마지막 불꽃이 있었다. 게네지프는 결정적으로, 돌이킬 수 없이 미쳤다. 그는 시신을 껴안고 지상의 일은 전혀 이해하지 못한 채 잠들었다. 그것은 과

926

연 범죄였을까? 아마도 아닐 것이다, 왜냐하면 지프치오는 이 무시무시한 순간에 그 소멸의 행동으로 자신이 누군가의 목숨을 잃게 한다는 사실을 알지 못했기 때문이다. 그는 그저 엘리자를 마침내 자신의 방식으로 사랑했으며 그녀와 함께 마침내 진실로 결합되고 싶었을 뿐이다.

그리고 아침에 그는 일곱 시에, 마치 처형되기 전의 네 사령관*처럼 '군대식 정확성으로'** 깨어났다. 그는 사랑하는 여자의 죽은 포옹에서 빠져나와 일어나서 옆에 붙은 욕실에서 몸을 씻고 욕실을 나와 시신은 쳐다보지도 않고 (그러나 쳐다봤다 하더라도 그게 대체 무엇인지 알지 못했을 것이다.) 제복과 외투를 입고 손에 서류 가방을 들고 아래층으로 내려갔다. 그는 완전히 자동기계처럼 행동했고, 그의 머릿속에서는 꿀벌에게 꿀을 모으도록 명령하고 개미들에게 소나무 잎사귀를 져 나르도록 명령하며 애벌레에게 몸속에 알을 만들도록 명령하고 수천 마리의 다른 피조물들에게 이와 비슷한 일들을 수행하도록 명령하는 종류의 의식이 작동하고 있었다. 이제 진실로 그의 안에는 이전의 사람이 전혀 남지 않았다. 모든 것을 완벽하게 기억하고 있음에도 불구하고 그 기억은 죽어 있었다 — 살아 있는 기억은 다른 사람의 것이었다.

---

* 미셸 네(Michel Ney, 1769-1815). 프랑스혁명 시기 육군 사령관. 나폴레옹에게 "용감한 군인 중 가장 용감한 자"라는 칭송까지 받았으나 나폴레옹이 패배한 뒤 총살당했다. 총살 당시 눈가리개를 하지 않고 직접 발포 명령을 내린 것으로 유명하다.
** avec une exactitude militaire. 원문 프랑스어.

평범한 가을날, 평범한 사람들의 그저 그런 '하루'였다. 게네지프 또한 그저 그런 평범한 사람이었다 — 그의 내면에서 모든 것이 타 버리고 없었다 — 그렇게 혼수상태의 첫 증상이 시작되었다.

　　"서류 도착했나?" 그는 짐꾼에게 물었다.

　　"예, 중위님. 당번병이 일곱 시 반에 가져왔습니다. 바로 지금 중위님을 깨우라고 할 참이었습니다."

　　"사모님은 내일까지 여기 계실 거다." 어딘가 다른 세상의 목소리가 그를 통해 말했다. 그는 숙박비를 내고 역으로 출발했다. 이 모든 일을 이미 누군가 다른 사람이 그를 대신해서 했다. 지프치오는 영원히 죽었으나 인격은 여전히 똑같았다. 그는 창밖으로 멀리 날아가는, 가볍게 서리가 내렸지만 가을의 어둑한 태양의 불꽃에 녹아 가는 마조프셰* 지역의 평원을 아무 생각 없이 바라보며 식당차에서 점심을 먹고, 그의 맞은편에 앉아 있는 람브돈 티기에르가 말하는 무한히 깊은 헛소리들을 마찬가지로 아무 생각 없이 들었다. 물론 이 기묘한 늙은이는 이미 모든 것을 알고 있었고 모든 것을 완전하게 정당화했다 — 그것은 흥미로운 일이었고 지프치오는 그것을 거의 즐겁게 들었으나, 이론적인 모든 설교는 그대로 사라졌다 — 그의 자동기계화된 두뇌에는 그 관념들이 남지 않았다. 어쩌면 바로 그게 목적이었는지도 모른다. 모든 무르티 빙 주의자

* Mazowsze. 바르샤바를 위시해 폴란드 중앙부와 북동부를 포함하는 지역을 통칭한다.

들은 처음에는 날카로운 상태를 거치고 그런 뒤 이런 관념들의 체계 안에서 마치 편안한 베개를 수없이 받친 듯 잠들게 된다. (날카로운 상태가 충분히 오래 계속되는 사람들만 선동가로 이용되었다.) 람브돈은 엘리자가 관능적인 꿈을 실현한 순간부터 그들에게는 존재하지 않게 되어 버렸음을 알고 있었다. 또한 그는 어떻게 아는지는 알 수 없었지만 엘리자가 아이를 가질 수 없다는 것도 알고 있었다 ─ 그녀는 필요 없었다. 나머지가 그에게 무슨 상관인가? 엘리자는 삶의 가장 최고의 순간에 죽었다 ─ 그 뒤 일어날 수 있는 일이라고는 그저 그녀를 기다리는 점진적인 쇠퇴와 자살뿐이었다. 이렇게 되는 쪽이 더 낫지 않나…?

수도에서 게네지프는 수도 사령부에 도착했음을 보고하고 즉각 총병참 장교 관저로 가는 데 성공했다. 시간은 오후 다섯 시였다. 지휘관은 아내와 딸을 동반하고 막 저녁을 먹는 중이었다. 그는 이상하게 창백했고 그 콧수염의 검은색이 그 창백함과 대조되어 상복 같은, 죽음을 연상시키는 인상을 주었다. 어쨌든 바로 그 전날, 지난밤에 총병참 장교는 다바메스크 알약으로 인한 환각을 보았던 것이다. 그 거인의 두뇌 속에서도 뭔가가 변해야만 했다 ─ 그러나 무엇이 ─ 아무도 알지 못했고 알아내지 못했다. 타르처럼 새까만, '까막까치밥나무 열매' 같은 눈은 평소처럼 야만적인 명랑함으로 빛났다. 어쨌든 바로 내일은 부대 전체가 전방으로 가는 것이다 ─ 마침내! 조그맣고 바보 같은 정치적인 게임들은 끝났고 위대한, 평생 가장 거대한 게임이 시작되었다 — 생사의 게임이. 그리고 영혼 속에는 비밀이 있었고 어딘가 밑바닥에 아무도 알지 못하는 한 가지, 그 유일하고 충실한, 진실한, 그에게 걸맞은 애인이 돌돌 말린 채 숨어 있었다. 합석을 권유받고 지프치오는 바로 두 시간 전에 기차에서 완전히 실컷 먹었음에도 불구하고 식사를 맛있게 다했다. 어쨌든 불쌍한 청년은 약간 지쳐 있었다. 이상한 일이다 — 코쯔모우호비치는 그에게 그 어떤 특별한 인상도 주지 못했다..물론 그는 지휘관을 만나게 되어 기뻤고 이 지휘관이 이토록 전염성 강하다는 사실에 기뻐했다 — 그러나 그 일이 또 그렇게까지 아주 기억에 남을 만한 일이었냐 하면, 아니었다. 페르시에 대한 관계에서 이전에 경쟁자였다는 사실은 그에게 전혀 존재하지 않았다. 총병참 장교는 내일 출병을 앞두고 오늘은 쉬고 있었으며, 데탕트하고 엔트슈파눙하고* 대변이 부드러워지도록 쉬는 중이었다 — 본인이 직접 말했다. 그는 심지어 가장 큰 일들이 쌓여 있는 가운데에도 계획적으로 이렇게 걱정 없는 휴식을 취하는 능력이 있었다. 코쯔모우호비치는 아무것도 하지 않았다 — 아내와 이야기했고, 심지어 가끔 아내와 싸웠으며, 어린 딸과 오렌지색 고양이 푸마와 함께 놀았고 그냥 이 구석 저 구석 헤매 다녔다. 그러면서 가족과 가정의 분위기를 충만하게 받아들였다 — 어쩌면 평생 마지막으로. 그 생각은 이

---

* detentować, entszpanować. 프랑스어와 독일어로 '휴식하다, 긴장을 풀다'에 해당하는 단어인 'détente'와 'Entspannung'에 폴란드어 동사 어미를 붙여 적고 있다.

분위기의 요소들을 전혀 음울하게 하지 않았다. 이런 상태로는 그 분위기를 그냥 더 충만하게 받아들일 수 있을 뿐이었다. 삶을 즐기는 최고의 기술이다. 그런 것은 흉내 낼수가 없다 — 그냥 그런 성격이어야만 한다. 다섯 시 반에그는 지프치오와 함께 자기 집 집무실에 편히 앉아서 커피를 마셨다. 다정한 질문을 받고 게네지프는 대답으로 자기 인생을 전부, 아버지에 대한 여러 가지 자세한 일과 군복무와 전투의 진행에 대해 이야기했으며 심지어 공주와의 로맨스에 대해서도 요약해 언급했다. 페르시를 소개해야 하는 순간이 왔을 때 총병참 장교는 자기 부관을 기묘하게 들여다보았다. 그러나 무감각 상태에 빠진 부관은 그시선을 의연하게 받아넘겼다 — 나중에 드 트루피에가 말했듯, "무감각 상태의 부관이라니 얼마나 호사스러운가".*

전화가 왔다 — 이것과 이것과 저것, 그리고 그것 —지휘관이 하는 말에서 게네지프는 엘리자의 죽음에 대한소식이라 짐작했다. 그는 일어서서 차렷 자세를 하고 코쯔모우호비치가 수화기를 내려놓고 그에게 그 굉장한, 바닥 없는 시선을 돌려 약간 놀란 듯 쳐다보았을 때 마치 보고서를 읽듯 모든 것을 읊었다.

"그녀를 지나치게 사랑했기에 목 졸라 죽였습니다.어쩌면 광기였을지도 모릅니다만 그게 사실입니다. 저는오로지 군대에만 복무하고 싶습니다. 사랑은 제게 방해가

* un aide de camp catatonisé — quel luxe. 원문 프랑스어.

931

되었을 겁니다. 선처를 부탁드립니다. 전방에서 모든 잘못을 갚겠습니다. 지휘관께서 그것 하나만은 거부하지 말아주시기를 부탁드립니다— 처벌은 이후에도 받을 수 있습니다." 그는 강아지 같은 눈으로 지휘관의 훌륭한 얼굴을 들여다보며 입을 다물었다. 코쯔모우호비치는 끝없이 들여다보고 또 들여다보았다— 들여다보면서 질투했다. 지프치오는 떨지도 않고 서 있었다. '이건 정말 둔한 광인이군 — 최고급이야.' 지휘관은 생각했다. '내 나름의 방식대로 나도 여기서 죄가 없다고는 할 수 없지.' 그는 벵보레크의 마지막 보고 중 하나를 떠올렸다. 이 젊은 바보가 그 자신조차, 세상에 유일한 종류인 그조차 절대로 해 본 적 없는, 결단코 도달할 수 없고 결단코 이해할 수 없는 어떤 것을 경험한 게 아닐까? 순간이 측정할 수 없이 길게 늘어났다. 수도 2급 아파트의 식사 후 분위기다. 시계가 째깍거리는 소리, 여러 가지 가정집 냄새가 여기까지 흘러들어와 시가 냄새와 섞이는, '소시민 부르주아적 지루함'.* 그런데 이런 것을 배경으로 이런 일이라니!

이 순간 심지어 지프치오를 감옥에 집어넣거나 아니면 사형을 내렸다 하더라도 그는 아마 똑같은 무관심한 태도로 받아들였을 것이다. '그런데 각성의 순간은 언제 찾아와서 내가 마침내 모든 일을 이해하게 될까?' 그는 자동적으로, 내용 없이 생각했다. '그러면 죽음이겠

---

* мелкобуржуазыйная скука. 원문 러시아어.

지 — 하지만 그건 대체 어떤 괴물 같은 고통 속에서일까 — 부르르.' 이 말을 한 것은 그 내면의 또 새로운 누군가였는데, 그 새로운 사람은 그의 긴장된 육체의 모든 기제를 관장하는 존재의 마지막 밑바닥의 가장 밑바닥에서 지금 일어나고 있었다. 두 개의 인격 사이에서, 지금 생겨나는 그 인격과 지프치오가 어렸을 때 (눈물) 불쌍한 강아지들을 사슬에서 풀어 주던 그 인격 사이에는 빈 공간이 있었고, 그것은 아무도 그리고 아무것도 채울 수 없을 것이었다 — 베흐메티예프가 대단히 현명하게 규정한 것처럼 그 상태는 "정신적인 휴지기"다. 그것을 이해하기 위해서는 본인이 광인이어야만 하며, 그렇게 되면 이 상태와 다른 모든 전반적인 현상들을 정밀하게 객관적으로 받아들일 수 없게 된다 — 출구 없는 악순환이다. 한편 코쯔모우호비치는 쳐다보고 쳐다보았으며, 이 친구의 아들이자 자기 자신의 '미성숙한 버전'인 청년을 또 쳐다보았고, 그 천리안의 눈으로 이 기묘한 범죄자의 두뇌뿐 아니라 심지어 그 두뇌 안에서 단백질 입자들이 어떻게 조합되어 결합하는지, 심지어 (신체적인 개념에 따라) 전자와 또 다른, 거의 무한히 점점 작아지는 허구의 (혹은 어쩌면 실제의 — 천체들의 체계와 같은 수준으로 현실적이다 — 오 — 하느님! 만약에 그랬더라면… 대체 누가 알겠는가? — 그건 너무 무시무시하다….) a) 아무 사물이나 혹은 전반적인 사물과 b) 움직임과 c) 우리 근육에서 질적인 승계로서 직접 주어지는 힘의 이상적인 물질-에너지의 요소들까지도 보는 것

933

만 같은 기분이 들었다. 천재적인 총병참 장교는 현재 이
순간만을 보는 것이 아니라 일어난 일들까지 전부 (어쨌든
그는 지프치오의 과거에 대해 여러 가지 세부 사항을 보고
받았고 그런 보고는 자기 부관들 모두의 삶에 대해 전반적
으로 다 받았다.) 게다가 이 진실로 예외적인 지방 부대 장
교의 미래 전체까지도 꿰뚫어 보았다 — 오래 살 것인지,
그 범죄를 통해 무감각한 시체가 되어 버린 이대로 행복
하게 살 것인지. 그럼 그는? — 하 — 그런 건 생각하지 않
는 편이 낫다. 누군가 무한히 더 강력한, 그런 상대에게 승
리는 꿈도 꿀 수 없을 것 같은 누군가와의 싸움이라는 점
에 문제의 무게 전체가 걸려 있었다 — 마치 누군가 손가
락으로 급행열차를 멈추려고 하는 것과 같다. 그러나 그럼
에도 불구하고 끝은 반드시 아름다워야만 한다. 모든 것이
무너지게 된다면 그는 직접 자기 부대의 선두에 서서 목숨
을 바칠 것이다. 이런 바닥 없는(?) 생각을 배경으로 현재
의 현실 전체가 얼마나 밝게 타올랐는지. — 그저 "하!"라
고 말할 수 있을 뿐 더 이상 아무 말도 할 수 없었다. '단
지 어쩌면 그가 어쨌든 나중에 그것을…'(페르시의 아파트
에서 있었던 범죄의 저녁에 관해). 그는 이 생각을 끝까지
마치지 못했다 — 지금은 이제 앞으로도 마치지 못할 것
이다. 그 생각을 그는 마제파(?)처럼 벽을 쌓아 묻어 버렸
다.* 시간은 어쩌면 30분, 어쩌면 45분 정도 흘렀다. 그리

* 이반 마제파(Иван Мазепа) 혹은 폴란드식으로 얀 마제파(Jan Mazepa, 1639–1709)는
현 우크라이나에 속하는 자포로쥐예 지역의 헤트만(군사 및 행정 수장)이었다. 본래

고 갑자기 이 잘생긴 젊은 청년이 말을 했고, 코쯔모우호비치는 그보다 더 전에 때맞춰 이렇게 생각했다. '하지만 이건 저 히스테릭한 여자에게 뭔가 쾌락이었을 게 분명해 (그는 언젠가 어떤 무도회에서 엘리자를 만난 적이 있었다.) — 이렇게 잘생긴 사내의 손에 죽다니. 내가 호모가 아니라서 유감이야 — 회갈색 암캐를 타듯 저 남자애를 실컷 즐겼을 텐데.'*

　　"보고합니다 — 기타 등등 — …그 전에는 대령을 살해했습니다 — 이름은 또 기억이 나지 않습니다 — 즈비에 존트코프스카 양을 너무 절망적으로 사랑하던 때였습니다." 총병참 장교는 본인도 바로 여기에 대해 생각하고 있었음에도 불구하고 몸을 떨었다. 그녀의 성은 언제나 그에게 깊은 인상을 남겼다. 그는 그녀에게 속한 모든 것을 원초적으로 사랑했다 — 구두도, 스타킹도, 립스틱도, 리본도, 심지어 이름과 성의 소리도. "그녀의 것이다, 전부 다 그녀의 것이다." — 그는 몇몇 무서운 순간들에 마음속으로 혼자 이렇게 말했다. 바로 이런 평범한 괴상한 일들을 마친 뒤 그는 어쩌면 마지막이 될 휴식을 그녀와 함께하

---

러시아 황제 직속 특수 기병 부대인 카자크의 대장이었으나 1709년 당시 러시아 황제 표트르1세가 자신을 경질하려 한다는 사실을 알고 폴타바 전투에서 스웨덴 측과 연합하였다. 러시아가 승리했고, 마제파는 스웨덴의 찰스3세와 함께 터키군 요새로 도주하고 그곳에서 사망하여 현재 루마니아 영토인 갈라찌에 매장되었다. 마제파는 러시아에서는 반역자로 여겨지고 있으나 스웨덴이 우크라이나에 독립을 약속했기 때문에 우크라이나에서는 높이 평가받고 있다. 여기서는 마제파와 러시아 황제의 대결 구도를 게네지프로와 코쯔모우호비치의 관계와 비교하고 있다.
* 원문에서는 훨씬 더 비속한 동성애 비하 표현을 사용하고 있다.

기를 그냥 불가능할 정도로 간절히 원했다. 그는 일어섰다 — 박차를 쟁그랑거리며 삐걱거리는 뼈를 뻗으며 그는 말했다.

　　"전부 다 알고 있으니 더 이상 묻지 않겠다. 지금부터 일어나는 일들에 대해서라면, 그건 '하찮은 일'이며, '하찮은 일들은 악마에게나 가.'*라고 페르시 양이 나에게 말했다. 페르시 양은 지금 내 휘하에서 비서로 근무한다. 내일 우리는 전방으로 간다. 전방이다 — 알겠나, 이 멍청아? 이런 전선은 이제까지 역사상 기록된 적이 없고 우리와 '왕'과 같은 사람들의 마주침은 이 지구가 본 적이 없다. 알겠나, 바보야, 나는 과장하는 게 아니다. 너도 직접 보고 그 사실을 기뻐하게 될 거다. 그 일을 다른 누구도 저지를 수가 없었고 오로지 너만 가능했다는 걸 수사하기 전에 우리는 여기서 멀리 떠나 있을 거다. 넌 모든 일을 해결하겠지만, 가장 확실하게 모두 다 죽을 거다. 이제 넌 내 거다. 나한텐 이런 사람들이 필요하다 — 광인도 마찬가지다. 넌 아둔한 광인이지만, 지프치오, 난 그런 사람을 좋아하고 필요로 하고 보호해 줄 거다. 그건 사라져 가는 인종이니까. 어쩌면 나 자신도 광인인지 모르지? 하, 하!" 그는 지옥 같은, 찢어지는 자유를 느끼며 웃음을 터뜨렸다. 그리고 지프치오의 이마에 입 맞춘 뒤 벨을 울렸다. 젊은 부관은 침묵 속에 몸을 숙여 입맞춤을 받은 뒤 안락의자

* мелочи, мелочи к черту. 원문 러시아어.

에 조용히 앉아 있었다. 하 — 만약 예전이었다면! — 하지만 지금은 아무것도 아니다. "멍청한 쿠프케"라는 별명으로 불리는 당번병이 들어왔다. (쿠프케는 자기 주인을 머리부터 발끝까지 알고 있었고 때로는 그에게서 달리 희망이 없는 부탁을 받았으며 [오 놀라워라!] 대체로 그런 부탁들을 성공적으로 해결했다. 그는 자기 주인이 본인도 전혀 모르는 순간들을 알고 있었다. 볼이 약간 경련하거나 모든 권력을 쥔 타르처럼 검은 눈이 거의 알아챌 수 없게 빛나는 것을 보고 그런 순간들을 읽어 내는 능력이 있었다. 한편 멍청하기는 대체로 멍청했다 — 그건 사실이었다 — 하지만 그는 그 — 그래, 그걸 뭐라고 하더라? — 직관 — 그렇다 — 그 여자 같은, 근시안적인 직관을 가지고 있었다.) "총병참 사모님께, 이런 개똥 같으니,* 내가 잠깐 사무실로 갔다고 전해라. 아홉 시 전에 들어오겠다. 내일 오전 여덟 시에 출발한다. 전부 준비해 둬라. 그리고 중위님은 자기 방으로 모셔다 드려라. 손님방, 3호실이다. 가서 자라, 지프치오, 당장. 밤에는 네가 할 일이 있다." 코쯔모우호비치는 그에게 손을, 권력 있지만 부드러운 손을 내밀었고 악수한 뒤 청년 같은 가벼운 발걸음으로 집무실에서 나갔다. 이어 그는 차에 올라탔고 (철문 앞에 낮이든 밤이든 언제나 서 있는 그 차다.) 페르시에게 갔다. 그곳에서는 무시무시한 일들이 벌어지고 있었다. 짐작은 하지

---

* гавно собачее. 원문 러시아어.

않는 편이 좋다. 그는 참지 못하고 연인에게 모든 것을 이야기했으며 그녀는 그에게 지프치오에 대한 알려지지 않은 세부 사항들, 그의 고문에 대해 이야기했고 그로 인해 두 사람은 더더욱 흥분했다. 게다가 페르시는 자신에 대한 지프치오의 미친 듯한 사랑을 배경으로 자신이 지프치오의 손을 통해 엘리자를 살해했다고 지휘관을 확신시켰다. 그러나 이것은 사실이 아니었으며, 이런 일을 미리부터 — 어쩌면 무의식적으로? — 알 수는 없는 것이지만 대체 누가 이런 일들을 통제하겠는가. 이 좋은 시대에 정신분석가는 이미 존재하지 않았다. 그러나 이 순간부터 페르시는 다르게 — 오, 엄청나게 다르게 생각하기 시작했다. 완전히 기묘한 미래에 대한 어떤 조그만 예감이 그 '기적 같은' 조그만 머릿속에 한순간 반짝였다. 그리고 그녀는 지휘관에게 자신을 전선으로 데려가 달라고 부탁했다. 그가 그 부탁을 받아 줄 수밖에 없도록 그녀는 어떤 일을 했다. 그녀는 무시무시하게 두려워했지만 (비록 또다시 반대편으로 가는 한이 있더라도 여자는 언제나 어떤 탈출구를 찾아내게 마련이다.) 반드시 그렇게 해야만 했다.

# 마지막 발작

오전 여덟 시. 30분 뒤 군용열차가 최전방으로 떠난다. 전
선은 이미 준비되어 있었다 — 마지막 순간에 코쯔모우호
비치가 건설했다. 패배를 모르는 전략가의 두뇌가 무시무
시한 터보 발전기처럼 가동되어 거의 무의식적으로 천재
적인 계획을 탄생시켰고 저기 폴란드령 벨로루시의 벌판
과 늪지대와 숲속에서 거의 마술적이라 할 만큼 정확하
게 실현되었다. 단순해서 그만큼 훌륭한 이 개념을 알아
내기 위해 중국인들은 비싼 값이라도 치렀을 것이다: 그
러나 중국인들이 그것을 알아낼 방도는 없었는데, 왜냐하
면 계획은 종이에 적히지 않았기 때문이다. '천재 코쯔모
우호비치'*는 모든 것을 머릿속에 넣어 가지고 있다. 명령
은 전화를 통해 각 부대 사령관들에게 개별적으로 전달되
었고 각 대대, 중대, 소대까지 전달되도록 지시되었다. 서
류는 한 장도 없었다. 지도는 단 하나의 표시도 눈에 보이
지 않게 흠잡을 데 없이 깨끗했고 전화기는 방음장치를
네 겹으로 씌운 이른바 "작전 상황실"에 묻혀 있었다. 심
지어 누군가 어떤 대화를 엿들었다 해도 아무것도 알아내
지 못했을 것이다. 특별 전화회선이 지하에 깔렸는데 그
부분적인 위치는 몇몇 사람들이 알고 있었으며 물론 그

* Der geniale Kotzmolukowitsch. 원문 독일어.

회선의 일부를 가설한 장교들도 알고 있었으나 — 각 부분마다 아는 사람이 달랐다. 그리고 명령은 다음과 같은 식이었고 그것도 방어적 공격을 이틀 앞두고 내려왔다. 전화벨. "예. 3연대 본부. 니에크쉐이코 장군님? 듣고 기록합니다. 13사단. 브쥬호비쩨에서 슈니아틴까지 4킬로미터 길이 회선. 제21보병 연대. 브쥬호비쩨 — 큰 보리수나무. 브쥬호비쩨 1대대. 신병 261부대 본부, 석탄 광부 오두막, 자작나무 숲 근처. 전방 특별 경계 구역 6인치 모르타르공 5연대 1대대 2중대 적십자 표시 커다란 참나무 오른쪽으로 300걸음. 동쪽 곡사포 2기 슈니아틴으로 가는 길에 있는 하늘색 오두막들에서 왼쪽으로 30미터." 기타 등등, 기타 등등. 다른 사람들이라면 머리가 어지러워졌을 것이다. 연락을 하는 저 당사자들은, 빌어먹을, 아무렇지도 않다. 완전히 목이 쉬었는데도 떠들고, 떠들고, 끝없이 떠든다. 혼자 방 안에서 — 다른 사람이라면 미쳐 버렸을 것이다 — 그는 단 한순간 털끝 하나만큼도 정신이 흐트러지지 않았다. 지휘관들이 진취적으로 주도하지 않는다고? — 그래서 어떻다는 것인가? 그를 제외하면 모두 다 바보들이었다 — 모든 일을 망쳐 버렸을 것이다. 으르렁대고 덤빌 줄 아는 개들 — 그 외엔 아무것도 아니다. 그 혼자만 알고 있었다 — 지휘관 중의 지휘관이다.

북경에서 행진해 나온 이후 처음으로 중국인 왕과 그의 일본인 자문인 후쿠시토 요히코모는 약간 생각에 잠겼다. 방어 체계에 대해서는 자료가 전혀 없다. 그 어떤 첩자도 전혀 도움이 되지 않았다. 거의 모두 다 죽었고 돌아온 자들은 아무도 아무것도 모른다고 말했다. 무시무시한 고문도 도움이 되지 않았다. 작전 계획은 사단장급 지휘관들에게 역시 공격 직전 저녁에만 전달될 예정이었다. 그 계획을 총병참 장교는 부대 배치 상황과 똑같이 자신의 진실로 총지휘관다운 머릿속에 명확하게 담고 있었다. ("이런 저열한 시대에는 아까운 사람이다."라고 심지어 그를 믿지 않는 사람들조차 말했다.) 그리고 그것은, 비록 그 전에는 무슨 발상을 고안해 냈었는지 알 수 없지만, 어쨌든 적들을 다른 행동이 아닌 바로 이러한 활동으로 몰아넣을 계획이었다. 물론 약간씩 어긋나는 부분도 있겠지만 저 전화는 대체 어디서 온 것인가? 예상하지 못한 일들에 대해 병참 장교는 오래전부터 알던 것을 대할 때와 똑같이 평온하게 반응할 줄 알았다. 물론 수적인 우세로 말하자면 상대편이 실질적으로 무한히 더 많았다. 중국인들은 무시무시하며 이해할 수 없는 민족으로 죽음과 고통도 아랑곳하지 않고 며칠이나 음식도 먹지 않고 물도 마시지 않고 마치 악마처럼 싸울 수 있었다. 그들의 기술은 최근 몇 년 사이에 '바다 건너의 하얀 악마들'이 발견해 낸 모든 것을 뛰어넘었다. 한마디로 전반적인 패배가 확실했다 — 하지만 누가 알겠는가 — 어떤 기적이라도 일어나지 않는다면. 위대한 코쯔모우흐는 평생에 그런 기적을 수없이 겪지 않았던가? 그는 사람들이 그에 대해서 말하듯이 "무얼 할 수 있는지 보여 줄" 생각이었다. 첫 전투는 반드시 이겨야만 했다. 삶은 그런 것이고 그렇게 악마처럼 귀중했다. 그리고 만약에 그가 전사하지 않는다면 중국인들은 반드시 그를 자기들 편으로 받아들여 최소한 군사 본부 지휘관 정도 자리는 줄 것이고 그런 지위에서 그는 말년을 훌륭하게 보낼 수 있을 것이다. 우선 그는 독일인들을 짓뭉개 줄 것이고 그다음에는 프랑스인들, 영국인들, 그런 뒤에는 악마 그 자체까지 짓부술 것이었다. 그리고 이쪽이든 저쪽이든 그는 준비가 되어 있었다 — 이쪽이든 저쪽이든 그는 거의 완벽하게 무관심했다. 거의 — 왜냐하면 다바메스크로 지낸 밤이 그에게 조그만, 아주 조그만 변화를 가져다주었기 때문이다. 그러나 그는 그것을 자기 자신과 다른 사람들에게서 감추는 법을 알고 있었다.

　　오전 여덟 시. 가을 하루가 시작된다, 해가 떴음에도 전형적으로 무채색인 10월의 하루다. 이틀째 땅이 얼어붙어 있다. 참호를 파기 힘들지만 얼마나 많은 사람들이 대기하고 있는지 — 충분하다. 어찌 됐든 땅이 단단한 부분은 거죽뿐이다. 그리고 기병대가 어떤 술수를 부렸는지는 이전에도 이후에도 그냥 말로 표현할 방법이 없는 것이다. 전쟁사 전문가들은 할 일이 많겠지만 기록은 전혀 남아 있지 않을 것이다 — 종이짱* 한 장조차 없다 — 히, 히! 괴물 같은 미국제 기계의 원통형 노즐에서 증기가 뿜어져 나온다. 난방 연결기도 연기를 뿜어낸다. 폴란드 군대

* 원문에서 남부 지방 발음을 반영해 표기한 점을 번역에 반영했다.

의 가장 큰 거물들이 축축한 안개 덩어리 속에서 마치 유령처럼 돌아다닌다. 위대한 치명적인 행위를 앞둔 황홀한 하루다. 모두가 여기 기차 옆에 서 있다— 니에히드오흘루이, 쿠지마 후시탄스키, 스텡포레크와 마지막 축복의 말을 해 주려는 내각 전체, 보로에데르, 찌페르블라토비츠와 코우드리크 모두, 그리고 그들에게서 배신의 숨결이 뿜어져 나온다. 마음대로 하라지, 마음대로. 체코인들이 말하는 것처럼 "마음대로 하라지".* 그리고— 또 바보 백작 몇 명, 마치 정수리를 얻어맞기라도 한 것처럼 제복을 말끔하게 차려입었다— 그러나 그들도 좋다. 저기 저 현자들도 아무것도 모르기는 마찬가지다. 거기에 모든 쾌락이 있는 것이다. 그 혼자만이— 혼자, 혼자, 그의 혼자성, 그것도 이 저열한 시대에, 동쪽에서 빛을 가져오는 저 노란 저열함의 무리들에 맞서서. 오— 이렇게 무시무시한 악취를 풍기지만 않았다면! 거의 3킬로미터 바깥에서도 숨을 쉴 수가 없었다. 총병참 장교의 동생인 보급 수송 지휘관 이지도르가 기차를 직접 몰고 있었다. 출발 가능한가? 아직 안 된다. 마침내 가벼운 발걸음으로 페르시가 승강장에 나타났다. 총병참 장교는 이제는 이미 공식적이 된 애인의 손에 우아하게 입을 맞추었다. 지금은 그에게 모든 것이 허용되었다— 확실한 죽음을 향해 가고 있기 때문이다. 아내는 페르시에게 마치 언니처럼 다정하게 작별

---

* Nech sa pači. 원문 체코어. 본래 '즐기세요', '잘 쓰세요'라는 뜻으로, (물건을 주고받을 때) '여기 있습니다' 혹은 '고맙다'는 뜻의 인사말이다.

인사를 한다. 이 무슨 관계인가, 이 무슨 관계인가! 모두가 소곤거렸다. 내각 인사들은 여기에 대해 놀라서 튀어나온 눈을 두리번거렸다. 총병참 장교는 어린 딸 일리안카를 위로 들어 올려 딸의 얼굴을 자신의 검은 콧수염으로 덮었다. 가볍게, 마치 할미새처럼 페르시가 승강장에서 뛰어올라 곧바로 일등실 차량으로 들어섰다. 변태 행위가 일어날 것인가 일어나지 않을 것인가? 그리고 여기서 갑자기 지프치오가 보고하러 왔다(그는 무슨 여행 가방이, 누구 것인지는 악마나 알겠지만, 화물차에 실렸는지 안 실렸는지 확인하라고 보내졌다). 페르시와 지프치오 — 그 이상한, 이루어지지 못한 한 쌍의 시선이 서로 얽혔다. 그러나 이 순간 얼마 전까지 즈비에죤트코프스카 양의 희생물이었던 그의 시선은 시체와도 같았다 — 감정이라곤 흔적도 없었다. 페르시는 불만족한 채 객실 차량식 멋의 최첨단을 달리는 번쩍이는 일등석 차량 깊숙한 곳으로 물러나서 창문을 열었다. 그녀는 누구든 자신을 무시하는 것을 좋아하지 않았으며 벵보레크 살인 사건 이후 게네지프는 그녀에게 뭔가 특별하게 매력적으로 보였다. 전후 사정이야 어찌 됐든 그는 그녀에 대한 광기 때문에 뭔가 그토록 믿을 수 없는 일을 저지른 것이다. 그렇게 생각하면 그녀는 저 특별한 소름이 끼쳤는데, 이제까지 그녀에게 그런 느낌을 준 사람은 지휘관 본인뿐이었다. 총병참 장교는 죽음을 앞두고 이 두 사람을 데리고 재미를 볼 것인가, 안 볼 것인가? 아마 아닐 것이다, 왜냐하면 지프치오는 제복을 입은 살아 있는 시체였으며 궁극의 치명적인 무의식적 의식만을 유지하고 있었기 때문이다.

이지도르의 호각 소리가 얼어붙은 공기를 '꿰뚫었다'. 이미 때가 되었다. 지친 아내의 이마에 한 번만 더 입맞추고 (사람들은 그녀를 "성스러운 순교자 한나"라는 별명으로 불렀다.) 어린 딸의 그 황홀한 분홍빛 얼굴에 콧수염을 한 번만 더 파묻고 (그리고 여기서 사라져 가는 인종의 이 훌륭한 견본의 눈에서 진주처럼 검은 눈물이 [그러나 내면적으로만] 흘러나왔다 — 저 노란 벌레들이 이 땅을 뒤덮으면 이 불쌍한 아이는 또 어떻게 될 것인가.) 총병참 장교는 게네지프와 함께 따뜻한 차량으로 재빨리 들어섰다. (코쯔모우호비치는 사실 땅이 아니라 단지 풍경에만 애착을 가지고 있었다 — 최소한 술 취했을 때는 그렇게 말했다.) 기차가 역의 유리 천장 아래에서 무겁게 김을 뿜으며 천천히 움직이기 시작해서 기차역의 혐오스러운 건물을 따라 마치 유령처럼 기어 나가 이른 아침의 햇살이 비친 불그스름한 시내의 안개 속으로 사라졌다. 온 나라의 역사적 운명 자체도 호화스러운 객차에 실려 동쪽으로, 미래의 알 수 없는 심연을 향해 움직여 갔고, 그 미래는 가을의 지루하고 슬픈 벨로루시 풍광의 모습을 하고 기다리고 있었다. 그리고 이 모든 것은 조그맣고 혐오스럽고 납작했다 — 물론 별들 사이 공간의 비밀에 비하면 말이다. 제대로 난방이 된 일등석 객차를 타고 가는 건 아주 멋진 일이었다. 그리고 상황 자체도 최악은 아니었다.

지프치오는 야전 장교 제복을 입고 자신이 부관일 뿐 그 이상 아무것도 아니라고 명확하게 티를 내면서 뻣뻣하게 앉아 있었다. 페르시는 모두 한자리에 모인 이 상황에 이제야 겁을 먹고 확실한 패배를 앞두고 이 덫에서 어떻게 빠져나가야 할지만 생각하고 있었다. 그녀는 중국인 장교들이 품질 좋은 백인 여자를 미친 듯이 원하는 것과 관련해 자신의 악마 같은 매력 하나만을 믿고 있었다. 하지만 이 광인 에라즘(에르치오),* 그녀가 역시나 자기 나름의 방식으로 사랑하는 코쯔모우호비치가 그녀에게 최전선으로 나가라고 명령한다면 어떻게 할 것인가??? 여기에 대해 생각하는 것만으로도 그녀는 미리 그에게 화가 났다. 그러면서 동시에 그의 무한 권력에 비교된 자신의 무력함이 그녀를 미치도록 흥분시켰으며 그것도 그에 대해서만이 아니라 다른 남자들에 대해서도 마찬가지였다 ― 일생에서 처음으로. 그리고 그 내면에서 저 부관 제복을 입은 잘생기고 젊은 살인자에 대한 괴물 같은 욕망이 점점 끓어올랐다. 증오스러운 위험의 현실성과 불확실한 (어떻게?) 죽음의 가능성이 모든 것을 바로 이렇게, 이 정도로, 거의 질적으로 변화되어 무시무시하고 기적같이 멋지고 매력적이고 증오스럽고 미칠 정도로 사랑스럽게 만들었다. 젠장 ― 바로 여기서 어떤 성기의 '트릭'을 써서 빠져나가려는 것이다 ― 그것이 그녀가 해야 할, 오, 과업이

* 에라즘은 에라스무스의 폴란드식 표기이며, 에르치오는 폴란드식 애칭이다.

었다. 그러나 불쌍한 페르시는 그걸 해낼 수 있는 기운이 없었고, 그것은 이 순간의 그 지옥 같은, 정상적인 정황에서라면 대략적으로라도 표현조차 할 수 없는 매력을 더했고, 더한다기보다 만들어 냈다. 그녀는 그러나 저 모든 권력을 가진 그녀의 황소처럼 나쁜 것을 좋은 것으로 총체적으로 변화시키는 능력은 없었고 그녀는 그런 그의 강점을 미칠 듯이 부러워했다. 그러나 그것은 절대…. 그러나 어쨌든 이토록 좋고, 그 어느 때보다도 좋은 것이다. 모든 것을 마치 독을 묻힌 단검의 손잡이처럼 손안에 가지고 있다—그 첫 번째, 결정적인, 미래로 가득 덮인 타격이 누구를 찌를 것인가? 그리고 마지막 절망과 삶의 정점 사이의 광기에 찬 망설임…. 만약 운명을 속이고 어지러운 앞날을 피하는 데 성공한다 하더라도 현실은 이것이 아닐 것이다. 이 순간이 최고였으나 단지 온전하게 즐길 수 없을 뿐이었다. 그리고 이렇게 끝없이 되풀이된다—위에서 아래로 위에서 아래로, 심리적으로 멀미가 날 때까지, 궁극적인 기묘함의 심연 위에서 머리가 돌 때까지. 바로 그곳에서 두 사람은 점근적으로 지프치오와 마주하기 시작했으며, 바로 그곳에서 완전한 일원성으로의 합일로부터 무한히 떨어진 곳에서 진실로 마주쳤다.

기차는 마치 발사된 총알처럼 달렸다—멈출 수도 없고 알려지지 않은 '역사의 판결'을 향해, 뿔이 두 개 달리고 고슴도치처럼 몸을 움츠린 중국의 무언가를 향해 탈선시킬 수도 없이 나아갔다—그게 무엇인지는 아무도 알지 못했다 — 심지어 무르티 빙 자신도, 만약 진실로 존재한다면 알지 못했을 것이다. 한편 이 야만스러운 모험대 전체의 대장은 대단히 기분이 좋았다. 그도 또한 자신이 꿈꾸던 삶의 정점을 살고 있었다. 마침내 그는 측근들이 붙인 별명대로 그 "치명적인 타격의 개인적인 현신"이 된 것이다 — 평화로운 날들에 살인적인 갈망을 느끼며 그는 언제나 자기 자신을 그렇게 생각했다. 마침내 그를 저열하고 일상적인 삶에 묶어 놓던 탯줄이 끊어졌다. 짧은 시간이겠지만 그는 이제까지의 모든 시간 대신 즐길 것이었다. 그러나 이 불쌍한 남자는 (누가 감히 이렇게 말한단 말인가?!! 총살해 버려!!!) 이것이 최고의 순간이라고 잘못 알고 있었다. 그 최고의 순간은 아직도 초공간의 시간 지점에 숨겨진 채 지상의 상대적인 달력으로 그냥 다음과 같이 지정되어 있었다. 10월 5일, 오전 아홉 시, 피호비쩨, 저기, 총병참 장교의 천재적인 머릿속에서 미리 세워진 최전선. 그러나 지휘관의 두뇌라는 훌륭하게 작동하는 기계를 가지고 있어도 모든 일을 다 예견할 수는 없는 법이다. 그러나 여기에 대해서는 나중에 말하겠다. 지금 당장은 이것이 최고의 순간이었다 — 어쩔 수 없다. 다른 사람들은 이곳을 지나 더 높이 가도 좋다 — 세상에서 가장 강력한 힘을 '위탁받은' 총병참 장교는 여기에 전혀 반대하지 않았다. 정점에 오른 최고의 삶과 어디라도 상관없으니 좋은, 그러니까 영웅적인, '진실한' 죽음, 그러니까 즉 이 행성에서 그의 정신이 현실적으로 과업을 수행

948

하는 순간에 아름답게, 빌어먹을, 마치 사령관 가문의 처녀가 꿈에서 본 기사의 이상적인 죽음을 꿈꾸듯 그렇게 죽을 수만 있다면. 지금으로서는 모든 것이 바로 그렇게 될 것이라 예상되었다. 지휘관은 창밖으로 달려가는 에메랄드빛 초원과 수확한 뒤의 노란 밭과 소나무 숲을 후회 없이 바라보았다 — 어쩌면 마지막으로 — 정말 그럴까? — 에 — 기적은 믿지 않는 편이 낫다. 마지막 순간이 닥치면 그때 즐거워해도 된다. 앞날에 그를 기다리는 것, 그것은 거의 우주적인 대재앙이었다 — 마치 그리스비극의 결말처럼 필연적이다. 그는 다른 해결책은 없으며 있을 수 없다고 확신했다. 그는 언제나 앞날을 미리 생각했다 — 절대로 뒤돌아보지 않고 — 그것이 그의 방식이었다. 그의 생각은 언제나 삶을 앞서갔으며 삶의 뒤에서 이어지지 않았다. 그 운명의 순간까지 모든 것이 그가 원하는 대로 되어야만 했다, 빌어먹을! — 그 뒤에는 두고 보자. 그는 즈비에죤트코프스카의 푹신한 머리카락에 입술을 묻었고 금빛을 띤 그 머리채를 통해 객차의 넓은 창문틀 안에서 날아가는 풍광을 마음껏 빨아들였다. 지나치게 격무에 시달린 지휘관의 동료들은 대체로 빨간 공단 소파에서 졸고 있었다. 일부는 제대로 잠을 자려고 나갔다 — 지난밤을 그들은 삶과 격렬하게 작별하며 지냈다. 작전 계획은 잠재적으로 준비가 끝났다 — 남은 것은 개별 그룹의 지휘자들이 활동의 전체 그림을 알 수 없도록 계획을 부분부분 불러 주는 일이었다. 지금은 완전히 '엔트슈파눙'*하는 것 외에는 달리 할 일이 없었다. 그는 페르시를 마치 무슨 물건처럼 안아 들고 객차에서 침대차로 옮겼다. 지프치오는 전혀 까딱도 하지 않았다 — 관능적인 감각이 죽어 버린 건가 뭔가, 젠장? 특정한 성격의 사람들은 오로지 광기 속에서만 최대의 행복을 얻는다 — 태어난 순간 이후 아마 이토록 행복한 적은 없었을 것이다. 그는 움직이지 않고 누군가의 의지에 몸을 맡긴 채 여기 사건들의 주동력 옆에서, 코쯔모우호비치라는 이 차원의 힘이 타오르는 불꽃 옆에서 (더 이상 무엇이 필요한가?) 날아가는 총알 속 조용한 한구석에 웅크리고 있었다 — 공기 속을 숨 막히게 날아가는 15인치짜리 수류탄 속의 조그만 기폭제다. 다만 때때로, 의식의 중심부 어딘가 옆쪽에서, 그는 이 상태에서 깨어나는 것을 두려워했다. 그는 상상 속에서 엘리자와의 마지막 장면을 정확하게 보았고 자신이 이 일과 자신이 저지른 다른 사건들에 대해 책임이 있다는 것을 직접적으로, 감정적으로 인정할 수가 없었다. 이제까지 일어난 모든 일들이 아름답고도 필연적인 그림이 되어 놓였으며 그 안에서는 심지어 살아 있는 사람들도 오로지 선별된 배우로서만 나타날 뿐이었다. 그리고 이 모든 것이 광기의 그림자조차 없이 정상적이었다 — 물론 그에게만 말이다.

가을이지만 봄 같은 날이었다 — 늙어 가는 여름이

* 930쪽 주 참조.

(어디서?) 마치 주정뱅이나 '약물중독자'가 술을 그만 마시거나 약을 끊은 뒤 자기 스스로 "아냐—한 번 더."라고 말하는 것처럼, 졸고 있는 땅 위로 한 번 더 몸을 늘이고 사라져 가는 두 번째 청춘을 즐기는 그런 날들 중 하나였다. 전선은 마치 양귀비 씨앗을 뿌린 것처럼 조용했다—물론 회오리바람이 되어 몰아치는 불꽃의 입장에서 보았을 때 말이다. 불쌍한 페르시에게 이것은 평생 본 것 중 가장 무서운 전투였다—중국 포병대는 폴란드 쪽을 향해 '총을 쏴 댔고' 그러면서 포탄이 적을 스쳐 지나가면 계산을 수정했다. 한 번 또 한 번 중국 쪽에서 여러 구경의 굉음이 여러 장소에서 한 번씩 울렸고 우리 쪽으로 외로운 포탄이 평온한 공기 속에서 오랫동안 굉음을 울리며 날아와 우리 참호 속에서 터져서 때로는 상당한 손실을 끼쳤다. 우리는 이 작업을 이미 어제 마쳤다—더 기다린다면 중국인들의 과업을 쉽게 만들어 줄지 몰라도 더는 기다릴 수 없었다. 그들에게는 시간이 있었다—우리—그러니까 코쯔모우호비치는 그렇지 않았다. 가을은 바람이 없었고 나무들은 대체로 서리 때문에 갈색으로 말라 버린 나뭇잎을 달고 서 있었다. 수확이 끝난 밭과 초원들은 거미줄을 위에서 본 것처럼 빛났고 마치 속눈썹으로 가려진 웅덩이처럼 광택 없고 부드러우며 졸린 듯한 햇빛을 반사했다. 하늘의 끊이지 않는 고요함은 어떤 미신적인 공포를 불러일으켰다. 막사의 평범한 사병부터 부대와 병과의 지휘관들까지 모두가 평범하고 정상적인 공포와는

별개로 '뭔가'로 인해 기묘하게 영향을 받아 근엄해져 있었다. 코쯔모우호비치는 지프치오와 올레슈니쯔키를 대동하고 조그맣고 우아한 '씨발차'를 타고 전선을 오갔는데, 그런 유형의 어뢰처럼 생긴 화려한 탱크를 보통 그렇게 불렀다. 전쟁 방어 연합에 의해 공중 포격과 가스 사용이 금지된 것은 굉장한 안도감을 주었다. 어딘가 높은 곳에서 정찰용 비행기가 선회했고 매 순간 폭발하는 포탄의 하얀 구름 덩어리로 감싸였으나 전선 수백 미터 너머의 포탄을 두려워하는 사람은 이미 아무도 없었다. 어쩌면 아군의 폭탄 파편에 부상을 입을지도 몰랐다 — 그러나 그러려면 완전한 '불운아'여야만 했다. 그리고 바로 이 일이 코쯔모우호비치에게 일어났다. 거리를 설정하는 데 사용하는 바로 우리 쪽 포탄 머리 부분이 그의 신발 끝부분을 꿰뚫어 솔기가 뜯어지고 밑창이 망가졌는데, 그때 그는 3부대 사령관인 니에크쉐이코와 대화하고 있었다. 니에크쉐이코는 창백해졌고 지휘관은 비틀거렸으나 쓰러지지는 않았다. 혼란이 일어났다. 지프치오는 그 가면의 완벽성에 놀랄 수 있었다 — 코쯔모우호비치의 타르처럼 검은 눈은 단 한순간도 그 뻔뻔한 명랑함을 잃지 않았다. 유감스럽게도 글자 그대로 지프치오는 놀랄 수 있었지만 놀라지 않았다 — 이미 아무것도 그에게 인상을 남기지 않았다. 땅을 파는 작업은 이미 끝나 가고 있었다 — 남은 것은 퇴각 지대를 만드는 것뿐이었다 — 방어선은 이미 오래전부터 준비되어 여기서 뒤쪽으로 20킬로미터 거리로 뻗어 있었다. 중국인

952

들은 우리 쪽 전선에서 10–12킬로미터 떨어진 곳에 버티고 있었다. 기병대가 가장 멀리 나가서 정찰했을 때 거의 7킬로미터 정도 지점에서 적들과 접촉했다.

총병참 장교는 대단히 기분이 좋았다. 그는 이미 의심과 망설임의 선을 넘어섰다 — 그 자신이 발사된 총알과도 같았다. 그러니까 기적이란 여전히 일어나는 것이다, 빌어먹을. 그는 자기 자신을 알았고 자신에게서 언제나 뭔가 예상 외의 것을 예상할 수 있음을 알고 있었다. 지구 상 마지막에서 두 번째로 남은 개인주의자다운 그의 꺾이지 않는 본성이 10월 5일까지 폴란드 사회 체계의 힘이라는 지옥 같은 소스에 담가진 채 이제 무엇을 '완수핼' 것인가? 그는 자신의 군대 = 기계를 자랑스럽게 생각할 수 있었다 — 버튼을 누르는 것만으로도 충분했고 그러면 '쾅'!! …그러나 그는 자기 머리도 마찬가지로 자랑스럽게 생각할 수 있었는데, 그 머릿속에서 거의 기록된 종이 한 장도 없이 이 지옥 같은 미래의 전투가 잠재적인 상태로 펼쳐져 있었기 때문이다. 병참 장교는 한순간 자기 안에 한때라도 몽골의 '눈사태'와 싸운 적이 있는 폴란드의 모든 지휘관들이 있다고 느꼈다. 그러나 갑자기, 마치 먼지 쌓인 매끈한 탁자 위로 걸레가 '대패질하듯' 어떤 이상한 슬픔이 이 멋진 순간을 닦아 냈다. 어째서 이런 '가정적인' 비유가 다른 사람도 아닌 지휘관의 머릿속에 떠올랐을까? 가장 훌륭한 행위들의 절대적인 무의미함의 흠잡을 데 없는 빛나는 지루함이 지치지 않는 힘으로 그를

953

사로잡았다. 그는 그저 살고 싶었다. 그러나 여기 죽음이, 그가 장군의 훈장과 장식 술을 달아 입고 있는 제1경기병 연대 제복과 군모의 넓은 챙 아래 뻔뻔하게 그를 쳐다보고 있었다. 그것은 절대로 용기가 부족한 게 아니라 단지 죽음을 앞두고 공포가 사라진 상태에서 느끼는 삶에 대한 순수한 감상이었다. 내면의 조용한 속삭임이 그에게 어딘가 교외의 군 협동조합에 속한 조그만 집에서 살아가는 더욱더 조용한 삶에 대해 이야기했다 — 창문에는 제라늄 화분 같은 걸 놓고 어린 딸은 정원에서 놀고 — 오, 오늘처럼 이렇게 아름다운 날 아름다운 한나 부인도 자신의 철학을 전부 이야기하고 (지금은 그도 마침내 알 수 있을 것이다.) 그리고 저 저주받을 '계집'과의 모든 변태 행위와 야만적인 '엔트슈파눙'과 '데탕트'는* 긴장되고 광기에 찬 업무 속에서 삶이 그에게 만들어 낸 필요였으니 버려도 된다. 근본적으로 그런 변태성은 그에게 낯설었으며 단지 모든 사람이 되고 싶은, 그러니까 글자 그대로 모든 사람이 되고 싶은 무의식적이고 형이상학적인 욕망을 충족시키는 대체제였을 뿐이다. 그러나 여기에는 무존재뿐이었다. — 모든 종류의 가능성이 서열대로 늘어선 거대한 사다리에서 그는 이 무존재에 얼마나 가까웠는가! 그는 완전한 비속함의 기반에서 간신히 빠져나왔지만 (마구간 심부름꾼이었던 그는 이후에 우조프와 두비슈키에 지

---

* 930쪽 주 참조.

역의 영주인 흐라포스크췌츠키-우조프스키 백작의 사냥
개몰이였고[그게 뭐지?], 백작의 막내아들인 대위는 그의
보조 부대 지휘관이었지만 지금은 그의 눈먼 도구에 불
과했다.) 이미 평범한 삶은 그를 조용한 꿈과 범속하고 거
의 자기 자신에 대해 알지 못하는 일상의 유혹으로 끌어
당기고 있었다. "상스러운 핏줄인가 뭔가?" 지휘관은 자
기 자신에 대해 '코웃음쳤다'. 그리고 자기 자신을 비웃었
다. "바로 이런 게 좋은 거야―내가 백작이었다면 여기
엔 아무런 기술도 필요 없었겠지." 아, 그의 삶 전체의 '필
생의 역작'이어야 할 이 절망적인 행위, 이 저주받을 전투
를 완수한 뒤에 이 삶을 조용히 끝낼 수만 있다면? 응? 그
리고 그런 뒤에 그냥 어린 딸을 데리고 세상을 여행하면
서 평범한 눈으로는 볼 수 없는 숨은 기적들을 딸에게 알
려 주고 딸이 예를 들면 페르시나 그 자신과 같은 괴물
로 자라도록 키워 낼 수 있다면 ― 비밀의 목소리가 속삭
였다 ― 부르르르…! 루마니아의 전쟁터도 볼셰비키의 땅
도, 그의 특기인 시내의 천재적인 전투도 한 번도 그를 충
족시키지 못했다 ― 가장 비밀스러운 내장 기관까지 기병
의 피와 정신을 타고난 그, 대대의 난잡한 파티에서 알코
올의 광기 속에 보병으로서 제대로 서지도 못할 지경이
되어 그가 지옥 같은 그 기병대식 불을 뿜는 용이자 켄타
우로스 같은 행위를 수행하면서 진정 '말과 같은' 정도에
도달하지 못한 젊은 장교들에게 귀감이 될 때 그에게 붙
여 준 별명인 코쯔모우호-켄타우로스. 그러나 존재의 가

955

장 깊은 곳에서 가장 처음부터, 현재의 그는 진정 그런 사람인 것일까? 호의적인 상황의 '가장 훌륭한 흐름' 속에서 그는 어떤 사람이 될 수 있었을까?(!) — 경마용 혹은 종마용 말을 기르는 마구간 주인이나 빌뉴스* 대학에서 말을 돌보는 학문을 가르치는 교수? 왜냐하면 그의 그 이력은 비정상적이었기 때문이다 — 그는 자기 이력이 그저 우연의 산물이라 여겼다 — 그래, 어쩌면 약간은 자기 덕인지도 모른다 — 그러나 십자군이 아니었다면 그는 대체 무엇이 되었을 것인가? 그는 언제든지 교수가 될 수 있었다. 그러나 백작이 되려면 다른 무엇보다도 최소한 그렇게 태어나야만 했다 — 그렇게 모든 일이 일어났고 지금은 앞으로 돌진해야만 했다. 그러나 그는 여전히 뭔가 그보다 더 높은 어떤 것의 노예였다 — 왜냐하면 물러날 수가 없었기 때문이다. 계획은 출발해서 경기병대에서 난잡한 파티를 벌이고 잠을 잔 뒤 페르시와 함께 아침에 약간의 '엔트슈파눙'을 즐기는 것이었다. (그녀는 저 졸린[?] 구릿빛 나무들이 모여 서 있는 곳 너머 자우피에 있는 워푸호프스키 가문 정원에서 그를 기다리고 있었다 — 분명 지금은 그 딸기색 파자마를 입고 커피를 마시고 있을 것이다…. 에휴!!!) 그런 뒤에 전투, 그 역사상 유일하며 명성이 온 세상으로 퍼질 전투를 하고, 그는 어머니들이 미래의, 행복한 사람들의 후손들을 기계적으로 겁줄 때 이야

* Vilnius. 리투아니아의 수도.

기하는, 사라져 가는 인종의 가장 무시무시한 전설이 될 것이었다. 우하, 우하! 그는 느긋한 축제날 아침에 게으르게 자신을 감싸고 있던 부드러운 담요와 이불 같은 마지막 유약함을 털어 버렸다. 부관들이 웃느라 거의 숨도 못 쉬는 채로 그를 쳐다보았다. 저 지옥 같은 머릿속에서 무슨 일이 벌어지는지 생각만 해도 그들은 미신적인 공포에 휩싸였다(필연적으로). 바로 여기 그들 사이에 겉보기에 범속한 고깃덩어리가 장군의 휘황함을 걸치고 앉아 있고 그 안에 죽어 가는 세계의 역사에서 유일무이한 순간이 마법에 걸린 채 갇혀 있는 것이다. 지금이 바로 인류가 두 번째의 원칙적인 단계로 몰아쳐 넘어갈 수 있는 결정적인 순간이며, 이해할 수 없는 생각들로 가득한 이 악마 같은 인형으로 현현된 그 순간은 여기 그들 앞에, 이 10월의 아침에, 수확이 끝나고 거미줄이 얽힌 밭을 가로질러 달려가는 '씨발차' 안에서 지속되고 있는 것이다. 지프치오는 천천히 깨어나기 시작했지만 이미 반대편에 있었다. 과거의 끔찍함이 광기와 다가오는 사건들에 대한 기대감의 비밀스러운 덧칠로 뒤덮여 어떤 오랜 옛날의 거장의 초상화에 칠해진, 한때는 선명했으나 지금은 둔해진 색상처럼 빛났다. 회상한 과거는 지금 현재 순간에 전혀 들어맞지 않았다. 한편으로 그것은 그 무시무시한 밤에 현실화된 무한함과 존재의 기묘함을 불러일으키면서 겪은 '신경 충격'의 결과였으며, 다른 한편으로는 모든 근본적인 변화들의 다가오는 대재앙이 덩어리져 밀려들어 왔다. 되돌릴 수 없는 이 순간들의 일시성은 황홀했다. 이미 출정일에 지휘관의 당번병이 두 명의 부관 모두에게 이 여행에서는 아무도 돌아오지 못한다고 속삭였다. 장군은 이제까지 한 번도 저런 시선을 가져 본 적이 없었다. 멍청한 쿠프케는 아침에 옷차림을 도우면서 이 사실을 관찰했다. 그런 뒤에 병참 장교의 가면은 마치 렌즈를 통해 응축된 태양열처럼 집중된 미친 듯한 의지 외에는 아무런 감정도 드러내지 않았다. "의지의 핀으로 뇌를 잡아맸다."— 실제로 그랬다. 게다가 이 광인이 또 어떤 일들을 겪게 될 것인가. 왜냐하면 이 사람도, 저 사람도, 지휘관도, 부관도— 그들은 거의 국경에 도착해 있었다 — 어쩌면 지프치오가 자신의 생각들을 계속해서 현실화했는지도 모르고, 어쩌면 광인으로서 코쯔모우호비치가 일생 더욱 성숙했는지도 모르지만, 코쯔모우호비치의 상태는 정말로 나빴다. 그는 다만 이 사실을 깨닫지 못했고 지옥 같은 업무가 그를 마치 집게로 집듯이 붙잡고 특정한 증상들을 자각할 수 있는 기회를 주지 않았다. 이제까지 그는 글자 그대로 시간이 없어서 미치지 못했다. 그러나 드물지 않게, 그러면서 너무 흔하지도 않게, 베흐메티예프가 그에게 동정심과 놀라움이 섞인 표정으로 고개를 끄덕여 보이곤 했다. "무덤 속에서는 정신을 차릴 시간이 없을 겁니다, 코쯔모우호비치 장군." 그가 말했다. "아직은 요양원에 갈 시간이 없어요." 병참 장교가 언젠가 말했다. "그러나 어쨌든 끝이 난다면 울타리 너머로 끌고 와서 귀에 대고 한 방 쏘는 쪽이 나아요. 울타리는 이미 쫄리보쥬의 협동조합에 가지고 있고 권총은 마지막 순간에 나타나겠죠 — 누군가 호의적인 사람이 빌려줄 거요." 그는 자신의 가장 무시무시한 적들을 염두에 두고 있었는데, 지금 그 적들은 그가 이곳에서 머리를 총알받이로 내밀고 있는 동안 수도에서 중국인들을 위해 빵과 소금을 준비하고* 수도의 열쇠를 건네주기 위해 닦고 있을 것이었다. 게네지프는 이 감정의 사막에서 기분이 좋았다. 이제 그는 정상적인 사람들 사이로 돌아가지 못할 것이었다 — 감옥에서든 자유로운 삶에서든 그를 기다리는 것은 오로지 자살로 인한 죽음이었다. 이제 그는 그 수수께끼에서 자유로웠다 — 삶 자체가 해결해 줄 것이었다. 그는 자기 자신도, 주위를 둘러싼 세상도 알아보지 못했다. 그러나 바로 그 낯섦 속에서 그는 마치 편안한 상자 속에 있는 것처럼 느꼈다. 다만 혹시 이것이 다가오는 광기로 인한 증상은 아닐까? 그는 이 문제로 불안해졌다 — 처음으로 광기에 대한 공포가 진정으로 그를 사로잡았다 — 이미 너무 늦은 건 아닐까? — 그는 이미 끝장난 광인이며 오로지 외부 상황 자체에서 제공되는 넘쳐흐르는 힘과, 그리고 무감각 상태 덕택에 살아 있으니 말이다. 그러나 이런 바보 같은 일들을 궁리하고 있을 시간이 없었다. 바로 그 순간 군대는 어떤 위장된 포병 중대 앞을 지나가고 있었고, 여기서 코쯔모우호비치는 군

---

* (폴란드인을 포함해) 슬라브인들에게 '성대한 손님 접대'라는 의미.

959

인들의 가장 비밀스러운 창자 속까지 뒤흔드는 그의 그 유명한 연설 중 하나를 했기 때문이다. (그 연설들은 결단코 기록되지도 인쇄되지도 않았는데, 왜냐하면 그의 모습과 목소리와 태도와 그가 주변에 만들어 내는 그 분위기가 없이는— 매우 저속하고 비효율적으로 보였기 때문이다. 그 자신도 그렇게 생각했다.) 연설을 끝내자마자 여기서, 마치 불러낸 듯, 멀리 중국인 측에서 폭발력 강한 11인치 수류탄이 날아와 줄지어 늘어선 총기 앞에서 폭발해 모두에게 터져 버린 파편 조각과 흙을 덮어씌웠다. 기적적으로 아무도 죽지 않았으나 지휘관은 얼굴에 커다란 나뭇조각을 맞았다. 두 번째 경고다. 지프치오는 군사학교 시절 나팔 소리가 몇 번 울리고 지휘관 본인의 목소리가 들리기만 하면 집약된 삶의 매혹이 미친 듯이 폭발해 세상을 밝혀 주었던 그 열정을 이미 더 이상 느낄 수 없음을 아쉬워했다. 코쯔모우호비치의 재미없는 농담에 민망해하며 고개를 숙이고 그는 마치 삶이라는 관념 자체가 모든 의미를 잃어버린 죄수처럼 그 횡설수설을 전부 들었다.

이후 사건들은 무서울 정도로 빠르게 흘러갔다. 다음 날 아침 이미 위대한 코쯔모우흐는 신병 261부대 지점에서 (가스와 비행기가 부재했기 때문에 [얼마나 황홀한가!] 비교적 안전했다— 최전방에서부터 10킬로미터 지점이었다.) 더 정확히는 최전선의 중심 발사 지점에서 보좌관들에게 둘러싸인 채 서 있었는데, 그곳에서 전투를 관찰할 예정이었다. 전선은 300킬로미터 공간에 펼쳐져 있었다 — 전투 지속 시간은 최소 5일 이상으로 계산되었다. 본부 바깥으로 약 100걸음 정도 되는 곳에 키릴 황제의 부관이자 러시아 정예 기병대 중 한 명인 카르페카가 지휘하는 보조 기병 부대 3개 대대가 배치되었다. 아, 맞다! — 완전히 잊어버렸다 — 어젯밤 열두 시에 거의 재판 없이 니에히드오흘루이가 총살당했는데, 그는 허구적인 군사 자문에 의거해 (자문단은 난교 파티 이후 해산되었다.) 불쾌하게, 볼셰비키 방식으로 행동하기 시작했다. 그는 입에 재갈이 물린 채 끌려 나갔다. 15분 뒤에는 이미 죽어 있었다. 지프치오 자신도 분노에 차서 절망적으로 달려드는 보좌관들을 도와 그를 끌어냈는데, 그러면서 아무것도 느끼지 않았다. 술 취한 후시탄스키(쿠지마)는 니에히드가 죽기 전에 자기 손으로 직접 고환을 잘라 내고 싶어 했으나 그렇게 하도록 허용되지 않았다 — 지휘관이 엄격하게 금지했다. 지프치오는 코쯔모우호비치를 영혼에 남김없이 완전히 빨아들였다 — 처형은 그에게 가장 작은 인상조차 남기지 않았다 — 그는 이미 완전한 자동기계가 되어 있었다. 상황은 나폴레옹식으로 운영되었다 — 역사 앞에 나서는 마지막 발걸음에는 일정한 장식성이 없어서는 안 되었다. 보좌관, 기병대, 시베크, 예식용 제복과 행진. 그렇지만 이 축제의 날에도 마침내 음울한 일에 착수해야만 했다. 작전명령이, 물론 전화를 통해 내려왔고, 문 잠긴 전화실에서 병참 장교를 통해 개별적으로 내려왔으며, 그 전화실은 병참 장교의 뒤를 따라 어디든 옮겨 다녔다. 포병대 준비는 짧게 끝날 예정이었다 — 오후 세 시에 전면 공격이다 — 하!

창백한 가을 새벽이었다. 처음에는 회색이었다. 그런 뒤 동쪽 햇빛으로 물든 구름 아랫부분부터 분홍색이 되더니 아름다운 낮이 천천히 체계적으로 펼쳐지기 시작했다. 코쯔모우호비치는 말을 타고 (그 유명한 시베크인데, 말은 지휘관의 명령에 따른 모든 것을 엉덩이에 달고 있었다.) 본부 앞에 서 있었다. 손에는 전화 수화기를 들었다. 얼굴은 평온하지만 검은 눈은 먼 지평선을 가리고 있는 멀지 않은 피호비쩨의 오두막에 고정시켰다. 그의 눈은 그 자신의 폭발하여 흘러넘치는 개성으로 가득했다. 침묵. 갑자기 어떤 검은 번개가 그의 정상적인 (그 천재적인) 두뇌 속 어둠을 강타했다. 반대다, 모든 것이 반대다! 그 어떤 전투도 없을 것이다. 그는 이 불쌍한 군인들과 불쌍한 국가와 불쌍한 유럽의 나머지를 위해서 자신의 명예를 희생할 것이다. 중국인들은 이렇게, 이렇게 모든 것을 뒤덮어 버릴 것이다. 이 수천 명의 군인들이 대체 왜 죽어야 한단 말인가? 무엇을 위해서? 그와 그의 중앙 사령부의 야심을 위해서? 아름다운 죽음의 야심을 위해? 무시무시한 의심이 그의 정밀하지만 어두운, 자기 자신 때문에 지친 거인의 머릿속을 뚫고 지나갔다. 그는 수화기에 대고 확신에 찬 엄격한 목소리로 말하기 시작했고 회색 구름이 점점 더 길게 찢어진 띠 모양이 되어 핏빛처럼 붉게 변해 갔다. 그러나 보좌관들은 어쨌든 병참 장교가 이제까지 보지 못했던, 고통으로 가득한 어떤 힘으로 자기 안에서 말을 뽑아낸다고 느꼈다.

"여보세요. 중앙 통신부인가? 그렇다. 크위키에츠*장군, 잘 들어라. 전투는 없을 것이다. 취소다. 모든 부대에 항복 신호를 매달아라. 전선을 개방한다." (이미 돌이킬 수 없는 문장 사이로 갑작스러운 생각이 끼어들었다. '혹시 나는 그저 살기 싫은 게 아닐까?' 그의 상상 속에 쫄리보쥬에 있는 협동조합의 작은 집과 창가의 제라늄이 아른거렸다.) "모든 부대는 적에게서 신호를 받는 즉시 무기를 버리고 위치에서 나가서 동쪽으로 걸어가서 황인종 연합 부대와 합류한다." 그는 망설였다. "인류 만세." 그는 자기 자신에게 무기력하게 중얼거린 뒤 수화기를 놓았고, 수화기는 약하고 둔한 소리를 내면서 얼어붙은 땅 위로 떨어졌다. 통신병은 마치 굳어 버린 듯 감히 움직이지 못하고 서 있었다. 본부는 벙어리가 된 채 귀를 기울였다. 이 군대의 규율은 그토록 엄격해서 아무도 단 한 마디도 뱉어 내지 못했다. 그리고 어쨌든 모두 다 살고 싶었 — 상황이 절망적이라는 것은 알려진 사실이었다. 그리고 그 뒤 고함이 튀어나왔다. "만세!" 불규칙적이고 끊어지는 외침이 웅성거리는 소리에 섞여 천둥처럼 울렸다. 핏빛 구름이 주황색으로 변하기 시작했다. 코쯔모우호비치는 자신의 충실한 동지들에게 몸을 돌리고 경례했다. 이 순간 그

---

* kłykieć. 폴란드어로 손가락 관절이라는 뜻.

는 그의 곁에 있는 부관 지프치오 카펜과 똑같은 자동기계였다 — 뭔가가 갑자기 돌아간 것이다. 그들에게 '코쯔모우호비치 부대' 지휘관의 당번 장교인 흐라포스크줴츠키가 다가갔는데, 그는 바로 총병참 장교의 과거 '주인'의 둘째 아들이었다.

"장군님, 무슨 일인지 여쭤봐도 되겠습니까? 저기서 츈지크와 이야기했습니다. 그가 말하기로는…."

"중위님." (복무 중 병참 장교는 자기 계급을 명확하게 유지했고 그 어떤 예우도 허용하지 않았다.) "우리는 인류를 위해서 항복합니다. 피를 흘릴 필요는 없습니다. 중위님이 저의 보조 부대에게 가서 알려 주십시오." 한순간 침묵이 찾아왔다. 구름은 이미 노란색이었다. 남청색 하늘의 커다란 조각들이 동쪽에서 열리기 시작했다. 본부 뒤 언덕 위에서 이른 아침의 태양이 빛났다. 흐라포스크줴츠키는 손을 한 번 움직여 커다란 구경의 권총을 총집에서 뽑아내 총지휘관을 쏘았다. 그런 뒤에 총을 쏜 결과에는 신경 쓰지 않고 말을 돌려 보조 부대 대열을 향해 전속력으로 달려갔는데, 그곳은 서쪽으로 약 800걸음 정도였다. 그곳에는 이미 밝은 햇빛이 빛나고 있었다. 코쯔모우호비치는 왼쪽 어깨를 문질렀다. 총알은 장군 견장이 붙어 있던 자리에서 견장을 뜯어냈고 견장은 이제 장군의 겨드랑이를 따라 슬프게 매달려 장군의 말 시베크의 옆구리를 쓰다듬고 있었다.

"내 보좌관들 앞에서 나를 능욕했군. 바보 같으니!" 지휘관은 웃음을 터뜨렸다. "꼼짝 마!" 그는 충실한 보좌관들에게 외쳤다. 모두가 서쪽으로 돌아섰다. 흐라포스크 쉐츠키는 속력을 줄여서 이제 막 평원에 빽빽하게 늘어선 기병대 대열에 도달하는 중이었다. 그곳에서 뭔가 외쳤다. 장교들의 무리가 그를 둘러쌌다. 누군가 연설을 했다— 짧았다. 명령…. 어떤? 그들은 마지막 단어들을 가장 명확하게 들었다. 세르기우슈 카르페카의 목소리다. "고삐를 잡아라, 무기 장전, 돌겨어어어억!" 그런 뒤 짧게, "돌격, 돌격!" 대열은 천천히 움직였고, 장검이 분홍색 따뜻한 '해님'의 빛에 반짝였다.

"그럼 이제, 제군, 우리 차례다." 지휘관이 담배에 불을 붙이며 평온하게 말했다. "전속력으로 13사단까지. 방향은 피호비쩨, E, 본부 지도 167번." 그는 환하게 웃고 말고삐를 당겼다. 그들은 피호비쩨의 첫 번째 집들 방향으로 전속력으로 달렸는데, 그곳에는 지휘관에게 충실한, 어쨌든 나머지 군대도 다 마찬가지지만, 13사단 코쯔모우호 보조 부대의, 이제까지 아무도 알지 못했던 마지막 전투가 벌어질 장소의, 그때부터 그토록 유명해진 이름의 글자 E가 지도에 표시되어 있는 곳이었다. 그들 뒤로 나머지도 넓게 펼쳐진 대열로 따라갔다. 그래도 어쨌든 기병 200명을 3개 연대가 쫓아가기는 힘들다. 환상적인 기병 그룹은 뒤쪽보다 200걸음 앞서서 마을에 도착했다.

"반란이다! 발사!! 기관총을 돌려!!" 코쯔모우호비치가 단 한순간도 냉정을 잃지 않고 야만적으로 소리쳤다. 그는 이른바 히스테리 발작과 광기의 발전기라는 상태에

965

서 자기 옆에 서서 자신을 관찰하고 있었다. 이 주인공과 그에게 충실한, 자동기계화된 13사단 예비 병력은 훌륭하게 처신했다. 가을 아침의 투명한 공기 속에 일제사격 소리가 울려 퍼졌다. 기관총 40정이 햇빛 속의 부대를 향해 사격했다. 이미 이곳에도 햇빛이 비치고 있었다. 그리고 아마도 기병대이기 때문에 더 멋지게, 경기병들은 저주받을 E 지점까지 달려가지 못하고 무리 지어 쓰러졌다. 코쯔모우호비치는 이 광경을 평온하게 지켜보았다. 3개 연대가 햇빛 찬란하게 비치는 밭에 모두 쓰러지자 (날씨는 이미 완전히 개었다 — 먹구름은 마치 보이지 않는 끈으로 잡아당긴 커튼처럼 하늘에서 걷혔다.) 그는 야전 의무대를 보내라고 명령하고 본인은 그런 뒤 전선의 첫 번째 대열이었던 열을 향해 계속 달려갔다. 그는 인류를 위해 자기 야망을 엄청나게 희생했다고, 나폴레옹이 워털루전투에서 한 것보다 더 큰 희생을 했다고 느꼈다. '그의' 전선에는 침묵이 흘렀다. 이미 '형제 부대'의 첫 분대가 나오고 있었다. 그들은 지휘관에게 정중하게 그러나 열정 없이 경례했고, 그 모습은 마치 결정적인 순간에 자동기계들이 군대를 채운 것만 같았다. 코쯔모우호비치는 자신이 무엇을 할 수 있는지 보여 주었다 — 이번에는 진짜였다.

그들은 마찬가지로 이전에 첫 번째 전선이었던 곳의 참호 작업장 곁 조그만 오두막 앞에 앉았다. 총병참 장교는 이상하게 유리 같은 시선으로 구덩이의 검은 아가리를 들여다보았는데, 그 안에는 대단히 비옥한, 스타로콘스탄티누프 지역의 검은 흙이 드러나 있었다. 그는 처음으로 무덤에 대해 생각했고 심장이 이제까지 알지 못했던 비밀스러운 고통으로 조여들었다. 모든 사물의 영원성이 한시적인 '열등감'*으로 바뀌었다. 어린 딸과 아내가 (어쩌면 그들을 위해서 그리고 그 창가의 제라늄을 위해서 이렇게 갑자기 생각을 바꾼 것이 아니었을까?) 온 세상에서 유일하게 가치 있는 존재로서 그의 마음속에서 거대해졌다. 페르시의 존재가 그에게는 혐오스러워졌는데, 페르시는 상황의 새로운 전환에 행복해져서 본부 장교들과 명랑하게 잡담을 하고 있었고, 장교들은 작위적으로 음울한 가면 아래 선물처럼 얻은 삶이 주는 폭발적인 기쁨을 감추고 있었다. 불필요하게 살해당한 니에히드의 유령이 한순간 10월의 화창하고 밝은 아침 열 시에 그림자를 드리웠다. '계속 나를 끌고 갈 거야.' 총병참 장교는 생각했다. '어쨌든 내가 오늘 해낸 일을 바로 그가 어제 원했으니까. 하지만 원하는 것과 할 수 있는 것은 다른 일이지. 그는 직접 이 일을 완수할 수 없었어 ─ 최고의 경우에도 뭔가 자질구레한 난장판을 만들고 말았을 거야. 우리 폴란드에서는 항상 이런 식이었어. 누군가를 죽인 뒤에 그가 하려던 일을 다음 날 하는 거지.' 중국 본부에서 보낸 사절이 오기로 되어 있었고, 사절이 직접 지휘관들의 면담을 지정하기로 되어 있었다. 총병참 장교는 (오늘 아침까지) 한

* Minderwertigkeitsgefühl. 원문 독일어.

번도 평화롭게 넘어가서 둘러보지 못했던 '저쪽'이 궁금
했다. 중국측 군대는 스타로콘스탄티누프의 첫 참호들에
서 20킬로미터 떨어진 곳에 서 있었다. 형제 군대들이 연
합하는 이야기 소리가 대열 전체를 따라 점점 크게 들려
와 아침의 자연을 지배하던 침묵을 깨뜨렸고, 자연은 마
치 다가오는 겨울을 두려워하듯 웅크린 채 계속 남아 서
성대는 여름의 공짜로 얻은 온기 속에서 몰래 몸을 녹이
고 있었다. 그 아름다운 날에 겨울이 여름과 거의 맞섰고,
그 하루에는 이 두 계절의 요소들이 함께 들어 있었다.

　　총병참 장교의 의심은 오래 지속되지 않았다. 그 꺾
이지 않는 의지로 그는 절대적으로 임의적인 행동을 하는
히스테릭한 순간에서 비롯된 이전의 위상을 재빨리 되찾
았으며, 여기에 국가와 인류 전체의 이익을 위해서라는 부
가적인(?) 이론과 ('어떤 의도적인 이론?')* 그가 이후에 즐
길 수 있을 더 큰 (누가 알겠는가?) 명예와 인기를 위해서
최고의 전략적 야심을 희생했다는 점까지 더해졌다 — 왜
냐하면 '살아 있는 양이 죽은 사자보다 낫기 때문이다'. 이
후에 이것은 하나의 사상에 사로잡힌 중국인 수백만 명의
존재가 만들어 낸 '심리 전기장'의 유도 작용이라고 설명
되었다. (서구에는 그런 학문적인 흐름이 있었다.) 다른 사
람들은 비밀스럽게 '알약 스물다섯 개의 밤'에 대해 이야
기했다 — 또 다른 사람들은 모든 것을 그저 광기의 산물

* Eine zugedachte Theorie? 원문 독일어.

로 치부했다. 여기에 묘사된 대로 모든 일이 일어났으며 그걸로 끝이었다. 모두가 조용해져서 귀를 기울였다. 자동차가 대로에서 엔진 소리를 냈다. 다음 순간 오두막 앞으로 대열의 반대편에 아름다운 빨간색 브리지워터 한 대가 들어섰다. 그 차에서 눈에 띄지 않는 외모의 작고 비쩍 마른 중국인이 내렸는데, 중국인은 노르스름한 회색 제복을 입고 제복에는 붉고 노란 두 가지 색 어깨띠를 걸치고 있었다. 그는 손에 길고 휘어진 장검을 전례 없이 우아하게 들고 그림자가 져 검게 보이는 참호를 가볍게 뛰어넘어 폴란드 장교들이 모여 있는 곳으로 다가왔다. 경례를 하고 (보좌관들 전체도 마찬가지로 경례했다.) 그는 총병참 장교를 향해 말했다. (지프치오는 내내 완전히 무관심했다. 그 혼자만이 지금 일어나는 일들에 대해 기뻐하지도 슬퍼하지도 않았다. 그러나 이런 사건들을 마주해 저기 어떤 사기꾼이 지껄이는 심리학이 우리에게 무슨 상관이겠는가? — 광인이든 아니든 — 아무래도 상관없다.)

"내가 영광스럽게도 코츠몰루코비치 각하와 이야기하고 있습니까?"* 중국인은 완벽한 영어로 물었다. 총병참장교는 짧게 대답했다. "그렇소."** "이렇게 되면 이제는 가면을 계속 쓰고 버텨야지." 그는 이를 악물고 자기 자신

---

* "Have I honour to speak with His Excellency Kotzmoloukovitsch?" 뒤이어 "중국인은 완벽한 영어로 물었다."고 하지만, 'the honour'의 관사(the)가 누락되어 있다. 중국인은 코쯔모우호비치의 이름을 영어식으로 발음하고 있기도 하다.
** Yes. 원문 영어.

에게 속삭였다. 중국인은 손을 내밀지 않고 단지 중국식으로 고개를 숙여 보인 뒤 계속 말했다. "나는 중앙 작전 사령부 지휘관이며 황적(黃赤) 수레국화 기사단 기사인 핑-팡-로 장군이오. (여기서 고개를 숙였다.) 우리의 지도자인 일급 만다린 왕-탕-짱께서 (이 공산주의 용어의 약자 같은 성과 이름은 불길하게 들렸다.) 영광스럽게도 코츠몰루코비치 각하와 보좌관들 전부 그리고 또한 ─ 흠 ─ 배우자와 함께 한 시에 스타로콘스탄티누프 궁전에서 아침 식사를 함께해 주시기를 나를 통해 부탁하십니다." ("올드 콘스탄티노비안 팰리스.")* 몽골인의 검은 눈에는 명백한 공포심이 드러나 보였다. '저 짐승은 대체 뭘 무서워하는 거지?' 병참 장교는 생각했다. '대체로 저들은 아무것도 무서워하지 않잖아. 뭔가가 있다.' 그리고 그는 이유는 알 수 없지만 프랑스어로 '유창하게' 대답했다.

"장군님, 장군님께 직접 인사 드리게 되어 무한히 기쁩니다…."**

"감사합니다." 상대방이 영어로 말을 가로막았다. 중국인은 다시 경례하고 구덩이를 뛰어넘어 차로 걸어갔고, 차는 대화 중에 이미 시동을 걸어 놓은 상태였다. 자동차는 무시무시한 압축기로 곧바로 시속 100킬로미터로 달려갔고 다음 순간 이미 보이지도 않게 되었다. 잠시

* Old-constantinovian palace. 원문 영어.
** Mon général, je suis énormément flatté de pouvoir saluer en votre personne... 원문 프랑스어.

970

후 부대 전체에서 유감스러워하는 조용한 말소리가 웅성 웅성 터져 나왔다. 코쯔모우호비치는 대단히 명백하게 당황했다(물론 쿠프케가 보기에 말이다, 만약 여기 있었다면)—그 감정은 미간의 주름으로만 알 수 있었다. 이 이야기 전체 구성에서 뭔가 어그러졌다.

"저 짐승이 대체 무슨 생각을 하는 거지." 그는 페르시에게 말했다. "어떻게 감히… 하—안 되겠군. 이 행위의 결실을 공산주의 방식으로 즐겨야 해. 하지만 내가 저들에게 본때를 보여 주겠어!"

"아무것도 보여 주지 말아요." 애인이 얼굴을 빛내며 재잘거렸다. "당신은 알렉산더대왕 시대 이후 가장 위대한 행동을 실행한 거예요. 우리 삶이 앞으로 얼마나 아름다울지 생각해 봐요. 만약 겁쟁이가 이런 일을 했다면 끔찍했겠지만, 당신 같은 멧돼지가, 이렇게 날개 달린 황소가, 이런 리바이어던*이 해냈으니…! 이건 기적이에요, 진짜 기적! 나 혼자만이 당신을 진정으로 이해할 수 있어요." 그녀는 그의 손을 잡고 그를 그 말할 수 없이 깊은, 가장 명확한 생각조차도 흐리게 만들어 버리는 그 시선으로 그를 지긋이 바라보았다. 그의 눈은 마치 두 개의 금속판처럼 그 시선을 반사했다—지휘관은 자기 자신을 바라보고 있었다. 또다시 아내와 (어찌 됐든 그녀는 백작이었다.) 딸의 모습이 지친 두뇌를 스치고 지나갔다. 그러나

* 1651년 영국 철학자 홉스가 쓴 국가론 도서명이기도 한 '리바이어던'은 구약 성경 「욥기」에 나오는 지상 최강의 괴이한 동물이다.

971

새롭게 돌아온 의지로 병참 장교는 재빨리 이전의 자동기계와 같은 상태로 돌아갔고 여기에는 이제까지 알지 못했던 일종의 체념이 섞여 있었다. 그는 차를 가져오라고 명령했다. 멀리서 아침 진격 때 부상당한 경기병들이 중국 병원 방향으로 이송되고 있었다. 그것이 명령이었다. 누구의? 중국군의 명령이다. 그는 중국의 명령에 따라야만 했다. 그것은 예견하지 못했다. 끔찍한, 거의 물리적인 고통이 그의 정신적인 내면을 뒤덮고 그곳에서 갑자기 위협적으로 펼쳐진 검은 황무지 안에서 꺼져 버렸다. 메아리쳐 들려오는 신음 소리에 지휘관은 얼굴을 가렸다 — 한순간. '내가 바로 이렇게 행동하지 않았다면 저 부상자가 대체 몇 명이나 되었을까? 하지만 어쨌든 나도 얼굴에 뭔가 얻어맞았지, 빌어먹을! 아무것도 느끼지 않아.' 무한한 피로와 지루함이 동시에 사방에서 그를 사로잡았다 — 심지어 아내와 딸이, 그녀들이 있는 서쪽에서도. 주위의 세상이 어둡고 차가워졌다 — 아무도 없었다. 그 자신만이, 혼자만이 자동기계로 가득한 이름 없는 심연 속에 — 이 체제 안에서 어쩌면 마지막 진짜 인간으로 남아 있었다. 어쩐지 친구들도 그에게 크게 신경 쓰지 않았다. 심지어 중국인이 떠나간 뒤에도 아무도 가까이 오지 않았다. 전례가 없는 일이다! 백작들이 음울하게 올레슈니쯔키와 이야기했다. 쿠지마 후시탄스키는 아침부터 술에 취해서 큰 걸음으로 걸어 다니며 그 거대한 장검을 위협적으로 짤그랑거렸다. 스텡포레크는 불안하게 웃음 지으며 중국인들

972

대열 쪽을 바라보면서 잇새로 탱고 「잘루지」*를 휘파람으로 불었다. 그러니까 지휘관의 행동의 절대적인 완벽성에 대한 믿음이란 이런 것이라서 아무도 입 밖으로 한 마디도 내뱉지 않는 것이다. 오로지 저 머저리 흐라포스크췌츠키만이 영웅이다! 얼마 전 지프치오는 지휘관에게 흐라포스크췌츠키가 총에 맞아서 마치 체처럼 구멍이 뚫린 채 엄청나게 기분 좋게 죽었다고 보고했다 — 명예는 보장된 것이다. 그러나 그런 사람에겐 더 이상 아무것도 필요하지 않다. 그도, 저 중국인들도. 하지만 이건 카르페카 탓이다. 대체 모스칼을 보조 부대 지휘관으로 삼으라고 나한테 얘기한 사람이 누구였지, 젠장? 저들한테 최면이라도 건 거야 뭐야? 어쩌면 상황을 거짓되게 알려 준 걸까? 바로 이렇게 해서 지나치게 엄격한 규율이 생겨나는 것이다 — 그 누가 무슨 명령을 내려도 아무도 반대하지 않는다. 하 — 진짜로 어떻게 되었던 일인지 나중에 두고 보자.

지휘관은 페르시와 지프치오와 올레슈니쯔키와 함께 차를 타고 갔다. 남자들은 침묵을 지키고 단지 즈비에 쫀트코프스카만 풍광의 아름다움에 열광하며 환성을 질렀다. 젊은 공자는 그 더없이 아름다운 눈에 절망적이고 음울한 욕망의 표정을 담고 그녀를 들여다보고 있었다. 지프치오는 아무렇지도 않았다 — 자기 자신에게 그는 거의 존재하지 않는 거나 다름없었다. 그는 그저 다른

* Jalousie. '질투'라는 뜻의 프랑스어.

사람들의 두뇌 속에 있는 조그만 혹 덩어리에 불과했으며, 그럼에도 불구하고 그 두뇌 속에서 무슨 일이 벌어지고 있는지 완벽하게 감지했다 — 타인의 자아 속에 직접 침투할 수 있는 그 능력을 다바메스크 B2가 그에게 주었다 — 그러나 그게 지금 그에게 대체 무슨 소용이란 말인가. 불쌍한 리즈카는 이제 없고 앞으로도 없을 것이다. 그는 여기에 대해 내면에서 가장 작은 눈물 한 방울조차 짜낼 수가 없었다 — 돌멩이다.

그들은 스타로콘스탄티노프스키 궁전 입구에 도착했다. 중국 병사들이 장대한 동작으로 경례를 하고 차를 들여보냈다. 기묘한 손님들은 에메랄드빛 잔디밭에 모여선 노란색과 구릿빛 빨간색 나무들을 지나쳐 갔다. 평범한 벨라루스의 풍광이 (전선 너머의 풍광과 완전히 동일했다.) 그들에게 어쩐지 믿을 수 없게 느껴졌다 — 그들은 이미 중국에 와 있는 것 같았고 나무의 모양까지 중국화된 것 같았으며 모든 것이 마치 지도에 그려진 것처럼 다른 색깔을 띤 것만 같았다.*

갑자기 그들은 이상한 광경을 보았다. 진입로가 휘어지는 곳에서 궁전까지 이어지는 잔디밭이 펼쳐져 있었고, 궁전은 눈부시게 하얀 벽과 기둥으로 번쩍이고 있었으며, 주위에는 적자색 마가목이 빽빽이 서 있었다. 가볍게 쑥 들어간 곳에 사람들이 무릎을 꿇고 앉아 있었다. 서

* 실제 스타로콘스탄티노프스키는 본래 폴란드 땅이었던 흐미엘니츠키 지역(현재 우크라이나)에 있다.

있는 이는 오로지 사형집행인(나중에 알게 되었다.)과 장
교뿐이었다. 마침 처형이 시작되고 있었던 것이다. 코쯔모
우호비치는 달리는 차에서 뛰어내렸다. 차가 멈추었다. 나
머지는 서둘러 그의 뒤를 따랐다. 아하 — 그는 이해했다.
'우리의 예의 바른 집주인께서 우리를 위해 조그만 깜짝
선물을 준비하셨군 — 식탁엔 만다린들의 잘린 목이 놓이
겠구나.'* 그의 머릿속에 오래된 『짐플리치시무스』** 잡지
의 어떤 '농담'***이 떠올랐다. 단지 여기는 '식탁에 올리기
전'****인 것이다. 그들은 첫 번째 죄수 앞에 멈춰 섰다.

　　"무엇 때문에 이들을 이렇게 처벌합니까? 이들이 무
슨 짓을 했소, 빌어먹을?" 코쯔모우호비치가 담당 장교에
게 물었다. (경비병은 전혀 보이지 않았다.)

　　"저에게 말씀하지 마십시오, 각하. 저는 경비병일 뿐
입니다."***** 어린아이 같은 얼굴의 젊은 중위가 차갑지만
정중하게, 마치 가볍게 비난하는 것처럼 대답했다.

　　죄수는 햇살 아래 진입로에 늘어선 마가목들 속 깊
은 곳을 무관심하게 들여다보며 마치 모든 것을 다 이해
하는 것처럼 (형이상학적인 의미에서 글자 그대로 모든
것을) 혹은 전혀 아무것도 이해하지 못하는 것처럼 보였

---

* Unser liebenswürdiger Gastgeber hat uns eine kleine Ueberraschung vôrbehalten
— nach Tisch werden ein Paar Mandarinen geköpft. 원문 독일어.
** Simplicissimus. '바보'라는 뜻으로, 1896년부터 1967년까지 발행된 독일의 풍자 잡지.
*** Witz. 원문 독일어.
**** vor Tisch. 원문 독일어.
***** Ne me parlez pas, Excellence — je suis des gardes. 원문 프랑스어.

다―둘 중 하나다. 무릎 꿇은 다른 사람들은 (심지어 손도 묶이지 않았다!― 믿을 수 없는 일이다!!) 마치 운동선수가 무슨 엄청나게 흥미로운 기록의 결과를 기다리듯 대단한 관심을 가지고 그를 쳐다보았다. 그 첫 번째 죄수 위로 사형집행인이 단순한 장검을 손에 들고 서 있었다. 처형을 지휘하는 장교는 도착한 손님들에게는 이미 더 이상 아무런 주의도 기울이지 않았다. 코쯔모우호비치는 장군의 제복을 완전하게 차려입고 그에게서 세 걸음 떨어진 곳에 서 있었으나 장교는 거기에 대해 아무것도 하지 않았다. 어쨌든 상대방이 누구인지는 알았을 텐데도 말이다. 이해할 수 없는 일이다. 갑자기 장교는 이 모든 게 이제는 지겹다는 듯이 고함을 질렀다. 사형집행인이 칼을 휘둘렀고 첫 번째 '남자'의 머리가 누르스름한 이를 악문 채 처형장 바닥을 따라 몇 걸음 굴렀다. 그러나 목이 잘리는 순간 코쯔모우호비치는 (머리가 이미 공중에 떠 있었을 때) 돼지머리 고기의 얇은 조각과 비슷한 어떤 반죽 같은 것을 언뜻 보았다. 가운데는 회색이고 그다음은 하얀색, 그다음은 빨간색, 무슨 반점 같은 것과 거죽의 고른 선이 아직도 살아 있는 몸을 둘러싸고 있었다. 1초 (혹은 4분의 1초) 안에 모든 것이 솟아오르는 피로 뒤덮였고 머리는 오래전 잔디밭에서 이를 드러내고 굴러다니고 있었다. (얼마나 기술이 좋은가, 얼마나 기술이 좋은가!) 그냥 그렇게 보였을 뿐인지도 모르지만 목 잘린 중국인의 얼굴이 아주 명확하게 그에게 다 안다는 듯 눈을 찡긋해 보인 것 같았다. 몇몇 다른 죄수들이 아마도 기술적인 논평을 몇 가지 하는 것 같았다. 아마도 칭찬의 말인 것 같아 사형집행인은 그들에게 고개를 숙여 보인 뒤 다음 죄수에게 다가갔다. 모두 다 마치 같은 액체에서 떨어져 나온 물방울처럼 서로서로 닮아 보였다. 또다시 명령이 떨어지고 또다시 사형집행인이 똑같은 몸짓을 했고 새로운 머리가 가을 오후 햇살에 젖은 폴란드 궁전의 잔디밭에 뒹굴었다. 나머지 사람들도 똑같은 광경을 보았다 — 이것은 환각이 아니었다. 페르시는 기절했고 말없이 궁전 쪽으로 걸어가는 병참 장교 뒤를 따라 지프치오가 올레슈니쯔키와 함께 페르시를 안아 들고 가야만 했다. 총병참 장교는 왼쪽 콧수염을 씹으면서 중얼거렸다. "좋은 교육이군, 좋은 교육이야." 처형 장면은 그에게 좋은 영향을 미쳤다 — 패배를 모르는 '왕'과 대화를 나눌 기운이 생긴 것이다. 마침내 그 순간이 다가왔다 — 총병참 장교는 그 순간을 피해 갈 수 있으리라 생각했지만 어쨌든 그 순간은 마치 황소처럼 그의 앞에 버티고 서 있었다. 우리에겐 잘된 일이다! 그들은 폴란드 '궁전' 기둥 아래로 걸어갔다 — 얼마나 많은 하인들과 그와 비슷한 피조물들의 낮짝이 여기와 여기서부터 이어지는 밝은 복도에 몇 세기 동안이나 드나들었을까. 지금 그들을 위해 복수할 때가 왔다 — 총병참 장교는 마지막 순간에 이렇게 생각했다. 이미 그의 앞에는 주름진 노란 얼굴이 서 있었고, 그 얼굴에는 마치 사프란 케이크에 박힌 건포도처럼 검고 현명한 어린아이 같은 눈이 반짝이고 있었다 ─ 총지휘관인 만다린 왕-탕-짱이 직접 그들을 맞이한 것이다. 왕-탕-짱은 동반한 다른 장교들과 똑같이 검소한 옷차림이었다. 그들은 식당으로 들어갔다. 이 순간 총병참 장교의 나머지 보좌관들을 태운 차들이 들어왔다. 중국인들은 대단한 경의를 표하여 코쯔모우호비치와 페르시를 가장 상석에 앉혔다. 즈비에죤트코프스카 왼쪽에 왕-탕-짱 본인이 앉았고 코쯔모우호비치 오른쪽에 아침에 그를 찾아왔던 군사 본부 사령관인 핑-팡-로가 자리 잡았다. 다른 사람들은 보이지 않았다 ─ 식탁 한가운데 솟아오른 높은 피라미드처럼 쌓인 음식에 가려져 숨어 있었다. 달콤한 소스에 담근 제비집에 담긴 으깬 바퀴벌레 요리 (여기 저기에 그 현명한 피조물의 조그만 다리가 튀어나와 있었다.) 뒤에서 '왕'이 일어서서 손에 오리지널 뒤부아 제품인 거대한 술잔을 들고 더없이 완벽한 영어로 말했다.

"각하, 각하께서 인류 전체를 끌어안는 마음으로 훌륭한 행위를 완수하신 뒤 처음으로 우리 본부에서 각하를 맞이하게 되어 영광입니다. 그러나 각하의 업적을 누구보다도 높이 평가하면서도 각하가 우리 시대보다는 지나간 시대에 속하는 가장 위험한 인물들 중 하나라는 사실은 인정하지 않을 수 없습니다. 그러므로 코쯔모우호비치 각하 본인께서 지휘관으로서의 야심 자체와 각하의 나라에서 일급 장교로서의 기본적인 명예를* 희생해 지키려 하

* the ambition of the commanding officer as such and the plain honour of the first officer of your country. "더없이 완벽한 영어로 말했"다지만 여기만 영어로 적혔다.

셨던 인류 전체의 이익을 위해 저는 각하께 참수형을 선고할 수밖에 없습니다 — 대단히 고귀한 죽음입니다 — 왜냐하면 이후 각하의 존재는, 바로 그 역사에 길이 남을 행위에 의해 우리에게 드러난 각하의 인간적인 본성과 관련해, 앞서 말한 그 행위가 행해진 목적 자체를 위협할 것이기 때문입니다. 그러나 이 돌이킬 수 없는 선고를 실행함에 있어 우리가 서둘러야 할 이유는 아무것도 없으니 계속해서 즐기고 신들이 주신 선물을 먹고 마시고, 마시고, 마시며, 우리가 여러 다른 방식으로 우리의 보잘것없는 개인적 존재를 희생해 이룩하고자 하는 행복한 인류의 번영을 위해 축배를 들도록 합시다." 지프치오는 내내 자신의 과거의 우상을 지켜보고 있었다. 코쯔모우호비치는 단 한 번 (그의 죽음에 관한 이야기가 나왔을 때) 잠시 그 잘생긴 눈썹을 들어 올렸는데, 마치 어떤 순전히 의례적인 표현에 놀란 것 같았다. 지프치오는 무감각한 눈길을 더더욱 깊이 그에게 고정시켰다. 아무것도 없다 — 그의 가면은 완전히 평온했다. 그것은 거의 유감스러울 정도로 너무나 아름다운 현상이었다. 이 어찌 됐든 살아 있는 피조물이 대체 어떻게 해서 기적적으로 이런 타격을 버텨내는지 이해할 수 없었다. 태풍이 불어서 뱃멀미에 시달리는 사람이 평온하게 갑판에서 산책하는 다른 사람을 볼 때와 비슷한 심정일 것이다. 그 산책하는 사람은 토할 수가 없어서 비인간적인 고통에 시달리는 것처럼 보이는 것이다. '저 짐승은 배짱이 있구나 — 그렇게 되라지…' 지프치오는 진심으로 감탄하며 생각했다. 어쨌든 자신에게는 지휘관이 있으며 그의 가장 무시무시한 죽음의 순간에조차 그를 믿을 수 있다고 느꼈다. 사형선고를 받는 것보다 더 나쁜 일이 어디 있단 말인가? 그리고 중국인들이 결단코 농담을 하지 않는다는 것은 알려진 사실이었다. 어찌 됐든 이 순수한 위대함의 발현의 영향으로 그의 죽은 내면 어딘가 깊은 곳에서 뭔가가 떨렸다. 이제 남은 질문은 이 악마가 뭐라고 어떻게 대답할까 하는 것이다. 그러나 '왕'은 술잔에 담긴 술을 한 번에 넘기더니 계속해서 말했다.

"여러분, 이제 여러분께 우리의 목적과 방식에 대해 몇 가지 설명을 드려야만 하겠습니다. 이것은 우리가 기도할 때 쓰는 절구와 마찬가지로 아주 간단한 구조입니다. 당신들은 스스로 통치할 능력이 없으며 인종으로서 이미 한계에 도달했습니다. 우리는 할 수 있습니다. 몇 세기나 잠들어 있던 우리의 지성은 당신들의 천재적인 알파벳을 손에 일단 손에 넣자마자 깨어났습니다. 우리의 학문은 즉각 당신들 것보다 더 높은 수준에 도달했습니다. 바로 그렇게 해서 우리는 당신들이 통치할 능력이 없으며 우리는 할 수 있다는 사실을 발견했습니다. 모든 나라에는 각자 최상의 효율성을 이끌어 낼 수 있는 이상적인 체제가 있습니다. 우리의 우월성의 증거는 우리의, 그리고 우리와 같은 혈통을 타고난 다른 민족들의 조직입니다. 우리가 당신들을 가르쳐야만 합니다. 우리에

980

게 정치란 그 자체로 존재하지 않으며 중요한 것은 조직
되고 규제된 생산성입니다. 우리가 당신들을 통치할 것이
고 당신들은 행복해질 것입니다. 문화 그 자체의 쇠퇴가
목적이 아니라 더 높이 뛰기 위한 받침대가 되자는 것입
니다. 경제적으로 잘 통치된 인류가 어떤 가능성을 가지
게 될지는 우리들조차도 예견할 수 없습니다. 어쩌면 인
류는 그저 행복해질 뿐이고, 모든 종류의 높은 예술적 창
조성은 사라져야만 할지도 모릅니다 — 어쩔 수 없습니다.
그리고 이렇게 사라지는 건 많을 것입니다, 아주 많을 것
입니다. 그리고 여기에 또 한 가지 문제점이 있습니다. 우
리도 어떤 의미에서는 한계에 도달했습니다. 당신들만큼
은 아니지만 그래도 어쨌든 그렇습니다.* 인종으로서 우
리는 스스로 재생해야만 하며, 당신들을 집어삼켜 소화
시켜서 새로운 황백인종을 탄생시켜야만 하고, 그렇게 되
면 우리의 사회생물학 연구소에서 증명한 것과 같이 이
제까지 알려지지 않은 새로운 가능성들이 열릴 것입니
다. 그 때문에 우리는 의무적인 혼혈 결혼을 추진하고 있
습니다 — 오직 예술가들만이 자신들이 원하는 여성을 가
질 수 있을 것입니다 — 백인이든 황인종이든 — 아무래도
좋습니다. 그 때문에 각하가 돌아가신 후 과부가 되실 부
인과는 내가 결혼하고 각하의 딸은 저의 아들과 결혼시킬
것을 각하께 미리 부탁드립니다. 지도자들을 좋은 의미에

* Not as you are, but nevertheless. 이 문장만 영어로 적혀 있다.

서 비인간화된 이성적인 방식으로 육성하는 것은 우리 계획의 주요 방침 중 하나입니다." 여기까지 말하고 다시 술을 마신 뒤 그는 자리에 앉아서 대머리를 하얀 비단 손수건으로 닦았다. 코쯔모우호비치는 침묵했다. "침묵은 긍정의 신호입니다." '왕'이 이제는 비공식적으로 코쯔모우호비치를 향해 말했는데, 코쯔모우호비치의 표정은 예를 들면 어딘가 부대의 축제에서 후시탄스키 같은 사람의 연설을 들은 것 같은 표정이었다. 그는 다음과 같은 일련의 상태를 겪었다. 이토록 독창적인 형태로 주어진 사형선고를 들은 순간 그는 모든 신경 말단부를 갑자기 불에 달군 핀으로 한꺼번에 찔린 것 같은 기묘한 느낌을 받았다 — 아니, 마치 그 모든 신경 말단부에서 어떤 전류가 뿜어져 나온 것 같았다 — 성 엘모의 불*이나 그와 비슷한 것. 그 전류는 고통스러웠다. 양손에서 그는 대단히 확실하게 보라색 불꽃을 보았다. 그는 앞을 바라보았고 거대한 창문을 통해 공원의 화창한 가을 오후 풍경을 보았다 — 그것은 현실이 아니었다 — 돌이킬 수 없는 과거의 기억 중 가장 매혹적인 추출물을 뽑아 어떤 사악한 유령이 마법의 거울에 비추어 그에게 보여 준 것이다. 그는 과거를 보듯 그 광경을 바라보았다…. 풍광에 대한 무시무시한 감상이 침입해 그의 내장을 고통스럽게 수축시켰다. 이제 다시는…. 호, 호 — 이런 순간은 전투가 아니다. 모든 힘을 그

---

* 번개가 치기 전 대기에 전류가 강해져서 뾰족한 가지 모양의 불빛이 퍼지는 현상.

는 전선으로 보냈다 — 그 전선은 그의 가면이었다. 그는 떨지 않았고 떨 수 없었다. 눈썹을 움직이는 정도는 허용할 수 있었다. — 너무 지나치게 돌처럼 굳어지는 것도 좋지 않다 — 어쩌면 뭔가 탄로 나게 만들 수도 있다. 그의 눈앞에서 그 풍경은 곧 다른 풍경에 가려졌다 — 기억 속 풍경 — 아내와 딸의 모습. 그는 조그만 일리안카가 어두운 식당에서 높은 의자 위에 앉아 이유식을 먹는 모습을 보았다. 그 딸에게 몸을 굽히고 '성스러운 순교자 한나'가 뭔가 아이에게 속삭이고 있었다. (이때 바로 이렇게 하고 있었다.) 아니 — 이런 광경에서 구원을 찾아서는 안 되었다 — 그것은 유약함일 뿐이다 — 쫄리보쥬와 제라늄들(반드시). 뭔가 의지가 될 만한 유일한 것은 페르시였다 — 중국인들 앞에서 그의 아내인 척하고 있는 그녀. 바로 이 순간 그녀는 기절했고 완전히 똑같이 생긴 중국인 보좌관 두 명이 상황에 대한 과학적인 지식을 가지고 그녀를 깨우고 있었다. 코쯔모우호비치는 다시 한번 '의지의 핀으로 두뇌를 집고' 공포와 불명예가 잠복해 있는 악취 나는 심연의 가장자리에서 도망치려는 몸을 붙들었다. '어쩌면 총탄 속에 죽는 편이 나았을까?' 끔찍한 의심이다 — 그랬으면 저 인류는 어떻게 됐겠는가. 그에게는 절대로 용기가 모자라지는 않았다 — 그러나 이건 좀 다른 사안이었다 — 심지어 존 실버*조차 참수형을 생각하면 구역질이

* 롱 존 실버. 모험소설 『보물섬』(1883)에 등장하는 해적선의 선장.

나곤 했으니까. 흠 — 참수형 — 거의 '알 게 뭐야.'다 — 죽음은 다 같은 것이다. 그리고 갑자기, 조금 전까지 페르시가 앉아 있던 자리에서, 코쯔모우호비치는 아주 선명하게 투명한, 턱수염을 기른, 지저분한 니에히드오흘루이의 모습을 보았다 — 평생 첫 번째 환각이다(다바메스크로 인한 환영을 제외하면). 그러나 이미 의지의 핀이 꽂힌 두뇌는 이 발작 또한 버텨 냈다. 이런 것은 아무도 제대로 이해할 수가 없다 — 병참 장교는 마치 의자를 바라보듯 유령을 보고 있었다 — 백주 대낮에. 진실로 지옥 같은 일이다. 그는 언젠가 어렸을 때, 여러분, '꼬맹이'였을 때 드 셀뤼즈의 삽화가 실린 셰익스피어의 『맥베스』를 보았던 것을 떠올렸다. 그에게, 당시 마구간 소년에게 그것을 보여 준 사람은 그보다 어렸던 공자 흐라포스크줴츠키였다 — 오늘 아침 13사단 기관총에 대항해 미친 듯이 진격하다 전사한 그 흐라포스크줴츠키의 형이다. 그리고 총병참 장교는 그 어둡고 투명한 뱅크의 유령*을 얼마나 무서워했으며 이후 고집스럽게 주위를 떠도는 환각 때문에 얼마나 잠을 잘 수 없었는지 떠올렸다. 유령은 사라졌다. 그리고 '왕'이 연설을 마쳤을 때 코쯔모우호비치는 침묵 속에서 '천둥 같은' 맑은 소리로 웃음을 터뜨렸다. 그 웃음에는 전혀 히스테릭한 데가 없었다 — 젊음이다. (이미 오래전부터 그 웃음을 자기 안에서 짜내고 있었다 — 늙은 '칭크'가 그의

---

* 셰익스피어의 「맥베스」에서 유령을 보는 이는 뱅크(Bank)가 아닌 뱅코우(Banquo)다.

아내에 대해 언급했을 때부터. 하, 하!─이건 너무 심하다.* 그는 불쌍한 중국인의 오류를 고쳐 주지 않기로 결심했다─"나중에 정리하기로 하자".** 여기서 그는 야만적인 만족감을 얻을 것이었다.) 모두가 그를 쳐다보았다. 페르시가 깨어나 중국인 장교들에게 부축을 받아 이를 악물고 식당으로 돌아왔다. 정적 속에 그녀의 조그만 치아가 본부 사령관 핑이 그녀에게 준 크리스털 잔에 부딪치는 낭랑한 소리가 들렸다. 코쯔모우호비치는 일어서서 자유롭고 가벼운─'기병다운' 목소리로 말하기 시작했다(프랑스어로).

"왕 사령관님, 거절하기에는 너무 큰 영예입니다. 대공에게 불려 간 우리 장교가 1831년 어느 결투의 증인에게 말했듯 '거절하기에는 너무 많은 명예입니다'.*** 그리고 여기에는 아무것도 도움이 되지 않을 겁니다. 예하****의 그 칭찬은 역사의 규칙에 대한 깊은 이해와 함께 받아들이겠습니다. 왕 사령관님이 어쩌면 옳을지도 모릅니다, 나는 위험한 짐승이며 비밀스러운 반사 신경을 가지고 있습니다─나 자신에게조차 비밀스럽지요. 오늘 아침 상황들이 바로 그 증거 아니겠습니까? 내가 마지막 순간에 그렇게 태세를 전환하지 않았다면 사령관님은 이곳에 있

* c'est le comble. 원문 프랑스어.
** пусть разберут потом. 원문 러시아어.
*** слишком много чести, чтоб отказаться. 원문 러시아어. 본래 러시아어 단어 '명예'는 복수형을 사용하지 않는데 작가가 폴란드어 문장을 문법까지 그대로 러시아어로 옮겼다.
**** Votre Eminence. 이 부분만 프랑스어로 적혀 있다.

는 현역 부하들의 4분의 3을 잃었을 겁니다. 궁극적으로
는 당신들이 숫자로 승리했겠지요. 그러나 사령관님은 내
계획을 알 수 없을 겁니다, 왜냐하면 계획은 여기에 있기
때문입니다. (여기서 그는 자기 이마를 툭툭 치면서 잘 알
려진 방식으로 그 치는 소리를 흉내 냈다—코와 목구멍
사이에서 돼지처럼 반쯤 꿀꿀거리는 것이다. 중국인들은
어리둥절했다.) 나는 단 한 장의 서류도 남기지 않았습니
다. 나를 기용하신다면 독일인들과 싸울 때 좋은 총사령
관을 두실 수 있었을 겁니다—펑 장군님께 실례할 의도
는 아니었습니다만." 그는 노랗고 못생긴 젊은 미라에게
고개를 숙여 보이며 덧붙였다. "왜냐하면 당신들은 전투
하지 않고 독일인 공산주의자들을 정복하지 못할 것이기
때문입니다. 우리가 파멸한 이유는 내적 사상이 부족했
기 때문입니다—사상은 있었지만 외부에서 주입된 것이
었습니다. 그리고 또 여기에 더해 나와 같은 견본을 육성
한다는 건 불가능한 일일 겁니다. 그러나 왕 사령관, 당신
이 만약 지금 나에게 생을 다시 선물한다 하더라도 나는
그 선물을 받지 않을 것이고 바로 이 브라우닝으로 총알
을 머리에 박을 것입니다. 이것은 키릴 황제에게 받은 것
이며 이제 당신의 손에 맡깁니다." 그는 조그맣고 검은 도
구를 중국인 고관 앞 식탁에 올려놓고 앉았다. 연설의 요
점은 나쁘지 않았으나 아무도 더 이상 아무 말도 하지 않
았다. ("모두들 자신의 수의 아래 뭔가 부끄러운 것을 감
추고 있었다." 시인이라면 이렇게 덧붙였을 것이다.) 문화

986

의 손실 없는 기계화에 대해, 자기 자신의 기계화에 대해, 기계화 과정 자체의 기계화에 대해, 모든 것이 기계화되고 나면 어떻게 될 것인가에 대해 대화가 이어졌다. 불쌍하고 천재적인 사형수는 '톡 쏘는' 재치와 농담으로 모두를 놀라게 했다. 그리고 토마토에 넣어 질식시킨 빈대로 만든 소스를 곁들인 쥐 꼬리를 모두 먹고 장미수를 곁들인 훌륭한 쌀 보드카라는 저 끔찍한 음료를 모두 마셨을 때 왕 사령관은 일어나 말했다.

"때가 됐습니다." 코쯔모우호비치는 따로 몇 마디 나누기를 청했다.

"사령관님, 나의 유일한 부탁은 아내와 개인적으로 30분만 이야기를 나누는 것입니다. 그리고 편지를 두 장 써야 합니다. 첫 아내와 딸에게 말입니다."

"물론 당연합니다, 장군." 왕 사령관이 친절하게 말했다. "하 — 그러니까 첫 번째 아내도 있다는 말씀이죠?" 그가 관심을 보였다. "훌륭합니다, 훌륭해요. 따님이 첫 아내의 자녀분이라는 건 몰랐습니다…. 하지만 그건 아무것도 아니죠, 우리 계획이 변경되는 건 아니지요?"

"물론 전혀 아닙니다. 어디로 갈까요?"

"저기 응접실로 가시죠." 그는 친밀하게 코쯔모우호비치의 어깨를 두드렸다. 중국인들에게 보기 드문 이 광경은 모두를 거의 눈물 날 정도로 감동시켰다. 그러나 총병참 장교의 부하 장교들은 감히 그에게 다가가지 못했다. 어떤 범접할 수 없는 거리 혹은 비밀스러운 장벽이 생겨난 것 같았다 — 움직일 수조차 없다. 그도 또한 그들에게 다가갈 생각은 들지 않았다. 이런 순간에 대체 무슨 말을 할 것인가. 자신을 다잡아야만 했다 — 바로 이거다. 페르시는 약간 달랐는데, 바로 지금 지프치오와 중국인 사령관과 함께 방금 경험한 요리의 미각적 인상에 대해 대화하고 있었다. "당신은 굳건한 남자입니다, 장군." 사령관이 계속 말했다. "당신이 중국인으로 태어나지 않아 아쉽습니다. 다른 방식으로 양육되었다면 장군은 진정 위대해졌을 겁니다. 하지만 현실은 현실이죠. 갑시다. 어쩔 수 없습니다."

"어디로?"

"내가 직접 모시고 가지요."

"가자, 페르시. 오늘 저녁 남자들과 놀 시간은 충분히 있을 거야." 그들은 계속 걸어서 조그만 로코코양식의 응접실로 들어갔다.

"시간은 30분 드리겠습니다." 왕 사령관이 동정적으로 말하고 평온하게 방을 나갔다. 문가에는 경비병을 세워 놓았다. 전에는 무슨 몽골 왕자였던 중위인데 눈에 띄게 튀어나온 장검을 들고 있었다. 창문 아래에서는 총검 두 자루가 산책하며 서로 엇갈려 지나갔다. "그리고 중위님." 왕 사령관이 지프치오에게 말했다. "중위는 여기에 남아 계십시오. (그는 손으로 문가에 놓인 안락의자를 가리켰다.) 30분 뒤 이 문을 두드리십시오." 시간은 천천히 흘러갔다. 어디선가 시계가 오후 세 시를 쳤다. 넓은 복도는 어둠침침했다. 지프치오는 잠깐 졸았다. 눈을 뜨고 그는 시계를 보았다. 세 시 20분. 이미 때가 됐다, 하느님 맙소사, 때가 됐다! 그는 문을 두드렸다 — 침묵. 두 번째로 더 세게, 세 번째 — 아무 일도 없다. 그는 들어갔다. 이상한 어떤 냄새가 그를 덮쳤고 그런 뒤에 그는 무서운 것을 보았다. 어떤 조그만 접시, 뭔가의 위에 덮인 피투성이 띠와 그 옆에 내던져진 채찍, 그 다이아몬드 덩어리가 달린 것인데, 그것은 (채찍은) 페르시가 전방에 나온 뒤 한 번도 몸에서 떼어 놓지 않은 것이었다. 그런데 페르시는 창가에서 울고 있었다. 지프치오는 온 세상이 머릿속에서 미친 듯이 펄뛰며 춤을 추는 것처럼 느껴졌다. 마지막 기운까지 짜내 그는 제정신을 유지했다. 한순간 그의 몸속에서 뭔가 이해할 수 없는 일이 일어났으나 곧 지나갔다. 우 — 지나가서 얼마나 다행인가.

"때가 됐습니다, 장군님." 그는 조용히, 진실로 불길하게 말했다.

총병참 장교는 서둘러 옷매무새를 고치며 벌떡 일어섰다. 페르시가 양손을 내밀고 창문에서 지프치오에게로 걸어오기 시작했다. 그 양손 중 한쪽에 (왼쪽) 구겨진 손수건을 쥐고 있었다. 지프치오는 서둘러 물러나 식당으로 돌아갔다. 그곳은 텅 비어 있었다. 그는 쌀 술을 큰 잔에 가득 따라 끝까지 다 마시고 안에 뭐가 들었는지 악마나 알 수 있을 무슨 샌드위치 같은 것을 먹었다. 해는 이미 주황색이 되어 있었다.

곧 모두들 궁전 앞 아름다운 잔디밭으로 나왔는데,

그곳에는 아직도 아까 낮에 목이 잘린 죄수들의 머리와 시신이 놓여 있었다.

"각하와의 일어나지 않았던 전투를 준비하면서 전략적인 오류를 범한 장교들입니다." 왕 사령관이 정중하게 설명했다. 코쯔모우호비치는 창백했으나 그의 가면은 온전하게 남아 있었다. 이미 그는 반대편으로 넘어가 있었다. 이곳에서는 단지 시체가 그인 척, 아무것도 상관하지 않는 척 가장하고 있을 뿐이었다. (이런 순간에 용기란 그런 것이다. 시체가 가장하고, 정신은 어딘가 다른 곳에 있다.) 그는 지프치오에게 편지를 주고 말했다.

"건강해라, 지프치오." 그런 뒤 그는 모두에게 손을 흔들어 보이고 덧붙였다. "작별은 하지 않겠다, 얼마 뒤 다시 만날 테니까. '나는 내 운명을 고르면서, 광기를 선택했다.'" 그는 미치인스키의 시를 인용했다.* 그리고 그 순간부터 공식적인 자세로 뻣뻣해졌다. 그는 경례했다 ─ 모두가 손을 들어 모자챙에 댔다 ─ 그는 제1경기병대 군모를 땅에 내던지고 무릎을 꿇고 앉아 이른 저녁 햇빛 찬란한 잔디밭을 둘러싼 나무들이 던지는 에메랄드빛 긴 그림자를 들여다보았다. 사형집행인이 다가왔다 ─ 아까 그 사람이다. 말로 표현되지 않은 주술이 온 세상에 걸렸다. 저물어 가는 해가 그에게 이토록 지옥같이 매력적이었던 적은 한 번도 없었다 ─ 특히 그가 마지막으로 (아 ─ 이 마

* 999쪽 참조.

지막이라는 자각! 그것은 그에게 몇 번이나 살인적인 쾌락을 주었던가!) 애인과 저지른 그 일을 생각하면. 이미 그 어떤 순간도 그때보다 더 고양되지는 못할 것이다 — 무엇 때문에 삶을 더 아쉬워하겠는가? 이 10월의 오후 — 이것이 바로 정점이다.

"나는 준비됐소." 그가 확고하게 말했다. 동지들은 눈에 눈물이 고였으나 자세를 흩트리지 않았다. 그들과 지휘관 사이의 벽은 사라졌다. 그들에게도 이 순간 세상은 이상하게 아름다워졌다. 왕 사령관의 신호에 따라 ("그는 마치 불상처럼 흔들림이 없었다."*고 나중에 페르시는 이 장면을 이야기하면서 언제나 말했다.) 사형집행인이 단순한 장검을 쳐들었고, 칼날이 햇빛이 반짝였다. 휘우우우! 그리고 지프치오는 네 시간 전에 총병참 장교를 포함해 모두가 함께 보았던 것과 똑같은 광경을 보았다. 뭔가 악마의 머리 고기 같은 것이 잘려 나가고 이어 동맥에서 뿜어져 나오는 마지막 개인주의자의 피가 뒤덮이는 장면. 머리가 굴러갔다. 한편 지휘관은 목이 잘리는 순간 그저 목덜미에 차가운 것을 느꼈을 뿐이고 잘린 목이 흔들거렸을 때 세상은 그의 눈앞에서 공중제비를 돌아 마치 비행기가 나선을 그리며 고속으로 추락할 때 본 땅의 풍경 같았다. 그런 뒤 숨 막히는 어둠이 이미 풀밭에 누워 있는 머리를 감쌌다. 그 머릿속에서 그의 자아는 이미 장

* Il était impassible, comme une statue de Bouddha. 원문 프랑스어.

군의 제복을 입고 있는 몸체, 계속 무릎을 꿇은 채 넘어지지 않은 (그 상태는 약 15초 정도 지속되었다.) 그 몸체와는 별개로 존재를 끝마쳤다. 페르시는 머리를 향해 달려가야 할지 몸을 향해 뛰어들어야 할지 알지 못했다 — 어딘가로 달려가야만 했다. 그녀는 살로메와 마르고 여왕과 스탕달 소설 속의 마틸드 드 라 몰을 떠올리고 전자를 택했다.* (다음번에 그와 같은 상황에 처한 사람은 그녀를, 페르시 즈비에죤트코프스카를 떠올릴 것이다. 그녀는 저 다른 여자들만큼 유명해질 것이었다.) 그러고는 풀 속에서 코쯔모우호비치의 성난, 굳어진 머리를 들어 올려 목에서는 여전히 피와 엉겅퀴 즙을 토해 내는 그 머리에 조심스럽게 몸을 굽히고 아직도 그녀 자신의 냄새를 풍기는 그 입술에 입 맞추었다. 오 — 이건 믿을 수 없다! 그 입술에서는 피가 흘러나왔고 그 피투성이 입술을 (나중에 "루주 코츠몰루코위치"**라고 이름 붙였다.) 즈비에죤트코프스카는 지프치오에게 향했으며 그에게도 또한 입 맞추었다. 그런 뒤 그녀는 분개한 중국인들과 지휘관의 동료들을 향해 달려갔다. 히스테리 발작을 일으켜 거품을 문 그녀는 묶어 두어야만 했다. 지프치오는 혐오감을 느끼며 입술을 닦아 내고 닦아 냈으나 만족할 만큼 완전히 닦

---

* 살로메는 헤롯 왕의 의붓딸로, 세례요한을 유혹했으나 응하지 않자 왕에게 부탁해 그의 목을 얻었다. 마르고는 16세기 프랑스의 여왕으로, 나바라왕국의 왕 앙리와 결혼한 지 6일째에 가톨릭 교도들이 프랑스 개신교도인 위그노들을 학살하는 성 바르톨로메오 학살을 일으켰다. 마틸드 드 라 몰은 스탕달의 소설 『적과 흑』(1830)의 여자 주인공이다.
** rouge Kotzmoloukowitsch. 원문 프랑스어.

아 낼 수 없었다. 그날 밤 (한 번도 지휘관의 아내였던 적이 없다는 사실을 인정한 뒤) 페르시는 자동기계가 된 지프치오의 애인이 되었으며, 지프치오는 마치 찌미스헤스가 바실리사 테오파노에게 했던 것처럼 "그 어떤 절대적인 쾌락도 없이 그녀를 소유했다".* 그런 뒤 그녀는 또한, 비록 시체 냄새가 나기는 했지만 중국군 사령관을 사랑했으며, 그 뒤에도 다른 '칭크'들을 사랑했는데, 그들이 사령관과 똑같이 악취를 풍겼음에도 불구하고 사랑했는지 혹은 바로 그 때문인지는 알 수 없다. 완전히 무관심해진 지프치오는 그녀에게 모든 것에 대해 모든 것을 허용했다.

\* \* \* \*

갑자기 서쪽에서 불어온 눈보라 때문에 중국인들은 즉각 나라를 정복하려고 움직일 수 없었다. 그들은 '형제의 맹세를 맺은' 적들의 군대를 새롭게 조직하는 데 열중했다. 지프치오는 할 일이 미칠 듯이 많았다 — 사랑에 쓸 시간은 거의 없었다.

그런 뒤 서쪽으로 전진했다. 11월 초순 중국 군대가 수도에 들어왔다. 그동안 그곳에서는 무서운 일들이 일어나고 있었다. 민족수호 신디케이트는 공산주의자들에게 승리를 내주었다. 그들은 호되게 패배했다. 두 개의 영

* 606쪽 주 참조.

혼, 살해당한 니에히드의 영혼과 저 마지막 '행위'로 자신의 죄를 갚은 그의 살인자의 영혼이 서로를 무자비하게 짓누르며 계속해서 대중의 선두에서 이끌었다. 이 시체들은 자기들 스스로 이미 삶을 즐길 수 없다는 사실에 대해 복수했다. '성스러운 순교자 한나'는 오로지 그녀의 딸, 왕 사령관 아들의 어린 약혼녀에게 헌신했다. 그러나 그녀 자신은 늙은이에게 시집가지 않았고, 그것으로 끝이었다—사람들은 그녀를 어찌할 수 없었다. 지프치오는 완전히 '평범해졌다'. 엘리자 사건으로 뭔가 조사가 진행되었으나 중국인들의 인해전술로 모든 것이 취소되었다. 대체로 수많은 범죄자들이 새로운 삶을 시작했다.

예술가들은 안도했다. 스투르판과 텐기에르는 훌륭하게 성공했다. 텐기에르는 완전히 '해방된' 아내에게 아이들의 양육을 맡기고 이제는 방해받지 않고 작곡하며 자유로운 시간에는 마치 사르다나팔루스*처럼 여러 소녀들의 무더기 위에서 굴러다녔는데, 그 여자들은 문화 기계화부에 속한 예술 보호 분과에서 그에게 공급해 주었다. 스투르판은 릴리아나와 함께 글을 썼는데, 릴리아나는 그외에도 극장에서 가장 신분 높은 만다린들을 위해 공연했다—스투르판은 끔찍한 것들을 썼다. '주인공'이 없는 소설이었는데, 여기서 주인공 역할은 그룹들이 맡았다. 소설은 집단 심리로만 운영되었으며 대화는 전혀 없었다. 문

---

* 아시리아의 마지막 왕. 방만한 삶을 살다가 난잡한 상황에서 불타 죽었다고 알려졌다.

학비평과 예술비평은 마침내 완전히 폐지되었다. 마찬가지로 바실리 대공과 벤츠도 과학자들로서 (바실리는 무르티 빙에 의해, 벤츠는 기호들에 의해) 모든 것에 스며들었다. 반면에 대중(대공, 백작, 농부, 노동자, 수공업자, 군대, 여성 등등)은 몽골 인종의 발전을 위해 사용되어 성적인 측면에서 처음부터 비인간적인 고통을 겪었다. (하지만 어쨌든 이것은 너무나 바보 같은 일이다. 성 — 대체 누가 거기서 오랫동안 헤매겠는가.) 그래도 비교적 빠르게 (약 두 달 정도) 인류는 익숙해졌는데, 왜냐하면 우주 전체에 인간보다 못한 짐승은 없기 때문일 것이다. 공산주의 독일은 열기에 들떠서 중국식으로는 너무 적게 전투를 준비했다. 그것은 봄이 시작되면서 일어날 예정이었다.

지프치오는 이미 끝장난 광인에 온순한 무기력자로 어딘가 몽골 칸 부족 출신의 믿을 수 없이 아름다운 중국 여인과 갑자기 결혼해, 귀감이 되는 장교로서 점점 더 바빠졌고 페르시를 점점 돌보지 않게 되었으며, 페르시는 결국 완전히 중국인들에게 넘어가서 황인종 고위 인사와 결혼했다. 아, 맞다 — 공주는 반중국 소요가 벌어지는 동안 어느 바리케이드에서 죽었고, 미할스키는 괜찮게 성공했다. 특별 보호를 받으면 이전과 같은 방식의 결혼 생활을 온전히 유지할 수 있었다.

모든 일이 폴란드어 용어로는 표현할 수 없이 진행되었다. 어쩌면 어느 학자, 영적으로 매우 중국식의 '칭크'가 이것을 중국어가 아닌 언어로 보고 나서 그다음에 영어로 묘사할 수 있을지도 모르겠다. 그러나 그것 또한 의심스럽다.

1927년 12월 16일.

부록

『탐욕』작가 서문

> "나는 내 운명을 고르면서,
> 광기를 선택했다."
> ― 타데우슈 미치인스키,*『별들의 어둠 속에서』

소설이 예술 작품인가 아닌가 (나에게는 아니다.) 하는 논의에는 발을 들이지 않은 채로 소설가와 그의 삶과 환경 사이의 관계라는 문제에 대해 이야기하고 싶다. 소설이란 나에게 있어 무엇보다도 현실의 어떤 한 조각이 지속되는 모습의 묘사다. 그 현실이 상상한 것인지 진짜인지 그건 관계없다. 현실이라는 의미는 중요한 것이 형식이 아니라 그 안의 내용이라는 뜻이다. 물론 이것은 주제와 등장인물들의 심리라는 면에서 가장 엉뚱한 상상력을 발휘하는 것까지 포함한다. 다만 여기서 요점은 독자가 상황이 바로 이러하고 다르지 않았으며 혹은 다를 수 없었다고 믿을 수밖에 없도록 만드는 것이다. 이러한 인상은 또한 사물을 표현하는 방식, 즉 구체적인 부분과 문장의 형태와 전체적인 구성에 달려 있기도 하지만, 예술적인 요소들은 소설의 형식적으로 작용하는 전체에 있어 직접적으로 구조를 결정하지 않는다. 그보다는 현실적인 내용을 강화하고 독자에게 작품에서 묘사된 사람과 사건들이 현실적이라는 감각을 제시하는 역할을 한다. 그러나 전체의 구조는 내 의견으로는 소설에서 부차적이며 삶을 묘사하는 과정에서

---

* 비트키에비치가 이 책의 헌사를 바친 폴란드 작가 타데우슈 미치인스키는 본문에서 주인공이 여러 차례 그의 작품을 인용하면서 영향을 받았음을 드러내고 있기도 하다.

부산물로서 생겨나기에 처음부터 순수하게 형식적인 필수 요건들에 따라 현실을 왜곡하는 형태로 영향을 미쳐서는 안 된다. 물론 구조가 있는 편이 더 좋지만 구조가 없어도 소설의 원칙적인 결함이라고는 할 수 없는데, 이것은 순수한 예술 작품과는 반대되는 특징으로서 순수한 예술에서는 형식적인 전체성이라는 가치가 없으면 예술적인 인상을 준다는 것은 완전히 절대적으로 불가능하며 그것이 없으면 대체로 예술 작품 자체도 없고 최선의 상황에서도 있는 것이라고는 특정한 방식으로 변화된 현실과 순수하게 형식적인 방식으로 서로 연결되지 않은 요소들의 혼란뿐이다. 그렇기 때문에 소설은 구성의 원칙과는 독립적으로, 외부에서 제시된 비-심리적인 모험들에서 시작하여 철학적이거나 혹은 사회적인 논설에 가까운 것까지 뭐든지 다 될 수 있다. 물론 그렇다 해도 어쨌든 소설 안에서 뭔가는 작용을 해야만 한다. 여러 발상과 그들의 투쟁이 마네킹들에 드리워지는 것이 아니라 살아 있는 인간들을 통해 보여져야 한다. 마네킹에 드리울 생각이라면 논설이나 시사 문제를 다루는 소책자를 쓰는 편이 낫다. 소설이 반드시 삶의 촘촘한 한 단면을 재현해야만 하며 그 과정에서 작가는 마치 겁쟁이 말처럼 눈 옆에 가리개를 달고 실제로 혹은 심지어 겉보기만이라도 이야기가 지엽적으로 새는 것만은 피해야만 한다는 확신은 내가 보기에는 현명하지 못하다. 낙서광적인 헛소리와 재미없는 사람들에 대해 평면적으로 조망하는 아무에게도 필요 없는 글만 제외하고 모든 것이 정당화된다. 심지어 '주제'에서 가장 크게 벗어나는 일까지도 말이다. 그저 그런 대중의 가장 저열한 취향에 대한 아첨이나 자기 자신의 생각과 비평가들의 무리에 대한 두려움은 우리 문학을 (소수의 예외만 빼고) 냄새만 맡아도 구역질이 나는 여름날의 썩은 물처럼 만든다. 안토니 암브로제비치*가 우리 폴란드에서 문학이란 독립 운동의 일부일 뿐이었다고 한 것은 현명한 말이었다. 지금 시대에는 독립을 성취했으나 그 결과는 절망적인 것으로 보인다. 부디 내가 과대망상증을 가지고 있으며 내 소설들은 이상적이고 다른 건 모두 멍청하다고 대중을 설득하려 한다고 판단하지는 말아 주시기 바란다. 나는 그것과는 (게다가 대단히) 거리가 멀다. 그러나 오늘날의 비평은, 사회에 대해 책임을 지고 조그만 사람들에게 조그만 미덕을 가르치고 싶다는 헛된 감정 때문에 위험한 수수께끼와 그 가능한 해결책을 보려 하지 않으며 우리 문학이 위대한 양식으로 발전하는 것을 고집스럽게 막으려는 방식으로 영향을 끼치고 있다. 뭔가 불편한 것은 침묵으로 묻히거나 의도적으로 잘못 이해되고 잘못 해석된다. 거짓과 비겁함이 우리 문학 분야 전체의 특징이 되었고 여러 가지 유감스러운 현상들에 맞서 제대로 달려드는 사람들조차도 (예를 들면 스워님스키)** 관념적인 밑바탕의 결여와

---

* Antoni Ambrożewicz (?~1930). 폴란드의 수필가, 비평가. 자코파네에서 주로 활동했다. 동화책 일러스트레이터였던 아내를 통해 비트키에비치와 알고 지냈다.
** 358쪽 주 참조.

의도적인 반(反)지성주의 때문에 무기력하다. 비평가 대부분이 지적으로 제대로 훈련받지 못했고 가치판단을 위한 그 어떤 일관된 관념 체계도 존재하지 않으며 지적인 뼈대가 없는데, 여기에 그저 그런 작품들의 생산과 외국 잡동사니의 번역으로 시장이 넘쳐 나는 상황이 맞물려 문학적 퇴보라는 슬픈 풍경이 만들어진다. 비평이 일반 대중의 평범한 수준보다 아래에 있는데 대중에게 무엇을 요구할 수 있단 말인가. 나는 여기서 구체적인 비평가들을 거론하며 전반적인 개념을 이해시키려고 싸우지 않겠다(이 논쟁은 ''적들'을 위한 마지막 알약'이라는 별도의 책으로 풀어낼 것이다.)* 나는 한 가지 문제에만 집중하고 싶다. 바로 개인으로서 작가의 인생과 그의 작품의 관계다. 『가을에 보내는 작별』의 서문에 내가 썼던 문장을 여기서 그대로 인용하겠다.** "나의 두 번째 매우 유감스러운 '적' 카롤 이쥐코프스키***가 작가를 통한 예술 작품과 비평의 관계에 대해 쓴 것은 매우 타당하다. 창작품에 대해서 그 작가를 어쩌고저쩌고 건드리는 것은 점잖지 못하고 온당하지 않으며 비신사적이다. 불행히도 누구나 이런 저열한 수작의 유혹에 굴복할 수 있다. 그것은 매우 불쾌하다." 이 진술에 대한 대답으로 내 소설에 대한 다음과 같은 반응들

---

* 이 원고는 집필되었지만 이후 소실되어 책으로 출간되지 못했다.
** 1927년 출간된 중편소설 『가을에 보내는 작별』은 비트키에비치의 첫 디스토피아 소설로 알려져 있다.
*** 544쪽 주 참조.

을 마주쳤다. 에밀 브레이테르* 씨는 자기 비평에 '유사 소설'이라는 제목을 붙였고 그런 뒤에 끝부분에 이 제목의 목적이 불합리했다고 설명하면서 내 책이 "고백"이라고 지적했다. '관념적인'이라는 단어를 덧붙이지 않은 이유는 이 단어가 중의적으로 이해될 수 있게 하기 위해서였다.** 그러니까 모든 평범한 사람이 생각하기에 (그리고 B 씨는 나를 괴롭히고 해치기 위해서 이걸 기대하는 것이다.) 내가 그냥 내 삶에서 일어난 사실을 묘사하고 있으며 바로 B 씨가 여기에 대하여 뭔가 비밀스러운 정보를 가지고 있고 그러므로 내가 "코카인의 영향 아래" 어떤 백작에게 강간을 당했고 실론 섬에서 어느 부유한 유대인 여성의 기둥서방으로 지냈으며 타트라 산맥에서 암곰에게 코카인을 먹이고 등등의 짓을 저질렀다고 생각하는 것이다. 내가 공산주의자들에게 총격을 당했으리라고는 믿지 않는데, 왜냐하면 폴란드에는 소비에트주의자가 없기 때문이고 나는 불운하게도 살아서 계속 글을 쓰고 있기 때문이다. 그런 뒤에 이런 비평과 뒷소문을 배경으로 다음과 같은 종류의 발언을 듣게 된다. 예를 들어 어떤 숙녀가 초상화를 완성한 뒤에 말한다. "선생님을 너무나 두려워했어요. 내가 선생님처럼 무서운(!) 사람하고 어떻게 한 시간을 버티나 생

* Emil Breiter (1886~1943). 폴란드 크라쿠프와 바르샤바에서 활동한 변호사이자 연극 비평가.
** 원문의 단어(spowiedź)는 고백이나 자백이라는 뜻과 함께 가톨릭의 고해성사라는 뜻도 가지고 있다.

각했죠. 그런데 선생님은 완전히 정상적이고 심지어 점잖고 교양 있으시네요." 어머니들은 내 회사에 자기 딸들의 초상화를 주문하기를 두려워하고 심지어 다 큰 남성들도 미묘한 표정을 하고 '기구 앞'에 앉는데, 마치 내가 그림을 그리는 대신에 최소한 갑자기 그들의 이를 뽑거나 아니면 연필로 눈을 파내리라고 예상하는 것 같다. 두 번째 사실은 카롤 이쥐코프스키가 (그와는 '내용을 쟁취하려는 투쟁'을 앞서 언급한 소책자에서 광범위하게 해결하기로 한다.) 대단히 명백하게 의도적으로 중의적인 비평을 쓴다는 것인데 (그는 '천재적인 낙서광'이라는 관념을 사용하는데 이것은 마치 네모난 원이나 혹은 그보다 더 심한 어떤 것과도 같다.) 여기서 그는 '냉소주의'라는 단어를 평범한 사람이 이해하기에 상당히 불분명한 의미로 사용하고 그런 뒤에 (바로 그다, 내가 그에 대해서 위에 인용한 문장을 썼고, 그 자신의 발화를 생각하고 쓴 것이다.) 개인적인 경험을 고려하여 나의 소설을 매우 지지한다고 덧붙인다. 이 신사분들은 대체 어떻게 감히 이런 일들을 상상할 수 있단 말인가? 나를 대상으로 한 추악한 소문을 근거로 한 것인가? 그들이 상상할 수는 있지만 신이 그들과 함께 하시기를 그런 것을 문학비평에 쓴다는 것은 뻔뻔함의 극치다. 내가 보기에 이 경우에 나는 예외인 듯하다. 그 누구에 대해서도 이와 비슷한 건 아직 읽어 본 적이 없다. 이전에 사용한 표현을 나는 취소할 수가 없는데, 왜냐하면 이 신사분들은 그들 스스로 그 표현 아래, 말하자면 "깔

려 있기" 때문이다. 왜냐하면 어찌 됐든 어떤 묘사의 사실
주의란 주어진 현실을 직접적으로 베껴 온다는 의미를 절
대로 내포하지 않기 때문이다. 예를 들면 작가의 사실주
의적인 재능이 그 점을 증명할 수는 있다. 그러나 나에 관
해서라면 칭찬이 될 수 있었던 것조차도 세련되게 교활한
방식으로 비난으로, 그것도 순수하게 개인적이고 근거 없
으며 실생활에서 해로운 비난으로 바뀌는 것이다. 내가 이
렇게 만들었다는 것 외에 대체 어떻게 다른 방식으로 규
정할 수 있단 말인가? 게다가 더 이상한 것은 『가을에 보
내는 작별』 속의 사실이 단 하나도 현실에 대응하지 않는
다는 점이다. 아마도 저 신사분들은 작가가 이런 식으로
대중 앞에서 비방되고 나면 절필을 하거나 아니면 최소
한 마음속의 이야기를 자유롭게 이야기할 능력을 잃고 창
작에 타격을 받으리라 기대했을 것이다. 이와 비슷한, 그
러나 덜 유감스러운 현상들이 무작위로 선택한 인용문들
을 곤죽으로 만든 적이 있으며 그러면서 '주인공들'의 발
언이 작가가 했던 말과 교묘하게 혼합되어, 이런 방식으로
위조된 텍스트가 알려져서 작가의 사상으로 받아들여지기
도 한다. 내가 찬양을 받아야만 한다는 게 아니라 단지 정
당한 싸움을 하고 싶다는 것이다. 그러나 그것조차도 우리
나라에서는 아주 어렵다. 얀 마르두와가 말했듯이 "멍청이
와 헛소리를 떠들어서 무엇 하겠는가".* 그러나 멍청한 쪽

* 얀 마르두와가 누구인지는 알기 어렵지만, 그의 말을 인용했다는 원문은 방언과 당시
속어가 섞여 있다. 따라서 자코파네 지역의 지인이었으리라 추측된다.

이 의식적으로 불공평한 비평가보다 낫다. 최소한 좋은 의도만이라도 믿고 싶지만 가끔은 그것조차도 완전히 불가능하다. 다른 사람들의 성찰과 관찰을 소설을 위한 목적으로 이용할 작가는 없다. 어쨌든 상상 속 인물들의 상태나 주어진 현실의 치환을 상상할 능력은 소설가가 갖는 원칙적인 특징이어야 하고, 그럴 때면 무한히 작은 사실도 관념 전체를 결정화하기 위한 촉매로서 충분하니 말이다. 특정한 분위기 속에서 살아가는 사람이 그 분위기에 물들지 않기란 어려운 일이다. 중요한 것은 그 분위기를 어떤 방식으로 이용하는가이다. 인간 유형의 표현에는 일정한 경계가 있으며 (태어날 때부터 가지고 있는 어떤 구체적인 표지 같은 것이다, 마치 여권에 찍힌 표식 같은) 그 경계를 넘어서면 이 작가가 어떤 진짜 인간의 현실을 묘사하고 있다고 대략 말할 수 있게 된다. 그러나 그러려면 무엇보다도 먼저 그걸 원해야만 한다. 뭔가 비밀스러운 목적을 위해서, 개인적인 복수나 광고나 아니면 정치적인 목적으로 말이다. 나에게 이런 일은 완전히 낯설고, 이런 종류의 해석은 나에 대한 것이나 당대의 사회적 현실에 대한 것이나 모두 나를 개인적으로 음해하기 위한 목적의, 나에 대한 의도적인 저열한 술수로 간주하겠다는 사실을 밝힌다. 카텐반드로프스키*와 이쥐코프스키 사이에 벌어진 논쟁이 바로 이 주제에 대한 것이었는데 개인적인 상상에

* 553쪽, 721–2쪽 주 참조.

발목이 잡혀서 작가적 창의력을 둘러싼 어둠을 설명하지
못한 채로 끝나 버려 아쉽다. 현재 우리의 가장 위대한 작
가와, 비평가 중에서 가장 권위 있다고 인정받는 인물이
이런 식으로 논의를 한다면 이것은 우리의 문학 분야가
잘못 돌아가고 있다는 증거다.

　　1929년 12월 4일

옮긴이의 글
## 채울 수 없는 욕망과 혼란의 성장기

### 1. 줄거리

『탐욕』은 비트키에비치 평생의 역작이다. 그의 희곡들에 비하면 마치 다른 사람이 쓴 것처럼 어렵고 복잡하고 장대한 작품이며 비트키에비치의 작품 세계를, 나아가 비트키에비치라는 사람을 가장 잘 보여 주는 작품이기도 하다고 생각한다.

분량이 방대한 만큼 줄거리가 무척 난해하게 보일 수 있는데, 『탐욕』의 줄거리는 대략 주인공의 애정 행각에 따라 정리해 볼 수 있다. 주인공 게네지프 카펜 데 바하즈, 애칭 지프치오 혹은 지페크 혹은 지프카 혹은 지풀카 혹은 지폰은 귀족 혈통인 어머니와 신분은 평범하지만 부유한 양조장 주인인 아버지 사이에서 태어났고 여동생을 한 명 둔 폴란드인 남성이다. 이야기는 게네지프 혹은 지프치오가 청소년기를 마치고 성년기에 접어들며 여러 가지 성적인 실험과 연애사를 경험하면서 출발한다. 게네지프는 이미 어린 시절 사촌 형제 톨지오에게 자위행위를 배웠다. 이어 천재 음악가 푸트리찌데스 텐기에르와 생애 첫 성 경험을 갖는다. 그런 뒤 러시아 출신 귀족이자 유부녀인 이리나 브시에볼로도브나 티콘데로가 공주의 애인이 된다. 공주는 게네지프와 비슷한 연배의 아들을 셋이

1009

나 둔 연상의 여인이며 공개적으로 문란하고 복잡한 남자 관계를 맺고 있다. 그래도 어쨌든 게네지프의 첫사랑이며 게네지프는 첫사랑만의 열정으로 공주에게 집착한다. 그러나 공주가 남편과 아들 앞에서 둘이 함께 있는 모습을 보이거나 심지어 자신의 사촌인 톨지오와 성관계하는 모습을 목격하고 점점 마음이 식어 간다. 그런 와중에 여동생 릴리안 혹은 릴리아나 혹은 리아나 혹은 릴루샤가 연극배우로 데뷔하는데, 게네지프는 동생의 공연을 보러 갔다가 당대 가장 유명한 배우 페르시 즈비에쥰트코프스카를 알게 되어 사랑에 빠진다.

이쯤에서 작품의 설정을 설명하자면, 『탐욕』은 공산주의가 세계를 지배하는 가상의 미래를 배경으로 한다. 작품 속 세계에서는 중국에서 먼저 공산혁명이 일어나 아시아와 아프리카, 그리고 서유럽 전체가 공산화된다. 반면 러시아에서는 반(反)혁명이 일어나 오히려 왕조가 유지되어 키릴 황제가 지배하고 있다. 북미와 러시아를 향해 아시아 공산주의의 마수(!)가 뻗쳐 오고, 폴란드는 유럽에서 섬처럼 혼자 민주주의를 유지하고 있다. 위기의 상황에서 사람들은 다양한 방식으로 희망을 찾으려 하는 법이므로 '무르티 빙'이라는 선지자를 따르는 신흥종교가 유행하고 있으며 이 종교와 무르티 빙에 대해 여러 가지 믿기 힘든 소문들이 떠돌아다닌다. 이러한 상황에서 폴란드 민족의 유일한 희망은 코쯔모우호비치라는 군사 지도자다. 그러므로 게네지프도 군에 입대해 폴란드를 아시아 공산주의의 '붉은 물결'로부터 지키는 의무를 수행하게 되며 이 과정에서 처음에는 사관생도로서, 이후에는 초급장교로서 코쯔모우호비치 휘하에서 복무하게 된다.

여기서부터는 스포일러가 대량 방출될 예정이니 책을 아직 안 읽은 분들은 이쯤에서 해설 대신 책을 읽어 주시기를 부탁드린다. 사실 줄거리 요약을 먼저 읽고 책을 읽으면 조금 덜 난해하니까 그 편이 나을 것 같기도 한데 작품의 결말이 허무하다는 사실을 미리 알리면 책이 팔리지 않을까 봐 걱정되기도 한다. 그런데 책의 어마어마한 분량을 보면 어차피 안 팔릴 거 할 말 다 하자는 생각도 들고 나도 잘 모르겠다.

하여간 게네지프가 사랑에 빠진 배우 페르시 즈비에쥰트코프스카는 사실 코쯔모우호비치의 애인이었다. 그래서 코쯔모우호비치는 자기 부하를 보내서 페르시와 게네지프를 감시하는데, 게네지프가 워낙 미남이라서 이 감시 임무를 맡은 대령이 게네지프에게 반해 버린다. 그래서 대령은 몰래 감시한다는 자신의 임무를 저버리고 게네지프 앞에 나타나 관계를 제안하는데, 여기에 게네지프는 매우 폭력적으로 반응해 이 대령을 살해해 버린다. 이 사건은 페르시와 코쯔모우호비치의 비호 아래 유야무야 덮여 버리는데, 이렇게 게네지프는 살인을 저지르고 군부대로 돌아가던 길에 무르티 빙의 신비한 종교 단체에서 보낸 비밀 사절을 마주쳐 그들이 사용하는 환각제 '다바메스크'를 받는다.

그리고 게네지프는 부대로 돌아가 군 생활을 계속하다가 생애 첫 전투를 경험하게 된다. 이 전투에서 게네지프는 다리에 총을 맞아 부상을 입고 병원으로 이송되는데, 병원에서 게네지프를 간호하는 엘리자는 무르티 빙이 보낸 인물이다. 게네지프는 엘리자와 사랑에 빠지고 엘리자는 게네지프를 종교 단체로 끌어들이려는 목적을 가지고 있기에 여러 조건과 의도가 맞아떨어져 두 사람은 결혼에 이른다. 그리고 신혼 첫날밤 게네지프는 엘리자를 목 졸라 살해한다. 게네지프는 코쯔모우호비치에게 가서 자신이 벵보레크 대령과 엘리자, 두 명이나 살해했다고 자백하지만 코쯔모우호비치는 이제 대규모 전투가 벌어지고 군인 모두 최전방으로 나가야 할 테니 살인은 아무래도 상관없다고 답변한다. 그리고 게네지프를 포함하여 코쯔모우호비치의 군대는 모두 전방으로 이동하는데, 전투는 매우 허무하게 끝나고 코쯔모우호비치는 중국인들에게 성대하게 대접받은 뒤 목이 잘린다. 중국인들은 폴란드를 지배하고, 게네지프는 변절하여 아름다운 중국인 여성과 결혼하고 중국인들을 위해 복무하며 살아간다.

　　그것이 끝이다.『탐욕』은 문란하고 변태적인 성관계와 마약과 살인 등 선정적이기 짝이 없는 사건들로 점철되어 있으나 그 결말은 더없이 허무하다. 장중한 전투도 극적인 저항도 눈물겨운 죽음조차도 없다. 그냥 죽을 사람은 죽고 살 사람은 살아서 무미건조하고 평범하게 살아간다. 그뿐이다.

이것은 비트키에비치가 내다보았던 어두운 미래에
관한 디스토피아 소설인 동시에 게네지프의 성장기이기
도 하다. 폭풍 같은 청(소)년기를 거치면서 사랑과 질투와
분노와 도취와… 등등 온갖 감정을 경험한 뒤 남는 것은
무미건조하고 평범한 성년기이다. 그렇게 어른이 되는 것
이다.

　　비트키에비치의 디스토피아적 전망에 대해서는 조
금 더 긴 설명이 필요하다.

　　2. 역사

폴란드는 966년 가톨릭을 받아들여 유럽 그리스도교 문
화에 합류했고 16-17세기에는 당시 국가적 위기에서 막
벗어난 옆 나라 러시아를 위협하는 군사 강국으로 성장했
지만, 18세기 말 세 번에 걸쳐 분할되어 프로이센왕국, 오
스트리아·헝가리제국, 러시아제국의 식민지가 되었다. 그
러다 1914년 제1차 세계대전이 유럽 왕가의 몰락을 가져
왔고, 1918년에는 공산혁명으로 인해 제국도 모두 무너
져 1919년 전쟁이 끝났다. 그리하여 폴란드는 약 130년
만에 자주독립을 되찾았다. 이후 히틀러와 나치 독일이
1939년 9월 1일 폴란드를 침공해 제2차 세계대전이 일어
나기까지, 그러니까 제1차 세계대전 이후부터 제2차 세계
대전 이전까지 20년 정도의 기간을 폴란드 역사에서는 두
전쟁 사이의 기간이라 하여 "전간기(戰間期)", "전쟁 사이
의 20년"이라고 부른다. 폴란드 현대사에서 전간기는 가

장 자유롭고 아름다웠으며 문화와 예술이 풍요롭고 화려하게 꽃피었던 시기다. 비트키에비치는 물론 브루노 슐츠, 비톨트 곰브로비치 등 폴란드 문학사와 예술사에 이름을 남긴 거장들이 대부분 이 시기에 활동했다.

비트키에비치가 『탐욕』을 집필한 1927년은 러시아에서 공산혁명이 처음 일어난 지 10년쯤 되었을 때이며 또한 폴란드가 독립을 맞이한 지 9년이 되어 가던 시기다. 그리고 소비에트연방이 폴란드를 침공해 폴-소 전쟁이 일어난 지 6년밖에 지나지 않았던 시기이기도 하다.

러시아는 1917년 공산혁명이 일어나 로마노프왕조가 지배하던 러시아제국이 몰락하고 1918년 혁명이 성공해 소비에트연방이 성립되고 나서 1920년에 공산화를 목적으로 폴란드를 침공한다. 그러나 소비에트연방은 당시 혁명이라는 큰 사건을 겪고 막 성립된 신생국가였던 데다가 1919년부터 시작된 러시아제국군(백군)과 소비에트 공산군(붉은 군대, 적군[赤軍])의 내전을 동시에 진행하면서 폴란드와의 전쟁도 시작한 참이었다. 러시아로부터 자유를 되찾아 독립국의 위상을 만끽하던 폴란드는 또다시 침공한 러시아 군대(폴란드의 입장에서)에 격렬히 저항했고 전쟁은 1년 뒤인 1921년에 폴란드의 승리로 끝났다.

그리고 한편 중국에서는 그보다 이전인 1911년에 신해혁명이 일어나 만주족이 지배하던 청 제국이 무너지고 한족이 주도권을 가지는 공화국 형태의 중화민국이 성립되었다. 중국에서 국공내전이 일어나고 중국 대륙 본

토의 중화민국이 공산주의가 지배하는 중화인민공화국이 된 것은 1949년으로 비트키에비치가 사망하고 나서도 10년이나 뒤의 일이지만, 비트키에비치는 자신이 살아가던 시대의 여러 중대한 사건들을 목격하면서 어떤 가상의 강력한 공산국가(소련이든 중국이든)가 폴란드를 다시 위협하는 미래를 충분히 상상해 볼 수 있었을 것이다. (물론 그는 유럽 백인이었으므로 중국과 몽골과 한족과 만주족은 전혀 다른 인종적, 민족적, 문화적, 역사적 배경을 가지고 있다는 사실에 신경 쓰지 않고 다 '황인종들'로 몰아서 넘겨 버리긴 했지만 말이다.)

### 3. 작가

그러면 이러한 암울한 미래를 내다본 광기의 천재 작가 비트키에비치는 누구인가?

스타니스와프 이그나찌 비트키에비치는 1885년 2월 24일 러시아제국이 지배하던 폴란드의 수도 바르샤바에서 태어났다. 부모 모두 귀족으로 어머니는 음악 선생이자 합창 지휘자였고 아버지는 미술가이자 건축가였다. 아버지와 이름이 같았고 같은 분야에 종사했기에 비트키에비치는 중간 이름과 성을 합쳐 '비트카찌'라는 필명으로 활동하게 된다.

비트카찌가 네 살쯤일 때, 아버지의 건강 문제로 가족 모두 폴란드 남부 휴양지 자코파네로 이사한다. 제도화된 학교교육이 자유로운 성장을 방해하고 재능 발달을 저해한다고 믿었던 아버지의 남다른 교육철학 때문에 자코파네의 집에서 여러 전문가들의 안내를 받으며 자신의 방향을 스스로 찾아 나가는 방식으로 공부하던 비트카찌는 1903년 고등학교 졸업 자격시험을 통과하여 성년을 맞이하고, 오스트리아와 이탈리아 등 유럽을 여행하면서 여러 미술관에서 작품들을 관람하고 특히 이탈리아 미술에 관심을 갖게 된다. 그리고 폴란드에 돌아온 뒤 1905년에 남부의 문화도시 크라쿠프에 있는 크라쿠프 예술 학교에 입학해 다니면서 신진 예술가들을 만나고 새로운 예술 사조들을 접하게 된다.

그사이 그의 아버지는 여전히 건강이 회복되지 않아 로브란(현재 크로아티아 프리모르스코고란스카 지역)으로 떠난다. 비트카찌는 학교를 떠나 자코파네에서 그림을 그리고 글을 쓰는 한편 아버지를 만나기 위해 자주 여행한다. 이때 연극배우 이레나 솔스카와 사랑에 빠지고, 1911년 자신들을 모델로 삼은 자전적 중편소설『붕고의 622가지 몰락, 혹은 악마 같은 여자』를 발표한다. 그러다 1913년에는 솔스카와 헤어지고 화가 야드비가 얀체프스카와 약혼하지만 이듬해 그녀가 자살하자 충격을 받고, 뒤이어 제1차 세계대전이 발발하자 상트페테르부르크(당시 러시아제국의 수도)로 가서 러시아제국군에 입대한다.

비트카찌는 이렇게 러시아제국군에 입대해 폴란드가 러시아에 위협적이지 않다는 사실을 증명하면 나라에 도움이 되리라 생각했다. 그는 1915년 장교 학교 훈련을 마치고 실전에 임했으나 이듬해 폭격을 당하는데, 기록에 따르면 부대 전체가 전쟁터에 방치되어 있었던 듯하다. 결국 비트카찌는 구조되었고 다시 전투에 나섰으나 이때의 상황에 대해 평생 자세히 이야기하지 않았고 글로 남기지도 않았다고 한다. 그러나 자신의 체험이라고 밝힌 글은 없다 해도 『탐욕』에서 게네지프가 경험하는 전투 장면, 총격과 폭발의 감각이나 결말에 묘사되는 참수 장면 등은 본인의 경험이 반영되어 나온 장면들이라고 충분히 짐작할 수 있다. 이러한 장면의 충격적인 생생함과 끔찍함을 보면 전쟁과 부상의 경험이 그에게 얼마나 큰 트라우마를 남겼는지 알 수 있다. 비트카찌는 1917년에 제대하고 나서도 러시아에 한동안 머물렀고, 공산혁명을 목격한다. 이러한 경험 또한 『탐욕』 배경 설정에 많은 영향을 미쳤을 것이다.

1918년 비트카찌는 독립국 폴란드로 돌아온다. 작업실을 다시 열고 여러 분야에서 창작 활동을 전개하면서 '순수한 형태'에 관한 철학과 예술이론도 발전시킨다. 비트카찌가 폴란드 미술계와 문학계에 이름을 알리면서 자코파네 작업실은 예술인들이 교류하는 클럽 역할을 하게 되었다. 여기서 그는 함께 활동하고 논쟁하고 사진과 초상화의 모델이 되어 줄 동료를 찾았다. 브루노 야셴스키, 타데우슈 보이젤렌스키, 데보라 포겔 등 여러 작가들이 그의 모델이 되었으며 곰브로비치와 슐츠도 이곳에서 조우하고 토론했다.

그리고 자코파네에 휴양차 방문했던 야드비가 운루 크와 1923년 결혼한다. 이들의 결혼 생활은 평탄하지 않 았기에 결국 1925년 야드비가는 바르샤바로 이사해 버렸 다. 그러나 야드비가는 이후 계속 비트카찌의 관리자로서 작품 활동 실무 관리를 전담했고, 그가 사망한 후에도 30 년간 유품과 원고를 관리하고 미술관과 도서관 등 여러 기관에 인계해 작품 보존에 힘썼다.

1925년 이후 비트카찌는 중편소설 『가을에 보내는 작별』(1927년 출간)을 집필한다. 이 작품은 그의 첫 디스 토피아 소설로 알려져 있다. 그리고 1926년부터는 "S. I. 비트카찌 초상화 회사"라 자칭하며 초상화에 집중한다. 특히 지인을 모델로 한 초상화를 그리면서 알코올, 커피, 담배는 물론 코카인, 에테르 등 다양한 향정신성의약품에 도취된 상태에서 실험적인 기법을 선보이기 시작한다. 그 리고 이렇게 약물을 사용하면서 제작한 초상화에는 서명 과 함께 한쪽 구석에 어떤 약물을 사용했는지 축약한 기 호나 해당 약물의 화학식을 표시해 두었다. 약물을 사용 하지 않거나 술이나 담배를 하지 않은 경우에도 "3일간 금주", "12일간 금연" 등 자신만의 축약어로 표시했다. 이 러한 '약물 실험'은 1930년대까지 이어졌다. 비트카찌는 미술 작품을 창작할 때만이 아니라 글을 쓸 때도 마약류 를 사용했으며 이 경험을 '마약: 니코틴, 알코올, 코카인, 페요틀, 모르핀, 에테르'(1932)라는 에세이로 발표하기도 했다. 제목이 모든 것을 말해 준다.

현재 이러한 약물은 사용은 물론 소지하는 것 자체가 폴란드와 대한민국 양쪽에서 모두 불법이다. 또한 약물 사용은 신체와 정신에 매우 해롭고 절대로 권장할 수 없으며 "마약에 중독된 괴짜 천재 예술가"라는 이미지 자체가 이제는 닳고 닳은 클리셰다. 그러나 1923년 제정된 「도취성 물질과 제품에 관한 법안」*에도 불구하고 비트카찌가 살았던 1920-30년대 폴란드와 유럽에서 약물중독에 대한 사회적 인식은 대체로 매우 낮았으며 예술가와 '자유사상가'들이 아편이나 코카인을 사용하는 건 드문 일이 아니었다. 물론 그렇다고 마약 사용을 정당화할 수는 없다.

　　그런데 마약과 도취 상태와 환각은 『탐욕』에서 상당히 중요한 소재로 나타난다. 작가는 게네지프의 상태를 묘사하면서 "코카인을 복용한 것처럼 정신이 맑아졌다." 등의 표현을 사용하기도 하고 티콘데로가 공주가 게네지프에게 몰래 모르핀을 먹이는 전개를 삽입하기도 한다. 그리고 신비의 신흥종교 교주인 무르티 빙은 추종자들에게 '다바메스크 B2'라는 알약을 지급하는데 이 약을 먹으면 일종의 초월적인 상태에 빠져 환각을 경험하게 된다. 『탐욕』에서 게네지프의 지휘관이자 폴란드의 민족 영웅인 코쯔모우호비치 또한 이 다바메스크를 자발적으로 복

* 폴란드는 1918년 독립 이후 사회체제를 빨리 바로잡고 유럽 기준에 맞는 국가 체계를 공고히 하기 위해서 1923년 6월 22일에 당시 폴란드 공공 보건부와 법무부가 치료용, 연구용, 특수 목적 공업용이 아닌 모든 종류의 아편과 아편 가공 제제, 코카인, 헤로인, 모르핀, 에테르 등 향정신성의약품의 소지, 거래, 일반 흡입, 가공과 사용을 금지하는 법안을 발표했다. 그러므로 비트카찌는 지속적으로 불법행위를 저지른 셈이다.

용하고 환각을 경험한다. 특이한 것은 이러한 일들이 작품 안에서 뭔가 실제로 초월적인 깨달음이나 변화로 이어지지 않는다는 사실이다. 게네지프는 도취와 흥분의 상태에서 첫 번째 살인을 저지르고 극도로 동요한 채 거리에 뛰쳐나와 자신의 부하를 우연히 마주치자 이유 없이 폭행한다. 그런 뒤에 무르티 빙의 추종자에게서 다바메스크를 받게 되는데, 약을 먹어도 게네지프는 무르티 빙의 추종자로 변하지 않는다. 오히려 엘리자가 말하는 "이원론적인 일원성" 등의 교리를 매우 지루해하고 헛소리라고 생각한다. 코쯔모우호비치는 다바메스크를 복용하고 자신이 본 환각을 잘 기억하기는 하지만 그런 환각이 코쯔모우호비치의 군사전략이나 실생활의 결정에 어떤 큰 영향을 미치지는 못한다.

　　그러나 등장인물들이 향정신성의약품을 가끔 복용하는 파편적인 장면들보다도 작품의 문체 자체, 게네지프의 모든 경험과 생각을 묘사하는 장광설과 러시아어와 프랑스어와 독일어와 영어가 뒤섞이고 폴란드와 유럽의 모든 역사적이고 종교적이고 학술적인 인물과 사실과 상징이 아무 맥락 없이 자유롭게 튀어나오는 집필 방식, 게다가 가끔은 단어 차원에서 폴란드어와 프랑스어가 반씩 섞이거나 독일어 어간에 폴란드어 어미를 붙이는 창의적인 언어 사용 등을 보면 이 작품 자체가 작가가 약 먹고 쓴 환각이 아닐까 하는 생각이 번역하면서 매우 자주 들었다. 그가 생존했던 시대와 그가 살아 냈던 (전쟁과 마약 등을 포함한) 경험과 폴란드인으로서 그가 가진 문화적이고 역사적이고 종교적인 유산들이 모두 융합되어『탐욕』이라는 유례없이 독특한 작품이 탄생할 수 있었다. 이후의 작가들은 향정신성의약품을 아무리 많이 사용하더라도 (절대 사용하면 안 된다.) 비트카찌와 같은 환경에서 비트카찌와 같은 방식으로 성장하여 비트카찌와 같은 삶을 살 수는 없을 테니『탐욕』과 같은 작품은 이제 다시는 만날 수 없을 것이다. 비트카찌는 천재 광인 예술가였다. 달리 정의할 수 없으며, 이러한 정의에 비트카찌보다 더 잘 들어맞는 인물을 찾기도 쉽지 않을 것이다.

### 4. 죽음

1939년 9월 1일 나치 독일이 폴란드를 침공하면서 제2차 세계대전이 시작되었고, 9월 17일 소련이 폴란드를 침공했다. 비트카찌는 그다음 날 스스로 목숨을 끊는다.

나치 독일에 이은 소련의 폴란드 침공은 비트카찌가 느끼기에『탐욕』에서 자신이 그저 상상으로만 묘사했던 디스토피아적 미래가 현실로 다가오고야 말았다는 참혹한 예언이었던 듯하다. 그리고 실제로 폴란드는 제2차 세계대전이 끝난 뒤 1948년 공산화되어 1989년 베를린장벽이 무너질 때까지 40년간 공산주의의 억압을 겪었으니 그의 예상은 정말로 옳았다.

사망 당시 비트카찌가 거주하던 곳이 폴란드 동부의 예조리 비엘키에(현재 우크라이나 영토인 벨리키 오제

1021

라)였는데 전쟁 중이었기에 사망 사실을 확인하고 장례를 진행하는 데 어려움이 많았다. 심지어 비트카찌가 자살을 조작하고 탈출했다는 음모론까지 제기되었다. 실제로 1988년 폴란드 정부가 그의 유해를 자코파네로 옮겨 안장하려 했으나 이후 밝혀진바 이장된 시신은 다른 사람이었다. 비트카찌는 현재 공식적으로는 우크라이나 벨리키오제라의 공동묘지에 안장되어 있다.

### 5. 번역 후기

나는 2000년에 처음 번역 작업을 시작했다.『탐욕』은 내가 지난 20년간 번역한 모든 작품을 다 합친 것보다 더 힘들었다. 번역하기 어려웠던 폴란드 작품으로는 비트카찌와 동시대를 살았던 또 다른 천재 예술가이자 한 문장이 평균 여덟 줄씩 이어지는 만연체의 대가 브루노 슐츠를 꼽을 수 있는데 슐츠의 작품도 번역하면서 이렇게까지 괴롭지는 않았다. 그러니까『탐욕』은 힘들거나 어렵다기보다는 괴로웠다. 생각해 보면 20세기 초에 유럽에서 약먹고 (범죄다.) 글 썼던 폴란드인 남성 작가의 마음을 21세기에 한국에서 약 안 먹고 (나는 결백하다.) 번역하는 여성 번역자인 내가 세세하게 다 알아줄 수는 없는 것이다. 그래도 어쨌든 마감을 해야 하니까 비트카찌의 광기에 함께 휩쓸릴 수는 없는데, 그 광기에 함께 휩쓸리지 않으면 대체 무슨 소린지 번역하면서도, 번역한 후에도 이해할 수가 없었다. 언제나 번역을 하고 나면 제대로 작업한 것인지 의심스럽고 원작과 원작자에게 미안한 마음이 들지만 이번에는 특히나 더 의심스러운데 그래도 원작자에게는 손톱만큼도 미안하지 않다. 나는 약 먹지 않은 한계 내에서 나의 최선을 다했다.

그리고 작품의 교정본을 검토하는 작업은 내 인생에 또 한 번의 위기를 가져다주었으나 이 시점에서 나는 워크룸 프레스와 특히 『탐욕』 번역 출간을 가능하게 해 주신 편집자에게 깊이 감사드리고 싶다. (편집자님은 부디 이 부분을 삭제하지 말아 주시기를 부탁드린다. 워크룸 편집부가 얼마나 엄청난 업적을 이루었는지 세상 사람 모두가 알아야만 한다. 이 부분도 삭제하지 말아 주시기 바란다.)

그러나 다시 말씀드리지만 『탐욕』은 이전에도 없었고 이후에도 아마 다시없을 독특하고 기괴하고 매력적인 작품이다. 독자 여러분도 광기와 도취라는 주제어를 반드시 염두에 두고서 비트카찌만이 구축할 수 있는, 1920년대 폴란드와 존재하지 않는 가상의 미래가 뒤섞인 세상에 뛰어들어 보시기 바란다. 비록 그 끝은 허무하지만, 그 과정은 더없이… 더없이… 뭐라고 말해야 할지 모르겠다.

정보라

# 스타니스와프 이그나찌 비트키에비치 연보

1885년 — 2월 24일, 폴란드 바르샤바에서 태어남.

1904년 — 오스트리아와 이탈리아 등 유럽 여행.

1905년 — 크라쿠프 예술 학교 입학.

1908년 — 프랑스 파리 거주. 연기자 이레나 솔스카(Irena Solska)와
        사랑에 빠진다.

1911년 — 첫 중편소설 「붕고의 622가지 몰락, 혹은 악마 같은
        여자(622 upadki Bunga, czyli Demoniczna kobieta)」 발표.
        솔스카를 모델로 삼았다. 유화 「바다(Morze)」를 그림. 독일과
        크로아티아 등 여행.

1912년 — 사진 「스테판 제롬스키 초상(Portret Stefana
        Żeromskiego)」* 촬영.

1913년 — 솔스카와 헤어지고, 화가 야드비가 얀체프스카(Jadwiga
        Janczewska)와 약혼한다. 아버지 사진 「스타니스와프
        비트키에비치 초상(Portrety Stanisława Witkiewicza)」
        3점과 사진 「타데우슈 미치인스키 초상(Portret Tadeusza

---

* 스테판 제롬스키(Stefan Żeromski, 1864–1925). 폴란드의 소설가, 사상가, 극작가.
19세기 말 20세기 초 폴란드 사회상을 사실적으로 묘사한 작품들로 유명해 "폴란드의
양심"이라 불린다.

Micińskiego)」 1점을 촬영하고, 목탄화「어둠의 왕자(Książę
Ciemności)」를 그린다.

1914년 — 얀체프스카 자살. 영국 런던을 거쳐 오스트레일리아,
뉴기니 등을 여행한다. 제1차 세계대전이 발발하자
러시아제국 파블롭스키 기병대에 입대해 참전한다.

1916년 — 전투 중 크게 부상을 입음.

1917년 — 전역. 공산혁명을 목격한다.「기병대 헬멧을 쓴 자화상
(Autoportret w gwardyjskim czaku)」을 그린다.

1918년 — 폴란드로 귀환. '형태주의'의 시작. 크라쿠프의 미술 협회
회원들과 함께 전시회를 열고, 희곡을 집필한다.

1919년 — 희곡「실용주의자들(Pragmatyści)」과 예술 이론「미술의
새로운 형태와 그로 인한 오해들(Nowe formy w malarstwie
i wynikające stąd nieporozumienie)」을 쓴다. 채색화 시리즈
「바이올린을 켜는 F 양(Panna F. grająca na skrzypcach)」 1-2,
「햄릿(Hamlet)」을 그린다.

1920년 — 희곡「새로운 해방(Nowe wyzwolenie)」,「미스터
프라이스(Mister Price)」,「그들(Oni)」을 쓴다. 파스텔화
「연인의 죽음(Śmierć kochanka)」과「바위산에서 유니콘과의
조우(Spotkanie z jednorogiem w Górach Skalistych)」,
채색화「전투(Walka)」와「벌채(Rąbanie lasów)」를 그린다.

1921년 — 예술 이론 「순수한 형태에 대하여(O Czystej Formie)」,
희곡 「쇠물닭(Kurka wodna)」, 초상화 「브루노 야셴스키
초상(Portret Brunona Jasieńskiego)」* 등을 쓰고 그린다.

1922년 — 희곡 「갑오징어(Mątwa)」를 쓰고, 파스텔화 「실론 섬의
기억(Wspominanie z Cejlonu)」과 수채화 「운동선수들은
언제나 옳다(Die Atleten haben immer Recht)」를 그린다.

1923년 — 희곡 「광인과 수녀(Wariat i zakonnica)」, 「폭주
기관차(Szalona lokomotywa)」, 「피즈데이카의 딸
야눌카(Janulka, córka Fizdejki)」와 예술 이론 「연극
분야에서 순수한 형태 이론에 대한 서문(Teatr. Wstęp do
teorii Czystej Formy w teatrze)」을 쓴다.

1924년 — 희곡 「어머니(Matka)」 집필.

1925년 — 희곡 「벨제부브 소나타(Sonata Belzebuba)」를 쓰고,
잡지 『문학 소식(Wiadomości literackie)』 1925년 4월 5일 자
14호 표지 「보이젤렌스키의 여섯 가지 초상화(6 portretów
Boya-Żeleńskiego)」를 그린다.**

1926년 — "S. I. 비트키에비치 초상화 회사"라 자칭하며 파스텔로
자연주의에서 '순수한 형태'까지 여러 초상화 기법 실험.

---

* 브루노 야셴스키(Bruno Jasieński, 1901–40). 시인, 소설가, 극작가, 혁명가. 폴란드에서
소비에트러시아로 귀화해 스탈린의 대숙청 시기에 사망했다.
** 타데우슈 보이젤렌스키(Tadeusz Boy-Żeleński, 1874–1941). 폴란드 시인, 극작가,
번역가, 비평가, 소아과 의사.

1927년 — 소설 『가을에 보내는 작별(Pożegnanie jesieni)』 집필.

1928년 — 연필화 「인위적으로 제한된 우주의 형이상학적
틈새(Metafizyczny rozporek wszechświata sztucznie
ograniczonego)」.

1929년 — 단편영화 「비트카찌(Witkacy)」, 초상화 「보이젤렌스키
초상(Portret Boya-Żeleńskiego)」.

1930년 — 소설 『탐욕(Nienasycenie)』, 초상화 「데보라 포겔
초상(Portret Debory Vogel)」.*

1931년 — 연필화 「아버지 하느님이 처음으로 진지하게 지구(세상
아님) 존재들에 대해 숙고하다(Bóg Ojciec pierwszy raz
poważnie zastanowił się nad istotą ziemi [nie świata])」,
사진 「풀버스톤 교수 I(Profesor Pulverston I)」(촬영 유제프
그워고프스키[Józef Głogowski]), 사진 「스타니스와프
이그나찌 비트키에비치와 네나 스타후르스카(Stanisław
Ignacy Witkiewicz z Neną Stachurską)」(촬영 브와디스와프
얀 그라브스키[Władysław Jan Grabski]).

1932년 — 에세이 '마약' 시리즈 「마약: 니코틴, 알코올, 코카인,
페요틀, 모르핀, 에테르(Narkotyki: Nikotyna, alkohol,
kokaina, peyotl, morfina, eter)」, 사진 「이제까지 없었고
앞으로도 있을지 의심스러운 불한당(Drań, którego dotąd

* 데보라 포겔(Debora Vogel, 1902–42). 폴란드의 철학자이자 시인.

1028

nie było i wątpliwem jest czy będzie)」(촬영 브와디스와프 얀 그라브스키), 사진 「비트카찌의 표정(Mina Witkacego)」(촬영 얀 코하노프스키[Jan Kochanowski]).

1934년 — 희곡 「구두 수선공들(Szewcy)」.

1935년 — 철학 이론 「존재의 개념을 통해 암시된 개념과 확정(Pojęcia i twierdzenia implikowane przez pojęcie Istnienia)」, 연필화 「브루노 슐츠 초상화(Portret Brunona Schulza)」.*

1936년 — 에세이 「씻지 않은 영혼들(Narkotyki-Niemyte dusze)」 집필.

1939년 —9월 18일 자살. 향년 54세.

1985년 — 탄생 100주년을 맞이해 유네스코가 '비트카찌의 해' 선포.

---

* 브루노 슐츠(Bruno Schulz, 1892-1942). 폴란드 소설가, 화가. 단편집 『계피색 가게들』과 『모래시계 요양원』, 미술 작품집 『우상숭배의 책』 등을 남겼다.

워크룸 문학 총서 '제안들'

일군의 작가들이 주머니 속에서 빚은 상상의 책들은 하양
책일 수도, 검정 책일 수도 있습니다. 이 덫들이 우리 시대의
취향인지는 확신하기 어렵습니다.

제안들 35

스타니스와프 이그나찌
비트키에비치
탐욕

정보라 옮김

초판 1쇄 발행. 2022년 2월 11일

발행. 워크룸 프레스
편집. 김뉘연
제작. 세걸음

ISBN 979-11-89356-65-1 04800
978-89-94207-33-9 (세트)
22,000원

워크룸 프레스
03043 서울시 종로구
자하문로16길 4, 2층
전화. 02-6013-3246
팩스. 02-725-3248
메일. wpress@wkrm.kr
workroompress.kr
workroom.kr

옮긴이. 정보라 — 연세대학교 인문학부를 졸업하고 미국 예일 대학교 러시아
동유럽 지역학 석사를 거쳐 인디애나 대학교에서 슬라브어문학 박사 학위를
받았다. 슬라브어권의 알려지지 않은 작품들을 번역하는 일에 힘쓰고 있다. 옮긴
책으로 보리스 싸빈꼬프의 『창백한 말』, 안드레이 플라토노프의 『구덩이』, 미하일
불가코프의 『거장과 마르가리타』, 타데우슈 보롭스키의 『우리는 아우슈비츠에
있었다』, 로드 던세이니의 『얀 강가의 한가한 나날』, 마르틴 하르니체크의 『고기』,
브루노 슐츠의 『브루노 슐츠 작품집』, 밀로시 우르반의 『일곱 성당 이야기』,
비톨트 곰브로비치의 『이보나, 부르군드의 공주/결혼식/오페레타』 등이 있다.